Joseph Alexander Freiherr von Helfert

Mittheilungen der K.K. Central-Commission zur Erforschung und Erhaltung der Baudenkmale

IX. Jahrgang

SALZWASSER VERLAG

Joseph Alexander Freiherr von Helfert

Mittheilungen der K.K. Central-Commission zur Erforschung und Erhaltung der Baudenkmale

IX. Jahrgang

Unveränderter Nachdruck der Originalausgabe von 1864.

1. Auflage 2022 | ISBN: 978-3-75259-937-4

Verlag: Salzwasser Verlag GmbH, Zeilweg 44, 60439 Frankfurt, Deutschland
Vertretungsberechtigt: E. Roepke, Zeilweg 44, 60439 Frankfurt, Deutschland
Druck: Books on Demand GmbH, In de Tarpen 42, 22848 Norderstedt, Deutschland

MITTHEILUNGEN

DER

K. K. CENTRAL-COMMISSION

ZUR

ERFORSCHUNG UND ERHALTUNG DER BAUDENKMALE.

HERAUSGEGEBEN UNTER DER LEITUNG

SEINER EXCELLENZ DES PRÄSIDENTEN DER K. K. CENTRAL-COMMISSION

JOSEPH ALEXANDER FREIHERRN VON HELFERT.

REDACTEUR: ANTON RITTER v. PERGER.

IX. JAHRGANG.

MIT 216 HOLZSCHNITTEN UND 15 TAFELN.

WIEN, 1864.

INHALT.

Kleinere Beiträge.

Kleinere Beiträge und Besprechungen.

Die Kirche zu Kallundborg in Dänemark[1] und ihr Einsturz im Jahre 1827.

Unter den Denkmälern Dänemarks, welche noch immer an Waldemar den Grossen[2] und seine Genossen erinnern, nimmt die Kirche zu Kallundborg einen hervorragenden Platz ein; denn sie zeichnet sich — schon aus der Ferne betrachtet — durch ihren eigenthümlichen Bau aus, indem man sie mit ihren Thürmen eher für eine Burg, als für ein der Andacht geweihtes Gebäude halten möchte.

Kallundborg liegt auf der Insel Seeland, vierzehn Meilen westlich von Kopenhagen, an einer Meeresbucht, welche der Kallundborgfiord genannt wird. Waldemar und seine Freunde hatten Dänemark vor dem Untergang gerettet. Er erstürmte und zerstörte den Tempel des Swantewit auf der Insel Rügen, und sorgte nun für die innere Einheit und Festigkeit Dänemarks, indem er zugleich, zum Schutze nach aussen hin, an den Grenzen und Küsten des Landes Befestigungen und Wälle erbaute. So errichtete er u. a. auch den starken Thurm bei Sprogö und die Festung Vordningborg u. s. w. Seine beiden treuesten Anhänger, die Zwillingsbrüder Esbern und Axel Snare, welcher letztere zugleich Bischof und Feldherr war und sich nach der wunderlichen Weise jener Zeit Absalom nannte, zeigten sich in der Errichtung solcher Befestigungen nicht minder eifrig. Sie verschanzten das Land in der Richtung gegen den grossen Belt und erbauten die Vertheidigungswerke von Öresund und die Vesten zu Haervig (dem späteren Kallundborg) und zu Kjöbmend (dem heutigen Kopenhagen), und zwar nicht, wie dieses in früheren Zeiten der Fall war, aus Baumstämmen (trae), sondern aus Backsteinen, wodurch diese nicht nur an Festigkeit und Feuersicherheit gewannen, sondern auch den Feinden und namentlich den wendischen Seeräubern weit mehr imponirten.

Aber diese drei würdigen Männer vergassen über ihren kriegerischen Bauten keineswegs die Kirche. Schon einige ihrer Vorfahren hatten mehrere Holzkirchlein abgebrochen und grössere und schönere Bethäuser aus Bruch- oder Backsteinen erbaut.

Waldemar erweiterte nun auch die alte Klosterkirche zu Ringsted, in welcher sein Vater, der heilige Knud, bestattet war und bestimmte sie zu seiner eigenen so wie zur Grabstätte seines ganzen Geschlechts. Absalom Snare erbaute die von seinen Vorfahren gegründete Klosterkirche zu Sorö aufs Neue und Esbern

Fig. 1.

Snare errichtete jene zu Kallundborg. Die Chroniken geben nicht genau an, in welchen Jahren diese drei Neubauten begannen, doch dürfte die Vollendung derselben in die Zeit von 1160 bis 1180 fallen. Esbern nannte diese Burg, die er, wie früher erwähnt, bei Haervig erbaute, Kaalundborg oder Kallundborg, und zwar wie man behaupten will, wegen der grossen Zahl von Krähen und Dohlen, die sich in jener Gegend aufhielten.

[1] Vergl. Danske Mindesmaerker, udgivne af en forening. Kjöbenhavn. 1869. fol. Förste Hefte; J. J. A. Worsaae Kallundborg-Kirke for 1827. — [2] Gestorben den 12. Mai 1182. S. Dahlmann. Geschichte von Dänemark T. I. p. 323.

Er umgab diese Burg mit Gräben und Wällen, errichtete in der Stadt, die er durch Thürme und Ringmauern schützte, einen grossen Marktplatz und erbaute ein eigenes Rathhaus[1]. Da aber in jenen Tagen bei allen Bauten auf taktische Vertheidigung gesehen wurde, erhielt auch die Kirche „Unserer lieben Frau" zu Kallundborg (Fig. 1) jene fünf Thürme, durch welche sie ein so eigenthümliches Ansehen gewann.

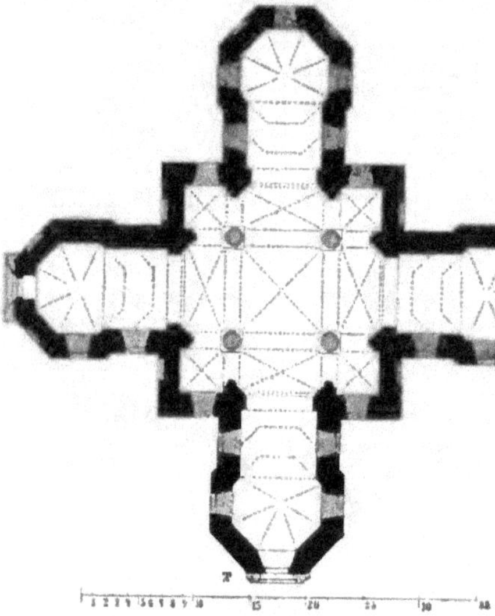

Fig. 2.

Die Mauern der Kirche sind aus grossen Backsteinen aufgeführt und ruhen auf einem um die Kirche herumlaufenden Sockel von behauenem Granit, welcher nach oben mit einem Rundstab endet. Der Grundriss der Kirche zeigt ein Quadrat mit vier gleichgrossen Kreuzarmen, von deren jedem ein achteckiger Thurm aufsteigt. Diese vier Thürme waren der heiligen Anna, der heiligen Katharina, der heiligen Maria Magdalena und der heiligen Gertrudis geweiht. Der fünfte jedoch, der von dem Gewölbe der Kirche getragen wurde, trug den Namen Unserer lieben Frau (Vor Frue), da die ganze Kirche unter den Schutz der heiligen Maria gestellt war.

Ungeachtet der vielen Umbauten und Ausbesserungen, welche diese Kirche im Verlauf der Zeiten zu erleiden hatte, konnten auch selbst an der Aussenseite nicht alle Spuren der ursprünglichen Bauweise vertilgt werden. So gewahrt man am Thor des westlichen Thurmes, durch welchen man die Kirche betritt, noch die Reste des alten Portals mit einem Bogen aus grauen Steinen und einer Fütterung (Karm). Auch am nördlichen Thor, welches nun aber zugemauert ist, erblickt man noch diese alte Steinfütterung.

Die Fenster, welche bei Erbauung der Kirche niedrig waren und erst später nach unten hin verlängert wurden, sind ebenfalls im Rundbogen gewölbt, tragen als Zierrath nur eine Platte und ein flaches Karnies und wurden oben, wo der Bogen aus der Mauer vorspringt, mit Kupfer bedeckt. Auch an den Thürmen (mit Ausnahme des westlichen) waren drei Fenster, von denen man aber späterhin je zwei, in der Form von Blenden, mit ziemlich schlechtem Steinwerk vermauerte. Ausser diesen Fenstern besassen die Thürme noch mehrere kleinere oblonge oder runde und im Viereck eingefasste Lichtöffnungen (lyshuller) und am östlichen Thurm, der als sogenannter „Chorthurm" bezeichnet wird, zeigt sich oben eine Art von Ornament aus Zahnschnitten, welches bei den übrigen Thürmen fehlt. Die acht Seiten des westlichen und östlichen Thurmes sind mit einfachen Giebeln gekrönt, während die des Süd- und Nordthurmes in wagrechter Linie enden. Auch die Aussenseite der vier Kirchenwände ist oben mit einer Art Gesimse verziert, welches durch „über Eck" gelegte und die Form von Zahnschnitten nachahmende Ziegel gebildet wird, von denen jeder vierte dunkelgrün oder schwarz glasirt ist.

Eben so einfach wie das Äussere, ist auch das Innere der Kirche, und eigentliche Ornamente scheinen hier gänzlich gefehlt zu haben. Das am meisten Auffallende sind die vier Säulen, welche nebstdem, dass das Gewölbe auf ihnen ruht, auch den mittleren oder Liebfrauenthurm tragen (Fig. 3). Sie sind aus Granit gemeisselt, haben über zehn Ellen Höhe und besitzen unten einen Durchmesser von 26 und oben von 22 Zoll. Sie sollen die grössten Granitsäulen sein, die man in Dänemark kannte und waren aus vier Stücken zusammengesetzt, wovon das unterste den Sockel, das oberste das Capitäl und die zwei mittleren und längsten, den Säulenschaft bildeten. Diese beiden Mittelstücke waren an ihrer Zusammenfügung durch einen einfachen aber starken Eisenring verbunden, ohne weder Zapfen noch Bolzen zu besitzen. Die Sockel und besonders die Knäufe mit ihren abgekanteten Ecken (Fig. 4) erinnern lebhaft an die Säulen der Klosterbauten zu Sorö und Ringsted; wie denn überhaupt der ganze Bau an die alten Rund-Kirchen von Bjereda und Thorsager mahnt, obgleich bei diesen die Säulen, Knäufe und Sockeln nur ganz einfach von Backsteinen aufgeführt sind.

Bei der allmählichen Vergrösserung der Stadt Kallundborg und dem Anwachsen der Bevölkerung reichte der innere Raum bald nicht mehr zur Aufnahme der Besucher hin und man musste desshalb, wahrscheinlich im XV. Jahrhundert, zwischen dem östlichen und dem nördlichen Thurm eine Sacristei anbauen. Eben so brachte man neben dem westlichen Thurm einen Anbau zu Stande, der zu einer Halle für die der Kirche geweihten Waffen und für die Wappenschilder der früheren Eigenthümer jener Rüstungen bestimmt war. Diese späteren Anbauten störten wohl den alterthümlichen Totaleindruck, allein sie brachten dem Bauwerke noch keinen eigentlichen Schaden. Das Schicksal der Kirche war überhaupt genau mit dem Geschicke des Schlosses zu Kallundborg verwebt, welches nach dem Tode des Esbern Snare zuerst auf dessen nächste männliche Verwandte, dann aber, nach dem baldigen Aussterben derselben, in den Besitz der königlichen Krone überging. Dort war es nun, wo Waldemar III. Hof hielt, wo die Königin

[1] Die älteste Abbildung Kallundborgs, aus der Zeit Christian IV. befindet sich in Kesen's „Illustreret Danmarks Historie" in Trap's „Grundtegninger af Kjöbstæderne" 10. Heft, so wie in desselben Autors „Statistisk-topographisk Beskrivelse af Kongr. Danmark", specielle Deel I. p. 214.

Margarethe [1] zu verschiedenen Zeiten verweilte, wo Dorothea [2], die Gemahlin Königs Christian I., ihren Wittwensitz hatte und die Besuche ihres Sohnes

Fig. 3.

Johannes [3] empfing; dort war es endlich, wo König Christian II. seine letzten Jahre als Staatsgefangener verlebte [4]. Die Kirche ward nun nach dem Wechsel der Umstände bald mehr bald minder in Ehren gehalten

Fig. 4.

Fig. 5.

und man erzählt, dass die Sacristei endlich auch zu einer Schule und als Siechenhaus benützt wurde und dass in neuerer Zeit sogar der Kirchengarten in den Besitz eines Privatmannes gelangte.

Man nimmt gewöhnlich an, dass die Verfallszeit der Frauenkirche zu Kallundborg in die Tage der Reformation zu setzen sei. Aber das scheint unrichtig; denn noch im Jahre 1630 schenkte der Lehnsherr von Kallundborg, Hans Lindenov, welcher mit Elisabeth Augusta, der Tochter Christian's IV., vermählt war, der Kirche jene stark vergoldete Altartafel, welche sich noch heute dort vorfindet. Erst im Jahre 1659, als die Schweden erschienen waren und das Schloss Kallundborg in ihre Gewalt bekommen und niedergebrochen hatten, wurde auch die Kirche vernachlässigt. Gleichwohl fanden sich zu Zeiten noch immer wieder Leute vor, die diesem Bau aufhelfen wollten, und selbst noch im Jahre 1750 hatte man so viele Geldmittel aufgetrieben, um die Thürme aufs neue mit Blei decken, die alten Glocken umgiessen und neue Portale aufführen zu können, welche letztere man freilich nicht in dem alterthümlichen Styl, sondern in dem damaligen barocken Geschmacke aufführte. Auch scheinen diese Arbeiten mehr Äusserlichkeiten, als wirklich nützlich gewesen zu sein, denn schon im Beginn des XIX. Jahrhunderts fand man wieder für nöthig, eine Hauptreparatur anzuordnen, zu welcher, da die Kirche kein Vermögen hatte, mittelst königlichen Befehls vom 2. September 1818 eine Sammlung im ganzen Lande angeordnet wurde, die aber statt der erwarteten 16.000 Reichsthaler nur etwas über 8000 Thaler eintrug, so dass man nichts Grossartiges unternehmen konnte. — Das grösste Missgeschick erlitt die Kirche aber im Jahre 1827.

Es wurde schon erwähnt, dass der mittlere Thurm oder der Marienthurm blos von den Kreuzgewölben der Kirche getragen und diese wieder nur von den vier Granitsäulen gestützt wurden. Bei den Ausbesserungen nun, die man ober dem nordöstlichen Pfeiler an jenen Wölbungen vornehmen musste, auf welchen die nördliche Kante des Thurmes ruhte, entdeckte man bei dem Herabschlagen von Kalk und verwitterten Steinen, dass die Arbeit ohne die grösste Gefahr für den Einsturz des Thurmes nicht weiter fortgeführt werden konnte, und es zeigte sich, trotzdem dass die Wölbungen reichlich mittelst Gerüsten gestützt waren, schon nach wenigen Tagen, dass der Thurm um einige Zolle gesunken war, wesshalb denn auch die Kirchenverwaltung am 4. September einen Bericht an die Stiftsobrigkeit erliess, welchem zufolge sogleich ein bewährter Baumeister nach Kallundborg gesandt wurde. Allein dieser kam zu spät, denn am 7. September Morgens acht Uhr, war der Thurm schon eingestürzt und hatte die Wölbungen durchgeschlagen. Das Mauerwerk fiel in die Kirche, die vier Granitsäulen sanken nach verschiedenen Seiten, Schiff und Chor waren mit Steinen und Grus gefüllt und der Predigtstuhl, das Altargitter und das Taufbecken zerschmettert. Die Thurmspitze jedoch, die, wie angedeutet, im Jahre 1750 mit starken Bleiplatten belegt wurde, fiel glücklicherweise nach aussen hin und zwischen dem südlichen und östlichen Thurm nieder, ohne das Mindeste zu beschädigen. — So lag also eine der ehrwürdigsten Kirchenbauten des XII. Jahrhunderts mit einem Male in Trümmern!

Die Commission, die nun aus dem Kirchenvorstand, dem erwähnten Baumeister und vier Bürgern von Kallundborg zusammengesetzt wurde, begann sogleich mit der Wegräumung des Schuttes und hoffte schon im Frühjahr 1828 die Granitsäulen wieder aufstellen zu können; auch trug sie sich mit dem Gedanken, nach dem Schluss der neu zu erbauenden Gewölbe wieder einen, dem eingestürzten völlig ähnlichen Thurm auf dieselben zu setzen. Indessen reichten einerseits die durch Collecten eingegangenen Gelder dazu nicht hin, und anderseits zogen sich die Verhandlungen darüber vom Jahre 1830 bis zum Jahre 1841 hinaus, so dass man im Jahre 1842 dahin kam, den Thurmbau gänzlich aufzugeben. Mittlerweile wurden aber doch die Gewölbe wieder gebaut und eingedeckt, und die Kirche gewährt mit ihren vier Seitenthürmen noch immer einen sehr merkwürdigen Anblick, den man wohl so leicht nicht wiederfinden wird, da man im Gegentheile zuweilen mittelalterliche Kirchen trifft, deren einziger Thurm trotz aller Mühen nicht zur gänzlichen Vollendung gelangen konnte. *P.*

[1] Die Tochter Waldemar III. und Gemahlin Hakon's VIII., geb. 1353, † 1412. Unter ihr mochte die Kirche zu Kallundborg manche Vortheile geniessen, da sie sich die Zuneigung des Volkes hauptsächlich durch fromme Geschenke zu gewinnen wusste. — [2] Dorothea von Brandenburg, welche früher mit Herzog Christoph III. vermählt war. — [3] König Johann, Sohn und Nachfolger Christian's I., geb. 1455, † 1513. Im Jahre 1482 huldigten ihm die Dänen zu Kallundborg. — [4] Geb. 1481, † 1559. Er wurde im J. 1532 gefangen gesetzt und zwar zuerst zu Sonderburg, nach 17 Jahren aber nach Kallundborg gebracht, wo man ihm mehrere Erleichterungen gewährte und ihm sogar zu jagen erlaubte.

Beitrag zur Kenntniss der Glockenräder.

Das königl. bayerische National-Museum wurde vor kurzem mit einem Kirchengeräthe bereichert, das bislang nur in der mittelalterlichen Literatur, keineswegs aber in einem bis auf die Gegenwart erhaltenen Exemplare figurirte. Das Glossarium von Du Cange-Henschel

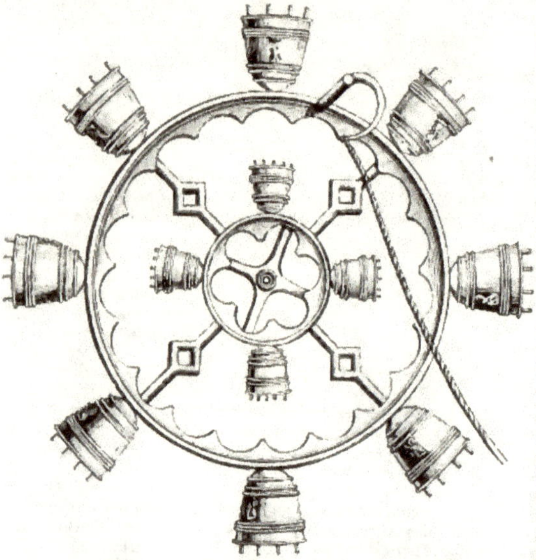

Fig. 1.

führt nämlich unter „Rota" auch ein mit Glocken und Schellen besetztes Rad an, das seitwärts vom Choraltare befestigt war und bei der heil. Wandlung in der Messe zum Läuten gebraucht wurde. Nebst den daselbst citirten Belegstellen redet das von Dodsworth Roger und Dugdale 1655 zu London herausgegebene Monasticon Anglicanum Tom. I, 104 deutlich von Form und Zweck dieses Glockenrades, wie die Erklärung des Glossariums dieselbe vorangestellt hat. Die anderen Stellen lassen zweifelhaft, ob darunter die erwähnte Form verstanden sei. Dagegen finde ich im „Kalendarium Necrologicum Laureshamense" bei Böhmer: Fontes rer. germ. III, 145, unterm 26. Februar die Notiz: Salemanni abbatis, hic... strata pavimenti perfecit... et ut de reliquis taceamus, scilicet duobus nolarum circulis, tribus libris etc. Dies Necrologicum ist bis ins XV. Jahrhundert fortgesetzt, womit die Grenze für die Altersbestimmung der bezüglichen Notiz gegeben ist. — Dass solche „Rotae cum tintinnabulis" oder „circuli nolarum" auch im Süden gebräuchlich waren, beweist das genannte Geräthe im königl. Nationalmuseum zu München, welches seitwärts im Chore des Doms zu Augsburg angebracht war. Die beiliegende Abbildung (Fig. 1) zeigt dies merkwürdige Geräthe genau nach dem Originale, nur sind die vier Glocken des inneren Rades hier in der alten Form ergänzt, während das Original vier moderne aufweist. Eben so verhält es sich mit denen des äusseren Reifes, der nur mehr drei Glocken des alten Styles mit dem Brustbild eines Bischofs besitzt. Der Durchmesser des äusseren Reifes beträgt 13 Zoll (Decimalmass). Von der gekrümmten Handhabe hängt der Riemen herab, mittelst dessen das Rad leicht in Bewegung gesetzt werden kann. Die später ergänzten Glocken beweisen, dass nicht blos im XV. Jahrhundert, dem das Geräthe dem Style nach angehört, sondern noch lange hernach dieses Rad im kirchlichen Gebrauche war und vielleicht erst in unserem Jahrhundert bestimmungslos geworden ist. Der innere und äussere Zirkel, die Speichen und Handhabe sind von Eisen, die gezahnten alterthümlichen Glocken mit der Bischofsbüste aus Erz. Über die Bedeutung dieses Exemplares für die Geschichte der mittelalterlichen Kirchengeräthe kann kein Zweifel sein und vielleicht ist die gegenwärtige Mittheilung im Stande, die allenfalls noch anderwärts erhaltenen Exemplare dieser Art der Vergessenheit zu entreissen und der öffentlichen Kenntnissnahme zuzuführen[1]. In dieser Absicht, die Aufmerksamkeit der Fachgenossen darauf zu lenken, wurden diese Zeilen geschrieben.

J. A. Messmer.

[1] In Gailhabaud's Werk „L'architecture du Ve au XVIIe siècle," Tom. IV, Table 12, ist ein höchst zierlicher, mit einer Menge von Glocken versehener „Appareil de sonnerie ecclésiastique" aus der Abtei zu Fulda abgebildet. (A. d. R.)

Ein Grabstein der St. Georgscapelle in Leutschau.

Als die St. Jakobskirche zu Leutschau um die Mitte des verflossenen Jahrhunderts restaurirt, d. h. nach dem Brauche jener Zeit misshandelt wurde, traf das Loos der Zerstörung auch die in der Kirche vorfindlichen Grabsteine, mit Ausnahme jener wenigen, welche an den Wänden aufgestellt waren. Wie die Überlieferung erzählt, war der Boden der Kirche fast ganz mit Leichensteinen belegt, die damals zur Herstellung einer ebenen Fläche entweder abgeschafft oder glatt gehauen wurden; nur die weniger besuchte, der Nordseite der Kirche angeschlossene St. Georgscapelle blieb verschont, wo sich daher mehrere in den Boden eingelassene Grabsteine erhielten. Von diesen wird der besterhaltene und wahrscheinlich älteste in der beiliegenden Abbildung (Fig. 1) mitgetheilt, der zwar keinen Anspruch auf einen höheren Kunstwerth machen, aber dennoch, theils wegen seines Alters, theils in heraldischer Hinsicht, nicht ohne Interesse sein dürfte.

Er liegt in der Mitte der Capelle, nahe den Stufen des Altars, und bildet ein längliches Viereck von 6' 8" Länge und 4' 3" Breite. Das Relief der Oberfläche ist noch jetzt, obgleich seit Jahrhunderten den Tritten ausgesetzt, ziemlich deutlich und nur an den erhabensten Stellen abgewetzt. Auf allen vier Seiten längs des Randes ist in schön geformten gothischen Minuskeln die Umschrift zu lesen: **anno. dni** (domini) **mill'** (esimo) **c.c.cxxij in octava corporis. xpi** (Christi) **obiit. georgius vlebach fu** (n) **dator hui** (us) **capelle orate pro** (eo). Der grosse Mittelraum enthält einen rechts gelehnten Wappenschild, auf dessen oberer Spitze ein Stechhelm mit einer einfachen flatternden Helmdecke ruht; als Helmschmuck dient ein Adler mit ausgebreiteten Flügeln. Das auffallendste Stück des Ganzen ist das Wappenbild, sehr ähnlich einem mittelalterlichen Steinmetz- oder Künstlerzeichen. Selbes könnte beinahe den Schluss gestatten, dass das Wappen ein von dem Verstorbenen willkürlich erfundenes und gebrauchtes Abzeichen gewesen sei, wenn sein Vorkommen auf dem Grabsteine und die heraldischen Unterscheidungsstücke es nicht wahrscheinlicher machten, dass wir ein ererbtes oder wirklich verliehenes adeliges Wappen vor uns sehen. Dass übrigens ähnliche Wappenfiguren nicht ungewöhnlich waren, bezeugt ein Grabstein, der neben dem beschriebenen liegt und (siehe Fig. 2) mit einem Zeichen derselben Art versehen ist; die Umschrift ist aber leider bis auf wenige, keinen Aufschluss gebende Bruchstücke unleserlich geworden.

Fig. 1.

Fig. 2.

Über den unter dem Leichensteine bestatteten Georg Vlebach ist ausser der von der Umschrift gebotenen Notiz, dass er der Gründer der St. Georgscapelle gewesen, nichts Sicheres bekannt. Nach einer alten, sonst durch nichts begründeten, aber auch nicht widerlegten Tradition war Georg, dessen Name in einem älteren Visitationsprotocolle irrthümlich als „Ulebany"[1] angeführt wird, Pfarrer zu Leutschau, und es wäre in diesem Falle mit Grund zu vermuthen, dass er von den, unter den Königen Geyza II. und Bela IV. in die Zips berufenen sächsischen Colonisten abstammte, weil Leutschau, bekanntlich eine von Sachsen gegründete und vorherrschend bewohnte Stadt, nur einen der deutschen Sprache vollkommen kundigen Seelsorger haben konnte, und bei dem alles Fremdartige ausschliessenden Wesen solcher Niederlassungen auch nur einen Stammgenossen gewählt haben würde. Noch jetzt besteht, nur wenige Stunden westlich von Leutschau entfernt, ein Pfarrdorf „Velbach", zwar jetzt durchgängig slavisch, aber dem Namen nach ehedem wie viele andere schon längst slavisirte Ortschaften der Gegend ohne Zweifel eine deutsche Ansiedelung; es ist daher möglich, dass unser Georg als Glied einer daselbst ansässigen deutschen, später geadelten Familie den Namen ihres Besitzthumes geführt habe, und dass die abweichende Benennung „Vlebach" entweder von einem Fehler bei der Ausarbeitung der Inschrift herrühre, oder der ältere damals gebräuchliche Ortsname sei.

W. Merklas.

[1] Sollte das nicht vielleicht „Plebanus" heissen?

Siegel als historische Denkmale.

Die Belagerung Wiens durch Sultan Soliman im Jahre 1529 war ein Ereigniss, welches die ganze christliche Welt Europa's berührte, und die siegreiche Vertheidigung der Stadt gegen den bisher unüberwundenen Eroberer ein allgemeiner Triumph. Kein Wunder daher, dass dieselbe durch Wort und Bild in mannigfacher Weise verherrlicht und verewigt wurde.

Das kaiserliche Münz- und Antikencabinet besitzt eine goldene und drei silberne Klippen, auf der Vorderseite mit dem Wappen Kaiser Ferdinand's I. und auf der Kehrseite mit der Legende: TVRCK BLEGERT WIEN AN DEM 23. SEPTEMBER. AN. 1529; — und vier theils goldene, theils silberne Klippen verschiedenen Gepräges mit der Legende: TVRCK BELGERT WIEN 1529.[1]

Ein ganz eigenthümliches Denkmal dieser Begebenheit bilden jedoch zwei Siegel der Stadt Baden, beide in der Hauptdarstellung so wie in der Umschrift identisch und nur durch Nebenausschmückungen von einander verschieden. Die Umschrift derselben enthält weder die gewöhnliche Siegelbezeichnung noch die Benennung der Commune, welcher die Siegel angehören; sie meldet einfach nur das für das ganze Land bedeutungsvolle Ereigniss:

• TVRCK • BELEGERT • WIEN • AM • 23. • TAG • SEPTEM. • 1529 •

Auf einem der beiden Siegel ist die Umschrift von einem Kranze umfangen, auf dem anderen zwischen Stufenlinien auf einem erhöhten Rande angebracht.

Fig. 1.

Das Siegelbild zeigt einen verschnörkelten deutschen Schild mit dem österreichischen Wappen, in dessen Querbalken sich eine viereckige Kufe erhebt, in der sich ein Mann und eine Frau badend befinden, zwischen ihnen steht eine Röhre, aus welcher zu beiden Seiten die Heilquelle hervorsprudelt; das rothe Feld ist damascirt und über dem Schilde befindet sich die Jahreszahl 1488.

[1] Austria-Kalender, Jahrgang 1849, Seite 110.

Das andere Siegel unterscheidet sich durch die einfachere Form des Schildes, in welchem das rothe Feld blank und an der untersten Spitze ein Kreuzchen angebracht ist, Laubornamente füllen das Siegelfeld zu Seiten des Schildes. Beide Siegel sind rund, mit 1 Z. 2 L. im Durchmesser; die Jahreszahl 1488 bezieht sich auf die Verleihung des Stadtwappens durch Kaiser Friedrich III., ist jedoch irrig, indem der Wappenbrief vom Jahre 1480 datirt ist. Beide Siegel kommen ziemlich selten vor, meistens in Abdrücken auf Papier über grünem Wachs, sie blieben durch 37 Jahre im Gebrauch; die Stempel derselben sind nicht mehr vorhanden. Sie wichen zwei anderen Siegeln mit der Umschrift: *SIGILLUM, CIVITATIS THERMENSIS IN AVSTRIA 1566, und im Felde zu Seiten des Wappenschildes mit dem richtigen Wappenverleihungs - Datum: 1480; die silbernen Stempel derselben werden noch im Rathhause der Stadt Baden aufbewahrt. *K. v. Sava.*

Archäologische Funde im čáslauer Kreise.

In dem Südosten Böhmens, von Mähren, dem chrudimer, jičiner, bunzlauer, prager und taborer Kreise umschlossen, liegt, grösstentheils eine fruchtbare Ebene bildend, der 68·6 Quadratmeilen zählende čáslauer Kreis. Er ist von den sanften Höhen seiner bewaldeten Grenzgebirge umgeben, welche ihre Wälder in der Urzeit sowohl an den Ufern der Želiwka, Dúbrava und Sazava weit in sein Inneres vorschoben. Alle diese Flüsse nebst der Elbe durchströmen seine Flächen und tiefe Thaleinschnitte und ihre Ufer, nun reich bevölkert, erfreuen sich der herrlichsten Cultur. Urkunden der Vorzeit erweisen, wie waldreich diese Gegend gewesen [1], welche erst in späterer Zeit mitunter fremde Colonisten, wie überall in den Grenzgebieten des Landes, urbar machten. Noch im Jahre 1233 sprechen die Urkunden von ungeheuren Waldgebirgen, welche mit Sümpfen, öden Höhen, Weiden und Wiesen bedeckt gewesen sind; und nur das uralte Čáslav (1052), Litosic (1167), Sedlec (1142), Bělany, Hlízov, Kačín, Libĕnic, Malín, Běstvina (1137), Chotěboř, Ujezd Libĕcký, Vilemov (1120), Habr und Brod, Sadska (1110), Skramniky (1052), Vrběany (1130), Voděrady, Sazava (1032), Jenikov u. s. w. treten uns aus dem Dunkel der Vorzeit als urkundlich genannte Stätten hervor; daher ist erklärbar, dass der nördliche, nordwestliche und nordöstliche Theil des Kreises in der heidnischen Urzeit cultivirter und bevölkerter gewesen ist, wesshalb sich auch dort die meisten Anticalien fanden und man vergebens nach solchen im Gebirge und in den mit Urwald bedeckten Gebieten forschen würde. Die gemachten Funde lagen meist in heidnischen Begräbniss- und Opferstätten verborgen und bestehen in Aschenurnen, Opfergefässen, Steinwaffen, Bronzegegenständen, Schmuck, Metallwaffen u. dgl. m. Die Orte, wo derlei gefunden wurden, sind folgende:

Běsinov,	Křečhoř,	Nová ves,	Ratay,
Čáslau,	Křesetic,	Nové dvory,	Sedlec,
Hlízov,	Kuttenberg,	Opočnic,	Sedlov,
Horka,	Libic,	Ovčár,	Skramník,
Kauřim,	Lošan,	Pečck,	Suchdol,
Kbel,	Malín,	Polná,	Teynic,
Kolín,	Nebovid,	Radbor,	Vysoká,

Vitic und Záboř.

Nebst dem zählt der čáslauer Kreis vier bedeutende Erdwälle u. z. in Libic, Hradisko, Hryzel und Kauřim, welche eben auch zu den Überresten der heidnischen Vorzeit gerechnet werden müssen.

Der nahe an Kauřim gelegene fürstlich v. Lichtensteinische Meierhof Běsinov wurde von mir am 10. Juni 1849 besucht. Schon im Jahre 1797, als dort der Platz geebnet wurde, fand man in dem vermeinten Wallgraben der Burgstelle Káčov mehrere mit Asche und Knochen gefüllte Urnen, und später 1801 entdeckte man auf der Feldflur na Beránku ein 2 Klafter langes, 8 Fuss breites unterirdisches Behältniss mit Kohlenresten in der Tiefe von 8 Fuss [1]. Ich fand die sanft eingetiefte Fläche am Felde Káčov 60 Klafter lang und 10 Klafter breit, sie bildete einen länglichen Umkreis. Eine reiche Quelle tritt dort hervor und versieht den nahen Meierhof mit ihrem Wasserschatze. Das durch den Pflug aufgewühlte Erdreich ist mit Urnentrümmern reichlich durchmengt, und ich unterschied aus diesen Fragmenten 8 Gattungen Urnen, worunter die mit Graphit versetzten Thonscherben die Vorherrschendsten zu sein schienen. Sie waren zart und glatt. Man findet Knochenreste aller Art mit Pferde- und Eberzähnen gemengt und unter diesen Urnen und Opfergefässtrümmer. Nebstdem sah ich noch hinter dem Scheuergebäude des genannten Hofes vier kleine kegelförmige Erdhügel, nämlich Ehrendenkmale heidnischer Todten, welche jetzt zu ökonomischen Zwecken verwendet werden und in ihrem Innern zertrümmerte Urnen bergen.

Čáslau. Diese uralte böhmische Stadt, welche einst an der alten und jetzt noch benützten Heerstrasse nach Mähren lag und als wohlbefestigte Burg der čáslauer Župa geschichtlich bekannt ist, brachte nur Steinobjecte [2], dann beim Baue der neuen Caserne auch heidnische Aschenurnen zum Vorschein.

Hlízov, $\frac{1}{2}$ Meile nordöstlich von Kuttenberg gelegen. Bei diesem Dorfe fand man mehrere Urnen, z. B. traf man in offener Feldflur zuerst 5 Aschenurnen verschiedener Grösse, dann noch eine dunkelgelbe, stark ausgebauchte, mit eingedrückten Querstreifen gezierte, von 7 Fuss Höhe und 6 Fuss 6 Zoll im Durchmesser. Heinrich Graf v. Chotek verehrte diese Sachen dem vaterländischen Museum Böhmens, welches sie in der Abtheilung seiner heidnischen Thongefässe unter Nr. 164—168 und 200 aufbewahrt.

Horka. Bei meiner diesjährigen Bereisung des čáslauer Kreises und meinem Besuche zu Žleb fand ich in den reichen Sammlungen Sr. Durchlaucht des kunstliebenden Fürsten Vinzenz v. Auersberg auch eine wohlerhaltene stark ausgebauchte mit Knollen verzierte Aschenurne, welche mit mehreren andern, jedoch leider durch Unkenntniss der Arbeiter zertrümmerten Thongefässen bei dem fürstlichen Meierhofe

[1] Noch im J. 1863 war dieser Bezirk der waldreichste in Böhmen.

[1] Kallina von Jäthenstein „Böhmens heidnische Opferplätze, Gräber und Alterthümer" 1863. Seite 197. — [2] J. E. Wocel böhmische Alterthumskunde Seite 6.

Horka am 26. December 1857 4½ Fuss tief in der Erde entdeckt worden ist.

Kaufim. P. Krolmus fand daselbst eine mit eingedrückten Punkten gezierte Urne von grauer Farbe, 4 Zoll hoch, 3 Zoll in der Öffnung — sie war sehr beschädigt und wird im vaterländischen Museum zu Prag unter Nr. 158 aufbewahrt.

Kbel. Am 26. Mai 1848 überbrachte mir ein Arbeiter der Suchdoler Zuckerfabrik einen bedeutenden Scherben von einem durch Unvorsicht zertrümmerten Aschengefässe, welches zwischen den von Suchdol 1 Stunde entfernten Örtern Kblek und Kbel in einem Steinbruche 9 Zoll tief unter der Grasnarbe gefunden wurde. Es war dies eine der grössten Aschenurnen, von denen unser vaterländisches Museum nur 2 Exemplare besitzt, welche von Ovenec und Kolin stammen. Nach dem erhaltenen Segmente berechnete ich den Umfang jener Urne auf 5 Fuss, ihre Höhe beiläufig auf 1 Fuss 3 Zoll. Asche und Knochentrümmer füllten ihr Inneres. Von dort aus liess ich mir den zwischen baumreichen Obstgärten gelegenen Ort zeigen, wo zwischen Kbel und Klein-Loschan bei der Planirung der damals neu angelegten Strasse, eben derselbe Arbeiter zwei Leichengerippe tief in der Erde, nach Süden gelagert, aufgefunden hat. Die Armknochen zierten spiralförmig gewundene Bronzeringe mit glänzender Patina bedeckt, auch eine Fibula von Bronze lag im Brustkorbe. Sie ist von besonderem Werthe, indem sie sich in ihrer ganzen Elasticität und mit allen Verzierungen erhielt. Alle diese Objecte übergab der Finder Herrn Joseph Nachodský Ritter von Neudorf, welcher sie dem vaterländischen Museum verehrte, wo sie unter Nr. 262 und 269 aufbewahrt werden.

Schon Kallina von Jäthenstein erwähnt in seinem bereits angeführten Werke (Seite 168) der im Jahre 1830 zu

Kolin an der Elbe, an den Mauern des evangelischen Friedhofs gefundenen Urnen. Das grösste dieser ungewöhnlichen Aschengefässe hat 5 Fuss 1½ Zoll im Umfange, ist 1 Fuss 7 Zoll hoch und zählt 1 Fuss 8½ Zoll in seinem grössten Durchmesser. Sie werden alle im vaterländischen Museum unter Nr. 2—7 aufbewahrt.

In dem Jahre 1859 wurden abermals in der čáslauer Vorstadt daselbst, bei dem Graben der Gründe zur Anlage der neuen Realschule, Urnen mit Erde und Knochenüberresten gefüllt aufgefunden, welche nebst andern Thonscherben in den technischen Sammlungen der dortigen Realschule zur Aufbewahrung gelangten.

Křečhoř. Im Frühlinge des Jahres 1848 entdeckte ich mitten in dem Dorfplatze einen ausgedehnten heidnischen Begräbnissplatz. Fette, schwarze Erdschichten deckten Kohlen und Knochenreste, reichlich untermengt mit Tausenden von Urnenscherben von mannigfacher Farbe und Form. Die Böden dieser Grabgefässe hatten kreisförmige, oder dreieckige und punktirte Abzeichen und ihre schön gebogenen Ränder waren mit parallelen Streifen, Zickzacklinien und gegitterten Umrandungen geziert. Ein Jahr darauf verschwand der ganze Begräbnissplatz. — Man ebnete die Stelle und Tausende von Erdfuhren wurden von den Einwohnern auf ihre Felder als Düngmittel herausgeführt. Eiserne Waffen, die hier häufig gefunden werden, sind Ueberreste des anno 1757 durch Daun erfochtenen Sieges über die Preussen.

Křesetic. In diesem mit einer schönen Kirche gezierten Dorfe entdeckte man im Jahre 1862 einen heidnischen Opfer- und Begräbnissplatz, und zwar in dem Garten des Bauernhofes Nr. 67. Leider hat der Besitzer mit den ihm unbekannten Aschengefässen reine Arbeit gemacht — und ich sah nur ihre Trümmer auf das nahe Feld führen.

Kuttenberg. Wie sollte das schöne, von der schäumenden Vrchlice durchwässerte Thal, wo sich jetzt die herrliche Stadt mit ihren unvergleichlichen Baudenkmalen ausbreitet, in der fernen Vorzeit nicht bekannt gewesen sein, indem das nahe Sedlec, Hlízov, Nové Dvory und Malin zahlreiche Funde aus jenen Tagen darboten?

Schon 1846 gelangte man mitten in der Stadt auf Urnen und Steinobjecte [1]; auch übergab in demselben Jahre Herr Universitäts-Professor J. E. Wocel dem vaterländischen Museum einen in Kuttenberg gefundenen Bronzeschmuck in Gestalt eines Hufeisens und eine Spirale aus Bronzedrath, welche in der genannten Sammlung unter Nr. 437 und 438 aufgestellt wurden.

Im Jahre 1862 wurden beim Grundgraben und Felsensprengen in der Nachbarschaft der M. B. Teller-schen Zuckerfabrik im Felsen ausgehauene, viereckige, 4 Fuss 6 Zoll breite, 5 Fuss lange, circa 1 Klafter tiefe überwölbte Gruben (besser Gräber) aufgedeckt, in welche Aschenurnen nebst anderen Gefässen eingesenkt waren. Der harte Fels, bedeckt mit Rasen, Sträuchern und Bäumen, war nie näher untersucht worden, und man konnte dort am wenigsten solche Funde ahnen. Die Gefässe hatten verschiedene Formen, waren meist mit Asche gefüllt und von schwarzer Modererde umgeben. In einem dieser Gräber befand sich das Jochbein eines Vierfüsslers, in einer Aschenurne der Schnabel eines Vogels, und in einer dritten ein Ei. Das Ei war mit Kalktuff stark incrustirt und im Innern der Schale lag ein bereits verkalktes Klümpchen, Reste des Eiweisses und Dotters. Die Gestalt der meisten Gefässe ist edel geformt und sie dürften schon den letzten Perioden des Heidenthumes angehören. Sie sind meist glatt gehalten und mit flachen Deckeln versehen. Der Thon ist rein und fein bearbeitet. Bis zum 23. Juni 1862 waren 4 Gräber aufgedeckt. Die meisten jener Gefässe besitzt die Kuttenberger Realschule, einige aber der Herr Zuckerfabrikant M. B. Teller. Die Hand, welche einst diese merkwürdigen Grabbehausungen im harten Gesteine mit seltenem Geschick ausmeisselte, war dem Bergbau gewiss nicht fremd gewesen.

Libic. In dem uralten Sitze der Slavnike zu Libic, am Einflusse der Cidlina in die Elbe, deren Gebiet Professor Tomek so trefflich beschrieb [2], fand ich umfangreiche Erdwälle, inner welchen das Pfarrdorf Libic liegt, während ein anderer länglich runder Erdwall, Feldfluren und einen Weingarten umschliessend, eine Menge Knochenreste und zertrümmerte Aschenurnen aufzuweisen pflegt, von welchen ich selbst eine ganze Reihe besitze. Auch fand ich dort bei einer von mir unternommenen Nachgrabung, innerhalb einer schön verglasten Schlacke, eine Menschenrippe eingeschlossen. Dieser Knochen mag aus jener Katastrophe herrühren, in welcher die Vršovcen am 25. September 996, als Feinde des Hauses Slavnik, Libic eroberten und Alle, die

[1] G. E. Wocel Grundzüge der böhm. Alterthumskunde Seite 6. — [2] Památky archaeologické D. III. 97—102.

sie lebend fanden, tödteten. Nicht fern von dort ist das alte, öde Oldřiš, in dessen Nähe im September 1858 fünf höchst merkwürdige byzantinische Kreuze gefunden wurden, welche in dem III. Theile der Památky archaeol. S. 363, so wie in den Mittheilungen der k. k. Central-Commission durch Professor Wocel beschrieben wurden.

Malin. Auch hier fand man vor wenigen Jahren bronzene Schmucksachen, die aber leider vom Kupferoxyd sehr stark angegriffen waren. Sie bestanden aus Kleiderheften, Ohrgehängen und Haarnadeln, auch traf man hier Steinobjecte.

Nebovid. Im Herbste des Jahre 1849 wurden von mir in diesem einst zur ehemaligen Herrschaft Petschkau gehörigen Pfarrdorfe bei dem tiefen Dorfbrunnen na Smutonšku Spuren eines heidnischen Begräbnissplatzes entdeckt. Die Rasennarbe barg eine mächtige Schichte von Aschenerde, worunter man Urnentrümmer mit Knochenresten vermengt vorfand, die man später auf die nahen Felder zur Düngung verführte. Die Urnenscherben boten an ihren Rändern mannigfache Verzierungen dar, waren aus einer rohen Thonmasse geformt und ihre Böden scheinen mitunter Dreiecke, Kreise, auch andere unregelmässige Striche zum Zeichen gehabt zu haben. Ganze Gefässe wurden nicht gefunden.

Zu Nováves (Neudorf) wurde durch P. Krolmus im Jahre 1847 ein kleines heidnisches Grabgefäss, 2 Zoll 4 Linien hoch, 2 Zoll 6 Linien in der Öffnung, gefunden und dem vaterländischen Museum übergeben.

Nové Dvory (Neuhof). In den dem Städtchen naheliegenden Feldfluren fand man Bronzeringe, unter denen sich auch ein kleiner eiserner Ring vorfand, ferner Spiralringe von Bronzedrath, welche alle der Besitzer von Neuhof, Herr Heinrich Graf von Chotek, dem Museum schenkte. Sie sind in dem Verzeichnisse der archäologischen Sammlungen Seite 41 und 48 beschrieben.

Was die vier Orte: Ovčár, Peček, Skramník und Vitie betrifft, so findet man sie in Anton Schmitt's archäologischer Karte von Böhmen von 1845, als Fundorte heidnischer Begräbnissstätten bezeichnet.

Polna. Als ich im Jahre 1857 am 21. October diese Stadt besuchte, wies man mir in dem Naturalien-Cabinete der neuerbauten Hauptschule eine edelgeformte Urne aus hellgelbem Thone, glatt gearbeitet, stark ausgebaucht (5 Zoll hoch und 5 Zoll im mittleren Durchmesser) und mit zwei, am engen Halse angebrachten Henkeln. Dieses Gefäss fand Karl Nowotný, Bürger in Polna, beim Strassenbaue auf der Feldflur na stínadle (Richtstätte). Auch wird dort ein uraltes verrostetes Schwert gezeigt, welches im Spitalwalde bei Stáje nächst der mährischen Grenze gefunden wurde. Es ist dies die sogenannte altböhmische nožna (1 Fuss 1½ Zoll lang) mit einem Kreuzgriff.

Radboř, ehedem Ratibor genannt, hat sich seit dem Jahre 1857 als reicher Fundort heidnischer Alterthümer bekundet.

Bei der Anlage zur neuen Zuckerfabrik 1857 entdeckte man einen grossen heidnischen Leichenacker, und wo man grub, kamen Haue und Spaten auf Gebeine von Menschen und Thieren, Urnentrümmer und Aschenschichten, welche mehr als eine Klafter tief in der schwarzen Erde lagen. In drei aufgeschlossenen Gräbern fand man drei granitene Handmühlsteine, wovon zwei vollkommen zu einander passen. Die Peripherie derselben beträgt 4 Fuss 1 Zoll 5 Linien, die Dicke 3¾ Zoll. Sie gleichen den Handmühlsteinen, welcher sich heut zu Tage die Araber und Beduinen bedienen[1]. Diese Steine deckten die, in Steinnestern aufbewahrten und von ihrer Wucht zertrümmerten Urnen. Diese letzteren waren von verschiedener Form und aus verschiedenen Thongattungen gebildet, leider konnten nur wenige unzerbrochen herausgebracht werden, denn die meisten zerfielen. Einige dieser Gefässe waren in einander gesteckt und andere, schalenförmige kleinere, waren um grössere Aschengefässe gereiht. Die grossen Geschirre waren stark mit Graphit versetzt. Unter diesen Urnen und Urnentrümmern wurde auch ein Bronzering in Gestalt einer Schlange, eine Armspange und eine Pfeilspitze aus einem Thierknochen gefunden. Nebstdem wurde später ein Spindelring aus gebranntem Thon, ein ähnlicher aus grünem Glas, eine steinerne Pfeilspitze, ein bronzenes Bettfragment, ein eiserner Pfeil mit starkem Widerhaken und ein Glaskügelchen gefunden, welche Gegenstände im Besitze des dortigen Kastners Herrn Joseph Nawrátil blieben. Haarnadeln, Kleiderspangen und einfache Bronzeringe wurden aus Unkenntniss verworfen. Auch hinter dem Radbořer Wirthshause fand man zwei Heidengräber, welche ein trichterförmiges Profil hatten und mehr als 1 Klafter tief reichlich mit Asche, Kohle, Knochenresten ungefüllt waren. Häufig wurde in deren Mitte ein durchlöcherter Stein (?) gefunden. Auch in der Remise oberhalb der „Theresien-Ruhe“ — granatový remízek genannt — sind solche Stätten sichtbar. Selbst als man aus dem nahen Kořenicer Teiche den Schlamm auszuführen begann, fand man dort eine Unzahl roher starker Urnentrümmer. Dessgleichen fanden Arbeiter an dem südlichen, sanft ansteigenden Uferrande der Schodecer Mühle zwei bronzene, 4 Zoll 10 Linien lange Stäbe, die im vaterländischen Museum unter Nr. 554 und 555 nebst den dort vorgefundenen Urnenscherben aufbewahrt werden. Auch als der südwestlich von Radboř gelegene Sedlover Teich seines Schlammes entleert wurde, fand man dort Überreste eines uralten Pfluges, dessen Holz fast versteinert war, aber von rohen Händen zertrümmert wurde. Sedlov selbst hat in einer flachen Feldflur, na Hradě genannt, einen 200 Schritte im Umfange haltenden Erdwall aufzuweisen, dessen Anlage hufeisenförmig 58 Schritte lang, 22 breit, eher einer heidnischen Cultusstätte, denn einem Burgwalle ähnlich ist, zudem weiss man, dass sich die ehemalige Veste bei dem jetzigen Meierhofe befand. Übrigens ist die Radbořer Gegend reich an heidnischen Alterthümern. So hat das nahe Bořetic vor Jahren Beweise geliefert, dass es mit Radboř zusammenhängende Ustrinen und Opferstätten hatte, und zwar auf den Feldfluren na Hradišti und na Vratově. Merkwürdig waren dort eine Reihe mit Thon ausgefüllter Löcher, wie man sie in südslavischen Ländern und auch in Ungarn zum Aufbewahren des Getreides antrifft. In einigen dieser Löcher fand man stark verglaste Schlacken, welche auf einen hier vorgenommenen Schmelz- oder Glühprocess schliessen lassen, ohne dass aber irgend ein Metall- oder Thongeräthe hiebei vorgefunden wurde, welches auf eine glückliche Hypothese hätte führen können. Ich und Joseph Ritter von Náchodský übergaben Urnen und andere Objecte und endlich etwa

[1] Layard Ninive und Babylon, Seite 216.

60 kleine Bronzeringe dem vaterländischen Museum zu Prag [1].

Ratay, ein Städtchen mit einem Schlosse und einer Pfarrkirche, wurde erst später dem časlauer Kreise einverleibt.

Schon Kallina von Jäthenstein spricht in seinem bereits erwähnten Werke (pag. 177) von den dort gefundenen merkwürdigen Bronzen, welche Professor J. E. Wocel einer calkrometischen Probe unterzog und sie [2] in die Zeit der ältesten Bronze-Periode, wo das Mischungsverhältniss von Kupfer und Zinn zwischen 100 und 85 Percent lag, stellt. Das vaterländische Museum zu Prag hat von dort nachstehende Objecte:

Nr. 44. Ein Beil mit Schaftloch, 3 Zoll 7 Linien lang, 1 Zoll 2 Linien in der Schneide.
„ 62. Eine grosse bronzene, mit Patina bedeckte Sichel.
„ 64. Ein Fragment eines spitzigen, sichelförmigen bronzenen Messers, welche drei Gegenstände im Jahre 1825 gefunden wurden,

ferner:
„ 222. Einen in zwei Hälften zerbrochenen Bronzering. Die eine Seite ist glatt, die andere durch 27 (etwa 1 Linie breite) erhabene Reliefstreifen in Felder abgetheilt, welche theils glatt, theils mit Linien geziert sind. (Er hat 4 Zoll im Durchmesser.)

Sedlec. Niemand wird in Abrede stellen, dass das ehemalige Cistercienserstift daselbst ein uralter Bau sei. Auch dort fand man dünne, glatte, einfache Bronzeringe und Fragmente von Haarnadeln, die noch der Periode des Heidenthumes angehören.

Zuletzt muss ich der Funde gedenken, welche vor einigen Jahren in Suchdol (suchý dol, dürres Thal) vorkamen.

Das Städtchen Suchdol liegt 1 Stunde westlich von Kuttenberg. Pfarrkirche, Schloss und Meierhof bilden die ansehnlichsten Gebäude. Dort fanden wir bei der Austiefung einer Grube, die in einem der untersten der uralten Schlossräume angelegt wurde, das Bruchstück eines Steinhammers aus schwarzem Diorit (3 Zoll 8 Linien lang), dann den untern Theil eines breiten Steinkeils von 4 Zoll Länge, 3 Zoll 9 Linien Breite, endlich Fragmente von Thongeschirren aus einer roh bearbeiteten Masse. Später entdeckte man auf der Feldflur na starém Suchdole (alten Suchdol) wieder ein Fragment eines starken Bronzeringes mit Patina überzogen. Endlich sind der Sage nach unter dem Gipfel des Wysoká-Berges häufig Steinkeile — hromové klíny — Donnerkeile mit durchbohrten Löchern gefunden worden.

Einer dieser Keile aus schwarzem Diorit (4 Zoll 3 Linien lang, 1 Zoll 6 Linien breit und 1 Zoll hoch) lag früher in der Dachfirste eines Häuschens, wo er dem Aberglauben zufolge den Blitzstrahl abhalten sollte. Später diente er als Heilmittel bei Brüchen kleiner Kinder, und gelangte dann in meinen Besitz. Auch diente er bei karg melkenden Kühen, um den Milchnutzen zu fördern, indem man vor Sonnenaufgang den Milchstrahl durch seine Oeffnung in die Gefässe fliessen liess. Alle die zuvor erwähnten Objecte schenkte ich dem vaterländischen Museum zu Prag, wo sie unter den Nummern 136, 137 und 138 aufbewahrt werden.

Teynice-labská (Elbeteinic). Nicht fern von diesem zur Krondomaine Pardubic gehörigen Städtchen, befindet sich auf der südöstlich gelegenen Feldflur na Svárově ein heidnischer Begräbnissplatz mit bereits längst verflachten Grabhügeln, in deren Innerem man die gewöhnlichen Beigaben der Heidengräber: Holzkohle, Asche, Moder, Urnentrümmer, Knochenreste, Bronzefragmente u. s. w. auffand. Tagearbeiter, die mit dem Ebnen der dortigen Wiesen beschäftigt waren, zerstörten aus Unkenntniss die meisten dieser Sachen.

Bei meiner Anwesenheit daselbst im Jahre 1860 besichtigte ich na Svárově und veranlasste, dass ein dort gefundenes unbeschädigtes kleines schwarzbraunes, 1 Zoll 6 Linien langes, 2 Zoll 9 Linien in der Oeffnung breites Thongefäss, dann ein Fragment einer Urne, nebst einer Bronzenadel mit abgeplattetem Knopf und einem Bronzeringe dem vaterländischen Museum übergeben und dort unter den Nummern 400, 401, 585 und 586 aufgestellt werden konnten. In derselben Zeit gelangte ich zur Kenntniss, dass in dem von Kuttenberg 2 Stunden östlich gelegenen Pfarrdorfe:

Zábof, unfern Elbeteinic, ebenfalls Objecte aus der heidnischen Vorzeit zum Vorscheine kamen. Ich säumte nicht, mich dorthin zu begeben.

Zábof ist bereits in den Mittheilungen II. Jahrgang Maiheft S. 116 als uralter Kirchenort bekannt gegeben und dessen merkwürdige romanische Kirche mit ihrem köstlichen, leider durch eine dicke Kalkkruste verunstalteten Portale, durch Herrn E. C. Wocel sehr genau geschildert worden.

In dem Hofe Nr. 11 fand ein Bauer bei einem Grundbaue Urnenscherben, von welchen sich ein bedeutender Urnenrand in den Händen des dortigen Caplans P. Wenzel Waněk befindet. Derselbe Bauer fand dort auch zwei höchst primitiv geformte eiserne Schlüssel, einen stark oxydirten Sporn, das Fragment eines gebrochenen, vom Roste fast verzehrten Schwertes, und einen mit Perlmuttereinlagen versehenen Griff von einer unbekannten Waffe, nebst 16 Stück Silbergroschen aus der Regierungsepoche des Johann von Luxemburg (1311—1346).

Alle diese Sachen übergab dieser unwissende Landmann an Unberufene, die da vorgaben, sie dem Museum zu übermitteln.

Es bleibt noch zu bemerken, dass alle die hier erwähnten Alterthümer slavischen Ursprunges sind, weil die metallinischen Mischungsverhältnisse der gefundenen Bronzeobjecte, bei welchen der Zinnzusatz in grösserem Verhältnisse erfolgte, darauf hindenten.

Franz Benesch.

[1] Vergl. meinen ausführlichen Bericht in den Památky archaeologické D. III, Seite 330. — [2] Im Sitzungsberichte der k. Akademie der Wissenschaften Novemberheft 1853 und Aprilheft 1855.

Die älteste Abbildung von Triest.

Der Dom zu Triest gehört bekanntlich zu den ältesten christlichen Bauten im ganzen Kaiserthum Österreich, indem er schon im vierten Jahrhundert auf den Fundamenten eines Tempels der capitolinischen Götter gegründet wurde. Noch heute steht dieses alte Hauptschiff mit der Apsis, in welcher die zwölf Apostel, und über diesen die heilige Maria in Würfelmosaik dargestellt sind[1].

Im sechsten Jahrhundert baute man eine zweite Kirche ganz nahe hinzu und schmückte die Apsis derselben ebenfalls mit Mosaikarbeiten, welche den Erlöser zeigen, zu dessen beiden Seiten die Schutzheiligen Triest's, nämlich St. Justus und St. Servulus angebracht sind. Um das Jahr 1300 vereinigte man endlich diese beiden Kirchen dadurch, dass man zwischen ihnen ein grösseres Mittelschiff aufführte. Somit wurde die ältere Kirche zum linken Seitenschiff (nave di pietà), die spätere aber zum rechten Seitenschiffe (nave di San Giusto), und in diesem zeigt sich, wie schon angedeutet, das Mosaikbild des heiligen Justus, welcher in seiner Rechten eine Cypresse hält.

Unter dieser Mosaik ist der heilige Justus noch einmal und zwar in Fresco dargestellt, der eine Art Modell der Stadt Triest auf der Hand trägt. Man gewahrt auf dieser Abbildung den ältesten Theil der heutigen Stadt (la città vecchia). Oben zeigt sich der Dom mit seinen drei Pforten und dem grossen Rundfenster, und daneben steht der vierseitige Campanile, an welchem man noch jetzt mehrere antike Säulen wahrnimmt. Er galt in früherer Zeit ganz gewiss als der Beffroy des kleinen Tergestum, da man von ihm aus jede Annäherung eines Feindes gewahren konnte.

Fig. 1.

Von ihm ziehen die crenaillirten Wallmauern herab, welche die Stadt umschliessen und von neun viereckigen nach der Stadt zu offenen Thürmen vertheidigt werden. Nach unten, gegen den Strand zu, liegt der grösste Bau der Stadt, nämlich das Castell, mit einem Haupt- und zwei Nebenthoren und vier Thürmen. Die Häuser inner den Ringmauern erscheinen alle ziemlich klein. Sie sind keineswegs in strassenähnliche Reihen gestellt, auch unterscheidet man unter ihnen keines, das sich durch irgend einen architektonischen Schmuck als ein Municipalgebäude oder Palatium kennzeichnete.

Das Castell ist in einem Parallelogramm angelegt. Es hat links und rechts von dem Vor- oder Thorthurm crenaillirte Mauern mit Schiessscharten, von welchen letzteren sich an der linken Seite drei grössere, und an der rechten sechs kleinere befinden. An jeder Ecke des Castells steht ein Hochthurm, der westliche ist mit Zinnen versehen, während der östliche mit einem Dach gedeckt ist. Dieser Thurm soll noch im vorigen Jahrhundert zum Theile gestanden sein und eine, freilich sehr mittelmässige Abbildung desselben in stucco findet sich an einem der Häuser, welche an der Grenze der ehemaligen città vecchia stehen. Aus dem Mitteltheile der Burg erhebt sich der vierte Thurm.

Es ist sehr zu bedauern, dass man bis jetzt noch aller schriftlichen Quellen entbehrt, um den vorliegenden, sowohl an und für sich als für die Geschichte des älteren Städtebaues höchst wichtigen Plan genauer detailliren zu können. Ein Plan von Triest, der um das Jahr 1630 unter der Stadthauptmannschaft des Benvenuto Petazzi aufgenommen wurde und aus dem man sich in Bezug auf das ältere Triest gewiss manchen Rath hätte holen können, ging leider gänzlich verloren, und man weiss nicht einmal ob derselbe blos geometrisch oder in der Vogelschau dargestellt war.

Rosetti führt in seinen Annotationen zu Tomasini's Handschrift: „Trieste ed i Triestini intorno al 1650" an, dass ihm nachfolgende fünf Darstellungen von Triest zu Gesicht gekommen seien[2].

1. „Die Malerei in der Apsis des Hauptschiffes von San Giusto, welche einen Heiligen vorstellt, der ein Modell der Stadt Triest in der Hand hält. Opera del secolo XV." — (?)

2. Die Ansicht von Triest vom Jahre 1689 bei Valvasor. (Ehren des Herzogthums Krain T. III, Taf. zu pag. 598.)

3. Eine Federzeichnung vom Jahre 1694, welche einer Handschrift des Dr. Pietro Rosetti in der Stadt-Bibliothek von Triest beigebunden ist.

[1] S. d. Mittheilungen der Centr.-Comm. 1859, p. 173 u. 201

[2] Vedi L'Archeografo Triestino. Trieste 1829, T. I, p. 235.

4. Das Bild in der Apsis mit dem St. Justusaltar (von welchem oben der Holzschnitt gegeben wurde) und

5. Der Plan der Stadt und des Hafens von Triest, in Kupfer gestochen um das Jahr 1725. (Den einzigen bisher bekannten Abdruck von dieser Platte besass noch um das Jahr 1828 die Familie der Costanzi zu Triest.)

Vincenzo Scussa gibt in seiner „Storia cronografica di Trieste“ (Trieste 1863, 4.) zum Cap. XI (pag. 19) eine Ansicht von Triest aus der Zeit „quando Trieste fu onorata d'esser colonia de' Romani“, die so ziemlich in das Bereich der Phantasie gehören dürfte, und eine zweite vom Jahre 1500 (zu pag. 101), gleichfalls ohne eine Quelle davon anzuführen. Jedenfalls wäre es sehr wünschenswerth, dass man sich in der reichen Stadt, die sich „la tous-jours fedèle“ nennt, ernsten Forschungen über ihre frühere Gestaltung hingäbe.

Correspondenzen.

Über die Holzkirchen im Nordosten Ungarns.

Szathmár, den 12. Dec. 1865.

Es wurde vor einigen Jahren an die Central-Commission berichtet, dass im ganzen Grosswardeiner Gebiete vor Zeiten keine deutschen Colonisten lebten und daher auch keine historischen Baudenkmale derselben vorhanden seien, eine Kirche in Nyir-Bathor im Szaboleser Comitate ausgenommen.

Später, nämlich im Jahre 1850, wurden aber einige interessante Daten und zwar nicht nur über eine, sondern über zwei gothische Kirchen, in dem genannten Marktflecken geliefert. Es lässt sich aber kaum denken, wie gross mein Staunen war, als ich bald darauf in das genannte Verwaltungsgebiet kam und nicht nur im Szaboleser, sondern vorzüglich im weitgedehnten Szathmárer Comitate, ferner im Mittel-Szolnoker, Marmaroser, Ugocsaer, Bereгher, Unghvarer, Zempliner und Saroscher Comitate viele, ja recht viele gothische und sogar romanische Kirchenbauten und höchst interessante gothische Holzkirchen fand, die bis jetzt Niemand beachtete und von denen nur Herr Architekt Lippert einige in der Eile abzeichnete. — Die Stadt Szathmár wurde schon unter Stephan dem Heiligen durch bayerische Colonisten, die von der Königin Gisela nach Ungarn berufen wurden, gegründet. Unter Geysa II. kamen, zu Anfang des 12. Jahrhunderts, sogenannte Sachsen nach Ungarn und zwar vorzüglich in die Zips, und später nach Kaschau, und siedelten sich an den südlichen Karpathen, bis hinein in die Marmaros, bis nach Nagybánya und nach Siebenbürgen hinab an. Und wo sie sich niederliessen, da erbauten sie auch Kirchen, die grossentheils noch überall, bald mehr bald weniger erhalten, vorhanden sind und glänzende Zeugnisse ihres Kunstsinnes, ihrer hohen Religiosität und ihres lobenswürdigen Culturtriebes sind. Es waren nämlich auch in Ungarn die Deutschen die Arbeiter auf dem Felde der Cultur.

Aber nicht nur dort, wo einst Deutsche wohnten, bestehen noch jetzt kirchliche Baudenkmäler, sondern auch in solchen Orten und in solchen Dörfern, die von Ungarn bewohnt waren, denn die Handwerke waren in Ungarn beinahe ausschliesslich den Deutschen überlassen. Der durch seine Gelehrsamkeit bekannte Domherr Georg Fejér, königl. Universitätsbibliothekar in Pesth, gab vor mehreren Jahren ein treffliches Werkchen über den Cultureinfluss der Städte in Ungarn heraus; aber sein literarischer Gegner Stephan von Horváth bemühte sich, ihn zu widerlegen, und alle diesfällige Ehre den ungarischen Prälaten zu vindiciren. Der letztere bedachte aber dabei nicht, dass die ungarischen Prälaten in den Gebieten der Baukunst, Bildnerei und Malerei nur durch deutsche Künstler und Handwerker etwas Rühmliches schaffen konnten. Alles was bisher von byzantinischem Wirken in Ungarn behauptet wurde, muss dem deutschen Bewohner Ungarns zum Verdienste angerechnet werden. Es ist wahr, dass der heilige Stephan auch Künstler aus Constantinopel nach Ungarn berufen hatte, aber es lässt sich unwiderleglich nachweisen, dass alle Bauten, die ihm zugeschrieben werden, nicht seiner, sondern einer späteren Zeit angehören [1].

Es kann demnach auch durchaus nichts nachgewiesen werden, was mit Recht den byzantinischen Künstlern zu verdanken wäre. Über den Einfluss des französischen Baumeisters Vilain, der von sich selbst schreibt, dass er unter Bela IV. „längere Zeit“ in Ungarn war, sind die Acten noch nicht geschlossen. Ob er die Kirche zu Zsámbék nächst Ofen gebaut habe, kann noch nicht nachgewiesen werden. Die in Aussicht stehende Veröffentlichung seiner Zeichnungsskizzen dürften vielleicht einige Anhaltspuncte liefern.

Die Baudenkmäler der Zips und der Stadt Kaschau fanden bereits ihre Beschreiber in den „Mittheilungen“, und wir können insbesondere Herrn Merklas nicht genug Dank für den rühmlichen Eifer zollen, mit dem er sich der genannten Denkmäler angenommen hat. Aber Kaschau ist die ultima Thule geblieben, denn östlich von Kaschau ist noch kein Archäolog vorgedrungen, obwohl eine Reichsstrasse von Kaschau bis Marmaros-Szigeth und von da ein guter Fahrweg über Ugocsa nach Nágybanya und Szathmár bis nach Siebenbürgen führt, und sich überall an diesen Strassen herrliche gothische Kirchenbauten finden. Unter anderen wollen wir nur die grosse Kirche von Beregszasz nennen, die einst von deutschen Ansiedlern zu Ehren des heiligen Lampert gebaut und von aussen mit symbolischen Thierfiguren geziert wurde; ferner die Pfarrkirche zu Gross-Szöllös, wo die einstmalige zweithürmige schöne Franciscanerkirche in Ruinen liegt; dann die Kirchen zu Hasth, Técsö, Hosszumezö, Szigeth, Visk, Gyulafalú.

[1] Die einzige Domkirche von Fünfkirchen, von der aber Thuróczy ausdrücklich sagt, dass sie Stephans Nachfolger Peter erbaut habe, stammt noch theilweise von ihm.

dann zu Ardó, Mátyfalú, Aranyos-Medgyes, Erdöd, Beltek, Váralja u. s. w. Von der herrlichen Kirche zu Nagybánya, die unter Ludwig dem Grossen gebaut wurde, stehen nur noch der Thurm mit den Zeichen der Steinmetzen und ein Theil eines herrlichen Portales, welches zeigt, wie grossartig und kunstvoll der Bau war.

Vor 20 Jahren stand noch die ganze Ruine, man verkaufte sie aber für 300 fl. und zerstörte sie mit einem beinahe unerhörten Vandalismus. Nächst Nagybánya findet sich noch eine gothische Kirche in Girod-Tótfalú, und wie ich hörte, stehen auch noch Überreste von den Statuen der vierzehn Nothhelfer, die einst das Seitenportal der Kirche zu Nagybánya zierten.

Fünf Stunden von Szathmár liegt an der Krassna die einstmalige Klosterkirche der Klarissinnen zu Ákos, mit einem dreischiffigen Langhaus ohne Kreuzgang, wie die Kirche zu Zsámbék im romanischen Styl aufgeführt und mit zwei Thürmen geziert. Sie war einst dem heiligen Achatius geweiht und ist gegenwärtig im Besitze der Reformirten.

Zwischen der Theiss und der Szamos, dann zwischen der Szamos und Körös finden sich noch sehr viele alte Kirchen, die in mehrfachen Beziehungen sehr merkwürdig sind und besonders auch als Ziegelbauten unsere Aufmerksamkeit verdienen.

Dass auf dem so eben berührten Terrain, das ist am Fusse der südlichen Karpathenabhänge, auch die Malerei mit Lust und Liebe gepflegt worden ist, davon zeugen noch jetzt so manche Überreste von Wandmalereien. Unter anderen ist in Ardó die ganze nördliche Wand, die wie in den meisten alten Kirchen ohne Fenster ist, mit Votivmalereien bedeckt, die erst vor kurzem entdeckt wurden und noch ziemlich gut erhalten sind. Solche Wandmalereien finden sich noch in dem Stifte der Prämonstratenser zu Coless, und man sah deren noch vor kurzem zu Helmecz, Csicsen, Marmaros-Szigeth und anderen Orten.

Höchst beachtungswerth sind ferner in dieser Gegend die im gothischen Style erbauten, mit hohen, zahnstocherartigen Thürmen und vielen kleinen Thürmchen gezierten Holzkirchen, deren ich bereits oben erwähnte. In den „Mittheilungen“ wurden vor kurzem die Holzbauten des Nordens erwähnt und im Jahrgang 1858 (Aprilheft) von Ritter v. Wolfskron einige Holzbauten in Mähren, Schlesien und Galizien beschrieben, aber diese Holzkirchen unterscheiden sich von denen in Ungarn, da diese, wie zuvor angedeutet, meist im gothischen Styl erbaut sind.

Was Riehl in seinen „Culturstudien“ von der Charakteristik der Kirchenthürme Deutschlands so richtig sagt, findet seine Illustration auch in Ungarn. Und wer einst die Geschichte der Cultur, welche die Deutschen nach Osten getragen und verpflanzt haben, schreiben will, muss seine Aufmerksamkeit insbesondere den bisher kaum noch gewürdigten Kirchen und Thürmen des genannten Theiles von Ungarn zuwenden.

Zum Schlusse unserer Anzeige gelangt, empfehlen wir den Freunden des Alterthumes und der Culturgeschichte die Durchsuchung dieser Holzbauwerke um so dringender, als ihre Untersuchung bei dem gänzlichen Mangel an Vorarbeiten nicht mehr lange aufgeschoben werden kann, weil man bei uns, wie ich an vielen Orten hörte, keine solche Holzbauten mehr aufzuführen versteht, und weil die bestehenden von Jahr zu Jahr verfallen und Steinbauten Platz machen. Unter anderem berichtet auch Herr Dr. Biedermann in seinem Werke: „Die Ruthenen Ungarns“, dass in den Eperjeser und Unghvarer ruthenisch-katholischen Diöcesen, in kurzer Zeit sehr viele kirchliche Steinbauten aufgeführt wurden, die alle an die Stelle von Holzkirchen traten. Es darf daher nicht gezögert werden, um diese Denkmale mindestens durch Schrift und Bild für die Kunst und Culturgeschichte zu erhalten, da sie selbst den Wandlungen der Zeit und ihrem allumstaltenden Umschwunge verfallen sind.

Übrigens kann ich nicht umhin zu erwähnen, dass Herr Dr. Biedermann in seinem erwähnten Werke, in welchem er sich mit besonderer Vorliebe der Ruthenen annimmt und Land und Leute auf das Genaueste beschreibt, kein Auge, ja kein Wort für diese höchst interessante Holzkirchen hatte, obwohl er zum Ruhme der Ruthenen aufführt, wie viel Steinkirchen sie in der Neuzeit erbauten.

Es ist aber auch wirklich sonderbar, dass in den vielen Beschreibungen Ungarns diese Holzkirchen nicht Einmal erwähnt wurden, und dass auch in dem neuesten Werke: „Bilder aus Ungarn“ (Unter Mitwirkung mehrer deutscher Schriftsteller herausgegeben von V. Hornyansky. Pest, 1864) niemand dieser Holzkirchen gedachte, und keine derselben abgebildet wurde; während doch anderseits Herr Architekt Lippert bemerkte, dass er staune, wie noch kein Landschaftsmaler auf die Idee kam, seine Landschaften mit solchen höchst originellen Holzkirchen zu zieren.

Äusserst auffallend ist auch noch die reiche Mannigfaltigkeit, die sich in diesen gothischen Holzbauten darstellt. Endlich muss ich noch anmerken, dass die römisch-katholische Neutraer Diöcese ebenfalls sehr viele Holzkirchen besitzt, die ich aber nicht gesehen habe und von denen ich auch nicht sagen kann, ob sie im gothischen oder im Zopfstyl erbaut sind. Unter der grossen Kaiserin Maria Theresia, deren unsterbliche Verdienste um Ungarn noch bei weitem nicht genug gewürdigt sind, wurden aus der Gegend von Gmunden und Ischl Familien von Holzleuten in die Marmaros, namentlich nach Deutsch-Mokra, Königsfeld, Dombó, Rahó, Visó und Körös-Mezö verpflanzt, um das Klausenwesen und Holzflössen zu betreiben. Nun wurden auch von diesen Ansiedlern Holzkirchen erbaut, doch nicht mehr im gothischen, sondern im Zopfstyl, wie es unter anderen die noch gut erhaltene römisch-katholische Holzkirche in Deutsch-Mokra beweist.

Auch darf nicht mit Stillschweigen übergangen werden, dass es bei uns Steinkirchen gibt, die mit den oben bezeichneten, hohen, zahnstocherartigen Thürmen prangen, wie z. B. einer die Pfarrkirche zu Ischl ziert. Diese Steinkirchen sind aber heut zu Tage Eigenthum der Reformirten, nachdem die, der griechischen Kirche angehörigen Ruthenen und Rumänen erst in der Neuzeit anfingen Steinkirchen aufzuführen.

Aus diesen nur flüchtig geschriebenen Zeilen erhellt zur Genüge, welche reiche Ausbeute die vaterländische Archäologie noch in Ungarn zu hoffen hat. Leider ist hier durchaus kein Künstler aufzutreiben, der die berührten Kirchenbauten und Wandmalereien auch nur halbwegs zu copiren im Stande wäre.

Michael Haas,

Bischof

Die neuesten Ausgrabungen in Laibach.

Die zahllosen alten Münzen und vielen sonstigen Anticaglien, die in Krain bereits da und dort zufällig ausgegraben wurden, beweisen, wie viel davon wohl in der Erde verborgen liegen mag, doch leider, dass wir warten müssen, bis eben der Zufall etwas von jenen noch verborgenen historischen Schätzen zu Tage fördert.

So verdanken wir der Grabung eines Abzugcanales längs dem Haupt- und respective Domplatze in Laibach, welche im August 1863 stattgefunden hat, eine für die ältere Geschichte wichtige Entdeckung, indem man hier auf eine römische Wasserleitung stiess, von der man bisher keine Ahnung hatte; ja man hielt bis vor Kurzem sogar dafür, dass am rechten Ufer der Laibach nie eine römische Ansiedlung bestanden habe. Jetzt aber wurden in der ganzen Länge des Domplatzes vor der Kathedralkirche, vom Hause Nr. 298 bis 309 wohlerhaltene irdene Wasserleitungsröhren vorgefunden, deren eine 15 Zoll Länge, vorne im Durchmesser 2 Zoll 3 Linien, hinten aber von 3 Zoll 4 Linien misst. Diese Röhren waren eine in die andere eingefügt, und so zu sagen hermetisch aneinander geschlossen, ohne eben verkittet zu sein, so dass sehr leicht eine aus der andern herausgezogen werden konnte. Die Röhren lagen in der Richtung vom Schulplatze gegen das Magistratsgebäude am Hauptplatze, und zwar, je näher dem Magistratsgebäude, um so näher der Oberfläche der Erde, so dass die letzten herausgehobenen Röhren sich kaum zwei und ein halb Schuh tief befanden; es waren jedoch dieselben nicht die äussersten, und müssen deren in dieser Richtung noch welche in der Erde liegen, so wie man auch am entgegengesetzten Ende gegen den Schulplatz, wo mit der Canalgrabung abgebrochen wurde, die Fortsetzung dieser Wasserleitungsröhren sehen konnte. Diese Fortsetzung führt höchst wahrscheinlich über den Schulplatz, dann über den Jahrmarktplatz und um den Schlossberg zum Gruber'schen Canal, bei dessen eben stattfindender Vertiefung Behufs der Entsumpfung des Laibacher Moors, man ebenfalls auf ähnliche, der Stadt zugekehrte Röhren stiess, und sollen deren, wie man jetzt erst aus dem Munde eines Maurers erfährt, schon vor Jahren bei Anlegung der, jenseits des Gruber'schen Canals am Golove-Berge liegenden Hradetzky-Vorstadt vorgefunden worden sein. Es ist zu bedauern, dass es an Mitteln fehlt, um in der angezeigten Richtung weitere Nachgrabungen im Interesse der Wissenschaft vornehmen zu können, gleichwohl dürfte es so zu sagen constatirt sein, dass vor Jahrhunderten eine Wasserleitung vom Golove-Berge nach der alten Stadt, die auf dieser Stelle stand, bestanden habe, mag es nun Aemona gewesen sein oder nicht.

Die Thonmasse sowohl als der ausgezeichnete Brand und die Form der Röhren lassen keinen Zweifel übrig, dass dieselben der römischen Periode angehören. Auch ist es bekannt, dass man in vielen andern alten Städten Thonröhren fand, die zu Wasserleitungen dienten, denn die klugen Römer zogen dieselben den metallenen und hölzernen Röhren vor, weil jene, nämlich die thönernen Röhren, wenn sie sorgsam angefertigt und der Zerstörung von aussen nicht ausgesetzt sind, durch Jahrhunderte sich erhalten. Auch sind neben der eben entdeckten Wasserleitung an verschiedenen Stellen gleichzeitig einige andere römische Alterthümer vorgefunden worden, als: Särge von verschiedener Grösse aus Thonziegel geformt, wie deren einer von 21 Zoll 3 Linien Länge und 16 Zoll 2 Linien Breite dem historischen Verein für Krain übergeben wurde, dann Grablampen, irdene Geschirre und Münzen. In den von den Arbeitern leider zerschlagenen Särgen fand man Menschenknochen, und zwar einige sehr grosse, und in dem einen kleinen Sarge Theile eines Kopfes mit ganz gut erhaltenen Kinderzähnen; Zähne widerstehen bekanntlich am längsten der Zerstörung und erhielten sich, wie Plinius sagt, sogar in den Sarkophagen aus jenem leichten, schwammigen Steine, welcher die übrigen Knochen der Leichen binnen 14 Tagen verzehrte. Eine wohlerhaltene irdene Grablampe, die man am Domplatze ausgrub, trägt am äussern Boden die Buchstaben CDESSI, worin der Name des Töpfers, der sie verfertigte, zu suchen sein mag. Zwei Töpfe, die an das hiesige Museum abgegeben wurden, ein grösserer und ein kleinerer, haben die gewöhnliche heuttägige Topfform, zwei andere, aus den von den Arbeitern herausgeworfenen Bruchtheilen, so weit es ging, zusammengestellte Töpfchen, haben die niedliche Gestalt der derzeitigen Milchtöpflein aus Porzellan von $1/2$ Seitel Gehalt, jedoch ohne Henkel, und haben dieselben von Aussen bis über die Hälfte gekerbte Streifen. Von den Münzen, die daselbst gefunden wurden, soll eine ein Constans und eine zweite ein Galienus gewöhnlicher Art sein, eine dritte Münze aber, die man aus Gold vermeinte, wurde durch Feuer derart zerstört und unentzifferbar gemacht, dass es sich nur vermuthen lässt, sie sei ein Nero. Dem Schreiber dieses ist es nicht gelungen, eine der am Domplatze vorgefundenen Münzen zu Gesicht zu bekommen. *Dr. H. Costa.*

Besprechungen.

Lorédan Larchey. Origines de l'Artillerie française.

Planches autographiées d'après les monuments du XIVe et du XVe siècle. Paris 1863, 4°. (105 Planches.)

In Frankreich hält man das Studium der Geschichte der Artillerie für sehr wichtig, denn tüchtige Neuerungen können nur aus der genauen Kenntniss des Alten hervorgehen, und aus diesem Grunde mochte sich auch der jetzige Kaiser der Franzosen bewogen gefunden haben, sein allgemein bekanntes Werk über die Artillerie zu verfassen, wobei derselbe bis auf die ältesten Wurfmaschinen, die Pleiden, Tummerer u. s. w. zurückging, deren auch Favé, Viollet-Leduc u. a. ausführlich erwähnen. Larchey's vorliegendes Werk schliesst sich an jene

Arbeiten an, und bringt viele sehr interessante Ergänzungen und Erläuterungen. Die Quellen, aus welchen Larchey schöpfte, sind nebst den Werken des Froissard, des Valturi und des Paulus Sanctinus, von denen die kais. Bibliothek zu Paris Handschriften besitzt, hauptsächlich alte Manuscripte in den verschiedenen Bibliotheken Frankreichs, der Schweiz und Belgiens, und können daher wohl als echt angenommen werden.

Es ist begreiflich, dass das Auge des Beschauers zuerst die ältesten Geschütze aufsucht. Es findet hier (Table 48) die Bombarda cerbotana oder die geschwänzte Kanone und (Table 67, ff.) die Scopetta oder Bombarde portative, welche beide der Verfasser in das XIV. Jahrhundert setzt, was indessen jedenfalls etwas zu früh sein dürfte, wie auch das Costüme der hinzu gezeichneten Figuren andeutet, welche bereits Plattenharnische haben. Die Cerbotane (das Wort scheint verwandt mit. Sarbacane, Blaserohr) ist kurz, hat noch Ähnlichkeit mit einem Mörser, endet aber rückwärts in einen langen dünnen Schwanz, der dazu dient, das Rohr zu richten, d. h. zu heben oder zu senken. Man findet diese Cerbotanae auf Zapfen ruhend oder in einer Gabel liegend, und bald nur auf einem Pfosten, bald auf einem vierräderigen Wagen befestigt, der dann zuweilen auch einen Schutzmantel (Mantelet) hat, hinter welchem sich der Cerbotanist verbergen konnte.

Die Scopetta, wie ihre Benennung andeutet, wahrscheinlich aus Italien stammend, ist eigentlich ein Handgeschütz, das man auch zu Pferde führen konnte. Sie ist ähnlich gestaltet wie die Cerbotane, nur kleiner, ihre Queue ist nicht gekrümmt, sondern gerade, und sie ruht in einer eisernen Gabel, die von dem Sattel des Pferdes aufsteigt. Die Scopetta geht im XV. Jahrhundert in die Bombardelle über, von welcher der Verfasser (T. 29, C. D.) zwei aus Favé's Werke bringt, die einst Karl dem Kühnen gehört hatten. Sie haben schon mehr die Formen ganz kleiner Kanonen oder Böller, und sind mittelst Eisenbändern an einen hölzernen Löffel befestigt, dessen Stiel zur Handhabe dient. Verwandt mit den Bombardelles sind die Coulevrines (Schlangenbüchsen), die sich von jenen durch ihr langes Rohr, das kleinere Kaliber und dadurch unterscheiden, dass sie nicht in einem Löffel liegen, sondern dass die Hülze rückwärts am Stoss, in Form einer Stange angebracht ist. Es gibt Handcoulevrinen und (T. 70) Standcoulevrinen, welche letztere bei der späteren Ausbildung der Laffetten in die oft genannten Schlangenbüchsen, Serpentinen u. s. w. des XVI. Jahrhunderts übergingen. Table 6 zeigt zwei Michelets, die bei der Vertheidigung von Mont Saint-Michel im Jahre 1423 gebraucht wurden. Sie sind aus Eisenstangen geschmiedet, geschweisst und mit Eisenringen umfasst[1].

[1] Ganz ähnlich wie der grosse türkische Mörser im Hofe des k. k. Arsenals, der freilich einer viel späteren Zeit angehört und Steinkugeln von tausend Pfund schoss.

Die Tafeln 57, 58, 59 und 63 zeigen Ribaudequins oder gekuppelte Kanonen aus der zweiten Hälfte des XV. Jahrhunderts, als man nämlich schon auf den Gedanken gekommen war, schneller nach einander feuern zu können, und desshalb zwei, drei bis sechs Bombardellen auf demselben Tragblock anbrachte, der entweder unbeweglich, oder wenn die Bombardellen in einen Kreis gestellt wurden, drehbar war. Die Tafeln 60 und 64 bringen Ribaudequins auf Rädern mit Lanzen und Sicheln besetzt, und einen Mantelet roulant mit vier Coulevrinen, zwischen denen Lanzen und Stangen stecken, an welchen letzteren Feuerballen angebracht sind. Ob derlei Maschinerien, die man häufig in Handschriften des XV. Jahrhunderts, besonders in Erläuterungen des Vegetius findet, wirklich in Gebrauch oder mehr ein Spiel der Einbildungskraft eines kriegerischen Theoretikers waren, dürfte bisher noch nicht genügend zu entscheiden sein; jedenfalls zeugen sie aber von dem Eifer, mit welchem man sich in jener Epoche auf die Belagerungskunst verlegte.

Die nachfolgenden Tafeln bringen Hebezeuge, Pulverwägen, Munitionskästen, Kanonenschirme, Katzen und Batterien von zwei und mehreren Kanonen, und am Schlusse erscheinen die Siegel:

des Johann von Lyon, Meister der Artillerie von Frankreich 1358,

Jean Petit's, Obermeister der Artillerie im J. 1418,

des Louis de Crussol, Artilleriemeister im J. 1469,

des Gaspard Bureau, und des Jehan Bureau, dessen Bildniss nach einem Stich von Grignon beigegeben ist,

ferner jenes des Tristan l'Hermite, welcher 1436 Artilleriemeister war, und mehrerer Anderer.

Die Tafeln sind nach den Originalen autographirt und auf Stein übertragen. Das wunderliche Titelblatt, welches eine Belagerungsmaschine in der Gestalt eines Drachen vorstellt, der in seinem Rachen eine Kanone und in seiner Brust ein Ausfallsthor mit einer Leiter nebst zwei anderen Kanonen hat, ist aus dem Werke des Valturi (Ausgabe vom Jahre 1472) genommen, und gehört unzweifelhaft zu jenen Phantasmen, deren früher erwähnt wurde, zu denen gewiss auch die Bombarde à conde oder die „Kanone über Eck“ gehört, in deren aufrechten Tubus das Projectil, in deren wagrechten Lauf aber die Ladung gebracht werden sollte. Dürfte man auch wünschen, dass solche Sonderlichkeiten ganz aus dem Bereich der eigentlichen Wissenschaft gestrichen würden, so haben sie doch wieder etwas negativ Unterrichtendes und mögen daher mit hingehen. Im Ganzen bleibt aber Larchey's Werk von grossem Interesse und ist jedem, der sich mit dem Studium der älteren Geschützkunde beschäftigt, von Wichtigkeit.

William Howitt, „Ruined abbeys and castles of Great Britain and Ireland“. Second Series.

London. 1864. 4°. (Mit Photographien.)

Jedermann, der sich mit der Archäologie des Mittelalters beschäftigte, kennt die eben so schönen als grossartigen Burgen- und Abteien-Ruinen des fröhlichen Englands. Das vorliegende Buch, eine Fortsetzung der im Jahre 1863 erschienenen ersten Serie, spricht wieder lebhaft für diese Denkmale, die aber auch, freilich nur in England, mit solcher Liebe und Sorgfalt gepflegt und erhalten werden, dass man deutlich ersieht, wie viel ihr Besitzer darauf hält sie sein Eigen zu nennen, und wie er sich durch sie stets an die Geschichte seines Vaterlandes — seinen grössten Stolz — erinnern lässt. Ja er pflegt, wie seine alten Bäume, auch den Epheu, der diese alten Mauern umrankt, und schirmt ihn vor ungeweihten Händen.

Die erste der uns hier vorgeführten Ruinen sind die von Kenilworth-Castle, dem einstigen Prachtbau, der fasst ausschliesslich von Personen des königlichen Hauses und ihren Günstlingen bewohnt wurde, und dessen ursprüngliche Entstehung weit hinauf in die altsächsischen Tage reicht. Zur Zeit der Normannen kam es in den Besitz des Kronvasallen Optone und unter Heinrich I. besass es Gottfried von Clinton, der es, so wie das nahebei liegende Kloster aufs Neue erbaute, und von dem es dann in den Besitz der Krone gelangte. Doch dürfen wir die Geschichte Kenilworths als bekannt genug annehmen, um ihrer weiter erwähnen zu sollen. Die beigegebenen Photogramme geben eine Hauptansicht des Schlosses vom Brook aus, dann die Ruinen der Bankethalle mit riesig hohen, gedrückt-spitzbogigen Fenstern und den, reich von Epheu umschlungenen Mervins-Thurm.

Der zweite Abschnitt betrifft das an der Nordwestküste von Wales liegende Castle of Caernarvon, welches wie Beaumaris und Conway, unter Eduard I. seine Entstehung fand. Es liegt unmittelbar am Meer und zeichnet sich nächst dem mächtigen achteckigen Eingangsthurm noch durch vier andere sehr hohe, schlanke Thürme aus. Von da führt uns der Autor an die Küste von Northhumberland zu den Ruinen der Priory of Lindisfarne, die sich auf der sogenannten „heiligen Insel" befinden, und nicht nur wegen ihrer Ausdehnung, sondern auch wegen ihres hohen Alters das grösste Interesse erregen. Zwei Gegenstände sind es hier vorzüglich, welche die Aufmerksamkeit des Beschauers in Anspruch nehmen, nämlich der „Rainbow-Arch", der in bedeutender Höhe und Weite von dem nordwestlichen zu dem südöstlichen Eckpfeiler hinüber gespannt ist und wegen seiner Schlankheit den obigen Namen erhielt, und das Bogenthor aus den Tagen der Normannen mit seinen edlen Formen und den eigenthümlichen Zickzack - Zierrathen an den Bögen. Auch die Tynemonth Priory (pag. 64) wurde in der sächsischen Zeit gegründet; allein ihre Überreste bestehen nur mehr aus zwei, im rechten Winkel an einander stossenden sehr hohen Mauern der einstigen Kirche, woran jedoch minder die Zeit als das räuberische Hinwegnehmen der Steine (dilapitation) Schuld trägt.

Des weiteren wird der Leser an die Küste von Yorkshire zur Abtei von Whitby geführt.

„If e'er to Whitby's silver strand
Thy pilgrim steps have strayed" etc.

sagt die Ballade von der heiligen Hilda, von dieser einst prachtvollen Abtei, die sich eben so schön vom Lande aus als von der See her darstellt, obgleich sie sehr verfallen ist, wie denn auch der Mittelthurm erst im Jahre 1830 zusammen stürzte. Die noch vorhandenen Fenster im Spitzbogenstyl sind in breiten Formen angelegt und aus grossen Steinen zusammengesetzt. Die nächstfolgenden Photographien (p. 92 und 96) zeigen das östliche Fenster und die Westfronte der Netley Abbey, von welcher sich leider weder Jahrbücher noch andere Documente vorfinden. Doch zeugen die schönen und reinen Formen des hier angewendeten Spitzbogenstyles von der besten Epoche dieser Bauweise, die später in England durch das „ogivale flamboyant" eine so eigenthümliche Wendung einschlug.

Hurstmonceux Castle, zur Zeit König Heinrich VI. erbaut, ist vermuthlich der älteste Ziegelbau in ganz England, und das Photogramm (p. 102) zeigt das von zwei Halbthürmen beschützte Eingangsthor desselben. Von da geht der Verfasser zu den Ruinen der Croyland-Abbey, welche einst eine der mächtigsten und wichtigsten Abteien des Landes war; ferner zu den Ruinen der Priorei von Castleacre in Norfolk, die sich durch den Rundbogenstyl und durch die Eurethmie aller ihrer Verhältnisse auszeichnet; dann zu dem Schloss von Richmond, zur Abtei von Byland, zur Abtei Jedburgh, deren westliches Thor so wie die südliche Pforte aus den Tagen der Normannen herstammen und von merkwürdiger Schönheit sind, des weiteren zur Dryburgh Abbey, und führt den Leser sodann nach Tipperary in Irland zu dem „Rock of Cashel", einer mächtigen Veste mit einer Kathedrale und einem ungewöhnlich hohen Rundthurm. Den Beschluss machen die Ruinen der Abtei zum heiligen Kreuz in Tipperary und des Schlosses Cahir, beide gleichfalls in Irland.

Diese zweite Serie bringt denselben angenehmen Eindruck hervor wie die erste, und ist eben so lehrreich in Bezug auf Kirchen- und Burgenbau in England, wie jene. Auch die Photographien lassen, obwohl sie nicht gross sind, wohl kaum etwas zu wünschen übrig, wie denn das ganze Buch mit engländischer Vorliebe ausgestattet und der Text mit grosser Kenntniss verfasst ist.

D. van der Kellen. Nederlands-Oudheden.

Der Autor, Mitglied der Akademie der bildenden Künste und der Alterthums-Genossenschaft zu Antwerpen, vereinte auf diesen 97 Blättern eine ansehnliche Zahl von mittelalterlichen Gegenständen, die sich in den verschiedensten Sammlungen Hollands zerstreut befinden. Man trifft hier Leuchter, Becher, Trinkschalen und Trinkhörner; kleine Kistchen, Stühle, Heroldsstäbe, Gildenzeichen, Metall- und Holzfiguren u. s. w., von welchen allen wir nur die Interessantesten hervorheben wollen.

Das älteste dieser Denkmale ist wohl (Taf. 79) das Crucifix aus dem XI. oder XII. Jahrhundert[1], welches aus der Kirche von Gorinchem stammt und sich im Besitz des Pastors der Liebfrauenkirche vor dem Weissenfrauenthor zu Utrecht befand. Es ist aus Rothkupfer verfertigt und konnte sowohl als Altar- denn als Tragekreuz gebraucht werden. Wie die meisten dieser alten Crucifixe, ist auch dieses gegossen und ciselirt und an der Rückseite mit gravirten Ornamenten verziert. Die Krone, welche der Heiland auf dem Haupt hat, so wie das reich verzierte Lendentuch deuten darauf hin, dass Christus hier als „König" vorgestellt werden sollte. Die Enden der Kreuzesarme sind viereckig erweitert, und von dem Felde des obersten Endes kommt ober den Buchstaben I. N. R. I. eine segnende Hand herab. Die

[1] Auch im „Allgemeine Konst- en Letterbode" 1860, Nr. 1, bereits besprochen, wenngleich nicht richtig.

Rückseite des Kreuzes ist tief und breit gravirt, zeigt in der Mitte das Lamm Gottes und an den Kreuzesenden die vier Zeichen der vier Evangelisten von Kreisen eingeschlossen. Dass Zeichnung und Proportion der Figur Christi sehr schwach seien, begreift sich bei dem hohen Alter der Arbeit wohl von selbst, dennoch liegt aber im Angesicht des Heilands der tief empfundene Ausdruck des Leidens.

Der nächstälteste Gegenstand ist eine Reiterstatuette von Bronze aus dem Anfang des XIII. Jahrhunderts und im Besitz des Junkers J. P. Six zu Amsterdam. Der Reiter ist in einen Ringpanzer (Kettinghemd) gehüllt, über welches der Waffenrock gezogen ist. Er trägt auf dem Kopf einen Sturzhelm mit schmalen Augenspalten und auf demselben zeigen sich als Zimier zwei gegen einander gebogene Büffelhörner. In der Rechten mochte die Figur einst eine Lanze gehalten haben, mindestens deutet die Haltung der Hand darauf hin. Die linke Hand führt den Zügel. Das Pferd ist ungepanzert und ohne Raveiten, die Hinterfüsse sind abgebrochen. Am Brustriemen sind vier Ringe angebracht, in denen einst Schellen gehängt haben mochten. Die Arbeit erinnert an die alten Schachfiguren.

Für das Costüme der zweiten Hälfte des XV. Jahrhunderts wichtig sind die zehn Figuren aus Erz, welche auf dem Gitter des Gerichtshofes im alten Stadthause zu Amsterdam standen und bei dem Brand desselben (im Jahre 1652) gerettet wurden. Sie stellen vor:

Die Gräfin Ada,
König Wilhelm II.,
Johann II. von Avesnes,
Kaiser Ludwig V.,
Margarethe, dessen Gemahlin,
Wilhelm III.,
Philipp den Guten,
Michelle von Frankreich, dessen erste Gemahlin,
Isabella von Portugal, dessen dritte Gemahlin, und
Maria von Burgund,

und haben abwechselnd eine Höhe von 55 bis 58 Centimètres. An diese Statuetten schliessen sich vier andere von Holz geschnitzte und überbronzirte, fast nochmal so grosse an, welche Wilhelm VI., Jakobea von Bayern, Philipp von Burgund und Isabella von Portugal vorstellen, wahrscheinlich aber Copien nach bronzenen Originalfiguren sein dürften.

Kirchliche Kronenleuchter (Kerkkroonen) finden wir drei abgebildet. Zwei davon stammen aus dem XV., der dritte aber ist von später Arbeit und gehört dem XVII. Jahrhundert an. Der eine der ersteren (Taf. 37) ist ein Eigenthum Seiner königl. Hoheit des Prinzen Friedrich von den Niederlanden, und war früher in einer Kirche zu Gouda. Er ist 73 Centimètres hoch, misst 50 Centimètres im Durchmesser und hat in zwei Reihen zwölf Leuchterarme, welche das oben angebrachte Standbild der heiligen Maria mit dem Jesuskinde im Kreise umgeben. Der andere Kronleuchter (Taf. 27) gehört dem Herrn B. te Gempt zu Amsterdam und wurde im Jahre 1857 bei der St. Peterskirche im Haag ausgegraben, wo er, wahrscheinlich bei der Plünderung Haags durch den Marschall von Rossum, versteckt wurde. Er hat sechs Leuchterarme und oben das Standbild der heiligen Maria (ohne Jesuskind) von Strahlen umgeben. Der dritte Kronleuchter (Taf. 94) ist in dem Geschmack gearbeitet, wie man derlei Lustres auf Kirchenbildern von Neefs u. a. vorfindet.

Merkwürdig sind auch die hier abgebildeten Herolds- und Botenstäbe und die Stäbe für die Gildenkönige. So zeigt Taf. 10 den Stab für den König der St. Sebastiansgilde. Dieser Stab ist aus Elfenbein geschnitten und sehr reich mit Silber ornamentirt. Taf. 15 zeigt den Stab der St. Georgsgilde, welcher aus Palisanderholz gemacht und mit Goldreifen und Edelsteinen geschmückt ist. Taf. 39 bringt die Botenstäbe der Städte Arnheim und Tiel, und Taf. 40 und 41 zwei Botenstäbe von Zutphen, die alle sehr schlank gehalten, geschmackvoll verziert und im XVI. Jahrhundert verfertigt wurden.

Am reichsten sind die Trinkgefässe vertreten; das älteste derselben ist wohl das schwarze Trinkhorn der Schiffergilde von der heiligen Anna (Taf. 20). Es trägt auf dem silbernen Einfassungsring die Jahreszahl 1369 und die Worte:

„Wetet guede manne, dit horne hoert de Rinshibpers vant Sant Anne“.

Es hat als Ständer zwei silberne Greifenklauen und endet an der Spitze mit dem Kopf eines Ungethüms. Das Trinkhorn der St. Sebastiansgilde (Taf. 9) ist aus einem Büffelhorn gebildet, mit Silberornamenten verziert und im Jahre 1565 verfertigt. Das Trinkhorn der St. Georgsgilde oder der Bogenschützen, ist ganz aus Silber getrieben und stammt gleichfalls aus dem XVI. Jahrhundert. Ein viertes Trinkhorn gehörte der Hakenschützengilde (Kloveniers-gild) zu Amsterdam und dürfte sammt dem dazu gehörigen Collier aus derselben Epoche stammen. Unter den übrigen Trinkgefässen zeichnet sich ein sogenannter Doppelbecher (Dubbelbeker) von der Stadt Zwolle aus, dessen Dekel wieder einen Becher bildet. Er scheint indessen nicht von holländischer, sondern von deutscher Arbeit zu sein, denn das eine der darauf befindlichen Wappen zeigt den deutschen Adler mit der Kaiserkrone und das andere die mailändische Schlange mit einer Königskrone. Der Becher stammt aus der Zeit Maximilians I. Taf. 38 zeigt eines der unter dem Namen „Hansje in den Kelder“ (Hans im Keller) bekannten Trinkgefässe, die hauptsächlich dann zu Toasten (Heildronken) benützt wurden, wenn die Frau des Hauses guter Hoffnung war. Es hat im Grunde der Trinkschale eine kleine Wölbung, unter der die Figur eines Kindes versteckt war, welche durch einen eigenen Mechanismus aufsprang sobald der Becher ausgetrunken wurde.

Endlich sind noch die Stürzebecher (Stoortebeker) (Taf. 9, 26, 47, 48 und 92) zu erwähnen, die nach jedesmaligem Einschenken sogleich geleert werden mussten, weil sie keinen Fuss oder Ständer haben. Eine besondere Abart derselben sind die Mühlenbecher (Molenbeker) (Taf. 47 und 48), welche eine Windmühle darstellen, in deren Innerem ein Uhrwerk angebracht ist, das sich, wenn der Wein eingeschenkt wird, alsogleich in Bewegung setzt und den Trinker nöthigt, das Gefäss schnell auszutrinken, da er sich sonst mittelst einer, seitlich an dem Becher angebrachten Röhre, aus welcher der Wein überströmt, beschütten würde.

Die Tafeln sind von van der Kellen eigenhändig in malerischer, aber charakteristischer Weise radirt, und dienen ganz besonders zu Vergleichen ähnlicher Geräthe und Gefässe.

P.

Redacteur: A. R. v. Perger. — Druck der k. k. Hof- und Staatsdruckerei in Wien.

Die Kanzel der alten Stiftskirche in Heidingsfeld.

Die prachtvollen Kanzeln der gothischen Architectur, welche sich noch in Österreich und Deutschland erhalten haben, verdienten gewiss eine eben so umfassende

Fig. 1.

Beschreibung und Würdigung, wie sie kürzlich den Chorstühlen durch den zu früh uns entrissenen G. Riggenbach zu Theil geworden. Ich erinnere nur an die Predigtstühle des St. Stephansdomes in Wien, der Pfarrkirche in Braunau am Inn, der Stiftskirche St. Zeno bei Reichenhall, des Domes von Regensburg, des Münsters von Ulm u. s. f. Für jetzt erlaube ich mir hier nur einen kleinen Beitrag zur künftigen Geschichte der Entwickelung des Predigtstuhles zu geben, indem ich auf eine bisher unbekannte treffliche Predigtkanzel hinweise. Es befindet sich dieselbe in der Stadt Heidingsfeld in Franken, nur eine Stunde von Würzburg entfernt.

Die alte Stiftskirche selbst, in der dieser Predigtstuhl prangt, ist von hohem Interesse. Die drei Schiffe mit Pfeilersystem und Flachdecke stammen noch aus der romanischen Zeit (c. 1100), der Chor sammt dem Kreuzschiffe ist vom Jahre 1408 an im glänzendsten gothischen Style ausgeführt worden. Gegen Ende dieses Jahrhunderts wurde dann auch die Kanzel aufgebaut, deren Abbildung wir hier geben. Sie ist aus Sandstein gehauen und ganz als organisches Gebilde aufgefasst. Sowohl die Stützsäule der Kanzel als die der Stiege ist als Astwerk mit Blätterkronen ausgeführt, und über den fünf Heiligengestalten der Polygonseiten der Kanzel, wölbt sich ein ganzes Laubdach von Zweigen und Blättern. Leider fehlt der Schalldeckel. Dennoch gehört diese Kanzel auch in ihrer jetzigen Gestalt zu den zierlichsten Gebilden der Art und hat bei Neuschöpfungen bereits mancherlei Motive abgeben müssen[1].

Heidingsfeld hatte immer reiche hochangesehene Gebieter: zuerst die Grafen von Rotheufels, dann die Staufen, endlich den König und Kaiser Karl IV. von Böhmen. Daher und weil das Canonicat zum reichen Haugerstift in Würzburg gehörte, erklärt sich der kunstüppige Schmuck, womit diese alte Kirche geziert ward.

Dr. J. Sighart.

[1] Der in der Nähe angebrachte Schild mit der Weinhippe, und den Buchstaben *b* und *b*, einem Steinmetzzeichen, deutet wohl auf einen Winzer als Stifter.

Peter Fischer (Vischer) und die Standbilder bei dem Grabdenkmale Kaiser Maximilian's I. zu Innsbruck.

In der Beilage der Allgemeinen Zeitung (1863 Nr. 107 und 127) wurde die an und für sich interessante Bemerkung gemacht, dass zwei jener achtundzwanzig ehernen Statuen, welche das Monument Kaiser Maximilian's I. umgeben, und zwar jene, welche den König Arthur und den Theodorich darstellen, von der Hand des oft genannten Erzgiessers Peter Fischer herrühren dürften. Diese Ansicht wurde zuerst durch eine Notiz angeregt, die sich in Joseph Baader's „Beiträgen zur Geschichte Nürnbergs" (zweite Reihe S. 43) vorfindet, in welcher gesagt wird, dass Kaiser Maximilian I. mehrere Gegenstände zu seinem Denkmal im Jahre 1513 von Peter Fischer giessen liess.

Auch der Nürnbergische Gesandte Kaspar Nützel berichtet dem Kaiser (im Juni 1513) hierüber, indem er sagt, dass Peter Fischer:

„der pild ains, dazu er den Form hat gantz zu gericht",

in den nächsten Wochen zu giessen gesonnen sei, und ferner werden in den zweiten der oben angedeuteten Aufsätze in der Allgemeinen Zeitung mehrere Stellen aus einem Innsbrucker-Inventar angeführt, aus denen sich ergibt:

1. dass Gilg Sesslschreiber von Augsburg, Hofmaler Kaiser Maximilian I., mit der Oberleitung der Ausführung des Monumentes betraut war;

2. dass seit dem 18. December 1508 bis zum Jahre 1513 nur ein einziges Standbild, und zwar das des Königs Ferdinand von Castilien gegossen, dass nur noch eines geformt (d. h. in der Hohlform vorbereitet), dass erst sechs in der Visirung, nämlich im Entwurf oder im Aufriss seien; und:

3. dass sich Kaiser Maximilian I. in einem Schreiben (d. d. Augsburg den 16. April 1513) bei der Innsbrucker Regierung darüber beschwert, dass bisher nur ein Bild und zwar für den Preis von 3000 Gulden gegossen wurde, für welche Summe man in Nürnberg sechs bis sieben Bilder hätte giessen lassen können.

Andere Citate aus Inventaren zeigen, dass im Jahre 1512 erst zwölf Statuen nach Meister Gilg's Entwürfen angefangen und nur sechs gegossen waren, unter denen sich aber weder Arthur noch Theodorich befanden, deren Standbilder erst in einem Verzeichniss erscheinen, welches keineswegs vor dem Jahre 1535 angefertigt wurde.

Des Weiteren wird noch eine Schrift vom Jahre 1518 angeführt, in welcher Meister Stephan Godl für das Messingbild des Grafen Albrecht von Habsburg 28 Gulden rheinisch für den Centner verlangt:

„wie diess dem Meister von Nürnberg gegeben wird",

und endlich wird noch ein zweites Schreiben des Georg Nützel (vom Phinztag nach Jakobi 1517) beigezogen, der sich im Auftrag Kaiser Maximilian I. an den Rath von Nürnberg wendet, um von diesem zu der bereits vorgestreckten Anleihe von 10.000 Gulden noch vier- bis fünftausend Gulden zu erhalten,

„damit die Arbeit zu Sr. Majestät Grab gefördert und der Meister bezahlt werde".

So viel Überraschendes nun die Annahme, dass die Standbilder Theodorich's und Arthur's von Peter Fischer herrühren sollen, im ersten Augenblicke auch haben mag, und so richtig die oben angegebenen Quellen sind, eben so offen muss man bekennen, dass jene Annahme wohl nur in einer Beziehung als begründet anzunehmen sei, und zwar aus nicht ganz unwichtigen Erwägungen.

Dass sich die Statuen Theodorich's und Arthur's vor den übrigen sechsundzwanzig Standbildern auf das Vortheilhafteste auszeichnen, ist wohl jedem Künstler bekannt, der die Hofkirche zu Innsbruck besuchte[1], und wenn er unter diesen beiden Statuen noch eine engere Wahl traf, so fiel diese gewiss auf König Arthur, da es überhaupt in der mittelalterlichen Plastik wohl kaum eine geharnischte Gestalt geben dürfte, welche eine grössere Einfachheit und mehr Adel in der Haltung, eine empfundenere Feinheit der Formen und einen reineren Geschmack im Costüme besässe[2]. Daher war es auch von künstlerischer Seite von jeher festgestellt, dass die Standbilder Arthur's und Theodorich's von einer anderen und früheren Hand herrühren als die übrigen Figuren,

[1] S. u. a. das Stuttgarter Morgenblatt von 1807, Nr. 286, wo ein nach Mailand Reisender sagt: die beste unter den Statuen sei jene des Theodorich. S. a. Primisser „Denkmäler der h. Geistkirche zu Innsbruck", 1812, 8º. (p. 24 u. 38, Noten.) — [2] Man erinnert sich hier unwillkürlich an das Denkmal Karls des Kühnen und der Maria von Burgund in der Frauenkirche zu Brügge, wo die auf der Tumba liegenden, aus Bronze gegossenen und vergoldeten Figuren mit ähnlichem edlem Geschmack und fast noch feiner gearbeitet sind.

die sich von jenen durch ihren meist derben und gedrungenen Wuchs, durch die gegen die Richtigkeit des Costüms anstossenden plumpen Rüstungen und die schwülstigen Draperien der weiblichen Gestalten unterscheiden.

Was nun die zuvor angeführten Quellen betrifft, so deuten sie wohl unzweifelhaft darauf hin, dass Peter Fischer für das Grabmal Kaiser Maximilian's beschäftigt war, allein sie belegen keineswegs, dass Fischer der Erfinder oder Urheber irgend einer dieser Statuen gewesen wäre. Auch berichtet Nützel nichts anderes an den Kaiser, als dass Fischer eine Form herrichtete, die er demnächst zu giessen gesonnen sei. Von dem Componiren, dem eigentlichen Schaffen eines toreutischen Kunstwerkes, wird aber in allen erwähnten Citaten nichts gesagt, was auf Peter Fischer bezogen werden könnte; im Gegentheile wird Gilg Sesslschreiber, des Kaisers Hofmaler, als Visirer und Erfinder genannt. Und in der Handschriften-Sammlung der k. k. Hofbibliothek zu Wien befindet sich (C. Ms. 8329) wirklich ein Band mit colorirten Entwürfen zu jenen Standbildern, „welche aller Wahrscheinlichkeit nach von der Hand des Gilg Sesslschreiber herrühren dürften, da dieser Künstler in den Inventaren deutlich genannt, übrigens aber kein weiterer Maler oder Plastiker angeführt wird, der von Kaiser Maximilian I. mit dem Entwurf der Statuen beauftragt worden wäre[1].

Dass sich der Kaiser im Jahre 1513 an die Fischer'sche Giesserei zu Nürnberg wandte, mochte ausserdem, dass diese Anstalt grossen Ruf genoss, auch wegen ökonomischer Rücksichten geschehen sein, weil man dort (wie oben gesagt wurde) für 3000 Gulden anstatt einer, sechs bis sieben Figuren hätte giessen lassen können und es überhaupt an Geld fehlte, wie aus dem Anlehen bei dem Rath von Nürnberg hervorgeht.

Als Beweisgrund dafür, dass die Figuren Arthur's und Theodorich's nicht von der Erfindung des Peter Fischer seien, ja dass sie nicht einmal bei ihm gegossen sind, könnte auch das angesehen werden, dass ihrer vor dem Jahre 1535 in keinem der Inventare erwähnt wird, was doch gewiss geschehen sein würde, wenn Peter Fischer sie abgeliefert hätte. Auch ist hier zu erwähnen, dass die ursprünglichen Plinthen jener zwei Statuen kreisrund waren und daher von der Form der übrigen abweichen, wesshalb man sie, um die Gleichmässigkeit herzustellen, mit einem vierseitigen Anguss versah. Endlich halten alle übrigen Figuren die eine Hand, und meist die Rechte so, dass man eine Wachskerze oder ein Flambeau zwischen die Finger stecken konnte.

Noch ein weiterer und zwar rein künstlerischer Grund dafür, dass Peter Fischer jene beiden Gestalten nicht eigenhändig modellirte, geht aus dem Vergleich derselben mit den verschiedenen Gusswerken dieses Meisters hervor. Denn jene beiden Figuren so wie das Grabmal Karls des Kühnen und der Maria von Burgund in Brügge sind wohl burgundischen, schwerlich aber deutschen Ursprungs. König Arthur trägt noch den Kolbenturnierhelm, wie wir ihn in den Zeichnungen des König Renatus von Anjou auf französischen Siegeln des XV. Jahrhunderts und in zahlreichen burgundischen Miniaturen finden. Noch zeigt die Rüstung an den Achseln keine Schienen, sondern nur Panzer und erst der Vorderarm hat Brassards. Der Beinharnisch gehört seiner ganzen Anordnung zufolge in die Epoche der französisch-belgischen Waffenschmiede, das Schwert und der Schwertgürtel sind gleichfalls im Geschmack dieser Meister gearbeitet und das zierliche Halsgeschmeide mit dem Drachen und dem goldenen Vliess dürfte ziemlich sicher auf Burgund hindeuten.

Betrachten wir dagegen die Erzgüsse, welche von Peter Fischer herrühren oder ihm zugeschrieben werden, so finden wir in allen entschieden die deutsche Schule ausgesprochen. Allenfalls vorkommende Waffenstücke, wie z. B. die Arm- und Beinschienen der Grabmalfigur des Johann Cicero, Markgrafen von Brandenburg, tragen ebenfalls das Gepräge deutscher Rüstungen aus der Zeit Maximilian's I. Auch findet man anderseits bei Neudörffer, bei Sandart u. a. den Peter Fischer keineswegs als Plastiker oder Bildhauer, sondern einfach als „Rothschmidt“ angeführt und er selbst zeichnet sich auf dem, im Jahre 1497 gegossenen Grabmal des Erzbischofs Ernst von Magdeburg: „Peter Fischer, rotgiesser“.

Heideloff's Ansicht, dass in Fischer's Werkstätte mehr gegossen als modellirt wurde, mag daher um so mehr ihre Richtigkeit haben, als der Plastiker gewöhnlich nicht Zeit und Gelegenheit hat, die eigenthümliche Technik des Gusses zu erlernen, und der Guss seinerseits wieder so grosse Schwierigkeit bietet, dass der Giesser mit seiner eigenen Aufgabe vollauf beschäftigt ist. Nichts desto minder hatte das Gusshaus Fischer's schon von seinem Vater her einen so grossen Ruf, dass es häufig vom Adel und von Regenten besucht wurde und ging nach Peter's Tod auf seinen Sohn über, aus welchem letzteren Umstand es sich wieder ergibt, dass es sich mehr um ein Rothgiessergeschäft im Grossen, als um ein artistisches Atelier handelte, indem sich Kunstbegabung nicht leicht forterben lässt[1].

Von den Innsbrucker Standbildern kann man mit Recht sagen, dass die Acten über sie nicht nur als nicht geschlossen, sondern kaum als eröffnet zu betrachten sind. Sie hatten wunderliche Schicksale und mussten nicht nur Umarbeitungen und Umgüsse, sondern auch gar manche willkürliche Umtaufen erleiden. So heisst es z. B. in dem „Verzeichnuss der Pilder zu weylennt Kayser Maximilianen hochloeblichester gedechtnus Grab gehörig“ (Handschrift der k. k. Hofbibliothek, Nr. 7647, fol. 18 ff.) u. a.[2]:

„Clodoueus Rex Frannckhorum.

Am diesem Pild muess der Schilt und Namen verändert, auch an der Claidung die Gilgen herabgestembt und die Cron zu ainer Kayserlichen Cron gemacht werden.

Dieses Pild mag für Rudolphen Rom. Imp. gebraucht werden.

Rudolff, Röm. Kunig, Graf zu Habspurg.

Zu diesem Pild mues ain Fuess sambt der Schrifft, auch der Schildt, ain Herzog Huetl, Schwerdt und Kerzen gegossen werden. — Ist das Pild so den halben Lewen auf dem Helhn hatt.

[1] Fol. 30 ist auch ein Entwurf zu einem Standbild des „Kunig Artus an Enngellandt, Grave zu Habspurg“, welcher aber in keiner Beziehung auch nur die mindeste Ähnlichkeit mit der in der Kirche aufgestellten Statue dieses Königs zeigt. Theodorich kommt aber nicht vor.

[1] Wir haben in neuester Zeit denselben Fall in München, wo Stiegelmaier den Guss, und Plastiker wie Schwanthaler u. A. die Modelle herzustellen hatten. — [2] Vergl. auch Primisser „Denkmäler der Kirche z. h. Kreuz p. 38, Beilage D.

Dieses Pild soll für Rudolf, Ducem Sueviae gebraucht werden.

Elenore, Prinzessin von Portugal, Vxor Friderici III.

Dieses Pild ist das in dem langen Har vnd Kleid, hinden hinaus ganntz schlecht on alle Zier, mit plossem Haubt gegossen, ist vast löcherig und am Guss übel gefallen, und das Har nit aussberait, mangeln die Heund, Cron, Kerczen, Schild und Schrifft. Dises Pild soll der Kay. Mt. gnedigsten Entschluss und bevelch nach wieder anderst gegossen werden."

Ausser dem Standbilde der Leonore, werden auch noch folgende Statuen angeführt, welche eines Umgusses bedurften:

„Nr. 9. Henricus Placidus. Dux Austriae. Abpatruus.

Nr. 10. Rudolphus Ingeniosus Dux Carinthiae, Comes Tyrolis.

Nr. 20. Viridis, Filia Barnabae Ducis Mediolani, uxor Leopoldi Probi. Proavia.

Nr. 27. Albertus cum trica, Dux Austriae. Propatruus.

Nr. 30. Fridericus Devotus, Dux Austriae. Abpatruus.

Nr. 31. Hartmannus Landtgravus Alsatiae, Tritavi filius."

Man ersieht aus diesen Angaben, dass die damaligen Erzgiesser, ausser Peter Fischer, eben keine allzu grosse Geschicklichkeit in ihrem Fache besessen haben mögen, da man es weder mit den Porträten, noch dem Costüme der verschiedenen Persönlichkeiten allzu genau nahm, und endlich, dass das Ganze so ziemlich ohne eigentlichen Plan angefangen wurde, wie man denn auch später dreiunddreissig Standbilder um das Grabmal reihen wollte, welche aber nur Personen aus dem Erzhause Österreich vorstellen sollten. Indessen nahm Kaiser Ferdinand I. diesen Vorschlag nicht an und befahl die schon vorhandenen Statuen zu verwenden[1]. Die grösste Anzahl derselben wurden, wie bekannt, von Georg Löffler in dem landesfürstlichen Gusshause zu Büchsenhausen und einige wenige von den Meistern Hanns Landenstrauch und Melchior und Stephan Godl gegossen[2]. Die k. k. Hofbibliothek besitzt in ihrer Handschriften-Sammlung noch einen Band (C. M. Nr. 8027) mit sieben getuschten Federzeichnungen der Innsbrucker Statuen. Nämlich: Gisa Erzherzogin zu Österreich, Ottopertus, Stephanus Rex Ungariae, Radepoto, Virida, Havg der grosz Furst zu Habspurg und Carolus Magnus.

Auf dem letzten Blatt steht geschrieben:

„Dergleichen Pildtuuss sind maister Gregorj Löffler Khun. Mt. puchssengiesser geen Innsprugg geschickht worden. Actum Wien, den 2. October Anno 48" (1548).

Wenn man über die Statuen des Arthur und Theodorich, die sich auch durch feinere Ciselirung vor den übrigen Standbildern auszeichnen, eine Vermuthung aufstellen dürfte, so könnte es vielleicht die sein, dass sie jene „zway gossene Pilder" wären, welche in der St. Lorenzcapelle zu Augsburg als Unterpfand für erhaltene Geldvorschüsse standen und erst am 29. Jänner 1532 von Kaiser Ferdinand aus den Händen des Rentmeisters des Bischofs Christoph von Augsburg gegen Erstattung des Pfandschillings übernommen wurden[3]. Auf diese Weise wäre es denn auch erklärlich, dass jene beiden Standbilder im Jahre 1535 zum erstenmal genannt wurden. Jedenfalls wäre eine ausführliche Monographie über das Denkmal Maximilian's in der h. Geist-Kirche zu Innsbruck sehr zu wünschen, da sie überhaupt ein bedeutendes Licht über die Geschichte der mittelalterlichen Plastik in Österreich verbreiten würde. *P.*

[1] S. d. Cod. Ms. der k. k. Hofbibliothek, Nr. 7856 „Beschreibung der k. k. Stadt Innsbruck" etc. von Joseph Freiherrn von Caschi 2 Vol. T. 1 p. 90 ff. — [2] Caschi a. a. O. — [3] Herr Custos Ernst Birk, welcher sehr umfassende Forschungen über die früheren österreichischen Künstler und Kunstwerke macht, wird seiner Zeit diesen Gegenstand näher erörtern.

Über ein altes Gemälde in der Zips.

Mehrere Kirchen der Zips besitzen noch eine ziemliche Anzahl von Bildern aus dem XV. und XVI. Jahrhunderte, deren manche, z. B. die Bilder der Leutschauer Jakobskirche und der Zipser Kathedrale, einen namhaften Kunstwerth haben, während die meisten anderen nur als Werke handwerksmässig arbeitender Meister zu betrachten sind[1]. Wenn wir aus dem Vorhandenen auf die Masse des durch die Unbilden der Zeit zu Grunde Gegangenen schliessen dürfen, so muss die Kunstthätigkeit jener Zeit eine sehr erhebliche gewesen sein, leider fehlt es uns hierüber an allen Nachrichten; ja es ist bis jetzt nicht einmal gelungen, auf einem der Bilder den Namen des Künstlers oder sonst eine Bezeichnung aufzufinden[2].

Dem Gefertigten wurde vor kurzem ein, der Popra-der kath. Pfarrkirche gehörendes Marienbild zur Ansicht vorgelegt. Die Tafel ist 2' 1" hoch, 1' 7" breit, mit Leinwand und dickem Kreidegrunde überzogen, in welchem das leichte Laubwerk des Goldgrundes reliefartig geschnitten ist. Der Kopf der in halber Figur dargestellten h. Jungfrau hat ein volles Oval und regelmässige, sonst aber durch nichts Besonderes ausgezeichnete Züge; das Kleid ist lichtgelb und schwarz gemustert; der mit einer goldenen Spange versehene dunkelgrüne Mantel wird an den Enden von zwei kleinen weissgekleideten, in der Höhe schwebenden Engeln emporgehalten. Die Heilige trägt eine zierliche im Goldgrunde ausgesparte Krone; und zwischen den Reifen des Heiligenscheines ist in erhabenen gothischen Buchstaben die Umschrift *„ave regina celorum mater regis angelorum"* zu lesen. Das ganz entblösste Jesuskind ruht halb liegend auf dem rechten Arme der Mutter und scheint sich zu einem grünen Vögelchen vorbeugen zu wollen, das auf einem, den unteren Theil des Bildes einnehmenden grünlichgrauen Steingeländer steht; in der Nähe liegen noch ein offenes Buch und zwei Kirschen. Der Heiligenschein ist nicht eingegraben, sondern nur mit Gold aufgemalt und enthält längs des Randes die Worte: *„ego sum alpha et o"*. Die Zeich-

[1] In den kath. Kirchen zu Georgenberg, Mühlenbach und Kakas-Lomnitz sind noch mehrere Flügelaltäre mit Bildern erhalten; ausserdem finden sich Reste in Kesmark, Felka, Maizdorf, Donnersmark und an anderen Orten. Das vorzüglichste unter diesen dürfte der Tod Maria's in der Ladislaicapelle zu Donnersmark sein, eine leider sehr verblichene und misshandelte Tafel, wo insbesondere der Kopf der Sterbenden einen eigenthümlich seelenvollen Ausdruck besitzt. — [2] Ein kleines Gemälde des Johannesaltars zu Leutschau hat ein aus *H* und *T* zusammengesetztes Monogramm nebst der Jahreszahl 1520, es gehört aber augenscheinlich nicht mehr in den Kreis der älteren Bilder.

nung dieser Figur ist manierirt und auffallend schwächer als jene der Mutter, welche, wenn auch nicht tiefgehende Naturstudien, doch eine gute praktische Schule verräth. Eine bemerkenswerthe Stärke zeigt der Meister im Colorit, dessen Anordnung zwar etwas schroff aber nirgends grell erscheint, und in Hinsicht auf Glanz der Farben und fleissige und gewandte Technik nichts zu wünschen übrig lässt. In den feineren Partien, insbesondere den kaltröthlichen Fleischtheilen, ist die Untermalung äusserst sorgsam ausgeglichen, eben geschliffen, und die obere Farbenlage als zarte Lasur behandelt; nur auf dem Mantel und den beiden Engelknaben kommen vereinzelte stark impastirte Pinselstriche vor. Die Erhaltung des Werkes ist im Ganzen, bis auf wenige durch das Schwinden des Holzes bewirkte Unebenheiten der Bildfläche und lose Farbstellen, befriedigend.

Die Tafel wird von einem flachen, auf Kreidegrund gemusterten und vergoldeten Rahmen umschlossen, auf dessen unterer Leiste in zollgrosser erhaben geschnittener gothischer Schrift nachstehende Notiz steht: nicolaus de leucjia anno d. 1488 h[s] .... Das Ende, wo noch etwa ein oder zwei Buchstaben Raum hätten, ist bereits zerstört, was zu bedauern ist, indem eben die fehlenden Buchstaben den nöthigen Aufschluss über das Verhältniss des genannten Mannes, ob er nämlich der Verfertiger oder Donator des Bildes gewesen, gewähren könnten. Indessen dürfte das Erstere das wahrscheinlichere sein, und wir lernen so wenigstens den Namen und die Heimat eines Künstlers kennen, der zu den vorzüglicheren gerechnet werden muss, und allem Anschein nach zu anderen bekannten Bildern der Gegend in nächster Beziehung steht. Der Charakter des eben besprochenen Bildes kommt nämlich der grossen Tafel des schönen Flügelbildes der St. Jakobskirche zu Leutschau, welches die Heiligen Elisabeth, Stephan und Florian darstellt und laut Inschrift im Jahre 1493 ausgeführt wurde[1], so nahe, dass man an der Identität des Meisters beider kaum zweifeln darf. Insbesondere mahnt das ebenfalls gelbe und schwarz gemusterte Kleid und der dunkelgrüne Mantel der h. Elisabeth in Farbe und Behandlung an die eigenthümliche Weise unseres Meisters Nikolaus, wie auch die in ganz ähnlichen Buchstaben gearbeiteten Umschriften der Heiligenscheine deutlich auf ihn hinweisen[2]. Ob von dem reichen Bilderschatze der Leutschauer Kirche noch andere Stücke dem Nikolaus beizulegen wären, bleibt einstweilen dahingestellt; am nächsten stehen ihm, insbesondere in Hinsicht auf Colorit, die Bilder des Passionsaltars (1476—1490) und vielleicht auch jene des Mariaschneealtars; auf dem ersteren verhalten sich einige Partien des Goldgrundes zu jenen des Marienbildes fast nur als Copien. Es scheint übrigens, dass die Thätigkeit des Meisters Nikolaus ungefähr bis gegen das Ende des XV. Jahrhunderts gedauert habe, weil in den Bildern vom Anfange des XVI. Jahrhunderts bereits eine ganz andere, von ihm verschiedene Malweise auftritt. *V. Merklas.*

[1] S. Mittheilungen der k. k. Central-Commission 1860, October. — [2] Ein in der Hodkocer Schlosscapelle befindliches grosses Bild, nach der gewöhnlichen Annahme der Rest des Altars der Zipser Schlosscapelle, enthält ebenfalls drei Heilige in ähnlicher Anordnung, und stammt, so weit eine oberflächliche Untersuchung und der halbzerstörte Zustand des Bildes zu unterscheiden erlaubte, ungefähr aus gleicher Zeit und vielleicht von demselben Meister.

Correspondenz.

Prag, 24. Jänner 1864.

Im Monate August v. J. wurde beim Grundgraben eines Hauses gegenüber der k. k. Polizeidirection ein grosser mit einem Wappen gezierter Grabstein gefunden. Bei Untersuchung dieser Grabplatte ergab sich, dass es der Grabstein des Prager Primators Krocin von Drahobil sei, welcher den Marmorbrunnen am Altstädter Ringe, den man vor einem Jahre auf vandalische Weise zerstörte, hatte aufführen lassen.

Das trefflich in Relief sculpirte Wappen der Grabplatte entspricht vollkommen der Darstellung des Wappens, welches Rudolf II. im Jahre 1587 dem Primator Krocin verliehen hatte: ein schräg links getheilter Schild, in dessen oberem schwarzen Felde ein halber goldener Löwe eine Blume in der rechten Pranke hält. Das untere halbe Feld durchbricht ein rother Schräghalken, auf dem zwei silberne Sterne ruhen; über dem Schilde erheben sich aus dem offenen Turnierhelme zwei Adlerflügel, von denen der eine halb schwarz, halb Gold tingirt, der andere aber von Silber ist und mit einem rothen durch zwei silberne Sterne gezierten Schrägbalken durchbrochen erscheint. Dasselbe Wappen ist über der Seitenthüre, welche den Eingang in den sogenannten Pulverthurm verschliesst, angebracht, und befindet sich auch eingemauert in dem Bräuhause „u Halánků" am Bethlehemsplatze, welches Haus Krocin von Drahobil im Jahre 1590 erkauft und zur Aufnahme und Verpflegung jener Hilfsbedürftigen eingerichtet hatte, die in dem anstossenden Bethlehemsspitale keinen Platz fanden. Dasselbe Wappen war nach dem Berichte Hammerschmied's (Prodromus gloriae Pragensis) zur Seite des Hochaltars der kleineren St. Stephanskirche gemalt, auf deren Friedhofe Krocin von Drahobil seine Ruhestätte fand. Merkwürdig ist es, dass von den vielen Grabsteinen jenes Kirchhofes blos diese bis auf die unkenntliche Aufschrift wohlerhaltene Grabplatte die Zeit verschont hatte, während die Gegenwart das grossartigste Denkmal der Thätigkeit des um die Stadt Prag hochverdienten Mannes muthwillig zertrümmerte.

In Betreff des von der Majorität des böhmischen Landtages angenommenen Baugesetz-Entwurfes ist eine Verhandlung im Zuge, welche die Alinea 6 im §. 56 betrifft. Es ist einleuchtend, dass durch den Passus der Alinea: „Die Behörde hat dahin zu wirken, dass durch eine „zweckmässige Stellung der neuen oder durch Umstal„tung der alten Dachungen die Anbringung von Zwischen„rinnen entbehrlich werde", der Stab über die alten Dachgiebel Prags gebrochen wird; denn dies Gesetz verpflichtet die Behörden, auf die Beseitigung der Zwischenrinnen an alten Häusern zu dringen. Wenn nun die Behörden der ihnen hiemit auferlegten Verpflichtung entsprechen sollten — was keineswegs bezweifelt werden darf — so kann man mit grosser Zuversicht dem allmählichen Verschwinden der Dachgiebel, dieses charakteristischen Schmuckes der Gassen und Plätze Prags, entgegensehen. Welch' einen öden Anblick würde sodann z. B. die Brückengasse der Kleinseite darbieten, wenn alle Giebelschilde ihrer Häuser rasirt wären und die Dächer sich in monotoner Einförmigkeit auf die Façaden derselben herabsenken würden!

Am 24. November v. J. wurden mir mehrere Gegenstände von Gold, welche bei Zdic im Hořovicer Bezirke gefunden wurden, mit der Aufforderung der k. k. Statthalterei zugeschickt, mein Gutachten über diese Fundobjecte abzugeben. — Unter diesen Gegenständen fesselt insbesondere ein 47 Ducaten schweres, aus acht Spiralen gefügtes Gewinde vom reinsten Golde die Aufmerksamkeit. Dasselbe entspricht der Form nach vollkommen einer Armilla oder Handberge; da aber die Öffnung des Spiralgewindes blos 1 Zoll 4 Linien beträgt, so dürfte sich dasselbe kaum zu einer Handberge geeignet haben, und man könnte eher vermuthen, dass dasselbe zum Festhalten des langen Kopfhaares gedient habe (vgl. Klemm, germ. Alterthumsk. S. 62). Die übrigen bei diesem Spiralgewinde gefundenen Goldobjecte sind Bruchstücke eines gewundenen Ringes, dergleichen nicht selten an den Fingerknochen der Gerippe in heidnischen Gräbern gefunden werden. Nachdem auf meinen Antrag der Directionsausschuss des Museums des Königreichs Böhmen sich bereitwillig erklärt hatte, jene Goldobjecte um den, vom Hořovicer Amte angegebenen Betrag von 300 fl. zu kaufen, so theilte ich dieses dem Bezirksamte zu Hořovic mit und bemerkte, dass nicht der materielle Werth dieser Gegenstände, sondern der Umstand, dass dieser überaus merkwürdige und seltene Fund aus Böhmen herrührt, und daher mit Fug und Recht als ein wichtiges Denkmal der fernen Vorzeit in Böhmen verbleiben und aufbewahrt werden sollte, den Museums-Ausschuss bewogen habe, sich um die Erwerbung derselben für dieses vaterländische Institut zu verwenden. Ferner fügte ich die Bitte hinzu, dass das k. k. Bezirksamt im Interesse der Wissenschaft eine genaue Erhebung über die Auffindung jener Goldobjecte veranlassen und ermitteln wolle, unter welchen Localverhältnissen und mit welchen Beigaben dieselben aufgefunden wurden. Leider erhielt ich bis zu dieser Stunde keine Antwort auf meine Zuschrift.

Der bewährte Freund und Gönner archäologischer Studien, Se. Excellenz Graf Eugen Černin, hatte mich im November des verflossenen Jahres in Kenntniss gesetzt, dass bei dem Dorfe Hořovic (östlich von der Poststation Horosedl) zahlreiche Alterthumsgegenstände ausgegraben wurden. Bald darauf sandte Herr Graf Černin einige dieser Objecte und Herr Dr. Jičinsky eine ausführliche Schilderung des ganzen Fundes an das böhmische Museum. Unter diesen Fundobjecten nehmen vier Bronzescheiben, die mit fein ausgeführten Maskenköpfen und anderen Ornamenten in getriebener Arbeit reich geziert sind, die erste Stelle ein. Ähnlich diesen Rundscheiben sind die Phalerae der Römer, welche als Auszeichnung die Panzer der Krieger schmückten und bekanntlich auch an Pferdegeschirren angebracht zu werden pflegten. Die übrigen Bestandtheile des Fundes bilden einige Goldblättchen, dann grosse Hohlringe, wie auch kleine massive Ringe von Bronze, ferner zwei eigenthümliche Metallobjecte, wahrscheinlich die Büchsen der Radachse einer Biga, sodann ein grosser Feuerbock von Eisen, Fragmente von Wagenreifen, eiserne Steigbügel u. s. w. Diese Objecte wurden nebst zahllosen Urnenscherben unter einer ziemlich ausgedehnten Steinschichte, auf welcher die blos 5 Zoll mächtige Ackerkrume gelagert war, gefunden. Der Fund von Hořovic gehört jedenfalls zu den interessantesten, welche jemals in Böhmen vorgekommen sind. *J. E. Wocel.*

Besprechungen.

Histoire sigillaire de la ville de St. Omer, par A. Hermand et L. Dechamps de Pas.

Herausgegeben von der *Société des Antiquaires de la Morinie*. Paris 1860. 4°. (Mit 45 Tafeln.)

Diese schön ausgestattete Monographie, von den beiden genannten Autoren vor mehr als 25 Jahren begonnen und nach Hermand's Tode von L. Deschamps de Pas vollendet, gibt uns nebst dem wissenschaftlichen Text, 333 Siegelabbildungen auf 45 Tafeln. Auf interessante Momente wird in der Einleitung aufmerksam gemacht, wie namentlich der allgemeine Gebrauch der Siegel zuerst im geistlichen Stande Platz griff und hierauf die Concilien wesentlichen Einfluss nahmen. Schon das Concil zu Mainz verordnete (813), dass jeder Priester das h. Chrysma unter seinem Siegel verwahren soll, und jenes zu London (1237), welches wohl zunächst die Verhältnisse Englands ins Auge fasst, befiehlt, dass jeder geistliche Würdenträger, selbst die Landdechante, sein eigenes Siegel haben soll; endlich verordnet das Concil zu Cognac (1238), dass jeder Pfarrer ein eigenes Siegel habe, worauf nicht sein Name, sondern nur der Name der Pfarre angebracht sein soll; eine Anordnung, welche in Österreich nicht befolgt wurde, indem die Siegel unseres Curatclerus gewöhnlich den Tauf- und Zunamen des Pfarrers, so wie dessen Sitz benennen. — Dadurch, dass die Siegel bei der Geistlichkeit allgemein waren, geschah es, dass die Laien ihre Urkunden durch die geistlichen Würdenträger oder Communitäten besiegeln und bekräftigen liessen, und bald gaben die dafür eingehobenen Beträge ein reichliches Einkommen, und unbillige Forderungen in dieser Beziehung mochten das Concil zu Paris (1212) veranlassen, den Prälaten für das Anhängen der Siegel die Abnahme einer Taxe zu verbieten, während eine spätere Synode desselben Jahrhunderts erlaubte einen oder zwei Denare dafür anzunehmen.

Die Monographie selbst umfasst nicht blos die Siegel der Stadt St. Omer, deren beide ältesten sogenannte Münzsiegel sind, auf der Vorderseite das Standbild des h. Othmar, auf der Kehrseite die Versammlung der Schöppen darstellend, sondern sie benützt ihre sphragistischen Forschungen zugleich als geschichtliche Belege; daher finden wir hier auch die Siegel der Burgvögte von St. Omer, welche, obwohl Vasallen der Grafen von Artois, sich dennoch den Titel: von Gottes Gnaden anmassten, und grösstentheils Reitersiegel führten; ferner die Siegel der Amtleute der Grafen von Artois, mit dem Wappen der letzteren. Ihnen folgen die Wappen der hervorragenden Bürgergeschlechter, unter denen vor allen die Herren von St. Udelgonde zu nennen sind, sie waren Mitglieder der Hansa, und mehrmals Bürgermeister, von denen Johann im J. 1292 mit einem schönen antiken Steinschnitte, einer männlichen Büste, siegelt, und ein anderer Johann im Jahre 1336 sogar ein Reitersiegel führt (Taf. 13, Fig. 81 und 87).

Unter den Siegeln der geistlichen Communitäten nennen wir jene der Dompropstei und ihrer Würdenträger; die Siegel der Bischöfe vom Jahre 1559—1790, der Pfarrer und endlich der Abteien und übrigen Klöster in St. Omer, darunter vor allen jene der Abtei St. Bertin, deren ältestes Conventsiegel (Num. 232) bis in das Jahr 1087 hinaufreicht, während die Siegel der Äbte in beinahe ununterbrochener Reihe vom Jahre 1126 bis zu dem Jahre 1723 herabreichen. Mit dem Abte Gerard von Hamericourt, † 1577, hören die Porträtsiegel auf. Diese letzteren, einen Zeitraum von 451 Jahren umfassend, mit 25 Abbildungen, sind von besonderem Interesse für das Studium der Kunstentwickelung, vom einfachen Standbilde des Abtes mit Stab und Brevier bis zur reichen Entfaltung der gothischen Architectur, unter welcher die späteren Äbte sich befinden, und der allmählichen Ausartung und Verflachung dieses Styles.

Zu den einzelnen Abtheilungen, so wie über die betreffenden Siegelführer enthält der mit Fleiss und Gründlichkeit bearbeitete Text die nöthigen historischen Daten.

Sava.

Anleitung zur Erforschung und Beschreibung der kirchlichen Kunstdenkmäler.

Von P. Fl. W. Linz 1865. Eigenthum des Linzer Diöcesan-Kunstvereines. (Mit 1 lithographirten Tafel.)

Bei dem genannten Vereine liegt ein Formular auf, in welchem der Laie in Kunst und Wissenschaft zur Erleichterung von Forschungen durch Fragen auf alle Kunstgegenstände aufmerksam gemacht wird, deren Dasein an und in einem Gotteshause mit einiger Wahrscheinlichkeit vermuthet werden kann. Auf Grund dieses Formulares wurde nun obige Anleitung herausgegeben, damit Jedermann ohne Mühe den im Formular erwähnten Gegenstand der Frage verstehen und sonach aus eigener Erkenntniss die gestellten Fragen beantworten kann.

Obwohl zunächst für die Diöcese Linz berechnet, gibt diese Anleitung dennoch umfassende und leichtfassliche Erklärungen über Architectur, Einrichtung, Bilderwerk, Geräthe und Gefässe eines Gotteshauses im Allgemeinen, so wie über Reliquien von Heiligen. Alle Institute, welche sich mit Erforschung von kirchlichen Kunstdenkmälern beschäftigen, sollten daher dieser Anleitung den Weg zur möglichsten Verbreitung bahnen. Nicht bald dürfte ein Buch wie diese Anleitung so klar und einfach, mit so wohlthuender Anspruchslosigkeit und Empfindung und zugleich so unwiderstehlich anregend für jene Classe der Bevölkerung geschrieben sein, welcher für solche Forschungen eine eigenthümliche Scheu und Gleichgültigkeit innewohnt. Nur ein gründlicher und von seinem Fache innigst durchdrungener Kenner der kirchlichen Kunstdenkmäler trifft diesen Ton und es wäre eine gleich preiswürdige Aufgabe, wenn irgend ein gewiegter Forscher eine ähnliche Anleitung zur Erforschung und Beschreibung weltlicher Baudenkmäler, wie z. B. Schlösser und Burgen, veröffentlichen wollte.

Als Anhang zu seinem trefflichen Buche fügt der Herr Verfasser[1] einen Schlüssel zur Erforschung der Heiligenbilder bei, welcher die bei Statuen und Bildnissen der Heiligen gewöhnlich angebrachten Attribute beschreibt und erklärt.

L. S.

[1] Dem Vernehmen nach Herr Pat. Florian Wimmer von Kremsmünster.

Die Idee des Schönen in ihrer Entwickelung bei den Alten bis in unsere Tage.

Vorträge an die Künstler. Von Dr. A. Kuhn. Berlin 1863, Mylius'sche Verlagsbuchhandlung. k. 8°. 118 Seiten.

Der Zweck dieses kleinen Werkes ist: „in verständlicher Sprache den Künstlern und Kunstjüngern ein Gesammtbild über die Ansichten und Begriffsbestimmungen des Schönen zu geben". Dies hat der Verfasser auch wirklich erreicht und seine warme und klare Darstellung entschädigt für manches, was strenge Wissenschaftlichkeit vermissen lässt. Von Thales ausgehend wird uns zuerst eine gelungene Parallele zwischen Platon und Aristoteles geboten. Nachdem die Epikuräer mit einem allzustrengen Interdict in Sachen des Schönen belegt worden, kommen wir nach kurzer Berührung der Alexandrinischen Schule zu den Juden, wo mit gewandter Prägnanz dargethan wird, warum die Schönheitsidee bei denselben nicht zum Durchbruche kommen konnte.

Voll Begeisterung schildert der Verfasser im *V.* Vortrage den völligen Umschwung in der Ideenwelt mit dem Eintritte des Christenthumes und gelangt (pag. 40) zu dem Ausspruche: „War also das Charakteristische des antiken Ideals Äusserlichkeit, Endlichkeit, sinnliche Liebe — so können wir das christliche (moderne) Ideal Subjectivität, Unendlichkeit, geistige Liebe nennen."

Nachdem auch die Neuplatoniker erwähnt werden, weist der Verfasser in zerstreuten Stellen der Kirchenväter die Entwickelung des christlichen Schönheitsideales nach, sehr richtig bemerkend, dass sie mit ihrer ganzen Bildung auf alt-hellenischem Boden stand.

Das Entstehen der christlichen Kunst, dann die weitere Entwickelung der Idee der Schönheit bei den Deutschen bis Hegel herab, findet ihren entsprechenden Platz und ihren Abschluss in der Bestimmung des Begriffes der Schönheit. Der Verfasser gelangt zu dem Resultat, dass Heiden oder Christen, wenn sie auf der Höhe der Kunstbildung angelangt sind, auch in ihren Ansichten über die Kunst übereinstimmen. „Was schon Platon (heisst es pag. 89) an die Spitze seiner obersten Untersuchungen gestellt, das nimmt auch das Christenthum als die richtige Basis für seine Erklärung des Wesens der Schönheit an. Die Erscheinung Gottes in den Dingen, die in einem Kunstwerke ausgedrückte göttliche, sichtbar oder hörbar gewordene Idee — das ist das Schöne in ihm.“

Diese Stelle steht in einigem Widerspruche mit der pag. 40 geäusserten Ansicht über das antike und christliche Ideal, obwohl dort mehr das Ideal des Lebens als das der Kunst gemeint ist.

In den Vorträgen *X* und *XI* ist der Naturalismus und Idealismus scharf gezeichnet und die Nothwendigkeit ihrer gegenseitigen Vereinigung schlagend dargethan. Zum Schlusse gibt der Verfasser seine eigenen Kunstanschauungen auf ruhige Weise kund.

Das Büchlein ist jedem kunstsinnigen Leser als anregend anzuempfehlen.

Eine bessere Correctur wäre erwünscht gewesen, um Ungleichheit in der Schreibart zu vermeiden. So wurde bald Punkt, bald Punct, bald charakteristisch, bald characteristisch, bald byzantinisch, bald byeantinisch gedruckt.

L. S.

Todesanzeigen.

Am 16. Jänner 1864 starb Herr Joseph Sebastian Grüner, Magistrats- und Criminalrath zu Eger, Mitglied mehrerer gelehrten Gesellschaften und Conservator der Baudenkmale für den Egerer Kreis. Er war im Jahre 1780 geboren, und weihte jene Stunden, die ihm seine ernsten Berufspflichten frei liessen, mit grosser Liebe der Alterthumskunde und den Naturwissenschaften.

Grüner hat der k. k. Central-Commission als Correspondent für den Egerer Kreis von Anfang der Activirung dieses Institutes angehört. In dem Vorschlage, welchen Graf Forgach — damals Statthalterei-Vice-Präsident in Böhmen — über die Ernennung von Conservatoren für die 13 Kreise des Landes an die k. k. Central-Commission erstattete, heisst es:

„Grüner hat vielseitige Kenntnisse der historischen Denkwürdigkeiten des in dieser Beziehung sehr interessanten Egerlandes.“

Auf Grund dieses Vorschlages wurde Grüner mittelst Decretes vom 18. Juli 1854, gleichzeitig mit Wiñaricky, Benesch, Schmoranz, Slawik u. s. w., zum Conservator ernannt.

Grüner hat von Anfang des ihm zugewiesenen Wirkungskreises eine rege Thätigkeit entwickelt und innerhalb desselben die Zwecke der Central-Commission nach besten Kräften zu fördern gesucht, indem er der Erforschung und Erhaltung archäologischer Objecte Gönner und Freunde zu gewinnen strebte, von allen dieses Gebiet betreffenden Vorfallenheiten die Central-Commission in Kenntniss setzte, der Zerstörung und Verwahrlosung historischer Baudenkmale nach Thunlichkeit entgegenwirkte u. s. w. Vorzüglich waren es die Denkmale von Eger selbst, denen er seine unmittelbare Aufmerksamkeit schenkte. Im ersten Bande der Mittheilungen, pag. 89 ff., ist von ihm eine Notiz enthalten: „Die Ruinen der ehemaligen Juden-Synagoge zu Eger.“

Eben so nahm sich Grüner der Egerer Burg und Capelle so wie der, in der Decanatskirche St. Niklas zu Eger mit Kalk übertünchten Fresken eifrig an. 1857 wurde Grüner vom damaligen Kreispräsidenten Grafen von Rothkirch in das zur Constituirung eines Vereines wegen Restauration der Egerer Decanatkirche gebildete Comité berufen. In seinen archäologischen Bestrebungen stand Grüner in nahen Beziehungen und lebhaftem Verkehr mit dem bekannten ehemaligen Scharfrichter zu Eger, später Custos und Numismatiker des fürstl. Metternich'schen Cabinets zu Königswart, Karl Husz, dessen Lebensgeschichte Grüner in seine Schrift: „Briefwechsel und mündlicher Verkehr mit Göthe“ aufnahm.

Am 30. December 1863 verschied zu Klosterneuburg der Capitularpriester Florian Thaller, Kanzleidirector und Archivar des dortigen Stiftes und Correspondent der k. k. Central-Commission für Baudenkmale. Er war im Jahre 1809 zu Wien geboren, zeigte schon frühzeitig eine ungewöhnliche Vorliebe für Kunst und Wissenschaft und besass eine ganz besondere Gabe für das Ordnen und Reihen mittelalterlicher Denkmale. So war er es, der die Gemäldesammlung des Stiftes, welche sich bis zum Jahre 1835 in grosser Unordnung befand, aufstellte und regelte; von ihm wurde mit Zuziehung des kais. Rathes und Conservators A. Camesina die dortige Schatzkammer neu und zweckmässig geordnet; er überwachte die Restauration des bekannten Klosterneuburger Stammbaumes und erlebte auch noch seinen liebsten Wunsch, nämlich den, die Gemälde an der Rückseite des Verdüner-Altars, welche aus den Jahren 1324 bis 1330 stammen und bisher völlig unbeachtet und unbekannt geblieben waren, an das Licht gezogen und zweckmässig hergestellt zu sehen. Zu diesem Eifer für alles Gute und Edle kam seine unendliche Güte und Liebenswürdigkeit, seine Unermüdlichkeit im Vorweisen der Kunstschätze und die tiefen Kenntnisse, die er bei der Demonstration derselben entwickelte. Nicht nur das Stift selbst, sondern die gelehrte Welt Österreichs erlitt durch sein Hinscheiden einen schweren Verlust.

Redacteur: A. R. v. Perger. — Druck der k. k. Hof- und Staatsdruckerei in Wien.

Das Geschlecht der Bonomo.

Über dieses Geschlecht bestehen blos vereinzelte, in verschiedenen Werken zerstreut vorkommende Nachrichten, welche wir zu sammeln und zu ordnen bemüht waren.

Die Wiege der Bonomo liegt in Istrien, wo sie geschichtlich schon vor der Mitte des XIII. Jahrhunderts erscheinen, von hier wandten sie sich nach Krain und später auch nach Steiermark.

In Krain besassen sie Wolfsbühel und Mannsburg und nannten sich daher „Bonomo von Mannsburg".

Ihr, mit einem Herzschilde bezeichnetes Wappen ist vierfeldig. Im obern rechten und untern linken Quartiere befindet sich eine Leiter, im linken obern und rechten untern Felde ein gesenktes Schwert. Die symbolischen Embleme aller Feldungen haben eine schiefe Stellung.

Der Herzschild zeigt zwei aufgerichtete Schlangen. Den Schild schmücken drei offene, gekrönte Turnierhelme. Auf dem ersten Helm bemerkt man zwei Flügel mit den Schwertern, auf dem mittlern einen gekrönten Vogel und auf dem letzten einen, mit zwei Schlangen bezeichneten Pfauenschweif.

Freiherr von Valvasor hat das Wappen abgebildet[1], bei Bucellini und Schmutz[2] sind über dieses Geschlecht einige Nachrichten zu finden.

Im Jahre 1246 verbanden sich zu Triest, auf Anrathen des Minoriten-Provincialen Br. Pellegrin, mehrere adelige Familien zu gemeinschaftlichen geistlichen Andachtsübungen, unter welchen sich auch die Bonomo befanden. Unter dem Schutze des heiligen Franz von Assisi erbauten sie daselbst in dem Klostergange der Minoriten eine Capelle, welche noch gegenwärtig die „adelige Schule" genannt wird, wo sie zu gewissen Zeiten zur Verrichtung ihrer Andacht zusammentrafen. An der Stirnwand dieser Capelle sieht man nebst dem Bildnisse des vorbenannten Heiligen die Wappen folgender dreizehn adeligen Geschlechter, als: der Petazzi, Argenti, Bonomi, Burli, Giuliani, de Leo, Pellegrini, Stella, Belli, Zigotti, Padnini, Taffani und Baselli.

Die dabei angebrachte Inschrift lautet: „Vetusta nobilitatis Tergestinae congregatio tredecim insignita familiis, instituta, anno 1246, secunda Februarii, sub auspiciis divi Francisci"[3].

Um die Mitte des XV. Jahrhunderts lebte Martin Bonomo, über dessen Leben verschiedene Ansichten herrschen. Freiherr von Valvasor nennt ihn 1449 einen Bischof von Piben und des Patriarchen von Aglar Generalvicar zu Laibach[4]. An einer andern Stelle bezeichnet er ihn als Bischof, Generalvicar zu Pettau und Pfarrer zu Laibach[5]. Aquilin Caesar führt Martin als Bischof und Generalvicar zu Laibach und zugleich als Pfarrer von Pettau an. Da jedoch der Bischofssitz von Laibach durch Kaiser Friedrich IV. erst 1461 entstand, so hegt Caesar die Ansicht, er dürfte blos Bischof in partibus infidelium gewesen sein[6]. Bei Bowoden[7] und Raisp[1] kommt Martin als Generalvicar von Aglar und Pfarrer zu Pettau vor.

Martin, über dessen frühere geistliche Stellung wir nicht unterrichtet sind, war schon 1445 Bischof zu Piben, und hat daher nie zu Pettau gelebt. Zu dieser Verwechslung gab die, zwischen den Wörtern Petina und Pettau obwaltende Ähnlichkeit Veranlassung.

Petina (Pedina), eine kleine Stadt in Istrien, auch Piben genannt, mit einem im Jahre 324 durch Kaiser Constantin dem Grossen errichteten Bisthume, hatte im XV. Jahrhundert gleichzeitig zwei Bischöfe, nämlich: Fr. Petrus und Martin. Der Erstere, vom Papst Eugen IV. 1434 ernannt, war früher Prior des Predigerordens zu Venedig und stammte aus dem edlen Geschlechte der Justiniani. Er sass durch 30 Jahre auf dem Episcopalstuhl und starb 1464[2].

Martin, welcher 1445 durch Papst Felix V. den Bischofsstuhl von Piben bestieg, wurde, da er sich die Würde eines Generalvicars von Aquileja beilegte, noch in demselben Jahre mit Lorenz, Bischof von Lavant, durch Papst Eugen V. excommunicirt. Von diesen beiden Bischöfen behauptete sich in der Wirklichkeit blos Fr. Petrus. Martin, im Catalogus Episcoporum Petinensium als „Pseudo Episcopus" bezeichnet[3], hat von seinem Bischofsstuhle nie factischen Besitz ergriffen, sondern blos den leeren Titel geführt.

Zur Vorbeugung von Misshelligkeiten ernannte ihn Ludwig III. Scarampus de Mezarotta, Patriarch von Aquileja, zum Generalvicar in Krain. Martin weihte 1454 den Altar in der Schlosscapelle zu Reiffnitz[4], und starb, nicht wie Ughellus anführt 1480, sondern nach Cantarenus den 8. Juli 1456 und wurde in der St. Nikolaikirche zu Laibach unter der Kanzel beigesetzt, wo dessen mit der Mitra und dem Stabe geschmückter, aus rothem Marmor gemeisselter, mit einem Schilde und drei *M* bezeichneter Grabstein folgendes Epitaph trägt: „Anno domini 1456 in die Sancti Kiliani obiit reverend. pater Martinus Episcopus petinensis"[5].

Im Jahre 1478 erhielt Lorenz Bonomo vom Kaiser Friedrich IV. in seiner Herrschaft Mitterburg das Schloss Regkl mit der gewöhnlichen Burghut in Verwahrung, und stellte über diese Verleihung den 19. Jänner desselben Jahres den Dienstrevers aus[6].

Den 14. April 1497 erscheint Peter Bonomo, kaiserlicher Secretär, in einer Urkunde, kraft welcher Hanns Kischbaravat das Schloss Arnfels pflegweise erhielt. Den Brief siegelte Jörg von Turn[7]. Peter war aus Triest gebürtig, Kaiser Maximilian's I. und Kaiser Karl's V. Kanzler, und gehörte dem geistlichen Stande an. Als zu Anfange des XVI. Jahrhunderts bei seiner Ernennung zum Bischof die Bischofssitze zu Wien und Triest gleichzeitig offen standen, und Kaiser Maximilian ihm über beide die Wahl frei stellte, erbat sich Peter Bonomo jenen von Triest. Er starb von seiner Mitwelt hochgeehrt, 88 Jahre alt, 1556, und wurde in der Domkirche

[1] Valvas. Ehre d. Herz. Kr. 3. Thl., Bd. IX, p. 91. [2] Schmutz, hist. top. Lex. I. Bd. p. 154. [3] Marian. V. Bd., p. 42–43. [4] 2. Thl., Buch IX., p. 679. [5] Ibidem p. 653. [6] Annal. Duc. Styr. 1. Thl., p. 44. [7] Gesch. v. Pettau S. 8.

[1] Pettau u. Umg. p. 120, s. 1450. [2] Marian 3. Thl., V. Bd., p. 89. [3] Marian 3. Thl., V. Bd., p. 468. [4] Valvas. 2. Thl., p. 679. [5] Jellouschek Aut. in den Mitth. des hist. Ver. f. Krain. 1857, p. 124. [6] Kunde f. St. Gesch. Quell. Bd. III, p. 133. [7] Mitth. d. hist. Ver. f. Steierm. 12. Hft., p. 229, Nr. 1041.

seiner Vaterstadt zur Ruhe bestattet. Sein Leichenstein hat folgende Inschrift:

„Praesulis hic tumulus Petri tegit ossa Bonhomi.
Grata tuo civi, plebs pia vota refer“[1].

Im Jahre 1530 finden wir Nikolaus I. von Bonomo als Mitglied der steirischen Landmannschaft verzeichnet[2].

Johann Bonomo lebte 1570 als praktischer Arzt zu Pettau, und war Doctor der Medicin und Philosophie. Dessen Gemahlin Palma, eine edle Triesterin, starb daselbst in ihrem 24. Lebensjahre den 24. Februar 1584 und wurde in der Minoritenkirche eingesegnet.

Der mit Kalk übertüncht gewesene Grabstein kam erst 1859, als durch die besondere Sorgfalt des Herrn Mayemith, Guardian des Minoritenconventes, mit nicht geringem Kostenaufwande in der Kirche zeitgemässe Renovirungen statt fanden, zum Vorschein.

Der aus weissem Marmor geformte, 3 Fuss hohe und eben so breite, vollkommen gut erhaltene, im oberen Felde mit dem gekreuzigten Heilande geschmückte Denkstein befindet sich an der Epistelseite des St. Florianaltars in der Kirchenwand eingesetzt, und zeigt folgendes Epitaph: „Palmae Bonomo de Rubertis nobili Tergestinae conjugi dilectissimae, ac ob ingenuas virtutes desideratissimae obiit anno aetatis suae XXIIII. Joannes Bonomus Philosophiae ac Medicinae Doctor moestissimus, Memoriae ergo P. F. Anno Domini 1584 mense Februarii XXIIII.“

Adam Bonomo besass 1572 Wolfsbühel, er starb 1597 und liegt zu Mannsburg begraben[3].

Nikolaus II. von Bonomo, ein Sohn des Vorigen und Erbe seiner Besitzung, war 1576 mit Ambros Freiherrn von Thurn, Martin Gall, Thomas Reutlinger, Dompropst zu Laibach, und Leonhard Khreen, Bürgermeister daselbst, Verordneter der Landschaft Krain[4], und nach dem Tode Georg Höfers von 1573 bis 1578 Viecdom[5]. Er siegelte 1581 mit Christian Freiherrn von Abensberg, Wilhelm von Lamberg, Franz von Scheyer und Caspar Mauritsch, das Testament, welches Johann Bezlist Freiherr von Valvasor, zu Gunsten der Meskonischen Familie errichtete.

Niclas II. von Bonomo bekleidete nach dem Tode des Georg Ainkhürn, von 1595 bis 1598, die Stelle eines Landesverwalters in Krain. Er veräusserte Wolfsbühel an Leopold von Raumschüssel, und starb den 4. März 1598 zu Gratz, wohin er von den Landständen gesandt wurde. Sein nach Laibach abgeführter Leichnahm fand in der Spitalskirche seine Ruhestätte[1]. Gegen Ende des XVI. Jahrhunderts (1590—1600), genau lässt sich die Zeit nicht bestimmen, hatte ein Edler von Bonomo Justina Freiin von Lamberg zur Gemahlin. Sie war die Tochter Wilhelms Freiherrn von Lamberg und der Anna Freiin von Auersberg[2].

Hanns II. von Bonomo war 1596 mit Georg Ainkhürn und Christoph Mesken zu Ortenegg ständisch krainerischer Verordneter, und hierauf von 1599 bis 1602 Landesverwalter in Krain[3].

Zu Anfang des XVII. Jahrhunderts (1613) hatte Magdalena von Bonomo Daniel von Raumschüssel zum Gemahl, dem sie drei Söhne gebar: Leopold, Erasmus und Adam. Nach ihrem Tode verband sich Daniel von Raumschüssel mit Barbara Freiin von Dietrichstein[4].

Im Jahre 1651, 1653 und 1658 finden wir Franz von Bonomo als Guardian des Minoriten-Convents zu Pettau. Derselbe wurde im letzteren Jahre, als er auf Anordnung der hohen Regierung die ausgeschriebenen Steuern auf seinem Grundbezirke einsammelte, zu Stozerzen nächst Pettau von seinen Unterthanen, welche im Wahn lebten, die neue Geldauflage käme blos dem Kloster zu Nutzen, sei daher eine eigenmächtige Handlung, auf eine grausame Art erschlagen[5]. Nach dieser blutigen Katastrophe flüchteten sich die Mörder theils nach Croatien, theils in die Rohitscher Wälder. Zwei der eingefangenen Übelthäter büssten erst 1672 ihre Blutschuld mit dem Leben, die übrigen, minder schwer Betheiligten erhielten in Rücksicht ihrer aufrichtigen an den Tag gelegten Reue, dann wegen ihrer langen Einkerkerung und der ausgestandenen Schmerzen erst 1675 durch kaiserliche Gnade die Freiheit[6].

Den 1. December 1670 entschlief in ihrem Geburtsorte Asiaga an der Brenta die Nonne Giovanna Maria Bonomo, und ruht in der Kirche ihres Heimatsortes[7].

Im Jahre 1812 wurde Franz Xaver von Bonomo, k. k. Oberstlieutenant im Ingenieur-Corps, nachdem derselbe den vollgültigen Beweis seiner directen Abstammung von Nikolaus I. von Bonomo lieferte, als Mitglied der steirischen Landmannschaft aufgenommen, und den 11. Juni des bezeichneten Jahres in die Ständeversammlung feierlich eingeführt[8].

Dr. Hönisch

[1] Valvas. 3. Thl., p. 688. [2] Schmutz, 1. Th. p. 131. [3] Valvas. 3. Thl., p. 657. [4] Valvas. 3. Thl., p. 86. [5] Ibidem p. 81.

[1] Valvas. 3. Thl., p. 71. [2] Buccellini 2. Thl., p. 7, 3. Thl., p. 115. [3] Valvas. 3. Thl., p. 71. [4] Bucc. III. Bd. p. 186. [5] Hamisch, Gesch. des Pet. Min. Kl. M. 5. p. 68. [6] Pettauer. Min. Arch. [7] Arch. für Kunde öst. Gesch. Bd. III. p. 229. [8] Schmutz, 1. Bd. p. 151.

Das Doxal zu Cöln.

Dem bekannten Cölner Schriftsteller Dr. Enner ist es gelungen, das wegen seiner reichen Verzierungen vielbesprochene Doxal in der Kirche der h. Maria im Capitol zu Cöln als eine, nicht dieser Stadt angehörige, sondern als ausländische Kunstarbeit darzustellen. Es wurde nämlich von der Witwe des kaiserl. Rathes Georg Hucquenay, gemäss dessen letztwilliger Verfügung, in der Stadt Mecheln bestellt, um dasselbe in der oben genannten Kirche „zum Lobe und zur Ehre des allmächtigen Gottes“ aufrichten zu lassen. Im Jahre 1524 wurde es vollendet und durch die Gebiete des Herzogs von Geldern und der Statthalterin der Niederlande nach Cöln gebracht. Ein auf diesen Transport bezüglicher Brief ist von 13. Juni datirt und an den Herzog von Geldern gerichtet, welcher gebeten wird, das Doxal ohne Beschwerniss und Zugeld durch sein Land ziehen zu lassen. Ein zweites Schreiben von 1. Juli desselben Jahres an die Erzherzogin Margarethe, spricht dieselben Wünsche aus. (Cölnische Blätter 1864. Nr. 2.)

(Über das Doxal selbst siehe Kugler „Kunstgeschichte“ II. 734 und dessen „Vermischte Schriften“ II. 275.)

Correspondenz.

Feldkirch, im Jänner 1864.

Die im letztverflossenen August vorgenommene Beaugenscheinigung des Altars zu Brand (Bezirk Bludenz)[1] überzeugte den Gefertigten, dass der artistische und kunsthistorische Werth des Gegenstandes weit überschätzt werde. Das ohnehin mehr fragmentarische Altärchen ist sehr einfach und zeichnet sich in nichts vor andern Werken dieser Art aus, wie man sie in Kirchen und Capellen hie und da antrifft.

Der etwa vierthalb Fuss hohe Schrein läuft oben in ein aufgesetztes, schmäleres Rechteck aus, und von diesem letzteren erhebt sich an den beiden Enden je eine, in keinem organischen Verbande stehende Fiale.

Von der beiderseitigen innern Basis dieser Fialen her, begegnen sich zwei geschweifte und über der Mitte gekreuzte, gleich den Fialen selbst sehr magere Ornamente. Den Raum zwischen diesen Ornamenten nimmt, in verhältnissmässig kleinen Figuren von Schnitzarbeit, die Krönung Marien's ein.

Zwei weitere Fialen erheben sich an den beiden Endecken des Schreines, und zwischen ihnen und der Mittelausladung desselben, wiederholen sich die obenerwähnten, sich kreuzenden Ranken.

Das Innere des Schreines nehmen drei bemalte Sculpturen von ziemlich guter Modellirung ein. Die mittlere derselben stellt die heilige Anna vor, auf deren Knieen Christus und Maria sitzen, beide in Kindergrösse, doch Maria schon mit ziemlich merkbarer Andeutung jungfräulicher Formen und eine grün-schwärzliche Frucht (vielleicht eine Feige) haltend, die sie mit ausgestrecktem Arm ihrem Söhnlein hinüberbietet. Zu den Seiten dieses Bildes steht, links für den Beschauer, St. Katharina mit Schwert und Rad, rechts St. Barbara mit dem Thurme.

Die Flügelthüren theilen sich senkrecht in zwei Felder und tragen an der Innenseite Hochreliefarbeiten. Die eine zeigt den heil. Nikolaus und den heil. Johannes, die andere den heiligen Joachim und den heiligen Bischof Theodor. Die gleichfalls zweitheilige Aussenseite der Flügel ist bemalt und zeigt links die heilige Margaretha und die Verkündigung Mariä, rechts eine unbestimmbare Heiligengestalt und eine sehr eigenthümliche Darstellung der Menschwerdung Christi. Aus einem Wolkenstreifen erhebt sich nämlich, in halber Figur, mit weissem Talar und rothem Mantel angethan und von Engelchen umgeben, Gott Vater, und unterhalb an dem besagten Wolkenstreifen in Taubengestalt schwebt der heilige Geist. Vom Leibe des Vaters gehen divergirende blutrothe Strahlen aus und reichen bis zu der unten knieenden Jungfrau, in blauem Kleide und rothem Mantel. Durch den Strahlenbündel aber führt, die Füsse nach oben, das Köpfchen abwärts gekehrt, ein nacktes Kindlein herab, dem ein zur Seite auffliegender Engel den Weg weist.

Die Malereien sowohl als die Sculpturen des Schreines befinden sich in einem ziemlich gut erhaltenen Zustande und dürften trotz der an einer Stelle des Altars vorkommenden Jahrzahl 1511, die sich durch die Form der Ziffern unläugbar als unecht zu erkennen gibt, dem Ende des XVI. Jahrhunderts angehören. Die Fialen und Ranken jedoch sind höchst wahrscheinlich nur eine spätere Zuthat; ganz gewiss lässt sich dies von der Predella und von dem Altartische selbst behaupten.

Was dem bescheidenen Altärchen wenigstens einen anderweitigen und zwar localen Werth gibt, ist eine sich daran knüpfende, nicht verwerfliche Tradition. Nach dieser soll der Altar nämlich früher in der Pfarrkirche zu Sevis, im graubündtnischen Thale Prätigäu, in welches von Brand aus ein Alpenpass hinüberführt, seine Stelle gehabt und dem heiligen Fidelis, dem ersten Märtyrer des Kapuzinerordens und damaligem Guardian zu Feldkirch in Vorarlberg, zur Darbringung des heiligen Messopfers gedient haben, als sich derselbe zur Reformationszeit im Auftrage des Bischofs von Chur nach dem Prätigäu begeben hatte, um durch seine Predigten dem dort um sich greifenden Abfalle Einhalt zu thun. Nachdem aber dieser dennoch erfolgt und Fidelis unter den Streichen der abtrünnigen Seviser gefallen war (am 24. April 1622), sollen sich einige treugebliebene Gemeindemitglieder über das Gebirg nach Brand geflüchtet und den heimlich fortgenommenen Altar mit sich dorthin gebracht haben.

Die Sache ist an und für sich durchaus nicht unwahrscheinlich, und alte ehrenwerthe Männer des Thales versichern, diesen Hergang schon als Kinder von ihren Vätern vernommen zu haben, welche sich eben so wieder auf ihre eigenen Väter berufen hätten, so dass die Überlieferung wirklich bis nahezu auf die Zeit zurückreicht, in welche der Tod des heiligen Fidelis notorischer Maassen fällt.

Wofern demnach die Gemeinde Brand einmal ihre Kirche mit neuen Altären zu versehen und wenigstens einen Theil der Kosten durch Veräusserung des besprochenen und allerdings in ihre Kirche wenig

[1] Dieser Ort Brand in dem nach ihm genannten Brandnerthale, war einst eine Alpe, wo die daselbst übersommernden Alpleute schon vor 1410 eine Capelle und auch einen von der Mutterpfarre zu Bürs abhängigen Caplan hatten; auch wurde am 7. October 1504 daselbst eine Kirche in honorem beatae Virginis Mariae in coelum assumptae, eingeweiht.

Es kann daher in dieser Kirche wohl ein Altar vom Jahre 1511 vorhanden sein, wenn auch die dermalige, wahrscheinlich bei einer späteren Restauration entstandene Form der Ziffer an ihm unläugbar als unecht erkannt wird.

Localwerth gibt dem bescheidenen Altärchen die daran haftende Überlieferung im Munde des Volkes, nach welcher es vordem in der Pfarrkirche zu Seewis im graubündnerischen Thale Prätigau, in das vom Brand aus ein Alpenpass führt, seine Stelle gehabt und dem Pater Fidel von Sigmaringen zur Darbringung des heiligen Messopfers daselbst gedient haben soll. Dieser Pater Fidel, als Laie angeblich Marcus Rain geheissen, war aus Sigmaringen, beider Rechte Doctor und Beisitzer des damals österreichischen Gerichtshofes zu Ensisheim im Oberelsass, er ward Kapuziner und Guardian dieses Ordens zu Feldkirch. Als im blutigen Bündnerkriege des Jahres 1622 österreichische Soldaten das reformirte Landvolk zu Seewis, Schiers und Grüsch zur Anhörung der heiligen Messe zwingen wollten, wurden beide Theile handgemein und am ersten Orte fiel der glaubenseifrige Pater, der von seinem Kloster, das wie das ganze vorarlbergische Oberland damals zum Churer Sprengel gehörte, dahin gekommen war, am 24. April der Wuth des Volkes zum Opfer. Sein Haupt ward zu den Kapuzinern nach Feldkirch, wo es noch verwahrt und verehrt wird, der Leib aber nach Chur in die Domkirche gebracht*. Der Altar soll von einigen, der katholischen Lehre treugebliebenen Gemeindegliedern über den Rhätikon geflüchtet und so nach Brand gekommen sein.

Jos. Bergmann.

* Siehe Ulysses von Salis - Marschlins' Denkwürdigkeiten, herausgegeben von Conradin von Mohr. Chur 1858 Seite 115.

hineinpassenden Altärleins zu decken beabsichtiget, so möchte es am angemessensten sein, ihr das Letztere zwar zu gestatten, doch nur in dem Falle, wenn das ehrwürdige Überbleibsel für die Kapuzinerkirche zu Feldkirch acquirirt würde, wo dasselbe — die Richtigkeit der Volkssage angenommen — unter den übrigen dort aufbewahrten Reliquien des heiligen Blutzeugen die geeignetste Stätte fände.

Stocker.

Prag, 19. März 1864.

Der Čáslauer Thurmbau, eine der schwierigsten Unternehmungen im Rayon des Kreisbezirkes, steht nun in schöner angemessener Form, seiner Vollendung harrend, da! Es fehlt nur noch die Anheftung verzinnter Blechtafeln, die Ausfüllung einiger Steinmetzornamente in der Gallerie und den Eckthürmchen, und endlich die Stiegenverbindung bis zum Gipfel. Die Holzconstruction dieser stylrechten, ins Achteck geschlossenen, einfachen Zeltdächer lässt nichts zu wünschen übrig.

Betrachten wir die Brände von dem Jahre 1522, 1600, 1703 und 1841, wo immer wieder das innere Gebälke und das Dach dem Feuer zum Opfer fiel, so müssen wir uns wundern, dass dieses Gemäuer bis zum Krongesimse gesund genug ist, dem enormen, senkrechten Dach- und Galleriedrucke sicheren Widerstand zu leisten. Die Höhe des Zeltdaches beträgt 22, die der Thurmmauer 23 und jene des Kreuzes 2°, womit also die gesammte Thurmhöhe 47° ausmacht. Der Kunstkenner und Architekt würde mehr decorative Motive zur Belebung des Ganzen und endlich eine Schiefereindeckung wünschen, allein man musste stets bei einem solchen Baue der Ökonomie des Baufondes mehr Rechnung tragen, als den Anforderungen der Kunst. Das einzig Störende bei dieser Kirche ist das unendlich niedrige, sehr flache Kirchendach, welches einen deprimirenden Eindruck hervorruft und den hohen Thurmkörper gar zu sehr isolirt. Die aus dem Kuttenberger Quadersandstein hergestellten Gallerien, mit fünf, je auf einer Seite im Kleeblatt ausgeschweiften Arcadenbögen, die Eckthürmchen mit je einem Rundfester, ferner die Schallöffnungen in der Mitte der Zeltdachhöhe, würden dann mit ihren Knöpfen und Fähnlein dem Thurme ein sehr belebtes, schönes Ansehen verleihen.

Noch an demselben Tage besuchte ich das pittoresk auf einem kleinen Felsenhügel im Pappel- und Erlengebüsch ruhende, uralte, gothische Bonifaciuskirchlein zu Lochy, eine halbe Stunde nordwestlich von Čáslau entfernt. Ein Bau aus dem XIV. Jahrhundert. Die engen, kleinen Fenster, ohne Masswerk, erhellen den Raum, der Chor ist im Achteck geschlossen. Der Altar im Renaissancestyl mit dem Wappen seiner Stifter: Bernhard Grafen von Wěžnik und seiner frommen Gemahlin, geb. Gräfin von Arco, und eine sehr alte Glocke in dem niedern, mit einem Zwiebeldache versehenen Thurme sind Alles was das Auge fesselt.

Auch das nahe Chotusic, ein Städtchen mit einer St. Wenzelskirche, welches am 17. Mai 1742 in dem Kampfe der Österreicher und Preussen in einen Aschenhaufen verwandelt ward, wurde besucht. Die uralte Kirche, sonst Propstei von dem Cistercienserstifte Sedlec, 1424 durch die Hussiten zerstört, ist seit dem siebenjährigen Kriege ein nüchterner Nothdurftsbau geworden. Nur in der geräumigen Sacristei erhielt sich ein schönes gothisches Kreuzgewölbe als Überbleibsel des alten Baues, dann einige leider sehr beschädigte Grabsteine, welche zu spät in die Kirchhofmauer eingefügt wurden.

Am 19. October wurde die kleine, aber sehr kunstgerecht erbaute Kirche zu Markovic und das höchst merkwürdige, uralte Schloss Žleb besucht.

Ein isolirter Felsenhügel trägt den vorhussitischen Kirchenbau von Markovic, dessen schlanke, gothischen Formen schon von der Ferne auffallen. Leider wurde das Kirchlein vor etwa vierzig Jahren wegen bedrohlicher Baufälligkeit des Schiffsraumes sehr verkürzt, jedoch das alte Portal wieder in der Mauerwand eingefügt, über welchem zwei leere Schilde mit der Jahreszahl 1531 angebracht erscheinen. Der einfache Renaissancealtar mit den Wappen des ehemaligen Besitzers von Žleb, Freiherrn von Kaiserstein und dessen Gemahlin, gebornen Záruba von Hustiřan, geziert, dann drei, in dem, ins Achteck geschlossenen Chorraum eingefügte, für den Heraldiker, Genealogen und Localgeschichtsschreiber äusserst merkwürdige Grabsteine, mit interessanten Wappensculpturen, bilden die Sehenswürdigkeiten. Ein äusserst schönes, birnförmiges Rippenprofile tragendes Kreuzgewölbe deckt das Ganze, während die Fenster gar kein Mass- und Stabwerk haben. Vor der Kirchenthüre ruht ein unbenützter, alter und einfach geformter Taufstein. Dieses Kirchlein kömmt schon in dem Jahre 1382 in den Errichtungsbüchern vor. Einige Schritte südlich ist die moderne St. Annakirche, mit zwei Thürmen und einer alten Löwensculptur am obersten Giebelschlusse der westlichen Kirchenfronte versehen, welche weder dorthin passt noch dorthin gehört, und als ein Bestandtheil der alten, nachbarlichen St. Marcuskirche angesehen werden muss.

Die Pfarrkirche zu Žleb ist ein unschöner, stylloser Bedürfnissbau, bei dem nur das polygone Presbyterium vom alten, ursprünglichen Baue übrig blieb. Diese Kirche enthält jedoch neun sehr alte Grabsteine der Familie Bohdanecký von Hodkow, einen steinernen, in verkommenem Barockstyl sculpirten Taufbrunnen aus dem Jahre 1622, dann am Hochaltar eine uralte hölzerne, geschnitzte Madonna mit dem Kinde.

Grossartig und in gewaltigen Formen, von einem unbekannten Bildhauer (vielleicht von H. B. Prachner), sehr genial im Geschmacke der damaligen Zeit durchgeführt, steht das Grabdenkmal hier, welches Adam Fürst von Auersperg seiner 1775 verstorbenen Gemahlin Wilhelmine, gebornen Gräfin von Neuperg, errichten liess. Eine Pyramide, oben mit mächtigen Palmenzweigen bedeckt, bildet den Hintergrund. Oben hängen zwei Medaillons, welche die Brustbilder beider fürstlichen Gatten *en relief* in sich schliessen. Vorne ruht ein sehr geschnörkelter Sarkophag, umstellt von Engeln, welche trefflich modellirt und als Trauer, Ewigkeit und Tod symbolisirt sind. Das ganze, grossartig angeordnete Werk ist in Stucco meisterhaft ausgeführt.

Vor diesem Monumente ruht auf einem, mit schwarzen Sammt bedeckten Tische die vom Kreuze herabgenommene Leiche des Heilandes, umgeben von dessen Marterwerkzeugen, und ausgeführt in carrarischem Marmor, 2 Fuss 3 Zoll lang, 1 Fuss 11 Zoll breit, ein aus

Italien herüber gebrachtes, beachtenswerthes Kunstwerk. Es mahnt an die Schule des Lombardi. Ein ehrwürdiges Vermächtniss einer längst verschollenen Zeit ist das grossartige Schlossgebäude mit seinen Zinnen, Bastionen, Rundthürmen, hohen, gothischen Eingängen, Zwingern, Söllern, der neuen Schlosscapelle und dem merkwürdigen Hofraume. Dass der Kern des Gebäudes uralt sei, dass über demselben Jahrhunderte mit ihren gewaltigen Ereignissen wegzogen, dass diese daran geändert, geformt, verbessert und verschlechtert haben, wird beim ersten Blick zur Gewissheit, mehr noch treten die vielen Veränderungen der Gestaltung bei einer eingehenden Beobachtung an den Tag, namentlich wenn die oft veränderten Bauten unserer Tage hiebei erwogen werden.

Dieses Schloss, mit seinen Kunstschätzen alter und moderner Zeit, seinen kostbaren Glasmalereien aus dem XV., XVI. und XVII. Jahrhunderte, die der kunstliebende Fürst Vincenz von Auersperg in Deutschland und in Böhmen erkauft, gesammelt und beigefügt, dann die uralten Möbel, Geräthe, Waffen und Trophäen, endlich die höchst interessanten, uralten Glasmalereien in der neuen Schlosscapelle, deren prachtvoller gothischer Flügelaltar mit dem Bilde des englischen Grusses, des heiligen Vincentius und des Einsiedlers Wilhelm geziert erscheint, verdienen eine eigene, selbstständige Beschreibung. Ich trete daher zu der wichtigen Sache eines Berichtes über, welcher die, in den Mittheilungen, II. Jahrgang 1857, S.155 ff., bereits durch Professor J. E. Wocel so gediegen geschilderte St. Jakobskirche bei Cirkvic betrifft.

Es ist hier nicht der Raum, noch der Zweck, das hohe Interesse, welches die Kirche im Dorfe St. Jakob bei jedem Besucher erweckt und wie hochwichtig dessen Erhaltung sei, auseinander zu setzen, zudem wir so glücklich sind ein historisches Datum aufweisen zu können, welches uns das Entstehen dieses Bauwerkes nachweist und es in die Mitte des XII. Jahrhunderts stellt. Der erste König von Böhmen, Wladislav I., sammt der Königin Judith, wie auch die Donatrix Maria und ihre Söhne Nawibor und Paul, wohnten dem Weiheacte eines Altars bei, der im Emporraume aufgestellt war, als Bischof Daniel denselben laut aufgefundener Urkunde um 1165 consecrirte. Heuer nach Ostern soll der Restaurationsbau angefangen werden, welcher von dem Patron dieser Kirche, Herrn Heinrich Grafen von Chotek, nach folgenden Richtungen vorgenommen werden wird:

1. Ursprüngliche Wiederherstellung der romanischen Schallfenster am Thurme.

2. Reinigung der sechs steinernen Figuren auf der Südseite des Landhauses, Aufstellung der siebenten, welche herabgestürzt, unter dem Dache der Vorhalle liegt. Diese sieben lebensgrossen Steinfiguren sind ohne Widerrede die ältesten Sculpturen Böhmens, und dürften die Gründerin Maria mit ihrem Gemahl, den als Theilnehmer bei dem nächtlichen Überfall des Bischofs Zdik von Olmütz in Bann gethanen Nawibor von Švabenic (1145) vor dem segnenden Erlöser darstellen. Die übrigen Figuren mögen die Bischöfe Zdik und Daniel, endlich die ritterliche Gestalt mit dem gezogenen Schwerte den König Wladislav I. vorstellen, welche Vermuthung Hermenegild Jireček durch interessante urkundliche Combinationen fast zur gewissen Klarheit brachte.

3. Die allgemeine gründliche Herstellung des sämmtlichen Mauer- und Dachwerkes mit Rücksicht auf stylrechte Ergänzungen der Lisenen, Streifen, des Sockelgemäuers und Dachgesimses.

4. Die Herstellung eines ganz einfachen, jedoch stylrechten Altars mit Rundbogen, einem entsprechenden St. Jakobsbilde und eine monochrome Austünchung mit einfacher, stylrechten Bordur der alten Apsis.

Der gütige und kunstliebende Herr Graf versprach Alles aufzubieten, was er als Patron zu thun vermag, um durch seine Munificenz, nebst den Beiträgen der Eingepfarrten und des Kirchenfondes, das ziemlich verkommene Baudenkmal zu Ehren zu bringen. —

Bei der Restauration der St. Barbarakirche zu Kuttenberg wäre in das Auge zu fassen: die Abtragung und sorgfältige, nach den vorliegenden Mustern stylrechte Wiederherstellung des dritten und vierten Strebebogens an der Nordseite des Langhauses, indem wirklich bei beiden Bögen die Gefahr des Einsturzes droht, welche lange eiserne, ziemlich verrostete Schliessen nur nothdürftig hintanhalten.

Die Sache wurde dem verlässlichen Architekten Johann Ladislav überlassen, welcher den ihm obliegenden Bau im Laufe des Jahres 1864 vornehmen wird. Er benützt dazu denselben Sandstein, aus welchem die Bögen sammt ihren decorativen Zuthaten vor dreihundert Jahren hergestellt wurden.

Ehe ich diesen Bericht schliesse, darf ich des Modells der St. Barbarakirche nicht vergessen, welches der dortige k. k. Bergamtsofficial Herr Johann Kraus seit drei Jahren in Arbeit hat. Es ist dies ein Kunstwerk, das kaum seines Gleichen in Böhmen finden dürfte. Ein Zoll des Modells gleicht einer Klafter in der Wirklichkeit. Die genaueste Formähnlichkeit bis ins kleinste Detail überbietet Alles, was in ähnlichem Genre gemacht worden ist.

Das Masswerk der Fenster mit seiner Verrippung und seinen Ornamenten setzt in Erstaunen. Herr Kraus hat bereits in dem Jahre 1861 dem Vereine Arkadia in Prag, bei der dort im September veranstalteten Ausstellung (siehe Mittheilungen 1861, S.277) unter Nr. 313 das gelungene Modell des „wälschen Hofes", nach dem Massstabe eines halben Zolles im Modell gleich einer Klafter in der Natur, eingesendet, welche Arbeit sich einer allgemeinen Theilnahme erfreute und die Veranlassung dieser neuen, dankenswerthen Leitung wurde. *F. J. Benesch.*

Besprechungen.

Anciens vêtements sacerdotaux et anciens tissus conservés en France. Par Charles de Linas.

IIme. série. Paris 1863, Didron et Demichelis, libraires. Avec XXII planches.

Der dritte Theil dieses mit eben so grossem Fleisse als weitgreifender Gelehrsamkeit verfassten Werkes verbreitet sich in ausführlicher Weise über die Fussbekleidung. Der Autor weiss seinen etwas einförmigen Vorwurf, durch die mannigfaltigsten Citate aus Historikern und aus griechischen und römischen Dichtern angenehm zu würzen, und theilt ihn zur besseren Übersicht in zwölf Capitel.

Capitel I beschäftigt sich ausschliesslich mit den in Frankreich aufbewahrten Fussbekleidungen der heiligen Adelgunde (geb. 630), der heiligen Bathilde (gest. 680), des heiligen Bischofes Bertrand de l'Ile-Jourdain (1083—1130), des heiligen Edmund (gest. 1240), des heiligen Louis d'Anjou (1297) und des heiligen Peter de Luxembourg. Der Verfasser gelangt durch diese und andere dergleichen Reliquien und durch Erforschung von Denkmälern zu der Überzeugung, dass in den ersten Jahrhunderten der französischen Monarchie die Form der Schuhe bei Männern und Frauen höheren Ranges ganz gleich war und dass jene der Bischöfe sich nur durch einen clavus (Nagel, Streif) in Kreuzesform davon unterschied.

Capitel II handelt von den Fussbekleidungen der Alten überhaupt und entwickelt die Entstehung und Nothwendigkeit eines Schutzes bei dem menschlichen Fuss, wozu allererst Baumrinde verwendet worden sein mag. Später diente die Haut des erlegten Wildes zur Beschuhung, welche sich allmählich vervollkommnete, als man die Häute in Leder umzuwandeln verstand. Nachdem die Beschuhungen der alten Völker des Orientes betrachtet wurden, zählt der Verfasser jene der Griechen und Römer auf, indem er die Fussbekleidungen in solche theilt, welche den oberen Fuss nackt liessen, wie z. B. Solea, Sculponea, Carbatina, Caliga; oder bedeckten, wie z. B. Calceus, Mulleus, Luna, Soccus, Sandalium; dann in solche, welche Fuss und Bein zugleich schirmten, wie z. B. Cothurnus, Pero, Endromis etc.

Capitel III enthält die Beschreibung kaiserlicher Fussbekleidungen zu Rom und Byzanz, wie z. B. Campagus, Zancha etc.

Capitel IV berührt die Fussbekleidungen des Mittelalters in Frankreich, darunter: Estivaux, Heuses, Calcei rostrati, Pantoufles, Patins, Galoches etc.

Capitel V enthält eine kritische Beleuchtung der im Alterthume und bei den ersten Christen üblichen liturgischen Fussbekleidungen.

Im Capitel VI werden die Sandalen der Bischöfe, ihr Gebrauch und ihre Ausschmückung nebst den Beschuhungen des übrigen Clerus umständlich aufgeführt. Da schon damals sich Mode und Luxus sehr dabei geltend machten, und die Priester nicht bei der erlaubten schwarzen und braunen Farbe blieben, so wurden auf mehreren Synoden im XIII. und XIV. Jahrhundert dagegen strenge Verbote erlassen.

Capitel VII bietet interessante Beschreibungen kaiserlicher und königlicher Fussbekleidungen des Mittelalters, worauf Capitel VIII die eigenthümlichen Bekleidungen der Beine der Griechen, Römer und Barbaren bis zum Mittelalter schildert, namentlich folgende: Cnemides, Ocreae, Tibialia, Fasciae crurales, Tubrugus, Hosa, Housiaux, Hosobindae und Hosarius.

Im Capitel IX werden jene Bekleidungen geschildert, welche unter der äusseren Fussumhüllung getragen wurden; dem entsprechend Capitel X werkwürdige Arten von Beinkleidern und Strümpfen (chausses et bas) des Mittelalters in Wort und Bild vorführt.

Capitel XI ist der Beschreibung des Stoffes und der Farbe der geistlichen Strümpfe, von den ersten Zeiten des Christenthums angefangen, gewidmet.

Capitel XII bietet Forschungen über die Symbolik der Fussbekleidung im frühesten Alterthum und in der christlichen Periode. Bei den Kirchenvätern schon, wie auch bei den Theologen des Mittelalters, galt die Fussbekleidung als ein Symbol der Fleischwerdung des Wortes. Der heilige Basilius schreibt in diesem Sinne: „Divinitatis calceamentum est caro Deum ferens, per quam ad homines descendit." Nach der Vorschrift des heiligen Marcus soll der Priester derartige Sandalen tragen, dass der Fuss, wenn auch gegen die Erde geschützt, dennoch unbedeckt bleibe. Dieses bedeutete, dass das Evangelium nicht geheim gehalten werden, sich aber auch nicht auf die Güter der Erde stützen soll.

In verschiedenen Kirchenbüchern finden sich auch Gebete, welche auf die Sandalen Bezug nehmen. So heisst es in jenem zu Salzburg: ad sandalia. „Calcea, Domine, pedes meos in praeparatione Evangelii pacis, et protege in velamento alarum tuarum."

Nachdem durch diese Detaillirung die Reichhaltigkeit und Gründlichkeit dieses Werkes anschaulich gemacht wurde, fügen wir noch hinzu, dass dasselbe sowohl in Hinsicht auf Format (gr. 8), treffliches Papier, schönen, correcten Druck, als auch durch zahlreiche (22 Tafeln), sorgfältig gezeichnete und colorirte Abbildungen seines Gegenstandes würdig ausgestattet wurde.

L. S.

Notizen.

Die erste photographische Ausstellung in Wien im Mai und Juni des laufenden Jahres zählt in zwanzig Gemächern mehr als 1200 Nummern, von welchen letzteren mehrere wieder ganze Reihen von kleineren Photopraphien enthalten. Es versteht sich wohl von selbst, dass in den vorliegenden Blättern nur von jenen Lichtbildern die Rede sein kann, welche ein archäologisches Interesse darbieten und schon desshalb angeführt werden müssen, weil es, besonders in Beziehung auf vaterländische Gegenstände, von grosser Wichtigkeit ist zu wissen: welche Denkmale Österreichs photographirt wurden und bei wem deren Photogramme zu allenfallsiger wissenschaftlicher Benützung zu haben seien.

So findet man von mittelalterlichen Baudenkmalen: (Nr. 4) die Stiege in der alten Burg zu Graz und (Nr. 5) das sehr gute Photogramm des bekannten alten Hauses zu Bruck an der Mur (beide von Johann Bosch). Der, als Photograph höchst eifrige Correspondent der k. k. Central-Commission Herr Anton Widter stellte folgende ausgezeichnete Photogramme nach heimischen Baudenkmalen aus:

Das Erkerfenster zu Klosterneuburg (Nr. 114, a).

Schloss Potteubrunn, von aussen und von innen, (Nr. 115, a und b).

Der obere Theil des Portals der Kirche zu Maria-Zell (Nr. 116, a).

Die Karthause zu Gaming und der Thurm dieses ehemaligen Klosters (Nr. 117, a und b).

Die verlassene Kirche zu Schwarzau und die Ruine der St. Wolfgangskirche zu Kirchberg am Wechsel (Nr. 119, A, a und b).

Die Kirche zu Deutsch - Altenburg an der Donau und St. Johann zu Petronell (Nr. 119, B, a und b) und Die Capelle Seusenstein an der Donau (Nr. 121, a).

Von Burgen und Ruinen nahm derselbe folgende Ansichten auf:

Die Ruinen vom Schloss Kreuzenstein, mit der Aussicht in die Ferne (Nr. 114, b).

Die Burg Schlaining im Eisenburger Comitat (Nr. 117, A, a).

Thurm und Capelle der Bergveste zu Haimburg und der untere Wasserthurm dieser Stadt (Nr. 120, a und b).

Die Ruine Emmerberg (Nr. 121, b) und die höchst interessante:

Veste Aggstein (Nr. 122, a).

Endlich finden wir in dieser Reihe sehr anziehender Lichtbilder auch noch vier plastische Gegenstände, die sich auf bestimmte Persönlichkeiten beziehen, nämlich das sogenannte „Kaiser Friedrichs-Fenster" mit den vielen Wappen in der Burg zu Wiener-Neustadt (Nr. 116, b), ferner das Denkmal des Andreas Baumkirchner in der Burg zu Schlaining (Nr.117, A, b) und die Grabsteine des Christoph Hoppel vom Haus zu Rogendorf, † 1582, und des Otto von Meissau, † 1440 (Nr. 122, b c).

Die ungewöhnliche Mühe und die grossen Kosten, welche derlei archäologische Aufnahmen in Anspruch nehmen, so wie die tadellose Reinheit der ausgestellten Photogramme des Herrn Anton Widter erwerben sich den vollsten Beifall der Kenner und erregen im Alterthumskundigen und im Vaterlandsfreund den Wunsch, dass noch viele derartige Aufnahmen stattfinden mögen, die dem Forscher von so grosser Bedeutung sind.

Von einheimischen Baudenkmalen haben wir noch die römischen Brunnen zu Friesach, von Andreas Groll (Nr. 339) zu erwähnen.

Die Photographien von ägyptischen und römischen Baudenkmalen, so wie von Jerusalem and Chartres übergehen wir als längst bekannt und vielfach gesehen. Interessanter scheinen, wenigstens in der Erinnerung an Homer, Punar-Baschi und Tschiflik auf der Ebene von Troja (von Dr. Jos Székely, Nr. 199 und 208), so wie anderseits die Architecturen und Basreliefs von Java, Madras und Peru (Ritter von Scherzer, Nr. 129, 130, 132 und 136 bis 146).

Was mittelalterliche Waffen anbelangt, von denen die k. k. Ambraser-Sammlung so wie das k. k. Arsenal einen hervorragenden Reichthum besitzt, sind in photographischer Beziehung die längst bekannten und schon früher genannten Herren Anton Widter und Andreas Groll zu erwähnen, von denen besonders der erstere vielleicht die grösste Übung in der Aufnahme von Rüstungen besitzt, die besonders desshalb so schwierig ist, weil die grellen Glanzlichter des polirten Eisens eben so schnell als die Schattenstellen langsam auf die lichtempfindliche Platte einwirken, wodurch dann sehr leicht schroffe Gegensätze, aber keine weichen Übergänge zu Stande kommen, wie diese letztere doch in Herrn Widters Photogrammen so klar und zart erscheinen. Herr Widter stellte 48 Blätter theils mit ganzen Rüstungen, theils mit einzelnen Rüstungsstücken aus. Von den ganzen Rüstungen sind wohl jene Friedrichs des Siegreichen, Pfalzgraf am Rhein, und Erzherzog Sigismunds von Tirol (Nr. 89, a und b), so wie jene drei, Kaiser Maximilian I. zugehörenden (Nr. 91 a und b und 105, a) als die interessantesten zu betrachten, da sie Producte aus der frühesten Zeit der Plattnerei sind.

Von alterthümlichen Geräthen, Bechern, Elfenbeinschnitzereien u. s. w. bietet Groll (Nr 344) einige, in archäologischen Kreisen schon früher bekannte Blätter, bedeutender ist in dieser Richtung das Album von 30 Lichtbildern nach mittelalterlichen Gegenständen aus der Sammlung des Baron Rothschild zu Frankfurt a. M. von Franz Weisbrod.

Möchten sich doch die Herren Photographen in den Kronländern herbeilassen, auf gleiche Weise wie die genannten Herrn in Wien für archäologische Zwecke zu wirken, da es in den Provinzen noch so viele Denkmale gibt, welche entweder gar nicht oder nur höchst oberflächlich gezeichnet wurden, und die Photographie überdies die treuesten, man möchte sagen, die einzig richtigen Abbildungen liefert. ....g...

Die Wiener Zeitung vom 8. Juni l. J. bringt die Nachricht, dass, den Angaben eines Herrn von Stern-Gwiazdowski zufolge, im Ständehause zu Flensburg ein Ruder-Schiff von 79 Fuss 10 Zoll Länge und 11 Fuss 10 Zoll Breite aufgestellt sein soll, welches im vorigen Jahre im Nydammer-Moor bei Wester Satrup im Sundewitt'schen, etwa fünf Fuss unter der Bodenfläche aufgefunden wurde und ein sogenanntes Vikinger-Schiff sein soll. Es wird auch angegeben, dass sich in diesem Fahrzeug Lanzen, Pfeile, Bogen, Streitäxte, hölzerne Keulen, Hausgeräthe, Schmucksachen u. s. w. fanden, von denen einige mit Runen bezeichnet sind. Auch traf man daselbst römische Münzen. Wenn die Sache sich in der That so verhält, so wäre dieses Schiff ein um so wichtigerer archäologischer Fund, als über die Schifffahrt und den Schiffbau der ersten zehn christlichen Jahrhunderte wohl nur wenig bekannt ist und selbst in den Handschriften des XIII., XIV. und XV. Jahrhunderts nur selten Schiffe abgebildet vorkommen, die dann überdies meist so unsicher und oberflächlich gezeichnet sind, dass sie eigentlich nicht viel sicher Belehrendes darbieten. Es wäre daher sehr wünschenswerth, — immer vorausgesetzt, dass dieses Schiff wirklich aus den ersteren christlichen Jahrhunderten herrühre — wenn sich der Nautik kundige Archäologen die Mühe nähmen, dasselbe genau zu untersuchen, und zwar besonders in Beziehung auf die Bauconstruction, nämlich die Legung des Kiels und der beiden Steven, die Bildung des Flacks, der Innhölzer und Bauchstücke, und namentlich der Gestaltung der Kiemung. Eine solche Detaillirung würde viel dazu beitragen jene oben angedeuteten Zeichnungen in alten Handschriften verständlicher zu machen, und A. Jal's „Archéologie navale," besonders T. I. Mém. No. 2, p. 121 ff., wo er von den „navires des Normands" spricht, könnte hierzu nützliche Winke und Andeutungen geben.

Die k. k. Statthalterei in Böhmen ertheilte den Bezirksämtern folgenden sehr zur Nachahmung zu empfehlenden Erlass in Beziehung auf die Erhaltung von Baudenkmalen:

„Die Wahrnehmung, dass den historischen Baudenkmalen, alterthümlichen Kunstgegenständen und archäologischen Funden im grossen Publicum nicht jene Aufmerksamkeit zugewendet wird, welche dieselben wegen ihres hohen Werthes für die vaterländische Geschichte verdienen, hat die k. k. Central-Commision zur Erforschung und Erhaltung der Baudenkmale bestimmt, für die, in den einzelnen Kronländern bestehenden Conservatoren eine neue Instruction zu erlassen, in welcher sie insbesondere verpflichtet werden, die gedachte Central-Commission von allen, der Erhaltung solcher Alterthümer drohenden Gefahren rechtzeitig in Kenntniss zu setzen.

Dieser Verpflichtung können die Conservatoren nur dann vollkommen genügen, wenn sie selbst von allen derlei, den Kunstdenkmalen drohenden Gefahren Kenntniss erlangen, wobei die Mittheilungen, welche sie auf dem Wege ihrer privaten Verbindungen beziehen, oder oft nur einem Zufalle verdanken, sich jedenfalls als unzureichend darstellen.

Das k. k. Bezirksamt wird daher angewiesen, von allen in dem dortigen Bezirke vorkommenden Gefahren, welche einem dort vorhandenen älteren Baudenkmale (z. B. Stadthoren) oder dessen Appertinentien (Wandgemälde, Sculpturen, Inschriften u. dgl.) oder einer dort befindlichen Kunstreliquie (wie Gemälde, Schnitzwerke, andere Kunstalterthümer, Urkunden u. s. w.) drohen sollten, sowie von jeder vorkommenden Entdeckung alter Grabstätten und von allen anderweitigen Funden und Ausgrabungen, jedesmal den Herrn Conservator direct und ämtlich in die Kenntniss zu setzen.

Insbesondere sind die Gemeindevorsteher zur geeigneten Mitwirkung hierbei anzuweisen.

Prag, am 8. August 1863.

Von der böhm. k. k. Statthalterei.

Der Vice-Präsident

Richard Graf Belcredi.“

Todesanzeigen.

Über Joseph Ritter von Arneth, welcher der k. k. Central-Commission am 31. October v. J. zu Karlsbad durch den Tod entrissen wurde, ist jüngster Zeit eine biographische Skizze von Dr. Friedrich Kenner, Custos des k. k. Münz- und Antiken-Cabinets und Correspondenten der k. k. Central-Commission für Erforschung und Erhaltung der Baudenkmale, erschienen. Dieselbe behandelt auf 59 Seiten die äusseren Lebensverhältnisse, so wie das geistige Wirken und die administrative Thätigkeit des Verblichenen mit eingehender Pietät, und wird allen Freunden und Verehrern desselben, in deren Hände das „als Manuscript gedruckte“ Schriftchen gelangt, eine werthvolle Erinnerung sein. v. Arneth gehörte der k. k. Central-Commission von Anbeginn als Mitglied an und förderte ihre Wirksamkeit wo immer ihm eine Gelegenheit geboten wurde; Zeuge dafür sind die Sitzungprotokolle, so wie die literarischen Publicationen derselben.

Was das Abklatschen von Inschriften in natürlicher Grösse betrifft, so hat v. Arneth, um die berühmte Trajanische Inschrift am eisernen Thor in vollkommenster Weise zu erhalten, der k. k. Central-Commission ein eigenes Verfahren mitgetheilt (Sitz. vom 19. Juni 1855), von welchem dieselbe seitdem fortwährend durch ihre Organe Gebrauch machen lässt.

In den Mittheilungen und im Jahrbuch finden sich folgende grössere Aufsätze aus v. Arneth's Feder:

Mittheilungen, Jahrg. V, pag. 102—112: Der Fund von Gold- und Silbergegenständen auf der Puszta Bákod bei Kalocsa in Ungarn. Mit 14 Holzschnitten.

Jahrbuch, Jahrg. I, pag. 51—72: Über das im Jahre 1851 entdeckte Hypocaustum und die Inschrift der Gens Barbia zu Enns. Mit 7 Tafeln. Dann pag. 83—90: Die Trajans-Inschrift in der Nähe des eisernen Thores. Mit 1 Tafel.

Am 1. Juni des laufenden Jahres starb der bekannte Sphragistiker Karl von Sava nach langer, leidenvoller Krankheit in seinem 57. Lebensjahre. Er war Vice-Hofbuchhalter der k. k. Tabak- und Stempel-Hofbuchhaltung und Mitglied mehrerer wissenshaftlichen Vereine. Ausgerüstet mit vielfachen historischen und archäologischen Kenntnissen, warf er sich mit besonderer Vorliebe auf die Siegelkunde und legte eine sehr reichhaltige Sammlung von österreichischen Siegeln, zum Theile in Originalen, grösstentheils aber in Gypsabgüssen an; welche, da sie in ihrer Art wohl einzig darstehen dürfte, von irgend einer wissenschaftlichen Anstalt angekauft werden sollte, damit sie nicht, wie leider schon so manches Andere in die Hände von Händlern gerathe oder verschleppt werde. Die nächsten Hefte der „Mittheilungen“ werden die letzte Arbeit des Verstorbenen bringen, nämlich eine ausführliche Abhandlung über die Siegel der österreichischen Regenten. Da Karl von Sava der Einzige in Wien war, der sich ausschliesslich mit Siegelkunde beschäftigte, so erleidet dieser Theil der mittelalterlichen Archäologie durch sein Hinscheiden einen sehr schmerzlichen Verlust.

Redacteur: A. R. v. Perger. — Druck der k. k. Hof- und Staatsdruckerei in Wien.

XXXIII

Die klugen und thörichten Jungfrauen.

Glasgemälde in der Stadtpfarrkirche zu Friesach.

Von den Glasgemälden der Stadtpfarre zu Friesach, welche die „klugen und thörichten Jungfrauen“ vorstellen, sind nur die hier in Holzschnitten beigegebenen vier Figuren vollkommen erhalten und zwar zwei von den klugen und zwei von den thörichten Jungfrauen. Sie stehen auf Thürmen und befinden sich in Feldern, die oben von einem Kleebogen geschlossen sind, der von Säulen getragen wird. Die Arbeit gehört dem XIV. Jahrhundert an, zeichnet sich durch hübsche Motive in den Draperien und — besonders bei den thörichten Jungfrauen — durch den Schmerzensausdruck aus und wurde aller Wahrscheinlichkeit nach in Friesach selbst gefertigt. Im Museum zu Klagenfurt befinden sich noch zwei andere dieser Jungfrauen, nämlich eine kluge und eine der thörichten, welche beide an der Spitze des Fensters angebracht waren, da bei denselben der Kleebogen nach oben mit einer Lilie endet. Leider fehlt aber bei beiden die untere Hälfte der Malerei. Auch in Friesach selbst ist noch eine dieser Jungfrauen vorhanden, bei welcher aber das untere Drittheil der Figur fehlt.

Durch welche barbarischen Hände diese Verunstaltungen oder Zerstörungen geschahen, ist nicht bekannt; aber jedenfalls verdienen diese Fenster einige Aufmerksamkeit, da Glasgemälde aus jener Epoche wohl nirgends sehr häufig anzutreffen sind.

Die Edlen von Retzer.

Alte Genealogen und Geschichtsschreiber übergehen dieses im XVI. Jahrhundert ausgestorbene steierische Edelgeschlecht, welches auch den Namen „der Raitzen oder Ratzen“ führte, mit Stillschweigen. Nur Freiherr von Stadl widmet demselben in seinem bisher zu wenig gewürdigten „Ehrenspiegel des Herzogthums Steiermark“ eine besondere Stelle.

Die Retzer besassen in Steier: den Retz- und Weichselbergerhof, einen Hof bei Mureck, den Weitenauerhof, dann die Herrschaft Herbersdorf und den Schleierhof bei Stainz.

Sie waren verwandt mit denen von Herberstein, Rokal, Zinzendorf und Zollern und führten als Wappen ein rothes Kleid in Silber, das mit einer Kapuze Ähnlichkeit hatte. Auf dem offenen, gekrönten, mit einem weissen Fluge geschmückten Turnierhelm prangte dasselbe Kleid. Die Helmdecken waren roth und weiss. Das Wappen erbten die Herren von Mökritz[1].

Aus diesem Geschlechte lebte Swigardus de Retze 1240. Derselbe erscheint in dem angeführten Jahre mit Hugo von Prank, Ortolf von Kapfenberg und Walther von Pasail, als Abgeordneter seines Lehensherrn Wülfing von Stubenberg, der mit dem Bischof von Seckau wegen Zehenten in Pasail im Rechtsstreite war, in einer Urkunde[2].

Rudolf Retzer war 1346 Propst des 1140 durch Adelram von Waldeck zu Seckau gegründeten Chorherrnstiftes des St. Augustiner-Ordens. Er bekleidete jedoch diese Würde nur sehr kurze Zeit, indem er schon den 11. Februar 1348 mit Tod abging. Die Nekrologien von Seckau und Rein nennen ihn „dictum Rudolphum Ratzer“[3].

Im Jahre 1395 lebten Walther, 1428 Andrä und Hanns und 1430 Michael Retzer[4].

Georg I. von Retzer, der 1434 lebte und 1446 dem ritterlichen Aufgebote gegen die Ungarn sich anschloss, war mit Ursula von Herberstein vermählt.

Diese war die Tochter Leonards von Herberstein und der Ursula von Lung und Leonard Katzianers Witwe[5]. Nach Stadl hatte Georg Retzer die Katharina Payerlin zur Gemahlin[6].

Dietrich und Balthasar, Gebrüder von Retzer, welche um 1410 geschichtlich vorkommen, zogen gleichfalls 1446 mit dem Aufgebote der drei Länder Steier, Kärnthen und Krain gegen die Ungarn.

[1] Stadl, Leop. Fr., Ehre des H. St. II. Bd., S. 519. M. 5. [2] Aquilin, Caesar II. Bd., S. 730. [3] Diplom. Seyr. II. Bd., S. 253. Aq. Caes. II. Bd., S. 208. [4] Stadl l. c. S. 519. [5] Bucellini Stemmatograph. III. Bd., S. 303. [6] Ibidem. II. Bd., S. 520.

Kaspar und Ulrich Retzer kommen 1440 vor. Der letztere gab im bezeichneten Jahre an Merth Narringer einen Verzichtsbrief[1].

Nach Bucchini[2] hatte ein Edler von Retzer eine Tochter des Thomas von Rokal und der Elisabeth Seidenmaker zur Gemahlin. Thomas von Rokal lebte von 1419 bis 1479 und liegt zu Köflach in Kärnthen begraben, seine Tochter dürfte daher um das Jahr 1450 an den Edlen von Retzer vermählt gewesen sein.

Georg II. von Retzer hatte 1520 Rosina von Zinzendorf zur Ehe. Er starb 1533 und liegt in der Pfarrkirche zu Radkersburg, wo sein aus Holz gearbeiteter, mit dem Familienwappen en relief geschmückter Schild folgende Inschrift trägt: „Hier liegt begraben der edle und veste Georg Retzer der jüngere, so gestorben den Freytag vor den Palmtag, im Jahre 1533“[3].

Barthlmä von Retzer, vermählt mit Margaretha, der Tochter Bernhards von Teuffenbach in Mayerhofen und der Dorothea Stadl, lebte 1530 bis 1543.

Im Jahre 1541 erscheint Adam, ein Sohn Georgs II. von Retzer. In seinem Namen wurde den 7. November 1551 sein Vormund Tiburtius von Zinzendorf von Kaiser Ferdinand I. zu Graz mit Huben und Bergrecht zu Pöllitz, Vollnecken und Wagendorf belehnt. Er hinterliess aus seiner Verbindung mit Barbara Zollner zu Massenberg keinen Leibeserben und starb, der Letzte seines Namens und Stammes, 1579. Seine hinterlassene Witwe und Erbin der Besitzungen verehelichte sich mit Hieronymus aus dem alten Geschlechte der Grafen von Nogaroll, das nach Bucchini schon 942 blühte. Sie veräusserte in kurzer Zeit den grössten Theil ihres Eigenthums und endete ihr Leben um das Jahr 1587.

Stammtafel der Edlen von Retzer.

Swigardus 1240.

Rudolf 1346—1348. — Walther 1395.

Andrä 1428. — Hanns 1428. — Michael 1430. — Georg I. 1434—1446. Ursula von Herberstein. Katharina Payerlin!

Dietrich 1410—1446. — Balthasar 1440—1446. — Caspar 1440. — Ulrich 1440.

N. v. Retzer 1450. v. Rokal.

Georg II. 1520, † 1533. Rosina von Zinzendorf. — Bartholomä 1530—1543. Margaretha von Teuffenbach.

Adam 1541, † 1579. Barbara Zollner zu Massenberg † 1587.

[1] Ibidem. [2] Bucchini III. Bd., S. 194. [3] Stadl l. c. S. 523.

Hönisch.

Die St. Martinskirche in Bremen.

Zur Baugeschichte.

Wie die Baugeschichte der St. Anschariikirche[1], so knüpft sich auch die der St. Martinskirche an das, für die Geschichte der kirchlichen Verhältnisse Bremens wichtige Ereigniss der bekannten Theilung der U. L. Frauenkirche in drei Parochien, nämlich in U. L. Frauen, St. Anscharii und St. Martini, welche, im Jahre 1227 durch den Erzbischof von Bremen Gerhard II. beim Papste Gregor IX. (1227—1241) beantragt, von Letzterem in einem Schreiben[1] vom 31. Juli desselben Jahres genehmigt wurde. In Folge dessen trug der Erzbischof dem Dechanten und dem Domcapitel auf, diese Theilung

[1] Vergl. Organ für christl. Kunst 1862, Nr. 5.

[1] Bremen, Urkundenbuch I, Seite 166.

vorzunehmen. Sie wurde bestätigt durch ein Schreiben[1] des Erzbischofs aus dem Jahre 1229, so dass, wie der Bau des Langhauses der St. Anschariikirche sofort in Angriff genommen wurde[2], sehr wahrscheinlich auch gleichzeitig oder bald darauf der Bau der St. Martinskirche begann. Zwar gibt es keine den Anfang des Baues betreffende Urkunde, aber eine noch vorhandene aus dem Jahre 1290 beweist, dass die Martinskirche schon eine geraume Zeit vorhanden gewesen sein muss. In diesem Schreiben[3] vom 23. Jänner ertheilt der Papst Nicolaus IV. (1287—1292) durch einen italienischen Erzbischof und fünf Bischöfe allen denen, welche der St. Martinskirche zu Bremen wegen der, durch das hohe Wasser sowohl der Kirche als dem Kirchhofe verursachten Schäden, durch Almosen und Geschenke zu Hilfe kommen, und welche die Fest- und Heiligentage in derselben besuchen, einen vierzigtägigen Ablass. Diese Feste sind der Urkunde zufolge: die Geburt, die Auferstehung und die Himmelfahrt Christi, Pfingsten, vier Feste der heiligen Jungfrau (Verkündigung, Heimsuchung, Reinigung, Himmelfahrt), die Kreuzesfindung (3. Mai), die Kreuzeserhöhung (16. September) und das Fest des heiligen Martinus.

Wenn der bekannte, überaus fleissige Erforscher der bremischen Vorzeit Joh. Phil. Cassel[4] nun hinzusetzt, dass er nicht behaupten könne, ob diese erste Kirche so gross gewesen sei wie die jetzige, dass sie jedoch vermuthlich denselben Thurm gehabt habe, den sie noch jetzt hat, was aus einem alten Abriss der Stadt Bremen bei Dilich[5] hervorgehe, so müssten wir für jene Frage, welche die Grösse der Kirche, d. h. ihre nördliche und südliche Umfassungsmauer und den Chor betrifft, auf den folgenden Theil der Baubeschreibung verweisen. Was aber den Thurm anbelangt, so können wir die Abbildung bei Dilich, welche Bremen im Jahre 1300 darstellen soll, für keinen Beweis halten, wie wir bereits bei unserer Beschreibung des Domes[6] sahen. In dergleichen Dingen verfuhr Dilich chronologisch nicht genau. Übrigens hätte Cassel wohl bedenken sollen, dass, wenn er annimmt, die Martinskirche habe schon zu Ende des XIII. Jahrhunderts den noch vorhandenen Thurm gehabt, daraus auch ein Schluss auf die damaligen Umfassungsmauern, also auf den Flächenraum des Langhauses der Kirche zu ziehen ist.

Wir werden also nicht irre gehen, wenn wir das zweite Viertel des XIII. Jahrhunderts als die erste Bauperiode der St. Martinikirche annehmen.

Ähnliche Indulgenzbriefe, wie der erwähnte aus dem Jahre 1290, in denen jedoch der durch die nahe Weser verursachten Schäden keine Erwähnung geschieht, folgen noch aus den Jahren 1293, 1300 und 1345. Sie werfen eben so wenig Licht auf den baulichen Zustand der Kirche, wie eine Urkunde vom Jahre 1371, in welcher der Rath der Stadt der Kirche zu St. Martin einen Platz zwischen dem Kirchhof und dem Fischthor schenkt, weil die Bauherren derselben Kirche eine Mauer um den Kirchhof zur besseren Vertheidigung der Stadt ziehen und aufbauen lassen.

Die Veranlassung zu einer zweiten Bauperiode gab wahrscheinlich eine grosse Feuersbrunst, welche Renner in seiner Chronik ins Jahr 1344 setzt. Er sagt: „Anno 1344 verbrande S. Martens Veerdendeel van dem Markte an wente tho der wesserbrugge.“ Ob dieser Brand im Jahr 1344 oder etwas später fällt, ist gleichgiltig; jedenfalls hatte er zur Folge, dass ein Umbau und eine Hauptreparatur mit der Martinskirche vorgenommen wurde. Renner setzt den Beginn desselben ins Jahr 1376: „da beginde Her Ahrendt Doneldey, Rathmann tho Bremen (welcher damals Bauherr war) S. Martens kercken tho bouwen vnd bouwede de in acht Jahren rede. Darna over twe jahr geven Her Arent Munt, Johann Brandt vnd N. Windlmsen de kopperen Döpe darin, so dar noch steit.“ Darnach wäre dieser Umbau 1384 vollendet worden. Bestätigt wird dieser Bau, wenn auch nicht die, die Dauer desselben betreffende Nachricht, durch eine Urkunde vom 6. September 1378, in welcher der Erzbischof Albertus denen, welche den Bau der Martinskirche unterstützen und ihm mit Geld oder Arbeit zu Hilfe kommen, einen vierzigtägigen Ablass verspricht. Die Ecclesia Sancti Martini wird darin, ohne Erwähnung eines vorhergehenden Brandes, als edificanda et reparanda bezeichnet. Wie weit sich dieser Wiederherstellungsbau vermuthlich erstreckte, werden wir in der nachfolgenden Baubeschreibung sehen.

Unter den späteren, im Archive der Kirche noch vorhandenen Urkunden findet sich keine, welche irgendwie die Schicksale des Gebäudes betrifft; jedoch verdienen einige derselben wegen der darin vorkommenden kirchlichen Utensilien und einer an die Kirche grenzenden Capelle Erwähnung. In der ersten derselben (vom Jahre 1404) bestätigt der Erzbischof Otto von Bremen den Altar: in capella contigua et confrontata Ecclesiae Sti. Martini situm et consecratum in honorem beatae Mariae Virginis. Es grenzte also damals an die Kirche eine der heiligen Jungfrau geweihte Capelle, deren Lage uns in einer niederdeutschen Urkunde vom Jahre 1417 etwas genauer angegeben wird. Der Altar heisst darin: „Altar unser leven Vrouwen, dat der is ghelegen in der Capellen buten der Kerken sunte Martens vorsereven yut Norden.“ Es ist demnach sehr wahrscheinlich, dass mit der Capelle der heiligen Jungfrau die jetzige, ausserhalb der nördlichen Umfassungsmauer gelegene Vorhalle gemeint ist, die freilich so mannigfache Schicksale erlitten hat, dass ihre Erbauungszeit unmöglich zu ermitteln ist. Und wenn, da sich im Übrigen keine Spur von einer andern im Norden der Kirche ehemals vorhanden gewesenen Capelle findet, diese Vermuthung richtig ist, so lässt sich sogar noch der Platz dieses Marienaltars in einer, noch jetzt in der östlichen Mauer dieser Vorhalle befindlichen, nischenartigen Vertiefung nachweisen. Dazu kommt aus dem folgenden Jahre 1418 vom 2. Mai eine Urkunde, worin ein der Kirche gehöriges wunderthätiges Marienbild und ein Bild des heiligen Kreuzes erwähnt werden; ersteres, das ein „ymago beatae Mariae sculpta miraculosis signis choruscans“ genannt wird, habe sich befunden „in quadam Capella in cimiterio ecclesiae Sti. Martini constructa et ipsi ecclesiae contigua“, letzteres auf dem hohen Lectorium „in medio dictae ecclesiae“. Ausser diesem Marienaltar werden in Urkunden, die bis zur Vollendung des Marienaltars reichen, noch andere Altäre der Kirche erwähnt, z. B. der des heiligen Michael, des heiligen Jacobus, der 1496 von der St. Annenbrüderschaft fundirte Altar der heiligen Anna, und der 1520 von dem Rathmanne Reymer Pren gestiftete, mit allerlei Kirchengeräth versehene Altar des

[1] Daselbst I, Seite 171. [2] Renner's Chronik zum Jahre 1229. Organ für christl. Kunst, a. a. O. [3] Abgedruckt bei Cassel, Nachrichten von der St. Martinskirche in Bremen, Seite 8. [4] a. a. O. Seite 4. [5] Chron. Brem. Taf. XI und XII. [6] H. A. Müller, Der Dom zu Bremen, Seite 11.

bitteren Leidens Jesu Christi. Doch geht aus diesen Altären, die sammt ihrem Geräth spurlos verschwunden sind, nicht das Mindeste über die Beschaffenheit der Kirche im XV. und XVI. Jahrhundert hervor.

Auch die Jahrhunderte der Renaissance und des Barockstyls scheinen die Kirche in ihrem mittelalterlichen Zustande unangetastet gelassen zu haben, ausser dass von Zeit zu Zeit wegen des zunehmenden Hochwassers der Weser, der Fussboden eine Erhöhung erfuhr. Derselbe besteht jetzt in den vier, zum Gottesdienste benutzten Jochen des Langhauses, so wie ein Chor aus hölzernen Dielen, die etwa zwei Fuss über dem, aus dem Jahre 1766 datirenden Steinfussboden der übrigen Joche liegen. In den vierziger Jahren unseres Jahrhunderts wurde eine Reparatur des Chors vorgenommen und die jetzige, westliche Schlussmauer des Mittelschiffes gezogen, das sich früher vermittelst einer Thurmvorhalle bis an die westliche Mauer des Thurmes erstreckte. Der hierdurch gewonnene Raum, sammt den unteren Geschossen des gewiss einst projectirten südlichen Thurmes wurde zur Schule des Kirchspieles eingerichtet.

Allgemeiner Eindruck der bremischen Kirchen.

Die St. Martinskirche insbesondere.

Das Innere fast aller Gotteshäuser Bremens macht einestheils durch die dicke, meistens weisse Kalktünche, welche alle Pfeiler, Gewölbe und Mauerflächen aufs Sorgfältigste und Reinlichste bedeckt, anderntheils durch den zum Theil gänzlichen Mangel an kirchlichen Kunstwerken und kirchlichem Schmucke, einen so kahlen, nüchternen Eindruck, wie wenige Gotteshäuser anderer Städte. Wenn irgendwo die Gleichgiltigkeit der Kirchenreformation gegen die Kunst bis zur bilderstürmenden Feindseligkeit ausgeartet zu sein, wenn irgendwo absichtliches Verdecken und Verwischen aller charakteristischen Bauglieder zu herrschen scheint, so ist es hier der Fall, wo nicht nur alle, irgendwie an die Dogmen der katholischen Kirche erinnernden Kunstwerke fast so spurlos verschwunden sind, dass man sich des Gedankens, nicht etwa an eine blosse Hinwegführung, sondern an ein gewaltsames Zerstören und Vernichten nicht erwehren kann, sondern auch etwaige Vielfarbigkeit architektonischer Glieder für ungehörige Profanation oder wenigstens für Geschmacklosigkeit zu gelten schien. Kein Altarschrein, kein Tabernakel, keine Monstranz, kein Reliquienbehälter, kein Ritualbuch, ja nicht einmal ein Taufstein ist, mit Ausnahme einiger weniger Gegenstände, welche der Zufall noch gerettet hat, den bremischen Kirchen geblieben. Das kahlste aber, an kirchlichen Kunstwerken sowohl des Mittelalters als der Neuzeit leerste dieser Gotteshäuser ist wohl das räumlich und architektonisch nicht unbedeutendste derselben, die Martinskirche; die leerste auch in der Hinsicht, dass von den neun grossen Gewölbejochen ihres Langhauses nur vier zum Gottesdienst benutzt werden, und die übrigen fünf einen leeren, unbenützten Raum ausmachen.

Sowohl in dieser allerdings blos negativen Beziehung, als in Hinsicht auf den Charakter des Übergangsstyls und des in gothischer Zeit, meistens wohl im XIV. Jahrhundert, mit mehreren bremischen Kirchen vorgenommenen Umbaues, kann die Martinskirche als der Grundtypus der, in den Pfarrkirchen Bremens vorherrschenden, mittelalterlichen Architectur angesehen werden. Die geschichtlichen Nachrichten führten uns nämlich, wie wir sahen, ins zweite Viertel des XIII. und ins letzte Viertel des XIV. Jahrhunderts. Es fragt sich also, ob das vorhandene Gebäude seinen Hauptbestandtheilen nach wirklich diesen beiden Perioden und nur diesen beiden Perioden angehört, oder ob sich noch andere, urkundlich nicht nachweisbare Bauperioden darin zu erkennen geben.

So klar es auf den ersten Blick ist, dass der Chor mit seinem fünfseitigen Schlusse der gothischen Periode, also wohl jenem letzten Viertel des XIV. Jahrhunderts entstammt, eben so klar ist es auch, dass das Mittelschiff mit seinen breiten Quer- und Längengurten und seinen sechstheiligen, kuppelartigen Kreuzgewölben dem XIII. Jahrhundert, jener Übergangsperiode des Romanismus zur Gothik, zuzuschreiben ist. Hierin und in der Beseitigung der Zwischenpfeiler und Zwischenarcaden, so wie der dadurch nothwendig gewordenen Verstärkung der Hauptpfeiler, hat unsere Martinskirche grosse Ähnlichkeit mit der Anscharii-[1] und Stephanskirche. Es erhellt nämlich, sowohl aus den jetzigen, auffallend grossen Pfeilerabständen (von Axe zu Axe etwa 38 Fuss), als aus der gewaltigen Verstärkung, welche diese Pfeiler erhalten haben, und aus den oben am Gewölbe über den Untermauerungen der Scheidbogen noch sichtbaren Bogenansätzen, dass in der Mitte zwischen diesen Hauptpfeilern jedesmal noch ein anderer gestanden hat, dass also das Langhaus in seinem ursprünglichen Bau zwei Reihen von je fünf freistehenden Pfeilern gehabt haben muss. Die Form seiner Bogenansätze beweist, dass die sich über die Pfeiler erhebenden Arcaden nicht mehr rundbogig, sondern spitzbogig gewesen sind. Die ursprüngliche Form der jetzt verstärkten Pfeiler lässt sich noch wohl erkennen. Sie waren von viereckigem Kern mit breiten Pilastervorlagen und vier in den Ecken sich erhebenden Halbsäulen als Träger der Diagonalrippen. Ähnlich waren vermuthlich auch die Zwischenpfeiler gebildet, nur dass die Dienste fehlten. Die sechstheiligen, von einem Hauptpfeiler zum andern gehenden Gewölbe sind gewiss noch die ursprünglichen. Die Rippen derselben sind Rundstäbe. Eine Basis der Pfeiler ist begreiflicher Weise, da der Fussboden der Kirche wegen der Wassergefahr mehrmals eine Erhöhung erfuhr, nicht mehr sichtbar; dagegen zeigen mehrere der an den Pfeilern aufsteigenden Dienste noch ihr Knollencapitäl, wie es der Übergangsperiode des XIII. Jahrhunderts entspricht. Die über diesem Capitäl befindliche Deckgliederung, bestehend aus einer Leiste und einer Deckplatte, verknüpft sich um die Pilastervorlagen. Die östlichen dieser Deckgliederungen stehen übereck. Am sichtbarsten ist das Zusammentreffen der Uebergangsperiode des XIII. und der Gothik des XIV. Jahrhunderts am Ostende des Langhauses, wo die wulstförmigen Diagonalrippen des Langhauses von einem Knollencapitäl, die birnenförmigen Diagonalrippen des Chores daneben von einem gothischen Blättercapitäl aufsteigen.

Bei Betrachtung der Seitenschiffe ist die Hauptfrage die, ob sie schon durch den ersten Bau des XIII. Jahrhunderts dieselbe Breite und Höhe erhielten, welche sie noch jetzt haben, wo sie, wenn auch unter sich von

[1] Organ für christliche Kunst 1862, Seite 31.

etwas verschiedener Breite, doch nur wenig schmaler und fast etwa so hoch sind als das Mittelschiff, ob also die Kirche gleich anfangs eine Hallenkirche war, oder ob die Seitenschiffe schmaler waren und so viel niedriger als das Mittelschiff, dass dieses durch Fensteröffnungen sein Oberlicht erhielt, ob also die Kirche anfangs eine Basilica war. Die beiden einzigen Kunstforscher, welche bis jetzt, wie über alle bremische Kirchen, so auch über die des heiligen Martinus selbstständige Notizen beigebracht haben, sind Kugler und Lotze. Ersterer[1] scheint sich der Annahme einer Basilica zuzuneigen; dasselbe thut in ausdrücklicher Weise auch Lotze, der sie „ursprünglich eine Basilica ohne Querschiff mit einem Thurm vor der Westseite" nennt. Ich muss gestehen, dass ich diese Meinung, für welche sich meines Erachtens keine Wahrscheinlichkeitsgründe anführen lassen, für die Martinskirche eben so wenig theilen kann, wie ich sie in Bezug auf die Anschariikirche theile[2]. Meine Gründe für die Annahme einer ursprünglichen Hallenkirche sind vielmehr folgende: Erstlich kommt es mir nicht sehr wahrscheinlich vor, dass, während man — was nun unumstösslich feststeht — die hiesige Liebfrauenkirche wenige Jahre vorher als Hallenkirche anlegte, man bei den bald nachher folgenden Kirchen des heiligen Ansgarius und des heiligen Martinus, die eben so gut Pfarrkirchen waren, wie die der heiligen Jungfrau, wieder zum Basilikenschema zurückgekehrt sein sollte, das in hiesiger Gegend und noch mehr in Westphalen bekanntlich sehr früh durch die Hallenkirche verdrängt worden ist[3]. Neben diesem allgemeinen Wahrscheinlichkeitsgrund gibt es aber zwei andere speciellere, die positiver für unsere Annahme sprechen. Es erheben sich nämlich in der Mitte der Joche des südlichen Seitenschiffes an der Umfassungsmauer noch die alten Wanddienste, entweder ganz oder theilweise. Der die Übergangsperiode charakterisirende Ring, durch welchen einer derselben in der Mitte abgetheilt ist, und die Überreste ihres Knollencapitäls führen uns ins XIII. Jahrhundert und zeigen uns die Breite und wenigstens annähernd auch die Höhe der ursprünglichen Seitenschiffe. Dass diese Wanddienste im nördlichen Seitenschiffe entfernt sind, erklärt sich hier durch das Vorhandensein des Gestühls, dem sie hinderlich gewesen wären. Ausserdem steigen an der Aussenseite der nördlichen und südlichen Umfassungsmauer, in der Mitte der jetzigen Joche, Seitenpfeiler empor, die zwar für die ursprüngliche Form der Gewölbe der Seitenschiffe nichts beweisen, es aber wahrscheinlich machen, dass sie anfänglich nur halb so gross als jetzt und der Zahl nach, nur sechs vorhanden waren. Endlich führt auch die Gestalt des Thurmes zu der Annahme, dass die Seitenschiffe gleich anfangs die jetzige Breite hatten. Es ist zwar nicht zu beweisen, dass das Mauerwerk des Thurmes das des XIII. Jahrhunderts sei; mithin könnte man sagen, dass erst zugleich mit der Erweiterung der Seitenschiffe der jetzige Thurm begonnen wurde. Dass aber früher ein, etwaigen schmäleren Seitenschiffen entsprechender, schmälerer, nördlicher Thurm vorhanden gewesen oder auch nur begonnen worden ist, davon ist keine Spur vorhanden. Vielmehr lässt ein, am Westende des nördlichen Seitenschiffes in der Mauer befindlicher, niedriger, runder Blendbogen, der noch auf einem hübschen, spät-romanischen Capitäl ruht und dabei die ganze Breite des Seitenschiffes umspannt, schliessen, dass hier schon im XIII. Jahrhundert eine Empore sich befand oder doch wenigstens projectirt war. Auch dieser Bogen beweist also die ursprüngliche Breite der Seitenschiffe. Ich glaube daher, auch zufolge dieses Bogens, dass schon im XIII. Jahrhundert zwei Thürme von der Grösse des jetzigen projectirt worden sind und dass der jetzige in seinen unteren Geschossen wirklich aus der Mitte des XIII. Jahrhunderts herrührt.

Die Seitenschiffe waren unserer Annahme zufolge stets so breit und so hoch, wie sie jetzt sind und hatten je sechs Joche, deren Form fast ein Quadrat ausmachte.

Die Gewölbe waren ohne Zweifel viertheilig mit Wulstrippen. Als nun im XIV. Jahrhundert die grosse Veränderung der Beseitigung der Zwischenpfeiler des Mittelschiffes gemacht wurde, fielen natürlich auch die damit verbundenen Dienste der Diagonal- und Querrippen weg. Die Joche der Seitenschiffe mussten sich also jetzt von einem Hauptpfeiler zum andern erstrecken und erhielten dadurch die vorhandene etwas ungefällige Form. Im südlichen Seitenschiffe senken sich die birnförmigen Rippen fast nirgends auf Dienste herab, sondern werden meistens von rohen, unbedeutenden Consolen getragen; im nördlichen macht sich an den Arcadenpfeilern des Mittelschiffs ein Dienst bemerklich, der, mit einem gegliedertem Capitäl versehen, für die von ihm getragenen Rippen gar nicht passt, sondern viel zu stark dafür ist. Dieser Umstand und noch mehr das Muster der Gewölberippen im nördlichen, gegenüber dem einfachen im südlichen Seitenschiffe, so wie die Bildung der Fensterpfosten und Gewände machen es wahrscheinlich, dass die Gewölbe des südlichen Seitenschiffes von jenem Bau des XIV. Jahrhunderts, die des nördlichen dagegen aus einer späteren Zeit des Mittelalters herrühren. Die Gliederung der Fensterlaibung des südlichen Seitenschiffs besteht meistens aus birnförmigen Stäben, mit Hohlkehlen abwechselnd.

Das einzige architektonisch wirklich Erfreuliche der Martinskirche ist der rein gothische Chor, der, im Wesentlichen wahrscheinlich der Bauperiode des XIV. Jahrhunderts angehörend, aus einem quadratischen Joche und einem siebenseitigen Schlusse besteht oder vielmehr, da noch zwei Seiten dieses Schlusses in gleicher Flucht mit den Chormauern liegen, aus fünf Seiten eines Zehnecks. Das Gewölbe des Chorhauses besteht demnach aus sieben Kappen. Ihre birnförmigen Rippen treffen in einem Schlussstein zusammen, welcher, wie es scheint, mit einem jetzt durch häufige Übertünchung unkenntlich gewordenen Menschenantlitz geschmückt ist. Die Rippen ruhen auf runden Eckdiensten die etwa acht Fuss über dem jetzigen Fussboden mit einer Console endigen. Die Capitäle dieser Eckdienste, so wie die des quadratischen Chorjoches sind meistens mit zwei Reihen hübscher, hoch aufliegender Eichen-, Ephen- und Weinblätter umgeben. Die zweitheiligen Fenster des Chorhauptes und des dreitheiligen der nördlichen Mauer haben eine Laibung, die aus abwechselnden birnförmigen Stäben und Hohlkehlen besteht, und Haustein-Masswerk von recht gutem Muster. Bei der, vor einigen Jahrzehenden im Chor vorgenommenen Restauration des

[1] Kleine Schriften zur Kunstgeschichte Bd. II, Seite 643. [2] Statistik der deutschen Kunst des Mittelalters Bd. I, S. 111. [3] Organ für christl. Kunst 1862, S. 53.

Innern erhielt derselbe ein neues geschmackvolles Gestühl aus Eichenholz und in den Fenstern buntfarbiges Glas.

Hoffentlich wird man eine ähnliche, sich vorzugsweise auf das Gestühl erstreckende Restauration des Innern auch bald im Langhause vornehmen und dabei vor Allem nicht versäumen den gänzlich entstellenden hölzernen Emporeneinbau, welcher die Stelle des sogenannten Triumphbogens einnehmend, keinen freien Blick vom Langhause bis ans Chorende gestattet, zu entfernen. Es konnte kaum ein widersinnigerer Platz für eine hölzerne Empore gewählt werden als dieser.

Wenn die Kugler-Lotze'sche Annahme begründet wäre, dass die Martinskirche ursprünglich eine Basilica gewesen, mithin schmälere Seitenschiffe als jetzt gehabt hat, so würde daraus mit ziemlicher Gewissheit folgen, dass die Grundform des vorhandenen Thurmes nicht die ursprüngliche ist; dass vielmehr entweder von dem Mittelschiff ein, der Breite desselben entsprechender Thurm oder von den Seitenschiffen zwei der Breite derselben angemessene Thürme, sei's projectirt, sei's zum Theil ausgeführt, vorhanden gewesen wären. Davon ist aber nicht die geringste Spur vorhanden; im Gegentheil führt uns der oben erwähnte Blendbogen am Westende des nördlichen Seitenschiffes zu der Annahme, dass mit der Breite der Seitenschiffe auch die Breite des Thurmes gegeben ist, dessen untere Geschosse gewiss noch das Mauerwerk des XIII. Jahrhunderts sind. Er besteht nur aus einem quadratischen massigen Unterbau, der sich in mehreren durch spitze Blendbogen und hin und wieder durch Fensteröffnungen belebten Geschossen erhebt. Jede der vier Seiten des Unterbaues endigt mit einem Giebeldreiecke, zwischen welchem eine achtseitige, kupfergedeckte Pyramide aufsteigt. Das Mauerwerk des Thurmes war wahrscheinlich ursprünglich grösstentheils Haustein, jetzt ist es grösstentheils von Backstein.

Wenn diese Anordnung des Thurmes unwillkürlich die Frage hervorruft, ob nicht auch von dem südlichen Seitenschiffe ursprünglich ein ähnlicher Thurm als Gegenstück projectirt gewesen war, so ist diese Frage natürlich nur zu bejahen; aber nachweisen lässt sich in der Wirklichkeit nichts mehr davon, ausser dass der, im Westen an das südliche Seitenschiff grenzende, durch eine schmale Thür zugängliche Raum ein, mit Kreuzgewölben bedecktes Untergeschoss zeigt. Die westliche Fortsetzung des Mittelschiffes bildete ehemals eine Thurmvorhalle; denn die jetzige Schlussmauer des Mittelschiffs wurde erst vor einigen Jahrzehenden gezogen.

Leider ist das Äussere der Martinskirche, mit Ausnahme der Chorpartie, durch manche moderne Anbauten verdeckt oder auf andere Weise schwer zugänglich. An der Nordseite, von Osten kommend, finden wir zunächst eine kleine Vorhalle mit modern gothischem Portal, die ins östliche Joch des Seitenschiffes führt. Daran grenzt ein moderner Anbau, welcher zu Wohnungen des Kirchendieners und des Lehrers der Schule bestimmt ist. Er umfasst aber auch die der Nordseite angebaute Capelle, in welcher sich die oben erwähnte Capelle der heiligen Jungfrau befindet. Über dem einfachen, gothischen Portal dieser Capelle befindet sich jetzt ein, in die Mauer eingelassenes, sehr gutes Bildwerk, das im Hautrelief den heiligen Martinus zu Pferde darstellt, wie er den Armen und Krüppeln seinen Mantel mit dem Schwerte zertheilt. Die kräftige derbe Arbeit und das Costüm der Hauptfigur lassen für die Entstehung dieses Reliefs das Ende des XVI. oder den Anfang des XVII. Jahrhunderts vermuthen. Ein anderes, wenn auch nicht künstlerisch, aber wohl archäologisch interessantes, kleineres Bildwerk ist in die nördliche Seite des Thurmes, etwa 6½ Fuss von der Erde, eingemauert. Es stellt im flachen Relief den am Kreuze hängenden Christus dar, mit den gewöhnlich daneben stehenden Gestalten der Maria und des Johannes. Über den Enden des Querbalkens des Kreuzes stehen Sonne und Mond mit menschlichen Gesichtern und unter dem Querbalken links eine Maske. Die Entstehungszeit dieses Reliefs wage ich kaum zu bestimmen; sie scheint das XIII. Jahrhundert zu sein.

Andere Anbauten der Kirche sind: im Westen die schon erwähnten, jetzt zur Schule des Kirchspiels eingerichteten Räume, die, vielfach umgestaltet, doch noch Spuren ihres mittelalterlichen Ursprungs bewahrt haben. Ferner am Ostende des südlichen Seitenschiffes die wahrscheinlich im XVIII. Jahrhundert angebaute, sogenannte Kirchenkammer, ein Bau, dessen Obergeschoss auch das Archiv der Kirche enthält. An diesen schliesst sich südlich die Predigerwohnung, deren Garten sich längs der südlichen Umfangsmauer der Kirche hinzieht. Von diesem Garten aus führt ins westliche Joch des Seitenschiffes eine Thür, über welcher man ein interessantes Relief erblickt, das, die Apotheose des heiligen Martinus darstellend, leider so verstümmelt ist, dass sich über seine Entstehungszeit schwerlich eine Vermuthung aufstellen lässt.

Wie bei fast allen bremischen Pfarrkirchen, sind die Mauern der beiden Langseiten auch hier mit Spitzgiebeln bekrönt, die, der Zahl der jetzigen Gewölbejoche entsprechend, mit hübschen eingeblendeten Nischen spätgothischer Zeit versehen sind. Diese Spitzgiebel sind durch Dächer verbunden, so dass auch die Martinskirche, wie die anderen Pfarrkirchen Bremens, die Eigenthümlichkeit zeigt, dass ihre Dächer, der Reihe der Gewölbejoche entsprechend, also drei an der Zahl, parallel von Nord nach Süd laufen.

Das Material des Gebäudes besteht im Äussern grösstentheils aus Backstein, dessen Verband der gewöhnliche sogenannte wendische ist, nämlich regelmässige Schichten, in denen auf zwei Läufer ein Strecker folgt; im Innern ist Gussmauerwerk. Nur die unteren Theile des Thurmes und die Aussenseiten der Strebpfeiler zeigen Haustein.

H. A. Müller.

Archäologische Funde.

In der tiefen Erdschichte des städtischen Ziegelschlages südwestlich von der Stadt Kolin haben Arbeiter 11' tief zwei Gerippe in wagrechter Lage gefunden. Sie lagen neben einander und die in gelben Lehm gegrabene Grube wurde nach ihrer Beisetzung mit schwarzer, humöser Erde ausgefüllt. Sargspuren fehlten gänzlich. Die noch festen Knochen gehörten, nach ärztlichem Gutachten einem älteren und einem jüngeren, männlichen Individuum an.

Folgende Gegenstände sind bei diesen Gerippen gefunden worden:

1. Ein silberner, inwendig stark vergoldeter Kelch, dessen Coperculum mit dem Fusse nur mittelst einer, mit arabeskem Laubwerke umschlossenen Kugel verbunden ist. Hauptformen, Ornamentik, Fuss und Schaft gemahnen an den Renaissancestyl. Die Höhe dieses Kirchengeräthes beträgt 5", seine Unterplatte hat 3", die obere Kelchweite 4" im Durchmesser. Ein lilienartiges Ornament schmückt den oberen Kelch- und den unteren Fussrand, während längliche, oben abgerundete, schräg eingekerbte Blattornamente den unteren Kelchtheil verzieren. Stellenweise ist dieses ziemlich gut erhaltene Kelchgefäss stark oxydirt, sein Gewicht beträgt 40 Loth. Es besteht aus 13löthigem Silber.
2. Eine langhälsige, stark ausgebauchte, 5" hohe Flasche von grünem Glase.
3. Eine gläserne, 7" im Durchmesser haltende Schale mit einem 1" hohen gereiften Rande, welche mit Kupfer plattirt und sonst unverziert gewesen ist. Man fand sie bereits eingedrückt.
4. Trümmer eines Deckels aus grünem Glase, mit einem Knopfe versehen.
5. Drei sehr gut erhaltene silberne Bestandtheile eines Wehrgehänges mit Perlen und Blattornamenten. Sehr sorgfältig gearbeitet und stark vergoldet.
6. Eine grosse hiezu gehörige Spange, 2 kleinere Schnallen, dann eine Schnallenzunge. Alles von 13löthigem Silber und stark vergoldet.
7. Fragmente von einem vergoldeten Kupferzierrath.
8. Zwei Stück, 1" im Durchmesser haltende, schön und zart ornamentirte, schellenähnliche Knöpfe von stark vergoldetem Metall.
9. Vier Stück eirunde, kleinere Knöpfe von ähnlichem Stoffe und Arbeit.
10. Zwei, fünffach der Länge nach gekerbte, blaue Glastropfen.
11. Ein Bernsteinkügelchen, in der Mitte durchbohrt.
12. Fünfzehn, stark vergoldete, kupferne, an einen Draht gereihte, 3''' im Durchmesser haltende Kügelchen, welche wahrscheinlich als Helm- oder Wammszierden dienten.
13. Ein einzölliges, 2''' breites Beinstäbchen, dessen Mitte und Enden mit stark vergoldeten, zart geränderten Silberplättchen eingefasst ist.
14. Trümmer eines stark verrosteten, eisernen Helmes.
15. Ein 3' 4" langes, eisernes Schwert, dessen Flächen vom Roste stark angegriffen sind.
16. Ein 5" langer, kupferner, silberplattirter Sporn.

Alle diese Sachen gehören der Spätzeit an und mochten der Schmuck eines, vielleicht in einem Kampfe bei Kolin (deren es in der dortigen Fläche so viele gab) gefallenen Kriegers und eines utraquistischen Priesters gewesen sein.

Jedenfalls erinnern Calix und Patena an das Zeitalter des Kelches und die Formen aller dieser Geräthe an die, im XVI. Jahrhundert beginnenden Renaissanceformen, welche auch hier die Zeit fixiren, in welcher auf eine unerforschliche Weise diese beiden Leichen so tief und an einem so entlegenen Orte, mit $1\frac{1}{2}$ Pfund 13löthigen Silbergegenständen, der Erde übergeben wurden.

Das Jahr 1534 dürfte der früheste Zeitraum sein, in welchen wir diese Funde einreihen dürfen.

Franz Joseph Benesch.

Vor kurzem fand zu Tesmay, im Homburger-Comitat (Ungarn) eine Bäuerin oder sogenannte Häuslerin als sie grub ein Gefäss von gebrannter Erde, in welchem sechsundzwanzig Goldmünzen waren, welche, den bisherigen Nachrichten zu Folge, der Zeit des Matthias Corvinus angehören sollen.

Zu Pistoja begab sich ein Soldat, der, um sich die Zeit zu kürzen, Vogelnester ausnehmen wollte, in die Ruinen des verfallenen Klosters der „niedrigen Brüder" (fratelli umiliati) und fand bei dieser Gelegenheit im Mauerwerke einen grossen silbernen Pocal der reich mit Figuren verziert ist. Dieser Fund machte begreiflicher Weise ein nicht geringes Aufsehen und die dortigen Kenner waren alsbald einig, die Arbeit dem Benvenuto Cellini zuzuschreiben, der wohl überall mit seinem Namen herhalten muss, wo sich in Italien eine dem Cinquecento angehörige getriebene Arbeit vorfindet.

Über die alte Kirche des Cistercienserstiftes Rein in der Steiermark.

In dem Maihefte v. J. des Anzeigers für Kunde der deutschen Vorzeit (Sp. 172—175) bespricht Dr. F. Ilwof aus Gratz die Cistercienserkirchen der Steiermark und einiger Nachbarländer (nämlich Rein, Neuberg, Sittich, Landstrass, Victring etc.), als Beitrag zur Beantwortung der von Dr. Prof. W. Rein (im Anzeiger v. J. Sp. 12—14) aufgestellten Frage, ob gewisse Eigenthümlichkeiten des Kirchenbaues, wie der geradlinige Chorabschluss, der Mangel einer Thurmanlage und des Kreuzschiffes allen oder doch den meisten Kirchen dieses Ordens eigen sei und somit zur Charakteristik derselben gehöre.

Bezüglich der Cistercienserkirche zu Rein bemerkt Ilwof, dass die alte und ursprüngliche Stiftskirche nicht mehr bestehe, dass von derselben keine Spur mehr, wenigstens äusserlich, bemerkbar sei, dass an deren Stelle die jetzige Kirche, im Zopfstyle des XVII. bis XVIII. Jahrhunderts erbaut, gesetzt wurde und dass dieser Neubau aus eben dieser Ursache bezüglich der

Beantwortung oberwähnter Frage nicht in Betracht gezogen werden könne.

Über die frühere, erst im XVIII. Jahrhundert gänzlich entfernte Stiftskirche bringt Ilwof im neuesten Jännerhefte des Organs des germanischen Museums (Sp. 12, 13) einige interessante Mittheilungen, die derselbe einem Ölbilde entnommen hat, welches das ganze Stift, in Vogelperspective aufgenommen, darstellt.

Nach diesem Bilde stand die alte Kirche genau auf jenem Platze, den die jetzige einnimmt, nur mit dem Unterschiede, dass sie völlig orientirt war, während diese nach Westen gerichtet ist. Ihrer Form nach bildete sie ein langes schmales Gebäude mit geradem Chorabschlusse, ohne Kreuzschiff und ohne Thurm. Der gerade Chorabschluss bildete einen Theil der, den viereckigen Klosterhof westwärts abschliessenden Gebäude. Nach Norden, von wo dieses Gemälde aufgenommen ist, lagen drei Capellen vor, welche, wie es scheint, gleichzeitig mit der Kirche errichtet worden sind. Am Ostende des Daches, also beiläufig ober dem Hochaltar, erhebt sich ein kleiner Dachreiter. Die Südseite ist nicht sichtbar, das niedere, nördliche, Seitenschiff mit seinem Dache erscheint an die äussere Mauer des Hauptschiffes gelehnt, dessen Fenster über dem Dache des Seitenschiffes angebracht sind.

Dr. L.

Notizen.

Dem „Südtiroler Volksblatt" (vom 11. Juli d. J.) zufolge wurde in der am 8. Juni abgehaltenen Frühlingsversammlung des Merauer Lesevereins für christliche Kunst beschlossen, die k. k. Central-Commission durch den Herrn Conservator Tinkhauser auf zwei an der Westfaçade und unter dem Thurm der Nicolaikirche befindliche alte Gemälde aufmerksam zu machen, um durch competente Organe etwaige Restaurationen einleiten zu können. Zugleich wurden die Vereinsmitglieder ersucht, auch für die Zukunft „Kunstwerke, alte Kirchenutensilien u. s. w." bei den Generalversammlungen ausstellen zu wollen, welchem Wunsche schon jetzt mehrere Herren entsprachen. Herr Maler Wasman legte die Cartons und Farbenskizzen von Gemälden vor, welche für ein Kloster in Oberösterreich bestimmt sind, und Herr Bildhauer Pendl stellte die Gypsabgüsse von drei lebensgrossen Statuen des h. Valentin, des h. Corbinian und des h. Vigilius und ein lebensgrosses Crucifix aus, welche Arbeiten für die Kirche des h. Valentin in Obermais bestimmt sind. Von mittelalterlichen Gegenständen waren mehrere dem Herrn Altbürgermeister Haller gehörige Gemälde zu sehen, welche die vier Kirchenväter und die berühmtesten Ordensstifter darstellen. Auch Herr Verdross war so gefällig, vier alte Gemälde zur Schau zu bringen, unter denen sich das Porträt eines Patriciers und eine goldornamentirte Temperatafel befanden, welche letztere acht verschiedene Darstellungen aus dem Leben Jesu enthält und bis in das XIV. (oder XV.) Jahrhundert hinaufreichen soll. Von Kirchenutensilien wurden eine dem Stifte Marienberg gehörige romanische Infula, eine romanische Taufschüssel und ein kupfernes und vergoldetes Ciborium gezeigt.

In demselben Blatt vom 15. Juni wird von einem Altar in gothischem Style in der Gnadencapelle im Kloster Säben gesprochen, der von dem Bildhauer Joseph Knabel, Professor an der kön. Akademie der bildenden Künste zu München, angefertigt und von dem Maler Christoph Galleth zu Latzfons decorirt wurde. In der Mitte steht die h. Maria mit dem Christuskinde und ihr zu den Seiten befinden sich die vier Bischöfe Cassian, Ingenuinus, Albuin und Valentin. Die Mensa trägt ein Relief, welches die Anbetung der drei h. Weisen darstellt, und ober dem Muttergottesbilde schweben an jeder Seite drei betende Engel. Den Andeutungen jenes Blattes zufolge scheint dieser Altar grossen Beifall gefunden zu haben.

In der Zeitschrift „Christliche Kunstblätter" (Linz 1864, Nr. 6) findet sich die Besprechung einer Handschrift von Bernardus Noricus, welche in der Bibliothek des Stiftes Kremsmünster aufbewahrt wird. Bernardus lebte um das Jahr 1300 und verfasste u. a. auch eine Reihenfolge der Bischöfe von Lorch, ein Verzeichniss der Äbte von Kremsmünster, eine Reihenfolge der österreichischen und der baierischen Fürsten u. s. w. In seinen Schriften finden sich manche Angaben, die für die Kunstgeschichte von Kremsmünster von Bedeutung sein dürften, da sie sich auf die Gründung und Einweihung von Gotteshäusern, auf die Übertragung von Reliquien u. s. w. beziehen.

Auch erzählt Bernardus in seiner „Reihenfolge der Lorcher Bischöfe", dass man um das Jahr 1300, zur Zeit des Königs Rudolf und Werners, Bischof zu Passau, als die Bürger von Lorch ihre vor Alter mit Einsturz drohende Kirche wieder herstellten, an der Morgenseite derselben mehrere Bilder und Inschriften auffand. Die eine der letzteren führt der Verfasser der erwähnten Besprechung (in Übersetzung) mit folgenden Worten an:

> „Seccius Secundus, Veteran der dritten italienischen Legion; Patejula (Ejula) Severia, seine Gemahlin, haben noch bei Lebzeiten sich und dem Sohne Seccius Secundinus dieses Andenken geweiht."

Aus den Angaben des Bernardus geht auch hervor, dass die Kirche zu Lorch nicht blos ausgebessert wurde, sondern dass man sie in jener Zeit völlig umbaute und vielleicht nur Grundmauern, Unterbauten und Crypten stehen liess. Es wäre sehr zu wünschen, dass sich der Verfasser dieses Berichtes in möglichst genaue Details einliesse, da gleichzeitige Baugeschichten gewöhnlich viel Belehrendes enthalten.

Redacteur A. R. v. Perger. — Druck der k. k. Hof- und Staatsdruckerei in Wien.

Taf. XI

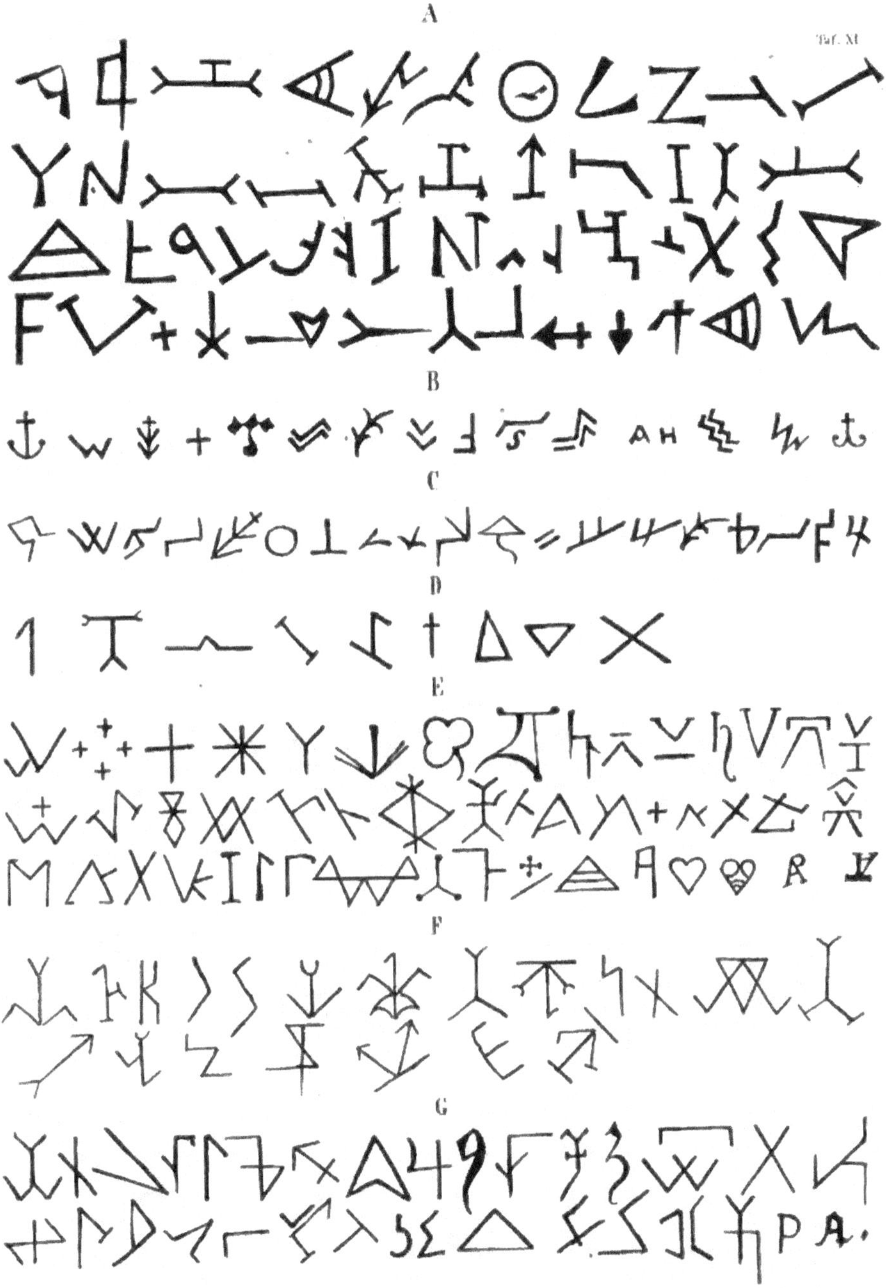

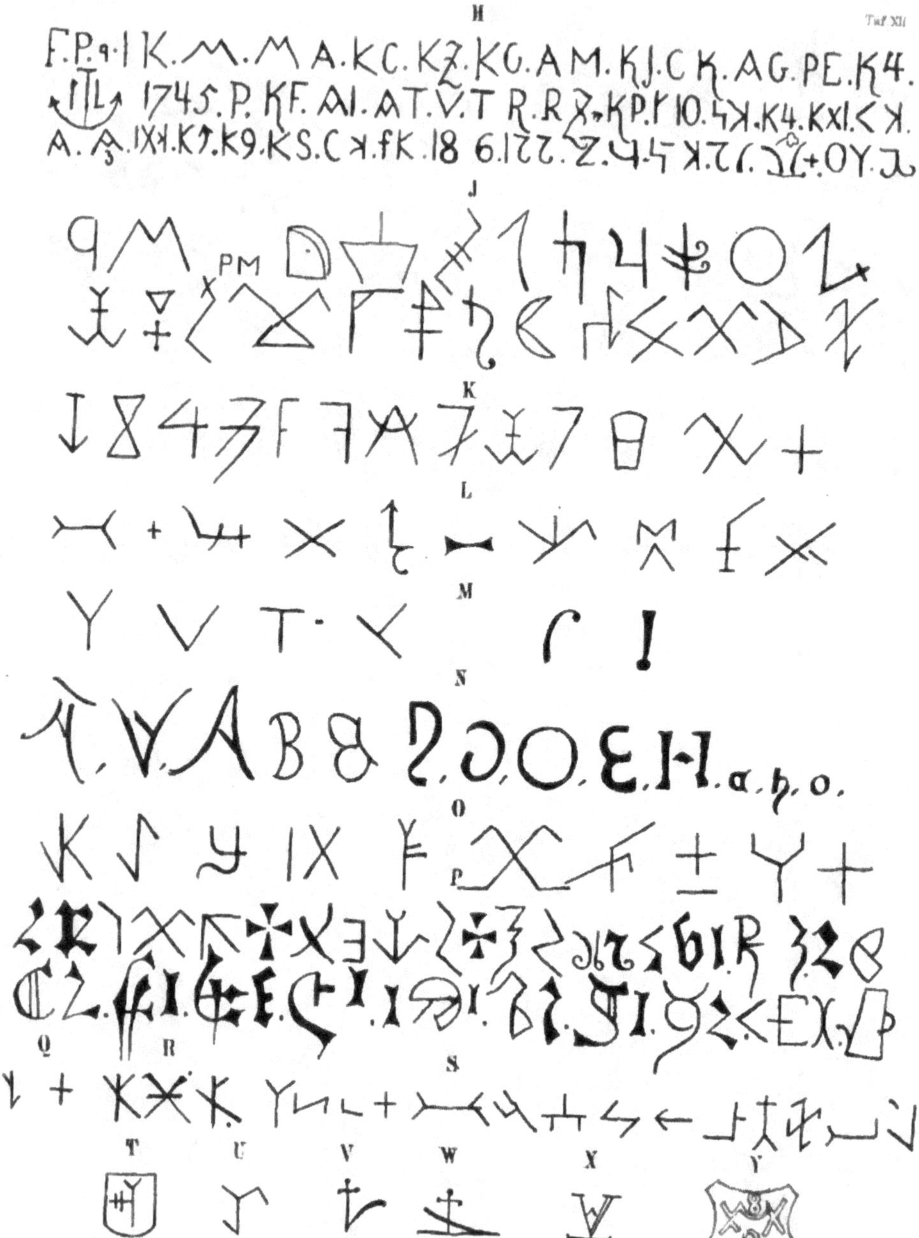
H
J
K
L
M
N
O
P
Q
R
S
T
U
V
W
X
Y

Steinmetzzeichen und Marken an alten Baudenkmalen Böhmens gesammelt.

Meine Aufmerksamkeit lenkte sich diesmal auf einen zwar untergeordneten, aber desshalb nicht uninteressanten Gegenstand, die Steinmetzzeichen und Marken oder figürlichen Monogramme, welche wir auf alten monumentalen Bauwerken Böhmens antreffen.

Die Archäologen früherer Zeit liessen diesen Gegenstand so ziemlich unbeachtet und frugen nie nach der Bedeutung dieser eigenthümlichen Zeichen. Erst der neueren Zeit blieb es vorbehalten, denselben ihren prüfenden Blick zuzuwenden und mehrseitige, von einander stark divergirende Ansichten hervorzurufen, welche sich erst nach gegenseitigen Vergleichen des vorliegenden Stoffes einer klareren Lösung werden erfrenen können.

In neuester Zeit brachten uns die Mittheilungen der k. k. Central-Commission (im VII. Jahrgange, p. A. 1862, S. 52) einen von Herrn Alwin Schulz veröffentlichten, sehr interessanten Aufsatz, die Steinmetzzeichen Breslau's betreffend, welchem ich nachstehende Bemerkung wörtlich entlehne:

„Wenn es auch wahrscheinlich ist, dass diese meist geradlinig gezeichneten Figuren ursprünglich dazu dienten, die Arbeiten der verschiedenen, bei dem Baue beschäftigten Steinmetzen von einander zu unterscheiden (Didron, Annales archéologiques I, p. 251), so kann man doch diese Erklärung nicht für alle Zeiten für angemessen erachten. Ich halte diese Steinmetzzeichen für die erste Entwickelungsstufe des Monogramms. Die erste Veränderung trat ein, als diese Handzeichen nicht blos auf dem Werkstück angebracht wurden, sondern bei selbstständigen Sculpturarbeiten dem Meister als Monogramm dienten. Architekten und Steinmetzen waren aber oft identisch, und so finden wir denn auch architektonische Zeichnungen, z. B. die zum Ulmer Münster, unsern Zeichen ähnlich angebracht. Von jenen Künstlern nahmen die Maler, von diesen die Kupferstecher, Holzschneider, Glockengiesser, Buchdrucker u. s. w. diese Bezeichnungsweise an."

So weit Herr Alwin Schulz, dessen Ansicht ich mich vollkommen anschliesse.

In einem Kunstberichte des „Organs für christliche Kunst aus England" (J. 1858, Seite 259) wird bemerkt, dass die mittelalterlichen Steinmetzen Irlands ausser ihren Steinmetzzeichen, die ein Geheimniss der Hütte waren, auch ihre eigene, nur ihnen verständliche Sprache hatten, welche sich zum Theil noch unter den irischen Steinmetzen und Maurern merkwürdiger Weise erhalten hat. Über die Steinmetzzeichen sind also die Meinungen verschieden. Die meisten Archäologen sehen in denselben Unterscheidungszeichen der Mitglieder der Freimaurerei, deren ersten Sitz sie nach Irland verlegen. So viel ist gewiss, dass in vielen Logen jeder Steinmetz ein Zeichen in einem, zu demselben Zwecke gehaltenen Buche verzeichnen musste und dasselbe nicht verändern durfte; dass die Zeichen der Meister verschieden von denen der Gesellen, dass in diesen der Kreis vermieden werden musste, und dass, wenn zwei Steinmetze an dem nämlichen Baue arbeiteten, die zufällig ein und dasselbe Zeichen hatten, einer derselben sein Zeichen verändern musste.

Dass in Böhmen unabhängige Bauhütten waren, deren Rechte sorgsam und eifersüchtig von den alten Meistern überwacht wurden, ist ausser allen Zweifel gesetzt[1]; dass ferner die böhmischen Steinmetzen und Baumeister Zunftgeheimnisse bewahrten und mysteriöse Zeichen bei ihren Werken anwandten, lässt sich daraus sicherstellen, weil solche Zeichen bis auf unsere Tage gekommen sind.

Ob die in B. Balbins Miscellanea hist. reg. Bohem. (D. I. Lib. 9. Tract. 1. sect. 15) enthaltene Nachricht, der zufolge die seit dem Jahre 1791 abgetragene merkwürdige Kirche des heil. Frohnleichnams Christi auf der Neustadt Prags, in dem Jahre 1382 von einer Bruderschaft oder Ritterschaft „cum signo circuli quod vulgariter dicitur, et malleo in medio dependente" erbaut worden sei und nach mehrseitiger Meinung auf eine Bauhütte oder Loge hinzudeuten scheine, ist nur eine, jeder tiefern Begründung bare Vermuthung.

Ein anderes, doch aber der Form nach ähnliches Bewandtniss haben die böhmischen Steinmetzzeichen mit den Haus- und Hofmarken, über welche Professor Homeyer in J. B. Wolfs Zeitschrift für deutsche Mythologie und Sittenkunde (I. Bd. S. 183) eine interessante Abhandlung geliefert. Man pflegt nämlich noch heut zu Tage in den ehemals von Slaven bewohnten und cultivirten Gegenden bei Danzig, Rypin, Stralsund, Lübeck, Holstein, wie auch in Skandinavien mit diesen sonderbaren kunstlosen Zeichen Giebel, Windfahnen, Hausthüren, Fenstereinfassungen, Grabsteine, Kirchenstühle Siegel und Korbhölzer zu bezeichnen. Es geht so weit, dass man mit demselben Zeichen in Holstein das Vieh, in Lübeck das Schwarzbrot, in der Vogtei Schönberg die Pflugschaaren und in Thüringen die Kornsäcke u. dgl. m. bezeichnet, und dass diese einfachen Zeichen oft statt der unterschiedslosen Kreuze den Werth eigenhändiger Unterfertigung, ja selbst einen urkundlichen und rechtskräftigen Werth haben und in die Grundbücher intabulirt wurden. Sie werden dort insgesammt Bollmarken, auch Bomarken genannt[2].

Homeyer nennt nebst den erwähnten Gegenden auch die Städte Stralsund, Frankfurt a. M., Basel, Strassburg und endlich Prag, wo solche Zeichen anzutreffen sind. Die ältesten Zeichen solcher Art, welche Didron's Ansicht mehr entsprechen, weil sie keineswegs in die Reihe figürlicher Monogramme gehören und sich auf Werkstücken befinden, dürfte wohl in unserem Vaterlande der höchst merkwürdige **Thurm zu Klingenberg** (Zvikov) enthalten, dessen Beschreibung uns bereits gediegene Gelehrte seit mehr als 40 Jahren vorgeführt haben[3]. (S. Taf. XI A.)

[1] Vergl. Památky archäol. a místopisné (díl IV. str. 187). „List kamenického cechu starého mesta Pražského Kutnohorským z. r. 1489." Enthalten in den Mittheilungen 1861 S. 104. — [2] Vergl. Abhandlungen der Berliner Akademie der Wissenschaften für das J. 1852, worin sie auch Hausgemal genannt werden. — [3] Die mir bekannte Literatur über diesen höchst merkwürdigen Thurmbau und die Burg ist sehr reich an interessanten Vermuthungen, und ich führe hier nur das Wichtigste an, was über diese Schriftzeichen geschrieben wurde, und zwar: Wiener Zeitschrift für Kunst und Literatur 1817 (Dr. Grossing). — Hormayrs Archiv 1817, Nr. 156 und 157 (Professor Millauer). — Vaterländische Blätter, Intelligenzblatt vom 8. August 1818. — Millin, Annales encyclopédiques 1818, II. Bd., S. 275 und 284 (Karl Grossing). — Antiquariske Annaler, III. Bd., S. 292 (Hofrath Hammer). — Hesperus, April 1819, Beilage Nr. 17, S. 96 (Med. Dr. Anton Jungmann). — Zeitschrift des

Aus diesen etwa 35 sich oft wiederholenden Zeichengattungen wollten Doctor F. R. Grossing und Professor Millauer alte Charaktere der ältesten Slavensprache in Form von Runen entdeckt haben; allein schon damals trat Doctor Anton Jungmann dieser Meinung entgegen, und erklärte sie für „Steinmetzzeichen". Dasselbe thaten Heber, Dr. Legis-Glückselig, Hugo Thomann und Professor Gruber. In diesen verschieden gestellten, stark verwitterten und von jedem Beobachter verschieden aufgefassten und gezeichneten Zeichen liessen sich nur annähernd höchstens sechs Runen — im entferntesten Sinne — herausklügeln. Mit den Mikofiner und jenen, auf der uralten, den Černeboh vorstellenden Sculptur zu Bamberg vorkommenden slavischen Runen ist hier keine Ähnlichkeit. Die kühnste Phantasie könnte unmöglich eine einzige dieser Mauerhieroglyphen dem Runenalphabete anreihen.

Mehr Ähnlickeit böten diese Zeichen mit den ältesten Schriftzeichen der italischen Alphabete dar, deren ich 12 bis 13 dort entdeckte, und welche die interessante Vermuthung des, um die Alterthumskunde Böhmens so hochverdienten k. k. Universitätsprofessors Herrn J. E. Wocel, dass jener altergraue Thurm von Zvikov sehr leicht ein Römerbau sein dürfte, stark unterstützen. Nehmen wir Friedrich Ballhorn's „Zusammenstellung der ältesten Schriftzeichen und Alphabete", dann Mazois „Les ruines de Pompei" und endlich das classische Werk von Theodor Momsen „Die unteritalischen Dialekte" (1850) zu Hilfe, so bieten uns die angefügten Tafeln manches Ähnliche alter Schrift- und Zahlenzeichen dar. Jedenfalls sind diese tiefen, gegen die kleinen fadendünnen Steinmetzzeichen des Übergangsstyls und der Gothik in allen ihren Perioden verschieden! Bleiben jedoch Steinmetzzeichen, nach Art jener, wie man sie an alten Römerbauten so gut, wie an andern Bauwerken des Mittelalters in Europa zu finden pflegt. Einen Sinn aus diesem Zeichenchaos, wenn sie alle auch den uralten italischen Schriftcharakteren gleichen würden, herauszudeuten, wäre wirklich eine vergebene Mühe.

Sehen wir nun von dem räthselhaften Thurmbaue ab und blicken in die älteste Periode der böhmischen Baukunst, so ist es der romanische Baustyl, welcher sich in allmählichen Übergängen aus der altrömischen Architectur entwickelte und zur allgemeinen Geltung kam. Allein man würde in diesen Baudenkmalen vergebens nach jenen Steinmetzzeichen forschen, welche wir bei den Übergangsstyl oder an früh- und spätgothischen Baudenkmalen so häufig finden. Die merkwürdige Doppelcapelle in der alten Burg zu Eger, deren Unterbau auf vier kräftigen, gedrungenen Säulen mit phantastisch verzierten Capitälen ruht und romanische Stylcharaktere aufweist, während sich in der oberen Capelle ein spitzbogiges Rippengewölbe auf elegant gebaute Säulen stützt, lässt uns an ihren oberen und untern Gebäudetheilen die auf Taf. XI, B dargestellten Steinmetzzeichen gewahren.

Der merkwürdige schwarze Thurm ebendaselbst, welcher in seiner Bauart mit dem sogenannten Markomannenthurm zu Klingenberg eine so auffallende Ähnlichkeit hat, trägt auf einer rohen Bosagenfläche der Lavaquadern nicht die geringste Spur von Steinmetzzeichen, welche wieder die ehrwürdige Decanatkirche St. Nikolaus zu Eger in reicher Fülle bietet. (Taf. XI, C.)

So wie nun von ältester Zeit an die Hauptstadt Prag der Sitz aller geistigen und politischen Bestrebungen war, eben so fanden auch die künstlerischen Richtungen daselbst ihren Mittelpunkt; daher finden sich auch die bedeutendsten und zugleich verschiedenartigsten Monumente in Prag, welche alle Bauarten und Bauperioden repräsentiren.

So bietet die aufgehobene St. Agneskirche (gestiftet von der Prinzessin Agnes, einer Tochter Přemysl Otakars I., im Jahre 1233) sowohl am Pfeilerbaue, wie an den Fenstereinfassungen hie und da 1½—2 Zoll hohe, dünne, seicht eingetiefte Steinmetzzeichen (s. Taf. XI, D). Taf. XI, E führt uns die Steinmetzzeichen des St. Veitsdomes vor das Auge. In ihnen erblicken wir fast alle möglichen Formen, und man kann dort mehr als 50 verschiedene Arten am Chor- so wie am Schiffbaue entdecken. Die erste Reihe gehört mehr dem Chorbaue an. Hier lassen sich aber, nebst dem häufig angebrachten Kleeblatte, schon die Buchstaben A mit B und P vereinigt, so wie M, W und V erkennen. Die Zeichen dieses, durch Mathias von Arras 1344 begonnenen, und 1352 durch Peter Parlef (unrichtig Arler) fortgeführten Baues präsentiren sich als zarte Linien von 2 Zoll Höhe und 1½ Linien Breite.

Der hohe Brückenthurm auf der Kleinseite, dessen Gründung unbekannt ist, der aber von Heinrich von Leipa (1310) stark befestigt wurde[1], bietet eine seltene Fülle angebrachter Steinmetzzeichen von mannigfacher Form dar. Man sieht hier (Taf. XI, F) und bei andern Bauten, wie die gerade Linie sich durch Verkürzungen und Winkelstellungen fügsam und bildsam verändern liess.

Nun folgen die Steinmetzzeichen der, am 9. Juli 1358, durch Karl IV. begonnenen und unter Wladislaw II. 1503 vollendeten Brücke, welche seitdem beide Stadttheile Prags verbindet. Bogen und Pfeilerbau sind am meisten mit ihnen bedacht. Hier offenbaren sich schon wieder Buchstaben des altgothischen Alphabetes a, x und z, nebst dem lapidaren P. Am inneren Brückengeländer findet man keine Zeichen mehr, sondern lauter Buchstaben, welche jedoch der Neuzeit angehören, wobei der Buchstabe K in Verbindung mit andern, als dem A, C, E, F, G, P u. s. w. vorherrscht. Diese grossen, 4—5 Zoll langen, 3—4 Linien breiten Lapidarbuchstaben entstammen wahrscheinlich dem Jahre 1741, wo laut Inschrift (Repa. 1741) und laut geschichtlicher Daten diese Brücke einer bedeutenden Reparatur unterzogen worden ist. Wir geben die älteren dieser Steinmetzzeichen auf Taf. XI, G.

Auf der Tafel XII, H erscheinen die neuen Buchstaben nebst zwei Jahreszahlen und drei Namen, welche

vaterländischen Museums 1879 „Der Markomannenthurm von K. Schnetky", im Octoberhefte — Heber, F. Alex, Böhmens Burgen, Vesten und Bergschlösser, II. Bd. S. 191. 1844. — Časopis českého Museum 1855. „Rimské wěže v Čechách podává Jan Erax. Wocel, str. 80—85. — Illustrirte Chronik von Böhmen. II. Bd. S. 41 (Dr. Legis-Glückselig). — Mittheilungen der k. k. Central-Commission vom J. 1856. I. Bd. S. 216 (Professor Bernhard Gruber). — Památky archaeologické. 1855. díl I. str. 237: „Návštěva na Zvíkově od J. V. Houšky"; ebenso im II. Thl., S. 362. Archäologické procházky po jižních Čechách od Hugona Tomana —

[1] „Dass der heutige Kleinseitner Brückenthurm weit früher erbaut wurde als jener der Altstadt, lehrt schon dessen Äusseres, auch scheinen die vielen Steinmetzzeichen auf seinem Quaderbau ältere Eigenthümlichkeit und mehr Abwechslung zu haben, als man sie an dem Altstädter Brückenthurme, an der Kirche zum Heiligen Geist (jetzt durch Mörtelanwurf unsichtbar), an der Teinkirche, an dem Glockenthurm zu St. Heinrich u. s. w. trifft. Sie kommen mit den Steinmetzzeichen an dem sogenannten Markomannenthurme zu Klingenberg sehr überein." (Jul. Max Schottky's: Prag, wie es war und wie es ist. II. Bd. S. 15.)

irgend einen gewerblichen Bezug bei Brückenausbesserungen haben konnten.

Nach der furchtbaren Überschwemmung vom Jahre 1784, wo am 28. Februar das Eis dem ehrwürdigen Baue die grössten Verwüstungen zufügte, hat sich nach erfolgter Reparatur der Schäden Michael Komm als Steinmetzmeister an einer Sandsteinquader mit den Emblemen seines Handwerkes und der Jahreszahl 1785 verewigt.

Der Pfeiler, auf welchem das kunstvolle Crucifix prangt, ist mit grossen, 6 Zoll im Durchmesser haltenden tiefen Kreisen bedeckt. Es sollten daraus zum Andenken Zeichen der Kugeln ausgemeisselt werden, welche wahrscheinlich die schwedischen Geschütze 1648 dorthin warfen.

An diesem Pfeiler bemerkt man die Jahreszahl 1650; weiter im Flussbette, wieder an einem Pfeiler steht: „Erasmy Bazimonns 1577“ und weiterhin „Jos. Kodl“ ausgemeisselt.

Ehe wir diesen merkwürdigen, mit Steinmetzzeichen aller Art und jeder Bauperiode versehenen Brückenbau verlassen, wollen wir noch der oft besprochenen, vielgedenteten und selbst in den Sagenkreis gezogenen Rolandsäule an dem Brückenpfeiler des östlichen Uferrandes der Insel Kampa gedenken, welche Ferdinand Mikowec in dem Jahrgange 1862 der Mittheilungen der k. k. Central-Commission S. 55 beschrieb.

Die ganze Säule stammt aus dem Ende des XV. oder dem Anfange des XVI. Jahrhunderts; also aus den Zeiten Wladislaw II. Der sogenannte Eselsrücken und alle decorativen Elemente dieses Baudenkmals deuten zu sehr auf die Baumeister jener Tage. Unter dieser, vom Volke genannten Brunsvik-Säule, auf einem mit den bereits erwähnten Steinmetzzeichen bedeckten Brückenpfeiler, sind 11 unten abgerundete, etwa 8 Zoll hohe, 5 Zoll breite Schildchen mit Gewerkschaftszeichen, wie man sie als sogenannte Marken an Grabmälern, Häusern, Thor- und Bogenschlusssteinzierden, an Giebeln auch als figürliche Monogramme der Steinmetzen und Baumeister findet, angebracht. Diese Zeichen haben, wie die Säule selbst, den früheren Archäologen viel Kopfzerbrechens verursacht. Jedenfalls sind sie wichtig, da man darin den klarsten Beweis von der Entstehung der Marken, des figürlichen Handzeichens oder Monogrammes, des Künstlerzeichens und der Hausmarke erblickt. Es war dies das bescheidene Zeichen des Steinmetzmeisters, des Bankünstlers, das Wappen des Bürgerthums und des mittelalterlichen Gewerbsmannes.

Betrachten wir obige Steinmetzzeichen näher, so finden wir sie mehr oder weniger verändert in der Marke wieder. Es sind nicht immer Buchstaben, Zahlen oder Monogramme im eigentlichsten Sinne der Sache zu Grunde gelegt, sondern wir finden wirkliche Werkzeuge als Motive zu jenen Gewerbsbildern hiezu benützt. Namentlich lassen sich gewisse Maurer-, Steinmetz- und Zimmermannsgeräthe sehr oft ziemlich deutlich herausfinden, z. B. Setzwage, Spitz- und andere Hämmer, Winkelhaken, Maurerkelle, Giebel, Sparren, Reisszirkel u. s. w. jedoch hie und da gern mit einem Kreuzeszeichen verbunden. Es lässt sich oft aus derartigen Marken oder Zeichen auf einen ehemaligen Gewerkschaftsverband der betreffenden Familien selbst mit ziemlicher Sicherheit schliessen. Künstler, Kaufleute und Gewerken des Mittelalters waren in dieser Hinsicht sicher um vieles bescheidener; denn niemals findet man bei ihnen förmliche Wappen mit Helm und Kleinod. Aus diesem Grunde nun waren Marken und Zeichen bei jenem Stande nicht allein sehr häufig, sondern auch sehr beliebte Schildesfiguren, was man schon daraus ersieht, dass viele Familien ihre alte Marke in Ehren hielten[1]. Wem diese 11 Marken an der erwähnten Brunsvik-Säule an der Moldaubrücke angehören, wer vermag dies zu bestimmen! Vielleicht den Meistern jener Bauhütte, welche den herrlichen Brückenbau vollführten.

Hier möge noch erwähnt sein, dass Prag ähnliche Schilde auch an den beiden Steinbüsten des Matthias von Arras und Peter von Gmünd oder Parler in dem Triforium des St. Veitsdomes aufzuweisen hat[2]. In der Marienkirche zu Slup tragen zwei Bogenschlusssteine ähnliche Zeichen, welche man auch anderwärts, sowohl an Häusern and ihren Theilen, wie an Grabsteinen, oft ganz sinnreich zusammengefügt angebracht findet.

Mehr als 30 verschiedene Arten von Steinmetzzeichen decken die glatten Flächen des Altstädter Brückenthurmes. Sie sind fast eben so gross, so tief und schmal, wie jene des Thurmes auf der Kleinseite; doch sind ihre Formen ganz verschieden, was der Vergleich der abgebildeten Zeichenreihe (s. Taf. IX, J) ermöglichen wird. Der Altstädter Brückenthurm wurde 1451 u. z. gleichzeitig mit dem heutigen Neustädter Rathhausthurm, dessen Flächen aber Mörtelanwurf deckt, aufgeführt[3].

Der ehrwürdige Pulverthurm bietet, sowohl an seinem Unter- als Oberbau, fast auf einem jeden Quadersteine ähnliche Steinmetzzeichen dar. Der 1475 durch den Meister Vaclav begonnene Unterbau wurde schon das Jahr darauf durch Matthias Raisek, Baccalaurens und Rector der Teinerschule, fortgesetzt, blieb aber seit dem Jahre 1484 unvollendet stehen. Hier finden wir nebst Raisek's Brustbilde mit der Inschrift: „Raysek de Prostyegow 1477“ die auf Taf. XII, K abgebildeten Steinmetzzeichen.

An der Teinkirche, die in ihrer jetzigen Gestalt schon vor dem Jahre 1407 angelegt und im Jahre 1419 vollendet wurde, sind am hohen Chor und am Schiff nur die, Taf. XII, L wiedergegebenen Zeichen zu finden.

Auch der älteste Bautheil der königlichen Burg am Hradčin bietet uns unter dem abgelösten Anwurfe auf den nackten Flächen seiner Quadern hie und da sehr primitive Steinmetzzeichen dar, wie Taf. XII, M zeigt.

Der isolirte Glockenthurm bei St. Heinrich in der Neustadt Prags, von welchem man ebenfalls nicht weiss wann er entstand (die Kirche wurde 1333 von Kaiser Karl IV. angelegt), ist von seinem Sockel bis zum Krongesimse mit den Buchstabenzeichen, wie sie Taf. XII, N abgebildet erscheinen, bedeckt. Es sind dort auch ganze Quaderreihen mit geringen Unterbrechungen mit den Buchstaben A, B, C, D, E, G, H und O signirt.

Eine ähnliche Erscheinung bietet der, laut einer dort angebrachten Inschrift 1598 erbaute, dem St. Heinrichsthurm sehr ähnliche Glockenthurm bei St. Peter am Poříč, wo ähnliche, ja fast gleiche 4—5 Zoll lange, tiefe, 2—3 Linien breite Buchstabencharaktere erscheinen.

[1] Vergl. Maier, Dr. K. Ritter von, Heraldisches ABC-Buch 1857. — [2] Siehe Mittheilungen 1862, S. 73, wo die Marke des Matth. v. Arras abgebildet erscheint. — Peter v. Gmünd hatte einen Winkelhaken im Schilde. — [3] S. Dobner's Monumenta histor. Boemia, Taf. IV, p. 75.

Die übrigen alten gothischen Kirchen und öffentlichen Privatgebäude Prags sind theils durch Kalkanwurf, so wie durch mehrmalige Übertünchungen zu sehr bedeckt und überkrustet, als dass man an ihnen ähnliche Zeichen wahrnehmen könnte.

Merkwürdig sind die Steinmetzzeichen im Schiffs- und Chorbau der St. Barbarakirche zu Kuttenberg. Man trifft diese Zeichen an dem steinernen Geländen um den Hochaltar in den primitivsten Formen, ferner in den Triforien des Chores und den Emporen des Langhauses an. Hier in dem Baue zweier grosser Meister aus der Wladislaw'schen Regierungsperiode, nämlich Matthias Raisek (1490—1506?) und des Beneš von Laun (1511—1520), endlich des berühmten Steinmetzen Meister Nikolaus, finden wir deutlich, wie die alte, typische Linien- und Winkelform des Steinmetzzeichens in den Buchstabencharakter überging, und dieser seine Geltung fast bis zur Jetztzeit behielt, und nur durch Numerirung der Steinquadern in der Architectur unserer Tage sein Ende fand. Taf. XII, sub O, zeigt die Steinmetzzeichen an dem Geländer um den Hochaltar und sub P die wichtigsten Zeichen an den Emporen und Gallerien dieser Kirche.

Sehr karg sind die andern Baudenkmale Kuttenbergs damit bedacht. So finden wir an dem östlichen Erker der k. k. Normalhauptschule nur zweierlei Zeichen, Taf. XII, Q.

An dem herrlichen, jedoch verkommenen steinernen Brunnen trifft man die Jahreszahl 1891 und die Taf. XII, R wiedergegebenen drei Zeichen.

Die übrigen Baudenkmale dieser Stadt boten bis jetzt nichts Erhebliches dar.

Ähnliche Zeichen, wie wir derlei an dem Thurme zu Klingenberg und bei andern Bauobjecten Prags wahrnahmen, sehen wir auch auf dem uralten Kirchenthurme zu Charvatec, siehe die Taf. XII, S. An dem Stiegengehäuse des hohen, 1465 angelegten Kirchenthurmes zu Časlau erblicken wir die (Taf. XII, T) abgebildete Steinmetzmarke; ferner an einem Pfeiler des Musikchores das sub U wiedergegebene, endlich an dem westlichen Hauptportale das sub V abgebildete Zeichen dreimal, und das s. W dargestellte, einmal ausgemeisselt.

In der uralten Kirchenruine zu Kloster, unfern Münchengrätz im Bunzlauer Kreise, wo schon 1054 ein Benedictinerstift angelegt worden war, erscheint auf einer Gewölbgurte das Buchstabenzeichen, welches Taf. XII sub X zeigt[1].

Merkwürdig bleibt das von mir entdeckte Monogramm in der uralten Pfarrkirche zu Záboř, Časlaner Kreises. Es befindet sich in dem Kelchcapitäl einer Säule nächst dem Hochaltare. (S. Taf. XII sub Y.)

Bei all' diesen hier angeführten Zeichen ist ein grosser Unterschied sichtbar, und trotz der Formähnlichkeit stellen sich, in Böhmen so gut wie anderswo, eigenthümliche Typen dieser Handwerkszeichen heraus; man vergleiche u. a. nur das treffliche Werkchen des Dr. H. Luchs „Denkmäler der St. Elisabethkirche zu Breslau" (1860); dann dessen: „Bildende Künstler in Schlesien nach Namen und Monogrammen" (1863). Die von mehreren Architekten und Archäologen ausgesprochene Ansicht, dass die an den Quaderbauten alter Zeit vorkommenden Steinmetzzeichen, einiges Licht über die Bauzeit und Bauhütten verbreiten dürften, ist nicht ohne allen Grund. Bis jetzt ist die Kunde dieser Zeichen aber wohl noch zu unsicher, um ähnliche Schlüsse zu erlauben.

Ich werde mich bemühen in der nächsten Zeit eine Fortsetzung dieser Zeichen sowohl, wie einiger interessanten Marken und Künstlermonogramme folgen zu lassen.

Franz Joseph Benesch.

[1] Siehe auch Taf. IX, vierte Fig. der zweiten Reihe.

Besprechungen.

Das k. k. österreichische Museum für Kunst und Industrie.

Das k. k. österr. Museum für Kunst und Industrie wurde nach dem Vorbild des South-Kensington-Museums in das Leben gerufen, welches im Jahre 1852 auf Anregung des Prinzen Albert entstand, dessen Idee, den Geschmack des Publicums und vorzüglich den der Producenten zu veredeln, bei der Bevölkerung Englands in der That die energischste Unterstützung fand. Das Parlament erkannte die hohe Wichtigkeit einer solchen Anstalt und stellte mächtige Summen für Ankäufe zur Verfügung[1]. Private vermehrten die Sammlungen durch reiche Geschenke und Legate, und so erklärt sich die Grossartigkeit, mit welcher das Kensington-Museum fast mit einem Schlage vor den Augen der Welt dastand. Es umfasst mehrere Gebäude, die eine „Kunstschule", eine Bibliothek, welcher Handzeichnungen, Kupferstiche, Photographien u. s. w. beigegeben sind, eine Abtheilung von ornamentalen Gegenständen[1] und endlich eine Gemäldegallerie enthalten.

Die Gründung des k. k. österr. Museums für Kunst und Industrie fand zufolge einer allerhöchsten Entschliessung vom 7. März 1863 statt, und wenn man die Schwierigkeiten bedenkt, mit welchen dieses neue Institut vor seiner Eröffnung zu kämpfen hatte, so muss man der Thätigkeit des provisorischen Comité's[2] volle Anerkennung zollen, welches ermöglichte, dass die Eröffnung des Museums schon im Mai 1864 stattfinden konnte. Durch die wahrhaft grossartige Munificenz, mit welcher Se. Majestät der Kaiser die kostbarsten Gegenstände aus der k. k. Hofbibliothek, aus der Belvedere-

[1] Bis zum Jahre 1862 nicht weniger als 6 Millionen Pfund Sterling

[1] 120.000 an Zahl. Diese Abtheilung allein rief binnen kurzem 6000 industrielle Zeichner hervor, von denen die Besten bedeutende Jahresgehalte beziehen.

[2] Das provisorische Comité bestand aus dem Herrn Sectionschef v. Lewinsky, dem kaiserl. Schatzmeister J. G. Seidl, Sectionsrath O. Helder und Prof. Rudolph v. Eitelberger. Es wurde nach Beendigung seiner Aufgabe am 1. März 1864 unter Bezeigung der Allerh. Zufriedenheit aufgelöst.

Gallerie, aus dem Antikencabinete, der kais. Schatzkammer, der Ambrasersammlung, dem kais. Arsenale, der kais. Porcellanfabrik, aus den Vorräthen an Tapeten und Mobilien der Hofburg und der kais. Schlösser, und aus allen kais. Akademien und Instituten zur Verfügung stellte, wurde das Inslebentreten der neuen Anstalt auf das Glänzendste gesichert.

Das k. k. österr. Museum für Kunst und Industrie, zu dessen Director Herr v. Eitelberger ernannt wurde, ist vorläufig in dem sogenannten Ballhause (erbaut 1740) nächst der kais. Burg untergebracht, und wurden demzufolge einige unumgänglich nothwendige Anbauten gemacht. Es schliesst einen grossen Ausstellungssaal nebst vier kleineren Sälen und Zimmern in sich. Alle Objecte sind unter Glas und Rahmen aufgestellt und bei jedem ist die Nummer des Inventars, des Museal-Kataloges und der Name des Eigenthümers angegeben. An allen Schränken sind Bretter zum Herausziehen angebracht, zur Bequemlichkeit derjenigen, welche zeichnen wollen, und überdies ist ein Saal eigens für Zeichner mit grossen Tischen ausgestattet. Der Zweck des Museums ist in dem erwähnten kais. Handschreiben mit den Worten bezeichnet:

„dass es für den Aufschwung der österr. Industrie ein dringendes Bedürfniss sei, den vaterländischen Industriellen die Benützung der Hilfsmittel zu erleichtern, welche die Kunst und Wissenschaft für die Förderung der gewerblichen Thätigkeit und insbesondere für die Hebung des Geschmackes in so reichem Masse bieten."

Das System der Sammlungen des Museums wurde in folgender Weise festgestellt:

I. Das Geflecht (aus Rohr, Holz Stroh u. s. w.).
II. Specielle textile Kunst und ihre Nachbildungen: *a)* Stickereien, *b)* Spitzen, *c)* Gobelins u. s. w.
III. Lackiererarbeiten.
IV. Emaille.
V. Mosaik.
VI. Glasmalerei.
VII. Malerei.
VIII. Schrift, Druck und graphische Künste.
IX. Bücherausstattung (Einbände u. s. w.)
X. Lederarbeiten.
XI. Glasgefässe und Glasgeräth.
XII. Thongefässe und decorative Thonplastik.
XIII. Arbeiten aus Holz.
XIV. Kleinere Plastik in Horn, Bein, Elfenbein, Wachs u. dgl.
XV. Gefässe, Geräthe und Sculpturen in Marmor, Alabaster u. s. w.
XVI. Gefässe und Geräthe aus Kupfer, Messing, Zink und Zinn.
XVII. Eisenarbeiten.
XVIII. Glocken und Uhren.
XIX. Bronzearbeiten.
XX. Goldschmiedkunst.
XXI. Bijouterie.
XXII. Graveurkunst. *a)* Münzen und Medaillen, *b)* Siegel, *c)* geschnittene Steine.
XXIII. Allgemeine Ornament-Zeichnungen für Reliefausführung.
XXIV. Sculptur im Grossen.

Dieses System mag wohl durch Trennung der Kunstzweige und Stoffe eine leichtere Orientirung für das, mit Aufstellung der Objecte im Museum betraute Personale bieten. Dem Publicum selbst raubt es durch die vielen Abtheilungen jene Übersicht, welche es leicht festhalten könnte, wenn man vor allem versucht hätte, diese vielen Abtheilungen aus einigen wenigen Hauptclassen entspringen zu lassen; allein das wird wohl nach und nach beseitigt werden, denn beim Beginne der Aufstellung verursachte der beschränkte Raum den Bemühungen der Direction kaum zu besiegende Hemmnisse; auch galt es vor allem, bald dahin zu gelangen, dass man die, in öffentlichen Gallerien, Cabineten und Instituten oder im Privatbesitze zerstreut befindlichen und für die Ausstellung bestimmten Kunstschätze oder vorzüglicheren Industrie-Arbeiten concentrirte und der Anschauung allgemein zugänglich machte. Da es aber im grossen Publicum nur Wenige gibt, welche durch Anschauung von Vorbildern oder durch Lecture die beabsichtigten Anregungen zu kunstgewerblicher Thätigkeit in sich selbst zu erwecken vermögen, so werden laut §. 10 der Statuten, mit dem Museum Vorträge in Verbindung gebracht, welche alle Gegenstände in ihr Bereich ziehen, die auf den Zweck dieser Anstalt Bezug nehmen, welcher, wie schon angedeutet, darin besteht, durch Anschauung und Vorträge nicht nur bei den Industriellen, sondern im ganzen Publicum eine gesteigerte Theilnahme für künstlerische Durchbildung zu erringen. Dass erst nach langjähriger, rastloser Bemühung eine sichtbare Einwirkung zu Tage kommen wird, liegt in der Natur der Umstände, und die zu Gebote stehenden Geldmittel, so wie die Theilnahme des industriellen Publicums werden auf die Erreichung dieses Zieles einen entscheidenden Einfluss üben.

Um ferner die eigenen Sammlungen[1]) des Museums zu vermehren, gute Muster und Vorlagen für Schulen, Fabriken und Handwerker zu bekommen, so wie zu beliebigem Gebrauche des Publicums überhaupt, sind mit dem Museum zwei Hilfsanstalten zur Vervielfältigung der ausgestellten Gegenstände beigegeben, nämlich eine Gypsgiesserei und ein photographisches Atelier.

Werfen wir nun, nach diesen flüchtigen Auseinandersetzungen, einen Blick in die Ausstellungsräume, so treten uns vor allem die dem Museum von dem kaiserlichen Hofe huldvollst überlassenen unschätzbaren Objecte imponirend entgegen. Doch auch Private, Klöster und Kirchenfürsten haben aus ihren kostbaren Sammlungen Vieles, und darunter sehr Werthvolles beigesteuert, und wenn uns auch manches (z. B. aus der archäologischen Ausstellung des Wiener Alterthumsvereines im November und December 1860) Bekannte hier wieder begegnet, so verdient dennoch die Bereitwilligkeit der Besitzer warmes Lob, dass sie nicht Anstand nahmen, ihre Kleinodien auch diesmal wieder der öffentlichen Beschauung hinzugeben. In dieser Beziehung haben sich in archäologischer Rücksicht vorzüglich folgende Corporationen und Herren hervorgethan: Der deutsche Orden in Wien, die Convente: von Neukloster in Wr. Neustadt, Heiligenkreuz, Klosterneuburg,

[1] Zu den Sammlungen des Museums gehört bereits eine Reihe von Gypsabgüssen aus dem Domschatze in Aachen, aus dem römisch-germanischen Museum in Nürnberg und aus dem Atelier der kais. franzős. Akademie *des beaux-arts* in Paris (auf architektonische und figurale Ornamentik Bezug nehmend).

Melk, St. Florian, Zwettl, St. Peter und das Domcapitel in Salzburg, Stift Rein in Steiermark, Kremsmünster, Göttweih, das Domcapitel zu Brünn, das Stift St. Paul in Kärnthen, Se. Eminenz Cardinal Rauscher, Fürst Johann Liechtenstein, Graf Edmund Zichy, Baron Rothschild, F. Z. M. von Hauslab, Consul Ferdinand Friedland, Dr. Sterne, Herr Adamberger u. A. und fast jeden Tag langen neue Zusendungen ein. Die Zahl der bis jetzt ausgestellten Gegenstände beträgt mehr als zweitausend.

Die verschiedenen Abtheilungen sind auf folgende Weise vertreten:

I. Das Geflecht. *a)* Deckenartig; sieben Stücke aus Stroh und Bast, theils von den Schilluk-Negern, theils in China, in Luzern und Leitmeritz verfertigt. *b)* Korbartig, 2 Stück aus Batavia.

II. Specielle textile Kunst und ihre Nachbildungen. *a)* Mittelalterliche Stoffe. Eine Casula in Glockenform aus dem XII. Jahrhundert aus grünem Seidenstoff und einem Streifen Goldstoff, welcher mit Perlen und Rubinen ornamentirt ist. Ferner eine Casula von Leinwand mit aufgedrucktem schwarzen Muster; auf dem Stabe ist der gekrenzigte Christus gestickt. Das Kreuz ist durch einen noch mit der Rinde versehenen Baumstamm dargestellt, an welchem links und rechts abgehauene Seitenäste in gleichmässigen Distanzen sichtbar sind. Eine Mitra aus dem XII. Jahrhundert von gemustertem Seidenstoff, ist mit Goldornamenten bemalt; die sich senkrecht durchschneidenden Goldstreifen sind mit Metallornamenten besetzt. *b)* Orientalische Stoffe. Ein Teppich, 6 Satteldecken und eine türkische Kappe. Interessant ist der persische Teppich aus dem XVI. Jahrhundert mit einer grossen Zahl von Jagdscenen naiver Art. Die Figuren sind theils über die Sammtfläche erhaben, theils mit derselben gleich, theils nach Ausscheidung des Stoffes vertieft gewirkt, wodurch eine eigene Art von Schattirung entsteht. *c)* Neuere Stoffe seit 1500. *d)* Stickereien. 14 Stücke, darunter zwei Mitren aus gemustertem Seidenstoff mit darauf gestickten Gold- und Seidenornamenten aus dem XII. und XIII. Jahrhundert; ferner das Antipendium des Domschatzes zu Salzburg, welches zu den Seltenheiten kirchlicher Stickerei aus dem Beginne des XV. Jahrhunderts gehört.

Besonders anziehend für den Besucher des Museums ist aber der in frischen Farben und in ungeschwächtem Gold- und Perlenglanze schimmernde burgundische Kirchenornat, der bei Hochämtern des goldenen Vliess-Ordens gebraucht wurde und, wie bekannt, an Pracht, Schönheit und künstlerischer Vollendung nicht nur den ersten Rang unter den Kunstwerken des Mittelalters in dieser Richtung einnimmt, sondern überhaupt kaum seines Gleichen finden dürfte. (Entlehnt aus der kais. Schatzkammer.) Er besteht aus einem ornatus integer, enthaltend eine Casula, zwei Levitenkleider (Dalmatica und Tunicella) und drei Chorkappen (Pluvialia oder Vespermäntel). Diese unübertrefflichen Kunstschaustücke stammen aus dem XV. Jahrhundert, aus der höchsten Blüthezeit der Kunststickerei, welche die Regierung der prachtliebenden burgundischen Herzoge Philipp des Guten und Karl des Kühnen umschliesst. Solche ausserordentliche Leistungen konnten sich nur unter Beihilfe der Malerschulen entwickeln, und gerade zu jener Zeit brachte die christliche Kunst ihre wunderbarsten Werke auf dem Gebiete der Miniatur- und Tafelmalerei hervor. So scheint auch die Annahme der Kunstkenner gerechtfertigt, dass dieser burgundische Messornat, dessen Hauptwerth die unvergleichliche Schönheit der künstlerischen Anordnung und Ausführung ausmacht, nach Vorbildern Johann von Eijck's selbst oder eines seiner tüchtigsten Schüler gearbeitet worden sei. Nicht ohne Selbstverläugnung wiederstehen wir der Verlockung, bei einer so passenden Gelegenheit eine ausführliche Beschreibung dieses umfangreichen und grossartigsten Monumentes kirchlicher Kunststickerei zu bringen; aber Eduard Freiherr von Sacken hat davon im Jahrgange 1858 Nr. 5 der Mittheilungen eine so treffliche Schilderung gegeben, dass wir gerne darauf verzichten. Wir erlauben uns nur den von dem geehrten Herrn Verfasser ausgedrückten Wunsch nach sechs Jahren wieder in dieser Zeitschrift auszusprechen, dass nämlich dem Herrn Professor Rösner die kostspielige Herausgabe seiner Abbildungen des burgundischen Messornates in Farbendruck möglich gemacht werde.

Neben diesen Schaustücken von künstlerischer Pracht, erregt die Casula des Domcapitels in Brünn, von violetter Seide mit Reliefstickerei, wegen ihrer Seltsamkeit das Interesse. In der Mitte steht die heilige Jungfrau, über und unter welcher zu beiden Seiten je zwei Engel schweben. Unter der heiligen Jungfrau steht der heilige Wenzeslaus in voller Rüstung, rechts ein Wappen und links die Jahreszahl 1487. Obgleich die erhabene Stickerei mit grosser Geschicklichkeit ausgeführt ist und der Zeichnung der Figuren keinen Eintrag macht, so zeigt sich doch bereits in diesem Versuche der Kunststickerei der Wunsch, nicht blos mit der Malerei, sondern auch mit der plastischen Kunst in die Schranken zu treten, jene Verirrung, welche, vom Wege des Schönen abweichend, durch Schwierigkeiten und Verkünstelungen neue Effecte hervorbringen wollte. *e)* Spitzen. Zwölf Stück von Zwirn, darunter einige sehr hübsche Muster aus dem XVI. Jahrhundert. *f)* Tapisserien, Gobelins, Möbelüberzüge. Fünf Teppiche, darunter der älteste aus dem XVI. Jahrhundert in Flandern gewirkt und zu Ehren des heiligen Leopold gestiftet von Johann Fuchs. In der Mitte kniet der Stifter vor dem heiligen Leopold, zu beiden Seiten stehen Persönlichkeiten aus dem Geschlechte der Babenberger. Von den beiden niederländischen Teppichen aus dem Ende des XVI. Jahrhunderts, in Wolle und Goldfäden gearbeitet, den kaiserlich-spanisch-habsburgischen Adler mit natürlichen Laubornamenten darstellend, ist einer bis auf den etwas beschädigten Adler sehr gut erhalten; die Zeichnung der Blumen, Früchte und Blätter ist mit grosser Freiheit und Leichtigkeit ausgeführt.

Besondere Aufmerksamkeit verdienen die beiden Teppiche, welche in die Reihe jener Wirkereien gehören, die Kaiser Karl VI. in den Jahren 1714—1717 in den Niederlanden verfertigen liess, u. z. nach jenen zehn Cartons, welche Jan Cornelis Vermeyen im Auftrage Karls V. ausführte. Vermeyen (geboren 1500 zu Beverwijk bei Haarlem, gestorben zu Brüssel 1559) war ein ausgezeichneter Künstler und besass eine grosse Gewandtheit im Malen von Schlachten und Festlichkeiten. Er wurde von Karl V. nach Madrid berufen und begleitete den Kaiser auf seinem Kriegszuge nach Tunis (1535). Mitten im Kriegsgetümmel entwarf der muthige Künstler seine Zeichnungen und führte nach seiner Rückkehr jene grossen Cartons aus (die meisten sind über 20 Fuss lang und 12 Fuss hoch), welche noch heut zu Tage die Bewunderung der Kunstkenner erregen und im Belvedere zu Wien aufbewahrt werden[1]. Leider ist das Papier dieser Cartons an vielen Stellen rissig und brüchig, und auch die Leinwand theilweise sehr schadhaft geworden, so dass sie wohl nicht öffentlich ausgestellt werden können; doch zeigen sie eine vollendete Technik ihrer Art, und die Grossartigkeit der Composition, die fleissige Ausführung, die treue Auffassung des Historischen, die klare Anordnung der Gruppen von mehreren hundert Figuren, von denen die im Vordergrunde zuweilen mehr als lebensgross sind, so wie die treffliche Perspective, machen diese Arbeiten Vermeyens zu einem Gegenstand der vollsten Bewunderung. Warum nach diesen herrlichen Cartons nicht alsogleich neue Tapeten gewirkt wurden, ist bisher noch unbekannt geblieben. Erst zu Anfange des XVIII. Jahrhunderts wurden sie von Kaiser Karl VI. aus der Verborgenheit hervorgezogen, und nach Brüssel an den in grossem Rufe stehenden Jodocus de Vos zum Verfertigen von Tapeten gesendet und der Dichter Heräus beauftragt, dazu die erklärenden Inschriften in lateinischer Sprache zu machen. Der kaiserl. Rath Bergmann theilt in dem 13. Bande der Sitzungsberichte der kais. Akademie der Wissenschaften einen Brief des Jodocus de Vos an Heräus mit, ddo. Brüssel 12. November 1716, in welchem er diesen um die Inschrift für das Stück Nr. 10 bittet und bis zum nächsten Frühling abermals vier Tapeten abzuliefern verspricht, welche noch schöner sein sollen als die bisher vollendeten. Vos fügt zugleich in echt kaufmännischer Weise hinzu, die Verfertigung der Tapeten geschehe mit solcher Sorgfalt, dass er ungeachtet der guten Bezahlung des Kaisers, doch mehr als 30.000 Gulden Schaden dabei habe.

Der grössere ausgestellte Teppich stellt die Führung des Heeres gegen Tunis, die Einschiffung der Geschütze und die Herbeischaffung des Proviantes vor. Es ist ein sehr reiches Bild und eine jede der vielen Figuren scheint von dem Gedanken: Auf nach Tunis! beseelt. Alles strebt gegen das Ufer hinab; nicht nur die Soldaten, welche sich an die schweren Geschütze angespannt haben, um dieselben nach den Schiffen zu bringen; nicht nur die Reiterei im Mittelgrunde, an deren Spitze der Kaiser auf braunem Pferde zu sehen ist, sondern auch der im Vordergrunde sichtbare Tross, welcher Wasser, Schlachtthiere und andere Lebensmittel dem Heere beizustellen hat.

Dieser Teppich, so wie der folgende aus Kameelgarn und Seide gewirkt, gehört zwar nicht in die Blüthezeit der flandrischen und niederländischen Tapisserie; doch ist er immer eine achtenswerthe Arbeit. Er würde auch ohne Zweifel einen überwältigenden Eindruck auf den Beschauer machen, wenn die Farben nicht so sehr verbleicht wären, wodurch jene feinen Schattirungen und Farbennuancen verloren gingen, die den Teppichwirkereien Flanderns schon im XV. Jahrhundert ihre Berühmtheit verschafften. Nur die Krappfarbe hat ihr frisches, schönes Roth beibehalten, sie lässt auf die entschwundene Lebhaftigkeit der andern schliessen und gibt einen Begriff von der Farbenfülle und Mannigfaltigkeit, mit welcher diese Tapete gleich nach ihrer Verfertigung das Auge erfreut haben mag. Auch das hineingewirkte Gold und Silber ist abgebleicht, was eine sorglose Bereitung der Gold- und Silberfäden verräth, während dagegen auf ähnlichen mittelalterlichen Arbeiten das Silber und vorzüglich das Gold in vollster Reinheit erhalten sind.

Der kleinere Teppich, 22 Schuh lang und 16 Schuh hoch, stellt die Revue des siegreichen Heeres bei Barcellona dar. Im Vordergrunde sieht man nebst dem Kaiser mehrere Notabilitäten des Heeres zu Pferde in voller Rüstung.

Vermeyen soll nach einer Angabe des Herrn Custos Birk dem Kaiser Karl V. auch in dem Schmalkaldischen Kriege zur Seite gewesen sein und darauf bezügliche Cartons nach diesem Feldzuge gefertigt haben. Ob diese Cartons, welche gewiss keinen geringeren Kunstwerth haben als unsere zehn, noch erhalten sind und an welchem Orte sie sich befinden, schwebt im Dunkel.

Der Besucher tritt nun zu den Papiertapeten und findet auch dessinirtes Papier und allgemeine Ornamentzeichnungen zur Flächenverzierung. Diese letztern sind durch die ornamentale Kupferstichsammlung des Museums ergänzt, welche bereits mehr als 5000 Einzelblätter zählt und aus der bekannten Sammlung des Leipziger Buchhändlers Drugulin besteht, der zehn Jahre auf die Completirung derselben verwendete. Sie enthält ornamentale Entwürfe von J. v. Meckeren und Mart. Schön, dann architektonische Decorationen und Goldschmiedarbeiten aus der französischen und italienischen Schule des XVI. Jahrhunderts. Daran reihen sich die Arabesken deutscher und französischer Künstler des XVI. und XVII. Jahrhunderts und die Sammlung schliesst mit den antikisirenden Arbeiten des XVIII. Jahrhunderts. An die Ornamentstiche reihen sich in chronologischer Ordnung die Schreib- und Zeichnenbücher von Daniel Hopfer, Albert Dürer, Jean Cousin, A. Alberti u. s. w.

III. Lackierarbeiten. 15 Stücke: darunter mehrere alt-japanische Dosen mit Goldlack auf Holz.

IV. Emaille. 13 Stück aus dem Mittelalter. Darunter jene merkwürdige Reliquientafel vom XII. Jahrhundert aus dem Domschatze von St. Stephan in Wien, die von Dr. G. Heider in den Mittheilungen (Jahrgang 1858) ausführlich beschrieben wurde. Die drei kleinen Reliquienschreine des Stiftes Klosterneuburg, ebenfalls aus dem XII. Jahrhundert, in Form von Häuschen ohne Fenster, interessiren durch ihr Alter, und die Giesskanne von Kupferemaille, mit weissen und goldenen Buckeln verziert, ist eine sehr hübsche venetianische Arbeit aus dem XV. Jahrhundert. — Orientalische Emaillen, 44 Stück (Vasen, Schalen, Schüsseln von Kupfer, zum Theile chinesisch). — Renaissance und moderne Emaillen, 45 Stücke (Salzfässer, Teller, Schalen u. dgl. aus Limoges, dann von Jean de Court u. a.).

V. Mosaik. — *a)* Antik. *b)* Mittelalterlich. *c)* Renaissance und modern.

VI. Glasmalerei. — *a)* Romanische Zeit. *b)* Gothische Zeit. *c)* Renaissance.

VII. Malerei. — *a)* Wandmalerei: decorative, ornamentale und figuralische. *b)* Gemälde in Verwendung zu kirchlichem Geräthe. *c)* Proben der verschiedenen Technik. 6 Stücke, hierunter Fächer, Miniaturgemälde und ein Buch mit Malereien auf gepresstem Baummark; theils chinesische, theils

[1] Entlehnt aus der kais. Schatzkammer. — Primisser hat dieselben in Hormayr's Archiv, Jahrgang 1823 Nr. 5 und 6, ausführlich beschrieben.

indische Arbeit. — *d)* Miniaturen, 17 Stücke. Besonders bemerkenswerth ist die Arbeit des Minoriten Fra Antonio aus Monza, ein kostbares Überbleibsel der lombardischen Schule aus dem XV. Jahrhundert. Es besteht aus vier Pergamentblättchen, nämlich aus zwei kleineren, einer grossen Randeinfassung und einem mittleren Blatt. Dieses stellt die Ausgiessung des heiligen Geistes vor. Über dem Hauptblatte, in der Lünette, ist das Porträt des Papstes Alexander VI. angebracht. Die Randverzierung enthält oben als Hauptdarstellung das Agnus Dei, und unten das Bild Christi mit der Dornenkrone. Dieses sehr werthvolle Stück ist aus der Sammlung des Erzherzog Albrecht.

Erwähnen müssen wir auch die Pergamentmalerei von Hans Burgkmair (XVI. Jahrhundert), das Original zu den bekannten grossen Holzschnitten, welche den Triumphzug Maximilians I. darstellen, aus dem Stifte St. Florian, welches die Blätter Nr. 49 bis 109 besitzt, während sich in der k. k. Hofbibliothek jene von 1—48 befinden.

Der Tod der Frau des Willibald Pirkheimer auf Pergament, nach Angabe des Museal-Kataloges Nr. 11. von Albrecht Dürer gemalt, dürfte trotz des Monogrammes und der Jahreszahl 1504, sammt der lateinischen Beischrift, dem Kenner doch einigermassen Schwierigkeiten bieten, diese Arbeit der Hand des genannten Meisters zuzuschreiben, da sie weder in der Zeichnung noch in der Farbe an die authentischen Werke Dürer's erinnert.

VIII. Schrift, Druck und graphische Künste. *a)* Schriftproben (25 Stücke). Darunter achtzehn Cimelien der kais. Hofbibliothek, deren ausführliche Beschreibung hier jedoch zu weit führen würde. Wir erwähnen daher nur die beiden Pergament-Codices aus dem XV. Jahrhundert, welche Mathias Corvinus in Florenz bestellte und die mit herrlichen Miniatur-Malereien, mit Randverzierungen und Initialen in Gold und Farben prangen. Ferner die Canones aus dem VII. Jahrhundert, die Seekarte vom Jahre 1318, die Chronik von Ungarn (XIV. Jahrhundert), den unvergleichlichen Clovio aus dem XVI. Jahrhundert, den Hoefnagel mit 51 meisterhaften Malereien, so wie das Horarium und die „Columba." Auch das Missale (vom Kloster Rein eingesendet), eine Pergament-Handschrift des XV. Jahrhunderts, reich geschmückt mit Initialen und Randverzierungen, kl. Folio, 150 Blätter, mit seinem prächtig ornamentirten Titelblatte gehört zu den Kostbarkeiten dieser Abtheilung. — *b)* Initialen und andere Schriftproben. — *c)* Druckproben (7 Stücke), sämmtlich Incunabeln aus der kais. Hofbibliothek. Darunter zweimal die Ars memorandi; ferner die Gutenberg-Bibel, das erste mit beweglichen Lettern gedruckte Buch aus den Jahren 1450 — 1455. Ferner das Psalterium, das erste, mit bestimmter Angabe des Jahres und Druckers erschienene Buch, Mainz 1457, auf Pergament. — *d)* Typographische Verzierungen. — *e)* Proben der verschiedenen graphischen Künste. — *f)* Handzeichnungen (55 Stücke), darunter viele von Albrecht Dürer, mehrere von Tizian, Raphael, Fra Bartolomeo, Pordenone, van Dyck, Rubens, Leonardo da Vinci, Paul Veronese u. A., zu denen seither viele Andere hinzugekommen sind.

IX. Äussere Bücherausstattung (16 Stücke), von denen acht aus der kais. Hofbibliothek. Darunter besonders interessant der Einband aus dem X. Jahrhundert, enthaltend eine Pergamenthandschrift, das Sacramentarium de circulo anni, expositum a S. Gregorio Papa. Die Deckel sind von dickem Holze mit Messingrahmen. Auf der Vorderseite des Buches befindet sich ein treffliches Schnitzwerk von Elfenbein, einen Kirchenlehrer mit Buch und Griffel darstellend im antiken Costüme. — Ferner ein vollständiger Bucheinband der ersten in deutscher Sprache gedruckten Bibel, aus dem Ende des XV. Jahrhunderts, aus geschnitztem Leder.

X. Lederarbeiten. — *a)* Ledertapeten und Überzüge (4 Stücke), darunter eine zwei Schuh lange Decke von durchbrochener Arbeit aus dem XVI. Jahrhundert aus dem Stift St. Florian. — *b)* Ledergeräthe aller Art (29 Stücke). Darunter 22 Falkenkappen aus dem XV. und XVI. Jahrhundert. — *c)* Lederplastik. 1 Stück Relief in Leder.

XI. Glasgefäss — *a)* Hohlgefässe (92 Stücke), Schalen, Trinkgläser, Pocale, Humpen, Kannen u. dgl. von der ältesten Zeit bis auf die neueste. — *b)* Glasgeräthe (3 Stücke), venetianische Arbeit aus dem XVII. Jahrhundert, zwei Salzfässer und ein Kronleuchter. — *c)* Millefiori etc.

XII. Thongefässe und Thonplastik. — *a)* Griechische und italienische der antiken Zeit (76 Stücke), Vasen, Becher, Schalen u. dgl., dem kais. Antikencabinet und dem Polytechnicum entlehnt. — *b)* Celto-germanische Thonarbeiten. — *c)* Spanisch-maurische und von Marokko (9 Stücke); Töpfe, Vasen, Flaschen u. dgl. — *d)* Mittelalterliche (2 Stücke). Eine Schüssel von glasirtem Thon, mit ornamentirtem Rand; in der Mitte Christus am Kreuze, daneben Maria und Johannes, die Contouren sind eingeätzt, Nürnberger Arbeit aus dem XV. Jahrhundert. Ein Ofenkachel aus dem XIV. Jahrhundert. — *e)* Italienische Arbeiten seit 1500 (61 Stücke), durchgängig Majoliken. Wir gehen an diesen, der Kunst völlig ferne liegenden Gegenständen mit dem Bemerken vorüber, dass dieselben allerdings wohl nur desshalb in das Museum gehören, weil dieses zugleich durch chronologische Aufstellung von Kunst- und Industriesachen zeigen soll, welche Phasen der Ausbildung und Verbildung Kunst und Industrie in diesem oder jenem Zweige durchgemacht haben; lernen lässt sich aber an diesen Majoliken sehr wenig, da sie ganz dem Verfall der italienischen Kunst angehören. — *f)* Französische Thonarbeiten seit 1500 (83 Stücke), Schüsseln, Teller, Vasen u. dgl. von Fayence. — *g)* Holländische Thonarbeiten seit 1500 (8 Stücke), aus Thon und Fayence. — *i)* Deutsche Thonarbeiten seit 1500 (30 Stücke), Krüge, Kannen, Vasen, zumeist aus grauem Steingut. — *h)* Thonarbeiten aus England, Spanien und den übrigen Ländern (79 Stücke), Teller, Kannen, Vasen u. dgl. aus Steingut und Fayence. — *k)* Thonarbeiten besonderer Nationalitäten (18 Stücke), Krüge, Trinkgefässe u. dgl. aus Ungarn, Siebenbürgen, Brasilien u. s. w. — *l)* Indische und andere Arbeiten des Orients (5 Stücke), Schalen, Töpfe und französische Nachbildungen derselben. Diesen Gegenständen folgen nun Arbeiten in Porcellan, die wir, als der Neuzeit und Gegenwart angehörend, hier ganz übergehen zu können glauben. Auch aus den noch übrigen Kategorien können hier nur jene Gegenstände angeführt werden, welche einigen Bezug auf Alterthumskunde haben, u. z.:

Von den **Holzarbeiten**: ein Medaillon mit den Bildnissen Maximilians I., Karls V. und Ferdinands I. und vierundzwanzig Damenbrettsteine, ebenfalls aus dem XVI. Jahrhundert und mit ähnlichen Medaillons.

Von den **Elfenbeinschnitzwerken**: das Diptychon aus dem XV. Jahrhundert, die Elfenbeinkästchen aus dem XIV. und XVI. Jahrhundert und der Reisealtar aus dem XVI. Jahrhundert.

Von **Eisenarbeiten**: der eiserne Schreibkasten, verfertigt von Joseph de Vici 1567 und mehrere Schlösser aus dem XVI. und XVII. Jahrhundert. Unter den 78 Waffen befinden sich mehrere sehr interessante Gegenstände. Besonders schön ist die Stahlrüstung des Alexander Farnese, Herzogs von Parma; sie ist ganz bedeckt mit gleichen, äusserst fein tauschirten Ornamenten in Gold und Silber. Eben so beachtenswerth ist die Rüstung Rudolfs II., denn auf den Brust- und Rückentheilen des Harnisches, wie auch auf den Achselblättern sind die Thaten des Hercules in getriebener Arbeit dargestellt.

Von den Gegenständen **mittelalterlicher Goldschmiedekunst** sind hervorzuheben:

Das Reliquiarium aus dem XIV. Jahrhundert (angeblich ein Buchdeckel); es ist von vergoldetem Silber in Form einer Tafel und zeigt zwei Etagen mit Nischen, in welchen Maria und verschiedene Heilige angebracht sind; dann ein Krummstab von Elfenbein mit vergoldeten Silberreifen aus dem XIII., und ein silberner Krummstab aus dem XV. Jahrhundert. Ihnen reihen sich die Arbeiten aus der Zeit der Renaissance an, unter denen sich schöne Pocale, Schüsseln, Krüge, Kannen u. s. w. befinden, von denen viele Eigenthum der kais. Schatzkammer und des deutschen Ordens sind, andere hingegen sich im Besitze des Fürsten Johann Liechtenstein, des Grafen Zichy u. s. w. befinden. Auch unter den Bijouterien trifft der Beschauer manche beachtungswerthe Arbeiten.

Wir führten unseren Leser absichtlich mit einiger Ausführlichkeit durch die Räume des Museums, um zu zeigen mit welcher Aufmerksamkeit wir die wichtige Anstalt betrachten, für welche sich jeder Gebildete interessiren muss und der wir auch ein recht praktisches, recht tief eingreifendes Gedeihen wünschen.

Ludw. Sch.

Les tapisseries d'Arras.

Étude artistique et historique par Mr. l'Abbé van Drival. Arras 1864. 8°.

Im ersten Capitel behandelt der Verfasser die Tapetenwirkerei bei den alten Völkern und gibt eine Übersicht jener Stellen in der heiligen Schrift, bei Herodot, Aristoteles, Plinius u. s. w., welche auf Tapeten und deren Wirkerei hindeuten, die aber gewiss noch interessanter geworden wäre, wenn er die, gleichfalls auf diesen Gegenstand bezüglichen Stellen in den Schriften Philostrats, Theokrits, Xenophons, Cicero's, Diodors u. s. w. angeführt hätte, da sich bisher wohl noch kein Werk vorfindet, welches die Geschichte der Tapetenwirkerei erschöpfend behandelt[1]. Der Verfasser unterliess dieses, da er gerade auf sein Ziel: „Die Tapeten von Arras" lossteuerte, jene Luxusartikel, welche einst so ausserordentlichen Absatz fanden. Verhältnissmässig kurz hat in Flandern und den Niederlanden die Blüthezeit der Tapetenwirkerei gedauert, während der Orient in grauer Vorzeit nicht nur die Wiege der Tapetenverfertigung war, sondern auch bis zum heutigen Tage seinen Traditionen treu blieb, wie die aus Indien zur letzten Pariser und Londoner Aussellung eingeschickten Tapetenarbeiten bezeugten.

Im 2. Capitel ist von dem Purpur, dem Scharlach und den reichen Stoffen die Rede, welche man zu Arras in frühester Zeit zu kostbaren Kleidern verarbeitete und welche „vestes Atrebaticae" genannt wurden; auch von der Cultur und dem Verbrauche des Krapps geschieht umständliche Erwähnung.

Capitel 3 spricht über den Anfang der Tapetenwirkerei zu Arras und begründet durch Combinirung mehrerer Stellen aus Historikern, dass in Arras schon vor dem Einfall der Normannen, also vor dem IX. Jahrhundert, Fabriken von reichen Stoffen und Tapeten bestanden. Die Nennung eines bestimmten Fabricats entdeckte der Autor in der bischöflichen Bibliothek zu Arras, wo sich eine Copie des Cartulars der Abtei von St. Vaast, von Wimann oder Guymann (aus der zweiten Hälfte des XII. Jahrhunderts) befindet, in welchem unter den Kirchenschätzen eine „vexilla, opere plumario facta" nebst „cortinis et tapetibus" aufgezeichnet sind. Zur weiteren Begründung seiner historischen Combination führt der Verfasser eine Stelle aus besagtem Cartular an, welche das XI. Jahrhundert berührt, und wo es heisst, dass zu Arras jene Tapeten gewirkt wurden, welche das Leben des heiligen Alban vorstellten, und von Richard, dem damaligen Abte des Klosters St. Alban in England (reg. 1088—1119), angekauft wurden. Beide Citate deuten auf eine, bereits längere Zeit bestehende Ausübung der Tapetenwirkerei zu Arras. Gewiss scheint es, dass in Europa die Niederlande zuerst die Kunst „du tapissier de haute lisse" (mit aufrecht gestellten Fäden oder Zettel) besassen, und auf diese Art wurden auch die Tapeten zu Arras gemacht. Auch Francisque Michel nennt Flandern die Wiege der Verfertigung hochgeschätzter Tapeten. Eine beigegebene Beschreibung der Arbeit „de la haute lisse" von Lacordaire, gewährt grosses Interesse.

Im 4. Capitel wird der, in dem Inventare Karls V. (veröffentlicht von dem Grafen de Laborde im Jahre 1851, VIIme année de la Revue archéologique) vorkommende Ausdruck: l'oeuvre d'Arras oder opus Atre-

[1] Vorläufig sind uns nur folgende Schriften über Tapisserie bekannt geworden, die wir hier anführen, indem wir die Fachmänner ersuchen, das Fehlende freundlich ergänzen zu wollen, da der Gegenstand für Wien um so wichtiger ist, als sich hier im k. k. Belvedere die vortrefflichen Cartons von Vermeyen befinden, welche den Zug Karls V. nach Tunis vorstellen, und auch viele Tapeten im k. k. Lustschlosse Schönbrunn aufbewahrt werden. — Perathon. Notice sur les manufactures des tapisseries d'Aubusson, de Felletin et de Bellegarde. Limoges 1863. — Fr. Michel. Recherches sur le commerce, la fabrication et l'usage des étoffes de soie, d'or et d'argent. — Lacordaire. Notice sur les manufactures des Gobelins. — Alex. Pinchart. Mémoire sur les tapisseries de Flandre. Couronné par l'Académie royale de Belgique, 1859. — Jubinal. Sur les anciennes tapisseries historiées. — W. Choqueel. Essai sur l'histoire et la situation actuelle des tapisseries et tapis.

batienm, einer Kritik unterworfen und als eine solche hingestellt, dass damit gleichsam die Vorzüglichkeit des Fabricates, anderen Tapeten gegenüber, beglaubigt wurde; nämlich „eine Arbeit, würdig, die Säle der Fürsten, die Chöre der Kathedralen und Abteien, die Wohnungen der Souveräne und Päpste zu schmücken“. In der That verdienten die Tapeten von Arras diese Anerkennung, denn schon die Cartons, nach welchen sie in der Glanzperiode gewirkt wurden, waren Kunstwerke, da dieselben nicht nur von geschickten Künstlern, sondern sogar von Meistern ersten Ranges, wie z. B. Raphael Sanzio geliefert wurden. Diese Cartons waren nicht wie gewöhnlich blosse Zeichnungen mit schwarzer Kreide, sondern sie mussten sorgsam colorirt sein und näherten sich somit wirklichen Gemälden, deren Haupt- und Nebenfarben von den Tapetenwirkern auf das genaueste wiedergegeben wurden. Die herrlichen, im Belvedere zu Wien befindlichen Cartons von Vermeyen, welche Karl V. als Muster für Tapeten zur Erinnerung an seinen Zug nach Tunis anfertigen liess, erregen in dieser Beziehung die Bewunderung aller Kunstkenner. Ferner zeichneten sich die von den Wirkern gebrauchten Woll- und Seidenfäden durch die Lebhaftigkeit und feinsten Abstufungen der Farben aus, und denkt man sich dazu die, bei Waffen, Rüstungen und Prunkgewändern verwendeten Gold- und Silberfäden, so kann man sich eine Vorstellung von der überraschenden Pracht und Herrlichkeit solcher Tapeten machen. Dazu kommt noch, dass die Wirker einen regen Kunstsinn und eine ausserordentliche Kunstfertigkeit besassen, dass sonach die Tapeten der Blüthezeit (XIV.—XVI. Jahrh.) den Stempel der Vollendung an sich trugen. Sie wurden durch das Relief, durch die Modellirung, die Bewegung und das Leben, welches den Gestalten gegeben wurde, zu wichtigen Kunstwerken. Die Schatten und Lichter, die Nüancen, das Helldunkel, die vollendete und ergreifende Auffassung der Natur, zeichneten diese Tapeten aus und gaben ihnen den Vorrang vor jenen des Orients. Manche bestanden sogar ganz aus Gold- und Silberarbeit.

Die Erläuterung einiger technischer Ausdrücke, wie: chambre, draps, tenture, étoffes, welche in manchen archäologischen Schriften vorkommen dürften, wollen wir kurz mittheilen. Unter chambre verstand man Tapeten oder Stoffe, bestimmt zur Ausschmückung eines Gemaches oder Bettraumes. Die Tapeten selbst wurden draps, panni, genannt. Tenture bezeichnete ein Ensemble von mehreren Tapeten gleicher Höhe, jedoch verschiedener Breite, bestimmt zur Ausschmückung eines Gemaches oder Saales. Eine tenture zählte 15—20 Stücke, und niemals weniger als 5—6. Des Wortes „étoffes“ bediente man sich zu allgemeiner Bezeichnung der Materialien zur Verfertigung der Tapeten, als Wolle, Seide, Silber, Gold. Die Arbeiter selbst trugen verschiedene Namen; sie hiessen lange Zeit: Arrazinois (von Arras; ital: Arazzo), später tapissiers, ouvriers en la haute lisse, auch tappissiers hauts-lissiers, hault-licheurs.

Das Capitel 5 bietet historische Daten über Arras und dessen Leistungen in der Tapetenfabrication, vom XII. bis Ende des XIV. Jahrhunderts. Arras war schon im XI. Jahrhundert die stolze Hauptstadt von Flandern und der Sitz der Regierung. Schon zu jener Zeit kamen alle nach England eingeführten Tapeten aus den Werkstühlen zu Arras. Im XIII. Jahrhundert verbot König Eduard III., der mit Flandern in Feindschaft stand, seinen Unterthanen, Wolle dahin zu senden, desgleichen verbot er auch die Einfuhr aller flamändischen Manufactur-Erzeugnisse nach England. Dadurch kam die Industrie in Arras sehr herab und viele Arbeiter wanderten in die Mark aus. Doch bald erholte sich Arras wieder und das Capitel 6 zeigt uns die höchste Stufe der Entfaltung der dortigen Tapetenwirkerei, unter den prunkliebenden Herzogen von Burgund. In dieser Periode versah Arras, mehr denn jemals, ganz Europa mit seinen gepriesenen Luxuswerken. Maler und Zeichner, Hautlisseurs und Bildschnitzer, Sticker und Fabricanten kostbarer Stoffe, alles was die Kunst in den verschiedensten Formen ausübte, war damals in Arras zu finden. Philipp der Kühne liess seine Schlösser mit den schönsten Tapeten von Arras anfüllen und sandte viele Tapeten als Geschenke nach England; auch dem Sultan Bajazet wurden, behufs der Auslösung gefangener Christen, prächtige Tapeten von Arras von Seite des Clerus übergeben. Der Verfasser führt die zahlreichen Arras-Tapeten an, welche die späteren Herzoge fremden Fürsten und Kirchen gaben, und bringt Auszüge aus ämtlichen Rechnungen, die er in den Archiven Lille's gefunden, woraus die Preise ersichtlich sind, welche man den Kaufherren zu Arras zahlte. So heisst es in einer Rechnung vom Jahre 1435: A. Jehan Walois, marchant de tapisseries, demourant à Arras, pour la vendue et délivrance de cinq tappiz de haulte lice de l'ouvraige d'Arras figurée, c'est assavoir: de la nativité nostre Seigneur, de la résurrection du Lazare, de la passion et crucifiement, de l'ascension et des quinze signes et jugement de nostre Seigneur, ainsi que vingt tappiz à sonniers armoiés des armes de MDS... MLXXIX fr.

Nach den Schlachten bei Granson, Murten und Nancy fand man unter den unermesslichen Schätzen des Herzogs Charles-le-Téméraire die theuersten Tapeten, welche dann nach Nancy, Bern und anderen Orten der Schweiz kamen, woselbst noch viele aufbewahrt werden. Sie enthalten, zufolge der ausführlichen Beschreibung des Verfassers, biblische und profanhistorische Begebenheiten oder allegorische Darstellungen. (Das Inventar des Herzogs Philipp weist 65 Stück grössere und kleinere solcher Tapeten nach.)

Im Jahre 1477 bemächtigte sich Ludwig XI. der Stadt Arras mit Waffengewalt und behandelte sie mit ziemlicher Schonung. Im Jahre 1479 jedoch vertrieb er sämmtliche Einwohner, weil sie mitgeholfen hatten seine Unternehmung gegen Douai zu vereiteln, und pflanzte französische Colonisten in die Stadt. Nach seinem Tode wurde unter Karl VIII. die frühere Ordnung der Dinge wieder hergestellt und aus einem Rechnungsauszug der Stadt Arras vom Jahre 1491 geht hervor, dass man daselbst wieder grossartige Tapeten de haute lisse verfertigte.

Hierauf gibt der Verfasser eine Beschreibung der 10 Tapeten, welche in dem Museum zu Cluny noch jetzt bewundert werden, und fügt bei, dass man kaum weiss, was man an diesen blendenden Prachtwerken am meisten bewundern soll. Die Farben sind voll Glanz und Lebhaftigkeit, Gold und Silber schimmern in allen Theilen, die Costüme sind eben so mannigfaltig als die Personen zahlreich. Die Gemälde entfalten eine ungemeine Verschiedenheit, und liefern zugleich eine Reihe der ergreifendsten Dramen und ein trefflich aufgefasstes Ensemble, eine Art lebendiger Epopöe aus König Davids Leben, deren Wirkung durch mehrfache Anachronismen in den Trachten nicht beeinträchtigt wird. Ihre Höhe beträgt 4 Mèt. 60 Centim., ihre Breite wechselt von 9 bis 6 Mètres.

Aus dem XV. und XVI. Jahrhundert und der ersten Hälfte des VII. Jahrhunderts haben sich noch viele Tapeten erhalten, welche beweisen, dass die Wirkereien zu Arras noch in grossem Flore standen. Zu den berühmtesten gehören die im 8. Capitel beschriebenen Tapeten, welche Papst Leo X. um den Preis von 70.000 röm. Thalern für den Vatican machen liess und zu denen Raphael 25 Cartons componirte. Von diesen unschätzbaren Cartons wurden sieben wie durch ein Wunder gerettet und werden dieselben im Schlosse Hampton-Court noch aufbewahrt. Die Arbeiter machten es mit diesen Cartons wie mit allen andern; sie schnitten sie senkrecht in mehrere Stücke, um sie für ihre Nachbildung bequemer benützen zu können. Als die gewirkten Tapeten schon lange in Rom die Bewunderung aller Künstler erregten, dachte man auch der herrlichen Cartons und erfuhr, dass sie zu Arras in einem Keller lägen. Rubens, welcher den Werth derselben kannte, bewog König Karl I. sich um dieselben zu kümmern. Nur sieben davon passten zusammen, von den übrigen fand man nur einzelne unzusammenhängende Stücke. Karl I. kaufte sie und liess sie nach England bringen; doch erst Wilhelm III. liess sie zusammenfügen und, vor dem allmählichen Verfalle gesichert, aufstellen. M. L. Viardot sagt in seinem Buche über die Museen Englands (1860) darüber: „Diese Cartons stammen aus der Zeit von Rafaels höchster Kunstreife, sie sind vollendete Gemälde mit Wasserfarben und machen, in das Getäfel der Wände eingefügt, die Wirkung von Fresken“.

Die Cartons Rafaels wurden öfters gewirkt und befinden sich sechs solcher Tapeten zu Dresden und neun zu Berlin.

Noch zählt der Verfasser mehrere merkwürdige Tapeten aus dieser Zeit auf und schliesst diese Aufzählung im 9. Capitel mit der Bemerkung, dass Arras vor der Belagerung durch die Franzosen im Jahre 1640 noch 1500 Werkstühle hatte, nachher aber nur 7—8. Von dieser Zeit datirt der gänzliche Verfall der Tapetenwirkerei zu Arras. Unter Ludwig XIV. und später wurden zwar Versuche gemacht, dieselbe wieder zu heben, doch vergebens. Man wirkte zwar fortwährend Tapeten, doch bekamen dieselben nicht mehr die Bestimmung, die Wände der Paläste zu schmücken, sondern den Estrich oder das Parket der Gemächer zu decken, und dieses gilt leider auch noch in neuester Zeit.

Unter den Anmerkungen verdienen besonders jene über den Waid (Wède), Wau (la gaude) und andere Substanzen erwähnt zu werden, welche gleich dem Krapp zum Färben der Fäden oder Stoffe gebraucht wurden.

L. Sch.

Correspondenzen.

Im Interesse eines grossartigen Kunstdenkmals.

Triest im September 1864.

Ein Kunstbericht aus Triest, als vorzugsweise einer Hafen- und Handelsstadt, scheint nicht unmittelbar angezeigt, und doch dürfte man sich von dem wirklichen Gehalte der betreffenden Sache und auch davon überzeugen, dass selbst eine grössere Verbreitung derselben Werth habe, wesshalb es nöthig ist, etwas weiter auszuholen.

Man kann es eigentlich nur als Widersinn bezeichnen, Kuppeln und Seitenmauern grosser Gebäude, statt mit Malereien oder einer Überkleidung von Marmorplatten (glatten oder bearbeiteten), mit Mosaikgemälden auszuzieren, weil die feste Fläche der Mosaik doch immer nur den ebenen Boden bedeutet, auf dem der Mensch muss sicher fussen können. Dass man solchen Bodenflächen erst den Reiz bunten Farbenwechsels gab, dann Blumengewinde und ganze Vorstellungen hineinwirkte, war Nachahmung der Wiesenteppiche, welche die Natur eben so mit allem Schmucke ausstattet. Es gehörte einer späteren Zeit des Verfalles an, wo das Aussergewöhnliche an die Stelle des einfach Schönen getreten war, diese mühsam, wenn auch noch so kunstreich zusammengesetzten Bilder vom Boden an die Seitenwände und Decken der Gebäude zu heben. Man müsste dieser Ausartung des Geschmackes unversöhnlich zürnen, erläge man nicht andererseits unwillkürlich dem bewältigenden Eindrucke, in diesen Domen der späteren byzantinischen Zeit, zum Preise des Höchsten, allen Reichthum, allen Glanz der Erde in Metallen und Edelgestein bis an die Höhe der Kuppeln erhoben, und sich von diesen unvergänglichen Prachtgebilden umgeben zu sehen.

Prachtvoll und unvergänglich, das wäre das Wort; aber unvergänglich sind diese Mosaikgemälde, obgleich aus so unverwüstlichen Stoffen bestehend, denn doch nicht; sie zerfallen, wenn der Kitt verwittert, in den die einzelnen Steinchen eingedrückt sind, oder die Mauern zerklüften und Risse bekommen.

War es nicht wirklich ein würdiges Haus Gottes, diese herrliche Marcuskirche in Venedig, wo über und rings um den Beschauer alles makellos in Glanz und lieblichem Farbenspiel mit edlen, bedeutungsvollen Gestalten erstrahlte? Aber das gealterte Gewölbe drohte mit Einsturz, gefährliche Risse lösten alle Verbindung — wie helfen, ohne dieses bewundernswerthe Festkleid der Mosaikumhüllung zu zerstören? Man muss gestehen, dass der Weg, den die Fabricia der Kirche in der alten Mutterstadt der Künste einschlug, ganz gewiss an Kosten und Zeit den meisten Aufwand in Anspruch nahm. Man sicherte sich durch ein ungeheueres Gerüst die Annäherung an die innere Rundung der Kuppel, dann nahm man, mittelst Durchpausung eine ganz genaue Farbenzeichnung der Mosaikgemälde auf, worauf man die Mosaik selbst stückweise ablöste, und die Steinchen in flachen Kisten sorgsam aufbewahrte. Die Untersuchung stellte das Mauerwerk als ernstlich beschädigt heraus, die Gewölbung musste ganz neu aufgeführt werden. Die Bauarbeiten sind seitdem mit Meisterhaftigkeit beendet. Mit den Mosaiken aber ist das meines Wissens noch lange nicht der Fall;

da muss gleichsam ein ganz neues Werk geschaffen werden, und die Regierung wird wohl zu den bereits verwendeten Summen manchen nicht unbedeutenden Nachtrag beizuschaffen haben. Ausser aller Frage steht die Erhaltung und möglichste Wiederherstellung eines so wichtigen Denkmals; war das aber nur auf einem so gewaltigen Umwege zu erreichen? Hier nun ist der Platz für meinen Triester Kunstbericht.

Es fehlt viel, dass die hiesige Kathedrale S. Giusto es auch nur versuchen wollte, neben dem Dome von S. Marco genannt zu werden, oder sich demselben nur annähernd an die Seite zu stellen. Aber einige beachtenswerthe, für die Stadt theuere Denkmäler hat auch die Triester Kathedrale. In der einen Seitencapelle neben dem Hauptaltare sind Frescomalereien, so lieblich, so zart, wie nur irgend welche aus dem Mittelalter, und gut erhalten, so wenig Sorgfalt man auch dafür hat (um z. B. grosse Nagellöcher zu verhüten). In dieser Capelle sowohl, wie in der zweiten auf der anderen Seite, sind die Kuppelgewölbe mit Mosaikgemälden geziert, die auf jeden Fall zu den guten, aus den letzten Zeiten der byzantinischen Schule gehören und sehr wohl erhalten sind. Diese grossartigen Mosaikbilder, das Eine mit der kolossalen Gestalt des Erlösers, und das Andere mit jener der heiligen Mutter Gottes mit dem Jesukinde und den kolossalen Gestalten der heiligen Apostel, würden irgend einer noch so bedeutenden Kirche zur hohen Zierde gereichen, und sind für Triest sehr merkwürdige Zeugen des, in jener Epoche dort herrschenden Wohlstandes, wie zugleich eines ehrenden Selbstgefühls, das damals die Bürger beseelte[1].

Es zeigten sich in den letzteren Jahren Sprünge in dem Kuppelgewölbe der Seitencapelle mit dem Bilde der heiligen Jungfrau, die sich beunruhigend erweiterten, zugleich begann die Mosaik sich zu lösen. Die eingeleitete Untersuchung ergab die volle Richtigkeit dieses allerdings schwer wiegenden Umstandes; zugleich aber hatte man da ein neues Beispiel von der im Mittelalter, wo doch so Grosses geleistet wurde, so häufig zum Vorschein kommenden, ganz unbegreiflichen Sorglosigkeit, ja Unüberlegtheit. Ganz einfach nämlich hatte man bei einem späteren Anbau eine senkrechte Hauptmauer mit der ganzen Schwere des, von derselben getragenen Dachstuhles auf die Gewölbung dieser Kuppel gestützt, die darauf nicht berechnet war. Der durch eine so lange Reihe von Jahren fortgesetzt andauernde, immer gleiche, ja wachsende Druck war nun daran, den förmlichen Einsturz der Kuppel, ja selbst des Gebäudes auf dieser Seite zu veranlassen. Vor Allem war die Mosaik in ihrer Verbindung mit der erschütterten Mauer so gelockert, dass man ein Herabfallen des musivischen Gemäldes in seiner ganzen Ausdehnung, man könnte sagen, von Stunde zu Stunde befürchten musste. Triest hätte damit zugleich eines von jenen nicht mehr zu ersetzenden Wahrzeichen eingebüsst, die dazu dienen, den Weg der Entwickelung zu den folgenden Zuständen nachzuweisen, und worauf Völker wie Gemeinden nicht weniger achten dürfen, als man den Einzelnen auf irgend ein Andenken, das in seinem Leben sich bedeutungsvoll gestaltete, einen grossen Werth setzen sieht.

[1] Karl Haas, „über Mosaikmalerei mit Rücksicht auf die musivische Ausschmückung in der nördlichen Seiten-Apsis des Domes von Triest" in den Mittheilungen IV, S. 173—192, 201—212 mit 1 Tafel und mehreren Holzschnitten.

Es stellte sich demnach hier beiläufig dieselbe Sachlage heraus, wie in Venedig bei der Marcuskirche; entschiedene Gefährdung nämlich durch den schadhaften Stand der Baulichkeit und eine Vorbeugung nur möglich durch unvermeidliche Zerstörung eines werthvollen Kunstdenkmals. Konnte aber Triest zu so kostspieligen Rettungsmitteln greifen, wie das monumentale Venedig, das der Unterstützung gewiss war?

Das Erste auf jeden Fall war, die Ingenieure für das Gebäude sorgen zu lassen. Sie benahmen sich dabei mit eben so viel sorgsamer Umsicht als Geschicklichkeit. Sie fassten die senkrechte Hauptmauer, die eigentliche Veranlassung der Gefahr, gaben ihr nach der einen Seite hin, wo das Erforderniss war, einen mächtigen Widerhalt, höhlten sie dann ober der Kuppel, auf die sie gestützt war, zu einem freien Bogen und gaben ihr solchergestalt die Stützung in sich selbst.

Es erübrigte weiter die Wiederherstellung der schadhaften Kuppel, nämlich des morschen Mauerwerkes derselben, woran, nach der inneren Seite zu, die Mosaik klebte. Diese sollte nicht zerstört werden — aber wie war das zu erreichen? Die Mosaik war stellenweise sogar schon so abgelöst, dass sie ganz hohl lag. Man konnte mit Sicherheit darauf rechnen, sie stückweise herabfallen zu sehen, so wie man an der oberen äusseren Seite an das Mauerwerk rührte.

Man wäre nun unter allen Umständen ganz gewiss mit der möglichsten Sorgfalt verfahren und hätte nichts unversucht gelassen, um in irgend einer Weise zum Zwecke zu gelangen; auch konnte es in dem gegenwärtigen Falle nur als etwas sehr Günstiges in Anschlag gebracht werden, dass gerade Dr. Gregorutti, ein sehr geachtetes Mitglied des Gemeinderathes, auf die Sache Einfluss zu nehmen hatte. Derselbe hatte bei der, vor einigen Jahren in Aquilino von Hrn. von Steinbüchel geleiteten Aushebung der prachvollen Mosaik mit dem Raube der Europa, im Besitze des Grafen Cassis, Vorliebe zu dieser besonderen Monumentenclasse gewonnen und sich auch mit den Eigenthümlichkeiten derselben vertraut gemacht. Es war wahrscheinlich auf seine Veranlassung, dass für die Wiederherstellung der Kuppel und der Mosaik eine eigene Verabredung von Männern vom Fache angeordnet wurde. Die Commission bestand aus: Dr. Nicolich, Ing. Sforzi, Ing. Righetti und v. Steinbüchel. Die Aufgabe war: „Gibt es ein Mittel, das bereits zerbröckelnde Mosaikgemälde der Kuppel so von unten auf zu stützen, das es möglich würde, von aussen und von oben her an dem schadhaften Mauerwerke, woran die Mosaik eben durch Kitt gebunden ist, zu arbeiten und dessen Erneuerung zu bewerkstelligen; dann die Mosaik durch frischen Kitt an der wiederhergestellten Kuppel fest zu halten?"

Eine bei einer andern Gelegenheit mehrere Jahre früher gemachte und erprobte Erfahrung erlaubte es Steinbüchel, mit voller Ueberzeugung das Verfahren anzurathen, das sich auch hier wieder bewährte. Nach der ganzen Ausdehnung des Mosaikgemäldes überklebt man dasselbe mittelst Leim mit einzelnen Bögen grossen gewöhnlichen, starken, aber nicht steifen Packpapieres, das sich nach allen Fugen und Wendungen, Erhöhungen und Vertiefungen genau anschmiegt und enge angedrückt wird. Auf diese erste Papierlage wird eben so sorgfältig eine zweite aufgeleimt, dann eine dritte, vierte, fünfte. Ich weiss nicht genau, ob nicht mit der sechsten bereits ein Panzer gebildet war, durch den man, mit voller Zuversicht, keinen einzelnen Theil zu beschädigen, aber auch keine Bewegung irgend eines einzelnen Theiles, keine Verrückung hervorzurufen vermochte, wodurch es auch möglich wurde, das sonst bei Eingewölbungen gewöhnliche Bretter- und Balkengerüste aufzurichten, und man ungestört die weiteren Arbeiten fortführen konnte.

Diese Arbeiten galten der Aussenseite der Kuppel und bestanden darin, die kleinen Thonziegel derselben, die fast durchaus keinen festen Halt mehr hatten, mit Vorsicht wegzuheben, wodurch man auf die feine dünne Lage des grösstentheils verwitterten Kittes kam, in welchen die Steinchen ursprünglich eingedrückt waren, nun aber kaum mehr hielten. Die ganze Zeichnung der Mosaikbilder zeigte sich da auf der rauhen Rückseite. Man fegte so viel thunlich, diesen zu Staub verwitterten alten Kitt weg, und nun wurde die ganze Wölbung mit einer dicken Lage Portland-Cement überzogen, in diesen die Thonziegel der erneuerten Wölbung eingearbeitet, und so aus Mosaik und Gewölbemauer wieder ein Ganzes gebildet.

Seit wenigen Wochen ist die Arbeit vollendet und die äussere Rundung der Kuppel, von der drückenden Last der darauf gesetzten Hauptmauer befreit, erscheint ganz erneuert, in ursprünglicher Frische. Im Innern der Kirche wurde der Papierpanzer ohne Schwierigkeit abgelöst und das Mosaikgemälde darunter, das man kaum mehr zu berühren wagen konnte, hat ganz die Festigkeit gewonnen, wie im ersten Augenblicke, wo es vollendet war; man kann an allen Stellen ruhig mit der Hand darauf herumschlagen. Man benützte die Gelegenheit des Gerüstes, das Ganze mit chemischen Reagentien zu reinigen, und wenn den Gläubigen jetzt bald wieder der freie Zutritt in diesen Theil der Kirche eröffnet sein wird, wird die erfreute Menge die ganze Kuppel in ursprünglicher Farbenpracht erglänzen sehen. In einer der letzten Beschreibungen hatte deren Verfasser das vielversprechende Wort OPVS zu lesen geglaubt; nach der Reinigung ergab sich da ganz einfach der Name IACOBVS.

Ich glaube, der erste Kostenvoranschlag lautete auf mehr als 10.000 Gulden. Für die jetzt erreichte Herstellung genügte aber die Summe von nur 7000 Gulden. Ich hoffe in Kurzem im Stande zu sein, die genauen Zeichnungen, sämmtliche Rechnungen und alle Einzelnheiten des Verfahrens zu übermitteln, was in Beziehung auf das in Venedig eingeschlagene Verfahren nicht unwichtig sein dürfte, wo eigentlibh nicht sowohl das alte Denkmal erhalten, als vielmehr ein neues geliefert wird.

Über die Sculpturen an dem Dom zu Verona.

Der Reisende pflegt die Kathedrale Verona's gewöhnlich nur zu besuchen, um daselbst an dem ersten Seitenaltare links eine minder werthvolle Maria-Himmelfahrt von Titian zu besichtigen; mit mehr Recht verdiente manches Andere seine Aufmerksamkeit, das sich an der Aussenseite des Doms vorfindet und meistens ganz übersehen wird — die Sculpturen nämlich an der Haupt- und über der Nebenpforte.

Der Baustyl der Kirche ist der in Oberitalien vorherrschende lombardisch-romanische, zeigt sich aber hier nicht so scharf wie zu St. Zeno ausgeprägt, da die Giebelform weniger rein hervortritt, das Rosenfenster (l'occhio) über dem hufeisenartigen Thorbogen des charakteristischen Schmuckes entbehrt und die beiden grossen Seitenfenster eine gothische Bildung zeigen, wie denn auch die wunderlichen Thiergebilde an den Pfortenpfeilern den germanischen Ursprung verrathen. In reinerem Style ist das Portal ausgeführt; das auf Marmorsäulen vorspringende Vestibul besteht aus zwei Theilen, aus der Vorhalle, welche, wie bei den andern mittelalterlichen Gotteshäusern, zur Aufnahme der öffentlichen Büsser diente, und einer Loggia darüber, in welcher sich unter dem Schirmdache die Uhr befindet. Die beiden ersten Säulen dieses Vestibuls entsteigen den Rücken von Greifen, welche, aus rothem Marmor gehauen, nach altägyptischer Bauweise vor dem Eingange lagern, und wovon der eine zwei Stierhäupter und einen fratzenhaften Menschenkopf, der andere eine Schlange zwischen den Klauen hält. Hinter diesem grimmigen Vogelpaar treten an den beiden gegenüberstehenden Pilastern im Hautrelief zwei bewaffnete Mannsgestalten als Tempelwache hervor; die Haltung derselben ist drohend, doch würdevoll — denn es sind die zwei gefeierten Paladine Karls des Grossen, Roland und Olivier. Ersterer ist unverkennbar durch sein gewaltiges Schwert, das auf der breiten Fläche den eingemeisselten Namen „Durindarda" zeigt. Vor der näheren Betrachtung dieser sehenswürdigen Gebilde dürfte aber ein geschichtlicher Rückblick auf die Entstehung des Baudenkmals angezeigt sein.

Der ursprüngliche Bau, der Sage nach den Trümmern eines Minerventempels entstiegen, bestand als Kirchlein Santa Maria Matricolare schon im VII. Jahrhundert. Erweitert wurde derselbe (nach Canobbio) im Jahre 774; im Jahre 806 wurde er zur Kathedrale erhoben. Maffei und andere bewährte Chronisten Verona's lassen ihn erst zur Zeit des Bischofs Rotaldo, der vom Jahre 803—840 den Krummstab geführt, die Vollendung erreichen; als Beleg dafür sollen, auf Rotaldo's Namen anspielend, die Räder (rotae) dienen, welche sich unter den Flügeln des rechts befindlichen Greifen befinden. Übereinstimmend damit und gestützt auf Documente des bischöflichen Archivs will man ferner (Biancolini und Canobbio) in den drei gekrönten Frauenbüsten am Architrav jene drei Königinnen dargestellt sehen, welche zum Kirchenbau Geschenke gespendet hatten: Karl des Grossen Mutter, dessen Gattin und jene des Longobardenkönigs Desiderius. Die Worte Fides, Caritas und Spes, welche über den drei Köpfen stehen, lassen noch eine andere Auslegung zu, der zufolge hier die göttlichen Tugenden repräsentirt sein sollen.

Dass der eigentliche Ausbau des Domes in den Anfang des IX. Jahrhunderts zu verlegen sei, lehrt auch die polyglotte Grabschrift des gepriesenen Erzdiacons Pacificus, welche sich auf drei zusammengefügten Marmortafeln über dem Eingange zur Canonical-Sacristei befindet, die Jahreszahl 846 an sich trägt und besagt, dass hier die Ruhestätte dieses gelehrten Mannes zu suchen sei, wenn auch das Monument bei Errichtung der Sacristei zerstört und zum Theile in das Alterthums-Museum übertragen worden ist. Hinter diesem Orte zeigt sich in dem etwas niedriger gelegenen Vorhofe, welcher zur Taufcapelle San Giovanni in Fonte führt, nebst zwei mittelalterlichen Sarkophagen eine Doppelreihe von kurzen, mannigfach und wunderlich geformten Säulen, welche Bogengewölbe tragen und zwei kleine Schiffe bilden — unzweifelhaft Reste eines heidnischen Tempels und jenes daraus hervorgegangenen ursprünglichen Kirchleins Santa Maria Matricolare, das Pacificus gestiftet hatte und das gleichsam den Keim zu dem grossen Dombau in sich enthielt.

Ohne Zweifel fällt daher die erste Bauperiode in das Zeitalter Karl des Grossen, und es nehmen daher die beiden Steingebilde an der Hauptpforte unser Interesse um so mehr in Anspruch, als sie zu einer Zeit entstanden sein mussten, wo die Helden, welche sie darstellen, noch frisch im Gedächtniss der Zeitgenossen lebten. Wenigstens wird uns hier die damalige Rüstungs- und Waffenart treu veranschaulicht. Dass die beiden Paladine auch nach Verona gekommen, lässt sich mit einem neueren Geschichtsforscher mit Grund vermuthen und zugleich annehmen, dass sie sich unter jener auserlesenen Kriegerschaar befunden hatten, welche Karl der Grosse (774) dahin führte, um seine, an diesem „unter allen longobardischen Städten meistbefestigten“ Orte von Desiderius verborgen gehaltenen Brudersöhne und Adelchis, des ersteren Sohn, in die Hände zu bekommen.

So viel ist gewiss, dass sie wohl lange vorher, als der Pfaffe Conrad das Rolandlied geschrieben, hier zur Verherrlichung ihres Andenkens abgebildet worden sind, da man entweder den, bei dem Kaiser hochangesehenen Männern huldigen oder etwa den Dank für die zum Dombau geleisteten Beiträge ausdrücken wollte.

Roland, der vielbesungene Held von Roncesvalles, trägt eine phrygische Mütze, einen grossen keilförmigen Schild und ein Panzerkleid, mit welchem auch das linke Bein bedeckt erscheint. Maffei hebt als auffallend hervor, dass Livius dieselbe Rüstung und die Sitte, nur das linke Bein zu bedecken, bei den alten Samnitern beschrieb. Olivier, der bekanntlich nebst Turpin und Naimes[1] zu Rolands treuesten Waffengefährten zählte, zeigt unbedecktes, wallendes Haupthaar und eine eigenthümlich construirte Handwaffe, einen sogenannten Morgenstern.

Das Miniaturhündchen, welches zu Rolands Füssen liegt, ist ohne Zweifel nur ein Sinnbild der Treue und Wachsamkeit.

Unter den Prophetenbildern und abenteuerlichen, mitunter höchst sonderlichen Thiergestalten, welche zu den Seiten der Pforte an den zusammengesetzten Pilastern emporzuklettern scheinen, verdient namentlich ein Curiosum erwähnt zu werden, das jedenfalls ein kunsthistorisches Interesse beansprucht. Es zeigt sich nicht weit von dem Bilde Rolands in der Gestalt eines Hundes, welcher auf den Hinterfüssen steht und mit einer Mönchskutte bekleidet ist; der Kopf ist erhoben und das Maul aufgesperrt, was mit Rücksicht auf das aufgeschlagene Buch zwischen den Vorderpfoten das Ansehen hat, als ob der Hund predigen wolle. Auf den beiden Seiten des Buches bemerkt man die Buchstaben A, B und darunter POR. CEL. (Alpha, Beta[1] — Porta Coeli). Der gelehrte Canonicus Fumane hielt, wie man in einem im bischöflichen Archiv befindlichen Manuscript liest, dieses Buch für die heilige Schrift, den Hund aber für den geistlichen Oberhirten, welcher seine Heerde getreulich bewachen und sie vor drohender Gefahr durch seinen Ruf warnen soll.

Eine eben so sehenswürdige, aber noch seltener beachtete Sculptur zeigt sich an einem Steinblocke, der in einer Mauernische über dem alten, nach dem bischöflichen Palaste (Vescovado) führenden Hinterpförtchen aufgestellt ist, ursprünglich ein Predigtstuhl (ein sogenannter Ambone) gewesen war und von dem Diacon, um von da das Evangelium herabzulesen, bestiegen zu werden pflegte. An diesem Steinblocke ist eine Verkündigung Mariae in Hautrelief gearbeitet zu sehen, welche das Eigenthümliche hat, dass die heilige Jungfrau ohne Nimbus und aufrecht stehend den Engel empfängt, da die althebräische Sitte das Knien nicht gestattet, wogegen die späteren Abbildungen fast durchweg verstossen.

Als versöhnender Gegensatz zu der rohen Behandlung dieser Reliefarbeiten stellen sich dem Besucher des Doms die neueren Sculpturen an den Pilastern des Altars der heiligen Agatha, rechts vom Presbyterium dar. Sie scheinen dem XV. oder XVI. Jahrhundet zu entstammen, wo derlei Arbeiten besonders zum Pfortenschmuck dienten, wie wir sie noch häufig sowol an Palästen als auch an unansehnlichen Botteghen als Spuren ehemaliger Herrlichkeit vorfinden. Meistens sind es römische Trophäen, Laubwerk, Blumen, Vögel und Arabesken in der zierlichsten Ausführung und harmonischer Anordnung. Das Material hierzu lieferte der Verona eigenthümliche schwärzliche Bronzinstein, so genannt von dem Metallklange, den er beim Bearbeiten von sich gibt. Diese Sculpturen, Reste eines Kunstzweiges, der, wenn auch nicht ganz verdorrt, doch kaum mehr bei allem Fleisse zu frischer Blüthe gebracht werden kann, haben für den Beschauer einen unbeschreiblichen Reiz; wir fanden sie am vollendetsten in der Capella Pellegrini der San Bernardino-Kirche.

Um die Domkirche gruppiren sich, gleichsam wie unter ihren Fittigen, fünf Kirchlein, ein Beweis, wie üppig dort zu Lande der Kirchenbau florirt hatte. Neben Sant' Elena, wo (1320) Dante einen akademischen Vortrag gehalten, schliesst sich unmittelbar an den Dom die uralte Chiesa San Giovanni in Fonte mit ihrem riesigen, kunstvoll gearbeiteten Taufbecken an. Der Hauptpforte gegenüber liegt San Giacopo. Noch näher steht über einem geschlossenen Pförtlein San Pietro in Cattedra, mit einem verwitterten lebensgrossen Steinbild, und am westlichen Ende des Domplatzes ist San Giusto, halbverfallen und profanen Zwecken überlassen. An letzterem fiel uns und zwar über der Kirchenmauer, die jetzt ein Gärtlein umhegt, ein allegorisches Bild in schwarzem Marmorbasrelief auf. Einem Wolkenkranze entsteigt hier nämlich der Oberleib eines Greises; seine Rechte erhebt sich segnend, während der, horizontal über die Brust gehaltenen Linken ein Kind und aus dessen Haupte wieder eine Taube entschwebt — ohne Zweifel soll dies eine Versinnlichung der heiligen Dreieinigkeit sein, welcher man bisher wohl kaum anderswo begegnet ist.

Wilh. v. Metzerich.

[1] Über die Beziehung, in welcher die beiden Paladine zum Dombau stehen, dürfte wohl auch die Inschrift einiges Licht verbreiten, welche an der Kirche Dei S. S. Apostoli in Florenz steht und lautet: Karolus rex fundavit Eccles. S. S. Apost. Consecratio facta per Archiep. Turpinum, testibus Rolando et Uliverio.

[1] Richtiger gelesen wohl A und Ω. Anm. d. Red.

Einige neuere Funde in Mähren.

Die Hulleiner (Chraštian-Zahlenitzer) Heidengräber im Bezirksamt Kremsier.

Als im heurigen Frühjahre die Erdaufschüttungen für den Damm der Eisenbahnstrasse der Hulleiner Station begonnen wurden, und die Lehmschichte auf dem Felde „Padilky", zwischen dem Dorfe Zahlenitz und Chraštian gelegen, abgegraben wurde, fanden die Arbeitsleute in einer Tiefe von 4—5 Schuh eine Menge Thier- und Menschenknochen, die sie ihres materiellen Gewinnes wegen sammelten und darauf ein viel grösseres Augenmerk richteten während andere Gegenstände, wie kleine Töpfchen (nach ihrer Ansicht und Äusserung) und Blechstücke als unnütz verworfen wurden. Erst später kam der mährische Landtags-Abgeordnete Herr Franz Skopalik aus Zahlenitz dazu und erhielt durch den Aufseher der Arbeitsleute mehrere Objecte, welche er den Leuten dahin erklärte, dass diese Töpfchen Urnen und die Blechstücke Bronzegegenstände aus einer heidnischen Periode seien.

Nun rückten die Arbeiter mit manchem Gegenstande, den sie der Curiosität wegen doch aufhoben, heraus, und übergaben das später Gefundene ihrem Aufseher. Leider ist die Mehrzahl der Sachen zertrümmert, da bei so schnellen Eisenbahn-Arbeiten eine vorsichtige Grabung nicht zu erzielen war.

Vorher muss aber bemerkt werden, dass bereits vor mehreren Jahren, als die Eisenbahn hier ins Leben trat, mannigfache Gegenstände, die auf eine grössere heidnische Begräbnissstätte schliessen liessen, aufgefunden und gleichfalls aus Unachtsamkeit zerstört wurden.

Unter den mir zugekommenen Objecten befinden sich starke Pferdezähne und Bruchstücke von Hirschgeweihsprossen, daher die Gewissheit, dass die Mehrzahl der ausgegrabenen Knochen obigen Thieren angehörten. Von den Bronzen, welche durchgehends mit Oxyd überzogen sind, haben einige die Form von 3, 4, auch 5 mal über einander gewundenen Spiralen, die entweder aus platt geschlagenen Metallstreifen einen Kreisdurchmesser von $1\frac{1}{4}$ Zoll und die Höhe von $\frac{1}{4}$, $\frac{3}{4}$ und 1 Zoll geben, oder aus Draht gewundene Spiralringe sind, welche mit einer besondern Genauigkeit auf einander gefügt wurden, und deren Kreisdurchmesser $\frac{3}{4}$ oder 1 Zoll hat und die Höhe zwischen $\frac{1}{4}$ bis $\frac{1}{2}$ Zoll variirt.

Weiter fanden sich grosse offene Bronzeringe von 5 Zoll Durchmesser vor, die an den Enden spitz zulaufen. Ferner verschiedene Blechstücke in Blattform mit je 3 Löchern am breitern Theile und Dessinirungen, dann Spitzen von Wurflanzen, 3 Zoll lang; äussert subtile Haarnadeln in der Länge von 7 Zoll mit einem ammonitartigen Knopfe und gebogener Spitze.

Unter den Resten von Menschengebeinen ist auch das erste Glied eines Fingers mit einem daran haftenden Ringe aufgehoben worden. Den Ring selbst bilden drei starke Bronzereife, welche sechsfache Knoten vorweisen. Weitere Ausgrabungen werden jedenfalls noch mannigfache Objecte zu Tage bringen, und hoffentlich auch ganze Skelete nebst vollständig erhaltenen Urnen vorweisen, die zur Vergleichung mit andern Gräberfunden äusserst anregend sein dürften.

Eine chemische Analyse der Bronze aus besagtem Todtenlager wird später zum Abschlusse gelangen.

Die Heidengräber bei Lösch im Bezirksamt Brünn.

Eine Viertelstunde hinter Lösch erhebt sich ein eigenthümlich geformter Hügel aus einer Umkreisung amphitheatralisch gelegener Waldhöhen, die einerseits den Löscher, anderseits den Horakower Wald bilden. Der Říczka Bach fliesst in Schlangenwindungen durch ein anmuthiges Thal am Fusse dieses Hügels hin und macht so die Abgrenzung zwischen besagten Waldhöhen und dem Hügel. Letzterer ist auf seiner Kuppe in ziemlicher Ausdehnung abgeplattet und lässt das Auge über den Waldeskranz bis gegen Austerlitz und die fernen Berge gleiten.

Der Anblick dieser von der Natur so eigenthümlich und in seltener Form gebildeten Höhe ist wahrhaft merkwürdig.

Man würde der Symmetrie des Ganzen wegen die Bildung Menschenhänden zumuthen, wenn die bedeutende Ausdehnung diesem nicht widerspräche.

Das einige 100 Fuss hohe Hügelplateau führt den Namen „u starého zámku", und ein rückwärts desselben befindlicher Waldtheil, der von einem in fast gerader Richtung weit sich ziehenden aufgeworfenen Walldamm abgegrenzt wird, die Bezeichnung „Alikletna, Halokletna, Anakleti".

Fast inmitten dieses an einigen Stellen bei 2 Klafter hohen Walles ist ein Durchhau, der in gerader Perspective zu besagtem Hügelplateau zwei ebenfalls aufgeworfene Erdwälle erblicken lässt.

Bereits im vorigen Jahre stiessen Arbeitsleute während des Feldackerns am Plateau auf eine Masse von Knochen und Urnenscherben, von welchen ersteren sie an 80 Tragen voll in die Spodiumhütte verkauften, und einzelne Eisen- und Bronze-Objecte, die sie dabei ausgruben, veräusserten. Dabei ging natürlich manche ganze Urne in Trümmer.

Doch wurden aus dieser Erdaufwühlung zwei gut erhaltene römische Münzen gerettet.

Die erste silberne ist ein Vespasianus (69—79 nach Christi) und die andere bronzene, ganz mit Patina überzogene Münze eine Diva Faustina (Gemahlin Marc Aurelius, 161—180), somit aus der Zeit des markomannischen Krieges. Dann sind ebenfalls zwei mit edlem Roste überzogene bronzene Celte, Wirteln aus ungebranntem Thon, Sporen, Pferdetrensen und kleine Messer aus Eisen, jedoch stark oxydirt, aufgefunden und dem Herrschafts-Verwalter übergeben worden.

Herr Egbert Graf von Belcredi, Besitzer der Herrschaft Lösch, welcher von diesem Gebahren auf seinem Grunde Nachricht erhielt, liess gleich diesem Vandalismus Einhalt thun und am 21. Juni 1864 die wissenschaftliche Erforschung dieses archäologischen Terrains vornehmen.

Der Beginn lieferte interessante Resultate, die bei der Fortsetzung sich noch ergiebiger gestalten werden, indem diese heidnische Grabstätte die bedeutende Ausdehnung von 15 Metzen Aussaat hat, wie man sie selten wo findet. Die ersten Funde brachten Urnen und Urnenscherben mit niedlicher Dessinirung, viererlei Arten von Spinnwirteln, Mahlsteine von 18 Zoll im Durchmesser, Streithämmer aus Serpentin, Eisenpfeile, dann zerbrochene Eisenteller, so wie eine Masse von Menschen- und Thiergebeinen, starken Hirschgeweihen, Pferd- und Eberzähnen etc. zu Tage.

Die unter einer Humusschichte von 2—4 Schuh liegende Lehmerde zeigte eine Masse gebrannten und zerbröckelten Thons, Schlacken und Holzkohle.

Das Ergebniss dieser für die vaterländische Alterthumskunde so wichtigen Grabstätte aus der heidnischen Periode wird später in ausführlicher Weise berichtet werden. —

Schliesslich muss noch bemerkt werden, dass ebenfalls im vorigen Jahre, beim Grundgraben für das Congregationshaus der barmherzigen Schwestern im Orte Lösch, mehrere Reihen glockenförmiger Gräber, die in dem Lehmboden ausgeschaufelt waren, zum Vorschein traten. Dieselben waren circa 4—6 Schuh tief unter dem Niveau, und ganz mit Asche vollgefüllt, darin viele Urnenscherben lagen. Blos eine einzige zierrathlose Urne aus halbgebranntem Thon wurde im Ganzen erhalten herausgehoben.

Münzenfund zu Scheletau im Bezirksamte Boskowitz.

Bei Grabung des Grundes aus Anlass des Wiederaufbaues des, bei Gelegenheit der am 1. Jänner l. J. in der Gemeinde Scheletau ausgebrochenen Feuersbrunst, abgebrannten Podsedkerhauses (Nr. 46, des Franz Filip) wurden in einem vermoderten Säckchen in der Erde mehrere Silbermünzen alten Gepräges aufgefunden, von denen der Herr Mauritz Graf von Strachwitz, Besitzer der Herrschaft Scheletau, 33 Stück dem Franzens-Museum in Brünn widmete. — Sie zerfallen ihrem Gehalte nach in folgende Prägungen:

Prager-Groschen von Wladislaw II. . . .	7	Stücke,
Eine Stadtmünze von Zwoll, aus Kaiser Rudolfs II. Zeit.	1	„
Eine Stadtmünze aus der Zeit K. Mathias	1	„
Dreier, mährische Unionsmünze, 1619. . .	1	„
Dreier, aus K. Rudolfs Zeit von verschiedenen münzberechtigten Herren und Städten	8	„
Dreier, unter Mathias I., 1517	1	„
Vierundzwanziger-Pfennige aus Kaiser Rudolfs, Mathias und König Sigismunds Zeit, mehrfacher und verschiedener münzberechtigter Herren-Prägung.	12	„
Vierundzwanziger-Pfennig der Stadt Lihtopolis mit dem Wappen des Münzmeisters	1	„
Pfennig von August Herzog von Sachsen und dem Wappen des Münzmeisters. .	1	„
Zusammen.	33	Stücke.

Mauriz Trapp.

Notiz.

Das christlich-archäologische Museum zu Berlin[1].

Dieses Museum wurde auf den Antrag des Professors Piper von dem Minister der Unterrichts-Angelegenheiten Herrn von Ladenberg am 23. Mai 1849 gegründet. Es wurde durch ausserordentliche aber regelmässige Bewilligungen von Geldern erhalten und die Summe der Ausgaben dafür bis zum Jahre 1860 betrug 3636 Thlr., nebst 743 Thlr. an Einrichtungskosten. Es war jedoch schon bei der Gründung dieses Museums von Herrn von Ladenberg in Aussicht gestellt, dass jährlich ein bestimmter Fond zur Erweiterung der Sammlung festgestellt werde, und die betreffenden Anträge von Seiten des Museums ergingen an die drei auf einander folgenden Minister: von Raumer, von Bethmann-Hollweg und von Mühler, und zwar in den Jahren 1855, 1856, 1859 und 1862. Das Finanzministerium schien aber von der dringenden Nothwendigkeit einer Unterstützung des Museums nicht überzeugt zu sein, und so wurde viel dafür und dawider gesprochen und geschrieben, bis Herr von Mühler an die Spitze der Unterrichts-Angelegenheiten trat und nun durchführte, was seine Vorgänger in der so lange schwebenden Sache entweder nicht durchführen konnten oder nicht durchführen wollten. Auch der Finanzminister von der Heydt fand im Jahre 1862 nöthig, den Etat für das folgende Jahr vorzulegen, damit dieser noch vor dem Beginne desselben festgestellt werde. Es wird Herrn von der Heydt überhaupt nachgerühmt, dass er das Interesse des öffentlichen Unterrichtes aus einem höheren Gesichtspunkte betrachte und bereit war, den Anforderungen desselben gerecht zu werden, da besonders die Universitäten unter dem früheren System finanzieller Einschränkung notorisch gelitten hatten.

Es ist nun der Ansatz für dieses Museum giltig geworden und der Betrag vom 22. April 1862 etatsmässig angewiesen. Dies ist als die zweite Gründung der Anstalt zu betrachten, welche dadurch — nach einem Provisorium von fünfzehn Jahren — endlich in eine gesicherte Existenz eintrat.

[1] Aus einem der k. k. Central-Commission aus Berlin eingesendeten längeren Bericht.

Redacteur: A. R. v. Perger — Druck der k. k. Hof- und Staatsdruckerei in Wien.

Ueber die römische Militärstadt in Celeja und die Procuratur von Noricum.

An der Nordseite der Stadt Cilli hat schon durch Funde aus früheren Jahren der Garten und der Hofraum hinter dem Hause des Kaufmannes Herrn Stallner in der Grazervorstadt die Aufmerksamkeit der Epigraphiker als eine wichtige Fundstelle auf sich gezogen[1]. Es wurden in den Jahren 1853 und 1859 dreiundzwanzig solcher Denkmäler aufgegraben, alle sowohl nach dem Stoffe — Bacherer Marmor — und der sorgfältigen Behandlung, als auch nach ihrem Inhalte eine eigenthümliche Gruppe für sich bildend, so dass sie von den übrigen Monumenten des fundreichen Cillier Bodens scharf abstechen[2]. Ihre antiquarische Bedeutung besteht darin, dass sie theils neue Anhaltspunkte für die Topographie der Stadt unter den Römern gewähren, theils eine Reihe von Namen kaiserlicher Statthalter bekannt geben, die im Laufe des II. Jahrhunderts die Provinz Noricum verwaltet haben und bisher fast alle unbekannt waren.

Im Jahre 1863 nun stiess man bei Fundamentgrabungen an derselben Stelle abermals auf sechs „Römersteine", die den früher gefundenen sich enge anschliessen. Sie mögen hier zunächst ihrer Ausstattung und dem Wortlaute der Inschriften nach verzeichnet werden, um hierauf die wichtigsten Erscheinungen an denselben mit Beziehung auf jene an den früher daselbst gefundenen Steinen hervorzuheben.

1. Altar, 2' hoch, 1' breit, mit glattem Aufsatz, der an den Ecken hörnerartige Ausschnitte zeigt, und glattem Sockel, beide Theile von dem Spiegel des Steines durch Abläufe getrennt. Die Inschrift lautet:

I·O·M·
SVRVS·B·
MEMMI APOLL
PROC·AVG
V·S·L·M

Jovi optimo maximo Surus, beneficiarius Memmii Apollinaris procuratoris Augusti votum solvit libens merito.

Unter der langen Reihe von Soldatennamen, welche auf einem älteren Cillier Votivsteine vorkommen, erscheint ein Pompeius Surus[3]; einem anderen Celejaner dieses Namens P. Aelius Surus, wurde zu Rom ein Grabstein gesetzt[4]. Unser Stein nennt also diesen Namen zum dritten Male und aus verhältnissmässig früher Zeit; denn die Verwaltung von Memmius Apollinaris lässt sich mit ziemlicher Bestimmtheit in die Jahre 96 bis 98 n. Chr. ansetzen, mithin in die Regierung des Kaisers Nerva[1]. Er führt den Titel „procurator Augusti". In den grösseren kaiserlichen Provinzen waren die Procuratoren die ersten Finanzbeamten und standen für diese Abtheilung der Administration und, soweit sie hineinreichte auch der Gerechtigkeitspflege neben dem Civil- und Militär-Gouverneur (legatus Augusti); in den kleineren kaiserlichen Provinzen jedoch hatten sie das ganze Gebiet der Verwaltung auf sich, waren also des Kaisers Statthalter oder Landpfleger und diess, in weiterem Sinne, als es heute der Fall ist, indem sie auch das „imperium", den Oberbefehl über die Truppen hatten. Als ältestes Beispiel für diese Einrichtung lässt sich schon in den Zeiten des Kaisers Tiberius dessen Procurator in Judaea, der allbekannte Pontius Pilatus anführen, der mit der Macht über Leben und Tod zu entscheiden ausgerüstet ist. Kurze Zeit darauf nennt Tacitus, wo er von der politischen Lage des Reiches unter Vitellius spricht[2], mehrere andere Provinzen, die gleicher Weise von Procuratoren verwaltet wurden, und darunter ausdrücklich auch Noricum. Es unterliegt somit keinem Zweifel, dass procurator Augusti mit „kaiserlicher Statthalter" übersetzt werden muss.

Unser Stein erhält eine besondere Wichtigkeit dadurch, dass der bisher nur aus einem ausländischen Steine, dem zu Rieti, bekannte Procurator Memmius Apollinaris nun auch aus einem inländischen nachgewiesen werden kann.

Beneficiarius ist der von den niederen Soldatendiensten befreite Legionär, dem also nur das edle Kriegshandwerk oblag (immunes operum militarium, in unum pugnae laborem reservati, wie sich Livius ausdrückt[3]; diese Befreiung mochte ausser der Verwendung in den Kanzleien[4] die nächste Aussicht auf Beförderung im Gefolge haben und wurde mit Ausnahme der Ritter und Veteranen, die sie als solche genossen, durch Vergünstigung (beneficium) des Befehlshabers verfügt; dem Namen desselben wird der Titel „beneficiarius" beigefügt, und da in unserem Falle der Procurator Augusti als Verleiher der Befreiung erscheint, so folgt daraus, dass er zugleich eine Militärbehörde war.

2. Altar, 1' 5" hoch, 8" breit, von ähnlicher Construction, ohne hörnerartige Ausschnitte am Aufsatze, übrigens sehr einfach, aber sorgfältig gearbeitet; die Inschrift lautet:

I·O·M
LVCILIVS
FINITVS BF
TITANI(sic)·PR·AVG
V·S·L·M

Jovi optimo maximo Lucilius Finitus, beneficiarius Flavii Titiani procuratoris Augusti votum solvit libens merito.

[1] Den Situationsplan der Fundstelle siehe bei J. Arneth, die neuesten archäologischen Funde von Cilli. Sitzungsberichte d. k. Akad. d. W., phil.-hist. Classe XXXII, S. 515. — [2] Vgl. über die im J. 1853 gefundenen Inschriftsteine R. Knabl in den Mitth. des histor. Vereines f. Steiermark 1855, S. 167—193, und 195—198, ferner J. G. Seidl in den Beiträgen zu einer Chronik der archäol. Funde in der österr. Monarchie im Archiv f. Kunde österr. Gesch.-Quellen, Bd. XIII (Cilli), Separatabdruck No IV f., u. in den Beitr. zu einem Namensverz. der röm. Proc. in Noricum, Sitzgsb. Bd. XIII, S. 62 f. — Über die im J. 1859 gefundenen vgl. die oben angeführte Abhandlung v. J. Arneth, meine Fortsetzung der Beiträge zu einer Chronik der archäol. Funde, Archiv XXIX, 46, Sptabdr. 1858—1861 (VII) S. 47 und Knabl in den Mitth. d. hist. Ver. f. Steiermark IX (1859), S. 164 f. — [3] J. G. Seidl in den epigraphischen Excursen X S. 11, No. 20 (W. Jahrb. d. Lit., Bd. 111 Anz. Bl.) — [4] Derselbe, epigr. Excurse V, S. 7, No 11 (Wiener Jahrb. d. Lit. Bd. 115). Er stammt gleichfalls aus der Zeit der ersten Kaiser.

[1] J. G. Seidl, Beiträge zu einem Namensverzeichniss der röm. Procuratoren in Noricum. Junihefte (1854) d. Sitzungsb. d. k. Akad. d. Wiss., phil.-hist. Classe XIII, 32 (Separatabdr. 20). — Gruter 437, 7; 1028, 6. — [2] Hist. I, 11. — [3] VII, 7. — [4] Becker, Handb. d. röm. Staatsalterth. III, 2, 41.

Der Procurator Flavius Titianus erscheint auch auf einem der 1853 gefundenen Steine; er versah dieses Amt im Jahre 160 n. Chr[1].

3. Altar, 2' 11" hoch, 1' breit, der Aufsatz an den Ecken mit Rosetten verziert und stellenweise gebrochen; sonst, wie No. 1, nur ist die Gliederung reicher; die Inschrift lautet:

I O M
L · MESSIVS
FRONTINVS
B · C CENSORI
NIGRI
PRO
AVG

Jovi optimo maximo Lucius Messius Frontinus, beneficiarius Caji Censorii Nigri procuratoris Augusti.

Der Procurator C. Censorius Niger erscheint hier zum ersten Male; derselbe ist sonst unbekannt.

4. Altar, 2' 8½" hoch, 1' 3" breit, von ähnlicher Construction; der Aufsatz, dessen Ecken mit Palmetten verkleidet waren, ist verstümmelt, der obere Ablauf mit einem Blattornament geschmückt; an der rechten Seitenfläche des Steines ist eine Opferschale, in Relief gemeisselt, angebracht, die Innenseite mit muschelartiger Canelüre ausgestattet, der Knopf mit Kügelchen besetzt; ihr entspricht auf der linken Seitenfläche eine Kanne, gleichfalls muschelartig eingezogen; die Inschrift lautet:

I · O · M ·
M · VLPIVS
CRESCENSB
CCENSORINIGRI
PROC · AVG
V · S · L · M

Jovi optimo maximo Marcus Ulpius Crescens, beneficiarius Caji Censorii Nigri procuratoris Augusti votum solvit libens merito.

Es ist der zweite Stein dieses Fundes, der den bisher unbekannten Procurator C. Censorius Niger nennt.

5. Altar, 2' 1" hoch, 11" breit, wie No. 1. Die Ausschnitte am Aufsatze tief; die Inschrift lautet:

I · O · M ·
AGVSTANVS
B · G · RASINI
SILONIS · PRO · AG
V · S · L · M

Jovi optimo maximo Augustanus, beneficiarius Genialis (?) Rasinii Silonis procuratoris Augusti votum solvit libens merito.

Auch dieser Procurator erscheint hier zum ersten Male; wie bei dem vorigen ist die genaue Zeitbestimmung seiner Verwaltung nicht möglich, da er auch sonst nicht genannt wird[2].

6. Altar, 3' 3½" hoch, 1' 2" breit, wie No. 1 gebaut. Zwischen dem Aufsatze und dem oberen Ablauf befindet sich eine Platte eingeschoben, die in kleinen Buchstaben an der Stirnseite den Anfang der Inschrift zeigt:

PRO S AVGG · N · N ·

Die Inschrift setzt auf dem Spiegel des Steines fort:

I · O · M · ET C · LS (sic)[1]
SANCT
C · LICINIVS
BELLICIANVS
BF · LEG · II · ITAL
P · F · PRO SE
ET · SVIS
V · S · L · M
GENTIANO · ET · BASSO · COS
IDIB

Pro salute Augustorum nostrorum Jovi optimo maximo et Celejae sanctae Cajus Licinius Bellicianus beneficiarius legionis secundae italicae piae fidelis pro se et suis votum solvit libens merito Gentiano et Basso Consulibus, Idibus . . . . .

Die Kaiser, für deren Wohlergehen der Stein gewidmet wurde, sind Caracalla und Geta, wie aus der Datirung hervorgeht; das Consulat von Gentianus und Bassus fällt in das Jahr 211 n. Chr. Im Monate Februar dieses Jahres starb der Kaiser Septimius Severus und hinterliess das Reich seinen eben genannten Söhnen zur gemeinschaftlichen Regierung. Auf diesen Umstand lässt sich eine Vermuthung über die Entstehung der Dedication des Steines für das Wohl der jungen Kaiser gründen, wenn damit eine andere Beobachtung verbunden wird. Die Inschrift enthält nämlich, was ungewöhnlich ist, eine doppelte Widmung: erstlich die im Texte derselben ausgesprochene des Widmenden für sich und die Seinigen, zweitens die über dem Anfang der Schrift auf den Kranzleisten geschriebene für das Wohl der Kaiser. Letztere ist nach allen Anzeichen später eingegraben worden als die erstere; sonst würde bei der auf die Arbeit verwendeten Sorgfalt, bei der schönen Vertheilung der Zeilen, endlich bei dem Gewichte und der Hoheit der Personen, für deren Heil das Gelübde gelöst wurde, gerade die Widmung für die Kaiser auf die Schriftfläche selbst und sicher in auffallenderer Weise gesetzt worden sein, als dies hier geschah, und wie es bei einem 1859 gefundenen Steine wirklich der Fall ist (vgl. unten das Verzeichniss No. XI). Bellicianus mochte den Stein haben arbeiten lassen, als noch Kaiser Septimius am Leben war; in der Zeit bis zur Aufstellung des Steines mochte aber der Regierungswechsel eingetreten sein und dies Ereigniss den Widmenden bewogen haben, dem Denkmale noch einen anderen Sinn zu geben, wornach er ihn vor allem für das Wohlergehen der neuen Kaiser setzte, um diesen seine Huldigung zu bezeigen; er mag daher nachträglich die Widmung „pro salute Augustorum nostrorum" haben anbringen lassen, und zwar, da die Inschrift auf dem Spiegel des Steines schon allen Raum eingenommen hatte, auf einem unscheinbareren Orte, dem Kranzleisten.

Bellicianus kann etwa als der Adoptivsohn jenes C. Bellicius angesehen werden, welcher in einem alt-

[1] J. G. Seidl, Beiträge zu einem Namensverzeich. der röm. Procuratoren in Noricum a. a. O. S. 75. Separatabdr. XI, S. 18. — [2] Der Name Silo kommt bei Gruter sechsmal vor, darunter fünfmal auf Inschriftsteinen in Spanien, einmal auf einem Brixner Steine; vielleicht sind auch die Rasinii Spanier gewesen und kam unser Genialis oder Gajus unter Kaiser Trajan, der ja auch ein Spanier war, zur Procuratur in Noricum.

[1] Das mit dem Buchstaben L verschränkte S (Sanctae) ist wohl nur ein Versehen des Steinmetzen, welcher das Wort Sanctae, ungeachtet es in dieser Sigle der ersten Zeile schon enthalten ist, in der zweiten vollständig wiederholte.

bekannten Cillier Steine als Duumvir von Celeja genannt wird[1].

Die legio II italica wurde vom Kaiser M. Aurel errichtet; inschriftlich erscheint sie zum ersten Male um 170 n. Chr.[2]; sie wurde wie die leg. III Italica in Noricum ausgehoben, blieb hier auch durch lange Zeit in Garnison und erscheint mit dem Beinamen „pia fidelis" zum ersten Male in einer aus dem Jahre 200 stammenden Inschrift aus Ungarn[3].

Idibus. Der Monat ist nicht angegeben; auch dieser Umstand kann für die oben ausgesprochene Vermuthung über die Widmung geltend gemacht werden; ursprünglich mochte der Raum ausgespart worden sein, um das Datum der Aufstellung, wenn der Monat bestimmt sein würde, einzusetzen. Der Regierungsantritt der jungen Kaiser machte, da er allgemein bekannt war, weiterhin die Nennung des Monates überflüssig.

Dies sind die im Jahre 1863 aufgegrabenen Steine, welche mit den früher an gleicher Stelle gefundenen eine Anzahl von 29 Denkmälern geben, deren Bedeutung 1. für die Localgeschichte von Celeja, 2. für die Vervollständigung des Namenverzeichnisses der Procuratoren und der Kenntniss ihrer Thätigkeit in Folgendem nachgewiesen werden soll. Zu diesem Zwecke stellen wir für jene, denen die Detailschriften über die früheren Funde von Cilli nicht zugänglich sind, eine Uebersicht der Steine, die in den Jahren 1853, 1859 und 1863 gefunden wurden, zusammen und fügen dazu das Jahr des Fundes und die Verwaltungsjahre der Procuratoren, wie sie J. G. Seidl in der schon genannten Schrift („Beiträge zu einem Namensverzeichnisse der römischen Procuratoren von Noricum") nachgewiesen hat.

Die der Zeit nach bestimmbaren werden zuerst in ihrer Folge aufgeführt und daran die noch unbekannten gefügt:

I. n. Chr. 96—98. Der in dieser Schrift unter No. 1 mitgetheilte; gefunden 1863.

II. n. Chr. 157. J. O. M. | C. Fuscinius | Catullus bf. | Vlp. Victoris | proc. Aug. v. s. l. m. nachgewiesen v. R. Knabl, Mitth. des hist. Vereines f. Steiermark IX (1859), S. 174; gefunden 1853.

III. n. Chr. 158. J. O. M. | Q. Kaninius | Lucanus bf. Vstieni | Secundi | proc. Aug. v. s. l. m., Tertul et Sacerdos; gefunden 1853.

IV. n. Chr. 158. J. O. M. | Adnamius | Flavinus bf. Vseni (sic) Secundi | proc. Aug. v. s. l. m.; gefunden 1859.

V. n. Chr. 159, J. O. M. | Licinius | Hilarus bf. | Bassaci Ruf. proc. | Aug. v. s. l. m.; gefunden 1853.

VI. n. Chr. 160. J. O. M. | Canonius | Valens bf. Flavi. Titiani | proc. Aug. v. s. l. m.; gefunden 1853.

VII. n. Chr. 160. Der in dieser Schrift mitgetheilte Stein No. 2, mit demselben Procuratornamen; gefunden 1863.

VIII. n. Chr. 174. Bruchstück, Pos. p. Aug. Flacco et Gallo cos.; gefunden 1853.

IX. n. Chr. 192. J. O. M. | Q. Sextius | Pullaeni | us bf. Cos | leg. II. Ital. | v. s. l. m. | ////////////// (Commodo) | et Pertinace cos; gefunden 1859.

X. n. Chr. 211. Der in dieser Schrift mitgetheilte Stein No 6; gefunden 1863.

XI. n. Chr. 215. Pro. sal. D. n. | imp. Antonini pii f. a. | J. O. M. Conser. | Arubino et Cel. | sanc | Vib. Cassius | Victorinus | bf. cos. leg. II. Ita. | p. f. Antoninianae | v. s. l. m. | Leto II et Ceriale Cos.; gefunden 1859.

XII. n. Chr. 217. J. O. M. et D. D. | omnibus | M. Aurel. | Justus bf. | Cos. leg. II. Ita. | p. f. pro se et | suis v. s. | l. m. | Praesente et Extricat.

XIII. n. Chr. 244—249. J. O. M. | Adnamius | Flavinus bf. | Ulpi Victoris | proc. Aug. v. s. l. m.; gefunden 1859[1].

XIV. Bisher unbestimmt. J. O. M. | Tit. Flavius | Dubitatus. bf. Lisinii Sabini | proc. Aug. | v. s. l. m.; gefunden 1853.

XV. Bisher unbestimmt. . . . . | C. Mustius | Tettianus | bf. Lisini | Sabini proc. | Aug. v. s. l. m.; gefunden 1853.

XVI. Bisher unbestimmt. J. O. M. | Sacrum | Q. Crescentius | Marcellus — bf. Q Lisinii Sabini proc. Aug. v. | s. l. m.; gefunden 1859.

XVII. Bisher unbestimmt. Eponae | Aug. | sacr. | C. Mustius | Tettianus bf. | Lisini Sabini proc. | Aug. v. s. l. m.; gefunden 1859.

XVIII. Bisher unbestimmt. J. O. M. | Antonius | Maximus | bf. Q. Caecili | Redditi | proc. Aug. v. s. l. m.; gefunden 1853.

XIX. Bisher unbestimmt. J. O. M. | Gemelli . . | Adjutor | bf. Drusi Proc. | proc. Aug. | v. s. l. m.; gefunden 1853.

XX. Bisher unbestimmt. J. O. M. | Luconius | primus bf. | Plautii | Caesiani procu. | Aug. v. s. l. m.; gefunden 1859.

XXI. Bisher unbestimmt. . . . . | . . . . (Ru) fi? | Gentiani | proc. Aug. | . . . . . . gefunden 1859.

XXII. Bisher unbestimmt. Der in dieser Schrift mitgetheilte Stein No. 4 gefunden 1863.

XXIII. Bisher unbestimmt. Der in dieser Schrift mitgetheilte Stein No. 3 gefunden 1863;

XXIV. Bisher unbestimmt. Der in dieser Schrift mitgetheilte Stein No. 5 gefunden 1863.

XXV. Bisher unbestimmt. J. O. M. | M. Ulpius | Aelianus | bf. cos. leg. | II. Ital. | v. s. l. m.; gefunden 1853.

XXVI. Bisher unbestimmt. Jovi Dep(ulsori) | sacr. | Aurelius | Paterculus | bf. | v. s. l. m.; gefunden 1853.

XXVII. Bisher unbestimmt. D. D. O. | Bellia | Sorana v. s. l. m.; gefunden 1853.

[1] Seidl, epigraphische Excurse V, S. 21 (Wiener Jahrb. d. Lit. Bd. 115), gefunden am Wipotaberge bei Cilli, jetzt eingemauert im Freihause daselbst, am sogenannten Antikenthor. — [2] Pauly R. E. IV, S. 874. — [3] Für ihre vortreffliche Haltung spricht der Umstand, dass sie diese Beinamen unter K. Gallienus bereits zum sechsten Male erhalten hat (so auf Münzen dieses Kaisers „legio II italica VI P. VI. F." Arneth, Synopsis p. 123.) —

[1] Schon J. G. Seidl hat in den Beiträgen zu einem Namensverzeichnisse der Procuratoren (Sitzgsbr. XIII, 84) diesem Procurator jenen M. Ulpius Victor zur Seite gestellt, welcher nach Orelli-Henzen 1819 b, 4929 praefectus provinciae Sardiniae war. Es handelt sich noch um die Zeitbestimmung. Knabl versetzt ihn in das Jahr 157, da derselbe beneficiarius Adnamius Flavinus auch vom C. Ustienus die Befreiung erhielt, also Ustienus der Zeit nach sehr nahe an Ulpius Victor Procurator in Noricum gewesen sein dürfte. Da nun Ustienus nachgewiesenermassen die Procuratur im Jahre 158 inne hatte und die folgenden Jahre schon von bekannten Procuratoren besetzt sind, so müsste Ulpius vor dieses Jahr gesetzt werden. Allein dieser Zeitbestimmung steht entgegen, dass nach einer anderen auch aus Sardinien stammenden Inschrift Ulpius Victor Präfect von Sardinien unter K. Philippus (244—249) war (Orelli 5195). Es hindert nichts anzunehmen, das unser Ulpius Victor dieselbe Person mit dem sardinischen Präfecten gewesen sei, und etwa nach der Procuratur von Noricum die Praefectur von Sardinien verwaltet habe.

XXVIII. Bisher unbestimmt. J. O. M. et Cel(ejae) | et Noreiae | Sancte Ruti. | Senilis bf. cos. | pro se et suis | v. s. l. m.: gefunden 1859.

XXIX. Bisher unbestimmt. Bruchstück CAES . L. (Septimius) | (Pertin)ax Au(gustus: gefunden 1859.

I. Lage und Bedeutung der römischen Militärstadt in Celeja.

1. Wie schon vorne bemerkt wurde, bilden diese Steine nach allen Beziehungen hin eine für sich abgeschlossene Gruppe. Die Gleichförmigkeit in der genauen und sorgfältigen äusserlichen Ausführung, in den Widmungen, selbst in der Ausdrucksweise ist eine echt militärische; auch sind es, wenn wir die Bruchstücke und den einen Stein (XXVII), der einen Frauennamen zeigt, abrechnen, durchgehends Legionäre und zwar meist beneficiarii, die als Widmende erscheinen. Es ist unter den 29 Steinen nicht ein Grabstein, alle sind Votivsteine in Altarform, auf ihnen erscheint nicht die Buntheit in den Widmungen, wie auf den Privatsteinen einzelner Familien oder auf den officiellen der bürgerlichen Angehörigen einer Gemeinde; zumeist ist es der allgemeine und oberste Gott Jupiter, und neben ihm (wie bei XII), die Gesammtheit der Götter und Göttinen, hie und da auch noch die heilige Celeja und Noreja (X, XI, XXVIII), eine echt römische Deificirung der Städte des Landes, welchen die Altäre gewidmet sind. Auch ist hervorzuheben, dass ausser dem Allvater Jupiter nur kriegerische Gottheiten als Gegenstand der Verehrung erscheinen, so neben Jupiter, „depulsor" (XXVI) die Reitergöttin „Epona". Neben diesem militärischen Charakter haben sämmtliche Steine mit wenigen Ausnahmen noch einen officiellen. Abgesehen von den unstreitig officiellen Widmungen für das Wohl der Kaiser (X und XI aus den Jahren 211 und 215) gehen nur zwei (XII und XXVIII) ausdrücklich als Veranlassung den Wunsch des eigenen Wohlergehens des Stifters und jenes seiner Familie an, bei den übrigen findet sich eine solche Angabe nicht, vor allem nicht bei den von beneficiariis der Procuratoren gewidmeten. Gewöhnlich ist aber die Angabe der Veranlassung des Gelübdes ein wesentlicher Bestandtheil in dem Texte von Votivsteinen, wie es sich von selbst versteht. Es muss aus dem Mangel einer solchen auf unseren Steinen geschlossen werden, dass eben die Befreiung der Legionäre der Gegenstand des Gelübdes gewesen, und dieser Umstand gewohnheitsmässig durch die Anführung des Wortes „beneficiarius" bemerklich gemacht worden sei. Es dürfte daher in der stereotypen Formel dieser Art von Votivsteinen das Wort, „beneficiarius" nicht schlechthin als blosser prunkender Titel, sondern als grundangebender zu nehmen und mit „factus, nominatus" zu ergänzen sein, d. h. es wird nicht übersetzt werden müssen, als ob z. B. der beneficiarius des Procurators Ulpius Victor einen Stein zu Ehren Jupiters gesetzt habe, wie er es gelobte, sondern so: dass z. B. C. Fuscinius Catullus den Stein zu Ehren Jupiters gesetzt habe, als beneficiarius des Procurators Ulpius Victor, oder weil er von letzterem zum beneficiarius gemacht worden ist.

Da nun eine so geschlossene und anschauliche Reihe von Soldatensteinen vorliegt, die fast sämmtlich keinen privaten Charakter, sondern eine bestimmte und überaus consequente Beziehung auf den Procurator haben, so folgt weiter daraus, dass der Ort, an dem sie errichtet waren, eine militärische und keine bürgerliche Bestimmung gehabt habe; auch ist dort nicht etwa ein gemeinsamer Begräbnissplatz von Legionären, sondern ein dem officiellen Leben des Soldaten gewidmeter vorauszusetzen, wo die Altäre der Götter, ihre Bildsäulen, die Votivsteine u. s. w. aufgestellt wurden, also ein vorzüglicher und ausgezeichneter Platz in dem für die Besatzung bestimmten Theile der Stadt.

Damit stimmen die Notizen von Funden überein, welche an der Fundstelle unserer Steine in früherer Zeit gemacht wurden[1]. Ganz in der Nähe derselben steht neben dem St. Maximilianskirchlein eine Capelle mit dem fons decollationis des h. Maximilian, der hier um 280 n. Chr. den Märtyrertod erlitt, also etwa 40 Jahre, nachdem der jüngste unserer Steine (XIII), soweit diese bestimmt sind, gesetzt worden war. In der Legende dieses Märtyrers heisst es, dass er bei dem Marstempel getödtet worden sei, und wenn man den tausendfach bestätigten Gebrauch der römischen Kirche ins Auge fasst, die Tempel der heidnischen Götter in Kirchen umzuwandeln und dadurch zu entsühnen; wenn ferner fest steht, dass das genannte Kirchlein das älteste der Stadt ist, so kann die Angabe eines Marstempels in der Nähe des Stallnerschen Hauses für wahrscheinlich gelten. Nicht weit davon, nahe an der Kirche zum heiligen Geiste, wurde die Statue eines schwörenden Legionärs[2] und etwas näher gegen die Stadt zu, bei dem Grazerthor, ein nicht mehr vorhandenes Relief[3], gefunden, reich ausgestattet mit allen erdenklichen Waffenstücken (Schilden, Beinschienen, Panzern, Speeren, Streithämmern, Tuben u. s. w.). Alle Spuren in der Umgegend des Fundortes unserer Inschriftsteine deuten also auf eine militärische Niederlassung hin.

Diese Beobachtungen erhalten ein eigenthümliches Licht noch durch die Vergleichung der hier gefundenen Steine mit den sonst an verschiedenen Punkten in Cilli ausgegrabenen. J. G. Seidl hat in den öftergenannten epigraphischen Excursen mit grösster Sorgfalt alle auf Celeja bezüglichen epigraphischen Monumente zusammengestellt, soweit sie bis 1846 zu Tage gekommen waren. Wenn davon nur die sicher in Cilli gefundenen, zum Theile noch vorhandenen in Betracht gezogen werden, so entfallen von 65 Inschriftsteinen 16 auf öffentliche Monumente (darunter 6 Meilensteine), 39 auf private (meist Grabsteine) und nur 10 auf militärische Personen, unter welchen wieder Veteranen sind. Ferner zeigen von 7 Privatsteinen nur zwei die Widmung an „Jupiter" und die „Salus Celejanorum" oder den „Diis Deabusque omnibus", daneben aber erscheinen Widmungen an „Neptunus Augustus", an den „Genius Augusti" und an die „Lares", an „Celeja Augusta", an den „Genius Noricorum" und eine Collectiv-Widmung an „Mars Hercules Victoria und Noreja". Diese Denkmäler zeigen also gerade die umgekehrten Erscheinungen von denen, welche an den im Stallnerschen Hofraume gefundenen beobachtet worden sind. Hier erscheinen nämlich lauter Soldaten als Widmende, daneben ein und dieselbe Widmungsformel auf 29 Steinen, dort fast nur Bürger und Private, dann ganz verschiedene Widmungen und meist Grabschriften. Es liegt darin ein Fingerzeig, dass die Fundstelle unserer Steine ehedem nicht blos überhaupt,

[1] Vgl. J. G. Seidl, Beiträge zu einem Namensverz. der röm. Procuratoren u. s. w. S. 82 f. (Separatabdr. S. 26 f.), wo die Notizen sorgfältig zusammengestellt und die Fundobjecte abgebildet sind. — [2] A. a. O. Taf. II., Fig. 3. — [3] A. a. O. Fig. 5.

sondern ausschliesslich ein militärische Stadttheil war.

2. In welcher Art nun dieser gedacht werden muss, das lässt sich annähernd bestimmen, wenn die Weise in Betracht gezogen wird, in welcher die Römer nach Eroberung von Noricum vorgingen. Ihre Kriege seit der Seeschlacht bei Actium (30 v. Chr.) hatten eine vorwiegend defensive Tendenz; es waren Grenzkriege, theils um Feinde abzuhalten, theils um für das Reich die natürlichen Grenzen, die drei grossen Ströme Rhein, Donau und Euphrat zu gewinnen. Aus den eroberten Gebieten wurden weit ausgedehnte Provinzen, mit dem Charakter von Militärgrenzländern gebildet, als ein breiter Gürtel zwischen den Ländern der classischen Cultur und dem wüsten Barbarenlande; auf dem Boden derselben sollten Einfälle der Barbaren zurückgewiesen oder wenigstens so lange aufgehalten werden, bis das Centrum des Reiches hinlänglich geschützt und gerüstet wäre. Damit stimmt die rein militärische Organisirung dieser Länder überein, deren erste Aufgabe die Bildung eines Strassennetzes und die Begründung von **Militärstädten** war. Letztere sind im Grunde nichts anderes als Standlager (castra stativa), die vielleicht etwas grösser angelegt wurden, statt der Erdwälle und Pallisaden feste Mauern, statt der Zelte aufgemauerte Gebäude und Kasernen[1] erhielten; im Wesentlichen aber sicher dieselben Bestandtheile aufwiesen wie früher, nämlich einen „oberen Theil", in dem der Stab untergebracht wurde, also das „praetorium", das „quaestorium" mit dem „forum" für Kauf und Verkauf und für gesellige Zusammenkünfte, die Quartiere der Oberofficiere, — und einen „unteren Theil", in welchem die Mannschaft sich befand. Zwischen beiden Theilen lief dann jener breite Raum hin, die „principia", der Schauplatz des officiellen Lebens der Soldaten. Da dort die Standarten, die **Altäre der Götter**[2], die Bildnisse der Kaiser, bei denen die Soldaten schwuren, aufgestellt waren; da sich dort die Rednerbühne für den Feldherrn befand, wenn er öffentliche Ansprachen an das Heer hielt; da dort die Militärgerichte abgehalten, endlich die Habseligkeiten der Legionäre wie an einem geheiligten Orte aufbewahrt wurden: so erhellt, dass dieser Ort weitaus der wichtigste im Lager war. Wie nun auch immer die Anlage der Militärstädte nach localen Verhältnissen abgestuft worden sein mochte, gefehlt hat gewiss keiner der angeführten, mit den nächsten Bedürfnissen eines langen und nach aussen abgeschlossenen Lagerlebens innig zusammenhängenden Theile, am allerwenigsten der den „principiis" in den alten Standlagern analoge Ort für die öffentlichen militärischen Acte.

Eben diesen Brennpunkt des Soldatenlebens im alten Celeja zu bestimmen, dazu geben die neuen Cilliersteine die nothwendigen Anhaltspunkte. Nach dem, was vorne über sie gesagt worden ist, nach ihren inneren und äusseren Merkmalen, nach dem Zusammentreffen verschiedener Fundobjecte wird es nicht wohl bezweifelt werden können, dass die Fundstelle unserer Altäre eben jener Hauptpunkt der Militärstadt war. Es lässt sich daran eine weitere Vermuthung knüpfen. Die Herausgeber der Funde von 1853 und 1859 haben in den zahlreichen Widmungen der Votivsteine an Jupiter optimus maximus ein Zeichen dafür gesehen, dass in der Nähe ein Tempel dieser Gottheit gestanden habe[1]. Friesstücke von reicher römischer Ornamentirung, die mitgefunden wurden, mussten darin bestärken. Nach dem heutigen Stand der Funde an jener Stelle lässt sich nun ein zwingender Beweis weder dafür noch dagegen anbringen[2]. In nächster Nähe jedoch (im Dercanischen Garten, 50° südlich vom Stallnerschen)[3] wurde ein Mosaikboden aufgefunden in einer Ausdehnung von 225 □ Schuh, der übrigens eine noch grössere ursprüngliche Ausdehnung hatte, und als dessen Fortsetzung mit Recht die Trümmer von Mosaikböden erkannt wurden, die in einem andern benachbarten Garten aufgegraben worden sind[4]. Auch jene thönernen Röhren fanden sich vor, wie sie bei römischen Luftheizungen gebraucht wurden. Mauern, auf welche man dabei stiess, wiesen auf ein Gemach von 15' 9" im Gevierte und zeigten Spuren von rother Bemalung[5]. Endlich ist der Stallnersche Garten selbst in seinem Schottergrunde überall mit den Stiften eines zerrissenen Mosaikbodens durchsetzt[6]. Alle diese Anzeichen deuten auf ein ausgedehntes **Wohngebäude** hin, das in einem hohen Grade mit Comfort und Luxus ausgerüstet war. Zunächst am Mittelpunkte der Militärstadt gelegen, konnte es wohl nur den befehligenden Officieren zur Wohnung gedient haben. Ob es nun gerade den Procurator des Kaisers beherbergt habe, der, wie sich nachweisen lassen wird, in Cilli seinen Amtssitz hatte und als Inhaber des „imperium" wohl in der Militärstadt sein Quartier aufgeschlagen haben dürfte, dies nachzuweisen wäre eben so schwierig als von geringem Belang. Dagegen liegt in dieser Situation der Officierswohnungen ein Fingerzeig für die gesammte Anlage der übrigen Militärstadt, welcher nicht übersehen werden darf. Da das Wohngebäude für den Stab der römischen Legion südwärts von dem Mittelpunkte der Militärstadt, d. i. von der Stelle unserer Steine liegt, da folgerichtig nach der Anlage der Standlager dieser Mittelpunkt den „oberen" Theil vom „unteren", für die Mannschaft bestimmten, trennte oder wenigstens sehr nahe bei diesem lag; da endlich noch weiter südwärts von den Officierswohnungen — nämlich innerhalb des heutigen

[1] So hatte schon 23 v. Chr. Sejanus die zerstreut in der Stadt Rom untergebrachten Cohorten der Leibwache in einer grossen Kaserne (castra praetoria) untergebracht, um sie immer und in imponirender Stärke bei der Hand zu haben. Tac. Ann. IV, 2. — Die Ruinen derselben sieht man noch heute zwischen der Porta viminalis und Tiburtina in der Vigna di Macao; es sind die gewaltigen Umfangsmauern und längs ihrer zahlreiche gewölbte Kammern. — [2] So erwähnt z. B. Tacitus Ann. I, 39 der Altäre im Lager zu Ara Ubiorum. Munatius Plancus, der von den aufgeregten Soldaten für den Urheber eines ihnen ungünstigen Senatsbeschlusses gehalten und verfolgt wurde, flüchtete zu den Fahnen und Adlern, und hätte nicht ein Fahnenträger das Äusserste verhindert, „so würde er als Abgesandter des römischen Volkes in einem römischen Lager mit seinem Blute die Altäre der Götter bespritzt haben — was selbst unter Feinden selten geschieht. Vgl. über diesen Hauptpl. der Lager noch Tac. Annal. IV, 2, 7; XV, 29. Hist. III, 13 u. s.

[1] Vgl. Arneth, Die neuesten archäol. Funde v. Cilli a. a. O. S. 8 f. — J. G. Seidl, Fundchronik im Archiv XIII, s. v. Cilli, Sprtabdr. S. 23, hält die Nähe irgend eines Tempels oder Heiligthumes für wahrscheinlich. — R. Knabl, Mitth. d. hist. Ver. f. Steierm. 1855 (IV.), S. 188, vermuthet gleichfalls einen Jupitertempel in der Nähe. — [2] Die Widmungen an Jupiter optimus maximus und den Diis deabusque omnibus kommen mit gleicher Consequenz, wie auf den Cillier Steinen, auf einer Reihe von in Treffen (Krain, castra Latobicorum) gefundenen Soldatensteinen, vor (Seidl, Fundchronik im Archiv IX, Bd. 180, Sprtabdr. S. 55), von denen 5 dieselbe Widmung (J. O. M. et Genio loci oder Diis deabusque omnibus) tragen. Dazu kam noch in den letzten Jahren ein gleichlautender. Auch bei ihnen ist das Datum angegeben. Sie dürften für die castra Latobicorum ebenso den Platz der „principia" bezeichnen, wie unsere Steine für die Militärstadt in Cilli. Daraus folgt andererseits, dass man derlei Altarsteine ziemlich überall, auf den Hauptplätzen, in Standlagern voraussetzen dürfe, ohne auf einen Tempel zur Erklärung ihres Vorhandenseins greifen zu müssen. Schon durch ihre Aufstellung ward eben dieser Platz ein Heiligthum. Die allgemeinen Widmungen an den obersten Gott und an alle Götter und Göttinen stimmen mit der kurzen und summarischen Soldatenandacht zu sehr überein, und sind zugleich, so wie die Widmung an den „Genius loci" so echt römisch, dass man aus ihnen wohl auf die Nähe eines Lagers, nicht aber gerade auf die eines Jupitertempels schliessen kann. Interessant ist in dieser Beziehung die bildliche Hinweisung auf die grosse capitolinische Dreiheit der Götter Jupiter, Minerva und Juno, die auf einem Cilliersteine durch Anbringung der Reliefgestalten von Juno und Minerva an den Seiten der Ara ausgedrückt ist (Vers. XVI.) Vgl. meine Fortsetzung d. Fundchronik (Archiv. XXIX, 231, Sprtabdr. S. 47) u. Arneth's Schrift über d. neuesten archäol. Funde in Cilli S. 8 f. — [3] Seidl, Beitr. zu einem Namensverzeichniss d. Proc., Sitzungsber. XIII, 30. Sprtabdr. S. 28. — [4] A. a. O. — [5] Knabl, Mitth. d. hist. Ver. f. St. 1854 (V) S. 102 f. — [6] Bericht des Conservators Herrn Scheiger an die k. k. Central-Commission.

Cilli — die Inschriftsteine jenen bürgerlichen Charakter verrathen, dass daraus geschlossen werden kann, hier bis in das Flussbett der Sann hinein habe die Civilstadt gelegen, d. h. das neben der Militärstadt aus der ehemaligen Barbarenortschaft zum Municipium emporgewachsene bürgerliche Cilli: so lässt sich leicht abnehmen, dass der grössere Theil der Militärstadt, welcher die Kasernen der Mannschaft in sich schloss, sich nordwärts von der Fundstelle unserer Steine ausgedehnt habe. Dass wirklich das alte Celeja in dieser Richtung ausgebreiteter war, als das heutige Cilli, dafür liegt ein Anzeichen in der Sage, die Stadt habe nördlich bis zum heutigen „Galgenberge" gereicht[1].

3. Diess nun dürfte die Anlage der Militärstadt in Celeja gewesen sein. Ihre Bedeutung für diesen Ort lag übrigens weniger in der tactischen Beschaffenheit, welche vielmehr für die Herrschaft der Römer selbst von Wichtigkeit war, als in dem Antheil, den sie, wie die Militärstädte in barbarischen Grenzländern überhaupt, an der Romanisirung der Umgebung, und am Aufblühen des Handels durch dessen Beschützung genommen hat; dieser Antheil ist von culturgeschichtlicher Bedeutung und mag daher in Kurzem beleuchtet werden.

Es hing mit dem Zwecke der Militärstädte zusammen, dass sie mehr oder weniger nahe an dem Knotenpunkte jenes Verkehres angelegt wurden, der schon vor Ankunft der Römer unter den Barbaren bestanden und die Entstehung zahlreicher Ortschaften bewirkt hatte. Die meisten Militärstädte führten ursprünglich allein, und nach ihrer Erhebung zu Colonien oder Municipien, neben dem officiellen einen andern Namen, in dem trotz der Latinisirung barbarische, meist keltische Klänge vernehmbar sind[2]; ein Umstand, der eben darauf hindeutet, dass diese Namen und mithin auch die Ortschaften schon vor der Ankunft der Römer bestanden haben. Die Folge der Nachbarschaft war eine mehrfache Berührung der Legionäre mit den Einwohnern des Landes, und aus diesem Verkehre erwuchsen im Laufe der Zeit die ersten und kräftigsten Keime einer neuen Cultur in den Grenzländern, einer Mischbildung, wie sie sich in den mannigfaltigen archäologischen Funden zu erkennen gibt, durch welche nicht blos die Barbaren allmählich zum römischen Culturleben herangezogen wurden, sondern auch die römische Bildung selbst, obgleich sie von ihrer Höhe und Feinheit verlor, eine neue Kraft und Frische erhielt. Fortan knüpfen sich an die Militärstädte die historischen Erinnerungen der Barbaren; sie lernen Städte bauen und wohnen und ihre Angelegenheiten verwalten wie die Römer, sie werden durch das Soldatenleben mit in die Parteikämpfe um den fernen Kaiserthron gezogen, ihre Söhne sind die gefürchteten Leibgarden, welche den Pöbel der Hauptstadt im Zaume halten; späterhin erscheinen die römisch-barbarischen Mischehen als die wichtigsten Zeugnisse für das Heranwachsen der neuen Cultur, die endlich, wie früher den Cultus römischer Gottheiten nun auch das Christenthum von römischen Tribunen aus den Militärstädten empfängt[3].

[1] J. G. Seidl, Beitr. zu einem Namensverz. u. s. w., a. a. O. XIII, 92, Spritzbdr. 30. — Die Akropolis von Celeja, welche die hochgehende Sage dahin verlegt, dürfte sich vielleicht auf einen befestigten Posten reduciren, der hier eben so gut als auf dem südlich gelegenen „Schlossberge" angenommen werden kann. — [2] S. wird für Celeja selbst als Stammwort „Cel", Schlupfwinkel geltend gemacht (Seidl, zur Geschichte der Stadt Cilli in der steiermärk. Zeitschrift N. F. VII (1842), S. 7—8 u. 11.); vgl. damit die Namen Virunum, Carnuntum, Ovilabis, Juvavum u. s. w. Bezeichnend für die Anlage von Militärstädten an solchen Orten sind die Namen wie Juvense castrum, Batava castra u. s. w. — [3] Z. B. der h. Florian in Lorch.

Speciell in Noricum hat die Romanisirung einen sehr ungleichen Gang genommen; einen Gradmesser für ihr Fortschreiten gibt die Erhebung der neben den Militärposten gelegenen Ortschaften zu Municipien oder Colonien, da sie erst verfügt wurde, wenn in ihnen ein grösseres bürgerliches Gemeinwesen emporgekommen war. Im Uferlande des heutigen Oesterreich trat dieselbe erst unter und nach Kaiser Hadrian[1] ein, also in der Zeit von 117 — 180 n. Chr. Dagegen hatte der südlich gelegene Theil von Noricum schon 100 Jahre vorher diese Stufe erstiegen[2] und ganz vorne treffen wir unter den wichtigsten Orten dieses Gebietes Celeja. Auf die überraschend schnelle Erhebung dieses Ortes hat die Begründung einer Militärstadt einen entscheidenden Einfluss ausgeübt, indem sie seinem blühenden Handel den nothwendigen Schutz gewährte. Es genügt in dieser Beziehung, auf wenige archäologische Funde in der Stadt Cilli hinzuweisen. Strabo, der um 24 n. Chr. starb, nennt den Ort noch nicht, obwohl nicht bezweifelt werden kann, dass er schon damals bestanden habe. Kaiser Claudius (41—54) erhob ihn schon zu einem Municipium[3] mit dem Namen Claudia Celeja, und schon zwischen 68 und 98 dürfen wir in dem ausser der Militärstadt gelegenen Theile von Celeja die Herstellung weitläufiger und prachtvoller Neubauten annehmen. Der k. k. Kreisingenieur Hr. Byloff stiess nämlich 1826 im Hofe des Besko'schen Hauses (Postgasse 45) auf einen Mosaikboden in einer Tiefe von ½' unter der heutigen Oberfläche[4], und als er ausgehoben wurde, fand sich mitten in der Mörtelschichte, in welche er gebettet war, eine Kupfermünze von Kaiser Vespasianus (69—79); diese kann dahin gerathen sein nur bei der Anlegung des Bettes selbst; nun wurde unter Kaiser Nerva (96—98) die Kupfermünze seiner Vorgänger eingezogen und umgeprägt[5], daher diese überhaupt in Funden selten vorkommt, dann aber für die Zeitbestimmung verlässlicher ist, als andere Fundmünzen; man kann also annehmen, dass die Legung des Mosaikbodens in die Regierungszeit der flavischen Kaiser fällt. Das Gebäude, zu welchem er gehörte, wurde selbst aber auf dem Platze eines älteren gemauerten und niedergebrannten aufgeführt; denn unter dem Mosaikboden fand sich Kohle und Schutt, (eine Schicht von 9" Tiefe) unter dieser eine Schicht von Flusskies (2' stark), und wieder unter dieser eine Schicht von Dammerde (1' 3" tief). Ferner ist das Mosaik aus weissen Stiften von Bacherer Marmor, der bei Cilli bricht, die einfassende Bordüre, eine Spira, aus braunen Stiften eines gleichfalls in der Nähe vorkommenden Steines gebildet[6]; also mussten um jene Zeit die Steinbrüche der Umgebung von Cilli schon bearbeitet und in der Stadt selbst die baulichen Kunstzweige ziemlich ausgebildet sein. Die Mauer, welche Hr. Byloff zugleich mit dem Mosaikboden aufgrub, zeigte genau jene Behandlung des Bewurfes, nämlich die stufenweise Verfeinerung der übereinander aufgetragenen Mörtellagen, wie sie aus gleicher Zeit in Pompei vorkommt. Von derselben Art dürften die übrigen Mosaikböden gewesen sein, welche 1809, 1826, 1835, 1847 u. s. f. an ver-

[1] So Salzburg Aelia Hadriana, Klosterneuburg (?) Aelia Cetiensis, Wels Aurelia Antoniniana, so Lorch Gaisberger Lauriacum 1846, S. 4—8. — [2] Z. B. Flavium Solvense in Mittel-Noricum, neben der älteren Claudia Celeja. — [3] Der Ort wird übrigens bald Colonie, bald Municipium genannt. — [4] Nach dessen mit Plänen versehenem, verlässlichen Berichte, jetzt in der Bibliothek des k. k. Münz- und Antiken-Cabinets. — [5] Mommsen, Verfall des röm. Münzwesens in der Kaiserzeit. Berichte der sächs. Gesellschaft d. W. [illegible] III u. IV, S. 228. — [6] Nach Byloff's schon angeführtem Berichte.

schiedenen Punkten aufgegraben wurden, aber grösstentheils wieder zu Grunde gegangen sind.

Kaum 30 bis 40 Jahre hatten also hingereicht, einen früher nicht einmal genannten Ort so blühend zu machen, dass nicht in der Militärstadt, sondern im Municipium selbst prächtige Neubauten ältere verdrängten, ja dass sie mit den Kräften der Stadt selbst hergestellt werden konnten. Es hat dann freilich nichts Befremdliches an sich, wenn römische Procuratoren hier ihren Amtsitz aufschlugen, und wenn wir aus der folgenden Epoche der Antonine weitere Spuren von Prachtbauten finden, wie Friesstücke zierlicher Arbeit aus der Hadrianischen Zeit[1] und selbst eine mit Quadern ausgelegte Säulenhalle[2]. — Wieder andere Trümmer zeigen viel spätere zur byzantinischen Weise hinneigende Ornamente, und erinnern an die lange Blüthe des Ortes, in welchem die aus Norikern gebildete Legion ihr bleibendes Hauptquartier hatte, und wo noch zu Constantius des Grossen Zeit der kaiserliche Statthalter residirte; aus der Zeit der kurz vorhergehenden Decennien wird er geschildert „als eine mit Reichthümern angefüllte, dicht bevölkerte, durch ihre Besatzung mächtige Stadt, berühmt wegen ihrer edlen und ausgezeichneten Bürger, thurmgekrönt und prunkend mit marmornen Palästen, und für Kriegsfälle in Folge häufiger Uebungen sehr wohl versorgt"[3]. Man sieht aus dieser, wenn auch späten Schilderung nicht blos wie blühend die Stadt war, sondern auch welches Gewicht in ihr die Militärstadt hatte. An der Handelsstrasse von Aquileja über Emona her gelegen, konnte dem Orte die Errichtung eines befestigten Standlagers in nächster Nähe nur zum Vortheile gereichen. Unter dem Schutz der Römer und durch die mannigfache Anregung, welche die ruhigen und verständigen Einwohner aus dem Verkehre mit ihnen erhielten, konnte es nicht anders kommen, als dass der Ort rasch aufblühte und die römische Bildung tiefe Wurzeln schlug.

4. Unter den vielen anderen Monumenten, die Cilli aufweist, soll hier noch einiger gedacht werden, die eine Erscheinung an dem Funde unserer Inschriften erklären und uns eine Schattenseite der glücklichen und gesegneten Stadt kennen lehren. Es ist eine mehrfach beobachtete Erscheinung, dass über dem ehemaligen römischen Strassenpflaster in Cilli eine mächtige Schicht von Sannschotter liegt, die häufig die Stärke von sechs Schuhen erreicht. Auch an der Fundstelle unserer Inschriftsteine und des Mosaiks im Dereanischen Garten ist dies der Fall gewesen, obwohl sie noch jetzt ziemlich weit nordwärts vom Flüsschen Sann entfernt ist und ehemals sicher noch entfernter war. Herr Byloff fand auch die oben genannte Säulenhalle am Ende der „Herrengasse" gegen den Hauptplatz hin in einer Tiefe von mehr als sechs Schuhen, also an der unserer Fundstelle entgegengesetzten Seite der Stadt und dem Ufer des Flüsschens ziemlich nahe. Damit verbindet der Conservator Herr Scheiger in dem schriftlichen Berichte über den neuesten Fund von Inschriftsteinen an die k. k. Central-Commission die fortlebende Sage, dass nach der Zerstörung der Stadt in der Zeit der Völkerwanderung im oberen Sannthale ein grosser See sein Becken durchbrochen und das ganze untere Sannthal überschwemmt habe. Endlich wurden mehrere römische Inschriftsteine in der Sann selbst gefunden, die der Sage nach auch einen Theil der Stadt verschlungen hat. Wie damals, so müssen auch schon früher grosse Wassergefahren über die letztere hereingebrochen sein; oben ist angegeben worden, dass ein Mosaikboden (in der Postgasse 45) unter sich eine Schicht von Kohle und Schutt und unter dieser eine Schicht von Flusskies (2' tief) gehabt habe, unter welcher erst die Dammerde lag. Das dürfte ein Zeichen abgeben, dass schon vor den Neubauten unter den flavischen Kaisern ähnliche grosse Ueberschwemmungen wie späterhin stattgefunden haben. Mit dieser Eigenschaft des Flusses nun lassen sich sehr wohl ein Inschriftstein und mehrere Reliefs verbinden, deren Existenz in Cilli sonst unerklärlich wäre.

Im Atrium der k. k. Hofbibliothek findet sich ein um 1727 aus Cilli hieher gebrachter Votivstein, welchen noch Duellius an der Aussenwand des Kapuzinerklosters in Cilli sah; er ist ein Altar, 2' 7" hoch, 1' 6" breit; die Inschrift lautet[4]:

NEPTVNO
AVG· SAC· CELEIANI
PVBLICE

Bei allen Inschriftsteinen Cillis enthalten die Widmungen nichts Seltsames; sie können leicht aus Verhältnissen erklärt werden, die eben überall im öffentlichen und privaten Leben eines Municipiums vorauszusetzen sind; auch darf man nur hie und da ein besonderes Ereigniss als Veranlassung annehmen, indem die Votivformeln sehr allgemein gehalten sind. Wie aber, muss man fragen, kam die Civilstadt, die in einer von Höhen umzogenen kleinen Ebene lag, an einem Flüsschen, das durchschnittlich nicht mehr als 30 Klafter Breite hat, dazu, öffentlich, also nach Beschluss der ganzen Gemeinde und auf ihre Kosten dem Neptunus einen Votivstein zu setzen? Ebenso nehmen sich unter den übrigen Reliefs, die in Cilli gefunden wurden, jene seltsam aus, welche wenigstens jetzt keine Inschrift mehr tragen, aber mit jugendlichen gehörnten Köpfen ausgestattet sind, die breite Gesichtszüge und dichten Haarwuchs zeigen; aus letzteren ragen statt menschlicher Ohren Stierohren hervor, über diesen sitzen kurze

[1] Ein solches nach römischer Weise mit Eierstäben, Zahnschnitt und canellirten Consolen geschmücktes Gesimse fand man 1861 neben einem mit triglyphenartig angebrachten Pfeilerchen ausgestatteten Grabdenkmale, das vorne in einer Nische ein männliches Brustbild in runder Arbeit zeigt, beim Umbau eines Hauses nächst der k. k. Bezirkshauptmannschaft (nahe am Laibacher Thore). Ebenda fand man vor etwa 30 Jahren zwei Säulen von 3' — 10' Länge und 4' Durchm., also von colossalen Dimensionen, und an der Rückwand des obengenannten Hauses eine kleine thronende Figur aus Bronze, welche R. Knabl (Mitth. d. hist. Ver. f. St. 1863, S. 41) auf Noreja gedeutet hat. Auch zwei Inschriftsteine kamen (1861) zu Tage, jedoch in so kläglichem Zustande, dass ihre Ergänzung, zumal weil Anhaltspunkte für die Grösse der Inschriftfläche fehlen, kaum möglich sein dürfte. Der eine, in seiner jetzigen Gestalt ein viereckiger Pfeiler 3½' hoch), trägt die Zeilen . . . . OMBAI . . . . BRIEV[illegible] . . . . . ENTI . . . . OnvFEL mit grossen schönen Buchstaben. Der andere, eine Tafel von 5' 7" Länge (das Ende zur linken Hand fehlt) und 3' Höhe, trägt eine zur Hälfte ganz verwetzte 11zeilige Grabschrift, die vielleicht zu dem oben erwähnten Grabdenkmale gehörte. Die Tafel ist von einem mit Gewinden verzierten Rahmen umgeben. Ihre Entzifferung muss weiteren Versuchen aufgespart bleiben. (Diese Notizen sind dem Berichte des Herrn Conservators Scheiger an die k. k. Central-Commission entnommen.) — [2] Eine genaue Darstellung findet sich in den mehrmals genannten Herrn Byloff's Aufnahmen über die Monumente in Cilli, jetzt in der Bibliothek des k. k. Münz- und Antiken-Cabinets. — Eine Beschreibung dieses schönen Bauwerks am Ende der Herrengasse gegen den Platz hin, und von einem Gebäude, das auf dem „Schürplatze" stand, findet sich in den epigr. Excursen von J. G. Seidl, V, 32, (W. Jahrb. d. Lit. Bd. 115). Der Plan bildet ein Viereck von colossalen Mauern (von 1° 5' bis 3° 2' 6" Dicke), das aber nur 27° Länge und 15° Breite hatte; es war durch einen Mittelgang in sechs Seitenräume getheilt, deren Mauern aus Kalktuffsteinen, Marmor- und Sandsteinplatten bestanden und wahrscheinlich den Unterbau eines hohen Gebäudes bildeten, zu welchem vielleicht auch die oben angeführten zwei massiven Säulen gehörten. Ein Tempel wäre hier nicht unwahrscheinlich zu vermuthen; durch die Regulirung des Platzes sind die bloss gelegten Mauern wieder unsichtbar geworden. — [3] Die Schilderung rührt aus der zweiten Hälfte des XIII Jahrhundertes her, Vita S. Maximiliani archiep. Laur. Pez I, col. 23, n. 3.

[4] J. G. Seidl, epigr. Excurse VI, S. 1, (W. Jahrb. 116), vgl. a. a. O. V, S. 8 (W. Jahrb. 115, Anz. Bl.)

starke Stierhörner. Ein solches Relief befindet sich im Bräuhause nahe am Laibacher Thore, ein zweites am „Antikenthore" im Freihause, ein drittes am Rathhause eingemauert, ein viertes nicht mehr vorhandenes befand sich in der Kaserne[1]. Man hat sie auf Isis gedeutet; allein wenn auch anderwärts in Steiermark Votivsteine zu Ehren dieser Göttin gefunden wurden, so fehlt doch in Cilli bisher jeder inschriftliche Nachweis für den Cult derselben. Auch zeigen die Reliefköpfe weder die Lotosblume noch die flachen Mondhörner, welche der Isis beständig zugetheilt werden; vielmehr verräth der dicke runde Ansatz der Hörner, der kurze Schwung an ihren Enden und die Derbheit der Muskulatur des Kopfes deutlich ein stierartiges Wesen. Viel näher schiene uns die Deutung dieser Reliefköpfe auf eine Flussgottheit zu liegen, und dass mit einer solchen nur der Saunfluss gemeint sein kann, ist bei der Natur des wilden kleinen Wassers, das an der Stadt vorüberfloss und sie zu öfteren Malen überschwemmte, einleuchtend. Man stellte eben nach den Uebungen der allegorisirenden Kunst den kleinen Fluss als einen noch jugendlichen Stromgott dar[2]. Einen anderen Sinn dürfte wohl auch die obenangeführte Votivinschrift nicht haben, als den, von dem obersten Gotte des Meeres und der Wasser, von dem Vater der Strom- und Flussgötter die Abwendung verheerender Überschwemmungen zu erflehen. Es müssen aber grosse und dringende Gefahren für die Stadt gewesen sein, welche die Gemeinde veranlassten, ihre Zuflucht zu einem Gelübde an Neptunus zu nehmen, obwohl sie zugleich den Flussgott selbst durch Aufstellung seines Bildnisses zu besänftigen suchten.

II. Die Procuratur von Noricum.

1. Neben den Namen schlichter Legionäre, deren Andenken nur ihre Befreiung von den niederen Soldatendiensten erhalten hat, und welche, in der Militärstadt ihr Leben verbringend, für uns wie alle weiter unberühmten Einwohner derselben kein anderes Interesse haben, als insoferne sie für die Vertreter der römischen Cultur in den unteren Volksschichten gelten können, — neben ihren Namen erscheinen auf den neuen Cillier Steinen die von höher gestellten Beamten, unter ihnen wieder manche berühmte, die auch in der grossen Geschichte des Weltreiches an die Oberfläche gekommen sind und uns in den Berichten der Geschichtschreiber begegnen.

Es ist oben davon die Rede gewesen, dass der Titel Procurator Augusti für Noricum mit „kaiserlicher Statthalter" übersetzt werden müsse. Daraus erhellt schon, welche Bedeutung für die Geschichte der römischen Verwaltung in Noricum die Cillier Steine haben, zumal als bis zum Jahre 1853 nur wenige Namen von Procuratoren aus Inschriften, die (ausserhalb Cilli) in Steiermark und in Cividale gefunden worden sind, bekannt waren[3]. Zu diesen 4 hat nun Cilli 12 neue Namen geliefert, so dass jetzt 16 Procuratoren bekannt sind. Von ihnen gelang es jedoch nur 7 der Zeit nach zu bestimmen, indem bei 9 Namen jeder Anhaltspunkt fehlt, um eine sichere Zuweisung in das eine oder das andere Jahr oder auch nur Jahrzehend vornehmen zu können. Die Namen der Procuratoren sind keineswegs ungewöhnlich, vielmehr es begegnen in anderen Inschriften sehr viele ähnliche, auch bei den Geschichtschreibern finden sich zahlreiche Persönlichkeiten mit ähnlichen Namen. Allein es mangelt, zumal bei letzteren, wenn der Name selbst zutrifft, der Vorname oder der Beiname, oder es sind dort mit den gleichen Namen andere Vor- und Beinamen verbunden, als die Procuratoren führen in anderen Fällen wieder befinden sich keine beglaubigten Mittelglieder, mittelst deren wir einen Procuratornamen sicher auf diese oder jene von Geschichtschreibern oder in Inschriften genannte Person beziehen könnten, so dass also nur das sehr weite und unsichere Gebiet der Vermuthungen übrig bleibt, deren freilich für jeden Namen mehr als eine aufgestellt werden könnten. Es dürfte zweckmässiger sein, noch andere Funde abzuwarten, welche der Cillier Boden an jener Stelle sicher noch gewähren wird, und vorläufig an dem bereits gewonnenen Materiale jene Züge zu beobachten, die geeignet sind, von der Verwaltung Noricums durch die kaiserlichen Procuratoren ein charakteristisches Bild zu geben.

Zu diesem Behufe möge voran die Reihe der dem Verwaltungsjahre oder der Epoche nach schon bestimmten gestellt werden und ihnen jene der noch unbestimmten folgen. Zu ersteren mögen auch die wenigen von Geschichtschreibern genannten, in Inschriften nicht vorkommenden Namen gestellt werden (sie sind im folgenden Verzeichniss mit einem Sternchen bezeichnet):

41—58 C. Baebius Atticus (Cividale)[1].
* 68 Petronius Urbicus (Tac. Hist. I, 70)[2].
96—98 Memmius Apollinaris (Cilli).
138—161 L. Cammius Secundinus (Seckau).
158 Usticnus Secundinus (Cilli).
159 Bassaeus Rufus (Cilli).
160 Flavius Titianus (Cilli).
* 203 Polennius Sebennus (Dio Cass. 76, p. 864)
244—249 Ulpius Victor (Cilli).

Zu den noch unbestimmten gehören:

C. Antistius Auspex (Reifenstein).
Q. Caecilius Redditus (Cilli, siehe das Verzeichniss oben No XVIII).
C. Censorius Niger (Cilli, neuester Fund No. 3, 4).
Drusus Proculus (Cilli, im Verzeichniss No. XIX).
Q. Lisinius Sabinus (Cilli, im Verzeichniss No. XIV bis XVII).

[1] Aus Bucifs oben angeführten Zeichnungen von Cilliermonumenten. — Vgl. J. G. Seidl a. a. O. S. 31. — [2] Vgl. eine ähnliche Darstellung bei Millin Galerie mythol. I, pl. 75, 311; vgl. Description des pierres gravées du duc d'Orleans I. p. 127. — [3] Es sind folgende Inschriftsteine. I. C. Baebio. P. F. Cla | Attico | II vir. j. d | primopil leg. V macedonic. praef. | civitatium Moesiae et Treballiae. praef. civitat. | in alpib. Maritumis tr. mil. coh | VIII. pr. primo pil. iter. Procurator | T. Claudi. Caesaris Aug. Germanici | in Norico | civitas | Saevatum et Laiancorum. — II. M. Gavio | Maximo | praefect | praetor | L. Cammi | Secundi | p. p. praef. leg. | proc. Aug. | amico, aus Seckau. R. Knabl, Mitth. d. hist. Ver. f. Steierm. V. 205 und VI, 167, bestimmt ihn mit grosser Wahrscheinlichkeit auf die Zeit zwischen 138 u. 158 n. Chr. — III. Mithrasstein 1845 am Bachergebirge bei Maria Rast gefunden. M. Porcius | Verus | proc. | Aug. | me | posuit. Seidl, epigr. Excurse V. S. 24. a. (W. Jahrb. d. Lit. Bd. 115, Anz. Bl.) — IV. Aus Reifenstein bei St. Georgen bei Cilli. I. O. M. | Marcilnius | Successus benef. | C. Antisti | Auspicis | proc. Aug. | v. s. l. m. Seidl, in den epigr. Excursen V, S. 11, No. 28; Wr. Jahrb. d. Lit. Bd. 115, Anz. Bl. — Von sehr grosser Wichtigkeit wäre ein auf dem Schlossberge zu Linz im Lande ob der Ens gefundener Grabstein, wenn derselbe besser erhalten wäre; von der Inschrift kann nur gelesen werden . . . lio (. . . ni Liconi?) comis et (lust)mili(t) (legionis) X. procuratoris) . . . . . . vgl. Prits, Geschichte des Landes ob der Ens I, 44 und J. Gaisberger im XIII. Bericht des Museums Francisco-Carolinum 1853, S. 56, No. 68. — Ohne Zweifel stand hier der Name eines Procurator praeses, d. h. eines kaiserlichen Statthalters; es ist der erste Stein im Ufernoricum, der den Statthalter nennt. Leider ist nun der Name desselben nicht mehr zu enträthseln; der Stein wird übrigens in die Zeit nach M. Aurel versetzt, welcher die legio X vom Rhein nach Noricum berief, wo sie über 380 Jahre verblieb.

[1] Orelli 3858. — [2] Muchar, welcher auf diese Stelle aufmerksam machte, vermuthet, dass der von Tacit. Hist. III, 5. u. IV 70 genannte Sextilius Felix auch Procurator von Noricum war; er hatte im Kampfe Vespasians mit Vitellius mit einer aurianischen Reiterschaar, acht Cohorten und der norischen Jugend den Inn zu besetzen, um den am Vitellius festhaltenden Procurator Porcius Septiminus zu beobachten. Möglich ist wohl, dass Sextilius Procurator von Noricum war; allein ausdrücklich ist diess nicht gesagt und somit kann er eben auch ein anderer Heerführer in dem, Vespasian anhänglichem Heere gewesen sein.

Aus diesen Beispielen dürfte zu folgern sein:

a) Dass an die Stelle der Quästur, welche in kaiserlichen Provinzen nicht existirte, die Finanzprocuratur in irgend einer kleineren kaiserlichen Provinz, wie Lusitania oder Asturia auf das Militärtribunat folgte.

b) Dass jene Beamten, die einmal irgend eine Procuratur versehen haben, nicht weiter Ädilität und Prätur bekleiden, da ja die Procuratur, vermöge welcher eine Provinz nach allen Richtungen hin verwaltet wird, diese Stellen gewissermassen cumulativ in sich fasst.

c) Dass ein gewesener Procurator weiterhin nur wieder als Finanzprocurator, sei es im Allgemeinen für die gesammte Finanzverwaltung eines Landes oder insbesondere für einzelne Theile, z. B. die Erbschaftsteuer[1] verwendet wird, also speciell in dem finanziellen Departement. Wenn er nicht wieder irgend eine Procuratur in einer anderen Provinz erhält, so erscheint er fast durchgängig als Finanzprocurator in verschiedenen Provinzen. Das glänzendste Beispiel einer solchen Laufbahn bietet die Ämterfolge des Bassaeus Rufus; sie zeigt, dass nach der Finanzprocuratur in grossen kaiserlichen Provinzen, mit welcher wohl die Carriere der meisten mochte geschlossen haben, dem Emporsteigenden noch mehrere Stufen winkten, nämlich die „praefectura annonae“ und die Präfectur von Aegypten, nach heutigen Begriffen ein Vicekönigthum[2]; nur eine persönliche Auszeichnung für Bassaeus mochte es gewesen sein, dass er den höchsten Gipfel seiner Laufbahn als „praefectus praetorio“ erstieg, die ihn zur nächsten Person nach dem Kaiser machte, aber im Grunde auch kein Staatsamt, sondern ein Haus- oder Hofamt war.

Als Ergebniss der bisherigen Betrachtung stellt sich also die bestimmte Wahrnehmung dar, dass aus der Ämterfolge derer, die Procuratoren waren, eine consequente Verwendung für das Finanzwesen sich abnehmen lässt, wie ja schon der Titel „Procurator“ anzeigt[3]. Dies muss vorläufig festgehalten werden. — Wollte man noch eine weitere Folgerung aus den Laufbahnen ziehen, die oben angeführt worden sind, so wäre es jene, dass für die Procuratur das Montanwesen eine hervorragende Rolle spielt; es trifft damit zusammen, dass fast alle Länder, die von Procuratoren verwaltet wurden, reich an Bergwerken waren. So wie für die Procuratur in den Seealpen und den ihnen zunächstliegenden Gebirgsdistricten eine tüchtige Ausbildung im Flottendienst vorausgeht, ebenso erscheint, fast constant, Spanien in seinen einzelnen Theilen, namentlich Gallaecien und Asturien, eine wichtige Rolle in der Vorbildung und Verwendung der Procuratoren gespielt zu haben; Spanien war aber vorzugsweise das Land des Bergbaues. In demselben Sinne dürfte auch die Verwendung des T. Cornasidius Sabinus in Dacia apulensis zu verstehen sein, das ja auch, wie Dacien überhaupt, in montanistischer Beziehung sehr wichtig war. — Mit gleicher Beharrlichkeit kehrt in den genannten Ämterfolgen die Finanzprocuratur in Belgien und den beiden Germanien wieder; nur folgt dieselbe in der Regel der Procuratur, so dass sie für die Ausbildung der Beamten eine höhere Stufe bildet. Das lässt sich wohl damit verbinden, dass diese Länder bei dem regen Militärleben, das in ihnen herrschte, eine tüchtige Schule für die Kenntniss des Finanzwesens in Verbindung mit dem Heerwesen abgaben.

Endlich muss auffallen, dass die Procuratoren, die den Staatsbeamten entgegen gesetzt werden, also wie schon gesagt wurde, Hofbeamte des Kaisers waren, nachdem sie die Procuratur verwaltet hatten, in den Status der Staatsbeamten, als welche die Finanzprocuratoren doch zu fassen sind, wieder eintreten und darin weiter aufrücken; auch kommen sie dabei zu verschiedenen Malen wieder als Hofbeamte vor, z. B. wenn Bassaeus Rufus nach der Procuratur in Noricum die Finanzprocuratur in Belgien und später wieder eine Procuratur, nämlich jene von Aegypten erhält. Es folgt daraus, dass eine scharfe Sonderung des Status der Hofbeamten von jenem der Staatsbeamten in den ämtlichen Laufbahnen nicht eingehalten worden ist, wie es jener Zeit und der Regierungsweise der ersten Kaiser entsprach, für welche es kein fest bestimmtes Herkommen gab.

Noch ist der Competenz und der Stellung zu gedenken, welche die Procuratoren vermöge der ihnen eingeräumten Befugnisse genossen haben. Wie aus geschichtlichen Berichten[1] und aus Inschriften[2] hervorgeht, hatten sie den Oberbefehl über die im Lande liegenden Truppen und das Recht über Leben und Tod zu entscheiden, d. h. sie übten in Stellvertretung des Kaisers das „imperium“ und das „jus gladii“ aus. Dadurch erhielt ihre Competenz das volle Gewicht, dessen sie bedurften, um die gesammte Administration eines Landes durchführen zu können. Es ist eigenthümlich, dass derselbe Kaiser Claudius, der mit seinem wirthschaftlichen Sinne mehr als ein fernes Königreich eingezogen hat, die Procuratoren in so besonderer Weise auszeichnete und begünstigte. Es hatte zwar schon Augustus verfügt, dass die Präfecten Aegyptens ebenso rechtskräftige Gerichtsverhandlungen führen und ihre Beschlüsse ebenso gelten sollten, als die der römischen Staatsbeamten (magistratus romani); viel mehr aber hob Kaiser Claudius das Institut der Procuratoren. Er liess öfter den Wunsch vernehmen, dass die Urtheile der Procuratoren dieselbe Kraft haben sollten, als wenn er selbst sie gefällt hätte. Der willfährige Senat erhob diesen Wunsch in einem vollständigen und ausführlichen Beschlusse zum Gesetz (53 n. Chr.)[3], wodurch das Ansehen der Procuratoren auf das Höchste gesteigert und auf alle, nicht blos jenem von Aegypten ausgedehnt wurde. Dazu kommt noch, dass der Kaiser selbst schon früher jenen Procuratoren, welche „ducenarii“ waren, die „ornamenta consularia“ verlieh[4], also dieselben Ehrenzeichen, die den höheren Legaten oder Statthaltern in den kaiserlichen Provinzen zukamen. Ducenarii waren jene Procuratoren, welche 200.000 Sesterze Besoldung hatten (ungefähr 13.000 Gulden unseren Geldes in Silber); sie standen

[1] Beispiele bei Orelli 2223, 3331, 3330, 6642, 6947, wo es durchgehends die Verwaltung der Erbschaftsteuer (procurator oder Magister vicesimae hereditatium oder hereditariae) ist, zu welcher gewesene Procuratoren oder Finanzprocuratoren berufen werden. — [2] Inschriftlich können noch drei Ämterfolgen nachgewiesen werden, die bis zur Präfectur von Aegypten (Orelli 6947, 3651) oder wenigstens zu jener der Annona führten (Orelli 3331); alle gehen im Umfange des financiellen Departements vor sich. — [3] Als die einzige Ausnahme könnte die Inschrift bei Orelli 6924 angeführt werden, derzufolge ein L. Cornelius nach der Procuratur „Neapoleos Mausolei“ „juridicus“ in Alexandrien wird und hierauf zum Proconsulate Asiens gelangt, also ein Justizamt und dann die gesammte Administration einer senatorischen Provinz erhält. Allein es ist wohl zu bemerken, dass derselbe in keinem seiner Ämter als Procurator, sondern in allen als Finanzprocurator erscheint. Auch die Fälle, in welchen derlei Beamte am Ende ihrer Carriere Pontifices und Flamines werden, also priesterliche Würde erlangen, sind sehr selten; zweimal erscheinen mit dieser Würde Finanzprocuratoren (Orelli 2153, 6642) und nur einmal ein Procurator in den cottischen Alpen (Orelli 2156); diese Würden dürften ausserhalb der amtlichen Laufbahn liegen, und wenn sie ja durch den Einfluss der Kaiser verliehen wurden, mehr als Ruheposten aufzufassen sein.

[1] Vgl. Tac. Hist. I, 70. — [2] Becker, Handb. d. röm. Alterthümer III, 1, S. 303. Auf Inschriften wird dies Recht nur hie und da ausdrücklich genannt, z. B. Orelli 3888. — [3] Tac. Ann. XII, 60. — [4] Sueton. Claud. 24

in der höchsten Gehaltstufe, die es für die Provinzialbeamten Roms gab. (Die minderen waren mit 10.000 und 60.000 Sesterzen u. s. w. bezahlt.) In der eben angezogenen Stelle Suetons ist nicht ausdrücklich gesagt, ob unter den „ducenariis" Finanzprocuratoren oder Procuratoren (Praesides) zu verstehen seien, daher das Beiwort auf beide bezogen werden muss; es wird nun, wenn unter den Finanzprocuratoren schon ducenarii waren, für ziemlich sicher gelten können, dass auch die Procuratoren in der höchsten Gehaltstufe standen[1], da sie den Kaiser selbst vertraten und nicht blos die Befugnisse, sondern auch die Abzeichen der angesehensten Statthalter führten.

Die Procuratoren standen also zwischen den Kaisern und den Provinzen, die sie zu verwalten hatten, ganz in der Art, wie wir uns einen Alterego oder einen Vicekönig denken würden, zugleich so, dass sie Beamte des kaiserlichen Hauses sind, und, so gross auch ihre Competenz sein mag, den Schwerpunkt ihrer gesammten Thätigkeit in der finanziellen Verwaltung der anvertrauten Provinzen zu suchen haben, wie es aus ihrem Titel und aus ihrer ämtlichen Laufbahn hervorgeht. Dieser Punkt tritt so sehr in ihrer Verwendung hervor, dass imperium und jus gladii nur als die Stützen der Finanzverwaltung gelten können, als Accedens, welches diese verlangt, nicht aber als Stützen der römischen Herrschaft selbst. Denn wir finden keinen von ihnen in einem Kampfe für die Herrschaft Roms verwickelt; die Provinzen, die von ihnen verwaltet werden, geniessen einer beinahe an Autonomie grenzenden Stellung gegen die Römer; sie werden so milde behandelt, wie weder kaiserliche noch senatorische sonst, und haben eine zu untergeordnete politische Bedeutung, als dass die Procuratoren von der Militärgewalt einen grösseren Gebrauch als den rein administrativen hätten machen können.

Ferner geniessen sie gegenüber den Staatsbeamten eine sehr bevorzugte Stellung, sie tragen die Ehrenzeichen der höchsten von ihnen, befinden sich in der obersten Gehaltstufe und sind bei der weitestgehenden Macht nur dem Kaiser verantwortlich. Dadurch werden die Beamten für die Zeit, so lange sie den Procuratorposten verwalten, aus der Menge der übrigen Beamten mit Auszeichnung hervorgehoben, ein Umstand, der darauf schliessen lässt, für wie sehr wichtig dieser Posten am Hofe betrachtet worden sein mochte; es folgt daraus, dass der Procurator immer eine Persönlichkeit sein musste, welche das vollste Vertrauen des Kaisers besass, vielleicht auch auf andere Weise von ihm abhängig war. Wie hätten auch die Kaiser wagen sollen, so wichtige Provinzen Beamten anzuvertrauen, die nach ihrem Charackter und den militärischen Mitteln im Stande gewesen wären, sich mit Erfolg aufzulehnen.

Nach allen Anzeichen stellt sich also das Institut der Procuratur in Gegensatz zu den übrigen kaiserlichen wie senatorischen Behörden; es verräth alle Ansätze einer kaiserlichen P r i v a t b e h ö r d e, ausgestattet mit den grössten Befugnissen und mit der Bestimmung zu werden, dem kaiserlichen Schatz in gesegneten Ländern Zuflüsse zu gewinnen und zu erhalten, deren Besitz für die Herren von Rom sehr wichtig war. Den Anstoss mag Kaiser Augustus gegeben haben, als er Aegypten für sich behielt, dessen Reichthum an Getreide ihm für die Beschwichtigung des Pöbels in Rom durchaus nothwendig war. Den Gedanken nahm sein Nachfolger Tiberius auf und bereitete die Einziehung mehrerer Provinzen vor. Vollzogen hat sie aber zumeist Kaiser Claudius, und man dürfte nicht weit irre gehen, wenn man der Annahme folgte, dass die unsinnige und masslose Verschwendung des Kaisers Caligula in den vier Jahren, bevor Claudius den Thron bestieg, diesen bestimmt habe, den Erwerb von neuen Gütern energischer zu betreiben. In der That boten die Länder, welche er in Procuraturen umwandelte, die Aussicht auf beträchtliche Zuflüsse gerade solcher Güter deren der Hof immer bedurfte, um seinen Aufwand zu bestreiten und den Pöbel der Hauptstadt an sich zu fesseln. Sowie auf dem einen Flügel Afrika's Aegypten sein Korn für die Speisungen, so lieferte auf dem anderen Mauretanien die Heerden wilder Thiere für den Circus. Auch war es reich an Kupfer, zumal aber an einer vorzüglichen Gattung von Pupurschnecken[1]. Cappadocien, in welcher unter Archelaus auch der Metallbau blühte[2], spendete Edelsteine (Onyx, Alabaster, Krystalle)[3] und vor allem treffliche Pferde[4]. — Thracien war nicht blos ein vorzügliches Kornland[5], zumal in den Küstenstrichen, sondern auch durch seine Bergwerke, besonders durch jene auf Gold, in hohem Grade ausgezeichnet; auch seine Halbedelsteine waren bekannt[6].

Die Aufgabe der Procuratoren mag demnach vorzugsweise darin bestanden haben, in dem Lande, das sie zur Verwaltung überkamen, ansehnliche Domänen, vorzugweise die Bergwerke in den Besitz der Kaiser zu bringen, sie für dieselben zu verwalten und sie zu beschützen. Dafür liessen sich aber jene Verhältnisse dieser Länder vortrefflich ausbeuten, welche nach Becker die Einrichtung von Procuraturen bedingten, nämlich der gebirgige Charackter mit dem Metallreichthum, das zähe Festhalten der Einwohner am Herkömmlichen, welches man schonte, um so gefügigere Unterthanen zu finden; die geringe Stufe der Cultur, welche die Concurrenz der Einheimischen in der Benützung des Reichthumes der Länder ungefährlich machte.

3. Es dürfte nun leicht sein, die Verhältnisse zu finden, welche, in Noricum vorwaltend, zur Einrichtung dieser Provinz in Form einer kaiserlichen Procuratur führten. Schon früher ist mit Recht geltend gemacht worden, dass dieses Land in zwei der Natur nach verschiedene Theile zerfiel[7]. Das U f e r l a n d, der Landstrich zwischen der Donau und den norischen Alpen, vom Inn abwärts bis zum Kahlenberge war nach allen Anzeichen ärmer und in der Cultur weiter zurück, als der südlich von den Alpen gelegene Theil. Die Alpen selbst bildeten eine Grenzmauer für den aus Oberitalien heraufreichenden Wogenschlag einer höheren Cultur; das nördlich von der Donau gelegene meist unwirthliche und unwegsame, bergige Nachbarland war und blieb ein rauher Barbarenhort, der für den Handel weder Bahnen noch Waaren bot[8]. Erst tief in der Mitte des II. Jahrhunderts tauchen, wie schon bemerkt worden ist, einzelne spärliche Militärcolonien im Uferlande auf;

[1] Nach einer Inschrift in Verona (Gruter 468, 2) erscheint ein „ducenarius vice praesidis", wonach also schon der Stellvertreter eines „praeses", welchen Titel ja auch die Procuratoren führten, in der höchsten Gehaltstufe stand. Nach einem Steine in Ravenna ist ein Befehlshaber der gesammten dort stationirten Flotte ebenfalls „ducenarius". In den Ämterfolgen aber ging diese Stelle, wie oben zu sehen ist, der Procuratur voran, so dass diese eine höhere Stufe bildet. Daraus folgt, dass die Procuratoren, abgesehen von anderweitigen Zuflüssen, mindestens „ducenarii" waren.

[1] Mannert Bd. X. S. 402 ff. — [2] Strabo XII, 540, vgl. Plin. 36, 8, 12 und 22, 45. — [3] Forbiger Bd. II S. 295 — [4] Claud. in Ruf. II, 31. Veget. de re vet. 4, 6, 3. — [5] Plinius 18, 17, 12. — [6] Strabo, 14, p. 680. — [7] Pauli R. E. VI, S. 1495 — [8] Muchar I, S. 125.

Municipien gab es aber, wenn wir etwa das im äussersten Westen liegende Iuvavum ausnehmen, auch dann noch keines, ein wichtiger Umstand, indem diese, obwohl niedriger im Range als Militärcolonien, immer ein Anzeichen sind, dass ein grösseres einheimisches Gemeindeleben an den betreffenden Orten nicht blos emporgekommen sei, sondern dabei auch einen nationalen Charakter bewahrt habe. Im Uferlande dürfte also neben wenigem Ackerbau die Viehzucht und die Jagd auch nach Ankunft der Römer so fortgedauert haben, wie es dort von jeher war; das gewerbliche und bürgerliche Leben blieb aber durch lange Zeit sicher auf einer sehr niedrigen Stufe stehen. Wichtig war für die Römer in diesem ganzen Landstriche nur die Donaugrenze; ihre Bewachung dürfte frühe durch die Anlage einer fortlaufenden Reihe von Ufercastellen und Flottenstationen unterstützt worden sein, in welchen aber das römische Leben eingegrenzt und abgeschlossen blieb, da für die Ausbreitung der Cultur die Grundlage im Lande selbst fehlte. Ganz anders dagegen stellte sich das binnenländische Noricum von der Südseite der Alpen bis an die Saun und Save hin den eindringenden Römern dar. Das Land lag näher und offener gegen die oberitalische Ebene und blieb den Einflüssen der classischen Cultur sicher nicht fremd. Handel und Verkehr mit den südlichen Donauländern gingen auf der alten Strasse über das heutige Cilli[1]; strichweise blühte der Ackerbau[2]. Die vorzüglichste Ursache eines höheren Grades einheimischer Cultur war der Reichthum der Berge an Salz und Metallen. Die Salzwerke von Hallein und Hallstatt waren schon vor den Römern in Betrieb, an letzterem Orte geht dieser in ein ziemlich hohes Alter hinauf[3]. Der Reichthum an Eisen aber hatte schnell einen grossen Ruf erlangt, sobald man das Land näher kennen lernte[4]. Wenn auch anzunehmen ist, dass eine ergiebigere Ausbeutung der Eisengruben durch die Provinzialen vor Ankunft der Römer noch nicht stattgefunden habe[5], so reichte doch auch diese schon hin, um der vorgeschrittenen Montanistik der Römer lohnenden Gewinn aus dem Reichthume der Berge in Aussicht zu stellen. Nicht minder wichtig ist der alte Ruf der Goldlager[6], welche, so unbedeutend sie auch sein mochten, dennoch die Römer bei ihrer Ankunft zu neuen Versuchen im Bergbau aufstacheln mussten. In Verbindung mit den friedlichen Beschäftigungen des Bergbaues und des Handels scheint auch die Bevölkerung eine ruhige und gewerbfleissige gewesen zu sein. Ausser dem kurzen verzweifelten Kampfe um ihre Freiheit in jenem Sommerfeldzuge des Jahres 15 v. Chr., in welchem es Drusus den Römern unterwarf, findet sich keine Auflehnung gegen ihre Herrschaft[7]; vielmehr es blühen seither die Militärcolonien und Municipien rasch empor, was auf die Empfänglichkeit und Vorbereitung dieses Theiles von Noricum für eine höhere Cultur hindeutet.

Der natürliche Reichthum des Landes mochte den Kaisern in Rom den Wunsch nahe gelegt haben, ihn für ihre Macht auf das Beste zu verwerthen. Bei einer klugen Verwaltung versprach es nicht nur eine wichtige Quelle des Einkommens, sondern auch und vorzüglich eine der Hauptrüstkammern des Reiches zu werden. Das vorzügliche Kriegsmateriale aus nächster und billigster Quelle zu beziehen, war keine unwichtige Frage für den Thron, der zunächst auf dem Heere beruhte. Ausserdem war im Norden des Landes die Donaugrenze zu vertheidigen und dies ein Grund mehr, die Verwaltung einer Behörde in die Hände zu zu geben, die beide Gewalten in sich vereinigte.

4. So erklärlich es aus den Verhältnissen des Landes und aus der Hauspolitik der ersten Kaiser nun auch ist, dass ein Procurator für Noricum aufgestellt wurde, so unsicher ist die Bestimmung der Zeit, in welcher dieses geschehen sei. Es wird angenommen, dass gleich nach der Eroberung Procuratoren hingesendet worden seien[1]. Allein es hat etwas Bedenkliches in sich, dass man die Verwaltung einer neu eroberten Provinz sogleich einer Behörde übergeben haben sollte, in welcher trotz der Vereinigung von Civil- und Militärgewalt, die civile (finanzielle) Thätigkeit die überwiegende war, zumal als nicht gar lange darauf die Anschläge der Germanen und Markomannen gegen die römische Herrschaft zu einem schweren Kampfe führten, an dem weiterhin auch die Legionen in Pannonien Theil nahmen, so dass Noricum ringsher von unruhigen Provinzen umgeben war. Für diese Zeit und noch für eine Reihe von Jahren nach ihr wird daher die Aufrechthaltung eines strengen Kriegszustandes in Noricum als wahrscheinlich angenommen werden müssen. Ferner hat ja eben Kaiser Claudius die Procuraturen ausgebildet: wenn schon Augustus einen Präfect über Aegypten und Tiberius einen Beamten mit prätorischem Range über Thracien setzte, so war es doch erst Claudius, der die beiden Mauretanien, der Cappadocien in Procuraturen umwandelte, der in Judaea einen (von nun an bleibenden) Procurator definitiv einsetzte, der die Einführung eines solchen in den cottischen Alpen vorbereitete, der endlich die Stellung dieser neuen Behörde hob und auszeichnete, somit das ganze Institut in seiner bleibenden Form begründet hat. Wenn damit verbunden wird, dass der Procurator für seine finanziellen Obliegenheiten einen bestimmten Amtsitz nöthig hatte, und derselbe doch wohl nicht in einem kleinen militärischen Posten, noch weniger in einer Barbarenortschaft aufgeschlagen werden konnte, so erhält der Umstand eine specielle Bedeutung, dass es wieder derselbe Kaiser Claudius gewesen ist, welcher in Celeja das erste Municipium Noricums errichtete. Auch verwaltet der älteste Procurator, der inschriftlich nachgewiesen werden kann, Noricum zur

[1] Muchar, I, 261. — [2] Strabo, IV, 208. — [3] Ein ganzer norischer Stamm hiess bekanntlich davon Alauni „Salzleute", Ptol. II, 14, 2. — Die Ausgrabungen am Rudolfsthurme bei Hallstatt und am Dürrenberge bei Hallein sind die unwiderleglichen Beweise hiefür. — [4] Vgl. Strabo, im IV. Buche. Muchar Noric. I, 358. — [5] Über den Betrieb der Eisenfabrikation bei den alten Norikern vor der Eroberung lässt sich schwer eine bestimmte Meinung bilden. Cäsar (de bello gallico VII, 22) sagt ausdrücklich von den Galliern, dass sie im Stollenbaue sehr gewandt seien, und dass es dort grosse Eisengruben gebe (magnae ferrariae); ob ein gleiches auch auf die Noriker und Taurisker angewendet werden darf, steht dahin; sie waren abgeschlossen, in den Gebirgen lebend, nicht soweit in Cultur und Industrie hineingerathen als die Gallier. Auch kommt Eisen in dem grossen Hallstätterfunde nur für Waffen sparsam angewendet und mitunter in kostbaren Fassungen vor (Schwertklingen mit Griffen aus Bein, die mit Bernstein verziert sind, oder Dolchklingen in Goldscheiden, während das übrige Geräthe aus Bronze ist), so dass man den grossen Werth daraus erkennen kann, welchen man auf dieses Materiale legte. Dies deutet darauf, dass der Betrieb der Eisenwerke, wenn und insoweit er von den Provinzialen geschah, wohl wegen der complicirten Technik und der Kostspieligkeit, die er den minder gebildeten Völkern verursachte, untergeordnet blieb. — [6] Strabo IV, 208. — [7] Nur eine Spur gibt es dafür, dass Unruhen im Lande ausbrachen; allein sie ist zu schwach und zu sehr vereinzelt, um daraus eine Folgerung ziehen zu können; wir begnügen uns daher, sie hier anzuführen. Die [illegible] Inschrift zu Tarracona in Spanien (bei Orelli 798) nennt nämlich einen T. Cl. Candidus als legatus Augusti pro praetore provinciae Hispaniae citerioris et in ea duci terra marique adversus rebelles Hispanicarum provinciarum, item Asiae, item „Noricae" etc. aus dem Beginne der Regierung des Kaisers Trajan. Er hatte früher die Erbsteuerverwaltung in den belgischen und germanischen Provinzen über sich. Reinesius I, 30 ff., zählt ihn unter die Procuratoren von Noricum, wofür aber kein Grund angegeben werden kann; denn jene Mission als Legatus adversus rebelles war nur eine extraordinäre.

[1] So dürfte Muchar I, 108 zu verstehen sein.

Zeit des Kaisers Claudius. Aus dem Zusammentreffen dieser Umstände ergibt sich eine grosse Wahrscheinlichkeit für die Annahme, dass erst Kaiser Claudius den Kriegszustand in Noricum mit seiner strengen militärischen Verwaltung aufgehoben, die Provinz in eine Procuratur verwandelt und dem neuen Verwalter den Amtsitz in jener Stadt angewiesen habe, die er eben durch Erhebung zum Municipium ausgezeichnet hatte.

5. Es ist nämlich seit der Auffindung der Cillier Inschriftsteine mit Procuratorennamen die Vermuthung der Herausgeber derselben keine andere gewesen, als dass der Procurator in Celeja den Amtsitz gehabt habe. In der That gab es keinen Ort, der geschickter hiefür lag als dieser; den Procurator in die alte Hauptstadt des Landes, nach Noreja, zu versetzen, war gegen die Politik der Römer, denen daran liegen musste, die Erinnerung an die alte Selbstständigkeit des Landes mit dem Orte selbst in Vergessenheit sinken zu lassen; aber es war auch gegen ihren Aberglauben, da sie bei Noreja einst eine schwere Niederlage erlitten hatten[1]; sonst aber gab es keinen Ort, der mit Celeja sich hätte messen können. Auch hatte dieses die wichtige Lage an der Strasse nach Pannonien hin für sich; es war von Vortheil für etwaige Unruhen, die sich hier wiederholen konnten, einen so nahe gelegenen militärischen Stützpunkt zu haben, als es Celeja werden konnte. Für die finanziellen Geschäfte des Procurators war endlich auch die Lage an der Handelsstrasse nach dem italienischen Küstenlande von Wichtigkeit.

Nur ein Bedenken gibt es gegen die Annahme, dass in Celeja der Amtsitz des Procurators gewesen sei; es ist nämlich sehr seltsam, dass der officielle römische Hauptort der Provinz hart an der südlichen Grenze lag, statt im Innern des Landes, und zwar gerade an jenem Punkte, der von der Donau am weitesten entfernt lag, also von jener Linie, welche im ganzen Noricum tactisch weitaus die wichtigste war. Allein es muss dagegen bemerkt werden, dass die Bedeutung der Donaugrenze gerade längs der Strecke des norischen Uferlandes nicht so gross war, dass sie für die Verwaltung des Landes hätte entscheidend werden können. Denn wie schon gesagt worden ist, gibt das gegenüberliegende Uferland vermöge seines bergigen Charakters keinen Raum für Massenbewegungen; niemals hat dort — in dem heutigen Mühlviertel und dem Viertel ober dem Manhartsberge — eine bedeutende kriegerische Action stattgefunden; auch unter Kaiser Marcus Aurelius war es das Pannonien gegenüberliegende Marchfeld, in welches die Barbaren niederstiegen, um die Grenze des Weltreiches zu beunruhigen, nicht das weiter aufwärts liegende Uferland. Für Überfälle einzelner Schaaren aber genügte die Postenlinie von Castellen, die sich von Passau bis an den Kahlenberg zog. Nachdem dort der Dienst des Legionärs einmal eingerichtet war, dürfte es hingereicht haben, den Oberbefehl über das ganze Uferland einem tüchtigen Oberofficier, etwa dem Legaten einer Legion oder einem Tribun zu übergeben, der in den die Grenze betreffenden Militärangelegenheiten den Procurator vertrat. Dass derselbe in Lauriacum sein Hauptquartier gehabt habe, dafür spricht die Lage des Ortes in der Mitte des Uferlandes und der Umstand, dass er durch eine Flottenstation und eine grosse Waffenfabrik ausgezeichnet war. Der Procurator mochte von Zeit zu Zeit diese Postenlinie inspicirt haben.

Der übrige und vorzüglichere Theil seiner Amtsführung hat ihn wohl in Celeja festgehalten. Nachdem was oben über die Competenz der Procuratoren gesagt worden ist, kann sein Wirkungskreis für Noricum, wie er im Allgemeinen gewesen sein mochte, leicht bestimmt werden. Es musste sein Hauptaugenmerk sein, die Ausbreitung der römischen Cultur zu unterstützen und mit den Waffen des Friedens das Land dauernd zu gewinnen, den Handel zu begünstigen und zu sichern, und so die natürlichen Reichthümer des Landes der Hauptstadt des Reiches zuzuwenden. Vor Allem aber dürfte der **Bergbau** seine Thätigkeit in Anspruch genommen haben; sei es, dass die Kaiser als Eroberer des Landes die Salz- und Eisenwerke für sich in Anspruch nahmen und nach römischer Weise den Verschleiss der Producte[1] verpachteten, wie es z. B. für die Goldbergwerke gewiss ist[2], oder dass sie anfänglich die Provinzialen in dem Besitze der übrigen Bergwerke beliessen, deren selbst erwarben und durch ihre Arbeiter ausbeuten liessen; jedenfalls war es die Aufgabe der Verwalter, aus ihnen den möglichsten Nutzen für den kaiserlichen Schatz und das Heer zu ziehen.

6. Über ihre Wirksamkeit gibt es nun im Einzelnen keine Nachrichten. Allein aus Münzen, archäologischen Funden und einzelnen historischen Andeutungen können wir uns ein Bild wenigstens von den Resultaten machen, die ihre Verwaltung hatte.

Dahin gehört vor Allem der Übergang der Bergwerke in die kaiserliche Regie. Jene auf Gold waren, wie oben bemerkt wurde, schon unter Kaiser Tiberius römisch, von denen auf Eisen und Kupfer lässt sich das Gleiche nicht sagen[3]; Thatsache aber ist, dass zu Hadrians Zeit, vielleicht schon unter der Regierung des Kaisers Trajan oder seiner Vorgänger auf dem Throne der gesammte Bergbau kaiserlich gewesen sei. Die wichtigste Stütze dafür bilden jene kleinen seltenen Kupfermünzen, welche auf der einen Seite das Brustbild des Kaisers Trajan oder des Kaisers Hadrian zeigen und damit auf der Rückseite die Namen der Bergwerke in Dalmatien, Pannonien, Dardanus, Moesien, Noricum u. s. w. verbinden. Die für unseren Zweck wichtigsten sind die letzteren. Drei im k. k. Münzcabinete befindliche Exemplare zeigen auf der Vorderseite das Brustbild des Kaisers Hadrian (117—138 n. Chr.) von rechts mit dem Lorbeerkranz und der Titelumschrift IMPerator CAESar ANTonius TRAIANus HADRIANVs AVGustus; auf der Rückseite steht innerhalb eines Lorbeerkranzes METalla | NORica. Eckhel vermuthet, dass diese Münzen unter den genannten Kaisern geprägt worden seien, um mit ihnen die Arbeiter in den kaiserlichen Bergwerken zu bezahlen[4]. Wenn nun auch derlei Münzen erst

[1] 113 schlugen bekanntlich die Cimbern das römische Heer unter Cn. Papirus Carbo. Muchar I, 271.

[1] Livius, 29, 37. — [2] Nach Strabo, IV, p. 208 befanden sich schon bei seinen Lebzeiten (er starb 24 n. Chr.) alle Goldbergwerke der Taurisker im Besitze der Römer. Ob dies auch von den anderen Bergwerken zu gelten habe, ist zweifelhaft; es scheint, dass man die Kupfer-, Eisen- und Salzwerke im Besitze der Provinzialen belassen habe, da Strabo ausdrücklich nur die Goldbergwerke nennt. Muchars Ansicht (I, 354), dass man Eisenbergwerke den eben unterworfenen Völkern sogleich entzogen habe, um ihnen die Gelegenheit zu nehmen, sich Waffen zu schmieden, lässt sich jetzt nicht mehr hinlänglich begründen, da sehr wahrscheinlich die Eisenfabrikation erst durch den Römern überlegene technische Erfahrung in Schwung gebracht wurde und früherhin wahrscheinlich sehr untergeordnet, wenn überhaupt im Betriebe war. Für den übrigen erblichen Besitz der freien Noriker glaubt Muchar selbst (I, 42), die Belassung von Seite der Römer als wahrscheinlich annehmen zu müssen. — [3] D. N. V. VI, 445. — [4] Vgl über die Römerspuren in den Bergwerken der norischen Alpen Muchar I, 357. Über den

von den Kaisern Trajan und Hadrian ausgeprägt wurden, so kann dies nicht als Grund gelten, dass die römischen Kaiser nicht schon früher die Eigenthümer der Bergwerke gewesen seien; denn die Ausprägung war nur eine vorübergehende, wie aus ihrer Seltenheit und der Beschränkung auf die Regierungszeit der beiden Kaiser hervorgeht. Jedenfalls geben sie den Beweis, dass wenigstens damals die Bergwerke kaiserlich waren. — Dasselbe lässt sich von den Salzwerken sagen. Im Echernthale bei Hallstatt fand Herr Ramsauer 1859 und 1860 die Überreste eines betimmt römischen Grabmonumentes von steierischem Marmor aus nachhadrianischer Zeit und die Mauern eines weitläufigen Gebäudes, das bei der tactisch ganz unwichtigen Beschaffenheit der Gegend und der Abneigung der Römer gegen das Gebirge nur einen Aufseher oder Verwalter des kaiserlichen Salzwerkes beherbergt haben konnte[1]. In den eigenthümlich gebauten Gräbern, die sich innerhalb des Gebäudes fanden, traf man auch zwei Münzen der Kaiser Nero und Hadrian, die hier offenbar die Stelle des „Todtenobolos“ vertreten haben. Auch für Hallein dürften sich Spuren dafür nachweisen lassen, dass der Betrieb der dortigen Salinen ein römisch-kaiserlicher gewesen sei. — Für das gesammte Bergwesen in Noricum lässt sich annehmen, dass der Blüthepunkt des Betriebes in die ruhige und friedliche Regierungszeit der Kaiser Trajan, Hadrian und Antonius Pius gefallen sei; seither blieb das Land die Rüstkammer der Donauprovinzen, indem die grossen Waffenfabriken in Oberitalien, Pannonien und Moesien ihren Bedarf an Rohmateriale aus den norischen Alpen bezogen. — Dass auch sonst die Erzeugnisse des Landes für den kaiserlichen Schatz möglichst ausgebeutet worden seien, beweist der aus Plinius bekannte Handel mit einem wohlriechenden Alpenkraute aus Noricum, der Spica nardi (Speik); es wurde als Parfum bald so beliebt, dass es nach des genannten Autors Redeweise anfing, Metall d. h. Geld zu sein („tantae suavitatis, ut metallum esse coeperit“). Man liebte es insbesondere in die Kleider zu legen („vestibus etiam interponi gratissimum“)[2]; die Ausfuhr desselben in grossen Mengen versteht sich darnach von selbst, sowie es sehr nahe liegt, zu glauben, dass auch der Handel damit, wenn nicht gerade ganz im Besitze des Kaisers war, doch für den kaiserlichen Schatz sehr nutzbringend gemacht worden sei.

Diese Spuren finanzieller Thätigkeit von Seite der verwaltenden Behörden sind aber nicht so zu fassen, dass sie das Land bedrückt hätten, um die möglichst hohen Steuern zu erpressen, nicht vorzugsweise wie ein Steuerland, sondern wie eine Domäne der Krone wurde es regiert. Es kann hiefür jene wichtige Stelle des Tacitus in Anspruch genommen werden, der gegen Ende des Aufstandes der deutschen Stämme am Rheine, welcher unter Cl. Civilis im Jahre 69 n. Chr. ausgebrochen war, den unglücklichen Rebellen Reflectionen über die Vortheile in den Mund legt, welche die römische Herrschaft mit sich führe. Darnach befand sich Raetien wie Noricum in einem Zustande, der nahe an die Freiheit streifte; „nicht Steuern legten ihnen die Römer auf, sondern sie verlangten nur Mannschaft und Tapferkeit von ihnen“[1]. Dass nun die Noriker gar keine Steuern hätten zahlen müssen, wäre nach Strabo[2] eine unrichtige Annahme. Dass der Procurator aber mit grosser Schonung gegen die Eingebornen des Landes vorging, ihnen die Steuern nicht herauspresste, ihr Eigenthum und ihre Gewohnheiten vielmehr liess und seine ganze Aufmerksamkeit den Domänen der Kaiser zuwendete, ist zumal für die spätere Zeit sicher.

Damit schliesst auch das Gebiet ab, auf welchem der norische Procurator Erfolgreiches leisten konnte; denn das politische Gewicht der Provinz war wie in allen von Procuratoren verwalteten Ländern ein sehr geringes. Schon bei der ersten Eroberung fällt es wie ein Anhang der benachbarten Länder Raetien und Vindelicien den erobernden Römern zu; wie schon gesagt wurde, findet seit dem allerdings harten Kampfe bei dieser ersten Eroberung weiter keine Auflehnung und kein Krieg auf seinem Gebiete statt. Sehr bezeichnend ist dafür das Verfahren des Legaten Caecina, welcher im Kriege zwischen Otto und Vitellius als Anhänger des letzteren auftrat, und seine Haltung gegen den damaligen Procurator von Noricum, Petronius Urbicus, der Miene machte, im Interesse seines Kaisers (Otto) die Vitellianer vom Lande abzuhalten; er hatte zu diesem Zweke Hilfstruppen aufgeboten und die Brücken über die Flüsse abgebrochen. Caecina verweilte damals in Helvetien und dachte daran, selbst durch Raetien hin gegen Petronius zu marschiren, stand aber von diesem Plane ab in der Erwägung, „dass Noricum dem Sieger zufallen werde, wo nur immer der Kampf vor sich ginge“[3]. Auch jene Stelle darf nicht übersehen werden, worin Tacitus im Allgemeinen die untergeordnete und schwankende Rolle kennzeichnet, welche überhaupt die von Procuratoren verwalteten Provinzen in den grossen Parteikämpfen um den kaiserlichen Thron spielten; „sie wurden je nach der Nähe eines grossen Heeres durch den Druck des Mächtigeren für oder gegen die eine oder andere Partei bestimmt“[4]. Es erhellt aus dieser untergeordneten politischen Rolle des Procurators abermals, wie wenig Gewicht seine militärische Stellung hatte.

7. So wie im Allgemeinen die Quellen über die Procuraturen sehr spärlich fliessen und wie wir uns vorläufig für die Amtsführung der norischen Statthalter mit den Resultaten begnügen mussten, die auf sie zurückgeführt werden können, eben so kann auch nur das eine und andere Detail beigebracht werden über die weitere Gestaltung, welche dieses Institut im Laufe des II. und III. Jahrhunderts für Noricum erlangt hat.

In dieser Beziehung lassen sich für die Zeit der Antonine, in welche die Cillier Steine vorwiegend gehören, aus diesen drei Punkte abnehmen. Erstlich war bis

Ruhm des norischen Eisens vgl. Horatius od. I, 16, 9 — Epod. XVII, 71. — Martial IV, 55. — Rutilius Itin. I, 351 ff. — Alexander Stromm. I, 307. — Dass die Römer die Goldbergwerke in Gastein, auf dem Nassfelde und im Böckstein betrieben haben, davon gehen alte Sagen im Lande selbst. Muchar I, 364, 354. — Forbiger. 171, 148

[1] Vgl. Arneth, Archäolog. Analecten. Sitzungsber. d. k. Akad. d. Wiss. phil.-hist. Cl. XI., 697 ff. Über den Betrieb von Salzwerken auf dem heutigen Zollfelde in Kärnthen vgl. Muchar I, 350. — [2] Plinius H. N. 21, 43, 43 (Sillig). Plinius Worte können auch den Sinn haben, dass römische Kaufleute von dem Erlös des Handels reich geworden seien, alsdann fiel gewiss auch eine Steuer dafür in den Fiscus.

[1] Tac. Hist. V, 25. — [2] IV, p. 206. Als er dieses schrieb, „waren es seit der Eroberung schon 53 Jahre, dass die Noriker die Steuern in Ruhe zahlten“. Darnach dürften sie gleich nach der Unterwerfung mit den gewöhnlichen Abgaben belastet worden sein. Tacitus Worte können dann so ausgelegt werden, dass ein Steuernachlass eingetreten sei entweder bei Umwandlung der Provinz in eine Procuratur durch Kaiser Claudius, oder als aufmunterndes Beispiel gegenüber den rheinischen Rebellen im Jahre 69 n. Chr. — [3] Tac. Hist. I, 70. „— — et ubicumque certatum foret, Noricos in cetera victoriae praemia cessuros“ — [4] Tac. Hist. I, 11. „— — ut cuique exercitui vicinae, ita in favorem aut odium contactu valentiorum agebantur“. Vgl. Hist. II, 16, das Benehmen des Procurators Decumus Pacarius von Sardinien im Kampfe zwischen Otto und Vitellius.

dahin die Art der Ämterfolge noch nicht verändert worden; so weit wir dieselben von den norischen Procuratoren, die auf jenen Steinen genannt werden, kennen, sahen sie auf die finanzielle und montanistische Thätigkeit auch jetzt noch hauptsächlich ab und sind daher Belege für das früher Gesagte sowohl in Beziehung auf die durchgängige Verwendung der Procuratoren für finanzielle Posten, als auch für den Gang ihrer Beförderung, die aus gebirgigen und mit Bergwerken gesegneten Procuraturen zu jener von Noricum und von dieser weg zur Finanzprocuratur in Belgien und in den beiden Germanien führte[1].

Zweitens folgt aus den Cillier Steinen, dass wenigstens in der Zeit des Kaisers Antoninus Pius diese Behörde eine einjährige war; sie erscheint in den Ämterfolgen der Procuraturen als Durchgangsposten zu höheren Stellen. Für das officielle Leben der Provinz selbst dürfte sie auch die eponyme Behörde gewesen sein, nach deren Namen man wie in Rom nach jenen der Consulen, die einzelnen Jahrgänge unterschied. Wenigstens muss es auffallen, dass auf unseren Steinen, wenn kein Procurator angegeben wird, die Zeit durch Nennung der Consulen bestimmt wird; so dass umgekehrt geschlossen werden kann, die Nennung der Procuratoren habe hingereicht, um das Jahr zu kennzeichnen, in welchem der eine oder andere Legionär Beneficiarius geworden sei.

Dass nun von Anfang an und für alle Zeiten die Amtsdauer der Procuratur eine einjährige gewesen sei, kann nicht nachgewiesen werden und ist an sich unwahrscheinlich; denn zumal für die frühere Zeit, in welcher die Einrichtung der Provinz stattgefunden hat, und in jenen Epochen, in welchen die politischen Verhältnisse in den umliegenden Provinzen gefahrdrohend waren, ist eine längere Amtsdauer vorauszusetzen. Anders mag man späterhin verfahren haben, als Friede im Reiche herrschte und der Gang der Verwaltungsgeschäfte ein bestimmter und eingewohnter geworden war; dies trifft zunächst mit der Regierungszeit des Kaisers Antoninus Pius zusammen. Auch noch ein anderer Umstand dürfte darauf eingewirkt haben, nämlich die Art, in welcher das Institut der Procuratur von jenen Kaisern aufgefasst wurde, die den Regenten des Julischen Hauses folgten. Die Anlage von Krongütern, welche das letztere, zumal Kaiser Claudius, anstrebte, verlor mit seinem Aussterben (in Jahre 68 n. Chr.) die intensive Bedeutung einer kaiserlichen Privatangelegenheit; wenn auch noch die unmittelbaren Nachfolger Neros und die flavischen Kaiser, vorzüglich der sparsame Vespasianus, die Absichten der Julischen Kaiser verfolgen mochten, so haben doch sicher die Antonine in den Procuraturen nicht mehr Anstalten zur Bereicherung und Sicherung ihrer Dynastie, sondern Staatsanstalten gesehen. Damit hatten aber die engen und speciellen Beziehungen des Procurators zum jeweiligen Kaiser ein Ende, und um so weniger that eine einjährige Amtsdauer dem Zwecke des Institutes Eintrag.

Wenn nun folgerichtig diese veränderte Auffassung der Procuraturen von Seite der Kaiser eine Änderung in der Stellung der Procuratoren selbst herbeiführte, wenn diese in die Reihe der übrigen Staatsbeamten zurücktraten, so verlor das Institut dadurch gerade dasjenige, was ihm bisher ein grosses Ansehen verliehen hatte, nämlich die auf seine nächste amtliche Verbindung mit dem Kaiser begründete Sonderstellung gegen die anderen Behörden des Reiches; damit beginnt sich der Verfall des Institutes vorzubereiten, der im Laufe des III. Jahrhundertes durch andere dazu tretende Momente beschleunigt wurde.

Zu diesen gehört vor Allem die Änderung der Verhältnisse im Lande seit des Kaisers Marcus Aurelius Kriegen gegen die Markomannen. Es kann damit der dritte Punkt verbunden werden, der aus den Cillier Steinen für die weitere Gestaltung der Procuratur von Noricum gewonnen wird.

Es zeigen sich nämlich auf denselben auffallende Lücken in der Reihe der Procuratoren. Während für die Jahre 158, 159, 160 drei verschiedene Procuratoren mit einjähriger Amtsdauer nachgewiesen werden können, fehlen solche aus den Jahren 174, 192, 211, 213[1], 215, 217. In den ersteren Jahren verleiht der Procurator das militärische beneficium; in den letzteren hingegen werden nur beneficiarii consulis genannt, ein Umstand, welcher bei der Consequenz, mit der zuerst beneficiarii des Procurators, dann solche des Consuls erscheinen, sehr wichtig ist; denn es lässt sich daraus folgern, dass in den letzteren Jahren der Procurator nicht in Celeja fungirt habe. Es liegt nahe, diese Erscheinung mit eben den grossen markomannischen Kriegen in Verbindung zu bringen, welche in der Zeit von 167 bis 180 den Kaiser Marcus Aurelius dreimal an die Donau führten, und auch späterhin die Concentrirung eines grösseren Heeres unter dem Befehle eines erprobten Heerführers nothwendig machten, am wahrscheinlichsten des Statthalters im oberen Pannonien, wohin zunächst die Angriffe der Feinde zielten. Darauf weist auch die Stelle im Capitolinus[2] hin, nach welcher der nachmalige Kaiser Pertinax, als Legat der ersten Legion, die für gewöhnlich zu Bregetium (O-Szöny) in Pannonien lag, noch unter des Kaisers Marcus Aurelius Regierung Noricum und Raetien von den Feinden befreite. Diese Feinde waren sicher nichts anderes als Streifcolonnen, welche die Markomannen in die oberen Donauländer entsendeten, um die Kräfte der Römer zu vertheilen und die linke Flanke des kaiserlichen Heeres, das sein Hauptquartier in Carnuntum (h. Petronell) hatte, zu bedrohen. Da nun in dieser Stelle von dem Procurator von Noricum nicht die Rede ist, so könnte geschlossen werden, dass er damals schon keine militärische

[1] Ausser dem schon erwähnten Beispiele der Ämterfolge des Hasranus Rufus — über welche auch J. G. Seidl im Namensverzeichnisse der Procuratoren zu vergleichen ist — kennt man inschriftlich noch jene des L. Baebius Atticus aus der Zeit des Kaisers Claudius und jene des Memmius Apollinaris aus dem Ende des I. Jahrhunderts. (Die Inschriften siehe gleichfalls bei J. G. Seidl a. a. O.) Der erstere wurde zunächst Praeses der Städte in Moesien und Triballien, dann der Städte in den Seealpen; hierauf wieder vorübergehend beim Militär verwendet, kam er endlich als Procurator nach Noricum. Der andere wurde zuerst Finanzprocurator in Sicilien, dann in Lusitanien, ferner Erbsteuerverwalter, hierauf Finanzprocurator in Hispania Tarraconensis, endlich Procurator in Noricum.

[1] Dieses Jahr, das in dem oben zusammengestellten Verzeichnisse fehlt, lässt sich ergänzen durch eine Inschrift aus Cilli (e domo pl ebani), welche sich im Codex Augustinus („Tyff", der k. k. Hofbibliothek unter No. 3540) (n. Mommsen, früher 3169) findet und deren Abschrift mir Herr Professor Petruzzi aus Laibach (jetzt in Wien) freundlichst mittheilte. Er trägt auf dem Kranzleisten die Worte

IMPANTONINO

im Winkel des Spiegels:

ETBALBINOCOS

auf dem Spiegel

CELEIAE
AVG
P. AELIVS
VERINVS BF
COS. PROSE
ETSVIS
V. S. L. M

Caracalla und Balbinus waren Consulen im Jahre 213 n. Chr. — [2] In Pertin. 2 —

Behörde mehr, sondern nur eine Civilbehörde gewesen wäre; allein dem steht der Linzer Inschriftstein entgegen. Der auf demselben genannte Procurator, mag er nun wie immer geheissen haben, verlieh das beneficium einem Soldaten der zehnten Legion; diese wurde aber erst von Kaiser Marcus Aurelius zum Zwecke der nachdrücklichen Vertheidigung des Landes im Markomannenkriege aus den bisherigen Quartieren am Rhein an die Donau gezogen. Also verweilte um die Zeit dieses Krieges der Procurator nicht blos im Uferlande, sondern hatte dort auch eine militärische Stellung inne. Daher bleibt nur noch die Annahme übrig, dass er dem Heerführer an der Donaugrenze in militärischen Dingen unter- oder höchstens beigeordnet gewesen sei. In der Zeit des langen Friedens vor dem genannten Kriege war nun die militärische Stellung des Procurators so wenig in den Vordergrund getreten, dass er auch in der Angelegenheit der Bewachung der Grenze vollkommen selbstständig erschien. Seit aber durch die Markomannenkriege der gefährliche Zustand der Donaugrenze permanent geworden und der bisher unbedeutende Wachedienst in einen mit den kriegerischen Actionen in Pannonien combinirten Felddienst übergegangen war, trat naturgemäss das militärische Übergewicht der pannonischen Statthalter über die von Haus aus untergeordnete militärische Stellung der norischen Procuratoren hervor, ein Umstand, der dem Ansehen und der Unabhängigkeit der letzteren wesentlichen Eintrag thun musste. Denn auch in politischen Dingen waren die Statthalter in Pannonien vielvermögend. An der Spitze einer immer kampfbereiten grossen Armee waren sie für den jeweiligen Kaiser bedeutungsvolle Personen und gaben wichtige Parteigänger auch für die Prätendenten des kaiserlichen Purpurs ab, ja sie traten wohl auch selbst als solche auf, wie der eben genannte Pertinax; um so mehr musste ihr Einfluss in eine Provinz hinüberreichen, deren militärische und politische Bedeutung, an sich geringe, nur durch die Rückwirkung der damaligen Sachlage in Pannonien einen höheren Grad erhielt.

Nur so kann jener eigenthümliche Vorfall erklärt werden, welchen Dio Cassius aus dem Jahre 203 n. Chr. erzählt. Polennius Sebennus, damals Procurator von Noricum, ein ränkevoller, trotziger und despotischer Mann, wurde nämlich vom Präses in Pannonien Sabinus den Norikern zur Bestrafung mit dem Tode ausgeliefert, weil er die Verwaltung des Landes schlecht geführt habe. Er entkam derselben zwar; aber immer wird daraus abgenommen werden können, welch' ein Übergewicht der Statthalter in Pannonien gegen den Procurator von Noricum inne hatte. Diese Unterordnung ist auch in der Folge bestehen geblieben, da die Verhältnisse, welche sie begründeten, selbst fortbestanden und an Bedeutung gewannen, seit die Barbarenstürme und die Thronstreitigkeiten im Laufe des III. Jahrhunderts sich steigerten. Ja als gegen Ende desselben der am linken Donauufer gelegene Theil von Dacien verloren gegangen war, trat die Wichtigkeit Pannoniens, die es seit dem Markomannenkriege als Schauplatz desselben erhalten hatte, noch mehr hervor; in ihm concentrirte sich seither die Vertheidigung aller Grenzländer an der mittleren Donau und jene der Küste des adriatischen Meeres; der gesammte Ländercomplex zwischen Inn, Etsch, Donau und Save, nicht blos Noricum allein war mit all' seiner Zukunft auf die Vorgänge im Marchfelde und den ungarischen Ebenen angewiesen.

Aber nicht blos nach Aussen hin veränderten sich die Verhältnisse der Procuratur; auch die innere Verwaltung wurde im Laufe des II. und III. Jahrhunderts eine andere und wirkte alterirend auf den Charakter dieser Behörde zurück.

Es ist schon oben angedeutet worden, dass erst unter Hadrian und seinen Nachfolgern im Uferlande Militärcolonien auftauchten, also erst um diese Zeit von den Nationalen des Landes eine höhere Stufe der Bildung erreicht worden ist. Die Begründung der Colonien muss auch hier einen durchgreifenden Einfluss auf die Erhaltung und Verbreitung der römischen Cultur ausgeübt und dadurch das bürgerliche Leben der Provinzialen gefördert haben, so dass die Verwaltung des Landes nicht mehr eine blos militärische sein konnte, sondern auch Civilbehörden erheischte. Im binnenländischen Noricum hatte die Romanisirung schon früher grössere Fortschritte gemacht; je länger hier der cultivirende Einfluss der Römer thätig war, um so tiefer drang er ein, um so mannigfaltiger wurden die Verhältnisse der Herrschenden zu den Provinzialen; das Rechtsleben, der Verkehr, das Handwerk musste grössere Dimensionen annehmen und so der Stoff für die Administration und Jurisdiction immer reicher werden. Neben die bisher vorwiegende finanzielle Thätigkeit des Procurators trat daher die administrative und judicielle mit gleicher Bedeutung und in gleichem Umfange, aber auch mit einer neuen Forderung. Denn auch die Verschiedenheit der beiden Theile des Landes nord- und südwärts von den Alpen spiegelte sich in dem aufblühenden Gemeindeleben ab; nicht blos die Abstufung nach dem Grade, in welchem hier wie dort die Bildung sich befand, sondern auch die localen Abweichungen, die sie in den verschiedenen Theilen bei ihrer Entwicklung zeigte, verlangte eine verschiedene Art der Behandlung und Verwaltung in den einzelnen Landestheilen. So war denn die Procuratur mit ihrer alten Einrichtung in der neuen Zeit allmählich unmöglich geworden. Ursprünglich auf einen viel engeren Rahmen angelegt, nämlich auf den Zustand des Landes, wie er kurz nach der Eroberung war, und innerhalb desselben zunächst auf die finanzielle Ausnutzung der Schätze des Landes und auf den Schutz der Donaugrenze zielend, genügte sie einer Zeit nicht mehr, in welcher die Vermischung der einheimischen Bildung mit jener der fremden Herren Thatsache geworden war und ein mehr weniger reiches bürgerliches Leben zur Blüthe gebracht hatte; in welcher ferner der Schutz der Donaugrenze aus dem Ressort der Procuratoren in jenen der Statthalter von Pannonien übergegangen; in welcher endlich der ursprünglich selbstständige Procurator zunächst durch die veränderte Richtung des Zeitgeistes aus seiner nahen Stellung zum Kaiser verdrängt, dann nach der kriegerischen Gestaltung der Verhältnisse zu den barbarischen Nachbarn längs der Donau hin, in eine bleibende Unterordnung unter die pannonische Statthalterschaft gebracht worden war.

So hatte das Institut alle jene charakteristischen Eigenschaften, mit denen es ursprünglich ausgestattet war, im Laufe des III. Jahrhunderts verloren; die Verhältnisse drängten zu einer gründlichen Reform desselben hin. Dass diese aber während der Zeit der

„dreissig Tyrannen“ vorgenommen worden sei, ist nicht denkbar. Die traurige Zeit der ärgsten staatlichen Verwirrung war in der That nicht dazu angethan, eine neue dauerhafte Organisirung zur Reife zu bringen. Auch haben überhaupt die Restaurationsversuche in der Verwaltung nicht vor Aurelian begonnen, und bekanntlich war es erst Diocletian, welchem es gelang, eine den veränderten Verhältnissen des Reiches entsprechende Neubildung der Administration durchzuführen.

Daher können alle Versuche die Procuratur den veränderten Zeitverhältnissen anzupassen, bis zur Organisirung unter Diocletian nur als Aushilfen betrachtet werden. Welcher Art sie gewesen seien, ist nicht überliefert, aber auch nicht schwer zu bestimmen. Da M. Ulpius Victor noch um die Zeit des Kaisers Philippus, also um die Mitte des III. Jahrhunderts als Procurator in Celeja erscheint, so muss die Behörde damals noch bestanden haben, vielleicht mit dem einzigen Unterschiede, dass die strategischen Angelegenheiten des Uferlandes schon in jener Zeit an den Statthalter von Pannonien abgetreten waren. Die civile Verwaltung des Uferlandes mochte durch einen in Lauriacum exponirten Unterbeamten, der unter dem Procurator stand, versehen worden sein, wie sich dieses aus den Verhältnissen jener Zeit mit Nothwendigkeit ergibt. Auch in Cilli mag die Kanzlei des Procurators weit mehr und gleich wichtige Abtheilungen umfasst haben als früher. Hierher könnte die Stelle aus einer freilich sehr späten Quelle bezogen werden, aus der Legende des heiligen Maximilianus, Bischofes von Lorch[1]; der ihn zum Abfall vom Christenthume auffordernde und dann zum Tode verurtheilende Vertreter des Kaisers kann wohl nur der Procurator gewesen sein; die Legende nennt ihn aber schlechthin „judex“, nicht Procurator, ein Ausdruck, der um so weniger auffallen kann, als ja die Thatsache der Verurtheilung selbst dafür spricht, dass der Procurator für die Gerechtigkeitspflege im Lande die oberste Instanz war; wichtig ist daran nur, dass er damals noch das „jus gladii“ inne hatte, und vorzugsweise nach seiner richterlichen Thätigkeit bezeichnet wurde. — Wie nun immer die Aushilfen beschaffen waren, um die Procuratur den veränderten Verhältnissen des Landes entsprechend einzurichten, das dürfte anzunehmen sein, dass sie durch die factische Theilung der Provinz in zwei Theile und durch die Vermehrung der Verwaltungsgeschäfte nach allen Seiten hin bedingt worden seien.

8. Weit mehr Licht wirft auf die allmähliche Umgestaltung der Procuratur die neue O r g a n i s a t i o n des R e i c h e s unter D i o c l e t i a n, da sie ja nicht von vorne herein einen neuen Zustand schuf, sondern den Veränderungen und Nothwendigkeiten sich anschliessend, welche im Laufe des III. Jahrhunderts hervorgetreten waren, diese zum klaren und deutlichen Ausdruck brachte, ihnen gewissermassen die officielle Bestätigung ertheilte und so für uns die sicherste Quelle ist, aus der wir auf jene Veränderungen zurückschliessen können.

Aus einer Veroneser Handschrift hat Th. Mommsen vor nicht langer Zeit ein Verzeichniss der römischen Provinzen herausgegeben, welches schon von Maffei aufgenommen worden war[2]; es ist die aus dem VII. Jahrhundert n. Chr. stammende Copie einer Aufzählung der Diöcesen und der diesen untergeordneten Provinzen, welche nach des berühmten Herausgebers Begründung um das Jahr 297 n. Chr. geschrieben worden ist[1]. In derselben erscheinen unter der Diöcese Pannonien nach dem „consul Pannoniae inferioris“ und dem „corrector (Pannoniae) Savensis“ die praesides von Dalmatia, Valeria, Pannonia superior, Noricum ripense und Noricum mediterraneum. Die Handschrift gibt das älteste Provinzialverzeichniss und es liegen alle Gründe vor, sie mit der Organisation des Reiches unter Diocletian in Verbindung zu bringen; sie ist daher auch für unsere Frage die wichtigste Quelle.

Es ergibt sich nun aus ihr, dass erstlich das factische Übergewicht, welches Pannonien seit den Markomannenkriegen über die umliegenden Provinzen erhalten hatte, durch die administrative Unterordnung der letzteren unter die erstere eine bleibende officielle Form erlangte; ferner wurde die Provinz nun auch officiell in jene zwei Theile zerlegt, welche naturgemäss bei der Entwicklung der neuen Cultur in Noricum einen verschiedenen Weg gegangen waren, sowie die Aufgabe der Verwaltung in ihnen verschiedene Gesichtspunkte verfolgen musste. An die Spitze der Civilverwaltung trat in jeder Provinz ein praeses, und zwar nicht mehr blos als finanzielle, sondern vorwiegend als Gerichtsbehörde, wie aus der späteren Notitia hervorgeht, und mit dem „perfectissimatus“, d. h. mit jener Rangstufe unter den höheren Beamten, welche zwischen dem „clarissimatus“ und der untersten Stufe, dem „egregiatus“, die Mitte hielt. Darin liegt ein interessanter Hinweis auf die Stelle, die nun die ehemaligen Procuratoren gegenüber den Statthaltern der ehemaligen senatorischen und kaiserlichen Provinzen einnahmen, welche letztere seither gleichweise praesides hiessen. Diese, z. B. die praesides von Aquitania, Byzacene, Dalmatia, Moesia superior, Pannonia superior, Sardinia, Syria wurden viri c l a r i s s i m i; die ehemaligen procuratores und praefecti, wie z. B. die (jetzigen) praesides der beiden Norica, die von den cottischen Alpen, der Inselprovinz, von Mauretania Sifitensis wurden nur viri p e r f e c t i s s i m i, ein Beweis, dass die ehemaligen Procuratoren keine Sonderstellung mehr gegen die übrigen Behörden einnahmen, sondern in die Reihe der letzteren gestellt und nach der Grösse und Bedeutung der Länder, die sie zu verwalten hatten, in die entsprechenden Rangstufen eingereiht wurden. Daher erscheinen auch in der Veroneser Handschrift die praesides der beiden Norica nicht blos hinter dem consul von Pannonia inferior und dem

[1] Pez. I. col. 23, Nr. 3. — [2] Abhandlungen der k. Akademie d. Wiss. in Berlin 1862, S. 489 ff. mit einer Karte.

[1] Die Frage nach der Auftheilung der Provinz Noricum in ein „ripense“ und ein „mediterraneum“ erhält dadurch ihre endgiltige Lösung. M u c h a r liess sie nach eingehender Erörterung unbestimmt (I, S. 1—11). J. G. S e i d l zog die Zeitgrenzen ziemlich enge und bestimmte sie aus einer Stelle in Panegyrikus Eumenius (Pariser Ausgabe der Panegyrici 1676, p. 173), nach welcher um 292 n. Chr. noch von einem u n g e t h e i l t e n Noricum die Rede ist, und nach einer Inschrift auf die Jahre 293—330, kam also dem wahren Sachverhalt sehr nahe (epigr. Excurse Wien. Jahrb. d. Lit. Bd. 104, Anzeigeblatt, Separatabdr. II. S. 13). — Dagegen stellte B ü d i n g e r in der österreichischen Geschichte S. 10, die Behauptung auf, Noricum sei schon um 250 getheilt und von zwei Procuratoren verwaltet worden. Gründe gibt er dafür nicht an und daher ist es schwer, ein Urtheil über diese Ansicht zu fällen. Dass die Entwicklung der römisch-barbarischen Mischbildung in Verbindung mit den territorialen Verschiedenheiten des Landes eine Trennung der Provinz in jene zwei Theile von selbst herbeigeführt und diese f a c t i s c h schon vor 297 bestanden habe, ist sehr wahrscheinlich; allein officiell anerkannt und organisirt wurde die Trennung erst 297. Ebenso gewagt ist es, zwei Procuratoren für beide Theile anzunehmen, da mit diesem Titel ein anderer Begriff verbunden werden muss, als der, welcher die Competenz der Statthalter nach der Theilung der Provinz bezeichnet. Die Behauptung B ü d i n g e r s wird dagegen annehmbar, wenn mit ihr nur eine jener Aushilfen, die oben besprochen worden sind, bezeichnet werden will; nur ist dann festzuhalten, dass die Theilung der Provinz wohl de facto, aber noch nicht als Folge einer neuen Organisirung bestanden und sich nicht auf die Theilung auch der Competenz des einen Procurators erstreckt hat

corrector von Savensis aufgeführt, sondern auch hinter den praesides der übrigen Theile von Pannonien (superior und Valeria), da dieses Land ehemals eine kaiserliche Provinz war.

Endlich ist es eine charakteristische Eigenschaft der neuen Organisirung, dass sie nicht blos die Provinzen in kleinere Gebiete aufgetheilt hat, sondern auch die Competenzen, so dass die Civilgeschäfte dem „praeses“, die Militärgeschäfte dem „dux“ zukamen. Wie diese Theilung damals in Noricum durchgeführt wurde, ist jedoch zweifelhaft. Für das Uferland wäre nach dem Gange der Entwickelung seit dem Markomannenkriege anzunehmen, dass die Stelle des „dux“ zugleich von dem dux in Pannonia versehen worden sei; denn es war von Wichtigkeit die gesammte Besatzung der mittleren Donaugrenze einer einheitlichen Leitung zu unterordnen, zumal da das Uferland für sich nur eine geringe tactische Bedeutung hatte und nur für die militärischen Bewegungen in Pannonien wichtig war. Daher dürfte, wie in der Zeit der ersten Procuratoren die norische Uferwache von einem militärischen Stellvertreter derselben geleitet worden sein mochte, ebenso jetzt der „dux“ Pannoniae einen höheren Officier als Stellvertreter im Uferlande gehabt haben, dem dann auch die wichtigen Waffenfabriken in Lauriacum untergeordnet waren. Diese Verbindung der Stellen der duces von Noricum ripense und Pannonia ist späterhin bestimmt durchgeführt worden, wie denn die Notitia dignitatum, das Staatshandbuch vom J. 400 n. Chr. einen „dux Pannoniae primae et Norici ripensis“ mit dem Prädicat Spectabilis nennt[1]; mit Wahrscheinlichkeit darf sie aber auch schon für die Zeit Diocletians angenommen werden. — Für das binnenländische Noricum kann dagegen über die Theilung der alten Procuratur in ein praesidium und einen ducatus kein Beleg aufgebracht werden. Die Notitia lässt uns hierüber vollkommen im Zweifel, indem sie die Verwaltung dieser Provinz nicht näher berührt. Vielleicht hat der dux von Savensis eine ähnliche Oberaufsicht über die militärischen Angelegenheiten in dieser Provinz, wie sie jener von Pannonia secunda im Ufernoricum hatte; dies bleibt aber nur eine Vermuthung, indem der Beweis hiefür nicht geliefert werden kann.

So hatte die Procuratur, deren militärische Bedeutung von Anfang sehr geringe war und eben nur ausreichte, die finanzielle Verwaltung des Landes und die Romanisirung mit Nachdruck durchführen zu können, diesen Theil ihrer Wirksamkeit ganz an eine rein militärische Behörde abgegeben. Der Wirkungskreis der Civilverwaltung selbst war aber verändert und so ausgebreitet und geschäftereich geworden, dass auch das Uferland eine eigene Civilbehörde erhielt. Damit hatte die Organisation Diocletian's jene Veränderungen sanctionirt, welche der Procuratur ihren alten Glanz und die charakteristischen Eigenschaften nahmen; selbst der Name schwindet aus der Ämterliste; es gibt fürderhin keinen Procurator und kein ungetheiltes Noricum mehr.

Wenn noch einmal auf die Ursachen zurückgesehen wird, welche die Procuratur so sehr verändert haben, so tritt unter ihnen neben den auch in anderen Beziehungen für die Donauländer höchst folgereichen Markomannenkriegen zumeist die Umgestaltung der Provinz selbst hervor, die aus einem blossen Grenzlande zu einem Vorlande des Reiches mit reich entwickelter Mischbildung herangewachsen war, bedeutend nicht durch seine tactische oder politische Wichtigkeit, wohl aber durch seine materiellen Güter, namentlich durch den Segen der Berge, durch den Zwischenhandel und durch ein blühendes gewerbliches Leben. Es war die Aufgabe der Procuratur, das Land in diesen Zustand zu bringen, wenn sie auch zunächst darauf angelegt war, die Interessen des Reiches, nicht jene der Provinz zu wahren; und bezeichnend ist es, dass durch die Erfolge der Procuratur schliesslich die Verhältnisse im Lande so geändert wurden, dass sie über die ursprüngliche Anlage dieser Obrigkeit hinauswuchsen und eine gänzliche Umgestaltung derselben bewirkten. —

Es sind grösstentheils nur Vermuthungen, welche in den vorstehenden Blättern über die Procuratur von Noricum zusammengestellt werden konnten; dennoch schien es uns gerechtfertigt, sie mitzutheilen; denn eine Frage in Anregung zu bringen, welche, sowie sie viele andere in sich begreift, für die Geschichte der österreichischen Kronländer unter den Römern von grosser Bedeutung ist, dies scheint uns eine Pflicht zu sein, zumal wenn der vaterländische Boden selbst die lange und wohlverwahrten Zeugen jener längstvergangenen Zeit hervortreten lässt und uns vor Augen stellt. Hoffentlich werden deren noch mehrere kommen und die grossen Lücken ausfüllen helfen, die in dieser Schrift offen bleiben.

Dr. Friedrich Kenner.

[1] Böcking CXXXIII (Bd. II, 98).

Besprechungen.

The alabaster sarcophagus of Oimenepthah I.,

King of Egypt, now in Sir John Soane's museum, Lincoln's Inn Fields. Drawn by J. Bonomi and described by S. Sharpe. London 1864. 4°.
(Mit 12 Holzschnitten und 19 Tafeln.)

Als im October 1815 der bekannte Belzoni in Theben war, bezeichnete er seinen Arbeitern eine Stelle in dem „Thal der Königsgräber“ am Fusse der Hügel von Biban el Molook, und liess dort nachgraben. Was ihn bewogen haben mochte, eben dort nachsuchen zu lassen, wo zur Regenzeit ein Bergbach durch das Thal rauscht, der sich dann in den Nil ergiesst, war vielleicht nichts weiter als eine „antiquarische Ahnung“, aber das Ergebniss zeigte, dass Belzoni sehr richtig gerathen hatte, denn nach zwei Tagen (16. October) stand man, achtzehn Fuss unter der Erde, vor einer Treppe, welche in einen Corridor von 36 Fuss Länge hinabführte. Hier fand sich eine zweite Treppe (von 23 Fuss Länge) und ein zweiter, 37 Fuss langer Gang, durch den man in ein kleines (30 Fuss tiefes und 14 Fuss breites) Gemach gelangte. Aus diesem führte eine, nur einen Yard breite Oeffnung in eine Halle mit vier Pfeilern, von welcher eine dritte Stiege nochmals in eine Halle und endlich eine vierte Treppe zu dem eigentlichen Begräbniss führte, welches mehrere Nebengemächer zeigte. In dem letzten derselben fand Belzoni die Mumie eines Stieres und eine Menge hölzerner Mumienfiguren von 6 bis 8 Zoll Länge, von denen die eine den Namen des Königs Oimenepthah trug. Der Sarkophag selbst ist in Alabaster gemeisselt. Belzoni sammelte die einzelnen Theile des zerfallenen Sarkophages, liess sie an den Nil führen und brachte sie nach England, wo sie Sir John Soane von ihm kaufte und in seinem Museum aufstellte.

Mr. Sharpe spricht nun in dem vorliegenden Buche zuerst von dem Namen des Königs. Er erinnert daran, dass Diodor diesen König Osymandyas, und Erathostenes: Cho-mac-phta nannte, welches letztere so viel bedeuten soll als: „the world beloved by Hephaestus“, und geht dann auf das Alter des Sarkophages über. Nach seiner Ansicht ist Oimenepthah einer jener zwanzig Könige, welche in einem Zeitraum von 500 Jahren vor dem König Shishank (S. Buch d. Könige I, 14) Ägypten beherrschten und die Tempel im Nilthal bauten, und zwar soll er der Vater Ramases des Zweiten gewesen, im 1175. Jahre vor Christi gestorben und in obigen Sarkophag gelegt worden sein.

Von Gebäuden, welche Oimenepthah errichtete, werden genannt: Der Tempel von Errebek (der Stadt der Sonne), die Säulenhalle zu Karnak, zwei Bauten zu Thys (Abydos) und der flaminianische Obelisk, der nun auf der piazza del popolo zu Rom aufgestellt ist; das britische Nationalmuseum besitzt auch eine Statue dieses Königs.

Der Sarkophag ist 9 Fuss 4 Zoll lang, seine grösste Breite (über die Brust) misst 3 Fuss 4 Zoll und die Höhe beträgt an den Schultern 32 und an den Füssen 27 Zoll. Die Dicke des Steines wechselt von $2^1/_2$ bis zu 4 Zoll. Der Sarkophag ist allenthalben mit Hieroglyphen verziert, welche der Verfasser in zehn Bilder abtheilt und beschreibt und erklärt. Nachdem auch der Boden des Sarges beschrieben ist, wird in einem Appendix von der Reihe der ägyptischen Könige gesprochen und auf einem besonderen Blatte sind die Namen derselben bei Eratosthenes und auf den Tafeln von Abydos, mit der Manetho'schen Dynastie von Theben und von Memphis zusammengestellt. Der Autor, dem die gelehrte Welt schon mehrere Abhandlungen über das alte Ägypten verdankt[1], hat mit dieser neuen Schrift die Literatur über dieses geheimnissvolle Land auf eine würdige Weise bereichert.

[1] Die uns bekannten sind:

„The triple mummy case of Aroeri-Ao, an egyptian priest“. (In Dr. Lee's Museum.)

„The chronology and geography of ancient Egypt.“

„The history of Egypt from the earliest times till the conquest by the Arabs in A. 640“. (Vierte Auflage.)

„Egyptian inscriptions from the British Museum and other sources“. (Mit 216 Tafeln in Folio.)

„Egyptian hieroglyphics, being an attempt to explain their nature, origin and meaning.“ (Mit einem Wörterbuch) und

„Egyptian Mythology and egyptian christianity, with their influence on the opinions of modern Christendom“.

Die Wiederauffindung der Urne des heiligen Vigilius.

Von J. G. Sulzer. Trient 1853. 8°.

Obige Tumba, bestehend aus einer, aus einem einzigen tiroler Marmorblocke gemeisselten Arche (6 Fuss 11 Zoll lang, 3 Fuss breit, 2 Fuss 11 Zoll hoch) fand der Verfasser im Jahre 1843 bei Besorgung von Restaurations-Arbeiten an der Kathedrale zu Trient im Hofe der Frohnveste des dortigen Magistrates. Nach Constatirung der Echtheit wurde die altehrwürdige Tumba (a. d. V. Jahrhundert) in die Kathedrale gebracht und dient nun als mensa zum Reliquienaltar in der Sacristei. Den Schicksalen dieser Tumba ist mit vielem Fleisse nachgeforscht und die Mittheilung derselben möglichst genau und umständlich geschehen. Im Anhang bringt der Verfasser mit lobenswerther Selbstverläugnung Gegenkritiken artistisch-gebildeter Alterthumsforscher, denen er sein Manuscript zur Einsicht vor dem Drucke übersendete. *S.*

Praktische Erfahrungen, die Erhaltung, Ausschmückung und Ausstattung der Kirchen betreffend,

zunächst für den Clerus der Diöcese Paderborn, von Dr. Wilh. Engelb. Giefers. Zweite Auflage. Paderborn 1859. 8° 90 Seiten.

Ein kleines Werk und dennoch von so reichem Inhalt, so nützlichen Vorschlägen und belehrenden Bemerkungen, wie in manchen weitwendigen Abhandlungen nicht zu finden. Wir erlauben uns daher, der Besprechung desselben einen etwas grösseren Raum anzuweisen.

Der Verfasser nahm auf seinen Reisen durch die Diöcese Paderborn gegen 290 Kirchen und Capellen in Augenschein, durchforschte auch die vorhandenen kirchlichen Geräthschaften und stellte in obiger Schrift die Grundsätze dar, welche seiner Ansicht nach bei Umbauten und Restaurationen von Kirchen, bei Anschaffung und Ausbesserung von kirchlichen Utensilien u. s. w. zu befolgen sind. Das Ganze zerfällt in 23 logisch nacheinander gereihte Paragraphe.

§ 1. Erhaltung der Kirche. Die Ursachen eintretender Baufälligkeiten sind genau zu untersuchen, denn Risse im Gewölbe oder in den Umfassungsmauern rühren oft nicht von den Fundamenten, sondern vom Dachstuhle her, indem nämlich durch verfaulte Balken die Sparren auseinander wichen und die Mauer nach sich zogen. Zuweilen hatten die Stichbalken ihre Verbindungen verloren und die Sparrenpaare, welche in den Stichbalken ruhen sollten, trieben die Kirche auseinander. Weiters wird bei flachen Decken die Schädlichkeit der Scheingewölbe dargethan, auf die zerstörende Wirkung des Regens bei schlecht construirten Strebepfeilern hingewiesen und wegen Ableitung des Wassers von dem Fundamente und Abhaltung der Feuchtigkeit mancher gute Wink gegeben.

§ 2. Innere Ausschmückung der Kirche: Wände und Gewölbe. An die Spitze seiner Bemerkungen stellt der Verfasser die vollkommen richtige Ansicht, dass das Innere einer Kirche zur Andacht stimmen, das Sinnen und Denken der Menschen von dem Irdischen hinweg zum Himmlischen emporheben soll. Er eifert gegen das so beliebte Tünchen der Wände, ja selbst der Standbilder, Sculpturen und Capitäler mit weisser, gelblicher oder röthlicher Kalkmilch und plaidirt für Beibehaltung der natürlichen Farbe des Hausteines oder, wo ein Anstrich nothwendig ist, für Nachahmung der Steinfarbe.

§ 3. Fenster. In den frühesten Zeiten des Christenthums verhing man die Fenster der Kirche mit Teppichen oder schloss sie mit Glas, welches mosaikartig durch Gyps oder Bleistreifen verbunden war. Im X. Jahrhundert begann die Glasmalerei und erreichte in der Zeit der Gothik ihre höchste Blüthe. Reichensberger (Fingerzeige auf dem Gebiete der kirchlichen Kunst) nennt gemalte Fenster das seelenvolle Auge des Kirchenbaues, den Heiligenschein, die Verklärung der christlichen Baukunst. Auch der Verfasser empfiehlt dieselben dringend oder mindestens farbloses Glas, welches vermittelst gegossener Bleistreifen so zusammengesetzt ist, dass ein Netz von geometrischen Figuren gebildet wird; dagegen werden helle Fenster mit Scheiben, wie man sie an eleganten Wohnungen findet, für ganz unzulässig erklärt.

§ 4. Thüren und Fussboden. Die symbolische Bedeutung der Kirchenthüren bedingt eine sorgfältige, dem Style der Kirche entsprechende Construirung derselben aus Eichenholz. Auch der Fussboden soll mit der Verzierung der Wände, Gewölbe und Fenster harmoniren, und in Ermangelung der ehedem angewandten Fliesse durch mehrfarbige Steine, geometrische Figuren, Sterne und Rosetten zusammengesetzt, die schachbrettartige Bedeckung desselben durch verschieden farbige viereckige Platten jedoch vermieden werden.

§ 5, 6, 7. Altäre. Vom II. Jahrhundert an wurden in Folge einer Anordnung des Papstes Evaristus die Altäre aus Stein angefertigt. Bis zur Mitte des IX. Jahrhunderts bildete den Hauptbestandtheil des Altares der Altartisch (mensa), unter welchem sich ein Behälter mit den Gebeinen eines Heiligen (confessio) befand, darüber wölbte sich auf freistehenden Säulen ein Baldachin von Holz oder Stein (ciborium). Auf dem Altar stand nichts; das Kreuz war an die Wand gemalt oder stand auf dem Ciborium, die Leuchter auf der Erde oder auf einem nahen Querbalken, und von der Mitte des Ciborien-Gewölbes hing bis zum XI. Jahrhundert ein Gefäss in Gestalt einer Taube herab, in welchem das allerheiligste Sacrament aufbewahrt wurde. Hierauf werden die Veränderungen mitgetheilt, welche der ursprüngliche Altar im Laufe der nächsten Jahrhunderte erlitt und die Entstehung und Vergrösserung der Altaraufsätze, mit Hinblick auf jene Ungeheuer von Aufsätzen, welche die Renaissance aufthürmte, kritisch beleuchtet und wird eine Umkehr, wenn auch nicht zur alten, doch wenigstens zu einer erträglichen Form gefordert. Über die Construction neuer Altäre wagt der Verfasser keine Entscheidung, da sich die competenten Autoritäten in kirchlicher Kunst darüber noch nicht geeinigt haben; doch gibt er den Rath, sich an schöne Muster aus dem Mittelalter so genau als möglich hinsichtlich der Form und des Materials anzuschliessen.

§ 8. Taufstein, Kanzel, Beichtstühle. Zur Erhaltung alter Taufsteine, welche gesprungen sind, wird die Auslegung des Inneren mit Blei oder Zinn anempfohlen und vor Zerschlagen derselben gewarnt, da sie nicht nur Denkmale romanischer und gothischer Kunst, sondern auch Documente sind, welche für das Alter einer christlichen Gemeinde Zeugniss geben.

Die Kanzeln entstanden in der gothischen Zeit, denn ursprünglich wurde von einem Pulte (ambo) aus, das an den Chorschranken (cancelli) stand, gesprochen.

Beichtstühle, als Richtersitze der Barmherzigkeit, wünscht der Verfasser so einfach als möglich, ohne dass sie deshalb alles sinnigen Schmuckes entbehren müssten.

§ 9. Kirchenstühle und Communionbank. Dazu soll Eichenholz genommen und Blattwerk oder Pancolverzierungen angebracht werden. Ausgezeichnete Chorstühle aus dem Mittelalter fand der Verfasser in der Kirche zu Falkenhagen.

§ 10. Orgel, Weihwasserbecken. Orgeln kommen seit dem XIV. Jahrhundert in Kirchen häufig vor; bei der Decoration der Orgelbühnen und des Orgelgehäuses soll die höchste Einfachheit beobachtet werden, und der Anstrich nur mit reiner Holzfarbe geschehen.

Die steinernen Weihwasserbecken aus alter Zeit, welche von grosser Pracht und Kunst zeugen, bilden einen schönen Gegensatz zu den jetzigen metallenen Kesseln und Becken, die ausserdem nicht sehr rein gehalten werden, und wird über diese ein sehr berechtigtes Anathema ausgesprochen.

§ 11, 12. Bilder und Crucifixe. Der Verfasser, ein begeisterter Kämpfer für kirchliche Kunst, fordert, dass sich bei kirchlichen Bildwerken nur Würdiges und Erhabenes zeigen, dagegen alles vermieden werden soll, was für weltliche Zwecke geeignet scheint. Er spricht sein Bedauern darüber aus, dass die Werke mittelalterlicher Kunst theils durch den Zahn der Zeit zernagt, theils durch Restauration verdorben oder gar durch sogenannte „schönere“ Bilder ersetzt sind; gelungene Statuen aus Stein fand er mit dicken Farbenschichten überzogen und die feinere Sculpturarbeit gänzlich verschmiert. Mit eindringlicher Energie kämpft er gegen das Bekleiden der Madonnenbilder und Bedecken derselben mit Kronen und Schaustücken, wie auch gegen die Bekleidung der Statuen überhaupt und belegt seine Philippica mit kirchlichen Erlässen. Vorzüglich besteht er darauf, dass Crucifixbilder, ob in Farbe, Holz oder Metall, mit künstlerischer Weihe ausgeführt werden.

§ 13. Grabdenkmäler. Ein strenges Urtheil trifft die Grabdenkmale in Kirchen und Friedhöfen, die meistens in griechischem, römischem oder ägyptischem Style, selten aber in kirchlichem Geiste gearbeitet sind. Statt mythologischer Sinnbilder, sollen Kreuze, Kronen, Anker, Palmen, Ölzweige und dergleichen angebracht werden. Auch bei den sogenannten Stationsbildern soll die Kunst schaffend thätig sein, damit nicht widerliche Missgestalten entstehen, welche die Andacht stören, statt anregen. (Auch in Wien und Umgebung fehlt es nicht an Verirrungen dieser Art. Wer die Stationshäuschen besicht, welche von der Alservorstadt nach dem Calvarienberge in Hernals leiten, wird seinen Tadel über die Geschmacklosigkeit und Monströsität der darin befindlichen grell bemalten Gruppen nicht unterdrücken können).

§ 14. Kelch. § 15. Ciborium. Über Kelche wurde schon viel geschrieben; dennoch macht der Verfasser manche neue Bemerkung, welche seinen feinen kirchlichen Kunstsinn und sein eifriges Forschen beurkunden. Er rügt nachdrücklich die vielen Verstösse der letzten Jahrhunderte gegen die kirchliche Form der romanischen und gothischen Kelche.

§ 16. Monstranz. Eine Vergleichung der Monstranz im gothischen Style, wo sie als ein Dom im Kleinen aufgefasst wurde, mit einer Monstranz aus der Renaissance, wo dieselben das Bild jener Glorie und Majestät darstellen sollte, mit welcher der König des Himmels im heiligsten Sacramente gleichsam hervortritt (Sonnenmonstranz), fällt natürlich zum Vortheil der Gothik aus.

§ 17. Gefässe für die heiligen Öle, Weihwasserkessel, Rauchfass. Auch hier dringt der Verfasser auf Rückkehr zur kirchlichen Form dieser Gefässe älterer Zeiten und schildert, mit welcher Sinnigkeit, Sorgfalt und Kunst dieselben verfertigt wurden.

§ 18. Leuchter, Lampen, Laternen. Die romanischen Leuchter waren 6—10 Zoll hoch und symbolisch gearbeitet. In der gothischen Zeit wuchsen sie bis zur Höhe von zwei Fuss, die Renaissance erhöhte sie noch mehr, beachtete aber die geistvolle Symbolik früherer Zeiten gar nicht.

§ 19, 20, 21. Paramente, Casel und Pluviale. Der Verfasser beklagt es sehr, dass bei dem Streben nach Bequemlichkeit und der Sucht überall Verzierungen anzubringen, die Würde und der kirchliche Ausdruck der priesterlichen Kleidung in neuerer Zeit gänzlich verloren ging. Indem er gegen die Producte der berühmten Lyoner Paramenten-Fabrication seine Lanze einlegt, führt er die Urtheile anerkannter Fachmänner, wie A. Reichensberger, P. Martin über Messkleider an, fordert die Verwerfung alles unechten Flittertandes und die Anfertigung der Paramente aus dauerhaften, echten, nach mittelalterlichen Mustern in kirchlichem Style gehaltenen Seidenstoffen.

§ 22. Baldachine und Fahnen. Die Fahnen als Symbole des Sieges und Triumphes Christi und seiner Kirche, wie es heisst durch Constantin den Grossen eingeführt, hatten anfänglich die Form eines länglichen Rechteckes mit dem Namenszuge Christi. Dann brachte man gestickte und später gemalte Heiligenbilder darauf an. Gegen die letzteren wendet sich der Verfasser, weil durch Einsetzen der bemalten Leinwand die Fahnen steif werden und ihre schöne wallende Bewegung verlieren.

§ 23. Alter Plunder. Wie alle Archäologen tritt der Verfasser in sogenannte „Rumpelkammern“ mit geheimer Freude und es glückte ihm auch öfters, schön gearbeite Kirchen-Gefässe und Geräthe aufzufinden, die theils nicht ohne erheblichen Kunstwerth, theils durch ihr Alter ehrwürdig waren. Nach geschickter Restauration konnten sie wieder zu kirchlichem Gebrauche verwendet werden oder verdienten wenigstens eine Stelle neben jenen modernen Kostbarkeiten, welche sorgsam unter Schloss und Riegel aufbewahrt werden.

Am Schluss eines jeden Paragraphes gibt der Verfasser Rathschläge hinsichtlich der Restauration im Grossen und Kleinen und bezüglich neuer Anschaffung von kirchlichen Sachen. Sogar die Kosten sind bei einzelnen angegeben und wo dieselben am besten und billigsten zu haben sind. Kurz, es ist dieses Werkchen ein unentbehrliches Handbuch für jeden Seelsorger und sollte gleich dem „Leitfaden“, zu dem es ein schönes Seitenstück bildet, selbst in dem kleinsten Bücherschranke eines Pfarrhofes nicht fehlen; denn die darin gerügten Übelstände, die daraus gezogenen Resultate und die darauf basirten Ansichten und Rathschläge, eignen sich zu massgebender Nutzanwendung in allen katholischen Bezirken. Dazu ist das Ganze in einfacher und angenehmer, leicht fasslicher Weise geschrieben, wie es eben nur ein Gelehrter vermag, der mit seinem Wissen nicht prunken, sondern nützen will, und ausserdem steigert sich der streng kirchliche Geist, welcher das Büchlein durchweht, selbst da wo er sich sehr decidirt äussert, niemals zum Zelotismus.

Beiträge zur Entwickelungsgeschichte der kirchlichen Baukunst in Tirol.

II. Lieferung. Die gothische und die italienische oder Renaissance-Bauweise. Von K. A., Weltpriester. Mit 60 Figuren auf einer Tafel. Brixen 1861. 8°. 76 Seiten.
(Dritte Gabe des christlichen Kunstvereines in Bozen.)

Mit dieser Lieferung schliesst der Verfasser seine Beiträge zur Entwickelungsgeschichte u. s. w. Die Abhandlung über die gothische Bauweise zerfällt in: I. Edlere Gothik. 1. Kleinere und grössere einschiffige Kirchen. 2. Die mehrschiffigen Kirchenbauten. II. Die Verfallzeit der Gothik. Diesem Abschnitte ist zur näheren Kenntniss, wie sich die Gothik an den verschiedenen einzelnen kirchlichen Baudenkmalen Tirols entwickelte und wie lange sie an derselben gepflegt wurde, bis sie gänzlich erlosch, gleichwie bei der I. Lieferung bezüglich der romanischen Bauperiode, ein alphabetisches Verzeichniss von 150 Orten Tirols beigefügt, deren Kirchen der Verfasser durchforschte. Die Renaissance-Bauweise, welche in der zweiten Hälfte des XVI. Jahrhunderts ihre Herrschaft begann, gibt dem Verfasser Gelegenheit, des sogenannten Kapuziner- und Jesuitenstyles, des Zopf-, Perücken- oder Roccoco-Styles und zuletzt des Theaterstyles zu erwähnen. Er findet bei Besprechung dieser Periode in Folgendem den Trost, dass sein Vaterland Tirol von allgemeiner architektonischer Verderbniss geschützt sei, zuerst desswegen, weil die Gothik in Tirol sehr viele und geräumige Seelsorgekirchen und Capellen schuf und daher der italienischen Bauweise wenig Gelegenheit gab, Bauwerke ihrer Art aufzuführen. Dann weil in jüngster Zeit bei Neubauten von Gotteshäusern, durch begonnene gründliche Studien früherer christlicher Kunstperioden, ein entschiedenes Streben zum Besseren sich geltend macht.

Als Anhang dient ein erklärendes Verzeichniss der gebrauchten Kunstausdrücke und der Vereinsbericht des Bozener Kunstvereines.

L. Sch.

Correspondenzen.

Sönderskoogaard bei Kolding, 1864.

Ich machte einen Ausflug nach Rippen und fand dort eine fünfschiffige Basilica vom Jahre 1080, natürlich im romanischen Style, in welchem hier fast alle Kirchen gebaut sind, während die Gothik nur selten und fast immer nur in Holzschnitzwerken an Altären und Kanzeln vorkommt. Die Taufsteine und Taufbecken sind meist die ältesten Theile jeder Kirche und tragen fast jederzeit Inschriften. Zugleich übersende ich die Abbil-

Fig. a.

dung eines Runensteines (Fig. a), der sich zu **Felbing** in Jütland befindet. Er ist aus grauem Granit und misst $6^1/_2$ Fuss Höhe. Die auf demselben befindliche Inschrift ist abbrevirt und lautet aufgelöst:

Fig. b.

(ba spernik. lakn. sum. gud. in Kristi. recniescens.)

Die Runen sind übrigens dadurch, dass sie von Moos überwuchert wurden, stellenweise schwer leserlich und manche beinahe unkenntlich geworden, so dass ich für meine Auflösung keineswegs vollkommen einstehen kann, auch das Wogen des Krieges keine genaue und umständliche Untersuchung erlaubt. Doch glaube ich, dass die ersteren Worte auf einen Spiritualen Bezug haben könnten und das erste Zeichen dürfte vielleicht auf „beatus" gedeutet werden. Der Stein scheint aus der Epoche vom Jahre 850 bis zum Jahre 950 herzurühren.

P. S.

Archäologische Funde in Tirol.

Trient, den 10. August 1864.

Als man im Jahre 1860 zu **Curtatsch** (der alten Curtis ad Athesim, am rechten Ufer der Etsch zwischen Deutschmetz und Tramin) an einer Restauration des dortigen Pfarrhofes beschäftiget war, entdeckte man den dritthalb Fuss hohen, sehr meisterhaft und fein gearbeiteten marmornen Rumpf eines Mercur. Vermuthlich befand sich dieses Standbild in einem, am Fundorte einst vorhandenen Tempel, und zwar um so mehr, als die alte Römerstrasse (die Via Claudia) nicht wie jetzt am linken, sondern am rechten Etschufer angelegt war, ein Umstand, der das einstmalige Vorhandensein solch geheiligter Stätten zum Schutze der Heeres- und Commercial-Strassen nach heidnischem Gebrauche an derlei Stationen zur vollen Sicherheit erhebt. Mercur und Diana sind hierorts daher die gewöhnlichen alten Schutzgottheiten, von denen die Sage das Vorhandensein ehemaliger Tempel bewahrt hat, und von welchen, zum thatsächlichen Beweise, von Zeit zu Zeit theils Lapidar-Inschriften (wie zu Cadine und Cavedine im Sarcathale), theils Standbilder zu Tage gefördert werden. Deshalb könnte die alte Hermeskirche zu Calceranica im Valsugan (da von einem frühzeitigen Glaubensprediger und Märtyrer dieses Namens, ausser den Sagen, für jene Gegend sich nichts Stichhaltiges auffinden lässt) eine Christianisirung erlebt haben, und an der Stelle des griechischen Hermes, dem Culte irgend eines Heiligen gleichen Namens gewidmet worden sein. Das griechische Element lässt sich hier gar leicht aus der einstmaligen Nähe der paphlagonischen Heneter erklären, wie denn auch die Diana, welche laut einer in besagter Kirche noch vorhandenen Ara ebendaselbst verehrt worden sein soll, den orientalischen Charakter bekundet, und als Diana Antiochiae bezeichnet erscheint.

Da man zu **Trient** im August des Jahres 1861 innerhalb der porta d'aquila mit der Legung der steinernen Canäle beschäftigt war, welche die Stadt in Zukunft mit reinem Quellwasser versehen sollten, stiess man auf einen 5 Fuss 10 Zoll hohen und 2 Fuss 10 Zoll breiten Denkstein aus weissem Trienter Marmor, welcher inmitten architektonischer Ornamente folgende Inschrift trägt:

V. F.
Octavius L. L.
Trophimus VIVIR
sibi et
Secundae uxori
Optimae et. . . . .

Die ziemlich gute Erhaltung sowohl der architektonischen Hautreliefs, als der Inschrift verdankt dieser Stein dem Umstande, dass er mit der Vorderseite abwärts vergraben wurde. Referent versuchte es, in einer besonderen Abhandlung[1] dessen Sinn durch analoge historische Daten zu beleuchten, um hiedurch für Trient einige darauf Bezug habende Traditionen zu begründen.

Endlich glaubt Referent noch berichten zu sollen, dass er voriges Jahr bei einem Ausfluge nach dem zwischen Trient und Verona gelegenen Ala (der alten, ad Palatinm genannten, römischen Militärstation) die wenige Minuten davon gelegene Chiesa di San Pietro in bosco besuchte, welche ihr Entstehen folgender Sage verdanken soll:

Theodolinde, auf ihrer Brautfahrt von den Franken verfolgt, barg sich in Ala, wo sie Authar, ihren Bräutigam und König der Longobarden (584—594) fand und daselbst mit ihm die Hochzeit feierte. Zum Andenken an dies Ereigniss sollen die Brautleute am Orte ihrer Vermählung eine Capelle haben errichten lassen, welche sie nachher von Mailand aus mit heil. Reliquien versahen. Weiters geht die Sage, dass Theodolinde die Seitenwände der besagten Capelle mit Frescogemälden habe verzieren lassen, welche jedoch in neuerer Zeit (1804) verweisst wurden. Jetzt aber, wo die Uebertünchung grossentheils herabgefallen, kommen die so alt geglaubten Fresken wieder zum Vorschein, und zwar mit dem Unterschiede, dass jene auf der Nordseite auf einem vorherigen älteren Gemälde aufgetragen erscheinen, wovon zwei Figuren in knieender Stellung mit gefaltenen Händen ganz deutlich erkennbar sind. Die beiderseitigen (und wie sich ergibt) späteren Fresken sind figurirt, und jede derselben ist nach mittelalterlichem Gebrauche in zwei Felder querdurch getheilt, deren oberes von einem gemalten, auf Kragsteinen ruhenden Abtheilungs-Gesimse wie getragen erscheint. Das obere Feld auf der Nordseite (also das übermalte) stellt folgende, mit gothischen Lettern namhaft gemachte Heilige dar: S. Stephanus; S. M—; S. Jacobus; S^{a} Libera und S^{a} Chatarina (sic). Als in letzter Zeit der alte Hochaltar dieser Kirche ganz renovirt und deshalb abgetragen wurde, fand sich in dessen Mitte ein römischer Meilenstein (cippus) eingemauert, in dessen verticaler Oberseite eine Vertiefung angebracht war, worin man Reliquien vorfand, welche sofort für die von Theodolinde gesandten angesehen und als solche in ehrwürdigen Verwahrsam gebracht wurden.

Wer aber heut zu Tage die fragliche Kirche beschaut, kann weder an dieser noch an den Fresken jenes hohe Alter ersehen, welches die Tradition zu verbürgen scheint. Zwar stellt sich dem Beobachter, gleich unter dem Triumphbogen auf der Südseite, das Bild eines Ritters zu Pferde (St. Georg) in sehr groben, röthlichen Conturen zur Schau, welches eben seiner Einfachheit wegen ein viel höheres Alter zu beanspruchen scheint; allein der Platz, wo es aufgetragen ist, macht ihm die anscheinlich hohe Bejahrtheit streitig. Denn der Bau der gegenwärtigen Chiesa di San Pietro in bosco trägt deutlich die Spuren von vier verschiedenen Epochen zur Schau. Allererst bestand nur die heutige Apsis, jedoch keineswegs von der jetzigen Höhe, zu der sie sich erst in der dritten Epoche emporschwang. Hiemit harmonirt die Tradition, welche sagt, dass einst der Reliquienaltar wie in einer niederen Höhle placirt war. Theodolinde und Authar hatten nämlich eine ganz kleine halbrunde Capelle errichtet und diese mit Reliquien versehen. In der zweiten Epoche kam ein um die Hälfte höheres Presbyterium hinzu, und wahrscheinlich hat man schon damals die Apsis zu gleicher Höhe erhoben. Mittlerweile ward zur Zeit der Wirren Ezzelins von Romano nebst anderem auch diese Capelle entweder ganz oder doch zum Theile zerstört, nachher aber von den Scaligern (1265—1266) wieder hergestellt, und (wie ein vermauertes Fenster zu zeigen scheint) auch um etwas verlängert. Zu dieser Zeit könnten, nach der Meinung des Referenten, jene Wandgemälde entstanden sein, welche später übermalt worden sind, und jene zwei knieenden Figuren, wovon oben Meldung geschah, könnten eben zwei dieser Wohlthäter vorstellen; ja wenn man einmal ihre Angesichter ganz vom Mörtel befreit haben würde, könnte man vielleicht aus ihren Zügen die Physiognomien der betreffenden Scaliger erkennen, von denen verschiedene Büsten in Stein und Bronze vorhanden sind. Die ganze Höhe der jetzigen Kirche fällt sammt deren Fronte erst in eine spätere Zeit.

Jedenfalls wäre es nicht uninteressant, wenn das ganze untere Gemälde von der, später darauf angebrachten Malerei befreit und blossgelegt würde, weil dadurch, wenn auch nicht die Kunst, so doch die Geschichte nicht unwichtige Entdeckungen machen könnte.

Pr. Joseph Georg Sulzer.

[1] In der Trientiner Zeitung 1861, Nr. 243 und 245 (in italienischer Sprache).

Notiz.

Unserem geehrten Mitarbeiter, Herrn Hanns Petschnig, Architekten und Professor an der k. k. Polytechnik, wurde in Folge seiner erspriesslichen Leistungen im Kirchenbaue von dem Herrn Fürstbischof von Lavant, Jakob Maximilian, der Titel eines „fürstbischöflichen Lavanter Diöcesan-Architekten" ertheilt und zugleich die Diöcesangeistlichkeit aufmerksam gemacht, sich bei vorkommenden Kirchenbauten und Restaurationen an denselben zu wenden, was wir hiermit zur Kenntniss unserer freundlichen Leser bringen. *D. Red.*

Über die christlichen Messkännchen.

Von Dr. Franz Bock.

I. Geschichtliche Mittheilungen über Entstehung, Gebrauch und Form der Messkännchen seit der frühchristlichen Zeit bis zur Renaissance.

Das Studium der mittelalterlichen Kunst würde hinsichtlich der Kenntniss über die Entstehung und Gestaltung der verschiedenen kirchlichen Gefässe gefördert und zugleich für das praktische Neuschaffen nutzbar gemacht werden, wenn einzelne Forscher es unternähmen die Grundformen und die Weitergestaltung der liturgischen Geräthe auf historischem Wege nachzuweisen und die Einflüsse der kirchlichen Satzungen in den verschiedenen Jahrhunderten zu bestimmen. Wenn in den nachfolgenden Zeilen der allerdings gewagte Versuch gemacht wird, die Entstehung, den Gebrauch und die künstlerische Gestaltung der Ampullae in geschichtlichem Zusammenhange vorzuführen, so geschieht dieses in der Absicht, vorerst einzelne Materialien vorzubereiten, die einem späteren, geübteren Nachfolger nicht unwillkommen sein dürften, um auf Grundlage derselben allseitige Nachforschungen anzustellen, die endlich zu einer erschöpfenden Monographie führen würden.

Die geschichtlichen Forschungen über jene liturgischen Gefässe, welche als Wein- und Wasserbehälter mit dem heiligen eucharistischen Opfer in nächster Beziehung stehen, führen in die Frühzeit des apostolischen Zeitalters und erinnern uns an jene erhabene Handlung, durch welche der Heiland bei dem letzten Abendmahle das unblutige Opfer des neuen Bundes unter beiderlei Gestalten einsetzte.

Gediegene Forscher früherer Jahrhunderte stellten bereits Untersuchungen an, welche materielle und formelle Beschaffenheit jenes ewig denkwürdige Gefäss gehabt haben möge, in welchem der Herr in jener geheimnissvollen Nacht zum ersten Male die Verwandlung des Weines vornahm; und erst neuerdings hat sich Abbé Corblet in einer gelehrten Abhandlung über das Herkommen und die Gestalt des Speisekelches (Ciboriums) ausgesprochen[1].

Ohne in weitere Discussionen darüber einzugehen, sei hier nur bemerkt, dass die Sage vom heiligen Graal hiermit wesentlich zusammenhängt, und dass bis zur Stunde von vielen Seiten behauptet wird, der noch heute zu Genua aufbewahrte Graal, welcher in der Glanzzeit der Dogen-

[1] S. Revue d'Archéologie. T. II

herrschaft als ein vielbewundertes Kleinod galt, sei jenes becherartige Trinkgefäss, in welch der Heiland bei dem letzten Abendmahl die Transsubstantiation des Weines vorgenommen hab

Mit der Form dieses ältesten und ehrwürdigsten Abendmahlkelches hängt auch die Fra zusammen, wie die Gefässe beschaffen waren, aus denen der Wein ministrirt wurde, den m in jener Nacht zur Einsetzung des eucharistischen Liebesmahles verwendete; aber ob die Frage zu einer Lösung geführt werden könne, muss vor der Hand wohl dahin gestellt bleibe Indessen lassen sich doch noch Analogien auffinden, welche Anhaltspunkte bieten, um auf d ersten Opfer- und Weingefässe des apostolischen Zeitalters schliessen zu können. Es ist nämli bekannt, dass in jenen Tagen, in welchen „das Scepter von Israel genommen wurde", bei de auserwählten Volke griechisch-römische Sitten schon längst Eingang gefunden hatten. So wa — um nur eines anzuführen — der zweite herodianische Tempel, im Gegensatz zu den phö nicischen Formen des salomonischen Tempels, in den damals herrschenden Formen des gri chischen Styles gehalten, wie aus der detaillirten Beschreibung desselben bei Josephus Flaviu und des späteren Maimonides, so wie aus den speciellen Angaben älterer Talmudisten un Rabbiner ausführlich bekannt ist.

Auch die gottesdienstlichen Gefässe des Tempels, dessgleichen die profanen Geräthschafte der Juden zur Zeit des Messias, nahmen an jenen Gestaltungen Theil, welche die griechisch-römische Kunstweise vorzeichnete, die wir bei Geschirren, die für den Tischgebrauch bestimmt waren, noch jetzt im Museo Borbonico an den von Pompeji und Herculanum herstammenden Gefässen erblicken. Auf ähnliche Weise mochten auch die Hydriae und Amphorae gestaltet gewesen sein, deren sich die Juden zur Zeit des Erlösers bei feierlichen Gastmählern bedienten, und unstreitig waren auch die Misch- und Schöpfkrüge, worin bei dem letzten Abendmahle Wein und Wasser aufbewahrt waren, von derselben Form wie jene Hydriae, in welchen bei der Hochzeit zu Cana in Galilea der Wein herumgereicht wurde, wobei bekanntlich der Heiland sein erstes Wunder wirkte.

Fig. 1.

In dem Schatze der St. Ursula-Kirche zu Cöln hat sich ein merkwürdiges Gefäss erhalten, von dem eine alte Tradition behauptet, es sei eine jener Hydriae (Fig. 1), worin Christus die Verwandlung des Wassers in Wein vorgenommen habe. Indem wir hier eine Abbildung dieses Gefässes geben, dürften wir auch annäherungsweise die Vermuthung aufstellen, dass die Amphorae bei dem letzten Abendmahle, so wie die Weinbehälter des Liebesmahles zur Zeit der Apostel auf eine ähnliche Weise gestaltet sein mochten. Nebenstehende Hydria hat zur Bewahrheitung der angeführten Traditionen nicht nur eine durchaus altclassische Form, sondern es dürfte auch auf das Materiale als einen Beweis der Echtheit und Authenticität hingewiesen werden. Um nämlich im südlichen Klima den Wein, namentlich im Sommer, möglichst kühl zu erhalten, ist dieses Gefäss aus dickem, starkgeadertem, orientalischen Alabaster angefertigt. An beiden Seiten ist dasselbe, wegen des Tragens, mit enge anliegenden Henkeln (Ansae) versehen. Ein grösserer Henkel zum leichteren Ausgiessen der Flüssigkeit scheint ehemals den oben stark ausgekragten Hals mit der Bauchung des Gefässes verbunden

[1] Leider sind wir nicht in der Lage über das Materiale und die Formen dieses Kelches etwas Näheres berichten zu können, da der Zufall wollte, dass sich, als wir zugleich mit Didron in Genua waren, der Schatzmeister, welcher die Schlüssel zu dem Aufbewahrungsorte dieses Kleinods besitzt, nicht in der Stadt befand, in die wir hauptsächlich um dieses wichtigen Gefässes willen gereiset waren.

zu haben, wovon jetzt aber nur noch ein kleiner Bruchtheil zu sehen ist. Auch das Volumen dieses merkwürdigen Behälters ist zur Aufbewahrung einer grösseren Quantität Weines vollkommen hinreichend, indem derselbe bei entsprechender Breite eine Höhe von zwei Fuss besitzt. Einen besonderen Fusstheil scheint er nicht gehabt zu haben, und wahrscheinlich vertrat ein hölzerner Dreifuss die Stelle eines Fussstückes.

Ohne weiter in die Details jener frühchristlichen eucharistischen Gefässe einzugehen, wollen wir uns hier nur auf folgende allgemeine Angaben beschränken. Bekanntlich ist die christliche Kunst in ihren ersten leisen Anfängen auf die Ruinen der sinkenden römisch-heidnischen Kunst basirt, und die Gefässe, welche bei dem christlichen Opfermahle benützt wurden, waren also auch, wie schon früher angedeutet, an Stoff und Form jenen Gefässen analog, die damals von den Senatoren und den reichen Magistratspersonen Roms gebraucht wurden. Professor Kreuser hat in seinen Vorträgen über die Kunst der Dombauten mit grosser Gelehrsamkeit dargethan, dass das Christenthum in seinem Entstehen und Auftreten zu Rom nicht ausschliesslich von der ärmeren Classe mit Beifall aufgenommen worden sei, sondern dass es auch unter den reichsten und geachtetsten Familien treue und warme Anhänger gefunden habe. Gleichwie nun die ältesten priesterlichen Gewänder auch aus den feinsten und edelsten Stoffen gefertigt waren, deren sich die Senatoren und Reichen zu ihrer Tracht bedienten[1], so waren zweifelsohne auch die zum christlichen Opferwein bestimmten Gefässe derselben Art, wie sie in den Häusern der Senatoren und Patricier im Gebrauch waren.

Das erste, aber fast noch unbewusste Selbstständigwerden der christlichen Kunst beginnt in der ersten Hälfte des IV. Jahrhunderts, nachdem unter Constanstin dem Grossen die christliche Religion im römischen Reiche zur Staatsreligion erklärt worden war. Seit dieser Zeit beginnt nicht nur hinsichtlich des Materials ein grosser stofflicher Reichthum zu gottesdienstlichen Gewändern und Gefässen verwendet zu werden, die besonders mit der Eucharistie in nächster Berührung standen, sondern es stellten sich von jetzt ab auch jene äusseren Formbildungen fest, welche namentlich für die kirchlichen Gefässe jenseits der Berge in den folgenden Jahrhunderten massgebend wurden. Mit dem V. Jahrhundert fingen durch die Völkerwanderung die alternden, morschen Säulen des römischen Weltkolosses zu wanken an. Unaufhaltsam wälzten sich zwei Jahrhunderte hindurch barbarische Kriegeshorden über den Garten Italiens. Unter diesen furchtbaren Umwälzungen werden in diesem Lande allmählich die letzten Reste römischer Wissenschaft und Kunst zu Grabe getragen. Die barbarischen Völker bringen nach Rom und ganz Italien fremdartige, neue Gewänder, fremde bis dahin nie gebrauchte Geräthe und verschiedenartige Materialien. Das profane Rom nahm in Kleidern und Geräthen die neuen Formen der eingedrungenen Sieger an, das kirchliche Rom jedoch blieb von den neuen Formen und Weisen des Tages unabhängig, und dies nicht nur im Ganzen und Grossen hinsichtlich der älteren kirchlichen Gewänder, sondern auch rücksichtlich der Gefässe, wie diese noch unter den letzten Kaisern im Gebrauch waren; und aus diesem mag erhellen, dass erst nach Ablauf der Völkerwanderung im VI. Jahrhundert in Rom und im übrigen Italien an ein festes Bestehen von besonderen liturgischen Gewändern und an ein vollkommen bestimmt ausgeprägtes liturgisches Opfergeräthe gedacht werden kann, das sich nun von den profanen Gebrauchsformen des Tages deutlich unterschied.

Wir erinnern uns nicht zu Rom und Neapel in den dortigen altchristlichen Kunstsammlungen Gefässe in Silber getrieben oder künstlich in Glasflüssen gestaltet gesehen zu haben, deren

[1] Wir haben uns über diesen Punkt in der dritten Lieferung unserer Geschichte der liturgischen Gewänder des Mittelalters weitläufiger verbreitet und weisen desshalb auf diese Stelle hin.

Gebrauch als frühchristliche Amae sich mit Sicherheit bestimmen liesse. Glücklicherweise hat uns Blanchini in seinen Glossen zu dem Werke des Biographen der Päpste, Anastasius Bibliothecarius zwei grössere Abbildungen bewahrt, die noch im XVIII. Jahrhundert als frühchristliche Messkännchen von grosser Seltenheit in den Kunstsammlungen Roms gefunden wurden. Leider waren die Zeichner dieser unkritischen Epoche nicht mehr in der Lage, figürliche Darstellungen aus der frühchristlichen Zeit im Geiste und in den adäquaten Formen der ersten Anfertiger getreu wiedergeben zu können. Wir haben uns desswegen erlaubt in den verkleinerten Copien, die hier folgen, eine unbedeutende stylistische Modification der Figuren vorzunehmen.

Fig. 2.

Fig. 3.

Dass die hier wiedergegebenen äusserst formschönen Gefässe nicht einem Profangebrauch dienten, sondern sich als Amulae im kirchlichen Gebrauche befanden, beweisen die religiösen Bildwerke, womit beide Gefässe, in Silber getrieben, verziert sind. Ob diese beiden frühchristlichen Messkännchen heute noch in italienischen Museen existiren, möchten wir fast bezweifeln, da beide das Unglück hatten von edlem Metall zu sein, welches in Italien in den Augen fremder Kirchenplünderer zu allen Zeiten, namentlich aber am Schluss des vorigen Jahrhunderts einen zu grossen Werth erlangt hatte. Das grössere dieser Gefässe (Fig. 2) befand sich noch 1720 in dem Privatmuseum des Francesco Blanchini, Commentators und Herausgebers der Vitae Paparum Anastasii Bibliothecarii. Die hier gegebene Abbildung ist in der Grösse von zwei Drittel des Originals und zeigt noch vollständig die ältere überlieferte Form der römischen Amphorae. Als Anaglyphe in getriebener Arbeit erblickt man, ziemlich erhaben vorspringend, die Darstellung der Verwandlung des Wassers in Wein auf der Hochzeit zu Cana in Galilea, als Vorbild für die so wunderbare Verwandlung des Weines in das Blut des Herrn bei der eucharistischen Opferhandlung des neuen Bundes[1]. Ober dem Fusse dieses interessanten Gefässes sah man, ebenfalls in getriebener Arbeit, die in der frühchristlichen Kunst häufig dargestellten Thiersymbole der Lämmer, die mit den Köpfen nach oben gewendet auf die Stimme des

[1] Vergl. St. Cyrillus Hierosol. in IV. Catech. myst.

göttlichen Hirten hören. Blanchini folgert aus der Eleganz der getriebenen Arbeiten und den noch classischen Formen derselben, dass dieses Gefäss noch in den Zeiten unmittelbar vor Constantin angefertigt sein möge. Allein er dürfte, wie das Besitzer von Alterthümern öfter zu thun pflegen, das Alter seines Gefässes wohl etwas zu hoch angeschlagen haben.

Zur Zeit, als jener Autor seine Amulne abzeichnen liess und beschrieb, befanden sich, seinen Angaben zu Folge, in den Privatmuseen Roms noch mehrere solche mit biblischen Darstellungen in getriebener Arbeit verzierte Opferkännchen. Er erwähnt unter Andern eines derartigen in Silber getriebenen Gefässes, das sich in der Sammlung des Leo Strozzi vorfand. Auf diesem Gefässe war auf der einen Seite als „opus caelatum“ der Heiland vorgestellt, wie er dem heiligen Petrus die Schlüssel übergibt und ihn mit dem Pallium bekleidet, und die andere Seite zeigte den Herrn, wie er den Blindgebornen heilte[1]. Ein zweites derlei und dem vorigen ähnliches Gefäss, welches Blanchini ebenfalls abbildete, befand sich im Sabatinischen Museum zu Rom, welches später in den Besitz des Cardinals Albani gelangte. Auch dieses Gefäss war von Silber, getrieben, und auf der Bauchung desselben zeigten sich als Anaglyphen in Medaillons die Brustbilder des Heilandes und der Apostel. In zwei Umrandungen erblickte man die altchristlichen Symbole der Lämmer und der Tauben und in der Mitte der letztgenannten das Zeichen des Kreuzes. Blanchini vermuthet, dass in diesem Gefässe ehemals vielleicht das Chrisma bewahrt worden sei, welches bei der Ertheilung des Sacramentes der Firmung schon in der ältesten Zeit im Gebrauch war, und auf diese heilige Handlung wäre dann auch die Darstellung der Taube als Symbol des heiligen Geistes und der Lämmer als der Heerde Christi zu deuten.

Wenn dies Gefäss auch ursprünglich zur Aufnahme von geweihtem Öle bestimmt war, so glaubten wir doch es hier abbilden zu sollen, um zu veranschaulichen, wie in frühchristlicher Zeit die kleinen Behälter zur Darreichung des Weines beim Offertorium ihrer äusseren Gestalt nach beschaffen gewesen sein mögen, da es selbstredend ist, dass die Gefässe zur Aufnahme des Chrisma, so wie jenes zur Aufnahme des „oleum catechumenorum“ den Gefässen zur Darreichung des Weines ähnlich waren, wesshalb bei den älteren Schriftstellern auch diese Salbengefässe, gleich den Opferkännchen „Ampullae“ genannt werden.

Bevor wir aber weiter gehen, sei uns gestattet, zuerst die verschiedenen Benennungen der Oblationsgefässe und die Art und Weise anzuführen, wie in der ältesten Kirche der Opferwein von den Gläubigen selbst dargebracht wurde. Bekanntlich ward in den ersten Jahrhunderten der Kirche die Communion auch den Laien unter beiden Gestalten gereicht, wie sie noch heute von dem celebrirenden Priester genossen wird. Um in grössern Kirchen den zahlreichen Gläubigen die Communion auch unter der Gestalt des Weines reichen zu können, wurden die in der Regel mit zwei Henkeln versehenen „calices ministeriales“ zur Communion auf den Altar gebracht. Nach der Wandlung und Communion des Priesters wurde dieser consecrirte Wein in derlei umfangreichen Henkelkelchen von den Diaconen den Gläubigen mittelst einer Saugröhre „canna s. fistula“ dargereicht[2]. Natürlich war von dem Umfang der Ministerialkelche der älteren Kirche auch die äussere Beschaffenheit der Gefässe abhängig, in welchen der Opferwein dargereicht wurde. Um Missverständnissen vorzubeugen, bemerken wir noch, dass nach der ältesten Liturgie eigentlich zwei Oblationsgefässe für den Wein kirchlich in Gebrauch waren, und dass sich dieselben sowohl in Beziehung auf Form als Umfang von einander wesentlich unterschieden. Gleichwie nämlich die Gläubigen das Brod darbrachten, das zur

[1] V. Anastasii Bibliothecarii de vitis Pontificum. (R. P. Blanchini.) T. II, Pars. II, P. I. 79. — [2] Siehe hierüber das Nähere in Binterim's „Vorzüglichste Denkwürdigkeiten der Kirche“. T. IV, und Augusti, Handbuch der christlichen Archäologie. T. III.

eucharistischen Consecration kommen sollte, so opferten sie als Oblation in kleineren Gefässen auch den Wein, der zur heiligen Ausspendung erforderlich war. Diese Gefässe waren meist in der Gestalt von Amphorae aus Terra cotta, Glas oder Metall geformt, und unterschieden sich von den Mischgefässen und Behältern, in welche der geopferte Wein zusammen gegossen wurde, schon durch ihren bedeutend kleineren Umfang; auch waren sie Eigenthum der einzelnen Gläubigen, während die Mischkrüge und grösseren Behälter zum Besitz der Kirche gehörten.

Diese grösseren Behälter nannte man „Amae" und sie waren in reichen Kirchen von Silber oder einem anderen edlen Material. Nur in kleineren oder ärmeren Kirchen scheinen sie von Terra cotta oder aus einem anderen Stoffe geringerer Art geformt gewesen zu sein. Aus diesen Amae wurde dann vor Beginn der heiligen Opferhandlung die zur Consecration erforderliche Quantität Wein in ein kleineres Gefäss (amula pontificis), das eigentliche ältere Messkännchen, eingegossen und wurde endlich mittelst eines „colum" (Seihe) vom Archidiaconus in kleinerer Menge als Opferwein in den Kelch gegossen, wenn, dem alten ordo romanus zu Folge, das eigentliche Opfer seinen Anfang nehmen sollte. Auf diese Weise dürfte auch die unten angeführte Stelle des älteren ordo romanus zu erklären sein[1].

Auch noch der spätere Anastasius Bibliothecarius nennt diese grösseren Sammelgefässe des Weines „Amae offertoriae". Die kleineren Krüge oder Flaschen, in welchen der Opferwein von den Communicanten gebracht wurde, dessgleichen jenes reichere Messgeräth, woraus beim Offertorium der Subdiaconus den Wein vermittelst der Seihe in den Kelch des Pontifex goss, führen den Namen „Amulae" oder „Hamulae", als Diminutivbezeichnungen des obenerwähnten Wortes „Ama".

Von welcher Grösse und formellen Beschaffenheit waren aber jene Mischgefässe, die in der älteren römischen Liturgie „Amae" genannt wurden? Es dürfte schwer halten, diese Frage zu bejahen, da sich, so viel bekannt ist, keines dieser frühchristlichen Opfergefässe erhielt. Es will jedoch scheinen, dass eine solche gewöhnliche „Ama" nicht allzugross war, da man sie sonst nicht leicht transportiren konnte. Dann scheint es aber nach den Berichten älterer Schriftsteller in grösseren Kirchen auch unbewegliche und umfangreichere Mischkrüge gegeben zu haben, in welchen grössere Mengen Weines aufbewahrt werden konnten[2].

Als die Oblationen jener Naturalien von Brod und Wein in den alten Kirchen nach und nach ausser Gebrauch kamen und bei der Ausdehnung des Christenthums in anderen Weisen geleistet wurden, waren auch die grösseren Sammelgefässe (Amae und Amphorae) nicht mehr dringend nöthig. Eine deutliche Reminiscenz der früheren Oblationen in Brod und Wein erhielt sich jedoch bei der feierlichen Consecration eines Bischofs, denn hierbei wird demselben, nebst einem grösseren mit Zierrathen versehenen Weizenbrod, auch eine Ama mit Wein in Form eines silbernen Fässchens als Oblation dargereicht. Alle die Angaben, die wir bisher über die Amae, Amulae u. s. f. zu bringen Gelegenheit hatten, beziehen sich nur auf die Epoche von der apostolischen Zeit bis auf die Tage Gregor's des Grossen, und zwar auf die Liturgie der abendländischen Kirche. Auch wagen wir es nicht, zu bestimmen, von welchem Materiale, von welcher Grösse und von welcher formellen Beschaffenheit die Weingefässe gewesen sein mögen, welche in der so dunklen Periode von den Zeiten Gregor's des Grossen bis zur Epoche der Karolinger bei der Feier der heiligen Messe zur Anwendung kamen, da sich keines der betreffenden Originalgefässe bis heute erhielt und wir desshalb ganz auf das Feld der Hypothese gestellt wären. Indessen glauben wir doch annehmen zu dürfen, dass das in der letzt-

[1] „Ornato altari, tunc Archidiaconus sumit amulam pontificis de subdiacono oblationario regionario et refundit super colum in calicem". — [2] Vergl. das Nähere in Bona: Ordo rerum liturgicarum. Lib. II, Cap. IX, pag. 398, 399.

erwähnten Epoche zu Messgeräthschaften verwendete Material bei reichen Kirchen Gold und Silber war; dass man aber neben diesen kostbaren Amulae, und besonders in ärmeren Gemeinden, auch Glasgefässe und künstlich bereitete Terracotten zu diesem kirchlichen Zwecke benützte, ähnlich also wie in den früheren Jahrhunderten.

Was nun die Form der Messgeräthschaften in der Zeit vom VI. bis IX. Jahrhundert betrifft, so nehmen wir nicht an, dass das Christenthum für diese Gefässe eine durchaus neue und eigentliche Gestaltung aufgestellt habe; sondern es dürfte wahrscheinlicher sein, dass diese kleineren Gefässe sich ihrer äusseren Beschaffenheit nach an jene Gefässe anlehnten, wie sie aus den Tagen des bischöflichen Roms als historisch ererbt herrührten. Die Ampullae dieser Periode würden also, mehr oder weniger, noch immer den Grundtypus jener Gefässe, wenn auch in mehr ausgearbeiteter Form bewahrt haben, die sich aus dem classischen Römerthum vererbt hatten, und diese Annahme dürfte um so weniger gewagt sein, als es feststeht, dass das ganze Mittelalter hindurch, sowohl in der romanischen bis selbst in die gothische Kunstepoche, der Grundcharakter in Schöpf- und Trinkgefässen, in Wasser- und Weinbehältern sich mit kleinen Modificationen so erhalten hatte, wie sie der Geschmack der Griechen und Römer in ihrem entwickelten Culturleben aufgestellt hatte.

In Bezug auf Form und Umfang jener Amulae, die in den vorliegenden Zeitraum in Gebrauch waren, lässt sich mit ziemlicher Gewissheit annehmen, dass bei der Feier jener Opferhandlungen, wobei die anwesenden Gläubigen nach der Communion des Priesters nicht unter beiderlei Gestalten communicirten, die Gefässe zur Darreichung des Weines und Wassers bedeutend kleiner gewesen sein mochten, als jene Amphorae, aus welchen der Wein in jenen umfangreichen Kelch gegossen wurde, der nach der älteren Praxis bei der Laiencommunion dargereicht wurde.

II. Über den Gebrauch und die Gestaltung der liturgischen „vasa vinaria" vom Beginne des IX. bis zum Schluss des XIII. Jahrhunderts.

Mit der Krönung Karl's des Grossen als Kaiser der abendländischen Christenheit, trat bekanntlich für den Aufschwung der christlichen Kunst eine neue Entwickelungsphase ein. Gleich wie Karl der Grosse bei Errichtung der neuen Kaisermonarchie die Herrlichkeiten des alten Roms im christlichen Geiste neu zu schaffen bemüht war, so ging auch das Bestreben desselben dahin, die Kunstweise der römischen und der späteren byzantinischen Epoche mit mehr oder weniger Glück auch diesseits der Alpen zu imitiren.

Betrachtet man nämlich die Bauwerke und Kunstgegenstände, die aus den Tagen Karl's des Grossen und seiner nächsten Nachfolger auf uns gekommen sind, so wird man versucht anzunehmen, dass zur Zeit der Karolinger eigentlich die erste Renaissance der classischen, griechischen und römischen Formen angestrebt wurde, und dass mithin die Rückkehr zur heidnischen Formenwelt in den von vielen so hoch gepriesenen Zeiten der Medicäer als eine zweite Renaissance zu betrachten sein dürfte. Den Einfluss classisch römischer Vorbilder, namentlich auf die Metallarbeiten, welche auf Befehl Karl's des Grossen zur Ausschmückung seiner Pfalzcapelle zu Aachen unter der Leitung des Baukundigen Ansigis ausgeführt worden sind, erkennt man noch heute deutlich an dem gegossenen Gitterwerk (cancella), welches die verschiedenen Seiten des Oktogones auf der Empore abschliesst. Der Einfluss der römischen

Antike ist ebenfalls in den sogenannten Eierstäben, in den Akanthusblättern und den übrigen Ornamenten dieser Gitter ersichtlich. Zweifelsohne waren auch jene kostbaren Weihgeschenke, welche Karl der Grosse unmittelbar nach seiner Krönung der Basilica von St. Peter zum Geschenke machte, von den damaligen Goldschmieden und Erzkünstlern nach griechischen und römischen Vorbildern ausgeführt worden. Anastasius, der in seiner Lebensbeschreibung Leo's III. die lange Reihe dieser kaiserlichen Geschenke namhaft macht, unter denen sich zwei silberne Altartische und goldene Kronen von bedeutendem Gewichte befanden, fügt an zwei Stellen hinzu, dass der Neugekrönte auch die zu den Altären nöthigen heiligen Geräthschaften gespendet habe. Die eine dieser Stellen lautet:

„Obtulit et super altari beati Petri Apostoli, immo et in Basilica beati Pauli Apostoli, mensam argenteam minorem cum pedibus suis, pesantem libros quinquaginta quinque cum diversis vasis argenteis mirae magnitudinis, quae ad usum ipsius mensae pertinent."

Dass unter diesen verschiedenen heiligen Gefässen vornämlich goldene und silberne Kelche mit den dazu gehörigen Wein- und Wassergefässen in Bezug auf Materiale und der reichen artistischen Ausstattung eine bedeutende Stelle einnahmen, dürfte wohl kaum zu bezweifeln sein; aber über ihre Form und ihren Umfang dürfte sich ebenfalls nichts Bestimmtes sagen lassen, da uns auch aus jenen Tagen keine Originalgefässe erhalten wurden. Mit Zugrundelegung jener Gefässe, welche der Grieche „εὐνοχοη" und der Lateiner „praefericulum" nannte, dürfte sich, unter Betrachtnahme jener römischen Weingefässe, wie sie heute in den grösseren Sammlungen des Abendlandes noch ersichtlich sind, mehrere Hypothesen aufstellen lassen, wie diese Gefässe äusserlich gestaltet gewesen sein mögen.

Was die artistische und technische Ausstattung der in Rede stehenden Messgeräthschaften betrifft, so dürften wohl jene kunstreich verschlungenen, mit Pflanzenornamenten verbundenen Figurationen als massgebende Parallelen angenommen werden, die sich in so vielen, diesseits und jenseits der Alpen zur Zeit der Karolinger verfertigten Miniaturen und illuminirten Evangelistarien vorfinden. Für die technische Ausführung der Ampullae in der karolingischen Zeit bietet das grösste Interesse jener prachtvolle Messkelch, der als ein Geschenk des bekannten Widersachers Karl's des Grossen, des Herzogs Thassilo von Bayern, noch heute in dessen Lieblingsstift zu Kremsmünster aufbewahrt wird. Wir haben dieses Meisterwerk der karolingischen Goldschmiedekunst sammt den dazu gehörigen Leuchtern in den Mittheilungen der k. k. Central-Commission in dem Jänner- und Februarhefte 1859 beschrieben und durch Abbildungen erläutert[1].

Nach genauem Studium dieses Kelches dürfte es nicht schwer fallen, festzustellen, wie das Ornamentale jener Ampullae beschaffen gewesen sein mag, welche zur Zeit Thassilo's diesseits der Berge angefertigt wurden. Eben so führen die oben angedeuteten Beschreibungen des Anastasius darauf hin, welches Gewicht und welchen Umfang die Ampullae und Amulae gehabt haben, die von verschiedenen Päpsten zur Zeit der Karolinger mehreren Kirchen zum Geschenke gemacht wurden. Gleich wie Kaiser Constantin auf die Bitten des Papstes Sylvester den alten Tempel des Apollo zu einer christlichen Basilica umgestalten liess, die

[1] Da sich hier die Gelegenheit bietet, abermals auf den berühmten Thassilo-Kelch von Kremsmünster zurückzukommen, so bemerken wir, dass wir in der Person des Stiftsarchivars von Kremsmünster, Herrn Beda Piringer, einen eben so gelehrten als liebenswürdigen Gegner gefunden haben. Trotz seiner Gründe, dass das fragliche Gefäss kein Messkelch, sondern ein profanes Trinkgefäss sei, können wir demselben nicht beipflichten, da ein so reich verziertes, mit den Bildern des Heilandes und der Aposteln geschmücktes Gefäss wohl ohne Zweifel dem kirchlichen Dienst geweiht war. Auch stammt das angeführte Citat, durch welches dieser Kelch zu einer einfachen „potus mensura" herabgesetzt wird, erst aus dem XVI. Jahrhundert, wo man über den ursprünglichen Gebrauch des Gefässes längst nicht mehr im Klaren war.

dem Apostelfürsten Petrus geweiht war und dieser Basilica unter vielen silbernen und goldenen Altargeräthschaften auch zwei Mischkrüge (Amae) aus purem Gold, jeder zehn Pfund schwer, und fünf kleinere von Silber, jeder zu fünf Pfund Gewicht, als Geschenk darbrachte[1]; so schenkte auch Papst Hadrian der Diaconatskirche des Heiligen gleichen Namens eine grössere Ama und eine kleinere Amula offertoria[2]. Dessgleichen spendete Gregor IV. sechs silberne Amae, welche zusammen dreizehn Pfund wogen, zum Gebrauche bei den Stationen[3].

Neben diesen kleineren, durchgängig von griechischen und lateinischen Metallkünstlern gefertigten Gefässen zur Darreichung beider Substanzen mögen auch bereits in der karolingischen Epoche von den Goldarbeitern des Orients zierlich geformte Weinbehälter auf Handelswegen in die Kirchen des Occidents gelangt und liturgisch in Gebrauch genommen worden sein.

Fig. 4.

Fig. 5.

So findet man in dem freilich sehr geleerten Schatz von St. Maurice zu Valois ein höchst merkwürdiges, reichverziertes, in Gold getriebenes und mit Email und gefassten Edelsteinen geschmücktes Gefäss, welches möglicherweise ehemals als Ampulla liturgisch im Gebrauch gewesen sein dürfte.

Die hier vorliegende Abbildung dieses Gefässes (Orceolus) verdanken wir dem als archäologischen Forscher bekannten Abbé Martin, der diese Ampulla in seinen Mélanges d'Archéologie (T. III, pag. 126) ausführlich bespricht und nachweist, dass dieselbe mit dem Lebensbaum (Hom) und zwei Löwen verziert ist und daher entweder ein echt arabisches Kunstwerk oder mindestens eine sehr alte Imitation eines solchen sei, welches Karl der Grosse unter anderen Geschenken von dem Khalifen Harun-al-Raschid erhalten hatte. (Fig. 4.)

Diesem merkwürdigen Gefässe fügen wir hier ein anderes bei, welches von Sachkundigen gleichfalls als ein orientalisches Kunstwerk betrachtet wird. (Fig. 5.)

Dieses formschöne Geräth ist erst in den letzten Jahren für das Münz- und Antikencabinet zu Paris angekauft worden. Nach einem Vergleich der sehr charakteristischen symbolischen Löwen mit anderen derlei Thieren auf orientalischen Seidengeweben des IX. Jahrhunderts möchten wir uns zur Annahme hinneigen, dass auch dieses Gefäss zu den Zeiten der Karolinger kirchlich in Gebrauch gewesen sei.

[1] Vergl. Anast. Bibl. de vitis Pont. rom. in vita S. Silvestri, anno Christi 314. — [2] Obtulit amam unam — amulam offertoriam unam. (Anast. in vita Hadriani anno 772.) — [3] Fecit amas argenteas sex, quae praecedunt per omnes stationes, pesantes lib. XIII. (Anast. in vita Gregorii IV. anno 827.) Derselbe Autor sagt auch in seinem Leben des Papstes Benedict III. anno 855: Fecit amam unam ex argento purissimo, pesant lib. X.

Ausser den Amulae von Gold und Silber mit getriebenen oder ciselirten Arbeiten, mit Filigran und gefassten Edelsteinen, kamen im IX. Jahrhundert zur Zeit der Ottonen auch werthvolle Gefässe bei dem Offertorium vor, welche aus Bergkrystall oder aus Sardonyx (Lapis onichini) verfertigt waren. Dass man schon im frühen Mittelalter in Bergkrystall arbeitete, geht aus dem Evangelien-Ambo hervor, welches von Kaiser Heinrich II. dem Dome zu Aachen zum Geschenk gemacht wurde. Auch dürfte die Ampulla aus Bergkrystall, die sich jetzt in Privatbesitz zu Cöln vorfindet, aus den Zeiten der Ottonen herstammen.

Im Schatz zu St. Marco in Venedig befindet sich eine merkwürdige Parallele zu diesem Krystallgefäss, die uns nicht nur bestätigt, dass dieses einst als Messkännchen kirchlich in Gebrauch war, sondern auch einige Anhaltspunkte über das Herkommen desselben darbietet. Dieses Cölner Krystallgefäss (Fig. 6) hat 22½ Centimètres in der Höhe und der Durchmesser des Fusses beträgt 12 Centimètres. Sowohl die Anlage des Fussstückes von feinstem Gold und äusserst zart ciselirt, als auch die Verstärkung des Henkels von Gold mit emaillirten Knöpfchen scheinen dem XVI. Jahrhundert anzugehören. Der Krystallbehälter selbst mit seinem geschnittenen Laubwerk dürfte jedoch zweifelsohne aus dem IX. Jahrhundert stammen. Ähnlich wie auf dem Gefässe von St. Marco sitzen auch hier auf der Bauchung des Gefässes zwei Tiger oder Leoparden, welche durch ein Pflanzenornament getrennt werden, welches deutlich an den persischen Hom erinnert. Dass endlich dieses Gefäss wirklich aus dem Orient herrührt, beweisen auch die kufischen Inschriften, die unter dem Halse des Gefässes angebracht sind, deren Entzifferung aber bisher noch von keinem Orientalisten versucht wurde.

Fig. 6.

Betrachtet man die umfangreichen Calices ministeriales, die in mehr als zehn prachtvollen Exemplaren den Schatz von St. Marco zieren und für die Communion der Laien eingerichtet sind, so dürfte es nicht im mindesten befremden, dass die zu diesen Kelchen gehörenden Ampullae aus Bergkrystall ebenfalls ziemlich umfangreich sind. Offenbar dürften in Krystall geschnittene Gefässe durch venetianische oder genuesische Kauffarteischiffe oder durch die Kreuzfahrer aus dem Orient und zunächst aus Byzanz, als dem Hauptstapelplatz des Orients, als Seltenheiten nach dem Abendlande hergeführt worden sein, wo sie später von der Kirche als Ampullae benützt wurden.

Hatten die Arbeiten in edlen Metallen an den Höfen der für die Kirche so freigebigen Ottonen schon einen erhöhten Aufschwung genommen, so wurden sie durch die prachtliebende Griechin Theophania noch gesteigert, die allen ihren Einfluss verwendete, um die Umgebung ihres Sohnes Otto III. zu verschönern. Welche Höhe die Goldschmiedekunst im Beginn des XI. Jahrhunderts unter der Kaiserin Theophania erreichte, das gewahrt man noch heute in dem reichhaltigen Schatzgewölbe der ehemaligen Stiftskirche zu Essen, und besonders an den vier äusserst kostbaren Kreuzen in Gold und Filigran, die mit den reichsten Zellenemails verziert sind, und ohne Zweifel waren auch jene Messgeräthe nicht vernachlässigt, deren chronologische Beschreibung uns in der vorliegenden Abhandlung zur Aufgabe gestellt ist.

Auch der unmittelbare Nachfolger von Kaiser Otto III., nämlich Heinrich II., den die Kirche mit zu ihren Heiligen zählt, erwies sich als ein grossmüthiger Spender, insbesondere gegen jene Kirchen, die ihm selbst ihre Entstehung verdankten, und die Dome zu Aachen, Bamberg, Basel u. s. w. legen das Zeugniss dafür ab, welche reiche Entwickelung die damalige Goldschmiedekunst sowohl in Bezug auf Composition als auf Technik gewonnen hatte[1].

Dass auch in dieser Epoche, wie in den früheren, nebst den grösseren Ampullae kleinere Messkännchen zur Celebrirung des hohen Opfers an gewöhnlichen Tagen in Gebrauch gewesen sein mögen, lässt sich aus einer schönen Legende folgern, die sich in der Lebensgeschichte der heiligen Mathilde, Königin von Frankreich, vorfindet. Dieselbe pflegte nämlich bei ihrem täglichen Besuche der heiligen Messe die Oblationen von Wein und Wasser in kleinen goldenen Ampullen darzubringen. Wie nun die Chronik naiv erzählt, hatte eines Tages eine im Kloster gezähmte Hirschkuh unbegreiflicherweise ein goldenes Messkännchen verschluckt. Als am andern Morgen die Ampulla vermisst wurde, befahl die Königin der Hirschkuh, das entwendete Gefäss wieder zurück zu stellen, und sieh' da, die Hirschkuh gehorchte, zum Staunen der Umstehenden, dem Befehle der Königin.

Neben diessen Ampullen, deren Namen einige von „ampla olla" und andere von „vas amplum" herleiten wollen, kommen auch schon zu Zeiten der Karolinger andere Geräthe vor, und zwar zur Aufbewahrung und Austheilung der heiligen Öle. Es waren drei und in der Regel gleichgestaltete Gefässe von Silber oder anderen edlen Stoffen, die jedoch von den alten Chronisten ebenfalls „Ampullae" genannt wurden. Schon in den Capitularien Karl's des Grossen (Lib. I, Cap. 162) werden diese drei liturgischen Ölgefässe besonders erwähnt und zwar bei Gelegenheit, wo von der Weihe der heiligen Öle am Gründonnerstag die Rede ist. Diese Capitularien, welche, wie man vermuthet, aus dem Jahre 809 herrühren, verordnen nämlich Folgendes:

„Presbyter in coena domini tres ampullas secum deferat, unam ad chrisma, alteram ad oleum ad catechumenos inungendum, tertiam ad infirmos (ad oleum infirmorum)."

Ausser diesen drei grösseren Gefässen zur Aufnahme und Consecration des Chrisams, des Öles für die Kranken und jenes für die Täuflinge, fanden sich auch kleinere Ölvasen vor, in denen geringere Quantitäten von Öl vom Volke als Oblationen dargebracht wurden. Hierauf bezieht sich folgende Stelle in den „Sacramentalien" Gregor's des Grossen:

„In ipso die conficitur chrisma in ultimo ad missam. Antequam dicatur: per quem haec omnia, domine, semper bona creas, levantur de ampullis, quas offerunt populi, et benedicit tam Dominus Papa, quam omnes Presbyteri."

Aus den Bollandisten (Act. SS. April. T. I, 35) ist zu ersehen, dass gegen das Jahr 842 der heilige Johannes, Bischof von Neapel, zur Aufbewahrung des heiligen Chrisma eine grosse vergoldete Ampulla anfertigen liess. Die hierauf bezügliche Stelle lautet:

„Ad sanctum igitur chrisma conficiendum fecit unam deauratam ampullam, in cujus labiis nomen suum descripsit."

Diese drei Ölgefässe waren im Mittelalter, so wie noch heut zu Tage, an Gestalt und Einrichtung den Messkännchen ähnlich, nur waren sie in früheren Epochen bedeutend grösser und umfangreicher als jetzt, und in verschiedenen Diöcesen mögen sich noch jetzt grössere aus Silber oder Zinn verfertigte Ölgefässe befinden, die bisher von der Archäologie noch wenig beachtet wurden.

[1] Leider wusste Basel die Geschenke des frommen Kaisers nicht gehörig zu würdigen, indem es vor kaum zwei Decennien den kostbaren, in purem Gold getriebenen Altaraufsatz der Domkirche, den Kaiser Heinrich einer darauf befindlichen Inschrift zu Folge dahin spendete, um geringes Geld an einen Ausländer verkaufte, und man muss nun im Hôtel Cluny zu Paris aufsuchen, was einst im Dom zu Basel zu den ehrwürdigsten Gegenständen zählte.

Zu unserer nicht geringen Verwunderung fanden wir in der Metropolitan- und Primatialkirche zu Gran drei merkwürdige Ölgefässe, die jedoch nicht die gewöhnliche Gestalt der Ampullae, sondern die Form jener kunstreich verzierten „Cornua" besitzen, die in mittelalterlichen Inventarien häufig unter dem Namen „Greifenklauen" angeführt werden[1]. Wir veranschaulichen in der nebenstehenden Figur (Fig. 7) eine dieser „Greifenklauen" zur Aufbewahrung des Olei infirmorum, und bemerken dabei, dass diese drei Hörner in den Tagen des Kaisers Sigismund angefertigt wurden und als Insignien und Geräthe zu dem von diesem Kaiser gestifteten Greifenorden gehörten.

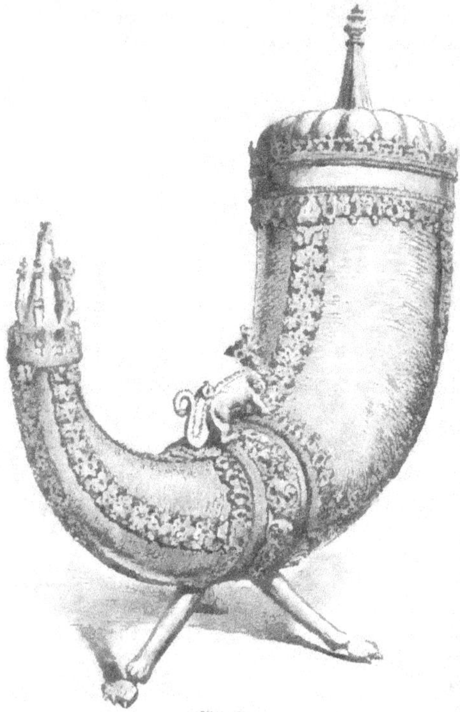

Fig. 7.

Der Dom von Cöln besitzt indessen noch drei mittelalterliche Gefässe von Zinn, aus denen sich der Styl des Überganges von dem Romanischen zur Gothik ersehen lässt.

Von ähnlicher Form, aber in bedeutend kleinerem Massstabe, mögen auch jene bescheidenen Messkännchen gewesen sein, die man nur aus einfachen Metallen verfertigte und in den Kirchen zu Cöln während des Ausganges des Mittelalters benützte.

Da wir eben zuvor von den Ölgefässen sprachen, werden wir uns hier auch einige Bemerkungen über das historisch merkwürdige Salbengefäss erlauben, in welchem das Chrisam aufbewahrt wurde, womit die Könige Frankreichs von Chlodowig an bis zu den Zeiten Ludwig XVI. in der Krönungskirche zu Rheims gesalbt wurden. Es ist in der Geschichte hinlänglich unter dem Namen „la sainte ampule" bekannt und die Legende erzählt, dem Bericht Hincmars von Rheims gemäs, nachfolgendes:

Der heil. Remigius war im Begriff, dem Frankenfürsten Chlodowig die Taufe zu ertheilen und die heiligen Ceremonien hatten schon begonnen, als plötzlich das Chrisam fehlte, da der Priester bei dem grossen Andrang des Volkes nicht damit in die Kirche gelangen konnte. Um jedoch die heilige Handlung nicht zu unterbrechen, richtete Remigius ein eifriges Gebet gegen Himmel, und zum Erstaunen Aller schwebte eine Taube weisser als Schnee hernieder, setzte sich auf die Schulter des Heiligen und trug die ersehnte Ampulla mit dem Salböl in ihrem Schnabel. Auch der Chronist Flodoard erzählt diesen Vorgang auf ähnliche Weise. Diese „Phiale" hatte sich als eine Art von Palladium in dem Schatze der Abtei zu St. Remy bis zu den Stürmen der grossen Staatsumwälzung wohl erhalten; aber kaum zwei Monate nach der beklagenswerthen Hinrichtung Ludwig XVI. schickte der Nationalconvent den Bürger Ruhl nach Rheims, der sich dieser Ampulla bemächtigte und die Frechheit hatte, sie öffentlich zu zerschlagen. Nach der

[1] Vergl. die Abbildung und Beschreibung dieser drei Ölgefässe im dritten Bande der Jahrbücher der k. k. Central-Commission unter dem Titel: „Der Schatz der Metropolitankirche zu Gran".

Wiedereinsetzung der Bourbonen liess im Jahre 1825 Karl X. die Reste der zerstörten „sainte ampule“ sammeln und aus diesen und nach vorhandenen Zeichnungen mit grossem Geldaufwande eine neue zu seiner eigenen Krönung verfertigen. Dies neue Salbgefäss, dem freilich die Weihe der Jahrhunderte fehlt, sehen wir im Schatz zu Rheims; dasselbe kann jedoch hinsichtlich der Fassung und Technik mit der alten ampule sainte durchaus keinen Vergleich eingehen.

Den älteren Schatzverzeichnissen zu Folge scheinen die ehemals in kirchlichem Gebrauch befindlichen drei grossen Gefässe „ad conservanda olea sacra“ meistens von Silber, ja einige sogar von Gold gewesen zu sein. In dem Inventar von St. Paul zu London vom Jahre 1295 wird unter anderem gesagt:

„Tres ampullae argenteae cum chrismate et oleo“, und in einem französischen Inventar vom Jahre 1379 heisst es:

„Quatre empoulles d'or tuorses et chascun a un esmail rond, sur le convescte des armes de France, pesans XVIII marcs, VI onces et demi d'or.“

Das interessante Schatzverzeichniss von St. Veit zu Prag, welches unter Karl IV. vom Schatzmeister Smilo im Jahre 1387 angefertigt wurde, weist drei silberne Ölgefässe nach, die den Namen „Cannulae“ führen[1]. Es heisst daselbst:

„Item tres cannulae argenteae, in quibus portantur liquores in coena domini.“

In einem anderen Schatzverzeichniss von St. Veit, vom Jahr 1354, welches der Sacristanpriester Szarvisius (Zaviš) aufzeichnete, werden die drei eben gedachten Cannulae mit den Worten angeführt:

„Item vasa argentea tria ad opus sacrorum liquorum.“

Zu welchen Zwecken sich unter den Prager Kirchenutensilien das auf folgende Weise bezeichnete Gefäss:

„Item una ampulla cum ansa longa cuprea deaurata“ — vorgefunden habe, ist nicht angeführt; vielleicht wurde es aber mit seinem grossen kupfernen und vergoldeten Henkel als Aquamanile (Giesskanne) bei der Handwaschung des Bischofs in Gebrauch genommen. Zaviš führt in demselben Inventar vom Jahre 1354 auch noch ein Krystallgefäss auf, welches vermuthlich zu einem ähnlichen Zweck wie die „ampule sainte“ gebraucht wurde, denn er sagt davon:

„Item vasculum chrystallinum pro repositione chrismatis regum Bohemiae et reginarum, quod idem rex (Carolus IV.) pro coronationibus ipsorum dedit et refruari mandavit.“

Unter den Kunst- und Reliquienschätzen von St. Veit zu Prag erhielt sich glücklicherweise eine merkwürdig grosse Ampulla aus Bergkrystall, die uns Anhaltspunkte bietet, wie vielleicht die grösseren Behälter zur Aufnahme der heiligen Öle im XIII. und XIV. Jahrhundert gestaltet gewesen sein mochten. (Fig. 8.)

Fig. 8.

Wie die hier gegebene Abbildung zeigt, ist der Krystallbehälter nach aussen vieleckig geschliffen, und sein Fuss, Henkel und Deckverschluss in vergoldetem Silber zierlich gearbeitet. Das erwähnte Inventar vom Jahre 1354 beschreibt ihn auf folgende Weise:

[1] Dieser Ausdruck ist das Diminutivum von Canna, woher auch unser deutsches Wort „Kanne“ abzuleiten sein dürfte. Vergl. auch canna fusilis (Giesskanne).

„Item cannula magna crystallina, circumdata argento, deaurata, cum gemmis et perlis, in qua est mensale domini nostri Jesu Christi, quam idem rex (Carolus IV.) donavit."

In diesem seltenen Gefäss erblickt man noch heute ein feines Byssusgewebe, welches das Inventar als jenes Tischtuch bezeichnet, welches beim letzten Abendmahle des Herrn in Gebrauch gewesen sein soll.

Kehren wir aber nach diesen Bemerkungen über die heiligen Ölgefässe wieder zu den eigentlichen Messkännchen zurück, so finden wir bereits im XI. Jahrhundert in Bezug auf Grösse, Zahl und Materiale mannigfache Angaben bei den älteren Schriftstellern. Einem Dichter jener Epoche zu Folge dürften im XI. und XII. Jahrhundert die Messkännchen nicht in jeder Kirche dieselbe Grösse gehabt haben, so zwar, dass das für den Wein grösser als jenes für das Wasser war. Der Anonymus, der das Lob der Bischöfe von Evreux besingt, sagt nämlich unter anderem:

„Jussit ut Obriizo (Evreux) non parvo ponderis auro Ampulla major fieret, qua vino sacerdos funderet in calicem, solennia sacra celebrans."

Dass aber im XI. Jahrhundert bei Darbringung des heiligen Messopfers nach kirchlichen Vorschriften stets zwei Messkännchen vorfindlich sein mussten, gleichviel ob mehr oder weniger Wasser zu dem zu consecrirenden Wein gemischt wurde, beweist unter vielen anderen Stellen, in denen immer von einem Paar Ampullen die Rede ist, auch eine Angabe in Johann von Garlande's Dictionarium (vom Jahre 1080), in welchem vorgeschrieben wird:

„In ecclesiis debent esse phialae, una cum vino et alia cum aqua."

Auch die Stelle, welche Baronius aus einem vaticanischen Codex aus den Tagen des Papstes Lucius mittheilt, spricht von zwei kostbaren Messkännchen, nämlich:

„Dedit etiam ampullas ad servitium altaris optimas et mirabiles."

Dem bekannten Chronicon Moguntinense zu Folge, das aus dem Beginne des XII. Jahrhunderts herrühren dürfte, will es den Anschein gewinnen, als ob zu den reicheren Kelchen des Mainzer Domschatzes, so wie anderer Kathedralkirchen, in damaliger Zeit auch immer zwei besondere Messkännchen gehört hätten. So liest man in jenem Chronicon von Mainz, das uns Urstitius mittheilt, unter der reichhaltigen Rubrik: „de indumentis quoditianis, crucibus, ampullis attinentibus".

„Calices erant speciales ampullae argenteae et pyxis argenteis ad hostias deputatae. Praeter hos calices erant tres aurei, in uno horum poterat celebrari, qui etiam suas habuit ampullas."

Das Dunkel, das über Gestalt und Verzierungsweise der Messkännchen vor dem XII. Jahrhundert herrscht, beginnt sich gegen die Mitte jenes Säculums aufzuhellen, indem sich glücklicherweise Messkännchen jener Zeit an verschiedenen Orten bis auf unsere Tage erhalten haben, die nun die besten Anhaltspunkte darbieten.

Vor Allem ist hier das treffliche Werk des bekannten Mönches Theophilus „Artium diversarum schedulae" zu erwähnen, in welchem er (Lib. III, Cap. 58 et 59) eine eigene Abhandlung über die technische Anfertigung und Ornamentik der Messkännchen gibt, wie diese zu seiner Zeit in Gebrauch waren. Aus diesen Angaben geht deutlich hervor, dass man gegen die Mitte des XII. Jahrhunderts die Messkännchen zuweilen mit erhaben getriebenen oder mit ciselirten Arbeiten verzierte; auch brachte man manchmal auf der Oberfläche derselben emaillirte oder niellirte Zierrathen an.

Interessant ist es, bei Theophilus zu finden, dass man zu seiner Zeit an den Messkännchen sehr oft kleinere Giessröhren anzubringen pflegte, vermittelst welcher man Wein und Wasser nach Belieben des celebrirenden Priesters in den Kelch giessen konnte[1]. Nach diesen Angaben des

[1] Die hierauf bezügliche Stelle lautet. „Wenn du willst, so mache an dem Messkännchen eine gegossene Handhabe, in derselben Weise wie du den Henkel an dem silbernen Kelche gestaltet hast; und an dem vorderen Theile des Kännchens mache

Theophilus wollen wir nun unter den jetzt noch vorfindlichen Ampullen Umschau halten, und erwägen, in welchem Grade sie mit seinen Andeutungen in Verbindung zu setzen sind, und so seien denn zunächst die drei merkwürdigen Messkännchen in Betracht gezogen, welche sich nebst andern liturgischen Seltenheiten in dem Schatze von San Marco zu Venedig befinden[1], und zwar besonders desshalb, weil sie bisher von Seite der Alterthumsforscher noch nicht ausführlich untersucht und besprochen wurden.

Die erste und formschönste Ampulla von San Marco, die wir in nebenstehender Abbildun (Fig. 9) wiedergeben, stimmt mit den erwähnten Angaben des Theophilus vollkommen überein. Sie hat 28 Centimètres Höhe, und hat vier Hauptbestandtheile, nämlich den eigentlichen Krystallbehälter zur Aufnahme der Flüssigkeit, das Fussstück; den Henkel und das Ausgussröhrchen. Der Krystallbehälter misst 16 Centimètres. Die erhaben geschliffenen Ornamente an der Bauchung desselben sind ohne Zweifel orientalischen Ursprungs und durchaus analog mit jenen saracenischen Seidengeweben, die im XII. Jahrhundert in Menge als „pallia saracenica cum flosculis et bestiolis" in Europa eingeführt wurden. Mit ähnlichen der Natur entlehnten Ornamenten ist auch der runde Fusstheil geschmückt. Ein in der Technik des Ciselirens äusserst geübter Goldschmied hat den ganzen Fuss nebst dem trichterförmigen Ständer à jour durchbrochen und mit einer silbernen und vergoldeten Platte unterlegt. In diesen Durchbrechungen stellte er den Kampf des Menschen mit den Naturkräften dar und umgab das Ganze mit Laubverschlingungen. Dieselbe Idee in derselben Technik ist auch oben am Halse des Gefässes angebracht, indem hier Jäger im Kampf mit Löwen, Drachen u. s. w. dargestellt sind. Das Ausgussröhrchen ist lang und geschwungen, und mit ciselirtem Laub und niellirten Flächen in verschobenen Quadraten verziert, während die Mündung einen phantastischen Thierkopf bildet. Der Henkel ist als ein „Thierunhold" gestaltet, welcher jenen salamanderartigen Bestiolae anzugehören scheint, die im XII. Jahrhundert eine so grosse Rolle spielten. Auch diese Ansa ist zum Theil ciselirt und zum Theil niellirt. Leider fehlt der Deckel dieses, zu den schönsten Ampullen der zweiten Hälfte des XII. Jahrhunderts gehörigen Gefässes.

Fig. 9.

Ein zweites in demselben Schatze befindliches Messkännchen, welches ebenfalls mit den Angaben des Theophilus übereinkommt, und eben so interessant ist als das vorige, ist aus Onyx geschnitten, und zwar in der Form einer Blumenvase, welche unten zwei vorspringende Henkel hat. (Fig. 10.) Sie misst 18 Centimètres Höhe und 11 Centimètres Breite. Sowohl das runde

dir ein Röhrchen (deductorium), vermittelst welchem der Wein ausgegossen werden kann. Du magst es mit einer Verbindung von Kupfer und Silber anlöthen, wie das früher angedeutet wurde. Darauf magst du es, wenn es in deiner Absicht liegt, mit niellirten Ornamenten verzieren und die Oberfläche des Ganzen vergolden."

[1] Zur Zeit der Franzosenherrschaft in Italien wurde auf Befehl Napoleon's der grosse Schatz von San Marco auf die Münze zum Einschmelzen und später nach Paris geschafft. Jene Gefässe, die nur einen geringen Metallwerth versprachen, blieben in der Münze zu Venedig, bis der Gerechtigkeitssinn Kaiser Franz I. anordnete, diese noch vorhandenen Gefässe der Kathedralkirche wieder zurück zu stellen.

Fussstück dieser Polla, als Ausgussröhrchen und Handhabe sind glatt und ohne Verzierungen von vergoldetem Silber ausgeführt. Das Ausgussröhrchen zeigt an der Mündung ebenfalls einen ciselirten Thierkopf. Jedenfalls dürfte das Onyxgefäss bedeutend älter sein als die spätromanische Fassung. Ähnliche Messkännchen aus Lapis onychini mögen sich wohl in vielen Kathedralen und Stiftsschätzen des Abendlandes vorgefunden haben. Namentlich waren ähnliche grössere und kleinere Onyxgefässe in dem ehemaligen Schatz der Grabeskirche der französischen Könige zu St. Denys, wie das aus dem trefflichen illustrirten Werke des Benedictiners Félibien „Le trésor de l'abbaye royale de St. Denys" deutlich zu entnehmen ist. Sie befanden sich dort bis zur grossen französischen Revolution, nach welcher sie aber spurlos verschwunden waren, da man sie vermuthlich vernichtet hatte.

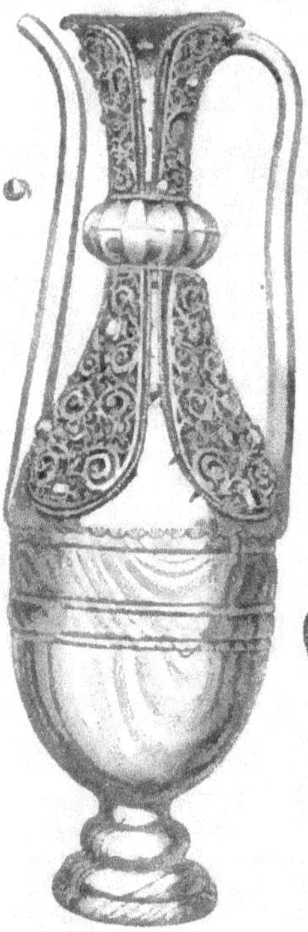

Fig. 11.

Fig. 10.

Das dritte Messkännchen des Schatzes von San Marco, welches hier in zwei Drittel seiner natürlichen Grösse abgebildet ist, hat (wie Fig. 11 zeigt) ebenfalls einen Henkel und eine Ausgussröhre in der Weise wie sie Theophilus angibt. Obwohl nun dieser Ausguss so wie der Henkel einfach und glatt gearbeitet sind, so entfaltet sich doch ein reiches Ornament sowohl am Halse als auch auf der oberen Bauchung des Gefässes. Der Goldschmied hat hier je vier Flächen angebracht, die im Innern mit filigranirten Verzierungen ausgefüllt sind. Von diesen Filigranzügen umgeben, erblickt man in gezahnten Kapseln kleine ungeschliffene Türkise und Rubinen. Der jetzt äusserst schmale Fuss war ehemals gewiss mit Metall umkleidet und es scheint, dass sich die Zierrathen auf der Bauchung, hier wiederholten. Es unterliegt nicht dem mindesten Zweifel, dass diese Gefässe von San Marco ehemals als Ampullae in Gebrauch waren; auffallend bleibt es jedoch, dass sie sich sämmtlich einfach und nicht gedoppelt vorfinden; es dürfte daher anzunehmen sein, dass das correspondirende Gefäss verloren gegangen ist, oder dass in diesen kostbaren Gefässen blos Wein ministrirt, das Wasser hingegen in einfacheren Behältern dargereicht wurde.

Eben so befindet sich eine aus dem XII. Jahrhundert stammende Messampulla in einer Privatsammlung Englands, die in der Kunstausstellung zu Manchester bei den Archäologen, in Anbetracht der Seltenheit solcher Gefässe, grosses Aufsehen erregte. Schon auf den ersten Blick gewahrt man an dieser formschönen Ampulla nicht nur einen selbstständigen Henkel, sondern dieser Ansa entgegengesetzt, an der Vorderseite des Deductoriums eine Mündung in der Form einer Auricula fusilis, um die betreffende Flüssigkeit (Wein oder Wasser) tropfenweise ausfliessen lassen zu können. Die Bauchung ist, wie Theophilus anräth, mit Blumen verziert, die jedoch nicht in Silber getrieben oder nur gravirt sind, sondern durch opera smalta erzielt wurden.

Ein anderes nicht minder merkwürdiges und vollkommen authentisches Messkännchen aus dem Beginne des XIII. Jahrhunderts befindet sich noch jetzt in der Sammlung der kaiserlichen Bibliothek zu Paris. Es hat eine Höhe von 14 Centimètres und misst 7 Centimètres in der Bauchung. (Fig. 12.)

Fig. 12.

Obwohl der Fuss an dieser Ampulla fehlt und die ganze Form derselben an eine Giesskanne erinnert, wie sich solche zu Profanzwecken im Mittelalter auch an den Höfen befanden, so zeigt doch der auf der Bauchung in Email angebrachte Engel, dass dieses Gefäss ursprünglich in kirchlichem Gebrauch war[1]. Was den technischen Theil desselben betrifft, ist zu bemerken, dass es von Kupfer getrieben und auf der Oberfläche in emaille champlevé mit jenen charakteristischen Pflanzenornamenten verziert wurde, die sich im XIII. Jahrhundert so häufig vorfinden. Dieses Gefäss dürfte von einem jener berühmten Emailleure von Limoges verfertigt worden sein.

Der für die Alterthumskunde leider zu früh verstorbene Abbé Texier, der sich in Bezug auf die mittelalterliche Goldschmiedekunst in ihrer Anwendung auf liturgische Gefässe grosse Verdienste erwarb, machte uns auf ein höchst merkwürdiges Messkännchen aufmerksam, welches sich einst in der alten Abtei Grandmont befand und zum Glücke noch heute in der Kirche von St. George les Landes (Haute Viénne) aufbewahrt wird. Diese Polla, die jetzt als Reliquiarium dient, hat 20 Centimètres Höhe und dürfte mehr als die beiden zuvor erwähnten Gefässe auf den feststehenden Typus der Messkännchen im XII. und XIII. Jahrhundert hindeuten. (Fig. 13.)

Fig 13.

Sie ist aus Bergkrystall geschnitten und mit einer silbernen und vergoldeten Fassung umgeben. Das Deductorium fehlt, dafür befindet sich aber oben an der Randmündung eine Art kurzen Schnabels oder Schnute. Der Krystall zeigt auf seiner Oberfläche nach zwei Seiten hin das Bild eines aufrechten Adlers. Es ist nicht zu verkennen, dass die naturhistorische Auffassung der Ornamente dieses Messkännchen einigermassen an den früher erwähnten Krystallbehälter erinnert, und wir zweifeln daher nicht, dass beide Gefässe demselben Lande und derselben Kunstepoche ihren Ursprung verdanken.

Da sich, ausser der hier angeführten Messpollen des XI. bis Ende des XIII. Jahrhunderts, weder in Kirchenschätzen noch in öffentlichen Sammlungen derlei Gegenstände erhalten haben,

[1] Dieses Gefäss wurde auch von A. Way im Archaeological-Journal T. II, pag. 155—172 abgebildet und als Ampull bezeichnet. Eben so hat es Didron in seinen Annales archéologiques, Jahrg. 1859, pag. 153 benannt und dasselbe in natürlicher Grösse abgebildet.

so dürfte hier wohl eine Aufzählung solcher Messgeräthe eine Stelle finden, die wir in meist noch ungedruckten älteren Schatzverzeichnissen angetroffen haben[1].

So lesen wir in einem Schatzverzeichnisse aus den Tagen des Königs Ladislaus von Ungarn (1077—1093), welches sich in der vom König Stephan gestifteten Abtei Martinsberg befindet, folgende Stelle[2]:

„Duo urceoli argentei, urceolus argenteus cum pelve ad abluendas manus, IV. Vasa argentea ad benedictam aquam."

Diesem Inventar zu Folge wurden bereits im IX. Jahrhundert die Ampullae auch „Urceoli" genannt, obschon Urceolus die feststehende Bezeichnung für jede kleinere Wasserkanne zum Waschen ist, wie das in dem Folgenden weiter zu erörtern ist. Dass die Bezeichnung „Urceoli argentei" hier mit den öfter vorkommenden Aquamanilia nicht identisch sei, erhellt auch aus einer Karte vom Jahre 1197, die Ughellus (T. VII, pag. 1274) mittheilt. Es heisst daselbst:

„Duos urceolos argenteos pro vino et aqua."

In älteren Schatzverzeichnissen führt auch zuweilen das Gefäss zur Aufnahme des Weihwassers, unser heutiger Sprengkessel, den Namen Urceolus. In dem oben erwähnten Schatzverzeichniss von Martinsberg werden vier solche silberne Sprengkessel angeführt. Was die Messpollen betrifft, so werden in dem Inventar von St. Peter zu Olmütz vom Jahre 1130 angeführt:

„Ampullae duae argenteae et ovum struthionis argento fabricatum."

Das merkwürdige Inventar des Domschatzes zu Bamberg vom Jahre 1128 bezeichnet die Messpollen mit einem anderen Ausdruck; es heisst daselbst:

„Item vasa argentea ad sacrificium,"

und in demselben Inventar werden die Gefässe zur Aufbewahrung des Chrisams „Ampullae" genannt, nämlich:

„Ampullae V ad chrisma, ex argento, et scutella et patella ex auro cum gemmis."

Zwei andere Salbgefässe mit Chrisam, die vielleicht bei der Salbung Kaiser Heinrich II. gebraucht wurden, stehen unter folgender Bezeichnung:

„Duo vasa chrismalia auro ornata."

In der Schenkungs-Urkunde des Bischofs Konrad von Halberstadt über die reichen Kunst- und Reliquienschätze, die er bei seiner Rückkehr aus den Kreuzzügen (um 1208) seiner Domkirche zu Halberstadt übergab, stehen unter den meist orientalischen Geschenken auch mehrere Ampullen verzeichnet; es heisst nämlich daselbst:

„Tres ampullas nobiles quas ad consecrationem chrismatis deputamus, et unam in qua chrisma ad fontem sabbato sancto fundatur."

In dem reichhaltigen Inventar der „Ecclesia Sarum" in England vom Jahre 1214 kommen mehrere reich verzierte Gefässe vor, welche die Gestalt und Ornamentirung der Messpollen im Beginne des XIII. Jahrhunderts ahnen lassen. Diese Gefässe, sowohl für die Aufbewahrung der heiligen Öle als des bei der Messe vorzureichenden Weines und Wassers, führen hier verschiedene Namen, als: „Phialae, Ampullae, Vasa cristallina etc. etc., wie u. a. folgt:

„Item ampullae III argenteae ad oleum. Ampullae II de dono episcopi Cicestrensis, bene operatae et ornatae lapidibus praetiosis."

„Phialae II cristallinae ornatae argento a parte superiori."

[1] Für die Erforschung der kirchlichen Goldschmiedekunst des Mittelalters sind derlei Inventare von grösster Wichtigkeit. Wir haben es nicht unterlassen, auf unseren ausgedehnten Reisen solche Schatzverzeichnisse zu copiren, und zwar gelang es uns deren 32 aufzufinden, aus welchen wir die obigen Angaben entnehmen. — [2] Bei einem Besuche dieser noch heute blühenden Abtei hatte der dortige hochwürdige Capitular und Archivar Maurus die Güte, uns eine Abschrift des Schatzinventars mit interessanten Noten von seiner Hand mitzutheilen.

„Item duae phialae argenteae. Vasa VIII cristallina, in quibus continetur balsamus. Vasculum unum vitreum minimum.“

Nach den langen und ausführlichen Aufzählungen dieses englischen Inventars werden auch die zu jedem Nebenaltar der Domkirche gehörigen Gebrauchsgegenstände angegeben, woraus sich ergibt, dass auf diesen Nebenaltären, wie noch heut zu Tage, Messpollen von Zinn in Anwendung waren. So fanden sich auch in der Arche (Truhe) bei dem Altare des heiligen Nikolaus daselbst „fialae II stanneae“, dessgleichen auch zwei an dem Altar des Märtyrers Thomas. Nur am Allerheiligen-Altar fanden sich zwei silberne Messpollen als ein Geschenk des dortigen Vorsängers (fialae II argenteae de dono J. Succintoris).

Wir könnten diese Angaben aus Inventaren rücksichtlich der Messpollen der romanischen Epoche noch viel weiter fortführen, wollen aber zum Schlusse nur noch jene Pollen citiren, die in einem Inventar des Domschatzes zu Trier vom Jahre 1238 aufgezeichnet sind, wie folgt:

1. „Ampullas IV argenteas ad aquam et vinum, praeter duas Archiepiscopi.“
2. „Duas ampullas argenteas insuper cistam apostolorum invenimus.“
3. „Ampullas duas operis de Lemagis.“

Aus dieser letzten Angabe geht hervor, dass bereits gegen die Mitte des XIII. Jahrhunderts Emaillen aus Limousin und besonders aus der Stadt Limoges auf Handelswegen in die christlichen Abendländer gebracht wurden. Aus dieser Epoche stammen auch jene vielen emaillirten kleineren und grösseren Lichtträger und jene häufig vorkommenden Reliquienkästchen, die unter den Namen „Cistula“, „Arcula“ und „Scriniolum“ in älteren Inventaren aufgeführt werden, und zwar mit der erklärenden Hinzufügung „opus lemoviticum“ oder „opus lemovicense“.

Bevor wir diesen zweiten Abschnitt unserer Abhandlung abschliessen, wollen wir uns noch einige allgemeine Bemerkungen über den kirchlichen Gebrauch und die Aufstellung der Ampullen bei der heiligen Messe erlauben. Bekanntlich wurden ehemals, wie heute, die Pollen vor dem Beginne des heiligen Messopfers von dem Sacristan mit Wein und Wasser gefüllt, und dann von dem Ministranten auf den Altar gebracht. Es entsteht nun die Frage: wohin stellte der Ministrant im Mittelalter diese Messkännchen und gehörte zu denselben ursprünglich eine kleine flache Schüssel oder „Pollenteller“, wie das noch jetzt Gebrauch ist?

Eine sorgfältige Besichtigung älterer Temperabilder der deutschen Schule, auf denen die Missa Sancti Gregorii dargestellt ist, hat uns bewogen, anzunehmen, dass im XIV. und XV. Jahrhundert die Messkännchen von dem Ministranten immer ohne Teller, unmittelbar auf den Altar, und zwar an der Offertorium- oder Epistelseite hingestellt wurden. Die zwei Messkännchen auf einem Bilde in der Sacristei von St. Martin zu Cöln zeigen genau die einstige ganz einfache Aufstellung derselben auf dem Altar[1]. Wir glauben jedoch annehmen zu können, dass in der romanischen und frühgothischen Epoche die Ampullen entweder auf einer geeigneten Stelle der Piscina oder zuweilen auf einem besonderen Credenztisch an der Epistelseite des Altars aufgestellt wurden. Was die zweite Frage betrifft, ob in der romanischen Epoche bei den Messkännchen stets ein entsprechender Teller war, der auch bei der Handwaschung zum Auffangen des ausgegossenen Wassers diente, so sei darauf geantwortet, dass sich heut zu Tage kein solcher Pollenteller aus jener Epoche mehr vorfindet, und dass auch keines der früher angezogenen Inventare von irgend einer derlei Schüssel Erwähnung macht. Andere Gründe scheinen hingegen dafür Zeugniss zu geben, dass im früheren Mittelalter

[1] Auch auf dem Flügelaltar von Mich. Wolgemuth im k. k. Belvedere, vom Jahre 1511, stehen bei der Messe des heiligen Gregor, die beiden Messkännchen ohne Pollenteller gegenüber vom Evangelienbuch auf dem Altar. (Anm. der Redaction.)

die mit Wasser angefüllte Messpolle einmal den Zweck hatte, den zu consecrirenden Wein nach liturgischer Vorschrift mit einigen Tropfen Wasser zu vermischen, und das anderemal, das zu der zweiten Ablution nach der heiligen Communion erforderliche Wasser aufnehmen zu können. Das Wasser für die Handwaschung unmittelbar nach dem Offertorium wurde, unserer vollen Überzeugung nach, in vielen Kirchen des Occidentes, insbesondere in der romanischen Epoche, nicht aus der Polle dargereicht, sondern die Handwaschung beim Offertorium wurde von dem celebrirenden Priester vorgenommen, indem er entweder die Stufen des Altars herabstieg und aus einem in der Piscina an einer Kette hängenden Aquamanile den Ausguss des Wassers erzielte, oder der Ministrant trat bei der Handwaschung die Stufen des Altars heran und goss aus einem Wasserbehälter (Aquamanile) das Wasser über die Hände der Priesters, das er dann wieder in einem ausgetieften Becken auffing. Diese Aquamanilia waren häufig in der Gestalt eines phantastischen Thieres geformt; in England und Frankreich jedoch benützte man zu dieser Handwaschung zwei schüsselförmige Becken, die man „Pelves scyphi“ nannte und die meistens mit emaillirten Ornamenten verziert waren. Dieselben finden sich heute in Kirchen nur selten[1], öfter aber in öffentlichen und Privatsammlungen, sie haben sämmtlich das Stylgepräge des XIII. Jahrhunderts und ihre Ornamente erscheinen beinahe stereotyp. Sie scheinen von den Schmelzarbeitern von Limousin massenweise für den Handel angefertigt worden zu sein und werden fast immer zu zwei und zwei angetroffen. Sie haben meist einen Durchmesser von 22 bis 24 Centimètres, sind nicht sehr vertieft und zeigen in der Mitte häufig von Kreisen eingeschlossene Wappenschilder und Pflanzen- oder Thiergebilde, von denen die letzteren auch zuweilen in den Thierphysiologien des Mittelalters vorkommen. Das Schatzverzeichniss von Trier vom Jahre 1238 führt zwei Becken an, die mit Limosiner Email verziert waren, nämlich:

„Item invenimus et duas pelves, operis Limugis.“

Auch das erwähnte englische Inventar der Ecclesia Sarum vom Jahre 1222 weist solche Waschbecken, und vielleicht auch als integrirende Theile der Messkännchen auf, z. B.:

„Pelves III argenteae, ad ministerium altaris.“

„II pelves argenteae, de dono Osmundi Episcopi.“

Auch finden sich in diesem Schatzverzeichnisse für jeden Nebenaltar der Kathedrale stets zwei Waschbecken angegeben, und zwar zugleich mit der Angabe: „fialae II stangneae“ (stanneae). Im Schatzverzeichnisse des Bamberger Domes von 1128 werden diese Becken nicht Pelves, sondern „Vasa manualia“ (Handwaschgefässe) genannt. Man liest nämlich daselbst:

„Vasa II manualia argentea, tertium avis struthionis cum receptaculo.“

Das dritte Waschgefäss hatte nämlich die Gestalt eines Strausses, [2] auch gehörte dazu noch ein silbernes Becken.

Da sich in den Schatzkammern deutscher Kathedralen und Stiftskirchen keine solchen Paare von Becken erhalten haben, und auch in den Schatzverzeichnissen keine derselben erwähnt werden, so glauben wir annehmen zu dürfen, dass die Handwaschung beim Offertorium in deutschen Kirchen durch anders gestaltete Gefässe vorgenommen wurden, die man einfach Vasa manualia nannte. In deutschen und lateinischen Kirchen scheint nämlich in der romanischen Kunstepoche das Wasser beim Offertorium aus einem, eigens in der Form einer kleinen Giesskanne gestalteten

[1] Wir erinnern uns, in dem Schatz des Domes zu Halberstadt zwei solche mit Email verzierte, zur Handwaschung bestimmte Becken gesehen zu haben. — [2] Auch das alte Schatzverzeichniss von St. Paul in London spricht von zwei Paar solcher Becken, die zur Handwaschung dienten, und auf welche auch die Messkännchen in die Nähe des Altars hingestellt worden sein mögen. Vergl. dazu Dugdale „Monasticum anglicanum“, wo es heisst: „Duae pelves argenteae cum imaginibus regum in fundis deauratae, et scutis et leunculis similiter deauratis. Item duae pelves argenteae cum fundis gravatis et flosculis ad modum crucis in circuitu gravatis“.

Wasserbehälter über die Hände des Priesters gegossen worden zu sein, während der Ministrant mit der linken Hand eine Schüssel darreichte, die als Wasserbecken zu jener Giesskanne gehörte. Diese kleine Wasserkanne führte den Namen „Urceolus“ und das dazu gehörende Becken zur Aufnahme des Wassers wird von älteren Schriftstellern durchgängig „Aquamanile“ genannt. Mit dieser Angabe stimmt auch die Erklärung des Erzbischofs von Canterbury, Lanfranc (Epist. 1), überein, indem dieser des Urceolus als des oberen Gefässes erwähnt, das bei der Handwaschung benützt wurde. Er sagt:

„Urceolus quid sit liquide patet, est enim vas superius unde lavandis manibus aqua infunditur.“

Über das dazu gehörige Becken sagt er:

„Aquamanile est vas inferius, in quod manibus infusa aqua delabitur.“

Diese Angabe stimmt auch mit der Angabe des Johannes de Janua überein, welcher sagt:

„Aquamanile dicitur vas super quod cadit aqua, qua abluuntur digiti sacerdotum post sumptionem corporis Christi.“

Dieser Urceolus und das Aquamanile finden sich als zusammengehörend auch bei vielen Chronisten aufgeführt, z. B. im Chronicon Fontanellense (Cap. 14):

„Urceos duos cum aquamanilibus“; dann (Cap. 16): „Aquamanile et urceum argenteum mirabili opere,“ und in einem anderem Chronicon:

„Urceolum quoque cum aquamanili suo[1].“

Es würde zu weit vom vorliegenden Thema abführen, wenn wir die vielgestaltigen Formen der Urceoli und der dazu gehörigen Aquamanilen hier näher zur Sprache bringen wollten, wir sparen uns daher diese Aufgabe für eine besondere Abhandlung auf. Indessen sei hier nur bemerkt, dass uns eine grosse Zahl solcher Giesskännchen aus der romanischen Kunstepoche bekannt sind, die meistens in der Gestalt von phantastischen Vierfüsslern (Fig. 14) oder Vögel erscheinen, namentlich kommen Löwen, Tauben und Hühner in ornamentaler Auffassung als Urceoli vor. Von solchen Urceolen aus der spät romanischen Zeit befinden sich zwei in der königlichen Kunstkammer des Mittelalters zu München. Auch der Domschatz zu Aachen hat ein derlei Gefäss aus dem XIII. Jahrhundert aufzuweisen, welches wahrscheinlich bei den verschiedenen Handwaschungen gebraucht wurde, die bei den Krönungen der deutschen Könige daselbst stattfanden. Ob dasselbe von griechischen oder lateinischen Künstlern herrühre, und welche

Fig. 14.

Fig. 15.

[1] Vergl. die hierzu gehörenden Citate ad vocem: aquamanile in Ducange's „Glossarium latinitatis medii et infimi aevi“.

mythologische Gestalt (Fig. 15) durch das Gusswerk vorgestellt werde, darüber wird in unserem Werk „der Schatz des Münsters unserer lieben Frau zu Aachen" das Nähere angegeben werden. Auch das k. k. Münz- und Antikencabinet zu Wien besitzt einen merkwürdigen Urceolus in der Form des sogenannten Vogels Greif, der in den Physiologien des Mittelalters eine hervorragende Rolle spielt. Wie die Blattornamente deutlich zeigen, rührt diese Giesskanne, die wir unter Fig. 16 im verkleinerten Massstabe wiedergeben, aus der vorromanischen Kunstepoche, gegen den Schluss des XII. Jahrhunderts. Das letzte Blatt der rückwärtigen Verjüngung bildet den beweglichen Verschluss, um das Wasser aufzunehmen; durch den geöffneten Schnabel findet das Wasser seinen Abfluss.

Fig. 16.

Das oben citirte Bamberger Inventar spricht von einem dritten „Vas manuale" in der Gestalt des Vogels Strauss. Das erzbischöfliche Museum in Cöln besitzt ein derlei Wassergefäss in der Gestalt der Taube aus der Arche Noa. Die Stelle zum Eingiessen befindet sich, von dem Palmzweige umgeben, auf dem Rücken der Taube.

III. Geschichtlicher Entwicklungsgang der Messkännchen in der gothischen Kunstepoche, von der letzten Hälfte des XIII. bis zur Mitte des XVI. Jahrhunderts.

Gleichwie das Auftreten des Spitzbogenstyles mit dem Schlusse des XII. Jahrhunderts als die erste Revolution auf dem Boden mittelalterlicher Kunst bezeichnet werden kann, und von jetzt ab die Geheimkunst aus den Klostermauern auf die Bauhütte der Laienmeister überging, so kam auch auf dem Gebiete der mittelalterlichen Goldschmiedekunst das Aufleben der Gothik als eine artistische Umwälzung von grosser Tragweite bezeichnet werden, indem auch die „ars fabrilis" nicht mehr klösterlich geübt, sondern von Confraternitäten und Zunftmeistern der Laien betrieben wurde. Hatte bis dahin die von der Kirche und ihren Dienern geübte Goldschmiedekunst verschiedene andere Kleinkünste in Sold und Pflege genommen, indem sie z. B. der Schmelzmalerei und der Nielloarbeit eine bedeutendere Stelle einräumte und der Elfenbeinschnitzerei ein weiteres Feld darbot, so begann sie mit dem Durchbruch des neuen germanischen Styles vielfach einseitig und unduldsam zu werden. Der Goldschmied, der bis dahin bei seinen Gebilden mit Absicht grössere Flächen geschaffen hatte, die er mit Email, Filigran, mit getriebener Arbeit oder mit Elfenbein und Edelsteinen schmückte, ging nun, mehr als dies früher der Fall war, mit dem Architekten zu Rathe. Er lernte von diesem in gegossenen und ciselirten Arbeiten zierliche und reiche, der Architectur entlehnte Formen gestalten, die den erwähnten Zweigkünsten nach und nach den Weg in die Werkstätte des Aurifaber versperrten. Anstatt sich in die Breite auszudehnen, strebte der Goldschmied jetzt, den Gesetzen der Gothik folgend, nach der Höhe. Die Kunst, mit dem Hammer figürliche Darstellungen zu treiben, verschwand jetzt immer mehr, indem man sich bestrebte, bei

Monstranzen, Reliquiarien u. s. w. fast einen Wald von Fialen, Widerlagspfeilern und Strebebogen zu gestalten. Dieser Umschwung in der technischen Ornamentirung folgte auf dem Gebiete der kirchlichen Goldschmiedekunst im XIII. Jahrhundert nicht plötzlich. Der Architekt ging zuerst voran und stellte seine Schöpfungen nach den Regeln des neuen Styles im grossartigen Massstabe auf. Der Goldschmied folgte selbstverständlich bescheiden nach, und konnte sich erst dann dazu entschliessen mit der neuen Kunstweise gemeinschaftliche Sache zu machen, als die Gothik gänzlich klar geworden und zur vollkommenen Herrschaft gekommen war. Auch konnten nicht alle liturgischen Gefässe alsogleich nach dem neuen Style verfertigt werden, indem man bei denselben, ihrer Bestimmung nach, der Fialenconstruction nicht unbedingt nachkommen konnte, und dieses war besonders bei den Messkännchen der Fall, bei denen sich die Reminiscenzen des älteren romanischen Styles, ähnlich wie bei den Kelchen am längsten erhielten. Wir glauben nicht etwas Gewagtes auszusprechen wenn wir sagen, dass noch bis zum Beginne des XIV. Jahrhunderts von den Meistern der Goldschmiedekunst die altromanischen Formen bei den Messpollen beibehalten wurden und dass sie diese noch immer in der Weise gestalteten, wie sie in der „Schedula" des Theophilus angegeben wird. Auch dürften emaillirte, niellirte und gravirte Ornamente auf den Flächen und Bauchungen der Pollen noch in der zweiten Hälfte des XIII. Jahrhunderts gewiss nicht zu den Seltenheiten gehört haben. Wie die Goldschmiede zur Zeit des romanischen Styles Fuss, Deckel und Bauchung der Messkännchen mit Filigranarbeit und Edelsteinen schmückten, so wird man an den eben erwähnten Stellen der Pollen noch im Beginn des XIV. Jahrhunderts, mindestens bei den reicheren Ampullae derlei Arbeiten wiederfinden.

Nebst dem Einfluss, den die Gothik allmählich auf die kirchlichen Gefässe ausübte, begann aber auch die, seit der Mitte des XIV. Jahrhunderts zur Entwickelung gekommene Malerei einzuwirken, und zwar zuerst in Italien; denn gleich wie die Maler im nördlichen Italien gegen den Schluss des XIV. Jahrhunderts den Seidenwebern in Lucca, Florenz und Mailand als Musterzeichner an die Hand gingen und ihnen Dessins oder Einzelfiguren, oder selbst ganze Scenen aus der religiösen oder profanen Geschichte entwarfen, so boten sie auch den Goldschmieden ihre guten Dienste an. Unter dem Einfluss der Maler und nicht der Architekten entstanden in Italien und vielfach auch in Deutschland jene in Gold und Silber getriebenen Gefässe, die in Gestalt von Engeln u. s. w. dazu dienten, grössere oder geringere Quantitäten von Flüssigkeiten aufzunehmen. Hierher sind zu rechnen: Die grösseren und kleineren Weihbecken (vasa lustralia), die Giesskännchen mit ihren dazu gehörigen Becken (urceoli cum aquamanilibus) und die Messpollen[1]. Es ist nicht zu verkennen, dass bei den merkwürdigen in dem Aachener Domschatz befindlichen Messkännchen in Gestalt von ministrirenden Engeln, der Einfluss eines Malers thätig war. Diese beiden Messkännchen gehören bereits dem Schlusse des XIV. Jahrhunderts an, wo die ältere Malerschule Cölns schon einen bedeutenden Aufschwung genommen hatte.

Wir geben auf der nächsten Seite (Fig. 17) eine derselben in der natürlichen Grösse. Diese Engelgestalt ist mit einer Albe und einem Pluviale bekleidet, das am Halse mit Schnüren zusammen gebunden ist. Diese Schnüre gestalten sich als Ausguss zu einer kleinen Röhre. Der Kopf des Engels ist beweglich und mittelst einer Schraube mit dem eigentlichen Behälter in Verbindung gebracht. Beim Wegnehmen des Köpfchens lässt sich die Flüssigkeit eingiessen. Das ganze Gefäss ist in Feuer vergoldet, die Flügel des Engels sind in emaille translucide eingelassen und beweglich, so dass man sie auch allenfalls als Handhabe benützen konnte. Jede dieser beiden Engelsfiguren ist auf einen kleinen Sockel gestellt, der die Form eines Sechseckes bildet. Dass

[1] Vergl. unsere Angaben über den Einfluss der Malerbruderschaften auf die Seidenweberei, in Lieferung I unserer Geschichte der liturgischen Gewänder des Mittelalters.

dieselben als Messpollen angefertigt wurden, beweist das Vorkommen der beiden Majuskeln *A (aqua)* und *V (vinum)*, die auf dem Fusse sechsmal eingravirt sind, welche Buchstaben sich auch auf vielen Messkännchen des XIV. Jahrhunderts befinden.

Fig. 17.

Didron, der in seinen „Annales archéologiques" diese Ampullen in kleiner Abbildung veranschaulicht, setzt sie mit der aus der griechischen Kirche stammenden „liturgia divina" in nächste Beziehung. Es ist nämlich im griechischen Cultus eine häufig vorkommende Sache, auf grösseren Mauerflächen der Kirchen, namentlich über den Chorapsiden und in der Kuppel, die heilige Liturgie bildlich darzustellen, nämlich den Heiland wie er als Opferpriester und zugleich als Opfer das sacrificium divinum feiert, wobei die Engel als Ministranten gedacht wurden, welche die zum Opfer nöthigen Geräthschaften herbeibrachten, nämlich: Leuchter, Rauchfass, Kreuz, Kelch, Patena und Messkännchen. Solche Darstellungen fanden sich auch in den Chorapsiden der Kirchen zu Rheims und Lyon. In der Kathedrale zu Rheims, wo sich diese Darstellung der aus dem Oriente stammenden Ceremonien bis zum Schlusse des vorigen Jahrhunderts erhalten hatte, waren Engel als Chorknaben dargestellt, die vor Beginn des Offertoriums in geregelter Aufeinanderfolge die verschiedenen bezeichneten Messgeräthe einzeln aus der Sacristei herbei brachten. Und gleichwie ehemals in dieser Kathedrale ein Chorknabe als Engel gekleidet die Messkännchen zur Feier der heiligen Geheimnisse gemessenen Schrittes zum Altar brachte, gleichwie in der griechischen Monumentalmalerei bei der Darstellung der heiligen Liturgie Engelsgestalten mit den Ampullen herbei eilen, so sind auch die Messkännchen im Aachner Schatz in der Gestalt von Engeln gebildet. Hinsichtlich des Gebrauches dieser beiden Kännchen sei hier bemerkt, dass mit vieler Wahrscheinlichkeit anzunehmen sein dürfte, dass auch sie, wie die früher besprochenen Aachner Urceolen, bei den Krönungsfeierlichkeiten der älteren deutschen Könige benützt worden seien.

Wie das heute noch der Fall ist, so befanden sich auch im Mittelalter die Messkännchen beim Altardienst in den Händen der Knaben, die bei der heiligen Opferhandlung ministrirten. Da diese Pollen aber täglich mehrmals gebraucht wurden, und bei der Sorglosigkeit jener Knaben oft Stösse bekamen oder gar zur Erde fielen und zuweilen auch ein Gegenstand des Haders wurden, wenn von Seite der Chorknaben der übrig gebliebene Wein heimlich zur Theilung kommen sollte, so darf es uns nicht Wunder nehmen, dass von allen liturgischen Gefässen des Mittelalters sich gerade die Messpollen am seltensten vorfinden. Ein anderer Umstand der Seltenheit dieser Kännchen liegt auch darin, dass man schon im Mittelalter die durch den häufigen Gebrauch beschädigten Messkännchen einschmelzen und umarbeiten liess, und überdies wurden noch die Ampullen des XIII. und XIV. Jahrhunderts, welche selbst die Stürme der französischen Revolution überdauert hatten, meist durch Unkenntniss oder Mangel an Interesse in den letzten zwanzig Jahren eingeschmolzen, um neuere im modernen Fabriksstyl dafür anzuschaffen.

Mit dem Aufblühen der Städte in XIV. Jahrhundert, durch welches der Bürgerstand zu Ansehen und Vermögen gekommen war, und bei dem eingetretenen Hange zu Pracht und Luxus, der nicht nur an den Höfen der Grossen und in den Burgen und Schlössern, sondern selbst in den Wohnungen reicher Patricier herrschte, war auch die Goldschmiedekunst, namentlich zu profanen Zwecken, zu grösserer Entwickelung in den Formen und den technischen Hülfsmitteln gelangt. In jener Zeit waren die Goldschmiede in den grösseren Städten als Zünfte zusammengetreten, und die Kirche, welche durch weise Verwaltung ihrer Güter zu ansehnlichem Wohlstand gelangt war, trug dem Reichthum der Formen und der Pracht des Gottesdienstes Rechnung, indem sie ihre geheiligten Orte und deren Diener mit kostbaren Geweben und prunkvollen Geräthen bedachte.

Bei den vielen Bestellungen, welche nunmehr grössere und kleinere Kirchen bei den Goldschmieden machten, und bei der Opferwilligkeit der hohen und der niedriger stehenden Laien, kann es nicht auffallend erscheinen, dass die vielen noch erhaltenen Inventare der bischöflichen so wie der Pfarr- und Stiftskirchen des XIV. Jahrhunderts um ein Bedeutendes reicher sind als die Schatzverzeichnisse der früheren Jahrhunderte. Unmittelbar nach der langen Aufzählung der verschiedenen einfacheren oder reicheren Kelche finden sich dort zuweilen ausführliche Notizen über die vielen Messkännchen vor, die in Form und Materiale sehr verschieden waren. Wir wollen hier Einiges aus diesen Inventaren anführen.

Nachdem in dem reichhaltigen Prager Schatzinventar vom Jahre 1354, welches unter dem ersten dortigen Erzbischof und Metropoliten Arnost von Pardubitz angefertigt wurde, fünfzig verschiedenartig verzierte Kelche aufgeführt sind, die der damalige Schatz von St. Veit besass, und nachdem ferner in einer Anmerkung gesagt wird, dass weitere fünf Kelche dieses Schatzes zum Umguss behufs der Anfertigung einer silbernen Einfassung eines Evangeliariums bestimmt waren, liest man Folgendes:

„Item ampullae argenteae VIII.“

„Item cupreae ampullae duae.“

„Item una ampulla cum ansa longa, cuprea deaurata.“

Wahrscheinlich ist es, dass diese zwei kupfernen Messkännchen mit incrustirter Email oder Limousiner Arbeit verziert waren. Die dritte, mit dem langen Henkel, mochte vielleicht als Ampulla major gedient haben, um den zu consecrirenden Wein in den Kelch (calix ministerialis) zu giessen, der nach der älteren liturgischen Praxis bei der Communion unter beiderlei Gestalten den Laien dargereicht wurde. Dass dieser Laienkelch den Communicirenden noch im späten Mittelalter im Prager Dom gereicht worden sein dürfte, lässt sich aus den Citaten desselben Schatzverzeichnisses entnehmen. Es finden sich hier nämlich die Angaben:

„Item calix magnus argenteus, cum imaginibus et ansibus duabus;“ und

„Item calami argentei duo pro summendo sanguine Christi pro communicantibus.“

In einem späteren Prager Schatzverzeichniss, vom Jahre 1378, sind im Domschatz zu St. Veit nebst den früheren noch vier neue verzeichnet, und zwar:

„Item octo ampullae non deauratae, argenteae.“

„Item quatuor ampullae argenteae deauratae, duae ad modum cannularum fusilium, vulgariter dictae sczaphi, aliae autem duae sunt ad modum ampullarum.“

„Item duae ampullae cupreae de smelz.“

Was die ornamentale Austattung dieser beiden letztern in émaille champlevée betrifft, s dürfte sie wahrscheinlich von ähnlicher Weise gewesen sein, wie wir dieselbe bei Fig. 12 saher Nicht uninteressant ist es, zu gewahren, dass dieses letztere, aus der Zeit des Königs Wenz stammende Inventar vom Jahre 1378 einen Unterschied zwischen der Form der kleineren Giess kännchen und der Form der eigentlichen Ampullen macht, und es dünkt uns wahrscheinlich, das unter der Cannula fusilis ein Messkännchen verstanden wurde, das den profanen Giesskanner ähnlich und mit einem langen geschweiften Ausgussrohr versehen war. Die eigentliche Ampull hingegen, als ein absolut liturgisches Gefäss, mochte sich den Formen von Fig. 8 und 13 genähert haben.

Das Inventar des Domes zu Freising vom Jahre 1352 zählt u. a. auch auf:

„Item quatuor ampullae argenteae."

Aus französischen Schatzverzeichnissen des XIV. Jahrhunderts können wir ebenfalls eine grosse Zahl von Messkännchen namhaft machen, die sich meistens in fürstlichem Besitz fanden und mitunter auch zur Haus- und Reisecapelle gehörten. In den königlichen Rechnungen vom Jahre 1323 liest man:

„Nicolaus de Nigella, aurifaber parisiensis, pro uno cipho argenteo esmaillato ad tripedem, et duobus potis, uno ad vinum et altero ad aquam[1]."

Ob diese emaillirte Silberschüssel mit dem Dreifuss als Pollenteller zur Aufnahme der Messkännchen gehörte, wollen wir als zweifelhaft dahingestellt sein lassen. Der Ausdruck Potus, der sich hier synonym mit „Ampulla" vorfindet, ist nach Du Cange gleichbedeutend mit „Poculum" oder „Vasculum". Im Nekrologium der Kirche Notre-Dame zu Paris vom August des Jahres 1279 werden drei solcher „Poti argentei" als Sterbevermächtnisse aufgeführt; es waren aber grössere, zur Aufnahme der drei geweihten Öle bestimmte Gefässe, denn es wird daselbst gesagt:

„Stephanus Parisiensis episcopus qui dedit Ecclesiae Parisiensi et nobis III potos argenteos deauratos, pendentes XXII marcarum et III unciarum."

Unter den königlichen Rechnungen vom Jahre 1353 steht verzeichnet:

„Une burette à biberon de chapelle, pesant II marcs, V onces d'argent."

Die heute noch übliche französische Benennung burette à biberon (Messkännchen) würde Theophilus durch den Ausdruck „Ampulla cum deductorio" bezeichnet haben.

Einen interessanten Beitrag über Form und Ornamentik der Messkännchen gegen die Mitte des XIV. Jahrhunderts liefert das reichhaltige Inventar des Duc d'Anjou aus dem Jahre 1360. Zum leichteren Verständniss lassen wir hier die Übersetzung im Wortlaut folgen:

„Zwei runde Messkännchen in ganz gleicher Form, ohne Henkel, mit einem runden Knopf auf jedem der Dekel, von denen das eine 1 Mark 5 Unzen, und das andere 1 Mark 4 Unzen 12 Drachmen wiegt."

„Ein goldenes Messkännchen, dessen Fuss mit einem Metallreif versehen ist. In der Mitte desselben, an der Mündung und auf dem Dekel befinden sich abermals solche Metallreife; an der Mündung ist ein Schnabel in halbrunder Form angebracht und der Deckel besitzt eine runde hellrothe Emailplatte, in deren Mitte man den Buchstaben *A* sieht. Dasselbe wiegt im Ganzen 1 Mark 2 Unzen 3 Drachmen."

„Ein zweites Messkännchen, dem eben beschriebenen vollkommen gleich, nur mit dem Unterschiede, dass sich auf der Emailplatte der Buchstabe *V* befindet. Dasselbe wiegt im Ganzen 1 Mark 3 Unzen 6 Drachmen."

[1] Vergl. Notice des émaux de Louvre, IIe partie, glossaire, p. 6, 44, 45, 47, et 179.

„Ein silberner, vergoldeter und emaillirter Kelch, dessen Fuss, Kuppe, Nodus und Patena mit den figürlichen Darstellungen der Apostel in Email verziert sind. Auf dem Fuss desselben gewahrt man auch Engel und Heilige. Auf der Patena ist unsere liebe Frau dargestellt, welcher ein Engel die Krone auf das Haupt setzt. Im Ganzen hat der Kelch ein Gewicht von 4 Mark 7 Unzen.“

„Zwei silberne, vergoldete und emaillirte Messkännchen, jedes mit sechs Seitenflächen, auf denen der Reihe nach die zwölf Apostel in gleicher Ausführung wie auf dem obigen Kelch dargestellt sind. Das eine wiegt 1 Mark 1 Unze, das andere 1 Mark 18 Drachmen.“

„Zwei andere, weisse, Messkännchen in Silber mit längerem Halse und durch vergoldete Metallreifen verbunden. Auf den emaillirten Deckeln derselben steht bei dem einen der Buchstabe *A* und auf dem zweiten der Buchstabe *V*.“

Der Gebrauch und die Anwendung des kostspieligen und schwer zu bearbeitenden Bergkrystalls, dessen wir schon bei den Gefässen aus der romanischen Kunstepoche erwähnten, hatte sich auch beim Emporkommen und in der Blüthezeit der Gothik erhalten. Anstatt dass man aber die Wölbung oder Bauchung der Messkännchen, wie das zur romanischen Zeit der Fall war, anaglyptisch mit groteskem Laubwerk und Thierfiguren belebte, so pflegte man in den Tagen der Gothik die Bauchungen dieser Gefässe in polygoner Form zu schleifen, und es war dann die Aufgabe des Goldschmiedes, diese geschliffenen Krystallbehälter mit einem Dekel, Henkel, Ausguss und Fuss zu versehen. Um nun diesen Krystallpollen eine grössere Festigkeit zu geben und die geschliffenen Ecken derselben bei einem Fall zu schützen, pflegten die Goldschmiede die angesetzten Deckel und Fusstheile durch verzierte Metallstreifen in Verbindung zu setzen, was die beiden Abbildungen (Fig. 18 und 19) deutlich veranschaulichen, welche nach den beiden Krystallpollen gemacht wurden, die sich ehemals in der grossen Kunstsammlung Debruge-Dumenil zu Paris befanden und von Jules Labarte vorübergehend beschrieben wurden[1]. Ihre interessanten Detailformen lassen deutlich erkennen, dass sie in der letzten Hälfte des XIV. Jahrhunderts ihre Entstehung fanden und Labarte fügt hinzu, dass sie als Kunstwerke französischer Goldschmiede zu erkennen seien, worauf allerdings bei Fig. 19 die an dem Fusse desselben angebrachten Lilien hindeuten mögen. Der untere Theil des Henkels ist ebenfalls aus Krystall geschnitten und mit dem Ganzen aus einem Stück gebildet. Die obere Handhabe, von vergoldetem Silber, ist mit azurblauer Email geziert. Der Ausguss besteht nicht wie bei den romanischen Pollen aus einer langen Röhre, sondern zeigt sich gleich unter dem Deckel in der Form eines Thierkopfes. Das ganze Gefäss misst 22 Centimètres Höhe.

Fig. 18.

Fig. 19.

Die unter Fig. 18 abgebildete Krystall-Ampulle ist in artistischer Beziehung minder geschmackvoll und reich als die vorige. Sie misst gleichfalls 22 Centimètres Höhe und hat als

[1]) Siehe dessen: Description des objets d'art qui composent la collection Debruge-Dumenil, précédé d'une introduction historique. Paris 1847, pag. 629.

Ausguss einen Drachenkopf. Der Deckel hat eine kleine Zinnenkrönung, auf welcher sich ein knieender Mönch (vielleicht der Geschenkgeber oder Verfertiger des Gefässes) befindet.

Wir haben in dem vorhergehenden Abschnitte den geschichtlichen Entwickelungsgang der Messpollen in Bezug auf Gestalt, Materiale und artistische Beschaffenheit näher anzudeuten gesucht; besonders wie derselbe, unter stetem Vergleiche mit älteren Originalgefässen dieser Art, das XIV. Jahrhundert hindurch seinen Verlauf nahm. Zur Lösung der früher gestellten Frage erübrigt es noch, die formelle Beschaffenheit der Messkännchen näher in Betracht zu ziehen, wie dieselbe von den Goldschmieden zu Ausgang des Mittelalters, im XV. und in der ersten Hälfte des XVI. Jahrhunderts aufgefasst und wiedergegeben worden ist. Dieser Nachweis ist verhältnissmässig mit weniger Schwierigkeit verbunden, zumal sich aus dieser Ausgangsperiode des Mittelalters noch eine grössere Zahl solcher Gefässe erhalten hat. Zunächst dürfte man hier die Frage aufstellen:

Hat die entwickelte Gothik eine neue und von den früheren traditionellen Formen abweichende Gestaltung der Messkännchen aufgestellt, und hat man ein neues bis dahin nicht gebräuchliches Material bei Anfertigung dieser liturgischen Geräthschaften zur Geltung kommen lassen?

Fig. 20.

Der erste Theil dieser Frage ist durchaus zu verneinen; der zweite Theil kann blos bedingungsweise zugegeben werden; denn gleich wie die Kunst der Romanen ihre Vorbilder und Modelle zu den verschiedenen Altar-Utensilien theilweise classisch römischen Kunstformen entlehnte, so hat auch die Gothik bei der weiteren Durchbildung kirchlicher Gebrauchsgeräthschaften fast durchgängig jene alten Formtypen zu Grunde gelegt, und nach ihren Stylgesetzen im Detail umgestaltet und ausgebildet. Mit anderen Worten:

Die entwickelte Gothik lässt noch immer den romanisirenden Grundkern der älteren Ampullae durchblicken, wenn auch die hinzugefügten Ornamente den Einfluss des deutschen Spitzbogenstyles deutlich erkennen lassen. Das Gesagte wird sofort verständlicher, wenn wir hier die Zeichnung eines Gefässes wiedergeben (Fig. 20), das sich als Reliquiarium in der Schatzkammer der St. Lambertus-Pfarrkirche in Düsseldorf erhalten hat.

Sowohl der runde, silberne und vergoldete Fuss der Polle, als auch die Form und die Bauchung des inneren Behälters aus Bergkrystall, wie nicht weniger die Gestaltung des Deckels und des Henkels lassen noch deutlich den romanischen Grundtypus und die älteren Überlieferungen der romanischen Kunstweise wahrnehmen, obschon die polygone Schleifung des Krystallbehälters, dessgleichen die kleinen Vierpassrosen in den Vertiefungen des Fussrandes und des Deckels, so wie auch in den Höhlungen der vertical laufenden Einfassungsstreifchen die Stylweise der Goldschmiedekunst aus dem Beginne des XV. Jahrhunderts klar erkennen lassen. Wir glauben nichts Unrichtiges zu behaupten, wenn wir sagen, dass auch in der romanischen und frühgothischen Kunstepoche eine Menge von Messkännchen angefertigt worden sind, die in ihrem äusseren Aufriss eine ähnliche Gestaltung und Formbildung zeigten, wie das Messkännchen, das wir hier veranschaulichen. Nur die Blattornamente am Deckel und der Handhabe, dessgleichen auch an dem langgezogenen Halse des Gefässes lassen die unverkennbare Einwirkung der Spätgothik deutlich zur Geltung kommen.

Gegen die Mitte des XV. Jahrhunderts macht sich im Bereiche der Goldschmiedekunst nicht nur bei Anfertigung von kirchlichen, sondern auch bei profanen Geräthschaften ein neues System der Ornamentation geltend. Die Meister des Godschmiedegewerkes, deren berühmteste Sitze damals in den Zünften am Rhein, nämlich in Mainz und Cöln zu finden sind, hatten sich gegen Ausgang des Mittelalters eine grosse manuelle Fertigkeit in der Darstellung der schwierigsten Arten von getriebenen Arbeiten zu erwerben gewusst. Diese Leichtigkeit aus freier Hand mit dem Hammer das „Opus propulsatum" darzustellen, charakterisirt die Leistungen der deutschen Goldschmiede der angegebenen Epoche, insbesondere wenn es sich darum handelt, die frühere glatte Bauchung von Behältern zur Aufnahme von Flüssigkeiten durch getriebene Formen zu beleben und zu verzieren.

Fig. 21.

Es war das jener interessante Zeitabschnitt des deutschen Goldschmiedegewerkes, aus welcher heute noch in verschiedenen öffentlichen Museen und Privatsammlungen jene reichen, gekuppelten Trinkbecher herrühren, wie sie in den Schlössern und Burgen von Fürsten und Grafen, insbesondere aber auf den Tischen der prunkliebenden Höfe Philipp des Guten und Karl des Kühnen von Burgund, als Pracht- und Schaugefässe in Menge ersichtlich waren. Auch die Temperamalereien des späteren Mittelalters, welche die Anbetung der heiligen drei Könige zum Gegenstande haben, lassen in der Regel in den Händen der drei opfernden Weisen goldene Prachtgefässe erkennen, die in gekuppelter, annanasförmiger Gestalt die Kunst des „Opus propulsatum" damaliger Goldschmiede auf der Höhe der Entwickelung anschaulich machen.

Dieselbe Technik des „Opus elevatum", wie es auch anderwärts genannt wird, findet sich in der angeregten Zeitepoche auch auf Messkännchen aus edlerem Metall consequent übertragen. So besitzt die Pfarrkirche des heiligen Florian zu Aachen noch ein paar solcher Pollen, die als Musterwerke der Kunst des Treibens auch den heutigen Meistern dieses Gewerkes anempfohlen werden können.

Dieselben rühren, einer unverbürgten Tradition zu Folge, aus der heute noch existirenden Capelle her, mit welcher Gerhard Chorns die Ostseite des alterthümlichen Saales schmückte, der am Rathhause zu Aachen in der Vorzeit jene fürstlichen Gäste aufnahm, die der deutsche neugekrönte König zu dem Krönungs- und Huldigungsessen geladen hatte. Der Fuss dieser Messkännchen (Fig. 21) ist sternförmig im Sechseck angelegt. Auf demselben erhebt sich in getriebener Arbeit ein niedriger Ständer, ebenfalls aus sechs polygonen Röhren bestehend, der die Bestimmung hat, die halbkugelförmige Bauchung des Gefässes zu tragen. Sowohl diese untere Bauchung als auch der darauf befindliche Hals und Deckel des Gefässes sind auf dem Wege der Treibung schuppenartig verziert. Ein formverwandtes Messkännchen, ebenfalls aus der letzten Hälfte des XV. Jahrhunderts herrührend, zeigt sich auf einem Bilde der Verkündigung Mariae, welches sich im Besitze des Conservators Rambaux in Cöln befindet. Auch dieses Gefäss ist in der früher angedeuteten Weise des Treibens hergestellt, und dürfte als feststehende Type betrachtet werden, wie durch die damals übliche Technik des Treibens die Pollen, namentlich in Deutschland eine höhere Stylausprägung fanden.

Noch machen wir hier auf jenes schöne Kännchen von getriebener Arbeit aufmerksam und veranschaulichen es unter Fig. 22, das sich auf dem niederdeutschen Bildwerke in der Pinakothek zu München dargestellt findet, welches den Tod der allerseligsten Jungfrau vorstellt, und von Einigen dem bekannten Maler Schorcel zugeschrieben wird. Langjährige u ausgedehnte Forschungen auf dem Gebiete der kirchlichen Goldschmiedekunst haben uns (Überzeugung beigebracht, dass in verschiedenen Zeitabschnitten des Mittelalters eine verschiede Technik und Ornamentationsweise bei den Meistern des Goldschmiedegewerkes gang und gä

Fig. 22.

waren, die sich eine gewisse Periode hindurch behaupteten und spät wieder von einer anderen Ornamentik verdrängt wurden. So behauptet in den Tagen der Ottonen in der kirchlichen Goldschmiedekunst d „Emaux eloisonnées" durchgängig die Oberhand. In den Zeiten d Kaiser aus der Dynastie der Hohenstauffen traten die kostbaren Schmelz matt und durchsichtig auf vertieft ausgegrabenen Flächen (Emaux cham plévés) auf.

Der Durchbruch der Gothik in den Tagen Rudolfs von Habsbur bis zum Erlöschen der Kaiser aus dem Hause der Luxemburger besei tigte diese matten, incrustirten Flächenemails und setzte an ihre Stelle durchwegs kleinere Flächen von durchsichtigem Schmelz (Emaux translucides).

Das XV. Jahrhundert, die Ausgangzeit des Spitzbogenstyles, charakterisirt sich auf dem Felde der kirchlichen Goldschmiedekunst durch figuralische und ornamentale Flächenbelebungen, erzielt durch die Radirnadel und Punze, insbesondere aber durch die beliebt gewordene Anwendung zweier Farbentöne: des Silbers und der Vergoldung.

Die Meister der Goldschmiede-Innungen liebten es in der angegebenen Epoche, alle Glattseiten der Utensilien sowohl für kirchliche als für profane Zwecke in Silber ohne Vergoldung zu Tage treten zu lassen. Hingegen wurden alle ciselirten Details von reicher gestalteten Gefässen stark im Feuer vergoldet.

Auf diese Weise hatte man eine vortheilhafte Farbenwirkung in zwei Tönen erreicht, die dann noch effectvoller wurde, wenn im Laufe der Zeit der Glanz des Silbers erlosch, und die Verzierung auf diese Art einen Anstrich von Niello gewann. Wir haben eine grosse Anzahl von kirchlichen Geräthschaften, fast sämmtlich aus dem XV. Jahrhundert vorgefunden, die alle in der eben angedeuteten Weise, in zweifacher Färbung des Metalls als vollendete Meisterstücke der Goldschmiedekunst dastehen. Auch den Messkännchen dieser Epoche wurde durch Anwendung zweier Farbentöne eine erhöhte Wirkung gegeben, indem alle ciselirten und vergoldeten Ornamente aus kleineren Detailsformen, sich durch die Feuervergoldung stärker markirten, während die übrigen getriebenen Flachtheile des Gefässes einfach in Silber gehalten waren.

Im Vorhergehenden ist an einer Stelle die Frage aufgeworfen worden, ob man in der Verfallszeit der Gothik bei Anfertigung der Messkännchen andere, bis dahin nicht gebräuchliche Materiale zur Anwendung kommen liess? Wir geben darauf zur Antwort, dass anstatt der kostspieligen, in der romanischen Kunstepoche nicht selten vorkommenden Messkännchen aus Bergkrystall, viele dergleichen aus Glas angefertigt worden waren. Messkännchen aus Terra cotta mit Anwendung verschiedener Farbentöne kommen seit den Tagen der Mediceer in den Kirchen Italiens häufig vor. Auch Messkännchen von gebranntem Thon, mit eingeritzten oder auch mit erhaben gehaltenen Ornamenten, waren gegen Ende des XV. Jahrhunderts in ärmeren Kirchen Deutschlands vielfach anzutreffen. Sogar Messkännchen von Zinn, wie sie noch heute am Rheine, in Westphalen und dem übrigen nordwestlichen Deutschland häufig angetroffen werden, kamen in höchst einfacher Form sowohl im früheren Mittelalter, als namentlich zu Ausgang desselben, zum Gebrauche an Wochentagen sehr häufig vor.

Es sei gestattet, in Nachfolgendem in kurzen Zügen die Form und Beschaffenheit jener Pollen näher zu skizziren, die aus diesen einfachen und billigeren Materialen für ärmere Landkirchen und insbesondere für den Gebrauch verschiedener religiöser Orden angefertigt zu werden pflegten.

Wir beginnen die Reihe dieser Surrogatstoffe mit dem Zinn. In jenen Gegenden Deutschlands, wo dieses billige Material bei Verfertigung verschiedener profaner Geräthschaften eine gehäufte Anwendung fand, lag es auch nahe, kirchliche Gebrauchsgegenstände, als: Leuchter, Weihkessel und Messkännchen aus diesem leicht zu bearbeitenden Materiale herzustellen. Vornämlich in jenen Ländern, wo der deutsche Bierkrug von Zinn das Vorbild für die übrigen Flüssigkeitsbehälter war, ist es sehr leicht zu erklären, dass nicht nur für Messkännchen zum Gebrauche an Wochentagen, namentlich auf dem Lande, Zinn gewählt wurde, sondern dass man sogar noch weiter ging und von der Bierkanne die Form und Gestalt für die Ampullae entlehnte.

So haben wir auf grösseren Reisen, namentlich in jenen Provinzen Deutschlands, wo die Rebe nicht zu Hause ist, heute noch solche zinnerne Ampullae von sehr grosser Einfachheit der Form angetroffen, deren Ähnlichkeit mit der profanen Kanne sich auffallend zu erkennen gibt. Unter andern erinnern wir uns, in der, an mittelalterlichen Kunstschätzen so reichhaltigen Liebfrauenkirche zu Danzig mehrere ältere Messkännchen von Zinn in äusserst schlichter Form vorgefunden zu haben. Die Abbildung der Zinnpollen verdanken wir der entgegenkommenden Freundlichkeit des Herrn Senators Culemann in Hannover, der dieselben in originali besitzt [1].

Dass sie wirklich als Messkännchen in Gebrauch waren, beweist die vollständige Übereinstimmung der Form dieser Gefässe mit den obengedachten in der Liebfrauenkirche zu Danzig. Überdies befinden sich, wie das die beifolgende Abbildung in Naturgrösse unter Fig. 23 zeigt, auf dem Deckel derselben, wie gewöhnlich die Anfangsbuchstaben der Worte: Wasser und Wein, nämlich: *a* und *v*.

Fig. 23.

Wir wagen es nicht zu bestimmen, ob auch bereits in der romanischen und frühgothischen Kunstepoche bei der Anfertigung der Ampullen andere stoffliche Surrogate statt edler Metalle zur Gebrauchnahme gekommen sind. Es gibt jedoch eine beträchtliche Anzahl von jenen kleineren Flüssigkeitsbehältern, wie wir sie in den Museen zu Berlin und Paris, besonders aber in den reichhaltigen Sammlungen classischer Kunstwerke zu Rom und im Museum Bourbonicum zu Neapel gesehen haben, der Vermuthung Raum, dass bereits in den ersten Jahrhunderten der christlichen Zeitrechnung die Eingangs erwähnten Amulae sowohl aus Terra cotta mit eingebrannten Ornamenten, als auch aus vielfarbig gehaltenen Glasflüssen häufig in Gebrauch genommen worden sind.

[1] Wir benützen hier die Gelegenheit, darauf hinzuweisen, dass Senator Culemann eine grosse Sammlung mittelalterlicher Kunstwerke in edlem Metall, in Email und Elfenbein, desgleichen auch eine grosse Sammlung seltener Druckwerke en miniature besitzt, wie solche bei Privaten selten in Deutschland in diesem Umfange zu finden ist. Der liebenswürdige Besitzer dieser seltenen Collection nimmt gerne die Gelegenheit wahr, in Person seine Kunstschätze vorzuzeigen und die näheren archäologischen Erläuterungen einfliessen zu lassen.

Indessen scheint das vielfache Vorkommen von Pollen in gebranntem Thon und in flüssen, namentlich auf italienischem Boden, seit der letzten Hälfte des XV. Jahrhunderts d hinzudeuten, dass sowohl die Technik als auch das Material zu Messkännchen aus den ebe dachten billigen Stoffen, als Reminiscenz aus früheren Jahrhunderten, den Quinquecentister Mediceer-Zeit traditionell überliefert worden sei. Sucht man in Deutschland kleinere Gefäss den eben gedachten einfachen Stoffen, so dürften die königlichen Museen zu Berlin in j Sälen, worin die Majolicas aufgestellt sind, eine grössere Zahl derartiger Gefässe in gebran und glasirtem Thon besitzen, die, wenn sie auch nicht ursprünglich als Messkännchen angefe worden sind, doch in ihrer Formation durchaus mit den thönernen Ampullen ärmerer Kir Ähnlichkeit besitzen. Fig. 24 gibt in halber Naturgrösse ein interessantes Gefäss, dessen Orig sich im gedachten Museum vorfindet. Dasselbe ist aus Thon geformt und zeigt auf seiner mittl Bauchung drei kreisförmige Medaillons mit halben Durchbrechungen, die durch ihre Einzelhe

Fig. 24.

Fig. 26.

Fig. 25.

kundgeben dürften, dass das Gefäss deutschen Ursprungs und gegen den Ausgang des Mittelalters angefertigt worden sei, nämlich in einer Zeit, wo auch in der Sculptur die spätgothischen Bildungen des sogenannten Frauenschuhes und der Fischblase immer wieder angewendet wurden. Leider ist der obere Theil des Gefässes heute abgebrochen. Fig 25 veranschaulicht ebenfalls in halber Grösse ein Gefäss in Terra cotta, das in seinen Einzelnheiten den Einfluss der Renaissance gewahren lässt, und das in seiner Form als Pendant zu jenen thönernen Messkännchen betrachtet werden dürfte, die sich mit kleinen Basreliefs, meist religiösen Inhalts, verziert, häufig noch am Rhein erhalten haben.

Wir wagen nicht zu behaupten, dass das rautenförmig gemusterte Gefäss, das wir unter Fig. 26 in halber Naturgrösse wiedergeben, und das sich ebenfalls in der Terracotta-Sammlung zu Berlin befindet, ehemals ein Messkännchen gewesen sei; das aber lässt sich mit Grund annehmen, dass jene Pollen, die bei den strengen Mendicanten-Orden zu Ausgang des Mittelalters in Gebrauch waren, von ähnlicher Form gewesen sein mögen.

Um nämlich sogar bei den verschiedenen Gebrauchsgeräthschaften des öffentlichen Cultus die strenge Entsagung durchblicken zu lassen, liebten es die Franciscaner und Dominicaner nicht nur die edlen Metalle, sondern auch alle äusseren Zierrathen von der Kirche fern zu halten; daher finden sich noch jetzt in den Klöstern von so strenger Observanz häufig Messkännchen von gebranntem Thon.

Das Glas fand schon in den Tagen des classischen Roms eine vielgestaltige Anwendung. Aus älteren Schriftstellern wissen wir, dass in der Frühzeit des Christenthums bei der Armuth der Kirche nicht selten Kelche aus Glas zur Feier des eucharistischen Mahles in Gebrauch genommen wurden. So ist es ferner bekannt, dass man in den Katakomben jene altrömischen Thränenfläschchen aus Glas auffand, worin man das Blut der Märtyrer aufgesammelt und beigesetzt hatte.

Es lag nun bei der vielfachen Verwendung, die die Geräthschaften aus Glas in dem apostolischen Zeitalter fanden, sehr nahe, auch die Oblationsgefässe für Wasser und Wein aus demselben Materiale anfertigen zu lassen. Während die Völkerzüge verheerend über Italien einbrachen und die Cultur des alten Roms grössten Theils vernichteten, scheint die Technik der künstlichen Fabrication des Glases allmählich verloren gegangen zu sein. Erst im XV. Jahrhundert hob sich, und zwar zuerst in Venedig, dieser Kunstzweig zu einer ungeahnten Blüthe. Wir erinnern hier nur an die stattlichen Kelche und Flügelgläser, an die milchfärbigen und fadenförmigen Glasflüsse venetianischer Fabriken, die heute von Liebhabern sehr gesucht sind. Weil nun die Messkännchen aus edlem Metall nach ihrem Gebrauche wegen ihrer Kostspieligkeit stets eine sorgfältige Reinigung erforderten, weil ferner die Pollen von Zinn einem schwärzlichen Anlaufe ausgesetzt waren, so lag es nahe, dass von den Industriellen Venedigs Messkännchen in Glas angefertigt wurden. Ausser der Reinlichkeit und Billigkeit dieser Glasgefässe gewährten dieselben dem celebrirenden Priester auch noch den erheblichen Vortheil, dass er sich durch einen Blick von dem Inhalte der Polle überzeugen konnte, wenn er durch Körperleiden nicht in der Lage war, sich, wie das die Vorschrift befiehlt, durch den Geruch von dem Dasein des Weines zu überzeugen. Zudem besitzen diese Messkannen von Glas, die wir noch in den meisten Kirchen Frankreichs, Italiens und Österreichs im Gebrauch gefunden haben, den Vorzug, dass sich der Geistliche durch die visio oculorum davon überzeugen kann, ob der Messner die Tugend der Reinlichkeit besitzt, und ob das Wasser klar und hell und der Wein fehlerfrei sei. Bei den Messkännchen von Zinn, wie sie am Rhein, in Westphalen und dem übrigen Deutschland vielfach in Gebrauch sind, entbehrt der Priester die ebengedachten Annehmlichkeiten, durch welche sich die gläsernen Messkännchen auch vom praktischen Standpunkte aus sehr empfehlen. Wir theilen beifolgend in getreuen Abbildungen die Formationen einzelner Messkännchen von venetianischem Glase mit, die aus einer ehemals in Siena befindlichen Sammlung von ähnlichen Gläsern herstammen und sich nun in einem Schranke des Majolica-Saales zu Berlin befinden. Fig. 27 veranschaulicht in $^2/_3$ der Naturgrösse ein Messkännchen, das der Blüthezeit der Fabrication der venetianischen Band- und Farbengläser angehört. Aus dem Umstande, dass sich dieses, so wie auch die nächstfolgenden Glasgefässe jedesmal paarweise vorfinden, lässt sich mit Grund schliessen, dass dieselben als Ampullae in Gebrauch waren. Fig. 28 gibt in $^3/_5$ der natürlichen Grösse ein Messkännchen

Fig. 27.

Fig. 28.

wieder, dessen Copirung wir, wie von der vorigen und der folgenden Figur, der Freundlichkeit des Geheimrathes von Olfers, Generaldirectors der königlichen Museen zu Berlin, verdanken.

Diese interessante Ampulla veranschaulicht die entwickelte Glasfabrication des nördlichen Italiens in Verbindung mit der venetianischen Goldschmiede- und Filigrankunst. Sowohl die Handhabe als auch der Fuss und der Deckel des Gefässes sind der grössern Dauerhaftigkeit wegen in Silber angefertiget. Die drei Blumen auf dem Deckel, wovon die eine nunmehr fehlt, dessgleichen auch sämmtliche auf der Fläche des Deckels, sind in jenen feinen und leichten Verschlingungen ausgeführt, wodurch das Filigran aus der Zeit der Cinquecentisten nachgeahmt wurde, welches sich durch delicate Ausführung so vortheilhaft empfahl.

Wir lassen es dahin gestellt sein, ob das Gefäss mit den beiden Henkeln und den durchsichtigen Glasornamenten in Glasfluss (Fig. 29) ursprünglich als Messkännchen angefertigt worden sei, denn da sich auf dem Halse ein beweglicher und einschiebbarer Verschluss ebenfalls aus Glas vorfindet, so dürfte es wahrscheinlich sein, dass dieser Flacon ehemals zur Aufbewahrung von wohlriechenden Essenzen gedient habe.

Fig. 29.

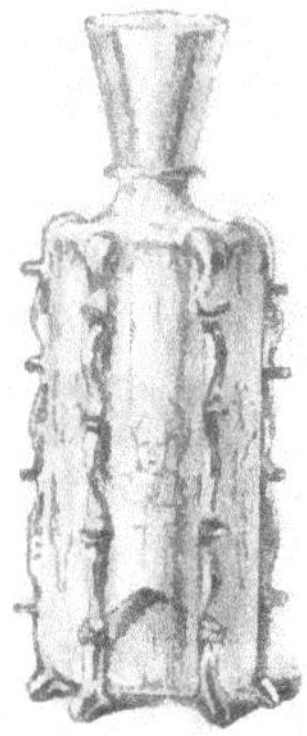

Fig. 30.

Auch der Gebrauch der eigenthümlichen Phiale, die wir in halber Naturgrösse unter Fig. 30 bildlich wieder geben, dürfte sich nicht mit Bestimmtheit als kirchlich nachweisen lassen, allein sowohl die Form als auch die in farbigem Glase dargestellten Brustbilder von Heiligen in einem fast griechischen Typus, haben uns zu der Vermuthung geführt, es dürften diese ebenfalls in Doppelzahl vorfindlichen Gefässe als Ampullae in der griechischen Kirche in Gebrauch gewesen sein.

Als wir den Winter des Jahres 1859 in Berlin zu dem Zwecke zubrachten, die dortigen Quellen der königlichen Bibliothek zur Herausgabe der III. Lieferung unserer Geschichte der liturgischen Gewänder des Mittelalters zu benützen, nahmen wir auch die Gelegenheit wahr, die Materialien zu der vorliegenden Abhandlung zu sammeln. Einer freundlichen Einladung Folge leistend, statteten wir dem Conservator der preussischen Kunstdenkmäler, Geheimrath v. Quast, auf seiner Besitzung Radensleben bei Herzberg in der Mark einen Besuch ab, und waren nicht wenig erstaunt, im Besitze des genannten Kunstgelehrten eine interessante Sammlung von mittelalterlichen Kunstreliquien vorzufinden, die derselbe im Jahre 1838 und 1839 in Italien käuflich erworben hatte. Unter diesen werthvollen Objecten sahen wir auch jene äusserst interessanten Messkännchen, die wir von Fig. 31 bis 33 veranschaulichen.

Wir glauben hier mit Grund sagen zu dürfen, dass diese Pollen als die reichsten und zierlichsten gelten können, die in dem zerbrechlichen Materiale des Glases auf uns gekommen sind. Fig. 31 zeigt in $^3/_4$ natürlicher Grösse ein seiner äusseren Form nach höchst gefälliges Messkännchen der gedachten Privatsammlung.

Um die untere Bauchung der eigentlichen Fusstheile zu verstärken, hat der Glasarbeiter hier mehrere erhaben vorstehende Knoten angebracht. Über dem weissen Glase des Henkels ist von dunkelblauem Glase noch eine Kammverzierung zur Verstärkung angefügt, die auch an der Ausflussröhre in gleicher Farbe wiederkehrt.

Ein zweites daselbst befindliches Glasgefäss ist dem vorigen sehr ähnlich, zum Unterschiede jedoch mit einem Fuss versehen; auch ist dasselbe nicht durchsichtig, sondern von Milchglas. Die Ausmündung des Deductoriums, so wie die Einfassung der Halsmündung sind mit einem knotenförmigen Glasfuss von rubinröthlicher Farbe verziert. Anstatt der unschönen und nichtssagenden Messkännchen, die nicht selten den profanen Essig- und Ölbehältern für den Tischgebrauch ähnlich sind, dürfte der so weit vorgeschrittenen Glasfabrication, namentlich in Böhmen, die getrene Nachbildung dieser formschönen Gefässe für kirchlichen Gebrauch dringend zu empfehlen sein, zumal in Österreich und dem übrigen Deutschland, dessgleichen auch in Italien und Frankreich, wo, wie wir aus Erfahrung wissen, ein ausgedehnter Absatz in Aussicht stehen dürfte.

Fig. 31.

Die unstreitig reichsten Ampullae der oben gedachten Privatsammlung sind offenbar jene zierlichen Messkännchen, die wir unter Fig. 32 und 33, ebenfalls in der Hälfte der natürlichen Grösse, bildlich veranschaulichen.

Ausser der reich verzierten Handhabe an dem Messkännchen (Fig. 32) befinden sich an der untern Bauchung, dessgleichen auch an der Ausgussröhre Medaillons, die wie goldene Pasten erhaben aufliegen und als massive Glasflüsse drei Bären- oder Löwenköpfe vorstellen.

An dem untern Theile des Gefässes, zu beiden Seiten der Thierköpfe, erblickt man, aus grünlich-bläulichen Glasflüssen bestehend, je zwei saphirartige Perlvorsprünge. Derselbe farbige Glasfluss ist auch als vorspringende Einfassung an dem Ausflussröhrchen angebracht, und wiederholt derselbe sich auch in zwei bläulichen Ringen am oberen Halse. Das Messkännchen (Fig. 33) ist in seiner Gesammtform und Ornamentik mit dem der vorhergehenden ziemlich identisch; nur ist dasselbe ausserdem mit einem runden Fusse von Glas versehen, und sind die vergoldeten Pasten, in der Gestalt von Löwenköpfen, nach oben hin fast hornförmig verlängert und umgebogen. Sowohl an dem äusseren Rande als auch in der Peripherie des Fusses war chemals ein stark vergoldeter Einfassungsstreifen ersichtlich, der heute sehr verwischt ist.

Fig. 32.

Zur selben Zeit, in welcher italienische Glasarbeiter gläserne Messkännchen in Menge für den Handel anfertigten, wurden diesseits der Berge noch grössere und kleinere Bergkrystalle zu Messkännchen verarbeitet. Unter diesen Pollen, unmittelbar aus dem Ausgange des XV. Jahrhunderts herrührend, ist auch jenes interessante Vasculum cristallinum zu rechnen, das wir (Fig. 34) in $^2/_3$ natürlicher Grösse wiedergeben und das sich heute als Reliquienbehälter in dem Schatze der St. Lambertuskirche zu Düsseldorf vorfindet. Sämmtliche Detailformen an dem reich gearbeiteten Deckel, dessgleichen auch an dem sternförmig construirten Fusse, noch mehr aber die eingravirten Ornamente, die auf diesem Fussstück in vergoldeten

Silber vorkommen, sind als Belege zu betrachten, dass diese Ampulla am Schlusse des XV. Jahrhunderts angefertigt worden sei.

Es erübriget uns noch im Folgenden eine kurze Übersicht von der Gestalt und der artistischen und technischen Beschaffenheit jener Messkännchen anzufügen, die gegen Ausgang des Mittelalters bereits unter dem Einfluss der Renaissance namentlich diesseits der Berge entstanden. Indem wir eine hervorragende Polle aus dieser interessanten Epoche in Abbildung veranschaulichen und in Kürze beschreiben, wollen wir vorher Gelegenheit nehmen, anzudeuten, über welche reiche technische Mittel der Goldschmied in jenen Tagen verfügte, als der ältere Styl mit den modernen wälschen Formen den Kampf auf Sein und Nichtsein angetreten hatte. Der Goldschmied vom alten Schlage, der in seinen jüngeren Jahren die phantasiereichen Gebilde des in seinen Formen bereits unsicher gewordenen gothischen Styles geübt hatte, brachte von Haus aus eine grosse Fertigkeit in der Darstellung von getriebenen ciselirten, gravirten und emaillirten Arbeiten mit. Es war ihm eben so leicht, mit dem Treibhammer als mit dem Stichel und der Gravirnadel die schwierigsten Arbeiten auszuführen. Diese grosse Fertigkeit der Hand bot aber auch die Veranlassung, dass er sich innerhalb der Grenzen, welche die Gothik um sein Metier gezogen hatte, nicht mehr heimisch fühlte und desswegen den Versuch machte, statt der mehr constructiven von der Architectur entlehnten Formen, sich den Gebilden der Pflanzenwelt zuzuwenden, um sich auf diese Weise der Nachahmung der Natur ungetheilt hingeben zu können. Die grosse Meisterschaft, die sich der Goldschmied bei Beginn des XVI. Jahrhunderts errungen hatte, war für ihn also eine gefährliche Verlockung die ernsteren Gebilde des ererbten Styles zu verlassen, und sich mit besonderer Vorliebe in den Formen der sogenannten Renaissance zu versuchen, die ihm ein grosses Feld für neue Gestaltungen und weitere Entwickelungen darzubieten schien.

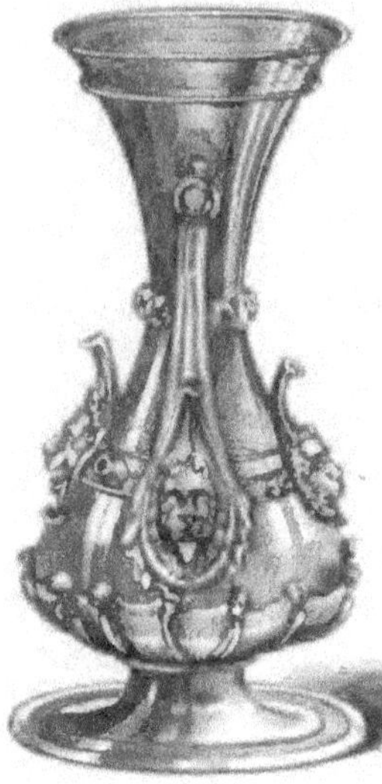

Fig. 33.

Fig. 34.

Dieses Hin- und Herschwanken zwischen den überlieferten älteren Stylformen und den naturalistischen Formbildungen, die der neue Styl in Fluss gebracht hatte, sehen wir am deutlichsten an jener äusserst prachtvollen und in ihren Detailformen reich entwickelten Ampulla, die, irren wir nicht, dem Schatze der bischöflichen Kirche zu Grosswardein angehörte und jetzt in dem ungarischen Nationalmuseum zu Pest ein ehrenvolles Unterkommen gefunden hat. Die Abbildung (Fig. 35) veranschaulicht dieses Gefäss in ²/₃ der natürlichen Grösse. Ein flüchtiger Blick darauf überzeugt sofort, dass der innere Kern, der bei dem Entwurf dieses Messkännchens zu Grunde gelegt wurde, durchaus noch dem Mittelalter angehört und als Reminiscenz zu betrachten sein dürfte.

Die zierlichen Fruchtbildungen jedoch, die in der Zahl von zwölf Birnen die innere Bauchung dieses Messkännchens in getriebener Arbeit darstellen, huldigen schon vollständig dem naturalistisch aufgefassten Pflanzenornamente, das von der Renaissance, besonders seit den Tagen des phantasiereichsten der Goldschmiede, des bekannten Benevenuto Cellini, mit vielem Glück weiter ausgebildet wurde. Der Fuss des Gefässes entwickelt sich aus einer sechsblätterigen Rose und es ist auch die sechskantig-polygone Form im Ständer und im Halse einheitlich durchgeführt. Als wesentlicher Hauptbestandtheil macht sich an dem vorliegenden Messkännchen die Ausgussröhre kenntlich, die dem Henkel parallel gegenüber gestellt wurde. Dieses Deductorium ist nach der oben angezogenen Vorschrift des Theophilus regelrecht als ausgeschweifte Röhre der unteren Bauchung eingefügt. Sowohl die äussere traditionelle Form dieses Gefässes, als auch das Vorfinden eines Majuskelbuchstaben im Innern des Dekels, beurkunden hinlänglich, dass es ursprünglich als Ampulla für kirchliche und nicht für profane Zwecke angefertigt worden sei. Man erblickt nämlich in einem runden Medaillon, von blauem Email umgeben in starker Vergoldung, die gebräuchliche Abkürzung *A (aqua)*, die seit dem XV. Jahrhundert auf reicheren Pollen immer pflegte angebracht zu werden, damit einer Irrung bei Celebrationen möglichst vorgebeugt werde. Die netzförmige Bildung des Filigrans, womit alle Flachtheile dieser Ampulla übersponnen sind, dessgleichen auch die Formation der Birnen und das spätgothische Blätterwerk, das sich in der Vertiefung dieser Fruchtbildungen hinschlängelt, noch mehr aber das groteske Figürchen, das den Knauf des Deckes abschliesst, besagen deutlich, dass dieses formreiche Messkännchen im Beginn des XVI. Jahrhunderts seine Entstehung gefunden habe, als die Vorboten der Renaissance sich schon vollzählig eingestellt hatten.

Als uns vor einiger Zeit die Vergünstigung zu Theil wurde, die reichhaltige Sammlung des Baron Anselm von Rothschild näher in Augenschein nehmen zu können, waren wir nicht wenig erstaunt, unter den vielen dortigen Objecten der Goldschmiedekunst, meistentheils dem Ausgange des Mittelalters und der Renaissance angehörend, auch zwei äusserst reich gestaltete Gefässe vorzufinden, die wir sofort als Messkännchen erkannten und die sich bei näherer Untersuchung auch durch das Vorfinden der bekannten Anfangsbuchstaben *A.* und *V.* als solche bestätigten.

Fig. 35.

Es würde der vorliegenden Abhandlung eine zu grosse Ausdehnung geben, wenn wir es versuchen wollten, alle die zahlreichen Citate folgen zu lassen, die sich in Schatzbeschreibungen in Menge vorfinden und zuweilen auch über die Gestalt und materielle Beschaffenheit jener Messkännchen, die noch in XV. und XVI. Jahrhundert den Sacristeien von bischöflichen und Stiftskirchen zur Zierde gereichten, mehrfache Kunde verbreiten. Aus den vielen Inventarien, die uns aus dieser letzteren Zeit zu Gebot stehen, wollen wir, wie das bei jeder Epoche eingehalten worden ist, auch hier einige Aufzählungen als Parallelstellen zu den früheren Angaben folgen lassen.

Wir beginnen unsere Aufzählung von Pollen nach dem Wortlaute von Inventarien grösserer Kirchen Deutschlands, und bemerken zugleich, dass seit der letzten Hälfte des XV. Jahrhunderts die meisten Schatzverzeichnisse nicht mehr in lateinischer, sondern vorzugsweise in deutscher Sprache aufgezeichnet wurden. So liest man in einem Verzeichniss der Schätze des Domes von Würzburg vom Jahre 1484:

„Vier silberne Messkändlin."

Auffallend bleibt es, dass sowohl hier als auch bei den folgenden Aufzeichnungen niemals von dem Pollerteller zum Aufsetzen der Messkännchen oder zum Auffangen des Wassers beim Offertorium die Rede ist. Wir folgern daraus, dass in den meisten Kirchen Deutschlands gegen Schluss des XV. und im Beginn des XVI. Jahrhunderts diese bassinförmige Schüssel, die heute fast überall in Gebrauch ist, damals durchgängig fehlte und die Handwaschung noch immer vermittelst eines Aquamanile vorgenommen wurde.

In einem Inventar der Benedictiner-Abtei Michelsberg zu Bamberg, einer Stiftung der heiligen Cunigundis, steht vom Jahre 1483 angeführt:

„Item duas ampullas argenteas."

In einem alten Verzeichniss der ehemaligen Kleinodien des Domes von Bern, welche wahrscheinlich die Tage des prachtliebenden Philipp des Guten und seines Sohnes Karl des Kühnen gesehen hatten, liest man im Schweizeridiom die damals gebräuchliche Diminutivbenennung für Messkännchen:

„Item 8 paar silbern und vergülte Messstitzly, jedes par minder nitt, dann 8 lod."

In demselben Verzeichniss geht diesem „Item" ein anderes vorher, in welchem wahrscheinlich jene Becken aufgezählt werden, die zu diesen Messkännchen gehört haben mögen; man liest daselbst die Angabe:

„Item 6 silberi Beki, ein yeder minder nitt dann $1\frac{1}{2}$ mesyg, ussgetribne Arbeit."

In einem alten Kirchenbuche zu St. Brigitta von Cöln vom Jahre 1541 stehen unter andern verzeichnet:

„Item 14 par pollen klein und gross."

Hier begegnen wir zuerst dem niederrheinischen Ausdruck „Pollen", der offenbar von Ampulla, Pulla, herrührt. Unter diesen 14 paar Messkännchen fanden sich wahrscheinlich auch mehrere einfache aus Thon, Zinn und anderen einfachen Stoffen.

In einem aus dem Ende des XVI. Jahrhunderts herstammenden Inventar der Schätze der St. Sebaldnskirche in Nürnberg, die sich noch nach der Einführung der neuen Lehre daselbst befanden, stehen hinsichtlich der Messkännchen folgende Angaben:

„Zwey neue Silbern vergulte Messkändelein mit Granatäpfeln auff den Deckeln, mit einem Löwen vnd hiesiger Stadt Nürnberg, wie Auch des Edlen, Ehrenvesten, Fürsichtigen vnd hochweissen Herrn Christoff Führers alss damahliger Zeit Kirchenpflegers, wappen."

Ferner:

„Mehr Zwey neue Silbern vergulte glatte Messkändelein mit gemeiner dieser Statt, und des Edlen Ehrenvesten, Fürsichtigen vnd hochweissen Herrn Ulrichs Grundherrens, als Kirchenpflegers, wappen."

Was die Aufstellung der Messkännchen betrifft, so scheint man sie, wie das aus älteren Temperamalereien hervorgeht, auch noch im Beginne des XVI. Jahrhunderts nicht auf ein Credenztischchen an der Epistelseite aufgestellt, sondern gleich bei Beginn der Messe auf den Altar gesetzt zu haben und zwar ohne Untersatz oder Schüssel.

In dieser Weise ersieht man auf einem älteren Bilde des XVI. Jahrhunderts in der Sacristei zu St. Martin in Cöln zwei Messkännchen unmittelbar auf dem Altare stehend, ohne Teller[1].

Auf einem steinernen Reliefbilde, welches in einen Pfeilerbündel an dem südwestlichen Theile des Domes von St. Stephan zu Wien eingelassen ist, sieht man die bekannte Darstellung der Messe des heiligen Gregorius. Auch hier sind die Messkännchen unmittelbar auf den Altar an die Epistelseite, aber auf einer kleinen ovalen Schüssel hingestellt.

Fig. 36.

Da es nicht in das Bereich unserer Aufgabe gehört, die Messkännchen noch nach der Entwickelung der Renaissance zu besprechen, so deuten wir nur in Kürze an, dass die Aufnahme und Wiedergeburt der „schönen Künste" seit den Tagen der Medicеer vornehmlich darin bestand, die verschiedenen Kunstgebilde wieder auf den Urtypus des classischen Alterthums zurückzuführen. Auch zur Gestaltung der kirchlichen Ampullae wurden die römischen Vasen der Cäsarenzeit aufgesucht und benützt; mit anderen Worten: die traditionellen Formen und Grundtypen, die das Mittelalter für diese Art der kirchlichen Gefässe aufgestellt und weiter entwickelt hatte, wurde als veraltet bei Seite geschoben und man begann die Grundformen für die Gestaltung dieser Gefässe wieder da aufzusuchen, wo sie das Christenthum bei seinem ersten Entstehen entlehnt und für seine Zwecke allmählich umgebildet hatte. Dass der ausgeprägte kirchliche Charakter, den diese liturgischen Gefässe im Laufe der Jahrhunderte erhalten hatten, bei dem Bestreben diese Geräthschaften wieder auf die heidnische Urform zurückzuführen verloren gehen musste, leuchtet ein.

Eines der edleren Gefässe, welche die Zunft der Goldschmiede seit den Tagen des Benevenuto Cellini als mehr oder minder gelungene Imitationen des ebengedachten Meisters producirt hatten, theilen wir hier (Fig. 36) zum Schlusse in der Hälfte der natürlichen Grösse mit. Es ist ein Messkännchen in den Formen der italienischen Renaissance aus dem Schlusse des XV. Jahrhunderts, das als Modell betrachtet werden kann, nach welchem im XVI. und XVII. Jahrhundert die meisten Pollen aus Glas, Zinn, Silber und Gold gestaltet zu werden pflegten. Dasselbe findet sich in einer öffentlichen Sammlung zu München, und wir verdanken dessen Copirung der zuvorkommenden Freundlichkeit des Herrn Malers Herwegen. Der Corpus dieses Gefässes besteht aus einem ausgehöhlten Bergkrystall mit ornamentalen Reliefschweifungen auf der äusseren Bauchung. Die einfassenden Ränder, wodurch die einzelnen Theile zusammengefügt werden, sind in Gold und mit reichen Emaillirungen geschmückt.

Schliesslich erachten wir es für unsere Pflicht, allen Freunden und Strebensgenossen, welche entweder durch Einsendung von Copien älterer Ampullae oder durch andere wissenschaftliche Beiträge die vorliegende Arbeit gefördert haben, hiermit unsern aufrichtigsten Dank abzustatten.

[1] Siehe Anm: d. Redact. S. 19.

Das Ciborium

im Schatz des Chorherrn-Stiftes zu Klosterneuburg in Niederösterreich.

Von Albert Camesina.

Mit 2 Tafeln.

Ohne erst, in der Form eines Eingangs, auf die geschichtliche Entwickelung der verschiedenartigen Formen der Speisekelche hinzudeuten, worüber in so vielen liturgischen und archäologischen Werken bereits alles Nöthige gesagt ist, soll hier nur eine einfache, aber möglichst genaue Beschreibung der Details dieses schönen Werkes der älteren Goldschmiedekunst gegeben werden, und zwar um so mehr, als dasselbe schon früher in diesen Blättern vorgeführt wurde [1].

Schon bei dem ersten Anblick dieses Kirchengeräthes, welches eine Gesammthöhe von 35·5 Centimètres hat, gewahrt man, dass zwei Hauptheile desselben ihre Entstehung verschiedenen Kunstepochen verdanken, indem der Obertheil, nämlich Cuppa und Coperculum, einer früheren Zeit angehören als der Fuss und der Schaft. Es bewährt sich dieses nicht nur durch die Hauptformen und die Umrisse der Profile, sondern auch durch die verschiedene Ornamentik und vorzüglich dadurch, dass die Schale und der Deckel mit Email geschmückt sind, von denen sich am Ständer keine Spur vorfindet, was doch gewiss der Fall sein würde, wenn dieses Gefäss aus der Idee eines einzigen Meisters hervorgegangen wäre.

Das Email an der Innenseite des Fusses, welches nur dann sichtbar wird, wenn man das Ciborium emporhebt, kann hier nicht massgebend sein, da es vermuthlich erst später angebracht wurde. Ja man könnte noch weiter gehen und sogar bemerken, dass selbst der eremaillirte Knauf des Deckels nicht ursprünglich zur Cuppa gehöre, da an demselben gleichfalls das Email fehlt und vorzüglich die Perlenreihen mangeln, mit denen die Ränder der sechzehn Bilder des Ciboriums geschmückt sind.

Cuppa und Deckel zusammen erinnern noch immer an die Form der alten Thuribula, und die auf denselben angebrachten Schmelzarbeiten zeigen nur zwei Farben, nämlich Smalte zu den Umrissen und zum Grund, und Roth zu den architektonischen Verzierungen, alles Übrige ist Gold, wie es die Oberfläche des Gefässes darbietet.

Die bildlichen Darstellungen reihen sich auf folgende Weise an einander:

[1] Siehe Mittheil. der k. k. Central-Comm. vom J. 1861, p. 295 ff. und Tafel VII.

Druck der k. k. Hof- und Staatsdruckerei in Wien. Albert Camesina fec.

1

2

3

4

5

6

7

b

8

Druck der k. k. Hof- und Staatsdruckerei in Wien.

Albert Camesina fecit.

A. Auf dem Coperculum.

1. Der englische Gruss. Gabriel und die heilige Jungfrau sind stehend abgebildet. Der Erzengel hält eine Rolle (Cartoccia), auf welcher die Worte „Ave Maria" zu lesen sind. Zur Seite der heiligen Maria zeigt sich ein Stuhl, auf dem ein aufgeschlagenes Buch liegt. — 2. Die Geburt Christi. Maria liegt auf einem niedrigen Ruhelager und hält den neugebornen Heiland in den Armen. Zur Seite sitzt der heilige Joseph, ermüdet an einen Krückenstock gelehnt. Im Hintergrunde ist die Krippe mit dem Ochs und dem Esel. — 3. Die Opferung im Tempel. Die stehende heilige Maria hält das Christuskind in den Armen. Ihr zur Linken befindet sich der heilige Joseph. Auf der anderen Seite zeigt sich eine weibliche Figur mit einer Tasche in der Rechten, in welcher wahrscheinlich die Opfergabe bewahrt ist. In der Linken hält sie eine gedrehte Kerze. Von dem architektonischen, baldachinartigen Abschluss hängt eine Lampe herab, durch welche angedeutet wird, dass die Scene im Tempel vor sich gehe. — 4. und 5. Die drei Weisen des Morgenlandes. Der Verfertiger dieser Emaillen, dem wahrscheinlich alle Kenntnisse der Perspective fehlten, wusste vermuthlich nicht, wie er auf der beschränkten Fläche nebst der heiligen Mutter auch noch die drei Weisen anbringen sollte, und benützte daher zu dieser Darstellung zwei Felder, wie dieses auch auf mehreren anderen alten Kirchengeräthen vorkommt. Auf dem ersteren jener Felder sitzt die gekrönte heilige Maria auf einem Sedile. Einer der drei Weisen, ohne Krone, reicht einen Becher dar, nach welchem das Christuskind langt. Oben sieht man den leitenden Stern. Auf dem anderen Felde zeigen sich die übrigen zwei Weisen; beide stehend und gekrönt, und derart gesticulirend, als ob sie sich über den Heiland besprächen. — 6. Die heilige Maria führt den Knaben Jesus an der Hand. Er scheint jedoch, wie seine Stellung zeigt, nicht gern zu folgen, wesshalb seine Mutter einen Blüthenzweig von einem Strauch bricht, um ihren Sohn zum Weitergehen zu bewegen. Der Knabe trägt am rechten Arm eine Buchtasche, welche vermuthlich die Schrift enthält, aus welcher er mit den Schriftgelehrten im Tempel disputirte. Die lebhafte und naive Phantasie des Künstlers mochte ihn wohl auf den Gedanken gebracht haben, dass sich der geistreiche Knabe von einer ihm so interessanten Besprechung nicht gar leicht trennen mochte. Derlei psychologisch naive Züge finden sich auch nicht selten auf alten Miniaturen, nur werden sie, so wie die Technik, nicht immer gehörig gewürdigt. — 7. Der Tod der heiligen Maria. Die Sterbende liegt, das Haupt auf einem Kissen ruhend, auf einem mit einem faltenreichen Tuche bedeckten Lager. Zu jeder Seite befinden sich drei der Apostel und in der Mitte steht Christus mit einer Kindergestalt in den Armen, welche die Seele der Hinscheidenden vorstellt, die er in seinen Schutz nimmt. — 8. Die Krönung Mariens. Christus mit einer Krone auf dem Haupt und ein Buch in der Linken haltend, sitzt auf einem langen Sedile und hebt segnend seine Rechte gegen seine betend geneigte Mutter. Der heilige Geist in Gestalt einer Taube schwebt herab und setzt ihr die Krone auf.

Wird der Deckel zurückgeschlagen, so zeigt sich in einem achteckigen Felde, welches den acht Seiten des Coperculums entspricht, die Auferstehung des Heilandes (Taf. I a), der die Rechte segnend erhebt und in der Linken die Osterfahne hält. Unter den drei Bogen des Grabmals erblickt man drei schlafende Krieger, welche mit ihren Ringpanzern, Helmen und Schildern an die Kriegergestalten des „Hortus deliciarum" der Herrad von Landsberg erinnern, und daher wohl einigermassen auf die Zeit schliessen lassen, in welcher diese Schmelzarbeiten oder ihre Vorbilder verfertigt wurden.

B. Auf der Cuppa des Ciboriums.

Die Emaillen auf der Cuppa sind durch einen architektonischen Abschluss in zwei ungleiche Hälften getheilt. In der oberen und grösseren Hälfte zeigen sich acht Scenen aus der Leidensgeschichte, und in der unteren, kleineren sind acht Propheten dargestellt, von denen jeder eine Rolle in der Hand hält, auf denen aber leider kein Name angegeben ist, so dass man auch nicht bestimmen kann, welche Propheten hier eigentlich gemeint seien. Sie haben übrigens meist lebhafte Stellungen und deuten mit der einen Hand auf die ober ihnen vorgehende Handlung (siehe Tafel II).

1. Christus am Ölberg. Von oben erscheint eine segnende Hand. Zur Seite sind, anstatt wie gewöhnlich drei Jünger, sechs derselben angebracht. — 2. Die Gefangennehmung Christi. Der Verräther küsst eben seinen Herrn, der von einem Kriegsmann am Hals und am linken Arm gefasst wird. Rechts steht der heilige Petrus, welcher das Schwert zog, um dem Malchus das Ohr abzuhauen. Rückwärts hält einer eine (gedrehte) Fackel. Der Krieger, welcher den Heiland anfasst, erinnert mit seinem Ringpanzer, Waffenrock, Schwerthilze und Gürtel ebenfalls an die Gewappneten im Hortus deliciarum. — 3. Christus vor Pilatus. Pilatus ist gekrönt, er hält in der Rechten das Scepter und sitzt mit gekreuzten Beinen auf einem Sedile[1]. Die Hände des Heilands sind gebunden. Ihm zur Linken steht ein Krieger mit einer Lanze, zur Rechten aber ein Ankläger mit dem spitzigen Judenhütlein. — 4. Die Geisselung. Christus ist mit den Händen an eine Säule gebunden und wird von zwei Schergen gegeisselt. — 5. Die verhöhnende Krönung. Jesus, dem man einen weiten Mantel umhängte und das Spottrohr in die Hand gab, ist sitzend dargestellt. Ein Scherge drückt ihm mit einem Stock die Dornenkrone tiefer in die Stirne. Diesem Schergen gegenüber steht ein zweiter, welcher den Herrn zu verspotten scheint. — 6. Christus trägt das Kreuz. Ein Scherge mit einem Hammer hält den linken Querarm des Kreuzes. Zur anderen Seite des Heilandes stehen zwei heilige Frauen, von denen die eine den rechten Querarm des Kreuzes ergreift, um dem Gesalbten das Tragen zu erleichtern. — 7. Christus am Kreuz. Die Füsse des Heilands sind nicht gerade gestreckt, sondern nach rechts zur Seite gebogen (vermuthlich wegen der geringen Höhe des Feldes) und nur mit Einem Nagel befestigt. Am Kreuze fehlt die Tafel mit den Buchstaben: *I. N. R. I.* Rechts vom Heiland befindet sich die heilige Maria, die eben in Ohnmacht sinkt und von einer der heiligen Frauen unterstützt wird. Zur anderen Seite steht der trauernde Johannes und hinter diesem wieder ein durch die Spitzkappe Gekennzeichneter, der mit der Linken nach dem Gekreuzigten deutet. — 8. Die Abnahme vom Kreuz. Die Arme des Heilandes sind bereits vom Kreuze abgelöst und Joseph von Arimathia hält den theuren Leichnam, während ein Jüngling mittelst einer Zange den Nagel herauszieht, mit welchem die Füsse Christi noch an den Kreuzesstamm befestigt sind. Ein Dritter auf einer Leiter hält die Nägel, womit die Hände festgemacht waren.

In der Höhlung des Fusses (Taf. II b) zeigt sich, von einem rothen Kreise eingeschlossen, der symbolische Löwe, welcher, ein Gleichniss der künftigen Auferstehung, seine Jungen erweckt.

Diese Schmelzarbeit mag anfangs unten an dem Boden der Cuppa vorhanden gewesen und, da das Mass übereinstimmt, später an der Unterseite des Fusses angebracht worden sein.

Die Zeichnung aller dieser Bilder ist natürlicher Weise nicht sehr correct, allein man sieht deutlich, wie der Künstler bei jeder einzelnen Darstellung dachte und wie er sich bei seinen geringen artistischen Mitteln in die darzustellende Situation zu versetzen wusste; daher haben auch alle diese Scenen mehr Leben, als man dies bei vielen späteren und weit grösseren Arbeiten vorfindet.

[1] Der Richter soll sizen auf dem Richterstole als ein grissgrimmender Löwe, und soll den rechteren Fuss schlahen über den linkern. (Deutsche Denkmäler p. XXVII.)

Die Cuppa, welche im Hauptdurchmesser 12·2 Centimètres hat, endet nach unten mit einer Kreisrundung und zeigt da zwischen zwei schmalen Streifen eine sehr zarte Perlenreihe. Von dort an beginnt der später angesetzte, schon der rein gothischen Epoche angehörige Fuss, dessen eine Hälfte in beifolgender Figur in der Vogelschau gegeben ist.

Fig. 1.

Dieser Fuss ist achttheilig und zwar so, dass je eine rechtwinkelige Spitze mit einer aus zwei geschweiften Bögen gebildeten abwechselt. Die Basis dieses Fusses ist ungewöhnlich niedrig. Auf den vier mit geschweiften Spitzen endenden Theilen desselben sind in Kreisen die vier Symbole der Evangelisten in getriebener Arbeit angebracht und an zwei der rechtwinkeligen Ecken zeigen sich Propheten in ganzer Figur.

Jeder derselben (vergl. Fig. 2 und 4) hält eine Cartoccia in der Hand und blickt nach oben. Ihnen zu den Seiten ist eine Art von Fialen angebracht. Der Abschluss ist kleeblatt-ähnlich und die fünfseitige Fläche, da wo sie sich dem Schaft anschliesst, crenaillirt.

Auf den beiden noch übrig bleibenden Feldern ist je ein Eichenblatt (s. Fig. 3) angebracht, welchem aber aller ornamentale Schwung der früheren Kunstperiode fehlt, da es nur ganz flach hingelegt erscheint.

Auch hier zeigt sich der Anschlussrand crenaillirt und bei den Eichenblättern sowohl, als bei den beiden Propheten ist der Fond kreuzweise mit Grabstichelschnitten durchzogen, welche, da sie sehr wenig parallel und nicht gleich tief sind, eben von keiner allzu grossen Sorgfalt zeugen und vermuthlich desshalb angebracht wurden, weil das Mattiren des Grundes mit der Bunze schon etwas zu mühsam oder zu langweilig erscheinen mochte.

Fig. 2.

Fig. 3.

Fig. 4.

Der Schaft steigt nach einem kurzen Bogensegment (von weitem Halbmesser) empor, hat hier eine Etage, die mit ungleich grossen Spitzbogenfensterchen geziert ist, und geht zu dem ziemlich flach gedrückten Knauf hinauf, welcher vier rautenförmige, sogenannte „Pasten" zeigt, zwischen denen sich wieder vier, der Krönung angepasste, Eichenblätter befinden.

Am Hals des Ständers, nämlich am Übergang des Schaftes zur Cuppa, sind über den polygonen Säulchen abermals Eichenblätter angebracht, welche dadurch, dass sie etwas nach vorwärts gebeugt sind, die Verbindung des Schaftes mit der Cuppa vermitteln.

Vom Knauf des Dekels ist wenig zu sagen. Er hat, wie schon erwähnt, keine Perlenreihen, und auch die Eichenblätter fehlen. Er besitzt nach unten acht senkrecht gestellte Kugelschnitte und nimmt dann im Aufsteigen die Gestalt eines kleinen, aber stets etwas breiter werdenden Thürmchens an, welches mit Zinnen endigt.

Als Ergebniss der hier gemachten Untersuchungen stellt sich nun heraus, dass Cuppa und Deckel dem Ende des dreizehnten oder dem Anfang des vierzehnten Jahrhunderts angehören dürften, indem ihre Hauptformen noch etwas an die Endzeit der romanischen Kunstepoche erinnern, während der ganze Ständer mit seinen entschieden gothischen Elementen in die erste Hälfte des vierzehnten Jahrhunderts fällt, da ein so bedeutend flach gedrückter Fuss (s. Tafel VII der Mitth. v. 1861) bei älteren Kirchengeräthen wohl nicht vorkommt.

Diese neue Fassung erhielt das Ciborium mithin höchst wahrscheinlich unter dem Propst Stephan von Sierendorf (reg. v. 1317 bis 1335); denn es heisst in der kleinen Chronik von Klosterneuburg (s. Zeibig p. 6) bei dem Jahre 1324:

„Die Goldschmidt machten das schöne zibarn, darauff unser frauenbildt mitten in der eeren darin",

und diese letztere Angabe dürfte auf die Krönung der heiligen Maria hindeuten, welche auf der Patena dargestellt ist, deren Fertigung mit Bestimmtheit dem Stephan von Sierendorf zugeschrieben wird. Auch stimmt die Gewandung der am Fuss des Ciboriums befindlichen zwei Propheten mit dem Faltenwurf bei der Krönung der heiligen Maria vollkommen überein, so wie auch hier dieselben kreuzweisen und ungleichen Grabstichelschnitte im Fonde vorkommen, die sich bei den Propheten und den beiden Eichenblättern zeigen.

Es ging mit den kirchlichen Geräthen häufig auf die nämliche Weise zu, wie mit den Kirchen selbst, denn man veränderte mit dem Eintreten irgend einer neuen Geschmacksrichtung das Vorhandene, um es der Zeit möglichst anzupassen. Daher stammt auch grossentheils das Zusammenwürfeln von vielerlei Baustylen an einer und derselben Kirche, daher auch die Ungleichheit der einzelnen Theile so mancher, nicht nur liturgischer, sondern auch profaner Gefässe, indem man bald zu einer alten Schale einen neuen Ständer anfertigen liess, bald — und besonders in späterer Zeit — ältere Ständer benützte, um neue Cuppen auf dieselben zu setzen[1]. Ging es doch bei der Veränderungssucht der Menschen auch selbst mit Rüstungen nicht anders, die der Erbe nur zu oft nach Massgabe seines eigenen Körpers und des eben herrschenden Geschmackes umschmieden liess, wesshalb sich auch verhältnissmässig so wenig Plattenharnische aus dem fünfzehnten Jahrhundert vorfinden. Indessen bleibt die Untersuchung solcher, aus Producten verschiedener Zeiten zusammengesetzter antiquarischer Gegenstände für den Forscher immer von grossem kritischen Interesse, obgleich ein Denkmal dieser Art nie jenen vollkommen künstlerischen Eindruck hervorbringen kann, der durch Kunstwerke hervorgerufen wird, welche ihr Dasein einer einzigen Idee verdanken und als ein durchaus gleich gegliedertes, organisches Ganzes dastehen.

[1] So besitzt z. B. der Schatz des deutschen Ordens zu Wien zwei Kokosnussbecher aus der zweiten Hälfte des XVI. Jahrhunderts, welche auf gothische Ständer des XV. Jahrhunderts gestellt sind. Eben so ist der Schaft des bekannten Kreuzes von Mölk um mindestens drei Jahrhunderte jünger; ein Fall, der auch bei dem Hohenfurter Kreuze vorkommt. (S. Nr. 75 und 80 des Kataloges der Ausstellung des Wiener Alterthums-Vereines 1860.)

Redacteur: A. v. Perger. Druck der k. k. Hof- und Staatsdruckerei in Wien.

Beiträge zur Geschichte des Kirchenbaues in Schlesien.

Von K. Drescher.

I. Allgemeine Bemerkungen.

Jedes der gegenwärtigen deutschen Länder erlebte seine besondere, nach der geographischen Lage einestheils, nach den speciellen Stammeseigenthümlichkeiten anderentheils modificirte Entwickelungsgeschichte; jedes gelangte auf einem anderen Wege zu seinen gegenwärtigen Sitten und provinziellen Eigenthümlichkeiten, so wie zu seiner gegenwärtigen Culturstufe, und zwar um so selbstständiger, um so individueller, je grösser die Abgeschlossenheit war, in welcher es sich in der Vergangenheit befunden hatte. Wie sich dies bei näherer Untersuchung in allen Beziehungen kund gibt, so geschieht dies auch bei den künstlerischen Erzeugnissen, vielleicht aber ganz besonders in der Architectur. Es bewahrheitet sich von Jahr zu Jahr immer mehr, dass, trotz aller Gemeinsamkeit in den Charakteren und noch mehr in den Details der Bauformen, doch einst fast eben so zahlreiche und wesentliche Modificationen der Bauweisen innerhalb der Gesetze eines jeden einzelnen Baustyles existirten, als gesonderte Landschaften vorhanden waren.

Es war daher von vornherein zu erwarten, dass, so gut wie die übrigen deutschen Länder, auch das Schlesierland seine besondere Architecturgattung würde aufzuweisen haben, und nur der dürftigen Kenntniss der schlesischen Architecturverhältnisse war es zuzuschreiben, wenn die mittelalterliche Baukunst dieses Landes bis vor Kurzem theils ohne Weiteres der norddeutschen Ziegelarchitectur untergeordnet[1], theils, was jedenfalls das Bessere war, gar nicht berücksichtigt wurde. Überdies wurde lange Zeit unter mittelalterlicher Architectur in Schlesien nur die des gothischen Styles verstanden. Von Bauwerken des romanischen Styles innerhalb Schlesien drangen bis zur Gegenwart nur dürftige Nachrichten in die Öffentlichkeit, deren Gegenstände ausschliesslich der Hauptstadt des Landes und deren nächster Umgebung entnommen waren[2].

[1] Otte, Archiv p. 149—163. — [2] Büsching, Wöchentliche Nachrichten für Freunde. Bd. I, 1817. Breslau, p. 139. Fischer, Die Prachtthür der Maria Magdalena-Kirche. Breslau 1817. Görlich, Die Prämonstratenser und ihre Abtei zum heiligen Vincenz. Breslau 1841, I, pag. 146. Luchs, Über einige mittelalterliche Kunstdenkmäler Breslau's. 1855, pag. 36. Luchs, Romanische und gothische Stylproben aus Breslau und Trebnitz. Breslau 1859.

Was ausserdem von romanischen Bauwerken in Schlesien auftritt, wurde in der Form beiläufiger Erwähnungen abgefunden[1]. Der folgende Aufsatz soll so viel als möglich dazu beitragen, das Dunkel über die schlesische Baukunst des Mittelalters, besonders zur Zeit des romanischen Baustyls, ein wenig aufzuhellen.

Obwohl es historisch feststeht, dass schon in der zweiten Hälfte des X. Jahrhunderts das jetzige Schlesien bis zur Oder hin zu dem Sprengel des neuen Bisthums von Prag geschlagen und dadurch dem Christenthum zugänglich gemacht wurde, wäre es doch gewagt, schon von dieser Zeit an die Erbauung zahlreicher Kirchen in diesem Lande anzunehmen. Wenn auch im Jahre 1000 das Bisthum Breslau gegründet wurde, scheint es dennoch äusserst wenig Christen unter der Bevölkerung des Landes gegeben zu haben; denn wie hätte sonst die spätere Reaction gegen das Christenthum, welche den Zeitraum von 1034 bis 1052 ausfüllte, so durchgreifend auftreten können, wie das doch thatsächlich der Fall war? Dafür fasste das Christenthum in der darauffolgenden Geschichtsepoche auch um so festere Wurzeln, so dass es bald allen slavischen Nachbarlanden, mit Ausnahme Böhmens, durch seinen Eifer für den neuen Glauben voranleuchtete. Zwar mag immerhin wahr sein, was Worbs[2] berichtet, dass noch im Jahre 1124 in der Gegend von Sagan Heiden existirten. Doch will dies vereinzelte Factum nicht viel sagen. Denn zu derselben Zeit (im Jahre 1174), als die heidnischen Wenden aus Pommern und den östlichen Theilen der späteren Mark Brandenburg zum letzten Male durch einen gewaltsamen Überfall alles Land östlich von der Elbe und nördlich von Schlesien auf einige Zeit zurückeroberten, verpflanzten sie auch die christliche Cultur dahin. Zu derselben Zeit wurde in der Hauptstadt Schlesiens an einer steinernen Kathedrale gebaut[3]; ausserdem aber prangten schon zwei bethürmte Klosterkirchen in der Form mächtiger Basiliken. Das Mittelschiff der einen ruhte mit seinen Obermauern auf kolossalen Säulen von Granit, mit mächtigen Capitälen meist in Würfelgestalt von demselben Gestein[4], die Portale prangten im reichsten Bilderschmuck, daneben aber standen die stattlichen Abteien mit Mauern von denselben hellfarbigen Quadersteinen, wie die Kirchen selbst[5]. Zu einer dritten, nicht minder reich ausgestatteten Abtei wurde im Jahre 1175 von Herzog Boleslaus I. von Schlesien der Grundstein gelegt, nämlich zu der Cistercienserabtei von Leubus, und zugleich die ersten deutschen Mönche und mit ihnen die ersten deutschen Colonisten ins Land gerufen. Doch vergeblich sucht der Archäologe jetzt nach einem einzigen der so eben angeführten kirchlichen Bauwerke; sie fielen der Zeit zum Opfer und liessen nur Spuren zurück. Nur aus mangelhaften Gemälden und Beschreibungen, und aus den wenigen auf uns gekommenen Resten können wir auf ihre ehemalige Pracht schliessen. Was sonst noch um diese Zeit ausserhalb der Hauptstadt in Schlesien von steinernen Kirchengebäuden errichtet wurde, war einestheils sicherlich nicht von erheblicher Bedeutung und verfiel anderentheils ebenfalls bis auf geringfügige Reste dem Untergange. Schlesien wäre in Folge dieses Missgeschickes in der Lage, gar keine Bauwerke aus der romanischen Stylperiode aufweisen zu können, wenn diese mit dem XII. Jahrhundert abgeschlossen hätte. Da dies aber glücklicherweise nicht der Fall war, blieben uns doch einige wesentliche Denkmale aus jener Zeit.

[1] Weingärtner, Charakteristik der schlesischen, besonders Breslauer Architecturen; in der Zeitschrift des Vereines für Geschichte und Alterthümer Schlesiens, 1860, pag. 27. Luchs, Über romanischen Styl etc. in den schlesischen Provinzialblättern, 1862 pag. 207. Stenzel, Schlesische Geschichte, pag. 346. — [2] Archiv für die Geschichte Schlesiens und der Lausitz, pag. 103. — [3] De institutione eccles. Wratisl. in der Chronica Principum Poloniae, in Stenzel's Scriptores rerum silesiacarum I, pag. 159. — [4] Siehe Luchs: Über einige mittelalterliche Kunstdenkmäler, 1855, p. 36. Dass die Säulencapitäle der Klosterkirche von St. Vincenz zu Breslau sämmtlich von Granit waren, davon habe ich selbst mich erst vor Kurzem durch eine genaue Untersuchung der vorhandenen Reste überzeugt. Ich schliesse daraus, dass die dazu gehörigen Säulenschäfte von demselben Material gewesen sein werden. — [5] Zu ersehen aus der vorhandenen farbigen Originalabbildung des ehemaligen Vincenzklosters nebst dessen Umgebung, jetzt im Museum der schlesischen Alterthümer zu Breslau.

In einem Lande, dessen Kathedrale im Jahre 1052 sicheren Nachrichten zu Folge noch von Holz erbaut wurde[1], dürfen wir uns nicht wundern, wenn wir erst ein Jahrhundert später die ersten steinernen Kirchengebäude mit Grund nachweisen können[2]. Obwohl nun zwar in der Folgezeit mehrere grössere, zum Theil sogar reich ausgestattete steinerne Kirchen kurz hinter einander aufgeführt wurden, so darf man doch annehmen, dass die bei weitem grösste Zahl der Kirchen in Schlesien sowohl in Städten als in Dörfern von Holz errichtet war. Wir glauben, dass vor dem Jahre 1200 in ganz Schlesien, ausserhalb der Hauptstadt, keine anderen steinernen Kirchen existirt haben, als vielleicht die Klosterkirche zu Leubus nebst der auf dem Gipfel des Zobtenberges von Peter Wlast erbauten Kirche und den Kirchen in den jetzigen Ortschaften Zobten und Gorkau. Mit dem Regierungsantritt Herzog Heinrichs I. jedoch, und zugleich mit dem Beginne des XIII. Jahrhunderts begann ein völliger Umschwung in diesen Verhältnissen. Nicht allein dem um diese Zeit stattfindenden langen Frieden ist dieser Umschwung zuzuschreiben, sondern auch der Thätigkeit der deutschen Colonisten, welche auf die Einladung des Herzogs nach Schlesien strömten und ihre Cultur mitbrachten.

Schon im Jahre 1203 erhob sich im Walde von Trebnitz[3], vielleicht an der Stätte eines uralten heidnischen Heiligthums[4], ein so stattlicher Kirchen- und Klosterbau, dass ein Jahrhundert später die Nachwelt noch mit Bewunderung von demselben berichtete[5], nämlich das Kloster und die Kirche des heiligen Bartholomäus. Diesem Beispiele folgte zunächst die Stadt Goldberg mit einem höchst stattlichen Kirchenbau, der Sage nach aus den damaligen reichen Einkünften des Goldbergbaues erbaut. Zu gleicher Zeit entstanden auch, einiger ansehnlicher Klosteranlagen nicht zu gedenken, zahlreiche Dorfkirchen aus gefügten Quadersteinen mit zum Theile reich geschmückten Apsiden. Alle diese Kirchenbauten gehören dem romanischen Style in seinem spätesten Entwickelungsstadium an.

Von diesen spätromanischen Kirchenbauten Schlesiens, welche noch in der Gegenwart existiren, besitzen wir bis jetzt leider nur zwei, über deren Erbauungszeit wir urkundliche Belege beizubringen im Stande sind; aber diese beiden sind glücklicherweise von solcher Beschaffenheit, dass sie uns genügende Folgerungen über das Verhältniss der spätromanischen Bauten in Schlesien zu denen im übrigen Deutschland gestatten. Zunächst erfahren wir, dass die Kathedrale zu Breslau, die früher von Holz gebaut war, von Bischof Walther (reg. von 1149 bis 1169), also um die Mitte des XII. Jahrhunderts in Stein aufgeführt worden sei[6]. Wir erhalten ferner die Nachricht, dass Herzog Boleslaus II. von Schlesien im Jahre 1244 dem Bischof Thomas I. wesentliche Freiheiten und Rechte zur Förderung des Dombaues einräumte und ihm bedeutende Unterstützungen zukommen liess[7]; wir erfahren endlich, dass Bischof Thomas I. bis zum Jahre 1267, in welchem er starb, den Chor des Domes bis zur Höhe des Daches hinauf fertig brachte[8]. Bisher hat man diese Nachrichten so aufgefasst, dass Bischof

[1] De institutione eccles. Wrat. in der Chronica Principum Poloniae, in Stenzel's, Script. r. S. I, p. 159. — [2] Ob der steinerne Bau der Liebfrauenkirche (Sandkirche) zu Breslau, von der heut noch das Tympanon eines ihrer Portale übrig ist, schon um 1108 von dem Stifter, dem Grafen Petrus Vlostides oder erst nach der Übersiedlung der Mönche vom Zobtenberge nach Breslau um 1150 errichtet wurde, ist nicht mit Sicherheit zu ersehen; eben so wenig auch, ob die anderen, derselben Stiftung angehörigen Kirchen auf dem Gipfel des Zobtenberges und zu Gorkau schon ursprünglich von Stein erbaut wurden. Jedoch unterliegt es keinem Zweifel, dass dies bei der grossartigen Kirche des St. Vincenz-Klosters zu Breslau der Fall war, deren Bau im Jahre 1139 begann und schon im Jahre 1149 so weit gediehen war, dass die Einweihung erfolgen konnte. Siehe Luchs, Mittheilungen über die Kunstdenkmäler zu Breslau, pag. 37, und Görlich, pag. 146. — [3] Trebnitz existirte als Ort schon zu den Zeiten des Herzogs Wladislaus II. von Polen. Klose, Document. Geschichte von Breslau I, pag. 220. — [4] J. E. Woeel, Grundzüge der böhmischen Alterthumskunde, pag. 53. — [5] Vita S. Hedwigis, in Stenzel's Script. r. S. II, pag. 29. — [6] Chronica Principum Poloniae in Stenzel's Script. r. S. I, pag. 159. — [7] Stenzel, Urkunden zur Geschichte des Bisthums Breslau. Breslau 1845, pag. 6. — [8] Catalogus Episcoporum Wrat. in Stenzel's Script. r. S. II, p. 134.

Walther zwar einen steinernen Dombau in romanischem Styl errichtete, dass aber Bischof Tho-mas 100 Jahre später einen ganz neuen Dombau anfing; denn die ältesten Theile des jetz noch stehenden Kathedralgebäudes wurden bisher von Allen als dem frühgothischen Sty gehörig aufgeführt und ausschliesslich dem Bischof Thomas I. zugeschrieben[1].

Uns aber scheint die Annahme viel glaubwürdiger, dass jene ältesten Theile eben sowohl von dem Bau des Bischof Walther, als von dem des Bischof Thomas I. herrühren Betrachten wir dieselben in ihren charakteristischen Eigenthümlichkeiten, so finden wir in denselben einen Bau, dessen Construction zwar auf die Frühgothik hinweist, dessen Detail aber noch typisch das Gepräge des romanischen Styls an sich tragen, wenn auch in der spätesten Entwickelung desselben. An den östlichen Aussenseiten der beiden unvollendet gebliebenen Ostthürme bemerken wir Ecklisenen von typisch romanischer Form. Strebepfeiler

Fig. 1.

Fig. 4.

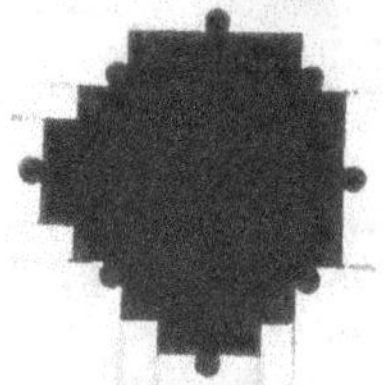

Fig. 5.

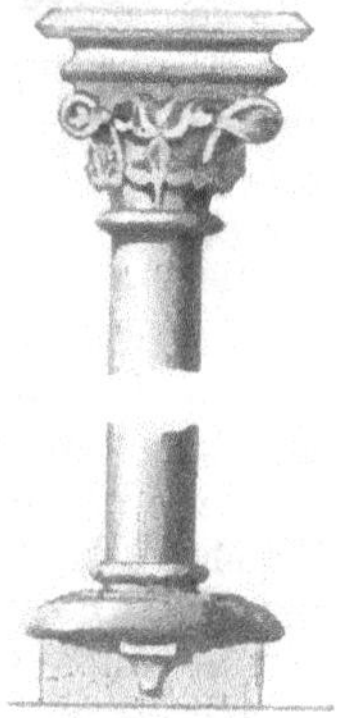

Fig. 2.

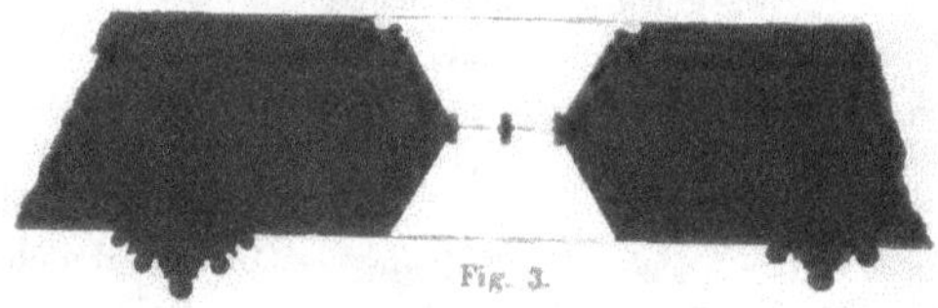

Fig. 3.

finden sich an keiner Stelle dieses Bautheiles, an den Wänden des Mittelschiffes aber höchst einfache Strebebögen, die so niedrig angebracht sind, dass sie nur wenig über die Dächer der Seitenschiffe hervortreten. In den schmalen, kleinen und stark nach innen verengten Fenstern des Obertheils treffen wir Masswerke von typisch frühgothischer Form. (Fig. 1.)

Alle übrigen Details besitzen jedoch Formen, die durchgehends dem romanischen Style in dem spätesten Stadium seiner Entwickelung angehören. Die Capitäle z. B. gehören zu der Gattung der Knospencapitäle (Fig. 2), oder zu solchen, die mit volutenartig zusammengerollten, oder in anderer Weise gruppirten Blättern geschmückt sind.

Übrigens ist der Spitzbogen im Innern wie am Äussern, an Arcaden, Wölbungen und Fensteröffnungen schon gleichmässig angeordnet. Zum besseren Verständniss des Ganzen lassen wir hier noch einige charakteristische Details folgen. Fig. 3 gibt den Querdurchschnitt einer Fensterwandung aus dem Obertheil des Chores; Fig. 4 zeigt zwei Grundrisse der alter-

[1] Luchs, Stylproben, pag. 6 und 20. Weingärtner, Charakteristik, etc. pag. 3.

nirenden Pfeiler, und Fig. 5 den Grundriss eines Pfeilers in der nordöstlichen Ecke des Mittelschiffes.

Aber wie kommt es, dass von dem Bau des Bischof Walther gar nichts übrig blieb, der doch gewiss nach einem bestimmten Plan arbeiten liess, so dass man nicht annehmen kann, dass der Dom schon im Jahre 1244 als unbrauchbar betrachtet und umgebaut werden musste. Nun erhalten wir aber über den Bischof Walther noch die Nachricht: er habe in der Breslauer Kathedrale nicht nur den kirchlichen Ritus nach französischem Muster umgestaltet, sondern auch die französische Kirchenmusik und kirchliche Kleidung eingeführt und die Lilien des französischen Wappens in das Wappen des Bisthums Breslau aufgenommen[1], woraus schon von dem Verfasser der „Vitæ Episcoporum Wratislaviensium", also im XV. Jahrhundert, geschlossen wird, dass er sich längere Zeit in Frankreich aufgehalten habe[2]. In Frankreich aber wurden bekanntlich schon in der ersten Hälfte des XII. Jahrhunderts bei zahlreichen Kirchenbauten des romanischen Styles Strebepfeiler an den Wänden der Seitenschiffe und des Querschiffes, so wie Strebebögen von gleich primitiver Form, wie wir sie an dem Chor der Breslauer Kathedrale sehen, zum Widerlager gegen den Druck der Gewölbe des Mittelschiffes verwendet[3]. Mochte nun Walther eine oder die andere derartige Kirche in Frankreich gesehen haben oder nicht, so wird es doch, da er die inneren kirchlichen Einrichtungen nach französischem Vorbilde vornahm, mindestens sehr wahrscheinlich, dass er auch den Neubau der Breslauer Kathedrale nach französischem Vorbilde habe ausführen lassen, was auch bis vor wenigen Jahren von Jedermann angenommen und geglaubt wurde[4]. Dass der Bau dann sehr langsam vorgeschritten, von Walthers nächsten Nachfolgern vielleicht wenig gefördert und der Chorbau erst nach 100 Jahren durch Bischof Thomas vollendet worden, wird und kann wohl Niemanden auffällig erscheinen, zumal wenn er sieht, wie noch viel längere Zeit an anderen grösseren deutschen Kathedralen gebaut worden ist. Wie die Anwendung von Strebepfeilern und Strebebögen überhaupt noch keineswegs bedingt, dass ein Kirchengebäude, welches deren hat, dem gothischen Styl zugerechnet werden muss, sondern nur die bestimmte Art, in welcher diese Anwendung erfolgt, so kann auch der Chor der Breslauer Kathedrale nach unserer Ansicht noch gar nicht den frühgothischen Bauten beigezählt werden, sondern ist ein entschieden romanischer Bau, der sich nur in dem Fenstermasswerk und den Säulencapitälen des Obertheils, die ja beide dem Bau des Bischof Thomas I. (von 1244 bis 1267) angehören müssen, der Formenbildung zur Zeit der Frühgothik nähert. Eine Auflösung der Mauermassen, so dass nur die stützenden Theile übrig bleiben, ist hier nicht im Entferntesten wahrzunehmen; wohl aber an zahlreichen Kirchen des gothischen Baustyls in Schlesien, z. B. den Kirchen zu unserer lieben Frau und zum heiligen Kreuz zu Breslau, der Kirche St. Petri und Pauli zu Striegau u. a. m. Auch findet die vierthürmige Anlage, so wie der durchaus einem Plan folgende Grundriss mit dem geradlinigen Chorschluss durchaus keine Analogie unter den zahlreichen grösseren kirchlichen Gebäuden des gothischen Styles in Schlesien[5].

Der zweite spätromanische Kirchenbau Schlesiens, über dessen Erbauungszeit wir durch historische Documente genau unterrichtet sind, ist die ehemalige Klosterkirche des h. Bartholomäus zu Trebnitz bei Breslau. Die Beschaffenheit dieses Baues ist vollkommen geeignet,

[1] Catalogus Episcoporum Lubensium, in Wattenbach's: Monumenta Lubensia. Breslau 1861, pag. 11. — [2] Długoss, Vitæ Episcopor: Wrat. pag. 163. — [3] Kugler, Kunstgeschichte I, pag. 449. 450 und 531; eben so Caumont, Abécédaire d'Archéologie, I, pag. 184. — [4] Z. B. Klose, Document. Geschichte von Breslau I, pag. 315. — [5] Mit Ausnahme der einzigen Magdalenen-Kirche zu Breslau, deren Chorbau, aus der zweiten Hälfte des XIII. Jahrhunderts, in seinem geradlinigen Schluss eine Reminiscenz des romanischen Styles wiederzugeben scheint, und welche überhaupt in ihrer ganzen Anlage auffallende Ähnlichkeit mit der des Domes besitzt. Auch die Klosterkirche zu Leubus ist nach Luchs (Stylproben pag. 16) platt geschlossen.

uns zu der Vermuthung zu bringen, dass man sich, wenigstens für die Construction der Gewölbestützen, die noch im Bau begriffene Breslauer Kathedrale zum Muster genommen habe. Nur finden wir hier theilweise andere und einfachere Details des spätromanischen Styls und zugleich eine andere, der Bestimmung der Kirche entsprechende Grundrissform mit einem Querschiff, einem besonderen Chorraum von quadratischem Grundriss und drei halbkreisförmigen Apsiden am Ostende[1]. Der Bau dieser Kirche begann im Jahre 1203[2] und die Einweihung fand schon im Jahre 1219 statt. Die ausnehmend grosse Geldsumme, welche als Betrag der Baukosten bis zum Jahre 1219 angegeben wird, macht es, in Verbindung mit den über den Bau erhaltenen schriftlichen Nachrichten und dem im Ganzen einheitlichen Charakter aller Theile des Baues, höchst wahrscheinlich, dass er bis zu diesem Jahr vollkommen vollendet war. An diesem Bau finden wir kleine rundbogige Fenster, an den Arcaden, Gewölben und Portalen jedoch den Spitzbogen consequent durchgeführt, ausserdem aber ebenfalls durchgehends Strebepfeiler an den Seitenschiffen, an Chorraum und Querschiff, so wie Strebebögen von gleich primitiver Form und Anwendung, an den Aussenmauern des Mittelschiffes, ähnlich jenen am Chor der Breslauer Kathedrale.

Dagegen zeigt die Domkirche zu Glogau, deren Bau nach beglaubigten Documenten im Jahre 1242 begonnen und schon 1262 beendet wurde, recht deutlich die Periode an, in welcher der gothische Baustyl in Schlesien zur vollen Herrschaft gelangte. Dieselbe ist eine Nachahmung der Pfarrkirche zu Goldberg, nämlich eine dreischiffige Hallenkirche mit einschiffiger Quervorlage und einschiffig vorgestrecktem Chor. Nur fehlen hier die beiden Thürme an der Westfaçade. Während aber die kleinen, schmalen, auf zwei Stockwerke vertheilten Spitzbogenfenster des Querschiffes, welche mit ihrem frühgothischen Masswerk den Fensteröffnungen am Obertheile des Chores vom Breslauer Dome ausnehmend ähnlich geformt sind, während ferner der Rundbogenfries unter dem Hauptgesims an der Nord- und Südwand des Querschiffes, so wie das ursprüngliche (es wurden nachträglich Strebebögen angebracht) Fehlen von Strebepfeilern an eben demselben Bautheile, dann der, der attischen Basis nachgebildete Sockel sammt dem Dachsims, welche beide um das ganze Gebäude herumlaufen, sich deutlich als romanische Reminiscenzen herausstellen, liefern uns im Gegensatz dazu der regelmässige Kranz von schlank gebildeten und jedenfalls ursprünglichen Strebepfeilern, welcher um alle übrigen Theile des Gebändes herumläuft, so wie die ebenfalls ursprünglichen, weiten und ausnehmend hohen Fensteröffnungen zwischen diesen Strebepfeilern, und endlich der kreisförmige Umriss der Pfeiler im Inneren den deutlichsten Beweis, dass man trotz jener Reminiscenzen während des Baues, also in der Zeit von 1242 bis 1262, schon mit der Bauweise des romanischen Styles gebrochen hatte.

So gehört auch die Minoritenkirche des h. Jacobus zu Breslau (jetzt Vincenzkirche), deren Bau nach documentirten Nachrichten aus der Zeit unmittelbar nach 1241 datirt[3], selbst in ihren ältesten Theilen vollkommen dem Constructionssystem des gothischen Styles an; dessgleichen auch die Hedwigscapelle an der Trebnitzer Klosterkirche, zu welcher Bischof Wladislaus von Salzburg, laut Urkunde vom 28. April 1268, den Grundstein legte und deren Bau rasch gefördert worden sein muss, da schon am 17. August desselben Jahres die Überreste der heiligen Hedwig feierlich in den neuen Bau übertragen wurden[4], und endlich auch der Chor der, von Herzog Heinrich IV. von Breslau im Jahre 1288 gestifteten schönen Kirche zum heiligen Kreuz zu Breslau.

[1] Siehe den Grundriss in Luchs: Stylproben pag. 11, Tab. I. — [2] „Fundatum est autem templum et claustrum ad honorem omnipotentis Dei et gloriose virginis Marie atque beati Bartholomei Apostoli, anno Domini 1203, dedicatum vero anno Domini 1219." Vita S. Hedwigis in Stenzel's, Script. r. S. II, pag. 29. — [3] Stenzel, Schlesische Geschichte, pag. 346 und 349. — [4] Originalurkunde im Provinzialarchiv zu Breslau.

Weit entfernt, behaupten zu wollen, dass alle jene romanischen Kirchengebäude Schlesiens, über deren Erbauungszeit wir keine historischen Nachweise beibringen können, die aber auch keine Strebebögen und Strebepfeiler an ihren Wänden aufzuweisen haben, nothwendig einer älteren Periode als die Kathedrale zu Breslau und die Klosterkirche zu Trebnitz angehören dürften, sind wir im Gegentheile der Meinung, dass sie gleichzeitig mit diesen oder nicht erheblich später entstanden seien.

Die Zahl der Dorf- und Stadtkirchen scheint in ganz Schlesien im Anfange des XIII. Jahrhunderts noch ausnehmend gering gewesen zu sein. Wenn auch erwiesen wäre, was die schlesischen Geschichtsschreiber vom XIV. Jahrhundert an behaupten, dass Graf Petrus Vlostides (Peter, der Sohn des Wladimir Mosbach) schon lange vor dieser Zeit in Polen nicht nur sieben Klöster, sondern sogar 77 Kirchen gestiftet und erbaut habe, so würden davon fürs Erste nicht allzuviel auf jenen Theil des damaligen Polenlandes gekommen sein, welchen wir jetzt Schlesien nennen; ausserdem wären ohne Zweifel auch bei weitem die meisten davon als nur von Holz erbaut gewesen anzunehmen. Was die Auswahl des Platzes bei der Anlage neuer Kirchen betrifft, so liefert uns die Lage mancher hervorragender sehr alter Kirchen den Beweis, dass hierbei völlig andere Principien geltend waren, als in der Folgezeit. Wenn es uns scheint, als sei vom Beginn des XIII. Jahrhunderts ab, bei Anlage einer neuen Kirche die Grösse und Ansehnlichkeit eines Ortes massgebend gewesen, so finden wir durch Vergleiche, dass dieser Umstand in früherer Zeit nicht das leitende Princip war. Zwar möchte es so scheinen, wenn wir die Kirche des heiligen Petrus zu Striegau (geweiht durch Bischof Walter im XII. Jahrhundert), die Liebfrauenkirche zu Schlaup (schon 1202 vorhanden) und die Kirche zu Zobten betrachten, welcher Ort schon anno 1148 ein Markt genannt wird. Allein den Gegensatz dazu liefern: die Kirche auf dem Gipfel des Zobtenberges, jene auf den befestigten Höhen von Hohen-Poseritz und Hochkirch (bei Glogau), die Kirchen auf den steilen Berghöhen ober Wertha und Löche, bei denen gewiss nicht auf die Seelenzahl der nächsten Anwohner gerechnet wurde. Wesentlich anders war das schon während der Regierungszeit Herzog Heinrichs I. Zwar gab es auch immer noch relativ wenig Kirchen; doch lagen diese wenigen, mit alleiniger Ausnahme derjenigen, die schon aus früherer Zeit her existirten, sämmtlich in mehr oder weniger ansehnlichen Ortschaften. So existirten um das Jahr 1230 in der Gegend von Schweidnitz und Striegau folgende Kirchen: die schon erwähnte Kirche St. Petri (jetzt Petri und Pauli) zu Striegau (Ztregom), die Kirche zu Puschkau (Pascuchow), die Kirche zu Rauske (Rusike), die Kirche zu Gäbersdorf (Udanin vel Gebhardi villa); ferner bei Puschkau die schon erwähnte Kirche zu Hohen-Poseritz (Poharishe), dann die Kirchen zu Gorkau (Gorka), in dem Marktflecken Zobten (Sobotha) und auf dem Gipfel des Zobtenberges (mons Zlenz), die Kirche zu Goglau (Gogulevo), ferner die 1214 gestiftete Liebfrauenkirche des Franciscanerklosters zu Schweidnitz (Suidonicz), die Kirchen zu Ober-Weistritz (Bistrice) und zu Polsnitz bei Freiburg (Polsnicz) und endlich die Kirche zu Salzbrunn (Salzborn). Eine grössere Anzahl dürfte sich in diesen Districten aus der oben angegebenen Zeit kaum nachweisen lassen. Auch ist von allen diesen angeführten Kirchen, mit alleiniger Ausnahme der Kirche zu Puschkau, keine mehr im ursprünglichen Zustande vorhanden, da sie theils umgebaut, theils gänzlich entstellt wurden. Auch von diesen dürften einige ursprünglich nur von Holz gebaut gewesen sein.

Ein anderes Verhältniss treffen wir in den fruchtbaren Thälern des niederschlesischen Gebirgslandes, da sich hier in derselben Epoche weit mehr Kirchen vorfanden, und zwar vermuthlich in Folge einer früheren Einwanderung der Deutschen. Wohl mögen auch einige derselben, wie z. B. die Marienkirche auf dem Berge Lähn (Ulean), slavischen Ursprungs sein; allein die andern aus dem Anfang des XIII. Jahrhunderts wurden sicher von deutschen Händen erbaut. Hier finden wir aber um das Jahr 1230 Kirchen an folgenden Orten: zu Naumburg am Queis

(Nuwenburch) die Kirche des 1217 neugegründeten Klosters der Magdalenerinnen, die Kirche zu Giesmannsdorf (Gozwini villa), die Pfarrkirche zu Löwenberg (Leubergh), die Bergkirche zu Löchn (Wlan), die Kirche zu Deutmannsdorf (Tuzemansdorff), die Kirchen zu Probsthain (Probostougay vel Probisthayn, 1206), zu Harpersdorf (Twardoczice vel Harprechtisdorff), zu Goldberg (Aureus mons), Neukirch (Nova ecclesia), Röversdorf (Reinvridi villa), Röchlitz (Rochetnicz) und Schlaup (Slup).

Im Jahre 1228 stellte Herzog Heinrich I. der von ihm aufs Neue fundirten Kirche zu Polsnitz (bei Freiburg) zu Liebe die Regel auf: es sollten von allen künftig neu anzulegenden deutschen Dörfern in der Nachbarschaft von Polsnitz, im Umkreise von einer Meile, nur diejenigen selbst eine Kirche bauen dürfen, welche 100 und mehr Huben Landes besitzen würden, die übrigen aber mussten die Polsnitzer Kirche benützen[1]. Diesem Grundsatz zufolge nahm die Zahl der Dorfkirchen rasch zu, da jedes Dorf mit hundert Huben seine eigene Kirche haben wollte. Und kaum hundert Jahre später erhielten vermöge des steigenden Wohlstandes auch selbst kleinere Dörfer ihre eigenen Kirchen. Zugleich wuchsen später die Städte und es entstand auch in diesen eine nicht geringe Anzahl neuer kirchlicher Stiftungen. So erklärt sich die grosse Anzahl von Dorf- und Stadtkirchen in Schlesien, welche in den verschiedensten Varietäten des gothischen Baustyls errichtet wurden.

Zu Breslau scheint man im XII. Jahrhundert die Kirchen nur aus Sandstein oder Granitquadern errichtet zu haben, zugleich fing aber auch schon der Backsteinbau an sich geltend zu machen, und zwar vor der Hand in der Weise, dass das Mauerwerk von Ziegeln, die decorativen Theile aber von Sandstein ausgeführt wurden. Bald darauf wich aber der Sandstein gänzlich und man benützte die Ziegeln auch zu den ornamentalen Theilen. Wir sehen dieses besonders an der Pfarrkirche zu Glogau, die sich vor allen anderen Kirchen durch ihren Rohbau aus Ziegeln auszeichnet.

Die geographische Grenze des Rohbaues aus Backsteinen zieht über Bunzlau, Hainau, Liegnitz, Kostenbluth, Kauth, Bohrau, Strehlen, Grottkau, Neisse und Neustadt, bis beiläufig nach Jägerndorf. Südwestlich von dieser Linie herrscht fast ausnahmsweise der Steinbau, doch trifft man auch Gebäude, die von Backsteinen erbaut und mit behauenen Steinen verkleidet sind, so z. B. die hübsche Liebfrauenkirche (aus dem XIV. Jahrhundert) zu Breslau, einige spätgothische Capellen an der Kathedrale und vorzüglich das grossartige Rathhaus daselbst.

Was die Form der Kirchengebäude anlangt, so scheint im XII. Jahrhundert eine andere Eintheilung des Raumes üblich gewesen zu sein als in der Folgezeit. Wenn nämlich den noch vorhandenen Abbildungen Glauben zu schenken ist, so hat sowohl die Klosterkirche des heiligen Vincenz, als die kleine Kirche des heiligen Michael zu Breslau einen Thurm vor der Westfaçade, wie wir sie auf dem Originalbilde in dem Museum für schlesische Alterthümer zu Breslau dargestellt finden. Ferner sehen wir auf demselben Gemälde an der einschiffigen Michaelskirche die halbkreisförmige Apsis am Ostende unvermittelt dem Kirchenschiff angefügt, eine Eigenthümlichkeit, die wir sonst an keiner andern unter den einschiffigen romanischen Kirchen in Schlesien, wahrgenommen haben. Ziehen wir aber in Betracht, dass E. Wocel dieselben Eigenthümlichkeiten auch von den romanischen einschiffigen Kirchen Böhmens berichtet[2], ferner dass die meisten unter den noch vorhandenen Kirchen dieser Art in Schlesien von Deutschen erbaut wurden, so scheint es beinahe, als würde durch diese Übereinstimmung die charakteristische Gestalt der einschiffigen slavisch-romanischen Kirchen in ältester Zeit festgestellt. Jedenfalls findet sich, in Schlesien wenigstens, an späteren einschiffigen Kirchen der romanischen Stylperiode diese Form nicht; vielmehr bildete sich nachfolgendes constantes Schema aus. An eine

[1] Urkunde vom 28. August 1228. Siehe Sommersberg: Script. r. S. I, 929—930. — [2] Mittheilungen der k. k. Central-Commission 1857, pag. 155.

thurmlose, meist durch ein mehr oder minder reich ausgestattetes Portal und ein oder mehrere enge Kreisfenster in dem sonst schmucklosen Giebel gegliederte Westfaçade schloss sich ein meist länglicher Schiffraum, der in der Regel mit je drei kleinen, engen und schlicht eingefassten rundbogigen Fensteröffnungen in der Nord- und Südwand versehen und in der Regel nicht überwölbt war. An diesen Raum stiess östlich, durch den Triumphbogen verbunden, der Chorraum, meist von quadratischer Grundform, aber regelmässig um einige Fuss schmäler und niedriger als das Schiff, nur mit je einer rundbogigen Fensteröffnung in der Nord- und Südwand, und fast stets mit einem einfachen Kreuzgewölbe überdeckt. Auf den Chor folgte als östlicher Abschluss die meist halbkreisförmige, seltener polygonal gebildete Apsis, deren Mauer von drei bis fünf, meist einfach gegliederten Fensteröffnungen durchbrochen zu sein pflegte. Jedoch sind schon in dieser Periode einschiffige Kirchengebäude nicht selten, denen die Apsis ganz fehlt und deren Chor platt abschliesst. Auf dem Dache des Schiffes sass endlich stets in der Mitte ein hölzerner, jetzt meist nicht mehr vorhandener Dachreiter.

Denken wir uns aber eine einschiffige Kirche mit wesentlich demselben Grundriss, wie wir ihn eben beschrieben, nur das Rechteck des Chores nicht mehr wie bisher, wenigstens annähernd quadratisch, sondern mehr nach Osten verlängert und constant geradlinig geschlossen; denken wir uns hiezu noch die Mauern von langgestreckten und spitzbogigen Fenstern durchbrochen, ferner das etwas höhere und weitere östliche Chorfenster mit zierlichem Masswerk geschmückt, dazu ein spitzbogiges, aber in seinen Formen noch stark romanisirendes Portal an irgend einer, keineswegs constanten Seite des Hauptschiffes, dann eine völlig nackte Westfaçade und wieder einen Dachreiter über dem Kirchenschiff, so erhalten wir den äusseren Typus einer schlesischen Dorfkirche aus frühgothischer Zeit. Fügen wir an Schiff und Chor noch mehrere plumpe Pfeiler hinzu, zum Zeichen dass entweder der ganze Innenraum oder wenigstens der Chorraum mit hoch hinauf gezogenen Gewölben überdeckt ist; denken wir uns ausserdem in die meisten der, jetzt noch länger gestreckten spitzbogigen Fenster oder wenigstens in das grössere Fenster der Chorschlusswand ein einfaches Masswerk von ausgebildeter Gothik und dazu ein oder zwei Spitzbogenportale in den Wänden des Schiffes mit einfach profilirten und nicht mehr stark in die Mauer vertieften Wandungen, die Westfaçade aber schon durch ein kleines spitzbogiges Fenster belebt oder vielleicht gar schon mit einem einfachen Blendengiebel von Backsteinen, und immer noch einen Dachreiter auf dem Dachfirst des Schiffes, so erhalten wir das schlichte Bild einer schlesischen Dorfkirche aus dem XIV. Jahrhundert.

Stellen wir uns endlich diese Kirche vor mit etwas schlank construirten Strebepfeilern, mit Fischblasenmasswerk in allen Fenstern, mit einem oder zwei Spitzbogenportalen, an deren Wandungen uns Durchkreuzungen so wie in Spiralen verzierte Sockel der Rundstäbe in die Augen fallen, dazu aber einen schlanken, unten viereckigen, oben in die Form eines Achteckes übergehenden Thurm mit pyramidalem Steinhelm oder mit Schiefer oder Schindeln gedecktem Spitzdach, entweder vor der Westfaçade oder in dem einen Winkel zwischen Schiff und Chor stehend, und obendrein fast regelmässig einen Westgiebel von Backstein mit mehr oder minder reicher Belebung an Flächen und Rändern, durch Treppenabsätze und mancherlei farbige oder plastische Gliederung, im Innern nun endlich auch durchgehends Gewölbe mit noch stark überhöhtem Scheitel, und zwar meist in mehr oder minder complicirten Netz-, Stern- oder Fächerformen, so erlangen wir die Vorstellung, in welcher Gestalt eine einschiffige schlesische Dorfkirche im Verlauf des XV. bis zur Mitte des XVI. Jahrhunderts erbaut wurde.

Während der angegebene Typus für den Grundriss der einschiffigen Kirchen in Schlesien aus der Zeit des romanischen Styls noch mehr oder weniger der, von den meisten gleichzeitigen Kirchen derselben Art in ganz Deutschland sein dürfte (vielleicht nur in Böhmen ausgenommen, wo der abgesonderte quadratische Chorraum in der Regel zu fehlen scheint), hat es dagegen den Anschein, als wäre wenigstens das constante Fehlen eines gemauerten Thurmes für die schlesischen einschiffigen Kirchen aus der romanischen Stylperiode speciell charakteristisch. Dagegen wird der nüchterne platte Chorschluss als charakteristischer Unterschied der einschiffigen Kirchen des gothischen Styls von denen des romanischen Styls, in gleicher Weise wie hier aus Schlesien, auch aus den angrenzenden sächsischen und thüring'schen Gegenden berichtet[1]. Als ein Zeichen der Armuth darf man unseres Erachtens jenes Fehlen eines gemauerten Thurmes nicht ansehen; denn einerseits finden wir ja an den grösseren romanischen Kirchen in Schlesien nicht nur einen, sondern sogar zwei Westthürme; andererseits sehen wir auf den plastischen Schmuck im Innern und Äussern zuweilen viele Sorgfalt verwendet, so dass es an den Mitteln zum Bau eines Thurmes nicht gefehlt haben kann. Vielmehr scheint es, als sei für den Zweck derartiger kirchlicher Bauten ein gemauerter Thurm entbehrlich gewesen und darum mit Absicht erspart worden, während man statt dessen mehr Kosten auf die Ausschmückung der Apsis verwendete.

Über die Eigenthümlichkeiten der mehrschiffigen romanischen Kirchen, deren in ganz Schlesien überhaupt nur vier vorhanden sind, nämlich die Breslauer Kathedrale in ihren ältesten Theilen, die Klosterkirche zu Trebnitz und die beiden Stadtpfarrkirchen zu Goldberg und Löwenberg, ist nur wenig zu sagen. Die letzteren drei haben die Kreuzform des Grundrisses mit einander gemein, die Goldberger und Löwenberger ausserdem noch die Anordnung von zwei Thürmen an der Westfront, von denen aber nur die an der Löwenberger Kirche zur Vollendung gelangt sind. Auch in der Belebung der Westfaçade durch ein grosses Hauptportal und ein grosses Kreisfenster über demselben ist eine Übereinstimmung der letzteren Kirchen nicht zu verkennen; aber nur im Plan, nicht in der Ausführung, welche bei der Goldberger Kirche in der Periode des vollkommen entwickelten gothischen Styls erfolgte. Sonst unterscheiden sich alle vier Kirchen wesentlich von einander. Während die Trebnitzer Klosterkirche eine typische spätromanische Pfeilerbasilica mit Kreuzvorlage repräsentirt, bei der nur der Chorraum mit den Apsiden, nicht aber die Seitenschiffe über das Querschiff heraustreten, zeigte die Goldberger Kirche ursprünglich die Gestalt einer romanischen Hallenkirche, mit einem, ohne Seitenschiffe über das Querschiff hervortretenden Chorraum und einer polygonalen Apsis. Von dem ursprünglichen Bau der Löwenberger Kirche ist sogar nur die Westfaçade mit den Thürmen erhalten, während das ganze übrige Kirchengebäude im XV. Jahrhundert einen vollständigen Umbau in der Form einer spätgothischen Hallenkirche erlitt, welcher den ursprünglichen Grundplan nur noch mit Mühe herauserkennen lässt. Wohl wegen seiner Bestimmung als Kathedrale weicht dagegen der Dom zu Breslau im Grundriss noch bedeutender von den eben genannten Kirchen ab. Eigenthümlich ist in diesem der platte Chorschluss mit dem entsprechenden Chorumgange, eben so auch das gänzliche Fehlen eines Querschiffes. Sonst entspricht er mit seinem erhöhten Mittelschiff und den vier Thürmen an den Ecken in der Hauptsache dem Grundrisstypus der meisten Kathedralkirchen in der romanischen Stylepoche.

An Schönheit und Reichthum des decorativen Schmuckes bleiben freilich die grösseren romanischen Bauten Schlesiens hinter den gleichzeitigen in Thüringen, Franken und dem übrigen Deutschland weit zurück; dagegen aber keineswegs die kleinen einschiffigen Kirchengebäude, welche zuweilen im Innern und Äussern so reich und mannigfaltig mit plastischer Decoration versehen sind, wie wir das wohl in nur wenigen anderen deutschen Ländern an derartigen Gebäuden antreffen.

[1] Puttrich, Denkmäler der Baukunst. II. 2, pag. 3 und die folgenden Seiten

Fig. a.

Fig. b.

Druck der k. k. Hof- und Staatsdruckerei in Wien.

Über die einstige farbige Ausschmückung im Innern der romanischen Kirchen in Schlesien endlich sind wir glücklicherweise in den Stand gesetzt, uns nicht allein auf Muthmassungen beschränken zu müssen. Mehrere in einschiffigen Kirchengebäuden aus der Zeit des spätromanischen Styls erhaltenen Reste zeigen uns, dass man im Beginn des XIII. Jahrhunderts in Schlesien nicht nur plastische Darstellungen mit einem farbigen Überzuge zu versehen pflegte, sondern dass es unter anderem auch üblich war die Wandflächen der Apsis mit Palmettenmustern zu bemalen, so wie an den Wandflächen des übrigen inneren Kirchenraumes, unter den stets hoch angebrachten Fenstern figürliche Darstellungen friesartig anzubringen, deren mehr monumentaler Charakter trotz der augenscheinlich sehr mangelhaften Technik, dennoch sehr gut dem Ganzen dieser Bauwerke in ihrer ursprünglichen Gestalt entsprochen haben mag. In der Vollendung dieser farbigen Ausschmückung, so wie in Bezug auf den Formensinn und Geschmack bei ihrer Anwendung, scheinen die schlesischen Leistungen allerdings hinter den gleichzeitigen in den westlicheren deutschen Ländern weit zurückgeblieben zu sein.

II. Einzelschilderungen.

Nach diesen allgemeinen Bemerkungen gehen wir nunmehr zu den Detailschilderungen über und beginnen mit der Kirche zu Giessmannsdorf bei Bunzlau. (Siehe Tafel III a.)

Südwestlich, in nur zweistündiger Entfernung von Bunzlau, liegt unweit der alten Landesgrenze zwischen der Oberlausitz und Schlesien in einem fruchtbaren Seitenthale das grosse Dorf Giessmannsdorf. Fast eine Meile lang zieht es sich in der Richtung von Nordwest nach Südost in dem fruchtbaren anmuthigen Thale hin, stösst nordwestlich an das Nachbardorf Herzogswalde und bildet mit diesem zusammen eine ununterbrochene Dorfgasse bis zu dem kleinen Nachbarstädtchen Naumburg.

Dass dieses Thal schon in vorchristlicher Zeit eine Bevölkerung gehabt, geht aus dem Vorhandensein einer heidnischen Grabstätte hervor, welche sich in einer Entfernung von nur wenigen Minuten genau westlich von der alten Kirche zu Giessmannsdorf befindet und deren Platz noch jetzt den Namen „der alte Kirchhof" führt. Dieselbe liegt auf einem Territorium, das, ursprünglich zur kirchlichen Widemuth gehörig, erst vor wenigen Jahrzehenten dadurch von derselben getrennt worden ist, dass das Bauerngut, dessen Inhaber bisher diese Abtheilung der Widemuthsäcker gegen einen jährlichen Zins bebaut hatte, in Folge der allgemeinen Aufhebung der Erbunterthänigkeit zu einem selbstständigen Eigenthum erklärt wurde, dessen Äcker aber noch bis zum heutigen Tage die Äcker „des Widemuthbauers" genannt werden. Die Grabstätte bedeckt einen Flächenraum von zwei Morgen Landes, ist am südlichen Abhang des Thales gelegen und seit dem Ende des vorigen Jahrhunderts eine fortwährende Fundgrube von heidnischen Aschenkrügen mit den Resten verbrannter menschlicher Gebeine gewesen. Historisch tritt Giessmannsdorf erst im Jahre 1233 hervor, wo wir es unter den Dörfern mit erwähnt finden, über welche Herzog Heinrich I. von Schlesien dem Themo, einem seiner Getreuen, ausnahmsweise die obere Gerichtsbarkeit verlieh, als er ihn beauftragte unter den Mauern seiner „neuen Burg" am Queis eine Stadt mit deutschen Colonisten, nach deutschen Rechten, zu bevölkern.

Dass das Dorf von den Deutschen neu gegründet wurde, scheint darum unwahrscheinlich zu sein, weil wir in einer relativ frühen Zeitperiode eine herzogliche Burg zu Giessmannsdorf vorfinden, die, ihrer mehrmaligen historischen Erwähnung nach zu schliessen, nicht ganz unbedeutend gewesen sein kann. Die Nuwenburch (ursprüngliche Schreibart im XIII. und XIV. Jahrhundert) am Queis, war schon vor dem Jahre 1217 vorhanden; denn in diesem Jahre legte Herzog Heinrich I. am Fuss derselben das Kloster der büssenden Magdalenerinnen an.

Auch die Lage der alten Kirche zu Giessmannsdorf, deren jedenfalls von der ersten Erbauung herrührendes Portal mit augenscheinlicher Rücksicht auf die naheliegende Burg angebracht worden ist, beweist ein weit längeres Vorhandensein derselben, als seit dem Jahre 1277. Die Kirche war nämlich deutlich unter dem Schutz der Burg, dicht neben dieselbe gebaut, wie noch jetzt zu ersehen ist, und wahrscheinlich in den Kreis der Befestigung derselben hineingezogen.

Ungefähr in der Mitte des lang ausgedehnten Dorfes Giessmannsdorf erhebt sich auf einer kleinen Anhöhe, an der Seite des nordöstlichen Thalrandes, das jetzt im Besitz der freiherrlichen Familie von Schönberg-Bibran befindliche, ehrwürdige Schloss gleichen Namens. Südlich grenzt unmittelbar an den Schlossgraben der schattige Friedhof. Ein festes Thorhaus beschützte ihn an der Westseite, wo die Dorfstrasse an ihm vorüber führt, noch bis zum Jahre 1805, in welchem es dem gegenwärtigen einfachen Thorbogen Platz machte[1].

Wir betreten durch den gegenwärtigen Haupteingang, unter der Turmhalle von Westen her, zunächst das Innere des Gotteshauses, welches völlig regelrecht von Westen nach Osten orientirt ist. Das Schiff der Kirche, welches uns zuerst aufnimmt, hat bei 30 Fuss rheinl. Breite, eine Länge von 50 Fuss rheinl. im Lichten und, gleich allen übrigen Theilen des Gebäudes, eine Mauerstärke von 4 Fuss. Es wird auf der Südseite durch 3 Fensteröffnungen von verschiedener Grösse erhellt, von denen die beiden westlicheren flachbogig, das neben der Südostecke jedoch im Spitzbogen geschlossen ist. Eben dasselbe ist auch von beträchtlicher Höhe und mit spätgothischem Fischblasenmasswerk ausgeschmückt. Die Wandung des letzteren und zugleich auch des westlich angrenzenden sind einfach nach innen und aussen abgeschrägt. Das nächst der Südwestecke befindliche verdankt seine noch einfachere Form sogar erst der allerneuesten Zeit. An der Nordwand befindet sich, genau in der Mitte, noch das ursprüngliche Hauptportal, über demselben aber zwei wiederum flachbogig geschlossene Fenster von geringeren Dimensionen. Die dritte an dieser Seite befindliche Fensteröffnung ist dadurch, dass sie schon in früherer Zeit in Folge eines Anbaues an der Aussenseite zugemauert wurde, noch allein unter den sechs ursprünglichen Fensteröffnungen des Kirchenschiffes in ihrer ursprünglichen Gestalt erhalten geblieben. Aus der Lage, Grösse und Gestalt vermochten wir mit Hinzuziehung der übrigen noch im alten Zustande befindlichen Fensteröffnungen des Gebäudes den Schluss zu ziehen, dass sowohl an der Nord- als an der Südwand des Kirchenschiffes sich ursprünglich je drei kleine rundbogige Fenster befanden, welche in einer Höhe von 13½ Fuss über dem Pflaster begannen, und deren jedes eine grösste Höhe von 8 Fuss, bei einer grössten Weite von 3½ Fuss innen und aussen besassen, während die innerste, eigentliche Lichtöffnung bei der starken Verengung der Wandung nach der Mitte der Mauerdicke zu, kaum mehr als 5 Fuss Höhe bei 1 Fuss Weite besitzen mochte. Demnach muss es sehr düster in der Kirche gewesen sein, zumal alle übrigen Fenster von entsprechend kleiner Gestalt waren. Über den weissgetünchten Wänden ruht eine flache Holzdecke, deren Täfelung sehr ansprechend mit buntfarbigen Rosetten in geschmackvollen und mannigfaltigen Renaissancemustern in Roth,

[1] Frohöss, p. 42.

Blau und Braun, auf weissem Grunde bemalt ist. Wer diese Decke hat bauen lassen, erfahren wir aus folgender Inschrift, welche gleichsam als ein gemalter Wandfries über dem Triumphbogen angebracht ist: „Im MDXCV: Ihare hat die edle ehrentugendreiche Fraw Barbara Nostizin, Her Siegmundt v. Warnsdorfs auf Giessmansdorf seligen, nachgelassene Wittfraw, der Zeit regierende Herschaft alhier die Decke bawen lassen, dazu fordret 70 Thaler". Dieselbe Bemalung finden wir auch an der Wandtäfelung einer hölzernen Empore, welche auf geschnitzten Säulen von entsprechender Form ruht und sich an der West- und Nordwand des Kirchenschiffes hinzieht. Dass auch diese Bemalung von demselben Handwerker herrührt, wie die an der Decke, wird, ausser durch die völlige Übereinstimmung der farbigen Muster, auch durch die Jahreszahl 1595 und die Inschrift: „Cas: Bes: (Caspar Besser) Kirchvater" bewiesen, welche an dieser Empore angebracht ist und es augenscheinlich macht, dass die Empore von der Gemeinde beschafft und ausgestattet wurde, während die Herrschaft die Kosten für die neue Deckentäfelung trug[1]. Eine zweite Empore, welche gegenwärtig die Orgel trägt, befindet sich, ein Stockwerk höher, an der Westwand und von ihr führt eine enge Spitzbogenthür mit schlicht an den Kanten abgefasstem Steinrahmen in das zweite Geschoss des Thurmes. Diese Empore aber beweist durch die Täfelung, an der nach unten gerichteten Seite ihres Fussbodens, welche in einer bunten Bemalung mit den brillantesten spätgothischen Teppichmustern prangt, dass sie aus weit früherer Zeit herrührt. Die Muster bilden nicht, wie die an der Deckentäfelung, Rosetten, sondern ahmen theils Teppiche nach, mit einer farbigen, in Roth und Blau auf weissem Grunde ausgeführten Zeichnung von alternirend an einander gereihten Vierpässen, theils sind es Zeichnungen von entsprechender Form, wie die Fensteröffnungen der spätgothischen Stylperiode, belebt durch eine erstaunliche Fülle und Mannigfaltigkeit von Pfosten und Masswerk, mit reichen Mustern in der Form von Fischblasen und mancherlei anderen Formen jener Zeit. Die Entstehung dieser älteren Empore dürfte gleichzeitig mit der Erbauung des, der Westfaçade vorgebauten Thurmes sein, zu dessen oberen Stockwerken sie noch heute durch eine kleine spitzbogige Thür den einzigen Zugang vermittelt. Wir setzen sie desshalb in die wahrscheinliche Erbauungszeit des Thurmes (um 1519), welcher auch jene spätgothischen Muster noch völlig entsprechen würden. An dem südlichen Pfeiler der Porta triumphalis ist die Kanzel angebracht. Die Porta triumphalis selbst, deren Kanten einfach abgefasst sind, beschreibt einen stumpfen Spitzbogen, welcher unvermittelt aus ihren seitlichen Pfeilern aufsteigt. In dem Raum dieses Spitzbogens befand sich bis zur letzten Renovation der Kirche, auf noch vorhandenen einfachen Steinconsolen ruhend, über einem reich geschnitzten Querbalken ein Crucifix von beiläufig 12 Fuss Höhe, in der üblichen Darstellungsweise mit Maria und Johannes, welches seitdem an einem höchst unpassenden Platze und in gedrückter Stellung, nämlich über dem Triumphbogen angebracht ist. Die ganze Gruppe ist laut einer Jahreszahl am Sockel der letztgenannten Figur vom Jahre 1503 und hat noch durchgängig und wohlerhalten die ursprüngliche bunte Bemalung. Mit besonderer Liebe sind die Figur des Heilandes und die der knienden Frau am Kreuzesfusse behandelt, welche wir für die Stifterin des Ganzen zu halten geneigt sind, da nicht nur ihre Tracht gänzlich von der der andern Personen verschieden ist, sondern ihre Gestalt auch, gleichsam zum Zeichen der Demuth, in kaum halb so grossen Dimensionen ausgeführt ist als die übrigen drei Figuren. Demnach würde sie vielleicht die Gattin oder eine Tochter Fabians v. Warnsdorf darstellen.

Der Chorraum, welchen wir nunmehr, durch den Triumphbogen hindurchschreitend, betreten, bildet im Lichten kein vollständiges Quadrat, sondern hat bei einer Länge von 16½ Fuss eine

[1] Herrn Pastor Froböss zu Giessmannsdorf hat die Gegenwart die Erhaltung dieser farbigen Bemalung zu verdanken, indem er dieselbe sowohl vor der Gefahr der Übertünchung mit weisser Farbe rettete, als auch die stellenweis erforderliche Ergänzung derselben veranlasste.

Breite von 18 Fuss (Fig. 6). Sein Pflaster scheint ursprünglich wohl, wie in andern schlesischen Dorfkirchen vom gleichen Alter, mindestens um eine Stufe erhöht gewesen zu sein, und erst durch oftmaliges Umpflastern sein jetziges mit dem Kirchenschiff gemeinsames Niveau erhalten zu haben. Er ist durch ein einfaches Kreuzgewölbe mit nur schwach überhöhtem Scheitel überwölbt, dessen Schildbögen gleich dem Triumphbogen, die Gestalt eines stumpfen Spitzbogens haben. An den Näthen des Gewölbes laufen Rippen hinauf, deren Profil jederseits eine tiefe Hohlkehle besitzt und sich ausserdem nur durch eine schwache Spitzung nach unten, von der Rippenform mit einem vorgelegten Rundstabe unterscheidet. Die Rippen haben an ihren Basen in analoger Form gebildete Blendschilde, welche auf den Deckplatten von vier diagonal gestellten Capitälen an den vier Ecken des Raumes ruhen, zu denen ursprünglich eben so viel frei hervortretende Ecksäulen gehörten, die aber sammt den zugehörigen Basen und Sockeln leider alle zerstört und beseitigt sind.

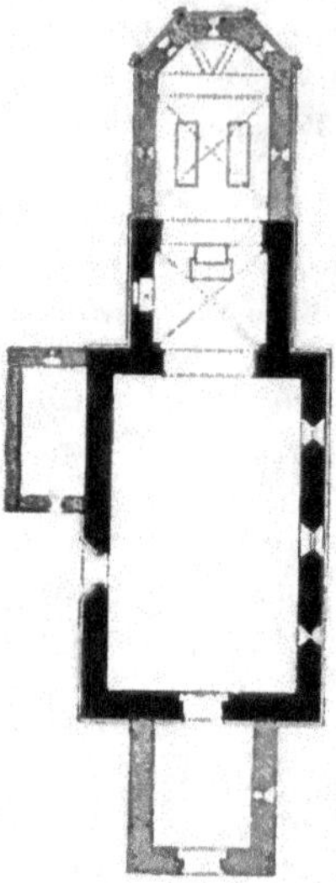

Fig. 6.

Von den Säulenschäften lässt sich die Umrissform und ihre ringsum freie Stellung, aus dem noch erhaltenen vertieften Umriss ihres Anschlusses an die Capitäle, vollkommen erkennen. Drei davon hatten nämlich einen kreisrunden, einer aber einen achteckigen Umriss. Da die Capitäle 8½ Fuss über dem jetzigen Pflaster beginnen, so werden die dazugehörigen Schäfte wohl an 7 Fuss Höhe besessen haben und der Rest des Raumes von den Basen und Sockeln eingenommen worden sein. Die Deckplatten haben durch die Verbindung von drei Plättchen und zwei tiefen Hohlkehlen mit zwei stark hervortretenden rundlichen Gliedern, in umgekehrter Aufeinanderfolge wie bei der attischen Basis, eine reiche Gliederung gebildet. Die Form der Blendschilde, wie die Form der Gewölberippen und die tief ausgekehlten Deckplatten scheinen für die Erbauungszeit der Kirche charakteristisch zu sein. Wir finden fast genau dieselbe Rippenform zunächst in Schlesien wieder an den romanischen Kirchen zu Neukirch bei Schönau und Goldberg, so wie im Chor des Breslauer Domes. Derartige Blendschilde überhaupt, obwohl von anderer Gestalt, finden wir ausserdem noch in zahlreichen spätromanischen Kirchen, z. B. in der schon genannten Kirche zu Tischnowic, in den Kreuzgängen der Klöster Heiligenkreuz und Lilienfeld, in der Dechanteikirche zu Kaufim, der Abteikirche zu Hohenfurt, der St. Johanneskirche zu Neuhaus, der St. Agneskirche zu Prag u. a. m.; lauter Kirchen, von denen allen mit mehr oder minder Gewissheit feststeht, dass sie in den ersten Jahrzehenten des XIII. Jahrhunderts erbaut wurden[1]. An der nördlichen Wand des Chorraumes befindet sich, allerdings auch zugemauert, aber doch noch in ihrem ursprünglichen Umriss, die rundbogige Öffnung eines Fensters von 6½ Fuss Höhe und 3 Fuss Breite in einer Höhe von 16 Fuss 3 Zoll über dem Pflaster. Die entsprechende Fensteröffnung in der Südwand des Chorraums ist gleichfalls mit einem gedrückten Flachbogen geschlossen. Doch ist diese Wand noch von einer schmalen spitzbogigen Thüröffnung durchbrochen, deren äussere Einfassung mit einer tiefen Hohlkehle und sich kreuzenden Rundstäben, welche zugleich auf schraubenförmig gearbeiteten Sockeln aufsitzen, auf eine ungefähr gleichzeitige Entstehung mit dem spätgothischen Fenster im Kirchenschiff, dem Sacramenthäuschen im Chor, dem Riesencrucifix und der älteren Empore hinweist. Die Thür daselbst ist mit einem, mit erhabenen Renaissancemustern geschmückten Eisengriff und einem hübschen Beschlag in Gestalt eines deutschen Reichsadlers

[1] Vergleiche E. Wocel. Die Klosterkirche Porta coeli zu Tischnowic; im Jahrbuch der k. k. Centralcomm. 1859. Bd. III. 3, p. 251.

versehen, zum Zeichen, dass sie von einem kaiserlichen Landeshauptmann, nämlich von Kaspar v. Warnsdorf gestiftet wurde.

Zunächst an der Nordwand bemerken wir eine Wappentafel des Geschlechts von Warnsdorf (ein goldener Stern über einem silbernen Halbmond im blauen Felde, über dem Schilde ein Helm mit drei Straussfedern) mit der Inschrift: „Jacob von Warnsdorf 1560"; ferner dieser zur Rechten ein kleines unansehnliches Votivgemälde in Tempera, mit dem Porträt des eben genannten Jacob von Warnsdorf und der Angabe seines Todesjahres 1575; ferner ein sehr grosses stattliches zweites Votivgemälde, mit ausserordentlich reich geschnitztem und auf das Mannigfaltigste farbig geschmücktem Renaissancerahmen, welcher zwei getrennte Gemälde (in Tempera) eines untergeordneten Meisters umschliesst, von denen das eine die Auferstehung und das andere die Kreuzigung Christi darstellt, beide aber zugleich die damaligen Mitglieder der Warnsdorf'schen Familie in knieender Stellung enthalten. Die Inschriften melden uns, dass Anno 1575 Hans von Warnsdorf, ferner 1588 sein Bruder Siegmund von Warnsdorf, und endlich 1598 die schon erwähnte Wittwe Siegmunds, Barbara geb. „Nostizin", das Zeitliche segneten. Von einem der beiden Brüder scheint auch der zierliche steinerne Taufstein inmitten des Chors herzurühren. Die Errichtung desselben datirt, laut Jahreszahl, von 1575. Er ist im Ganzen einfach gehalten und trägt nur wenige, aber charakteristische Ornamente des Renaissance-Geschmackes. Bedeutender sind an seinen Wänden die plastischen Darstellungen der Scenen: wie Christus die Kindlein zu sich kommen lässt und die Taufe im Jordan. Bei der ersteren sehen wir eine sinnig componirte Gruppe, wie die jungen Mütter in der um 1575 üblichen deutschen Frauentracht sich mit den Kindern um den Heiland versammeln, und unter anderen ein Knabe auf einem Steckenpferde angeritten kommt. Endlich finden wir zunächst der Nordostecke des Chorraums, mit zwei Seiten frei aus der Wand hervortretend, ein elegantes spätgothisches Sacramenthäuschen, wie es selten in Dorfkirchen vorkommt. Es ruht auf einer einzigen, ringsum freistehenden schlanken und nach Art einer Schraube gleichsam gedrechselten Säule und erhebt sich in drei Etagen, gebildet von einer Vereinigung von Säulen in den mannigfaltigsten Formen, mit schlank aufstrebenden Eselsrücken, Fialen, Kreuzblumen und anderen Details der spätesten Gothik. Diese Details, besonders aber die sich gegenseitig kreuzenden Rundstäbe in den Einzelgliederungen, verweisen dieses Werkes Entstehung in die Zeit der völlig zu Ende gehenden Gothik, etwa zwischen 1510 und 1520, und machen es zweifellos, dass es ebenfalls als eine Warnsdorf'sche Stiftung anzusehen ist.

An der Ostgrenze des Chors steht seit 1805*) der Altar der Kirche. Dieser Altar und die schon erwähnte Kanzel dürften in ihrer Art in Schlesien fast einzig dastehen, nicht nur wegen ihrer ausserordentlichen Fülle von plastischem und farbigem Schmuck, sondern auch wegen des gothischen Stylgefühls, das sich in denselben, einem Werk der späteren Renaissancezeit, noch deutlich ausprägt. Der Altar baut sich in vier Etagen auf, von denen jede in der Mitte eine biblische plastische Darstellung enthält, nämlich das Abendmahl Christi, die Kreuzigung, die Kreuzabnahme und die Himmelfahrt des Heilandes. Diese in sehr kleinem Massstabe gehaltenen Darstellungen sind übrigens das Schwächste an der ganzen Leistung.

Ganz in derselben Weise ist auch der plastische und farbige Schmuck der, ebenfalls von Holz geschnitzten Kanzel und des Kanzeldeckels gehalten. Wir finden hier denselben überaus grossen Reichthum der Schmuckformen und dieselben Mängel in der plastischen Darstellung von menschlichen Gestalten. Die Wandungen der Kanzel selbst und der zu ihr hinaufführenden Treppe schmücken sechs, aus der Geschichte des alten Testaments entnommene plastische Dar-

[1] Froböss. p. 42.

stellungen. Am Rande des Kanzeldeckels stehen die zwölf Apostel und über diesen erheben sich eben so viele Baldachine.

Treten wir hinter den Altar, so bemerken wir zunächst, dass der beschriebene Chorraum sich noch in denselben Höhen- und Weiten-Dimensionenen weiter fortsetzt und zwar, wie die Messung ergibt, noch um 15 Fuss nach Osten, bis dahin, wo sich der dreiseitig construirte östliche Abschluss des Raumes ansetzt. Gleich hinter dem Altar nimmt man an der Nord- und Südseite, vom Fussboden an, auf den Wänden und dem Gewölbe hinauflaufend, einen zackigen Mauerbruch wahr, dessen unebene Oberfläche nur schlecht durch die weisse Übertünchung verborgen wird. Auf diesen folgt an der Südseite eine glatte ebene Wand von behauenen Quaderblöcken, wie jene in dem westlichen Theil der Kirche. An der Nordseite jedoch steht eine unebene bucklige Wand von übertünchten Bruchsteinen. Über beiden wölbt sich ein Kreuzgewölbe mit kaum merklich erhöhtem Scheitel, das sich durch die mangelhafte Technik in seiner Ausführung und durch das Fehlen von Transversalgurten und Gewölberippen sehr zu seinem Nachtheil von dem westlichen Gewölbe des Chorraums unterscheidet.

Auch die drei Fenster des Chorschlusses enden oben mit flachen Bögen. Wir haben es demnach deutlich mit einer östlichen Verlängerung des Kirchenraums zu thun, welche in neuerer Zeit, aber nur durch die Hand eines ungeübten Maurers in dieser rohen Gestalt geschehen sein konnte, deren Zeit aber, der gleichgeformten Fensteröffnungen wegen mit derjenigen zusammenfallen müsste, in der jene grossen, unschönen, flachbogigen Fensteröffnungen in den Mauern des Kirchenschiffes ausgebrochen wurden. Für die Bestimmung dieser Zeit besitzen wir folgende Anhaltspunkte. An der Nordwand des eben beschriebenen Raumes sehen wir einen vergoldeten Helm nebst Schild und Schwert neben einer alten Fahne hängen. Diese Stücke gehören zu zwei stattlichen steinernen Grabdenkmälern, welche die Mitte des Raumes einnehmen und wieder mit zahlreichen Wappen und Basreliefs-Ornamenten in Renaissancemanier geziert sind, aber deutlich von der Hand eines andern Meisters, als dem des Altars. Unter der nördlicheren Tumba ruht, laut Inschrift, der sterbliche Leib des „edlen, ehrenfesten und wohl benahmbten Herrn Caspar von Warnsdorf auf Ober- und Nieder-Giessmannsdorf, Semmelwitz und (Schloss) Hainaue, dreier Römischer Kaiser Rad und Kämmerer und beider Fürstenthümer Schweidnitz und Jauer in 16 Jahr wohlbestallter und vollmächtiger Landeshauptmann“ etc. etc. Er starb 60 Jahre alt, im Jahre Christi 1631. Die andere, südliche Tumba bedeckt das Grab seiner Gemahlin, „Helena Warnsdorffin, geb. Czedlitzin und Leipa“ (von Zedlitz-Leipa), welche 1628 im Alter von 56 Jahren das Zeitliche gesegnet hatte. Auf ihrer Tumba erblicken wir unter Anderen ein Wappen mit einer Schnalle, laut Inschrift, das eigene Wappen der Verstorbenen und das der Familie von Zedlitz. Wenn wir nun an der Treppenthür der Kanzel, sowohl das Warnsdorf'sche als das Zedlitz'sche Wappen neben einander innerhalb eines Rahmens angebracht sehen, so wird klar, dass Kanzel und Altar nur von dem genannten Ehepaar, nämlich von Kaspar und Helene von Warnsdorf gestiftet sein können.

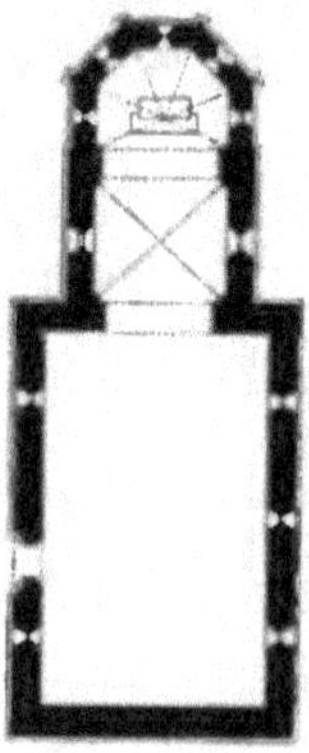
Fig. 7.

Diesem Warnsdorf also haben wir, wie es scheint, diese wenigstens im Äusseren grosse Verunstaltung der Kirche zu verdanken, weil er sich und seine Gemahlin nach alter Sitte vor dem Altar beisetzen lassen wollte, wozu sonst, da alle Plätze besetzt gewesen sein mögen, wohl keine Aussicht gewesen wäre. Möglicherweise aber wurde diese Vergrösserung (man vergleiche den Plan der ursprünglichen Kirche Fig. 7) auch zugleich durch eine um jene Zeit sehr wohl annehmbare starke Vermehrung der Dorfgemeinde veranlasst.

Trotz dieses beklagenswerthen Übelstandes aber besitzt diese Kirche durch ihre fast einheitliche und zugleich glänzende Ausstattung des Innern eine solche Harmonie aller Theile unter einander, wie sie in einer Dorfkirche nicht leicht schöner gedacht werden kann; und dies musste in noch höherem Grade der Fall sein, als das bunte Riesencrucifix mit seinen Nebenfiguren noch den Raum des Triumphbogens belebte. Der ursprüngliche einfachere Charakter, repräsentirt durch die zugemauerten Rundbogenfenster, die Ecksäulen und Gewölberippen im Chor, ist freilich vollständig verdrängt und nur noch mit Mühe heraus zu finden.

Wir verlassen das Innere der Kirche durch die erwähnte kleine Pforte an der Südseite des alten Chores, und betrachten nunmehr die Aussenseite. Die Kirche war ursprünglich durchgehends von behauenen Quadern erbaut. Dieselben bestehen aus einem sehr dauerhaften, feinkörnigen und gut zubearbeiteten weissen Sandstein, welcher an der Nordseite des Dorfes in unmittelbarster Nähe gewonnen wird[1]. Überhaupt liegt das Dorf Giessmannsdorf in demjenigen Gebiete Schlesiens, durch dessen Reichthum an feinkörnigem und technisch gut verwendbarem Sandstein fast ganz Schlesien und ein grosser Theil der nahen Oberlausitz seit alten Zeiten mit derartigen Werkstücken versorgt wird. Das Schiff besitzt bis unter das Dach eine Höhe von 32 Fuss rheinl., der Chor eine Höhe von 25 Fuss, und die der Apsis mag ursprünglich 20 bis 22 Fuss betragen haben, was sich jetzt nur nach der Analogie vermuthen lässt. An dem unteren Theil der Mauern von Schiff und Chor tritt noch jetzt ein zierlich profilirter Sockel hervor, der ursprünglich auch um die Mauern der Apsis herumlief. Seine Höhe variirt, je nach den Unebenheiten des Bodens an den verschiedenen Theilen des Gebäudes, zwischen $3^1/_2$ Fuss und 9 Zoll. Der tief ausgekehlte obere Theil desselben dient zugleich als Basis für die Portalwandung und die Ecksäulen der Apsis.

Im Übrigen sind die Mauern von Chor und Schiff völlig glatt und schmucklos bis zu dem Hauptgesims unter dem Dach (von einem Fuss Höhe), welches noch gegenwärtig um alle Theile des Gebäudes herumläuft, mit alleiniger Ausnahme des erwähnten jüngeren Choranbaues. Die einzige, fast vollständig erhaltene Fensteröffnung an der Nordseite des Chores, deren Lage schon oben angegeben wurde, lässt, da nur ihre innere Hälfte vermauert ist, an der Aussenwand einige charakteristische Details erkennen. Sie verengt sich nämlich sowohl an den Seiten, als oben und unten so stark nach innen, dass für ihren innersten Raum im Mittelpunkt der Mauerdicke, bei $4^1/_2$ Fuss Höhe, nur eine lichte Weite von 1 Fuss übrig bleibt. Die Wandungen sind glatt und nur der äussere Rand ist in gefälliger Weise mit einem Rundstab und 2 Hohlkehlen eingefasst. Der nach dem Innern der Kirche gerichtete, jetzt vermauerte Theil der Wandung war ohne Zweifel, analog den vollständig erhaltenen Wandungen der Apsidenfenster, völlig ohne Gliederung und einfach erweitert. Der an der Aussenwand befindliche Umriss dieser Fensteröffnung ist von völlig übereinstimmenden Dimensionen mit dem an der Innenwand, nämlich bei $6^1/_2$ Fuss Höhe und 3 Fuss Weite. Von dieser Fensterform ausgehend, dürfen wir nach Analogie der übrigen romanischen Dorfkirchen in Schlesien mit grosser Wahrscheinlichkeit die Vermuthung aufstellen, dass auch die sechs gegenwärtig theils vermauerten, theils erweiterten ursprünglichen Fensteröffnungen des Kirchenschiffes ungefähr eben so gestaltete Wandungen gehabt haben werden[2]. An der Nordseite des Schiffes befindet

[1] K. Drescher. Über die Kreidebildungen der Gegend von Löwenberg, in der Zeitschrift der deutschen geologischen Gesellschaft. Jahrgang 1863, pag. 291—366. — [2] Die Erhaltung der Fensteröffnung am Chor ist nur dem glücklichen Zufall zu verdanken, dass an dieser Chorseite in gothischer Zeit die ehemalige Sacristei angebaut wurde, deren Pultdach diese Fensteröffnung bedeckte. Eben demselben Umstande haben wir auch die, nur an dieser Stelle vollständige Erhaltung des eben erwähnten Mauersockels zu verdanken, der ringsum an allen Theilen des Gebäudes von der Witterung stark beschädigt ist.

sich noch das ursprüngliche Hauptportal. Seine Lage ist darum von Bedeutung, weil der Zugang von der Dorfstrasse her auf den Kirchhof stets an der Westseite desselben befindlich war, und auch darum, weil in späterer Zeit der gegenwärtige Haupteingang gerade dem Einfahrtsthor gegenüber nachträglich in die ursprünglich geschlossene Westfaçade eingebrochen wurde. Das ursprüngliche Hauptportal jedoch liegt an der Nordseite gegen das benachbarte herrschaftliche Schloss hinauf, und noch heute führt aus dem hinteren Thorwege des Schlosses ein kurzer Fusspfad durch eine besondere Pforte in der Kirchhofsmauer direct nach diesem Portal. Dasselbe ist noch im ursprünglichen Zustande; denn seine Wandungsgliederung besitzt denselben schon erwähnten Sockel, welcher rings um die ganze Kirche läuft, und zwar in derselben Höhe, wie an allen Theilen der Kirche. Daraus geht mit Evidenz hervor, dass das historische Piastenschloss zu Giessmannsdorf schon existirt haben muss, bevor unsere Kirche erbaut wurde, da bei deren ursprünglicher Errichtung augenscheinlich auf das dicht neben dem Kirchhofe befindliche Schloss, behufs der Anlage des Hauptportals Rücksicht genommen wurde. Vielleicht machten es auch strategische Rücksichten rathsam, bei der Erbauung der Kirche das Portal nicht, wie sonst in der Regel, an der Westfaçade anzulegen. Es ist (Fig. 8) in einem stumpfen Spitzbogen geschlossen, und obwohl es in der rechtwinklichen Auskantung seiner Wandgliederungen und seinen kreisrund profilirten Wandsäulen sich noch vollkommen dem romanischen Portaltypus anschliesst, nähert es sich im Vergleich zu anderen Portalen von gleichem Alter und ähnlicher Einfachheit dennoch durch das Fehlen der Wandsäulencapitäle, deren Linie hier nur durch drei ringförmige Knäufe um je drei Säulen an jeder Wandung angedeutet ist, während die übrigen Theile der Wandgliederung unvermittelt in die Schlussbögen übergehen, ferner dadurch, dass sich die Wandsäulen und Archivoltentheile nicht völlig frei von den Wänden ablösen, endlich durch das Fehlen besonderer Wandsäulenbasen und eines Tympanums, schon in ungewöhnlichem Grade dem Portaltypus zur Zeit des gothischen Baustyls, und bildet thatsächlich einen Übergang zu demselben. Die Westfaçade, welche ursprünglich wenigstens, bis zur Basis des Giebels ganz nackt und ohne Öffnungen gewesen zu sein scheint, vermögen wir nach dem, was sich von ihrem ursprünglichen Zustande noch erhalten hat, nur in Bezug auf den ehemaligen Westgiebel zu schildern, da der nachträglich vorgebaute Thurm die Beobachtung sehr erschwert. Dieser Giebel war durch die Anordnung von drei Kreisfenstern und einer grösseren viereckigen Öffnung, alle mit schlicht abgefassten Kanten eingefasst (jetzt sämmtlich zugemauert), wenigstens nicht ganz ohne Belebung gelassen. Auch die beiden übrigen Giebel der Kirche hatten ursprünglich den einfach begrenzten Umriss.

Fig. 8.

Das Dach des Schiffes hat noch gegenwärtig die mässig steile Sattelform, welche es ursprünglich erhielt. Aus dem gegenwärtigen Gebälk desselben ergibt sich, dass das noch jetzt vorhandene Dach ursprünglich einen hölzernen Dachreiter von achteckiger Form über seiner Mitte getragen hat, der wohl bei der Erbauung des gegenwärtigen massiven Thurmes an der Westseite entfernt worden sein mag. Das Dach über dem verlängerten Chor ist augenscheinlich neueren Ursprungs, und zeichnet sich im Vergleich zu dem eben geschilderten Schiffdache durch die bedeutende Steilheit seines Sattels auffallend aus.

Wir gelangen nun zu dem Äusseren des umgebauten östlichen Theiles der Kirche, zu dem nach Osten verlängerten Chorraume. Dieser Umbau ist äusserlich noch auffallender als im Innern, einestheils weil hier die Mauern des ursprünglichen Chors mit denen des angebauten Theiles nicht in einer Flucht fortlaufen, sondern gegen diese letztere auf beiden Seiten um 6 Zoll vorspringen; anderntheils weil der erste Blick überzeugt, dass zum Bau des gegenwärtigen Chorschlusses die Werkstücke des ursprünglichen Chorschlusses, und zwar von einer polygonalen romanischen Apsis verwendet worden sind. Schon oben wurde erwähnt, dass die Nordseite des neueren Choranbaues aus groben Bruchsteinen erbaut sei, während die Südwand gleich den übrigen Theilen des ganzen Gebäudes aus behauenen Quadern errichtet ist. Eben so ist auch der gegenwärtige Ostgiebel der Verlängerung aus unbehauenen Bruchsteinen aufgeführt. Auf seiner Spitze erhebt sich noch dasselbe Steinkreuz, das den Ostgiebel des ursprünglichen Chores geziert hatte. Der Chorschluss ist polygonal, durch drei Seiten von verschiedener Länge gebildet, indem nämlich die Ostwand aussen eine Länge von 11 Fuss 10 Zoll besitzt, während die beiden angrenzenden Wände eine Länge von 12 Fuss 3 Zoll haben. Alle drei schliessen sich ohne Absatz direct an die Nord- und Südwand des neueren Choranbaues an. Doch sind die drei Schlussmauern etwa um 4 Fuss niedriger, und so ist auch dieser Chorschluss immer noch ein apsidenartiger, obwohl von ganz abnormer Gestalt. An den vier Ecken desselben erheben sich Dreiviertelsäulen über besonderen, stark hervortretenden Basen und Sockeln, welche oben von Capitälen und lisenenartigen Wandvorsprüngen gekrönt werden. In jedem Felde zwischen diesen Säulen befindet sich ein schlankes, flachbogig geschlossenes Fenster, jedoch mit Wandgliederungen des romanischen Styls. Über den Fenstern läuft ein zierlicher Rundbogenfries rings um alle drei Seiten des Chorschlusses, darüber ein Zahnfries, und endlich dasselbe Hauptgesims unter dem Dache, dessen wir schon oben erwähnten; nur hier noch hie und da mit einem besonderen friesartigen Schmuckrelief von der Form des romanischen Schachbrett- und Rauten-Ornaments in unsymmetrischer Anordnung versehen. Aber auch dem ungeübten Auge fällt beim Anblick dieses Chorschlusses deutlich auf, dass die Werkstücke, aus welchen die Mauern überhaupt bestehen, besonders aber die, aus welchen jener Friesschmuck zusammengesetzt ist, fast durchgängig nicht zusammen passen, und mindestens unharmonisch, theilweise sogar vollkommen widersinnig zusammengestellt sind. Aus einer sorgfältigeren Betrachtung dieses Gebäudetheiles ergibt sich bald jedem aufmerksamen Beobachter einestheils die Entstehung der jetzigen Gestalt des Chorschlusses, anderntheils wenigstens annähernd seine ursprüngliche Gestalt. Wie wir schon oben behauptet, zeigt das heutige Aussehen des östlichen Abschlusses unserer Kirche schon von vornherein, dass die Werkstücke, aus denen er besteht, von einer polygonalen romanischen Apsis herrühren, welche einst den ursprünglichen östlichen Abschluss derselben bildete. Dass diese ursprüngliche Apsis aber gegen die Ostwand des Chores zurücktrat, ergibt sich zunächst mit völliger Gewissheit aus der augenfälligen Nothwendigkeit, dass die genannten, wesentlich in ihrer ursprünglichen Stellung an dem jetzigen Chorschluss wieder angebrachten Friesbänder nebst dem über ihnen befindlichen Hauptgesims und den lisenenartigen Vorsprüngen, welche die Bekrönung der Ecksäulen bilden, schon anfangs beträchtlich über die Apsidenmauern hervorgeragt haben müssen. Nun ist aber an den beiden noch vollkommen erhaltenen Ostecken des Chores auch nicht die Spur einer Vermittelung dieser Hervorragung wahrzunehmen, die doch stattgefunden haben müsste, wenn der frühere Anschluss der Apsis an den Chor dem gegenwärtigen entsprochen hätte. Sie wird daher, gleich anderen Apsiden von romanischen Dorfkirchen in Schlesien, sich derartig an die Ostwand des Chores angeschlossen haben, dass diese noch an jeder Ecke um vielleicht $1\frac{1}{2}$ bis 2 Fuss über die angrenzenden Apsidentheile vorsprang. Der Maurer, welcher den Umbau machte, führte, wie die Beobachtung der gegenwärtigen Grundmauern ergibt, augenscheinlich zuerst, nachdem er die Apsis nebst dem ursprünglichen Ostgiebel des Chorraums abgebrochen, im Anschluss an die aus demselben Material hergestellte nördliche und südliche Grundmauer der neuen Chorverlängerung, eine Grundmauer von groben Bruchsteinen auf, welche den neuen Anbau dreiseitig abschloss, und aus der er nur an den Ecken schmale Pfeiler vorspringen liess, auf denen weiter oberhalb die Ecksäulen ruhen sollten. Über dieser Grundmauer errichtete er an der Südseite aus einem Theil der durch den Abbruch gewonnenen Quadersteine zunächst diejenige Wand, welche wir jetzt die Verlängerung der Südwand des ursprünglichen Chores bilden sehen. Zu der Errichtung der drei Wände des östlichen Abschlusses benutzte er dann vollends den grössten Theil der noch übrigen Werkstücke, die natürlich nicht auch noch zur Errichtung der nördlichen Wand des neuen Anbaues ausreichten, welche darum von Bruchsteinen aufgeführt und abgeputzt wurde. Für die drei Schlusswände benützte er auch Werkstücke zu den Wandungen von drei der ursprünglichen Apsidenfenstern (vielleicht waren überhaupt nur drei vorhanden gewesen), stellte sie aber um einen Fuss weiter aus einander, als sie sich früher befunden hatten. Dadurch gewann er zwar an Licht für den Innenraum und ersparte erheblich an dem vorhandenen Material; er war aber dadurch auch verhindert, die ursprünglichen Schlusssteine der Fensteröffnungen wieder zu benutzen. So entstand der ungeschickte Abschluss der neuen Fensteröffnungen durch gedrückte Flachbögen, gleich den beiden grösseren Fensteröffnungen in der Nord- und Südwand der Chorverlängerung. Die Friesbänder, das Hauptgesims und die Ecksäulen der ursprünglichen Apsis wurden augenscheinlich wieder an entsprechenden Stellen verwendet. Da sie aber über Wänden angebracht wurden, welche vor der Nord- und Südwand des angrenzenden neuen Choranbaues nicht zurücktreten, so kam es, dass seitdem diejenigen Säulen und Säulencapitäle, welche nebst ihren Bekrönungen an die eben genannten Wände angrenzen, weit über dieselben hervortreten. Unglücklicherweise aber wählte man für diese Stellen gerade diejenigen Ecksäulen und zugehörigen Bekrönungen, welche sich ursprünglich in derselben Stellung an die Ostwand des Chors angelehnt hatten, und daher natürlich an ihren nach Westen gerichteten Flächen nur roh bearbeitet waren. Gerade diese Stücke aber harmoniren alle durchaus nicht mit den angrenzenden Friestheilen, sondern bilden vielmehr mit demselben einen stumpfen Winkel und halten deutlich dieselbe Richtung inne, wie die angrenzende Nord- und Südseite der Chorverlängerung. Daraus ergibt sich, dass diese Stücke Apsidenwänden angehörten, welche in eben derselben Richtung fortliefen; es ergibt sich aber auch ferner, dass die ursprüngliche Form der Apsis von mehr als drei und zwar wenigstens von fünf Seiten gebildet worden sein muss. Da wir ausserdem alle übrigen Werkstücke wenigstens in ihrem Gefüge im Allgemeinen harmoniren sehen, so gewinnt es in der That den Anschein, als ob diejenigen Wände, welche jetzt den dreiseitigen Chorschluss bilden, auch unter denselben Winkeln an den Ecken zusammenstiessen.

An jeder Wand ist ein Rundbogenfries mit je 7 Rundbögen, im Ganzen also 21 Rundbögen. Ein einzelner Rundbogen aber von völlig übereinstimmender Form und Grösse, gegenwärtig an der Südostecke des neueren Choranbaues, dicht unter dem Dach eingemauert, gehörte offenbar ursprünglich auch zu demselben Friese. Da wir fünf Apsidenseiten annehmen müssen, so werden wir wohl kaum irre gehen, wenn wir jeder derselben einen Bogenfries von fünf Bögen zutheilen und die Werkstücke mit den drei jetzt fehlenden Bögen als anderswo vermauert annehmen. Auch von dem über dem Bogenfriese angebrachten Zahnfriese finden wir Stücke, die offenbar bei dem Umbau übrig geblieben sind, als Ergänzung für das über ihm liegende Dachgesims benützt. Eine von gleicher Nachlässigkeit und Rohheit zeugende Ergänzung finden wir an der Basis der südlichsten Ecksäule, indem für dieselbe ein Bruchstück des schon erwähnten Sockels benützt ist, der ursprünglich in gleicher Höhe, wie der um Schiff und Chor noch jetzt herumlaufende Wandsockel, auch um die Apsis geführt war. Dieser Sockel lief ursprünglich in analoger Weise, wie an dem Hauptportale der Kirche, zugleich auch als Basis um den Fuss der Ecksäulen herum, ist aber an diesen Stellen regelmässig durch zwei Eckblätter oder Eckknollen ausgezeichnet (Fig. 9). Überhaupt sind unter dreien von den Ecksäulen die Werkstücke von den ursprünglichen Sockeln von neuem angebracht worden und nur durch Einsatzstücke und ein Mauerwerk von Bruchsteinen nach unten stark verlängert, wie überhaupt der ganze gegenwärtige Chorschluss um mehr als 3 Fuss im Vergleich zu der, aus den Überresten leicht zu berechnenden Höhe der ursprünglichen Apsis erhöht ist.

Fig. 9.

Vor der Westfaçade der Kirche erhebt sich jetzt ein aus Bruchsteinen erbauter und darum abgeputzter viereckiger Thurm von etwa 150 Fuss Höhe mit einem höchst unglücklichen Übergange ins Achteck, und einem Spitzdach versehen, das an Plumpheit und Rohheit der Ausführung seinesgleichen sucht. Die Details, repräsentirt durch steinerne Thür- und Fensterwandungen, deren Gliederung aus sich kreuzenden Rundstäben und Hohlkehlen besteht, so wie durch weite und hohe Spitzbogenfenster in dem obersten Stockwerke, welche einige Variationen von spätgothischem Fischblasenmasswerk enthalten, verweisen die Erbauungszeit etwa in die ersten Jahrzehente des XVI. Jahrhunderts. Der ungeschlachte Thurmhelm, so wie der achteckige kurze Aufsatz rühren höchst wahrscheinlich von Kaspar von Warnsdorf her. Diese Vermuthung wird bestärkt durch die Inschrift einer Glocke auf diesem Thurme, welche berichtet, dass Kaspar von Warnsdorf und seine Gattin im Jahre 1607 dieselbe gestiftet haben[1]; ausserdem aber auch durch die verbürgte Nachricht, dass Kaspar von Warnsdorf im Jahre 1598 eine Denkschrift in den Thurmknopf niedergelegt hat, deren Inhalt leider verloren gegangen ist[2].

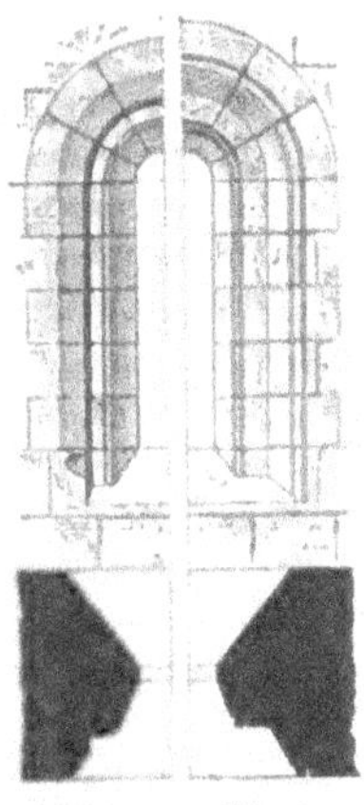

Fig. 10. Fig. 11.

Die Fenster, welche sich nach der Analogie der Chorfensters sowohl, als auch nach Fensteröffnungen an anderen romanischen Dorfkirchen in Schlesien jedenfalls bis zur Mitte der Mauerdicke zu einer Weite von nur 1 Fuss verengt haben und, nach der Beschaffenheit ihrer erhaltenen Wandungen zu schliessen, wohl an den äussersten Rändern ihrer Innenseite eine Weite von 3 Fuss, an der Aussenseite dagegen eine von 4 Fuss bei einer Höhe von etwa 8 Fuss besessen haben werden (jetzt sind sie in ihrer stärksten Verengung 2 Fuss weit und an den Aussenrändern 8 Fuss hoch), sind an ihren Wandungen auch reicher gegliedert als die übrigen Fensteröffnungen der Kirche. Die Gliederung ist bei allen dreien verschieden und besteht, wie die nebenstehenden Zeichnungen es angeben (Fig. 10 und 11), wesentlich aus einem Wechsel von rechtwinklichen Eckgliedern in Verbindung mit Hohlkehlen, Rundstäben und schrägen glatten Flächen bis zur Mitte der Mauer. Diese wird durch einen schmalen glatten Streifen von 3 Zoll Breite bezeichnet, worauf die dem Kircheninneren zugewendeten Theile der Wandungen beginnen, welche ohne jegliche Gliederung einfach divergirend gebildet sind. In dieser Wandgliederung zeigt sich eine unverkennbare Verwandtschaft mit derjenigen, welcher wir an den Fensteröffnungen der nicht minder schmuck-

[1] Frobôss. p. 111. — [2] Der Guss dieser zierlichen Glocke geschah, laut derselben Inschrift, zu Görlitz durch Meister Martin.

reichen Apsis der Kirche in dem nahen Röversdorf bei Schönau begegnen. Bei zweien unter den erhaltenen drei Apsidenfenstern reichen die Rundstäbe und Hohlkehlen, in analoger Weise wie an dem Chorfenster, sämmtlich unvermittelt bis zur Fensterbasis herab, bei dem dritten jedoch findet am äussersten Rande eine eigenthümliche Vermittlung der Basis statt.

Der Rundbogenfries (Taf. III, Fig. b) über den Fenstern besitzt ein für diese Art der Anwendung höchst seltenes Profil, das dem der umgekehrten attischen Basis sehr nahe kommt und nur aus zwei Rundungen mit dazwischen liegender Hohlkehle besteht. Er tritt ohne besondere Vermittelung direct aus den Mauern hervor. Höchst bemerkenswerth ist an diesem Bogenfriese, dass die von den einzelnen Bogen umschlossenen Felder grösstentheils mit figürlichen Darstellungen belebt sind. Wir sehen unter diesen eine Figur, die wie ein Rad aussieht, wohl aber das decorativ behandelte Monogramm Christi mit einem ringförmigen Rahmen darstellen soll[1]; ferner die Darstellungen eines springenden Pferdes mit fliegender Mähne, eines Bären, eines Fisches, eines Hasen, eines Rindskopfes, eines Kindes oder vielmehr einer menschlichen rohen Figur mit unförmlich grossem Kopfe, einer Kugel, eines Kreuzes mit gleich langen Armen und endlich einer Figur, die man für die so häufige heraldische Lilie des Mittelalters halten würde, wenn sie nicht deutlich die Form einer Helebardenspitze hätte. Wir werden kaum irren, wenn wir annehmen, dass allen diesen Figuren ein christlich symbolischer Sinn zu Grunde liegt; wir halten jedoch unsere Ansicht über dieselben zurück, da sie uns in dieser Anwendung bisher nicht bekannt waren.

Fig. 12.

Der Rundbogenfries wird nach oben von einem Zahnfries mit einem darüber fortlaufenden Wulste bekrönt, über welchem dann ein glatter Streifen von 9 Zoll Höhe und endlich, als Abschluss nach oben, das Hauptgesims unter dem Dache folgt. Beide laufen um die lisenenartigen Bekrönungen der Ecksäulencapitäle herum. Das Hauptgesims hat, wie schon oben erwähnt, zwar dasselbe Profil und dieselbe Höhe, wie dasjenige, welches unter dem Dache des Chors und Schiffes fortläuft, ist aber hier an der Apsis noch mit einzelnen Streifen eines besondern Schmuckes verbunden, welcher als ein starker runder Wulst in ursprünglich wohl gleichmässigen Zwischenräumen, aus der Hohlkehle des Gesimses vortritt und auf der Oberfläche abwechselnd mit dem romanischen Rauten- und Schachbretornament bedeckt ist. Das Gesims selbst besteht, abgesehen von dem nur stellenweise angewendeten Schmuck, aus einem Wulst und einer grossen flachen Hohlkehle (Fig. 12). Die vier Capitäle über den Ecksäulen an der Apsis entsprechen in ihrer Höhe von 1 Fuss rheinl. der Höhe des Rundbogenfrieses, den sie an den Ecken des Gebäudes gewissermassen ersetzen. Sie haben sämmtlich die kelchförmige Gestalt, welche in der letzten Periode des spätromanischen Styls allgemein für Capitäle angewendet wurde. Das erste von ihnen, an der südlichen Ecke der Apsis, zeigt eine Bekleidung von stylisirten, nicht aus dem Pflanzenreiche entnommenen Blättern, zwischen denen einige Weintrauben hervorblicken. Das Blattwerk ist aber so unharmonisch und willkürlich angeordnet, dass das ganze Capitäl den Eindruck macht, als habe sich ein Stümper in der Bildung von phantastischen Blattformen versucht. Das nächstfolgende Capitäl gehört zu der Gattung der Knospencapitäle, welche vorzugsweise die Periode des spätromanischen Styls in Deutschland charakterisiren; ist aber ebenfalls in äusserst wenig entsprechender Weise ausgeführt. Das hierauf folgende Capitäl an der Nordostecke der Apsis (Fig. 13) zeigt eine grössere Belebung der Oberfläche. Zwischen den Blättern laufen in der Mitte an jeder von den drei freien Seiten zwei Facettenschnüre hinauf, die sich weiter oben kreuzen und um je eine Blattgruppe herumlegen, welche mit der von ihr eingerahmten Maske an

[1] Vergleiche: De Caumont, Abécédaire, ou rudiment d'Archéologie (Architecture religieuse, pag. 51.

die moderne Darstellung eines von zwei Flügeln eingefassten Engelsköpfchens erinnern. Besser gelungen ist schon das Capitäl an der Nordecke der Apsis, welches (Fig. 14) zwar auch stylisirtes Blattwerk, aber wenigstens in etwas ansprechender Gruppirung aufweist. Die Wülste, welche diese vier Capitäle mit den Säulenschäften verbinden, haben vollkommen abgerundete Umrisse und sind als unmittelbare Fortsetzungen des unteren Wulstes an dem Profil des Rundbogenfrieses anzusehen.

Fig. 13.

Fig. 14.

Fig. 15.

Fig. 16.

Mit weit grösserer Sorgfalt und besserem Geschmack sind dagegen die Capitäle über den Ecksäulen im Innern des Chors gebildet. Sie liessen noch die Spuren einer grünen Bemalung auf ziegelrothem Grunde erkennen, als man sie von der weissen Tünche befreite, die sie zuletzt bedeckte. Ihre Dimensionen sind etwas grösser als die der äusseren Capitäle, denn sie besitzen eine Höhe von 14 Zoll rheinl. Ihre Gestalt ist wieder die kelchförmige; eben so haben auch hier die Wülste zwischen Capitäl und Schaft einen abgerundeten Umriss.

Dass sie mit den äusseren Capitälen gleichzeitig sind und von demselben Meister herrühren, ergibt sich mit Evidenz aus der völligen Übereinstimmung, die sich in der eigenthümlichen Auswahl von Blättergruppirungen zwischen beiden offenbart, wenn man die vorigen Capitäle an der Aussenseite mit dem Capitäl an der Südostecke des Chorraums (Fig. 15) vergleicht. Dieses zeigt einen eigenthümlichen Wechsel von stylisirtem romanischen Blattwerk mit solchem, welches deutlich dem von einheimischen Wasserpflanzen nachgebildet ist. Die Blätter des ersteren sind zu zweien gruppirt und erscheinen wie durch Bänder zusammen gehalten. Das Ganze wird unterhalb von einem breiten Gürtel gleichsam zusammengefasst, der nach Art einer, aus beweglichen Gliedern zusammengesetzten Kette behandelt ist.

Das Capitäl an der Nordostecke des Chors (Fig. 16) zeigt eine gleichartige Bekleidung mit eigenthümlich gestalteten Blättern von charakteristisch spätromanischer Form[1], über denen phantastische Thiergestalten sichtbar werden, deren Technik einer sehr untergeordneten Kunststufe angehört.

Bemerkenswerth ist aber, dass wir unter diesen Thiergestalten wiederum, wie aussen unter dem Bogenfries der Apsis, den Darstellungen eines Fisches und springender Pferde begegnen.

Das nun folgende Capitäl in der Nordwestecke des Chors (Fig. 17) zeigt eine gleichförmige Bekleidung mit Blättern in durchaus unkünstlerischer Gruppirung, welche, wie es scheint, Weinblätter sein sollen, da wir ähnliche an der romanischen Kirche zu Puschkau in Gesellschaft

[1] Man findet eben dieselbe Blattform an einem Capitäl in der Schlosscapelle zu Freiburg an der Unstrut.

von Weintrauben wiederfinden. Das noch übrig bleibende Capitäl in der Südwestecke des Chors besitzt unter allen die eigenthümlichste Gestalt (Fig. 18). Der Künstler gab ihm eine von den übrigen wesentlich abweichende Form, und wandte hier merkwürdigerweise eine dem antiken Akanthusblatt ähnliche Blattform an, jedoch in ungefüger Gruppirung mit noch zahlreichen anderen Blattformen aus der einheimischen Flora, denen an der Vorderseite ausserdem die Gestalt einer Helebardenspitze hinzugefügt ist, welche aber in der hier gewählten Weise wohl wiederum nur eine modificirte Form des ältesten Monogrammes Christi vorstellen soll.

Fig. 17.

Fig. 18.

So sehr auch alle diese plastischen Gebilde den allgemeinen Charakter ihrer Entstehungszeit in deutlichster Ausprägung offenbaren, bleibt ihnen dennoch so viel Eigenthümliches, dass Niemand läugnen kann, dass wir hier keine blossen Copien irgend einer allgemein gebräuchlichen plastischen Schmuckform derselben Stylgattung vor uns haben.

Eben so wenig lässt die Wahl der angewendeten Formen die Behauptung zu, dass sich darin eine offenbare Verwandtschaft mit den entsprechenden Architecturformen in irgend einem andern deutschen Lande ausspräche. Im Gegentheil scheint es, als seien alle die vorgeführten Bildungen durchaus originelle selbstständige Äusserungen eines im Geist seiner Zeit schaffenden Bildners, der auch in seiner schwächsten Leistung, nämlich bei den figürlichen Darstellungen, zeigte, dass er die von der Natur gebotenen Vorbilder doch im Ganzen richtig verstand und wiederzugeben bemüht war.

Die polygonal geformte Gestalt der Apsis, so wie sämmtliche Details des Kirchengebäudes beweisen, abgesehen von den geschichtlichen Daten, dass dasselbe ein Bau des spätromanischen Styles ist. Sein Grundriss ist, wenn man von dem Fehlen des Thurmes an der Westfaçade absieht, typisch für die romanischen Dorfkirchen wohl fast in ganz Deutschland. Auch abgesehen vom Grundriss, besitzt diese Kirche viel Ähnlichkeit mit der zierlichen, aber im Allgemeinen einfacher behandelten Dorfkirche zu Steinbach an der Unstrut[1], weniger mit der schmuckreichen Kirche zu Schöngrabern[2].

Was den Charakter ihrer Chorwölbung anlangt, so ist schon oben näher angegeben worden, welche spätromanischen Kirchen in Schlesien und welche ausserhalb Schlesiens denselben Charakter zeigen. Dieselbe Aufeinanderfolge von Friesen und Gesimsen, nur mit einem weit grösseren Reichthum in den Details, finden wir wieder an den Apsiden der prachtvollen spätromanischen Kirche zu St. Ják in Ungarn[3], und ausserdem noch an einer Reihe von ähnlichen Baudenkmälern in Ungarn, Niederösterreich und Steiermark. Unter den schlesischen romanischen Kirchen steht sie in Bezug auf diesen Schmuck, wie es bis jetzt scheint, ganz vereinzelt da. Was die Form des Sockels und der Deckplatten über den Capitälen anlangt, so ist auch diese eine der gewöhnlichsten bei spätromanischen Bauten, und wir führen von zahlreichen Beispielen nur an, dass ausser in den schlesischen Kirchen zu Neukirch, Goldberg und Puschkau bei Schweidnitz, fast genau dieselbe Gestalt des Sockels und der Deckplatte sich in der Franciscanerkirche zu Salzburg, der Abteikirche zu St. Paul im Lavantthale in Kärnthen, dem Dome zu Naumburg, der Kirche zu Kloster Mannsfeld, in dem romanischen Theil der St. Sebaldkirche zu Nürnberg und wohl noch vielen

[1] Puttrich. Denkmäler der Baukunst. II. 2, pag. 27, Tab. 17. — [2] G. Heider. Die romanische Kirche zu Schöngrabern in Niederösterreich. Wien 1855. — [3] Siehe Eitelberger von Edelberg. Die romanische Kirche zu St. Ják in Ungarn.

andern von gleichem Alter in Deutschland wiederfinden. Von mehreren dieser Kirchen, z. B. von der zu Tischnowic, der Franciscanerkirche zu Salzburg und dem Dom zu Naumburg a. d. S. ist historisch erwiesen, dass sie in den ersten Jahrzehnten des XIII. Jahrhunderts erbaut wurden. Da wir nun oben schon von grösseren spätromanischen Kirchen in Schlesien nachgewiesen haben, dass ihre Erbauung keineswegs später erfolgt ist, als zu der Zeit, in welcher in ganz Deutschland der spätromanische Styl herrschend war, so glauben wir, das auch mit demselben Rechte von den kleineren einschiffigen Kirchen voraussetzen zu dürfen, und zwar um so mehr, als diese Voraussetzung, durch zahlreiche Analogien bestätigt wird. Wir wagen daher die Behauptung, dass im Jahre 1233, in welchem wir das Vorhandensein des Dorfes Giessmannsdorf zum ersten Male historisch nachgewiesen erhalten, auch die Kirche dieses Ortes entweder schon existirt hat, oder doch nicht lange darauf erbaut worden ist[1]. Dass man diese Dorfkirche mit so vorzüglichem architektonischem Schmuck versehen, dazu dürfte sich wohl die Erklärung in der unmittelbaren Nachbarschaft des uralten herzoglichen Schlosses finden lassen, in welchem sich Herzog Heinrich I. während des XIII. Jahrhunderts oftmals aufgehalten haben mag, als dasselbe noch zu den ansehnlicheren Landesvesten gehörte. Ja es ist sogar mehr als möglich, dass Schlesiens Landespatronin, die heilige Fürstin Hedwig das Meiste dazu beigetragen hat, dass dieser Bau so prächtig ausgeführt wurde; erfahren wir doch, dass sie sich ihr Lebelang vorzugsweise gern in der Gegend von Goldberg und Löwenberg aufhielt, in der auch unsere Kirche liegt[2]. Somit wäre dieselbe ursprünglich als eine fürstliche Schlosscapelle anzusehen, was an Wahrscheinlichkeit gewinnt, wenn wir uns die Lage der herzoglichen Burgcapelle zu Lähn, bekanntlich der Lieblingssitz der frommen Fürstin, vergegenwärtigen, welche auch ausserhalb der Mauern der Burg, aber etwa eben so dicht neben derselben errichtet ist, wie unsere Kirche hier neben der Burg zu Giessmannsdorf.

Die älteste historische Erwähnung einer Kirche zu Giessmannsdorf datirt erst vom Jahre 1310, in welchem ihre Existenz aus zwei Originalurkunden des Magdalenerinnen-Klosters zu Naumburg am Queis ersichtlich wird[3], da in demselben beide Male der Pfarrer (plebanus) von Goswinsdorff (so in der einen, Gozwini villa in der andern) Namens Arnold als Zeuge angeführt wird.

[1] Ihre Existez vor dem Beginn des XIII. Jahrhunderts anzunehmen, wagen wir nicht, weil das Bestehen des Ortes und selbst der herzoglichen Burg vor dieser Zeit allzu fraglich ist. — [2] Vergl. Vita s. Hedwigis in Stenzel. scr. r. S. II, pag. 1—126. — [3] Originalurkunden im prov. Archiv zu Breslau. Magdal. Naumburg am Queis, Nr. 27 und 28.

Jakob Seisenegger,

Kaiser Ferdinand I. Hofmaler.

1531—1567.

Eine Studie zur österreichischen Kunstgeschichte aus bisher unbenützten Quellen.

Von Ernst Birk.

Die Kunstgeschichte bedarf zu ihrem Gedeihen vor Allem einer sicheren urkundlichen Grundlage. Die Wahrheit dieses Satzes hat in unseren Tagen allgemeine Anerkennung gefunden. Die Beischaffung des unentbehrlichen Materials, das noch reichlich vorhanden, bietet jedoch so eigenthümliche Schwierigkeiten, dass bisher nur Wenige diesem Zweige historischer Forschung sich zugewendet haben. Es ist dies auch leicht erklärlich. Archive sind ein spröder Schacht „den nicht erwühlt ein Scherz", um des Dichters Worte zu gebrauchen. Treten wir einmal in die ehrwürdigen Räume eines reichen Archives. Lange Bändereihen alter Copialbücher und Rechnungen, dann zahllose Actenbündel starren uns von den Wänden herab an. Welche Zeit und Mühe erfordert es, die vergilbten Überbleibsel nur eines Jahrhunderts auch nur in einem einzigen grösseren Archive zu durchforschen, und wie gering ist nicht selten die Ausbeute für unseren speciellen Zweck. Dennoch muss das allein verlässliche handschriftliche Material erschöpfend aufgesammelt werden, ohne Rücksicht auf den dazu erforderlichen Aufwand von Kraft und Zeit. Erst nach Vollendung dieser wenig dankbaren Arbeit wird die Kunstgeschichte eine unverrückbare chronologische Grundlage haben und reiches Materiale finden ihre Annalen mit den Namen manches verschollenen Meisters zu bereichern, dessen noch vorhandene Werke unter fremden, aber berühmteren Namen gehen. Neuen Aufschwung und eine früher ungeahnte Sicherheit bei Bestimmung der Meisternamen wird ferner die Kunstgeschichte der glänzendsten Erfindung der Neuzeit, der Photographie, zu verdanken haben, sobald sie umfassend auf Gemälde wie Handzeichnungen Anwendung findet. Nur auf diesem Wege wird es möglich die auf weite Entfernungen zerstreuten Kunstwerke zu unmittelbarem Vergleiche neben einander zu haben, und überraschenden Ergebnissen lässt sich mit Sicherheit entgegen sehen.

Besondere Anwendung findet das eben Gesagte auf die Kunstgeschichte der österreichischen Lande. Für Aufsuchung von Quellenmaterial in den reichen Archiven des Kaiserstaates ist bisher noch wenig geschehen. J. Ev. Schlager's „Materialien zur österreichischen Kunstgeschichte" im Archiv für Kunde österreichischer Geschichtsquellen (Wien 1850, Bd. V. 661 ff.) sind sehr lückenhaft und wenig verlässlich. Ausserdem ist nur hie und da Vereinzeltes zu Tage gefördert worden. Leider steht für die Kunstgeschichte Österreichs in früheren Jahrhunderten aus Archiven nur wenig Ausbeute zu hoffen. Vereinzelte Notizen dürften das spärliche Ergebniss der sorgfältigsten Nachforschung sein. Erst vom XVI. Jahrhunderte an fliessen die Quellen ergiebiger und manche unerwartete Ausbeute ist noch aus der Spreu zahlloser Actenstücke zu heben. Dies an einem einzelnen Falle nachzuweisen ist der Zweck dieser Zeilen.

Zu den hervorragendsten Künstlern am Hofe Kaiser Ferdinand I. gehört ohne Zweifel dessen Hofmaler Jakob Seisenegger. Das Gediegenste, was bisher über dessen Leben bekannt geworden, hat der um vaterländische Geschichte hochverdiente Director des k. k. Münz- und Antiken-Cabinetes, Joseph Bergmann, im Jahre 1848 in den Wiener Jahrbüchern der Literatur, Band CXXII, Anzeigeblatt Seite 1—6 veröffentlicht. Weder Schlager a. a. O. (Archiv, Band V, Seite 756—757) noch Nagler (Künstlerlexikon, Band XXII, Seite 268—269) waren in der Lage Neues hinzuzufügen. Im kaiserlichen Finanzministerialarchiv aufgefundene Documente machten es nunmehr möglich, eine genauere Darstellung der Lebensverhältnisse dieses Mannes wie des Zeitraumes seiner künstlerischen Wirksamkeit zu entwerfen, auch ein Verzeichniss von Werken desselben den Kunstfreunden zu weiterer Nachforschung zu bieten. Leider bleiben manche Lücken, deren Ausfüllung aus den hierortigen Archiven nicht zu ermöglichen war.

In welchem Jahre und wo Jakob Seisenegger das Licht der Welt erblickte, ist unbekannt. Er selbst erwähnt in späteren Jahren nur, dass er in den österreichischen Erblanden, die dem damaligen Infanten Ferdinand in der Theilung mit seinem Bruder Kaiser Karl zugefallen, geboren und erzogen worden, und desshalb alle Anträge fremder Fürsten ihn in ihre Dienste zu nehmen abgelehnt habe „in ansehung, das ich vnder eur khüniglichen maiestat geporn vnd erezogen". (Supplik desselben an K. Ferdinand vom Jahre 1553.) Unter welchem Meister er seine Kunst, die damals und noch lange nachher als Handwerk galt, erlernt und welche Arbeiten er bereits vollendet, ehe es ihm gelang eine bleibende Stellung am Hofe zu erreichen, hierüber finden sich keine näheren Nachweisungen. Der Lebenslauf unseres Künstlers lässt sich überhaupt erst vom Jahre 1530 an mit ziemlicher Sicherheit verfolgen.

In diesem Jahre zog Meister Jakob auf den denkwürdigen Reichstag nach Augsburg, den Kaiser Karl V. am 15. Juni 1530 eröffnete und erst am 22. November desselben Jahres schloss. Es war gewöhnlich, dass Reichstage von Künstlern besucht wurden, da bei dem Zusammenströmen so vieler prachtliebender geistlicher wie weltlicher Fürsten und Edlen des deutschen Reiches manche Gelegenheit sich darbot Aufträge zu erhalten. Auch Seisenegger täuschte sich nicht in seiner Erwartung. Ausser Kaiser Karl ertheilte dessen Bruder der Infant Ferdinand, der mit seiner Gemahlin und seinen Kindern anwesend war, dem Meister Jakob verschiedene Aufträge, unter andern den, ein Bildniss seines kaiserlichen Bruders in ganzer Figur zu malen. Wie sehr sich Seisenegger durch seine Leistungen die Gunst seines kunstliebenden Gönners erworben, geht wohl daraus hervor, dass Ferdinand, der am 5. Jänner 1531 zum römischen Könige erwählt worden, ihn vom 1. Jänner dieses Jahres an zu seinem Hofmaler aufnahm und jährlich sechzig Gulden rhein. Hofbesoldung zu erfolgen befahl. Fortan war Seisenegger verpflichtet, dem häufig wechselnden Hoflager seines Herren zu folgen und dessen Aufträge auszuführen. Die Zahlung für gelieferte Arbeiten blieb späterer Schätzung und Vereinbarung vorbehalten.

Unter diesen Verhältnissen überreichte Seisenegger im Juli 1535 ein erneuertes Gesuch um Zahlung des Rückstandes an der wohlverdienten Summe von 629 Gulden rhein. für die seit dem Jahre 1530 gelieferten Arbeiten, nachdem zwei frühere (nicht mehr vorhandene) Bittschriften erfolglos geblieben waren. Da diese bisher unbekannte Supplik sowohl über den Vorgang der Schätzung seiner Arbeiten, als auch auf des Meisters Sorgfalt bei Ausführung seiner Gemälde einiges Licht wirft, so dürfte sie wohl hier eine Stelle verdienen. Sie lautet wörtlich:

„Allerdurchleuchtigister, grosmechtigister könig, allergenedigister herr, eur kö. mt. gib ich gancz vnterthenigist zuuernemen, nachdem vnd ich e. kö. mt. ain zeit her in der khunst der mallerey mit meinem bessten vleiss gedient vnd etlich arbait eur mt. gemacht vnd verfertigt, doran ich bis in die sechshundert vnd newnvndczwainczig gulden reinisch wol verdient, wie ich dann daran ains tails empfanngen. Aber von wegen des resst, so mir aussen steet, bin ich auf mein ansuchen durch den herrn graf Niclasen von Salm, auch durch den herrn Wilhalm von Rogendorf e. mt. hoffmaister angestrengt ain nachlassung zu thuen, alsdann soll ich beczallt werden, welichs ich zu zwayen mulln gethan vnd jeczunder abermals vber mein vermögen (des ich doch in warhait nit statthafft) noch ain merers thue, das ich also bis in di funffczigkh gulden reinisch nachgelassen. Damit aber e. kö. mt. vnd menielich sech, das ich je nit znvil, sonnder auf das wenigist, so ich doch on sonndern meynen mercklichen schaden thun mag, beger, dadurch ich der grossen notturfft nach beczallung vberkhomen möcht, bin ich geursacht alle possten nach lengs vnd doch mit dem khurczisten anczuczaigen, darinnen zu bedencken, was ich dem geglanczten gold von farben gleich sol herfur bringen, der geleichen seyden, samat, atlas, perl vnd edlgestain, wie lang vnd schwer ich doran suechen vnd die farben müschen muess, ehe vnd ich dem gleich khomb; wil des grossen vleiss der liniamenten geschweigen, doran auch vil gelegen, darczu auch was souil manicherlay an aynem pild zu machen vnd herfur zu bringen ist, weliche ir vil sehen, aber solicher ding nit acht haben, noch derselben halben tail warnemen vnd so ich in rayttung dieselben possten mit khurcz angeczaigt, ist der khains bedacht, sonnder in vergessen khomen, der vrsach almall mein vordrung zuuil gesehen gewesen ist. Bit demnach eur kö. mt. welle aus genaden dise mein raittung vnd anczaigen sambt meiner nachlassnng verlesen vnd bewegen lassen mir dorauf genedigiste beczallung des ausstenden resst verschaffen vnd genedigist bedenckhen die tewrn jar und zeit her mit meinem weib vnd khindern hin vnd wider raysens, desgleichen di herbergen, so schwerlich zu beckhomen vnd grossy zins daruon geben muess, auch wo ich zu erhalltung meiner hawsfrawn, kind vnd mein selbs, anch die schulden, so ich von e. mt. wegen noch an der arbait schuldig, diselben zu beczallen so gar gröslich nit notdurfftig, woldt ich eur mt. diser zeit nit also anlangen. Bit abermals e. kö. mt. welle in ansehung meiner armuet vnd notturfft auch mit genaden bedenckhen vnd gedachten resst mir furderlich zu geben genedigist verschaffen, das wil ich vmb e. kö. mt. als meinem allergenedigisten herrn in aller gehorsam vnterthenigist verdiennen, thue mich damit e. kö. mt. beuelhen.

E. kö. mt. vnterthenigister Jacob Seyseneckher hoffmaller".

Von besonderem Werthe für die Kunstgeschichte ist aber das obiger Supplik beiliegende Verzeichniss aller jener Arbeiten, die Seisenegger in den Jahren 1530 bis 1535 für seinen Herren, den römischen König Ferdinand vollendete, nebst beigefügter Preisangabe jedes einzelnen Stückes. Es hat sich darin die genaue Beschreibung von vierundzwanzig Gemälden erhalten, die in diesem Zeitraume aus seiner Hand hervorgingen. Höchst selten nur dürfte es gelingen, aus so früher Zeit eine gleich eingehende, detaillirte Schilderung aufzufinden. Sie setzt uns in den Stand, die meisten Bilder, besonders grössere, wenn sie noch irgendwo vorkommen sollten, mit Sicherheit zu erkennen und ihrem Urheber zuzutheilen. Zu diesem Behufe folgt das Verzeichniss der Arbeiten hier in vollständigem Abdruck mit Beifügung der Zeitbestimmung ihrer Anfertigung, soweit dies erreichbar, und der nöthigen historischen Nachweisungen.

„Vermerckt mein Jacoben Seyseneckher Romisch königlicher maiestat etc. hofmaller arbait, so ich seiner maiestat gemacht, vnd die aus vrsach nach lengs anczaig, wie hernach:

„1. Item zu end des reichstag zu Augspurg hat mir di kö. mt. (K. Ferdinand) mein genedigister herr zwo lang tafl, darinen zway perspectifische angesicht nach stetlicher ausziehung sambt ainem durchschunden venster in ain lanndtschafft geund, ime die in seiner rechten gröss, wie die seind, abczuconterfeten zugestellt vnd aigentlich also abczumachen beuolhen, zu denen ich erstlich von dem tischler zwo solich gleichmessige tafl bestellt vnd di von meinem gelt beezallt, di ich auch mit seinen grunten zugericht, nachmals mit grosser mue alle vnd jede puncten, linen vnd anders igclichs sonderlich mit dem zirckl gancz vleissigclich abtragen vnd seczen muessen, weliches lange zeit vnd weil genomen, das aller ersten mit den farben auch an ir stat sowol als die punckten mit dem zirckl abtragen vnd vermallen muessen, welichs sich nit wie ain cotrafectur, so von freyen gesicht gesehen wirt, machen lesst. Ist also eim maller gancz vngewondlich solich ding mit irrigen vnerkhentlichen lynien, auch so swer, das solichs nit anczaigt mag werden, zu machen. Wiewol ich fur soliche müe 10 gulden verdient het vnd der, so sy gemacht, nit 20 gulden genomen, domit man ihe sech, das ich der sachen nit zuuil thue, so beger ich fur alles nuer fünff gulden reinisch".

Da der Reichstag erst am 22. November 1530 endigte, so könnten beide Tafeln wohl in diesem Monat vollendet worden sein. Von wessen Hand die Originale herrührten, dürfte schwer zu errathen sein. Die Arbeit scheint dem an solche Gegenstände nicht gewohnten Maler grosse Mühe verursacht zu haben. Vielleicht lag in diesem Auftrage die Veranlassung, dass Seisenegger sich fortan eifrig auf das Studium der Perspective verlegte, „in der hochberuembten khunst der geometria von wegen seines in sonderhait darzue tragenden grossen lusst vnd begierde" vielfältig übte und späterhin darin grosse Erfahrung erlangte, wie der kaiserliche Wappen- und Adelsbrief d. d. Wien 16. October 1558 von ihm rühmt.

„2. Item mer in obangeczaigten reichstag hat mir die kön. maiestat (K. Ferdinand) seine vier königliche khinder, nemblich Elysabet, Maximilian, Anna vnd Ferdinandum, wie ich di kayserlicher maiestat (Karl V.) gemacht, abzuconterfeten beuolhen, darczu ich von dem tischler vier tafln mit leisten vnd schubprettlen genomen vnd beczallt. Vnd nachdem ich sonst mit annder arbait, auch aus benelh kön. maiestat mit abconterfehung kayserlicher maiestat beladen gewest, hab ich zu diser zurichtung (nachdem vnd sy eylents haben sollen verfertiget werden) andere maister vnd gesellen aufgenomen, di die tafln leimgetrenckht, grundt vnd farbn vnd anders geriben vnd zugericht, di nachmals vorgeundt vnd an die stat zu dem gemel verfertigt. Di hab ich mit essen, trinckhen vnd lon, auch mit zins, herberg vnd petten di gancz czeit aushallten muessen. Als di berait, hab ich sy in kön. maiestat camer geantwort vnd geben. Wiewol auch von notten, in was claidung vnd zier sy gemacht seind worden anczuczaigen, damit ie di mue vnd khunst aygentlicher vernomen wurde, so hab ich salichs aus leng der schrifft vnterlassen, sonder ich wil sölichs in nachuolgunden grossern stuckhen melden vnd beger also für alles fur ain tafl siben gulden reinisch, brechten di vier tafln 28 gulden."

Der Reichstag zu Augsburg dauerte vom 15. Juni bis 22. November 1530. In diesen Zeitraum fällt demnach die Anfertigung obiger Bildnisse der Kinder Ferdinand's. Erzherzogin Elisabeth, geboren zu Linz am 9. Juli 1526, war damals vier, Erzherzog Maximilian, geboren zu Wien am 1. August 1527, drei, Erzherzogin Anna, geboren zu Prag den 7. Juli 1528, zwei und das jüngste der Kinder, Erzherzog Ferdinand, geboren zu Linz am 14. Juni 1529, wenig mehr als ein Jahr alt. Die sichersten Angaben über die Geburtstage der königlichen Kinder finden sich in einem Gebetbuche ihres Vaters in der kaiserlichen Ambraser-Sammlung zu Wien. S. Ridler's österr. Archiv 1831, Jahrg. I, 551—552, 556 und Dudik's iter Romanum I. 225.

„3. Item mer in dem reichstag hab ich aus beuelh kön. maiestat (Ferdinand's) kayserlicher maiestat (Karl V.) sun auf pergamen von öllfarben nach ainem anderm illuminirten abgeconterfet, der mich nach so ainem clainen gancz hart abczumachen anckhomen ist, darfur ich doch nurd 1 gulden beger, da ich sonnst nit gern drey nemen woldt."

Kaiser Karl's erstgeborner Sohn, der Infant Don Philipp, war am 21. Mai 1527 zur Welt gekommen. Die Anfertigung obiger Copie nach einem Miniaturbilde fällt in die Monate Juni bis November 1530.

„4. Item zu Prag hat mir di königliche maiestat (K. Ferdinand) kayserliche maiestat (Karl V.) in seiner rechten ganczen vnd volkhomblichen gross auf ain tuech von ölfarben abczuconterfehen beuolhen, den ich in ainem spanischen schwarczen mantl mit ainer kapen mit schwarczen atlass vnterczogen, di kapen auch den mantl mit gulden gewunden schnuern oben herab vnd vnden hinvmb verprämbt, darczu in ainem schwarczen samaten wapenrockh, auch mit gulden schniern allenthalben vmb vnd vmb verprämbt, an der seiten ain gulden rapir, darczue ainen gulden tolch mit schwarczen seyden tolln vnd gulden khnöpfen gemacht, auf dem haubt ain schwarcz samatens piret, an dem leib in schwarczen tuechen hosen vnd schwarczen samaten schuehen; das gancz corpus seiner maiestat gestellt auf ainen perspectinischen estrich in ain gehays. Wiewol ich auf solichen vleiss vnd mue, so ich gehabt, vil ain merers verdient, so wil ich doch auf das wenigist di sach seczen vnd beger nurd 48 gulden reinisch."

„5. Item als ich solich der kayserlichen maiestat abconterfehung verfertigt het, hat mich di königlich maiestat in eyll durch den camerpoten zu seiner maiestat sambt dem gemel von Prag aus gen Prün in Merhern zu khomen ernordert, mit anczaigung, das ich ehe geldt aufbringen vnd ain ross khauffen vnd vnnerczogenlich auf sein vnd zu seiner maiestat ziehen soll. Das ich also gethan vnd vmb ross, satl vnd anders ausgeben 12½ gulden rein., vnd nachdem es hinein vnsicher bin ich etlich meil vmbgeriten vnd verczert 4 gulden. Als ich zu königlicher maiestat khomen vnd das gemel besehen, hat mich sein maiestat widerumben abgefertigt vnd beuolhen, in aller gestallt, wie obangeczaigt kayserlicher maiestat contrafetur ist, ainen zu Prag zu machen. Hab ich widerumb hinauf 3 gulden verczert; so hab ich das ross ob mir ain gancz monat, das ich es nit verkhauffen mögen, gehalten, darinn es verczert 2 gulden rein., thuet alles 21½ gulden rein. Als ich nachmals das ross vnd satl verkaufft, hab ich es nit teurer als vmb 6½ gulden reinisch geben. Also stet mir noch aussen 15 gulden reinisch, di beger ich mir auch widerumben zu geben."

„6. Item auf obangeczaigten königlichen benelh hab ich kayserlich maiestat also abconterfet vnd beger auch souil als von den obern 48 gulden."

König Ferdinand verweilte vom 17. April bis Ende Juni 1531 in Prag. (S. Gévay, Itinerar K. Ferd. Wien 1843, 4°.) In diesem Zeitraum also muss Seisenegger obigen Auftrag erhalten haben. Das lebensgrosse Bildniss Kaiser Karl's dürfte im Juli vollendet worden sein, da Seisenegger auf besonderen königlichen Befehl mit seinem fertigen Gemälde nach Brünn eilte, wo König Ferdinand zwischen 4. und 7. August 1531 durchzog. Für die Gediegenheit seiner Leistung spricht der Umstand, dass der König nach Besichtigung des Bildes ihm sogleich den Befehl ertheilte eine Wiederholung desselben anzufertigen. Seisenegger vollführte diesen Auftrag, sobald er nach Prag zurückgekehrt war.

„7. Item zu Regenspurg hab ich auf kayserlicher maiestat benelh di jung königin Eliczabet in aynem roten karmasinen atlasen rockh mit gulden stuckhen verprämbt, mit zerschniten ermlen, darunter weisse seyden, so heraus gepauscht vnd widervmben mit gulden schnierlein zugepunden, vmb sy ain gurtl von zogen goldt mit geslossen ekuöpfen vnd gulden tolln, auf dem haubt ain guldene haubn, darauf ain rots negelens krenczly mit gulden zweyfelsknöpfen vmbwunden, das alles mit vleiss geconterfet; vmb den hals ain guldens hembdlein mit gulden straiffen herab geeziert, daruber ain guldens halspandt von schmaracten, diemueten, rubin vnd perlein in gulden geschmelczt röslein eingeseczt, darhinter vnd vber ir ain durchsichtig gepew mit welischen seuln, di ire capitl vnd postament gehabt haben, dardurch man hinaus ain lanndtschafft vnd den himl gesehen hat, weliche abconterfehung königlich maiestat zuuor, wie di verfertigt, selbs besehen vnd der königichen wird gen Polln zugeschigkht hat. Hab also das auf das aller ringist geseczt vnd beger 25 gulden."

Der Reichstag zu Regensburg dauerte von Ende Februar bis Anfang September 1532. In diesen Zeitraum fällt demnach die Ausführung dieses Gemäldes. König Ferdinand sendete das Bildniss der sechsjährigen Erzherzogin Elisabeth dem Könige Sigmund von Polen, dessen Sohn Sigmund August, geboren am 1. August 1520, mit derselben im Jahre 1543 vermählt wurde. Dieses Ehebündniss dauerte jedoch nur kurze Zeit, da Elisabeth schon am 15. Juni 1545 zu Wilno starb.

„8. Item auf beuelh königlicher maiestat etc. hoffmaister herrn Wilhalm von Rogendorf hab ich zum andermall di vier kunicliche khinder in aller mass vnd gröss, wie ich die erstlich koniglicher maiestat in di camer zu Augspurg zugestellt vnd vberantwort hab, in iren gulden stuckhen samat vnd schönen khlainaten gecziert, gemacht und abconterfet. Dauon beger ich auch souil als oben, nemblich 28 gulden."

Die vier königlichen Kinder waren Erzherzogin Elisabeth, Erzherzog Maximilian, Erzherzogin Anna und Erzherzog Ferdinand. Seisenegger malte sie zu Regensburg während des Reichstages im Jahre 1532, wie er sie früher zu Augsburg 1530 vollendet hatte.

„9. Item auf königlicher maiestat etc. (K. Ferdinand's) beuelh hab ich zu Ispruckh irer königlichen maiestat gemahel (Königin Anna), mein gnedigiste fraw sambt den koniclichen khindern zu conterfehen angefangen vnd di zu Regenspurg gar ausgemacht, wie hernach uolgt: Erstlich mein genedigiste fraw in ainem roten karmasinen atlasen rockh, daran di prust mit gulden tuech verprämbt, mit zerschniten ermblen, di mit weisser seiden vnterzogen vnd pauschund heraus gangen vnd di schnidt mit gulden schnuern widerumb verkhnupft, vnd vnden herumb den rockh zwifach verwulstlt, darczwischen der rockh zerschniten, darunter mit ainem silberen stuckh vnterfuetert, das durch di schnit heraus gesehen hat; vmb den leib ain gurtl von zogen gold, rot und gemacht mit knöpfen auf di art der parfuser munich, doch darczwischen frömbde khnopf ander art mit anhangunden tollen voller geslossner khöpf; auf dem haubt aine schöne wolgeczirte guldene hauben, darauf ain rot samaten piret, vmb den halls ain seer muesame arbait von naterey mit gold gemacht, daruber ain guldens halspant mit frömbder selczamer goldtschmidarbait khonstlich gemacht, mit gulden wurmlein vnd mit edlen gestain von robinen, schmarakten vnd diemueten vnd von vasst schönen perlen, das mir vast grosse mue genomen hat, darczu noch ain zwifache guldens ketl von zogen gold, mer ain klains geschmelczt khetlein mit puechstaben irer maiestat vber di prust gehangen. Auf der seiten zwo colon mit iren capiteln vnd postamenten, darauf ain zwifachs gesimbs vnd zwischen dem gesimbs ain merbelstain auf di antiquitetis art eingeseczt vnd auf ainen estrich gestellt, der da von allerlay merbelstain zusamen geseczt gewesen ist. Das alles ist auf ain tuech von ölfarben, das doch hart ankhombt, gemacht".

„Mer auf zway tuech di königlichen khinder, als Maximilian, Ferdinand, Eliczabet, Anna vnd Maria, hab ich in roten samaten röckhen, auch mit zerschniten ermlein vnd aller mass verprambt, vnterfuetert, mit khlainaten vnd ander zier, wie mein genedigiste fraw, auch von ölfarben gemacht vnd hab auf ain icklichs, wiewol es nit so gross gewesen, gleich die mhue vnd arbait wie mit meiner genedigisten frawen gehabt, die mit ainem schwipogen, darein ich gulden rosen gestellt, der auf runden marblseuln gestanden, di auch ire capitl vnd postament gehabt haben, darczue ainen estrich von märblstein gemacht, darauf di sewln vnd pilder gestellt, vnd doch di Maria hab ich syczund in ainem welischen, gegossen vergolten wagen gemacht mit vil zierlichen dingen vnd noch ander arbait mer, di ich von verdruss alles so nach lengs zu lesen vnterlass. Vnd nachdem ich von furdrung der arbait hab di bessten zwen maister so in teutschen launden darczu brauchen vnd ob mir hallten muessen, hab ich inen auch darnach fur aundere zallung aines tayl gethan vnd doch nit gar vernuegt zu beczallen, sonnder bin denen noch doran ain summa zu thuen schuldig sambt denen, so mir sonst auch gellt dargestreckht haben. Weliche gemel königlich maiestat, mein genedigister herr, zu hanndt kayserlicher maiestat geschenckht vnd in Hispanien gesendt vnd gefürt worden, von welichen ich, dieweil mir souil dorauf gangen, wie nach lengs vnd doch mit dem kurczisten erczellt, nit weniger nemen khan als 210 gulden reinisch."

Nach Seisenegger's ausführlicher Schilderung und dem geforderten höheren Preise zu urtheilen, dürften diese drei Gemälde wohl zu den Vollendetsten gehören, die er je geschaffen. Der Beginn der Arbeit fällt in den Zeitraum vom November 1531 bis Februar 1532, während dessen Königin Anna, ein Bild vollendeter Weiblichkeit (geboren am 23. Juli 1503) sich mit ihren Kindern, den Erzherzogen Maximilian und Ferdinand, und den Erzherzoginnen Elisabeth, Anna und Maria (geboren zu Prag am 15. Mai 1531), zu Innsbruck aufhielt. Seisenegger, zu schleuniger Vollendung seiner Arbeit angehalten, beendete die Gemälde unter Beihilfe zweier Meister, der besten in deutschen Landen, deren Namen er leider verschweigt, während des Reichstages zu Regensburg, wohin sich das königliche Hoflager Ende Februar 1532 begab und bis Anfang September verweilte.

Die Trefflichkeit dieser Leistungen veranlasste Kaiser Karl V. durch seinen Secretär D. Francisco de los Covos mit Seisenegger unterhandeln zu lassen, ob er nicht in kaiserliche Dienste treten wolle. Meister Jakob sollte jährlich 200 Goldgulden erhalten und frei zu Antwerpen, Brüssel oder Löwen sitzen, wo es ihm am gelegensten wäre. Zu gleicher Zeit bot ihm D. Fernando Alvarez de Toledo, Herzog von Alba, 200 Ducaten jährlicher Besoldung und freien Unterhalt für sich, sein Weib und einen Knaben. Auch von andern geistlichen und weltlichen Fürsten erhielt der Meister Anerbietungen. Seisenegger lehnte jedoch alle Anträge ab und blieb mit weit geringerem Solde im Dienste König Ferdinand's. (Supplik Seisenegger's an den König vom Jahre 1549.)

„10. Item zu Regenspurg hab ich di kayserlich maiestat aus beuelh königlicher maiestat abermals in aller mass vnd gröss, wie ich zuuor sein maiestat zu Augspurg abconterfet hab, vnd darczue vber sein maiestat ain gulden tuech mit schönen gewarchten pluemen wolgecziert gemacht, beger darfur 50 gulden reinisch."

Auch dieses Gemälde vollendete Seisenegger zwischen März und September 1532 zu Regensburg. Zu bedauern ist, dass keine genaueren Angaben über das im Jahre 1530 zu Augsburg gemalte Bild des Kaisers und diese 1532 bestellte Wiederholung desselben vorliegen.

„11. Item mer zu Regenspurg aus beuelh königlicher maiestat gemacht das gross gulden panir in das veld, weliches in di leng bey 14 werchschuech vnd in di höch bei 8 schuehen vngeuerlich gehabt hat, wie auch der noch verbannden ist, darczu ich ausser der seiden allen zeug von goldfarben vnd den grundt zu machen verlegt, darein ich zwen gross schwarcz adler mit küniglicher maiestat drifachen schildt oder waren in di prust gemacht hab, das mir ser vill goldts, farb vnd arbait genomen hat. Beger fur alles 60 gulden reinisch."

„12. Item mer zu Regenspurg königlicher maiestat rennfendlein, gancz geuirt, auf ainen weissen tamaschkh, darein auf ieliche seiten ain Mariapild mit dem khindlein in ainer gulden sun vnd zu beden seiten mit gulden leisten vnd flamen, mit guetem geslagenem gold allenthalben gecziert, wie dann derselb noch in irer maiestat camer verhannden ist. Beger mir darfur auf das negst zw geben 8 gulden reinisch."

„13. Item den herczіern hab ich allermass, wie königlicher maiestat rhennfendl gewesen, gemacht, allain das diser fan zwen zipfl gehabt hat. Beger auch souil als oben darfur 8 gulden."

Die Anfertigung dieser prachtvollen Paniere befahl König Ferdinand seinem Hofmaler während des Regensburger Reichstages, auf dem ein Zug gegen die Osmanen beschlossen worden, die mit grosser Heeresmacht in Ungarn eingefallen waren und die Stadt Wien abermals bedrohten. Schon am 23. September 1532 langte Kaiser Karl mit zahlreichen spanischen und deutschen Kriegsvölkern in Wien an. Auch König Ferdinand mit seinem Hoflager und seinen Getreuen war dahin geeilt. Seisenegger folgte seinem Gebieter nach Wien. Die drohende Gefahr schwand jedoch bald. Die Osmanen wagten keinen Angriff und zogen sengend und plündernd heim. Schon am 4. October 1532 konnte Kaiser Karl durch Steiermark und Kärnthen nach Italien ziehen und traf am 13. November in Bologna ein. Seisenegger im Auftrage seines Herrn war im kaiserlichen Gefolge gleichfalls dahin gekommen, wie folgende Stelle beweist.

„14. Item mer di Römisch kayserlich maiestat, so ich zu Wononi abconterfet hab, wie dann die kuniglich maiestat den noch vor augen hat, der in ainem weyssen silberen stuckh mit zobl vnterfuetert vnd in ainem cordowanischen lidrem goller, dasselb vber die prusst herab zerschniten vnd mit gulden gewunden schnyern verprämbt, in ainem weissen zerschniten attlasen wamass, das auch mit gulden schnyren verprämbt, in weissen tuechen hosen vnd samaten zerschniten schuhen, ain rapir und gulden tolch mit seiden tollen an der seiten, auf dem haubt ain schwarez samaten piret mit ainem weissen federlein, neben ime ain grosser englischer wasserhundt, steund auf ainem marbalierten östrich vnd hinter vnd neben ime ain gruener taffanter vorhang. Beger darfur auch nurd 50 gulden rheinisch."

Kaiser Karl verweilte vom 13. November 1532 bis letzten Februar 1533 in Bologna. Seisenegger muss also innerhalb dieser Zeit jenes Gemälde vollendet haben, das sich noch im Jahre 1535 im Besitze des römischen Königs Ferdinand befand. Überraschender Weise trifft die von unserem Meister gegebene eingehende Schilderung Zug für Zug mit einem Gemälde der königlichen Gallerie zu Madrid zusammen, das aber Niemand geringerem als Tiziano Vecelli zugeschrieben wird. S. Madrazo, catálogo de los cuadros del Real museo de pintura. Madrid 1850. 8°. pag. 176. Nr. 765. Es ist auf Leinwand gemalt, 6 Fuss 10 Zoll 6 Linien hoch und 3 Fuss 11 Zoll 6 Linien breit. Eine gelungene Lithographie dieses Bildes enthält die „Coleccion litografica de cuadros del Rey de España", die unter José de Madrazo's Leitung zu Madrid 1832 u. ff. in Folio erschien, im 2. Bande, Nr. CI. José Musso y Valiente lieferte dazu eine bis in das kleinste Detail eingehende Schilderung, die mit Seisenegger's Angaben auf's genaueste zusammenstimmt. Nur hält Musso den mit seidenen Dolden gezierten Dolch für einen Fliegenwedel aus Silberfäden, mit goldenem perlenbesetzten Griff („con un mosqueador de hilo de plata y mango de oro, guarnecido de perlas"), was offenbar auf einem Irrthum beruht. Viardot, les musées d'Espagne. Paris 1843, 12°. pag. 50 rühmt davon: „Brille autant par sa conservation parfaite, que par l'exécution merveilleuse de toutes ses parties et l'expression de grandeur, de majesté qui règne dans l'ensemble." Passavant bezeichnet dasselbe als „ein überaus elegantes stattliches Bildniss... des grossen Fürsten von der feinsten Ausführung". Im ersten Augenblick drängt sich allerdings die Vermuthung auf, Seisenegger habe Vecelli's Bild, das dieser zur selben Zeit in Bologna gemalt haben soll, für seinen Herren König Ferdinand copirt. Dagegen spricht jedoch Seisenegger's Gewissenhaftigkeit, mit der er jedesmal anführt, wenn ihm Copirarbeiten aufgetragen wurden. Den Beweis hiefür gibt vorliegendes Verzeichniss unter 1. 3 und 16. Der Zweifel, ob dieses Bild von Vecelli oder Seisenegger herrühre, scheint um so berechtigter, je weniger Tizian's Anwesenheit in Bologna während des obigen Zeitraums erwiesen sein dürfte. Die Lösung dieser interessanten Frage kann natürlich nur durch genaue Untersuchung des Bildes zu Madrid angebahnt werden, und wir wären hocherfreut erneuerte Forschungen hierüber anregen zu können.

15. „Item mer funff tafln, darauf ich di herrn von dem hawss Burgundi von des herrn Wilhalmen von Rogendorf tafln abconterfet hab, wie auch die noch verhanden, darczue ich von dem tischler di tafln genomen vnd beczallt, di vergrundt vnd gemalt hab, beger fur aine 3 gulden reinisch . ... 15 gulden."

Hiermit endigt das von Seisenegger vorgelegte Verzeichniss. Für alle diese Arbeiten hatte er den Betrag von 599 Gulden rhein. gefordert, und da er bereits 228 Gulden darauf empfangen, noch einen Rest von 371 Gulden zu erhalten. Am 26. Juli 1535 befahl König Ferdinand seinem obersten Hofmeister und Grafen Niklas von Salm, mit Meister Jakob desshalb einen Vergleich zu treffen, und die Hofkammer sollte verordnen, „das er mit der zeit bezallt werde". Die Vereinbarung kam zu Stande, jedoch nicht zu Seisenegger's Vortheil. Die königliche Entschliessung lautete: „Die ku. mt. hatt bewylligt, das meister Jacoben maller alle die obgeschriben posten, also wie sy gestelt, pezalt sollen werden, doch so sollen ime ann denselben funfzig gulden abgezogen vnndt vmb so vyl dest weniger pezaldt werden." Aber auch diesen herabgesetzten Betrag konnte er nicht erlangen. In seiner grossen Bedrängniss wiederholte er sein Gesuch um Zahlung. „Nachdem ich", so schrieb er, „vor kurczen tagen fur eur kön. maiestat suplicirt vnd vnderthanigist gebetten mir nach laut meiner raytung, di ich eur kön. maiestat darneben zugestellt, meiner armut vnd ehehafften nach genadigiste bezallung zu verschaffen, so hab ich von eur kön. maiestat hoffcamerätten (den mein raittung zu vbersehen beuolhen) in antwort empfangen soliches laut meiner raittung . . . an eur kön. maiestat gelangen lassen. So bin ich ganczer vnterthanigister hoffnung eur kön. mt. habens in genadigister gedachtnus, das ich solichs nach laut gemelter meiner raittung aus eur kön. maiestat beuelh verfertigt vnd geantwort. Bit demnach eur kön. mt. . . . sy wellen ansehen mein armut, das ich in den tewrn jarn wenig gewinens vnd nichts ersparn hab mögen vnd mich zu vnterhalltung meins weibs vnd khindes in grossen schulden gesteckht vnd mich hart vmb beczallung onstrengt wirdt, eur kun. maiestat wellen mir genädigste beezallung verschaffen" etc. Die Hofkammer ertheilte ihm hierauf am 5. August 1535 den Bescheid: „Im ist hiefor auf sein supplication zu erledigung derselbn beschaid gegeben worden vnd khonnde die hofchamer ausser derselben erledigung nichts mit ime haundln." Noch im October 1537 hatte die Hofkammer die Zahlung nicht geleistet, wie ein um diese Zeit übergebenes Gesuch Seisenegger's beweist, das jedoch nicht mehr vorliegt (Hofkammer-Expeditsbuch 1537, Fol. 106).

Im Jahre 1543 befand sich Seisenegger mit dem königlichen Hoflager in Nürnberg. Hier erhielt er am 17. März durch den Hofzahlmeister Hans Holczer „in abschlag der schulden, so ime ir kuniglich maiestat etc. vmb ettlich gemachte arbait zu thun sein" zwanzig Gulden rhein. (Hofzahlamtsrechnung 1543, Fol. 78). Zur selben Zeit verweilte der als Geometer, Baumeister und Stecher bekannte Augustin Hirschvogel gleichfalls zu Nürnberg und veröffentlichte ein Büchlein „Ein aigentliche und grundtliche anweysung in die Geometria", das er seinem „fürderer", dem Nürnberger Bürger Hans Starck widmete. Am Schlusse dieser Widmung d. d. Nürnberg am 1. April 1543, kommt die Stelle vor: „Damit will ich also des erbarn vnd künstreichen meines guten freunds, Jacoben Zeyssnecker, röm. kön. maiest. hoffmallers begern volzogen haben."

Diese nur hier vorkommende verunstaltete Form des Namens Seisenegger veranlasste später die irrige Deutung eines Stiches in diesem Werkchen, die bis in die Gegenwart sich fortpflanzte und desshalb Widerlegung verdient. Auf der ersten Kupferplatte der beigegebenen Abbildungen, welche die Überschrift enthält: „Geometria, das puch geometria ist mein namen, al freye kinst aus mir zum ersten kamen. Ich pring architectura vndt perspectiva zusamen" findet sich unter Hirschvogel's Monogramm eine sitzende Eule, um die drei kleinere Vögel herumschwärmen. Joh. Fr. Christ in seiner „Anzeige und Auslegung der Monogrammatum" (Leipzig 1747, 8. S. 398) glaubte darin eine Anspielung auf einen oder andern dieser beiden Malernamen zu finden. Der französische Übersetzer dieses Werkes, Gottfried Sellius von Danzig, behauptet, schon Hirschvogel habe dieses Büchlein „pour le compte de Jean Zeyssnecker" herausgegeben und fügt zur Erklärung bei: „Zeys en allemand signifie serin et vogel vent dire oiseau, ainsi ce logogryphe doit peut-être exprimer un de ces deux noms, ou même tous les deux" (Pariser Ausgabe 1750, 8. pag. 305).

Brulliot (dictionnaire des monogrammes pag. 432, Nr. 3273) erfand endlich die Deutung: „Zeys signifie en allemand serin, railler se dit en allemand necken, et comme les petits oiseaux raillent les grands, ce logogryphe doit exprimer le nom de Zeysnecker.“ Selbst der treffliche Nagler (Monogrammisten III. 195) neigt sich der Auffassung zu, dass diese Eule mit den Vögeln gleichsam die Dedication an den kais. Hofmaler Zeyssnecker bilde. Dies ist die allmähliche Entstehung einer eben so gezwungenen als falschen Auslegung. Schon die Umschrift „Spero fortune regressum“, die auch auf einem Porträte Hirschvogel's erscheint (Bartsch P. G. IX. 180, Nr. 39), zeigt, dass die Vorstellung nur auf diesen Bezug haben kann. Mit Weib und Kindern in misslichen Verhältnissen lebend, dürfte er sich wohl öfter wie die Eule vorgekommen sein, an der kleinere Vögel bei Tag ungestraft ihren Muth kühlen. Wie dem auch sein mag, so viel steht doch fest, dass diese Vorstellung auf Seisenegger nicht den entferntesten Bezug hat, noch haben kann.

Seisenegger's Schicksale in dem Decennium 1535 bis 1545 sind aus Mangel an Quellen wenig klar. Häufig unterbrachen Reisen seinen Aufenthalt am Hofe. Mit Bewilligung seines Herrn und unter Zusicherung des Fortbezuges seiner Hofbesoldung reiste er zu zweienmalen zu Kaiser Karl V., zog an das Hoflager der Kaiserin Isabella nach Spanien, besuchte Belgien und andere Orte, wo er aus Noth Arbeiten unternehmen musste. Seiner eigenen Angabe nach verwendete er dazu „eczlich zeit vnd jar“. Belege für das Gesagte sind in nachstehendem Gesuche zu finden, das Seisenegger im Mai 1545 zu Wien überreichte, während sich König Ferdinand und sein Hof zu Worms befanden.

„Eur ko. mt. sein meines vnnderthenigen verhoffens in gnadigister gedächtnus, das ich derselben mit dem allervnnderthenigisten nun in das funffezehendt jar her gedienut vnnd derselben nach vill raisens mit weib vnd kindt thuen muessen. Nun haben aber eur ko. mt. meiner arbait, so ich eur ko. mt. etc. vnderthänigist gethon, durch herrn graff Niclasen von Salm vnnd Martin Cosman (Gusman) den 26. tag July des 34. (sic, soll 35 heissen) jars abraiten vnnd durch ir gnad mit mir hanndln lassen, vber das, so ich zuuor in derselben raittung ob 50 gulden nachgelassen, das ich noch 50 gulden nachlassen sol, so solle mir derselben raittung auf ainmal gar bezallt werden, darauff ich die nachlassung thon vnd also verhofft, das die gannez bezallung beschehen solle, die aber nit beschehen vnnd bleiben eur ko. mt. mir an derselben rayttung vnnd nachmals was ich weiter bisher eur ko. mt. gemaldt vnnd gearbait, lautt hiebeygelegter verzaichnus vnnd ausszug, was ich allenthalben an meiner besoldung vnnd arbait empfangen vnnd eur ko. mt. mir noch pro resto schuldig beleiben, bitt ich vnnderthenigist zuuernemen“.

„Allergnädigister könig, nachdem ich eczlich zeit vnnd jar, dieweill ich eur ko. mt. etc. vnnderthänigister dienner bin, aus eur ko. mt. benelh vnnd gnedigistem erlauben zu zwayen malln bey der kayserlichen mt. etc. vnnd irer mt. gemahl vnnd annder enden gewesen, von der khainen ich nie khain besoldung gehabt, vnd dieweil sonnst die besoldung, als monattlich 5 gulden, so ich vonn eur ko. mt. hab, klain vnnd mich darmitt mit weib vnnd kindt nit ausshallten khan, eur ko. mt. hoff nachzuraisen nit muglich vnnd also kain aigen haimwesen hab, wiewoll ich allemal vertröst besserung meiner besoldung, das aber bisher nit beschehen, vnnd dieweill ich auch meines ressts vorgemelt nit bezallt, aus not annder enden arbaitten muessn, damit ich mich, mein weib vnnd kindt erhallt vnnd auch in grosse schulden erwachsen, ist demnach an eur ko. mt. mein vnnderthenigiste bitt, sy wellen mir an meiner besoldung eur ko. mt. aignen gnädigisten zusagen nach fur mein aussensein nichts abziehen lassen vnnd mir den resst, die mir eur ko. mt. an meiner besoldung vnd arbait laut hiebeygelegts particulars noch schuldig, yeczt doch den mern tail in ansehung meiner nott zu bezalln vnnd mir vmb den vbrigen resst ain versicherung vnnd verschreibung allergnedigist zu geben verschaffen, damit ich aus meinen schulden khome vnnd meine glaubiger zum thail zufriden stellen möge vnnd mich mit nachraisen eur ko. mt. hoff desstattlicher erhallten möge, das will ich vmb eur koniglich maiestat in aller vnnderthenigister gehorsam allezeit zuuerdiennen geflissen sein.

Eur küniglichen maiestat vnnderthenigister Jacob Seissennegkher, hofmaller."

Dieser Supplik schloss Seisenegger ein Verzeichniss aller Arbeiten bei, die er vom 26. Juli 1535 bis Mai 1545 im Auftrag des Königs vollendet hatte. Es ist lange nicht so reichhaltig als das frühere, auch weniger ausführlich abgefasst. Zur Vervollständigung der Reihe von Seisenegger's Arbeiten ist es jedoch immer noch sehr schätzbar. Wir theilen es in derselben Weise mit, wie das erste Verzeichniss:

„Item zu Prag hab ich dy kuniglich maiestat, auch seiner maiestat gemahel auf zwo tafel condterfet vnd auswendig irer maiestat nerrin die Elss auch conterfet, dafur 40 gulden."

Vielleicht im Jahre 1543 gemalt, als Seisenegger mit dem königlichen Hoflager von Nürnberg nach Prag kam, und König Ferdinand mit seiner Familie vom 1. Mai bis 25. August daselbst sich aufhielt. Ein kleines Bildniss der Närrin Else findet sich in der kais. Ambrasersammlung. Vgl. Sacken II. 55, Nr. 905.

„Item dy kuniglich maiestat zu Regenspurg im 32ten jar in der kinigin frauen pethpuechl auch conterfet, daran verdiennt 10 gulden."

Während des Reichstages zu Regensburg, das ist im Zeitraume zwischen Ende Februar und Anfang September 1532, gemalt. Auffallend ist, dass Seisenegger dieses Bild erst jetzt aufrechnet, während es im Verzeichnisse von 1535 fehlt.

„Item zway künigcliche khinder Leonora vnnd Khaterina hie zu Wienn abconderfet, daran verdiennt 20 gulden."

Erzherzogin Katharina war zu Wien am 25. September 1533 geboren, Erzherzogin Leonora ebendaselbst am 2. November 1534.

„Item dy drey kayserlichen khinder in Hispanien abconterfet auf tuech, darfur thuet 93 gulden."

Es waren dies der Infant D. Philipp, geboren 21. Mai 1527, und die Infantinen D. Maria, geboren 21. Juni 1528, und D. Johanna, geboren am 27. Juni 1538. In welchem Jahre Seisenegger nach Spanien zog und diese Bilder malte, ist ungewiss. Er selbst erwähnt nur, dass er zu Kaiser Karl's Gemahlin eine Reise nach Spanien unternommen. Da die Kaiserin Isabella am 1. Mai 1539 im 36. Lebensjahre zu Toledo starb, muss Seisenegger früher hingekommen sein. Sollte nicht auf dieser Reise auch das schöne Bild der Kaiserin entsanden sein, das jetzt in der königlichen Gallerie zu Madrid dem Tiziano Vecelli zugeschrieben wird? S. Madrazo, catálogo etc. Madrid 1850, pag. 205, Nr. 878. Betrachtet man die lithographirte Copie in der Coleccion litografica etc. Tom. III, Nr. CLXVIII, so drängt sich unwillkürlich der Gedanke auf, dass dieses Bild kein Tizian, wohl aber die Arbeit eines tüchtigen deutschen Meisters (Seisenegger's?) sei. Passavant's Urtheil bekräftigt diesen Zweifel. Er sagt (christliche Kunst in Spanien S. 168): „Das Colorit ist blass und das Ganze so wenig lebendig behandelt, dass es scheint, Tizian habe dasselbe wie auch das des Königs von Frankreich, Franz I. (Louvre), nicht nach der Wirklichkeit gemalt".

„Item zu Prag hab ich der kuniglichen maiestat gemahel, mein genedigste fraw zweymal abconterfet, nachmals irer kuniglichen maiestat tochter, kinigin Anna conterfet, wie die noch vor augen, fur ains 50 gulden, thuet 150 gulden."

Erzherzogin Anna, geboren zu Prag am 7. Juli 1528, verlobt an Theodor, Herzog von Bayern, und nach dessen Tod an Karl, Herzog von Orleans am 18. September 1544, wurde am 4. Juli 1546 mit Herzog Albrecht von Bayern vermählt. Oberwähntes Bildniss der Erzherzogin Anna dürfte Seisenegger um 1544 gemalt haben, wahrscheinlich bei Verlobung derselben mit dem Herzog von Orleans.

„Item die kinigin in meines allergenedigsten herrn petpuechl abconderfet, darfur 12 gulden."

Seisenegger malte die Königin Anna in ihrem 41. Jahre auf einem 20 Centimètres hohen und 14 Centim. breiten Pergamentblatte mit Ölfarben. Das Bild ist mit seinem Monogramm $ und der Jahreszahl 1544 bezeichnet, und findet sich auf dem vorletzten Blatte des Gebetbuches ihres Gatten, König Ferdinand (derzeit in der kaiserl. Ambrasersammlung Nr. 123) eingeklebt. S. Sacken II. 210—211. Es ist die einzige bisher mit voller Bestimmtheit nachweisbare Arbeit Seisenegger's. Das Brustbild der Königin ist von einem rothbraunen Rahmen umgeben, der im untern Theile eine Marmortafel umschliesst mit der Inschrift: „Anna dei gracia Romanorum, Hungarie, et Bohemie etc. regina, archiducissa, austrie etc. etatis sue anno XLI." Der trefflich gemalte Kopf tritt plastisch hervor und das blaue Auge ist voll Majestät und Anmuth. Seisenegger's Eigenthümlichkeit, einen besonderen Fleiss auf die naturgetreue Nachahmung reicher Kleiderstoffe und glänzender Schmucksachen zu verwenden, ohne darüber die Hauptsache zu vernachlässigen, tritt auch in diesem kleinen Bilde hervor. Ein zurückgeschlagener Vorhang von grünem Seidenstoff hinter der Figur gestattet den Ausblick in eine Gebirgsgegend mit einem schiffbaren Flusse. Obgleich in unverkennbarer Eile angefertigt, zeigt dies Bild doch in jedem Strich die Hand des Meisters und berechtigt zu dem Schlusse, dass ausgeführtere Gemälde desselben von besonderem Werthe sein müssen.

„Item mer fur die kinigin Khaterina zu Prag abconterfet vnd dem herczog von Mantua zuegeschickht, darfur thuet 30 gulden."

Erzherzogin Katharina wurde durch Vertrag ddo. Nürnberg 17. März 1543 dem Herzoge Franz von Mantua verlobt. In diesem Jahr dürfte Seisenegger bei seiner Heimkehr von Nürnberg obiges Bild der jugendlichen Braut gemalt haben.

„Item mer aus benelch römisch kuniglicher maiestat ain hirschnkhuern in ain stockh verwaxen zwaymall abconterfet, thut 4 gulden."

Wahrscheinlich das in der kaiserl. Ambrasersammlung befindliche merkwürdige Stück, ein Hirschgeweih von 22 Enden in einen mächtigen Eichenbaum eingewachsen, gerade am Zwiesel des Baumes, so dass die Spitzen des Geweihes nach abwärts gekehrt sind. S. Sacken Ambrasersamml. II. 87. Woher es König Ferdinand erhalten, ist unbekannt. Nach dem Tode dieses Fürsten bei Theilung des Erbes unter dessen drei Söhne mag es an den jagdliebenden Erzherzog Ferdinand gekommen sein, der es nach Tirol brachte.

„Item zway rindl (rindo althochdeutsch cortex libri) hab ich inwendig auf das ain ain crucifix vnd auf das annder das grab vnd creicz sambt ainem fesperpildt gemacht. Auswendig hab ich auf das ain die erden schlanngen vnd Moysen, auf das annder der kuniglichen maiestat etc. wappen gemacht, so gewenelich dy kuniglich maiestat etc. solches bey seinem peth gehalten, fur fassen vnd alles 15 gulden."

Sahen wir Seisenegger bisher meist als Porträtmaler thätig, so erscheint hier eine religiöse Malerei desselben. Es war ein kleiner Flügelaltar, dessen Mittelbild eine Pietà bildete. Die Innenseite beider Flügel enthielt den Erlöser am Kreuz und das Grab, die Aussenseite Moses mit der ehernen Schlange und des Königs Wappenschild, vielleicht von Engelsgestalten gehalten. König Ferdinand scheint auf diesen kleinen Altar besondern Werth gelegt zu haben, da er stets neben seinem Bette hing.

„Item der kuniglichen maiestat etc. gemacht vnnser frauen pildt zu der tafl, so der Ducian (Tiziano Vecelli) in Venedig gemalt hatt, darfur von der tafl einczufassen thuet 18 gulden."

„Item fur dj herczogin von Mailandt zu Gent in Flandern abconterfet, darfur 20 gulden."

Wir sehen, dass Seisenegger auch in Belgien war und zu Gent in Flandern Christinen, die Tochter des unglücklichen Königs Christiern II. von Dänemark, malte. Christine war nach dem am 24. October 1535 erfolgten Tode ihres Gatten Franz Sforza, Herzogs von Mailand, zu ihrer Tante

Maria, der verwitweten Königin von Ungern und Statthalterin der Niederlande, zurückgekehrt. Am 10. Juli 1541 vermählte sie sich zum zweitenmal mit dem Herzoge Franz von Lothringen. Die Anfertigung dieses Gemäldes fällt daher in die Jahre 1536—1541.

Der Betrag, den Seisenegger für alle aufgezählten Arbeiten ansprach, belief sich auf 412 Gulden rheinisch, gewiss eine mässige Forderung. Zugleich überreichte Meister Jakob eine zweite Rechnung über Verfertigung gemalter goldener Paniere für die Trompeter und Heerpanker des Königs mit der Bitte um Bezahlung. Dieselbe mag hier gleichfalls eine Stelle finden, da den mit der Abrechnung beauftragten Hofleuten für diese handwerksmässige Leistung der Preis nie zu hoch schien, während das Entgelt für wahre Kunstschöpfungen stets bedeutend herabgemindert wurde. Seisenegger berichtete:

„Erstlich hab ich der koniglichen maiestat etc. in grosser eyl zu Praag zwelff panier, auch zwo heerpauckn, damit die an dem wetter, als regen oder schnee, bestendig beleiben, gemacht. Zu sölichem hab ich bey den tischlern hulczene reem, dorauf ich die seyden vnd tamast aufgespandt, machen lassen, inen die beczallt; darczu hab ich alle farbn vnd golt auch beczallt. Zu solicher arbait hab ich maister vnd gesellen zu abreibung der farben, ausstreychung der grundt, zu den veldern dj zuuergulden gebraucht; ich hab auch zimer, darinnen ich zu der arbait vnd den leutn placz gehabt, besteen vnd die beczalln muessen. Di felder der panier hab ich mit lanttern guetem feingoldt zu beden seitn verguldt vnd an di stat di gemalt. Ist mir grosser vncosstn also daruber gangen. Beger fur ain panier, so auf beden seitn gemalt 8 gulden vnd fur di zway panier vber die zwo heerpauckn, rait soliche zway panier an den heerpauckn fur der andern ains, darfur auch 8 gulden, thuet 104 gulden."

„Mer hab ich zum Pudweis in Behem abermals new panier, wie die obern, mit aller arbait ze machen angefangen. Hab ich die in den aufbruch wiederumb abspanen muessen, di gen Lincz gefuert, mich auf ain newes eingericht vnd also ausgemacht. Beger auch sovil als oben gemelt . . 104 gulden."

„Zum drittn hab ich hie zu Wienn abermals new trumetter panier, aber zu den heerpaucklm khains gemacht, di ich mit aller arbait, wie die ersten, verricht, beger auch 8 gulden fur ains, thuet 96 gulden."

„Suma tuet 304 gulden."

Als Seisenegger's Supplik nebst ihren Beilagen an das königliche Hoflager zu Worms gelangte, wurde dieselbe einstweilen aufgehoben, bis der Supplicant selbst an den Hof kommen würde. Da dies nicht erfolgte, verzog sich die Verhandlung bis zur Rückkehr König Ferdinand's nach Wien. Am 29. October 1545 erliess der König einen Befehl an seinen Hofzahlmeister und dessen Controlor, die Rechnungen des Malers in seiner Gegenwart zu übersehen und über das Ergebniss den Hofkammerräthen Bericht zu erstatten. Erst am 9. December 1545 gelangten diese Verhandlungen zum Abschluss. Folgendes war das Ergebniss. Meister Jakob hatte von den Hofzahlmeistern Angerer und Holzer 722 Gulden Vorschüsse erhalten. Dagegen hatte Seisenegger an der am 26. Juli 1535 beschlossenen Abrechnung für gelieferte Arbeiten 599 Gulden zu fordern, wovon jedoch nach dem getroffenen Übereinkommen 50 Gulden abgezogen werden sollten. Der Meister wendete dagegen jetzt ein: „er hab dieselben funfezig gulden allain darumb nachgelassen, das im zuegesagt worden den vbrigen resst seiner arbayt auf ain mall zu beczallen; weyll es aber nicht beschechen vnd hernach lanng angestanden sey, khun er dieselben numer nicht nachlassen". Die seit jener Abrechnung gelieferten Arbeiten berechnete Seisenegger, wie bereits erwähnt, mit dem mässigen Betrage von 412 Gulden rheinisch. Er musste sich jedoch zu einem Abkommen mit dem obersten Kämmerer Graf Niklas von Salm verstehen, in der ihm nur die Hälfte des geforderten Betrages mit 206 Gulden rheinisch zuerkannt wurde. An der für Anfertigung der Trompeterpaniere aufgerechneten Summe von 304 Gulden wurde dagegen nicht der geringste Abzug beliebt. Seisenegger's sämmtliche Forderungen beliefen sich somit auf 1109 Gulden rheinisch, und nach Abzug der erhaltenen Vorschüsse hatte er nur noch 387 Gulden zu erhalten. Auch an seiner unbedeutenden Hofbesoldung jährlicher 60 Gulden rheinisch waren ihm vom Beginne seines Dienstes her bis Ende 1543 nicht mehr als 160 Gulden bezahlt worden.

Seisenegger's dringende Bitte um Zahlung seiner Forderungen fand endlich Erhörung. Am 19. December 1545 erhielt er vom Hofzahlmeister Hans Holzer in Abschlag seiner Forderung „von wegen etlicher arbait", die er dem König gemacht, 200 Gulden rheinisch (Hofzahlamtsrechnung 1545, Fol. 61). Für den Rest von 187 Gulden wurde ihm ein in des Königs Namen ausgefertigter Schuldbrief ddo. Wien 17. Januar 1546 eingehändigt (Ged. B. 59, Fol. 10). Am letzten December 1545 wurde ihm überdies seine ausstehende Besoldung mit 350 Gulden rheinisch erfolgt, die ihm der König aus Gnade passirte, „wiewoll er dieselb zeit etlich mall von hof gewest", daher nach der Hofordnung für die Dauer seiner Abwesenheit keinen Sold ansprechen konnte. Die niederösterreichische Kammer erhielt ferner am 16. Juli 1547 den Auftrag, dem königlichen Diener und Hofmaler Jakob Seisenegger den ausständigen Rest von 150 Gulden an seiner Arbeit und dem Dienstgelde von der nächsten Confiscation oder Strafe, die eingehen würde, zu bezahlen (Ged. B. 61, Fol. 92). Schon im Mai des nächsten Jahres erhielt er auf Abschlag eine vom Hausgrafen in Österreich Laslawen von Edlasperg erlegte Strafsumme von 100 Gulden.

Aber auch ein bleibendes Zeichen der Anerkennung für seine fleissigen, vieljährigen und treuen Dienste sollte Seisenegger zu Theil werden. König Ferdinand wies ihm „zu dester stattlicher seiner vnderhalltung" am 29. September 1547 lebenslänglich 100 Gulden rheinisch jährlich als Provision aus den Einkünften des Vicedomamtes in Österreich unter der Enns an. Wenn Seisenegger an den königlichen Hof erfordert oder sonst in des Königs Sachen gebraucht würde, soll ihm nebst dieser Provision auch seine Besoldung monatlicher fünf Gulden gereicht werden (Ged. B. 60, Fol. 299, Ged. B. 61, Fol. 167).

Ein trauriges Ereigniss in der königlichen Familie gab Veranlassung, dass Seisenegger bald hernach den Auftrag erhielt, seine erprobte Kunstfertigkeit wieder zu zeigen. Ferdinand's geliebte Gemahlin, Königin Anna, war drei Tage nach der Geburt ihres fünfzehnten Kindes, der Erzherzogin Johanna, am 27. Januar 1547 zu Prag dahingeschieden. Die sterblichen Überreste der allgemein beklagten Fürstin fanden in dem St. Veits-Dome auf dem Prager Schlosse ihre letzte Ruhestätte. Die beschlossene Ausführung eines Denkmals von Bildhauerarbeit verzögerte sich jedoch durch König Ferdinand's Kriegszug nach Sachsen. Als Sieger heimgekehrt, stiftete der König eine Messe: „super altare divae virginis matris Mariae, ante quod tumulus . . nostrae conthoralis dilectissimae piae recordationis existit" (Stiftbrief ddo. Leitmeritz 10. Juni 1547. Bucholtz IX, 220 ff.). Seisenegger erhielt den Auftrag, eine Altartafel dahin zu malen und empfing zu Prag am 10. October 1547 vom Hofzahlmeister Hans Holzer 50 Gulden rheinisch in Abschlag der Arbeit „die er an der tafll vor der Romischen khunigin sel. gedechtnus begrebnuss zw Prag mit malwerch thuen sol" (Hofzahlamtsrechnung 1547, Fol. 103). Zu rascherer Förderung dieser grossen Arbeit nahm Seisenegger als Gehilfen Meister Hansen, Maler von Salzburg, zuweilen von Linz genannt. Während beide in voller Thätigkeit waren, befahl König Ferdinand auf Seisenegger's Ansuchen, aus Augsburg am 14. Januar 1548, der böhmischen Kammer, seinem Hofmaler „in abslag vnd zu statlicher verrichtung seines in hannden habennden werchs vnd arbeit" 100 Gulden rheinisch zu erfolgen. Weder über die Zeit der Vollendung dieser Altartafel, noch über die Vorstellungen auf derselben haben sich Nachrichten erhalten. Das Gemälde ging wohl bei der Bilderstürmerei in der St. Veitskirche am 21. December 1619 spurlos zu Grunde. Folgende Stelle in dem Berichte eines Augenzeugen (Pragerische Reformation s. l. 1620. 4. Fol. 3) scheint hierüber Aufschluss zu geben: „Der mitlere (Altar), so vnser lieben frawen consecriert vnd zwischen dem chor vnd der kais. begräbnus gewesen, ist biss zur erden geschlaifft“.

Auch noch eine andere grössere Arbeit zu Prag war Meister Jakob Seisenegger zugedacht. König Ferdinand liess 1548 den prachtvollen, unter König Wladislaw's Regierung erbauten Saal im königlichen Schlosse, da er bei dem verheerenden Brande am 2. Juni 1541 stark gelitten, wieder herstellen. Als die Arbeit der Vollendung nahe war, stellte Erzherzog Ferdinand, Statthalter in Böhmen, den Antrag, zur grösseren Zierde dieses schönen Baues an den Wänden und zwischen den Fenstern die Bildnisse aller Landesfürsten Böhmens, wie sie vor der Brunst im oberen Gemache gewesen, nebst jenen König Ferdinand's, seiner Gemahlin und Kinder malen zu lassen. Er bezeichnete dazu „maister Haunsen maller von Salczburg, so vorhin maister Jacoben (Seisenegger) in mallung der tafln geholffen, der dann für ainen zimblich gueten und behennden maller beruembt wirdet“, dem etwa auch ein guter niederländischer Maler beigegeben werden könnte. König Ferdinand gab zu Wien am 19. Juli 1548 seine Zustimmung, befahl jedoch, früher für den untern Theil des Saales „ain klains musster vnd conterfech“ machen zu lassen, „wo, wie vnd welcher ortn vnser, vnserer lieben gmahl seliger vnd kinder, dergleichen auch der kaiser, kunig und herzogen in Beham bildnuss daselbst im saal ordennlich vnd mit gueter zier nocheinander gestelt werden sollen“. Erzherzog Ferdinand antwortete seinem Vater aus Prag am letzten Juli: „nachdem es alhie nit vil köstlich werchleut hat“, sei es wohl am besten Meister Hansen kommen zu lassen, „so möcht derselb alsdann n e b e n m a i s t e r J a c o b e n (S e i s e n e g g e r) di c o n t e r f e h u n g herunden . . . machen vnd verrichten“; nur so könne der gewünschte Entwurf zu Stande kommen. Seisenegger's erprobte Meisterschaft im Porträtfache hätte gewiss Werthvolles geschaffen. Da jedoch Meister Hans wegen anderweits übernommener Arbeiten diesem Rufe nicht folgen konnte, so scheint auch Seisenegger den Antrag abgelehnt zu haben. Schon im November 1548 wurde ein Entwurf hiezu dem Maler Giovanni Battista Ferro aufgetragen. Verschiedene Ursachen bewirkten jedoch, dass das Vorhaben bald ganz aufgegeben wurde.

Seisenegger hatte seine Dienstleistung am Hofe König Ferdinand's bis in das neunzehnte Jahr fortgesetzt, als seine Gesundheit zu wanken begann und Spuren des Alters sich zeigten. Sorgen für Weib und Kinder verdüsterten seine Lage. Seine geringe Hofbesoldung hatte nicht hingereicht, die Kosten der Reisen mit dem königlichen Hoflager zu decken. Alles, was der Meister sonst durch seine Kunst erworben, war darauf gegangen und überdies war er noch in Schulden gerathen, während er in den Tagen seiner vollen Kraft wiederholt glänzende Dienstanerbietungen aus treuer Anhänglichkeit an seinen Herrn ausgeschlagen hatte. In dieser peinlichen Lage überreichte er dem Könige Ferdinand im Juni 1549 nachstehendes Gesuch:

„Allerduchleuchtigister, grossmechtigister khunig etc. allergenedigister herr!

Wiewol ich wais vnnd nicht zweifel, das ewer ku. mt. aus angeborner guete vnnd mildigkhait irer getrewen gehorsamen dienner vnnderthenig vleissig dienst aus aigner kuniglichen bewegnus jeder zeit genedigist bedennckhen vnnd dieselben mit gnaden zu belonen vnnd zuuersechen genaigt seyen, so wierd ich doch verursacht meine langwierige diennst ewer maiestat mit dem khürczisten hiemit zu erzellen.

Es ist yecz das neunczeehendt jar, das ich an ewer khu. mt. hof vnnd diensten bin vnnd mich auch bissher mit der geringen besoldung, nämlich monatlich mit funff gulden (doch beschwerlich) enthallten vnnd gennegen lassen, vnnd ob ich gleichwol im anfanng meines diensts vnndt hernach durch ewer mt. hofmaister weillenndt herrn Wilhelmen von Rogendorff gewisse vertrösstung gehebt, das mir solch mein besoldung gar in khurcz gewisslichen gepessert solt werden, so ist doch dasselb bissher nie erfolgt vnnd ich nichts weniger alls der gehorsamist yeder zeit an ewer mt. hof, wann vnd wohin ich erfordert vnnd beschaidn worden bin, mit viel much vnnd arbat nachgefolgt vnnd dadurch alles, das ich in annder weg erobert vnnd erhallten, an worden vnd mit grundt zu schreyben dreymal mer, alls sich mein besöldung erraicht, verzert vnnd einpiesst hab, vnnd mich daruber noch in schulden gestossen, darczue in solchen nachuolgen von wegen armuet vnnd vnuermugens, auch der hartten scharffen wintterszeit nicht allain zum tail vmb mein gesundt khomen, sonder auch die khinder durch todtlichen abganng verloren hab.

Nun ist ewr. khu. mt., auch etlichen derselben gehaimen dienner vnnd rätten vnuerporgen, wasmassen die Ro. kay. mt. im verschinen zwayunddreyssigisten jar durch den herrn Cobas zu Regenspurg vmb diennst mit mir hanndlen vnnd anezaigen lassen, das mich ir mt. järlich mit zwayhundert goldtgulden verseechen vnnd das ich zu Antorff, Brussl oder Leuen, wo es mir am gelegenisten frey siczen solle. Dergleichen vnnd eben derselben zeit der duco de Alba mit zwayhundert ducaten järlicher besoldung sambt der vnnderhallttung auff mich, mein weib vnnd ain khnaben sich auch angebotten vnnd annder mer furssten vnnd cardinäll, die ich mit namen vnnd warhait anzuzaigen wisste, aber khurcz halben vnndterlass, gleichsfals mit mir handlen lassen, aber aus vnndterthenigister, starckher vnnd vnzweifelhaffter zuuersicht, das ewr. khun. mt. mich, mein weib vnnd khindle mit der zeit auch genedigist bedenckhen vnnd verseechen wuerde, der obermellten diennsten vnnd anbietten aller vnnd all annder mein gelegenhait, die mir bissher in vil weg vorgestannden, hindan geseczt vnnd aussgeschlagen.

Dieweil ich dann bissher von ewer mt. khain genad nie emphanngen, mich mit der clainen geringen besoldung vnnderthenigclich betragen, das mein dardurch einpiesst, mich in schulden gestossen, in ewer mt. diensten nun eraltendt vnd ewer mt. in den beschwerlichen zeitten vnnd khriegssleuffen, damit ewer mt. bissher beladen gewest, nie anlauffen wöllen, so verhoff ich vnderthenigclich ewer mt. werden solches alles merers zu herczen fassen vnnd auss oberzellten vrsachen, furnemblich meines allters vnnd schwachait halben mich mit weib vnnd kinndlen bedennckhen, verseechen vnnd der vil jar gehabten gedult genedigist geniessen lassen.

Vnnd ist darauff an ewer khu. mt. mein vnnderthenigist bit, sy wöllen mich mit ainer järlichen prouision hundert gulden reinisch in munez mein leben lang vnd nach meinem tödtlichen abganng den halben tail meinem weib vnnd khindlen genedigist verseechen vnnd dieselben mir vnd meiner jecz gemelten hausfrawen aus dem gefell der maut zu Ybbs oder Stain quottemberlich zu geben genedigist verordnen, das wil ich vmb ewer khuniglich maiestat mein lebenlang zuuerdienen geflissen sein.

Eur Ro. ku. mt. vnderthenigister diener vnd hofmaller Jacob Seisseneckher."

Blieb auch dieses Gesuch ohne Erledigung, so befahl der König doch zur Linderung des Nothstandes seines treuen Dieners am 16. Juni 1549 zu Prag dem Hofzahlmeister Mangen Seicz, seinem Hofmaler Jacob Seisenegger die seit letzten Juni 1548 unbezahlt ausstehende Hofbesoldung von 60 Gulden, ferner 300 Gulden für gelieferte Arbeiten und überdies als wohl verdientes Gnadengeld 100 Gulden rheinisch ohne Vorzug und auf einmal zu bezahlen (Ged. B. 63, Fol. 174). Die volle Zahlung dieser Beträge erfolgte am 21. und letzten Juni 1549 (Hofzahlamtsrechnung 1549, Fol. 94 und 334).

Als König Ferdinand im Juli 1550 nach Augsburg zog, war ihm Seisenegger dahin gefolgt. In derselben Stadt, wo vor zwanzig Jahren der aufstrebende Künstler die erste Anerkennung fand, weilte jetzt der alternde Meister. Er erhielt hier einen neuen Beweis der fortdauernden Gnade seines Herren. König Ferdinand bewilligte daselbst am 1. September 1550, dass Seisenegger fortan seine bisherige Hofbesoldung jährlicher 60 Gulden auf seine Lebenszeit als Provision zu der bereits früher im Betrage von 100 Gulden angewiesenen, aus dem Vicedomamte zu Wien beziehen sollte (Ged. B. 66, Fol. 252).

Das Schmerzlichste für Seisenegger musste die Abnahme seines Augenlichtes sein, die langsam fortschritt und die Ausübung seiner Kunst bedrohte. Was er in seinen Blütejahren erworben, war längst dahin. Er hatte zwar zu Wien eine kleine Behausung erkauft, doch hafteten Schulden darauf, die ihn leicht zum Wiederverkaufe nöthigen konnten. Als daher Seisenegger's alter Freund, Augustin Hirschvogel, am Anfang des Jahres 1553 zu Wien gestorben war, bat Meister Jakob den König, ihm die durch Hirschvogel's Ableben erledigte Provision von 100 Gulden rheinisch zu verleihen. Er schrieb desshalb im Februar 1553 an den römischen König Ferdinand:

„Ewr Rö. khwniglich mt. tragen sonnders zweifls gnedigist guett wissen, wie ich eur khw. mt. als derselben hofmaller nun lannge jar here verhoffenlich eerlich vnnd getreulich gedienndt, auch allerlaj zuegestanndne ansehliche, eerlich vnnd mir wol erspriesliche conditionen von bäbstlicher heilligkhait, Franckhreich, Enngelanndt vnnd anndern cristlichen pottenttaten, die mich in ire diennst anzenemmen vnnd ansehlich zu vnderhallten sich angebotten, ich aber solches alles (in ansehung das ich vnder eur khw. mt. geporn vnnd erczogen) ausgeschlagen hab. Vnnd so ich dann derselben meiner kunnst vnnd handtwerchs mit dem beschwerlichen vill hin vnnd widerraissen sonnst in annder weeg nicht wol geniessen mügen, auch mein ordinarj hofbesoldung dermassen schlecht vnnd gering gewesen, das ich mich sambt meiner hausfrawen vnnd kindern darbej schwerlich ernern vnnd enthallten mügen, hab ich die pesste zeit meins lebens also verschlissen vnnd nicht souil für mich bringen khünden, das ich jeczo in meinen erlebten tagen vnnd sonnderlich bej dem mangl meins gsichts (den ich von tag zu tag je mehr emphinde) mein notturfftige vnnderhalltung gehaben möchte. Dann ob ich gleichwol mir zu Wienn ain behausung erkhaufft, so hab ich mich doch dardurch dermassen in schulden gesteckht, das ich dieselben ausser widerverkhauffung des hauss bej disen beschwerlichen vnnd grossen steurn nicht beczallen khan, sonnder bin armuetthalben drüngenlich verursacht solche behausung widerumb zuuerkhauffen vnnd mich sambt meiner immer schwachen vnnd kranckhen hausfrauen herberigsweiss zu enthallten. Damit ich aber meiner lanngen getreuen diennste in meinen alten tagen geniessen vnnd sambt meiner schwachen hausfrauen die übrigen vunsere täg zu leben haben mügen, so lanngt an eur khw. mt. mein vnnderthenigist diemüettigist bitt, die wölle mir die jerlichen ainhundert gulden reinisch, so eur khw. mt. weilennd dem Augustin Hirschvogl auf sein leben laung aus dem viczdombambt zu Wienn verschriben vnnd er diser tag mit tod abganngen, derhalben eur mt. widerumb haimbgefallen, auf mein leben lanng zu ainer zuepuess vnnd ergeczlicheit meiner diennste allergnedigist bewilligen vnnd ervolgen lassen, der vnnderthenigisten zueversicht eur khw. mt. obbemelten vrsachen halben mir solches nicht abschlagen werden vnnd das vmb eur khw. mt. vnnd derselben khw. khindern in aller vnnderthenigkhait zuuerdiennen, will ich mich die zeit meins lebens vngesparts und höchstes vleiss bevleissen, dern ich mich damit zu gnaden beuelchen thue."

Der Erfolg entsprach jedoch nicht der gehegten Erwartung. Der König schlug die Bitte ab. Seisenegger, hiedurch nicht entmuthigt, wendete sich an des römischen Königs ältesten Sohn, Maximilian König von Böhmen, auf dessen Begehren er zwei Knaben zur Malerei heranbildete, mit der Bitte um gnädige Fürsprache (das Gesuch ist abgedruckt in den Wiener Jahrbüchern der Literatur, Bd. 122, A. Bl. S. 2). Nunmehr wurde Seisenegger's Bitte wenigstens zum Theil erhört. König Ferdinand bewilligte in Erwägung der treuen und fleissigen Dienste, die er dem König „vill jar vnnd zeit heer gehorsamblich bewisen hat vnnd sich des noch furhin, so weit sich sein leibsvermugen vnd gesundthait erstrekht, zu thuen vnnderthenigist erpietten thuet", zu seiner bisherigen Provision von 160 Gulden noch 50 Gulden jährlich auf seine Lebenszeit, alles aus dem Vicedomamte zu Wien (Ged. B. 71, Fol. 107).

Seinem Anerbieten treu strebte Seisenegger, so weit es seine Kräfte zuliessen, seiner Dienstpflicht nachzukommen. So erhielt er am letzten Februar 1554 zu Wien vom Hofzahlmeister

Seicz 60 Gulden rheinisch „so ime die khuniglich maiestat von wegen abconnderfehung irer khuniglichen maiestat geliebten khunigclichen khinder" zu geben verordnet (Hofzahlamtsrechnung 1554, Fol. 165). Im August desselben Jahres malte und vergoldete er eine ungarische Feldfahne, die der römische König dem Palatin Nadasdy zustellen liess (Hofzahlamtsrechnung 1554, Fol. 303). Auch noch in späteren Jahren finden wir Seisenegger nach Kräften thätig. So malte er im April 1557 abermals eine Feldfahne für den römischen König, wofür er 50 Gulden rheinisch erhielt (Hofzahlamtsrechnung 1557, Fol. 130).

Zur Vergütung der in früheren Jahren im königlichen Dienste erlittenen schweren Einbussen bewilligte König Ferdinand zu Wien am 13. December 1557 seinem Hofmaler, der nunmehr 27 Jahre treu und fleissig gedient, 500 Gulden rheinisch aus heimfallenden Lehen, Pönfällen etc. (Ged. B. 78, Fol. 212). Die Realisirung derartiger Exspectanzen, wie man sie nannte, war jedoch höchst unsicher und konnte Jahre lang dauern. Zur Abhilfe dagegen versprach der König zu Wien am 29. August 1558 dem Seisenegger in Anbetracht seiner vollbrachten und noch täglichen treuen Dienste, dass ihm von diesem Gnadengeld alsbald 100 Gulden und am ersten Januar 1559 50 Gulden und sofort am Anfang jedes Jahres derselbe Betrag bis zu gänzlicher Entrichtung der 500 Gulden aus dem Wiener Salzamte erfolgt werden sollen (Ged. B. 79, Fol. 262).

Fig. 1.

Fig. 2.

Im October 1558 stellte Seisenegger an seinen Gebieter, den am 14. Mai dieses Jahres erwählten römischen Kaiser, die Bitte um Verbesserung seines alten Wappens, wie auch um taxfreie Nobilitation für sich und seine ehelichen Leibeserben. Diese Supplik liegt im Adelsarchiv des k. k. Staatsministeriums und wurde von Bergmann in den Jahrbüchern der Literatur Bd. 122, A. Bl. S. 4, veröffentlicht. Zur Ergänzung folgen hier die beiden auf dem Gesuche vorkommenden Wappenschilde, zur Linken das einfache alte Wappen (Fig. 1), der schwarze Greif im goldenen Felde, zur Rechten die beantragte Besserung mit dem quadrirten Schilde (Fig. 2).

Kaiser Ferdinand zögerte nicht diesem Ansuchen seines Hofmalers Folge zu geben. In huldvoller Anerkennung der vielen Verdienste Seisenegger's, der in der Kunst des Bildnissmalens dieser Zeit als der berühmteste anerkannt und befunden worden, erhob er ihn und seine ehelichen Leibeserben am 16. October 1558 zu Wien in den Adelsstand und verbesserte sein althergebrachtes Wappen; überdies wurde ihm später am 16. März 1559 auch die Taxbefreiung bewilligt. Seisenegger's Adels- und Wappenbrief, ein schönes Denkmal der Würdigung wahren Verdienstes wie der Kunstliebe Kaiser Ferdinand's, lautet:

„Wir Ferdinand etc. bekhennen offentlich mit disem brief vnd thuen khundt allermenigclich, wiewoll wir aus Römischer khaiserlicher höche vnd wierdigkhait, darein vns der allmechtig nach seinem göttlichen willen geseczt hat, auch angeborner guette vnd miltigkhait allzeit genaigt sein aller vnd jeglicher vnserer vnd des heilligen reichs, auch vnserer khunigreich vnd furstenthumben vnderthonen vnd getrewen er, wierd, aufnemben, nuez vnd pesstes furzunemben, zu befurderen vnd zu betrachten, so ist doch vnser khaiserlich gemuet in sonder bewegt vnd begierlich denen vnser genad mitzutaillen, welche in erberm, redlichem standt vnd wesen herkhumen sein vnd sich gegen vns vnd dem heilligen reiche vnd vnserm löblichen hauss Osterreich in sonderlicher, gehorsamer vnd vndertheniger getrewen dienstbarkhait für annder guetwillig erzaigen, halten vnd beweisen sy dieselben verdientten vnd teugliche personen in noch höchere eer, wierd vnd standt zu erheben vnd zu wierdigen. Als wir dann genedigelich angesehen, wargenumben vnd betracht sollich erberkhait, redligkhait, vernunfft, schickhligkhait, guet adelich sitten, weesen vnd tugent, darinnen wir vnsern diener, hofmaller vnd getrewen lieben Jacoben Seisenegger erkhennen, auch die vndertheuigen, vleissigen vnd willigen dienst, die er Seisenegger mit seiner khunst der illuministrey vnd abconterfethur, darinnen er diser zeit fur den bernembtisten erkhent vnd befunden, sich auch in der hochbernembten khunst der geometria von weegen seines in sonderhait darzue tragenden grossen lusst vnd begierde vilfeltigelich geuebet vnd erfaren ist vnd sunsten auch in annder weeg vns an vnserm khaiserlichen hofe vnd bei vnser selbst aignen person, dessgleichen weillendt vnser liebsten gemahl der Römischen khunigin löblicher vnd seeliger gedechtnus vnd vnsern geliebden khaiserlichen sunen vnd tochtern numer ob den dreyssig jaren heer yederzeit zu vnsern vnd irer liebden sondern angenämen genedigisten willen, wolgefallen vnd benuegen erzaigt vnd bewisen hat, dasselbig noch täglichen mit sonnderm getrewem embsigem vleiss thuet vnd hinfuron nicht weniger zu thuen des vnderthenigisten erbiettens ist, auch woll thuen mag vnd solle, darumb vnd damit sich er Seisenegger vnd die seinigen solcher seiner vorelltern vnd seiner selbst redligkhait, tugent vnd verdienen von vns, als pillich ist, genossen zu haben bernemen vnd dardurch hinfur annder gegen vns, dem heilligen reich vnd vnserm löblichen hauss Osterreich zu dergleichen gueten tugenden vnd nuczlicher gehorsamer vnd williger dienstbarkhait geraiczt werden, so haben wir demnach mit guetter vorbetrachtung, wolbedachtem muet, rechter wissen vnd von sondern vnsern khaiserlichen gnaden wegen den genannten vnsern diener Jacoben Seisenegger vnd all sein eelich leibsserben vnd derselben erbens erben, mann vnd frawenpersonen fur vnd fur ewigelich in den stanndt vnd grad des adls der recht edl gebornen lehens thurniersgenoss vnd rittermässigen leut erhebt, darzue gewierdigt vnd edl gemacht vnd sy der schar, gesellschafft vnd gemainschafft vnserer vnd des heilligen Römischen reichs, auch vnserer khunigreich, erblichen fürsstenthumben vnd lannden recht edl geboren lehen thurniers genossen vnd rittermässigen edlleutten zuegesellt, geleichet vnd zuegefuegt zu gleicher weiss, als ob sy von iren vier anen vnd geschlechten za baiden seitten recht edl rittermässig lehen thurniers genoss edlleut geboren wären vnd zu noch merer zeugnus, glaubens vnd gedechtnus solcher erhebung vnd wierdigung gemeltem vnserm diener Jacoben Seisenegger sein allt wappen vnd clainat, so mit namen ist ain gelber oder goldtfarber schilt, darinnen auf ainem weissen oder silberfarben drifachem schrofigem grundt ain gancz schwarczer greiff steendt auf seinen hinderen fuessen auffrecht geegen dem vordern obern egg des schilts, haltent in seinen vorderen waffen ainen gehawen oder formierten stain von sechs eggen, mit seinen aufgethonen flugln, vndergeschlagnem schwantz, offnem schnabl vnd rotter aussgeschlagner zungen, auf dem schüllt ain stechhelbm mit gelber oder goldtfarber vnd schwartzer helbmdeckhen geziert, darauf ain krantz von gelbem oder goldtfarbem laubwerch aus demselben neben einander entspringent zwo aufgethon adlersflüg schwarczer farb, zwischen denselben auch ain sechseggetter stain, wie in dem schilt erscheinent, nachuolgunder massen geziert, verändert, gepessert, auch ime, seinen erben vnd nachkhumen des namens Seisenegger zu fueren vnd zu gebrauchen genedigelichen vergunt vnd erlaubt haben mit namen ainen quartierten schilt, dessen vnnder hinder vnd ober vorder fierung plaw oder lasurfarb, in yetweder derselben in ainem flachen geometrischen circkhl oder ainer figur drey gelbe oder goltfarbe quadratstuckh triangelsweise mit den spiczen oder winckheln zusamengefuegt, vnnd dann die andern zwo fierungen des schilts gelb oder goltfarb, in yetweder derselben auf seinen hindern fuessen fur sich aufrechts steent ain schwarczer greiff mit vnndter sich gekrimptem schwanntz, beder seits erhobnen flugeln, offnem schnabell vnd ausgeschlagner rotter zungen, sein recht waff ausgeprait gegen dem vordern obern egkh, die lingkh fur sich vnnd darinn vnderhalb des khopffs haltendt ain schlangen irer naturlichen farb vnnd gestallt, den koph gegen ime kherendt mit aufgethanem maul, heckhender zungen vnd vnnder sich gewundtnem leib vnd schwancz; auf dem schildt ain offner adelicher turniershelmb, dessen pogen der visier oder aussehen sambt den wulssten vmb den halss gelb oder goltfarb, auf der rechten mit schwarczer, linggen plaw oder lasur vnnd bederseits gelber oder goltfarber helmbdeckhen vnd darob ainer guldin khunigelichen cron geziert, daraus zwischen zwaien gegen einander aufgethonen schwartzen adlersflugen, deren sachssen gegen einander gekhert erscheinent, mit seinem spicz vber sich ain ploss schwert mit schwarczem hefft vnd vergulltem glattem schlechtem creucz vnnd zwerchpöglin, alsdann sollich adenlich wappen vnnd clainat mit der verennderung, zierung vnd pesserung in mitt dits vnnsers kaiserlichen briefs gemalet vnd mit farben aigentlicher ausgestrichen ist, thuen vnd geben inen auch vorgemelte gnad vnd freyhait, erheben, wierdigen vnd schöpfen sy in den standt vnd grad des adls, adlen, gleichen, gesellen vnd fuegen sy zu der schar, gesellschafft vnd gemeinschafft vnserer vnd des heilligen reichs, auch vnsers löblichen hauss Osterreichs gebornen rittermässigen lehens vnd thurnierssgenossen edlleuten, erlauben vnd geben inen zue, das sy obgeschriben wappen vnd clainat mit der pesserung, wie obsteet, fueren vnd sich der in allen eerlichen, redlichen, adelichen vnd ritterlichen sachen vnd geschäfften, zu schimpf vnd zu ernnst, es sey in streitten, sturmen, khempfen, thurnieren, gestechen, gefechten, ritterspillen, veltzugen, panieren, gezellten, aufschlagen, innsigln, pettschafften, clainaten, gemälden, venstern, begrebnussen vnd sunst an allen andern orten vnd ennden nach iren eeren, notturfften, willen vnd wolgefallen gebrauchen sollen vnd mugen, alles aus Römischer khaiserlicher macht wissentlich in crafft dits briefs vnd mainen, seczen vnd wellen, das sy furbasshin in ewig zeit der genant Seisenegger, all sein eelich leibsserben vnd derselben erbens erben, mann vnd frawenpersonen, recht edl geboren rittermässig lehen vnd thurniersgenossleut sein, von menigelich vnd an allen ortten vnd ennden in allen vnd yeden handlungen sachen vnd geschäfften, geistlichen vnd weltlichen, darfür halten vnd eeren vnd sunst all vnd iegelich eer, wierde, vortail, freihait, recht, gerechtigkhait, allt herkhumen vnd guet gewonhait haben, mit beneficien auf thuembstifften, hohen vnd nidern ambtern, geistlichen vnd weltlichen lehen zu emphahen, zu halten vnd zu tragen mit andern vnsern vnd des heilligen Römischen reichs vnd vnserer kunigreich erblichen furstenthumben vnd lannden recht edl gebornen lehens thurniers genossen vnd rittermässigen leutten in all vnd jegelich thurnier zu reitten, zu thurnieren, mit inen lehen vnd all annder gericht vnd recht zu besitzen, vrttl zu schopfen vnd recht zu sprechen vnd der vnd aller anderer adelichen sachen, handlungen vnd geschäfften, eeren, wierden, vortailen, freihaiten, gewonhaiten, gesellschafften vnd gemainschaften an allen ennden, innerhalb vnd ausserhalb gerichts, mit inen zu handlen, zu thuen vnd zu lassen, tailhafftig, wierdig, empheugelich vnd darzue teuglich, schickhlich vnd guet sein, sich auch der obgeschribnen wappen vnd clainaten mit der verännderung, zierung vnd pesserung sambt den vermelten genaden vnd freihaiten allenthalben nach iren ehren, notturfften, willen vnd wolgefallen freyen, geniessen vnd gebrauchen mugen vnd sollen in allermassen, als ob solliches alles von iren vier anen, vattern, muettern vnd geschlechten zu baider seits erblich auf sy khumen vnd gewachsen wäre, vnd als ander vnser vnd des reichs, auch anderer vnserer kunigreich, erblichen furstenthumben vnd lannden recht edl geboren rittermässig lehen vnd thurniersgenoss edlleut, so solches alles haben, sich deren gebrauchen vnd geniessen von recht oder gewonhait, von allermenigelich vnuerhindert, vnd gebietten darauf n. allen vnd yeden churfursten, fursten geistlichen vnd weltlichen, prelaten, grauen, freyen, herren, rittern, knechten, landtmarschalchen, landsshaubtleutten, haubtleutten landtuogten, viczthumben, vögten, pflegern, verwesern, ambtleutten, schulthaissen, khundigern oder wappenernholden, perseuanten, burgermaistern, richtern, räten, burgern, gemainden vnd sunst allen anndern vnsern vnd des reichs, auch annderer vnserer khunigreich, furstenthumb vnd lande vnderthonen vnd getrewen, in was wierden, stanndts oder wesens die sein, ernnstlich vnd vesstigclich mit disem brief vnd wellen, das sy obgedachten Jacoben Seisenegger vnd seine erben vnd derselben erbens erben in ewig zeit für vnser und des heilligen reichs vnd vnserer khunigreich, erbliehen furstenthumben vnd landt recht geboren lehensthurniers genossen vnd rittermässige edlleut eeren, halten vnd erkhennen, inen auch an diser vnser erhebung ires standts vnd grad des adls pesserung vnd zierung des wappens vnd clainats vnd allen anndern vorgemelten vnsern khaiserlichen gnaden, eeren, wierden vnd freihaiten nicht hindern noch irren, sonnder sy deren allenthalben berneblich freyen, gebrauchen, geniessen vnd genczlich dabey bleiben lassen, darwider nicht thuen, noch des yemandts anderm zu thuen gestatten in khain weis, als lieb ainem yeden sey vnser vnd des reichs schwäre vngnad vnd straff, darzue ain peen, benantlich funffzig marckh lotigs goldes, zuuermeiden, die ain yeder so offt er frauenlich hiewider thäte, halb in vnser vnd des reichs camer vnd den anndern halben taill obgenanten Jacoben Seisenegger, seinen erben vnd derselben erbens erben obgemellt vnnachlässlich zu bezallen verfallen sein solle, doch anndern, die vielleicht den obgeschriben wappen vnd clainaten gleich fuerten, an denselben iren wappen, rechten und gerechtigkaiten vnuergriffen vnd vnschedlich. Mit vrkhundt dits briefs besiglt mit vnserm khaiserlichen anhangunden insigl. Geben zu Wienn den sechzehenden tag Octobris nach Christi vnsers lieben herrn gepurt XV° vnd im achtundfunffzigisten, vnserer reiche des Römischen im 28. vnd der andern im 32. jaren.“ (Original-Concept im Adelsarchiv des k. k. Staatsministeriums.)

Hatte Seisenegger in früheren Tagen bei Schätzung seiner Arbeiten manche empfindliche Verkürzung erlitten, durch lange Jahre die Zahlung der auf die Hälfte herabgesetzten Beträge erwarten müssen und dennoch in treuer Pflichterfüllung sein Erworbenes zugesetzt, so vergalt des Kaisers Huld dem alternden Meister reichlich jene früheren Unbilden. So wurde ihm zu Wien am 18. Februar 1560 abermals eine Expectanz auf 300 Gulden in Münze erfolgt, in Anbetracht seiner langjährigen Dienste „in conterfeten, auch malwerckh vnd andern sachen“, die ihm der Kaiser zu verrichten befohlen (Ged. B. 86, Fol. 75). In demselben Jahre am 19. November zu Wien bewilligte ihm Kaiser Ferdinand aus besonderer Gnade und in Berücksichtigung der Fürbitte des jungen Königs von Böhmen Maximilian vom 1. November 1560 an fortan jährlich sein Leben lang 50 Gulden rheinisch in Münze als Provision und Gnadengeld aus den Gefällen des Salzamtes zu Wien „in gnedigister erwegung seiner vnns vnnd auch weillenndt vnnsrer liebsten gemahl der Römischen khunigin selliger vnnd milter gedächtnus, auch vnnsern geliebten sunen vnd töchtern von vill vnnd lanngen jaren heer gethannen vnnd noch teglichen, aufrichtigen, getreuen vnd vleissigen diennst vnnd darinn erlanngten althers“ (Ged. B. 86, Fol. 481).

Seisenegger's warme Anhänglichkeit an seinen kaiserlichen Herrn bewies sich, als er und seine Gattin Susanna von ihrer geringen Habe demselben zu seinen „gegenwürttigen hohangelegnen aussgaben“ 1000 Gulden rheinisch gegen acht Procente jährlicher Verzinsung darliehen und diese Summe am 1. Mai 1561 zu Wien dem Hofzahlmeister Sebastian Fuchs überantworteten. Noch an demselben Tage wurden sie mit Capital und Interesse auf das Salzamt zu Wien, insbesondere auf das Gefäll „der aindlif aufgabkueffl salcz“ verwiesen (Ged. B. 87, Fol. 139; Ged. B. 88, Fol. 30).

Bald darauf beschloss Seisenegger von Wien wegzuziehen und in Linz sich häuslich niederzulassen. Er bat desshalb den Kaiser ihm seine Provision jährlicher 210 Gulden, die er bisher aus dem Vicedomamte zu Wien bezogen, „vmb pesserer seiner gelegenhait willen" vom 1. Juli 1561 an auf die Gefälle des Vicedomamtes zu Linz zu verweisen. Der Kaiser genehmigte dies zu Wien am 14. Juni 1561 mit dem Beifügen, „doch solle er Seisenegger jederzeit, wann wir sein bedurffen vnd als vill sein leibsvermugen geben wierdet, an vnsern hof auf vnser erfordern zu verraisen" schuldig und verbunden sein (Ged. B. 87, Fol. 194). Da Seisenegger zur Zeit seiner Übersiedlung nach Linz vom Vicedomamte in Österreich unter der Enns noch 210 Gulden rückständige Provision zu erhalten hatte, so befahl König Maximilian zu Linz am 30. December 1561 auf dessen Bitte „vnd die vnns genuegsamblich daneben furgebrachte vrsachen" dem Vicedom zu Linz, Cosmas Gienger, ihm diesen Rückstand gleichfalls daselbst zu erfolgen (Ged. B. 83, Fol. 208).

Auch für das Schicksal der Gattin Seisenegger's im Falle des früheren Ablebens ihres Gatten sorgte grossmüthig Kaiser Ferdinand. Er bewilligte ihr zu Wien am 30. August 1563 in Anbetracht der langwierigen, treuen und fleissigen Dienste desselben nach dessen Hinscheiden durch vier Jahre 40 Gulden rheinisch Gnadengeld in Münze. Das Nöthige solle aufgerichtet, gefertigt und zugestellt werden, wenn sich dieser Todesfall zutragen wird (Ged. B. 92, Fol. 241).

Seisenegger hatte, wie bereits erwähnt, in früheren Jahren seine geringen Ersparnisse verwendet ein kleines Haus in Wien zu kaufen, um sein Leben am eigenen Herde in Ruhe zu beschliessen, obgleich er sich zu diesem Ende in Schulden stürzen musste. Wahrscheinlich bei seiner Übersiedlung nach Linz verkaufte er diese Behausung, nicht ohne früher mit Miethsleuten schmerzliche Erfahrungen gemacht zu haben. Am 10. October 1557 hatte er sein Haus an einen königlichen Diener bei der niederösterreichischen Kammerbuchhalterei, Leopold Pichler, um den jährlichen Zins von 110 Gulden rheinisch vermiethet. Der noch erhaltene Miethsvertrag zählt genau die einzelnen Bestandtheile des Hauses auf, enthält jedoch leider nicht die geringste Andeutung, wo dasselbe gelegen war. Der neue Miethsmann blieb aber bald mit dem Zinse für anderthalb Jahre in Rückstand und nur durch das kräftige Einschreiten des Kaisers wie seines Sohnes König Maximilian gelang es Seisenegger im August 1563 den ausständigen Zins von 165 Gulden rheinisch hereinzubringen.

Im Mai 1564 bestürmte Seisenegger, alternd und seines geschwächten Gesichtes halber unfähig zu jedem Erwerb, neuerdings die oft erprobte Grossmuth seines Gebieters. Er bat dringend um Verbesserung seiner Provision und insbesondere um Verleihung der Hälfte derselben für seine Gattin nach seinem Ableben, gleichfalls auf deren Lebenszeit. Das Gesuch enthält einige Angaben über sein früheres Leben und die Mittheilung desselben dürfte daher nicht unwillkommen sein. Es lautet:

„Allerdurchleuchtigister grossmächtigister vnüberwindlichister Römischer khayser, auch zu Hungern vnd Behaimb etc. khönig etc.

Allergenadigister herr, eur Röm. khay. mt. etc. khunden sich noch allergenadigist selbs woll erinnern vnd zw etwas erfrischung meines folgenden anzaigens fueg ich derselben mit grundt der warhait in vnderthanigister gehorsam zuuernemen, das ich eur Röm. khay. mt. etc. von meiner jugendt her bis in das funfunddreissigist jar mit meiner gelerntn khonst, souill mir gott genadt geben, vnnderthänigist, gehorsamist, vleissigist vnnd treulichist nur vmb funf phund phening monatlich gedient vnd doch offt am hin- und widerraysen ain monat zu gar vnuermeidlicher mein selbs, meiner hausfrauen, voriger gehabten khinder vnd gesyundt notturfften vber zwainezig phunt phenig vnd offt vill mer verzern muessen vnd wiewoll eur Röm. khay. mt. etc. meine menigfeltige gemachte arbaithn vnd conterfecturn in sonderhait zu bezallen allergenadigist verordnet gehabt, so ist mir dannacht niemals der halb taill meines verdienens daran vnd inner achtzehen jarn warlich gar nichts bezalt worden, wie eur Röm. khay. mt. etc. gewesener rath vnnd obrister chamrer etc. herr Martin von Gusman etc. vor seiner gnaden in Hispanien von hie verrukhen mir selbs khundtschafft gegeben vnd dis mein warhafftig anzaign bestätigt hat, derhalben eur Röm. khay. mt. etc. mir noch in nechst verschinen 60^{ites} jar ain prouision järlich funfzig phunt phening vnd darnach funfhundert phunt phening gnadengelt im sybenundfunfczigisten jar aus confisciertn verfallen guettern, die ich aber nindert bekhumen mögen, allergenädigist verschriben, alsdann mir dieselben auch im achtundfunfczigisten jar aus eur khay. mt. etc. salczambt hie, namblich alle jar in abschlag funfczig phunt phen. zu bezallen bis zu folliger erstatung derselben funfhundert phunt phen. allergenadigist verordnet laut capy mit A hieneben, dauon ich noch nur zway jar frisstn vnd bezallung zu emphahen hab, vnnd nachdem ich nun gar ain schwach alter erlanngt vnnd was ich alle meine tag in Hispanien, Wällhischen vnd anndern lannden hertigkhlich vberkhomen vnd erspart, in solchem meinem dienst eingepuesst vnd das vbrig alhie zu Wienn an ain haus gelegt vnd dasselb gepaut, des furnemens gleich alhie sambt weib vnnd gesindt mein leben zuuerzern vnd zu schliessen, so bin ich doch ye lennger mer darneben in gross schulden gerathn, das ich ermeltes haus mit grassen schaden verkhauffen vnd meine grasse erlanngte schulden vnd interesse darmit bezallen muessen vnnd also nur von den khlainen vberbeliben vnd ersparten resstlein, auch ringen prouision vnd gnadengeltlein noch auf heut an zere, dan ich laider meines alters schwachait vnd pleden gesichts halber nichts mer zu gewynnen wais vnd gleich sorg trag, ich werde in meinem leben paldt gar aufzern. Nun hat der allmechtig barmbherczig gott aus sonnderer gnadigen schickhung jeczo mein liebe hausfraw, so auch etwas schwach vnd miedt, schwanngers leibs gemacht, das ich in khuerczer zeit mich aines khindts vertrest, dem wolt ich (wie pillich) sambt meiner lieben hausfrauen (woferr sy mich vberlebte) vmb ieres eelichen getreuen chanudlichen wolhaltens wegen auch herczlich gern ain zimbliche erliche vnderhaltung lassen, dieweill ichs dan ja aus meinem guetl nit hab vnd eur khay. mt. etc. mir verordnet gnadengelt der järlichen funfczig phunt phen. sich nechst khunfftigs sechsvndsechczigisten jars ennden wierdet vnd eur khay. mt. etc. gleichwol auf mein vnderthanigist gehorsamist bithn meiner geliebten hausfrauen nach meinem todt vier jar lang vnd jedes besonder vierzig phunt phening hilfgelt zu genaden bewilligt, damit sy doch auf khain gewiss ort versehen noch verwisen worden, laut copy mit B, das ich mich in ain als den anndern wege vnnderthanigist bedanckhe, vnd aber eur Röm. khay. mt. etc. als ain heilliger, gerechtister, mildtreichister khayser alle derselben alte getrene gehorsamiste diener in ierem leben nit mangl leiden lassen, sonnder sy allergenadigist vnd vätterlihist begaben. Hierauf lanngt an eur Röm. khay. mt. etc. ferrer mein allervnderthanigist, gehorsamist vnd diemuetigist bitthn, die wellen in erwegung meiner so langwierigen, getreuen, willigisten dienst, meines vilfeltigen grassen einpuessens, nachsehens in bezallung meiner menigfeltigen eur khay. mt. etc. volprachtn arbaitn, contherfecturn vnd anndern gemälln, auch meines erlanngten schwachen alters vnd aus besondern khayserlichen mildtreichisten genaden mir die funfczig phunt phening genadengaben nach endung der angemelten verschreibung, die ich hinaus zu geben gehorsamist vrpüttig, widerumb von neuem mein lebe lang neben den vorigen funfczig phunt phening, thuet hundert phunt phening prouision vnd nach meinem todt meiner geliebtn hausfrauen auch ir lebe lang dy funfczig phunt phening, welliches nur vmb zehen phunt phening mer ist, aus dem gemelten salczambt zu raichen allergenädigist bewilligen vnd derhalben an herrn salczambtman ainen neuen beuelch zuuerfertigen verordnen. Das wellen wir bede schwache chonleut die zeit vnnsers lebens, das wol zu besorgen khuercz sein wirdet, vmb eur Röm. khay. mt. etc. vnd derselben geliebste khayserliche khinder mit vnnserm andächtigen täglichen gepeth gegen gott treulichist zuuerdienen nit vergessen vnd thue eur Röm. khay. mt. etc. mich sambt meiner geliebtn schwachen getreuen hausfraun hiemit vmb allergenädigisten wilfarigen beschaidt vnnderthanigist beuelhen.

Eur Römisch khayserlichen maiestat etc. vnnderthanigister gehorsamister alter dienner vnd hofmaller Jacob Seyseneckher.“

Der Erfolg war, dass Kaiser Ferdinand seinem alten Diener Seisenegger „zu desst besser seiner vndterhaltung“ aus besonderer Gnade zu Wien am 10. Mai 1564 durch seinen Hofzahlmeister Sebastian Fuchs 50 Thaler zu erfolgen befahl (Hofzahlamtsrechnung 1564, Fol. 281). Seisenegger's Supplik aber wurde am 11. Mai mit den Worten erledigt: „Die römisch kayserlich maiestat etc. vnser allergenadigister herr habn des supplicanten begern derzeit mit gnaden eingesteldt“.

Nach Ableben Kaiser Ferdinand's († 25. Juli 1564) erneuerte Seisenegger seine frühere Bitte bei dessen Sohne Kaiser Maximilian im Januar 1566, aber gleichfalls ohne den gewünschten Erfolg; dagegen wurden ihm am 7. Januar aus Gnaden auf einmal 34 Gulden aus dem Hofzahlamte bewilligt (David Hagen's Hofzahlamtsrechnung 1566, Fol. 610).

Als Kaiser Ferdinand's Söhne Maximilian, Ferdinand und Karl am 6. Januar 1566 die angefallenen Erblande unter sich theilten und einen brüderlichen Vergleich schlossen, übernahm es Erzherzog Ferdinand, dem Tirol und die Vorlande zugefallen, Seisenegger's Provision jährlicher 210 Gulden vom 1. Januar 1566 an aus dem Tiroler Kammermeisteramte zu bezahlen. Eine Zuschrift Kaiser Maximilian's aus Augsburg vom 3. Februar 1566 setzte Seisenegger von dieser Veränderung in Kenntniss (Ged. B. 100, Fol. 1. Ged. B. 101, Fol. 17).

Altersschwach und lebensmüde starb Meister Jakob Seisenegger noch vor Ablauf des Jahres 1567. Bestimmtere Angaben über seinen Todestag fehlen.

Aus Gnaden bewilligte Erzherzog Ferdinand seiner hinterlassenen Witwe Susanna die Auszahlung des vollen Provisionsbetrages für dieses Jahr, „vnangesehen das er das bemelt 67. jar nit völlig erlebt“. In Folge dieses Befehls erhielt die Witwe am 11. Juni 1568 112 Gulden 30 Kreuzer und am 4. December den Rest von 97 Gulden 30 Kreuzer zu Handen Erasmen Haidenreichs zu Pidnegg, erzherzoglichen Hofkammerrathes und Pflegers zu Fragenstain (Tiroler Kammermeisteramtsrechnung 1568, Fol. 217 im Innsbrucker Statthalterei-Archiv). Das Gnadengeld von 40 Gulden jährlich auf die Dauer von vier Jahren, das weiland Kaiser Ferdinand der Witwe Seisenegger's nach Ableben ihres Gatten am 30. August 1563 bewilligt hatte, wurde ihr am 10. April 1568 angewiesen.

Möchte es gelungen sein, auf dem mühevollen Wege historischer Forschung dem verschollenen Namen des wackeren Meisters Jakob Seisenegger den ihm gebührenden Ehrenplatz in der Kunstgeschichte Österreichs im XVI. Jahrhundert gesichert zu haben. Erneuerter kritischer Forschung muss es vorbehalten bleiben Gemälde dieses Künstlers, die gewiss noch, wenn auch unter fremdem Namen, erhalten sind, aufzufinden und auf ihren wahren Urheber zurück zu führen, wobei die hier mitgetheilten urkundlichen Nachweise vielleicht nicht ganz ohne Werth sein dürften. Gelingt dies, wie kaum zu bezweifeln, so ist der Weg gebahnt, eingehender, als es bisher möglich war, die Conception und Technik dieses Meisters kennen zu lernen und seine Verdienste um die Kunst im Vergleich mit den Werken seiner berühmteren Zeitgenossen, eines Tiziano Vecelli, Holbein, Amberger und Anderer, nach Gebühr zu würdigen.

Nachtrag.

Der Druck vorstehender Zeilen war noch nicht vollendet, als uns der kaiserliche Rath und Director Bergmann gefälligst mittheilte, das kaiserliche Münz- und Antikencabinet habe in neuerer Zeit eine Medaille mit dem Bildnisse Jakob Seisenegger's erworben. Wir glauben eine Abbildung derselben hier nachträglich beigeben zu sollen, da es nur erwünscht sein kann, die Züge eines Mannes kennen zu lernen, der Treffliches schuf, wenn auch sein Name, durch Ungunst der Zeit, in der Kunstgeschichte kaum genannt ist. Aber auch das bisher nicht zu ermittelnde Geburtsjahr Seisenegger's wird durch dieses gleichzeitige Denkmal bestimmt. Meister Jakob wurde im Jahre 1505 geboren, erlangte mit 26 Jahren die Stelle eines Hofmalers bei König Ferdinand und starb 62 Jahre alt 1567.

Die Medaille, deren Nachbildung unten folgt, hat 13 Linien im Durchmesser und ist in Zinn gegossen, ohne spätere Überarbeitung mit dem Stichel. Die Vorderseite zeigt Seisenegger's erhaben gearbeitetes Brustbild mit kurzem Haupthaar und starkem Vollbart in einer Schaube von der rechten Seite. Am Rumpfe findet sich das Monogram M. G. Die Umschrift lautet: „IACOB.SEISNECKHER (aet. sve) XXXVIII". Die in Klammern stehenden Worte sind aus Versehen bei Modellirung der Medaille weggeblieben. Auf der Kehrseite erscheint eine nackte weibliche Gestalt, stehend. Sie hält mit der Linken Seisenegger's altes Familienwappen, den Greif mit dem Stein in den Fängen, und fasst mit der Rechten den am Boden stehenden Stechhelm mit seiner Helmdecke und den beiden Adlerflügeln an den Spitzen der Letzteren. Die Umschrift lautet: „IN.LIEB. VNANGENEM.M.D.XLIII".

Die Medaille ist die tüchtige Arbeit eines Nürnberger Stämpelschneiders oder Goldschmiedes, der seine Werke mit den Buchstaben M. G. bezeichnete. Sie entstand als Seisenegger im Jahre 1543 mit dem königlichen Hoflager zu Nürnberg verweilte. Gleichzeitig fertigte derselbe Meister die schöne Medaille auf Seisenegger's Freund, Augustin Hirschvogel, in gleicher Grösse. Vgl. Will's Nürnbergische Münzbelustigungen III. 185 ff. — Bergmann, Medaillen auf berühmte und ausgezeichnete Männer des österreichischen Kaiserstaates. I. 280 ff.

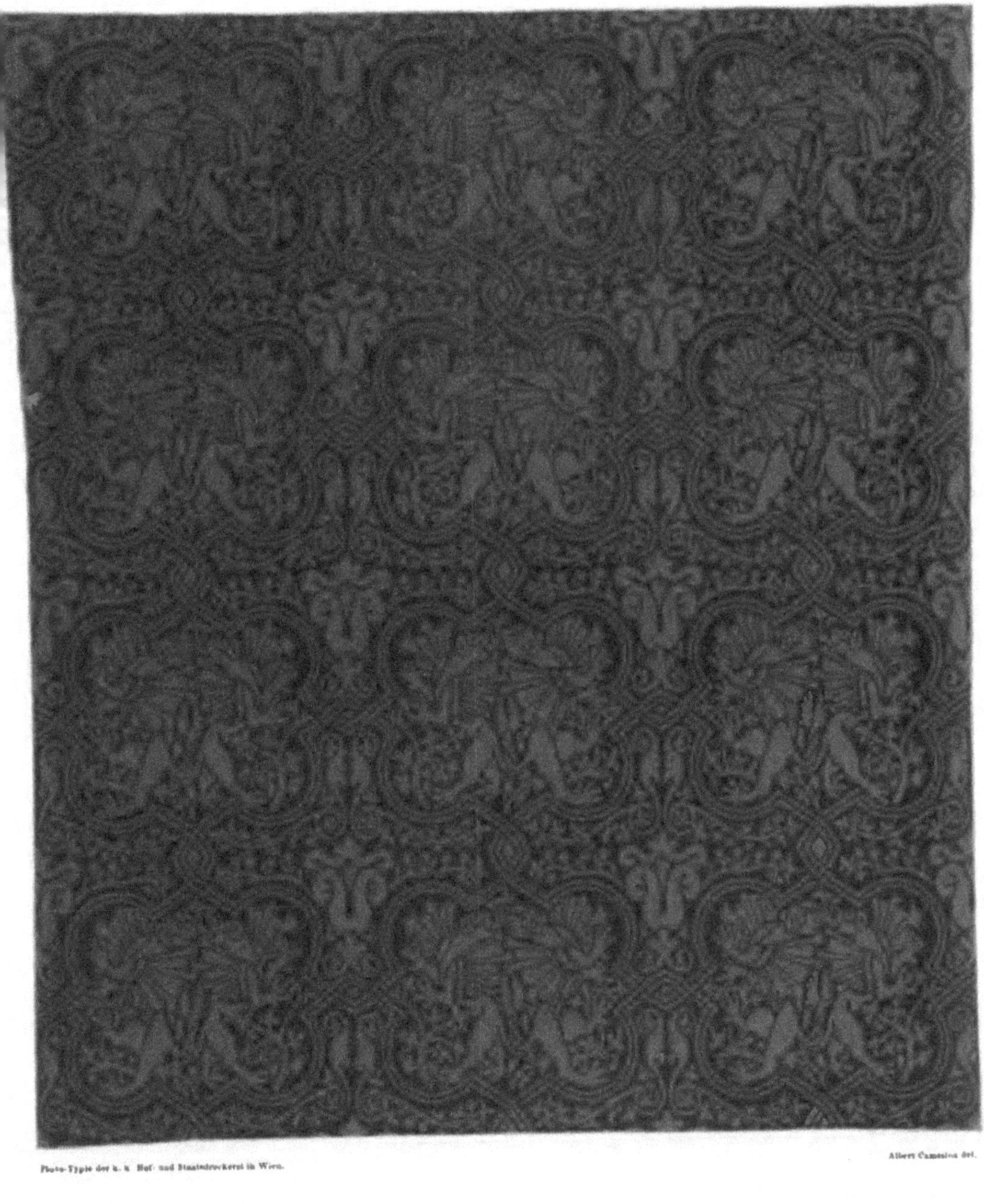

Photo-Typie der k. k. Hof- und Staatsdruckerei in Wien. Albert Camesina del.

Photo-Typie der k. k. Hof- und Staatsdruckerei in Wien.

Albert Camesina del.

Melk. Taf. VI.

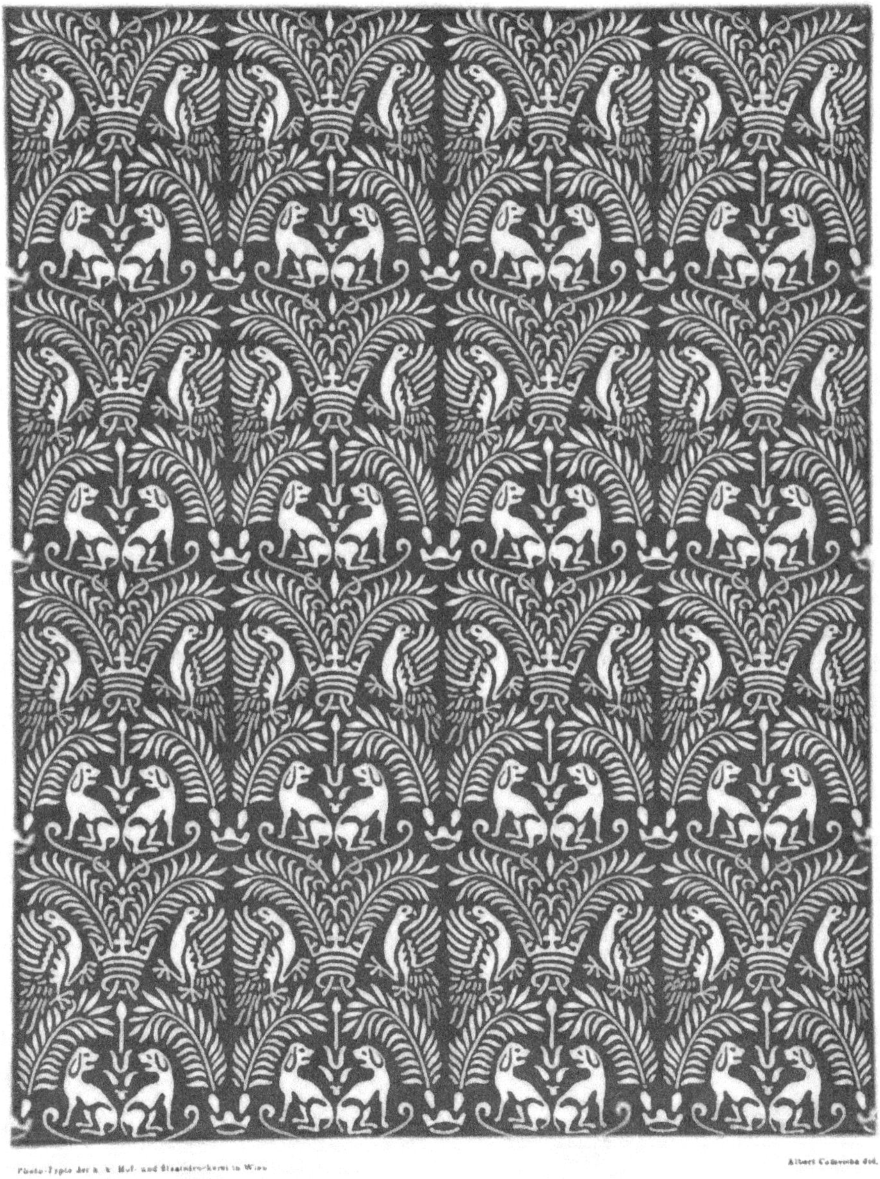

Photo-Typie der k. k. Hof- und Staatsdruckerei in Wien

Albert Camesina del.

Drei Tapetenmuster

aus dem Anfange des fünfzehnten Jahrhunderts.

Von Albert Camesina.

(Tafel IV, V und VI.)

Ledertapeten aus älteren Zeiten zählen mit zu den grösseren Seltenheiten, wie denn selbst die mit Gold gedruckten Ledertapeten des XVII. Jahrhunderts, welche vorzüglich in Frankreich verfertigt wurden, nicht mehr sehr häufig anzutreffen sind. Die Tapeten theilen sich nach der Art ihrer Erzeugung in „Faden-“ und „Drucktapeten“. Die ersteren sind entweder gestickt oder gewebt (Hautelisses, Basselisses, Battues à or, Gobelins etc.), und die zweiten werden durch Aufdrucken einer sich stets wiederholenden Zeichnung vermittelst eines hölzernen Models hervorgebracht. Es versteht sich wohl von selbst, dass das Sticken mit der Nadel die älteste Productionsweise für Tapeten und Teppiche war, und dass man erst später, als man schneller und mit weniger Mühe erzeugen wollte, zu mechanischen Hülfsmitteln die Zuflucht nahm; und zu diesen letzteren gehörte der Model, den man auch zum Zeugdruck verwendete, nämlich eine starke, vollkommen ebene Holzplatte, in welche die Zeichnung (Dessin) vertieft ausgeschnitten war und deren glatte Oberfläche zum Aufdrucken des Grundes (Fond du tapis) diente, von welchem sich die Figuren und Ornamente licht abhoben.

Alle älteren Aufdrucktapeten sind wohl nur zweifärbig, und zwar wurde die eine Farbe dem Leder selbst gegeben oder man benützte ein bereits gefärbtes Leder und druckte die zweite, nach der eben erwähnten Methode darauf. Als Bindemittel konnte man Leim (wie noch bei den heutigen Tapeten), oder wo es sich um grössere Dauerhaftigkeit handelte, Ölfirniss anwenden, wie es bei den drei vorliegenden Tapeten der Fall ist[1].

Die erste Tapete (Taf. IV) wird durch zwei fortlaufende, bald geradlinig ziehende, bald in einen Halbkreis gestellte Parallellinien in Felder getheilt, und zwar so, dass zwischen je vier dieser Hauptfelder ein fünftes oder Zwischenfeld entsteht, welches eine kreuzähnliche Form bildet. Im Hauptfelde sind zwei aufrechtstehende Ungethüme mit gegen einander gerichteten Köpfen und fächerartigen Flügeln[2] angebracht, und zu ihren Füssen zeigen sich Zweige mit Kleeblättern. Das

[1] Die bereits durch Ferd. Keller in den Mittheilungen der antiquarischen Gesellschaft in Zürich, Jahrg. 1856—1857, pag. 139 ff. beschriebene Tapete von Sitten ist aus Hanfleinwand und mit Ölfarbe gedruckt, die bei den Figuren aus Kienruss und bei den Ornamenten aus Röthel und Ölfirniss besteht. — [2] Ähnliche fächerförmige Flügel haben unter Anderen auch die beiden Greife auf einem Kirchenstoff von Aix-la-Chapelle in den „Mélanges d'Archéologie“ von Cahier und Martin (T. II, pl. 13), und die beiden Ungethüme auf dem italienischen Seidenstoff von Roth und Gold in demselben Werke (T. III, pl. 23).

Zwischenfeld ist mit einfachen Ornamenten ausgefüllt. Das Leder dieser Tapete ist roth gefärbt und der Aufdruck schwarz.

Die zweite Tapete (Taf. V), deren Dessin in die Quere fortläuft, zeigt in steter Wiederkehr ein laufendes Ungethüm und unter demselben einen Adler mit einem Federschopf. In die Flächen zwischen den Thieren sind, um diese Felder nicht zu leer zu lassen, allerlei ornamentale Zierathen eingeschnitten, die keine besondere Bedeutung zu haben scheinen. Auch bei dieser Tapete ist das Leder roth und der Aufdruck schwarz.

Bei dem dritten dieser Muster (Taf. VI) ist hingegen das Leder gelb gefärbt und der Aufdruck grün. Der Model oder der stets wiederkehrende Dessin zeigt oben eine Krone, durch welche zwei Palmblätter gesteckt sind, und je zur Seite einen Adler. Auf der unteren Hälfte sieht man zwei mit dem Rücken gegen einander gekehrte Hunde und zwei zusammengeneigte Palmblätter. Die einzelnen Dessins sind der Höhe nach über einander gereiht.

Wo sich diese Tapeten ursprünglich befunden haben mochten, dürfte etwas schwer zu bestimmen sein, aber es wäre möglich, dass sie einst an Chorstühlen oder an der Rückwand des Sediles eines Abtes oder eines anderen vornehmeren Geistlichen angebracht waren. Die noch jetzt vorhandenen Überreste derselben wurden (zu welcher Zeit ist nicht bekannt) zu Einbänden von vier Handschriften aus dem XV. Jahrhundert benützt, welche in dem Bücherschatze des Stiftes Melk aufbewahrt werden.

Die Marienkirche in Krakau

und ihre artistischen Merkwürdigkeiten.

Von Joseph v. Łepkowski.

Wawel, Alma Mater und die Marienkirche in Krakau bilden die berühmtesten Denkmale Polens; denn sie bieten die sprechendsten Zeugnisse der Vergangenheit dieses Landes. Die Kathedrale Wawels birgt in ihren Gewölben Kronen, Scepter und Bischofstäbe. Dagegen steht die jagellonische Hochschule als ein Zeugniss der schon frühzeitigen Bildung Polens da. Die Marienkirche endlich bezeugt in ihren Grab- und Kunstdenkmälern die fast 700jährige Geschichte des Bürgerthums von Krakau.

Schon der Bau der Kirche selbst lässt die verschiedenen architektonischen Style, wie solche vom Beginn des XIII. bis in die zweite Hälfte des XVIII. Jahrhunderts vorherrschend waren, an sich nachweisen. Obwohl die Erectionsurkunde dieser Kirche zeigt, dass Bischof Iwo Odrowąż[1] die Krakauer Pfarre von der heiligen Dreifaltigkeitskirche hierher übertrug, jene hingegen den Dominicanern übergab, so finden wir doch bei näherer Betrachtung der Mauern aus jenen Zeiten nur mehr den Plan der Kirche (Fig. 1), nämlich: das Ausmaass der beiden niedrigeren Seitenschiffe und deren Absonderung von dem mittleren Schiffe, den aus fünf Wänden in Gestalt eines Achteckes bestehenden Chor und die beiden auf Quadersteingrundlagen ruhenden Thürme, welche die Fronte der Kirche bilden[2]. Aber auch die so eben angedeutete Gestalt unserer Kirche bietet Abweichungen von der im XIII. Jahrhundert im übrigen Europa üblichen Bauart. Um sich nicht in Einzelheiten einzulassen, erwähnen wir nur den Umstand, dass die rechtwinkeligen (ehemals mit Fenstern versehenen) Wände die Seitenschiffe einschliessen, ohne dass man das sogenannte Transseptum oder das Querschiff, das den Kirchen die Gestalt des Kreuzes verleiht, findet.

Diese Gründe bewogen mehrere der deutschen Gelehrten, den Beginn des Aufbaues unserer Kirche in viel spätere Zeiten zu verlegen; ja es gibt auch solche, welche, wie Herr Essenwein, selbst in den zuerst aufgeführten Theilen des ganzen Baues nur den Charakter des XV. Jahr-

[1] Siehe Hoszowski: Żywot Biskupa Trzebickiego Str. 230 ff. (Bischof Trzebicki's Leben). — [2] Nach Herrn Essenwein's Notaten im Organe für christliche Kunst. Cöln, Jahrgang VIII, Nr. 2.

hunderts finden wollen. Wir werden diese Urtheile anführen, nachdem wir uns zuerst in den Mauern, in Daten und Urkunden umgesehen haben. Unserer Ansicht nach wurden die Grundsteine unserer Kirche im XIII. Jahrhundert gelegt, und gleichzeitig begannen auch die Mauern sich zu erheben. In diesem und im folgenden Jahrhundert entstanden das Haupt- und die Seitenschiffe, welche (zusammen mit den Thurmcapellen) 15 rechtwinkelige Felder eines spitzbogen- und kreuzförmigen Gewölbes bilden. Diese Gewölbefelder entfalten sich aus zehn achteckigen Pfeilern, welche in acht spitzbogenförmige Arcaden gebunden sind; ihre Rippen schliessen da, wo sie sich an die Wand lehnen, mit in Stein gehauenen Baldachinen (Fig. 2).

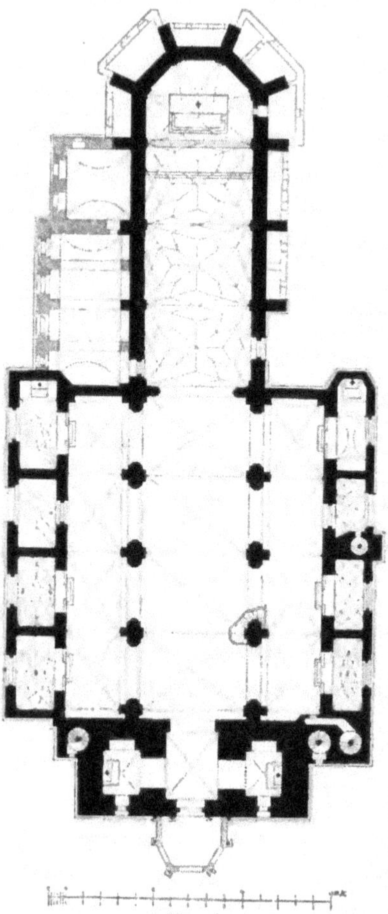

Fig. 1.

Die früheren Beschreibungen der Stadt Krakau, von der bei Siebeneicher im Jahre 1603 erschienenen angefangen, bezeichnen zwar Iwo Odrowąż als den Gründer unserer Pfarrkirche, schreiben aber deren Ausführung dem berühmten Schatzmeister Königs Kasimir des Grossen, Nicolaus Wierzynek, zu. Besonders wurde ein Theil des Presbyteriums um die Mitte des XIV. Jahrhunderts auf Wierzynek's und anderer frommer Leute Unkosten vollendet. Die schriftliche Überlieferung spricht auch, dass sich hinter den grossen Chorstühlen, die bei der Südwand stehen, Wierzynek's Denkmal befinden soll, mit der bescheidenen Inschrift, welche durch das Wegschieben der Bänke ans Tageslicht zu fördern der Mühe werth wäre: „Fundator chori istius A. D. 1360, Francisci festo, die solis, Dapifer Wirziak (sic) obiit".

Trotzdem, dass dieses Datum die Gründung der Kirche nachweist, beweisen andere die Fortführung des Baues auch in späteren Zeiten; denn im Jahre 1399 spricht man von dieser Kirche als von einer neu aufgeführten. Im Jahre 1400 verleiht Papst Bonifacius IX. auf Wladislaw Jagello's Bitte Ablässe und Kirchengnaden zu Gunsten derjenigen, die zum Bau der in Rede stehenden Kirche beigetragen haben. Ja, um's Jahr 1415 findet man Testamente, in denen Geldsummen zur Vollendung des Baues dieser Pfarrkirche verschrieben werden. Es wurde daher im XIV. und am Anfange des XV. Jahrhunderts der Bau fortgeführt, oder es wurde, was früher entstanden war, umgearbeitet, erweitert und ausgeschmückt. In diese Zeit sind auch die beiden mit steinernen Thürpfosten versehenen Seiteneingänge, auf denen Krabben mit auf die Wände auslaufenden Kreuzblumen angebracht sind, zu versetzen. Eben so gehören der Mitte des XV. Jahrhunderts die schönen steinernen Pinnakeln der Strebepfeiler an, die an der Ost- und Südseite der Kirche zu sehen sind (Fig. 3, 4, 5, 6, 7).

Das Sterngewölbe des Chors, ein Werk des Maurers Czipser von Kazimierz, wurde im Jahre 1442 von neuem ausgeführt, nachdem das ehemalige Gewölbe dieses Theiles der Kirche zusammengestürzt war. Dieses frühere Gewölbe hielt sich nicht lange, wie dies aus den Stadtrechnungen zu ersehen ist; es wurde im Jahre 1359 vollendet und ausgemalt, da gleichzeitig der Maurer oder Baumeister Werner das Geld für diese Arbeit erhielt. Im Allgemeinen kann man das Ende des XIV. und den Anfang des XV. Jahrhunderts als die Zeit der Vollendung des Baues der Marienkirche betrachten, ohne jedoch angeben zu können, warum der Bau so lange gedauert habe.

Indem man für gewiss annimmt, dass die Anlage der Kirche oder die Fundamente der Kirchenmauern dem Anfange des XIII. Jahrhunderts angehören, so kann man Essenwein's Ansicht nur in soferne beistimmen, als eben die allgemeinste Betrachtung des ganzen Gebäudes dasselbe für ein Denkmal des auf die Neige gehenden Spitzbogenstyls vom XV. Jahrhundert ansehen lässt. Das Leichte der Form, das Aufstreben der Kirche nach oben und die reiche Beleuchtung mit fast bis nach unten laufenden Fenstern reiht diese Kirche den schönsten Denkmälern der uns eigenthümlichen Backsteinbauten an; übrigens besitzt sie vor andern auch den Vorrang, dass sie die in

Fig. 3.

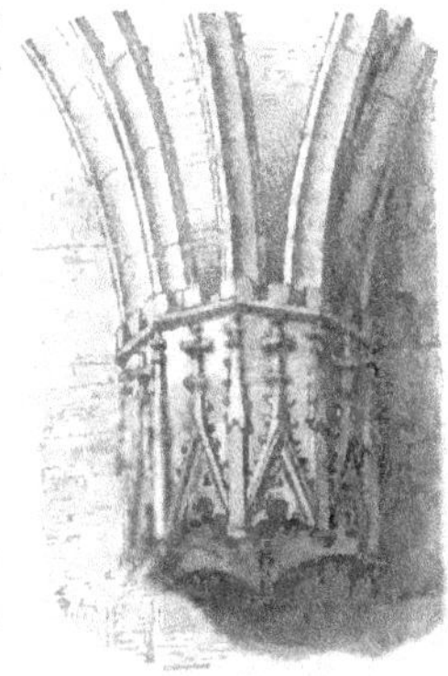

Fig. 2.

Fig. 4.

Fig. 5.

Fig. 6.

Fig. 7.

Stein gehauenen Verzierungen, deren wir in den Zeiten des Mittelalters entweder wenige besassen, oder welche die spätere Zeit vernichtet hat, noch immer an sich trägt.

Was aber das Einzelne und Besondere anbetrifft, so erweisen es die Daten, dass viele Theile dieser Kirche einer früheren Zeit angehören. Deutsche Gelehrte bekennen es selbst, dass ihr Urtheil über manche Arten unserer Backsteinbauten noch nicht reif ist; denn diese Denkmäler haben unverkennbar eigenthümliche Merkmale, wie man solche nur zwischen der Weichsel und dem baltischen Meere vorfindet. Von jenen deutschen Forschern versetzt Heinrich Otte die ältesten Partien dieser Kirche in das XIV. Jahrhundert: Alexander Müller begeht einen nicht geringen Fehler, indem er das Jahr 1360 als die Zeit der Entstehung des heutigen Chorgewölbes[1], und die Zeit vom Jahre 1450 bis 1460 als die Zeit der Aufführung der Seiten- und des Mittelschiffes angibt.

Die Fenstermasswerke von einem Theil des Chors geben den besten Begriff vom Charakter des Styls sowohl, als auch von der Zeit des Baues. Die Capellen wurden an die beiden Seitenschiffe zu ungleichen Zeiten angebaut, woher sich auch die Verschiedenheit des Styls zu erkennen gibt. So bezeichnet das an der äussern Nordwand der Kirche zugleich mit dem Datum (1516) angebrachte sogenannte Ibriel- oder Boner'sche Wappen, dass die Oratorien sammt dem Gewölbe aus der Übergangsperiode des Spitzbogen- in den Renaissancestyl entstanden.

Fig. 8.

Denselben Charakter tragen auch andere Capellen; der Renaissancestyl glänzt nur im Chor der Schneidercapelle, das Barocke hingegen (vom Ende des XVI. und dem XVII. Jahrhundert) hinterliess kaum Spuren in zwei Capellen, in der Sacristei, in der Schatzkammer, in dem an die Aussenwand des Hochaltars angebrachten Anbaue, und in den Mauern des Gebäudes selbst. Fig. 8 gibt einen deutlichen Begriff von der Anordnungsweise der Masswerke an den Fenstern der angebauten Capellen.

Nach den Gründern Iwo und Wierzynek und nach den Thurzo, Fugger, Boner, Pernus, Fogelder und Salomo, welche im XVI. Jahrhundert die Kirche mit Capellen gleichsam wie mit einem Kranze umschlossen und die Wände mit Kunstwerken ausschmückten, kam auch die Reihe an das XVIII. Jahrhundert und der verdorbene Geschmack der Baukunst jener Zeit fand einen kräftigen Anhänger in der Person des Prälaten Hyazinth Lopacki, eines ehrwürdigen, um den Gottesdienst und die Ausschmückung der Kirche, als Pfarrers derselben, sehr sorgsamen Priesters. Dass er aber zur Verunstaltung der Kirche beitrug, ist nicht seine eigene Schuld, sondern die der Zeit, in welcher er lebte, denn es ist nicht Jedermann zu Theil geworden, sich über den ausschliesslich vorherrschenden Geschmack zu erheben; das XVIII. Jahrhundert duldete weder mittelalterliche Begriffe noch Denkmäler, und zeichnete sich in der Geschichte der Kunst vor allem dadurch aus, dass es die Denkmäler des Mittelalters mit leidenschaftlicher Wuth vernichtete.

Damals war es (1723—1761), als der ehrwürdige Domherr und Arzt, Hyazinth Lopacki der Marienkirche als Pfarrer vorstand. Dieser verwendete theils aus eigenem Ersparten, theil aus Almosen fast eine Million polnischer Gulden, um das Dach mit Kupfer zu decken, die Vorhalle zu bauen und die inneren Wände der Kirche umzumodeln.

Das Grabmal, welches Lopacki's Nachfolger demselben (am Eingange von der Seite der St. Barbarakirche) an der Aussenwand setzen liessen, zeugt von seinen Tugenden und edlen Absichten und zählt zugleich die damals zu Stande gebrachten Umgestaltungen auf.

Lopacki fand zwar die Gemälde auf den mit Goldsternen besäten Gewölben in der Kirche nicht mehr und viele Flügelaltäre wurden schon im XVI. Jahrhundert durch andere ersetzt; aber er übernahm die Kirche in demselben Zustande, wie sie sich nach der, durch den Geistlichen Powodowski im Jahre 1585 durchgeführten Herstellung befand; Powodowski selbst hatte den Anfang zu den Umgestaltungen der Kirche gemacht.

Die bunten Glasgemälde der Fenster hüllten damals den ganzen Chor in ein feierliches Dunkel. Viele Pfeiler standen frei, so dass das Auge die schönen Linien, in welchen die Gewölbrippen nach unten abliefen, genau verfolgen konnte.

[1] Die mittelalterlichen Kirchengebäude Deutschlands. Leipzig, 1856.

Altäre und Ballustraden der Capellen, welche Lopacki aus schwarzem Marmor aufführte, so wie die zwischen den Arcaden eingezwängten Pilaster mit korinthisch-römischen Capitälern, und endlich die in der ganzen Kirche angebrachten barocken Verzierungen benahmen derselben den früheren bezaubernden Eindruck, und doch kann man mit Kraszewski sagen: „Es gibt bei uns keine Kirche, die das religiöse Gefühl so zu wecken und einen solchen Eindruck auszuüben im Stande wäre, als die Marienkirche. Das Innere derselben, überfüllt mit Schnitzwerk, mit Grabmälern, Altären und Denkmälern der Vergangenheit, fällt wie ein Bild auf. Die thätigste Kraft war hierbei die Frömmigkeit."

Fig. 9.

Den grössten Schaden erlitt die Kirche durch die schon erwähnte Entfernung der vielfarbigen Fenster, deren nur drei zurückblieben; ferner durch die Theilung der Wandhöhen des Hauptschiffes in zwei Felder und durch den auf hölzernen Gesimsen ruhenden neu zugebauten Gang. Nachdem wir uns vorläufig in den Mauern der Marienkirche umsahen, wollen wir zur Betrachtung der Thürme und zur Angabe der Maasse derselben übergehen.

Die Länge der Kirche (ohne die Dicke der Mauern) beträgt 236, die grösste Breite 106 poln. Fuss. Die Höhe bis an den Gipfel des Gewölbes 88, bis an den Gipfel des Daches 133 Fuss. Der höhere sogenannte Stadt- oder Marienthurm misst bis an den Gipfel des Fähnleins 246 W. Fuss (Fig. 9).

Dieser Thurm gleicht wohl den Thürmen ersten Ranges an Höhe nicht, übersteigt aber jenen der Sebalduskirche in Nürnberg, und ist mit dem Notre-Dame-Thurme fast gleich hoch; er unterscheidet sich von anderen in Vergleich kommenden Thürmen dadurch, dass jene grösstentheils mit durchbrochenen Steinzierarten pyramidalisch emporschiessen, unser Thurm hingegen bis zur Höhe von 180 Fuss aus Ziegeln gebaut ist. Beide Thürme der Marienkirche bilden, wie erwähnt, die Façade derselben; sie erheben sich (nach der im XIII. Jahrhundert üblichen Art) aus viereckigen Grundlagen.

Der niedrigere Thurm ändert seine Gestalt bis nach oben hin gar nicht, denn er ist dort mit einer Helmspitze gedeckt, wo der höhere Thurm aus einem Viereck in ein Achteck übergeht. Sein gekrönter von 16 kleineren Thürmchen umgebener Gipfel schiesst aus einer sechzehneckigen hölzernen Bedeckung empor. Sobald der erste Sonnenstrahl auf den Gipfel unseres Thurmes fällt und seine Krone von Gold erglänzt, verstummt die Nachtigall in unsern Weichselhainen; denn vom Thurme herab begrüsst das Morgenlied (Heynał) den Tagesanbruch; das dauert den ganzen Mai hindurch und wird an dieser Übung bis auf den heutigen Tag festgehalten. Hört man den Wiederhall der Trompeten, welche die Stadt mit dem Liede zur allerheiligsten Jungfrau aus dem Schlafe wecken, und sieht man das über Krakau sich erhebende Diadem unseres Thurmes in der Sonne wie im Feuermeere glänzen, so meint man, dass diese uralte Metropolis, diese nunmehr verwaiste Residenz, ihre Krone dem Himmel übergibt!

Hejnały oder Reveilles bei Sonnenaufgang wurden zur Zeit der Königin Hedwig in Polen allgemein und man nahm diese Sitte von den Ungarn. Hejnał oder ejnał bedeutet bei den Magyaren den Morgen. Die Wächter, welche vom Marienthurm herab auch die ausbrechenden Feuer zu verkünden hatten, bliesen diese Reveille die ganze Adventzeit von Mitternacht an bis zum Tagesanbruch. Im Mai, als in dem der allerheiligsten Jungfrau Maria geheiligten Monate, wird diese Reveille von fünf bis sechs Uhr Früh geblasen. Den Text und die Noten dazu haben wir im Tygodnik illustrowani Warzawsky (Warschauer illustrirte Wochenschrift Bd. III.) veröffentlicht. Wie fast überall in der Welt, wo man zwei gleich hohe Thürme aufführen wollte, nur einer die bestimmte Höhe erreichte und eine Legende die Ursache des nicht weiter fortgeführten Baues des zweiten Thurmes erzählt, so gibt es auch bei uns eine Sage von einem in den „Tuchlauben" aufgehängten Messer, welches mit dem Bau der beiden Thürme in Verbindung stehe. Als der Senat der Krakauer Republik im Jahre 1843 die Herstellung des Giebels des höheren Thurmes vornahm, fand man daselbst Documente, welche, mit anderen Quellen verglichen, erwiesen, dass der Giebel vor dem Jahre 1478 mit Schindeln gedeckt war. Aber dennoch glauben wir, dass er bereits damals, der Grundform nach, dieselbe Gestalt hatte wie jetzt, wiewohl wir andererseits bekennen müssen, dass erst zu Ende des XV. Jahrhunderts die ganze Gruppe der kleinen Giebelthürme ihre auffallend reichen Formen und die Verzierungen erhielt, welche den Thurm den originellen Werken beizählen lassen. Auch ältere Zeichnungen der Stadt Krakau beweisen, dass sich die Form des Giebels traditionell erhielt, wiewohl das Giebeldach in späteren Zeiten mehrmals hergestellt wurde; und die Zimmerleute James von Krakau und Johann von Speier (1545) hatten nicht nur an der Wiederherstellung, sondern auch an der Umgestaltung des ganzen Zimmerwerkes gearbeitet.

Der niedrigere Thurm wurde im Jahre 1592 gedeckt. Die Wände der beiden Thürme werden durch Masswerk nach dem Geschmack des Spitzbogenschnitts mannigfaltig verziert und die durch horizontale Gesimse abgetheilten Felder durch Nischen belebt, und erreichen dadurch ein leichteres und schlankeres Emporschiessen.

An der Wand des höheren Thurmes, von der Seite der Florianigasse, sind Spuren einer gemalten Uhrscheibe vorhanden. Das Künstliche jener Uhr bewunderte man noch im XVIII. Jahrhundert. Man beschreibt nämlich, wie sich darauf ein Mondglobus drehte, welcher die Mondesviertel angab, und wie alle Stunden Statuen hervortraten, welche die Zähne fletschten und aufeinander losschlugen. An der Scheibe waren die 24 Stunden nach altem Brauche vertheilt.

Auf dem niedrigeren Thurm hängen fünf Glocken, deren grösste Johann Fredental im Jahre 1435 gegossen hatte, aus dessen Werkstätte auch das schöne, jetzt wieder hergestellte, in der Kreuzkirche befindliche Taufbecken hervorging.

Wenn wir das Innere der Marienkirche betreten und die Fülle des Reichthums daselbst überschauen, so müssen wir zuerst den Hochaltar betrachten, dessen Holzschnitzwerk wohl zu den grössten und bedeutendsten Werken dieser Art gehört [1].

Es ist bekannt, dass die Holzschnitzkunst hauptsächlich im XV. bis XVI. Jahrhundert geübt wurde, als nämlich in der Architectur das Licht- und Farbenspiel ein grosses Feld gewonnen hatte. Damals fanden sich derlei Schnitzwerke nicht nur in Kirchen, sondern auch in Wohnungen, und der Geschmack an denselben verbreitete sich selbst bis in das XVII. Jahrhundert, wo diese Kunstweise aber durch die Einflüsse des Barocken in Verfall gerieth. So häufig sich auch nun Schnitzwerke vorfinden, so kann man doch erst in der zweiten Hälfte des XV. Jahrhunderts Namen von Männern anführen, die auf diesem Gebiete der Kunst eine Berühmtheit erlangten. Die Reihe dieser Meister ist kurz und beschränkt sich auf die Namen: Syrlin aus Ulm, Bajder aus Constanz, Wohlgemuth aus Nürnberg, Herlin aus Nördlingen, Stavoez und Giese aus Westphalen. Nebst diesen Meistern verleiht die Kunstgeschichte dem gleichzeitigen Veit Stwosz aus Krakau einen der ersten Plätze in der Übergangsperiode des Spitzbogenstyls in den Geschmack der Renaissance.

Ambros Grabowski sammelte die einzelnen Nachrichten aus dem Leben dieses Meisters, Rasławiecki ergänzte sie und verband sie in ein kritisches Ganzes, und Vincenz Pol machte durch

[1] Dieser Altar ist in des Grafen Przezdziecki: „Monuments du moyen-âge et de la renaissance" III. série, cahier 11 et 12 chromolithographisch abgebildet.

ein Gedicht das Volk mit dem Namen des Meisters bekannt, der sich seit vier Jahrhunderten durch Jagello's Grabmal in der Krakauer Kathedrale dem Andenken der Nachwelt empfahl[1].

Alle deutschen und französischen Schriftsteller über Veit Stwosz wiederholen, dass der in Rede stehende Altar ein äusserst berühmtes Kunstwerk sei, ohne dass es jemand von ihnen mit eigenen Augen gesehen hätte. Neuere Forscher, wie Rettberg, Otte, Dursch und Springer schätzen die ihnen bekannten in Deutschland zerstreuten kleineren Arbeiten dieses Künstlers sehr hoch; wenn sie nun dieses Meisterwerk sähen, so würden sie gewiss ein sehr günstiges Urtheil darüber fällen. Jetzt, da dieser Hochaltar von W. Rzewuski photographisch aufgenommen wurde und mein Bruder Ludwig ein Aquarell für die „Denkmäler der mittelalterlichen Kunst" vollendete, wird das herrliche Werk erst vollkommen gewürdigt werden können. Auch bei uns pflegte man im XIV. und XV. Jahrhundert das gemalte Schnitzwerk mit grosser Vorliebe, wovon sich viele Denkmäler in den Gegenden Krakau's, Plocks, am baltischen Meere und um Danzig erhalten haben. Der auf Wierzynek's Kosten aufgeführte Altar wurde von dem im Jahre 1395 zusammenfallenden Gewölbe zerschmettert, und es musste ein neuer gebaut werden. Wie die von Grabowski aufgefundenen Urkunden nachweisen, begann diese Arbeit im Jahre 1477, und wiewohl die Kosten dazu 2888 Gulden betrugen, so hatte man doch nichts vom Staatsschatze dazu erhalten. Liest man die Namen der Geber, so findet man mitunter auch Handwerker und arme Gesellen. So heisst es z. B: Johann Stanko vermacht eine arme Spende, Krupek und der Apotheker Paulus geben ihr Silber, die Hutmacherin Anna Bartoszowa und ihre Schwester Martha vermachen ein Haus als Fond für den Altarbau u. s. w. Die meiste Sorge und Pflege trugen: Johann Karnowski, Stanislaus Przedbor, Johann Gawron, Johann Turzo, Stanislaus Zygmuntowicz, Johann Wierzynek, Jakob Wilkowski und Stanislaus Zarogowski.

Man erwählte des Veit Stwosz mit warmer Liebe, stellte ihm ein Zeugniss aus, dass er äusserst gesetzt, fleissig und wohlwollend gewesen, und durch seinen Verstand sowohl als durch seine Werke im ganzen Christenthume berühmt geworden war, und fügte endlich hinzu, dass auch der aufgeführte Altar seinen Namen dem ewigen Andenken der Nachwelt empfehlen wird.

Der Stadtschreiber Johann Hajdek aus Danzig schrieb diese Bemerkung auf Pergament, und legte dies in einer Büchse über dem Hochaltar zum fortdauernden Andenken nieder.

Die Andacht für die allerheiligste Jungfrau Maria hatte in jenen Tagen einen sehr hohen Grad erreicht. Es wurden ihr zu Ehren neue Feiertage festgesetzt, besonders unter Gregor XI., Urban VI. und Benedict XIII. Gleichzeitig führte die Kirche das Läuten zu Ehren der allerheiligsten Jungfrau, die Scapuliere, den Rosenkranz und marianische Ritterorden ein.

Unter Ludwig von Ungarn (1382) wurde der Częstochauer Berg in Polen berühmt. Długosz gibt an, dass die Krakauer Kathedrale zu Zeiten Hedwig's vom Lob der Mutter Gottes fortwährend ertönte. Daher stammen auch die Darstellungen aus dem Leben der allerheiligsten Jungfrau, besonders ihr Entschlafen und ihre Krönung. Diesen ersteren Gegenstand wählten auch die Stadträthe Krakau's zu dem zu errichtenden Altar.

In der Tiefe des oben bogenförmig geschlossenen Rahmens hat der Künstler die Apostel in natürlicher Grösse gruppirt, welche die in Ohnmacht fallende allerheiligste Jungfrau umgeben und stützen. In der mittlern Nische des Altars sieht man auf deren rückwärtiger Fläche die heilige Dreifaltigkeit von Engeln umgeben, und in den obern Ecken sitzen die Kirchenväter. Den obern Theil schmücken Figuren, Säulchen, Baldachine und Fialen. Rechts und links schliessen den Altar Flügel nach Art eines Schrankes ein, auf welchen in sechs Feldern: Mariä Verkündigung, die

[1] Veit Stoss (Stuos) ist zu Nürnberg geboren und sein Name steht in den Bürgerverzeichnissen dieser Stadt. Im Jahre 1477 wird er unter jenen Nürnberger Bürgern aufgezählt, welche ihr Bürgerrecht wegen Auswanderung aufgaben. Im Jahre 1496 kehrte er nach seiner Geburtsstadt zurück und zahlte für seine Wiederaufnahme drei rheinische Gulden. — S. Baader Beiträge zur Kunstgeschichte Nürnberg's II. Reihe p. 45. (A. d. R.)

Geburt Christi, die Ankunft der h. drei Könige, Christi Auferstehung, die Himmelfahrt und die Versammlung der Apostel in den letzten Augenblicken des irdischen Lebens Mariä im Basrelief dargestellt sind. Die geschlossenen Flügel stellen auf der äussern Seite zwölf Scenen aus dem Leben und Leiden Christi dar. Über dem obern Gesimse des ganzen mittlern Theils des Altars erheben sich aus zierlichen Unterlagen auf feinen Pfeilern leichte Baldachingewölbe. Unter dem mittleren Gewölbe krönen Gott Vater und Gott Sohn die allerheiligste Jungfrau, und der heilige Geist schwebt über dem Gipfel des Baldachingewölbes. Der heilige Adalbert und der heilige Stanislaus, ferner Engel mit musikalischen Instrumenten stehen an den Säulchen. Ursprünglich, ja bis unlängst umgab diesen oberen Theil eine durchsichtige Strahlung, und verband ihn mit dem mittleren Theile, von welchem er jetzt zu abgesondert steht. Unten (über der Mensa selbst) steht der Stammbaum der allerheiligsten Jungfrau, und gepanzerte Rittergestalten strengen sich an, diese Last auf ihren Schultern zu erhalten.

Die Höhe des ganzen Schnitzwerkes erreicht 44, die Breite 34 Fuss, die Tiefe der Nische beträgt 4 Fuss. Die Figuren selbst sind 4—4½ Ellen hoch. Was den Charakter des Schnitzwerkes und den Styl der Ornamente anbetrifft, so ist hier die Dürer'sche Art vorherrschend. Es ist dies die Neige des gothischen Styls, der gleichsam von den herannahenden Formen der Renaissance ein Vorgefühl zu haben scheint.

Die Wiederherstellung des Hochaltars der Marienkirche, welche in Angriff genommen werden wird, sobald die Kirchenfonds von den Behörden revindicirt wurden, forderte vor allem eine genaue Untersuchung des Gefüges des Ganzen. Es versammelte sich daher im Jahre 1859 eine Commission aus den Räthen der Kirchenaufsicht, aus den Mitgliedern der archäologischen Abtheilung der Krakauer Gelehrten-Gesellschaft, aus Malern und Tischlern. Herr Paul von Popiel, Conservator der k. k. Central-Commission für die Erhaltung der Denkmäler, wurde eingeladen, seine Ansicht in dieser Angelegenheit zu eröffnen, und nahm an den Berathungen Theil, welche unter dem Vorsitze des Herrn Karl Kremer wiederholt gepflogen wurden. Es zeigte sich in Folge dieser Untersuchungen, dass die Pfeiler der am Giebel des Altars stehenden Baldachine von Würmern stark beschädigt seien und dass ein Pfeiler, welcher zur Unterstützung der daselbst stehenden Figuren unentbehrlich ist, gänzlich fehle. Von den feinen Strahlungen und den weit verzweigten Ornamenten, welche den Giebel des Altars mit dem Mitteltheile verbanden, fand man nur Überreste.

Das Holz, woraus die Hauptfiguren geschnitzt sind, zerfällt an einzelnen Stellen, wenn man es nur berührt. Diese Beschädigung betrifft besonders den Hintertheil des Altars, da die Figuren der Apostel hohl sind, ein Firniss aber gar nicht angewendet wurde oder im Laufe der Zeiten gänzlich verschwand. Die die Hinterwand des Altars bildenden Bretter sind im guten Zustande. Die hervorragenden Theile der Figuren sind in Folge öfteren Auf- und Zumachens der Flügel an vielen Stellen stark beschädigt. Die architektonischen Verzierungen fielen theils ganz ab, theils halten sie sich noch kaum, und sind sehr zerbrechlich. Dass die Haupttheile, welche den ganzen Bau halten, ebenfalls beschädigt sind, ergibt sich aus dem Beben und Knistern des Altars, sobald nur ein Wagen an der Kirche vorbeifährt. In Folge dieser Untersuchung stellte sich die Nothwendigkeit einer unverzüglichen Abhilfe heraus, daher beschloss man eine (conservative) Herstellung. Man beschloss, die abgebrochenen, aber aufbewahrten Theile aneinander zu fügen, kleine verloren gegangene Partien durch neue zu ersetzen, den ganzen Bau des Altars fester zu machen, und das Schnitzwerk sorgfältig zu reinigen; ferner die äusseren Theile mit reinem Terpentinlack, die inneren und rückwärtigen (unbemalten) Theile mit Steinöl, Sublimat und Kolophonium zu überziehen, um sie vor den Einflüssen der Luft und dem weiteren Faulen zu schützen. Aber wann wird die Arbeit in Angriff genommen werden, da nicht einmal die Revindicirung des Fonds so gar bald erfolgen dürfte?

Ursprünglich hatte die Marienkirche keine Bänke; wodurch die Grösse derselben sich desto auffallender zeigte. Im XVI. Jahrhundert wurden Bänke für Schöppen und Rathsherren errichtet. Von den vier noch übrig gebliebenen sind die grössten (links am Eingange vom Hauptthore) mit den geschnitzten Wappen Polens, Litthauens und Krakau's geschmückt, und reich gemalte vergoldete Cassettonen zieren ihre Deckenstücke.

Zu den dortigen Schnitzwerken des XVI. Jahrhunderts gehören auch die grossen Chorstühle und der Altar des heiligen Stanislaus im linken Seitenschiff. Jene Stühle stellen im Basrelief fünfzehn Scenen aus dem Leben der allerheiligsten Jungfrau Maria vor. Die Kanzel und der Altar des heiligen Stanislaus sind so wie die Chorstühle vom Priester Stanislaus Grodski, der 1675 im hohen Alter starb, ausgeführt.

Was plastische Arbeiten von Stein anbetrifft, so hat diese Kirche erst Denkmäler aus dem XVI. Jahrhundert aufzuweisen. Einen höheren Werth haben die Grabmäler der Montelupi aus Florenz und ihrer Verwandten, der Basi und Morecki, ferner jene der Cellari aus Mailand, die mit den Familien der Chodovowski und Miaczynski verwandt sind.

Endlich gehören auch hieher die Grabmäler des Bürgers Dobryssowski, des Übersetzers der Bibel Johann Leopolita, des Rechtsgelehrten Kirstein, des Castellans von Podlachien Martin Leśniowolski und des Christoph Kochanowski. Die Grabmäler der Familien Stadnicki, Malachowski, Szembeck, Darowski, Wodzicki und Mieroszewski sind im Roccocostyle im XVII. und XVIII. Jahrhundert ausgeführt.

Auf Grabmälern von minderem Reichthum findet man die Familiennamen der Zatorski, Wierzychowski, Ciepielowski, Wierzbica, Krupski und Mączýnski; ferner die Familien der Fogelder aus Bobolice, der Bertold, Altansy, Delpacy, Cirus, Pernus, Zaidlic, Korzbok, Tamberk, Schilder, Pestaloci, Nagot, Czeki, Gajer, Ronnenberg, Rap und endlich des persischen Kaufmannes Alek-sydze. Im Ganzen zählt die Kirche im Innern sowohl als an den äussern Wänden 108 Denkmäler, diejenigen ungerechnet, die nach dem Jahre 1794 aufgeführt wurden. Fast alle Denkmäler des XVI. Jahrhunderts sind von rothem, die späteren von schwarzem Marmor. Simon Albimontanus, Mansionarius dieser Kirche, liegt in der St. Antonscapelle begraben.

Man kann auch den Altar des allerheiligsten Sacraments nicht übergehen, welcher um die Mitte des XVI. Jahrhunderts von Johann Maria Padovano in Marmor gemeisselt wurde, wobei ihm Bernhard Poderini half, der die aus Alabaster bestehenden Theile schnitzte. Dies erhellt aus dem Streite, welcher sich zwischen den beiden Meistern bei der Bezahlung der Arbeit in den Jahren 1554 und 1555 entspann. Eine der Hauptzierden des Innern der Kirche sind sieben bronzene Grabmäler. Sie reichen in das Ende des XV. und in den Anfang des XVI. Jahrhunderts; eines derselben fällt aber in den Anfang des XVII. Jahrhunderts. Sie sind zum Andenken der drei Salomone aus Benedyktowice, des Lucas Noskowski, Severin Boner und dessen Gemahlin Sophie, geborene Betman, endlich zum Andenken des Erasmus Danigiel, Verwalters von Lobzów, ausgeführt. Das in der St. Antonscapelle ciselirte Grabmal Salomons ist das älteste, und das Peter Salomons, vom Jahre 1556, das schönste. Danigiel's Grabmal vom Jahre 1624 trägt den Namen des Meisters, der es gegossen, nämlich Jakob Vein Man. V. N.

Das bronzene Taufbecken in Form eines Kelches und die Weihkessel von Zinn (an beiden Seiteneingängen) gehören, wie man aus der Form der Inschriftbuchstaben ersieht, dem XV. Jahrhundert an. Auf den Weihkesseln ist „Ave Maria“ und ein Text aus der heiligen Schrift angebracht. Die Schatzkammer ist noch gegenwärtig an Kirchenapparaten reich, die grösstentheils dem XVII. Jahrhundert entstammen. Die Zahl der Ornate beträgt über 300 und unter den Teppichen gibt es mehrere Arazzi.

Das Archiv enthält Originaldocumente aus den ersten Jahren des XV. Jahrhunderts, welche von dem Kirchenprocurator Andreas Karczyński geordnet wurden. Abgesehen von den grossen Bildern, welche die oberen Wände die ganze Kirche entlang schmücken und von denen eines von Michael Stachowicz und das andere von A. Wenesla (der am Ende des XVII. Jahrhunderts lebte) herrührt, erwähnen wir nur, dass sich hier Werke von Dolabella, Lucas Orłowski, Smuglewicz und Hadziewicz finden. In der Thurmcapelle ist das Bild des heiligen Paulus im Jahre 1522 gemalt. Endlich giebt es auch in der Sacristei Bilder aus dieser Epoche, darunter verdient das Bild Mariä Verkündigung von Jakob Mertens, Martius genannt, erwähnt zu werden. Er lebte am Ende des XVI. Jahrhunderts in Krakau; die Zeitgenossen nennen ihn einen Niederländer.

Unter allen Bildern ragen die Gemälde des Johann Suess hervor, von dem es in Krakau vierzehn giebt: in der heiligen Florianikirche vier, in der Schatzkammer der Marienkirche acht. eines in der Gonerschen Capelle, und eines in der Wohnung des infulirten Archipresbyters. Die der Schatzkammer sind an die Thüren der Schränke gemalt und stellen, gleich dem des Archipresbyters, Scenen aus dem Leben der heiligen Katharina vor; die übrigen bildeten wahrscheinlich ein Tryptychon und stellen Scenen aus dem Leben Johannes des Täufers und des Johannes Olivetus vor. Auf dem Bilde in der Boner'schen Capelle steht die Inschrift: „Hanc divi Johannis Apostoli historiam Johannes Sues civis Norimbergensis complevit 1516“ und das Monogramm, welches Johann von Kulmbach zu gebrauchen pflegte.

Auf jenem in der Schatzkammer ist folgendes schon verwischtes Epigraph: „Hanc dive Virginis Catharinae historiam Johannes Sues Norimbergensis civis faciebat anno dni 1515“ und gleichfalls das Kulmbachische Monogramm. Über Suess hat J. Kremer in seinen „Listy z Krakowa (Briefe aus Krakau) und Rastawiecki im „Słownik malarzy“ (Malerlexikon) geschrieben. Wir fügten bereits im Jahre 1847 in unseren „Starożytności“ (Alterthümer und Denkmäler von Krakau) eine Lithographie davon bei; Grabowski erhielt von Heideloff die Nachricht, dass man von diesen Maler nichts mehr wisse, als dass er in Nürnberg geboren und der Sohn eines dortigen Schusters Konrad Suess gewesen sei. Was mag es aber auf jenen Bildern mit dem Kulmbachischen Monogramm für ein Bewandtniss haben?

Wir schliessen hiermit die Übersicht der Denkmäler der Pfarrkirche von Krakau, und wollen noch der drei übergebliebenen gemalten Fenster erwähnen.

Über diese Fenster wurde schon im Jahre 1835 ein Artikel im „Powszechny Pamiętnik Krakowski“ veröffentlicht. Hierauf schrieben darüber: Grabowski, Mączyński, Rastawiecki, Sobieszczański, Siemieński und endlich auch Essenwein. Alle stimmen darüber ein, dass diese Fenster in die Zeit Kasimir des Grossen, das ist in die zweite Hälfte des XVI. Jahrhunderts fallen; uns erscheint es aber, dass sie wenigstens um ein halbes Jahrhundert später entstanden; denn wir glauben, dass die Fensterscheiben nicht vor den Verzierungen des Masswerkes angebracht werden konnten, welche einer späteren Zeit angehören.

Auf diesen Scheiben sind in den mit eisernen Stäben zusammengefassten Tafeln Scenen aus dem Leben Christi und der allerheiligsten Jungfrau Maria dargestellt.

Die in letzter Zeit oben an den Fenstern angebrachten drei Rosetten schmälern den Eindruck, welchen das Ganze bewirken sollte. Um die Harmonie des Lichtes zu gewinnen, muss man sie durch andere undurchsichtige ersetzen. Die Kirchenaufsicht dachte schon daran, und die Commission, welche den Altar untersuchte, erstattete auch über den Zustand der gemalten Fenster einen eingehenden Bericht.

Über die seit dem Jahre 1403 in Krakau lebenden Erzpriester findet man in den Schriften Grabowsky's die nöthigen Angaben, wo sich auch eine Menge von Daten zu einer Monographie der Marienkirche vorfinden. Constans Hoszowski lieferte in seinem Werke über den Bischof Trzebicki treffliche Forschungen über die Geschichte der Brüderschaft der Himmelfahrt Mariae, welche seit dem XIV. Jahrhundert in dieser Pfarrkirche besteht. Auch die „Geschichte der Krakauer Bürgerschaft“ würde hierzu ein reichliches Materiale liefern.

Über das Gailthal in Kärnthen[1].

I. Reisebericht über mittelalterliche Kirchenbauten im Gailthale.

Von Hans Petschnig, Architekt.

Auf Anregung des correspondirenden Mitgliedes Herrn B. Lewitschnig, Dechants von St. Hermagor, fand sich die k. k. Central-Commission veranlasst, das untere und obere Gailthal in archäologischer Richtung durchforschen zu lassen und mich mit dieser Aufgabe zu betrauen.

Meine erste Station in Kärnthen war Klagenfurt, und mein erster Besuch galt dem Landesmuseum. Dasselbe bietet manches Wichtige, und zeigt, dass auch hier die Theilnahme für mittelalterliche Kunstdenkmale Wurzel fasste. Um so mehr fiel es mir auf, dass drei interessante romanische Sculpturen im Kreise der Alterthumsforscher bisher so wenig Beachtung gefunden haben. Es sind dies nämlich drei Löwen, wovon der eine am Villacher Thor, der zweite (Fig. 1) ehemals beim St. Veiter Thor, der dritte beim Völkermarkter Thor aufgestellt waren. Die beiden letzteren, basrelief gehalten, sind gegenwärtig an Häusern in der Nähe dieser demolirten Thore eingemauert. Wie man mir versicherte, soll auch beim Viktringer Thor ein vierter solcher Löwe gewesen sein, doch ist es mir nicht gelungen, denselben ausfindig zu machen.

Fig. 1.

Diese Löwen sind aus dunkelgrünem Chloritschiefer gemeisselt, dessen Farbe die Unterscheidung der Linien erschwert; dazu haben sich Staub und Schmutz in die Details der Sculptur festgelegt, und so ist es erklärlich, dass nur ein geübtes Auge die Stylistik dieser Arbeiten erkennen kann. Sobald man jedoch ihre

[1] Da fast zu gleicher Zeit zwei Berichte über das Gailthal eingesandt wurden, welche sich gegenseitig ergänzen, so mögen sie auch hier nach einander folgen, um das Bild dieses interessanten Thales in archäologischer Hinsicht desto lebhafter vor das Auge treten zu lassen. A. d. R.

einzelnen Formen studirt, so gewahrt man, dass dieselben der spätromanischen Periode zugezählt werden müssen.

Was dieselben ursprünglich für eine Bestimmung gehabt, und ob sie einem Bauwerke gleichen Styls zur Zierde gedient haben, ist eine Frage, welche von den Fachmännern Kärnthens in Betracht zu ziehen wäre. Dass diese Überreste einer früheren Zeit an den später erbauten Thoren einen Platz fanden, ändert nichts an der Sache.

Auffällig ist der zweischwänzige Löwe (Fig. 2), welcher an den böhmischen Löwen erinnert, und mich auf den Gedanken brachte, ob derselbe nicht etwa aus der Zeit Ottokar's II., Herzogs von Steiermark und Kärnthen, stamme. Es fällt dies in die zweite Hälfte des XIII. Jahrhunderts, in dem die eben genannte Stylart in Übung war.

Da meine Überzeugung, dass diese Sculpturen romanischen Ursprungs seien, von Fachmännern in Klagenfurt angezweifelt und mir die Behauptung entgegen gestellt wurde, dass

Fig. 2.

Fig. 3.

diese Löwen dem XVII. Jahrhundert angehören, so halte ich es für nöthig, um auf die Analogie der Auffassung hinzuweisen, an den Löwen bei der Kanzel der Franciscaner-Kirche zu Salzburg zu erinnern, von dem es erwiesen ist, dass derselbe der romanischen Periode angehört, und ferner (Fig. 3) den Löwen an der Kanzel in Wolfsberg anzuführen, welcher der frühromanischen Weise zugezählt werden muss. Gerade in dem Löwen, diesem so häufig gebrauchten symbolischen Thiere, ist die Stylistik am prägnantesten ausgedrückt, und es ist die Auffassung der gothischen Periode so wesentlich von der romanischen verschieden, dass sie nicht leicht verwechselt werden können. Die Renaissance aber geht in ihrer Auffassung auf das naturalistische Gebiet über, bis sie endlich dahin gelangt, die früher stylistisch gebildeten symbolisirenden Thiere in der Menagerie zu studiren.

Nie hat ein Künstler der späteren Renaissanceperiode den Löwen gothisch und noch weniger romanisch gestaltet, da die selbstständige Entfaltung und der Aufschwung der neuen Stylart, so wie sich diese einmal klar geworden, die frühere Richtung vollständig ignorirt, ja missachtet hat.

Unserer Zeit war es vorbehalten, den Styl früherer Perioden zu reproduciren und wieder im Geiste jener Zeiten zu arbeiten. So sind besonders in der zweiten Hälfte dieses Jahrhunderts Werke im Geschmack der griechischen, römischen, romanischen, gothischen und Renaissance-Architectur entstanden, die früheren Perioden anzugehören scheinen, und oft tüchtig durchgebildet sind, obgleich sie doch nur desshalb entstanden, weil wir keine selbstständige Richtung, keinen einheitlichen, massgebenden Styl besitzen.

Es wäre zu wünschen, dass jene Löwen zu Klagenfurt, die sich ohnedies nicht mehr an der ursprünglichen Stelle befinden, im Interesse der Kunstgeschichte einen geschützten Platz im Landhausgebäude fänden.

Ich kann nicht umhin, nochmals auf den Löwen (Fig. 3) an der Kanzel in der Kirche zu Wolfsberg zurückzukommen, der als ein archäologisches Räthsel schwer zu erklären sein dürfte. Der weibliche Kopf mit der aus Rauten gebildeten Stirnbinde, und die Kugel, welche der Löwe in der linken Hinterpranke hält, sind zu auffallend, um übergangen zu werden. Die Lösung überlasse ich Fachgelehrten dieser Richtung, und gebe nur eine subjective Andeutung, ob es nicht eine Darstellung der Sphinx sei, wie sie zuweilen auch in der christlichen Symbolik vorkommt.

Um die Serie der Löwen zu vollenden, komme ich nun auf die zwei zierlich gearbeiteten Säulenträger der Kirche „St. Maria an der Gail" bei Villach zu sprechen.

Die Kirche selbst ist einschiffig mit eingebauten Pfeilern und mit einem decorativen spätgothischen Netzgewölbe geschlossen. Zwischen dem im Achteck geschlossenen Chore und dem Langschiff steht der massige viereckige Thurm, welcher jedenfalls einer früheren Periode als das Fenster angehört. Eine kleine gothische Capelle mit dem Grabmale der Grotteneck lehnt sich seitwärts an Thurm und Chor. Die Fenster haben ein einfaches Masswerk und das Portal ist nur mit Rundstab und Hohlkehle profilirt. Der Orgelchor, an die Innenpfeiler gelehnt, zieht sich von diesen in schiefem Winkel gegen die Mittelpartie zurück, wo er zwei stumpfe Ecken bildet, an welchen zwei Säulen als Gewölbstützen stehen.

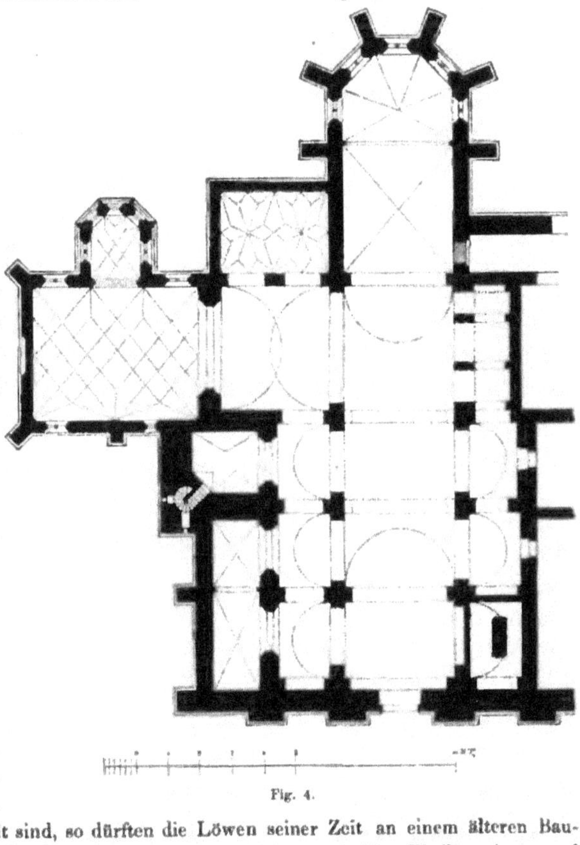

Fig. 4.

Diese gewundenen spätgothischen Säulenschäfte tragen die Segmentbogen des Orgelchors und ruhen auf zwei romanischen Löwen aus marmorähnlichem Kalkstein. Diese Löwen sind ohne Zweifel italienische Arbeit, indem derlei an Portalen italienischer Kirchen der romanischen Periode allenthalben vorkommen. Deutlich ist das Aufsetzen der gothischen Säulenschäfte sichtbar; da sie aber aus dem gleichen Materiale gemeisselt sind, so dürften die Löwen seiner Zeit an einem älteren Bauwerke in dieser Gegend aufgestellt gewesen sein, und die Steine zu beiden Theilen einem und demselben Bruche entnommen sein. Erklärlich wird ihr italienischer Ursprung auch dadurch, dass dieser Theil Kärnthens in kirchlicher Beziehung einst zu Aquileja gehörte. Nicht unerwähnt kann ich den äusserst zierlich geschnitzten Flügelaltar lassen, welcher ehemals die Schlosscapelle der jetzt in Ruinen liegenden Burg Landskron zierte. Er ist im Kleebogen geschlossen. Sieben Reliefdarstellungen, noch in der ursprünglichen Polychrome, zeigen die Geburt Christi, die heiligen drei Könige, Maria unter den Aposteln am Pfingstfeste, den Tod Maria's u. s. w., und sind sowohl in Composition als Ausführung vorzüglich, so wie auch die durch Menschen- und Thiergestalten belebten Ornamente zu den besten ihrer Art gehören. Die beiden Statuen, St. Georg und St. Florian, welche sich gegenwärtig am Orgelchor in Nischen befinden, dürften ursprünglich ebenfalls Theile dieses Altars gebildet haben.

Das Gitter des Orgelchors über der Balustrade ist aus flach geschnittenem, durchbrochenen und bemalten Masswerk gebildet, und es dürften derlei Schutzgitter aus der gothischen Periode bei uns nicht so häufig zu finden sein.

Ich kehre nun wieder zurück in die Nähe von Klagenfurt, um der Stiftskirche von Viktring zu erwähnen. Diese dreischiffige romanische Basilica war, was sich am deutlichsten ober dem jetzigen Gewölbe zeigt, früher im Mittelschiffe flach gedeckt und nur von Pfeiler zu Pfeiler mit einer Gurte unterstützt. Später wurde sie mit einem Tonnengewölbe versehen. (Fig. 4 auf Seite 109 gibt den Grundriss.) Die vorgekragten Lisenen sind nicht senkrecht aufgeführt, sondern laden sich mehr nach unten aus, wie es scheint, um der Gliederung Raum zu geben. Das erhaltene, jetzt aber vermauerte Portal (Fig. 5) ist einfach durchgebildet, und es scheint, dass man den Capitälen absichtlich die Form der Basen gab und ihre Ecken mit einfachen Knollen ausfüllte. In der Ecke neben dem Thor lastet ein Gurtbogen auf einer polygonisch gegliederten Console. An einer Thurmecke ist ein Kopf eingemauert, der ebenfalls derselben Stylperiode angehört. Die Kirche selbst war um mehrere Joche länger, ward aber baufällig, und da Niemand die Erhaltungskosten auf sich nehmen wollte, so wurde ein Theil derselben demolirt. Das Mauerwerk war indessen so fest, dass man es mit Pulver sprengen musste. Zu bedauern ist, dass dabei das romanische Hauptportal, welches in ziemlich reicher Weise durchgebildet war, zu Grunde ging. Es wurde mir versichert, dass sich an den vermauerten Theilen der Portalgewandungen römische Sculpturen befanden, ein Fall, der öfter vorkommt, weil alte Römersteine häufig umgearbeitet und verwendet wurden, wie ich mich auch an den Ruinen einer Kirche auf der Margarethen-Insel bei Pest zu überzeugen Gelegenheit hatte, wo an der einen Seite gothische Thürprofile und auf der andern römische Inschriften zu finden waren. Der später gebaute gothische Chor ist, wie der Grundriss zeigt, im halben Achteck geschlossen, ein kleiner Capellenraum mit netzförmigem Gewölbe schliesst sich seitwärts an den Chor und ist gegen das Querschiff zu geöffnet. An dasselbe ist eine grössere Capelle mit einem sehr hübschen Netzgewölbe angebaut, welche an ihrer Breitseite ein Chörlein enthält, dessen Scheidebogen durch zierliche Baldachine, welche die birnenförmige Mittelgliederung unterbrechen, geschmückt ist. Die Gewölbrippen der Capelle fussen auf Consolen mit doppelten und einfachen Wappenschilden, die an den gothischen Theil von Maria-Saal erinnern. Die Kirche enthält mehrere interessante Grabsteine; aber ihr bester Theil aus der gothischen Periode sind die drei gemalten Fenster im Chor, welche ganz gut erhalten sind

Fig. 5.

und die Behandlungsweise des XIV. Jahrhunderts zeigen. Sowohl die Farbenpracht als auch die Linienführung der Gewandung, die correcte Zeichnung und die lebendige Composition verleihen ihnen einen hohen Kunstwerth.

Das Stift selbst, jetzt ein Fabriksgebäude, enthält einige gothische Details an Thüren, Fenstern und einem Erker. Der grösste Theil desselben gehört jedoch der italienischen Renaissance an; mehrere der Plafonds sind hier mit Stucco überladen und mit Sculpturen ausgestattet.

Auf meiner Weiterreise, die mich an das Ufer des Wörthersee's führte, erblickte ich jenseits am See die Kirche „Maria am Wörth". Die Zeit gestattete mir leider nicht, diese Kirche, welche durch ihre Krypta interessant ist, zu besuchen.

Ich kam nach Villach. Die Stadtpfarrkirche, von bedeutenden Dimensionen, ist eine dreischiffige Hallenkirche mit runden Säulen, deren Capitäle nur gegliedert und ohne Ornamentik sind. Das Gewölbe gehört vollkommen der Verfallszeit an und enthält nur decoratives Leistenwerk mit geringen Ausladungen und unbedeutender Profilirung. Ich vermuthe, dass diese leistenartigen Rippen nicht aus Stein, sondern aus Stucco gemacht sind, wie ich solche auch noch anderwärts antraf. Der italienische Einfluss der Technik dürfte hier mitgewirkt haben; auch ist nicht das correcte Kreuzgewölbe durchgeführt, sondern eine Tonne mit Schilden. Im Chore gehen die Rippen bis an das Kaffgesims, durchdringen dieses und haben eigenthümlich gestaltete Consolen. Das Mittelfenster an dem im Achteck geschlossenen Chor hat aussen in der Hohlkehle zwei Baldachine nebst Consolen, was demselben, nebst dem sehr stark verschlungenen Masswerke des Bogenfeldes, ein sehr decoratives Aussehen verleiht. Am Orgelchor sind, wie ich vermuthe, Schlusssteine einer früheren Einwölbung eingemauert; denn die jetzige Einwölbung der Schiffe gehört in die erste Hälfte des XVI. Jahrhunderts, während die Kirche dem XV. Jahrhundert angehört. Portale so wie Strebepfeiler sind einfach gehalten.

Der Thurm ist mit der Kirche durch eine hohe offene Halle verbunden. Das erste Geschoss des Thurmes aus Quadern ist mit einem romanischen Rundbogenfries geschlossen. Auch der Sockel gehört der romanischen Periode an. Das Gesims schliesst jedoch den Fries gothisch ab. Der Thurm ist massig aufgebaut und dürfte früher mit vier Giebeln und einem spitzigen Helm geschlossen haben, jetzt aber schliesst er im Achteck und hat oben ein gothisch sein sollendes Dach, welcher Umbau durch die späteren Baubehörden ausgeführt worden ist.

Ausser einer auffallenden Menge von mitunter sehr schön ausgeführten Grabsteinen, welche theilweise als Bodenpflaster dienen, zum Theil an den Wänden aufgestellt sind, bietet die Kirche noch manche interessante Einzelheiten dar. So hat die Sacristeithüre ein grosses, sehr hübsch ornamentirtes Schlossblech mit Klopfer. Eine angebaute Seitencapelle wird durch ein Gitter von starken Eisenstangen geschlossen. Die massiven Eckstangen haben das beliebte gothische Profil mit einer Hohlkehle und schiefen Blättchen. Das Schlüsselloch hat eine hübsche Eisenverzierung, obenauf sind im Geschmack des XV. Jahrhunderts Lilien, Rosen, Disteln, Eicheln etc. aus Blech geschnitten, und mit dem flachgebogenen Eisenwerk in harmonische Verbindung gebracht. Die ganze Krönung ist sehr lebendig und zierlich, und zeigt Spuren früherer Bemalung und Vergoldung, die einst den Eindruck bedeutend gehoben haben mögen.

Ich kann nicht umhin, dieser Eisenarbeit eine andere, welche sich an dem grossen Brunnen am Hauptplatze zu Klagenfurt findet und dem XVII. Jahrhundert angehört, gegenüberzustellen. Während nämlich die Arbeiten der gothischen Periode blos einem ästhetischen Bedürfnisse entsprungen zu sein scheinen, tragen die Arbeiten der Renaissance einen gewissen Prunk an sich und sind, wie man zu sagen pflegt, auf Effect berechnet. Elegant und von vorzüglicher Technik, tragen sie aber in ihrer Auffassung und Composition, gegen die Arbeiten des Mittelalters gehalten, doch den Charakter des Gesuchten.

Das Blattwerk ist hier noch immer aus der Natur geschöpft, was in der späteren Periode meh und mehr verschwindet. Die, wenn auch in ihrer Form stark verschnittenen Wappenschilder zeige deutlich ihre Abstammung aus dem Mittelalter. Kunstvoll und von schöner Form ist die Eckrose. Jedenfalls verdienen diese Arbeiten des Kunsthandwerkes aus jener Periode volle Beachtung und Würdigung Kehren wir aber zur Kirche zurück. In einer Ecke derselben steht ein Tympanum, welches frühe einem Portale angehört haben mag. Die Arbeit ist roh und in ziemlich porösem Sandstein ausgeführt; allein die Eigenthümlichkeit der Composition erregt Interesse. Costüme und Form des Wappenschildes deuten auf das XIV. Jahrhundert. Maria mit der Krone sitzt auf einem Stuhle und hält das Christuskind. Der heilige Joseph befindet sich ihr zur Linken. Er ist im Reisekleid mit einer geflochtenen Tasche dargestellt, und hält ein Gefäss oder eine Art von Laterne. Rechts zeigen sich die heiligen drei Könige. Der Erste kniet und hat die Arme ausgebreitet, während ein Diener seine Krone hält. Hinter ihm deutet der Zweite der Könige auf den Stern, welchen ein Engel über der heiligen Familie hält. Der Dritte der Könige, welcher mit vorgebeugtem Haupte nach dem Stern sieht, trägt wie die andern, ein zur Gabe bestimmtes Gefäss. Endlich zeigt sich auch ein Wappenträger mit einem Schwert und einem Spruchband, auf welchem ich jedoch keine Spuren einer Schrift entdecken konnte. Oberhalb dieser Gruppe sieht man die heilige Maria unter den Engeln als gekrönte Himmelskönigin. Die Composition ist lebendig und die Figuren sind gut vertheilt.

Fig. 6.

Unweit davon steht ein Taufstein (Fig. 6), dessen Fuss abgebrochen zu sein scheint. Die Fialen an den acht Ecken sind mit geschweiften Wimbergen verbunden und die Felder durch Reliefs von sehr guter Arbeit belebt. An dem untern Theil des Fusses sind Wappenschilder angebracht.

Die Form der Wappenschilder, so wie die der Krabben und der geschweiften Bogen weisen auf den Anfang des XVI. Jahrhunderts hin, und da das Materiale, ein marmorähnlicher Kalkstein, ein feines Korn hat, so konnte die Arbeit auch geglättet durchgeführt werden. Besonders die Köpfe sind gut gearbeitet und zeigen eine feinere Technik. Eine gewisse Politur ist überhaupt an dem ganzen Werke sichtbar, und man kann diesen Taufstein zu den reichern zählen. Schade, dass der Fuss beschädigt ist, und ein plumper hölzerner Deckel das Ganze verunziert.

Ein schönes und mit Ausnahme der oberen Wappenschilde, ganz gut erhaltenes Werk der Kunstschnitzerei ist der Chorstuhl aus Eichenholz. (Fig. 7.) Die Wangenstücke zeigen Samson mit dem Löwen und einen Steinbock, der an Trauben nascht. Das erstere trägt die Jahreszahl 1464. Sehr bizarr erfunden sind die Aufsätze der Wangenstücke. (Siehe Tafel VI.) Die Technik dieser Arbeit ist vorzüglich und zeugt von ausserordentlicher Sicherheit im Handhaben des Meissels.

Noch habe ich der Kanzel zu erwähnen, an deren Fuss der Stammbaum Christi in Hautrelief aus Sandstein dargestellt ist, eine dem Ende des XVI. Jahrhunderts angehörige Arbeit. Leider ist die Kanzel durch einen neuen, in sogenannter Tischlergothik verfertigten, plumpen hölzernen Aufsatz verunstaltet. Eine kleinere, einschiffige gothische Kirche mit sehr hohem Innenraum wird gegenwärtig als Heumagazin benützt.

Ausserhalb Villach, auf einem Hügel mit prachtvoller Aussicht, steht die kleine Filialkirche St. Johann (Fig. 8). Es ist ein einschiffiger Bau mit flacher Decke und einer polygonisch abgeschlossenen Apsis. Pfeiler und Kirchendach, so wie der hölzerne Dachreiter sind, wie an den meisten Landkirchen in Kärnthen, mit Schindeln gedeckt. Auffallend ist, dass der hölzerne Dachreiter noch die ursprüngliche Form beibehalten hat. Indess erklärt sich dieser Umstand dadurch, dass die allenfalls nöthig gewesenen Ausbesserungen von simpeln Zimmerleuten im Orte gemacht wurden, welche die überkommenen Formen beibehielten. Die Fenster dieses kleinen Kirchleins mit einfachem Masswerk hatten noch Glasmalerei und zwar, wie sowohl das Ornament im Dreipass als auch die Gewandung und Behandlung der Figuren etc. zeigt, aus dem Ende des XIV. oder Anfang des XV. Jahrhunderts. Die Farben zeichnen sich durch Intensität aus und die Zusammenstellung derselben ist sehr wirkungsvoll.

Fig. 7.

Von Villach über Arnoldstein weiter kam ich in's untere Gailthal und besuchte die Kirche in Hohenthurm (Straja ves, Wachdorf). Der hochgelegene Thurm bietet eine weite Rundschau und bei dem Umstande, dass das Mauerwerk altersgrau auf die liebliche Gegend herabsieht, ist es erklärlich, dass man diesen Thurm für einen Wach- oder Auslugthurm hielt und weit in's Alterthum zurück versetzte. Auch die offen gelassenen Gerüstlöcher in der Höhe geben der Phantasie einen Anhaltspunkt, als wenn sich da ein Wehrgang befunden haben müsste. Möglich dass der Thurm auf altem Fundamente steht, aber in seiner jetzigen Gestalt fand ich keinen Anhaltspunkt hiefür. Die oberen Thurmfenster haben stumpfe Spitzbögen ohne Masswerk. Der untere Theil des Thurmes bildet einen mit einem Kreuzgewölbe aus dem XV. Jahrhundert geschlossenen Capellenraum. Die sehr gedrückt und im Zehneck geschlossene Apsis dürfte älter sein. Die Rippen ruhen auf Consolen, und statt Pfeilern sind aussen nur Lisenen angebracht. Das Mittelfenster ist bemerkenswerth, da es im mittleren Pfosten eine romanische Reminiscenz zeigt. Übrigens ist die ganze Arbeit sehr primitiv und roh. In St. Göriach und Feistritz sind einfache einschiffige Kirchen aus der spätgothischen Periode, wie denn die meisten Kirchen in diesen Thälern aus jener Zeit stammen. Die Kirche in St. Stephan ist dreischiffig angelegt mit wenig überhöhtem Mittelschiff. Achteckige einfache Pfeiler theilen die Schiffe, und die Rippen entwickeln sich aus denselben. Strebepfeiler und Portal sind meist einfach gegliedert, letztere mit offenen Spitzbogen. Die Strebepfeiler, namentlich jene des Chores, sind meist dreieckig, eine Eigenthümlichkeit, die der letzten gothischen Periode angehört. Auffallend sind hie und da die

Fig. 8.

romanischen Reminiscenzen an den Fenstern der Glockenthürme. Es kommen gekuppelte Rundfenster mit einer Mittelsäule vor, so in Maria an der Gail, in Feistritz, in Emersdort, St. Daniel u. s. w., allein bei näherer Besichtigung zeigt die Mittelsäule oder der Pfeiler die gothische Form.

Ein Spaziergang von St. Hermagor nach Vellach und Eck lohnte die Mühe. In Vellach stehen in der kleinen gothischen Kirche zwei vollkommen erhaltene Flügelaltäre, deren einer dem XV. Jahrhundert angehört. Dieser ist einfach, aber von guter Composition und schönem Schnitzwerk. Der gegenüberstehende zweite Altar zeigt in der Ornamentik und Gewandung schon den Einfluss der Renaissance, und ist mit weniger Verständniss und Sicherheit gearbeitet. Die Bemalung der Apsis gehört dem XVII. Jahrhunderte an. In der Kirche von Eck befinden sich in einer Seitencapelle Grabsteine der Kühnburge. Zwei noch erhaltene Glasfenster sind von guter Arbeit, Christus mit Maria und Johannes, dann einen knieenden Ritter nebst einem Wappenschild darstellend. Sie gehören zwar schon in den Anfang der Renaissance, müssen aber von einem tüchtigen Meister herrühren. Leider ist ein Feld der in prachtvoller Farbe ausgeführten Wappenschilder in Gefahr beim nächsten Unwetter zerstört zu werden, da dasselbe bereits ausser Verbindung mit dem Masswerk gekommen ist. In der Sacristei befindet sich ein hübscher gothischer Kelch und am Pfarrhause ein zierlich gearbeiteter Thürklopfer. St. Hermagor hat eine dreischiffige Hallenkirche von mässigen Dimensionen mit achteckigen Pfeilern, aus welchen sich die Rippen entwickeln. Das Gewölbe ist netzartig, und bei den Hauptkreuzungen der Rippen sind quadratische Schlusssteine angebracht, während in den Gewölbkappen vertiefte Vierpässe vorkommen. Der Chor ist achteckig geschlossen, auf der einen seiner Seiten ist eine Capelle, auf der andern der massige Thurm angebaut. Das Thurmdach ist durch eine Restauration ganz verunstaltet und schliesst mit einer blechernen, achteckigen, gothisch sein sollenden Laterne. Das Portal, einfach profilirt und im Spitzbogen geschlossen, hat noch das ursprüngliche Beschläge von einfacher Arbeit. Auch finden sich in der Kirche bronzene Leuchter mit einem Wappenschilde versehen, worauf eine Chiffre gleich einem Steinmetzzeichen gravirt ist.

Durch das obere Gailthal blicken allerorts, wie nach einer Schablone gearbeitete spätgothische Kirchen hervor. Der Thurm steht meist seitwärts, ist viereckig, mit Giebeln und spitzem Helm und trägt als Schluss einen Hahn. Zu Kirchbach fesselt das Kirchhofthor die Aufmerksamkeit des Reisenden. Es ist dies ein einfaches Thor mit halbrundem Bogen. Der obere Theil, in drei Felder getheilt, enthält Fresken aus dem Ende des XV. Jahrhunderts von vorzüglicher Schönheit und noch ziemlich gut erhalten. In dem vertieften Mittelfelde sieht man den heiligen Martinus auf milchweissem Pferde in Hauskleidung, mit reich gemustertem Stoff. Zwei Engel halten die Infel über seinem Haupte, während der Heilige mit dem Schwerte den Mantel zerschneidet, um denselben an die beiden Bettler zu vertheilen. Eine einfache Gebirgslandschaft bildet den Hintergrund. Das Ganze ist in der Abschrägung von einem reichen Ornamente, wie solche in Miniaturen vorkommen, eingerahmt. Die Schrift ist unleserlich und nur die Worte „hier sind“ vermochte ich deutlich zu lesen, ebenso ist von der Jahreszahl nur 14 — 4 zu erkennen. Rechts neben dem Mittelfelde sind St. Zacharias und St. Ursula, links St. Johannes mit dem Lamm und St. Jacobus Major abgebildet. Man verweilt mit Vergnügen vor diesen Bildern, und muss dem Herrn Conservator von Steiermark, Postdirector Scheiger, zu Dank verpflichtet sein, dass er die Demolirung dieses Thores, die schon beschlossen war, verhinderte. Die Kirche selbst bietet nichts von besonderem Interesse. Weiter oben im Thale liegt Grafendorf, dessen Kirche ebenfalls aus der spätgothischen Bauperiode stammt, sonst aber nichts Bemerkenswerthes an sich hat. Dafür ist die kleine Filiale St. Helena am Wieserberge desto interessanter.

Hoch oben auf dem Plateau des Wieserberges, eine halbe Stunde von Grafendorf entfernt, zeigen sich noch Grundmauern eines ehemaligen Schlosses, vielleicht Klosters, auch eine Art Cisterne oder Brunnen ist daselbst erkennbar. In geringer Entfernung davon, beinahe an der Abdachung des Berges liegt das noch jetzt für den Gottesdienst verwendete Kirchlein St. Helena am Wieserberge (Fig. 9). Schmucklos, theilweise verwittert, übt dieser Bau mit dem moosbewachsenen Schindeldach und dem schlichten, seitwärts angebauten Thurm, einen eigenthümlichen Reiz auf den Beschauer. Das Kirchlein (siehe den Grundriss Fig. 10) hat ein oblonges Schiff mit flacher Decke und eine halbrunde vorspringende Apsis mit einer Halbkuppel eingewölbt. Die vordere Ansicht hat, ausser einem kleinen halbkreisförmig geschlossenen Portal, nur im Giebel eine kleine viereckige Fensteröffnung. Seitwärts von der Thüre, wenige Fuss hoch von der Erde, ist ein einfacher, consolenartig gothisch geformter Stein, ungefähr wie ein Weihwasserbehältniss, in eine kleine Nische eingemauert, jedoch fehlt demselben die Aushöhlung.

Fig. 9.

Dafür ist ein Loch von zwei Zoll Durchmesser eingemeisselt, das schief nach abwärts in die Kirchenmauer verlauft. Wozu dieses bestimmt war, habe ich nicht ermitteln können; vielleicht dass es zum Einsetzen einer Fahnenstange gedient hat. An der Südseite ist unter einem kleinen Holzdache ein St. Christoph gemalt, welcher schon in der Umrahmung den Einfluss der Renaissance zeigt. Es ist dies eine jugendlich ritterliche Gestalt, und trotz der bedeutenden Dimensionen mit grosser Delicatesse durchgeführt. Es muss überhaupt in dieser Periode, nämlich zu Ende des XV. und im Anfang des XVI. Jahrhunderts, hier zu Lande die Malerei sehr gut betrieben worden sein, wie schon die Fresken des erwähnten Kirchhofthors zu Kirchbach bezeugen. Ausserdem sah ich auf dem Wege zwischen Kirchdorf und Grafendorf mehrere einfache gemauerte Wegkreuze, wovon die Mehrzahl aus dem XVI. Jahrhundert noch auf allen Seiten die frühere Bemalung zeigen. Ich sah an einem derselben eine sehr schön ausgeführte Madonna, und an anderen Darstellungen aus dem Leben Jesu. Allerorts sind an diesen Wegkreuzen Wappenschilder und Spruchbänder angebracht. Jede Kirche hat, meistens gegen die Strasse zugekehrt, ihren heiligen Christoph von möglichst grosser Dimension. Alle stammen aus der vorangeführten Periode und sind mehr oder minder gut dargestellt. Der Thurm der St. Helenakirche, ebenfalls auf der Südseite stehend, ist ein späterer Zubau, obgleich derselbe im ersten Augenblick den Eindruck macht, als ob er ursprünglich schon zum Bau gehört habe. Die Fenster zeigen romanische Reminiscenzen, allein die Mittelpfosten, wovon einer am Fusse des Thurmes im Grase lag, zeigen die gothische Form. Wie man mir sagte, ist dieser Pfosten beim Herabnehmen einer Glocke ausgebrochen und nicht wieder eingesetzt worden. Das kleine Giebelfenster hat die Gestalt eines gleicharmigen Kreuzes. Das pyramidale Dach der Apsis hat als Zierrath einen primitiv geschnitzten und bemalten Kopf, der durch ein aufgesetztes Querbret geschützt ist. Solche eigenthümliche Köpfe habe ich auch an zwei gleichartigen romanischen Kirchen im oberen Drauthale gefunden. Das kleine rundbogige Mittelfenster der Apsis hat nach innen eine gemalte Quadrirung in dunkelrother Farbe. An der Nordseite hatte die Kirche ehemals

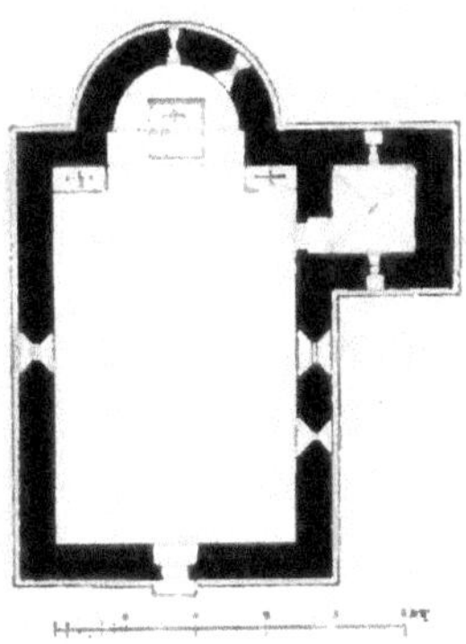

Fig. 10.

gar kein Fenster; das vorhandene ist gleichzeitig mit dem gegenüberliegenden grösseren Fenster ausgebrochen worden. Eben so wurde, um mehr Licht zu gewinnen, ein zweites Fenster erst später in die Apsis eingebrochen. Das Innere der Kirche ist schlicht und hat, wie schon erwähnt, eine Holzdecke mit Leistenwerk, an deren Durchschneidungspunkten kleine Rosetten angebracht sind. Ein plumper hölzerner Orgelchor gehört der neueren Zeit an. Die Apsis ist in ursprünglicher Weise bemalt. In der Halbkuppel zeigt sich Christus mit dem Testamente, mit der rechten Hand segnend, auf einem doppelten Regenbogen, umgeben von den vier symbolischen Thieren; primitiv und in typischer Weise dargestellt. Unterhalb dieser Darstellung füllen die Apostel, in ganzer Figur, den Halbkreis aus. Eine der Figuren ist durch das rechtseitige Fenster durchbrochen, wesshalb, wie vor erwähnt, auch anzunehmen ist, dass diese Durchbrechung erst in späterer Zeit ausgeführt wurde. In der Apsis stand früher eine einfache Mensa, jetzt aber wird die ganze Apsis von einem barocken, unverhältnissmässigen Altar ausgefüllt. Der weggehobene Flügelaltar, den ich später im ganz zerfallenen Zustande zur Reparatur bei einem Dorfbildhauer fand, war ehemals der Hauptaltar, er zeigt im Mittelfelde die heilige Helena. Das Schnitzwerk ist sehr gut gearbeitet, eben so lobenswerth ist die Malerei an der inneren Seite der Altarflügel; die äussere Seite jedoch ist sehr stark übermalt. Der gute Mann hatte leider die besser erhaltenen übermalten Figuren aus dem Flügel herausgeschnitten, um sie in dieser Form zu verwenden, auch lagen die einzelnen Schnitzereien zerbrochen am Boden. Es that mir leid um diesen kleinen, aber sehr nett geschnitzten Altar. Auch zwei andere Flügel mit Bemalung auf Goldgrund, fand ich in einem Winkel der Kirche, was mich auf die Vermuthung führte, dass noch ein zweiter Flügelaltar in der Kirche stand. Ein kleines, spitzbogig geschlossenes, gothisches Pförtlein mit Abschrägung und der beliebten Wasserschlagsvermittlung, führt aus der Kirche in den Thurm und beweist ebenfalls den späteren Anbau desselben.

Unwillkürlich kam mir der Gedanke, ob nicht vielleicht über dem niedrigen Kreuzgewölbe im Thurm noch mehr zu finden wäre, und meine Vermuthung ward bestätigt; denn ich fand ganz gut erhalten den oberen Theil eines heil. Christophorus (Fig. 11), sieben Fuss hoch, in rothem Mantel mit weissen Sternenmustern und gelbem Unterkleide mit rothbraunem Muster. Christus, mit der Rechten segnend, und in der Linken das neue Testament haltend, sitzt auf der linken Schulter des Christophorus, der, eine Gestalt mit jugendlichem Angesicht und lichtblondem Haar, den Stamm einer Dattelpalme in der Rechten hält. Es dürfte dies eine der wenigen noch vorhandenen gemalten Darstellungen des heiligen Christophorus aus der romanischen Periode sein, und gibt dieselbe den Beweis, wie sehr hier zu Lande, selbst in der ältesten Zeit diese Art bildlicher Darstellung beliebt war. Noch ist ein halbkugelförmig ausgehöhlter Taufstein oder Behälter für Weihwasser aus der Periode des ursprünglichen Baues erwähnenswerth. Auch Eisenarbeiten sind zu bemerken, darunter ein Osterleuchter (Fig. 12), ein Wandleuchter, ein Glockenhälter; der erste noch gothisch, die beiden letzteren Gegenstände der darauf folgenden Renaissance angehörend.

Fig. 11.

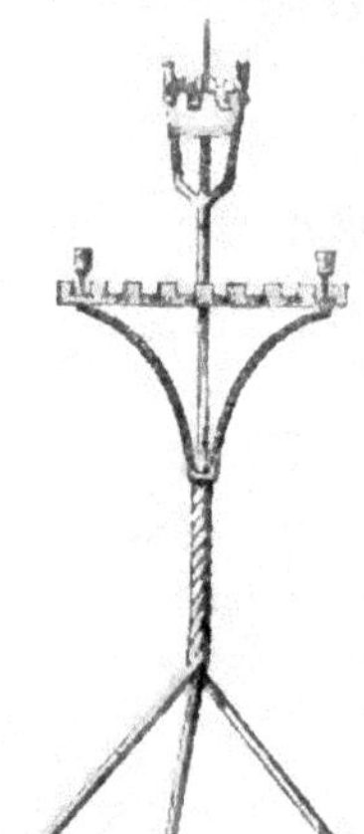

Fig. 12.

Weiter aufwärts über Grafendorf soll auf dem Kirchhofe zu St. Daniel, aus einer noch früheren Periode als das so eben beschriebene Kirchlein, eine Rundcapelle mit Fresken und einem unterirdischen gewölbten Raume gestanden haben, die aber aus Unverständniss, um Platz zu gewinnen, vor etwa zwanzig Jahren demolirt wurde, eine Arbeit, die wegen der Festigkeit des Mauerwerks grosse Schwierigkeiten machte. Es ist zwar ein sehr geringer, aber immerhin doch ein Trost, dass man mir mit Bedauern diesen Fall erzählte, zugleich hinzusetzend, dass heut zu Tage dergleichen nicht geschehen würde.

Fig. 13.

Am Schluss des oberen Gailthales liegt Kötschach mit einer spätgothischen Kirche und einem Kloster. Die Kirche hat verhältnissmässig grosse Dimensionen und eine eigenthümliche Anordnung der Schiffe. An das Mittelschiff von vier Klafter Breite, baut sich einerseits ein Seitenschiff von zwei Klafter und ein Fuss Weite an, während auf der anderen Seite die gegliederten Arcaden nur vier Fuss entfernt von der Hauptmauer stehen (Fig. 13), und so nur einen Durchgang von dieser Weite offen lassen. Das Gewölbe der Kirche, welche in die Periode der Verfallszeit gehört und einen Ausläufer der Gothik bildet, ist eigentlich ein Tonnengewölbe mit Schilden aus den Arcaden. Der ganze Gewölbraum ist mit leistenartigem decorativen Netzwerk überzogen, in einer Weise, dass selbst auf den Grat der Schilde keine Rücksicht genommen ist. Fig. 14 zeigt die Entwickelung dieses Netzes. Durch einen gewundenen Wulst, welcher die Stelle eines Capitäls vertritt, sind die einzelnen Leisten gleichsam durchgesteckt, entwickeln und kreuzen sich dann, und enden hie und da in Kleeblättern. Es ist Stuccaturarbeit, die von grosser Geschicklichkeit in der Technik zeigt. Die innere Gliederung der Arcadenbogen ruht auf Consolen. Doppelte Hohlkehlen gliedern die Arcadenbogen und Pfeiler. Am Fusse sind hochgezogene Wasserschläge angeordnet. Das Seitenschiffgewölbe ist einfacher, und das gegenüberliegende Halbschiff zeigt einen Vierpass. Eben so ist das Gewölbe unter dem Orgelchor vielfach verschlungen und es ist schwer, sich in den Linien zurecht zu finden. Der Triumphbogen enthält ein starkes Birnenprofil; der Chor ist einfacher. Die Rippen des Kreuzgewölbes und des achteckigen Abschlusses fussen auf Diensten mit ornamentirten Capitälen. Die Rippen haben ein Birnenprofil und sind aus Stein. Dieser Theil des Kreuzgewölbes stammt aus früherer Zeit, und es dürften die Gewölbe der Kirchenschiffe nach einem Brande in dieser decorativen Weise ausgeführt worden sein. Zwei Wappenschilde in einer Fenstergewandung zeigen drei Dolche und einen Eichenbaum, darüber die Jahreszahl 1518. Der massige viereckige Thurm legt sich dem Mittelschiff vor und bildet eine Vorhalle. Derselbe hat keine Pfeiler, dafür aber sind die Mauern klafterdick. Ohne Verjüngung und Gliederung steigt der Thurm glatt in die Höhe; erst über dem Dachfirst mit einem einfach profilirten Gesims gegliedert, auf welchem Spitzbogenfenster mit reichem Masswerk in der bekannten spätgothischen Fischblasenform ruhen, endigt derselbe in vier steilen Giebeln, in welchen wieder Spitzbogenfenster mit Masswerk angebracht sind. Der Helm läuft spitzig zu, und obwohl noch jetzt von bedeutender Höhe, scheint

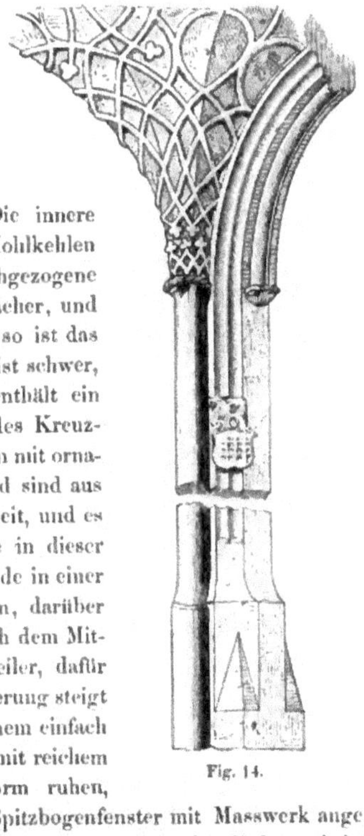
Fig. 14.

er doch ursprünglich noch höher gewesen zu sein. Einfache steinerne Rinnen springen, als Wasserabläufe, an dem Zusammenstoss der Giebel vor. Auffallend massig sind die Pfeiler der Kirche, namentlich die Eckpfeiler. Auch die Kirchenmauern sind auffallend stark und messen vier, auch fünf Schuh. Diese Stärke der Mauer- und Pfeilerdimensionen dürfte daher stammen, dass diese Örtlichkeit von jeher durch starke Anschwemmung von Schutt und Steingeröll zu leiden hatte, welche durch das Schmelzen des Schnees und bei stärkeren Regengüssen aus den Bergen in Masse

Fig. 15.

Fig. 16.

herabgeführt, die Strassen und Höfe oft mehrere Fuss hoch verschütten. Die Kirche, zu welcher man jetzt auf Stufen niedersteigt, war früher über das Niveau der Strasse erhöht, was auch glaubwürdig erscheint, da aussen nur mehr der obere Theil des Sockels sichtbar ist, während der untere in der Erde liegt.

Kaum eine halbe Stunde ausserhalb Kötschach, gegen den Gailberg zu, liegt die Kirche zu Laas, ein zierlich durchgeführtes Werk der Spätgothik. Diese Kirche kann als der Typus der Bauweise, welcher sämmtliche Kirchen dieser Thäler mehr oder weniger angehören, betrachtet werden. Einschiffig, von mässigen Dimensionen, mit decorativem Netzgewölbe, der Thurm, mit Giebel und spitzem Helm, seitwärts stehend, ist diese Kirche jedoch schmuckreicher und mit einem gewissen decorativen Aufwand an den Pfeilern und den Portalen ausgeführt (s. Fig. 15). Auch hier konnte ich mich überzeugen, dass die Rippen, welche vergleichsweise mehr als in Kötschach ausladen, aus Stucco gearbeitet sind. Der ganze Bau macht einen sehr günstigen Eindruck und ist von einer Zierlichkeit in den Details, welche zeigt, dass der Baumeister hier ein Werk mit Liebe durchführen konnte. Der Fuss der Thorgewandung ist, der besseren Deutlichkeit wegen (Fig. 16) im Detail gezeichnet. Man sieht hier einen reichen, decorativen Aufbau, der aus der Übereckstellung der Polygone sich entwickelt und durch profilirte Wasserschläge vermittelt ist. Die Rundstäbe sind als Säulenschäfte behandelt und haben schuppen- und netzartige Verzierungen, welche wesentlich zur Belebung beitragen und von der ausgezeichneten Technik dieser Zeit Zeugenschaft geben.

Das Tympanum enthält flaches Masswerk, wie solches in der Spätzeit häufig an Holzarbeiten vorkommt. Die Hohlkehle wird am Scheitel des Spitzbogens mit einem Spruchband ausgefüllt, welches die Jahreszahl 1518 zeigt, gleich jener über dem Wappenschilde in Kötschach. Um dem Portale eine grössere Höhe zu geben, ist dasselbe noch mit einem geschweiften Spitzbogen geschlossen, welcher auf einem Sims aufsteht. Die flankirenden starken Rundstäbe durchdringen das Gesims zwar in etwas unschöner Weise, beleben aber dennoch diese Partie. Statt der sonst gebräuchlichen Fialen sind Dreiviertelrundstäbe durch das Sims gesteckt und sitzen unten auf kleinen Wappenschildern auf; oben haben diese Stäbe einen Knauf von lilienartigem Blattwerk, und eben so ist der Schluss des Spitzbogens gebildet, dessen Krabben den Charakter der Holzschnitzerei an sich tragen.

Ich konnte nicht klar darüber werden, ob von diesen Knäufen ein Theil abgebrochen sei, oder ob sie sich schon ursprünglich in drei Rundstäbe theilten, welche scharf abgeschnitten, die Profile derselben sichtbar machen. In der Fläche dieses Spitzbogens ist ein Wappenschild mit einem links aufspringenden Löwen angebracht. Die Pfeiler sind eben so decorativ gelöst und die Vermittlungen, statt mit Wasserschlägen, hier mit Lilien hergestellt. Als Schluss ist ein kleines Dach aus drei geschweiften, flachen Spitzbogen, an Kötschach erinnernd, gebildet und mit einem Knauf geziert. Ein kleines Wappenschildchen zwängt sich in den vorderen Spitzbogen.

Eigenthümlich ist das eisenbeschlagene Thor mit starken flachen Eisenstangen gekreuzt und mit runden Nägeln befestigt. Ein schildartiger Rahmen aus gleichartigen Eisenstangen ist an der Stelle des Schlosses angebracht; und oben hängt ein gewundener Anziehring. Diese Art Beschläge sind mir an mehreren Kirchenthüren dieser Thäler vorgekommen und dürften alle aus einer und derselben Schmiede stammen.

Fig. 17.

Das Hauptportal ist in ähnlicher Weise durchgeführt, nur durch den hier zu Lande beliebten Vorbau, der eher zu einer Schmiede als zu einer Kirche gehören würde, verunstaltet und theilweise versteckt. Es wäre zu wünschen, dass diese unschönen Zuthaten demolirt würden. Die Pfeiler am Chore sind ebenfalls sehr decorativ aufgelöst. Das Fenstermasswerk trägt Fischblasenmuster.

Im Innern fällt am Chor das Frescobild des Baumeisters auf. Es ist schlicht gemalt und stellt denselben im Festgewande, mit pelzverbrämtem Oberkleide, Puffärmeln und einem runden Käppchen, auf einem Polster kniend, dar. Das Richtscheid, mit einem Kreuzlein geziert, kennzeichnet seinen Stand auch ohne die Inschrift, welche sagt: „Meister Bartholomä Firtaler hat gemacht die Kirchen 1535“. Es ist ausser Zweifel, dass dieser „Bartholomä Firtaler“ ein angesehener Baumeister seiner Zeit war und Vieles in der Gegend gebaut hat. Kötschach ist ganz gewiss sein Werk; aber auf die Kirche von Laas scheint derselbe, vielleicht durch einen Stifter bewogen, wie die Wappenschilde über den Seitenportalen vermuthen lassen, besondere Aufmerksamkeit verwendet zu haben. Zeugniss hiefür gibt der Kanzelfuss (siehe Fig. 17). Am Fusse, welcher an die Auflösung des Portalfusses erinnert, schlingen sich Rundstäbe an einem Säulenschaft und kreuzen sich oben, sich an ebenfalls überkreuztes Stabwerk anschliessend. Der Ausbau des oberen Theiles, mit verschlungenem Stabwerk belebt, schliesst

Fig. 18.

Fig. 19.

mit einer Hohlkehlengliederung, welche auf abgeschnittenen Ecken das obere Polygon über Eck stellt. Brüstung und Dach sind eine spätere, ganz werthlose Dorftischlerarbeit.

Auch das Sacramentshäuschen, dessen oberster Theil leider abgebrochen wurde, ist ein nettes Stück Steinmetzarbeit. Es zeigt einen achteckigen profilirten Sockel mit gekreuztem Stabwerk; der Schaft ist durch Hohlkehlen gegliedert und in der Mitte mit einem Gesimse gebunden. Oben vermitteln Wasserschläge das Viereck, welches sehr weit ausladet und den Fuss des Gehäuses bildet. An den Ecken stehen Säulchen, welche Träger von Fialen waren. Flache, geschweifte Spitzbogen, der Gesammtarchitectur entsprechend, bekrönen den geraden Abschluss des Gehäuses, welches seinerseits mit einem einfachen eisernen Gitter geschlossen ist. Der Thürklopfer an der Sacristeithür (Fig. 18) ist eine hübsche Eisenarbeit, wie nicht minder der Osterleuchter (Fig. 19), welcher schon zur Frührenaissance gezählt werden muss, aber noch die Technik und Auffassung der gothischen Stylperiode nicht ganz verläugnet, wie überhaupt das Kunsthandwerk sich nur schwer und vermittelnd der neuen Kunstrichtung zuwandte.

Ich schliesse hiermit den Bericht, da Laas schon nahe am Übergangspunkte in das obere Drauthal liegt und dies das letzte Object im Gailthale ist.

Im Ganzen stellt sich heraus, dass die romanische Periode in diesen beiden Thälern ein einziges Object, nämlich die Filialkirche St. Helena am Wieserberge aufzuweisen hat. Es dürfte in dieser Periode, so wie selbst in der ersten gothischen Zeit, nämlich Ende des XIII. und Anfang des XIV. Jahrhunderts überhaupt keine besondere Bauthätigkeit entwickelt worden sein, weil sonst doch hie und da Fragmente, Simsungen etc. aus dieser Zeit sich erhalten haben würden; denn es ist nicht anzunehmen, dass alle Objecte, wie es bei der kleinen Rundcapelle in St. Daniel der Fall war, vollständig demolirt und vernichtet worden seien. Die eigentliche Bauthätigkeit fällt in das Ende der gothischen Periode bis zu deren Verfall, das ist in das Ende des XV. und den Anfang des XVI. Jahrhunderts. In dieser Zeit wurden die Kirchen so ziemlich nach einer Schablone gebaut und meist schlicht angelegt. Hie und da hat man, dem spätern Geschmacke folgend, die ursprünglichen Thurmdächer durch sogenannte „wälsche Hauben" ersetzt, oder in der Neuzeit in einer missverstandenen Gothik restaurirt. Was Altäre betrifft, so fand ich leider nirgends einen gothischen Hauptaltar, wohl aber beinahe in jeder Kirche einzelne Heiligenfiguren, bemalte Predellen und ausnahmsweise auch Seitenaltäre noch ziemlich wohl erhalten. In Sacristeien, Beinhäusern, Vorhallen liegen allerorts geschnitzte Bruchstücke, Altarkästchen und bemalte Altarflügel unbeachtet umher.

Wir wollen hoffen, dass der jüngere Clerus sich dieser Fragmente annehmen und bei Restaurationen so viel wie möglich bedacht sein werde, den Altarschmuck in der ursprünglichen Weise wieder herzustellen.

Meine Rückreise führte mich durch das Drauthal, wo ich ebenfalls mehrere interessante Kirchenbauten aufsuchte und Skizzen in meine Mappe sammelte, die ich in einem Nachtrage diesem Berichte anzuschliessen die Absicht habe.

II. Baudenkmale des Gailthales.

Von Bartholomäus Levitschnig.

A. Aus alter Zeit.

Der selige Conservator von Kärnthen, Freiherr von Ankershofen, äusserte einmal das Bedauern, dass Kärnthen aus heidnischer Zeit fast keine Baudenkmale erhalten habe. Diese Äusserung beschäftigte den Referenten bezüglich heidnischer Baudenkmale des Gailthales schon viele Jahre, und er gewann in Folge von Combinationen und Thatsachen das nachstehende Resultat:

Erdbeben und Bergstürze haben das Angesicht des Gailthales wiederholt und schrecklich heimgesucht. Der Dobratschsturz vom Jahre 1348 oder nach anderer Angabe vom Jahre 1359, welcher 17 Dörfer, 9 Gotteshäuser und 3 Schlösser verschüttet hat, mag auch Baudenkmale der ältesten Zeit begraben haben.

In der Nähe der Capelle St. Ruperts in Presseggen, unweit des Pfarrdorfes Förolach, soll eine Stadt, Kleinvillach zubenannt, gestanden sein; man sieht noch Spuren von Mauern zwischen der Landstrasse und zwischen besagter Capelle. Vor undenklichen Jahren verschlang eine Berglawine das Städtchen und somit manches noch ältere Denkmal.

Der Reiskofel im Obergailthale barg vor fast zweitausend Jahren einen See, der vielleicht zur Zeit jener Katastrophe, welche anno 79 nach Christus Herculanum und Pompeji begrub, ausbrach, worauf haushohe Felsentrümmer die Stadt Risa bedeckten, welche drei Stunden im Umfange hatte. Von dieser heidnischen Stadt wird ein Terminus gezeigt, der von jenem Ereignisse einzig und allein übrig geblieben sein soll. Er trägt folgende Inschrift:

D . . . . M.
Amando . T. IV.
Saturnini . Ser . S.
Maturus. E. Mercator.
Vilici . B. M.

Die Gemälde dieses Terminus haben bereits christliche Formen überkommen. Eingedeckt ist das Denkmal gut und sein Bau ist noch für Generationen vor Umsturz gesichert.

Druck der k. k. Hof u. Staatsdruckerei in Wien

Eine römische Inschrift auf der „Plöcke", aus Julius Cäsar's Zeit stammend, ist sehr stark verwittert. Eine andere Inschrift, welche die erstere Inschrift und Cäsar's Züge nach Kärnthen erklären soll, ist jüngeren Ursprungs. Zu Denkmalen aus der ältesten Zeit soll auch jene etrurische Inschrift zählen, welche oberhalb Würmlach nächst Mauthen im Obergailthale entdeckt und schon vielfach besprochen wurde.

Theilweise gingen die ältesten Baudenkmale des Gailthales auch in der Völkerwanderung und durch Eroberungsstürme zu Grunde. Das Gailthal bildet die Pforte von Italien, und auf mehreren Stellen, z. B. über das Nassfeld (auch im Gailthale gibt es ein Nassfeld) und über die Plöcke, können Kriegshorden hin und her ziehen. Die slovenischen Gailthaler mit ihren originellen Sitten in Tracht, Hochzeiten, Kirchtagen, Musik und Gesang stammen angeblich von einer Truppe des Attila ab, welche nicht mehr nach Pannonien zurückkehren wollte. So wie sie mit Weib und Kind auszogen, blieben sie im untern Gailthale sitzen. Sie bewahren trotz aller Anfechtungen schon viele Jahrhunderte hindurch ihre Nationalität, und der Anzug einer windischen Braut kann füglich ein Denkmal heidnischer Zeit genannt werden. Aber jene Schlösser, wie Kapel (Bad) im Gitschthale, Gurina (Bergel) ober St. Daniel u. s. w. hatte der Feind, und dies schon vor Attila, zerstört und die Zeit sie der Erde gleich gemacht. Und dennoch ist der Besuch des eben genannten Kapel interessant. Um auf der Stelle, welche das Gitschthal beherrschen sollte, eine Burg zu erbauen, musste der Bergesgipfel abgestemmt werden; der Zugang ist in Felsen gehauen. Diese Thatsachen und die erhaltenen Sagen deuten darauf hin, dass hier einst ein Schloss gestanden sei. Aber vom Bau ist fast kein Stein mehr übrig. Diese Festung soll schon vor Christus gebrochen worden sein.

Wann Gurina fiel, ist auch unbekannt. Aber der Landmann findet dort beim Pflügen seiner Äcker römische Münzen und Alterthümer.

Die Kirchthürme von Hohenthurm, Hermagor und Weissbriach, der schwarze Thurm des Thurnhofes bei Hermagor, vielleicht auch die Kirchthürme von Vorderberg, Kirchbach und St. Daniel dürften wohl ältesten Ursprungs sein und zu Kriegszwecken gedient haben. So ist es bekannt, dass der Unterbau des Stadtpfarrthurmes zu Villach römischen Ursprungs ist, und das Dorf Hohenthurm, dessen Thurm gleichen Ursprungs sein soll, heisst in der windischen Sprache straja ves (Dorf der Wache). Manches Denkmal aus heidnischer Zeit ging auch bei der Christianisirung Kärnthens zu Grunde, welche im Gailthale von Aquileja, von Salzburg und Baiern aus in's Werk gesetzt wurde.

Wir kommen auf einen weiteren Punkt zu reden: ob es nämlich im Gailthale nicht auch Götter- oder Götzentempel gab, welche etwa noch als Andenken auf jene grauen Tage zurückweisen, oder demolirt oder in christliche Kirchen umgewandelt wurden?

Wenn von den berühmtesten Bauwerken der Römer nur etwa die drei Amphitheater von Rom, Pola und Verona, und selbst diese als gespenstige Trümmer dem Zahne der, Eisen und Marmor zerstörenden Zeit trotzen wollen, so kann von noch vorhandenen Götzentempeln im armen Gailthale wohl nicht mehr die Rede sein. Zwar erzählt die Kirchengeschichte von Kärnthen, dass der Apostel dreier Nationen, der Friauler, Wenden und Deutschen, Bischof Hermagoras aus Aquileja, vielleicht selbst an der Stätte stand, wo heute der Markt Hermagor steht, und nach Zandonati's Geschichte von Aquileja suchte er, im Jahre 63 nach Christi Geburt mit dem Hirtenstabe geziert, mit einem übernatürlichen Muthe die verlornen Schäflein in den verborgensten Winkeln seines weiten Sprengels. Sie erzählt ferner, dass die Decanal- und Marktpfarre zu St. Hermagor nicht nur für eine der ältesten Pfarren im Gailthale, sondern von vielen für eine der ersten christlichen Kirchen im Lande Carantanien gehalten wird. Überdies ist bekannt, dass die

Glaubensprediger, ein Paulus, Bonifacius u. dgl., eben unter den Statuen des alten Cultus ihre Predigten begannen. Allein das jetzige grosse und schöne Gotteshaus zu St. Hermagor muss schon sehr viele Umbauten erlitten haben, eine Chronik derselben ist niemand bekannt, und es kann durchaus nicht gesagt werden, ob oben am Felsenbühel der heutigen Kirche ein Heidentempel stand und welcher Gottheit er geweiht war. Ähnlicher Weise soll sich zu St. Daniel im Obergailthale ein Götzentempel befunden haben. Das Nähere hüllt sich, wie bei allen alten Geschichten, in Widersprüche und Nebel.

Aber sicherer ist der Götzendienst der Wenden, eben weil er länger dauerte, als jener der Römer. Und hier muss noch bemerkt werden, dass die Wenden keine Tempel hatten, sondern ihre Götter unter heiterem Himmel, im Schatten buschiger Linden mit Gesängen und Tänzen verehrten. Ihre Priester waren Wettermacher, Wahrsager und Zauberer, welche Lieder dichteten, Anreden hielten, die Tänze leiteten und friedliche Dämonen kannten.

Zum Beweise alles dessen mögen vier Beispiele dienen. In der Pfarre St. Georgen vor dem Bleiberge befindet sich der Zeit eine Filiale „St. Lucia und Jodocus“ zu Tratten. Diese Filiale Tratten ist auf einem wendischen Tanzplatze erbaut worden, und heisst noch jetzt in der Volkssprache Plešišče (Tanzplatz). Erbaulich ist die Benennung des Patrociniums oder Kirchtages daselbst, sie heisst: Plešišči žegen, i. e. der Tanzplatz Segen. Und in der That steht da noch eine Linde, wie überall im Untergailthale, wo am Kirchtage nach dem kirchlichen Dienste unter uralten Ansprachen und Ceremonien, weidlich gelärmt und getanzt wird.

In der Curatie Mitschigg im Gailthale heisst eine Ortschaft „Tanz“. Dort sind die Verhältnisse ähnlich jenen auf der „Tratten“. In der Nähe stand auf einem Vorgebirge des Gailflusses ein Thurm, der „Heidenthurm“ genannt. Jetzt findet sich vom Thurme keine Spur mehr. Die Wenden sind aus dieser Gegend verschwunden, alles ist stille und traurig, es gibt keine Linde, keine Musik, keinen Tanz mehr. Protestanten traten an die Stelle, die heilige Capelle wurde aufgelassen und in einen Pferdestall umgewandelt. Nur die Namen des Ortes „Tanz“ und des „Heidenthurmes“ blieben als Denkmale alter Tage.

Im Pfarrorte Tröpelach (eigentlich ein wendischer Name, Dobropolach, Gutenfeld, wie eine Urkunde aus dem Jahre 1288 sagt) stand noch vor ein paar Jahren eine vielästige, uralte Linde, von welcher nördlich, aber ganz nahe, eine Art Mensa wie vor einem Altare stand. Diese Mensa war gemauert und mit einer grossen Steinplatte überdeckt. Ursprünglich mögen die Slaven, welche eigentlich das ganze Gailthal inne hatten, auf dieser Mensa ihre Libationen gefeiert haben. Nun waren diese Linde und die Mensa immerhin ein Gegenstand mannigfaltiger Reflexionen. Da fiel es einem sonderlichen Kopf ein, die Linde könnte umfallen, und ein Nachbarhaus eindrücken; was zur Folge hatte, dass eines schönen Abends an den Bürgermeister der Befehl erging, die Linde ohne weiteres umzuhauen. Gesagt, gethan, und das Gailthal war um ein Denkmal aus uralter Zeit ärmer.

In der Pfarre Hermagor befindet sich die sehr alte Filiale Radnik, ehemals eine wendische Ansiedelung, wofür die meisten Realitätennamen ein Zeugniss ablegen. Auch hier war der Naturcultus einheimisch, und seit Thassilo's Zeiten, der das Heidenthum in Kärnthen angriff, erhielt sich noch der Name des dortigen Zauberers. Bei einem, auf einem Bühel stehenden, sicher an tausend Jahre alten Hause, heisst es noch jetzt beim „Tscharra“. Und Čare heisst im slovenischen: Zauberer, Hexenmeister, Schwarzkünstler. Der Besitzer ist jetzt Protestant. Das Merkwürdigste aber bleibt, dass der gegenwärtige „Tscharra“ bei den Hochzeiten und

Beerdigungen die hier üblichen Bettelpredigten hält; ein langer, stattlicher Mensch und von einem überspannten Temperamente.

Demgemäss hat also das Gailthal doch einige Erinnerungen aus heidnischer Zeit bewahrt, welchen nicht der Vorwurf von phantastischen Einbildungen gemacht werden kann, und welche von einem fleissigen Forscher noch weitläufiger aufgedeckt werden könnten.

B. Aus dem Mittelalter.

Mit schwerem Herzen nehme ich von der alten Zeit Abschied, indem ich glaube, dass alle die vielen Burgen und Kirchen des Unter- und Obergailthales mit ihren Grundlagen noch tief im grauen Alterthume haften. Allein Mangel an Quellen, an denen besonders unser Thal leidet, indem durch Feuer, durch Türken und Christen viele der Stiftungsurkunden verloren gingen, verhindert jede Feststellung. Dieser Mangel an Quellen bemüssiget mich auch in eine Zeit überzutreten, wo es bereits etwas heller und lichter wird.

Die besterhaltene Burgruine des ganzen Gailthales ist die von Khünburg, unweit des Dorfes Untervellach bei Hermagor, mit ihrem kühnen Wartthurme hoch in die Lüfte ragend, und Blitz und Sturm mit fester Stirn herausfordernd. Diese Khünburg ist unser Leuchtthurm, der uns aus dem Wäldermeere in den sichern Hafen führt.

Es war Kaiser Heinrich II., der Heilige, der Gemahl Kunigundens, welcher im Jahre 1006 das Bisthum Bamberg gründete. Zu diesem Bisthume gehörten in Kärnthen mehrere Städte, Märkte, Ortschaften und Herrschaften, u. a. Arnoldstein und unsere Khünburg. Die Bischöfe von Bamberg sind gegen Bauten nicht gleichgiltig gewesen. Sie restaurirten nicht etwa blos, sondern es entstanden neue Kirchen unter ihnen, welche theilweise den Namen der kaiserlichen Stifter zum ewigen Zeugnisse des Ursprunges erhielten. In der Nähe vom Schlosse Khünburg entstanden, rechts und links des Gailflusses, zwei Kirchen auf schönen, weithin schauenden Hügeln; jene am linken Gailufer zu Götschach, ist dem heiligen Kaiser Heinrich, und jene am rechten Ufer zu Nampolach, ist der heiligen Kaiserin Kunigunde geweiht. Als ein Beweis des civilisatorischen Eifers der Bamberger wird angeführt, dass zu Bleiberg - Gorunth, nahe am Gailthale, welches Thal auch zu Bamberg gehörte, eine Kirche gebaut wurde, die ebenfalls dem Kaiser Heinrich gewidmet ward. An der Filiale Obervellach, bei Hermagor, besteht eine Messenstiftung mit der Widmung: „Für einen Fürstbischof von Bamberg". Der Name wird leider nicht angegeben.

Durch die Inhaber von Khünburg und Arnoldstein hat im ganzen Gailthal in kirchlicher Beziehung um so gewisser und bestimmter eine neue Aera begonnen, als im Jahre 1107 Fürstbischof Otto von Bamberg die Feste Arnoldstein brach und auf dem verwüsteten Felsen eine Benedictiner-Abtei errichtete, deren Äbte Jahrhunderte hindurch Erzpriester oder Dechante über das ganze Gailthal wurden.

Die Baudenkmale des Gailthales nahmen in der Folge nachstehenden Ausgang.

Die Erfindung des Pulvers, schwere Regiekosten, Abschaffung des Faustrechtes, der dreissigjährige Krieg, die Türkeneinfälle, das Aussterben der Adelsgeschlechter, schlechte Bewirthschaftung durch fremde Beamte und, wie wir von Khünberg und Khünegg etc. wissen, das Missrathen der Söhne, endlich andere Zeitereignisse brachten die alten Burgen in Verfall. Am Fusse derselben wurden bequemere Wohnsitze hergestellt, und die schönen Gebilde oben auf den Felsenstirnen wurden dem Verfalle überlassen. Das spätere Mittelalter war also für die weltlichen Baudenkmale des Gailthales verhängnissvoll und wirkte so gewaltig, dass keine Restauration zu hoffen ist, die auch nur eine Burgruine zu neuem Leben erwecken würde. Vielmehr munkelt man unter dem Volke, dass den zerstörten Burgen binnen wenigen Jahren noch einige, kaum mehr erkennbare Überreste folgen werden.

Dagegen nehmen bürgerliche Baudenkmale im Gailthale einen Aufschwung. Die Phantasie des Volkes ist durch illustrirte Blätter, Eisenbahnen und theilweise durch Correspondenten für Baudenkmale erwärmt worden. Und indem fast keine Kirche des Gailthales mehr ist, welche nicht eine oder mehrere neue Schönheiten zeigen würde, so geht das Publicum von seinen Andachten aufgeweckter heim und fängt an, bei seinen Realitäten ähnliche Verbesserungen in Angriff zu nehmen.

Was die kirchlichen Baudenkmale des Gailthales anbelangt, diene zur Wissenschaft, dass ursprünglich alle hiesigen Kirchen klein waren. Aber alle diese Kirchen, wovon einige noch in unverfälschter Ursprünglichkeit sich erhielten, z. B. St. Maria in Graben, St. Magdalena zu Untervellach, St. Stephan an der Gail und St. Martin zu Kirchbach, wurden mit einer Feinheit und Splendidität ausgestattet, welche auf Kunstgefühl und Opferwilligkeit zurückführen.

Auch wird es interessiren zu wissen, dass das untere und obere Gailthal, wie in vielen Punkten, so im Style der Kirchenbauten e diametro sich von einander unterscheiden. Im unteren Gailthale ist der gothische Styl, im oberen der byzantinische Styl repräsentirt. Im Untergailthale sieht man Spitzthürme, Fenster und Thüren mit Spitzbogen u. s. w., im Obergailthale findet man, in Weidegg, in Kirchbach, St. Daniel, Mauthen u. s. w. Thürme mit Kuppeln, die Fenstergiebel und Thore mit dreiblättrigem Kleeblatte. Hier waren italienische, dort deutsche Werkmeister verwendet worden. Nur einzelne Ausnahmen im Obergailthale griffen zum gothischen Style über, z. B. ist die imposante Frauenkirche zu Kötschach, dann jene zu Liesing durch und durch gothisch. Hingegen lies sich das untere Gailthal weniger zum Byzantinismus hinführen; Vorderberg's und Mitschigg's Kirchthurm, so wie jener zu Feistritz an der Gail sind jedoch wieder mit Kuppeln zu sehen, eine Manier, welche im benachbarten Krain so sehr beliebt ist.

Nachdem das Wendenthum im Gailthale noch immer eine grosse Rolle spielt, liesse sich fragen, ob diese Nation auch einen eigenen Baustyl habe, oder ob sie sich in dieser Beziehung mit der deutschen oder italienischen Manier amalgamirte?

Der Wende liebt den Flitter, helle rothe und gelbe und bunte Farben; auf Altären und Lustern viele Blumensträusse und Bänder; ihm gefallen in Musik und Gesang hohe Töne und ein wirbelnder schwingender Vortrag. Bei Kirchenbauten ist er nachlässig. Daher baut er einfache Thürme und lässt das Dach naturfarben, damit es wohlfeiler ist und die Eindachung hält.

Als sich jedoch mit der Zeit das Christenthum und die Population mehr ausgebreitet hatten und die primitiven Kirchen zu enge wurden, trat im Gailthale jene bedauerliche Knickerei ein, welche man leider wohl auch anderwärts findet. Meistens wurde die kirchlich bekannte Laube oder der Vorhof als Sündenbock hergenommen, die Kirche höchst prosaisch verlängert und dann noch eine Vorlaube angesetzt, oder es wurde eine Seitencapelle ausgebrochen, ein paar Fenster wurden neu, oft ohne Symmetrie angebracht und alte Fenster vermauert. Dergestalt sind einige Filialen und Pfarrkirchen des Gailthales schon elend zugerichtet worden. Am meisten fällt dieses Ersparungssystem bei der Pfarrkirche zu Grafendorf im Obergailthale auf, wo die neue Capelle grösser ist als die alte Kirche sammt dem Hochaltar. Beinahe berühmt in dieser Art kann man aber die Filialkirche Steven oder St. Stephan, Propstei in der Pfarre St. Stephan an der Gail, nennen. Diese Kirche ist schon dreimal angestückt worden, aber aus Mangel an Raum musste man schneckenartig bauen. Tritt man in diese Kirche, so kommt man in eine Art Vorgemach, ohne aber den Hochaltar zu sehen. Über einige Stufen geht man in die zweite Kirche, und dann in die dritte, wo man erst den Hochaltar gewahrt.

Bedauerlich ist es, wenn das Element des Wassers Kirchen bedroht. So ist die imposante Kirche zu Kötschach wegen Wassergefahr von aussen schon so hoch verschüttet, dass man über mehrere Stufen zum Eingangsthor hinuntergehen muss[1]. Die inneren Theile sind jedoch erhalten. Trauriger kam die Kirche in Rattendorf weg. Nach Jahrhunderte langen Versandungen von aussen, fing bei längerer Regenzeit das Wasser an in der Kirche hoch aufzusteigen, und der Fussboden musste über einen Schuh hoch angeschüttet werden, wodurch das Höhenmass stark alterirt wurde. Die einzige Kirche zu Kirchbach steht in reinem byzantinischen Style unverändert da. Sie hat im Innern gute Fresken, aussen sind die Felder an Kirche und Thurm roth, die Rahmen weiss. Diese Manier der äusseren Ausstattung war einst sehr im Gebrauch, denn die zwei vom selben Baumeister, dessen Name mir aber unbekannt ist, erbauten Kuppelkirchen zu St. Peter in der Perau bei Villach und zu St. Peter in Laibach sind auf gleiche Weise getüncht. Auch die Kirche in Kirchbach ist eine Kuppelkirche. Sie steht beinahe in der Mitte des ganzen Gailthales und präsentirt sich gegen Osten wie gegen Westen in gleich schöner Weise.

Die traurigste Epoche für die Baudenkmale des Gailthales war jedoch, wie schon angedeutet, die Zeit der Reformation; denn das ganze Thal fiel alsbald von der kunstfördernden katholischen Kirche ab; selbst der Abt und Erzpriester von Arnoldstein wurde von dem Treiben der Zeit ergriffen. In dem XVII. Jahrhunderte treten uns aber plötzlich zahlreiche Restaurationen, ja sogar Neubauten von Filialen vor Augen. Denn nachdem Kaiser Ferdinand II. im Jahre 1600 zu Kötschach, St. Daniel, Grafendorf, Rattendorf, Kirchbach, Hermagor, St. Stephan an der Gail, St. Georgen vor dem Bleiberge u. s. w. den katholischen Gottesdienst wieder eingeführt hatte, fing man an einzusehen, dass man bisher eine Winterperiode durchgekämpft habe. Demzufolge findet man auch am Plafonde des Presbyteriums zu Untervellach folgende Aufschrift:

„Im Jahre 1613 ist dieser Chor ausgemahlt und verneuert worden. Dieser Zeit ist der ehrwürdige und geistliche, auch wohlgelehrte Herr Joannes Knipffenberger, Pfarrer gebest alhir."

Auf der anderen Seite wird ein Pfleger der Herrschaft Grünburg genannt. Was es mit dem Pfarrer Knipffenberger für ein Bewandtniss habe, ist unbekannt, indem die Urkunden der Pfarre Hermagor nur bis zum Jahre 1719 zurückgreifen.

Die Filiale Radnig wurde in den Jahren 1616 und 1670 erneuert. Am Guggenberge, ober Hermagor, erbaute im Jahre 1685 ein reicher Bauer, Ulrich Guggenberger, auf eigene Unkosten ein Kirchlein, verschaffte ihm die Messlicenz und dotirte es mit einem Antheil des Erbes seiner Kinder. Auf der Ebene zwischen Untervellach und Hermagor stiftete der Marktrichter zu Hermagor, Kaspar Pregel, die Filialkirche St. Trinitas, wie folgende ober dem Hochaltare befindliche Inschrift anzeigt:

[1] Siehe den vorigen Aufsatz Seite 118, Zeile 8 von unten.

1686.
In honorem S. S. Trinitatis,
B. V. Mariae ac S. Antonii de
Padua, nec non pro Christiana
devotione hoc templum cum
summo Altare fundavit et
aedificavit Dominus Casperus
Pregel (Ad Sanctum Hermagorum).

Diese Kirche ist das jüngste Gotteshaus des Gailthales.

gez. u. lith. v. H. Baitermayer

Druck aus der k. k. Hof u. Staatsdruckerei in Wien 1864

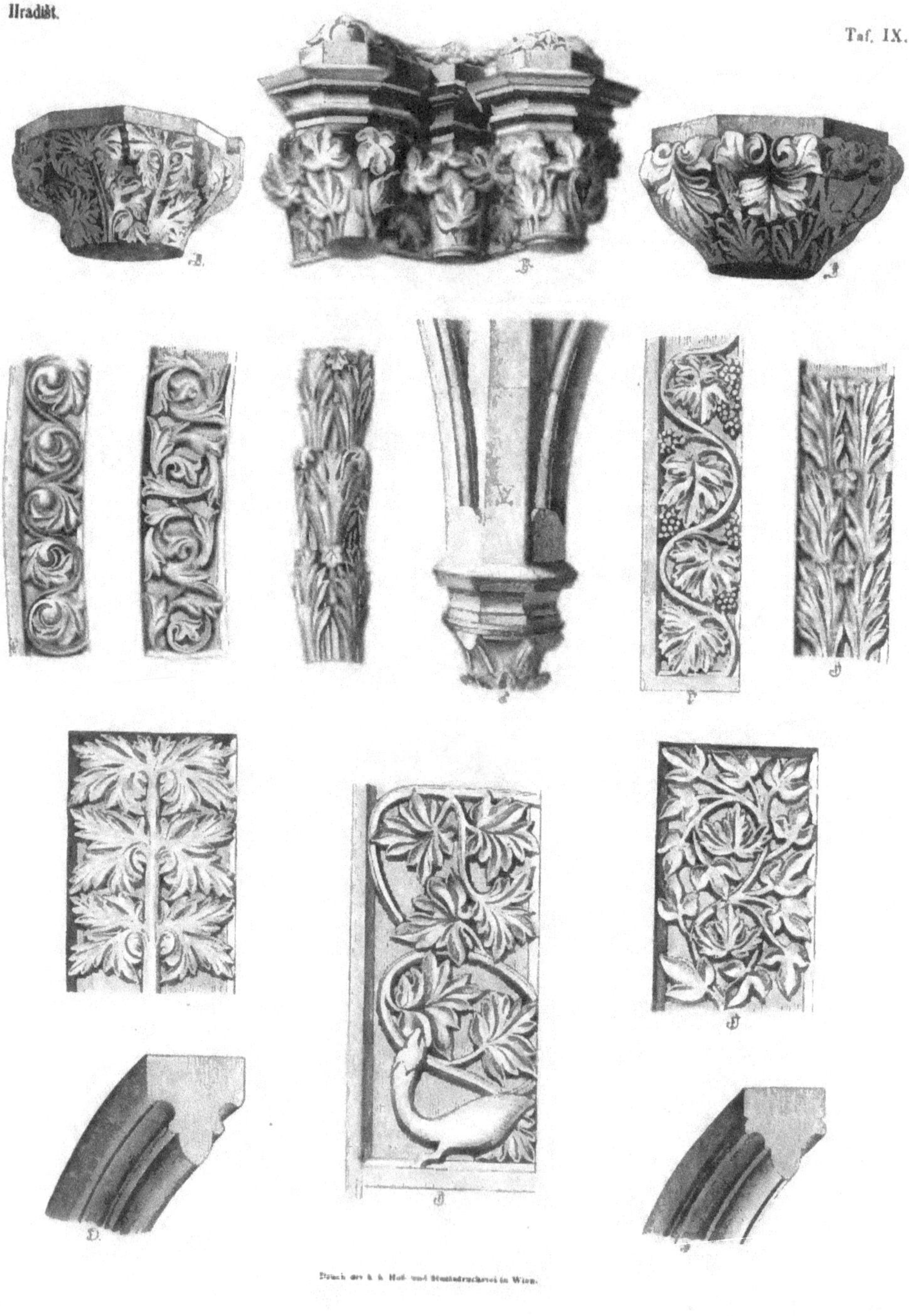

Druck der k. k. Hof- und Staatsdruckerei in Wien.

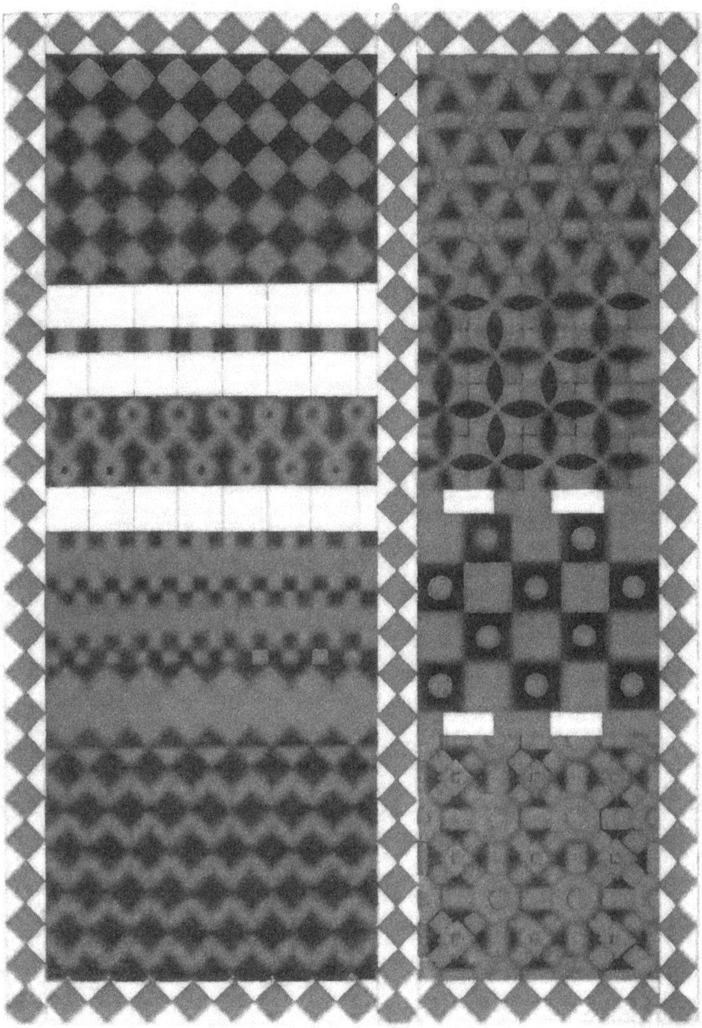

Druck der k. k. Hof u. Staatsdruckerei in Wien

Die Baureste der Cistercienserkirche Hradišt

bei Münchengrätz.

Von J. E. Wocel.

Zwei Meilen nördlich von der Kreisstadt Jungbunzlau liegt am linken Ufer der Iser die Stadt Münchengrätz mit dem grossartigen gräflich Waldstein'schen Schlosse, dessen langgestreckte Façade dem Reisenden schon aus weiter Ferne entgegen schimmert. In diesem Schlosse fand im Jahre 1832 die bekannte Zusammenkunft Kaiser Franz I. mit dem Czar von Russland statt; und wenn wir noch erwähnen, dass in der St. Annakirche dieses Ortes die Reste des hochstrebenden Friedländer-Herzog Albrecht von Waldstein ruhen, so haben wir die historischen Denkwürdigkeiten dieses friedlichen Landstädtchens ziemlich vollständig angeführt. Dass in der Nähe von Münchengrätz sich noch andere, in geschichtlicher und kunsthistorischer Beziehung interessante Alterthumsreste bergen, war bis jetzt den wenigsten Besuchern dieser Gegend bekannt. Es sind dies die Überreste der Kirche der ehemaligen Cistercienserabtei Hradišt (Gredis, Gradis), deren Name späterhin auf die nahe liegende, zu den ehemaligen Besitzungen jener Abtei gehörige Ortschaft Münchengrätz (Gradist monachorum) übergangen ist. Den Wanderer, der von Münchengrätz aus seine Schritte nach den Trümmern der Abteikirche lenkt, führt ein anmuthiger Weg hinab ins Iserthal, und nachdem er die Brücke, die sich über die Iser spannt, überschritten, steigt er zwischen Obstbäumen, welche die anmuthige, von lang gestreckten Hügeln umschlossene Wiesenflur umsäumen, allmählich empor zu der Anhöhe, auf welcher das Dorf Kloster gelagert ist. Der erste Gegenstand, der beim Eintritte in das Dorf die Aufmerksamkeit fesselt, ist die im spätgothischen Style erbaute Kirche, deren Thurm schon von der Ferne dem Besucher entgegenwinkte. Einige Schritte weiter, und sein Blick wird durch einen Gegenstand angezogen, der sich hier, unter den ländlichen Wohnungen und den modernen Wirthschaftsgebäuden, in seiner monumentalen Grösse, gleich einem erratischen Blocke der fernen Vorzeit, auf der Feldflur überraschend darstellt. Es ist das Portal der ehemaligen Klosterkirche, das, aus der Umfassungsmauer des zerstörten Gotteshauses hervertretend, den Alterthumsforscher mit eigenthümlichen Zauber an sich zieht. Aus der reichen, kunstvollen Ornamentik dieses Portals weht ein Hauch der Erinnerung an die hoch entwickelte Kunstthätigkeit vergangener Jahrhunderte, und fordert den Wanderer auf, bei dieser in Stein gemeisselten Urkunde der Vorzeit zu verweilen und den sinnenden Blick jener Kunstepoche des Vaterlandes zuzuwenden, die durch einen Zeitraum von fast siebenhundert Jahren von der Gegenwart getrennt ist.

Das Dorf Kloster ist auf dem abgeflachten Gipfel einer felsigen Anhöhe gelagert, die aus dem Thale, welches vor Zeiten höchst wahrscheinlich die Iser durchströmte, sich emporhebend, blos auf der Nordseite mit der Ebene zusammenhängt. Es ist eine vorspringende Bergzunge, dergleichen insbesondere die Slaven zur Anlage ihrer Burgen mit Vorliebe zu wählen pflegten. Eine weite, herrliche Aussicht eröffnet sich von diesem Punkte. In dem freundlichen, am Fusse der Anhöhe hingedehnten Thale leuchtet der blaue Spiegel der Iser, an deren Ufer die Stadt Münchengrätz sich erhebt; im Hintergrunde der Stadt gewahrt man den Basaltberg „Mušky“, an den sich die Sandsteinfelsen anschliessen, welche die Ruine Valečov tragen; vom linken Iserufer ragt in geringer Entfernung die Ruine Zasadka herüber, und weiterhin gegen Norden dämmern die blauen Gipfel des Ješkengebirges. In südlicher Ferne erheben sich die „Holé vrchy“ und der „Chlomek“, welche die Jungbunzlauer Ebene von dem südlichen, gegen die Elbe abfallenden Flachlande scheiden; am äussersten östlichen Horizonte tauchen die Kuppen des Riesengebirges und weiterhin der Kamm des Isergebirges empor; dem Auge näher gerückt, steigt der Kozakov empor, in dessen Nähe die Stadt Turnau sichtbar wird. Dass auf dieser, die weite Umgegend dominirenden Stelle bereits in ferner Vorzeit eine Burg sich erhob, wird nicht blos durch den Namen „hradiště“ (Burgstelle), sondern auch dadurch bestätigt, dass in alten Urkunden der Name des Hradišter Decanats vorkommt; und da die Eintheilung in Decanate der viel älteren Eintheilung des Landes in Župen entsprach, so kann kein Zweifel darüber obwalten, dass unser Hradišt die Stelle bezeichnet, wo vor Zeiten eine Župenburg, der Hauptort eines zum Territorium der vorderen Charvaten gehörigen Gaues, stand[1]. Die Castellane (Župané) dieses Gaues waren ohne Zweifel die Markvartice, die Gründer und freigebigen Donatoren des Klosters Hradišt, weil nach dem Zeugnisse der Urkunden die Besitzungen dieses mächtigen altböhmischen Geschlechtes sich über einen ansehnlichen Theil dieser Župa erstreckten.

Über das Kloster Hradišt (Gredis, Gradis, Gradišt) enthalten die Geschichtsquellen nur sehr spärliche Nachrichten, weil dessen Archiv in den Flammen des Hussitenkrieges aufging; über die Baugeschichte des Klosters und der Kirche gewähren die historischen Quellen gar keine Kunde.

Paprocký berichtet, Hermann von Ralsko habe aus dem Kloster Hradišt die Benedictinermönche vertrieben und im Jahre 1054 an ihrer Stelle die Cistercienser eingeführt. Diese Zeitangabe ist offenbar eine irrige; denn das erste Cistercienserkloster (Citeaux in Frankreich) wurde bekanntlich erst im Jahre 1098 gegründet; hingegen schöpfte Palacký aus den Annalen des, im Jahre 1145 gegründeten Cistercienserklosters Plass die Nachricht, der zweite Abt dieses Klosters, Meinher, habe im Jahre 1177 Cisterciensermönche aus Plass in das Kloster Hradišt eingeführt; weil nun um eben diese Zeit Hermann von Ralsko, der Sohn Markwart's, von dem das gesammte Geschlecht der Herren von Michalovič, Lemberg, Zvířetic, Wartenberg und Waldstein in Böhmen abstammt, Oberstkämmerer Soběslav's II. gewesen, so können wir die, von Paprocký aus den Aufzeichnungen des Turnauer Klosters entlehnte Nachricht, dass Hermann von Ralsko die Cistercienser in den Besitz des Klosters Hradišt eingesetzt habe, immerhin als eine richtige ansehen, wobei nur, dem Plasser Documente entsprechend, die Einführung derselben auf das Jahr 1177 zu setzen wäre[2]. Die Übergabe eines ursprünglich für Benedictiner gegründeten Klosters an einen andern Mönchsorden ist ein im XII. Jahrhunderte nicht ungewöhnlicher Vorfall, indem auch andere Benedictinerklöster in Böhmen und Mähren theils in Prämonstratenserklöster, wie Strahow, Leitomischl, Seelau und Hradišt bei Olmütz, theils in Cistercienserordenshäuser, wie unser Gredis, umgewandelt wurden.

[1] Vergl. Tomek's Abhandlung über die Župeneintheilung Böhmens. Časop. č. Mus. 1839, pag. 193. — [2] Pal. Dějiny nar. č. I, 2. pag. 360.

Der Cistercienserorden war bekanntlich eine auf strengerem und thätigerem Leben beruhende Reformation des Benedictinerordens, eben so wie die vom heiligen Norbert vorgenommene Reformation der Chorherren des heiligen Augustinus auf einer ähnlichen Sittenstrenge beruhte. Jene alte Nachricht, dass Hermann von Ralsko die Benedictiner aus Gradec vertrieben und an ihrer Stelle die Cistercienser eingeführt habe, mochte in der gelockerten Lebensweise der Benedictiner zu Hradišt, hauptsächlich aber in des heiligen Bernhard begeisternder Anempfehlung des neuen zu Citeaux gegründeten Ordens ihren Grund gehabt haben. Aus der Untersuchung der Baureste der Kirche zu Hradišt geht aber hervor, dass die Anlage derselben vollkommen den Bauregeln entsprach, welche sich in den meisten vorhandenen Cistercienserkirchen darstellen und dass daselbst kein Merkmal eines ältern Baues wahrgenommen wird, woraus geschlossen werden muss, dass der gesammte Kirchenbau in jener Zeit ausgeführt wurde, wo bereits der Cistercienserorden daselbst eingeführt war.

Hermann von Ralsko war, wie gesagt, ein Sohn Markwarts; der Sohn Hermann's war Beneš (Benedict), jener Beneš Hermanóv, den die Königinhofer Handschrift als den Befreier des Vaterlandes preiset[1].

Der erste Abt von Hradišt, dessen Name in gleichzeitigen Urkunden vorkommt, ist Theodorich.

Thidricus, abbas de Gradis, erscheint als Zeuge in einer Urkunde vom Jahre 1184, laut welcher Herzog Friedrich von Böhmen den Austausch einiger Güter zwischen Hermann, dem Sohne Wilhelm's, und den Ordensbrüdern zu Plass genehmigt[2]. Ferner kommt Theodoricus abbas de Gradis als Zeuge in einem Documente vor, in welchem Herzog Friedrich dem Johanniterorden den Güterbesitz in Böhmen bestätigt und vermehrt[3]. Eben derselbe wird als Zeuge in einer Urkunde vom Jahre 1188 genannt, durch welche dieser Herzog die Güterschenkung des Hroznata an den Johanniterorden bestätigt[4]; und endlich finden wir den Abt von Gredis, Tidericus, in der, auf dieselbe Schenkung sich beziehenden Bestätigungsurkunde des Herzogs Otto vom Jahre 1189[5]. Da die erste urkundliche Erwähnung des Abtes Theodorich nur sieben Jahre später geschieht, als die Einführung der Cistercienser in Hradišt stattgefunden, so

[1] Die Dichtung „Beneš Hermanóv“ schildert den Raubzug der Sachsen in Böhmen, den Dietrich, Markgraf von Meissen, im Jahre 1203 in Abwesenheit des Königs Přemysl Otakar I. unternommen, um an dem Könige, der seine Gattin Adele, eine Schwester des Markgrafen, verstossen hatte, Rache zu üben; Beneš, der Sohn Hermann's, rief aber die Mannschaft des Gaues zu den Waffen und schlug die eingedrungenen Sachsen in die Flucht. Man war bisher der Meinung, dass Beneš Hermanóv identisch sei mit dem in gleichzeitigen Urkunden vorkommenden Beneš, Castellan von Budisin (Bautzen); meine aus Veranlassung des gegenwärtigen Aufsatzes vorgenommenen Forschungen führten aber zu einem anderen Resultate. Beneš Hermanni filius (Beneš Hermanóv) erscheint als Zeuge in der Gründungsurkunde des Plasser Klosters vom Jahre 1197 (Erb. Reg. 191), sodann in Urkunden von den Jahren 1199, 1211 (Erb. Reg. 201, 243); häufiger noch kommt Beness filius Hermanni cum fratre suo Marcquardo in gleichzeitigen Urkunden als Zeuge vor (Erb. Reg. pag. 195, 265, 275, 292 u. s. w. bis zum Jahre 1228, Reg. pag. 346). Nun wird aber in einer, im k. k. Wiener Hofarchive bewahrten Urkunde vom Jahre 1219 (Erb. Reg. pag. 287) erklärt, dass Beneš, Burggraf von Budisin (Beness burgravius Budisensis), einem verarmten Edelmann, der sein Gut dem Plasser Kloster um den Betrag von 100 Mark verkauft hatte, nachträglich noch 5 Mark im Namen des Klosters ausgezahlt habe. Unter den Zeugen werden nun Beness et Marquardus frater ejus angeführt. Dieser Beness ist allerdings jener Benessius Hermanni filius et Marquardi frater, aber jedenfalls eine von dem gleichnamigen Burggrafen von Budissin verschiedene Person, weil dieser, eben so wie der Plasser Abt Henricus und der verarmte Junker Záviš, als Partei in der Streitsache erscheint, und daher unter den Zeugen (subnotatis testibus, qui huic facto interfuerunt) unmöglich angeführt werden kann. Daraus ergibt sich, dass Beneš Hermanóv nicht Burggraf oder Castellan von Budisin, sondern ein Markvartice gewesen sei. Als der Mächtigste, und als Župan des Hradišter Gaues, war er daher durch seine Stellung berufen, das Volk zur Abwehr des feindlichen Einfalls zu versammeln und anzuführen. Im Jahre 1817, als die Königinhofer Handschrift entdeckt wurde, waren jene Urkunden gar nicht bekannt und niemand hatte damals eine Ahnung von der historischen Existenz eines Beneš Hermanóv, dessen genealogisches Verhältniss erst durch die, in neuerer Zeit erschienenen Regesten Böhmens festgestellt und demgemäss sein entschiedenes Auftreten in jenem Kampfe motivirt werden konnte. — [2] Erb. Reg. pag. 171. — [3] Erb. Reg. pag. 173. — [4] Erb. Reg. pag. 181. — [5] Erb. Reg. pag. 183.

kann immerhin angenommen werden, dass Theodoricus der erste Abt der zu Gredis neu gegründeten Klostergemeinde gewesen sei.

In der Urkunde Přemysl Otakar's I. vom Jahre 1221, in welcher die Privilegien der Pragerkirche erneuert und bestätigt werden, kommen in der langen Reihe der hohen geistlichen Würdenträger, welche in jenem wichtigen Documente als Zeugen angeführt werden, zwei Äbte von Gradišt vor, und zwar Joannes, abbas de Gradist, und Bonifacius, abbas de Gradist[1]. Es unterliegt keinem Zweifel, dass Johannes als der Abt unseres Gradišt monachorum zu bezeichnen ist, während Bonifacius als der Abt des Klosters Hradišt bei Olmütz erscheint; die Reihe der Zeugen jener Urkunde eröffnen nämlich die Bischöfe von Olmütz, Weitra und Breslau, ferner Leopold, Herzog von Österreich, und der Graf Hardeg; sodann folgen die Äbte der böhmischen Klöster Braunau, Wilimow, Ostrow, Hradišt (Joannes), Strahow, Milewsk, Seelau und Leitomischl, an diese schliessen sich die Äbte der mährischen Klöster Hradišt (Bonifacius) und Luka an, und endlich wurden die Äbte der österreichischen Klöster Heiligenkreuz, Klosterneuburg, Göttweih, Lilienfeld, Zwettel, und schliesslich andere, zumeist weltliche Zeugen angeführt.

Der nächste in den Urkunden genannte Abt von Hradišt ist Henricus. Derselbe wird als abbas Gradicensis unter den Zeugen der Confirmationsurkunde angeführt, durch welche Přemysl Otakar die Schenkung des Romanus von Teinic dem Plasserkloster bestätigt[2]. Diese Confirmationsurkunde wurde im Jahre 1230, also blos neun Jahre später als die Urkunde der Pragerkirche, in welcher der Abt Joannes als Zeuge vorkommt, ausgestellt; daher mit grosser Wahrscheinlichkeit angenommen werden kann, dass Heinrich der unmittelbare Nachfolger des Joannes in der Abtswürde gewesen sei. In dem, von König Wenzel dem Kloster Velehrad bestätigten Privilegium erscheint Rivinus, Abt von Hradišt, zugleich mit Henricus, dem Abte des Klosters Plass als Zeuge[3]. Da zur selben Zeit die Urkunden den Gerlacus als Abt des mährischen Klosters Hradišt bezeichnen, so muss Rivinus nothwendigerweise unter die Äbte des böhmischen Klosters Hradišt eingereiht werden.

In einer Urkunde vom Jahre 1250, durch welche das Olmützer Domcapitel das Dorf Prethoca (Přitoky bei Kuttenberg) dem Kloster Sedlec käuflich abtritt, kommt unter den Zeugen Modlik, abbas von Hradisch, und zwar in folgender Reihenfolge vor: Testes huius rei sunt: Henricus, abbas de Plaz; Vinandus, abbas de Ozzec; Bertholdus, abbas de Pomuk; Modlic, abbas de Hradisch; Paulus, abbas de Velegrad etc.[4]. Durch diese Angabe wird nicht sicher gestellt, ob Modlik als Abt des Klosters Hradišt in Böhmen oder des mährischen Klosters gleichen Namens angeführt erscheint, d. h. ob sein Name die Reihe der böhmischen, daselbst verzeichneten Äbte von Plass, Ossek, Nepomuk und Hradišt schliesst, oder die Reihe der darauf folgenden kirchlichen Würdenträger Mährens, d. i. der Äbte von Hradišt bei Olmütz, von Velehrad, Znaim u. s. w. anfange. Da jedoch gleichzeitige Urkunden einen Abt Rupertus zu Hradišt bei Olmütz nennen, so kann kein Zweifel darüber obwalten, dass Modlik im Jahre 1250 dem böhmischen Kloster Hradišt als Abt vorgestanden habe[5].

Die Nachkommen des Stifters der Cistercienserabtei Hradišt, des Markwartic (Markwart's Sohn) Hermann von Ralsko, waren die Herren der, an die Besitzungen der Abtei angrenzenden Güter. Markwart's Enkel hatten sich in mehrere Aeste gesondert, welche nach den Burgen Zvířetic, Wartenberg, Turnau, Michalovič, Lemberg und Waldstein genannt wurden. Der Sage nach erbaute

[1] Erb. Reg. pag. 300. — [2] Erb. Reg. pag. 357. — [3] Erb. Reg. pag. 365. — [4] Erb. Reg. pag. 578. — [5] Da im Index zu Erb. Reg. pag. 734 alle hier angeführten Äbte unseres Klosters Hradišt unter den Äbten des Prämonstratenserklosters Hradišt bei Olmütz verzeichnet erscheinen, so fühlte ich mich veranlasst aus der Reihe der letzteren die Äbte des böhmischen Cistercienserklosters Hradišt auszuscheiden und die Gründe einer solchen Ausscheidung anzugeben.

Gallus, ein Sohn des Hermann von Ralsko, die Burg Zvířetic, deren imposante Trümmer noch jetzt südlich von Münchengrätz am rechten Ufer der Iser emporragen, um einen festen Vertheidigungspunkt für das von seinem Vater gegründete Gotteshaus zu gewinnen[1]. Hermann und seine Nachkommen waren die Schirmvögte der Abtei Hradišt und das Kloster stand somit in nächster Beziehung zu diesem Zweige der mächtigen Markwartice. Wohl mochte ehemals das Archiv jenes Klosters zahlreiche schriftliche Documente dieser gegenseitigen Beziehung bewahrt und die Mauern seiner Kirche so manches Denkmal umschlossen haben, welches von der Pietät der Ahnen der Waldstein-Wartenberge Kunde gab; doch verwüstende Flammen, rohe Kriegerfäuste und der barbarische Stumpfsinn der späteren Geschlechter hat alle diese Erinnerungen vernichtet bis auf einen Grabstein, der gleichsam den Sargdeckel bildet, unter dem die Regesten jenes Klosters in ewiger Nacht begraben ruhen. Es ist die mächtige Grabplatte des Jenko von Wartenberg und Vesele, eines der bedeutendsten Sprossen der alten Markwartice, dessen bei der Schilderung der Baureste näher erwähnt werden soll.

Vom Jahre 1250 bis in die zweite Hälfte des XIV. Jahrhunderts enthalten die vorhandenen schriftlichen Quellen keine Andeutungen über das Kloster Hradišt, noch wird, in so weit mir bekannt, in den Documenten aus jener Periode irgend ein Abt jenes Klosters genannt. Nur ein aus den Trümmern der Kirche geretteter Grabstein bewahrt die Erinnerung an einen Abt Paulus, den die Grabschrift „vir patiens et mitis" nennt. Erst in einer Urkunde aus der Zeit Karl IV. (um das Jahr 1360) taucht der Name eines Abtes Předbor des „monasterii in Hradyscezi" auf, welcher die vom Kloster weit entlegenen Dörfer Boskov, Rostoky, Jeseni u. s. w. (nördlich von dem Städtchen Semil) gegen die näher gelegenen Güter des Hašek von Lemberg und Zvířetic, Rokyta und Krupka (Rokytai und Krupai, Dörfer nordwestlich von Münchengrätz) austauschte[2].

Einzelne Erinnerungen an das Kloster Hradišt tauchen in den Errichtungsbüchern (Libri erectionum) auf. So berichten dieselben (vol. I. D, 3) der Abt und das Convent des Cistercienserklosters in Gradis, habe im Jahre 1361 einen Vertrag mit dem Pleban zu Ossieck (Vosek) in Betreff des dem Kloster zu entrichtenden Zehents abgeschlossen. Ferner berichten die Lib. er. (t. I, F, 6), die Witwe des Hynek von Žleb, Agnes (aus dem Geschlechte der Wartenberge), habe zu Žleb (bei Čáslau) ein Spital zur Pflege der Armen im Jahre 1370 errichtet und weiterhin wird angeführt, die Erben der Agnes von Žleb, Markwart und Peter von Wartenberg, hätten sechs Ordensbrüder aus dem Kloster Hradišt nach Žleb berufen und denselben die Verwaltung und geistliche Obsorge jenes Spitals anvertraut. Die Errichtungsbücher (Lib. er. XIII, t. 1, 2, 3) erwähnen noch eines Abtes von Hradišt, Namens Nemogius, der im Jahre 1410 von der Prager Gemeinde eine Geldsumme als Darlehen empfangen hatte. Endlich finden wir in den, zur Sicherstellung des Grundbesitzes nach dem Hussitenkriege vorgenommenen Einschreibungen vom Jahre 1454 die Erwähnung, dass der Vater des Johann Čelák vom Abte Johann und dem Convente des Klosters Hradišt den Hof Badrý und das Dorf Lhota käuflich erworben habe[3]. Dieser Kauf musste kurz vor dem Ausbruche des Hussitenkrieges stattgefunden haben, weil 34 Jahre nach dem Untergange jenes Klosters der Sohn des Mannes, der jene Besitzungen vom Abte Johann erkaufte, sein Eigenthumsrecht auf dieselben vor der ständischen Commission nachzuweisen strebte. — Im Jahre 1419 brach der Sturm des furchtbaren Hussitenkrieges los. Gleichzeitige Quellen berichten, dass, aufgestachelt von dem aus Königgrätz vertriebenen Priester Ambros, eine grosse bewaffnete Volksschaar sich auf der Anhöhe Horeb im Königgrätzer Kreise versammelt hatte, und, angeführt von Hynek Krušina von Lichtenburk und Schrecken und Verwüstung rings verbreitend, in den Bunz-

[1] Heber's Burgen. 4. Theil, pag. 137. — [2] Diplomat. Waldst. Wartenb. Dobn. monum. I, 242. — [3] Pal. Archiv český. II, pag. 444.

lauer Kreis zog. Diese Horebitenschaar nahm, wie der Zeitgenosse Laurentius von Březové erzählt, das stark befestigte Kloster Hradišt bei Valečov mit Sturm ein (am 30. April 1420), und nachdem das Kloster geplündert und den Flammen preisgegeben worden, zogen die Schaaren nach Prag, wo sie am 2. Mai (die St. Sigismundi) unter Vorantritt der Priester mit dem Kelche und den Hymnen und Ehrenbezeigungen der Bevölkerung ihren feierlichen Einzug hielten[1].

An einem andern Orte versuchte ich nachzuweisen[2], dass die Berichte der Historiker über die Zerstörung der Klöster durch die Hussiten nicht in dem Sinne aufzufassen sind, als ob jene Fanatiker die Kloster- und Kirchengebäude völlig zerstört und demolirt, sondern dass sie nach der Plünderung und Verwüstung derselben das Holzwerk angezündet und dem verheerenden Elemente des Feuers preisgegeben hatten.

So berichtet über die Zerstörung des Klosters Mühlhausen Laurentius von Březové: „monasterium Milevsc diruunt et comburunt", und doch hat sich die Basilica desselben bis auf den heutigen Tag grossentheils in ihrem ursprünglichen Zustande erhalten; hingegen erwähnt derselbe Zeitgenosse der Verwüstung des Kloster Hradišt durch die Orebiten mit den Worten: „monasterium Hradišt — vi obtinent et bonis, quae intus erant direptis monasterioque ipso exusto, civitatem Pragensem intraverunt"[3]. L. von Březové spricht hier somit blos von einem Niederbrennen des Klosters und keineswegs, wie bei Mühlhausen, von einer Zerstörung der Klostergebäude. Dass an eine völlige Zerstörung dieser Bauten dabei nicht gedacht werden kann, ergibt sich überdies aus der überaus kurzen Zeit, innerhalb welcher das Werk der Verwüstung vollbracht worden war. Am 30. April wurde das stark befestigte Kloster mit Sturm eingenommen und am 2. Mai, also am zweiten Tag nach der Einnahme desselben, zogen die Verwüster bereits unter Jubelsängen in Prag ein. Die Haufen der Orebiten mussten somit bereits am 1. Mai, d. i. den Tag nach der Erstürmung des Klosters aufgebrochen sein, um am nächstfolgenden Tage in Prag im Triumphe aufziehen zu können.

Die Besitzungen des Klosters Hradišt fielen, ebenso wie die Güter der übrigen im Hussitenkriege zerstörten Klöster, der Krone anheim, und wurden vom Kaiser Siegmund und von den nachfolgenden Königen Böhmens verpfändet. Aus gleichzeitigen Urkunden entnehmen wir, dass König Georg von Poděbrad einen Theil der Hradišter Klostergüter, zu welchem zehn Dörfer gehörten, dem Obersthofmeister der Königin, Hynek von Waldstein verpfändete; dass aber dieser bereits im Jahre 1475 diesen Pfandbesitz dem Ojíř von Očedělic abtrat[4]. Aus einer Urkunde König Wladislaw's II. vom Jahre 1493 erhellt, dass ein anderer aus fünf Ortschaften bestehender Bestandtheil der Hradišter Güter von den Brüdern Burian und Georg von Dubé erworben ward; diesen Gütercomplex löste König Wladislaw wieder ein und verpfändete denselben um eine bedeutende Summe an die Brüder Johann und Bernhard von Waldstein[5]. Eine andere aus fünf Dörfern bestehende Parcelle wurde von König Georg an Johann von Wartenberg um die Summe von 300 Schock böhmische Groschen verpfändet, und ein dritter Güterantheil ging in den Pfandbesitz der Brüder Ctibor und Adam von Cimburg über[6]. Der bedeutendste Bestandtheil jener Güter, zu welchem auch das ehemalige Kloster gehörte, gelangte in den Pfandbesitz der Herren Berka von Dubé, und wurde von diesen bald darauf dem Čeněk von Barchov abgetreten, der diese Pfandgüter sodann der Gemeinde der Altstadt Prag verkaufte[7]. Von der Prager Gemeinde löste König Wladislaw im Jahre 1493 diesen Antheil um den Betrag von 2250 Schock bömische Groschen ein, um ihn bald darauf um eine viel grössere Summe den Brüdern Johann und Bernhard von Waldstein zu ver-

[1] Pal. Geschichte von Böhmen. III. 2. pag. 101. — [2] Die Kirche des Cistercienser Nonnenklostert „Porta coeli" zu Tišnovic. Jahrbuch der k. k. Central-Commission, III. — [3] L. de Brezové (unrichtig Brezina) in Höfler's Geschichtsschreibung der hussitischen Bewegung in Böhmen, pag. 358. — [4] Dipl. Waldst. Wart. Dobn. Monum. I, pag. 253. — [5] Dipl. Waldst. Wart. pag. 259. — [6] Dipl. Waldst. Wart. pag. 260. — [7] Dipl. Waldst. Wart. pag. 259.

pfänden[1]. Aus den, auf die Verpfändung der Hradišter Güter sich beziehenden Urkunden ersieht man zunächst, wie ausgedehnt und grossartig das Besitzthum des Klosters gewesen; jene Documente enthalten überdies die schlagendsten Beweise des egoistischen Verfahrens der Könige mit den Gütern der, im Hussitenkriege eingegangenen Klöster. Solche, durch die Kriegsfurie verwüsteten Besitzungen wurden anfangs um geringe Summen verpfändet, späterhin aber, als ihr Ertrag und Werth durch die Pfandinhaber gehoben ward, löste sie König Wladislaw „utpote dominus hereditarius, habens in hoc jus sufficiens“, wie er in der Urkunde vom Jahre 1493 sich ausdrückt, wieder ein, um dieselben für viel höhere Summen wieder zu verpfänden. Eine einfache zwar, aber ausgiebige Finanzoperation, um die Einnahmen der königlichen Kammer zu heben! —

Der Pfandbesitz des dem Johann von Waldstein gehörigen Antheils der Klostergüter wurde vom König Wladislaw II. durch ein Diplom vom Jahre 1496 bestätigt. Beachtenswerth ist die Stelle dieser Urkunde König Wladislaw's, in welcher angeordnet wird, dass diese Güter von niemand anderem als nur von dem Abte und dem Convente des Hradišter Klosters und zwar erst dann eingelöst werden dürfen, bis die Mönche das Kloster abermals bewohnen und den Gottesdienst daselbst abhalten würden[2].

Die Brüder Johann und Bernhard von Waldstein traten durch einen am 21. November 1512 abgeschlossenen Vergleich die Münchengrätzer Güter an Johann Svojanovský von Boskovic, Herrn auf Skal, ab, unter der Bedingung, dass, wenn Johann von Boskowic ohne männliche Nachkommen mit dem Tode abgehen sollte, die Güter wieder an die Herren von Waldstein zurückfallen, oder aber den letzteren von den Erben des Johann von Boskovic 5000 Schock böhmische Groschen ausgezahlt werden sollten[3]. In der That gelangten nach dem Tode des Svojanovský von Boskovic jene Güter wieder in den Besitz des Johann von Waldstein, der dieselben bald darauf im Jahre 1528 dem Johann von Wartenberg verkaufte. Im Texte der Urkunde vom 29. Juli 1530, in welcher Johann und Albert von Waldstein ihr Eigenthumsrecht auf jene Klostergüter dem Johann von Wartenberg abtreten[4], kommt die Stelle vor: „Omnia illa bona praenominata cum monasterio et omnibus literis et juribus praefatis dominis — cedere debeant“, aus welcher hervorzugehen scheint, dass damals das Kloster im bewohnbaren Zustande sich befunden habe, widrigenfalls es nicht, im Gegensatze zu den dazu gehörigen Ortschaften und Gütern, in der Cessionsurkunde ausdrücklich erwähnt worden wäre.

In Anbetracht der wichtigen Dienste, welche der Oberstburggraf Johann von Wartenberg auf Zvířetic und dessen Sohn Adam der Krone Böhmens geleistet, wies Ferdinand I. denselben auf den Münchengrätzer Gütern die Summe von 1400 Schock Prager Groschen an, dergestalt, dass ein jeder, der mit der Zeit diese Besitzungen wieder auslösen wollte, den Herren von Wartenberg, ausser den auf jenen Gütern bereits haftenden Pfandsummen, den obenerwähnten Geldbetrag zu erlegen verbunden sein sollte[5]. Erst in dem Gnadenbriefe Kaiser Ferdinand I. vom Jahre 1538 wird Hradišt als ein wüstes Kloster („desertum monasterium“) bezeichnet.

Adam von Wartenberg trat die Hradišter Güter an Kaiser Ferdinand I. ab und von diesem wurde ein Theil derselben im Jahre 1556 an Georg Labounský von Laboun, und ein anderer Bestandtheil dem Heinrich Zbřid von Velechov veräussert[6]. Georg Labounský war Procurator der böhmischen Landtafel und wurde im Jahre 1552 in den böhmischen Ritterstand erhoben.

[1] Dipl. Waldst. Wart. pag. 260. — [2] Es muss ausdrücklich bemerkt werden, dass die im Hussitenkriege zerstörten und eingegangenen Klöster durch keinen Landtagsbeschluss aufgehoben wurden; daher es in der Macht der geistlichen Corporationen lag, die Klostergüter von der Krone oder den Pfandbesitzern wieder einzulösen, wenn es ihnen nämlich gelang, die zur Auslösung derselben nothwendigen Geldsummen aufzutreiben, was allerdings in den damaligen politischen und confessionellen Verhältnissen des Landes kaum möglich war. — [3] Dipl. Waldst. Wart. pag. 276. — [4] Dipl. Waldst. Wart. pag. 277. — [5] Dipl. Waldst. Wart. pag. 286. — [6] Sommer, Königreich Böhmen, II. pag. 195.

Ihm und seinen Nachfolgern ward gestattet, dass sie sich „von Laboun" schreiben und sich eines Wappens bedienen dürfen, welches auf folgende Weise beschrieben wird: „Ein viergetheilter Schild. In zwei Feldern desselben zwei rothe mit weissen Binden gegürtete Ochsen, in den zwei übrigen Feldern zwei rothe Keulen im blauen Felde; über dem Helme der Wappendecke erscheint eine runde, geschachte Scheibe, von Pfauenaugen umgeben"[1]. Genau dasselbe Wappen stellt sich, in Stein gehauen, am Wartthurme des gegenwärtigen Schlosses zu Kloster Hradišt dar, woraus man schliessen muss, dass die Umwandlung des wüsten Klosters in ein Herrenhaus, zu jener Zeit stattgefunden habe, als sich die Familie Labounský im Besitze der Hradišter Klostergüter befand. Die gesammte Bauweise des gegenwärtigen Schlosses weist auf die Periode des Renaissancestyles hin und nur einzelne Pfeiler und Bogen im Erdgeschosse stellen sich als isolirte Reste des ursprünglichen Klosterbaues dar. Von dieser Zeit an war das auf den Grundmauern des alten Cistercienserstiftes aufgeführte Schloss der Wohnsitz der Eigenthümer der Herrschaft Münchengrätz, bis derselbe in das, in der Stadt Münchengrätz erbaute grossartige Schloss übertragen ward.

Georgs Labounský von Laboun Sohn Johann war ein eifriger Anhänger und Vertheidiger der böhmischen Brüder, ein Mann, der, wie Jar. Schaller schreibt, sich sowohl durch seine eigene Gelehrsamkeit, als auch durch eine thätige Unterstützung gelehrter Männer einen immerwährenden Ruhm bei der Nachwelt erworben hatte[2]. Nach dem Tode des Johann von Laboun gelangte der demselben gehörige Antheil der Münchengrätzer Besitzungen an dessen Töchter Magdalena und Kunigunde, welche jedoch diese Güter im Jahre 1612 dem Wenzel Budovec von Budova verkauften. Da bald darauf der von Heinrich Žibřid von Velechov erkaufte Antheil durch die Tochter des letzteren, die mit Christoph von Budova vermählt war, an die Familie Budovec überging, so gelangten sämmtliche Münchengrätzer Besitzungen in den Besitz des Wenzel Budovec von Budova. Unstreitig gehörte Wenzel von Budova zu den ausgezeichnetsten und gelehrtesten Männern seiner Zeit; er bereiste den grössten Theil von Europa und der asiatischen Türkei, und brachte mehrere Jahre im Dienste der kaiserlichen Gesandtschaft in Constantinopel zu. Bei seiner Rückkehr nach Böhmen trat er in den Staatsdienst, ward Geheimrath Rudolf's II. und Kaisers Mathias und Director des utraquistischen Conciliums. Mehrere Werke, die er schrieb, unter welchen der Antialkoran (in böhmischer Sprache) das Bedeutendste ist, sind sprechende Beweise seiner wissenschaftlichen Bildung. „Patriae decus eximium, subditorum non dominus sed pater" nennt ihn Raph. Ungar in seinem Commentar zu Balbins „Bohemia docta". Da sein vorzüglichstes Streben dahin gerichtet war, seinem Volke die Religionsfreiheit und insbesondere den böhmischen Brüdern die freie Uebung ihrer Confession zu erringen, so musste er in den, am Anfange des XVII. Jahrhunderts ausgebrochenen Religionsstreitigkeiten in heftige Opposition mit der Regierung gerathen. W. von Budova war das Haupt der dreissig Directoren und stand an der Spitze derjenigen, die Kaiser Rodolf den verhängnissvollen Majestätsbrief abdrängten. Friedrich der Winterkönig, ernannte ihn zum Appellationspräsidenten, in welchem Amte er bis zur Schlacht am weissen Berge verharrte. Nach jener verhängnissvollen Katastrophe wollte der dreiundsiebzigjährige Greis, um der ihm drohenden Gefahr zu entgehen, sein Vaterland doch nicht verlassen, und sein Haupt fiel am 21. Juni 1621 auf dem Blutgerüste des Altstädter Ringes.

In wie weit der Vorwurf fanatischer Intoleranz gegen Andersgläubige, den Schaller dem Besitzer von Münchengrätz Wenzel von Budova macht, sich auf Thatsachen gründet, lässt sich schwer entscheiden; die Angabe Schaller's hingegen, dass W. von Budova die prächtige Kirche

[1] Landt. 43. X. I. Nach der Aufzeichnung des Herrn Anton Rybička, die mir durch Herrn Moriz Lüssner nebst anderen sich auf diesen Gegenstand beziehenden interessanten Andeutungen übermittelt wurde, wofür ich den genannten Herren meinen Dank auszusprechen mich verpflichtet fühle. — [2] Schaller, Topogr. Böhm. Bunzl. Kr. 70.

zu Kloster in einen scheusslichen Pferdestall umgeschaffen hatte[1], ist, wie sich aus der Schilderung ihrer Baureste ergeben wird, eine offenbare Unwahrheit.

Sämmtliche confiscirte Güter des W. von Budova wurden im Jahre 1622 von Albrecht von Waldstein, dem nachmaligen Herzog von Friedland, um die Summe von 216.000 fl. erkauft, in welchem Betrage der Werth der Hradišter Klostergüter mit 64.599 Schock Groschen angeführt erscheint. Nach des Friedländers gewaltsamem Tode fielen diese Güter abermals an den königlichen Fiscus; ein grosser Theil derselben, und unter diesen auch unser Hradišt, wurde von Kaiser Ferdinand III. dem Oberstkämmerer Maximilian Grafen von Waldstein zur Belohnung seiner um den Staat erworbenen Verdienste geschenkt. Diese Güter besitzt bis auf den heutigen Tag die Münchengrätzer Linie der Grafen von Waldstein-Wartenberg, aus deren Stamme der mächtige Friedländer Herzog entsprossen war.

Noch zu Balbin's Zeit in der zweiten Hälfte des XVII. Jahrhunderts stand die alte Abteikirche, allerdings wüst und profanirt, aufrecht und war in so weit erhalten, dass sie eine Schafheerde vor Wind und Wetter zu schirmen vermochte[2]. Wahrscheinlich erst zu Anfang des XVIII. Jahrhunderts ward das Werk der Verwüstung vollendet und der ehrwürdige Bau eines der bedeutendsten Denkmale der kirchlichen Architectur in Böhmen bis auf wenige Reste abgetragen und der Boden der Kirche zu landwirthschaftlichen Zwecken umgewandelt.

Baubeschreibung.

Durch das Portal an der Nordseite der Umfassungsmauer der ehemaligen Klosterkirche eintretend, gewahren wir einen weiten Hofraum, der auf drei Seiten theils von Gartenmauern, theils von niedrigen Wohngebäuden und Stallungen eingeschlossen, auf der Südseite aber von der Façade des auf den Grundmauern des ehemaligen Klosters aufgeführten Schlosses begrenzt wird. Erst bei näherer Untersuchung der Reste jener Umfassungsmauer und der an dieselbe angebauten Wohnungen überzeugen wir uns, dass wir den Boden eines ehemaligen Gotteshauses betreten, von dessen Pracht und Grossartigkeit die einzelnen, theils aus der Mauer vorragenden, zumeist aber in Bruchstücken umherliegenden, architektonischen Überreste ein Zeugniss geben. Die Höhe der erhaltenen Umfassungsmauer beträgt zwischen 3 bis 4 Klafter; an dieselbe ist rechts vom Eingangsportale die Wohnung des Thorwächters, links jene des Schlosscaplans und des gräflichen Bauinspectors angebaut. Der östliche gerade Abschluss des Kirchenraumes ragt, die Einfriedung eines Gartens bildend, nur wenig über die Bodenfläche empor. Die durch sieben mächtige Strebepfeiler gefestigte Mauer der Stirnseite senkt sich aber tief hinab gegen das am Fusse der Anhöhe sich ausbreitende Thal. Das noch vorhandene Mauerwerk der ehemaligen Kirche ist von Bruchsteinen, die Strebepfeiler, wie auch die ein- und vorspringenden Ecken sind von festem Quadersandstein aufgemauert. Unter der gerade abgeschlossenen Stirnseite der Kirche dehnt sich eine langgestreckte gewölbte Halle aus; der Eingang in dieselbe öffnet sich an der Südseite des ehmaligen Chores, und man steigt auf schmalen, theilweise zerstörten Stufen in den unterirdischen Raum. Fünf kurze viereckige Pfeiler theilen die, 15 Klafter lange und blos 4 Klafter breite Halle in zwei Schiffe; die Gratbogen der zwölf Travéen entspringen aus den

[1] Schaller, Topogr. v. Böhm., Bunzl. Kr. pag. 52. — [2] Gradicensis coenobii celeberrimi ordinis cisterciensis, in Boleslaviensi districtu Bohemiae siti, nulla extat memoria, templo etiam in ovile converso. Balb. Miscell. L. VI, 11, pag. 112.

Seitenflächen der Pfeiler und bilden scharfkantige, gedrückte Wölbungen. Durch sechs romanische, nach innen sich bedeutend verengende Fensteröffnungen fällt das Tageslicht in das düstere Gewölbe, auf dessen Boden Menschengebeine zerstreut umherliegen. Die Construction dieses Raumes deutet darauf hin, dass die Anlage desselben dem Anfange des XIII. Jahrhunderts angehört. Diese Halle stellt sich nämlich keineswegs als eine Krypte dar, wie sie im XI. und im XII. Jahrhundert unter dem Kirchenchore aufgeführt zu werden pflegte. Die Anlage bietet bei ihrer geringen Ausdehnung von Ost nach West keinen geigneten Punkt für die Aufstellung eines Altars oder Martyriums dar, und dass der Raum nicht, wie die Krypten der romanischen Periode, zum Versammlungsorte andächtiger Gläubigen bestimmt war, erhellt aus der rohen Construction und der völligen Schmucklosigkeit sämmtlicher Bauglieder, wie auch daraus, dass derselbe sich nicht über die Grundfläche des Chores erhob, sondern völlig unter dem Niveau der Kirche angelegt war. Die schmalen, von Rundbogen überhöhten Fenster entsprechen zwar der Bauweise des romanischen Styles; aber ähnliche Fenster gewahrt man häufig genug an Kirchenbauten des Übergangsstyles; da aber das Gratgewölbe der Halle in Spitzbogen construirt erscheint und solche Gewölbe bekanntlich den Übergang des romanischen in den gothischen Styl charakterisiren, so muss angenommen werden, dass dieses Hypogeum am Anfange des XIII. Jahrhunderts angelegt und keineswegs eine „Krypta" im eigentlichen Sinne, sondern ein Todtengewölbe gewesen war. Nachdem wir diesen unheimlichen Raum verlassen, betreten wir das nächst gelegene, an die nördliche Ecke der Chorseite angebaute Wohnhaus. In den, zu ebener Erde gelegenen Zimmern und Stuben hat sich gar keine Spur der ursprünglichen architektonischen Details erhalten. Alles ist da glatt gemacht und modern hergestellt. Dagegen findet man am Dachboden, der unmittelbar über der Decke jener ebenerdigen Wohnung aufgeführt ist, interessante Baureste, welche zum Verständniss der Anlage der Kirche wesentlich beitragen. Unmittelbar über dem Fussboden ragen nämlich in regelmässigen Abständen von zwei Klaftern drei verstümmelte Capitäle von Wandsäulen mit den Fragmenten der, von denselben gestützten Kreuz- und Quergurten empor. Es sind Blättercapitäle mit umgelegten Eckknollen, wie sie an Denkmalen des Übergangsstyles vorkommen; auf jedem Capitäl ruht eine hohe, aus mehreren stark profilirten Gliedern bestehende Deckplatte, aus welcher sich der massive Scheidebogen und die einfach profilirten Kreuzrippen, deren Auflagpunkte durch hohe Blendschilde verdeckt sind, erheben; auf der flachen Vorderfläche des einen Scheidebogens ist das Monogram Y eingehauen. Der Dachboden ist in einer Höhe von etwa 8 Fuss abgeschlossen; aus der Krümmung der oben abgebrochenen Gewölbrippen ergibt sich, dass die Fortsetzung der Bogenkrümmung noch etwa 2 Fuss betrug, ehe dieselbe mit der gegenüber sich emporschwingenden Gewölbrippe zusammentraf. Wenn man nun zu dieser Höhe der Gewölbbogen die Dicke des Dachbodens und die Höhe der

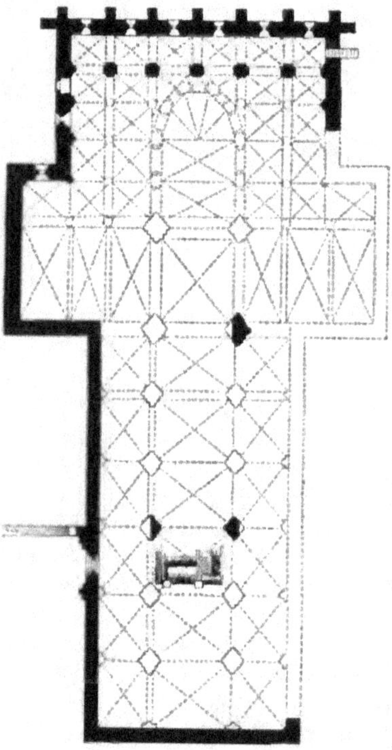

Fig. 1.

darunter befindlichen Wohnzimmer, aus welchen die Schäfte der Säulencapitäle abgeschlagen wurden, hinzugefügt, so kann die Gesammthöhe der ehemaligen Arcaden auf 22 Fuss angenommen werden. Da ferner die Entfernung von einer Wandsäule der Arcade zur andern 12 Fuss beträgt und an dieser nördlichen, 8 Klafter langen Chormauer vier Travéen angeordnet waren, so müssen an die entgegengesetzte südliche Mauer, von derselben Länge, ebenfalls vier Gewölbjoche sich angeschlossen haben. Aus dem vorliegenden Grundrisse (Fig. 1) ist zu ersehen, dass längs dem geraden Chorschlusse sechs Travéen sich hinzogen, von denen die erste und letzte Travée mit den äussersten Gewölbjochen an den beiden Seitenmauern zusammenfallen; es ergibt sich somit, dass sich um den Chor ein niedriger Umgang von zwölf Capellen hinzog. Es stellen sich uns daher die Reste einer Kirche mit einem flachen Abschlusse und einem niedrigen Umgang um den Chor dar, eine Anlage, die sich in den meisten Kirchen des Cistercienserordens wiederholt. Auffallend ist vor Allem die Ähnlichkeit der Anlage der Kirche zu Hradišt mit jener des Klosters Lilienfeld in Österreich. Man vergleiche einmal den Grundriss der Lilienfelder Kirche (Jahrbuch der k. k. Central-Commission, II. Band) mit dem vorliegenden Plane, und man wird gewiss die grösste Übereinstimmung, nicht blos in der Anordnung, sondern auch in den Grössenverhältnissen beider Kirchenanlagen finden. Längs dem flachen Chorschlusse der Lilienfelder Kirche sind ebenso wie zu Hradišt sechs Travéen angeordnet, an welche an der Nord- und Südseite des Chores je drei Travéen sich anschliessen, während noch zu beiden Seiten eine Travée in die Kreuzvorlage vorspringt, welches wahrscheinlich auch zu Hradišt der Fall gewesen war. Zu Lilienfeld beträgt die Länge des geraden Chorschlusses 16 Klafter und genau so viel misst der östliche Abschluss der Hradišter Kirche. Die Kreuzvorlage tritt auf der Ostseite der Hradišter Kirche um 3 Klafter 2 Fuss, auf ihrer Westseite aber um 5 Klafter 2 Fuss vor, so dass die nördliche Umfassungsmauer des Langhauses bedeutend zurücktritt und nicht in einer Flucht mit der Nordseite des Chores sich befindet. Ein gleiches Verhältniss gewahrt man in der Anlage der Kirche zu Lilienfeld, deren Querschiff eine Breite von 10 Klafter, genau so viel wie jenes zu Hradišt zählt. Auch das Langhaus beider Kirchen hatte dieselbe Länge, nämlich 22 Klafter.

Von dem südlichen Arme der Kreuzvorlage und der südlichen Hauptmauer des Langhauses der Hradišter Klosterkirche haben sich keine Spuren erhalten; da aber aus den aufgefundenen Fundamenten zweier Pfeiler, und aus dem massiven, zum Theil in die neue Mauer zunächst dem Portale eingefügten Mittelpfeiler des Langhauses hervorgeht, dass die Breite des Mittelschiffes von Achse zu Achse der Pfeiler 5 Klafter und jene der beiden Seitenschiffe zusammen 6 Klafter betrug, so ergibt sich daraus genau dieselbe Breite von 11 Klafter, welche das Langhaus der Lilienfelder Kirche zählt. Die aufgefundenen Grundlagen der Pfeiler (in unserem Grundrisse schwarz schraffirt) deuten an, dass der Durchschnitt derselben zwei sich durchschneidende Kreuze bildete, und dass sich an die Pfeiler selbst halbsäulenförmige Dienste anschlossen, eine Constructionsweise, die der Pfeilerform im Langhause der Lilienfelder Kirche entspricht[1].

Diese auffallende, selbst auf die Unregelmässigkeiten der Anlage sich erstreckende Übereinstimmung des Grundrisses der Hradišter Kirche mit jenem der Stiftskirche zu Lilienfeld berechtigt zu dem Schlusse, dass beim Aufbaue beider Kirchen ein und derselbe Plan zu Grunde lag. Der Grundstein zur Kirche des Klosters zu Lilienfeld wurde von Herzog Leopold dem Glorreichen am 10. April 1202 gelegt; das Hradišter Kloster ward aber, wie oben erwähnt wurde, bereits im Jahre 1177 dem Cistercienserorden übergeben und in den Urkunden wird schon im Jahre 1184 ein Abt zu Gradis (Thidericus) genannt. Dieses könnte uns zu der Annahme berech-

[1] Der mit tüchtiger Fachkenntniss im grossen Massstabe ausgeführte Grundriss der Hradišter Baudenkmale wurde mir, nebst anderen zu dieser Schilderung nothwendigen Behelfen, von dem gräflich Waldstein'schen Baudirector Herrn A. Wender gütig mitgetheilt, wofür ich demselben meinen verbindlichsten Dank hiermit ausspreche.

tigen, dass das Alter der Hradišter Abteikirche um mehr als zwanzig Jahre höher hinaufreicht, wenn nicht der Umstand in Erwägung käme, dass die vorhandenen Baureste zunächst den charakteristischen Typus des Übergangsstyles, wie er im ersten Viertel des XIII. Jahrhunderts sich entwickelt hatte, aufweisen. Dieser Widerspruch kann nur durch die Annahme gehoben werden, dass die Cisterciensergemeinde im Jahre 1177 in das, bis dahin von den Benedictinern bewohnte Kloster Hradišt einzog und an der Stelle eines älteren Gotteshauses im Verlaufe der nächstfolgenden Jahre eine neue, den Regeln des Cistercienserordens entsprechende Kirche aufführte, deren Aufbau wohl mehrere Decennien in Anspruch nahm. Es muss unentschieden bleiben, ob der ursprüngliche Grundriss beider Kirchen von den Cisterciensern zu Hradišt oder zu Lilienfeld herrührt; nur so viel möge erwähnt werden, dass die Aufsicht über den Bau der Kirche zu Lilienfeld die Brüder aus Heiligenkreuz führten, während doch die Stiftskirche zu Heiligenkreuz, wiewohl im Osten gerade abgeschlossen, doch nach einem ganz andern Plane gebaut ist[1]. Nach dem Plane der Mutterkirche zu Citeaux war aber weder das Lilienfelder noch das Hradišter Kloster angelegt, denn dieses zeichnete sich, wie bekannt, blos durch seine Einfachheit und Schmucklosigkeit aus. Doch ging man bei den späteren Cistercienserkirchen zu Foigny, Longpont, Vaux-Clair u. a. von dieser strengen Regel ab; alle französischen Cistercienserkirchen hatten aber die in gerader Linie geschlossene östliche Stirnseite (chevet), an welche sich zu jeder Seite des Chores vier Capellen anschliessen[2]. Wahrscheinlich ist es, dass zu jener Zeit ein Wechselverkehr zwischen den österreichischen und böhmischen Ordenshäusern stattgefunden habe. Unter den Zeugen der in Böhmen ausgestellten Urkunden kommen ja nicht selten Äbte österreichischer Klöster vor; und in eine noch frühere Zeit fällt der Bericht des Biographen des Passauer Bischofs Altmann, dass nämlich der Gründer des Göttweiher Klosters, Bischof Altmann, von den böhmischen Fürsten ein herrliches Bild der Mutter Gottes erhalten und dasselbe dem neuen Gotteshause geweiht habe[3].

Die auffallende Übereinstimmung des Grundrisses der Lilienfelder Stiftskirche mit unserem, am hohen Felsenufer der Iser vor Zeiten sich erhebenden Gotteshause berechtigt zu der Voraussetzung, dass beide Kirchen in der Gesammtanlage mit einander übereinstimmten. Auf diese Voraussetzung gestützt, können wir uns ein Bild der ehemaligen Kirche zu Hradišt entwerfen und dieselbe analog der Kirchenanlage zu Lilienfeld reconstruirend, annehmen, dass sich an das hohe Mittelschiff des Langhauses niedrige Seitenschiffe anschlossen; ferner, dass dieses Mittelschiff sich bis in die Mitte der Kreuzvorlage erstreckte und mit einem aus dem Achteck gefügten Chore, um welches ein, vierzehn Travéen oder Capellen zählender Umgang angeordnet war, abschloss. Siehe den Grundriss, auf welchem die noch vorhandenen Mauerreste mit schwarzen Linien angedeutet sind; jene Theile der Kirche aber, von denen sich keine Spuren erhalten haben, dem Lilienfelder Grundrisse (im II. Bande des Jahrbuches) entsprechend, mit Punkten angedeutet erscheinen.

Mochte auch der Plan der Gesammtanlage der Stiftskirche zu Hradišt aus der Fremde herrühren, so werden wir bei dem Anblicke der vorhandenen Baureste, insbesondere aber bei der Beobachtung der architektonischen Ornamente derselben, zu der Überzeugung gedrängt, dass die Ausführung dieses Baues einheimischen Architekten anvertraut gewesen und dass insbesondere

[1] In Ambr. Becziczka's historisch-topographischer Darstellung von Lilienfeld wird erwähnt, dass die Brüder des Stiftes Heiligenkreuz Ockerus (der nachmalige erste Abt zu Lilienfeld), Gebhard und Gerold, die Aufsicht über den Bau des von Herzog Leopold gegründeten Klosters führten, damit alles der Form von Citeaux und den Forderungen des Ordens entspreche. Aus den, dem gründlichen Werke über Lilienfeld beigefügten Urkunden geht aber nirgends hervor, woher der Plan der neuen Klosteranlage herrührte. In dem von dem Generalabt zu Citeaux an Herzog Leopold gerichteten Schreiben kommt blos folgende, auf die Leitung des neugegründeten Klosters sich beziehende Stelle vor: „Fecimus quod jussistis, et dilecto ac venerando co-abbati nostro Marquardo Sanctae Crucis ore ad os mandavimus, ut sancti propositi vestri fidelem se ministrum vobis exhibeat, cumque steterit locus de fratribus boni Testimonii e gremio suo eidem prouideat." — [2] Revue de l'art chrétien. VI. pag. 425. — [3] Vita beati Altmanni episc. Patav. ap. Pez. I. pag. 146.

die ornamentalen Partien einer Kunstrichtung angehören, deren charakteristische Eigenthümlichkeit sich auch an anderen gleichzeitigen Baudenkmalen in Böhmen und Mähren kundgibt.

Wenden wir vorerst unsere Betrachtung dem Portale der Hradišter Kirche zu. Der Sockel desselben wird durch einfache, kräftig gegliederte Säulenfüsse gebildet. An jeder Seite des Eingangs bilden drei stärkere und eben so viel schwächere Basen die Grundlagen der schlanken Dreiviertelsäulen, welche die, nach innen sich verengende Leibung in sechs Felder theilen, deren Felder mit Laubwerk auf das zierlichste geschmückt sind. Von diesen Säulen haben sich blos die Capitäle erhalten, welche auf der linken Wandung mit Weinlaub, auf der rechten aber grösstentheils mit Akanthusblättern umschlungen sind. Die elegante Zeichnung und energische Ausführung dieser Ornamente zeugt eben so von dem Geschmacke und der Kunstfertigkeit des Künstlers, wie die prachtvolle Composition des Arabeskenschmuckes, welcher die zwölf Felder der Leibung bedeckt. Weinlaub, Kleeblatt und Distel boten die Elemente dar, aus welchen in lebendigem Schwunge und zierlicher Mannigfaltigkeit der Schmuck der Portalflächen gefügt ward. Diese Ornamente sind aber im Gegensatze zu den meisten Kunstwerken dieser Art in sehr flachen Reliefs ausgeführt, und stellen sich wie ein reicher, die Portalleibung schmückender Teppich dar. Die schlanken Schäfte der Säulen sind herausgeschlagen; bestimmte, zumal an der linken Seite des Portals wahrnehmbare Spuren deuten an, dass diese Säulchen in der Mitte durch Ringe in zwei Theile geschieden waren. Auf polygonalen, in der Mitte stark ausgekehlten Deckplatten ruhen die einfachen, vielkantigen Unterlagen auf, aus denen sich die Gurte der gedrückten Spitzbogen, welche das Portal krönen, emporschwingen. Fünf flache Bogengurten und ein Rundstab sind mit Arabesken geschmückt, während die übrigen Rundstäbe und Gurte sich nackt darstellen. Die vorspringenden Kanten der Wandung zu beiden Seiten des Portals sind abgeschrägt und mit Weinlaub und Arabesken geziert; wahrscheinlich war ehemals der wagrechte Sturz über dem Eingange auf ähnliche Weise geschmückt. Das von dem Portalbogen umspannte Tympanon, mit seinen, den Anschauungen der katholischen Kirche entsprechenden Darstellungen wurde wahrscheinlich im XVII. Jahrhundert vernichtet, an dessen Stelle ein flacher Rundbogen gespannt und über demselben auf das kahle Mauerwerk ein mystisches Gemälde von sehr mittelmässigem Werthe hingepinselt. Dasselbe stellt zwei Todtenköpfe dar, aus denen Weizenähren emporwachsen. Zwischen den Todtenschädeln gewahrt man ein Herz und an jeder Seite desselben zwei Lilien; unter dieser Darstellung ragen zwei einander fassende Hände, von Wolken umgeben, empor. Über dieser Malerei stehen folgende Wahlsprüche: „Pomni na wieczuost (denke an die Ewigkeit), in Christo sincere et constanter. — Wiernie a stále." Jene symbolische Darstellung sowohl, als auch diese Wahlsprüche entsprechen vollkommen den Anschauungen der böhmischen Brüder, und rühren ohne Zweifel von Wenzel von Budova her[1].

Das Portal der Kirche zu Hradišt ist in der Construction, wie auch in seiner Ornamentik durchaus verschieden von dem Portale der Lilienfelder Kirche. Das letztere, in neuerer Zeit bedeutend umgeänderte Portal wurde mit Benützung der ursprünglichen Säulenanlage dem alten nachgebildet. Auf jeder Seite der schräg zusammenlaufenden Gewände, gewahrt man dort vier Bündeln von je vier Halbsäulen, deren Capitäle mit knospenartig umgebogenen Blättern geziert sind. Diese Wahrnehmung allein reicht hin, um den wesentlichen Unterschied der Form und der Verzierungsweise beider Portale zu kennzeichnen.

[1] In den Fundgruben des Orientes wird, Seite 502, die Meinung geäussert, dass jenes, am Thore zu Hradišt sich darstellende Sinnbild von den Tempelherren herrühre. Jene Darstellung bezieht sich offenbar auf die Stelle der heil. Schrift (Joh. K. 12, V. 24). „Wenn das Weizenkorn nicht in die Erde fällt und erstirbt, so bleibt es allein; wenn es aber erstorben ist, trägt es viele Früchte". — Ausführlich schrieb über jene Abbildung Millauer in Graf's „Geschichte der Tempelherren in Böhmen." Prag. 1825.

Aus den Trümmern der Hradišter Kirche wurden mehrere Säulencapitäle und ein Schlussstein (Fig. 2) hervorgezogen. Diese Capitäle sind mit breitem, zierlich geschwungenem Blätterwerk bedeckt, und ihre oberen Theile haben die, dem Übergangsstyle eigenthümliche, an die romanische Form mahnende Ausladung; sie gehörten offenbar dem Chorumgange an, denn die Hälse derselben sind kreisrund und man fand in ihrer Nähe Bruchstücke von gerundeten Säulenschäften. Dass nun diese Säulenform nur auf die, den niedrigen Chorumgang begrenzenden Säulen und keineswegs auf die Stützen des Langhauses bezogen werden kann, ergibt sich aus der Betrachtung der aufgedeckten Basamente der Pfeiler, und jener zum Theil in das Mauerwerk eingelassenen mächtigen Pfeiler im ehemaligen Kirchenschiffe. Der Chorumgang zu Lilienfeld wird hingegen nicht von Rundsäulen, sondern von schlanken achteckigen Pfeilern gebildet, deren Capitäle ein eigenthümliches, aus massiven schilfförmigen Blättern, deren Spitzen in Kugeln auslaufen, bestehendes Ornament haben, welches von kegelförmigen Consolen getragen wird. (Vergleiche Jahrbuch der k. k. Central-Commission, II. Band, pag. 115.)

Fig. 2.

Die achteckigen Deckplatten der Hradišter Säulencapitäle deuten an, dass sie die Unterlagen von acht Gewölbgurten bildeten, von denen sich zahlreiche Bruchstücke erhalten haben.

Die Vergleichung der noch vorhandenen ornamentalen Elemente der Hradišter Kirche mit jenen der Abteikirche zu Lilienfeld berechtigt uns zu dem Ausspruche, dass, wiewohl beide Kirchen nach einem und demselben Plane angelegt wurden, die Detailausführung beider Bauwerke von Architekten und Bildhauern herrührt, die, unabhängig von einander, nach eigenthümlichen, selbstständigen Conceptionen ihre künstlerische Thätigkeit geltend machten. Indem wir uns nach Kunstformen umsehen, welche eine nähere Verwandtschaft mit jenen der Hradišter Kirche haben, werden wir durch die auffallende Ähnlichkeit überrascht, die zwischen den Fragmenten zu Hradišt und den ornamentalen Motiven an einigen der noch vorhandenen Architecturdenkmalen Böhmens und Mährens aus der ersten Hälfte des XIII. Jahrhunderts herrscht. Vor allem ist es die Kirche des, von der böhmischen Königin Constantia im Jahre 1233 gegründeten Cistercienser-Nonnenklosters zu Tišnovic in Mähren, welche hier in erster Reihe in Betracht kommt. Das Portal dieser Kirche hat, insbesondere in seinen ornamentalen Partien, eine unverkennbare Ähnlichkeit mit jenem zu Hradišt. In beiden erscheint die Leibung der Portalwände in sechs Felder getheilt, und zwar durch fünf schlanke Säulchen, in deren Mitte Theilungsringe vorsprangen; nur sind die Blättercapitäle derselben zu Hradišt reicher componirt und kräftiger modellirt, als die Knospencapitäle zu Tišnovic. Hingegen stehen in den, von den Säulchen eingerahmten Zwischenfeldern zu Tišnovic Apostelgestalten; die unteren Partieen dieser Felder sind auf ähnliche Weise plastisch ausgeschmückt wie die Zwischenfelder der Hradišter Portalwände. Es sind aus schön stylisirtem Laubwerk gebildete Guirlanden, die sich an den Flächen emporranken. Weinlaub, Kleeblatt, Distel und Akanthus schmücken gleichfalls die Bogengurte des Tišnovicer Portals, ja sogar die Vogelgestalt im ersten Felde der rechten Portalwand auf unserem Bilde findet ihr Pendent am Tišnovicer Portale. Die Capitäle der Wandsäulen im Chorumgang zu Hradišt, mit den auf ihnen aufruhenden Gewölbfragmenten entsprechen der Form nach den aus den Mauern der Seitenschiffe hervortretenden Dreiviertelsäulen zu Tišnovic. In beiden sind zur Festigung der Punkte, wo die Gurte auf den Deckplatten aufruhen, Blendschilde mit oben abgerundeten Kanten angebracht und die Capitäle dieser Wandsäulen haben in beiden Architectur-Denkmalen die, dem Übergangsstyle eigene starkrippige Blattform mit knollenförmig umgebogenen Spitzen; selbst die Capitälformen mit ausgezackten, in doppelter Lage angeordneten Blättern kommen an einigen der Tišnovicer Wandsäulen ebenfalls vor. Ferner sind die Capitäle der ehemals freistehenden Säulen zu Hradišt auf gleiche Weise mit Laubwerk geziert, wie die Capitäle und Consolen im Kreuzgange zu Tišnovic. Noch auffallender aber ist die Ähnlichkeit der Säulenknäufe von Hradišt mit den Capitälen der Halbsäulen, welche den, auf dieselbe Weise profilirten, auf Blendschilden aufruhenden Gewölbgurten der St. Agneskirche zu Prag zur Stütze dienen. Vergleicht man ferner den mit breitem, kräftigen Blattwerk ornamantirten Schlussstein aus den Hradišter Trümmern, mit den, auf gleiche Art gezierten Schlusssteinen aus der St. Agneskirche, so wird man noch mehr geneigt, die Ansicht auszusprechen, dass die Form und Anordnung dieser architektonischen Motive einer, zu derselben Zeit sich entwickelnden einheimischen Kunstrichtung angehören. Die St. Agnes- (eigentlich St. Franciscus-) Kirche wurde von Agnes, der Tochter Přemysl Otakar's I. um das Jahr 1234 gegründet und um dieselbe Zeit wurde wahrscheinlich auch die Abteikirche zu Hradišt ausgebaut.

Die schönen, einander entsprechenden Motive der Pflanzenornamente an den Schlusssteinen und Capitälen zu Hradišt, Tišnovic und in der St. Agneskirche, insbesondere aber die verschwenderisch mit Arabeskenschmuck ausgestatteten Portale der beiden erstgenannten Kirchen, deuten auf einen südlichen, italienischen oder, was wahrscheinlicher ist, französischen Einfluss hin, der sich vielleicht zur Zeit des Sazauer Abtes Reginhard in Böhmen eingebürgert und daselbst späterhin eigenthümlich entwickelt hatte[1]. Die weichen Formen der plastischen Bildwerke an jenen Portalen sind weit entfernt von den strengen und massvollen, aber auch nüchternen Formen und Ornamenten, die sich an deutschen Baudenkmalen des Übergangsstyles darstellen. Die Forschung weiset somit auf die Thatsache hin, dass sich im XIII. Jahrhundert in Böhmen und Mähren eine eigenthümliche Kunstschule entwickelt hatte, deren bedeutendste Werke leider von der Oberfläche der Erde längst verschwunden sind. Die grosse Anzahl und Pracht jener Kirchenbauten veranlasste ja selbst einen, mit den Kunstdenkmalen der südlichen Culturländer vertrauten Kenner, Aeneas Sylvius, zu der Behauptung: „Nullum ego regnum aetate nostra in tota Europa tam frequentibus, tam augustis, tam ornatis templis dicatum fuisse quam Boëmiam, reor!“

Im südlichen Arme des Querschiffes der Hradišter Kirche wurden im Jahre 1853 beim Wegräumen des Schuttes Grabplatten aufgefunden, welche die Oeffnungen der in Felsen ausgehauenen Gräber verschlossen. Die bedeutendste derselben ist die Grabplatte des Jenko von Wartenberg, deren bereits in der Geschichte des Klosters erwähnt wurde. Es ist eine Platte von rothem Marmor, von mehr als 6′ Länge; auf derselben gewahrt man die tief eingegrabenen Contouren einer männlichen und einer weiblichen Gestalt, wie auch die undeutlichen Umrisse zweier Wappenschilde, und längs den Rändern der Platte zieht sich folgende, theilweise unlesbare Aufschrift:

A . D . MCCCLXIX . V . KA . OCTO . . . . . .
OBIT . IENCO . D . WARTE . . DMN . . . .
I . VESE . . . . VXOR . . . VA . DNA
EL . . . A . O . A . D . MCCCL .

(Anno Domini MCCCLXIX . V . Kalendas octobris . . obiit Jenco de Wartenberg dominus in Vesele . . .
uxor sua domina Elisabetha . obiit A. D. MCCCL.)

[1] Reginhardus — Metensis genere — — fuit in eo peritia pingere vel sculpere quaslibet imagines ligno vel osse vel etiam diversi generis metallo, fabrilis quoque non ignarus fuit artis, et omnis. quae ex vitro fieri solet, compositionis. Cosmae Contin. pag. 363.

Man bemerkt deutlich, dass auf diesem auffallend grossen Grabsteine Figuren von Metall befestigt waren, und dass Metallstreifen in die roh eingemeisselten Umrisse, sowohl der Figuren und Wappen, als auch der Umschrift eingelassen waren. Leider ist dieser hochwichtige Grabstein arg beschädigt und liegt gegenwärtig in der St. Annakirche der Stadt Münchengrätz, wo er nach seiner Restaurirung aufgestellt werden soll.

Jenco (Ješco, Ješek = Johann) von Wartenberg und Wesselé war unter Karl IV. Oberstlandkämmerer (vom Jahre 1353—1360), worauf er zu der Würde eines Oberstburggrafen erhoben ward. In Palacký's „synchronistischer Uebersicht der höchsten Würdenträger Böhmens" wird dessen Amtsverwaltung als Oberstburggraf vom Jahre 1356—1378 angegeben; die Aufschrift auf dessen Grabstein gibt aber den 27. September 1369 als den Tag seines Hinscheidens an.

Der zweite wohlerhaltene Grabstein (Fig. 3) ist aus hartem Sandstein, misst 5' Länge und 1' 10" Breite. In der Mitte desselben stellt sich ein Krummstab von alterthümlicher Form dar. Die

Fig. 3.

Form der Buchstaben der längs dem Rande sich hinziehenden Aufschrift weiset auf die erste Hälfte des XIII. Jahrhunderts hin. Dieselbe lautet:

„III nonas marcii Θ quondam venerabilis Paulus abbas in Gredis vir paciens et mitis"[1].

Leider wird in der Aufschrift das Todesjahr nicht angegeben. — Nicht weniger interessant ist eine dritte Grabplatte (Fig. 4) von demselben Material wie die vorbeschriebene. Ihre Höhe ist

Fig. 4.

5' 8", die Breite 2' 3". Die Mitte der Platte nimmt ein Schild von der Form eines gezogenen

[1] Das Θ in der Aufschrift bezeichnet das nigrum theta der Alten = †.

Dreieckes ein, auf dem keine Spur irgend eines Wappens sichtbar ist. Der Schild ruht auf einem nackten Schwert, dessen Griff eine Hand umfasst hält. Die Umschrift enthält die Worte:

„Hic jacet dominus . . . Nicolaus de Ceietie cum liberis suis in nomine Domini."

Beide Grabsteine wurden in jüngster Zeit in die Filialkirche der Dorfes Kloster übertragen [1].

Ausser diesen Grabplatten wurde noch im südlichen Kreuzarme der ehemaligen Klosterkirche ein Grabstein aufgefunden, an dem sich ein der Länge nach in zwei Felder getheilter Schild mit schiefgelegten Querbalken darstellt. Auf diesem Steine gewahrt man blos die Buchstaben W. V. Z. V. Der Charakter der Buchstaben und die heraldische Behandlung des Wappens weisen auf den Schluss des XVI. Jahrhunderts hin. Jedenfalls wird durch diesen Grabstein bestätigt, dass noch im XVI. Jahrhundert die Klosterkirche zur Begräbnissstätte diente.

Im Jahre 1853 wurden überdies und zwar im ehemaligen Mittelschiffe der Kirche, dem Portale gegenüber, die Reste des ehemaligen Kirchenpflasters gefunden, welche wegen ihrer Eigenthümlichkeit eine besondere Beachtung verdienen. Es ist ein aus Thonfliesen gefügtes Mosaikfragment, dessen Länge 4 Klafter und die Breite 1—2 Klafter beträgt. Die Fliesen haben einen farbigen, theils rothen, theils schwarzen oder gelblichen Überzug und waren grösstentheils in Bandstreifen angeordnet, welche sich zu einem zierlichen, das Auge durch harmonische Mannigfaltigkeit anziehenden Ganzen fügten. Die einzelnen Thonfliesen stellen sich als Quadrate, Rauten, Zickzackornamente oder als rothe verschlungene Bänder dar, in deren Knotenpunkte cylinderförmige Thonziegeln eingelassen sind. Die rothe Farbe, welche im Gesammtbilde dieser eigenthümlichen Mosaik dominirt, ist nach Viollet-le-Duc's Bemerkung [2] ein Kennzeichen, dass dieses Werk aus der ersten Hälfte des XIII. Jahrhunderts herrührt. Die Fig. 5, 6, 7, zeigen die Art und Weise der Zusammenfügung der verschiedenartigen Thonplatten, von welchen eine bedeutende Anzahl dem böhmischen Museum übergeben wurde.

Fig. 5.

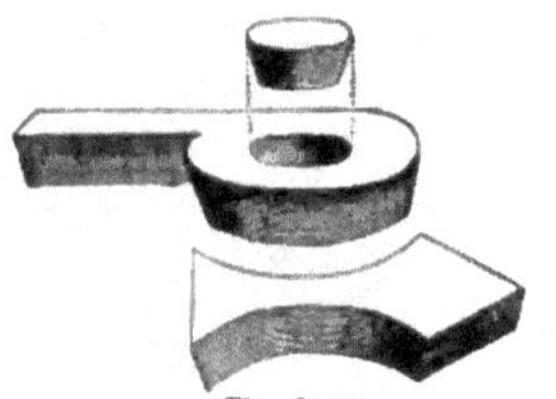

Fig. 6.

Da sich eben im Mittelschiffe, dessen Pflaster durch häufiges Betreten am meisten leiden musste, jenes Fragment des glänzenden Bodenschmuckes vorgefunden hatte, so müssen wir daraus schliessen, dass sich das Mosaikpflaster über den ganzen Fussboden der Kirche erstreckte, und insbesondere, dass ein solches im Presbyterium, als der bedeutungsvollsten Stelle des Gotteshauses, wahrscheinlich in erhöhter Zierlichkeit angeordnet gewesen war. Die aufgefundenen Bestandtheile der Mosaik waren durch einige Steinplatten unterbrochen, welche entweder die Stellen andeuteten, wo ehemals Grabsteine lagen oder, was wahrscheinlicher ist, die Unterlagen zerstörter Mosaikpartien bildeten.

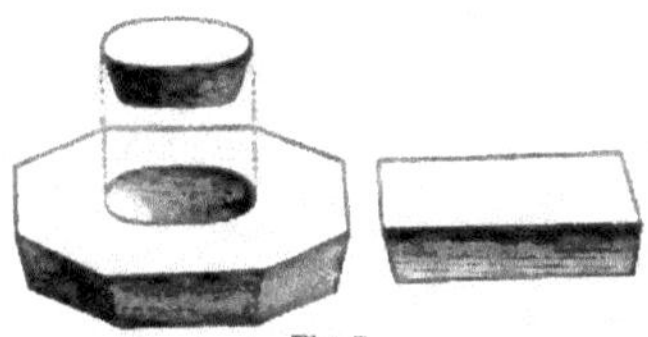

Fig. 7.

Der Gebrauch, den Fussboden der Kirchen mit bunten Thonfliesen zu verzieren, lässt sich auf die Mosaik der Römer zurückführen, deren weitere Modification das, aus bunten Steinen gefügte

[1] Diese Kirche ist ein kleiner spätgothischer Bau, steht aber ohne Zweifel an der Stelle einer älteren Kirche, die zu derselben Zeit, als das Cistercienserkloster gegründet ward, erbaut wurde. Ein kleines in dieselbe eingemauertes Portal trägt die unverkennbaren Zeichen des Übergangsstyles. — [2] Viollet-le-Duc, Dictionnaire de l'Architect. franç. II. pag. 264.

sogenannte Opus Alexandrinum war, welches im frühern Mittelalter in Italien, seltener in Frankreich und England, angewendet ward. Häufiger wurde das Pflaster aus hartem Kalkstein gefügt und mit gravirten Ornamenten, welche mit Blei oder buntfarbigem Mastix ausgefüllt wurden, verziert. Neben dieser, allerdings kostspieligen und dabei sehr vergänglichen Verzierungsweise des Kirchenpflasters entwickelte sich, vorzüglich in Frankreich, die Technik des Pflasters aus bunten Thonfliesen. Herrliche Muster einer solchen, aus Thonziegeln gefügten Mosaik haben sich in einigen Seitencapellen zu St. Denis in Frankreich erhalten. Seltener kommen in Deutschland Ueberreste solch einer Fliesenmosaik vor, wie z. B. die aus bunten, viereckigen Ziegelplättchen gebildeten Grabplatten einiger Glieder des mecklenburgischen Fürstenhauses (aus dem XIII. Jahrhundert) in der Klosterkirche zu Doberan und die Fliesen aus dem Kloster Zelle im Museum zu Dresden. In Oesterreich sind Fussböden aus Fliesen von derselben alterthümlichen Technik, wie sie unsere Hradišter Mosaik weiset, bisher nicht bekannt geworden; hingegen findet man Fliesen von gebranntem Ziegelthon mit eingedrückten Verzierungen und heraldischen Thiergestalten in einzelnen Exemplaren ziemlich häufig vor. Diese Art von Verzierung der Fussböden gehört aber grösstentheils dem XV. und XVI. Jahrhundert an.

Oben wurde bereits erwähnt, dass wir in der Lage sind, nach dem Vorbilde der Kirche zu Lilienfeld uns eine Vorstellung von der Gesammtanlage der ehemaligen Kirche des Klosters Hradišt zu machen. Wenn wir nun, um dieses Nachbild zu vervollständigen und in seiner Individualität auszuführen, die in diesem Aufsatze geschilderten eigenthümlichen Elemente: die Bundsäulen mit ihren Capitälen und Gewölbrippen, die Schlusssteine, das prachtvolle Portal und insbesondere den glänzenden Schmuck des Fussbodens der Kirche an die jedem dieser Elemente entsprechenden Stellen hineinfügen, so stellt sich uns ein prachtvolles imponirendes Bauwerk dar, dessen bildliche Darstellung einem gewandten Zeichner und Kenner der Architectur des Mittelalters nicht schwer fallen dürfte. Der Versuch einer solchen bildlichen Reconstruirung ist meiner Ueberzeugung nach wenigstens eben so berechtigt, wie die graphische Wiederherstellung der antiken Tempel zu Selinunt, Agrigent oder des Zeustempels zu Samos, des Athenaetempels zu Brienne, des Tempels der Diana zu Magnesia u. s. w., von denen sich nur Trümmerhaufen oder blos einzelne Säulenfragmente erhalten haben, und welche die Alterthumskenner, den im Tempelbau der Alten waltenden Gesetzen folgend, in ihrer ursprünglichen Gestalt in Bildern darzustellen pflegen. Jede Epoche des Mittelalters hatte ihre eigenthümlich nuancirten Stylgesetze; es hängt nur davon ab, dass berufene Künstler sich mit diesen Gesetzen vertraut machen und, auch die nationalen Eigenthümlichkeiten der mittelalterlichen Architectur mit Entschiedenheit auffassend, aus den vorhandenen Resten bedeutender Baudenkmale des Mittelalters die ursprünglichen Anlagen derselben unserer Gegenwart in Bildern vorführen, welche eben so belebend auf das Verständniss der culturhistorischen Momente des christlichen Mittelalters einwirken würden, wie die allgemein verbreiteten Abbildungen der heidnischen Tempel zur richtigen Auffassung des Culturlebens der antiken Völker beitragen.

Redacteur: [illegible] — Druck der k. k. Hof- und Staatsdruckerei in Wien.

Die Siegel der österreichischen Regenten.

Von Karl von Sava*).

I. ABTHEILUNG.

Einleitung.

Der Gebrauch, den Urkunden die Siegel des Ausstellers und der Zeugen als Bestätigungszeichen aufzudrücken oder anzuhängen, dürfte in Deutschland unter Karl dem Grossen begonnen haben, obgleich in den Zeiten der Karolinger die Diplome der Grafen und Herzoge grösstentheils durch deren Namensunterschrift bestätigt sind[1]. Bei den älteren Urkunden wurden überdies noch am unteren Rande Leder- oder Pergamentstreifen durchgezogen und in diese von den Zeugen Knoten geschlungen, daher die Zeugen auch nodatores hiessen. Bei dieser altherkömmlichen Einrichtung verblieb man selbst lange nach der allgemeineren Einführung der Siegel[2].

Als in späterer Zeit die Schreibekunst unter den Laien immer seltener wurde, mochte man auf ein anderes Mittel sinnen, welches andeuten sollte dass der Aussteller der Urkunde mit dem Inhalte derselben bekannt und einverstanden sei, und glaubte ein solches in dem Beifügen der Siegel, sowohl des eigenen als auch jener der erbetenen Zeugen, gefunden zu haben.

In Österreich ist das älteste Fürstensiegel jenes von Ernst I. (reg. 1056—1075); von seinem Sohne ist keines bekannt; dagegen beginnt mit seinem Enkel, Leopold dem Frommen, die ununterbrochene Reihe der österreichischen Fürstensiegel.

Allmählich wurde das Aufdrücken oder Anhängen der Siegel bei den Urkunden der Kaiser und Könige, so wie der höheren Fürsten, eine nothwendige Kanzleifeierlichkeit, und in mehr oder weniger umfangreichen Formeln lesen wir in öffentlichen so wie in Privaturkunden, dass die Siegel angehängt wurden, als Zeichen der Wahrheit, als eine dauernde Bekräftigung, damit die Sache stät und unzerbrochen bleibe, als ein Schild gegen Übelwollende und eine Bestärkung gegen jede Einwendung.

*) Wir glauben diese ausführliche Abhandlung um so mehr in den „Mittheilungen" niederlegen zu sollen, als nach Karl von Sava wohl kaum Jemand kommen dürfte, der sich so eifrig mit der österreichischen Siegelkunde beschäftigt, wie er. Möge ihm damit in diesen Blättern zugleich ein dauerndes Andenken gesetzt sein, da es die letzte seiner Arbeiten war, die ihm noch auf seinem Sterbelager die einzige Erheiterung bot, und die er als eine Art von wissenschaftlichem Vermächtniss in die Hände der k. k. Central-Commission niederlegte. D. R.

[1] Heinneccius, 27. — [2] Gruber, Lehrbuch der Diplomatik I, 204.

Dabei ist manchmal angegeben, dass der Aussteller kein eigenes Insiegel habe und darum eine andere Person ersuchte, die Urkunde mit ihrem Siegel zu bestätigen, ihr ohne Nachtheil und Schaden. Man wollte aus solchen Fällen die Behauptung aufstellen, dass nicht Jedermann zur Führung eines Siegels berechtigt gewesen sei; allein in der bei weitem grösseren Zahl dieser Fälle bedeutet die Formel: „eo, quod proprio sigillo caream“ oder „da wir nicht eigen Insiegel haben“ nichts anderes, als dass der Aussteller der Urkunde sich entweder noch kein Siegel machen liess, oder dasselbe zufälligerweise nicht bei sich hatte; denn wir treffen eben jene Formeln bei Personen, über deren Siegelberechtigung kein Zweifel obwaltet. Um nur einige Beispiele anzuführen: Johann von Witolzhofen verbindet sich im Jahre 1353 in einer Urkunde für das Stift Pollingen unter dem Siegel seines Bruders, weil er kein eigenes hat, im Jahre 1367 dagegen siegelt er mit seinem eigenen Insiegel[1]. Herzog Rudolf IV. von Österreich, dessen Bruder Herzog Friedrich und Johann Bischof von Gurk, der Kanzler des ersteren, geben dem Ulrich Strobmayr, Bürger zu Nürnberg, eine Urkunde über schuldige Zehrungskosten zu Schwabach am Freitag vor St. Thomastag 1360, besiegelt mit Herzogs Rudolf's Siegel, unter dem sich auch Herzog Friedrich und der Bischof verbinden, weil sie „nicht eigen Insiegel haben“[2].

Wenn Fürsten nicht mit dem gewöhnlichen Siegel, sondern mit ihrem Petschafte siegeln, so pflegen sie dieses in der Urkunde zu bemerken[3], denn auch die Siegelung mit dem Petschafte geschah entweder, weil das Siegel nicht zur Hand war oder weil der Fürst noch kein eigenes Insiegel hatte. Im letzten Falle geschah es bisweilen, dass die mit dem Petschafte ausgefertigten Urkunden in späterer Zeit unter dem fürstlichen Siegel neuerdings bestätigt wurden. Besonders interessant sind zwei Urkunden Herzog Rudolf's IV., beide vom 20. August 1360, in der einen ertheilt er dem Richter und Rath von Klosterneuburg das ausschliessliche Privilegium, die Fertigungen über alle Güterverkäufe in der Stadt und den Vorstädten daselbst auszustellen; die andere ist eine Verordnung wegen Ablösung der Überzinse in Klosterneuburg, Wiedererbauung der wüstliegenden und Befreiung der neuen Häuser auf drei Jahre von allen Steuern vom Tage des beginnenden Baues. Beide Urkunden sind mit dem grossen anhängenden Siegel der Stadt Wien bestätiget, weil sich der Herzog nicht in Österreich befindet; sobald er aber zurückkehrt, will er sie mit dem fürstlichen Siegel bestätigen[4].

Übrigens gab es dennoch Verhältnisse, unter denen der Aussteller der Urkunde wirklich sein Siegel nicht haben konnte, und zwar, wenn er eben Wappen, Helm und Schild nebst dem Siegel an einen Anderen verkauft hatte, so wie Hans Tragauer, welcher im Jahre 1468 sein Wappen, nämlich einen schwarzen Schild mit einem weissen Sparren, dessen „Örter aufgekehrt“ sind und die „Flüg auf dem Helm derselben Varib“ nebst seinem Insiegel an Pilgrim von Wolfsthal verkauft, und da er nun „nicht eigen Insiegel“ mehr hat, sich unter den Siegeln Rudolf's von Stadeck und seines Schwagers Niklas Grueber von Chublitz verbindet, das verkaufte Wappen nie mehr zu führen[5]. Derlei ganze oder theilweise Verkäufe, Tausche oder Vererbungen von Wappen, und Änderungen der Siegel kommen öfter vor[6], da die Wappen als Lehen mit Bewilligung des Lehensherrn veräussert oder verschenkt werden konnten.

Die Rechtskraft der Siegel war anerkannt; wir entnehmen dies den Vorkehrungen gegen Siegelverfälschungen, deren wir später erwähnen werden, so wie aus Verordnungen; unter anderem

[1] Mon. boic. X, 106, 139, 140. — [2] Steyerer: commentaria pro histor. Alberti II. addit. col. 313. — [3] S. d. folg. Verzeichniss Nr. 90, 105, 117. — [4] Kaiserl. Haus- und Klosterneuburger Stadtarchiv. — Lichnowsky, Geschichte des Hauses Habsburg, IV, pag. DXCVII. seq. Nr. 204 und 208. — [5] Wurmbrand: collectanea genealog. 75. Das beschriebene Wappen ging von den Herren von Wolfsthal an die Fürsten von Windischgrätz über. — [6] Leutold von Regensburg verkauft einen Theil seines Wappens, den Brakenkopf und das Helmkleinod um 36 Mark Silber an den Burggrafen Friedrich von Nürnberg, 1360, welcher darüber mit den Grafen von Öttingen in Streit geräth. (Öttér. Geschichte der Burggrafen von Nürnberg. 1. Versuch, 70).

Über Vergleiche und Vererbungen siehe Wurmbrand, l. c. 20, und Hormayr's Taschenbuch, 27. Jahrgang, 9ter der neuen Folge. Berlin. Reimer 1838, pag. 273—276.

sagt Kaiser Siegmund: „Man soll wissen, dass im geistlichen und weltlichen Stand alle Dinge bestätiget und besfestiget sind mit dem Insiegel, und es bezeichnet auch alle Wahrheit; wenn eine Sache verbrieft ist, so soll es bestätiget werden durch das Zeichen der Wahrheit, das ist das Insiegel. Brief und Siegel sind bei Eiden erkannt, darum sie auch bestehen sollen"[1].

Eine Urkunde ohne Unterschrift und an welcher keine Spur zu treffen ist, dass sich je ein Siegel daran befand, kann daher mit ziemlicher Gewissheit als eine unausgefertigte, nie in Wirksamkeit getretene betrachtet werden. Urkunden ohne Siegel, aber mit deutlichen Spuren, dass solche vorhanden waren, kommen häufig vor; Alter, schlechte Aufbewahrung, verbunden mit dem Umstande, dass die Siegel, ob aufgedrückt oder angehängt, gar nicht gegen Verletzung geschützt waren, mitunter auch Indolenz, sind mehrentheils die Schuld ihrer Zerstörung. Bisweilen wurden die Siegel aber auch vorsätzlich abgeschnitten, wenn bei Schuldbriefen, Bürgschaftsurkunden u. s. w. die eingegangenen Verpflichtungen erfüllt worden waren; dieses Abschneiden der Siegel war einer Annullirung der Urkunde gleich, und durch die Rückgabe des Siegels wurde der Schuldner oder Bürge von seiner Verpflichtung losgesprochen[2].

Bei dieser wichtigen Rolle, welche die Siegel im Rechtswesen des Mittelalters behaupteten, war es natürlich, dass frühzeitig einerseits Versuche zur Verfälschung derselben gemacht, andererseits Vorsichtsmassregeln und scharfe Verordnungen dagegen erlassen wurden; hauptsächlich suchte man dem Missbrauche der vorhandenen Siegelstempel, womit gesiegelt wurde, so wie der unberechtigten Anfertigung derselben vorzubeugen.

Die Siegelstempel (typare, typarium) der Kaiser und Könige, befanden sich in der strengen Verwahrung des Kanzlers, oder in dessen Abwesenheit in jener des Pfalzgrafen[3]. Bis in die neuere Zeit musste der Erzbischof von Mainz als Reichskanzler bei der Inauguraltafel des Kaisers das grosse Siegel am Halse tragen, bis zu Ende der Tafel, worauf es nach Anordnung der goldenen Bulle Kaiser Karl IV. auf einem prachtvoll geschmückten Pferde in die Kanzlei zurückgebracht wurde[4]. Die Siegel regierender Fürsten befanden sich in den Händen ihrer Kanzler oder besonders vertrauungswürdiger Notare[5]. Bei den Byzantinern bildete sich das Amt des Grosslogotheten, in England und Frankreich jenes des Gross-Siegelbewahrers aus. Mit gleicher, oft übertriebener Sorgfalt, wurden die Siegeltypare der Domcapitel und Convente aufbewahrt[6].

Nach dem Tode des Fürsten wurden die Stempel, um Missbrauch zu verhüten, Klöstern, besonders Frauenklöstern zur Aufbewahrung übergeben; so verordnete König Philipp August von Frankreich in einer Urkunde vom Jahre 1208, dass die Sorores leprosariae de Saleeyn seine goldenen Siegel haben sollten, was auch die Könige Ludwig VIII., IX. und X. thaten, der Letztere fügte auch noch die silbernen hinzu[7]. Wahrscheinlich ist hier nur von den Siegelringen und den Handsiegeln für den Privatgebrauch die Rede. Bisweilen wurden die Stempel mit dem Besitzer derselben begraben, wie der zu Tournay im Grabe des fränkischen Königs Childerich aufgefundene Ring beweist[8]; eben so wurden dem Erzbischof Otto von Magdeburg (1325—1361) seine sämmtlichen Siegelstempel mit in das Grab gelegt[9]. Am häufigsten aber wurden die Siegel nach dem Ableben der Fürsten zerschlagen, wie die Fischerringe der Päpste; so befahlen auch Herzog Albrecht V. von Österreich und Pfalzgraf Christoph am 11. October 1437 dem kaiserlichen Kanzler Kaspar Schlick, Freiherrn von Bassano, nach dem Tode Kaiser Siegmund's dessen Siegel zu zerbrechen[10]. Dieses Zerstören des Stempels geschah entweder durch förmliches Brechen

[1] Heinneccius, l. c. 10. — [2] Spiess, archivische Nebenarbeiten, II. 2 und 3 führt ein Beispiel an, wo die Bürgen die Rückgabe ihrer Siegel verlangten. Anno 1551. — [3] Heinneccius, l. c. 12. — [4] Der Fürst-Primas Freiherr von Dalberg liess sich auf dem Lehenssiegel für das Fürstenthum Aschaffenburg, noch 1804, mit dem auf der Brust hängenden Reichssiegel abbilden. — [5] Pez, Codex dipl. epist. II, 186, 187. — [6] Die mittelalterlichen Siegel der Abteien und Regularstifte in Österreich. Jahrbuch der k. k. Central-Commission, III. Band, pag. 199. — [7] Heinneccius, l. c. 15 und Gruber's Lehrbuch der Diplomatik, I, 205. — [8] Gruber, l. c. I, 205. — [9] Lepsius, Sphragistische Aphorismen, 1. Heft, 9. — [10] Hanthaler, Fasti campil. II, 137.

und Zerschlagen, oder es wurden in den Stempel mit einem spitzigen Instrument hie und da Vertiefungen gehauen[1] oder Risse über denselben gemacht. In diesem Gebrauche, die Stempel nach dem Tode des Fürsten zu vernichten, ist auch der Grund zu suchen, dass sich von den Siegeln unserer Fürsten bis einschliessig Kaiser Friedrich III. kein einziges Typar erhalten hat. — Der Fall, dass der Nachfolger das Siegel seines Vorfahren gebrauchte und nur den Namen abändern liess, kommt bei den österreichischen Fürstensiegeln im Mittelalter nicht vor[2].

In gleicher Weise wurden auch die Siegel geistlicher und weltlicher Communitäten ausser Gebrauch gesetzt; so kam die Küsterin des Klosters Kubach im Jahre 1418 vor das offene Gericht zu Aychach und zeigte die Conventsiegel; in das eine war der heilige Magnus gegraben, das wollten sie verändern und hatten ein neues machen lassen, darin der Convent gegraben war. Da liess der Landrichter das alte zerschlagen und jede Urkunde, welche damit nach dem Datum dieser Handlung besiegelt wäre, als ungültig erklären und gab dem Convente einen Gerichtsbrief zur Bestätigung des neuen Siegels[3].

Wenn die Siegel in Verlust geriethen oder verfälscht worden waren, so wurden sie im ersteren Falle verrufen[4]; im letzteren Falle wurden die Urkunden einberufen und mit dem neuen echten Siegel neuerdings bestätiget; dies geschah besonders häufig in Ungarn, so unter Andreas II., dessen drittes Siegel sogar in seiner Umschrift eine Verrufung der beiden früheren enthält, indem die dritte Zeile der Umschrift lautet: Alia sigilla sunt falsa, istud sigillum est verum[5]. So berief auch Kaiser Sigmund im Jahre 1406 alle vom König Ludwig, so wie von den Königinnen Elisabeth und Maria ausgestellten Urkunden binnen Jahresfrisst zur neuen Bestätigung ein, bei Strafe der Ungültigkeit[6]. Nachdem bei einem Brande des Feldlagers die Typare der goldenen Bulle und des Reichssiegels Kaiser Friedrich's II. in Verlust gerathen waren, warnt derselbe vor den, mit diesen Siegeln bekräftigten Urkunden und verbietet, ihnen Glauben zu schenken. Ein anderesmal wurde ein Mönch mit einem gefälschten kaiserlichen Siegel aufgegriffen, Friedrich sendete den falschen Stempel unter seinem Ringsiegel einem Abte zur Aufbewahrung, um weitern Missbrauch zu verhüten, und liess den Mönch einkerkern[7]. Als im Jahre 1457 Johann von Witowitz den Kaiser Friedrich III. überfiel und letzterer sich nur mit Mühe in das Schloss Ober-Cilly rettete, fiel das Siegel in die Hände der Feinde. Friedrich liess daher bekannt geben, dass Niemand Briefen unter seinem Namen und Siegel Glauben schenken möge, bis er sich anders erklärt habe[8].

Eben so liessen auch Privatleute ihre Siegel, falls sie verloren oder nachgemacht wurden, gerichtlich verrufen und verlangten die Vorlage ihrer Urkunden, um sie mit dem neuen Siegel zu bestätigen: so liess Leonhard der Urbätsch sein und seines Vaters Siegel, welche durch Juden gefälscht worden waren, in den Jahren 1388 und 1389 verrufen[9]; und im Jahre 1428 befiehlt Herzog Albrecht allen Bürgermeistern des Landes ob und unter der Enns, die verlorenen Siegel des Hauptmanns ob der Enns, Reinprecht von Walsee zu verrufen; wer Urkunden von ihm hat, soll sie bis künftigen Quatember vor Weihnachten bringen[10].

Überdies suchte man der Verfälschung auch durch Gesetze in Beziehung auf die Verfertigung der Siegelstempel entgegenzutreten. Herzog Albert III. und sein Bruder Leopold verordneten in einem Briefe für die Goldschmiede in Wien (1366), dass weder diese, noch ein Geistlicher, ein Laie oder ein Jude ein Siegel graben soll, ohne zu wissen, dass es in rechter Weise und unverfänglich bestellt sei. In der Bestätigung dieses Briefes im Jahre 1446 setzt Kaiser

[1] Lepsius, l. c. — [2] Spiess, Abhandlung über die Reitersiegel-Halle bei Gebauer, 1784, § 7. — [3] Senkenberg, Selecta juris et historiarum IV, 481. — [4] Heinneccius, l. c. 12 und 14. — [5] Abguss in meiner Sammlung Nr. 864 an einer Urkunde vom Jahre 1232 im Stiftsarchive von Heiligenkreuz. — [6] Spiess, archivische Nebenarbeiten. II, 5, 6. — [7] Petrus de Vineis lib. II, epist. 41 und lib. V, epist. 22. — [8] Birken, Spiegel der Ehren des Hauses Österreich. 635. — [9] Schlager, Wiener-Skizzen II. 89, 90, weitere Beispiele eben da 93 und 95, aus dem Hoffrohnbuche vom XIV. Jahrhundert. — [10] Wien, am 5. Februar, 26. April und 13. September 1428. Kaiserl. Hausarchiv und Regesten bei Lichnowsky, l. c.

Friedrich III. fest, dass nur anerkannte und in Wien sesshafte Goldschmiede, oder mit ihrem Vorwissen deren Gesellen, Siegel und Petschafte verfertigen dürfen, um Schaden und Übelthat aus unberechtigter Führung eines Siegels zu verhindern. Welcher Goldschmied hierin gegen die Ehrlichkeit verstossen würde, soll aus der Innung ausgeschlossen werden, und sein Meisterrecht verlieren[1]. Nach einer Polizeiverordnung für die Handwerker in Wien vom Jahre 1527 waren nur die Goldarbeiter berechtigt, Siegel zu graben, jedoch nur bekannten Personen. Wenn sie nicht überzeugt waren, dass das Siegel ehrlich und ohne Gefährde bestellt sei, oder eine fremde Person Siegel oder Petschaft zu graben begehrte, so musste dies dem Bürgermeister angezeigt werden, und die gestochenen Siegel wurden bei dem Magistrate in einem eigenen Buche verzeichnet[2].

In Beziehung auf Diplomatik ist hier zu bemerken, dass ein falsches Siegel allein nicht gegen die Echtheit der Urkunde beweiset, wenn nicht auch andere Kriterien dagegen stimmen; denn die Wichtigkeit der Siegel, verbunden mit dem Umstande, dass sie leicht beschädigt oder gar zerbrochen werden konnten, mochten den Besitzer einer wichtigen Urkunde wohl zu Versuchen bewegen, einem solchen unverschuldeten Rechtsmangel abzuhelfen, um nicht zu Schaden zu kommen; eben so wenig aber entscheidet ein echtes Siegel für die Echtheit der Urkunde; denn einerseits kann der Inhalt der letzteren durch Abänderungen entstellt, andererseits das echte Siegel an eine ganz falsche Urkunde übertragen worden sein.

Das Materiale, in welches die an den Urkunden befindlichen Siegel abgedruckt wurden, ist entweder Wachs oder Metall.

Die Metalle, welche theils in Deutschland, theils bei anderen Völkern zur Besiegelung der Urkunden in Anwendung kamen, sind Blei, Gold, seltener Silber, noch seltener aber Erz. Die in Metall abgedruckten Siegel werden vorzugsweise Bullen genannt, daher von den Bleibullen der Päpste der Name auf die Urkunden selbst überging; die Byzantiner nennen jedoch auch die Wachssiegel κηροβελλον σφραγιδα.

Blei stand bei den byzantinischen Kaisern und Grossen im Gebrauch, eben so bei den Patriarchen von Constantinopel; von da verbreitete sich dasselbe weiter in Europa. Heinneccius setzt die Zeit, in welcher sich die Päpste des Bleies, und zwar abwechselnd mit dem Wachse bedienten, in das VII. und den ausschliesslichen Gebrauch des Bleies in das VIII. Jahrhundert[3]. Noch nicht consecrirte Päpste führten blos die Vorderseite der Bulle mit den Köpfen der Apostel Petrus und Paulus[4]. Von deutschen Bischöfen, welche mit Blei siegelten, führt Heinneccius an: Bruno von Würzburg anno 1036, Ratbod von Trier, Lienar von Bremen. Auch Konrad, Bischof von Halberstadt hatte im Jahre 1206 eine Bleibulle, jedoch nur als Präses des Conciliums[5], für das Bisthum selbst bediente er sich eines Wachssiegels. Erst auf dem Concil zu Pisa wurde die Form der Synodalsiegel ausgedacht, und diese bei den Concilien zu Basel und Constanz beibehalten[6]. Die Dogen von Venedig bedienten sich beständig des Bleies und sollen dieses Recht vom Papste Alexander III. erhalten, nach Anderen aber bereits früher damit gesiegelt haben[7]. Auch König Alphons von Portugal siegelte im Jahre 1451 mit einer Bleibulle.[8]

Von deutschen Kaisern und Königen sind Bleibullen bekannt von Otto III. und Konrad II. und eine besonders schöne von Heinrich III[9].

[1] Chmel's Geschichtsforscher, I. — [2] Kaltenbäck, Zeitschrift 1835, Nr. 52, pag. 208, und Bucholtz, Geschichte Kaiser Ferdinand's I., VIII, 266. — [3] Heinneccius, l. c. 49, Gruber, kurzgefasstes Lehrsystem seiner diplomatischen und heraldischen Collegien, Wien, 1789, behauptet, Gregor der Grosse habe zuerst mit Blei gesiegelt. pag. 125. — [4] Heinneccius, l. c. pag. 149. [5] Leyser, Polycarp, de Contrasigillis, pag. 10. — [6] Heinneccius, Taf. XV, Fig. 1 und 2. — [7] Heinneccius, l. c. pag. 47—49. Höpping de prisco et novo jure sigillorum 59. — [8] Heinneccius, l. c. pag. 42—44. — [9] Aus demselben Typare befindet sich im k. k. Hausarchive auch eine Goldbulle von Kaiser Heinrich II.

Bullen von Silber und Erz kommen am häufigsten bei den Byzantinern vor, eine silberne Bulle Kaiser Heinrich's II. ist vergoldet und vertritt daher die Stelle einer goldenen[1].

Eben so ging der Gebrauch des Goldes zum Besiegeln der Urkunden von den Byzantinern aus, kam von da zu den Franken und den deutschen Kaisern. Von Kaiser Friedrich II. sind drei verschiedene goldene Bullen bekannt; nach seinem Ableben verschwand im Zwischenreiche der frühere Glanz, und es kommen in dieser Periode keine goldenen Bullen vor. Erst mit Kaiser Rudolf I. beginnen sie wieder, und die goldene Bulle desselben, welche an dem Belehnungsbriefe über Österreich und Steiermark für seine Söhne Albrecht und Rudolf hängt, ist von zierlicher Ausführung[2]. Nach ihm haben Ludwig von Baiern, Karl IV. Sigmund und Friedrich III. goldene Bullen und zwar Karl und Friedrich jeder zwei, nämlich eine königliche und eine kaiserliche. Friedrich ist unter den, im nachfolgenden Verzeichnisse aufgeführten österreichischen Fürsten der einzige, welcher in Gold siegelt, da von den frühern Herzogen Österreichs, welche die deutsche Krone besassen, nämlich von Kaiser Albrecht I., Friedrich dem Schönen und Kaiser Albrecht II. keine Bullen bekannt sind.

Die Päpste gebrauchten goldene Bullen sehr selten, so Clemens VII., an der Urkunde, durch welche er dem Könige Heinrich VIII. vom England den Titel eines Beschützers des Glaubens ertheilte[3]. In Ungarn hatten Emerich und dessen Bruder Andreas II. goldene Bullen[4], nach Heinneccius siegelten im XV. Jahrhundert auch die Herzoge vom Lothringen mit Gold.

Im Gewichte waren die goldenen Bullen sehr verschieden; so schenkte Kaiser Heinrich III. dem Kloster St. Simon und Juda einen Brief, den er von einem griechischen Kaiser erhalten hatte, woran sich eine Goldbulle von solchem Gewichte befand, dass daraus ein Kelch verfertigt werden konnte[5]; dagegen bestehen andere wieder aus ganz dünnen Goldblechen, wie jene Kaiser Friedrich's II. im Stifte Heiligenkreuz[6]; bisweilen sind die aus dünnen Goldblechen bestehenden Bullen der grösseren Haltbarkeit wegen mit Harz ausgegossen. Bei den Byzantinern waren die Goldbullen bisweilen mit Edelsteinen besetzt. Die goldenen Bullen wurden angewendet bei wichtigeren Majestätsacten, Gründungen von Universitäten oder Klöstern, oder um eine Person oder eine Corporation besonders zu ehren. Übrigens hing es auch von dem Willen der Parteien ab, ob sie ihre Urkunde mit Gold oder Wachs besiegelt haben wollten; so hat die Stadt Frankfurt am Main das Reichsgesetz Kaiser Karl's IV. mit einer goldenen Bulle, Nürnberg dagegen nur mit Wachs besiegelt. Nach der Wahlcapitulation Kaiser Ferdinands III. darf ein nicht regierender römischer König keine goldene Bulle geben[7].

Häufiger als die Metalle wurde das Wachs zum Besiegeln der Urkunden verwendet; die grössere Weichheit, vor allem aber die grössere Wohlfeilheit sicherten ihm den Vorzug des allgemeinen Gebrauches; Fürsten, geistliche und weltliche Communitäten, so wie Privatpersonen bedienten sich desselben zur Besiegelung ihrer Urkunden. Anfangs nahm man ungefärbtes Wachs entweder ganz oder halb gebleichtes, meistens hat es eine unbestimmte dunklere, bisweilen eine bräunliche Farbe. Manchmal ist es durchscheinend und compact, bald undurchsichtig und blätterig, theils in Folge des hohen Alters, theils durch Beimengung von fremden Stoffen, wie Harz, Kreide u. s. w. — Das ungefärbte Wachs erhielt sich bei den Reiter- und Thronsiegeln der

[1] Heinneccius, l. c. pag. 41 und 49. — Eine schöne Silberbulle von Michael Komnenus vom Jahre 1261 befindet sich im kais. Hausarchive. — [2] Die Urkunde ist gegeben zu Augsburg am 27. December 1282. Das Original befindet sich im kaiserl. Hausarchive. Abbildungen der Bulle bei Lichnowsky, l. c. I sehr gut, bei Spiess, Abhandlung über die goldene Bulle Kaiser Rudolf's I., minder gelungen. — [3] Heinneccius, l. c. pag. 36. — [4] Abbildungen: Schwartner, Introductio in artem diplomaticam praecipue hungaricam. Pesth, 8°. 1790. Taf. I, Fig. 4, und Gruber kurzgefasstes Lehrsystem, Taf. IV, Fig. 2. Letzterer gibt eben da auch die Abbildung einer goldenen Bulle König Otakar's I. von Böhmen, Fig. 1; mit demselben Typare siegelte Otakar I. auch in Wachs. — [5] Heinneccius, l. c. pag. 37. — [6] Abgebildet bei Heinneccius, l. c. Taf. XVIII, Fig. 1. — [7] Gruber, kurzgefasstes Lehrsystem etc. pag. 126, 129.

österreichischen Fürsten als vorherrschend bis einschliessig Kaiser Friedrich III., dessen kaiserliche und königliche Majestätssiegel ich immer in weisses Wachs abgedruckt fand; er verlieh auch den, von ihm zu Herzogen von Modena und Reggio erhobenen Fürsten aus dem Hause Este das Recht mit weissem Wachs zu siegeln[1]. Gelbes Wachs findet sich nur bei einigen Klöstern. Wachs von entschiedener brauner Färbung kommt am häufigsten bei den niederländischen Fürstensiegeln vor, auch das grosse Doppelsiegel Kaiser Siegmund's[2], so wie einzelne deutsche Städtesiegel erscheinen in dieser Farbe. Friedrich der Streitbare hat einmal dunkles, leberbraunes Wachs.

Bereits im XII. Jahrhundert fing man an das Wachs zu färben, und zwar anfangs roth. Friedrich Barbarossa war der Erste, welcher rothes Wachs gebrauchte, nach ihm Philipp, doch sind diese Fälle vereinzelt, indem bei den Thronsiegeln der deutschen Kaiser das ungefärbte Wachs vorherrschend blieb. Auch die päpstlichen Breve wurden roth gesiegelt. In Österreich treffen wir zuerst bei Leopold dem Glorreichen rothes Wachs, nach ihm bei Friedrich dem Streitbaren und bei Otakar, dann bei Albert I. als Reichsvicar; bei den drei ersteren jedoch abwechselnd mit ungefärbtem Wachs. Die gefärbten Siegel waren anfangs einfärbig, d. h. die ganze Wachsmasse war roth oder grün u. s. w. In der zweiten Hälfte des XIV. Jahrhunderts dagegen fing man an das Siegelbild in eine dünne Schichte färbigen Wachses abzudrucken, und presste dieses hierauf in einem Ballen von ungefärbtem Wachs ein, so dass das Siegelbild wie in einer Schale vertieft lag, und dadurch theilweise gegen Verletzungen geschützt war; man nennt diese Siegel doppelfärbige. Als Herzog siegelte Albert I. mit weissem Wachs, eben so seine Nachfolger; Rudolf IV. ist wieder der erste, dessen Münzsiegel durchaus roth gefärbt ist, während sein grosses Reitersiegel doppelfärbig, roth in weisser Schale erscheint. Nach ihm wird wieder das weisse Wachs vorherrschend, und es finden sich nur einzelne rothe Siegel von Leopold IV., Ernst, Albert V., Ladislaus Posthumus und Albert VI.; von Kaiser Friedrich erscheint nur das Münzsiegel in rothem Wachs.

Das eben Erwähnte von der rothen Wachsiegelung gilt jedoch nur von den Porträt-, nämlich den Reiter- und Thronsiegeln; bei den kleineren Wappen-, so wie bei den Secret- und Contrasiegeln dagegen behauptet das rothe Wachs in ungefärbter Schale das Übergewicht, und die Siegelung mit weissem Wachs bei Friedrich dem Schönen, Leopold I., Heinrich und Friedrich bildet die Ausnahme. Die Ringsiegel Kaiser Friedrich's III. sind auf seinen Majestätssiegeln in die Thronstufen bald mit rothem, bald mit weissem Wachs eingedrückt, eben so wechselt das Contrasiegel die Farben.

Siegel in grünem Wachs, und zwar einfärbige, kommen nur bei Leopold dem Glorreichen vor.

Im XIV. Jahundert begannen in Österreich mehrere Äbte und Pröpste statt des weissen, mit rothem Wachs zu siegeln, wie jene zu Melk, Göttweih, und des Schottenklosters in Wien, während die Convente sich des weissen und grünen Wachses bedienten. Auch die mächtigeren Adelsgeschlechter fingen an mit rothem Wachs zu siegeln, so die Grafen von Schaumburg, während der niedere Adel das weisse beibehielt, und das grüne Wachs der Geistlichkeit, den Städten und Bürgern überlassen wurde. Erst im XV. Jahrhundert verwendete auch der Adel grünes Wachs zur Siegelung. Allmählich wurde das Recht, mit rothem Wachs zu siegeln, ein Gegenstand der Auszeichnung; so erhielt die Stadt Krems dasselbe von Ladislaus Posthumus; Kaiser Friedrich III. ertheilte dasselbe den Herren von Starhemberg und den Grafen von Roggendorf in den Jahren 1476 und 1480[3]. Unter den Städten siegelt zuerst Wien und zwar bereits im XIII. Jahrhundert roth, Retz im XIV., Krems und Stein im XV. Jahrhundert.

[1] Heinneccius, l. c. pag. 55. — [2] Römer-Büchner, die Siegel der deutschen Kaiser etc. pag. 51, Nr. 73. — [3] Schwerdling, Geschichte des Hauses Starhemberg, 443, und Wurmbrand, collectanea genealogica, 96.

Bei Städten war das Recht mit rothem oder grünem Wachs zu siegeln, nicht gleichgültig. Die Stadtgerichte, welche zur rothen Wachssiegelung nicht berechtigt waren, konnten nur die unter ihrer Gerichtsbarkeit stehenden Personen, unter dem rothen Siegel aber, unter bestimmten gesetzlichen Einschränkungen, Jedermann als Zeugen vorladen[1].

Während wir bemerken, dass in Österreich das grüne Wachs gegen das rothe und ungefärbte gleichsam eine niedrige Rangstufe einnimmt, siegeln dagegen die byzantinischen Kaiser und Patriarchen, die Könige von Frankreich, die niederländischen Fürsten, namentlich die Herzoge von Burgund, darunter auch Maria, die Gemahlin Kaiser Maximilian's I., und viele deutsche Fürsten mit grünem Wachs.

Blaues und schwarzes Wachs kommt bei österreichischen Fürstensiegeln gar nicht, bei den übrigen Siegelgattungen nur höchst selten vor.

Ein blaues Siegel von Seiz von Chuenring vom Jahre 1372[2] fand ich im Stiftsarchive Heiligenkreuz, auch die Schenken von Tautenberg siegelten blau[3].

Der Markt Mödling erhielt das Recht in blauem Wachs zu siegeln von Friedrich III. im Jahre 1458[4], und Dr. Stockhammer zu Nürnberg von Kaiser Karl V. im Jahre 1524[5].

Schwarz siegelt Leopold von Suneck im Jahre 1262, und die Stadt Baden im XVI. Jahrhundert[6].

Die metallenen Bullen wurden mittelst Hanf- und Seidenschnüren oder Fäden an die Urkunden gehängt; die Wachssiegel dagegen wurden in der älteren Zeit den Urkunden aufgedruckt. Es geschah dies auf eine zweifache Art, entweder wurde an jener Stelle, wo das Siegel angebracht werden sollte, in das Pergament ein Kreuzschnitt gemacht, die Ecken umgebogen und das warme Wachs darauf gelegt; durch die Gewalt des Druckes drang ein Theil des Wachses durch die Oeffnung und bildete an der Kehrseite der Urkunde einen Knopf, welcher das Siegel festhielt; — oder man machte in die Urkunde zwei, von einander nicht weit abstehende Einschnitte, zog durch diese einen kurzen Pergamentstreifen und dessen Ende durch einen Wachsballen, auf den man das Siegel druckte, welches auf diese Art gleichsam aufgeheftet war. Bisweilen war das Siegel auch auf der Kehrseite der Urkunde angebracht.

Friedrich Barbarossa war der erste deutsche Kaiser, welcher die Wachssiegel nach Art der Bullen den Urkunden anhängte, und eben so der, mit ihm gleichzeitige Heinrich Jasomirgott in Österreich, dessen Siegel den Urkunden bald aufgedruckt, bald angehängt sind. Sein Sohn Leopold hat wieder aufgedruckte, und erst nach der Erwerbung Steiermarks anhängende Siegel. Friedrich der Katholische hat durchwegs anhängende Siegel. Leopold der Glorreiche wechselt anfangs, endlich aber erhalten die anhängenden durch die Einführung der Münzsiegel das Übergewicht, und bleiben, von ihm angefangen, ununterbrochen im Gebrauch.

Beim Anhängen der Siegel wurde der untere Rand der Urkunde nach einwärts umgeschlagen, und ein Querschnitt von der Breite des Pergamentstreifens darein gemacht, dieser einfach durchgezogen, und dessen beide Enden über einander gelegt, so dass beide am Siegel unten wieder herausragen, oder es wurde der Pergamentstreifen in der Mitte zu einem Knoten verschlungen, so dass ein Ende unten, das andere zur Seite, oder beide zu entgegengesetzten Seiten vorstehen. Manchmal wurde am unteren Rande der Urkunde ein schmaler Streif, jedoch nicht bis an das Ende abgeschnitten, derselbe durch einen Querschnitt gezogen und daran das Siegel gehängt. Um die Siegel an Hanf- oder Seidenschnüren oder derlei Fäden anzuhängen, wurden an der Urkunde zwei runde Löcher durchgeschnitten, durch diese die Fäden oder

[1] Tascheppe und Stenzel, über den Ursprung der Städte Schlesiens, pag. 246. — [2] Abgebildet: Hanthaler, Recensus diplom. genealog. Taf. 29, Fig. 15. — [3] Gruber, kurzgefasstes Lehrsystem, pag. 124. — [4] Melly, Beiträge zur Siegelkunde des Mittelalters, pag. 33. — [5] Heinneccius, l. c. pag. 55. — [6] Hanthaler, Recensus etc. I, 226.

Schnüre gezogen, hart am Ende der Urkunde in einen Knoten geschlungen und nun das Siegel daran gelegt.

Bei Siegeln, welche förmliche Halbkugeln bilden, von 1 bis 2 Pfunden im Gewichte, wie jene der Könige Emerich und Andreas II. von Ungarn, ist die Urkunde in der Mitte an zwei Stellen durchlöchert, und die Seidenschnüre von der Dicke eines kleinen Fingers sind durch diese Öffnungen und die Halbkugel gezogen[1]. Um die Anlegung des Siegels und das Aufdrucken des Typars zu bewerkstelligen, mochte man in älterer Zeit eine Wachsfläche von der Grösse des Typars in das letztere eingedrückt haben, auf diese wurden sodann die Pergamentstreifen, Fäden oder Schnüre zurechtgelegt, und eine dickere Wachsschichte darüber geknetet, wodurch beide Wachsschichten zu einem Ganzen verbunden wurden, worauf man das Siegel vom Typare abnahm. Später scheint man die für das Siegelbild bestimmte Wachsschichte dem Typare nicht eingedruckt, sondern aufgegossen zu haben, wofür die gleichmässige Auftragung bei der oft äusserst dünnen färbigen Wachsschichte spricht. Im Übrigen wurde wie früher verfahren. Um das Abnehmen vom Typare zu erleichtern, wurde am Rücken des Siegels eine kammartige Erhöhung geknetet, in welcher sich gewöhnlich die Finger- oder sonstigen Eindrücke befinden. Als im XIV. Jahrhundert die Wachsschalen in Gebrauch kamen, wurden diese mittelst eigener Formen an den Pergamentstreifen oder Schnüren befestigt, und hierauf die, dem Typare aufgegossene Bildschichte in die Schale eingedruckt.

Die kleineren Siegel, Secrete, findet man auch in späterer Zeit öfters aufgedruckt; es wurde nämlich am Schlusse der Urkunde oder auf deren Rücken eine dünne Wachsschichte, und auf diese ein vier- oder mehreckiges Papier gelegt, und hierauf das Siegel wahrscheinlich mit einem kräftigen Hammerschlage abgedruckt, welcher das Wachs mit der Urkunde und mit dem Papiere verband; diese Siegelung fand sowohl bei Pergament- als auch bei Papierurkunden statt, und wird besonders bei letzteren im XV. Jahrhundert sehr beliebt.

Briefe wurden in älterer Zeit zusammengefaltet, an zwei Stellen mit Quereinschnitten versehen, durch diese ein Pergamentstreifen gezogen, dessen Enden auf dem Rücken des Briefes übereinander gelegt und darauf das Siegel gedruckt. Beim Öffnen des Briefes wurde der Pergamentstreifen an der Vorderseite durchgeschnitten und das Siegel unverletzt gelassen.

In ähnlicher Weise wurden im XVI. Jahrhundert ämtliche Zuschriften gefaltet, mit einem Zwirnfaden kreuzweise überbunden und auf der Rückseite über dem Knoten des Zwirnes besiegelt.

Zu den Schnüren oder Fäden, an welchen die Siegel hängen, ward häufiger Seide als Zwirn verwendet; sie sind entweder einfärbig oder, was meistens der Fall ist, mehrfärbig; die Farben sind jedoch nicht analog mit den Wappen- oder Landesfarben. Schnüre oder Fäden von einer Farbe sind entweder grau, grün, roth, braun, gelb, schwarz, violet; am häufigsten sind zwei Farben, und zwar: gelb und grün, gelb und roth, grün und weiss, grün und grau; am beliebtesten aber waren grün und roth; später kommen, auf die Landesfarben hinweisend, auch rothe und weisse Schnüre vor; seltener sind dreifarbige Fäden oder Schnüre, gelb, grün und roth; blau, gelb und orange; und bei Ladislaus, wahrscheinlich als ungarische Farben, grün, roth und weiss. Vier Farben, nämlich: blau, gelb, roth und weiss finden wir nur einmal bei Heinrich dem Jüngeren von Mödling.

Metallfäden mit Seide gemengt gehören einer späteren Zeit an; Kaiser Maximilian I. gebrauchte zuerst goldene und schwarze Schnüre, Kaiser Ferdinand I. goldene und rothe, der

[1] Spiess, archivische Nebenarbeiten II, 1, erwähnt eines Siegels Andreas' II. von Ungarn im Gewichte von 1 Pfund 24 Loth, Hanthaler eines desselben Königs mit 3 Pfund. Recensus diplom. geneal. I, 189. Auch das Stift Heiligenkreuz bewahrt Siegel von Emerich und Andreas II. im beiläufigen Gewicht von 1 Pfund. Siehe auch Gruber: Kurz gefasstes Lehrsystem seiner diplomatischen und heraldischen Collegien, Taf. IV, Fig. 4.

erstere nach den Farben des deutschen Reichswappens, der andere nach den Farben des Hauses Habsburg.

Der Gattung nach lassen sich die österreichischen Fürstensiegel eintheilen in: Hauptsiegel, Secrete, Petschafte, Contrasiegel und Amtssiegel.

Die Hauptsiegel (sigilla authentica), welche in der Umschrift mit dem Namen und Titel des Fürsten bezeichnet sind, denen später das Wort Sigillum oder dessen Abkürzung S. vorausgeht, sind Anfangs die allein gebräuchlichen. Wir treffen in der Periode der Babenberger, so wie im Zwischenreiche keine anderen, und sie sind sämmtlich, mit Ausnahme der Babenbergischen Nebenlinie, Porträtsiegel. Als man diese in der späteren Zeit immer mehr zu vergrössern anfing, kamen neben ihnen auch kleinere Siegel mit Wappendarstellungen für gewöhnliche Ausfertigungen als Hauptsiegel in Gebrauch, während die ersteren für wichtige Urkunden aufbewahrt blieben. Aus diesem Grunde werden die Porträtsiegel in den Urkunden auch öfter als Majestätssiegel bezeichnet, wie jene Rudolfs III., Alberts II. und Otto des Fröhlichen[1], dann Alberts VI. welche Benennung bisweilen auch in der Siegelumschrift Eingang fand: sigillum majestatis, sigillum majus. Man legte einen besonderen Werth darauf, dass die zwischen Fürsten ausgestellten Vertragsurkunden unter dem grossen Hauptsiegel als einer erhöhten Kanzleifeierlichkeit ausgefertigt wurden; darum musste sich auch Herzog Rudolf IV. verpflichten, die dem Kaiser Karl IV. gegebenen Bundesbriefe, welche unter dem kleinen Siegel ausgefertigt waren, mit dem neuen grossen Siegel zu versehen, sobald letzteres fertig sein würde[2].

In späterer Zeit fing man an, für verschiedene Provinzen verschiedene Hauptsiegel zu führen; so hatte Albert V. neben dem österreichischen Reitersiegel noch ein eigenes für die Markgrafschaft Mähren und nach seiner Wahl zum deutschen Könige ein Thronsiegel für das Herzogthum Schweidnitz, dann zwei kleinere Siegel für das Herzogthum Österreich, eines vor und eines nach der Wahl zum deutschen Könige. Ladislaus Posthumus hatte für Österreich, Böhmen, Ungarn und das Herzogthum Schweidnitz besondere Majestätssiegel, und unter den kleineren Hauptsiegeln eines für Österreich, eben so führte Kaiser Friedrich III. nach seiner Kaiserkrönung nebst zwei kleineren Wappensiegeln auch ein eigenes Majestätssiegel für die österreichischen Angelegenheiten.

Ausserdem dass man für verschiedene Provinzen eigene Hauptsiegel führte, wurden letztere überdies noch öfter gewechselt. Neuer Ländererwerb oder Abfall von Provinzen, Verlust des früheren Siegels, Erhöhung der Würde, Streitigkeiten über bestimmte Rechte und Titel, Erbtheilungen u. s. w. gaben hierzu die Veranlassung, und von vielen Aenderungen sind die Gründe unbekannt.

Wir wollen hier nur einige dieser Änderungen erwähnen: Als Herzog Heinrich Jasomirgott Baiern an den Kaiser abtrat und Österreich zum Herzogthum erhoben wurde, verschwand das Siegel mit der Umschrift: dux Bavariae. Durch die Erwerbung Steiermarks entstand ein neues Siegel und ein zweites durch die Wiedervereinigung beider Herzogthümer unter Leopold dem Glorreichen. Nach seiner Krönung zum Könige von Böhmen nahm Otakar ein Thronsiegel an und wechselte dieses, nachdem er Kärnthen und Eger erworben hatte; eben so verschwinden die Reitersiegel Alberts I., Friedrichs des Schönen, Alberts V. und Friedrichs V. nach ihrer Wahl zu römischen Königen, und letzterer wechselt wieder nach seiner Kaiserkrönung die königlichen Siegel und bemerkt es ausdrücklich in den Urkunden, wenn er ein königliches Siegel auch noch nach der Kaiserkrönung gebraucht. Nach dem Wiederanfalle Kärnthens ändern Herzog Albert II. und Otto ihre Reitersiegel. Wegen des Titels eines Pfalzerzherzogs in Schwaben

[1] Maxim. Fischer, Merkwürdigere Schicksale des Stiftes und der Stadt Klosterneuburg. Urkundenbuch Nr. 131 und 157.
[2] Schöpflin, Alsacia diplomatica II, 234.

und Elsass musste Herzog Rudolf IV. sein Münz- so wie ein kleineres Siegel ablegen. Das neue Reitersiegel Rudolfs erhielt eine Abänderung durch die Erwerbung Tirols; endlich deutet das Siegel Leopolds III. mit den Wappen von Österreich und Tirol als den Hauptschilden auf die Ländertheilung. Dieses Wechseln der Siegel geschah nicht immer durch eine gänzliche Beseitigung des früheren Siegels, sondern es wurden oft nur einzelne Theile desselben geändert; so wurde bei Rudolf IV. nur die Umschrift des Siegels ausgehoben und umgeändert. Eben so wurden auf dem grossen Reitersiegel desselben, in der Fahne statt des österreichischen Wappens, der Adler von Tirol und die Überschrift: „Dyrol" nachgegraben. In gleicher Weise sind auf der goldenen Bulle und auf dem kaiserlichen Majestätssiegel Kaiser Friedrichs III. nur einzelne Theile der früheren königlichen Siegel umgearbeitet.

In späterer Zeit hatte man auch von den Hauptsiegeln mit Wappendarstellungen grössere und kleinere, und erwähnte der ersteren genau in der Urkunde: „mit unserem fürstlichen grossen anhängenden Insiegel". Unter den kleinen Hauptsiegeln kommen, jedoch sehr selten, auch solche vor, welche gar keine Umschrift oder statt dieser nur einzelne Anfangsbuchstaben haben.

Die Secretsiegel werden in der Umschrift gewöhnlich als solche bezeichnet, sind gegen die Hauptsiegel viel kleiner, und werden meistens zu geringeren Ausfertigungen verwendet, was mit der Ansicht der älteren Zeit im Widerspruche steht, wo die Siegelung mit dem Secrete für ein Zeichen besonderer Zuneigung und Gnade galt; so hatte Kaiser Heinrich III. der Kirche zu Nivelles eine Urkunde besiegelt: „quod specialis delectionis indicium est, ‚non communi sigillo, sed secreto suo" [1]. Die deutschen Könige führten auf ihren Secreten einen einfachen, die deutschen Kaiser, von Sigmund angefangen, einen doppelten Adler.

Die Petschafte, auch Signete genannt, sind entweder Ring- oder Handsiegel, welche in der Regel bei Privatschreiben verwendet wurden; sie haben selten Umschriften, bisweilen nur den Namen des Eigenthümers oder nur den Anfangsbuchstaben des Namens, meistens aber sind sie ohne Umschrift; die Siegelung mit dem Petschafte wird in der Urkunde in der Sigillationsformel gewöhnlich besprochen, und manches Mal werden die unter dem Petschafte gegebenen Urkunden, sobald der Fürst ein Siegel hat, unter diesem neu ausgefertigt; so bestätigt Rudolf IV. der Burgcapelle die in den Jahren 1356 und 1357 ausgestellten Urkunden im Jahre 1358 neuerdings, weil er nun ein eigenes fürstliches Siegel hat.

Amtssiegel sind solche, unter welchen bestimmte Personen in einem, vom Fürsten ihnen übertragenen Wirkungskreise Urkunden ausstellen, so die von den Berg- und Kellermeistern in Österreich geführten Bergrechtssiegel, ferner unter Ladislaus Posthumus das Siegel der Landesverweser und unter Kaiser Friedrich III. jenes der Anwälte in Österreich, und das Hofgerichtssiegel.

Contrasiegel nennt man diejenigen, welche auf der Rückseite eines anderen Siegels eingedrückt sind, und sie können sowohl bei den Haupt- als Secretsiegeln, ja sogar bei den Petschaften in Anwendung kommen, so wie dagegen die beiden letzteren häufig als Contrasiegel verwendet werden, was auch bisweilen mit kleineren Hauptsiegeln bei den grösseren sogenannten Majestätssiegeln geschieht. Es scheint, dass die gewöhnlichen Contrasiegel sich unmittelbar in den Händen der fürstlichen Personen befanden, denn manche sind, der Grösse nach zu schliessen, in Ringe gefasst gewesen, was sich besonders bei den geschnittenen Steinen als ganz sicher voraussetzen lässt. Heineccius glaubt, dass besonders die Cachets, worunter er kleine achteckige Siegel versteht, die nicht blos auf der Rückseite, sondern bisweilen auch auf der Vorderseite des Hauptsiegels eingedrückt wurden, ein Zeichen seien, dass die Urkunden nicht ohne Vorwissen des Fürsten ausgestellt waren, und daher die Stelle der Unterschrift vertraten [2]. Diese Ansicht wird

[1] Heineccius, l. c. pag 77, 78. — [2] Heineccius, l. c. pag. 165, Cap. 15, III.

auch durch einen Brief Kaiser Friedrichs III. an die Bürger von Erfurt bestätigt: „Wir haben auch mit einem unsern kayserlichen Brive unter unsern anhangunden Insigel und Secret zu versehen zugesagt". In der Ausführung dieses Versprechens wurde Friedrich durch den Verlust des Secretes gehindert, und um seine Zusage zu erfüllen, gab er den Boten der Stadt „einen Briv unter unsern kayserlichen anhangenden Insigel und an unsers Secrets statt mit unser selbst Hand unterschrieben"[1].

Unter den sechs Contrasiegeln Kaiser Friedrichs III. sind zwei, welche seinem Majestätssiegel und zwar an der Thronstufe, bald mit weissem, bald mit rothem Wachs eingedruckt sind. Es lässt sich also im Ganzen annehmen, dass, nachdem die Urkunde von dem Kanzler ausgefertigt und mit dem Hauptsiegel versehen war, dem letzteren das Contrasiegel entweder von dem Fürsten oder doch wenigstens in seiner Gegenwart aufgedrückt wurde; und dass dort, wo Secrete oder kleinere Haupt- als Contrasiegel verwendet wurden, sich die verschiedenen Siegel in verschiedenen Händen befanden, um bei wichtigeren Urkunden eine Controle herzustellen. Wenn daher Private Contrasiegel gebrauchten, so geschah dies wohl hauptsächlich aus Nachahmungssucht. In der niederländischen Sphragistik kommen die Contrasiegel sehr häufig und in mannigfachen Formen vor[2].

Ausser den kleinen Hauptsiegeln, welche als Contrasiegel verwendet werden, lassen sich von letzteren folgende Arten unterscheiden:

1. Jene, die in ihrer Umschrift ausdrücklich als Contrasiegel bezeichnet sind.

2. Solche, deren Umschrift die Fortsetzung der Umschrift des Hauptsiegels enthält, und welche daher nie allein gebraucht werden konnten[3]; was

3. auch bei jenen der Fall ist, deren Umschrift aus Formeln besteht, wie: Austria felix oder secretum comitis, secretum meum, sigillum secretum meum, ohne Angabe des Siegelführers. Hieher gehören auch die Contrasiegel der deutschen Könige mit der Umschrift: Juste judicate filii hominum, welche schon Kaiser Heinrich VI. gebraucht haben soll[4].

4. Die gar keine Verbindung mit dem Hauptsiegel haben, wie Figuren, Lilien, antike oder spätere Steinschnitte; ferner Wappengruppen, einzelne Wappenfiguren, Helme mit Krone und Zimier, ohne Umschrift.

5. Jene, worauf sich die Büste des Siegelführers mit oder ohne Umschrift befindet.

6. Deren Umschriften nur die Würde des Siegelführers oder auch den Namen desselben angeben; dann solche, deren Umschrift mit den Worten: sigillum minus, oder secretum, oder nur mit der Abkürzung S. beginnt, und welche hauptsächlich nur als Contrasiegel gebraucht werden, aber bisweilen auch selbstständig vorkommen.

7. Welche gleiche Darstellung und Umschrift mit dem Hauptsiegel haben, aber bedeutend kleiner sind, wie bei den Hofgerichtssiegeln der deutschen Könige und Kaiser, oder welche gleiche Umschrift, aber verschiedene Darstellung haben.

8. Die Siegel der Amtspersonen auf der Kehrseite der Amtssiegel, so des Kellermeisters Johann Steger auf dem Bergrechtssiegel Herzog Alberts V.; oder des Grafen Johann von Werdenberg auf der Rückseite des Landfriedensiegels Kaiser Wenzels für Franken und Baiern aufgedruckt, vom Jahre 1395[5]. Bisweilen sind auf der Kehrseite des Hauptsiegels Siegel von Personen aufgedruckt, welche in der Urkunde gar nicht genannt erscheinen; Leyser hält sie

[1] Hoffmann, vermischte Beobachtungen aus den deutschen Staatsgeschichten und Rechten, IV. 231. — Hoffmann meint jedoch, dass unter dem Secrete das Monogramm zu verstehen sei (?). — [2] Vredius, Sigilla comitum Flandriae und Genealogia comit. Flandr. — [3] Vredius, Sigill. pag. 26. Hauptsiegel: Sigillum Fernandi comitis Flandriae. Contrasiegel: et comes Hanoie. — [4] Castoldus de Imper. quaest. 89, Nr. 6. — [5] In einer Urkunde im Stadtarchive zu Eger.

für die Verfasser der Urkunde[1]. Ein solches Notariatssiegel dürfte das Rücksiegel bei der Stadt Leitmeritz sein[2].

Heinneccius führt als das älteste geistliche Contrasiegel jenes des Erzbischofs Gebhard von Mainz an, anno 1299[3]; allein Bischof Rudolf von Halberstadt hatte bereits ein solches im Jahre 1148, und zwar auf einem der Urkunde aufgedruckten Hauptsiegel, also der an der Rückseite der Urkunde befindlichen Wachsmasse eingedruckt[4]. Eben so irrt Heinneccius, wenn er angibt, dass Städte als solche nie ein Contrasiegel hatten[5].

Unter den österreichischen Fürsten führte Albert I. die Contrasiegel ein, und seine Schwiegertochter Blanca von Frankreich ist unter den österreichischen Fürstinnen die erste, welche ein solches hat.

Im Jahre 1287 hat der oberste Schenk Leutold von Chuenring auf der Rückseite seines Amtssiegels den vertieften Eindruck einer Camee, und im Jahre 1310 der oberste Kämmerer einen Helm mit zwei Flügen; eben so gebrauchten die Grafen von Schaumburg im XIII. und XIV. Jahrhundert Contrasiegel.

Unter den österreichischen Conventen findet sich bei Klosterneuburg im Jahre 1206, bei Lilienfeld im Jahre 1467 ein Contrasiegel vor[6]. Die Siegel der Cisterzienserklöster mit der Umschrift: Contrasigillum Abbatiae oder Conventus, welche aber immer als selbstständige in Gebrauch kamen, gehören nicht hieher[7].

Von den österreichischen Städten hat nur Wien Contrasiegel und zwar bereits im Jahre 1303, ein zweites, nur für das Grundbuchssiegel bestimmt, blieb vom Jahre 1372 bis zum Jahre 1585 in Gebrauch[8]. Am häufigsten aber kamen im XIV. Jahrhundert Contrasiegel an den Siegeln der Wiener Bürger vor, was sich nur aus einer besonderen Vorliebe für antike Steinschnitte erklären lässt, denn eben aus solchen bestehen dieselben[9].

Aus dem bisher Gesagten ergibt sich, dass die Urkundensiegel entweder nur auf der Vorderseite Siegelbilder haben, man nennt sie einseitige, oder dass sie auch auf der Kehrseite Bilder verschiedener Art aufgedruckt haben, weshalb man sie doppelseitige nennt. Unter die letzteren gehören die sogenannten Münzsiegel, das sind solche, welche auf beiden Seiten Darstellungen von gleicher Grösse haben, daher so wie eine Münze geprägt sind; es ist dies nicht blos bei den Bullen, sondern auch bei den Wachssiegeln der Fall. In Österreich führte sie Leopold der Glorreiche ein, nach ihm hatten sie sein Sohn und Otakar, unter den Habsburgern verschwinden sie wieder, nur Herzog Rudolf IV. hatte ein solches vorübergehend. Bei Ladislaus Posthumus sind die Thronsiegel für Österreich, Ungarn und Böhmen Münzsiegel, und eben so führte sie Kaiser Friedrich als Herzog, König und Kaiser.

In Ungarn war diese Form seit König Bela IV. (reg. 1235—1270), also etwas später als in Österreich, die allgemein gebräuchliche. Die Kehrseite wird bei Sigmund und Mathias Corvin: Sigillum secundum, bei Wladislaus (anno 1490): altera pars duplicis sigilli genannt.

Frühzeitiger als in Österreich finden wir die Münzsiegel in Böhmen; ihr Anfang geht bis zu König Wladislaus (anno 1158—1173) zurück; denn wenn gleich bei den Urkunden mit aufgedruckten Siegeln nicht dieselbe Wachsmasse münzförmig bedruckt werden konnte, so befanden sich doch bei Wladislaus und seinen Nachfolgern auf der Schrift- so wie auf der

[1] Leyser Polycarp, Commentatio de contrasigillis medii aevi. 4°. Helmstadt, 1726, pag. 38. — [2] Notizen-Blatt, herausgegeben von der historischen Commission der kaiserlichen Akademie der Wissenschaften, 1855, pag. 305. — [3] l. c. pag. 166. — [4] Leyser, l. c. pag. 30 und Fig. 32. — [5] l. c. pag. 166. Siehe Melly, l. c. pag. 157, welcher drei Contrasiegel von Städten anführt, zwei von Wien und eines von Marburg. Dass das Secret des Bürgermeisters dem Hauptsiegel der Stadt auf der Rückseite als Contrasiegel aufgedruckt wurde, kommt öfter vor. — [6] Sava, die mittelalterlichen Siegel der Abteien und Regularstifte in Österreich. Jahrbuch der k. k. Central-Commission, III. Jahrg., pag. 229—234. — [7] Ebenda, 198. — [8] Melly, l. c. pag. 61 und 62. — [9] Melly, l. c. pag. 253 seq.

Kehrseite der Urkundensiegel von gleicher Grösse, die durch das Wachs, welches den in das Pergament gemachten Kreuzschnitt durchdrang, mit einander verbunden waren und gleichsam ein Stück ausmachten.

Ausser den Münzsiegeln der Herzoge von Österreich sind von deutschen Fürsten wenige bekannt; Praun in seinen Anmerkungen über die Fusssiegel erwähnt drei: Graf Albert von Orlamünde anno 1224, ein verdächtiges Siegel des Landgrafen Conrad von Thüringen anno 1234 und eines von Herzog Heinrich von Braunschweig anno 1320[1]. Unter den deutschen Kaisern haben nur Sigmund[2] und Friedrich III. Münzsiegel in Wachs. In England blieb diese Art bis auf den heutigen Tag in Gebrauch.

Die Könige von Spanien führten häufig Münzsiegel, vereinzelt kommen sie beinahe in allen Ländern vor.

Seit dem XVI. Jahrhundert führten die deutschen Kaiser vier Siegel[3]:

1. Goldene Bullen, die innen hohl und mit Wachs ausgegossen waren. Sie durften nur von der Reichskanzlei für Fürsten-, Grafen- und Freiherrn-Briefe gebraucht werden. An Taxen mussten für dieselben 40 Ducaten und 6 Ducaten Macherlohn entrichtet werden, während für dasselbe Siegel in Wachs 12 Gulden und 1 fl. 30 kr. für die Kapsel zu bezahlen waren.

2. Das grosse Siegel wurde nach der Reichshofkanzlei-Ordnung von 1570 bei allen hohen Regalien, Lehen und Hauptverschreibungen angewendet; die Kapsel dazu war je nach Verlangen der Partei von Gold, Silber oder Holz.

3. Das mittlere Siegel war für geringe Gnadenbriefe.

4. Das kleine Siegel wurde den Urkunden nicht angehängt, sondern aufgedruckt.

Über die landesfürstlichen Siegelgebühren in Österreich im Mittelalter ist mir nichts bekannt.

Die Form der österreichischen Fürstensiegel ist beinahe durchwegs die runde, nur einige wenige Contrasiegel und Petschafte haben die Form überhöhter Achtecke, und nur ein Petschaft und zwei Contrasiegel, letztere antike geschnittene Steine, bilden Ovale.

Verschiedener sind die Siegel in der Grösse. Die Reitersiegel der Babenberger haben durchschnittlich 3 Zoll im Durchmesser; unter Friedrich dem Streitbaren, Hermann von Baden und Otakar werden sie etwas grösser, und die beiden Majestätssiegel der letzteren haben das eine $3^3/_4$, das andere 4 Zoll im Durchmesser. Unter den Habsburgern schwankt die Grösse der Reitersiegel zwischen $3^1/_2$ und 4 Zoll, und unter Rudolf IV. erhalten sie $4^1/_2$ und 5 Zoll im Durchmesser. Die Porträtsiegel Kaiser Friedrichs III, mit Ausnahme der goldenen Bullen (2″ 10‴) und des Hofgerichtssiegels (3″ 4‴), haben 5 Zoll im Durchmesser.

Die Wappensiegel sind kleiner als die Porträtsiegel; die grössten Hauptsiegel mit Wappendarstellungen sind jene von Friedrich III., Ladislaus und Albert VI. mit 3 und $3^1/_2$ Zoll, das kleinste hat Rudolf IV. mit 10 Linien. Das grösste Petschaft besitzt Friedrich III. mit 7 Zoll, das kleinste Albert V. mit $^1/_2$ Zoll. Die grössten Contrasiegel führt Rudolf IV., welche jedoch sehr häufig auch als Hauptsiegel gebraucht wurden, mit $1^7/_8$ Zoll, das kleinste Albert IV., einen antiken Steinschnitt von 5 Linien.

Zur Bezeichnung des Siegelführers, wohl auch des Siegels selbst (sigillum majestatis, sigillum majus, sigillum secretum) sind die Siegel mit Umschriften versehen (epigrapha); Siegel ohne Umschriften (anepigrapha) kommen mit Ausnahme der Ring- und Contrasiegel selten vor.

Die Umschrift ist an der Peripherie, dem sogenannten Schriftrande angebracht und nimmt in der Regel den ganzen Umkreis ein; als sich später die Ländertitel mehren, geht sie in eine zweite

[1] (Praun, anonym). Anmerkungen von den Sigillis pedestribus etc. Braunschweig, 1779. 4°. 16 Seiten. Siehe S. 10, § 17.
[2] Römer-Büchner, l. c. Nr. 73. — [3] Moser, deutsches Staatsrecht, III, 65.

und auch in eine dritte Zeile über. Auf den späteren Thronsiegeln füllt der Baldachin über dem Throne den oberen Theil des Schriftrandes aus, so dass für die Schrift ungefähr drei Viertheile bleiben. Bieten diese nicht hinlänglichen Raum, so ist die zweite Zeile zu beiden Seiten des Siegelbildes vertheilt.

In der älteren Zeit ist die Umschrift bald zwischen zwei Linien, bald frei, d. i. vom Siegelbilde durch keine Linie getrennt; zweimal kommt der Schriftrand über das Siegelfeld, d. i. über den Raum, in welchem sich das Siegelbild befindet, erhöht vor. Seit dem XIII. Jahrhundert aber ist derselbe immer von Linien begrenzt, deren äussere den Rand des Siegels bildet, während die innere die Umschrift vom Siegelfelde scheidet. Bei mehrzeiligen Umschriften sind auch die Zeilen durch Linien von einander getrennt; nimmt die zweite oder dritte Zeile nur einen kleinen Theil des Umkreises in Anspruch, so ist derselbe frei im Siegelfelde.

Die Linien sind entweder einfach oder stufenförmig erhöht, oder sie gleichen an einander gereihten Perlen und an einander gereihten Blumen. Die Perlenlinien sind bis in die zweite Hälfte des XIV. Jahrhunderts vorherrschend; gegen Schluss des XIV. und XV. Jahrhunderts erlangen die Stufenlinien das Übergewicht und sind gewöhnlich an der inneren, schief aufsteigenden Fläche mit Masswerk oder Blumen verziert. Bisweilen kommen auf einem Siegel mehrere Gattungen von Linien vor; in diesem Falle bilden gewöhnlich die Perlenlinien den Siegelrand und die Scheidungslinie zwischen den Zeilen, während eine Stufenlinie das Siegelfeld begrenzt.

Umschriften auf Schriftbändern, welche besonders im XV. Jahrhundert bei einigen Siegelgattungen sehr beliebt waren, kommen auf den österreichischen Fürstensiegeln selten vor, wohl aber erscheinen Inschriften theils in Devisen, theils in Jahreszahlen bestehend, im Siegelbilde selbst auf Bändern angebracht.

Die einzelnen Worte sind entweder durch grössere Zwischenräume oder durch Punkte, entweder einzelne oder mehrere über einander, getrennt. Kleine Rosen oder andere Blumen- und Blätterverzierungen, auch Sterne oder andere Ornamente, vertreten bisweilen die Stelle der Punkte. Bleiben am Schlusse der Umschrift im Siegelrande grössere Räume leer, so werden diese durc Blumen oder Blätterzweige ausgefüllt.

Ausser den Umschriften kommen noch Auf- oder Inschriften vor, welche als erklärende oder ergänzende Beisätze, als Devisen oder Jahreszahlen entweder frei im Siegelfelde oder im Siegelbilde auf Schriftbändern oder auf dem Sockel der Architectur, oder am Thronschemel angebracht sind.

Randschriften am äusseren Rande (Exergue) finden sich nur auf den Siegeln Otakars und Rudolfs.

Abschnittschriften unter einem Querstrich kommen auf den österreichischen Fürstensiegeln gar nicht vor.

Die Schriftarten, welche auf den Siegeln der österreichischen Fürsten gebraucht werden, sind die gothische Majuskel, die deutsche Minuskel und die Übergangslapidar.

Die sogen. gothische Majuskel ist ein Gemisch aus altrömischen Buchstaben (geradlinige, litterae quadratae) und aus Uncialen (gerundeten Buchstaben). Sie ist die eigentliche Monumentalschrift des früheren Mittelalters, bis in die zweite Hälfte des XIV. Jahrhunderts die allein gebräuchliche, und kommt bis zum Schlusse desselben Jahrhunderts abwechselnd mit der deutschen Minuskel vor. Anfangs erscheinen nur die Buchstaben *E* und *M* gerundet und meistens vereinzelt neben den geradlinigen gleichen Buchstaben; das *M* hat jedoch zuweilen auch die Form eines *O*, an welches sich ein, nach abwärts geschweifter Balken anschliesst; im XIII. Jahrhundert besteht dasselbe aus drei Balken, von denen der mittlere gerade ist, während die beiden äusseren symmetrisch geschweift sind.

Im XIII. Jahrhundert mehren sich die Uncialen immer mehr, und es erscheinen gerundete *H*, *N*, *T* und *U* in mannigfachen Formen; der erste Balken des *A* wird geschweift, und da sich beide Balken oben nicht berühren, so werden sie durch einen Querstrich mit einander verbunden, die *G* und *D* werden oben ausgeschweift, die *C* und *E* vorne geschlossen. In der zweiten Hälfte des XIII. Jahrhunderts werden die gerundeten Linien an den Anfängen und Ausgängen dünn, in der Mitte dagegen stark und markig. Die Schrift ist gewöhnlich sehr erhoben, bisweilen in der Mitte kantig und nach beiden Seiten abgedacht, häufiger aber sind die Buchstabenbalken gebaucht, seltener flach und scharfkantig; im XIV. Jahrhundert werden die Buchstaben schlank und zierlich.

Die deutsche Minuskelschrift beginnt mit der 2. Hälfte des XIV. Jahrhunderts, zum ersten Male finden wir sie auf dem grossen Reitersiegel Rudolfs IV. Die Buchstabenbalken sind viereckig, scharfkantig geschnitten und mit glatter Oberfläche. Im XV. Jahrhundert beginnen die einzelnen Worte bei dieser Schriftgattung mit Majuskelbuchstaben, welche mit mannigfaltigen Verzierungen geschmückt, an den Enden gespalten und übergebogen sind.

Die Übergangslapidar erhält ihre Ausbildung unter Friedrich III. und ist eine willkürliche Mischung von Lapidar-, Uncial- und Fracturbuchstaben; sie erscheint auf unseren Fürstensiegeln, namentlich auf jenen Kaiser Friedrichs III. und seines Bruders Herzog Alberts VI. in ziemlich einfachen Formen, schlank und scharf geschnitten, ist aber auf anderen Siegelgattungen durch Schnörkel, Spaltungen und Ausbiegungen reich, oft überladen verziert; hieher gehört auch die durch ihre doppelwülstigen Formen an den Enden der Balken bekannte Knochenschrift. Allmählich wird sie mehr und mehr mit Lapidarbuchstaben untermengt, bis sie endlich im XVI. Jahrhundert der neuen Lapidarschrift vollständig weicht.

Die Umschriften so wie alle Gattungen von Beischriften sind mit einziger Ausnahme des Siegels Kaiser Friedrichs III. („S. konig Fridreichs anwelt in osterreich") durchwegs in lateinischer Sprache. Bezüglich der Rechtschreibung lässt sich im Allgemeinen bemerken, dass der lateinische Ausgang *ae* bei den Ländernamen durchaus mit einfachem *e* geschrieben, und das *c* mit wenigen Ausnahmen dort gebraucht wird, wo sonst der Buchstabe *t* den gleichen Laut vertritt: gracia, Alsacia, alcius statt altius; während das *t* seinen angestammten Laut behält, daher Karintie statt Karinthie. Der Buchstabe *y* steht bisweilen statt *ü*, z. B. Lantgravy. Das *V* wird häufig statt des *U* gebraucht, und zwar nicht blos bei der älteren gothischen Majuskel, sondern auch bei der deutschen Minuskelschrift und der Übergangslapidar; doch kommt bei allen diesen Schriftarten das *U* in einzelnen Worten neben dem *V* vor und wird bei der Übergangslapidar sogar vorherrschend.

Von Taufnamen erscheinen: Arnestus und Ernestus; Heinricus, Hainricus und Henricus; Leupoldus, Liupoldus, Lupoldus und Leopoldus, die ersteren zwei Schreibarten am häufigsten; Ottacharus und Otakarus; Rudolfus und Ruodolfus. Eben so wechselt die Schreibweise in den Ländernamen, so: Burgovia und Purgovia; Dyrol, Tyrol und Tirol; Carniola, Carnyola und Karniola; Karintie, Karinthie, Karinthye und Karynthie; Pherretis, Ferretis und Phyretrum; Habsburc, Habsburg, Habspurch und Habspurg; Stiria und Styria halten sich ziemlich das Gleichgewicht. Ferner kommen noch vor: Vngaria und Hungaria; Gallicie und Gallecie; Camanie, Comanie und Cumanie; Bavwarie und Bawarie; Lantgravius und Lantgrafius.

Fehler in den Umschriften sind selten, so marcio statt marchio, gradia statt gracia und die Verwechslung der Mitlaute *c* und *d* in ardieux.

Die Ländernamen folgen nach dem Titel des Fürsten im Genitiv: Austriae, Stiriae, Boemiae u. s. w.; an die Stelle des Ländernamens tritt bisweilen jener des Volkes: Boemorum, Romanorum,

Phyretarum. Auch zum Adjectivum wird der Name der Besitzung oder der Provinz öfter umgestaltet: dux Medellicensis, Lucemburgensis, Swidnicensis, Jawrensis.

Um bei grösseren Umschriften Raum zu gewinnen, wurden die einzelnen Wörter abgekürzt, indem die letzten Buchstaben oder häufiger die letzte Silbe weggelassen wurde: Sigillu., Secretu., Austr., Styr., Port. Naon., Romano. statt Sigillum, Secretum, Austriae, Styriae, Portus Naonis, Romanorum. — Bei sehr bekannten Wörtern wurden oft nur der erste oder die beiden ersten Buchstaben gesetzt: *S.* für sigillum, auch für sancti, *Fr.* für Fridericus, *D.* statt de und *I.* statt in. Oft wurden Buchstaben aus der Mitte des Wortes weggelassen: Naois statt Naonis, Albti für Alberti, dns. und dni. statt dominus und domini. — Die Formel „dei gratia" erscheint abgekürzt: *d. g.* oder di. gra., am häufigsten aber: dei gra. — Manchmal sind die Abkürzungen ganz willkürlich, wie Angts. für Augustus; Ipate. statt imperatoris, Ronor. statt Romanorum; Sep. und Sp. für semper; supior. für superioris. Das Wort „et" wird in der Abkürzung durch ein gerundetes *T* oder durch ein *Z* angedeutet, die Worte „et cetera" durch: zc. etc. ez. tc.

Im Ganzen ist der Schlüssel zu den Abkürzungen wohl leicht zu finden, den schwierigeren wurde in der nachfolgenden Siegelbeschreibung gleich die Lösung beigegeben, am zahlreichsten kommen sie auf den Siegeln des Ladislaus Posthumus vor. Sie werden gewöhnlich durch Apostrophe oder durch schräge Striche, welche am Fusse des letzten Buchstabens durchgezogen sind, endlich durch gerade oder geschlungene Querstriche bezeichnet, die über der abgekürzten Silbe oder dem abgekürzten Worte angebracht sind.

Eine andere Weise, um mehr Raum für die Umschrift zu gewinnen, besteht in der Verschränkung der Buchstaben, wobei der letzte Balken des vorhergehenden, zugleich den Anfangsbalken des nachfolgenden Buchstabens bildet, am häufigsten sind die Zusammenziehungen des *A* mit den Buchstaben: *B*, *C*, *L*, *N*, *R* und *V*; bei der Verschränkung mit dem *O* ist am zweiten Balken des *A* oben und unten ein kleiner Querstrich wie bei einem *E* angesetzt. Ausserdem kommen noch folgende Verschränkungen vor: das vorne geschlossene Uncial *C* mit *A*, *N* und *H* — *D* mit *E* — *E* mit *N*, *R* und *T*, wobei das letztere den oberen Querbalken nur zur Hälfte hat; — *M* mit *E* — endlich *O*, *U* und *V* mit *R*. Die älteste derartige Zusammenziehung ist jene des *V* mit *S*, wobei der aufsteigende Strich des *V* zu einem halben *S* ausgebogen ist. — Bei der deutschen Minuskelschrift kommen nur auf einem einzigen Siegel die Verschränkungen: *be*, *de* und *re* vor, bei der Übergangslapidar fehlen sie ganz.

Da die Umschriften, welche die Bezeichnung des Siegelführers enthalten, bezüglich des Umfanges der Titulatur, so wie bezüglich ihrer Formulirung auf den Reiter- und Thron-, so wie auf den Wappensiegeln sich wesentlich unterscheiden, so wollen wir dieselben, nach diesen drei Gruppen abgetheilt, ausführlicher besprechen.

Auf den Reitersiegeln beginnt die Umschrift zu oberst, und mit wenigen Ausnahmen mit dem Kreuzeszeichen. In späterer Zeit, wo die Helmzierde der Reiterfigur bis an den Siegelrand reicht, ist der Anfang der Umschrift etwas nach links gerückt. Bei zweizeiligen Umschriften wird die innere Zeile ziemlich häufig, seltener auch die äussere bis zum Siegelrande, von dem Kopfe des Reiters, dann von den Vorder- und Hinterfüssen des Pferdes, somit an drei Stellen unterbrochen, indem die benannten Theile in den Schriftrand hineinragen. Zuweilen wird nur die innere Schriftlinie an den drei betreffenden Stellen unterbrochen und das Siegelfeld durch angesetzte Kreistheile erweitert, so dass die Reiterfigur von dem sogenannten Helmornamente umgeben ist.

Das Kreuzeszeichen besteht aus vier Balken, welche in der Mitte zusammenlaufen und an den Enden gewöhnlich etwas ausgebogen, seltener nach Art der Maltheserkreuze eingeschnitten sind, bisweilen wird es aus Blumen- oder Kleeornamenten gebildet. Auf das Kreuz folgt der Name und die Würde des Fürsten, bei den fünf ältesten Siegeln bald mit, bald ohne Benennung der Provinz. Leopold der Heilige nennt sich zuerst „von Gottes Gnaden“, welche Formel von allen folgenden österreichischen Fürsten beibehalten wird. Liupoldus dei gratia marchio Austriae, lautet die Umschrift auf dem letzten Siegel des heiligen Leopold, während seine beiden Söhne Leopold und Heinrich, belehnt mit dem Herzogthume Baiern, nur den Titel von diesem Fürstenthume führen und der Markgrafschaft Österreich gar nicht erwähnen. Nach der Abtretung Baierns und der Erhebung Österreichs zu einem Herzogthume nennt sich Heinrich Jasomirgott: dei gratia dux Austriae, und eben so dessen Sohn Leopold, welcher nach der Erwerbung Steiermarks noch: ac Stiriae beifügt. Nach Leopolds Tod theilten sich seine Söhne in die Regierung der beiden Länder, und Friedrich nennt sich Herzog von Österreich, Leopold Herzog von Steiermark; nach dem Ableben des älteren Bruders führt Leopold der Glorreiche wieder, wie sein Vater, die Titel von beiden Herzogthümern. Er war der erste österreichische Fürst, welcher Münzsiegel annahm und wie auf diesen jede der beiden Seiten, nach den Wappenfiguren in Schild und Fahne, nur einem der beiden Länder gewidmet ist, so benennt auch die Umschrift auf jeder Seite nur die entsprechende Provinz, und zwar die Vorderseite: Liupoldus dei gratia dux Austriae, die Kehrseite: dux Stiriae. Auf gleiche Weise lauten die Umschriften bei seinem Sohne Friedrich II.

Nach dem Erlöschen der Babenberger führte der Prätendent Hermann von Baden den Titel eines Herzogs von Österreich. Mit Otakar mehrt sich die Länderzahl. Auf seinem ersten österreichischen Siegel nennt er sich auf der Vorderseite: Przemisl dei gratia juvenis rex Boemorum, auf der Kehrseite: Ottacharus dei gratia dux Austriae et Stiriae. Auf den Siegeln nach der Krönung erschienen die Titel eines Königs von Böhmen, Markgrafen von Mähren, Herzogs von Österreich und von Steiermark und später kommen noch die Titel eines Herzogs von Kärnthen, Herrn von Eger, Krain, der windischen Mark und Pordenone hinzu. Überdies beginnt auf diesen beiden letzteren Siegeln die Umschrift zum ersten Male mit dem Worte: Sigillum, abgekürzt durch: „S“, worauf der Name und Titel des Fürsten im Genitiv folgen. Nach Otakar verschwindet diese Bezeichnung auf den österreichischen Reitersiegeln für immer und erscheint nur auf dem für Mähren bestimmten Reitersiegel Alberts V., dann auf einigen späteren Thronsiegeln, so wie auf Wappensiegeln, deren wir später erwähnen werden; mit ihm hören auch für eine längere Zeit die Münzsiegel auf.

Als Reichsverweser nennt sich Albert I. auf seinem Siegel nach den Stammlanden: Graf von Habsburg und Kiburg, Landgraf in Elsass und Vicar des Königs Rudolf in Österreich und Steiermark, und nach der Belehnung: Herzog von Österreich und Steiermark, Graf von Habsburg und Kiburg, Landgraf in Elsass, welchen Titeln sein Sohn Rudolf noch jene eines Herrn von Krain, der Mark und Pordenone beifügt: dei gratia dux Austriae, Stirie, dominus Carniolae, Marchiae ac Portus Naonis, comes de Habsburg et Kiburg, lantgravius Alsatiae. Gleiche Siegelumschriften finden wir bei dessen Brüdern; nur Heinrich und Otto fügen dem Elsass noch die nähere Bezeichnung bei: superioris Alsatiae. Nach dem Anfalle Kärnthens erscheint dieses Herzogthum nach Steiermark aufgeführt, und Albert II. erwähnt überdies am Schlusse der durch seine Heirath erworbenen Grafschaft Pfirt: dominusque Phyretarum.

Prunkhaft wird die Umschrift auf dem älteren Porträtsiegel Rudolfs IV., welcher unter den Habsburgern zuerst ein Münzsiegel führt, dessen Vorderseite den Herzog zu Pferde, die Kehrseite aber zu Fuss darstellt. Hier erscheint zuerst die Zählung nach dem Namen: Rudolfus quartus, er nennt sich mit Bezug auf das Privilegium majus Kaiser Friedrichs I.: Pfalzerzherzog; und legt sich diesen Titel nicht blos von Österreich, Steiermark und Kärnthen, sondern auch von Schwaben und Elsass bei. Diese beiden letzteren Titel zogen die Aufmerksamkeit der Reichsfürsten und des Kaisers auf sich, und Rudolf musste auf dem Reichstage zu Esslingen am

5. September 1360 sich urkundlich verpflichten, die Siegel mit den Titeln eines Herzogs von Schwaben und von Elsass brechen und sich bis Weihnachten desselben Jahres neue Siegel anfertigen zu lassen, in der Weise, wie sein Vater und andere seiner Vorfahren sie führten. Auch verspricht er, die Bundes- und andere Urkunden, welche er dem Kaiser zu Esslingen unter seinem gegenwärtigen kleinen Siegel ausgestellt hatte, mit dem neuen grossen Siegel, das man ihm machen soll, zu bestätigen. Diese Verpflichtungen wurden aber in der bedungenen Frist nicht erfüllt, und Rudolf musste auf dem Reichstage zu Nürnberg im Februar 1361 wiederholt geloben, diese Titel abzulegen, da er auf die Pfalz kein Recht habe und in Schwaben und Elsass nicht Herzog sei. Ferner musste er versprechen, die Lehen in diesen beiden Ländern künftig nicht mehr in Hut und Mantel und anderen fürstlichen Zierden, die nur einem Herzoge angehören, zu verleihen[1]. Der Erzherzogstitel selbst wurde nicht bestritten.

Ausserdem nennt sich Rudolf auf diesem Siegel noch einen Herrn von Krain, der Mark und von Portenau, und schliesst mit der Angabe seines Geburtsjahres. Auf der Kehrseite legt er sich den Titel eines Erzjägermeisters des heiligen römischen Reiches bei, und fügt die genealogische Angabe hinzu: der Erstgeborene des Herzogs Albert und der Herzogin Johanna. Als Beischrift findet sich die Angabe des Geburtstages: Natus in die omnium sanctorum. Endlich ist auch der äussere Rand (Exergue) mit einer Inschrift versehen, in welcher sich abermals auf das Fridericianische Privilegium majus berufen wird, sie lautet: Imperii scutum ferturque cor Austriae tutum, primus Fridericus testatur Caesar Augustus illud scriptura, quam roborat aurea bulla.

Dieses Münzsiegel wich in Folge des ausgestellten Reverses und wiederholter Mahnungen, einem nicht minder prachtvollen und grösseren Reitersiegel, auf welchem die Umschrift zum ersten Male in deutscher Minuskel erscheint, der Titel Archidux ist beibehalten, der Zusatz palatinus fehlt, eben so die Namen der Herzogthümer Schwaben und Elsass, dafür folgt nach Kärnthen: dominus Carniolae, Marchiae ac Portus Naonis, comes in Habsburg, Ferretis et Kiburg, marchio Burgoviae ac lantgravius Alsatiae; hier also erscheint zum ersten Male die Markgrafschaft Burgau, obgleich dieselbe bereits seit 1301 unter österreichischer Herrschaft stand. — Nach der Erwerbung Tirols im Jahre 1363 wurde auf diesem Siegel in der Fahne statt des österreichischen Wappens der einfache Adler und darüber die Beischrift „Dyrol" angebracht, im Übrigen blieb der Stempel unverändert.

Die Umschriften auf den beiden Reitersiegeln seiner Brüder stimmen mit jener auf dem letzten Siegel Rudolfs bis auf drei Stücke überein: statt archidux erscheint der frühere Titel dux, nach Kärnthen erscheint Krain als Herzogthum, und nach Habsburg die Grafschaft Tirol aufgeführt. Wilhelm hat auf seinem Siegel die gleiche Umschrift wie sein Vater Leopold, nur fügt er der Benennung: Marchiae noch das Wort Sclavonicae bei, also die windische Mark, und von da an bleiben bei allen folgenden Reitersiegeln unserer Fürsten, bis einschlüssig Albert VI., die Umschriften gleichlautend: dei gratia dux Austriae, Stiriae, Karinthiae et Carniolae, dominus Marchiae Sclavonicae et Portus Naonis, Comes in Habsburg, Tirolis, Ferretis, et in Kiburg, marchio Burgoviae ac lantgravius Alsatiae. Nur Ernst der Eiserne gebraucht wieder den Titel eines Erzherzogs und auf dem Siegel für die Markgrafschaft Mähren von Albert V. lautet die Umschrift einfach: Sigillum Alberti d. g. ducis Austriae et marchionis Moraviae.

Bei Herzog Friedrich V., welcher wieder ein Münzsiegel führt, hat die Kehrseite des herzoglichen Siegels vor seiner Wahl zum deutschen Könige keine Umschrift; die darauf befindliche Inschrift werden wir später besprechen.

[1] Die hierauf Bezug nehmenden Urkunden befinden sich bei Schöpflin: Alsatia diplomatica II, 234 und 238. — Pelzel, Kaiser Karl IV., König in Böhmen II, 324, seq. 290, seq. — Glafey, Anecdotorum sac. Rom. imp. historiam ac jus public. illustrant. collectio, pag. 559.

Die Umschriften auf den Thronsiegeln König Otakars wurden bereits erwähnt. Auf jenen, welche die österreichischen Fürsten aus dem Hause Habsburg als deutsche Könige oder Kaiser führten, lautet die Umschrift Anfangs einfach: d. g. Romanorum rex semper Augustus, so z. B. bei Albert und seinem Sohne Friedrich; denn neben der Würde des römischen Königs treten die übrigen Titel in den Hintergrund. Allein nach einem Jahrhundert hatten sich die Ansichten geändert und König Albert II. nennt sich auf seinem Reichssiegel: Albertus d. g. Romanor. rex, semper August. ac Hungariae, Boemiae, Dalmatiae, Croatiae, Ramae, Serviae, Galiciae, Lodomeriae, Comaniae Bulgariaeque rex, Austriae et Luxemburg dux.

Auf den grossen königlichen und kaiserlichen Münzsiegeln König Friedrichs III. fehlt das Kreuz am Anfange der Umschrift, und diese beginnt auf der Vorderseite mit den Worten: Sigillum majestatis. Nach dem Titel: Romanorum regis Romanorum und: imperatoris semper Augusti werden die Herzogthümer Österreich, Steiermark, Kärnthen und Krain, und endlich die Grafschaft Tirol aufgeführt. Grösser ist der Titel auf dem grossen herzoglichen Siegel, welches Friedrich nach seiner Kaiserkrönung für die österreichischen Angelegenheiten führte, worauf er auf der Vorderseite thronend und auf der Kehrseite im herzoglichen Ornate zu Pferde dargestellt ist. Auf diesem „Sigillum majus ducale" kommen neben dem Titel eines römischen Kaisers auch jene eines Königs von Ungarn, Dalmatien, Croatien, eines Herzogs von Österreich und Steiermark, Kärnthen und Krain, Herrn der windischen Mark und Portenau, Grafen von Habsburg, Tirol, Pfirt und Kiburg, Markgrafen von Burgau und Landgrafen von Elsass vor; hierbei bildet zum ersten Male die Umschrift der Kehrseite die Fortsetzung von jener der Vorderseite. Auffallend ist, dass Kaiser Friedrich, welcher dem Hause Österreich den erzherzoglichen Titel im Jahre 1453 bestätigte, sich selbst auf seinen Siegeln nie Erzherzog nennt, und dass auch sein Bruder diesen Titel nur auf zwei Wappensiegeln führt.

Unter den drei Münzsiegeln des Ladislaus Posthumus, auf deren Vorderseite der König thronend erscheint, während die Kehrseiten Wappengruppen zeigen, beginnt bei zweien die Umschrift auf beiden Seiten mit der Formel: Sigillum majestatis, während auf dem dritten Siegel die Umschrift mit dem Namen des Königs anfängt, auf der Vorderseite ohne, auf der Kehrseite mit Vorsetzung des Kreuzes. Es werden die Titel eines Königs von Ungarn und Böhmen, die ungarischen Nebenländer, die übrigen österreichischen Besitzungen, dann Mähren und Luxemburg, und auf dem für das Königreich Böhmen bestimmten Siegel auch die Lausitz aufgeführt. Bei jedem dieser drei Siegel sind die Umschriften der Vorder- so wie jene der Kehrseiten für sich selbstständig, und dabei jene der Kehrseiten stets umfassender, weil die Wappengruppen einen grösseren Raum für die Schrift gewähren, während auf der Vorderseite die thronende Figur einen grösseren Raum für sich, und der Baldachin des Thronstuhles sogar einen Theil des Schriftrandes für das Siegelbild in Anspruch nimmt. Auf den Thronsiegeln für kleinere Provinzen sind die Umschriften einfacher, so auf jenen für das Herzogthum Schweidnitz von König Albert II. und von Ladislaus, worauf sich der erste: römischer König, dann König von Böhmen und Herzog von Schweidnitz, der andere: König von Böhmen und Herzog von Schweidnitz und Jauer nennt.

Die Umschriften der beiden goldenen Bullen Kaiser Friedrichs III. auf der Vorderseite sind gleichlautend mit den beiden Majestätssiegeln, während das Hofgerichtssiegel neben dem Königstitel nur die Herzogthümer Österreich, Steiermark und Kärnthen benennt.

Von den beiden kleinen Porträtsiegeln Kaiser Friedrichs III., welche nur als Contrasiegel benützt wurden, hat jenes, welches ein mit dem Herzogshute bedecktes Haupt darstellt, keine Umschrift, sondern nur die beiden Minuskelbuchstaben: „fr" (Fridericvs); das andere, auf dem der König gekrönt ist, trägt die Umschrift: Rex Fridericus.

Einige Porträtsiegel werden durch die Umschrift als Hauptsiegel bezeichnet, so bei Kaiser Friedrich III. und Ladislaus Posthumus: „Sigillum majestatis" oder „Sigillum majus ducale", wodurch zugleich angegeben ist, dass dieses Siegel nur in österreichischen Angelegenheiten verwendet wurde; eben so deutet die Formel: Sigillum judicii curiae, den bestimmten Zweck dieses Siegels an.

Ausser dem Namen und den Würden des Fürsten und der Aufzählung der einzelnen Provinzen enthalten die Umschriften bisweilen noch andere Angaben, und zwar theils historische, theils genealogische Daten; so nennt sich Otakar dreimal den fünften König von Böhmen und einmal den Sohn Wenzels IV., Königs von Böhmen. Albert I. fügt als Reichsverweser bei: Domini Rudolfi Roman. regis primogenitus et ejusdem per Austriam et Stiriam Vicarius generalis. — Rudolf IV. gibt auf der Vorderseite sein Geburtsjahr an: natus anno domini MCCCXXXIX., und auf der Kehrseite: Alberti ducis et Johannae ducissae primogenitus. — Manche Umschriften haben Devisen A. E. I. O. V.

Endlich kommen Umschriften vor, welche des Siegelführers gar nicht erwähnen; sie enthalten allgemeine Beziehungen auf die Würde desselben, bestehen gewöhnlich aus Versen und sind auf der Kehrseite von Porträtsiegeln angebracht; so auf den Majestätssiegeln Kaiser Friedrichs III., auf welchen der einfache und später der zweiköpfige Adler von folgender Umschrift umgeben ist: Aquila Ezechielis Sponsae Missa Est De Coelis Volat Jpsa Sine Meta, Quo Nec Vates Nec Propheta Evolavit Altius. Diese Verse kommen zuerst auf der Kehrseite des grossen Münzsiegels Kaiser Sigmunds vor, wo der Doppeladler zum ersten Male nimbirt erscheint[1]. Sie nehmen auf die Stelle des Propheten Ezechiel:[2] De binis aquilis grandibus, magnarum alarum, longorum membrorum ductu, Bezug. Heineccius[3] deutet dieselben dahin, dass der Adler (als Symbol des römischen Reiches) seiner Braut (der Kirche) vom Himmel als Schutz und Schirm (die Kaiser waren Vögte der Kirche) gesendet worden sei und bis an das Ende aller Tage dauern wird. — Hierher gehört auch die Umschrift auf der Kehrseite der goldenen Bullen: Roma caput mundi, regit orbis frena rotundi[4], durch welche Rom und somit der Kaiser als Herr der Welt bezeichnet wird.

Randschriften (an der Exergue) kommen nur selten vor, so an den Majestätssiegeln König Otakars und an dem Münzsiegel Herzog Rudolfs IV. Die letztere wurde bereits besprochen, die erstere lautet einmal: Pax Otakari regis quinti sit in manu sancti Wenceslai; das anderemal: Pax regis Otakari sit in manu sancti Wenceslai. Diese Formel kommt auf den Siegeln der älteren Herzoge und Könige von Böhmen meist als Umschrift der Kehrseite vor, auf welcher der Herzog Wenzel sitzend dargestellt ist.

Inschriften und Beischriften im Siegelfelde oder an Theilen des Siegelbildes kommen seit der zweiten Hälfte des XIV. Jahrhunderts öfter vor, und zwar von sehr verschiedener Art. Die ersten Beispiele treffen wir auf den Siegeln Herzog Rudolfs IV. und zwar zuerst die Beischrift: Ruodolphus zu Haupten des Herzogs und über dem Portale: Natus in die omnium sanctorum; dann über dem Banner: Dyrol.

Bei Friedrich III. erscheint die erste Inschrift auf der Kehrseite des Siegels, vor seiner Wahl zum deutschen Könige, sie befindet sich auf dem Sockel, worauf der Herzog steht, und lautet: Qui natus in die Mathei sancti apostoli anno domini MCCCCXV. — Engel über den zwei Seitennischen halten Schriftbänder, worauf wahrscheinlich die Worte: ave Maria amen stehen. Die gleiche Angabe des Geburtstages und Jahres befindet sich ebenfalls als Inschrift, und zwar an der Thronstufe auf den beiden Majestätssiegeln. Die Inschrift: Aurea Roma unter dem Stadtthore zur Bezeichnung der goldenen Bullen kommt bereits im XI. Jahrhundert, und sonderbarerweise zuerst auf einer Bleibulle Kaiser Heinrichs III. vor[5]. Figuren mit Schriftbändern erscheinen auf dem

[1] Römer-Büchner, die Siegel der deutschen Kaiser, Könige und Gegenkönige. Frankfurt 1851, pag. 51. — [2] Cap. XVII, V. 3 und 7. — [3] l. c. 110. — [4] Diese Umschrift erscheint zuerst auf der goldenen Bulle Kaiser Heinrichs II. anno 1045. — [5] Otto III. hat auf einer Bleibulle um sein Brustbild die Umschrift: Urbs Roma; Heinrich III. (als Kaiser II.) auf der Kehrseite seiner Bleibulle v. anno 1045 über der Stadt: Aurea Roma; Friedrich Barbarossa unter dem Stadtthor auf s. Siegel: Roma. Auf der

Königssiegel Alberts II. auf Pilastern zu beiden Seiten des Baldachins, die Inschriften sind jedoch nicht lesbar.

Jahreszahlen mit Beziehung auf die Anfertigung des Siegels kommen zuerst bei Ladislaus Posthumus vor, und zwar auf Schriftbändern, von Engeln gehalten, einmal 1454, das anderemal 1456 und zu Seiten des Thrones: L. R. (Ladislaus rex). Auf dem österreichischen Thronsiegel dieses Fürsten hält ein Engel ein Schriftband mit den bisher noch ungedeuteten Buchstaben: A. D. C. I. P., welche auch auf der Kehrseite desselben Siegels, und dann auf dem ebenfalls für Österreich bestimmten Wappensiegel vorkommen. Eben so finden wir auf den Siegeln Kaiser Friedrichs III. auf Schriftbändern die Buchstaben: A. E. I. O. V., und auf der Kehrseite des grossen herzoglichen Siegels stehen diese Buchstaben unter dem Monogramme des Kaisers und mit der Jahreszahl 1459 in Verbindung. Die Buchstaben A. E. I. O. V. haben mannigfache Deutungen erfahren, grösstentheils Spielereien, wenn auch gut und patriotisch gemeint[1]. Übrigens lässt sich nicht in Abrede stellen, dass Friedrich selbst diesen fünf Vocalen verschiedene Deutungen gab, und wir wollen die verbürgten anführen. In einem von Kaiser Friedrich eigenhändig geführten Tagebuch[2], welches die Hofbibliothek aufbewahrt, und welches im Jahre 1437 begonnen wurde, befindet sich folgende Bemerkung: „Bei welchem Bau oder auf welchem Kirchengeschirr oder andern Kleinodien der Strich und die fünf Buchstaben stehen $\frac{\text{A. E. I O V.}}{\odot}$ das ist mein Herzogs Friedrichs des Jüngeren gewesen, oder ich habe dasselbige bauen oder machen lassen"; und gleich darunter:

Austria	Est	Imperare	Orbi	Vniverso
Alles	Erdreich	Ist	Oesterreich	Vnterthan

und auf den untersten Zeilen des dritten Blattes steht:

En Amor Electi Jnjustis Ordinat Vltor Sic Fridericus ego rengna (regna) mea rego.

In der k. k. Ambraser-Sammlung befindet sich ein krystallener Hofbecher, darauf neben einigen Wappen auch fünf Genien angebracht sind, deren jeder einen der fünf Vocale trägt, darüber auf einem Bande die Worte:

Aquila Ejus Jvste Omnia Vincet[3].

Es sind also hier vier gleichzeitige Deutungen. Aus einer alten Handschrift der Hofkanzlei in Wien[4] erfahren wir, dass schon unter König Friedrich die fünf Vocale zu beissenden Anspielungen benützt wurden, wie dies auch später, namentlich im spanischen Successionskriege geschah. Als nämlich der Kaiser im Jahre 1442 von der Krönung zu Frankfurt heimgekehrt war, liess er einen Theil der Burg bauen und an mehreren Stellen der Mauer die fünf Vocale anbringen: „Da hat einer dem König zu Schmach über dieselben Buchstaben die Worte geschrieben:

Aller Erst Ist Oesterreich Verdorben.

Dem König das missfiel, und liess die abthun"[5]. —

Siegel, welche nur Wappendarstellungen enthalten, sind von den regierenden Fürsten aus dem Hause Babenberg, so wie im Zwischenreiche nicht bekannt; nur die Nebenlinie der Baben-

Goldbulle, welche Friedrich II. als König führte, erscheint wieder die Bezeichnung: Aurea Roma; auf seiner kaiserlichen Goldbulle, so wie bei Kaiser Rudolf I. und Kaiser Ludwig IV. fehlt sie ganz, und von Karl IV. angefangen bleibt sie dauernd.

[1] Genesis Austriaca. Viennae 1584. 4°. Johannes Rasch, Organist des Schottenklosters, gibt mehrere hundert Deutungen. Köhler, historische Münzbelustigungen, 1731 III. 170 seq., gibt 40 lateinische Deutungen. — [2] Lambecius diarium sacri itineris Celensis. 1666. — [3] Bergmann, Sitzungsberichte der kais. Akademie der Wissenschaften 1849, 6. Heft, pag. 57. — [4] Capitel von Kaiser Friedrichs Chrönung und Erwellung in Römischen Reich vnd seiner Gerhabschaft in dem Herzogthumb Österreich. [5] Kaltenbäck, Austria 1842, pag. 106.

berger, die beiden Heinriche von Mödling, führen solche. Auf diesen lautet die Umschrift bei Heinrich dem älteren einmal einfach: † HAINRCVS ohne weitere Titulatur, das andere Mal: † Henricvs dei gratia de Medellico, und sein Sohn legt sich den Herzogstitel bei: † Sigillum Henrici dei gratia ducis Medellicensis.

Unter den Habsburgern werden die Wappensiegel allgemein; sie haben theils keine Umschrift, theils nur einzelne Buchstaben oder nur den Namen des Fürsten ohne weitere Titulatur; die bei weitem grössere Mehrzahl jedoch besitzt vollständige Umschriften mit dem Namen und Titel des Siegelführers; nur ist die Titulatur, schon des kleineren Umfanges wegen, welchen diese Siegel haben, kürzer gefasst, indem nur die bedeutenden Provinzen genannt, die Herrschaften dagegen weggelassen werden. Umfassendere Titel finden sich auf dieser Gattung von Siegeln nur bei jenen unserer Herzoge, die entweder kein Reitersiegel führen, wie Herzog Friedrich II., der Sohn Otto des Fröhlichen, auf dessen Wappensiegel dieselbe Umschrift erscheint, wie auf dem Reitersiegel seines Vaters; oder bei jenen, welche neben dem Porträtsiegel noch ein sogenanntes grosses Wappensiegel führten, wie Albert VI., dessen „grosses fürstliches Insiegel“ ganz gleiche Umschrift mit seinem Reitersiegel hat, das in den Urkunden zum Unterschiede als „Majestäts-Insiegel“ bezeichnet wird.

Die Siegel ohne Umschriften sind meistens Ring- oder Handsiegel, welche entweder als Contrasiegel verwendet wurden, und bisweilen aus antiken geschnittenen Steinen bestehen, oder zum persönlichen Gebrauche des Fürsten dienten, und in den Urkunden, wenn sie zu deren Besiegelung selbstständig verwendet wurden, als Petschafte oder Signette bezeichnet werden; „unter unserem Petschaft, weil wir unser Insiegel nicht bei uns hatten“, oder als Albert V. im Jahre 1411 die Regierung in seinem 15. Jahre übernahm: „mit unserm Signet, da wir noch kein Siegel haben“. Gleiches Bewandtniss hat es mit den Siegeln, worauf einzelne Buchstaben als Namens-Chiffer oder als Devise vorkommen, oder nur der Name des Fürsten ohne weitere Bezeichnung erscheint. — Nur zwei Hauptsiegel sind ohne Umschrift: eines von Kaiser Friedrich III., dessen wir später noch erwähnen werden, und eines von Albert VI., auf welchem bereits, neueren Formen entsprechend, der Schild von zwei feuerspeienden Panthern gehalten wird.

Auf den Wappensiegeln, welche eine vollständige Umschrift haben, beginnt diese mit dem Kreuzeszeichen bis zu Albert V., unter welchem auf den kleinen Siegeln das Kreuz bald vorhanden, bald wieder weggelassen ist; beide Fälle halten sich, eben so bei seinem Sohne Ladislaus, ziemlich das Gleichgewicht. Dagegen beginnt unter den zahlreichen Wappensiegeln Kaiser Friedrichs III. nur auf einem einzigen die Umschrift mit dem Kreuze und ebenso bei Albert VI. Bisweilen ist das Kreuz mit dem Siegelbilde in sinniger Weise verbunden, als Theil eines Ornamentes oder als das auf dem Herzogshute befindliche Kreuz.

Nach dem Kreuze folgt in früherer Zeit die Abkürzung S. für Sigillum, und dann der Name und die Würde des Fürsten im Genitiv, eben so die Provinzen; nur bei Albert I. fehlt der Name des Herzogs: † S. Ducis Austriae, vielleicht deshalb, weil dieses Siegel nur als Contrasiegel vorkommt; und ein einziges Mal folgt nach dem S. der Name und Titel im Nominativ und es muss daher, um keinen Fehler von Seite des Stempelschneiders vorauszusetzen, die Abkürzung mit „Signat“ anstatt Sigillum gelesen werden. — Häufiger aber folgt nach dem Kreuze unmittelbar der Name und Titel des Fürsten im Nominativ. Bei Friedrich dem Schönen erscheint die Formel: Dei gratia, welche dann in der Mehrzahl beibehalten wird; bei Rudolf IV. fehlt sie häufig, indem sie nur auf zwei Siegeln desselben vorkommt. Von den Ländern werden, wie bereits erwähnt wurde, nur die Hauptprovinzen in der Umschrift genannt, meistens Österreich allein, bisweilen Österreich und Steier, nach der Erwerbung Kärnthens auch dieses im Vereine mit den beiden früheren Herzogthümern. Des Stammsitzes, der Grafschaft Habsburg, erwähnen im XIV. Jahrhundert nur zwei

Wappensiegel, jenes von Leopold: dux Austriae et Stiriae nec non Comes in Habsburg, und Friedrich II.; im XV. Jahrhundert nur Albert VI. Mit Rudolf IV. erweitern sich die Titulaturen vorübergehend, er nennt sich Herzog von Österreich, Steier, Kärnthen, Schwaben und Elsass, und nachdem dieses Siegel umgeändert war, nannte er sich Erzherzog von Österreich, Steier, Kärnthen, Tirol und Krain; seine Brüder Albert und Leopold führen von denselben Ländern den Herzogstitel. Nach Rudolf IV. nennen sich einmal Sigmund von Tirol und zweimal Albert VI. Erzherzoge. Der Titel eines Grafen von Tirol erscheint einmal im Verein mit jenem eines Herzogs von Österreich, einmal mit Österreich und Steier, endlich mit Österreich, Steier und Kärnthen.

Die Umschriften enden meistens mit der letztgenannten Provinz, gewöhnlich einfach, in wenigeren Fällen mit der Formel: et cetera. Interessant ist das Contrasiegel Ernst's, worauf als Umschrift die Devise: Austria felix. Ein Contrasiegel Kaiser Friedrichs III. hat die Umschrift: Sigillum meum secretum.

Auf den Wappensiegeln, welche Albert I. und Friedrich der Schöne als römische Könige führten, lautet die Umschrift bei ersterem: † S. Secretum Alberti Romanorum regis; bei Friedrich einmal einfach: † Secretum Friderici; das anderemal: † S. Friderici dei gratia regis Romanorum. Bei König Albert III. und Friedrich III. mehren sich die Titel, indem der erstere sich noch: semper Augustus und dann: König von Ungarn und Böhmen, und Herzog von Österreich nennt. Auf einem anderen Siegel desselben fehlt die Formel: semper Augustus. Als König führt Friedrich nach: semper Augustus, noch die Herzogthümer von Österreich, Steier, Kärnthen, Krain und die Grafschaft Tirol auf, während auf den kaiserlichen Siegeln nach: Romanorum imperator, semper Augustus, nur die Herzogstitel von Österreich und Steiermark folgen. Das Wappensiegel, welches ausschliesslich nur für Österreich bestimmt ist, hat die Umschrift: S. Friderici Romanorum regis pro causis ducatus Austriae. Ein einziges kleineres Hauptsiegel Friedrichs ist ohne Umschrift, doch wird dieselbe durch das unter dem zweiköpfigen Adler angebrachte Monogramm des Kaisers in sinniger Weise ersetzt.

Nach der Krönung zum Könige von Ungarn und vor der Wahl zum deutschen und böhmischen Könige, nennt sich Albert II. „König von Ungarn, Dalmatien, Croatien, Herzog von Österreich und Markgraf von Mähren". Ladislaus Posthumus führt auf seinen Wappensiegeln drei verschiedene Titel: König von Ungarn und Böhmen, Herzog von Österreich und Markgraf von Mähren; König von Ungarn, Böhmen, Dalmatien, Kroatien, Herzog von Österreich und Markgraf von Mähren; und endlich König von Ungarn und Böhmen. — Ein anderes Siegel hat blos die Buchstaben L. K. V. (Ladislaus Král Vherský.)

Als eigentliche Amtssiegel erscheinen die Bergrechtssiegel von Österreich für die Weinbergs-Angelegenheiten in Mödling, Perchtoldsdorf und Gumpoldskirchen, deren Umschrift den Fürsten und die Bestimmung des Siegels benennt: † S. ducis Rudolfi ad jura montana in Austria oder: super jure fundi montano; und bei Friedrich: super fundos juris montani in medling. Diese Siegel führte entweder der oberste Kellermeister in Österreich oder der Bergmeister in Mödling. Hieher gehört auch das Siegel, welches Ulrich Eyzinger als Verweser und Hauptmann in Österreich führte: Sigillum serenissimi Ladislai Ungariae Bohemiae regis et supremi capitanei praefectorum ducatus Austriae, so wie jenes der Anwälte in Österreich während Friedrichs Abwesenheit im Jahre 1442 (S. kvnig Friedrichs anwelt in Österreich) und das Hofgerichtssiegel.

Bei Friedrich schliesst die Umschrift einmal mit den Buchstaben: A. E. J. O. U. und der Jahreszahl 124..., deren letzte Ziffer durch den österreichischen Bindenschild verdeckt ist, ein anderesmal endet sie mit der Jahreszahl 1248; beide Zahlen deuten das Datum der Anfertigung des Siegels an.

Als Beischriften treffen wir die Buchstaben: J. M. R. V. auf dem Bergrechtssiegel Rudolfs IV.: (Jura Montana. RVdolfi), dann A. A. und L. L. Albertus und Leopoldus — A. E. J. O. V. auf den Siegeln Friedrichs und die noch ungedeuteten Buchstaben: F. H bei Friedrich und A. D. C. J. P. bei Ladislaus Posthumus. Ausserdem kommen Jahreszahlen entweder frei im Siegelfelde oder auf Schriftbändern im Siegelbilde vor. —

Nach den Siegelbildern lassen sich die österreichischen Fürstensiegel eintheilen in: Porträt-, Wappen- und Bildnisssiegel.

Unter den Porträtsiegeln versteht man diejenigen, auf welchen sich die Fürsten selbst darstellen lassen, und zwar entweder zu Pferde oder stehend in ganzer Figur, oder zu Throne sitzend; es kommen aber auch solche Siegel vor, auf welchen nur halbe Figuren oder gar nur die Büsten der Siegelführer erscheinen.

Für die Kenntniss des weltlichen Costumes, so wie der Bewaffnung sind besonders die drei erstgenannten Darstellungsweisen von Belang, weil die Fürsten darauf in vollem Waffenschmucke oder im Friedenskleide mit den Abzeichen ihrer Würde abgebildet sind.

Wir finden im Allgemeinen auf diesen verschiedenen Arten der Porträtsiegel Waffen und Bekleidung je nach Ländern und nach Zeitaltern höchst verschieden. Ja sogar Siegel ein und desselben Fürsten, welche durch mehrere Jahre auseinander gerückt sind, bieten, namentlich bei den Schutzwaffen, solche Veränderungen dar, welche uns die Überzeugung verschaffen, dass die Künstler nicht nach einem conventionellen Typus arbeiteten, sondern sich an die Wirklichkeit hielten; so wie sich auch dort, wo Haupt und Gesicht frei erscheinen, das Anstreben einer Porträtähnlichkeit nicht verkennen lässt, wofür namentlich in späterer Zeit die Siegel des Ladislaus Posthumus Belege geben.

Unter den Porträtsiegeln unserer Landesfürsten wollen wir zuerst die sogenannten Reiter- und Fusssiegel in das Auge fassen, auf welchen sie zu Pferde oder stehend in ganzer Figur in vollem Waffenschmucke und zum Theile mit Attributen ihrer herzoglichen Würde dargestellt sind. Auf einem einzigen Siegel erscheint der Fürst im Friedenskleide zu Pferde, und zwar so, wie er nach den österreichischen Hausprivilegien die Belehnung vom Kaiser zu empfangen berechtiget war.

Wir finden diese beiden Gattungen von Porträtsiegeln, nämlich die Reiter- und Fusssiegel am häufigsten bei den höheren Reichs- oder sonstigen unabhängigen Fürsten, welche die königliche Würde nicht bekleiden; was aber nicht ausschliesst, dass auch mächtigere Dynasten, ja selbst einzelne Glieder angesehener landessässiger Geschlechter bisweilen solche Siegel führten; so hat in Österreich der Graf Heinrich von Schaumburg im Jahre 1375[1] in Tirol, Hugo von Tauvers im Jahre 1301 ein Reiter- und der steirische Edle Leopold von Sunek im Jahre 1262 ein Fusssiegel.

Im Allgemeinen kommen die Reitersiegel häufiger vor als die Fusssiegel, wir treffen die letzteren bei den böhmischen Herzogen im XII. Jahrhundert, bei den askanischen Markgrafen von Brandenburg[2], bei beiden mit der Fahne in der Hand, während Heinrich Graf von Waldeck anno 1254 und Gebhard Graf von Holstein anno 1317, die Rechte auf das Schwert stützen. Unmündige, noch unter Vormundschaft befindliche Fürsten, stehen barhaupt in Tuniken und halten den Schild, so die Herzoge Johann und Albert von Sachsen anno 1302[3], und die Fürsten Otto und Heinrich von Anhalt anno 1267[4]. — Häufiger finden wir die Fusssiegel bei den Herzogen von Schlesien, die bald mit der Fahne, bald mit dem Schwerte in der Hand, meistens unter dem Stadthore als

[1] Hanthaler Recens., Taf. XLIII, Fig. 13. — [2] Heinneccius, Taf. XVII, Fig. 6. — [3] Otters Wappenbelustigungen, 4 St., pag. 48. — [4] Heinneccius, l. c. Taf. X, Fig. 6.

Schutz- und Schirmherren stehen, dann blasen auf den Seitenthürmen des Thores die Burgwarte in die Hörner, oder ein Diener reicht dem Herzoge den Helm, als wolle sich der Fürst zum Kampfe rüsten, oder es stehen ihm die Waffenträger, mit Helm und Speer gewärtig, zur Seite. — Anders wieder die Fürsten von Pommern, die Herzoge von Polen und Kujavien, welche auf ihren Fussiegeln, vor den Stadtthoren mit Drachen oder Löwen kämpfend, dargestellt sind.

Auf den Fussiegeln Herzog Rudolfs IV. und Friedrichs V. tragen beide den Herzogshut auf dem Haupte, den Mantel um die Schulter und den Herrscherstab in der Rechten. Der erstere steht auf zwei Hirschen, der andere auf einem Piedestal, während sonst auf den Fussiegeln die Figuren auf keinem Grunde stehen, sondern im Siegelfelde gleichsam schweben.

Auf den Reitersiegeln, worauf die österreichischen Fürsten in Waffen erscheinen, haben alle den Speer mit der Fahne oder dem Panier in der Hand, nur der Herzog Johann allein hält das gezogene Schwert in der Rechten; vielleicht soll dadurch angedeutet werden, dass er die Ritterwürde besass, aber noch nicht regierender Herr war. Übrigens wäre diese Andeutung selbst wieder als eine besondere Ausnahme zu betrachten, denn so wie es unter den deutschen Fürsten solche gibt, die auf ihrem Siegel immer nur mit der Fahne erscheinen, wie die Herzoge von Baiern, Böhmen, Sachsen, Kärnthen und Zähringen, die Landgrafen von Meissen und Thüringen, die Fürsten von Anhalt und die Grafen von Görz, und dagegen andere nur mit dem Schwerte vorkommen, wie die Grafen von Baden, Hessen und Würtemberg; so gibt es auch solche, die bald das Schwert, bald die Fahne in der Rechten haben, wie die Grafen von Holstein[1], die Grafen von Nassau und die Pfalzgrafen von Tübingen[2].

Die niederländischen Fürsten führen auf ihrem Siegel bald die Fahne, wie die Herzoge von Geldern, bald das Schwert, wie die Herzoge von Burgund.

Andere Waffen als Schwert und Speer kommen in der Hand des Reiters selten vor, so die Streitaxt auf den Siegeln der italienischen Pfalzgrafen von Lomello, dann der Streitkolben auf den Siegeln der obersten Marschälle in Österreich[3], und auf jenem des Grafen Berthold von Urach anno 1238[4]. In den Niederlanden führen noch nicht wehrhaft gemachte Prinzen Reitersiegel, worauf sie barhaupt, in gegürteter Tunik und ohne Waffen erscheinen, auf der Hand tragen sie einen Falken; dabei geht das Pferd im Schritte.

Die Behauptung Hanthalers[4], dass nur die regierenden Fürsten, nicht aber auch die nachgebornen, Reitersiegel führten, findet einigen haltbaren Grund in den Siegeln der Babenbergischen Nebenlinie, der Herzoge von Mödling. Die Fürsten aus dem Hause Habsburg binden sich an diese Siegel nicht, es mag sich dies einerseits auf die Gesammtbelehnung, andererseits auf die im Jahre 1364 am 18. November vereinbarte und am 15. December 1379 erneuerte Hausordnung gründen, nach welcher alle Herzoge von Österreich berechtigt waren, gleiche Wappen und Siegel zu führen; ja es kommt sogar vor, dass gerade regierende Herzoge, wie Albert IV., und in Tirol Herzog Friedrich IV. und dessen Sohn Sigismund gar keine Reitersiegel haben.

Kaiser gebrauchten als solche nie Reitersiegel, und jenes Kaiser Friedrichs III. zeigt schon durch seine Umschrift: Sigillum majus ducale, dass er dasselbe als herzogliches führte,

[1] Die Grafen von Holstein wechseln überhaupt ihre Siegelbilder sehr häufig. Johann hat ein Reitersiegel mit dem Schwerte; Gerhard Graf von Holstein und Reynesberg (anno 1317) stützt auf seinem Fussiegel die Rechte auf das, in der Scheide befindliche, mit dem Wehrgehänge umwundene Schwert. — Adolf VIII., Graf von Holstein, anno 1324, hat ein Reitersiegel mit dem Schwerte. — Adolf Graf von Holstein und Schaumburg anno 1336 führt ein Reitersiegel mit der Fahne. — Gerhard Graf von Holstein und Schaumburg hält auf seinem Reitersiegel die Zügel des Pferdes mit beiden Händen und hat das Schwert an der linken Seite. — [2] Fürst Hohenlohe-Waldenburg, Die Siegel der Pfalzgrafen von Tübingen. Stuttgart, 1862, 4°. Taf. I und II. — [3] Mittheilungen des Alterthumsvereines in Wien. 1861, Taf. I. Fig. 2, 3, 4. — [4] Recens. diplom. 194.

und darum erscheint auch die Reiterfigur auf der Kehrseite nicht in der Rüstung, sondern im herzoglichen Ornate.

Eben so führen Könige als solche keine Reitersiegel, sie gebrauchen dieselben entweder zu Kehrseiten ihrer Münzsiegel, wie die Könige von England und jene von Böhmen seit Otakar II. bis Johann von Luxemburg (auch Stephan hat als jüngerer König von Ungarn und Herzog von Steiermark auf der Kehrseite seines Münzsiegels eine Reiterfigur), oder wenn sie solche als selbstständige Siegel führen, so gehören diese für bestimmte, von dem Königreiche unabhängige, nur durch eine Personalunion verbundene Fürstenthümer. So hat Johann von Böhmen für die Grafschaft Luxemburg zwei verschiedene selbstständige Reitersiegel, worauf er mit dem Schwerte in der Hand abgebildet ist, während auf seinen Münzsiegeln für das Königreich Böhmen die auf der Kehrseite befindliche Reiterfigur das Banner trägt. Die Reitersiegel König Wenzels I. mit der Titulatur „junior rex" vom Jahre 1229, und Otakars II. mit „juvenis rex Boemorum" gehören nicht hieher, weil beide Fürsten dieselben nicht als Könige, sondern als Kronprinzen führten, und Otakar selbst nach dem Tode seines Vaters bis zu seiner Krönung sich nicht König, sondern nur Herr des Königreiches Böhmen nannte.

Die Reitersiegel der österreichischen Fürsten sind Anfangs höchst einfach: der Reiter hat in Schild und Fahne kein Wappenzeichen, die Pferde haben einfache Satteldecken, die Helme sind ohne Krone, ohne Zimier und Decke. Allmählich aber werden Schild und Fahne mit Wappenfiguren verziert und die Fahne zum Panier umgestaltet; die einfache Bickelhaube wird zum geschlossenen Helm und dieser mit Krone, Zimier und Decke geschmückt; die einfache Satteldecke weicht der Kaperation, welche das ganze Pferd verhüllt, mit Borten verbrämt und mit Sternen bestickt ist, und am Vorbuge und am Hintertheile mit Wappen belegt wird. Als bei der Ausführung der Reiterfigur eine grössere Kunstfertigkeit sich geltend machte, suchte man auch den leeren Raum um die Figur, das Siegelfeld, auszuschmücken, indem man dasselbe mit Ornamenten ausfüllte oder wenigstens die Reiterfigur mit einer Ornamentik umrahmte, um durch die symmetrische Begrenzung einen gefälligeren Eindruck zu erzielen; endlich indem man die Reiterfigur gruppenweise mit Wappenschilden umgab, weil diese zu zahlreich wurden, um in Schild und Fahne und auf der Pferdedecke angebracht zu werden.

Otto der Fröhliche ist der erste, welcher das Siegelfeld mit schräg gekreuzten Streifen und dazwischen gestreuten Blümchen ausgefüllt hat, während bei Albert und Leopold III. bereits eine zierliche Damasceirung die Wirkung der künstlerisch durchgeführten Reiterfigur erhöht. Minder geschmackvoll ist die Füllung des Feldes auf dem mährischen Siegel Alberts V., die aus horizontalen Reihen von Lilien, wechselnd mit vierblätterigen Blumen besteht. Auch Albert VI. hat das Siegelfeld mit Blumenornamenten bestreut. Die zarten Blätterranken im Siegelfelde Wilhelms verschwinden gegen das massige Relief der Reiterfigur. Phantastisch ist die Ausfüllung des Feldes auf der Vorderseite des Rudolfinischen Münzsiegels; in kleinen Vierpässen, die in horizontalen Reihen neben einander gestellt sind, befinden sich geflügelte Drachen, von denen der erste und zweite und so fort einander zugekehrt sind. Innerhalb der Masswerkverzierungen, die zwischen vier einander berührenden Vierpässen entstehen, sind einfache Adler angebracht.

In der früheren Zeit ragen bei den galoppirenden Reiterfiguren die Helmzierden, die Vorder- und Hinterfüsse der Pferde in den Schriftrand hinein und unterbrechen die Umschrift an diesen Stellen ohne weitere Motivirung. Rudolf IV. trennte auf seinen grösseren Siegeln die Reiterfigur ganz von der Umschrift, indem er sie mit einem Rosenornamente umrahmte, welches aus einem Zwölfpasse besteht; ein gleiches finden wir auch bei Leopold IV. Bei Rudolf sind die Aussenwinkel des Rosenornamentes abwechselnd mit Engelsbüsten und Löwenköpfen, letztere mit einer Umrahmung aus Masswerk, bei Leopold blos mit Masswerk ausgefüllt. Bei Wilhelm sind an die innere Schriftlinie, dort wo die Helmzierde und die Füsse des Pferdes in den Schriftraum hineinragen, ausgebogene Zirkeltheile angesetzt, welche den Raum für das Siegelfeld vergrössern: man nennt diese ornamentale Umrahmung des Siegelbildes das Helmornament, welches auch bei Ernst, Albert V. und Friedrich V. vorkommt. Bei Albert und Leopold III. sind zum ersten Male an die innere Schriftlinie spitzenartige Verzierungen angelehnt, die in mehr oder weniger reichen Formen auch bei dem Helmornamente in Anwendung kommen, während sich dem letzteren bei Ernst dem Eisernen eine Masswerkverzierung aus ungleichen Bogensegmenten anschliesst.

Ausser diesen ornamentalen Füllungen und Umrahmungen des Siegelfeldes suchte man die Eintönigkeit allzu grosser Flächen auch durch das Anbringen von Wappenschilden oder Figuren zu beseitigen. Der erste, überaus schüchterne Versuch dieser Art zeigt sich auf dem Siegel Leopolds I., indem der steirische Panther frei unter dem Pferde angebracht ist; der zweite Versuch dagegen stammt unstreitig aus der Hand eines tüchtigen Künstlers. Auf dem grossen Siegel Rudolfs IV. halten, in den Bogen des Rosenornamentes mit Verständniss angebracht, abwechselnd Engel und Waldmänner die Wappen der verschiedenen Provinzen. Die ganze Gruppe hat viel Leben und Bewegung, so der Engel, welcher dem Herzog mit dem steirischen Wappen entgegen fliegt, und der Waldmann, welcher das Wappen von Kärnthen trägt; vor allen aber ist der Engel, welcher dem Herzoge nachschwebt, die linke Hand wie zum Schutze erhoben, eine trefflich gedachte und durchgeführte Figur. Keines der späteren Siegel, auf welchen die Reiterfigur in ähnlicher Weise mit Wappen umgeben ist, kann sich in Bezug auf die sinnige Anordnung und die geschmackvolle Ausführung mit dem Rudolfinischen Siegel messen; zum Theile mag hierbei der Umstand mitwirken, dass alle folgenden Siegel dieser Art zum Theile bedeutend kleiner sind, wodurch das Ganze zusammengezwängt und überladen erscheint. — Sehr nüchtern sieht der unter den Nüstern des Pferdes frei schwebende Bindenschild auf dem mährischen Siegel Alberts V. aus. Auf dem österreichischen Siegel desselben Fürsten ist die Reiterfigur von neun Wappenschilden umgeben, deren einer von einem Engel getragen, ein zweiter von einer affenartigen, ein dritter von einer jugendlichen Gestalt gehalten wird, während die übrigen sechs frei im Siegelfelde angebracht sind. Die Composition dieses Siegels ist verständig angelegt und zierlich ausgeführt; aber bei dem engen Raume, welchen das Siegelfeld bietet, sieht das Ganze überfüllt aus.

In gleicher Weise ist bei Leopold IV. und bei Ernst die Reiterfigur mit Wappenschilden umgeben, welche theils von fliegenden Engeln getragen, theils von Waldmännern gehalten werden, oder in den Krümmungen der Ornamente oder im Siegelfelde schwebend angebracht sind. Auf dem herzoglichen Siegel König Friedrichs III. vor seiner Wahl zum deutschen Könige befindet sich, zur Füllung des Siegelfeldes, unterhalb des Pferdes eine Gruppe, bestehend aus drei Männern, wovon der eine ein Gaukler, die beiden anderen Jagdtreiber zu sein scheinen; bei ihnen befindet sich ein Windhund. Auf dem Majestätssiegel für Österreich, nach der Kaiserkrönung, ist das Feld mit schräg gekreuzten Linien gegittert und dazwischen mit Punkten besäet, über der Reiterfigur sind acht Wappenschilde in Form eines Bogens gestellt, und vor dem Pferde befindet sich das Monogramm des Kaisers, und darunter die Buchstaben: A. E. I. O. V. mit der Jahreszahl 1459. Zum ersten Male ist hier der Boden auf welchem das Pferd steht, angedeutet, während auf den frühern Reitersiegeln das Pferd, ob im Schritte gehend oder galoppirend, nie einen Grund unter seinen Füssen hat, sondern im Siegelfelde schwebt, und dies nicht nur in österreichischen, sondern auch in Siegeln anderer Länder. Zu den seltenen Ausnahmen dieser Art gehören die Reitersiegel des österreichischen Panierträgers Otto Grafen von Plaien anno 1254 [1], Karl des Kühnen von Burgund und

[1] Sava, die Siegel der Landes-Erbämter im Erzherzogthum Österreich unter der Enns. Mittheilungen des Alterthums-Vereines in Wien. 1861, Taf. II, Fig. 12.

seiner Tochter Maria, die allein mit einem Falken auf der Hand erscheint; alle drei sprengen über einen mit Gras und Blumen bewachsenen Boden dahin. Auf einem späteren Siegel Mariens, wo sie neben ihrem Gemahle Maximilian I. reitet, hat sie ebenfalls den Falken auf der Hand und wird von zwei Jagdhunden gefolgt; aus einer Höhle des mit Gras bewachsenen Bodens guckt ein Kaninchen hervor. In späterer Zeit erhält der Boden bisweilen einen landschaftlichen Hintergrund, wie auf den Siegeln Olivier Cromwells und König Georgs III. von England.

Die als Beiwerke im Siegelfelde angebrachten Wappenschilde haben die gewöhnliche dreieckige Form, deren Langseiten sich gegen die Spitze (den Fuss) des Schildes einbiegen; auf der Kehrseite des Münzsiegels Herzog Friedrichs V. ist der Schildesfuss gerundet, und auf den in Nischen angebrachten Wappenschilden ruhen gekrönte, mit Decke und Zimier geschmückte Stechhelme. Die Schilde auf dem österreichischen Majestätssiegel haben die sogenannte deutsche Form und sind auf einer Seite etwas eingebogen, der Schildesfuss ist rund.

Die Engel sind in langen, theils gegürteten, theils ungegürteten Gewändern, welche den Hals frei lassen, sich bisweilen dem Oberkörper knapp anschliessen und von den Hüften angefangen in einen weiten faltigen Rock übergehen. Wenn die Engel fliegend dargestellt sind, reicht die Gewandung weit über die Füsse hinaus und schwingt sich wellenförmig. Die Flügel sind meist zierlich ausgearbeitet und die Haare an den Seiten in leichte Locken gelegt; meistens tragen sie Wappen, einmal halten sie Schriftbänder und einen Inschriftstein, und auf dem grossen Rudolfinischen Siegel erscheint ein Engel als schützender Genius.

Die beiden Frauengestalten, welche auf dem Münzsiegel Herzog Rudolfs IV. die Schilde von Burgau und Kiburg tragen, haben lange, die Füsse verhüllende Kleider, und darüber an den Achseln verbrämte und vorne an der Brust durch Spangen festgehaltene Mäntel, die Haare sind in dichte Locken gelegt.

Die Waldmänner, groteske Figuren, nackt, am ganzen Körper mit langen Haaren dicht bewachsen, werden theils als Schildträger, theils als Telamone verwendet. Als letztere kommen auch Figuren in Stellungen wie Gaukler vor.

Von den drei Männern auf der Vorderseite des ersten herzoglichen Siegels Kaiser Friedrichs III. scheint jener mit dem Stock über dem Rücken, und den in den Stock verschlungenen Armen und mit dem ausgezackten Halskragen ein Gaukler zu sein, während die anderen beiden, der eine mit spitzem Hut und anliegender Kleidung, sowie der bärtige, lang behaarte Mann mit kurzer gegürteter Tunik, beide mit Stöcken versehen, zur Jagd bestimmte Treiber sein dürften, worauf wohl auch der mitfolgende Windhund deutet.

Die beiden liegenden Hirsche, auf welchen Rudolf IV. steht, nehmen, was auch durch die Umschrift bestätiget wird, auf das Erzjägermeisteramt des heiligen römischen Reiches Bezug, welches Amt mit dem Anfalle Kärnthens an Österreich übergegangen war[1].

Interessant ist die Beigabe des Monogrammes auf dem Siegel Kaiser Friedrichs III.; die Jahreszahl 1459 bezieht sich auf die Verfertigung desselben.

Als architektonische Beiwerke finden wir die reichgeschmückten Nischen, unter welchen Herzog Rudolf IV. und Friedrich V. stehen, deren erstere oben durch einen mit Blumen geschmückten Giebel geschlossen, die andere von einem, auf Spitzbogen ruhenden, mit Giebeln und Fialen geschmückten Baldachin überragt wird. Die Hinterwand der letzteren Nische ist mit einem zierlich gestickten Teppich belegt. Spitzsäulen scheiden zu jeder Seite der Hauptnischen drei, nach oben und unten sich verjüngende Nischenreihen, welche zur Aufnahme der Wappenschilde und ihrer Träger bestimmt sind, und die ganze Architektur gibt das Bild eines geöffneten Flügelaltars.

[1] Schrötters Abhandlung aus dem österreichischen Staatsrechte. II, 201. VI.

Die beiden kleinen Löwen auf Pilastern zu Seiten des Baldachins über der Mittelnische sind nichts weiter als eine der gothischen Architektur eigenthümliche Ausschmückung durch Thiergestalten.

Wenden wir uns nach diesem allgemeinen Überblick über die Reitersiegel und deren ornamentalen Ausschmückung, so wie der auf ihnen vorkommenden Beiwerke wieder dem Hauptbilde, nämlich dem Ritter und seinem Pferde zu, so haben wir noch die Bewaffnung des Reiters, und zwar sowohl die Schutzwaffen: Helm, Schild und Panzer, als auch die Angriffswaffen, wie Lanze, Schwert und Dolch; so wie deren Verzierungen, wie Helmzimiere, Decken, Kronen, Waffenröcke, Gürtel, Fahnen u. s. w., dann Würdeabzeichen: Herzogshut, Scepter und Mantel, endlich auch die Pferderüstung und deren Ausschmückung näher zu beleuchten.

Die auf dem ältesten österreichischen Fürstensiegel, nämlich jenem Ernst's des Tapferen (reg. 1056—1078) vorkommende gerundete und anschliessende Kopfbedeckung, welche das Gesicht frei lässt, scheint, nach den rückwärts herabhängenden Bändern oder Riemen zu urtheilen, eine Sturmhaube zu sein, welche über die Kapuze des Panzers aufgebunden wurde.

Die nächst bekannten Siegel sind jene von Ernst's Enkel, Leopold dem Heiligen, von welchem sich vier von einander verschiedene erhalten haben. Auf den beiden älteren erscheint ein niedriger, konisch geformter, offener Helm (Sturmhaube, Bickelhaube, bacinetum, bascinet), der oben in eine Spitze endet und in der Mitte einen von vorne nach rückwärts laufenden Riegel hat. Dieser Helm sicherte nur den Oberkopf, das Gesicht blieb frei, das Hinterhaupt, der Hals und der Nacken dagegen wurden durch die hinaufgezogene Kapuze des Panzerhemdes geschützt, indem das Bassinet entweder über das Panzerwerk aufgebunden oder letzteres an den Rändern des Bassinets befestiget wurde. Eine ähnliche Sturmhaube zeigt auch das verdächtige Siegel am Stiftsbriefe von Klosterneuburg, während dieselbe auf dem Siegel an dem Stiftsbriefe von Heiligenkreuz den Riegel verliert, höher ist und mit der Spitze nach vorwärts gekrümmt wird. Diese letztere Form bildete sich vorzüglich unter Heinrich Jasomirgott aus. Unter Leopold dem Tapferen treten bei dem Helme mehrere Veränderungen ein. Um das Gesicht theilweise zu schützen, befestigte man vorne eine schmale, über die Nase herabreichende Spange, Nasenspange (nasal), welche anfangs unbeweglich war, in späterer Zeit aber auch zum Hinaufschieben eingerichtet wurde. Diese Nasenspangen kommen bereits im XI. Jahrhunderte vor [1] und überdies sind bisweilen auch am Hinterhaupte verlängerte Schienen zum Nackenschutze angebracht [2].

Ferner verschwinden unter Leopold dem Tapferen die kegelförmigen Sturmhauben und an ihre Stelle treten cylinderförmige, welche oben abgerundet und mit einem Riegel versehen sind. Anfangs ist an denselben ebenfalls das Nasal angebracht, später aber geht die Nasenspange in eine Blechplatte über, welche das Gesicht bedeckt, nicht weit über die Nase herabreicht und mit Ausschnitten für die Augen versehen ist, wie wir sie auch auf den Bildern der Herrad von Landsberg treffen [3].

Gleiche Form zeigen die Helme auf den Siegeln Friedrichs des Katholischen und Leopolds des Glorreichen. Auf einem späteren Siegel des letzteren ist der niedere cylinderförmige Helm mit der Gesichtsplatte oben gerade abgeschnitten, und diese letztere Form bildete den Übergang zu den Helmen, welche das ganze Haupt umschlossen, und auf den österreichischen und deutschen Fürstensiegeln im Anfange des XIII. Jahrhunderts erscheinen.

[1] Auf dem Siegel des Pfalzgrafen am Rhein, Heinrich de Lacu, anno 1048—1095. — [2] S. Herrad von Landsberg, Äbtissin von Hohenfurt oder St. Ottilien in Elsass im XII. Jahrhundert, und ihr Werk: Hortus deliciarum. Herausgegeben von Christian Moriz Engelhardt. Stuttgart, 1818. Auch auf dem Siegel des Grafen Wilhelm von Luxemburg, anno 1122, erscheint ein Helm mit einer Schiene am Hinterhaupte. — [3] l. c.

Bisweilen bildeten diese Gesichtsplatten ein förmliches Gitter, wo dann selbstverständlich die Ausschnitte für die Augen fehlen[1].

Federn, Rossschweife oder sonstige Zierden kommen auf den Sturmhauben weder auf den Siegeln vor, noch sind sie mir in gleichzeitigen Abbildungen bekannt; wohl aber ist bei Herrad von Landsberg der untere Rand mit einem messingenen Reife umgeben, und Fürsten haben statt dieses Ringes eine Krone um den Helm. Dass diese Sturmhauben aus gediegenem Eisen waren, zeigen die Farben auf den Abbildungen der Herrad[2], und die alten Heldengedichte erwähnen häufig, dass von den gewaltigen Schwerthieben die feuerrothen Funken aus den Helmen stoben, als ob man Brände schwang. Sie werden härter als ein Adamas oder Krystall geschildert, sind verfertigt von Stahl aus dem inneren Indien und „lichter als ein Schwert" [3].

Manchmal hängen die Riemen und Schnüre, mit welchen man die Bassinets über die Kapuze des Panzerhemdes band, rückwärts herab und sind an den Enden mit Kugeln oder Quasten verziert[4].

Auf den Siegeln der schlesischen Fürsten erhält sich der offene Helm bis in die zweite Hälfte des XIII. und auf jenen der Markgrafen von Brandenburg sogar bis in das XIV. Jahrhundert. Thatsächlich bleiben diese Eisenhüte, zum Theile mit Änderungen in der Form, vorzüglich mit Stirnstulpen und Genickstücken, oder mit rund um den Kopf laufenden Rändern fortwährend im Gebrauch, und Wiens Bürgermeister führte im Jahre 1487 keinen besseren Eisenhut als jeder andere Bürger, nämlich zu dem Preise von 1 Pfund Wiener Pfennige[5]. In den Abbildungen der Hedwigslegende[6] erscheint die Bickelhaube als Kopfbedeckung der Tataren und der gemeinen christlichen Krieger, seltener bei den Rittern, und auch Otakar von Horneck erwähnt, dass das Fussvolk glänzende Bickelhauben trug.

Übrigens finden wir die Sturmhauben auf den Siegeln von höchst verschiedenen Formen; so sind die kegelförmigen, nach vorwärts gekrümmten, oben nicht selten abgerundet[7]; dagegen sind die cylinderförmigen und oben gerade abgeschnittenen auf den niederländischen Reitersiegeln bald sehr niedrig, fast wie die Reifbarette, bald wieder sehr hoch[8]. Eine andere Eigenthümlichkeit zeigen die niederländischen Reitersiegel darin, dass, um den Hals zu schützen, zu beiden Seiten des Hauptes viereckige Platten (Achselscheiben, aisles, aislettes) an den Helmen befestiget sind; sie kommen zum ersten Male im Jahre 1168[9] vor und werden dann im XIII. und XIV. Jahrhundert auch bei den Kübelhelmen beibehalten und mit Wappenfiguren verziert; sie verschwinden erst mit den Bourgignots.

Leopold der Glorreiche ist der erste österreichische Fürst, auf dessen Siegeln der geschlossene Helm erscheint. Er ist oben gerade abgeschnitten, vorne mit einer Kante versehen und am Hinterkopfe gerundet. Statt eines beweglichen Gitters oder Visirs hat er an beiden Seiten der Kante einen langen horizontalen Ausschnitt in der Richtung der Augen (von Otakar von Horneck Helmfenster genannt), sowohl zum Sehen als auch zum Einströmen der Luft. Anfangs ist der Helm gegen das Kinn zu eingeschweift und unterhalb desselben nach dem Hinterhaupte verjüngt ausgeschnitten; gegen die zweite Hälfte des XIII. Jahrhunderts aber bildet sich die vordere Helmwand allmählich ganz gerade und in gleicher Weise wird auch der untere Rand nicht mehr verjüngt, sondern ebenfalls gerade abgeschnitten; die ganze Form ähnelt einer Tonne, daher der

[1] Auf dem Siegel des Grafen Heinrich von Luxemburg, anno 1246. — [2] l. c. — [3] Wigalois, pag. 205 und Ulrich von Liechtenstein. — [4] Gottfried Herzog von Lothringen, anno 1168. Otakar als Markgraf und Herzog von Steiermark, anno 1163 und 1182. — [5] Schlager, Wiener Skizzen, I, 118. — [6] Die Bilder der Hedwigslegende. Nach einer Handschrift vom Jahre 1353, in der Bibliothek der P. P. Piaristen in Schlackenwerth. Herausgegeben von Adolf Ritter von Wolfskron. Wien 1846, bei Matthäus Kuppitsch. — [7] Wilhelm Pfalzgraf am Rhein anno 1136 und Gottfried Herzog von Lothringen, anno 1168. — [8] Herzog Heinrich von Lothringen, anno 1203 und Graf Friedrich von Bitsch. — [9] Auf dem Siegel Herzogs Gottfried von Lothringen.

Name: Fasshelm, Kübelhelm, oder wie Otakar von Hornek sagt: Helmfass. In ihrer vollendeten Ausbildung erscheint diese Helmform zuerst bei Hermann von Baden, dem Gemahle Gertrudens von Österreich, und wird von Otakar bis zu seiner Königskrönung beibehalten.

Nach der Krönung zum Könige von Böhmen (anno 1261) zeigt uns das Münzsiegel Otakars auf der Kehrseite eine Reiterfigur mit wesentlichen Veränderungen in der Bewaffnung. Noch ist die alte Form des Fasshelmes da, aber unterhalb des Sehschnittes sind in die Helmwand zwei Reihen viereckiger Löcher eingeschlagen, um durch dieses Gitter ein reichlicheres Zuströmen der Luft zu erzielen und die drückende Wärme in dieser Eisenhülle zu mindern. Am Hinterkopfe ist eine anliegende, stufenförmig ausgezackte Decke, und über dem Helm ragen zwei horizontal gelegte Adlerflügel als Zimier empor. Wir begegnen also hier zum ersten Male auf einem österreichischen Fürstensiegel der Helmdecke und dem Zimier. Beide waren aber schon früher wirklich im Gebrauche, und Ulrich von Liechtenstein bietet uns hierüber in seinem Frauendienste zahlreiche Beispiele dar. Sein Bruder Heinrich führte auf dem Helme eine Welle von Gold, die an den „Orten“ mit Pfauenfedern besteckt war, und der Graf von Görz, dessen Helm licht von Gold und hart wie ein Adamas war, hatte einen Kranz von Pfauenfedern, an welchem viele Blätter aus Silber hingen; endlich Otto von Meissau:

„ûf sinem helm der biderbe truoc
ein kranz von gansvedern wiz [1].“

Aber nicht blos beim Tiost, auch in der Schlacht wurde die Helmzierde getragen; so singt Ennenkel von Ulrich dem Jüngeren von Kärnthen, welchen Friedrich der Streitbare in der Schlacht bei Laa gefangen nahm:

„daz daz zimier solde sîn
daz wâren zwei horn hernsîn,
von phâvedern so dicke
daz dâ der sunnen blicke
ûf dem helm nicht haeten schîn
sô dicke wârn die vedern sîn [2].“

Bei Suchenwirth heisst es:

„Da fürt er wandels freye
selber sein verchrönten helm,
den man durch staub und auch durch melben
Vil diche sach erglitzen [3].“

Als Roaz zum Kampfe ging, trug er einen Helm mit breitem goldenen Rand, über dem Scheitel war ein Diamant mit Schmelz umlegt und darauf befand sich ein Drache aus Gold, als ob er lebte und über dem Helm schwebte[4].

Die Helmaufsätze, Helmzierden, Zimiere (cimier, crest, lat.: apex, cimerium) waren wohl eine Erinnerung an die Sitten unserer Voraltern, die Kopfhäute wilder Thiere sammt deren Waffen, wie Hörnern, Hauern, Zähnen, über den Kopf zu stülpen, um sich ein fürchterliches Aussehen zu geben. Sie dienten auch als Abzeichen im Kampfgemenge, wohl auch, wie die Federn, blos zur Zierde. In späterer Zeit wurden sie mit den Wappen in innigere Verbindung gebracht und gingen in plastische Darstellungen der Wappenfiguren über, oder sie zeigten das Wappen selbst auf sogenannten Schirmbrettern, ovalen oder eckigen Scheiben, welche im letzteren Falle an den Ecken mit Kugeln, Schellen, Quasten oder Pfauenspiegeln besteckt waren. Auch auf Landes- und Erbämter nahmen die Helmzierden bisweilen Bezug, so der Marschallshut auf

[1] Ulrich von Liechtenstein. Herausgegeben von Lachmann. Berlin 1841, pag. 483. — [2] Rauch, Scriptores rer. Austriac. I, pag. 340. — [3] Suchenwirth. Herausgegeben von Primisser. VIII, v. 158—161. — [4] Wingalois, l. c.

den Siegeln der Herzoge von Sachsen und auf jenen der Grafen von Görz, welche letzteren das Erbmarschallsamt des Patriarchates von Aquileja inne hatten; oder eine Schüssel als Zeichen der Truchsesswürde:

„Sein Helm war reich an Zier
Und köstlich sein Zimier —
— — — — — — —
Auf der Spitze glänzte hell
Eine Schüssel vom Golde,
An der man wissen sollte,
Dass er dort Truchsesse war[1].“

Die Helmzierden waren so wie die Wappen bisweilen Lehen von dem Landesfürsten; so bittet der oberste Marschall von Österreich, Otto von Meissau, den Herzog, das Wappen, welches er von ihm zu Lehen getragen und das er, falls er ohne männlichen Erben stürbe, dem obersten Kämmerer Hanns von Ebersdorf vermacht habe, diesem letzteren zu bestätigen. Im Vermächtnissbriefe selbst wird das Wappen beschrieben: Ein schwarzes Einhorn in einem gelben Schild; und die Helmzierde: ein Gansnest, darin ein Buschen Federn und drei daraus hervorsehende Gänse[2].

Die Herzoge Albert und Otto verleihen dem Bruno Vicecomite und den von Matthäus und Ubert Vicecomite abstammenden Gliedern dieser Familie unter dem Titel eines Lehens das Recht, eine Krone auf dem Hute, Helme, im Panier oder Schild zu führen: und Herzog Albert II. und dessen Gemahlin Johanna verleihen dem Ulrich von Stubenberg ihr Kleinod von der Herrschaft Pfirt, eine goldene Posche[3], auf dem Helme zu führen[4].

Oft waren diese Helmzierden der Gegenstand ernsthafter Zwistigkeiten; so bekennt Reinprecht von Ebersdorf, oberster Kämmerer in Österreich, dass ihm nach langem Streite auf seine eigene und auf die Bitte anderer ehrbarer Herren, Georg der Zändlein gestattet habe, für sich und seine Erben als Helmzierde zwei Flügel zu führen, beide quer getheilt, unten schwarz und oben golden, und anders nicht. Dagegen soll Georg der Zändel nur einen Flügel führen, unten Gold und oben Schwarz. Überdies verpflichtet sich Reinprecht von Ebersdorf, diese Helmzierde, falls er ohne Leibeserben stürbe, niemand Anderem zu schaffen oder zu geben[5].

Um die Helme gegen Rost zu schützen, wurden sie versilbert oder vergoldet, auch mit Farben bemalt, und um die zu grosse Erhitzung durch Sonnenstrahlen zu verhindern, überzog man sie mit hellfarbigen Tüchern, oder wie die Schilde, mit Sammt oder Seidenstoffen; ausserdem wurden sie auch mit Gold und edlen Steinen verziert.

„Mîn schilt, mîn helm was gruene gar.“
„Mîn helm was wîz, mîn schilt alsam[6].“

Beim Überziehen und Bemalen der Helme wurden die Wappenfarben berücksichtiget, wohl auch das Wappen selbst angebracht. So trug Wigalois, der im Schilde ein goldenes Rad im schwarzen Felde führte, auf dem mit Gold und Gestein verzierten Helm ein Rad als Zimier, das sich drehte, so oft er buhurdirte. Der Helm selbst war mit Zobel überzogen, und eine Leiste von Gold lief quer über die Augen[7]; und auf dem Siegel des Herzogs Ferri von Lothringen (anno 1276) ist auf dem Helme der rothe Schrägebalken mit den gestümmelten silbernen Adlern angebracht.

[1] Guy von Waleis, der Ritter mit dem Rade, von Wirnt von Grafenberg. Übersetzt von Adolf Grafen von Baudissin. Leipzig, Brockhaus 1848, v. 3897—3905. — [2] Hormayr, Taschenbuch für vaterländische Geschichte, 1838. Berlin bei Reimer, pag. 273 und Wurmbrandt, collectanea geneal. 72. — [3] Posse, Bosse, eine abenteuerliche Figur, Telamones. Frisch, Wörterbuch. Hier also wohl die Jungfrau mit den Fischen. — [4] Lichnowsky, Geschichte des Hauses Habsburg. Regest. pag. CCCCXXXII und CCCCLXV, Nr. 1089 und 1438, anno 1336 und 1347. — [5] Wurmbrandt, l. c. 20. — [6] Ulrich von Liechtenstein, l. c. pag. 73 und 161. — [7] Guy von Waleis, l. c. v. 3556—1366.

Diese Sitte, die Helme mit Stoffen zu überziehen, gab bei Kampfspielen Veranlassung zu manchen Scherzen. So hatte Herr Zachäus von Himmelberg, als Sänger bekannt, ein Mönchskleid über den Harnisch gelegt und trug auf dem Helme ein Haarbündel, in das eine breite Platte geschoren war; und Otto von Buchau trug eine Gohdese, d. i. ein windisches Weiberkleid; auf dem glänzenden Helm war ein weiter Ring gemacht und köstliche Ohrringe hingen von dem Helme herab, während rückwärts zwei blanke Zöpfe bis zu dem Sattel niederwallten[1].

Später kamen die fliegenden Helmdecken in Gebrauch, die unter dem Zimier oder der Krone hervorwallend das Hinterhaupt deckten, bis auf den Rücken hinab reichten und mit Stickereien und Verbrämungen verziert waren. Die Farben der Helmdecke richten sich meistens nach jenen des Wappens oder der Helmzierde; es kommt übrigens auch vor, dass sie das Wappen selbst darstellen. So hat Herzog Albert III. auf der, im Codex num. 2765 der kaiserlichen Hofbibliothek abgebildeten Reiterfigur eine Helmdecke, welche aussen roth und nach innen weiss ist[2], eben so im Arlberger Bruderschaftsbuche; dagegen erscheint in letzterem die Helmdecke bei Leopold dem Stolzen roth mit dem weissen Querbalken[3]. König Wenzel I. von Böhmen und Otakar haben auf den Reiterfiguren im Stadtbuche von Iglau schwarze mit goldenen Blättern besäete Helmdecken, nach dem Zimier einen schwarzen Adlerflügel, der am unteren Theile mit zwei Reihen goldener Blätter belegt ist[4].

Dass die fliegenden Helmdecken im Kampfe zu Schimpf und Ernst sehr litten, ist begreiflich. Eine zerschlitzte Helmdecke galt gleichsam als ein Ehrenzeichen; man fing an damit zu prunken, und begann am Schlusse des XIV. und im Laufe des XV. Jahrhunderts die Helmdecken auf den Wappensiegeln auszuzacken, und ging damit immer weiter, je mehr das Ritterwesen selbst verschwand, bis man endlich die arabeskenartig verschlungenen Helmdecken der neueren Heraldik herausgekünstelt hatte.

Ein späteres Siegel Otakars zeigt uns abermals eine veränderte Helmform, die sich durch das ganze XIV. Jahrhundert erhielt. Der Helm ist an der Vorderseite kantig, am Hinterkopfe gerundet, und verjüngt sich oberhalb der Schlöcher zu einer mehr oder weniger stumpfen Spitze, welche jedoch durch das Zimier, einen horizontal gelegten Adlerflug, verdeckt wird. Die „Orte" der Schlöcher sind mit Spangen verziert, und eine solche scheidet auch die vordere Wand des Helmes von dem Rücktheile. Oberhalb der Schlöcher, so wie an der Rückwand ist der Helm mit kleinen an einander gereihten Buckeln besetzt, welche vielleicht eine anliegende gestirkte Decke darstellen sollen. Das Gitter unter dem Augenschnitte ist verschwunden.

Diese Helmgattung ist zusammengesetzt aus dem früheren Fasshelm und eine auf diesem aufgesetzte zugespitzte Kappe; sie bot den Vortheil, dass Schwerthiebe und Kolbenschläge abglitten, während der oben gerade abgeschnittene Fasshelm mit seiner ebenen Schlussplatte der betäubenden Wucht des Schlages ein breites Feld gewährte.

Eine interessante Eigenthümlichkeit finden wir bei dieser Helmgattung sowohl auf den Reiter- als auch auf den Wappensiegeln der Herzoge von Kärnthen aus dem Hause Görz-Tirol: auf dem Helme ruht nämlich ein Eisenhut mit einer breiten Krempe und auf letzterem erhebt sich ein Pfauenfederbusch als Zimier[5]. Dieser Eisenhut auf dem Helme kommt auch auf den Siegeln des kärnthnerischen Landesadels ziemlich häufig vor.

[1] Ulrich von Liechtenstein, l. c. — [2] Codex Nr. 2765, Fol. 42 a. — [3] S. das Arlberger Bruderschaftsbuch, ein Pergament-Codex im kaiserlichen Hausarchive, es enthält die ältesten Gutthäter der St. Christoph-Capelle und des Hauses auf dem Arlberge mit ihren Wappen; es beginnt mit dem Jahre 1393 und endet mit 1415. Von den Herzogen von Österreich erscheinen folgende: Albert III. nebst seiner Gemahlin Beatrix von Zollern. Blatt 5; Albert IV. nebst seiner Gemahlin Johanna von Baiern, Blatt 6; Wilhelm, Blatt 7 rev.; Leopold IV., Blatt 8 av. und 9 rev. — [4] Codex im Archive der Stadt Iglau, verfasst zu Ende des XIV. oder zu Anfang des XV. Jahrhunderts mit Miniaturen — [5] Meinhard a. 1291; Otto a. 1303; Heinrich a. 1307.

Unter den Fürsten aus dem Hause Habsburg erscheint der Helm zum ersten Male gekrönt und aus der Krone ragt ein reicher Pfauenstutz als die zu dem österreichischen Bindenschild gehörige Helmzierde empor; das frühere Zimier der Habsburger war, wie aus den Reitersiegeln derselben in Herrgotts Genealogie, so wie aus dem Siegel, welches Albert I. noch als Reichsverweser in Österreich führte, zu ersehen ist, ein hervorwachsender rother Löwe mit einem Kamm von Pfauenspiegeln auf dem Rücken. Der Pfauenstutz bleibt mit wenigen Ausnahmen der constante Helmschmuck auf den Siegeln unserer Fürsten.

Noch Herzog Rudolf III. hat eine anliegende Helmdecke, die am Rande mit Perlen oder Knöpfen besäumt ist; Heinrich und Leopold dagegen haben im zweiten Jahrzehent des XIV. Jahrhunderts zum ersten Male fliegende Decken, welche von da an im Gebrauche bleiben.

Die vordere Kante des Helmes, so wie die Schlöcher sind mit Spangen, wahrscheinlich von anderem Metalle verziert, und die Helme selbst reichen bald mehr, bald weniger über das Kinn herab. Rudolf IV. hat zuerst wieder die vordere Helmwand unter dem Augenschnitte gitterartig durchbrochen. Wie aus gleichzeitigen Wappensiegeln mit nach vorne gestellten Helmen hervorgeht, befindet sich dieses Gitter meistens nur auf einer Seite des Helmes, bisweilen erscheint an dessen Stelle oder an der anderen Seite des Helmes eine kleine Öffnung in Gestalt einer vierblätterigen Blume, welche dazu diente, den vom Haupte abgebundenen Helm an einer von der Achsel herabhängenden Kette mittelst eines Hakens zu befestigen. Mit dem Beginne des XV. Jahrhunderts, zuerst bei Wilhelm dem Freundlichen, anno 1404, kommt der Stechhhelm in Gebrauch, welcher von da an der allein herrschende wird, bis er auf dem Siegel König Friedrichs III. vor seiner Wahl zum deutschen Könige zum letzten Mal erscheint. Der Stechhelm ist ein geschweifter Kübelhelm, dessen oberer Theil der Rundung des Kopfes, der untere Theil der Biegung des Halses sich anschmiegt. Zwischen beiden befindet sich ein Spalt (Querriss, Querschranz) zum Durchsehen, ohne Spange. Der untere Theil ist in der Mitte kantig und nach oben stark ausgebogen, so dass er in der Profilirung eine Spitze bildet. Der Stechhelm reicht auf Brust und Rücken herab, wo er angeschraubt oder angebunden wird.

Von jenen Helmen, die mit einem beweglichen Visir versehen, Kinn-, Hals- und Nackenschutz durch eine geschickte Gliederung mit einander bilden, sogenannte Bourgignots, bietet die österreichische Sphragistik nur ein einziges Beispiel auf dem Reitersiegel Alberts VI. dar. Der Name deutet auf das Vaterland dieser Helmform hin und Albert, welcher sich sehr häufig in den Vorlanden aufhielt, hat sie wohl aus Burgund herübergebracht. In den Niederlanden entwickelte sich diese Helmform bedeutend früher und in mannigfaltigen Formen, später treffen wir sie auch auf den Reitersiegeln Maximilians I. für die Niederlande[1].

Der Kolbenturnierhelm, kugelförmig mit weit gegittertem Rost, kommt auf den österreichischen Fürstensiegeln nicht vor, wohl aber auf den Wappensiegeln deutscher und niederländischer Fürsten[2].

Um den Kopf gegen die Schwere des Helmes und nach Möglichkeit gegen die Wucht gewaltiger Schwert- und Kolbenschläge zu schützen, wovon u. a. Ennenchel sagt:

„Den kolben er dô zuckte,
hindern schild er sich smuckte,
und tet dem Prinzel seinen slac,
daz er weder enhörte noch ensach,
wan im daz houbet betoubet was,

[1] Abgebildet: Vredicus Sigilla comitum Flandriae, Taf. XLII b, und Herrgott: Monumenta I, Taf. XI, Fig. 2 und 3. — [2] Auf Grabsteinen erscheint er frühzeitig, so auf jenem Friedrichs von Kreusbach. S. Leber, die Ritterburgen von Rauheneck, Rauhenstein und Scharfeneck. Wien 1844, Taf. VII.

daz er der slege gar vergaz,
und daz er viel ûf diu knie[1]."

trug der Ritter unter dem Helme eine Bundhaube (Hersenir[2], auch Harnischkappe), welche von Leinwand mit Wolle oder Werg dicht abgesteppt und bisweilen auch mit Seide oder Damast überzogen war. Sie reichte rückwärts über die Ohren herab und liess das Gesicht, gewöhnlich auch das Kinn frei; wir treffen sie in dieser Form bereits auf Grabsteinen aus dem XIII. Jahrhundert. Da die Fasshelme ohne Hals und Nackentheile über den Kopf gestürzt wurden und an diesen nicht anschlossen, so mussten sie mittelst Riemen oder Seidenschnüren an die Rüstungstheile am Halse oder an den Achseln befestiget werden. Aber auch an der Bundhaube waren Schnüre oder Riemen (Helmlöre, von: lorum) angebracht, welche durch darauf gerichtete Löcher des Helmes gezogen wurden, um denselben fest zu halten. Dennoch geschah es im Tiost nicht selten, dass durch die Gewalt des Lanzenstosses die Schnüre rissen und dem Ritter der Helm vom Haupte gestochen wurde:

„Des tages mit tjost mir daz geschach,
daz man mir von dem houbet stach
für war dristunt den helm mîn,
den ich mit snüeren doch sidîn
ûfgebunden het vil wol,
als man die helme binden sol[1]."

Über den Tiost mit Berthold von Emmerberg sagt Ulrich von Liechtenstein: „Schön und lang war der Buneis, das Feuer sprang aus beiden Helmen, beide Speere zerbrachen und er stach mir den Helm am Kinne, dass mir das letztere vom Blute nass wurde; ich band den Helm fester und das war nöthig, denn seine Riemen waren abgerissen." Ein solcher Stoss galt für einen Meisterstoss, denn auch bei Guy von Waleis heist es: „jeder hatte zum Ziele erkoren den Hals des Gegners unter dem Kinn"[4].

Zusammengesetzter als die Bundhaube war die Turnierhaube (anno 1436), die im vollständigen Zustande aus einem Wulste (Stirnbund) und zwei Schläfenkissen bestand, und drei starke Riemen mit Doppelschnallen und dreizehn Schnürriemen mit Stiften hatte[5].

Um sich durch die Schwere des Helmes nicht unnöthigerweise zu ermüden, wurde derselbe kurz vor dem Kampfe oder Turniere aufgestürzt und gebunden; Ulrich von Liechtenstein erwähnt dieses Umstandes oft und sagt unter anderem von dem Domvogte von Regensburg: „als er mich sah, band er den Helm zu Haupt und nahm einen Speer zur Hand"[6]; und die Limburger Chronik erwähnt zum Jahre 1350, dass man den Rittern die gekrönten Helme auf einem Kloben nachführte[7].

Dagegen wurde aber auch dem Besiegten das Schwert weggenommen und das Haupt entwaffnet, indem man ihm den Helm abband:

„Gârel, der küene wîgant,
den helm er im abe bant
und nam imz swert und liez in liegen[8]."

Das Abbinden der Helme vor Damen gehörte zur höfischen Sitte; darum heisst es von Wigalois:

[1] Ennenkel bei Rauch. Scriptor. I, 349. — [2] „Durch Helm und Hersenir ward mancher da im Tiost erschlagen." Guy von Waleis. l. c. v. 10944 und 10945. — [3] Ulrich von Liechtenstein, l. c. 269. — [4] l. c. v. 544 und 545. — [5] Leber, Wiens kaiserliches Zeughaus, Leipzig bei Köhler, 1846, pag. 178. — [6] l. c. — [7] Annalen des Vereines für nassauische Alterthumskunde, VI, 431. — [8] Die Fresken des Schlosses Runkelstein. Blatt 9, col. 1 und Blatt 10, col. 2, aus dem Gedichte: „Garel von blühendem Thale."

„Er ritt zu der Mauer
Wo er die Königin fand,
Seinen Helm er sogleich abband
Und setzt ihn auf den Sattelbogen.
Er war höfisch und wohlerzogen,
Desshalb sein Haupt entwaffnet er [1].“

Die Helmzierde der österreichischen Fürsten aus dem Hause Habsburg ist auf ihren Reitersiegeln der erwähnte Pfauenstutz; als Ausnahme treffen wir auf dem Siegel Alberts V. für die Markgrafschaft Mähren einen Adlerflügel, nach vorwärts gekehrt und mit herzförmigen Blättern bestreut, als das Zimier Mährens, welches aus zwölf Feldern bestand, deren je drei abwechselnd golden und schwarz waren; und bei Albert VI. einen aus der Krone hervorwachsenden Adler, als Helmzierde zu dem Schilde mit den fünf Adlern gehörig.

Die Kronen, welche seit der Belehnung der Habsburger mit Österreich auf den Siegeln unserer Herzoge vorkommen, sind theils Laub-, theils Lilienkronen, je nachdem sich auf dem Kronreife Blätter oder Lilien erheben. Zwischen den Blättern sind auch Perlen angebracht, und nur bei Rudolf IV. sind der Kronenreif und die Blätter mit Steinen besetzt. Die Zahl der Blätter oder Lilien beträgt auf dem ganzen Umkreise des Kronreifes vier, höchstens sechs. Diese Kronenform war übrigens im Mittelalter kein Abzeichen der Fürstenwürde; denn obgleich die deutschen Könige, von Wilhelm von Holland bis zu Wenzel (1247—1400), auf ihren Majestätssiegeln die einfache Laubkrone tragen, so finden wir sie dagegen auch auf den Siegeln der Dynasten, wie der Grafen von Plaien und Hardek, und im XV. Jahrhundert als gewöhnlichen Helmschmuck des niederen Adels auf den Wappensiegeln. Übrigens war die Sitte, Kronen auf den Helmen zu tragen, älter als sie die Siegel unserer Fürsten nachweisen; in den Abbildungen der Herrad von Landsberg, einer Zeitgenossin Friedrich Barbarossa's, ist der offene Helm eines Kriegers, wie bereits erwähnt wurde, mit einer Krone umgeben; und Ulrich von Liechtenstein sagt:

„Dâ bî fuort man den helm mîn:
der moht ouch liehter nicht gesîn,
er was gekroenet meisterlîch,
diu krone, diu was koste rîch [2].“

Auch Graf Otto von Plaien hat auf seinem Reitersiegel, als Panierträger des Herzogthumes Österreich, bereits im Jahre 1254 den Helm gekrönt [3].

In späterer Zeit verstand man unter dem Ausdrucke „gekrönter Helm“ einen Mann vom höheren Adel; so waren in der Schlacht bei Sempach viele Personen von Adel, darunter 350 „gekrönte Helme [4]“.

Ehe wir zur zweiten Schutzwaffe des Ritters, dem Panzer, übergehen, möge hier die Bemerkung Platz finden, dass nur jene Formen der Schlachthelme besprochen wurden, welche auf den mittelalterlichen Reiter- und Fusssiegeln, zum Theile auch auf den Wappensiegeln vorkommen; in der Wirklichkeit gab es mannigfache Abweichungen von diesen Hauptformen sowohl zum Gebrauche beim Turnier, als in offener Feldschlacht, nach Willkür oder nach Bedürfniss des Besitzers, selbst nach Ansichten, die sich in bestimmten Zeitperioden entwickelten und wieder verschwanden, um neuen Formen Platz zu machen. Ausführlicheres hierüber bieten „Lebers kaiserliches Zeughaus“ [5], und an Reichhaltigkeit der Abbildungen das „Heraldische A-B-C-Buch von Dr. Karl Ritter von Mayer“ [6]. —

[1] Guy v. Walcis, l. c. pag. 12. — [2] l. c. pag. 165. — [3] Die Siegel der Landes-Erbämter in Österreich unter der Enns. Mittheilungen des Alterthumsvereines in Wien. 1861. Taf. I, Fig. 12. — [4] Frisch, Wörterbuch I, pag. 441. — [5] l. c. pag. 178. [6] München, 1857.

Die wichtigste Schutzwaffe des Ritters war die Rüstung, der Panzer oder Harnisch. Sie bestand aus der Halsberge, Brüne (brune, brunia, halsberga, französ. houbert, genannt)[1], welche den Oberleib bis zu den Knieen, und den Beinbergen, welche die Füsse deckten. Der Name Halsberg stammt entweder von dem obersten Theile der Rüstung, oder von al, alla und bergen: alles bergend, nämlich den Körper, für welche Ableitung der Gegensatz: Beinberge für die Fussrüstung spricht.

Eben so leiten einige das Wort Brüne von dem slavischen bronja, Schutz, Vertheidigung her, andere von dem angelsächsischen bron, Brust, wieder andere von dem deutschen brun, brunieren, durch Polieren blank, glänzend, leuchtend machen. Für die letzere Ableitung spricht einigermassen der Umstand, dass die altdeutschen Dichter die glänzenden Harnische als brennend darstellen; so heisst es im Heldenbuche:

„Da rief einer ab der zinnen,
Ir traget feuerin schein,
wie fast ir nun jetzt brinnen
so lässt man euch nicht ein[2].“

Und bald darauf wird einer, welcher eine solche Brüne trug, geschildert: „von Füssen bis aufs Haupt ist er gezündet an“. Auch Wolfram von Eschenbach sagt, er erblickte einen Mann „dess Harnisch lucht und bran — recht als er were fuerin[3]; und Ulrich von Liechtenstein erzählt: „ich legte einen Halsberg an von festem leuchtenden Stahl“.

Gediegene Plattenharnische entstanden erst spät; das frühere Mittelalter weiset uns einfachere, wenig gegliederte, daher auch ziemlich unbeholfene Rüstungen. Sie hatten die Form anliegender Tuniken, welche bis an das Knie reichten, und vorne und rückwärts aufgeschlitzt waren. Man verfertigte sie aus mehrmal über einander gelegter und abgenähter Leinwand und nietete oder heftete mit Ochsensehnen Schuppen von gesottenem Leder, Horn oder Metall auf dieselben (Brigantinen):

„Eine Brüne trug er stark und weit,
— — — — — — — —
die war ein heidnisches Werk
von starken Platten, gefügt aus Horn,
darauf sah man als Zierrath vorn
Gold mit edlen Steinen[4].“

Die metallenen Schuppen selbst waren schindel- oder zungenförmig, bisweilen auch rautenförmig getrieben. Statt der Schuppen nahm man auch Scheiben, entweder flache oder kugel- und rautenförmig getriebene (Scheibenhemde, cottes à rondaches). Am häufigsten aber waren Ringwerke, indem man Anfangs einzelne Ringe in horizontalen Reihen neben einander mit Sehnen aufheftete (einfaches Ringhemd). — Das geschobene Ringhemd bestand in wagrechten Reihen von Ringen, von denen jeder folgende zur Hälfte auf dem vorhergehenden auflag, und jeder Ring wurde oben und unten auf die Unterlage angeheftet, wobei man die Vorsicht gebrauchte, dass die obere Reihe gegen rechts, die untere Reihe gegen links und so abwechselnd empor stand, damit sich die Hiebe nicht verfangen konnten.

[1] Im Mittelhochdeutschen ist die Brüne und die Halsberge oder Panzer öfter unterschieden: Er spaltet ihm Brüne und Eisengewand; — und. eine Brüne trug er stark und weit über der weissen Halsberge. Es scheint, dass in diesen Fällen die Brüne aus einzelnen Platten oder grösseren Schuppen bestand und mehrfach die Brust bedeckte. In dem Handwerker-Ordnungsbuche der Stadt Wien dagegen sind die „Brunner und Sarburher“, d. i. Panzerwirker, gleichbedeutend. — [2] Frisch, Wörterbach I, 146. — [3] Lib. I, Cap. 2, de Hectore. — [4] Wigalois, v. 7371 seq.

Um die Nähte zu schützen, suchte man sie durch Leder zu verdecken, so entstand das sogenannte lederstreifige Ringhemd; ein solches finden wir in den Bildern der Hedwigslegende und auf dem ältesten Landessiegel von Böhmen.

Endlich kamen die Panzerhemde (cottes des maille), die aus in einander geflochtenen Ringen bestanden. Da jeder Ring die neben ihm befindlichen vier Ringe aufnahm, so bot dieses Geflecht eine ziemlich undurchdringliche Hülle. Die Schwierigkeit jedoch, welche die Verfertigung desselben darbot, so wie der Umstand, dass die Erfindung des Drahtziehens erst dem Anfange des XIV. Jahrhunderts angehört, früher also der Draht geschmiedet werden musste, hatten zur Folge, dass die Panzerhemde in früherer Zeit seltener vorkamen. Sowohl die Ring- als auch die Panzerhemde wurden beim Wappnen des Ritters über den Kopf gestülpt, daher waren beide, um in die Ärmel gelangen zu können, an der Brust aufgeschlitzt, welche Öffnung durch Spangen zu schliessen war; darunter trug der Ritter eine Platte, unter welcher jedoch Anfangs keine gediegene Eisenplatte zu verstehen ist; denn gleichzeitige Dichter erwähnen ihrer als aus mehreren Stücken bestehend, und Ulrich von Liechtenstein erzählt, dass ihm Schild und Harnisch durchstochen wurden, und an einer anderen Stelle, dass ihm der Speer durch die Platte drang [1]. Wahrscheinlich war die letztere, so wie die Brüne aus Ring- und Panzerwerk, wenigstens sehen wir auf dem Siegel des Herzogs Bolko von Schlesien vom Jahre 1298, welcher eine solche Platte über dem Waffenrock trägt, dieselbe aus Ringgeflecht verfertiget. Doch nicht blos Lanzenstösse, auch gewaltige Hiebe drangen oft durch die Brüne und deren Eisengeflecht:

„Herr Guy von Waleis den Heiden,
Als er ihn nach genug erreicht,
Mit des Schwertes Spitze streicht:
Er spaltet ihm Brüne und Eisengawand,
Durch die Brust er ihm zu Hand
Schlug eine starke Wunden,
Davon er überwunden
Dem Tod sich musst ergeben [2].“

Im XV. Jahrhundert kommt der Ausdruck „mailanische Panezir“ vor, das ist ein Panzerhemd von besonders fleissiger Arbeit, wie Italien überhaupt gute Waffen lieferte; dagegen ist das schlechte Panczier ein einfaches Panzerhemd [3].

Obgleich das Panzerhemd schon durch die Verschlingung seiner Ringe zusammenhielt und hierzu nicht wie das Ringhemd einer Unterlage bedurfte, so musste doch ein mit Werg oder Wolle gut abgenähtes Wamms (Lendner genannt, auch Unterwambas, bamaz, bombeis oder Joppen; lateinisch: bombasium, wambasium; französisch: wamboison, gambeson; italien. il zupon) von Leinwand oder Leder darunter getragen werden, weil gewaltige Hiebe und Lanzenstösse schmerzliche Quetschungen verursacht oder die Ringe selbst in das Fleisch getrieben haben würden. Im XIV. Jahrhundert wurden diese Lendner stark abgesteppt, oft bis zu einem Finger dick, häufig durch Eisentheile, „Musisen“, Musseisen [4] verstärkt und statt der Rüstung selbst getragen, vorzüglich die Beinberge, welche an den Knieen mit eisernen Becklein versehen waren [5]. Der Sitte, Eisenplatten oder Spangen in das Gewand einzunähen, erwähnt auch schon Seifried Helbling, indem er von einem Knappen erzählt:

[1] L. c. 223 und 262. — [2] Guis v. Walois, l. c. v. 7655 seq. — [3] Leber, kaiserliches Zeughaus, pag. 184. — [4] Stücke von Panzer. Frisch, Wörterbuch, I, 676. — [5] Annalen des nassauischen Alterthumsvereines VI, 427, 431, 459.

„Für gespitzet was sîn huot,
dâ was îsen în vernaet,
sin koller fest unde staet
uf unz an das kinne,
da was ouch îsen inne
daz sîn ze rechte was genuoc [1].“

Mit den Ring- so wie mit den Panzerhemden stand eine Kapuze in Verbindung, welche über den Kopf gezogen das Hinterhaupt so wie die Seitentheile des Gesichtes deckte. Auf dem Heerzuge wurde sie, der Bequemlichkeit wegen, nicht über das Haupt gezogen und hing dann über die Schulter herab.

Die Handschuhe waren mit den Ärmeln der Brüne entweder in einem Stücke oder von derselben getrennt. Im ersteren Falle waren sie auf der belederten Handfläche aufgeschlitzt, so dass man hier die Hand herausgeben und den Handschuh zurückfallen lassen konnte; im letzteren Falle waren sie häufig mit Schuppen oder kleinen Schienen verstärkt, „verblecht“.

Auf gleiche Weise, wie der Oberleib, waren auch die Beine durch Hosen mit Schuppen, Ringen oder Panzergeflecht geschützt, wobei noch des älteren Gebrauches zu erwähnen ist, dass nur der rechte Fuss mit einem Ringharnische bekleidet wurde, weil den anderen der lange „fussabreichende“ Schild deckte. Auf den Bildern der Herrad von Landsberg lauft das Geflecht an den Waden und an den Fusssohlen nicht ununterbrochen fort, sondern man sieht in stellenweisen regelmässigen Entfernungen braune Zwischenräume, wahrscheinlich Leder, sei es dass das Geflecht darauf genäht, oder frei darüber gezogen, und zusammen geheftet oder geschnallt wurde.

In dieser Rüstung bot der Ritter dem minder gut geschützten, gemeinen Krieger, so wie den Geschossen der Schützen, wie hinter einer Mauer Trotz:

„Ir besten schützen vier
liez ich mit willen zuo mier
ir schüzze saten,
wan ich in miner platen
und minem helmvaz
— — — — — —
ir schiezens mac genesen [2];“ —

aber nur so lange er auf seinem starken Streitross sass. Wurde ihm dieses erschossen oder erstochen, so war er unter der Wucht seiner Rüstung zu unbehülflich zur Wehre:

„Wen man im daz roz erslüege,
er müeste sich gevangen geben
wolt er behalten daz leben [3];“ —

und mancher, der im Schlachtgemenge zu Boden fiel, erstickte unter der Last des Panzers und Helmes. Als Friedrich der Streitbare den Böhmen bei der Stadt Laa mit nur 70 Mann entgegen ritt, liess er dreissig Schützen vorzüglich auf die Pferde der Feinde schiessen; als sie auf diese Weise vielen Schaden erlitten, riefen sie allgemein: „Ihr Herren von Österreich, ihr seid Ritter und sollt uns deswegen ritterlich bestehen und mit dem Schwerte hauen, um willen aller Frauen. So aber schiesst ihr uns die Pfeile in die Eisendecke und auf die Pferde, dass wir auf das Moos fallen, das ist nicht ritterlich gethan. Verflucht sei dessen Hand, der euch das Schwert umband, und der euch den Schild gesegnet hat, dem werde kein Seelenheil, er hätte euch lieber einen

[1] Seyfried, Helbling I, v. 324—329. — [2] Otakar von Horneck. — [3] Ennenkel, Rauch, Script. I, 348.

Köcher einsegnen sollen." Doch es half weder Rufen noch Klagen, wer auf den Plan niederkam, musste sich mit der Hand fangen lassen[1]. Und der Herr von Melsberg sagt über den Zug des Ulrich von Walsee: „Man hält mich sonst für einen Mann, wir begegneten einmal den Leuten Walsee's auf offenem Felde; das ungeharnischte Volk hat uns aber hart zugesetzt und durch das Schiessen auf das Gras gebracht, und wenn wir unten waren, kamen die Knechte mit ihren klafterlangen Schwertern und wir mussten uns gefangen geben. Es mag einer mit aller Pracht aufreiten, die mit der blossen Haut machen ihn so müde, dass er alles von sich wirft[2]."

Wie gross die Last des Helmes und Panzers war, geht aus der Erzählung Otakars von Horneck hervor. Als der Erzbischof von Cöln in der Schlacht bei Wurnich im Jahre 1288 gefangen worden war, liess ihn der Herzog von Brabant einsperren, so gekleidet, wie er gerade war. Keines der Rüstungsstücke durfte er ablegen, als ginge er stets zum Streite; mit aufgebundenem Helm, mit Gurthosen, Halsberg, Chursit, Platten und Schwert musste er dasitzen. Nur zum Essen band man ihm Helm und Manikel ab. Wäre er des Harnisches ungewohnt gewesen, er hätte Kraft und Verstand verloren[3].

Dennoch galt es bei den Niederländern nach Ansicht der Frauen für Schande, die Rüstung abzulegen und durch verstellte Flucht oder aus der Ferne durch Geschosse Vortheil zu erringen:

„Die Nyderlander waren in dem wan,
es was unêrlich getan,
daz man den harnasch solte ziehen
und underwilen vliehen.
An rittern preisent die frouwen
nit anders dan houwen
und feste vorhalten[4]."

Allein der Feldherr Alberts, Ulrich von Walsee, lässt diese Ansicht keineswegs gelten und meint, im Turniere diene er wohl den Frauen mit dem Speere; aber im Dienste seines Herrn, wo es gelte des Feindes Gelegenheit zu erspähen, räume er ihnen kein Urtheil ein. In Österreich legten selbst Ritter den Harnisch ab, um behender mit dem Bogen kämpfen zu können, was jedoch dem steirischen Ritter Friedrich von Harneck übel ausschlug:

„Da hat derselb helt guet
durch seinen stolzen muet
Seinen guten harnisch abgezogen,
durch das er mit dem pogen
dester behender wär,
dess wart er verlustpär;
— — — — — —
do in der veint ainer sluog
In den dyez-ader ainen slag,
Davon er gelag
Tot so zuhant[5]."

In der zweiten Hälfte des XIV. Jahrhunderts fing man an einzelne Glieder mit Stahlplatten zu schützen, zuerst die Schienbeine, dann den Oberarm, die Ellbogen und die Knie; auch Blechhandschuhe wurden getragen, sowohl gefingerte als auch Fäustlinge.

[1] Ennenkel, l. c. 349. — [2] Otakar von Horneck, Cap. 714, pag. 668, col. a. — [3] Otakar von Horneck, Cap. 535, pag. 508, col. b. — [4] Otakar von Horneck, Cap. 714, pag. 668, col. a. b, im Kriege gegen den Churfürsten von Mainz. — [5] Otakar von Horneck, Cap. 713, pag. 667, col. b.

Den Hals, welchen anfangs ein „Gollir" aus Panzerwerk oder von Leder, zum Theil mit eingenähtem Eisen deckte, schützte in späterer Zeit der „Bart" (anno 1436), auch Magenblech, Brustblech, Oberbrustblech genannt; er war ungefähr anderthalb Spannen lang und eine Spanne breit. Es scheint, dass die Rüstung am Halse, so wie der Schooss die meisten Blössen gaben:

„Hie gefang, dort stich und flach
da ainer auf dem andern lakch,
Mit mezzern kitzeln nab den nakh,
— — — — — — — —
— — — — — — — —
Man sah gar feindlich tasten
under gollier, under schozz
mit scharffen swerten-spitzen klozz[1]."

Als in späterer Zeit der Helm ein Kinn hatte, verloren sich die Bärte an den Feldharnischen und blieben nur bei Turnieren als Überstück in Gebrauch. Auch die Brust deckte eine halbe Platte, die nur den unteren Theil der Rippen schützte. Helm und Platte waren bisweilen mit Sammt von derselben Farbe überzogen. Zu einem Zweikampfe erscheint im Jahre 1464 festgesetzt, dass der Panzer oder Ringharnisch nicht mehr als zwanzig Münchner Pfunde haben, und frei und ledig über die Joppen gelegt sein soll, und weder zusammengezogen noch aufgebunden sein darf[2].

Die erwähnten Plattenstücke waren anfangs einzeln angeschnallt, ohne Verbindung unter sich; bald wurden der Stücke mehrere, bis sich im XV. Jahrhundert der gegliederte Platten- oder Blechharnisch herausgebildet hatte. Bei dem Plattenharnisch war die Brust bisweilen ein Krebs, d. h. sie bestand aus übereinander geschobenen Leibstreifen; gingen diese bis zum Halse, so nannte man sie einen ganzen, war nur die untere Hälfte geschoben, einen halben Krebs. Zum Einlegen der Lanze befand sich an der Brust ein „Gerüst, Rüsthaken". Zur Deckung der Achselhöhlen waren Flüge angebracht; hatten diese eine aufrecht stehende eiserne Wand (garde-cou), so nannte man sie ein Paar „Rendt"; Achsel mit Achselscheiben hiessen ein Paar „Spangerol" (anno 1436). Flüge von Panzerwerk, um die Stellen zu schützen, welche der Blechharnisch nicht deckte, nannte man ein Paar Herrenflanken. Das Armzeug fing vier Finger unter der Achsel an und reichte bis zum Handgelenk, die „Mäuseln" zum Schutze der Ellbogen waren aus Eisen getriebene kleine Becken, und so wie die Kniebuckeln gewöhnlich zum Abstecken eingerichtet, in den Armbeugen waren Panzerflecke angebracht. Zum Feldgebrauche wurden gewöhnlich die Panzerärmel als leichtere Bedeckung beibehalten.

Der Beinharnisch (Isenhose) deckte Schenkel und Schienbeine bis an die Knöchel, der Diechharnisch aber blos die Schenkel und Knie, manchmal nur die ersteren allein, dann waren die Knie durch Buckeln geschützt. Der „eiserne Bruch" war eine Panzerhose, welche die Hüften und Dickbeine umgab. An den Schienbeinen wurden entweder Beinröhren getragen, welche auch die Waden umschlossen, oder Halbschienen, die nur die Vorderseiten deckten. Die Schuhe bestanden entweder aus Panzer- oder Plattenwerk. Der kurze Schooss war gewöhnlich geschoben und unter demselben trug man einen Schurz aus Ringwerk (tablier des mailles).

Dass ein solcher Plattenharnisch dem Körper seines Eigenthümers genau angepasst sein musste, um die freie Bewegung der Arme und Beine nicht zu hemmen, versteht sich wohl von selbst. Herzog Sigmund von Tirol hatte dem Könige Matthias Corvin einen Harnisch zum Geschenke gemacht, und wollte durch den Überbringer wissen, wie er ihm passe; in seinem Dank-

[1] Suchenwirth, l. c. XV, v. 62. ff. — [2] Leber, kais. Zeughaus, 182 seq.

schreiben erwidert der König, dass der Harnisch sich seinem Körper so anfüge, dass es nicht besser der Fall sein könnte, wenn an ihm selbst das Mass genommen worden wäre[1].

Die Panzerhemde, Panzerärmel, Panzerschurze wurden von einer eigenen Innung, den Brunern oder Sarwirkern[2] verfertiget, in deren Handwerk die Helmschmiede und Plattner nicht übergreifen durften. Die letzteren verfertigten Plattenharnische, und keiner durfte sich in Wien als Meister festsetzen, der nicht einen ganzen Mannsharnisch machen konnte.

Endlich ist noch des Corazines zu erwähnen, eines Schuppenharnisches, bei welchem der bunte Stoff mit den Nieten nach auswärts gerichtet, die Schuppen nach Innen angebracht waren. Dadurch glich er einem mit zahlreichen Stahlpunkten besäten, knapp anliegenden Gewande; manchmal wurden die Nieten vergoldet oder man gab ihnen zierliche Formen. Die Stoffe, aus welchen die Corazine verfertiget wurden, waren Sammt, Seide und Goldstoff mit starker Leinwand untertüttert; sie waren der schnellen Abnützung wegen ein Prunkgewand und dienten weder zum Streite noch zum Turniere.

Wenden wir uns nach dieser Einleitung zu den Siegeln der österreichischen Herzoge, so finden wir im XII. Jahrhundert das einfache Ringhemd mit dem umgehenden Schurze, wie die nebeneinander liegenden Ringe auf den Siegeln Heinrich Jasomirgotts und Leopolds des Tapferen erweisen. Die feineren halben Ringe an der Halsrüstung Leopolds des Glorreichen und Friedrichs des Streitbaren deuten entweder auf ein geschobenes Ringhemd oder bereits auf einen geflochtenen Panzer; beide waren damals im Gebrauche, wie aus gleichzeitigen Gedichten hervorgeht, welche von Hieben sprechen, unter denen die Ringe von der Halsberge wegstoben oder verschnitten und aufgetrennt wurden; dann aber auch wieder melden, dass die blanke Halsberge mit Fleiss gewirkt war:

„Er sluoc ein slac vreisam
daz die ringe von stâl
stuben über al
an dem halsberge sin;[3] —

und dagegen:

„Ir decke, ir halsberge wîz
geworeht mit guotem vlîz[3].“

Auch die folgende Stelle bei Wigalois deutet auf ein geflochtenes Panzerhemd:

„Selber streift er das Eisengewand
In seinen Schild hernieder[4].“

Die Habsburger haben, so weit sich dies aus einzelnen Theilen, namentlich der Armrüstung erkennen lässt, ebenfalls theils Ring- theils Panzerhemden. Rudolf IV. hat auf der Kehrseite seines Münzsiegels am Halse und am Arme Ringgeflechte und an den Händen gefingerte Blechhandschuhe. Den Leib deckt ein Corazin, unter welchem ein Panzerschurz hervorragt; die Hosen über den Knieen sind Ringwerk, Plattenstücke schützen Knie und Schienbein, und die Füsse sind mit Schnabelschuhen aus Ringwerk bekleidet. Diesem Fussiegel gleicht, hinsichtlich der Rüstung, auch die auf der Vorderseite befindliche Reiterfigur. Auf seinem grossen Reitersiegel hat

[1] Arma, quae fraternitas vestra nobis misit, ... ita conveniunt corpori nostro, ut neque melius etiam nobis mensuram praebentibus fabricari potuissent. Olmütz, 25. August 1468. Lichnowsky, Geschichte des Hauses Habsburg. Reg. Nr. 1300. — [2] Vom Althochdeutschen: Saro = Panzer; Sarring, Panzerring; Sarrock, Sarwat; Sarbaly, das lederne Behältniss für den Panzer. — [3] Ennenkel bei Rauch. Script. I, 362 und 341. — [4] l. c. pag. 15, v. 394 und 395.

Rudolf IV. statt des Corazins ein Schuppenwamms und gleiche Hosen, eben so seine beiden Brüder Albert und Leopold III. Noch Leopold der Stolze (anno 1408) hat den Oberleib mit einem Panzerhemd bekleidet, dagegen finden wir bereits bei Wilhelm dem Freundlichen (anno 1404) den Plattenharnisch, eben so bei Ernst dem Eisernen. Der letztere hat unter dem geschobenen Schooss ein ausgezacktes Panzerhemd, und die innere Seite des Armzeuges am Oberarme besteht aus Ringwerk, während der Unterarm in Röhren mit gespitzten Mäuseln und gefingerten Blechhandschuhen steckt. Albert V. hat auf seinem österreichischen Reitersiegel den Unterleib durch einen Panzerschurz gedeckt, während auf jenem für die Markgrafschaft Mähren ein Plattenharnisch mit geschobenem Schooss vorkommt. Die Kehrseite des österreichischen Herzogsiegels, welches Friedrich V. vor seiner Wahl zum deutschen Könige führte, zeigt den Herzog stehend mit dem Fürstenhut auf dem Haupte. Der Hals ist durch ein Collier aus Ringgeflecht geschützt, das Bruststück des Plattenharnisches ist hohl geschliffen, die Beintaschen sind geschoben, vorne ausgeschnitten, und unter denselben ragt ein ausgezackter Panzerschurz hervor. Den Oberarm schützen nach Aussen theils geschobene Platten mit Achselscheiben, theils Panzerwerk, nach Innen durchaus Ringgeflecht. Die Unterarme stecken in Schienenröhren mit gespitzten Mäuseln an den Ellbogen, die Handschuhe scheinen Fäustlinge zu sein. Eben so besteht die Beinrüstung aus Platten mit gespitzten Kniestücken und geschobenen Schuhen. Eine gleiche Rüstung trägt der Fürst auf der Vorderseite desselben Siegels, nur hat er den Stechhelm auf dem Haupte. Ähnliche Wappnung finden wir auf dem Reitersiegel Alberts VI., nur sind die Kniebuckeln rund und haben an den Seiten abstehende Scheiben.

Sowie man die Helme durch Überzüge und Decken theils gegen die Einwirkung der Sonnenstrahlen zu schützen, theils zu schmücken suchte, so geschah dies auch bei den Panzern, indem man Waffenröcke über denselben trug. Diese waren weite Tuniken ohne Ärmel und um die Mitte gegürtet. Sie reichten manchmal bis an die Knöchel, manchmal nur bis an die Knie; um den Reiter nicht zu belästigen, waren sie vorne und rückwärts von unten bis zur „Gabel" hinauf geschlitzt, bisweilen sind sie an den Seiten von dem Gürtel nach abwärts auseinander geschnitten. Sie kommen zum erstenmale auf den Siegeln Leopolds des Glorreichen vor, einfach, ohne Verbrämung am Halse oder den übrigen Säumen, anfangs unten ausgezackt und gezattelt, später gerade abgeschnitten. In dieser Form erhalten sie sich bis zu Otakar, auf dessen grossem Doppelsiegel der Waffenrock zum erstenmale am unteren Saume mit einer breiten Borte besetzt ist. Bei den Habsburgern sind sie wieder ohne Verbrämung und fangen an kürzer zu werden, indem sie nur bis an das Knie reichen; auch scheinen die Schösse nicht geschlitzt zu sein, indem die Waffenröcke knapp anliegen. Auf zwei späteren Siegeln Alberts II. und seines Bruders Otto sind die Röcke vorn unter dem Gürtel abgeschnitten, so dass der Panzerschurz sichtbar wird, während der rückwärtige Theil, der bis an den Schenkel geht, in der Luft flattert. Unter Rudolf IV., welcher auf seinem Doppelsiegel ein Corazin und auf dem späteren grossen Reitersiegel, so wie seine Brüder Albert III. und Leopold III., ein Schuppenwamms trägt, verliert sich der Waffenrock gänzlich. Mit den Plattenharnischen kommen statt der Waffenröcke an den Schultern befestigte Lappen „Flüge" vor; zuerst unter Wilhelm kurz, bei Ernst dem Eisernen, Albert V., König Friedrich III. und Albert VI. aber von ziemlicher Länge.

Die Waffenröcke waren oft prächtig, von Sammt oder Seide, Pfelber oder Scharlach, aus Gold- oder Silberstoffen, mit Gold- oder Silberborten verbrämt oder besetzt, mit Stickereien verziert, mit Pelzwerk ausgeschlagen und mit Seidenstoffen gefüttert. Der Waffenrock des Vogtes von Lengenbach war aus rothem Sammt geschnitten und mit goldenen Eichenblättern durchwirkt. Meistens aber stellten die Stickereien die Wappenfigurren dar. In diesem Falle hatte der Waffenrock die Farbe des Schildfeldes und darauf wiederholte sich die Wappenfigur. Otto von Meissau der „so gezimiret war, dass ein Kaiser daran genug gehabt hätte", trug einen Waffenrock aus guter Seide und Gold, auf welchem „zobelfarbene Einhorn" gestreut waren[1], und Wok von Rosenberg hatte einen Waffenrock von rothem Sammt und darauf weisse Rosen mit Perlen zierlich eingewirkt[2]. Das Wappen des ersteren war ein schwarzes Einhorn im goldenen, jenes des letzteren eine silberne Rose im rothen Felde. Bisweilen stellt der Waffenrock das Wappen selbst dar; denn als Friedrich der Streitbare sich bei den Schotten mit dem Schwerte umgürten liess und zweihundert Edle zu Rittern schlug, da trugen alle Österreichs Farben:

„Von ganzem schârlâch kleit
dâ durch ein strîch gemeit,
der was wîzer dan ein swan[3]."

Auf einer Reiterabbildung Herzog Alberts III.[4] trägt der Herzog über dem Panzerhemde einen Waffenrock ohne Ärmel, der an Brust, Leib und Hüften knapp anliegt und um die Säume eine Verbrämung von doppelten Goldborten hat. Er ist nach den Farben Österreichs roth und hat nur in der Mitte des Leibes einen breiten weisen Streif mit Goldborten besäumt.

Mit Wappen verzierte Waffenröcke kommen auf den österreichischen Siegeln nicht vor, wohl aber auf den niederländischen, englischen und französischen. Hat das Wappen nur eine Figur, so ist der Waffenrock mit derselben bestreut; hat das Wappen mehrere Felder, wie z. B. das englische, so zeigt der Theil des Waffenrockes über dem Gürtel das erste und zweite Feld, der Theil unter dem Gürtel das dritte und vierte Feld, und zwar sowohl auf der Brust als auf dem Rücken des Ritters.

Bemerkenswerth ist, dass in Fällen, wo von vorzüglicher Pracht oder von Reichthum der Rüstungen, von ausserordentlicher Kraft und Tapferkeit, oder von Gewandtheit im Kampfe die Rede ist, die österreichischen Dichter stets die Ritter am Rhein als Vorbild oder Vergleich anführen. Als Herr Ilsung von Scheufelich mit Ulrich von Liechtenstein tiostirte, führte er wohl 500 Schellen an sich, sein Ross sprang in kleinen Sprüngen, laut erklang sein Zimier, Silber und Gold war auf grünem Zendal geschlagen und glänzte so licht, dass um den Rhein kein Ritter schöner gezimirt war[5]. Als Friedrich der Streitbare in der Schlacht bei Laa mit einem fremden Ritter kämpfte und diesem von dem Zimier ein Horn sammt dem Helmdache abgebrochen hatte, und beinahe vier Finger abhieb, versetzte der Ritter dem Herzog einen Schlag, dass ihm das Blut von der Hand rann; da gab der Fürst seinem Pferde die Sporen und führte auf den Fremden einen Streich, dass die Ringe von der Halsberge wegstoben; man mochte Wunder an dem Rheine sagen, wie er ihn schlug. Der Kampf wurde immer erbitterter, bis der Herzog dem Ritter den Helm durchschlug, dass das Blut aus den Ohren stürzte und er gezwungen war sich zu ergeben[6]. An einer anderen Stelle sagt Ennenkel:

„Dô kâmen die von Bûdissîn,
und waerenz ritter von dem Rîn
gewesen, es waere genuoc
si waeren behende und kluoc[7]."

Die **Fussbekleidung** bei den Ring- und Panzerhemden, so wie bei dem Schuppenpanzer, gewöhnlich in unmittelbarer Verbindung mit den Beinbergen, ist meistens sehr lang und spitz zulaufend; dadurch geschieht es, dass sie sich, sobald der Ritter zu Pferde sitzt, nach abwärts senkt. Auf den österreichischen Fürstensiegeln kommen diese Schnabelschuhe (sollerets) vom XII. Jahrhundert angefangen bis in die zweite Hälfte des XIII. vor. Auf den Siegeln Otakars erscheinen

[1] Ulrich von Liechtenstein, l. c. 482. — [2] Rauch, l. c. I, 341. — [3] Rauch, l. c. 318. — [4] Codex der k. k. Hofbibliothek Nr. 2765, Fol. 42. a. — [5] Lachman, l. c. 205. — [6] Ennenkel, l. c. 362. — [7] Ennenkel, l. c. 343.

sie nicht, erst Rudolf IV. (anno 1359) hat sie wieder, und von da an dauern sie bis zu dem Verschwinden der Reitersiegel fort.

Sporen treffen wir auf den Siegeln Leopolds des Heiligen und Heinrichs Jasomirgott; bei letzterem einmal mit Rädern, sonst mit kegelförmiger Spitze. Von Heinrich Jasomirgott bis zu Hermann von Baden sind Sporen auf den Reitersiegeln der österreichischen Fürsten nicht bemerkbar, wahrscheinlich waren sie sehr kurz und bestanden nur aus einem einfachen Dorn; andererseits muss bemerkt werden, dass der Ausführung der Beine und der Fussbekleidung der Reitersiegel im XII. Jahrhundert wenig Sorgsamkeit zugewendet wurde. Sporen mit kurzem einfachen Dorn kommen bereits im XI.[1], mit langen Hälsen und Pfeilspitzen im XII. Jahrhundert vor[2]. Hermann von Baden hat Rädersporen, Otakar, wie zum Theile die ersten Habsburger, einen kurzen Dorn; mit Heinrich beginnen wieder die Rädersporen, anfangs mit kurzen, im Verlaufe des XV. Jahrhunderts mit langen Hälsen.

Ulrich von Liechtenstein erwähnt goldener Sporen, und es ist in den Bildern der Hedwigslegende auffallend, dass durchwegs nur weisse Rädersporen vorkommen, da doch die Ritter goldene oder vergoldete Sporen trugen. Ohne solche reiten zu müssen war eine Ehrenstrafe für Edelleute, welche sich nicht ritterlich gehalten oder sonst vergangen hatten[3]. Die zu den deutschen Krönungsinsignien gehörigen goldenen Sporen waren am Schlusse des Halses mit einer Thierfratze verziert, in deren Rachen die beweglichen Räder angebracht waren[4].

Im XVI. Jahrhundert gab es für die verschiedenen Gattungen des Kampfes verschiedene Sporen: Khuressporen, Stechsporen, Rennsporen[5].

Der Seltenheit wegen erwähnen wir noch eines Sporenlehens: Das Nonnenkloster zu St. Martin in Erfurt hatte von den Grafen von Gleichen eine Hube Landes und einen Hof zu Lehen unter der Bedingung, dafür jährlich zu St. Walpurgis zwei Rittersporen im Werthe zu drei Schillingen Erfurter Pfennige, oder den letzteren Geldbetrag zu reichen[6]. —

Die Schilde bilden in ihrer Hauptform ein Dreieck, das im XII. Jahrhundert oben abgerundet, an den Seiten ausgebogen und gegen die Spitze zu bedeutend verjüngt ist; ihre Länge reicht von der Achsel bis zur Hälfte des Schienbeines, mit ihnen wechseln kürzere, breite, herzförmige Schilde, welche zu Ende des XII. Jahrhunderts das Übergewicht behalten. Unter Friedrich dem Streitbaren (anno 1230) verwandelt sich die bisherige Form in ein geradliniges Dreieck, dessen Seitentheile sich allmählich stark ausbiegen, während die Schilde selbst immer kleiner werden.

Auf den Siegeln König Friedrichs III. und Herzog Alberts VI. erscheint das Stechschild oder die Tartsche, welche auf einer Seite mehr geschweift ist als auf der anderen und an der rechten Seite einen tiefen Einschnitt hat, durch welchen beim Turniere die Lanze ging.

Die Schilde waren im XII. Jahrhundert gewölbt oder sie hatten in der Mitte eine Kante, von welcher die beiden Seiten dachförmig abliefen[7], so dass sie den Leib zum Theile umschlossen. Sobald die Schilde die Form des geradlinigen Dreieckes annehmen, verliert sich die Wölbung und das Schildfeld wird flach; erst unter Rudolf IV. kommen wieder gebauchte Schilde vor.

Mittelst eines an Ringen befestigten Riemens von Leder oder von starken seidenen Borten (Schildlöre, Schildfessel) wurden die langen fussabreichenden Schilde über die Schulter gehangen; sie waren mitunter von bedeutendem Gewichte, so heisst es von Roaz:

[1] Auf dem Siegel Heinrichs, Pfalzgrafen vom Rhein: Dominus de Lacu, anno 1093. — [2] Auf den Siegeln Wilhelms von Luxemburg, anno 1122, und Ulrichs von Kärnthen, anno 1194. — [3] Grimm, Rechtsalterthümer II, 712. — [4] Mittheilungen der k. k. Central-Commission zur Erforschung und Erhaltung der Baudenkmale II, 127. — [5] Leber, kaiserliches Zeughaus, pag. 188. — [6] Menker, Script. Sax. I. col. 555. — [7] Auch in den Bildern der Herrad von Landsberg, l. c.

„Einen Schild am Arm er trug,
Daran hätt' ein Mann genug
Zu schleppen auf dem Rücken,
Er mochte zu einer breiten Brücken
Dienen über Bäche[1].“

Die kleineren Schilde wurden lose um den Hals an der Brust getragen, und die Riemen oder Schnüre sind an den Enden mit Quasten besetzt, welche über den Rücken des Reiters herabhängen. Mittelst zweier anderer Riemen, welche zwei horizontale Schlingen bildeten, durch die man den linken Arm von unten nach oben schob, wurde er gelenkt[2]:

„Er stach mir abe den arm mîn
den schild, daz al die riemen sîn
brasten“ ....[3]

Nach der Lagerordnung des Friedrich Barbarossa's soll der Ritter, sobald er zu Pferde sitzt, den Schild um den Hals und die Lanze in der Hand haben; im Kampfe wurde der Schild an den Hals genommen:

„Key den Schild zu Halse nahm,
Mit Zorn er aus dem Burghof kam,
Er wollt' erjagen den Gewinn,
Mit grossen Schimpf verlor er ihn[4].“

Die Art die Schilde zu tragen war verschieden, die langen wurden schräg mit der Spitze nach rückwärts gehalten, die kürzeren herzförmigen trug man anfangs mit der Spitze senkrecht nach abwärts, später war die letztere nach vorwärts gekehrt, die dreieckigen endlich wurden horizontal mit der Spitze nach rückwärts gehalten. Die Limburger Chronik erwähnt zum Jahre 1351, dass man den Rittern ihre Tartschen, Schilde und Glene auf den Heerzügen nachführt, während sie zum Jahre 1389 angibt, dass unter hundert Rittern kaum Einer einen Schild oder eine Tartsche in der Schlacht oder beim Stürmen hatte[5].

Die Schilde waren in älterer Zeit von Holz, mit Leder oder Leinwand überzogen, und bisweilen mit einer Spange von Metall umfangen, dem Schildrand, von welchem das Schild selbst Rand genannt wurde:

„Dô sach man von in schînen
vil manegen herlichen rant[6].“

In der Mitte waren sie mit einer Spitze aus Eisen versehen; vorzüglich ist dies auf den Siegeln der älteren Herzoge von Böhmen der Fall. Die Verfertigung der Schilde aus Holz erklärt die in den mittelhochdeutschen Heldengedichten vorkommenden Erwähnungen von durchbohrten, zerklobenen und zerhauenen Schilden, von welchen die Splitter zu Thal, d. i. zur Erde fielen.

„Er sluoc mit ellenthafter hant
dem Prinzelin des schiltes rant,
daz im ein grozzer schiel
ze tal von sinem schilde viel[7].“

und:

„Von unser beider speres ort
wart loch durch schilt mit tjost gehort[8].“

[1] Wigalois, l. c. v. 7358—7362. — [2] Diese Art, die Schilde zu tragen, ist besonders deutlich auf dem Siegel des Grafen Adolf von der Mark, anno 1240. — [3] Ulrich von Liechtenstein, l. c. pag. 209. — [4] Wigalois, l. c. v. 451—54; auch bei Ulrich von Liechtenstein kommen hierauf bezügliche Stellen vor. — [5] Annalen des nassauischen Alterthumsvereines, VI, 431 und 484. — [6] Niebelungenlied, v. 196. — [7] Ennenkel bei Rauch, l. c. I, 357. — [8] Ulrich von Liechtenstein, l. c. 215.

In den Bildern der Herrad von Landsberg wird ein Ritter durch Schild und Panzer mit dem Speere durchstochen, und auch im Wigalois heisst es, dass die Speere so grimm und wild verstochen wurden, dass von den goldenen Schilden bald keines mehr brauchbar war [1].

Die Schilde wurden gefärbt oder mit farbigen Stoffen, Leinwand, Seide oder Sammt überzogen. Anfangs waren sie einfärbig, auf den Abbildungen der Herrad von Landsberg meist roth, grün und weiss, selten violet, sie sind ledig, d. i. ohne Wappen, höchstens mit Quer- oder Schrägbalken verziert, erst später werden in dieselben Wappen aufgenommen.

Nur freie, waffenfähige Männer durften den Schild tragen, daher sie auch Schildbürtige genannt wurden.

Nur Ritterbürtige waren lehensfähig und gehörten als solche zum Heerschild. In so ferne von höheren oder niederen Heerschilden die Rede ist, deutet dies auf die Abstufungen der Lehensfähigkeit. Wer Lehensmann seines Genossen wurde und Mannschaft leistete, dessen Heerschild wurde dadurch erniedrigt.

In den ersten Heerschild gehörte der König, er hatte keine Genossen und konnte Niemandes Mann sein. In den zweiten Heerschild gehörten die geistlichen Reichsfürsten, deren Mannschaft sich durch die Investitur mit den Regalien heransbildete; sie durften keines Genossen und keines Laien Mann sein. Den dritten Heerschild nahmen die weltlichen Fürsten ein, sie konnten Mannen des Königs und der geistlichen Fürsten sein. In dem vierten Heerschild standen die freien Herren, welche vom Reiche oder von Fürsten Lehen hatten, in den fünften und sechsten gehörten die Mittelfreien und Dienstmannen. Der Sachsenspiegel erwähnt noch eines siebenten Heerschildes; in diesen konnten wohl nur nicht ritterbürtige Freie gereiht sein, welche aber keine Lehensfähigkeit hatten, während gerade die letztere zum Heerschild berechtigte. Das Bestreben, die Erniedrigung des Heerschildes zu umgehen, ohne die mit dem Lehen verbundenen Vortheile aufzuopfern, waren Ursache, dass die Eintheilung in Heerschilde bereits im XIV. Jahrhundert kaum mehr beachtet wurde [2].

Bei Leichenbegängnissen wurde der Schild des Verstorbenen verkehrt getragen, „der ort ze tal, der spitz empor“ [3]. War mit einem Schildbürtigen das Geschlecht ausgestorben, so wurde der Schild zerbrochen und an dem Grabsteine oder dem Sarkophage umgekehrt angelehnt. Im Sachsenrechte hat der nicht ebenbürtige Sohn eines freien Vaters ebenfalls den Schild verkehrt am Halse hängen. Wenn ein im offenen Kampfe Gefallener nicht beerdigt werden konnte, so erwies man ihm die letzte Ehre dadurch, dass man ihm das Schwert unter das Haupt legte und den Schild über ihn deckte [4].

Auf dem Siegel Ernst's des Tapferen erscheint im erhaltenen Obertheil des Schildes eine Zeichnung, welche einem Vogelkopfe ähnlich ist; ich wage jedoch nicht zu behaupten, dass auf diesem Siegel ein Adler im Schilde gewesen sei [5]. Das älteste Siegel des heiligen Leopold, vom Jahre 1115, ist zu stumpf, um etwas anderes als die Umrisse der Figur entnehmen zu lassen; auf den beiden folgenden sind zwei Querstreifen, vielleicht Riemen oder Metallspangen erkennbar, und auf jenem am Stiftsbriefe von Heiligenkreuz, welches ziemlich gut erhalten ist, lässt sich ebenfalls keine Wappenfigur erkennen, obgleich Herrgott dasselbe mit einem Adler im Schilde abbildet [6].

[1] Wigalois v. 6660 seq. — [2] Ficker. Vom Heerschild. Ein Beitrag zur deutschen Reichs- und Rechtsgeschichte. Innsbruck 1862. — [3] Suchenwirth, l. c. pag. 7, v. 161. — [4] Wigalois, l. c. v. 9955. — [5] Streun, welcher das Siegel noch unverletzt sah, behauptete es. Hueber Austria ex archiv. mellicen. illustrat. und Herrgott de Sigillis, bilden dasselbe bereits fragmentirt ab, und zwar beide, Taf. I, Fig. 1. Herrgott mit einem Adlerkopfe auf dem erhaltenen Schildtheile, der ältere Hueber dagegen ohne diesen. — [6] Herrgott, l. c. Taf. I, Fig. 2.

Heinrich Jasomirgott hat einmal ein Ornament, ein anderesmal sind in dem von einem breiten Rande umfangenen Schilde vier Kugeln in Form einer Blume zusammengestellt, erst im Jahre 1170 erscheint der Adler unzweifelhaft auf einem trefflich erhaltenen Reitersiegel an einer Urkunde im Stiftsarchive zu den Schotten in Wien; und bleibt von da an bis zum Regierungsantritte Friedrich des Streitbaren (a. 1230) als das österreichische Wappen sowohl auf den Reitersiegeln der regierenden Herzoge als auch auf den Wappensiegeln der Nebenlinie, der beiden Heinriche von Mödling.

Leopold der Glorreiche führt bei Lebzeiten seines Bruders Friedrich I., als Herzog von Steiermark, den Panther im Schilde, und als er später ein Münzsiegel annimmt, hat die Reiterfigur auf der Vorderseite den Adler, auf der Kehrseite den steirischen Panther im Schilde.

Mit Friedrich dem Streitbaren verschwindet der Adler[1] auf der Vorderseite des Münzsiegels und an seine Stelle tritt der silberne Querbalken im rothen Felde als Wappen des Herzogthumes Österreich, während auf der Kehrseite das Wappen von Steiermark beibehalten wird.

Was den Herzog zu dieser auffallenden Änderung des Wappens bewog, darüber schweigen die gleichzeitigen Chronisten. Möglich, dass er gleich bei dem Antritte seiner Regierung durch die Empörung der Brüder Heinrich und Hadamar von Chuenring, von denen der erstere als oberster Marschall die Siegel des früheren Landesfürsten in den Händen hatte, „officio et sigillo ducis abusus est", dazu gezwungen wurde um Fälschungen vorzubeugen. Eben so unbekannt ist, warum gerade der weisse Balken im rothen Felde gewählt wurde. Die Sage, dass bereits Leopold der Tapfere dieses Wappen nach der Erstürmung von Ptolomais im Jahre 1191, wo sein von Feindesblut gerötheter Waffenrock nur an der vom Schwertgürtel bedeckten Stelle weiss geblieben war, (daher der Name Bindenwappen, Bindenschild) darum angenommen habe, weil Richard Löwenherz das österreichische Banner mit dem früheren Wappen beschimpft hatte, zerfällt von selbst. Ptolomais ging durch Capitulation über, und sowohl Leopold als auch seine beiden Söhne Friedrich der Katholische und Leopold der Glorreiche führten den Adler im Schilde fort, ja Leopold der Tapfere ist sogar der Erste, welcher den Adler nach der Erwerbung des Herzogthumes Steiermark auch in die Fahne aufnahm.

Haselbach erzählt, Leopold der Tapfere habe dieses Wappen vom Kaiser für die Gefangennehmung einer schönen Frau erhalten, deren Gesichtsfarbe roth und die Zähne inmitten blendend weiss waren. Einige halten den weissen Querbalken für den Donaustrom, andere für die Milchstrasse, und Höping deutet die Farben so, dass sich dieses Wappen im Kriege und Frieden bewähren werde, wobei roth als die Kriegs-, weiss als die Friedensfarbe angenommen wird.

Was auch immer die Veranlassung zur Annahme dieses Wappens gegeben habe, das ist gewiss, dass seit Friedrich dem Streitbaren der silberne Querbalken im rothen Felde fortan das Wappen von Österreich blieb und nach dem Erlöschen der Babenberger von Hermann von Baden, dann von König Otakar und endlich von den Habsburgern aufgenommen wurde. Wir treffen den Bindenschild häufig auf mannigfache Weise verziert, und zwar das Feld gekörnt, gerautet oder damascirt oder auch blos von schräglaufenden Streifen durchkreuzt. Die Binde blank, damascirt, von schrägen Linien durchkreuzt oder gerautet. Selten erscheint ein anderes Wappen in dem von der Reiterfigur getragenen Schild, des steirischen Panthers auf den Siegeln der Babenberger wurde bereits erwähnt. Otakar hat auf der Vorderseite seines kleinen Siegels den böhmischen Löwen im Schilde, Albert I. führt als Reichsverweser in Österreich den habsburgischen Löwen, Albert V. auf dem Siegel der Markgrafschaft Mähren, wie sich von selbst versteht, den mährischen Adler als das Hauptwappen, Albert VI. endlich hat in der Tartsche das Wappen mit den fünf Adlern.

[1] Die Abbildung bei Hanthaler: Recens. diplom. geneal. Taf. XXI. ist ein Falsificat.

Die Wappen wurden auf die Schilde entweder gemalt, oder diese nach der Farbe des Feldes mit Pelzwerk, Sammt, Seide und Gold- oder Silberstoff überzogen und die Wappenfiguren entweder darauf gestickt oder in ähnlichen Stoffen ausgeschnitten oder auch in Metall ausgeschlagen und darauf befestiget. Die in späterer Zeit vorkommenden runden Schilde (Rundellen, auch Rondaches genannt), welche von Eisen waren, wurden ebenfalls bemalt oder mit Tauschir-[1] oder mit getriebener Arbeit geschmückt und an den Rändern mit Fransen verziert[2].

Von der Pracht der Schilde und deren Verzierung mit Pelzwerk, mit Gold und edlen Steinen erzählen die mittelalterlichen Dichter vieles. Wir wollen hier nur einige Beispiele aus unseren vaterländischen Dichtern anführen. Ulrich von Liechtenstein trug einen Schild mit Hermelin überzogen, darauf die zwei schwarzen Schrägbalken aus Zobel geschnitten waren, in der Mitte befand sich ein köstlicher Buckel[3]; ein anderesmal führte er einen mit Scharlach überzogenen Schild, der mit Borten „gegattert" und mit Schellen behängt war, die lauten Klang von sich gaben. Schellen waren überhaupt im Mittelalter eine sehr beliebte Verzierung, man behängte die Helmzierden, die Speere, den Waffenrock und die Pferdedecken damit und trug sie im gewöhnlichen Leben an den Schuhen, besonders in jener Zeit, wo die Schnabelschuhe im Gebrauche waren.

An Pracht des Schildes übertraf unseren Ulrich der, ebenfalls im Frauendienste vorkommende Graf von Görz; sein Schild war schräg getheilt, im oberen Felde, blau wie ein lichter Saphir, befand sich ein aus Gold geschlagener Löwe, dessen Krone reich mit edlen Steinen geschmückt war, während das untere rothe Feld durch darauf gelegte Streifen von Hermelin, achtmal roth und weiss getheilt war[4]. Der prachtvoll gerüstete Otto von Meissau hatte einen Schild von Roth und Gold und darauf ein zobelfarbenes Einhorn.

Die Innung der „Seidennater" (Seidensticker) in Wien verfertigte Messgewänder, Kirchenfahnen und Rossdecken, und jeder, welcher Meister werden wollte, musste ein Bild aus Seide und eines aus Perlen sticken und ausserdem noch einen Schild verwappnen, d. h. auf selben das Wappen in Stickerei ausführen[5].

Dass die in der Schlacht gebrauchten Schilde einfacher waren, versteht sich wohl von selbst; allein wenn schon bei Turnieren, wo derlei Wappen einer Beschädigung kaum entgehen konnten, eine derartige Pracht entfaltet wurde, so darf es wohl nicht Wunder nehmen, wenn bei Prunkfesten ein noch grösserer, fast übermässiger Aufwand entwickelt wurde. Ich will hier nur ein Beispiel aufführen, dessen Otakar von Horneck erwähnt.

Als König Wenzel II. (der Schwager des deutschen Königs Albert I.) sich im Jahre 1297 zu Prag krönen liess, bestrebte er sich Böhmens Reichthum durch ungemeine Pracht zur Schau zu tragen, die Krone, welche ihn an diesem Tage schmückte, hatte 2000 Mark im Werthe. Der Schild, welcher ihm vorgetragen wurde, stellte das böhmische Wappen dar, der weisse Löwe von ziemlicher Grösse war ganz aus Perlen geformt und die Klauen aus Rubinen gemacht. Das rothe Feld bestand aus feinstem Golde und war mit kostbaren Steinen geschmückt, diesen Schild und das Prachtschwert, welches man ihm vortrug, schätzte man zusammen auf 3000 Mark.

In der Schlacht wurden von den gemeinen Kriegern halbrunde oder ovale Schilde getragen, welche von ihrer convexen Form auch „Bukler" genannt wurden. Ein grosser Schild für das

[1] Die Zeichnung wurde tief in das Eisen gegraben und die Furchen mit Gold oder Silber ausgefüllt. — [2] Die cirkelrunden Schilde sind uralt und wurden häufig bei den Angelsachsen gebraucht, sie verschwanden nach und nach, und wurden erst im XVI. Jahrhundert, und zwar bei Personen höheren Ranges allgemein. Zu den seltenen Abbildungen solcher Schilde aus älterer Zeit gehören der runde Schild des Goliath bei Herrad von Landsberg; dann bei Hefner, II. Abtheilung, Taf. VII, nach einer Miniatur aus dem XIV. Jahrhundert. — [3] l. c. 296. — Zobel- und Hermelinpelz wurden statt schwarzer und weisser Farbe verwendet, statt letzterer auch Perlen; und Suchenwirth, l. c. pag. 23, nennt Zobel und Perlen die besten zwei unter den sechs heraldischen Farben. — [4] l. c. 174. — [5] Feil, Beiträge zur älteren Geschichte der Kunst- und Gewerbethätigkeit in Wien „Seidennater".

Fussvolk war die **Pavese**, vorzüglich eine böhmische Nationalwaffe, obwohl die pedites pavesati bereits im XIV. Jahrhundert bei den Franzosen und Italienern häufig vorkommen. Die böhmische Paveza, auch Paffesun genannt, war eine vier bis fünfthalb Schuh hohe und dritthalb Schuh breite Setztartsche aus starkem Holz verfertiget, inwendig mit Kuhhaut überzogen, mit Handgriffen von Ochsensehnen benagelt, auswendig mit zerklopftem Werg und darüber mit gefirnisster Leinwand überklebt und mit Wappen, Heiligen etc. übermalt. Sie lief unten in eine Spitze aus, mit der man sie in die Erde stiess, und war 20 bis 25 Pfund schwer. Jede Truppenabtheilung hatte ihre bestimmte Anzahl Pafesner, deren jeder einen Häkler und einen Lichtschützen (ganz geharnischten Mann) mit einem Ahlspiesse hatte. Im Falle eines Angriffes zog sich das Kriegsvolk hinter seine Pafesner zurück, die Häkler schlossen die Schilde mit Ketten oder Eisenhaken aneinander, die Lichtschützen streckten ihre langen Ahlspiesse darüber, die hinteren Glieder schossen und der Pafesner vertheidigte seine Brustwehr mit dem Schwerte, der Streitaxt oder dem Busikan[1].

Unter den Angriffswaffen war der **Speer**, die **Lanze** (sper, scaft), auch **Glefe** genannt, die Königin der Waffen, sowohl ihrer leichten Handhabung als ihrer fürchterlichen Wirkung wegen. Der Name Speer, welcher der ganzen Waffe beigelegt wird, gehört eigentlich nur der eisernen Spitze derselben an:

„Er stach im einen solhen stich
daz das isern sper sich
loste von dem schafte,
unde îm libe hafte[2].“

Die Glefe (glevy, glavie, gleve, gleffe) war eine der gebräuchlichsten Gattungen der Lanze und dürfte aus dem alten Celt (Streitmeissel) entstanden sein, in dessen hohlen Handgriff ein langer Schaft gesteckt wurde. Sie hiess bei den Wallisern Hawnawr und später Gleddyw. Auch von dem französischen Worte glaive wird der Name dieser Waffe abgeleitet, indem sie Ähnlichkeit mit einem kurzen Schwerte oder einem langen Messer hatte und einschneidig war.

Die ritterliche Lanze wurde so edel geachtet, dass sie mit dem Scepter die gleiche symbolische Bedeutung hatte und wirklich für dasselbe galt: „so lieze ich sper und al die krone“. Die Übergabe des Speeres war bei dem Könige das Zeichen der Übergabe von Land und Leuten: Rex hastam quam manu gerebat nepoti tradidit, hoc amandissime nepos indicio noveris te mihi successurum in regno[3]. Auch in anderen Beziehungen spielte die Lanze eine Rolle im Rechtswesen des Mittelalters, so bei Bestimmungen der Grenzen, welche entweder so weit reichen, als einer in den Fluss reiten und mit dem Speere werfen kann, oder so weit als er, an's Ufer des Flusses reitend, mit dem Speere zu langen vermag. Auf der Strasse soll der Burggraf dem Herzoge vorreiten und einen recht gemessenen Speer vor sich auf dem Rosse haben, und so weit soll man ihm die Strasse räumen um und um (Münchner Salbuch anno 1278); und die freie Königsstrasse wird bestimmt, indem ein Ritter in voller Rüstung dem Könige vorreitet und einen 16 Fuss langen Speer vor sich quer über den Sattel liegen hat[4]. Die Übersendung des Speeres galt als Kriegserklärung, und nach den beiden wichtigsten Waffen wurden die männlichen Verwandten, als Speer-, Ger- oder Schwertmagen bezeichnet, im Gegensatze zu den Spindel- oder Kunkelmagen[5]: „das nächste Blut vom Schwert geboren erbt, und wenn kein Schwert vorhanden, erbt die Spille“[6].

Wenn sich das Heer in Schlachtordnung aufstellte, wurden die Speere auf die Schenkel gestützt und die Spitzen vor die Rotten gehalten[7]; im Kampfe oder Turniere wurden die Speere

[1] Leber, kaiserliches Zeughaus, pag. 188. — [2] Iwein, v. 5029. — [3] Jakob Grimm, deutsche Rechtsalterthümer, I, 163. [4] Grimm, l. c. I, 59, 60, 69. — [5] Mage, Anverwandter. — [6] Grimm, l. c. — [7] Suchenwirth, l. c. VIII, v. 94 und die Statuta castrensia von Friedrich Barbarossa: Si quis sedens in dextrario scutum habet in collo, lanceam in manu. Heineccius, l. c. 130.

kunstgerecht unter den Arm geschlagen[1]; in späterer Zeit war zum Auflegen der Lanze an der Brustplatte der Rüsthaken angebracht, und die Lanze selbst ging durch den Ausschnitt der Tartsche. Als Ziel des Stosses wählte man entweder den Hals[2] oder die Brust des Gegners:

„Die Speere drückten sie nieder
Genau des Zieles bewusst,
Durch den Schild auf des Gegners Brust
Beide so mächtig stachen,
Dass die Schäfte zerbrachen.
Da nahmen sie zween andere Speer,
— — — — — — — — — — — —
Und trafen sich wieder mit solcher Kraft,
Dass die beiden Eisen sich vom Schaft
Los rissen und stecken blieben[3].“

Und an einem anderen Orte:

„Der Waleise drückte nieder
Den Schaft mit beiden Armen,
Zornig und ohn' Erbarmen
Wie ihn sein Vater lehrte.
— — — — — — — — — — — —
Seinen starken Speer er durch ihn stach,
Dass man todt ihn sah
Niederfallen auf das Gras[4].“

Endlich eben da:

„Mit Speeren ward da mancher Stich
Gebort durch Eisengewand
Dass das Herz ihn darunter empfand[5].“

In der Schlacht wurde mit den Glefen „geschoben“[6], im Turniere wurden die Speere verstochen. Die Speer- und Glefeneisen waren von Stahl, und als besonders vorzüglich wird der harte indische Stahl gepriesen[7], welcher übrigens schon den Römern bekannt war. Zum Tyost oder Puneis waren die Schäfte von Eibenholz[8], für die Schlacht und zum ernsten Kampf dagegen von Eschenholz:

„Zuletzt reicht man beiden dar
Eschener Schäfte zween,
Weil leider sollte geschehen
Des einen Tod an selber statt[9].“

Zu den Kampfspielen wurden die Speere gefärbt, vergoldet, mit Blumen umwunden und mit Schellen behängt[10]; in späterer Zeit hatte die Lanze beim Turniere statt der Spitze vier stumpfe Pfosten, den sogenannten Krönig, und Suchenwirth bedauert, dass die Turniere verfallen, indem statt des Rennens das Stechen überhand nehme[11].

Sowohl in der Feldschlacht als im Turniere waren an der Lanze Fähnlein angebracht; in älterer Zeit schmale wimpelförmige, von der Mitte angefangen in mehrere Lappen „Flammen“ geschlitzt. Sie waren aus verschiedenen Stoffen, mit netzförmigen Streifen, mit Borten oder Stickereien verziert und an den Enden befranst, später wurden in dieselben auch Wappen aufgenommen, und dann

[1] Guy v. Waleis, l. c. v. 6630. — [2] Guy v. Waleis, l. c. v. 544 und 545. — [3] Guy v. Waleis, l. c. v. 3525 ff. — [4] Guy von Waleis, l. c. v. 3553 ff. — [5] Guy v. Waleis, l. c. v 10936 ff. — [6] Suchenwirth XVII, v. 57. — [7] Guy v. Waleis, l. c. v. 7382. — [8] Ibid. l. c. v. 3519. Schäfte von Eibenholz, beschlagen mit scharfen Speer. — [9] Eben da, v. 3543 ff. — [10] Ulrich von Liechtenstein. — [11] l. c. Einleitung, pag. 31.

hatte die Fahne die Farbe des Feldes, worauf die Figur in ihrer Farbe angebracht war und zwar entweder gestickt oder gemalt, in späterer Zeit auch mit einem Holzstock darauf gedruckt[1]. Zu Ende des XIII. Jahrhunderts befestigte man statt der Fahnen kleine Parallelogramme, und zwar mit der längeren Seite an den Lanzenschaft, Banner. Auf diesen waren ebenfalls die Wappen in ähnlicher, oft prachtvoller Weise ausgeführt, wie in den bereits geschilderten Stickereien auf den Schilden und Waffenröcken. Auf den Minaturen des Iglauer Stadtbuches[2] hat König Wenzel I. im rothen Banner den böhmischen Löwen. Otakar II. als Markgraf von Mähren, zu Throne sitzend dargestellt, hält in der Rechten das Landespanier, worauf im blauen Tuche der weiss und roth geschachte Adler mit goldenen Klauen zu sehen ist, während Otakar als König zu Pferde eine lange Fahne trägt, welche in drei Flammen zerschlitzt ist und in roth und blau quadrirt die Wappen von Böhmen und Mähren zeigt.

An dem oberen Rande dieser Banner wurde in späterer Zeit ein schmaler langer Streif angebracht, der sogenannte Panierschwenkel. Diese Fahnen oder Banner unterscheiden sich von den Fahnen oder Panieren, welche in der Schlacht als Heeres- oder Landeszeichen vorgetragen wurden, durch die Grösse der letzteren; die Hut dieser wurde stets einem der Tapfersten anvertraut; so führte Graf Otto von Plaien, welcher das Amt eines Panierträgers von Österreich inne hatte, das Landespanier im Jahre 1260 in der Schlacht König Otakars gegen die Ungarn, in welcher er auch seinen Tod fand; und in der Schlacht bei Poitiers übergab der Prinz Eduard von Wallis dem tapferen Ritter Hanns von Traun das Panier.

Durch das Aufrichten der Fahne wurde das Volk faugeboten. Das Aufstecken derselben auf einem Thurme oder im Lager war das Zeichen der obersten Gewalt, daher dem Könige im Kriege wie im Frieden die Landesfahne vorgetragen wurde[3]; und Fürsten liessen sich so viele Fahnen vortragen als sie Provinzen besassen[4]. Doch stand dieses Recht nicht jedem zu, wie das Diplom Kaiser Heinrichs IV. vom Jahre 1058 erweiset[5], durch welches Markgraf Ernst von Österreich für sich und seine Nachfolger im Lande die Begünstigung erhielt, sich das Gerichtsschwert und die Fahne vor dem Reiche und der Welt vortragen zu lassen. Hier galt das Schwert als das Symbol der Gerichtsbarkeit und die Fahne als jenes des Heerbannes. In jedem Falle aber deutete die Fahne auf die Reichsunmittelbarkeit, nach dem Grundsatze: des Reiches Lehen leiht der Kaiser den Bischöfen und Äbten mit dem Scepter, den Weltlichen mit der Fahne. Es scheint, dass dabei der Vasall dem Lehensherrn die Fahne darreichte und dieser sie ihm wieder bot: „Ein vanen bôt er im ze hant — damite lihet ir mir daz lant.“ Nach der Belehnung wurden die grossen Banner der Reichsfürsten von dem Königsstuhle herabgeworfen und dem Kriegsvolke Preis gegeben.

Sobald der Herzog von Österreich in das Feld zog, hatte der Marschall die Vorhut und beim Rückmarsche die Nachhut zu führen; er hatte jede genommene Burg mit den Seinigen zuerst zu besetzen, und richtete der Herzog auf derselben seine Fahne auf, so stand ihm das Recht zu, die seinige daneben aufzustecken. Bei dem Begräbnisse eines Herzogs von Österreich hat der Marschall die Landesfahne zu tragen[6].

Auf den Reitersiegeln der österreichischen Landesfürsten, worauf dieselben gewappnet erscheinen, haben alle den Speer in der Rechten, mit einziger Ausnahme des Johannes Parricida, welcher das gezogene Schwert in der Hand hat und in seinem Schilde das österreichische Wappen führt.

[1] Schlager, Wiener Skizzen II, 348. — [2] Die erste Anlegung desselben dürfte zu Ende des XIV. oder zu Anfang des XV. Jahrhunderts begonnen haben, wie aus den, mit einer einzigen Ausnahme ausschliesslich vorkommenden Stechhelmen und den Plattenharnischen hervorgeht; die betreffenden Abbildungen befinden sich auf Fol. 1 a, col. 1, Fol. 1 b, col. 1 und Fol. 37 a, vol. 2. [3] Grimm, l. c. I, 242. — [4] Heineccius, l. c. 129. — [5] Schrötter, Abhandlungen über das österreichische Staatsrecht. I. Abtheil. pag. 137. — [6] Die Siegel der Landes-Erbämter im Erzherzogthume Österreich unter der Enns. Mittheilungen des Alterthums-vereines in Wien. 1861.

Schon unter Ernst dem Tapferen befindet sich die Fahne an dem Speere, deren Tuch anfangs einen langen schmalen Wimpel bildet, welcher von der Mitte angefangen meistens in zwei, manchmal auch in drei Flammen zerschlitzt und mittelst Ringen an den Schaft des Speeres befestigt ist. Bei Friedrich dem Streitbaren sind die Flammen befranst und bei Otakar verbrämt, mit Sternchen belegt und ebenfalls mit Fransen besetzt. Auf dem grossen Majestätssiegel des letzteren hat das Fahnentuch zum erstenmale die Form eines überhöhten Viereckes, das mit der längeren Seite an der Speerstange befestiget ist (Panier). Diese Form bleibt bis zu Rudolf IV., unter welchem sie nur unbedeutend geändert wird, indem auf seinem grossen Reitersiegel zuerst vom obern Rande des Banners eine schmale bandartige Zunge ausläuft, die sich bis zum Schlusse des Mittelalters auf den österreichischen Fürstensiegeln erhält. Die Fahnentücher sind bei den österreichischen Markgrafen und den ersten Herzogen nur mit gegitterten Streifen oder ringförmigen Verzierungen ausgeschmückt. Leopold der Tugendhafte ist der Erste, welcher in seiner Fahne den Adler führt, den seine Söhne Friedrich der Katholische und Leopold der Glorreiche beibehalten, und als dieser letztere ein Münzsiegel annahm, prangt auf der Vorderseite der österreichische Adler, auf der Kehrseite der steierische Panther in der Fahne. Unter Friedrich dem Streitbaren, Hermann von Baden und auf den beiden älteren Siegeln Otakars sind die Fahnen wieder ohne Wappenfiguren, nur mit netzförmigen Streifen, Verbrämungen und Sternchen verziert. Auf der Reiterseite des grossen Majestätssiegels Otakars erblicken wir den böhmischen Löwen in der Fahne, und nach der Erhebung der Habsburger auf den österreichischen Herzogsstuhl erscheint der steierische Panther als das zweitwichtige Wappen in dem Banner, während im Schilde Österreichs eine weisse Binde im rothen Felde prangt. Auf dem grossen Reitersiegel Rudolfs IV. kommt das österreichische Wappen in Schild und Fahne vor, auf einer späteren Variante desselben erscheint im Banner der tirolische Adler. Die späteren Fürstensiegel zeigen wieder das steierische Wappen in dem Banner und nur drei das österreichische, nämlich jene Alberts III., Alberts V. für die Markgrafschaft Mähren und das Alberts VI.

Den zweiten Rang unter den ritterlichen Waffen nimmt das Schwert ein, welches vom IX. bis zum XV. Jahrhundert sich in derselben einfachen Form erhielt. Die gerade Klinge, gegen die Spitze verjüngt, ist zweischneidig[1] und hat ungefähr drei Schuh in der Länge, gleich geschickt zum Hiebe wie zum Stosse. In der Mitte der Klinge war gewöhnlich eine Vertiefung angebracht, die sogenannte Blutrinne; interessant in dieser Beziehung ist das Siegel des Herzogs Heinrich von Limburg (anno 1208), auf welchem die Schwertklinge nach ihrer ganzen Länge von einer Reihe viereckiger Löcher durchbrochen ist. Der Griff war mittelmässig lang, so dass er von der Faust umschlossen werden konnte, und um das Ausgleiten aus der Hand zu verhindern, eingekerbt und mit Drathgeflecht oder auch mit Leder umwunden. Eine grosse, aufrecht stehende stählerne Scheibe, bei drei Zoll im Durchmesser und einen halben Zoll dick, bildete den Knauf. Die Parirstange ist entweder halbmondförmig gegen die Klinge gekehrt oder gerade, und hat im letzteren Falle die Form eines ausgeschweiften Kreuzbalkens. Mit schwarzem Griff, stählernem Knauf und gleicher Parirstange sehen wir die Schwerter auf den Miniaturen des Iglauer Stadtbuches.

Die Sagen von Schicksalsschwertern, so vom Schwerte Sachs, vom Balmung und Welsung[2], so wie die Sagen von kunstreichen Waffenschmieden, namentlich vom Schmiede Wieland, der mit dem Schwerte „Mimung" den Schmied Amilias besiegte, reichen in den deutschen Helden-

[1] „Ein swert er um die siten truoc,
daz wol ze beiden ecken sneit.
Ez was scharf unde breit."
Seifried Helbling I. v. 330 seq.

[2] Über das Schwert: Sachs, s. W. Grimm's Heldensage, pag. 56. Von Dietrich von Steier heisst es: Da führte der Degen jung — sein Schwert Welsung — hoch in seiner Hand. Laurin, v. 2326.

und Volkssagen weit hinauf. Ein anderes Schwert Wielands fährt wie der Blitz durch den Feind und spaltet ihn mit einem Hiebe[1], und auch Wigalois spaltet mit des Schwertes Spitze Bäume und Eisengewande[2]. Von festem indischen Stahl, hart wie Diamant und Krystall, waren die Schwerter, bei deren Hieben Funken aus den Helmen flogen; „wohl eine Spanne breit waren sie, tödtlich scharf und gefeit“[3].

Das Schwert wurde an einem Gürtel getragen und die Scheide war meist von schwarzem[4], seltener von buntem Leder, an den Enden, bisweilen auch in der Mitte mit Metall beschlagen (Mundblech, Mittel- und Ortband). Das Schwert, mit welchem der Fürst in voller Rüstung umgürtet ist, wurde ihm, sobald er im Hauskleide war, gewöhnlich von einem Diener nachgetragen, wobei dasselbe nach aufwärts gehalten und an die Achsel gelehnt wird, und das Wehrgehänge lose um die Scheide geschlungen ist[5]. Auf den Bildern der Hedwigslegende stützt sich Heinrich der Bärtige auf das Schwert, an dem ein kleiner Schild mit dem schlesischen Adler hängt, wie auf einen Stock[6]; und Heinrich Graf von Waldeck (anno 1354) stützt sich auf seinem Fusssiegel in ähnlicher Weise auf das in der Scheide befindliche Schwert.

Der Knauf des Schwertes war, besonders im XIV. Jahrhundert, sehr häufig mit einer Kette verbunden, welche an der Achsel des Panzerhemdes oder an der Brustplatte befestiget war. Vorzüglich ist dies auf den Reitersiegeln der niederländischen Fürsten der Fall, und die beiden Luxemburger Karl IV. und dessen Sohn Sigmund haben sie auch auf ihren Siegeln für Mähren und Brandenburg. Unter den deutschen Fürsten treffen wir sie bei den Landgrafen von Hessen, den Grafen von Nassau und Würtemberg, dann bei den Herzogen von Österreich, bei den Grafen von Schaumburg und anderen. Diese Ketten hatten den Zweck, die Entwaffnung des Ritters im Gefechte zu verhüten, weil er das der Hand entwundene oder entfallene Schwert wieder zu gewinnen vermochte.

Der Ritterschlag wurde mit dem Schwerte ertheilt, mit diesem wurde der neue Ritter feierlich umgürtet, und die Übersendung des Schwertes galt als Aufforderung zum Streite. Der Marschall sandte dem Könige durch die Herolde zwei blanke Schwerter, damit er nicht in dem Wald liege, sondern herauszöge auf das freie Feld, sie wollten mit ihm Streites pflegen[7]. Überhaupt spielte das Schwert in der Rechtssymbolik des Mittelalters eine bedeutende Rolle. Es galt als Zeichen der höchsten, besonders aber der richterlichen Gewalt, darum trug nach dem schwäbischen Landrechte (Art. 13) der Marschall dem Könige das Schwert vor, und bei der Belehnung wurden Königreiche durch das Schwert und Fürstenthümer durch die Fahne (den Speer) verliehen und empfangen: „Est consuetudo curiae, ut regna per gladium, provinciae per vexillum a principe tradantur et recipiantur“[8]. Im Sachsenrechte und in anderen Denkmalen des Mittelalters finden wir das Schwert in der Hand oder auf dem Schoss des eben dargestellten Grafen, Herzogs oder Königs, in letzterer Lage aber nur dann, wenn die dargestellte Person selbst als Richter erscheint, daher auf den Hofgerichtssiegeln der deutschen Kaiser und Könige, letztere das Schwert wagrecht vor sich halten, während sie auf den Landesgerichtssiegeln dasselbe aufrecht tragen, weil bei dem Landgerichte nicht der König selbst, sondern der Landrichter in dessen Namen Recht spricht[9]. Der Freigraf wurde durch die Übergabe des Schwertes und des Strickes, als der Zeichen der peinlichen Gerichtsbarkeit, investirt[10] und der alte Comes erschien nie ohne Schwert vor Gericht. Bei Schwüren und Gelübden wurde die Hand auf den Griff des Schwertes gelegt und die Spitze desselben in die Erde gesteckt, und Eheversprechen wurden feierlich befestiget, indem man die

[1] Wilhelm Grimm, die deutsche Heldensage, pag. 41. — Laurin, v. 7657. — [3] Wigalois, l. c. v. 7355 seq. — [4] Sowohl auf den Bildern der Hedwigslegende als auf den Miniaturen des Iglauer Stadtbuches. — [5] Auf den Bildern der Herrad von Landsberg und der Hedwigslegende. — [6] Taf. XI, XXII, XXX. — [7] Grimm, l. c. I, 168. — [8] Grimm, l. c. I, 167. — [9] Römer-Büchner, die Siegel der deutschen Kaiser, Könige und Gegenkönige. Frankfurt am Main 1851, 8°., Nr. 63, 65, 66, 68, 75 und 80. — [10] Grimm, l. c. I, 167 „per gladium et funis traditionem“ anno 1376.

Daumen auf das Schwert legte[1]. Die Freischöffen der Vehme legten beim Schwure ihre Hand a dasselbe und in früherer Zeit wurde durch das Ausziehen desselben geschworen[2].

Des Ausdruckes Schwertmagen für die Verwandten des Mannsstammes und ihres Erbrecht haben wir bereits früher erwähnt[3]. Nach dem friesischen Rechte konnte der Mann die ehebrecherisch Frau schlagen oder enthaupten, daher wurde als Zeichen der Gewalt des Mannes über Leben und To der Braut bei der Hochzeit das Schwert vorgetragen[4]. Im Alterthume war es Sitte, wenn ein Ma bei einer Frau schlief, die er nicht berühren wollte, dass er zwischen sie und sich ein Schwe legte, ein Gebrauch, welcher bis in die spätere Zeit beobachtet wurde. Wenn der Bevollmächtigt mit einer fürstlichen Braut das Beilager zum Schein vollziehen musste, hatte er den rechten Fu und den rechten Arm mit einem leichten Harnisch angethan und ein blosses Schwert wurde zwi schen ihn und die Braut gelegt. Dieses war noch im Jahre 1477 bei der Vermählung der Mari von Burgund der Fall, wobei Herzog Ludwig von Baiern zum Stellvertreter des Erzherzogs Maxi milian bestimmt wurde[5]).

Bei du Fresne finden wir des Schwertes in vielen Diplomen als eines Attributes der Grafenwürde erwähnt[6]; dagegen klagt Seifried Helbling, dass in Österreich sogar die Bauern anfingen Schwerter zu tragen und sagt, Leopold der Glorreiche liess sie Knittel tragen für die Hunde:

„der swert man in niht gunde
noch der langen mîsicar[7].“

In Deutschland treffen wir die Fahnen in der Regel nur auf den Siegeln der höheren Reichsfürsten; nämlich der Herzoge und Markgrafen, seltener bei den Grafen, die letzteren halten meist das gezückte Schwert in der Rechten. So führen, nebst den österreichischen Fürsten, die Herzoge von Böhmen auf ihren Fussiegeln, die Könige Böhmens auf der Kehrseite ihrer Majestätssiegel, die Herzoge von Baiern, Sachsen, Schwaben und Kärnthen, die Markgrafen und Herzoge von Steiermark, die Landgrafen von Thüringen und die Markgrafen von Meissen Fahnen, auch die Markgrafen von Brandenburg auf ihren Fussiegeln, während sie auf den Reitersiegeln das Schwert in der Hand tragen; das letztere zeigt sich auch auf den Siegeln der Markgrafen von Baden, der Landgrafen von Elsass und Hessen, der Grafen von Waldeck und Würtemberg; während die Grafen von Anhalt, von Görz und Tirol wieder Fahnen haben. Bei den Dynasten und dem niederen landsässigen Adel findet sich, wenn sie schon Reitersiegel führen, nur das Schwert. Eine Ausnahme bilden die Siegel der Landesämter, auf welchen die Würdenträger mit dem Abzeichen ihres Amtes erscheinen[8].

Die älteren Siegel des heiligen Leopold bieten dem Beschauer die rechte Seite dar, aus welchem Grunde auch das Schwert nicht sichtbar ist; auf dem Siegel am Stiftsbriefe von Heiligenkreuz sehen wir die linke Seite des Reiters, und diese Stellung bleibt von da an auf allen folgenden bis zu dem grossen Reitersiegel Rudolfs IV. beibehalten. Alle Babenberger, bis auf Friedrich den Streitbaren, sind mit einem kurzen Schwert umgürtet, dessen Griff jedoch so wie Gürtel und Gehänge durch den Schild verdeckt sind. Auf den Siegeln Friedrichs des Streitbaren und Hermanns von Baden, so wie auf dem Siegel Otakars vor seiner Krönung, fehlt das Schwert.

[1] Grimm, l. c. I, 166. — [2] Grimm, l. c. I, 165. — [3] pag. 197. — [4] Grünn, l. c. I, 167. — [5] Birken, Ehrenspiegel des Hauses Österreich, 855. — [6] „Hic locus pertinet ad justitiam gladii mei. — Comitatus Flint pertinet ad gladium Cestriae. — Hunc locum possidet liberum ac gladium.“ Heinneccius de Sigillis etc. 129. — [7] Seifried Helbling, VIII, v. 876—879. Das lange Messer, Stechmesser, kürzer als ein Schwert und länger als ein Dolch, trug der Bürger im Staate am Gürtel. Das Stechmesser versteckt zu tragen, war nach dem, von Kaiser Rudolf I. im Jahre 1278 gegebenen Stadtrechte von Wien bei Strafe des Handabhauens oder einer Pön von 10 Pfund Wiener Pfennigen verboten. Feil, Beiträge zur älteren Geschichte der Kunst- und Gewerbethätigkeit in Wien. — [8] Mittheilungen des Alterthumsvereines zu Wien 1861. Die Siegel der Erbämter, Taf. II, Fig. 12.

Auf den Kehrseiten der beiden Majestätssiegel dagegen trägt Otakar ein langes, breites Schlachtschwert an der Seite, mit einem einfachen Griff, der oben in einen grossen Knopf endet und eine gerade Parirstange hat; ein breites Gehänge, das am verzierten Mundblech der Scheide befestiget ist, verbindet es mit dem Gürtel. Mit den Habsburgern verschwinden die Schwerter abermals aus den Siegeln, möglich, dass sie auf der rechten Seite am Sattelknopfe hängend getragen wurden, denn der Rücktheil der Sättel, welcher schon unter dem letzten Babenberger und unter Otakar eine förmliche Lehne bildete, bekam nun Arme (Ohren), welche die Hüfte des Reiters umschlossen und ihm das Auf- und Absitzen, wenn er mit dem Schwerte umgürtet war, sehr unbequem machten. Erst Rudolf IV. hat auf der Reiterseite seines Münzsiegels wieder eine Seitenwaffe, und zwar einen dünnen kurzen Degen, mit einer nach abwärts gebogenen (sichelförmigen) Parirstange, wohl ein sogenanntes „perswert" (Bohrschwert). Auf der Kehrseite dagegen, welche den Herzog zu Fuss darstellt, ist er mit einem langen Schwerte umgürtet, dessen Knopf mit einer an der Brust befestigten Kette verbunden ist; ein ähnliches Schwert zeigt uns auch das Fusssiegel Kaiser Friedrichs III., während Albert VI. einen langen Stossdegen mit einem Kreuzgriff an der Linken trägt. Das grosse Reitersiegel Rudolfs IV. zeigt uns wieder die rechte Seite des Herzogs, so auch die Siegel seiner Nachfolger, mit einziger Ausnahme Alberts VI. Bei Rudolf IV. treffen wir zum erstenmale einen Dolch, er trägt denselben im Gürtel an der rechten Seite, und der Knopf desselben ist an eine Kette befestiget, welche von der Achsel herabwallt; der Griff ist nach oben, die Klinge nach unten gestellt. Bei Rudolfs Brüdern, Albert und Leopold III., so wie bei Leopold IV. und auf dem österreichischen Siegel Alberts V. vermissen wir den Dolch. Wilhelm und Albert V., auf dem Siegel für Mähren, tragen ihn wieder und zwar den Griff nach unten, die Klinge nach aufwärts gerichtet, während er bei Ernst und dessen Sohn Friedrich wagrecht, mit dem Griffe nach vorn am Gürtel befestigt ist. Ich traf diese Waffe auf Siegeln nur bei den österreichischen Herzogen, mit einziger Ausnahme des Siegels des nachmaligen Kaisers Sigmund für die Mark Brandenburg. Auf mittelalterlichen Abbildungen dagegen kommen sie häufig vor, so in der Hedwigslegende, wo besonders der Schwertträger einen zierlichen Dolch mit vergoldetem Griffe trägt; auch führen eben da[1] die Tataren plumpe Dolche, deren Parirstangen sichelförmig gegen die Klinge gebogen sind, während die Knäufe die Form von Halbmonden haben. Die Bilder des Iglauer Stadtbuches zeigen uns ebenfalls in den breiten Goldgürteln den Dolch in schwarzer Scheide mit gelbem Griff und einmal auch mit einem runden Stichblatte von gleicher Farbe[2].

Der Streitkolben, welcher in der Schlacht oft geführt wurde[3], erscheint auf den Siegeln der österreichischen Marschälle als Würdezeichen[4], sonst traf ich ihn noch, und zwar in der ausgeprägten Form eines Morgensternes, auf dem Siegel des Grafen Berthold von Urach.

Die Streitaxt kommt nur auf den Siegeln der Pfalzgrafen von Lomello vor, eine breite ausgehöhlte Barte an einem Stiele befestigt[5].

Der Gürtel, an welchem das Schwert und in späterer Zeit auch der Dolch befestiget waren, ist auf den Siegeln des XII. und XIII. Jahrhunderts theils durch den Schild, theils durch den überhängenden Waffenrock verdeckt. Auf gleichzeitigen Miniaturen besteht er meistens aus einfachen schwarzen, bisweilen auch aus schwarz und weiss gestreiften Riemen; in das eine Ende desselben ist ein Loch geschlitzt, durch welches das andere Ende durchgezogen und dann in einen Knoten verschlungen wurde, doch trifft man auch Schnallen mit einem einfachen Dorn. Wird das Schwert dem Fürsten nachgetragen, so ist die Scheide mit dem Gürtel lose umwunden, so bei dem Waffenträger des Herodes, welcher den weissen Gürtel um die Schwertscheide geschlungen hat[6].

[1] l. c. Nr. 6. — [2] Fol. 37b, col. 2 und Fol. 48a, col. 2. — [3] Ennenkel bei Rauch, Scriptor. I, 349. — [4] Mittheilungen des Alterthumsvereines in Wien. Jahrgang 1861, Taf. I, Fig. 2, 3 und 4. — [5] Der Originalstempel des letzteren befindet sich im k. k. Antiken-Cabinet. — [6] Herrad von Landsberg.

Bald aber fing man an die Gürtel zu verzieren, indem man das Leder bunt färbte oder mit Tuch, Sammt oder Silber- und Goldborten überzog, oder mit Buckeln oder Rosetten von Metall beschlagen liess; endlich verfertigte man die Gürtel aus gegliederten Metallplatten, welche von mannigfaltigen, bisweilen sehr zierlichen Formen waren. Schon Ulrich von Liechtenstein erwähnt glänzender Gürtel, dann eines solchen, welcher aus grünen Borten mit Gold beschlagen verfertiget war, und Suchenwirth sagt, dass die Ritter silberne Gürtel trugen[1].

Die ersten Prachtgürtel finden wir bei Rudolf IV. Einmal besteht derselbe aus blumenförmigen Gliedern, deren je zwei immer durch einen Ring zusammengehalten sind; das anderemal ist abwechselnd eine runde Scheibe in der Mitte mit einem Stern belegt und dann sind zwei über einander stehende kleine Blumen auf einem Riemen befestiget. Ähnliche verzierte Gürtel finden sich auch auf den Reitersiegeln seiner Brüder Albert und Leopold, dann bei Wilhelm und Albert V. Am Standbilde Rudolfs IV. am Singerthore der St. Stephanskirche besteht der Gürtel aus gegliederten Platten, in der Mitte mit einer Rosette, und bei Albert III. am Bischofsthore aus geränderten Scheiben, deren mittlere grösser und mit dem Bindenschilde verziert ist. Der Gürtel, welcher sich im Grabe Ernst des Eisernen befand, war mit einer Reihe von Rosen besetzt und hatte eine viereckige Schnalle[2]. Im Iglauer Stadtbuche kommen meistens goldene Gürtel vor.

Auch die Kleider wurden um die Mitte durch Gürtel zusammengehalten, die oft von gleichem Stoffe wie das Kleid waren, häufiger aber aus Borten bestanden oder mit Metall beschlagen waren, auch behängte man sie mit Schellen. Die Zunft der Gürtler verdankt dieser Mode ihre Entstehung und ihren Namen. In Wien durften nur die Gürtler (anno 1367) genähte und mit dem Hammer geschlagene Gürtel aus was immer für einem Metall machen; die Taschner dagegen durften ihr Gurtwerk nur mit versteckten Ringen besteppen und mit Riemen besetzen, aber ohne Hammer und Nagel; die Riemer endlich nur Pfennigwerth- und Helbert-Gürtel für Kinder verfertigen[3]. Es wurde mit den Gürteln, besonders bei den Frauen, ein solcher Luxus getrieben, dass man denselben in den Kleiderordnungen durch besondere Gesetze zu steuern suchte und deren Gewicht genau bestimmte. Die Limburger Chronik meldet zum Jahre 1389, dass die Männer die Gürtel kurz oder lang trugen, wie jeder wollte und daran lange Tücher befestigten, welche bis zur Erde hinabreichten[4]. —

Nachdem wir die Rüstung und Bewaffnung des Ritters auf den österreichischen Fürstensiegeln besprochen haben, wenden wir unsere Aufmerksamkeit dem beständigen Kampfgefährten desselben zu, nämlich dem Pferde. Ohne dieses war der Ritter, wie bereits bemerkt wurde, durch die Schwere seiner Rüstung unbehülflich und zum Kampfe untauglich, darum wurde auch der mächtige Streithengst zum ernsten Kampfe wie zum Turniere gewappnet und geschmückt. So wie die Rüstung des Ritters im XI. und XII. Jahrhundert einfacher ist, so auch jene des Pferdes, bis auch dieses allmählich nebst den Lederdecken mit Schuppen und Ringdecken, mit einzelnen Platten an Kopf und Brust, und endlich mit einem förmlich gegliederten Blechharnisch verhüllt wurde, wie die Pferderüstung bei Maximilian I. in der Ambraser-Sammlung, oder jene auf den beiden Titelkupfern in Leber's Werk über das kaiserliche Zeughaus zeigen.

Die Pferde selbst wurden unterschieden in „Rosse", in den mittelalterlichen Gedichten „Ors", gleichbedeutend mit schwerem Streithengste, und in „Mayden", leichtere Pferde, vielleicht Walachen. Berthold von Ellerbach, dem Alten, wurden in einer Schlacht ein Ross und zwei Mayden unter dem Leibe erschlagen[5].

[1] l. c. pag. 32. — [2] Herrgott, Taphographie Taf. XXI. — [3] Feil, Beiträge zur älteren Geschichte der Kunst- und Gewerbethätigkeit in Wien. — [4] Annalen des nassauischen Alterthumsvereines, VI, 483. — [5] Suchenwirth, pag. 25, v. 111.

Die Zäumung des Pferdes besteht aus einem einfachen Kopfgestelle mit einem Stirn-, bisweilen auch mit einem Nasenriemen. Das Gebiss (gipiz, salivare) ist gewöhnlich ohne Kinnkette (chinireif) und hat an den Seiten eine Scheibe, häufig in der Form einer Rose, unter welcher der Zügel (prittil) befestiget war. Auf den Bildern der Herrad von Landsberg fehlt der Nasenriemen; auf dem Siegel des Pfalzgrafen am Rhein Heinrich von Lach (anno 1093)[1] kommt er vor. Das Stangengebiss reicht in die frühesten Zeiten des Mittelalters zurück und war bei den gewaltigen Streitrossen nöthig, seine Bestandtheile: die Balken (Anzüge), das Mundstück und die Kinnkette blieben sich im Laufe der Zeiten ziemlich ähnlich; die Balken und auch das Gebiss waren öfters aus Messing oder mit solchem überlegt. Das Kopfgestell und die Stangenzügel wurden bisweilen mit Sammt überzogen und mit Messing- oder Stahlverzierungen belegt; auf den Abbildungen des Iglauer Stadtbuches treffen wir die Zügel einmal von schwarzem Leder, das anderemal roth[2]. Die beiden Reitpferde in der Hedwigslegende (keine Streitrosse)[3] haben das Riemzeug aus Goldborten und Ulrich von Lichtenstein spricht von Zäumen, welche köstlich waren. Im XIV. und XV. Jahrhundert kommt auf den österreichischen Fürstensiegeln auch die Trense vor, sie besteht entweder aus einer reichen Borte oder aus Leder mit Stickereien, oder mit Metallbeschlägen verziert und der Riemen des Stangenzügels wird durch eine Kette ersetzt. Mit einem Zaume aus Bast zu reiten galt als eine Ehrenstrafe für die Ritter[4].

Der Sattel hatte gewöhnlich einen hohen Vorder- und Rücktheil (Sattelbogen) und war durch den Brustriemen und den Bauchgurt befestiget. Der letztere ist auf den älteren Siegeln häufig durch den Fuss des Reiters, so wie durch die schon sehr bald vorkommenden Schabracken verdeckt, und dürfte besonders in früherer Zeit wohl oft durch ein Versehen des Stempelschneiders fehlen. Dieser Umstand verleitete manche Diplomatiker[5] zu der Behauptung, dass man im XI. und XII. Jahrhundert keine Sättel, sondern nur einfache Reitkissen gehabt habe, welche blos durch den Brustriemen festgehalten wurden. Allein die auf den Siegeln schon frühzeitig vorkommenden hohen Vorder- und Rücklehnen sprechen für förmliche Sättel, deren Befestigung durch den Brustriemen allein nicht recht denkbar ist. Auf den Siegeln Leopold des Heiligen und seines Sohnes Heinrich sind unter den Sätteln Schabracken angebracht, die über den Bauch des Pferdes hinabreichen, und so kommt es, dass der Bauchgurt zum erstenmale auf den Siegeln Leopold des Tapferen deutlich erscheint; dagegen zeigt das Siegel Heinrichs, Pfalzgrafen am Rhein und Herren von Lach vom Jahre 1093, einen doppelten Bauchgurt, welcher auch auf den Bildern der Herrad von Landsberg vorkommt.

Den Schwanzriemen fand ich auf mittelalterlichen Reitersiegeln bei keinem unbedeckten Pferde, selbst nicht auf den Siegeln König Friedrichs III. vom Jahre 1459. Gerken[6] führt eines an, nämlich jenes Balduins von Flandern vom Jahre 1203, welches er aber nur aus einer Abbildung kennt. So wie das Kopfgestell und die Zügel mit Sammt überzogen, gestickt und mit Buckeln beschlagen wurden, so geschah dies noch häufiger bei dem breiten Brustriemen, der schon frühzeitig mit Borten verziert, mit Ringen und Buckeln beschlagen und mit Fransen, wohl auch, wie im Nibelungenliede erwähnt wird, mit goldenen Schellen behängt war. Noch eine sehr primitive Form hat der Brustriemen in der Abbildung der Herrad. In den kürzeren Riemen, welcher von einer Seite des Sattels ausgeht, ist ein Loch geschlitzt, durch welches der längere Riemen, der von der anderen Seite des Sattels ausgehend sich um die Brust schlingt, durchgezogen und in einander geschlungen ist. Eben da scheint auch der

[1] Abgebildet: Acta Academ. Palat. III, ad pag. 53. — [2] Fol. 1 a, col. 1 und Fol. 37 a, col. 2. — [3] l. c. Nr. 58. — [4] Grimm, l. c. II, 712. — [5] Vredius de sigillis comitum Flandriae. Heinneccius, de sigillis veterum Germanorum. Gatterer, elementa artis diplomaticae. — [6] Gerken, Philipp, Anmerkungen über die Siegel zum Nutzen der Diplomatik, Stendal 1786, II, 278.

Bauchgurt mit Ringgeflecht überzogen zu sein. Als in späterer Zeit der Sattel nebst dem Kreuz- oder Bauchgurt noch einen Übergurt erhielt, war der letztere meist mit farbigen Stickereien reich verziert.

Die Sättel der Schlachtrosse haben viele Ähnlichkeit mit den sogenannten deutschen oder Schulsätteln, nur hatten sie statt des Sattelknopfes eine hohe Krempe, die der Ritter, wenn er im Turniere oder im Kampfe zaum- und bügellos geworden war, nicht selten erfasste um sich vor dem Sturze zu wahren. Auch die Rückseite des Sattels bildete eine hohe Lehne. Die Sättel waren mit Leder, auch mit Stoffen, Tuch, Sammt und Seide überzogen und mit Stickereien verziert, ja sogar mit Steinen besetzt. Die Abbildung des Herzogs Albert III.[1] zeigt einen Sattel mit einem hohen Vorderbuge und rückwärts mit Armen, von braunem Leder mit einem weissen Bauchgurt, während König Johann von Böhmen im Iglauer Stadtbuche[2] einen schwarzen Sattel mit Goldstickerei hat. Auf den Sattelbogen sind vorne und rückwärts Verzierungen, Sterne, Rosetten oder Wappen angebracht, und zwar zuerst bei Otakar auf der Rücklehne das österreichische Wappen, eben so bei Rudolf III., Albert II., und Otto. Auf den Reitersiegeln Rudolfs IV. findet sich das österreichisehe Wappen auf beiden Sattelbogen. Unter Albert I. erhielt die Rücklehne des Sattels Arme (Ohren), welche die Hüften des Reiters umschlossen. Seyfried Helbling sagt in seinem „Lucidarius", dass diese so wie manche andere üble Sitte von den Schwaben, welche mit den Habsburgern hergezogen waren, nach Österreich gebracht wurde, und ist sehr ungehalten darüber;

„Nû hânt uns die Swâbe,
— — — — — —
des ich got immer lobe,
her in ditze lant brâht,
des ich ê nie gedaht,
sätel als die krippe
gênt uns um die rippe
als die zarge umb den tuorn[3]."

Auf dem Siegel Wilhelms des Freundlichen bildet der vordere Sattelbogen einen Kamm, der zu beiden Seiten herabreicht und die Schenkel des Reiters schützt. Als man die Rosse mit Plattenharnischen verdeckte, waren auch diese Kämme des Sattels von Eisen, wie wir es auf dem Siegel Alberts VI. bemerken, auf welchem dieser Theil gleich einer Muschel geformt und hohl geschliffen ist. Unter Leopold dem Stolzen, Albert VI., Ernst, Albert V. und König Friedrich III. werden die Satteltaschen, welche früher kurz waren, lang und sind zugleich mit reicher Stickerei verziert, die drei letzteren haben statt des vorderen Bogens blos einen Sattelknopf.

Auf einem nicht zum Streite gerüsteten Rosse wird der Sattel durch einen breiten Bauchgurt (darmgurtili, darmgurtilla), dem Brustriemen (forpoige) und das Hinterzeug (aftirreif) festgehalten, letzteres ist zierlich ausgeschnitten und mit Schellen behängt[4]. Auf dem Siegel, worauf König Friedrich III. im herzoglichen Ornate erscheint, ist von der ganzen Pferdezäumung nur das Kopfgestell mit dem Stirnriemen, dem schmalen Stangenzüngel und den beiden reich gestickten Trensen zu sehen, der Brustriemen fehlt und sind Sattel und Bauchgurt durch die Tunica des Reiters verdeckt.

[1] Im Codex Nr. 2765 der kais. Hofbibliothek. — [2] Fol. 37b, col. 2. — [3] Pag. 216. — [4] Hedwigslegende Nr. 58.

Die Turniersättel hatten ebenfalls hohe Vorder- und Rücklehnen; der hohe Stechsattel war der höchste; die Rennsättel dagegen waren nieder und unseren englischen Pritschen ähnlich. Den höchsten Vorbug führte man beim Hohenzeugestech, dessen bereits im Jahre 1390 erwähnt wird. Der Khüressattel, auch Fechtsattel genannt, war mit Leder überzogen. Zum Stechsattel gehörten Stechstege (Sattelbogen), Steigleder und Stegreife, zu den Rennsätteln nur die beiden letzteren und zum Kübelstechsattel nur der Bauchgurt.

Steigbügel treffen wir bereits bei Leopold dem Heiligen und von da an auf allen folgenden Reitersiegeln der österreichischen Fürsten. Sie bilden kleine ausgebogene Dreiecke mit einer engen Öffnung, damit nicht der ganze Fuss durchgehen konnte, weil man, um festeren Halt zu gewinnen, den Vorderfuss bis zu dem Rist in den Stegreif schob. Sowohl die letzteren als auch die Ringe am Riemzeuge waren von Messing oder mit diesem überzogen; auch im Iglauer Stadtbuche finden wir gelbe Steigbügel[1], einmal fehlen sie ganz[2]. Eigenthümlich ist die Stellung des Reiters seit Leopold dem Glorreichen. Bei den früheren Fürsten ist der Fuss in einer geraden natürlichen Stellung und ruht bequem in dem Steigbügel. Auf den Münzsiegeln Leopold des Glorreichen dagegen ist er nach vorwärts gestreckt, so dass er an die Brust des Pferdes zu liegen kommt; der Fuss musste daher straff gegen die Steigbügel gestemmt werden. Erst unter den Habsburgern verlor sich diese Stellung, welche sich in derselben Zeitperiode auch auf den Reitersiegeln anderer Länder theilweise vorfindet, allmählich wieder.

Bis in die Mitte des XIII. Jahrhunderts kommen kleine, theils viereckig, theils rund geschnittene Schabracken vor, an den Säumen mit Borten, auch mit Fransen oder Schellen besetzt. Sie wechseln mit schmalen bis über den Bauch reichenden Decken, die mit Borten gegittert und mit Fransen verziert sind. Von einer Pferderüstung findet sich noch keine Spur, nur bei Heinrich Jasomirgott sind unter dem Brustriemen einzelne Ringe sichtbar, welche darauf hinzuweisen scheinen, dass die Brust mit einem einfachen Ringhemde, ähnlich der Schutzwehr des Ritters, bedeckt war. Später hüllte man die Pferde in Decken aus Leder, die namentlich an Brust und Kopf mit Ringwerk und Platten verstärkt waren. Solcher „verliegerter" und verdeckter Pferde erwähnt Otakar von Horneck öfter und auch in älteren Heldengedichten kommen sie vor:

„Durch die Convertüre schlug
er Tristans Rosse weg den Bug."

Als das Panzergeflecht in Gebrauch kam, wurde auch das Pferd durch ein solches geschützt; auf Siegeln finden wir dasselbe bei Anton Herzog von Lothringen anno 1406, dann bei Amadeus und Ludwig von Savoyen in den Jahren 1440 und 1450[3]. Über diese Rüstungen wurden Decken aus verschiedenen Stoffen gelegt, welche das ganze Pferd verhüllten (Couverture, Rossdecke, Rosskappe, im XV. Jahrhundert auch Geliger, und wenn die Decke für das ganze Pferd aus einem ganzen Stück bestand, auch Sack genannt);

„Ir ors wârn verdecket zwâr
mit îsen ûf den fuoz gar
dar obe ein decke sîdin[4]."

und auch Wigalois erwähnt, dass die Ritter ihre Rosse bereit hielten, jedes mit zwei Decken, die eine von Eisen, die andere von Pfelle[5]. Gewöhnlich besteht die Decke aus zwei Theilen, dem Vor-

[1] l. c. Fol. 1 a, col. 1. — [2] l. c. Fol. 37 b, col. 2. — [3] Cibrario: Sigilli dei Principi di Savoia. Turin, 1834, 4°. Taf. XVII und XIX, Fig. 94 und 104. — [4] Ennenkel, Rauch, Script. I, 340. — [5] l. c. v. 10896 seq.

dertheil (Fürbug), welcher die Ohren und den Kopf des Pferdes, mit Ausnahme der Augen, bis zu den Nüstern, dann den Vorderleib bis zu der Mitte verhüllt; er reicht bis zu den Fesseln hinab und ist vorne von der Brust nach abwärts geschlitzt, um den Vorderfüssen freie Bewegung zu lassen. Die Rückseite (Hintertheil, Geliger) ist über den Schweif des Pferdes gelegt und gewöhnlich durch Ringe an den Sattel befestiget. Das Gereit, eine aus schmalen Riemen zierlich geflochtene Bedeckung des Kreuzes am Rosse, kommt auf den österreichischen Fürstensiegeln nicht vor. Um die freie Bewegung des Pferdes in der Schlacht nicht zu hemmen, wurden die Decken in die Höhe geschlagen [1].

Als in späterer Zeit die Pferde durch förmliche Plattenharnische geschützt wurden, und zwar entweder ganz oder theilweise, waren im letzteren Falle die Plattenstücke über der Decke angebracht, so der Rosskopf von Stahl, welcher die Vorderseiten und die Kinnbacken des Pferdekopfes deckte und bisweilen hohl geschliffen ist. Die sogenannte halbe Stirn dagegen liess des Gaules Nüstern unbedeckt; der Mähnenschutz, aus einer Schienenreihe bestehend, der eiserne Kanz und der panzerne Rosshals schützten im XVI. Jahrhunderte den Hals des Pferdes.

Die Pferdedecken waren von verschiedenen Stoffen, von Sammt, Scharlach, Pfeller, Seide, von Tuch oder von Buckram, auch von Leder und mit Leinwand, wohl auch mit leichteren Seidenstoffen, meistens mit Zendal gefüttert. Sie waren der Gegenstand eines grossen Prachtaufwandes, besonders bei festlichen Gelegenheiten und Kampfspielen.

Die Decken aus Leder wurden bemalt, daher musste jeder, der in die Zunft der geistlichen Maler als Meister eintreten wollte (anno 1410) zur Erprobung seiner Meisterschaft ein Bild auf polirtem Goldgrunde in drei Wochen malen, aber ausserdem auch Alles, was zum Stech- oder Turnierzeug gehört, nach Verlangen der Herren mit eigener Hand bemalen können. Eben so mussten auch die Schilter Schild- und Rüstzeug bemalen können, und „wer sich auf den Schiltwerch" als Meister setzen will, muss nach der Innungsordnung vom Jahre 1410 in sechs, nach jener vom Jahre 1446 in acht Wochen vier Neustücke machen: einen Stechsattel, ein Brustleder, einen Rosskopf und einen Stechschild [2].

Die Decken aus Stoffen dagegen waren meistens mit Stickereien verziert, mit Borten besetzt, mit Sternen oder Rosen und anderen Verzierungen aus Metall beschlagen, mit Schellen behängt und an den Säumen mit Borten oder Fransen verbrämt. So war das Ross Ulrichs von Lichtenstein einmal mit Scharlach verdeckt, die Decke war lang und weit geschnitten, mit goldenen Borten reich gegittert und dort, wo sich die Borten kreuzten, waren aus Silber geschlagene Rosen befestiget [3] und die Decke mit gelbem Zendal unterfüttert. Ein anderesmal schildert er ein Pferd, verdeckt mit blauem Zendal, worauf Schapel gestreut waren, „die leuchteten von allen Blumen, die nur des Maien Zeit gibt". Bisweilen war die Couvertüre auf jeder Seite von anderer Farbe, so schildert Wigalois eine solche von Sammt, auf der rechten Seite grün wie Gras, auf der linken Seite roth wie Blut. Im Iglauer Stadtbuche hat das Pferd König Wenzels I. eine gelbe Decke, die mit Blümchen und mit blau und weissen Blättern, bestreut und blau gefüttert ist [4]; während die Pferdedecke bei König Johann [5] aus Goldstoff mit rothem Futter besteht. Die Stickereien sind oft willkürlich, bald Blumen, bald Thiere, bald menschliche Figuren. So liess Herzog Ernst der Eiserne, als er nach seiner Rückkehr aus dem heiligen Lande auf dem Hoftage zu Ofen bei Kaiser Sigmund erschien, auf seine Pferdedecken die Figuren von Dreschern malen, worüber der Kaiser sehr ungehalten war (warum ist unbekannt), so dass Herzog Albert V. durch seine Vermittlung das Missfallen des Kaisers beschwichtigen musste [6].

[1] Otakar von Horneck, Cap. VII. — [2] Feil, Beiträge. l. c. Maler, Illuminatoren und Schilter. — [3] Lachmann, l. c. 296. — [4] l. c. Fol. 1a, col. 1. — [5] l. c. Fol. 37b, col. 2. — [6] Pez, Script. II, col. 844.

Häufiger aber nahmen derlei Stickereien auf die Wappen Bezug, so führte Otto von Meissau eine Decke aus Seide und Gold, die mit zobelfarbenen Unicornen bestreut war; bei Herzog Albert III.[1] treffen wir die Pferdedecke ohne Stickerei, aber nach den Wappenfarben roth mit weissem Futter. Übrigens finden wir auf den österreichischen, so wie überhaupt auf den deutschen Siegeln die Wappen in der Regel in dreieckigen Schilden auf die Pferdedecken gestickt oder geheftet, während auf den englischen und französischen, vorzüglich aber auf den niederländischen Siegeln, sowohl der Fürbug als auch das Geliger das Wappen selbst mit den verschiedenen Farben und Figuren seiner Felder darstellen. Hatte nun das Wappen nur ein Feld, so hatte die Decke die Farbe desselben, und die Wappenfigur erscheint besonders auf dem Fürbug, welcher bei einer grösseren Länge eine verhältnissmässig geringere Breite darbietet, lang gestreckt und dabei sehr schmächtig ist. Dies blieb nicht ohne Einfluss auf den heraldischen Typus in diesen Ländern; daher auch auf den Wappensiegeln insbesondere die aufrechten Figuren, im Verhältnisse zu ihrer Höhe meist überschlank dargestellt sind. Im Iglauer Stadtbuche ist bei König Wenzel I. die Pferdedecke am Halse und am Schenkel mit den beiden böhmischen Wappenschilden belegt und zwar an der Brust mit einem silbernen Schilde, worin ein schwarzer geflammter Adler, am Schenkel mit einem rothen Schilde, darin der silberne Löwe[2].

Bei der Reiterfigur Otakars zeigen sich die, durch die Luxemburger herüber gebrachten Einflüsse der niederländischen Heraldik[3], die Pferdedecke ist sowohl am Vorbuge, als am Geliger schräg geviert und zeigt an ersterem oben und unten im grünen Felde den silbernen Panther von Steiermark ohne Feuerflammen und an den Füssen mit je vier gelben Adlerkrallen, und rechts und links im gelben Felde drei über einander schreitende schwarze Löwen; am Geliger befindet sich im oberen und unteren Felde das Wappen Kärnthens und rechts und links jenes von Steiermark.

Die Stellen aus Ulrich von Liechtenstein und Ennenkel beweisen, dass das Verdecken der Pferde früher im Gebrauche war, als es auf den habsburgischen Reitersiegeln vorkommt, nämlich bei Otakar. In Frankreich erscheinen die Pferdedecken viel früher, so auf dem Reitersiegel Walthers von Montmorency bereits im Jahre 1209[4]; auch auf den Siegeln der Herzoge von Brabant sind die Pferde schon in der ersten Hälfte des XIII. Jahrhunderts verdeckt. In Deutschland zeigt sich dieser Pferdeschmuck auf den Siegeln der Dynasten und Grafen früher, als auf jenen der höheren Reichsfürsten, so bei Konrad I. von Hohenlohe-Brauneck im Jahre 1246, bei Poppo von Durne[5] anno 1248, bei Bernhard von Lippe und bei Gerhart Graf von Dietz in den Jahren 1245 und 1250.

Von Otakar angefangen bleiben die Pferdedecken auf den österreichischen Fürstensiegeln in ununterbrochener Folgenreihe. Nur auf der Kehrseite des Majestätssiegels für die österreichischen Angelegenheiten reitet König Friedrich III., jedoch im Friedenskleide, auf einem unverdeckten Pferde. Bei Otakar sind die Pferdedecken mit Rosen bestreut, verbrämt und mit Wappenschilden belegt, einmal sind an den Ohren Schellen angebracht. Auf den kleineren Siegeln befinden sich die Schilde von Böhmen, Mähren und Steiermark; auf dem grossen Majestätssiegel jene von Kärnthen, Mähren, Steiermark und wahrscheinlich von Krain. Schmuckloser sind die Pferdedecken bei den Habsburgern, nämlich durchaus ohne Stickereien, selten mit einer Verbrämung, manchmal sogar ohne Wappenschilde; die Anzahl der letzteren beträgt mit einer

[1] Codex Nr. 2763 der k. k. Hofbibliothek. — [2] l. c. Fol. 1a, col. 1. — [3] Das Iglauer Stadtbuch wurde zu Ende des XIV. oder zu Anfang des XV. Jahrhunderts begonnen. — [4] Gerken, l. c. II, 179, mit Berufung auf: du Chesne histoire de la maison Montmorency. — [5] Gudenus Codex diplomaticus Mogunt. III, Taf. III.

einzigen Ausnahme höchstens drei. Die Wahl der Wappenschilde selbst ist willkürlich, anfangs Steiermark und Habsburg; einmal Österreich und Habsburg; nach der Erwerbung Kärnthens der Wappenschild dieses Herzogthumes nebst dem steierischen, bei Rudolf IV. neben Steiermark und Kärnthen das neu angeerbte Pfirt, bei seinen beiden Brüdern Steiermark, Kärnthen und Tirol.

Leopold der Stolze hat nur den tirolischen Adler, Friedrich V. den Schild mit den fünf Adlern. Die Schilde selbst sind auf der Decke am Halse, an der Brust oder am Schenkel des Pferdes angebracht. Albrecht VI. hat auf der Pferdedecke zwölf Wappenschilde und zwar in zwei Reihen von der Brust nach rückwärts gehend; in der oberen Reihe befinden sich die Wappen der windischen Mark, Oberösterreichs, von Pfirt und Burgau, in der unteren Reihe: von Steiermark, Kärnthen, Krain, Portenau, Habsburg, Tirol, Kiburg und Elsass.

Ausser den Decken trugen die Pferde noch anderen Schmuck, auf dem Haupte Kronen, Federbüsche oder dem Wappen entnommene Figuren und Embleme, eine auf den flandrischen, französischen und englischen Siegeln vorherrschende Sitte, während die mittelalterliche Sphragistik Deutschlands diesfalls, mit Ausnahme Österreichs, wenige Beispiele darbietet, von welchen wir nur die beiden Grafen Ulrich und Eberhard von Würtemberg nennen wollen (anno 1345 und 1361), auf deren Reitersiegel die Pferde einen Schlachthelm auf dem Haupte tragen, worauf als Zimier das Hüfthorn mit der verschlungenen Schnur ruht. Auf den österreichischen Fürstensiegeln hat bei Johann von Schwaben (Parricida) das Pferd eine Krone mit einem niederen Pfauenstutz auf dem Haupte. Auf den Siegeln des prachtliebenden Herzogs Rudolf IV. ist das Pferd ebenfalls gekrönt, über der Krone schwebt ein Adler mit ausgebreiteten Flügeln, während ein an der Krone befestigtes Kreuz auf die Stirne herabhängt. Das Pferd Friedrichs V. trägt eine Krone mit einem hervorwachsenden Adler, also die Helmzierde zu dem Schilde mit den fünf Adlern, welchen letzteren das Pferd auf der Brust hat. Bei Albert VI. ist an der eisernen Rossstirne der österreichische Bindenschild angebracht und darüber eine Krone, aus welcher ein hoher Pfauenstutz emporragt.

Von dem Hufbeschlage ist nur auf dem grossen Reitersiegel Herzogs Rudolf IV. die Form des Hufeisens, der heutigen ähnlich, erkennbar; das Auslaufen der Nägel am Hufe ist durch gleichförmig von einander abstehende Punkte angedeutet. Auf den Siegeln des Grafen Wilhelm von Holland und des Herzogs Reinald von Geldern ist die Sohle des Hufes geriffelt.

Als Ehrenstrafe für Edelleute galt es auf einem unbeschlagenen oder nur theilweise beschlagenen Pferde, oder ohne Sattel zu reiten[1]. —

Unter den Hauptsiegeln, welche ausschliesslich Wappenbilder haben, sind jene der beiden Heinriche von Mödling, des Sohnes und Enkels Heinrichs Jasomirgott, die ältesten. Heinrich der ältere führte Anfangs das österreichische Wappen, den einfachen Adler frei im Siegelfelde; als aber später sein Neffe Münzsiegel annahm, gebrauchte auch Heinrich ein solches, welches auf beiden Seiten Wappendarstellungen enthält, und zwar erscheint auf der Vorderseite der österreichische Adler frei, auf der Kehrseite jedoch sind zwei über einander schreitende Löwen in einem herzförmigen Schilde, wahrscheinlich das alte Geschlechtswappen der Babenberger. Ein gleiches Münzsiegel finden wir bei seinem Sohne, nur sind sowohl der Adler als auch die beiden Löwen frei im Siegelfelde, und zwischen den beiden letzteren zieht sich ein schmaler Querbalken durch die ganze Breite des Siegelfeldes. Diese zwei Münzsiegel der Heinriche von Mödling sind in der österreichischen Sphragistik die einzigen, welche auf beiden Seiten blos Wappenbilder haben, während diese in der späteren Zeit nur auf der Kehrseite solcher Münzsiegel vorkommen, auf deren Vorder-

[1] Grimm, l. c. II, 712.

seite der Fürst zu Throne sitzend dargestellt ist, wie auf den Siegeln des Ladislaus Posthumus und Kaiser Friedrichs III.

Im Zwischenreiche führten Hermann von Baden und Otakar von Böhmen eben so wenig Wappensiegel, als dies bei den regierenden Fürsten aus dem Hause Babenberg der Fall war. Erst mit den Habsburgern kommen sie in Aufschwung, und lassen sich nach der Zahl und Zusammenstellung der Wappenschilde in verschiedene Gruppen eintheilen.

Unter Herzog Albert I. beginnen sie hauptsächlich als Contrasiegel und es erscheint darauf, um die Vereinigung der Herzogthümer Österreich und Steier symbolisch darzustellen, der Panther frei im Siegelfelde und dessen Körper mit dem Bindenschilde belegt; gleiche Siegel führten seine Nachfolger und gebrauchten sie bei Urkunden von minderer Wesenheit, auch als selbstständige Siegel, bei Papierurkunden gewöhnlich nur aufgedruckt. Das letzte Siegel dieser Art, ohne Umschrift und immer nur als Contrasiegel verwendet, hat Herzog Rudolf IV. Ähnliche Zusammenstellungen finden wir bei den Herzogen von Baiern, wo der pfälzische Löwe mit dem Rautenschild, und bei einigen Bischöfen von Passau, wo der Wolf mit dem Familienwappen der Bischöfe belegt ist.

Von Leopold I. angefangen kommen Hauptsiegel mit dem österreichischen Bindenschilde allein vor, bald grössere mit $2^1/_4$ Zoll im Durchmesser, bald von kleineren Dimensionen, 10 Linien und 1 Zoll. Anfangs sind sie ohne Ornamente, nur ist das Siegelfeld mit Blattwerk, der Schild mit Damascirungen ausgefüllt oder auch gegittert und mit Blümchen belegt. Später wird der Schild mit Ornamenten umgeben, so mit dem Kleeornamente, welches besonders häufig auf den Amtssiegeln für das Bergrecht, so wie für die Anwälte von Österreich vorkommt. Bei dem Blumenornamente wurde es nöthig die Räume des Vierpasses auszufüllen, daher wurde der Schild oben von einem Engel gehalten und ringsum von Blattwerk umrankt, oder es halten Engel den Schild oben und zu beiden Seiten, während ihn unten ein Drache stützt. Auf Petschaften finden wir den Bindenschild zweimal von einem Drachen umschlungen und einmal von einem Kranze umfangen.

Nach der Erwerbung des Herzogthumes Kärnthen führte Herzog Albert II. ein kleines Hauptsiegel, worauf drei Schilde vorkommen, oben zwei: Österreich und Steier, unten einer für Kärnthen. Bald aber wich diese Stellung jener zu einem und zwei Schilden, wobei Österreich stets den oberen Platz einnimmt, und unten Steier und Kärnthen, Steier und Tirol, Kärnthen und Tirol mit einander wechseln. Nur bei Kaiser Friedrich III. nimmt der Reichsschild den oberen Platz ein und unter demselben sind Österreich und Steier gegen einander gelehnt. Bei dieser Gruppe von drei Schilden sind entweder alle mit den Spitzen senkrecht nach abwärts gestellt oder die beiden unteren Schilde gegen einander gelehnt, oder es sind die drei Schilde mit den unteren Spitzen einander zugekehrt.

Diese letztere Zusammenstellung gab bei vermehrter Anzahl der Schilde Veranlassung zu der sternförmigen Gruppirung derselben, indem sich nämlich fünf Schilde mit den unteren Spitzen oder Füssen zugekehrt sind. Die Mitte dieses Sternes wird einmal durch die Quaste der Schildesfessel, ein anderesmal durch einen Stern oder eine Rose, oder einem Löwenkopf ausgefüllt. So wie sich bei der Gruppirung von drei Schilden das Kleeornament als die natürlichste Umrahmung des Siegelbildes darbietet, so ist es bei fünf Schilden der Fünfpass.

Eine seltene Zusammenstellung von fünf Schilden ist jene in Form eines Kreuzes, wie auf dem Siegel Kaiser Alberts II. für Österreich, auf welchem der Reichsschild, Österreich und Mähren den Pfahl, Ungarn und Böhmen die Kreuzesarme bilden.

Herzog Rudolf IV. war der erste, welcher so wie auf seinem Porträtsiegeln, auch in die kleinen Siegel nebst den Wappen der Herzogthümer jene der Graf- und Herrschaften aufnahm. Auf seinem ersten Siegel dieser Art ist das Feld mit einer reichen Ornamentik aus Maasswerk in Form einer zierlichen Fensterrose ausgefüllt; in der Mitte befinden sich innerhalb eines Dreipasses die Schilde von Österreich, Steiermark und Kärnthen, während jene von Habsburg, Pfirt, Krain, Portenau und der windischen Mark rund umher in den Bogenkrümmungen angebracht sind. Albert VI. hat in der Mitte drei Schilde von einem Kleeornamente umrahmt, um welche eilf Wappenschilder zwischen zwei Linien in einen Kreis gestellt sind.

Endlich wurde bei grösseren Wappengruppen ein Schild in die Mitte gestellt und dieser von einem Engel oder einem Löwen gehalten, die übrigen Schilde sind in mannigfacher Weise um diese Mittelgruppe gereiht und das Ganze wird von einem Ornamente umrahmt. Bisweilen werden sämmtliche Schilde an den mittleren durch Kette und Schloss befestiget, manchmal sind auch die Nebenschilde von Engeln gehalten oder durch deren Flügel gestützt. Diese Gattung von Siegelbildern findet sich ausschliesslich nur bei Ladislaus Posthumus, und es behauptet dabei der österreichische Schild stets den mittleren Platz. Auch auf den Kehrseiten seiner Majestätssiegel treffen wir gleiche Darstellungen in reichen Compositionen und mit zierlichen Ausschmückungen; nur nimmt auf diesen Kehrseiten auf dem österreichischen Siegel der Bindenschild, auf dem böhmischen der Löwe und auf dem ungarischen Siegel der Schild mit dem Patriarchenkreuz den mittleren Raum ein. Auf dem österreichischen Siegel schwebt über der Wappengruppe eine Bügelkrone, aus der Ketten herabreichen, durch welche die Schilde an einander befestiget sind, während der Bindenschild von einem Löwen gehalten wird. Auf dem böhmischen Majestätssiegel halten drei Engel den Schild mit dem Löwen, die übrigen sind in den Krümmungen eines Siebenpasses angebracht, während auf dem ungarischen Siegel ein Engel, welcher sich über den Mittelschild emporhebt, die Wappen von Altungarn und Böhmen hält und zwei Waldmänner den Mittelschild an langen, mit Ringen an den Schild befestigten Stangen halten. Das reich verzierte Siegelfeld ist von einem Sechspass umgeben, in dessen Krümmungen die übrigen Schilde angebracht sind, in den Aussenwinkeln dagegen befinden sich geflügelte Drachen.

Auf den bisher besprochenen Wappensiegeln nimmt der österreichische Schild mit wenigen Ausnahmen den Hauptplatz ein, und nur auf einem Secrete Sigmunds von Tirol kommt der, mit einem Herzogshute bedeckte und von einem Kleeornamente umgebene Schild mit dem tirolischen Adler allein vor.

Wir wenden uns nun jenen Siegeln mit Wappenschilden zu, auf denen einzelne Schilde mit den ihnen angehörigen Helmen und deren Zierden vorkommen. Das erste Siegel dieser Art hat Friedrich der Schöne mit dem Bindenschilde, auf welchem der gekrönte Schlachthelm mit dem Pfauenstutz ruht, hierauf Friedrich II., bei welchem der Helm auch eine Decke hat. Herzog Rudolf IV. umgibt den behelmten Hauptschild noch mit anderen Wappen, welche auf zwei Siegeln an vier Löwen angebracht sind, welche den österreichischen Schild und dessen Helm halten; auf einem dritten Siegel Rudolfs, so wie auf jenen seiner Brüder Albert und Leopold, dann auf einem Siegel Kaiser Friedrichs III. sind diese Wappenschilde in den Krümmungen von Rosenornamenten angebracht. Auf allen diesen Siegeln ist der Hauptschild schräg rechts gestellt, so dass der Helm auf der linken Ecke des Schildes ruht; nur bei Kaiser Friedrich III. steht der Schild aufrecht und der Helm ist auf den Hauptrand des Schildes gesetzt.

Herzog Leopold III. hat zuerst zwei gegen einander gekehrte Schilde mit ihren Helmen und Kleinodien, es sind dies die Schilde von Österreich und Tirol, auf welchen die gekrönten Helme mit ausgezackter Decke ruhen, der eine mit dem Pfauenstutz, der andere mit dem schwarzen Adlerflügel geschmückt, den ein goldenes Band mit gleichen herabhängenden Blättern durchzieht. Diese beiden Hauptschilde stützen sich auf die äussere Schriftlinie und die Helmzierden reichen oben ebenfalls in den Schriftraum, zwischen beiden Helmen sind die Schilde von Steiermark, Kärnthen und Krain pfahlweise gestellt. Unter den folgenden Siegeln dieser Art ist jenes von Herzog Albert V. von einem gestürzten Eichelnornamente umgeben; in den oberen beiden Krümmungen ist der Schild mit den fünf Adlern dem österreichischen Bindenschilde entgegengestellt. Auf ersterem ruht ein gekrönter Stechhelm mit einem hervorwachsenden Adler, auf dem anderen ein Stechhelm mit dem Pfauenstutz, und in der kleineren unteren Krümmung befindet sich ein Schild mit einem Adler. In gleicher Weise hat Herzog Friedrich V. den Schild mit den fünf Adlern und dem österreichischen Bindenschild, beide jedoch von einem ovalförmigen Achtpass umrahmt, und zwischen beiden Schilden erheben sich, durch Baumgeäste gestützt und von Gewappneten, Waldmännern und Engeln gehalten, pfahlweise über einander die Schilde von Tirol, Krain, Kärnthen und zu oberst von Steiermark. Das am häufigsten vorkommende Ornament auf den Siegeln mit zwei, von ihren Helmen überragten Schilden, ist der Vierpass. Sigmund hat den österreichischen und steierischen Schild mit den Helmen und den dazu gehörigen Helmzierden, und zwischen beiden Stechhelmen den tirolischen Adler. Herzog Friedrich V. und Albert VI. haben nur die beiden Schilde von Österreich und Steiermark gegen einander gestellt, wobei aber der auffallende Umstand vorkommt, dass beide zu dem steierischen Helm nicht das richtige Zimier haben (nämlich den Panther in einem achteckigen Schirmbrett, dessen Ecken mit Pfauenspiegeln besteckt sind) sondern Friedrich führt statt dessen zwei Büffelhörner von Stäben durchzogen, an denen Blätter herabhängen, also die Helmzierde von Kärnthen, während Albert VI. einen hervorwachsenden Adler, also das zu dem fünf Adlerschilde gehörige Zimier hat. Auch auf dieser Siegelgattung nimmt von den beiden behelmten Schilden der österreichische in der Mehrzahl den rechten Platz ein und weicht nur zweimal dem Schilde mit den fünf Adlern.

Endlich kam man darauf, die einzelnen Schilde nicht mehr in Gruppen zusammen zu stellen, sondern gleich mehrere Wappen in einem Schilde mit mehreren Feldern zu vereinigen. Zuerst treffen wir dies bei Kaiser Albert II., indem ein quadrirter Schild im 1. und 4. Felde das altungarische, im 2. das österreichische, im 3. Felde das mährische Wappen zeigt. Sein Sohn hat zwei Siegel mit quadrirten Schilden, auf einem Altungarn, Böhmen, Mähren und Oberösterreich, und im Mittelschilde den österreichischen Querbalken; auf dem anderen mit Altungarn und Böhmen, Österreich und Mähren; ein drittes Mal ist der gekrönte Schild gespalten, im rechten Felde mit Altungarn, im linken mit Böhmen, dazu zwei Raben als Schildhalter; die Wappen von Österreich, Mähren und Schlesien sind im Schriftrande angebracht. Auffallend ist ein Siegel Kaiser Friedrich III., worauf sich ein quadrirter Schild mit einem Mittelschilde befindet, die vier Felder zeigen: das 1. die fünf Adler, das 2. Krain, das 3. den Adler von Tirol, das 4. Oberösterreich und im Mittelschilde befindet sich der einfache Reichsadler. Das österreichische Bindenwappen fehlt gänzlich und dennoch wird dieses Siegel als jenes bezeichnet, welches er im Fürstenthume Österreich gebraucht, ein Zeichen, dass man anfing die fünf Adler als ein Wappen des Herzogthumes Österreich zu betrachten, welches vor dem Bindenschilde den Vorrang habe, was auch bereits bei zwei früher erwähnten Siegeln der Fall war. Auf einem Siegel Alberts VI. nehmen die fünf Adler das erste und der Querbalken das vierte Feld ein, während das ober-österreichische Wappen sich im zweiten und dritten Felde wiederholt, so dass das erste und vierte Feld gleichsam identisch erscheinen, was jedoch bei einem zweiten quadrirten Schilde auf einem anderen Siegel desselben Fürsten nicht mit gleicher Consequenz durchgeführt ist, indem sich im ersten Felde die fünf Adler, im zweiten das Wappen von Steiermark, im dritten jenes von Krain, im vierten Felde jenes von Tirol befinden und das Bindenwappen als Mittelschild erscheint.

Auf diesen beiden Siegeln Alberts VI. ruht auf den Schilden der österreichische Herzogshut mit der Zinkenkrone und dem Bügel, worauf das Kreuz, und auf dem letzteren Siegel sind zwei feuerspeiende Panther als Schildhalter angebracht.

Auf den Siegeln jener österreichischen Fürsten, welche die deutsche Königs- oder Kaiserwürde bekleideten, ist der einfache oder zweiköpfige Adler die herrschende Wappenfigur. Rudolf I. führt unter den deutschen Königen den einfachen Adler zum erstenmale auf seinem Contrasiegel, und zwar frei im Siegelfelde[1], und in gleicher Weise erscheint er auch auf dem königlichen Secrete Albert I. Eben so zeigen auch die beiden Secrete Kaiser Friedrichs des Schönen den einfachen Adler, nur trägt derselbe auf dem kleineren Siegel zum erstenmale das Hauswappen des Fürsten, nämlich den österreichischen Bindenschild auf der Brust, was nur noch auf den Bergrechtssiegeln Kaiser Friedrichs III. vorkommt. Es sind diese Siegel gleichsam die Vorläufer jener späteren grossen Staatssiegel, auf welchen die Brust des Doppeladlers mit dem Hausschilde des Kaisers belegt ist, und welche nach dem Verschwinden der Portraitsiegel seit Kaiser Karl V. in Gebrauch kamen.

Kaiser Albert II. führte unter den österreichischen Fürsten als deutscher König kleine Hauptsiegel mit Wappenbildern, worauf der Adler als die vornehmste Figur erscheint. Des einen, worauf der Adler im Schilde angebracht ist, wurde bereits erwähnt, auf dem anderen kommt derselbe frei im Siegelfelde vor, und die Wappen von Ungarn, Böhmen und Österreich sind in den Schriftrand gewiesen. In gleicher Weise ist auf den Wappensiegeln, welche König Friedrich III. als König oder Kaiser führte, der einfache oder doppelte Adler entweder von den Wappenschilden des Hausbesitzes kreisförmig umgeben, oder es sind die letzteren im Schriftrande oder in einem Siegelfelde angebracht, und nur ein einzigesmal sind auch die Flügel des kaiserlichen Adlers mit den Wappenschilden von Österreich und Steier belegt. Auf den Siegeln, welche Friedrich für Österreich führte, kommt der einfache Adler in einem Herzschilde und der Doppeladler in einem abgesonderten Hauptschilde am ersten Platze vor, letzteres ist auch auf dem Cachet der Fall.

Auf den Kehrseiten der beiden Majestätssiegel sind die Adler je von einem Siebenpasse umgeben, in dessen Krümmungen eben so viele Besitzwappen mit ihren Helmen und Zimieren angebracht sind, während die Aussenwinkel dieses Maasswerk-Ornamentes durch Engelsbüsten und Drachen ausgefüllt werden. Die Stempel dieser beiden Siegel sind mit einander identisch, indem nur der einfache Adler auf dem späteren kaiserlichen Siegel in einen zweiköpfigen verwandelt wurde. Der einfache Reichsadler erscheint als Wappenfigur ohne Nimbus, während der zweiköpfige Adler auf den Siegeln Kaiser Friedrichs III. stets nimbirt ist und mit diesem Schmucke zuerst auf den Siegeln König Sigismunds nach dessen Kaiserkrönung vorkommt.

Zu den Siegeln mit Wappenbildern gehören noch zwei Petschafte, nämlich jenes Herzog Rudolfs IV., auf welchem nur der gekrönte Helm mit dem Pfauenstutz als heraldisches Abzeichen vorkommt; und das zierliche Ringsiegel Herzog Alberts V. mit dem, auf einem Felsen ruhenden Hirschen, worauf der österreichische Bindenschild gleichsam nur als Beizeichen, wenn auch als bedeutsames erscheint.

Die heraldischen Schilde, welche auf den Siegeln mit Wappenbildern vorkommen, sind unter den Babenbergern herzförmig; unter den Habsburgern dagegen erscheinen die sogenannten Dreieckschilde, die an den Seitentheilen ausgebogen sind, während der Schildfuss selbst in eine Spitze endet.

[1] Spiess, archivische Nebenarbeiten I. Theil. Abbildung auf dem Titelblatte.

Von Herzog Albert V. angefangen werden die unten abgerundeten Schilde mit geraden **Seitentheilen** vorherrschend, und bei Sigmund und Albert VI. kommen auch Schilde in Gebrauch, die auf einer Seite stark ausgebogen sind, jedoch ohne den, die Tartsche charakterisirenden Ausschnitt zum Einlegen der Lanze zu zeigen.

Die auf den Schilden ruhenden Helme sind anfangs der oben gerade abgeschnittene **Fasshelm**, später der oben gewölbte, mitunter spitz zulaufende Kübelhelm, der bisweilen eine sehr zierliche Form hat und mit Luftgittern und einem blumenförmigen Durchschlag versehen ist, um den vom Haupte genommenen Helm mittelst einer Kette an dem Ringpanzer zu befestigen. Auf den Siegeln der Herzoge Sigmund, Friedrich V. und Albert VI. kommt der **Stechhelm** vor. Der Kolbenturnierhelm erscheint bei den österreichischen Fürsten nur auf den Siegeln Max I. für die Niederlande.

Auf den Helmen befinden sich, wie auf den Reitersiegeln, theis Laub- theils Lilienkronen, aus ihnen ragt das Zimier empor, während sie selbst, mit einer einzigen Ausnahme, auf den **Helmdecken** ruhen.

Da die Helmzierden bereits in der Übersicht über die Wappengruppen im Allgemeinen besprochen wurden, so gehen wir gleich zu den **Helmdecken** über.

Bei Friedrich dem Schönen fehlt dieselbe noch, auf dem Siegel Herzog Friedrichs II. dagegen bildet sie ein mantelartiges Tuch, das zu beiden Seiten des Helmes symmetrisch in Falten gelegt ist.

In gleicher Weise finden wir sie bei Herzog Rudolf IV. und seinen Brüdern Albert und Leopold. Ein späteres Siegel des letzteren zeigt uns die Helmdecke bereits mit Verschlingungen und theilweise ausgezackt, obwohl noch weit entfernt von jenen arabeskenartigen Formen, in welchem sich das XVI. Jahrhundert ergeht und für welche die ausgezackten Helmdecken auf den Siegeln Herzog Friedrichs V. und seines Bruders Alberts VI. die ersten Anfänge bilden.

Um grössere leere Räume und deren Eintönigkeit zu vermeiden, wurde das Siegelfeld mit Damascirungen ausgefüllt, die gewöhnlich aus Zweigen mit Blättern und Blumen bestehen, oder es wurde dasselbe mit gegitterten oder schräg gekreuzten Streifen durchzogen, zwischen welche Blumen oder Sterne gestreut sind, oder es ist das Feld ohne eine solche Vergitterung, mit Blumen oder Sternen besäet. Ein anderesmal bestehen diese Füllungen aus Maasswerk oder aus Strahlen, welche den Schild umgeben. Ausserdem wurden zur Füllung des Siegelfeldes auch Beiwerke angebracht, wie Säulen und Vögel inmitten von Maasswerk. Derlei Beiwerke dienten bisweilen zur Motivirung der Gruppirung der Schilde, welche zum Theile von Engeln, Reisigen, Waldmännern, Drachen u. s. w. gehalten oder getragen werden.

Bei der sternförmigen Zusammenstellung von fünf mit den Spitzen einander zugekehrten Schilden ist der in der Mitte befindliche Raum mit einem Sterne, einer Rose oder mit einem Löwenkopf und einmal auch durch die Quaste der Schildesfessel ausgefüllt.

Unter den Wappenschilden bietet der österreichische mit dem rothen Felde, und dem weissen Querbalken für die Plastik durchaus glatte Flächen. Man suchte daher, besonders bei grösseren Schilden, diese Monotonie entweder durch Damascirung des Querbalkens oder des Feldes zu beseitigen. Meistens aber ist das Feld mit schräg gekreuzten Streifen und dazwischen gestreuten Sternen oder Blumen ausgefüllt, wobei die Binde entweder blank bleibt, oder von einer schräg gekreuzten Straffirung durchzogen ist. Bisweilen erscheint das Feld gekörnt oder von wellenförmigen Linien durchzogen. Auf den österreichischen Siegeln des Ladislaus Posthumus ist der Querbalken mit einer rautenförmigen Verzierung ausgefüllt und dabei das Feld einmal blank, das anderemal damascirt.

Bei der Zusammenstellung mehrerer Schilde in Gruppen, sowohl mit Helmen, als auch ohne diese, suchte man nicht blos der Symmetrie Rechnung zu tragen, sondern man bestrebte sich auch, das Ganze in künstlerischer Beziehung zu einem Bilde zu gestalten; hierzu diente die Anwendung von Umrahmungen, welche gewöhnlich aus Ornamenten bestehen, die aus Bogentheilen zusammengesetzt sind. Am häufigsten kommt hierbei der Dreipass oder das Kleeornament vor, sowohl aufrecht, nämlich ein Bogen oben und zwei Bogen unten, als auch in verkehrter Ordnung oder gestürzt. Der Vierpass wird meistens auf Siegeln mit einem Schilde verwendet, kommt aber auch bei kreuzförmiger Zusammenstellung der Schilde als sogenanntes Blumenornament vor; auch bei zwei gegen einander gekehrten Schilden mit Helmen wird er angebracht, ist aber dann anders gestellt, indem er gleichsam ein an den Ecken abgerundetes Viereck bildet, dessen Seiten je in der Mitte eingebogen sind. Ausserdem kommen, der Zusammenstellung des Siegelbildes entsprechend, derlei Umrahmungen vor, welche aus fünf bis zwölf Zirkeltheilen componirt sind.

Die Berührungspunkte der Zirkeltheile werden meistens durch Blätter- oder Blumenknorren verdeckt und an die Concavseiten des Ornamentes, so wie an die innere Schriftlinie schliessen sich öfter spitzenartige Verzierungen an, welche aus einer Reihe mit einander verbundener Halbbogen bestehen, deren Spitzen mit Blumen oder Kleeblättern besetzt sind. Die Aussenwinkel der Ornamente werden mit Engelbüsten, hervorwachsenden Adlern, Drachen und Ungethümen, mit Blumen und Blattornamenten, mit ausspringenden Winkeln und mit zierlichem Masswerke ausgefüllt, wie sie die reich entwickelte gothische Architectur darbietet. Ein sehr zierliches Ornament in Form einer reich geschmückten gothischen Fensterrose zeigt das Siegel Herzog Rudolfs IV. und eine aus einem Dreipasse und drei ausspringenden Winkeln zusammengesetzte Umrahmung befindet sich auf einem Siegel Kaiser Friedrichs III.

Die Bogentheile dieser Ornamente sind meist markig hervortretend und an der profilirten Seite mit Blumen, Sternen und anderen Verzierungen geschmückt, seltener bestehen sie aus sogenannten Stufenlinien.

Ausser den, der Architectur und dem Pflanzenreiche entnommenen, ornamentalen Ausschmückungen auf den Siegeln mit Wappenbildern, kommen auch noch Darstellungen von lebenden und idealen Wesen vor.

Engel finden sich als Schild- und Kronenträger mit ausgebreiteteten, über das Haupt erhobenen Flügeln, welche nach aussen umgerollt, lang und fein befiedert sind; die Haare sind gewöhnlich reich gekräuselt, und auf den Siegeln des Ladislaus Posthumus haben sie das Haupt mit einem Stirnreif umgeben, an welchem sich vorne ein Kreuz erhebt, nur einmal ist das Haupt mit Strahlen nimbirt. Das Kleid, um den Hals weit ausgeschnitten, ist um die Mitte gegürtet und überhängend, die Ärmel sind weit und lang und die Gewandung reicht dort, wo die ganze Figur erscheint, über die Füsse und ist faltenreich geschwungen. Bisweilen tragen die Engel über die Brust gekreuzte Stolen. Als Schildträger haben sie die Schilde gewöhlich vor sich, und sind bis zur Hälfte des Körpers sichtbar, bisweilen wird der Schild überdies noch zu jeder Seite von Engeln gehalten, oder die Flügel der letzteren dienen den Schilden zur Stütze. Auf einem Siegel Kaiser Alberts II. schwebt über dem einfachen Adler ein Engel, der nur bis an die Brust sichtbar ist und aus seinen Händen geht, als Zeichen des Schutzes, die das Siegelfeld umrahmende Linie hervor. Auch als Träger von Schriftbändern erscheinen Engel, und als halbe Figuren oder Brustbilder sind sie in den Aussenwinkeln der Ornamente angebracht.

Gewappnete mit Fähnlein in knapp anliegender Kleidung, sonst keine nähere Beschreibung zulassend, kommen als Schildhalter nur einmal und Waldmänner in gleicher Eigenschaft nur zweimal vor.

Löwen und zwar zwei den Schild und zwei den Helm haltend, befinden sich zum erstenmale auf den Siegeln Rudolphs IV., sie tragen Wappenschilde, welche an ihrem Körper in Form von Flügeln angebracht sind. Bei Ladislaus Posthumus erscheint ein Löwe als Schildträger auf den österreichischen Siegeln; aufrecht sitzend und stark bemähnt, hat er den österreichischen Bindenschild vor sich und hält die umgebenden Schilde mit den Vorder- und Hintertatzen.

Drachen, zweifüssige geflügelte Ungeheuer mit Schlangenschweifen und fantastischer Kopfbildung, dienen bald als Stützen des Schildes, bald sind sie als Theile der Ornamentik in den Aussenwinkeln der Umrahmungen angebracht; als letztere kommen auch hervorwachsende Adler vor.

Der ungeflügelte Lindwurm mit vier Füssen, welcher auf den Siegeln Ernst's und Alberts IV. den österreichischen Bindenschild umschlingt, gehört unter die bedeutungsvollen Beiwerke, indem er das Abzeichen des von Kaiser Sigmund gegründeten Drachenordens ist. Den in der Siegelbeschreibung gegebenen Andeutungen über den Drachenorden fügen wir hier noch folgende Bemerkungen bei: Herzog Ernst der Eiserne, auf dessen Siegel der Drache bereits im Jahre 1402 erscheint, trat nach einer, dem Kaiser Sigismund am 16. Februar 1409 zu Ödenburg gegebenen Urkunde, mit 24 Edlen aus Österreich und Steier dem Drachenorden bei. Es lässt sich dies entweder dahin erklären, dass er den ihm verliehenen Orden früher trug, ohne eine feierliche Erklärung hierüber abzugeben, oder dass er, um die Gunst des Kaisers zu erwerben, der zum Obmann der Schiedsrichter in den Streitigkeiten zwischen Ernst und dessen Bruder Leopold gewählt war, die geänderten oder erweiterten Statuten dieses Ordens anerkannte und auch seine Landesedlen hiezu bewog. Nach dem Tode Kaiser Sigmunds wurde der Drachenorden zwar von den österreichischen Fürsten verliehen, auf den Siegeln aber findet sich keine weitere Spur desselben. Dass ihn die Fürsten jedoch selbst trugen, geht daraus hervor, dass unter den Kleinodien, welche Herzog Albert V. den Kaufleuten zu Wien für ein Darlehen von 1900 ungarischen Gulden verpfändete (Wien, 26. März 1432), sich auch das Ordenszeichen des Drachen befand: „ein Wurm mit fünf Diamanten, einem Rubin und Perlen".

Der Orden wurde in zwei Graden verliehen, mit und ohne Kreuz; so sendet König Albrecht II. dem Herzog Johann von Norfolk das Ordenszeichen des Drachen mit dem geflammten Kreuze und eben so dem Brande Schelen, einem Neffen des Bischofs Johann von Lübeck[1], während Kaiser Friedrich III. den Johann de Schilinis und den Johann Franz Snardus einfach zu Rittern des Drachenordens ernennt[2].

Der auf dem Siegel Herzog Friedrichs IV. vorkommende Kranz um den österreichischen Bindenschild dürfte ebenfalls das Abzeichen eines Ordens oder einer Gesellschaft sein.

Der Hirsch auf Felsen ruhend, mit landschaftlichem Hintergrund, deutet, wie die zwei Hirsche auf dem Münzsiegel Rudolfs IV., auf das Erzjägermeisteramt des heiligen römischen Reiches, welche Würde mit dem Anfalle Kärnthens an Österreich überging und deren Titel auch Maximilian nach seiner Vermählung mit Maria von Burgund führte[3].

Die auf den Schilden ruhenden Würdezeichen, nämlich Kronen und Herzogshüte, wurden bereits bei Besprechung der Thronsiegel berücksichtiget.

Schildhalter im Sinne der neueren Heraldik, finden sich auf einem Siegel des Königs Ladislaus Posthumus vor; nämlich zwei Raben und bei Albert VI. zwei feuerspeiende Panther.

[1] Lichnowsky, Geschichte des Hauses Habsburg, V. pag. CCCLXXI und CCCLXXV. Regest. Nr. 4350 und 4407. Ofen, am 22. Juni und 10. Juli 1439. — [2] Im Jahre 1452. Chmel's Regesten Nr. 2868 und 2869. — [3] Herrgott, Monum. August. Domus Austriae I, 112.

Siegel mit Bildnissen, welche aber weder die Person des Fürsten darstellen, noch Wappen oder heraldische Abzeichen enthalten, kommen bisweilen als Secrete oder Petschafte, meistens aber als Contrasiegel vor: sie sind gewöhnlich antike Steinschnitte, welche männliche oder weibliche Büsten darstellen. Bisweilen finden sich mehrere Köpfe die mit phantastischen Kopfbedeckungen versehen sind. Einmal stellt der Steinschnitt einen Hahn dar. Alle diese Siegel sind, mit Ausnahme von zweien, ohne Umschrift, und diese letztere bezeichnet auf einem der beiden Siegel den Siegelführer: „† S. Rudolphi ducis Austriae", auf dem anderen die Gattung des Siegels: „Sigillum meum secretum".

Untersuchungen

über die Crypta und den Altar der christlichen Kirche.

Von Jos. Ant. Messmer.

I.

Im Frühalter der Kirche, nachdem durch die apostolische Thätigkeit Gemeinden gegründet waren, machen sich zwei Arten von Cultusstätten bemerklich, die wir der Kürze halber ordentliche und ausserordentliche nennen.

Unter jenen verstehen wir die, in einer Christengemeinde erwählten, ständigen Versammlungsorte, in welchen der, die örtliche Gemeinde constituirende Cultus geübt wurde, falls nicht Bedrängniss von Aussen störend dazwischen trat. Unter den ausserordentlichen Cultusstätten begreifen wir alle jene Orte und Räumlichkeiten, welche nur zu bestimmten Zeiten zur Begehung des Gedächtnisses eines Martyrers oder für Privatandacht dienten, oder das Andenken an ein verehrungswürdiges Ereigniss bewahrten. Sie dienten in Zeiten der Verfolgung aushilfsweise anstatt der ordentlichen Ecclesiae.

Die frühesten Gemeinden (ecclesiae) fanden in den Häusern der Vermöglichen die ersten Stätten zur Ausübung ihres Cultus. In dem Complex der römischen Palastanlagen war ausser den Sälen, Triclinien etc. gewöhnlich auch eine eigene Basilica für Privatversammlungen vorhanden, und selbst von den genannten Sälen bemerkt Vitruv, dass sie der römischen Basilica ähnlich waren. Bei der, mit dem christlichen Zwecke harmonirenden Bestimmung solcher Hausbasiliken und Säle lässt sich annehmen, dass die Ecclesia vorzüglich hier ihre Unterkunft fand. Den Beweis liefert ein, schon von Origenes angeführter christlicher Schriftsteller des beginnenden dritten Jahrhunderts, welchem zufolge die nachmals so berühmte Kirche zu Antiochia ihren Ursprung in der Palastbasilica eines der Vornehmsten dieser Stadt fand. Denselben Sachverhalt bezeugt eine Äusserung des heiligen Hieronymus über die Palastbasilica des lateranensischen Geschlechtes zu Rom, welche zu seiner Zeit bereits die Hauptkirche geworden war; anderer hiefür sprechender Belege nicht zu gedenken. Wenn dies nun auch nicht überall stattfinden konnte und die Christen sich nach Massgabe der Verhältnisse mit jeder Art von Räumlichkeit begnügten, so hat doch die bestimmte und ausgebildete Form der Basilica über alle anderen Anlagen für den kirchlichen Zweck die Oberhand gewonnen, da wohl überall die ausgeprägte Gestalt über das

Unbestimmte den Sieg erringt. Die Form der Haus- oder Privatbasilica glich (nach Vitruv) im Allgemeinen jener der öffentlichen oder forensichen Basilica; nur fielen die für letztere nothwendigen Modificationen selbstverständlich weg, da jene nur dem einen Zwecke, nämlich der Privatversammlung zu dienen hatte. Der in das Innere römischer Hausanlagen führende, von Säulengängen umschlossene Vorhof (Atrium) mit dem Brunnen unter freiem Himmel ward von der christlichen Kirche gleichfalls beibehalten. In solchen Räumlichkeiten hatte sich der christliche Cultus während der Zeit der Verborgenheit und Verfolgung eingelebt, hatte die vorerst fremde Form mit seinem Geiste durchdrungen und seinen Bedürfnissen anbequemt, und als endlich durch Constantin die Zeit der Freiheit angebrochen war, bestand ein bereits festes, vom christlichen Cultus veredeltes System des christlichen Kirchenbaues, das nun zur vollsten Ausbildung gelangen konnte.

Wenden wir uns nun zur zweiten Art christlicher Cultusstätten. So weit die spärlichen Nachrichten über die Beschaffenheit des ältesten Cultus der christlichen Kirche reichen, finden wir fast gleichzeitig mit den ordentlichen Stätten der Ecclesia auch die ausserordentlichen erwähnt. Die Gemeinde versammelte sich nämlich an dem Todestage eines Martyrers bei dessen Grabesstätte, das Andenken an denselben feiernd. Der Tag, an welchem der Martyrer vollendet *hatte*, ward Natalis (Geburtstag) und die Feier desselben Natalitium genannt. Die Begräbnissplätze werden in den bezüglichen Urkunden übereinstimmend als ausserhalb der bewohnten Stadt angeführt, in welcher nach römischem Gesetze kein Leichnam bestattet werden durfte. Das gewöhnliche Versammlungshaus der Ecclesia befand sich aber im Innern der Stadt, somit konnten diese Versammlungen am Grabe eines Martyrers nicht mit den ordentlichen identisch sein, und nicht an einem und demselben Orte stattfinden. Die gemeinsamen Grabstätten der Christen heissen, *auf* Christi Wort gestützt, „coemeteria“, d. h. Schlaf- oder Ruhestätten. Die früheste Erwähnung solcher Stätten einer ausserordentlichen Versammlung enthält der Bericht über das Martyrium des Apostelschülers und Bischofs der berühmten antiochenischen Kirche, des heiligen Ignatius Teophorus. Derselbe hatte zwar in den Rachen der Raubthiere im Jahre 115 zu Rom sein Grab gefunden, es waren aber von seinen grösseren Gebeinen einige übrig geblieben, welche die Seinigen sammelten und in Linnen verwahrt nach Antiochia zurückbrachten, wo sie bestattet wurden. Am Tage seines Martyriums kamen die Christen zusammen und priesen „im Andenken seiner, unsern Herrn Jesus Christus“. Dies Grab war nach dem Berichte des Hieronymus im Cömeterium bei dem daphnitischen Thore ausserhalb der Stadt. Erst unter dem jüngeren Theodosius wurden die Überreste in die Stadt selbst überführt und in einer Kirche niedergelegt, die aus dem sogenannten Tychaeum, Tempel der Stadt Tyche, gebildet wurde. Die alte christliche Kirche Antiochiens befand sich aber in der Stadt selbst und führte den Namen „die apostolische“, weil ihr Ursprung bis auf den heiligen Petrus zurückgeführt wird. Über den hier gegebenen Sachverhalt lässt Chrysostomus keinen Zweifel und rücksichtlich der Beweiskraft des genannten Martyrer-Berichtes braucht hier um so weniger etwas beigebracht zu werden, als der nun folgende (bei Eusebius fast vollständig wiederholte) über den Hingang des heiligen Polykarpus unbestreitbar und noch vollständiger ist. Es ist nämlich das Schreiben der Kirche von Smyrna, deren Bischof Polykarpus gewesen, welches sagt: Nachdem die Christen des Martyrers Gebeine sorgfältig gesammelt hatten, bestatten sie dieselben „wo es geziemend war“. „Hier“ — so führt der Schreiber fort — „wird uns der Herr verleihen, den Tag des Martyriums des Polykarpus, seinen zweiten Geburtstag, in Jubel und Freude zu begehen, sowohl zur Erinnerung an diejenigen, welche den Kampf bereits vollendet haben, als auch zur Übung und Rüstung für die, welche der Kampf noch erwartet“. Diese Stelle sagt ausdrücklich, man versammle sich an dem Orte, wo der Martyrer zur Ruhe niedergelegt war. Polykarpus wurde im Jahre 166 verbrannt und aus derselben Zeit ist auch dies Schreiben an die benachbarten Kirchen.

Tertullian (im folgenden Jahrhundert) führt unter den, bei Christen allgemein herkömmlichen Übungen, die, ohne in den heiligen Schriften verzeichnet zu sein, gleichwohl überall angetroffen werden, auch die am Jahrestage für die Verstorbenen und die an den Gedächtnisstagen der Martyrer (pronatalitiis) üblichen Opfer (oblationes) auf, deren auch Cyprianus gedenkt, wenn er den Presbytern und Diakonen der karthaginiensischen Kirche aufträgt, den Sterbetag jener welche hinscheiden, aufzuschreiben, damit ihrer beim Gedächtniss der Martyrer mitgedacht werden könne. Die damit gleichzeitigen, also der zweiten Hälfte des dritten Jahrhunderts angehörenden „apostolischen Constitutionen“ fixiren diesen alten Gebrauch also: „Convenite in coemeteriis ad legendum sacros libros et canendum psalmos pro mortuis martyribus et sanctis omnibus, qui a saeculo sunt defuncti ac pro fratribus vestris, qui in Domino mortui sunt. Et eucharistiam i. e. sacramentum regalis corporis Christi offerte in ecclesiis vestris et in coemeteriis“. Die kaiserlichen Edicte dieser Periode enthalten immer das Verbot, Versammlungen zu halten und die Cömeterien zu betreten. Ausdrücklich eingeschärft ward dies Verbot z. B. dem heiligen Dionys von Alexandrien und dem heiligen Cyprian von Karthago, und Tertullian bezeugt, dass unter dem Präses Hilarion das Volk geschrieen habe: „Areae non sint“, d. i. die Christen sollen keine Cömeterien (areae) haben. Umgekehrt trafen aber die Bischöfe Vorsorge, dass die Cömeterien zur Aufnahme einer grösseren Versammlung in Zeiten solcher Verfolgung geeignet waren, auch endeten sie häufig an diesen Stätten durch das Martyrium, wie z. B. ein Brief Cyprian's von 258 berichtet, „dass Papst Sixtus und Quartus im Cömeterium getödtet worden seien“. Von Papst Fabianus, dessen Regierung zwischen die Jahre 236 bis 250 fällt, erzählt der alte Papst-Katalog, dessen Herstellung und Fortführung die Zeit von 232 bis 352 umfasst, er habe die Regionen den Diakonen zugetheilt und viele Bauten in den Cömeterien herstellen lassen[1]. Da dieser, in seinen Notizen sonst so sparsame alte Katalog von der Bauthätigkeit des Fabianus in den römischen Cömeterien eigens Erwähnung thut, so dürften die daselbst entdeckten capellenartigen grösseren Räumlichkeiten mit einer zur Feier des ganzen Gottesdienstes tauglichen Anordnung und Verbindung der Gänge, die Taufquellen u. dgl. diesem Papste vorzüglich zugeschrieben werden. Da keine Kirche bei ausbrechender Verfolgung so sehr der Gefahr ausgesetzt war, als begreiflicherweise die römische, so waren derartige Einrichtungen hier besonders geboten und mehr als anderswo kam die secundäre Bestimmung dieser Stätten, die Aufnahme für die ordentliche Ecclesia zu ermöglichen, mit der primären, zur Gedächtnissfeier der Martyrer zu dienen, zusammen und trat bei zunehmender Bedrängniss in den Vordergrund.

Über letztere Bestimmung lässt sich des, um das Jahr 200 lebenden Presbyters Cajus bei Eusebius aufbewahrte Nachricht anführen. Eusebius bringt aus einem damals bekannten, jetzt untergegangenen Buche dieses Cajus, das gegen Proculus, das Haupt der kataphrygischen Secte, verfasst war, folgende Stelle über die Begräbnissstätten der beiden Apostel Petrus und Paulus und leitet dieselbe also ein: „Auch ein gewisser Cajus, ein Cleriker, der zur Zeit des römischen Bischofs Zephirinus lebte, spricht in dem Buche, das er gegen Proculus . . . geschrieben, von dem Orte, an welchem die heiligen Leichname der genannten Apostel beigesetzt worden“ und lässt dann des Cajus Worte folgen: „Magst du gegen den Vaticanus oder zur ostiensischen Strasse gehen, so werden dir die Trophäen derer begegnen, welche eben diese Kirche gründeten“. Da Eusebius ausdrücklich bemerkt, Cajus rede hier von dem Begräbnissorte der Apostel, und ihm wie Andern die Schrift selbst vorlag, so ist kein Zweifel, dass diese Apostel um das Jahr 200 auf dem Vatican und an der Strasse von Ostia bestattet waren. Der Ausdruck des Cajus „die Trophäen“ lässt irgend eine Auszeichnung dieser Ruhestätten der Apostel und hätte dieselbe auch

[1] „Hic regiones divisit diaconibus et multas fabricas per coemeteria fieri jussit.“ Vergl. Th. Mommsen: Über den Chronographen vom Jahre 354, Leipzig 1850.

nur in der Verehrung der römischen Gemeinde bestanden, voraussetzen, wenn auch an irgen eine Art von Capelle über der Erde, zumal in der Nähe des neronischen Circus nicht zu denke ist, wesshalb die Notiz des jüngeren Katalogs (VI. Jahrhundert) als habe daselbst schon Anakletu dem heiligen Petrus eine „memoria" errichtet, in diesem Verstande auf sich beruhen muss. Beid Orte befanden sich, wie bekannt ist, ausserhalb der Stadt, durch die Tiber getrennt, so das das vaticanische Cömeterium auf der rechten, das ostiensische von St. Paul auf der linken Seit des Flusses lagen, wie auch Prudentius sagt:

„Dividit ossa duum Thyberis sacer ex utraque ripa
inter sacrata dum fluit corpora."

Dass nun der Gedächnisstag der beiden Gründer der römischen Kirche, analog dem Andenken der Bischöfe von Antiochien und Smyrna, an deren Ruhestätten gefeiert wurde, lässt sich mit Sicherheit voraussetzen und mit des genannten Cajus Worten insofern ohne Zwang verbinden, als das nur zwanzig Jahre später angelegte Depositions-Verzeichniss der römischen Bischöfe[1] den Tag der Deposition und deren Ort, nämlich das betreffende Cömeterium, genau angibt, weil an diesem Tage daselbst das Gedächtniss derselben begangen wurde. Den beregten Zweck dieser Tagesangaben bezeugt der obige Bericht über den heiligen Ignatius ausdrücklich und die Worte Tertullian's und Cyprian's lassen hierüber keinen Zweifel. Die spätere Sitte, an diesen Tagen die bezüglichen Cömeterien zu besuchen und die Station daselbst kirchlich abzuhalten, führte nur den uralten Gebrauch auch fernerhin fort. Dazu dienten die sogenannten Calendarien, welche für den betreffenden Tag das Cömeterium angaben und auf officiellen Documenten, den Martyrologien beruhten, wie das römische, als das älteste dieser Documente, in Verbindung mit dem Depositions-Verzeichnisse der Bischöfe beweist. Denn beide zusammengenommen enthalten die Namen aller Bischöfe von 231 bis 352, Anterus ausgenommen, der nur einundvierzig Tage im Amte war, ebenso den Ort ihrer Ruhe[2]. Die auf Grundlage der in denselben aufbewahrten Anzeigen von J. B. de Rossi gemachten Entdeckungen beweisen neuerdings die Zuverlässigkeit dieser Urkunden. Obschon noch manche bisher für apokryph gehaltene Notiz anderweitiger Documente hier mitaufgeführt werden könnte, so vermeiden wir dies, um das Resultat dieser Untersuchung ganz sicher zu stellen, wesshalb wir auch sorgfältig die Theile des sogenannten Liber Pontificalis auseinander gehalten haben. Sehen wir uns nun um die Beschaffenheit dieser Cömeterien oder Friedhöfe etwas näher um. Wie in Alexandrien und Antiochien, so waren dieselben auch zu Rom, Neapel, Syrakus u. s. w unterhalb des Erdbodens in langen Gängen oder Gallerien angelegt, entweder so, dass wie zu Rom, Neapel u. s. w. die Leiche ihrer Länge nach in die Tufsteinwand niedergelegt, oder wie zu Alexandrien, analog den altjüdischen Schiebgräbern, der Tiefe nach in die ausgehöhlte Felswand hineingeschoben wurde. Die afrikanischen, respective die von Karthago und dessen Umgegend, werden entweder letztern und somit den jüdischen Grabstätten ähnlich an Hügeln, Abhängen oder künstlich hergestellten Felswänden errichtet oder in dem Planum (wie unsere Friedhöfe)

[1] Depositio Episcoporum bei Mommsen 631 ff. — [2] Es sei bei der Wichtigkeit dieser Urkunden gestattet, hier kurz das Historische davon zusammen zu fassen. Der Liber pontificalis besteht aus zwei Theilen, einem älteren bis zu Liberius i. e. 352 reichend; und einem jüngeren, der bis Felix geht i. e. 530. Jener ist wieder aus zwei Urkunden zusammengesetzt, einer älteren, die Hippolyt von Portus anno 232 bis zu Pontianus angefertigt und nur die Namen, Heimath und Ordinationen enthält, und einer jüngeren von 354, welche die Consulatsangaben, nicht aber die Heimath und Ordinationen gibt. Der Redacteur der letzteren hat dann auch den Katalog des Hippolyt nach den Consularfasten ergänzt und ein gleichförmiges Verzeichniss hergestellt. Die depositio episcoporum und depositio martyrum lag dem Fortsetzer des Katalogs, bis Felix oder 530, ebenfalls vor und er entlehnte daraus bezügliche Notizen. Beide Depositions-Verzeichnisse sind die zuverlässigsten Quellen, und hierin dem zweiten Theil des älteren Katalogs, nämlich von Pontianus bis Liberius, also von 232—352, gleich. Endlich setzte Anastasius Bibliothecarius, nach ihm noch vorliegenden, bisher aber nicht wieder gefundenen Handschriften de vitis Pontif. den Katalog bis 867, nämlich bis P. Nicolaus fort, und ergänzte mancherorts den alten Katalog.

angelegt gewesen sein; letzteres war aber abgeschlossen und für mehrere bestimmt. Daher die Bezeichnung „area“, welche in den bezüglichen Documenten stets wiederkehrt. Der Ausdruck „area“ bezeichnet zunächst das zu einer Grabstätte gehörige Territorium. Erstere Art wird durch einige Stellen echter Martyraeten als gleichfalls bestehend wahrscheinlich gemacht, ja das dem heiligen Cyprian eingeschärfte Verbot, die Cömeterien zu besuchen, hat keinen Sinn, wenn nicht an eine ähnliche Anlage gedacht werden darf. In einem späteren Documente[1] ist der Bezeichnung „in area“ beigefügt „ubi orationes facitis“ und wiederholt von Versammlungen daselbst die Rede. Diese sind aber nur an abgesperrten und mehr oder minder unzugänglichen Orten möglich und das Verlangen des heidnischen Volkes an den Präses „areae non sint“ erhält unter solcher Voraussetzung den rechten Verstand, indem es nur wiederholte, was das kaiserliche Edict ausgesprochen hatte. In jedem Falle lagen sie ausserhalb der bewohnten Stadt und bildeten die ausserordentlichen Stätten der Ecclesia.

Die zweite Art von ausserordentlichen Cultusstätten begreift solche Orte in sich, welche durch das daran haftende Andenken an Jesus Christus selbst geheiligt sind. Selbstverständlich findet sich dieselbe nur in Palästina. Am frühesten erwähnt ist die Höhle der Geburt des Herrn zu Bethlehem (Justinus M. und Origenes), dann die Stätte seiner Himmelfahrt auf dem Ölberge und das heilige Grab zu Jerusalem. Nach Bethlehem wird schon zur Zeit des Origenes, Anfangs des III. Jahrhunderts, gewallfahrtet und gegen die Mitte desselben wird durch den heiligen Cyprian und Macarius von Cappadocien das Gleiche von Jerusalem bezeugt.

Für beide Arten tritt unter Constantin eine erfolgreiche, ja entscheidende Wendung ein.

II.

Beide Arten von Cultusstätten wurden vereinigt; entweder so, dass die Basilica über dem Cömeterium oder der sonst durch ein kirchliches Andenken ausgezeichneten Stätte errichtet ward, oder so, dass in die bereits bestehende Basilica Reste von Martyrern übergetragen wurden. Im ersteren Falle war also die Stätte der kirchlichen Erinnerung, die memoria das Primäre, in letzterem aber die ordentliche Ecclesia oder Basilica. Hier ward zur Basilica die Memoria, dort zur Memoria die Basilica gefügt. Daher werden von jetzt an beiderlei Bezeichnungen für das Kirchengebäude üblich. Genauer unterscheiden nur einige der alten christlichen Autoren, wo es nämlich gilt, die örtliche Beschaffenheit eines Kirchengebäudes näher zu bezeichnen; ausserdem gebrauchen die nämlichen Schriftsteller wieder unterschiedslos beide Benennungen.

Betrachten wir nun die erste Art dieser Vereinigung beider Stätten.

Wurde wie in den meisten Fällen über einem Cömeterium selbst eine Kirche errichtet, so war die unterirdische Gruft oder Grabkammer bereits vorhanden und es galt, die Gebäude in Zusammenhang zu bringen. Dies wurde durch die Anlegung von Stiegen bewerkstelligt (Fig. 1 E.), auf welchen man von der Oberkirche in die Gruft hinabsteigen konnte. Die bezügliche Grabkammer (cubiculum) bildete den Unterbau für den Altarraum mit der ihn umschliessenden

[1] „Gesta quibus constat traditorem esse Silvanum“ etc. bei Baluzius Miscell. II, 84 und 102. „Cives in area martyrum fuerunt inclusi“ und dies dann gleichbedeutend, pag. 104, mit „inclusi in casa majore“. Diese Verhandlungen fanden zu Cirte im Jahre 314 oder 324 statt. Vielleicht war diese area ein mit Mauern umhegter Bezirk unter freiem Himmel, an den Mauern mit Säulengängen versehen, die wahrscheinlich auch eine bestimmte Abtheilung von Grabstätten für die Märtyrer einschlossen und weil gedeckt auch casa heissen konnten, wenn man nicht vorzieht, in der Mitte oder in Verbindung mit dem Porticus der Area, ein Gebäude anzunehmen, wo die Zubereitung der Leiche u. dgl. ungestört geschehen konnte. Letzteres scheint das Richtige.

Apsis. Bei der Raumbeschränkung der Gruft war es nöthig, für das die Grabkammer besuchende Volk auf der einen Seite eine Stiege zum Hinab- und auf der andern Seite eine zum Heraufsteigen anzuordnen. Diese Gruft (Fig. 2) heisst im IV. Jahrhundert crypta, führt aber auch noch die früheren Bezeichnungen, martyrium (confessio) oder memoria. Letztere gehen auf den Inhalt, erstere aber auf die Form der Grabstätte.

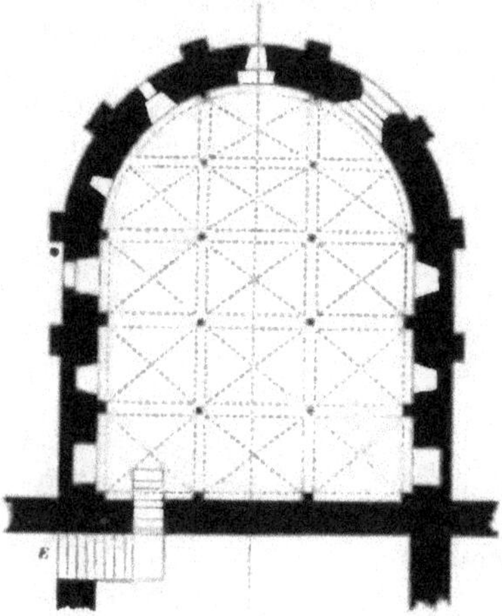

Fig. 1.

Die Crypta ist immer ein Martyrium oder eine Memoria, aber diese sind durchaus nicht immer identisch mit jener, wie ausser den orientalischen Kirchen dieser Periode insbesondere Paulinus Nolanus beweist, bei dem sich die Bezeichnung crypta nach unseren bisherigen Forschungen gar nicht findet. Der Grund davon wird sich bald zeigen. Dagegen ist es begreiflich, wenn Hieronymus und Prudentius hie und da auch die Cömeterien Crypten nennen. War über dem Cömeterium, beziehungsweise über dessen mit dem bevorzugten Martyrgrabe versehenen Cubiculum, eine Basilica erbaut, so entbehrte bis zum VI. Jahrhundert die Crypta eines Altares; war aber nur in der Nähe des bezüglichen Cömeteriums eine Kirche errichtet, gewöhnlich wieder einem anderen Heiligen geweiht, so führte die Cömeteriums-Crypta ihren eigenen Altar, weil sie

Fig. 2.

zugleich mehr oder minder zu einer förmlichen unterirdischen Kirche erweitert und vom Volke an den bezüglichen Tagen besucht wurde. Dies war der Fall mit der Crypta des von Prudentius verherrlichten Martyrs Hippolyt, die, ohne selbst von einer Basilica überbaut zu sein, einen aufs kostbarste über der Grabesstätte errichteten Altarbau besass und zur Begehung der Natalitiae doch einigermassen eingerichtet war. Unweit davon war dann die auf dem ager veranus erbaute Basilica des heil. Laurentius. Es irren daher Bellermann, Bunsen u. s. w., wenn sie die in dem bezüglichen Hymnus (Peristeph. XI ed. Dressel vers. 215 ff.) gegebene Beschreibung auf eine Basilica Hippolytana beziehen wollen, während hier nur von der des heiligen Laurentius die Rede ist. Hingegen lassen die Verse 170 ff. über den in der genannten Cömeterius-Crypta des heiligen Hippolyt erbauten Altar keinen Zweifel. Es ist bezeichnend, dass Prudentius (v. 184) diese

Crypta mit einem Altar auch aedicula nennt. In dem gegebenen Falle war sie eine förmliche, kleine Kirche und der Altarbau jenem nachgebildet, der uns sogleich beschäftigen wird.

Da solche über einer Cömeteriums-Crypta errichteten Basiliken ausserhalb der Stadt lagen, wo wie zu Rom Cömeterium an Cömeterium stiess, so führten sie augenscheinlich die ursprüngliche Memoria oder ausserordentliche Cultusstätte fort und die von Prudentius geschilderte Form derselben ohne die oberirdische Kirche, wie auch die am Eingange zur echten Calixtus-Crypta von J. B. de Rossi in neuester Zeit entdeckte kleine Basilica des Damasus, zeigen nachdrücklich, dass bei diesen Anlagen das Andenken an die hier Ruhenden in dem Vordergrunde stand. Wenn bei letzterer Form der Altar-Raum auch nicht in directem Zusammenhang mit dem uralten Cubiculum der römischen Pontifices Pontianus, Antherus etc. oder dem der heiligen Cäcilia gebracht war, so kommt dies von der grossen, bis zum 9. Jahrhundert diesem Cömeterium gewidmeten Verehrung her und beweist, dass man sich auch damit begnügte, am Eingange des bezüglichen Cömeteriums eine Kirche zu erbauen, die an solcher Stelle ohnehin über lauter Gräbern emporstieg. Ähnlich verhält es sich mit der alten S. Felix-Basilica zu Nola.

Dagegen ist die berühmte Basilica des heiligen Petrus über dem Vatican-Cömeterium, die des heiligen Paulus über dem der Lucina an der via ostiensi in der gewöhnlichen Weise angelegt. Ferner sind S. Agnes an der via nomentana, S. Laurentius an der via tiburtina, S. Sebastianus an der via appia, S. Pancratius an der via aurelia, S. Praxedis u. s. w. über lauter Cömeterien errichtet, und zwar, so weit sich dies bisher ermitteln liess, nach der beschriebenen allgemeinen Form. Leider wurden in späterer Zeit die Zugänge zu den betreffenden Cömeterien bei diesen Basiliken vermauert. Bei der hier als regelmässig geschilderten Anlage stand somit der Altar in der Basilica und zwar über dem Cubiculum, d. h. der Crypta, woselbst die Depositionsstätte des Martyrs war, der also zu Füssen des Altars ruhte.

Halten wir einstweilen dies thatsächliche Verhältniss fest und wenden wir uns zu der zweiten Art von Denkmalkirchen, nämlich zu denjenigen, welche an Stätten anderweitiger Erinnerung errichtet wurden.

Es ist schon jener Örtlichkeiten des heiligen Landes gedacht worden, die bereits in dem vor-constantinischen Zeitalter die Verehrung der Christen genossen haben und in der Zeit Constantin's durch Prachtbauten ausgezeichnet wurden. Die Grotte der Geburt zu Bethlehem, die Stätte der Auffahrt und des Grabes unseres Herrn waren die frühesten Sammelpunkte für die im Orient durch Constantin und Helena entfaltete Bauthätigkeit. Die ursprüngliche Beschaffenheit dieser Örtlichkeiten ward bereits hervorgehoben und mit Ausnahme der Basilica über der Höhle zu Bethlehem, findet sich keine mit der im Abendlande üblichen Memoria-Basilica. Vielmehr nahm die, von einer Capelle umgebene heilige Stätte des Grabes und der Fussspuren die Mitte der Gesammt-Architectur als selbstständiger isolirter Bau ein. Zu dieser Capelle stieg man nicht hinab, sondern ging vom Planum der umgebenden Kirche hinein. Bei der, die Fussspuren Christi auf dem Ölberge umgebenden Capelle stieg man sogar mehrere Stufen hinauf, um die Spuren von Oben sehen zu können. Weder über dieser noch jener heiligen Stätte war unmittelbar ein Altar errichtet. Dieser befand sich wohl in der grossen, die kleine Capelle umgebenden Rotunde oder in der damit vereinigten Basilica. Erst aus der Zeit des Renovators der, durch die Perser zerstörten heiligen Grabkirche, des Patriarchen Modestus wird von einem, vor der Grabcapelle errichteten Altare gesprochen, der aus dem einen Stücke des ursprünglich am Eingange dieser Grabcapelle gelegenen Steines gebildet wurde. Der Bau des Modestus fällt in das Jahr 616 oder 626.

Es bedarf nach dieser Darlegung wohl keiner weiteren Worte mehr, um die Irrthümlichkeit der Annahme einzusehen, welche die Crypta des Abendlandes aus der heiligen Grabcapelle zu

Jerusalem ableiten wollte. Diese Form stimmte auch vollkommen zur Central-Anlage, die vo Constantin besonders im Orient für christliche Kirchen in Anwendung gebracht wurde. Sie bo sich überhaupt in allen Fällen, wo kein unter der Erde befindliches Grab war, als die einfachst Art von selbst dar. So zeichnete auch Paulinus Nol. die Grabstätte des heiligen Felix in ähnliche Weise aus. Nach seinen eigenen Worten (Carm. 18, 170 bei Muratori) deckte ein Hügel di Gebeine des Heiligen. Er legte bei seinem Neubau eine Marmorplatte auf die Stelle und bekleidet sie mit Silber. Schrauben und Klammern befestigten dieselbe an eine sichere Unterlage (Nat. 13, 589 und 623.) Ringsherum führte er Geländer (cancelli) auf, welche diese Stelle abschlossen. Aus Nat. 13, 585, 588 und 629 erfahren wir, dass die bezüglichen Überreste in einer area unter der erwähnten Platte aufbewahrt waren. Vor Paulinus Bauthätigkeit umschloss eine so enge Kirche diesen Ort, dass die sacra agenda (collecta) kaum verrichtet werden und die Betenden fast ihre Hände nicht ausstrecken konnten (Carm. 26). Die darauf erbaute Basilica hatte geschmacklose Pfeiler u. s. w., kurz Paulinus legte eine neue Basilica in Verbindung mit dieser älteren an. Das Grabmal des heiligen Felix war aber am Eingange derselben und nicht wie gewöhnlich am Altarplatze. (Carm. 24, 373—379.) Der oben beschriebenen Umhegung dieser Grabstätte conform, wird auch die der Basilica Pontiana vor den Mauern Mailands gewesen sein, denn der heilige Ambrosius gebraucht in dem Briefe an seine Schwester (lib. VII, 54) gleiche Ausdrücke und bedient sich hiebei so wenig als Paulinus der Bezeichnung „crypta". Zeigt doch die Basilica des Reparatus zu Orleansville in ihren Resten noch eine analoge Einrichtung und überdies das Grabmal an der, dem Altar entgegengesetzten Schmalseite. In all' diesen Fällen tritt zwar die Vereinigung der Memoria mit der Kirche hervor, aber mit grösserem oder geringerem Nachdrucke, d. h. der Isolirung der Memoria oder des Martyriums in derselben. Ferner fällt hiebei die sinnige Anordnung des Altares über dem bezüglichen Martyrium oder der Memoria selbstverständlich weg und es wird erst in der nunmehr zu betrachtenden Constructionsweise diesem Bedürfniss entsprochen.

Als die zweite Art der Vereinigung der ausserordentlichen Cultusstätte mit der Kirche bezeichneten wir jene, wo die Basilica oder Ecclesia erst nachträglich mit Reliquien ausgestattet wurde, indem man dieselben hier deponirte. Hiebei ist natürlich das primitive Verhältniss vorausgesetzt. Dies erkannten wir aber darin, dass innerhalb der Stadt die eigentliche Ecclesia oder deren mehrere schon in frühester Zeit, also vor der Verfolgungsperiode existirten und zwar nicht blos zu Rom, sondern auch zu Antiochien, Tyrus, Alexandrien, Nicomedia, Edessa, in Algerien u. s. w. Wir übersehen dabei keineswegs, dass in den Zeiten des Friedens, namentlich zwischen der Mitte des III. Jahrhunderts und dem Beginne des IV. (303) nach Eusebius Bemerkung, auch schon von Grund aus gebaute christliche Kirchen vorhanden waren, die unter Diocletian fielen. In diese ursprünglich lediglich der ordentlichen Ecclesia und deren Gottesdienst gewidmeten Basiliken wurden die Martyrreste zu Constantin's Zeit übertragen und gewöhnlich unter dem Altare beigesetzt.

Fig. 3.

Dass hierzu eine künstliche Crypta (Fig. 3) angelegt werden konnte, versteht sich von selbst, aber es darf nicht vergessen werden, dass, welcher Modus der Deposition auch nur immer beliebt wurde, die Ecclesia oder Basilica das Primäre gewesen und die Memoria auf diese Weise erst dazukam. Die gewöhnliche Construction zu diesem Zwecke bestand jedoch in Folgendem: Der Altartisch wurde auf einen Unterbau gestellt und letzterer zu einer Kammer eingerichtet, welche die, im Sarkophag beigesetzten Reliquien aufnahm und mit Thüren versehen war. Diese Thüren bestanden gewöhnlich aus Erz mit durchbrochenen gegitterten Theilen, durch welche man in diese Kammer hineinsehen, auch mittelst Tücher u. dgl. den Sarg berühren konnte. Weil dieser Unterbau sammt der Grabkammer mit dem Boden der Basilica in gleichem Niveau lag, so führten zu dessen rechter und linker Seite Stiegen zu dem Altarplatze hinauf. Dieser Unterbau heisst ausser: Memoria und Martyrium, auch locus testificationis, confessio, solium, aedicula und titulus.

Augenscheinlich ruhte der Martyrer auch bei dieser Construction zu Füssen des Altares, unter dem Tische des Allerheiligsten. Es erhebt sich nun die Frage: Stammt die bezeichnete Anordnung des Altarstisches über dem Martyrgrabe erst aus der hier in Rede stehenden Periode, wo beide Arten von Cultusstätten unter demselben Kirchengebäude vereinigt wurden, oder muss sie als eine ältere Überlieferung der Kirche angesehen werden? Gewiss ist jedenfalls, dass die Form derselben in der Basilica des vierten Jahrhunderts die schönste Verwirklichung dieser Idee ist und als solche auch dieser Zeit angehört. Die Idee selbst tritt bekanntlich in der Apokalypse VI. 9. zum erstenmale auf: „vidi subtus altare animas interfectorum propter verbum Dei et propter testimonium“ . . . Damit allein ist aber obige Frage noch nicht gelöst. Denn es handelt sich jetzt darum, ob bei den früheren Lehrern des Christenthums eine Reminiscenz dieser Stelle bei Johannes zu finden ist und ob dieselbe mit der bezeichneten Altarbestimmung im Zusammenhange erscheint. Das ist nun allerdings der Fall.

Den ersten Theil dieser Frage beantworten klare Stellen kirchlicher Autoren, den zweiten Theil derselben aber ein einfacher, wiederum auf den deutlichen Ausspruch massgebender Documente gegründeter Schluss. Tertullian erwähnt nämlich in der antignostischen „Scorpiace“ betitelten Schrift, die um das Jahr 210 geschrieben wurde, ausdrücklich dieser Stelle der Apokalypse. Er führt dann fort: „Quinam isti beati victores, nisi proprie martyres? Illorum enim victoriae, quorum et pugnae; eorum vero pugnae, quorum et sanguis. Sed et interim sub altari martyrum animae placidum quiescunt et fiducia ultionis patientiam pascunt et indutae stolis candidam claritatis usurpant, donec et alii consortium illorum gloriae impleant“. Die zweite, schon von Kreuser angeführte Stelle enthält die keineswegs ausgesprochene Erwähnung der apokalyptischen Worte, obwohl sie implicite die ganze Apostrophe zu Tage treten lässt. Der heilige Cyprianus giebt eine Ermahnung an die Bekenner (de laude martyrii): „Vos intra se sanctum illud altare, vos intra se magna illa venerandi nominis sedes, veluti sinu quodam gremii amplectentis includit, vos imperia perennis temporis sustinent et illud quo regnaturi semper estis semperque victuri“. Hiermit ist die Continuität in dieser Auffassung der Kirche des III. und IV. Jahrhunderts hergestellt, denn im IV. Jahrhundert steht dieselbe allenthalben fest. Ambrosius, Prudentius, Hieronymus, Paulinus Nol., Augustinus, Athanasius Chrysostomus, Maximus Tyr. haben also diesen Zusammenhang von Altar und Martyrgrab nicht erst zum Bewusstsein gebracht, da er schon im III. Jahrhundert festgestellt war. Freilich ist hier vorerst nur von der Idee, nicht von deren bildlicher Realisirung im Altarbau die Rede, welche letztere für das IV. Jahrhundert zweifellos feststeht. Wir urgiren also die Worte Tertullian's und Cyprian's, des Ersteren „sed et interim“ und des Letzteren „magna sedes . . . includit“ nicht weiter, wir constatiren hieraus nur die Continuität der bezüglichen Auffassung. Nun wissen wir, dass an den Grabstätten der Martyrer die natalitiae schon im zweiten Jahrhundert begangen, dass gemäss Tertullian und Cyprian die oblationes zur Feier derselben dargebracht wurden und dass aus der nämlichen Zeit auch in den Cömeterien diese „Darbringung“ durch die constitutiones apostol. bezeugt ist. Diese „Darbringung“ konnte selbstverständlich nur auf einem Tische oder dessen gelegentlichem Ersatzmittel, einer sich sonst hiezu als geeignet darbietenden grösseren Fläche, stattfinden. Im Cömeterium war diese einfach dargeboten in der Oberfläche eines Sarkophages unter dem Arcosolium oder eines anderen Grabes in dem Cubiculum. Es mag nun dies in der zunächst sich darbietenden, eben bezeichneten Anordnung oder vielleicht in der Weise bewerkstelligt worden sein, dass der tragbare Tisch für die Oblationes im bezüglichen Cubiculum niedergestellt ward und auf denselben die Gaben niedergelegt, so wie von demselben an die Gläubigen vertheilt wurden.

Zur Zeit der Verfolgung wurde der ordentliche Gottesdienst gleichfalls in den Cömeterien abgehalten und zum Wesen[1] desselben gehört diese „Darbringung“, welche schon Justinus Martyr, der um 167 starb (Apolog. I, 65 ff.), nicht nur erwähnt, sondern auch aufs genaueste beschreibt und Eucharistia nennt. Das „dem Vorsteher der Brüder gebrachte Brod und der mit Wasser gemischte Wein in einem Kelche“, welche nach der feierlichen Danksagung des Vorstehers durch die Diakonen an die Versammelten vertheilt wurden und über deren sacramentale Bedeutung, als Fleisch und Blut Christi, daselbst eingehend gesprochen wird — diese Gaben wurden selbstverständlich auf einem Tische bis zur Vollendung des heiligen Actes niedergestellt. Darum ist schon im I. Korinther- und Hebräerbriefe[2], bei Ignatius und Irenaeus von diesem heiligen Tische oder Altar die Rede. Tertullian gebraucht fast immer die Bezeichnung „Altar“, eben so Cyprian, und sein Zeitgenosse Dionys von Alexandrien (Routh, reliq. sacr. II, 392), und wenn auch Ritschl's Bemerkung[3] zufolge, das von Döllinger[4] in Anspruch genommene Fragment aus Hippolyt, nicht die vom Letzteren behauptete Beweiskraft haben soll, für unsere Argumentation reicht auch das zugestandene Cyprianische Datum der Stelle hin, die von dem Opfer Christi auf dem mystischen und göttlichen Tische zum Andenken an den ersten und denkwürdigen Tisch des geheimnissvollen göttlichen Mahles spricht. Die Erinnerung an diese Periode der Bedrängniss und Verlegenheit lebte in der späteren Form des Altarbaues sinnig fort, indem das Martyrgrab, sei es im Cubiculum des Cömeteriums, sei es in der Grabkammer unter dem Altartische zu Füssen des Altares angeordnet war. Im Hinblicke auf die Natalitiae und die Interims-Ecclesia in den Cömeterien konnte also schon Tertullian die apokalyptische Stelle mit einem realen Verhältnisse in der christlichen Gottesdienstform im Zusammenhange verstehen und die betreffenden Worte verwirklicht erkennen. Dessgleichen der heilige Cyprianus.

Die ordentliche, zur Friedenszeit besuchte Stätte der christlichen Ecclesia hatte laut den mitgetheilten Beweisstellen zwar einen Tisch oder Altar für die Darbringung der Eucharistia, aber kein Martyrgrab unter demselben, denn dieses befand sich ausserhalb der Stadt im Cömeterium.

[1] Ausser den bekannten apostolischen Belegen redet der echte Brief des heiligen Clemens ad Corinth. vom Jahre 97 eindringlich von der Ordnung und festgesetzten Zeit des Gottesdienstes und nennt Christus den „ἀρχιερεὺς τῶν προσφορῶν ἡμῶν“. Bischof, Presbyter und Diakonen werden hier gleichfalls genannt, wie bei Polycarp, Hermas u. s. w. — [2] In jenem, 10, 20 und 21 heisst er „τράπεζα“ = mensa, in diesem 13, 10 „θυσιαστήριον“ = altare. Eben so bei Ignatius ad Ephes. 5, ad Philad. 4. Dann das Fragment zu Irenaus (ed. Stieren) I, 854. Die hier von diesen Stellen beanspruchte Autorität wird bei zugleich früherer Bezeugung dieses Gegenstandes von dem Streit um die Authenticität und Interpolation der Ignatischen Briefe unbegreiflicher Weise nicht alterirt. Denn falls das zuletzt erwähnte Fragment des Irenäus auch unecht sein sollte, so hat Irenäus (adv. haeres. 4, 17) die Sache selbst, nämlich die Feier des Abendmahles, eben so unzweideutig documentirt, als Justinus M. — [3] Die Entstehung der altkatholischen Kirche, 1857, pag. 563. — [4] Hippolytus und Kallistus, 1853, pag. 344.

Von dieser Zeit an begegnen wir der bezeichneten Form nicht nur in den, mit keinem Cömeterium zusammenhängenden Stadt-Basiliken, sondern auch in solchen, die über einem Grabe angelegt waren, ja wie die Stelle des Prudentius von der Crypta des heiligen Hippolyt darthut, selbst in der eigentlichen Gruft des Martyrs, freilich hier noch wegen Mangels einer darüber erbauten Basilica. Demselben Gedanken entsprach die, jetzt gleichfalls in Aufnahme kommende Sitte, in Ermangelung grösserer Überreste von Martyrern, in einer Arca oder Capsa unter dem Altartische kleinere Reliquien zu deponiren und so den unteren Theil des Altares zum Sepulchrum zu machen. Bei Paulinus Nolanus und in der orientalischen Praxis blieb diese Art von Deposition die herrschende. Der Altar wurde hierauf in der grossen Kirche, ganz analog mit anderen Kirchen, angeordnet und eben so ausgestattet. Der Eifer, jeder Kirche möglichst viele und theure Überreste der christlichen Vorzeit zu verschaffen und hiedurch ihr Ansehen zu erhöhen, war im V. Jahrhundert erstaunlich gross, eben so nahm die Vermehrung der Kirchen an allen Orten in hohem Grade zu. Damit hängt aber die Vermehrung der Altäre in der Kirche zusammen, und die schon von Paulinus Nolanus an seiner Basilica angeordneten Cubiculae, für Privatandacht und Begräbnisse bestimmt, analog den „recessus, qui laterum seriem jugiter exsinuant“ in des Prudentius Beschreibung der Laurentius-Basilica zu Rom, lassen mit der hierorts möglichen Deposition eines Martyrs oder Confessors die gleichzeitige Entstehung eines Altares begreifen. Die im IV. Jahrhundert vollzogene Vereinigung beider Stätten, der Ecclesia oder Basilica mit der Memoria (martyrium) bleibt zwar auch in der Folge aufrecht, aber mit bald stärkerer, bald schwächerer Berücksichtigung der Memoria. Endlich erhält im VI. Jahrhundert die Crypta, obschon mit der Basilica vereinigt, gleichfalls einen Altar, der ursprünglich schöne Zusammenhang ist alterirt und die Capelle, das Oratorium und die Memoria nehmen ihre isolirte Stellung der Ecclesia gegenüber, dauernd ein. Nun ist aber auch die Beschaffenheit des Altarbaues selbst und die Begründung der oben angeführten Benennungen genauer ins Auge zu fassen.

III.

Die einfachste Form, zugleich dem Primitiv-Charakter der christlichen Ecclesia in den Häusern Einzelner entsprechend, bezeichnet der Name „Tisch“ (mensa, trapeza). Obwohl wir über dessen genauere Beschaffenheit nicht unterrichtet sind, so lässt schon der Sachverhalt im voraus die Behauptung zu, derselbe werde dem Haushalt entnommen und nach Maassgabe der Verhältnisse mehr oder minder künstlerisch behandelt gewesen sein. Die Entdeckung des echten Cömeteriums des Calixtus auf dem uralten Besitzthum der Cornelier zu Rom und die von dem Entdecker im Spicileg. Solesmens. (1858, pag. 505 ff.) hierüber gegebenen Mittheilungen und bildlichen Darstellungen setzen uns sogar in den Stand, eine dieser Tischarten genau zu bezeichnen. J. B. de Rossi fand nämlich in einem Cubiculum dieses Cömeteriums in der Lünette die interessante Darstellung eines zwischen sieben Körben stehenden dreifüssigen Tisches (Fig. 4), auf dessen runder Tafel je in einem Teller ein Fisch und ein rundes Brod liegen. Die krummen Beine dieses kleinen Tisches auf diesem Wandgemälde enden ganz deutlich in Löwen- oder andere Thierfüsse, so dass wir ein getreues Exemplar des, auch auf pompejanischen Gemälden dargestellten, gewöhnlichen

Fig. 4.

Tisches, der „mensa tripes" bei den Römern hiess, vor uns haben. Er wurde gewöhnlich schon gedeckt in das Zimmer gestellt und nach dem Essen wieder entfernt. Auch zum Niederstellen der Trinkgeschirre bediente man sich solcher runder oder viereckiger Tischchen.

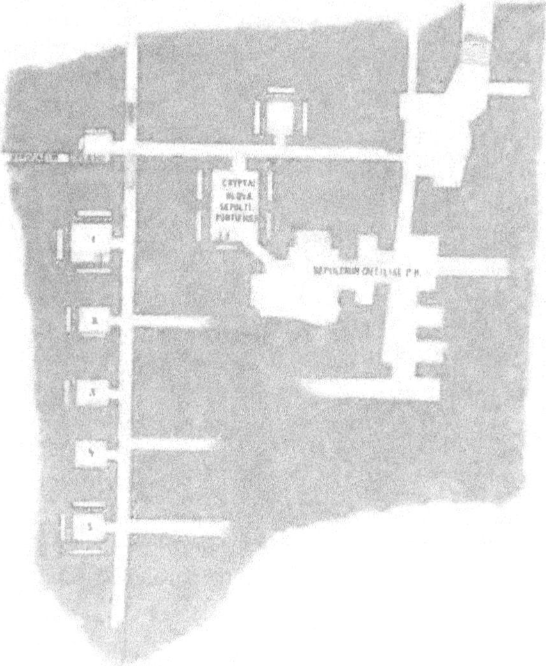

Fig. 5.

Dass die dortigen Gemälde noch Überreste der, von Papst Fabianus[1] vor dem Jahre 250 hier vorgenommenen Einrichtungen sind, hat der genannte Gelehrte ausführlich dargethan, wovon hier nur Folgendes summarisch mitgetheilt werden kann:

1. Der Styl der Gemälde weist entschieden auf das III. Jahrhundert.

2. Das Costüm entspricht dem um die Mitte dieses Säculums üblichen.

3. Das Symbol des Ankers mit dem Delphin, das Decorative u. s. w. sprechen für die früheste Zeit der Herstellung, wo für viele Gegenstände die bestimmte christliche Auffassung und Darstellung noch fehlte, wesshalb unverfängliche Symbole des Heidenthums dafür gebraucht wurden.

4. Ist hier von den sonst in den Cömeterien gewöhnlichen Bilderkreisen keine Spur wahrzunehmen, so dass es klar ist, der Cyklus habe entweder noch gar nicht existirt oder er war noch nicht allgemein angenommen, und der calixtinische Maler hat zum erstenmale diese Darstellungen gewagt. Dazu kommt, dass die ganze unterirdische Anlage, die Gallerie mit den fünf Zellen (Fig. 5) (cubiculae) sich als ein Werk der nämlichen Zeit erweisen und die Inschriften, das dem dritten Jahrhundert allein eigene Monogramm,)|(die kurze Diction, die vielen griechischen Epitaphien und endlich die Schriftzeichen durchaus für das genannte dritte Jahrhundert zeugen.

Bauten wie die Verbindung des Altartisches mit dem Grabmale des Martyrers waren schon im vorchristlichen Zeitalter, zumal bei dem römischen Todtencultus bekannt, und ein Blick auf bezügliche Münzen genügt, sich davon zu überzeugen. Bei Donaldson (Architectura numismatica, 1859) finden sich belehrende Beispiele dafür, wovon wir nur den kleinen Monopteros des Maximian-Grabmals namhaft machen. Da wir gelegentlich der Besprechung[2] eines im hiesigen National-Museum aufbewahrten Elfenbeinreliefs mit der Capelle des heiligen Grabes den Unterschied des Constantinischen Baues hinlänglich betonten, so sei hier nur hervorgehoben, dass die Hauptformen solcher Anlagen bereits vorhanden und dem christlichen Bauwerk zu Grunde gelegt waren; dass aber keineswegs die Ausbildung dieser Grundformen, die ohnehin von der ein-

[1] Auffallend nennt Rossi durchaus den Vorgänger des Fabianus, den Anterus als Urheber dieser Bauten im Cömeterium, während der „alte Katalog" der Päpste doch nur bei Fabianus diese Notiz enthält. — [2] Mittheilungen 1862, Aprilheft.

fachsten Beschaffenheit sein mussten, durch die christliche Kunst hier in Frage gestellt sein soll. Auf die Bedeutung solcher Einzelbaue für die Architectur des Christenthums im IV. und V. Jahrhundert hat ausser Bötticher und Weingärtner auch K. Th. Pyl (die griechischen Rundbauten, 1861) hinlänglich aufmerksam gemacht. Wir wenden nun ausschliesslich dem Altarbau dieser Periode die Aufmerksamkeit zu, und müssen im Zusammenhange mit Obigem voranstellen, dass der Überbau des Altares, das sogenannte Ciborium auf vier (s. Fig. 6 und 7) Säulen sich als

Fig. 6.

Fig. 7.

die einfache, dem neuen Zwecke conforme Übertragung des sonst geschlossenen Umbaues des Grabmales Christi u. s. w. darstellt. Indem man die Wände entfernte und die kuppelförmige Decke auf Säulen basirte, konnte der Altartisch in schönster Weise die eminente Stellung in der Basilica erhalten und durch zwischen den Säulen befindliche Vorhänge auch dem Blicke entzogen werden. Wenn Prudentius an der mehrgedachten Stelle die Altar-Architectur mit dem Namen aedicula bezeichnet und Paulinus das Wort „solium" dafür gebraucht, so lässt sich die entsprechende Vorstellung gewiss in der eben geschilderten Construction wiederfinden, so wie der Zusammenhang mit ähnlichen Einzelbauten der Römer in Tempeln und Grabmonumenten. Die Verbindung des Altares mit der Depositionsstätte fand schon in der Architectur des heidnischen Roms hiefür ausgebildete Formen vor, deren Verwendung und Ausbildung in dieser Periode um so weniger abgelehnt werden mochte, als mit denselben längst andere Begriffe verbunden wurden.

Nachdem der christlichen Idee und deren Ursprünglichkeit hinlängliche Aufmersamkeit geschenkt worden, kann hier in Bezug auf deren Ausdruck in der Architectur nicht umgangen werden, dass derselbe sich an die zunächst gebotene Form anschloss und desshalb auch die nämliche Bezeichnung dafür nicht unterliess. Solium bedeutet nämlich in der römischen Kunst auch Sarkophag und die Benennung „tribunal" hängt innig mit dieser Vorstellung und Bezeichnung zusammen, welche letztere bekanntlich in der beregten Periode den Altarraum gleichfalls vor den übrigen Theilen der Basilica auszeichnete. Die Römer kannten Form und Benennung dieses Gegenstandes bei Grabmonumenten bereits lange Zeit, wie ausser Tacitus (Ann. II, 63) die Inschrift (Orelli, Inscript. lat. coll. II, 307) des Aelius Venerianus und die gleichfalls zu Benevent gefundene (bei Mommsen, Inscript. regn. Neapol. 1502) so wie andere Denkmäl sattsam beweisen. Dass aedicula den Ort bezeichnet, wo unter entsprechend kleiner Architect das Götterbild oder (bei Grabmälern) Aschenkrüge standen, ist ebenfalls klar, und wenn Cyprian in der angeführten Stelle die Worte gebraucht: „vos intra se illud altare, vos intra se magna il venerandi nominis sedes, veluti sinu quodam gremii amplectentis includit", so wird der Gedan an die hergebrachte Sitte ähnlicher Grabdenkmale, analog deren Benennung als solium und tribuna nicht völlig auszuschliessen sein. Die Erhöhung des Altarplatzes und die daselbst bewerk stelligte Errichtung eines ähnlichen Einzelbaues für den Altar rechtfertigen diese Bezeichnunge auch in der christlichen Basilica, nämlich tribunal, solium, aedicula für den Altarbau und desse Umgebung. Wir wollen andre Benennungen des Altares, wie Thron oder Sitz des Herrn, d Leibes und Blutes Christi u. s. w. nicht hervorheben, erblicken aber darin Anspielungen, die m der Ausstattung des Altares in einer der bezeichneten Grundformen zusammenfallen. Die Über einstimmung des Formellen musste selbstverständlich immer mehr hervortreten, je mehr es Sitt wurde, den Altartisch aus Stein herzustellen und so ein architektonisches Ganze aufzu führen. Was von einem Decrete des Papstes Evaristus in Bezug auf die steinernen Altäre behaupte wird, lässt sich nicht beweisen. Dagegen machen die verdienten Verfasser der „Studien über di Geschichte des Altares" einen andern Versuch, den steinernen Altar für diese frühe Zeit de christlichen Kirche nachzuweisen, dessen sofort gedacht werden wird. Gewiss ist, dass erst vom IV. Jahrhundert an der christliche Altarbau in der Architectur der Kirche eine auch durch di Form eminente Stellung erhielt und die hölzernen Altäre allmählich verschwanden. Der auf dem steinernen Unterbau mit dem Sepulcrum ständig befestigte Altartisch ward analog den neuen Verhältnissen und in Übereinstimmung mit dem Materiale des ganzen Baues gleichfalls aus dem selben Stoffe gebildet, so dass die Platte auf Säulchen ruhte, die bei splendiden Bauten aus kost barem Metall, aus Erz, gewöhnlich aber aus Stein waren. Trat nun zu dieser Construction noch der oben erörterte Überbau, der, einem Baldachin vergleichbar, den heiligen Tisch überschattete oder wie eine kleine, aber geöffnete Capelle umhegte, so ist die architektonische Ausstattung dieser bedeutsamsten Stätte vollendet. Es braucht nicht wiederholt zu werden, dass alles, der Hauptsache nach, im antiken Styl und nach antiken Mustern ausgeführt war. In Byzanz besonders bildete dieser Altar-Überbau — später Ciborium genannt — den Glanzpunkt der Kirche, den ein Aufwand von kostbarem Metall auszeichnete.

Von dem Repositorium für die heilige Wegzehrung innerhalb dieses capellenförmigen Altar-Umbaues kann hier nur bemerkt werden, dass aus der Stelle bei Tertullian (adv. Valentin. 3) nach unserem Dafürhalten für diese Sache nichts geschlossen werden kann, wenn es nicht gelingt, durch anderweitige Belege die Interpretation zu sichern. Eben so wenig lässt sich die Stelle des Anastasius im Leben Sylvesters hiefür in Anspruch nehmen, weil der hier allein einschlägige „alte Katalog" davon nichts enthält, und sogar der Katalog von 530 die bezügliche Notiz nicht beibringt, dieselbe somit dem IX. Jahrhundert angehört. Dass aber in einer Nische der Apsis oder in einem kleinen Schrank in der Nähe der Kathedra die heilige Wegzehrung im IV. Jahrhundert aufbewahrt worden, machen ausser Paulinus Nol.[1] auch die Verhandlungen[2] zur Zeit Constantins über angeblich abtrünnige Bischöfe in Nord-Afrika wahrscheinlich, wo von einem Schlüssel zu den Büchern der Kathedra die Rede ist und aufgetragen wird, ja acht zu geben, dass die Officialen nicht das Öl und Weizenbrod (ne tollant oleum et tricticum) wegnehmen. Für das VI. Jahrhundert ist aber diese Art von Repositorien in Gestalt von Tauben und kleinen Thürmchen hinlänglich bezeugt.

[1] Paulin. N. Ep. 32, 13, 16. — [2] Baluzii Misc. II, 84.

Doch kehren wir zu unserem Gegenstande zurück. Der Altarbau führte ausser den angeführten Namen auch die Bezeichnung „titulus“. Derselbe ist von grösserer Wichtigkeit als die übrigen, zumal noch so wenig Sicheres darüber aufgestellt wurde. Bei Prudentius heisst es (Peristeph. V, in S. Vincent. v. 392) „ne sit sepulchrum funeris, quod plebs gregalis excolat, titulumque fingat martyris“ in Verbindung mit 510 und 513 ebendaselbst: „tumuloque corpus creditum . . . pace reddita altar quietem debitam praestat beatis ossibus“ und aus dem Hymn. 12 auf SS. Peter und Paul, V. 45 „parte alia titulum Pauli via servat Ostiensis“ geht hervor, dass titulus so viel als memoria bedeutet und zwar die Verbindung von dieser und dem Altare, die im IV. Jahrhundert, wie gezeigt worden, im Abendlande üblich wurde. Dazu kommen Belege aus dem römischen Gräberdienste, die gleichfalls das Monument also benennen. Vgl. bei Orelli, Inscript. lat. collect. II, 4409, 4594 und 4222, wo στήλη mit titulus übersetzt ist, dann 4636, 7393 (III. Band), 7383, 7401, 7370, so dass kein Zweifel herrschen kann, diese Bezeichnung sei eine, bei den Römern für Grabmäler herkömmliche gewesen.

Die von Muratori in seinem Werke (Arezzo 1771) zuerst publicirten Grabinschriften des Gregor Nazianz (Tom. XII, p. 113—151) beweisen das Fortleben der Sitte, auf den Verstorbenen ausführliche Inschriften zu verfassen und dieselben an der Grabesstätte (vgl. ibid. Poem. 137, 151 etc.) anzubringen, wesshalb Inschrift und deren Träger mit Recht den Namen titulus führten. Der Titel sollte vor entweihender Hand schützen. Dass letzteres damals auch für die Christen gemeint war, ersieht man aus den citirten Stellen hinlänglich.

Die Martyrer-Grabstätten und deren Memoria führten somit diesen Namen mit Auszeichnung. Diese Memoria war ein titulus katexochen und völlig unantastbar.

Der mit der Memoria vereinigte, beziehungsweise diese in sich schliessende Altarbau wurde als Ganzes gleichfalls so benannt, wie er ja auch auf dieselbe Weise memoria, martyrium u. s. w. heisst. Gerade so wurde auch die Bezeichnung titulus auf den ganzen Altarbau bezogen, obschon er gleich den erwähnten Benennungen (memoria, martyrium etc.) eigentlich nur die Martyr-Grabstätte anzeigte.

Wie ferner nach diesem Hauptheil der Kirche endlich diese selbst memoria oder martyrium genannt wurde, so auch nach der in Rom besonders üblichen Bezeichnung desselben: titulus. Titulus bezeichnet somit eine Kirche, welche einen mit dem Martyrergrabe verbundenen Altar besitzt. Da im IV. Jahrhundert aber jede Basilica oder Kirche zu Rom in dieser Weise ausgestattet war, so heisst auch jede Basilica daselbst titulus.

Die Richtigkeit dieser Folgerung bestätigt die angeführte Stelle aus Prudentius, der die Basilica S. Paul an der Strasse nach Ostia den titulus S. Pauli in dem erörterten ursprünglichen Sinne nennt, und dann der Brief des Papstes Innocentius I. ad Decentium Episc.[1], wo es heisst: „de fermento vero, quod die dominica per titulos mittimus, superflue consulere nos voluisti, cum omnes ecclesiae nostrae intra civitatem sint constitutae; quarum presbyteri, quia die ipsa propter plebem sibi creditam nobiscum convenire non possunt, ideirco fermentum a nobis confectum per acolythos accipiunt.“ Dass hier tituli gleichbedeutend mit ecclesiae gebraucht ist, leuchtet ein, denn Innocenz sagt, er schicke „fermentum“ am Sonntag zu den Titeln oder Kirchen in der Stadt und zu deren Priestern etc. Es empfingen also die Presbyteri der unmittelbar zuvorgenannten „ecclesiae omnes“ das fermentum. Die an den Cömeterien angestellten Priester hingegen erhielten dasselbe nicht, „quia nec longe portanda sunt sacramenta“ und die Presbyteri „jus habeant atque licentiam eorum (sacramenta) conficiendorum“. Der anfragende Bischof wollte die Sacramente (i. e. fermentum) sogar an die Pfarreien seiner Diöcese schicken, was Innocenz aus obigen Gründen für unstatthaft erklärt. Damals (den 19. März 416 ist dieser Brief geschrieben)

[1] Ed. d. Constant. Fol. 860 ff. ep. 25, Nr. 8.

hatten aber die Cömeterien bereits viele über ihrer Hauptgruft erbaute Basiliken, z. B. S. Pa[ul] S. Peter, S. Laurentius u. s. w., die der Brief blos Cömeteria nennt oder obiges „intra civitate[m]" nicht näher bestimmt, sondern blos der Frage gegenüber verstanden haben will, in welcher Rücksic[ht] freilich auch die Cömeterium-Basiliken noch nahe der Stadt erscheinen und Innocenz hier n[ur] die alte Bezeichnung (coemeterium) fortgeführt haben kann, um die Wiederholung der nämliche[n] Benennung zu vermeiden. Denn S. Paul heisst auch titulus, wie Prudentius beweist, und ausse[r]dem werden in den Unterschriften des Concils unter Symmachus im Jahre 499 auch die Basilik[en] S. Praxedis und Tigridis, die über Cömeterien standen, tituli genannt, wie auch das Schreiben de[s] römischen Clerus an Kaiser Honorius vom Jahre 418 wohl die Priester an Cömeterien-Basilike[n] gleichfalls mit zu jenen rechnet, die einen Stellvertreter zurücklassen, um mit dem Papste gemeinsa[m] vor dem Kaiser die Wahl des Eulalius zu verhandeln, so dass der Ausdruck „relictis enim singulis per titulos presbyteris omnes adernnt" auch auf dieselben zu beziehen sein wird. Das[s] diese Benennung übrigens zu genannter Zeit des Concils unter Symmachus nur bestimmte[n] Basiliken Roms zukam (28 an der Zahl) und mit dem Presbyterium an denselben umfassende[re] Rechte verbunden waren, wissen wir, aber es ist hier nicht der Ort, der Fortbildung dieser Einrichtung weiter zu folgen; hier handelt es sich lediglich um die Erfassung des ursprünglichen Begriffe[s] und diese hoffen wir getroffen zu haben, wenn wir sagen: titulus ist ursprünglich so viel al[s] memoria oder martyrium, tritt nur in der dem IV. Jahrhundert eigenen baulichen Vereinigung von Altar und Martyrgrab auf, und wird wie die Bezeichnungen memoria, martyrium gleichfalls zur Benennung der Basilica angewendet. Später, etwa um die Mitte des V. Jahrhunderts, komm[t] aber diese Bezeichnung nur bestimmten, mit bleibenden Rechten ausgestatteten Basiliken Rom[s] zu. Wir leiten somit die Benennung nicht direct vom Altar, sondern vom martyrium oder der memoria im engeren Sinne ab, und weichen hierin von den Verfassern der „Studien zur Geschichte des Altares" ab, die sich auf die Stelle: Genes. 28 berufen. Wir halten nämlich die Berufung auf diese Stelle so lange für unstatthaft, bis bewiesen wird, dass wenigstens ein einziger Autor dieser Periode von der Stelle den hier einschlägigen Gebrauch macht. Bis jetzt ist uns wenigstens dieser Erweis nicht gelungen, wohl aber die, unsere oben gegebene Darstellung unterstützende Auslegung bei den bezüglichen Vätern begegnet. Allerdings hat die versio antiqua (Itala) bei Sabatier I. für das στήλη der Septuaginta an beiden Stellen v. 18 und 22: titulus, aber Cyprianus [1] (Testim. II, 16) gebraucht den Ausdruck nicht, sondern sagt: „lapidem consecravit et unxit sacramento unctionis". Ambrosius [2] wiederholt zwar denselben Ausdruck des Textes, fügt aber als Erklärung bei: „nec mirum si pacem haberet, qui columnam statuerat et unxerat Deo, quae est ecclesia. Columna enim et firmamentum dicta est veritatis. Eam ungit, qui in Christum fidei, in pauperes misericordiae fundit unguentum". Augustinus und Hieronymus constatiren lediglich den Text ohne einschlägige Erörterung. Letzterer [3] übersetzt hingegen den Ausdruck des Eusebius (H. eccl. II, 23) vom Grabmal des Apostels Jacobus zu Jerusalem „στήλη" wieder mit dem Worte „titulus", was hier nur monumentum oder Grabmal heissen kann. „Juxta templum, ubi praecipitatus fuerat, sepultus est; titulum usque ad obsidionem Titi et ultimam Hadriani notissimum habuit". Es ist also offenbar, dass die ursprüngliche Bedeutung „Denkmal, Mal" bei dem Ausdrucke „titulus" die stets lebendig erhaltene war und der Nachdruck nicht auf „Altar", sondern auf das damit vereinigte Martyr-Sepulcrum, die memoria, gelegt blieb. Von Stellen aber, wie im Briefe Pius' I. an Justus Episc. Vienn. und an Verus Ep. Flor., ferner von den sogenannten Acten des Papstes Stephanus, kann kein wissenschaftlicher Gebrauch gemacht werden, weil jene Briefe entschieden

[1] Ed. Baluz. Paris. Er führt durch Stellen der Isaias, Zacharias, Josue und Act. Ap. 4 den Beweis, dass Christus der Grundstein der neuen Schöpfung sei... „quem lapidem consecravit et unxit sacr. unctionis Christum significans, scil. Jacobus. — [2] De Jacobo et Vita beata, lib. II, 28 u. 5. — [3] De scriptor. eccles. C. 2.

unterschoben, diese Acten aber im IV. Jahrhundert redigirt sind, worüber alle Auctoritäten einstimmig sind[1]. Im Hinblicke auf die letzteren Documente über P. Stephan können nämlich die Worte „crypta, titulus" u. dgl. nicht als dem Martyrium gleichzeitg beansprucht werden, sondern beweisen lediglich für die Zeit der Redaction, die um 352 angenommen wird. Dabei wird der dargestellte Sachverhalt hiermit nicht verändert.

Die von den Verfassern der „Studien der Geschichte des Altares" gebrauchte Wendung, dass vom Papst Sylvester die Einrichtung eines Oratoriums als titulus des Equitius und von Evaristus die Vertheilung der „Titel" berichtet wird, diese aber den Altar postuliren, kann im Resultat, welches die Herren Verfasser constatiren, wohl nicht bestritten werden, aber die Belege sind unzureichend, weil nicht authentisch. Bartolini beweist seine Behauptung über Evaristus u. s. w. keineswegs; die Verweisung auf ihn hat also keine Bedeutung, so gelehrt die betreffende Abhandlung auch sein mag. Weder der alte noch der jüngere Katalog enthalten diese Notiz und Anastasius bezeichnet mit den Begriffen seiner Zeit das mehr oder minder sicher Überlieferte der Vorzeit. Im Resultat, dass das Denkmal oder titulus der Kirche diesen Namen gab, aber verbunden gedacht mit dem Altar, nicht dieser ohne jenes, stimmen wir den Verfassern vollkommen bei. Es leuchtet ein, dass auch aus der Auffassung derselben, der Altarstein sei der eigentliche titulus, dasselbe folgt, was aus der unserigen folgt, nämlich dass jede Kirche titulus heissen konnte, nach dem ursprünglichen Begriffe. Für die Richtigkeit unserer Darlegung sprechen aber noch Urkunden spätterer Zeit so deutlich, dass es erlaubt sein mag derselben zu gedenken. Der Bibliothekar Anastasius im IX. Jahrhundert gebraucht wiederholt diese Benennung als gleichbedeutend mit basilica, so im Leben Damasus'.. „constituit titulum in urbe Roma, scilicet basilicam"; ausführlicher in dem des Innocenz (v. 402), wo das damit zusammenhängende Rechtsverhältniss betont erscheint.

Der für die christliche Archäologie hochverdiente Pellicia[2] führt bei Behandlung dieser Frage eine Stelle aus Eulogius vom Jahre 850 (Memorial. II, 1. in Collectio SS. Patrum ecclesiae Toletanae, Matriti 1785, fol. 457) an, welche von der Bestattung des Martyrs Perfectus zu Cordoba sagt: „in basilica b. Aciscli in eo titulo, quo felicia ejus membra quiescunt, humatur". Er deutet auch die Inschrift: „T. I. X. N. ego Damasius" etc. also: „titulus in Christi Nomine" und erklärt alle Kirchen, wo ein Altar mit Reliquien stand, als Titel; denn auf der Rückseite des Steines obiger Inschrift befanden sich die Worte: „hic requiescit caput sancti Crescentini M. et reliquiae s. Supant". Seine geistreiche Erklärung des Wortes titulus — tutulus, d. h. testudo, tectum, abgeleitet von tueri seu tegere, mag hier nur angemerkt sein, weil nach unserem Dafürhalten dieser uralte Begriff zu der Zeit, als das Christenthum von dem Ausdrucke desselben Gebrauch machte, längst dem oben ausführlich Dargestellten, also dem der memoria Platz gemacht hatte. Übrigens erscheint die Thatsache merkwürdig, dass durch den christlichen Altarbau bezeichneter Art dieser uralte Wortbegriff wieder zur vollen Wahrheit wurde. Unter den, aus dem IX. Jahrhundert stammenden Reichenauer Altar-Inschriften[3] lautet eine: „miserere Gerolto qui titulo tali ornavit templum virginis". Die dem XI. Jahrhundert angehörige Notitia fundationis des S. Georgs-Klosters auf dem Schwarzwalde[4] enthält cap. 18 die Worte: „haec ergo domini Hezelonis de translatione monasterii relatio . . . deditio facta est . . . in cella S. Georgii, in capella lignea, super reliquias . . adhuc non repositas sed ad hoc reservatas, ut recondantur in oratorio consummato, ubi statorius ejusdem martyris futurus erit titulus"; und Leo v. Ostia hat (Chron. II, 3) dieselbe Wortbedeutung: „in ecclesia etiam titulum con confessione sua . . . satis decorum adauxit", wozu lib. III, 28,

[1] Vgl. Constant op: c. Fol. 20 im Appendix, Ruinart Acta MM. 199 ff. und Schelstrate Fol. 201, Tom. I. — [2] Ausgabe von Ritter, II. Band, pag. 42 ff. — [3] Mone, Quellensammlung zur badischen Landesgeschichte III, 133. — [4] Mone, Zeitschrift für Geschichte des Oberrheins 1858, IX. Band, pag. 200.

gehört: „fenestras omnes tam navis quam tituli plumbo … inclusit“ wo, wie bei der Bezeichnung tribunal auch der den Titel, d. h. die memoria zunächst umschliessende Raum denselben Namen führt.

Fassen wir das Ergebniss der etwas ausgedehnten Untersuchung zusammen, so finden wir die analysirten Benennungen für den Altarbau: memoria, titulus, tribunal, solium, martyrium, confessio, aedicula, mit der im IV. Jahrhundert in Aufnahme gekommenen Construction gleichzeitig und von dem Denkmal oder Sepulchrum des Martyrs auf das Ganze: Grabstätte und Altartisch, übertragen, dann auf den Altarraum überhaupt bezogen und endlich zur Bezeichnung der ganzen Kirche als memoria, martyrium und titulus gebraucht. Die Crypta führte im IV. und V. Jahrhundert gleichfalls die Namen memoria, martyrium, confessio und behielt für das Abendland ihre Lage unter dem Altarplatze bis ins XIII. Jahrhundert bei. Der tiefsinnige Zusammenhang zwischen Altartisch und Martyrstätte in der Crypta wurde im VI. Jahrhundert durch Errichtung eines eigenen Altares in der letzteren alterirt, jedoch dieser Art von Anlage in Deutschland, Frankreich und England vor der im Orient gebräuchlichen und der in Rom durch Constantin eingeführten — Deposition im Unterbau des Altares — durchweg im IX. und X. Jahrhundert der Vorzug gegeben. Die Crypta unter dem Altarplatz kommt erst in der Periode Constantins in Aufnahme, weil vorher Basilica (Ecclesia) und Cömeterium räumlich getrennt, jene innerhalb, dieses ausserhalb der Stadt waren. Dies allein lässt die, bis zu Cavedoni's Untersuchung afrikanischer Inschriften dem Jahre 252 vindicirte Basilica des Reparatus zu Orleanville, in die Constantinische Zeit setzen, weil hier die Crypta mit der Basilica bereits vereinigt erscheint. Obwohl uns bis zur Stunde, trotz der freundlichsten Bemühung des hiesigen königlichen Bibliothekars Herrn Föringer, diese Abhandlung [1] noch nicht zu Handen ist, so lassen uns die auf Grund gelegentlicher Äusserungen de Rossi's in der erwähnten Abhandlung und der „Stimmen aus Rom“ über die bezügliche Beweisführung des modenesischen Gelehrten angestellten Nachforschungen nicht mehr im Zweifel, dass dessen Berechnung der Mauritanischen Ära die richtige, folglich die genannte Basilica im Jahre 325 oder 327 gegründet sei. Nach Tillemont und Schelstrate (II, 497 und 223) wurde (laut Plinius V, 1 und Dio. 55 und 60) Mauritanien erst im Jahre 42 nach Chr. durch Kaiser Claudius zur römischen Provinz erklärt. Zu der auf der Inschrift jener Basilica bezeichneten Zahl 285 müssen somit 42 (nach Cavedoni 40) Jahre hinzugezählt werden, um das Jahr unserer Zeitrechnung zu erhalten, also resultirt 327 oder 325. Caligula liess nämlich im Jahre 40 den letzten König Ptolomäus ermorden, um sich des Reiches und der Schätze desselben zu bemächtigen, und von diesem Jahre scheint Cavedoni die Ära zu datiren. Dass aber die Anlage einer Crypta in Nordafrika in der hier aufgefundenen Form überhaupt gewöhnlich gewesen, ersieht man auch aus der Erzählung, die S. Augustinus (de Civit. Dei 22, 8) von der Heilung zweier Geschwister an der Memoria des heiligen Stephan zu Hippo mittheilt. —

Möchte es uns nur einigermassen gelungen sein, zu der trefflichen Arbeit von Laib und Schwarz und zu den im Organ für christliche Kunst von Kreuser publicirten Aufsätzen über dieses schwierige Thema der altchristlichen Kunst etwas beigetragen zu haben, auf dass es unserer schönen Wissenschaft beschieden sein möge, die Klage des altchristlichen Dichters auf unsere Zeiten unanwendbar zu machen, wenn er ausruft:

O vetustatis silentis obsoleta oblivio!
Invidentur ista nobis, fama et ipsa exstinguitur.

(Peristephanus. I, 73.)

[1] Ragguaglio critico di alquante iscrizioni christiane scoperte nell'Algeria a questi ultimi anni. Modena, 1859.

Redacteur A. R. v. Perger. — Druck der k. k. Hof- und Staatsdruckerei in Wien

Neu entdeckte Wandgemälde

in der katholischen Kirche zu Fekete-Ardó im Ugocsaer Comitate in Oberungarn.

Von Dr. Michael Haas,
Bischof von Szathmár etc.

Auf der Strasse, welche von Szathmár durch die Ugocsaer Gespanschaft in die Marmarosch führt, gelangt man im Mittelpunkte der genannten Gespanschaft in den Marktflecken Fekete-Ardó, das ist Schwarz-Ardó, der gegenwärtig von 45 lateinischen Katholiken, 606 griechisch-katholischen Ruthenen, 340 Reformirten und 160 Israeliten bewohnt wird.

Dieser Flecken wurde einst von Sachsen oder „Flandrensern“ bewohnt und war eine königliche Villa (villa regalis oder eigentlich reginalis). In einer Urkunde vom Jahre 1337 wird der Ort: „Regalis villa Ordow“ genannt und eine Urkunde Ludwigs des Grossen vom Jahre 1364 nennt die Bewohner von Fekete-Ardó wie auch die von Ugocha und Zaaz „hospites nostri“, denn Ardó gehörte zu jener Zeit zur königlichen Burg in der genannten Gespanschaft. In der nächsten Nähe dieses Marktfleckens liegt heut zu Tage noch Szászfalu, das ist Sachsendorf, und weiter gegen Norden lag einst Felszász, das ist Ober-Sachsen, und östlich das Dorf Bathar. In diesem Dorfe wohnten im Jahre 1201 Flandrenser. In dem Regestrum (de Varad) von Grosswardein vom Jahre 1201—1235 heisst es bezüglich des zu Grosswardein stattgefundenen Gottesurtheils des glühenden Eisens unter Nr. 243: „Paul de villa Beltuk (bei Szathmár) impeciit omnes Flandrenses de Batar, pro occisione fratris sui Benedicti. Quod cum predicti Flandrenses non diffiterentur, sed dicerent se illum in latrocinio occidisse, Esau comes de Hugosa ex precepto regis discuciens, per pristaldum nomine Martinum misit Uaradinum ad candentis ferri iudicium, ubi Paul portato ferro iustificatus est[1].“ Hieraus erhellt, dass bereits in dem ersten Jahre des XIII. Jahrhunderts in der Nähe von Fekete-Ardó Flandrenser wohnten. Bei Thuróczy heisst es (2, 22), dass unter Stephan dem Heiligen und Geysa I. unter andern auch „Rhenenses“, das heisst Rheinländer, nach Ungarn einwanderten und vermuthlich sind das die obigen Flandrenser. Bekanntlich wanderten die „Sachsen“ aus Holland, Flandern und aus verschiedenen Gegenden Deutschlands nach Ungarn und Siebenbürgen. Sie kamen in kleinen und grösseren Abtheilungen und erschienen in Siebenbürgen um das Jahr 1141.

[1] Siehe Endlicher Monumenta Hung. Sangal. 1849, pag. 701.

Ferner besitzen wir ein Breve Papst Urbans an König Stephan V., den Sohn Bela IV., vom Jahre 1264, in welchem der Papst schreibt, dass er vernommen habe, dass Stephan V. mehrere Dörfer im Ugocsaer Comitate, wie Scölös, Királyháza (beide von Sachsen bewohnt) und andere die von uralten Zeiten an stets den Königinen Ungarns gehörten, sich auf ungerechte Weise zugeeignet habe, und er (der Papst) ermahnt ihn daher, diese Dörfer, unter Strafe der Excommunication, ihrer Eigenthümerin (der Königin) zurückzuerstatten, „quasdam villas.... quas et ceterae Reginae Hungariae, quae praecesserant, a tempore, cuius memoria non existit, tenuerunt pacifice et quiete“ (siehe Pray Anno 1, 318).

Aus diesen und mehreren Gründen behauptet nun Anton Szirmay in seiner „Notitia Comitatus Ugochiensis“ (S. 139), dass sich die deutschen Bewohner der gedachten Gespanschaft zweifelsohne schon unter Stephan dem Heiligen in den genannten Ortschaften ansiedelten, wie z. B. die Bewohner von Szathmár-Némethi, von denen es historisch bewiesen ist, dass sie sich, von der ersten ungarischen Königin Gisela berufen, unter der Regierung des heil. Stephan an der Samos häuslich niederliessen.

Übrigens erfreuten sich diese deutschen Ansiedlungen im Ugocsaer Comitate vieler königlichen Privilegien. So verlieh Ludwig der Grosse den ebenfalls deutschen Kronstädten in der Marmarosch alle jene Privilegien, deren sich die Bürger der königlichen Stadt Scölös im Ugocsaer Comitate „cives de civitate regia“ seit alten Zeiten erfreuten.

Die Bewohner von Felszász (Obersachsen) waren verpflichtet, den Ugocsaer Grafen einmal des Jahres zu bewirthen. Die königlichen Wagen mussten sie in den Grenzen ihres Gebietes befördern und Schnitter für den König liefern. Stephan V. gibt ihnen 1272: „hospitibus nostris de villa Felzig (Obersachsen) apud domum nostram videlicet in Ugocha constitutis“, freie Richterwahl. Der Richter hat die Befugniss, alle Klagen ausser in Criminalfällen, zu entscheiden. Letzere sind dem Ugocsaer Grafen vorbehalten. Die Kirche von Felszász (Obersachsen) war, einer königlichen Capelle gleich, von jeder geistlichen Jurisdiction befreit.

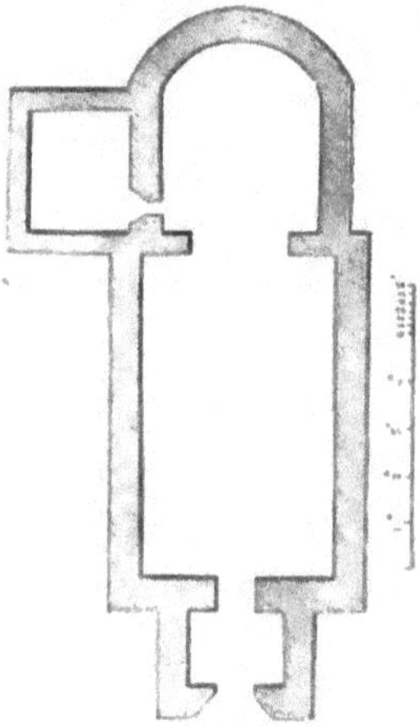

Fig. 1.

Fig. 2.

Nach all dem kann demnach kein Zweifel darüber obwalten, dass Fekete-Ardó seit den Zeiten des heil. Stephan von Deutschen bewohnt und Eigenthum des Königs oder vielmehr der Königinen von Ungarn war, und dass nun diese Deutschen die fragliche Kirche, von der sogleich die Rede sein wird, erbaut haben (siehe Mailáth, Geschichte der Magyaren I. 251).

Was Stephan V. anbelangt, der, mit seinem königlichen Vater stets hadernd, die obgedachten Besitzungen der Königin sich höchst ungerecht zueignete und den ungarischen Thron noch vor dem Hinscheiden seines Vaters mit Gewalt besteigen wollte, und daher sich wiederholt gegen seinen Vater empörte, so gelten von ihm die folgenden Worte der heiligen Schrift so treffend, dass es unmöglich ist, etwas Besseres zu sagen; Fessler hat sie zuerst auf Stephan angewendet, und sie lauten: „Das Erbe, danach man zuerst sehr eilet, wird zuletzt nicht gesegnet sein, denn wer den Vater entrüstet und die Mutter verjaget, der ist ein schändlicher und verfluchter Sohn, dessen Leuchte wird ausgelöscht in der dicksten Finsterniss (Sprichw. 20, 21).

Wann die Kirche zu Fekete-Ardó erbaut worden ist, das werden die beiliegende Zeichnung (Fig. 2) und der höchst einfache Grundriss (Fig. 1) beiläufig andeuten. Im Jahre 1560 umstellte Gabriel von Perén den Pfarrhof zu Fekete-Ardó mit einer bewaffneten Schaar und zwang den damaligen Pfarrer Stephan Károly durch Hunger und Durst zur Übergabe seiner Kirche an die Protestanten (Szirmay 138). Zweifelsohne liessen die neuen Eigenthümer der Kirche die fraglichen Wandgemälde, die ihnen ein Gräuel waren, übertünchen, das gothische Gewölbe des Langhauses der Kirche einschlagen und mit einer Stuccaturdecke ersetzen, wie sie dies an vielen Orten in Ungarn bewerkstelligten.

Im Jahre 1754 ward die Kirche durch Baron Sigismund von Perén den Reformirten entzogen und den früheren Eigenthümern wiedergegeben. Vor beiläufig zwanzig Jahren wurde das Langhaus und der Thurm durch einen Sturmwind grösstentheils der Dachung beraubt und dem Verfalle preisgegeben und seit dieser Zeit wird zum Gottesdienste nur das noch mit seinem alten Gewölbe versehene Sanctuarium verwendet. Da nun endlich auch die letzten Reste der Bedachung des Langhauses einstürzten, so wurde die westliche Wand, die ohne Fenster ist, durch den eindringenden Regen von ihrer Übertünchung befreit und es zeigten sich auf ihr sechs grosse Wandgemälde. Ausser diesen sechs Gemälden dürften wenigstens noch vier andere an der nämlichen Wand unter der alldort noch haftenden Übertünchung vorhanden sein.

Vor vierzig Jahren besass diese Kirche noch eine gothische, reich verzierte, grosse eiserne Thüre, wie mir alte Bewohner des Dorfes erzählen, niemand weiss jedoch, wo dieselbe hingekommen sei. Auch sind in die nördliche Mauer der Kirche von aussen fünf beiläufig fünfpfündige Kanonenkugeln eingemauert[1].

Gegenwärtig ist die Kirche wieder hergestellt, und ich wünsche nichts mehr, als die aufgedeckten Wandgemälde derselben sammt denen, die noch der Befreiung von der sie bedeckenden Übertünchung harren, kunstgerecht herstellen lassen zu können. Schliesslich will ich nur noch bemerken, dass in der Umgegend von Fekete-Ardó noch 8 alte gothische Kirchen bestehen, die ich ebenfalls näher untersuchen zu lassen gedenke.

Das Schiff der Kirche zu Fekete-Ardó ist, „ex oriente lux“, mit der Altarseite nach Osten gewendet. An der Nordseite hat der Bau keine Fenster, an der südlichen befinden sich aber fünf, von denen zwei mit gut erhaltenem gothischen Masswerk verziert sind. Der Thurm ist an die Kirche angebaut und an demselben ist auch das Portal angebracht, dessen Gewölbe und Rippen nicht im eigentlichen Spitzgewölbe, sondern in einem etwas stumpferen Bogen ausgeführt sind. Die Ecken des Thurmes und der Kirche sind von Quadersteinen aufgeführt, wie denn der ganze Bau sehr solid und für eine lange Dauer berechnet ist. Die Mauern haben eine Dicke von $4\frac{1}{2}$ Fuss. Die Wölbung im Inneren wurde zerstört und von dem Chor sieht man nur noch einige Spuren. Die Bilder sind auf der nördlichen (fensterlosen) Wand angebracht und dürften aus dem XV. Jahrhundert stammen. Leider sind sie durch die Übertünchung so beschädigt worden, dass man manche Theile nicht mehr deutlich sieht, und daher auch die dargestellten Gegenstände nicht mit absoluter Gewissheit bestimmen kann. Von demjenigen, der diese Bilder malte, hat man keine Kenntniss; jedenfalls sah er aber gute Vorbilder, wie die Anlage der Draperien zeigt. Die Proportion der Figuren ist ziemlich richtig, Hände und Füsse sind jedoch höchst unbehülflich

[1] Im Gesetzartikel 14 vom Jahre 1525 und Artikel 25 vom Jahre 1545 wird Fekete-Ardó unter die ersten Pfarreien des Landes gezählt, und der Pfarrer hatte zwei wohlausgerüstete Reiter zu stellen.

gezeichnet und deuten auf einen Arbeiter hin, der mehr von seinem Talente oder seiner Nachahmungsgabe, als von der Schule geleitet wurde.

Fig. 1.

Das erste Bild (Fig. 1) zeigt, zur linken Seite des Beschauers, die Auffindung des Kreuzes mit der heil. Helena und zur Rechten die heil. Maria mit dem Christuskinde. Die heil. Mutter hält eine (kleine) Weltkugel; und das Christkind den heil. Geist in der Gestalt der Taube in der Hand. Zur Seite der Mutter Gottes stehen Kindergestalten mit Schreibtafeln und Büchern und zwei weibliche Heilige. Die heil. Anna breitet ihren Mantel über die ganze Gruppe aus. Die Kleider der heil. Maria und des kleinen Jesus, die Taube, die Weltkugel und das Kopftuch der heil. Anna, so wie das, der ihr zu Rechten stehenden Heiligen, sind weiss. Das Kleid dieser letzteren ist roth und der Mantel violett. Alle diese Figuren sind barfüssig, nur die heil. Maria hat spitze Schuhe. Der Rahmen ist mit unregelmässig hingestellten, schrägen Parallelogrammen ausgefüllt und die Unterschrift kaum mehr lesbar (vielleicht: Anna mater Mariae?).

Das zweite Bild (Fig. 2) soll wahrscheinlich die heil. Gisela und den heil. Emerich vorstellen. Der Mantel der Heiligen ist dunkelblau, das Unterkleid röthlich. Der Nimbus ist roth, gegen den Rand zu dunkler und mit Perlen besetzt. Der heil. Emerich (oder Stephanus?) erscheint im Harnisch, mit einem schräg-quadrirten, eng anliegenden Waffenrock. Die Ärmel sind von Panzerwerk und Schwert und Dolch sind an Brustketten befestigt. An den Oberschenkeln zeigen sich Dilgen. Die Handschuhe sind an den Fingern geschient. Das Scepter ist röthlich und der Nimbus von gleicher Art wie bei der Heiligen.

Das dritte Bild stellt die heil. Margaretha mit einem Drachen in der Hand und den heil. Antonius Eremita mit dem Patriachenkreuz, der Glocke und dem Schweine dar. Die Chlamys der heil. Margaretha ist roth und das mit Knöpfen besetzte Unterkleid bläulich-grau. Die Krone ist ebenfalls roth wie der Nimbus, der auch hier mit weissen Perlen besetzt ist. Das Mönchskleid des heil. Anton und das Kreuz sind roth, die Glocke gelb.

Das vierte Gemälde zeigt den heil. Stephan, der die heil. Maria kniend verehrt, während ein rothgeflügelter Engel die Krone über ihn hält. Der Mantel des Heiligen ist roth, das Kleid des Engels weiss und die Krone, vermuthlich in Ermanglung des Goldes, braun. Die heilige Maria sitzt, mit dem Christuskinde auf dem Schosse, vor einer Hütte auf einem hölzernen Stuhl. Das Kleid der heil. Mutter ist roth mit dunkleren, radförmigen Zierathen, das des kleinen Jesus aber gelblich mit bräunlichen Verzierungen. Rückwärts vom heil. Stephan steht ein gerüsteter Waffenknecht mit einer Hellebarde.

Fig. 2.

Das fünfte Bild, dessen Mitte, so weit es die Beschädigungen noch erkennen lassen, vermuthlich die Enthauptung der heil. Agnes darstellt, zeigt an der linken Seite den heil. Paulus mit Buch und Schwert, und diesem gegenüber eine Gestalt mit einer Patena, auf welcher letzteren das Osterlamm abgebildet ist. Neben dem Gerüste, auf welchem die heil. Agnes steht, befindet sich der Henker.

Das sechste Bild endlich, welches wohl am meisten gelitten haben mag, dürfte, so viel sich aus den noch vorhandenen Überresten entnehmen lässt, den heil. Petrus darstellen, dem der Heiland befiehlt, auf dem Wasser zu wandeln.

Da, wie im Eingang gezeigt wurde, die früheren Einwohner von Fekete-Ardó Deutsche waren, mag wohl auch der Maler mit eingewandert sein. Jedenfalls ist es sehr interessant, in einem Flecken, der so fern von der deutschen Grenze liegt, eine Kirche mit alten Wandgemälden zu finden, und es wäre sehr zu wünschen, dass die noch übrigen Bilder — nicht vom Regen — sondern durch eine geschickte und sorgfältige Hand von der Übertünchung befreit würden; denn es liesse sich dann auch etwas über die Idee des ganzen Bildercyklus sprechen, der gewiss seine besondere Bedeutung hatte

Die Siegel der österreichischen Regenten.

Von Karl von Sava.

II. ABTHEILUNG.

Die Siegel der österreichischen Fürsten aus dem Hause Babenberg.

Ernst der Tapfere. Der Enkel Leopolds I., geboren 1027; folgte seinem Vater Adalbert I. in der Regierung 1056 und starb an seinen in der Schlacht an der Unstrut am 8. Juni 1075 erhaltenen Wunden am folgenden Tage. Von dem Siegel dieses Fürsten ist nur ein einziges Exemplar bekannt, welches einer undatirten Urkunde im Archive des Stiftes Melk aufgedruckt war[1]; es ist von der Urkunde abgefallen und in zwölf grössere und kleinere Theile zerbröckelt; die ersteren setzte der kaiserliche Cabinetsofficial Löschner nach Möglichkeit zusammen und nahm davon Gypsabgüsse. Von der Umschrift zwischen zwei Linien in Lapidarbuchstaben ist nur mehr lesbar: † (Ernestvs. M) ARCHIO . AVSTRIE. (Fig. 1.) Die Reiterfigur ist rechts gekehrt[2], der Markgraf trägt eine niedere, anliegende Kopfbedeckung, welche das Gesicht frei lässt und, nach den rückwärts herabhängenden Bändern oder Riemen zu schliessen, eine über die Kapuze des Panzerhemdes aufgebundene Sturmhaube zu sein scheint. In der Fahne, einem schmalen Wimpel, befindet sich keine Wappenfigur, vom Schilde ist nur ein kleiner Theil sichtbar. Die darauf warnehmbare Zeichnung ähnelt einem Vogelkopfe. Das Pferdgeschirr besteht in einem einfachen Kopfgestelle mit Stangenzügel und in dem Brustriemen; die übrigen Theile fehlen. Das runde Siegel, in ungefärbtes Wachs abgedrückt, hat 3 Zoll im Durchmesser. Freiherr von Strein sah das Siegel noch ganz und behauptet, die Wappenfigur im Schilde sei ein Adler; Herrgott (Monument. August. Domus Austr. Tom. I de Sigillis, Wien 1750) und Hueber l. c. bilden es bereits fragmentirt ab (beide Tab. I, Fig. 1), bei ersterem erscheint im erhaltenen Schildtheile ein Adlerkopf, welcher auf der älteren Abbildung bei Hueber fehlt. Die Abbildung bei Schrötter und Rauch, Österreichische Geschichte I, 238, ist nach jener bei Herrgott gearbeitet.

Fig. 1.

[1] Hueber Austria ex archiv. Mellicensib. illustrata, pag. 1, Nr. I. — [2] Die Ausdrücke rechts und links sind durchgehends im heraldischen Sinne zu nehmen.

Leopold der Heilige folgte seinem Vater Leopold dem Schönen in der Regierung im Jahre 1096, † 1136. — Die Unterschrift zwischen zwei Linien ist unlesbar. Das sehr stumpfe Siegel lässt nur die Umrisse einer links gewendeten Reiterfigur erkennen, in einem Panzerhemde, mit einem niederen zugespitzten Helm auf dem Haupte. Am linken Arm trägt sie einen Schild, in der Rechten einen Speer, ob mit, ob ohne Banner lässt sich nicht entscheiden. Das Pferd ist im Schritt. — Das Siegel befindet sich an einer Urkunde des Stiftes St. Florian vom Jahre 1115[1] in weissem Wachs. Rund, Durchmesser 3 Zoll. Die Abbildung bei Max. Fischer, Merkwürdigere Schicksale des Stiftes und der Stadt Klosterneuburg, Taf. I, ist willkürlich ergänzt.

LEVPOLDVS MARCHIO. (Fig. 2.) Gothische Majuskel, weder von einer äusseren Randlinie umfangen, noch durch eine Linie vom Siegelfelde getrennt. — Das Siegelbild zeigt den Markgrafen zu Pferde links gekehrt. Er trägt ein Panzerhemd, das bis zu den Knien reicht, die Gugel desselben ist über den Kopf gezogen und darauf die niedere konisch geformte Sturmhaube gesetzt, welche das Gesicht frei lässt; in der Mitte derselben zieht sich vom Rande bis zur Spitze ein Riegel empor. In der Rechten hält der Markgraf einen Speer mit einem kleinen in zwei Lappen getheilten Fähnlein. Über den Schild gehen zwei riemenartige Streifen; der Fuss des Reiters hängt gerade herab und ist mit Schnabelschuhen bekleidet, Sporen und Steigbügel fehlen. Das Pferd im Schritte hat einen langen herabhängenden Schweif; die Zäumung besteht in einem einfachen Kopfgestelle mit Stangenzügel und einem Brustriemen. Der Sattel hat vorne und rückwärts hohe ausgeschweifte Lehnen (Sattelbogen); Decke ist keine vorhanden. — Dieses Siegel ist auf der Rückseite der Pergamenturkunde mittelst eines durchzogenen Pergamentstreifes befestigt, gleichsam aufgeheftet; dasselbe, in braunem Wachs, hat einen erhabenen Rand, der über der Reiterfigur ausgebogen ist, ein Zeichen, dass das Siegeltypar in einen Zapfen auslief. Der Inhalt der im kaiserlichen Hausarchive befindlichen Urkunde lautet: Hermann Propst zu Salzburg hat von zwei Kremser Bürgern einen Weingarten zu Trillant gekauft und denselben zum Nutzen seiner Mitbrüder verwendet. Als Markgraf Leopold in der Folge die Kirche des heil. Rupprecht zu Salzburg besuchte, schenkte er dem Domstifte, mit Einwilligung seiner Gemahlin Agnes, alle seine Rechte auf diesen Weingarten. Ohne Datum. Zwischen 1122 und 1136. Rund, Durchmesser 3 Zoll. Die Abbildung bei Fischer l. c. Taf. II, nach einem Originale im Stiftsarchive zu Göttweig, ist gänzlich misslungen.

Fig. 2.

LEVPOLDVS MARCHIO. Gothische Majuskel, ohne Schriftlinien, die Umschrift geht von der rechten zur linken Seite, und der grössere Theil der Buchstaben ist verkehrt, somit auf dem Stempel lesbar gestochen. Die Reiterfigur gleicht jener auf dem vorigen Siegel, nur ist deren Ausführung plumper und gewiss von einer ganz unbeholfenen Hand. Dieses Siegel, in ungefärbtem dunkelbraunen Wachs, ist dem Stiftsbriefe von Klosterneuburg aufgedruckt[2]. Herrgott[3] hält es für falsch, weil die Kopfbedeckung einer Mönchskapuze gleicht, der Schild viereckig ist, die Steigbügel und Sporen fehlen, und die Umschrift so wie deren einzelne Buchstaben verkehrt sind; ferner weil die Umschrift nur den Namen und die Würde, nicht aber auch die Provinz angibt; endlich erwähnt er einer im Stifte befindlichen Abbildung, in der auf dem Schilde zwei Streifen vor-

[1] Gedruckt bei Kurz: Österreich unter Herzog Albrecht IV. II, 453. — [2] Fischer, l. c. II, 124. — [3] De Sigillis, pag. 4.

kommen, von denen im Originale, welches überhaupt schlecht erhalten und undeutlich sei, nichts vorkommt. Zuletzt spricht er die Meinung aus, dass das ursprüngliche Siegel wahrscheinlich zerbrochen und durch das jetzt vorhandene ersetzt wurde. — Die Ansicht Herrgott's, dass eine Restituirung durch ein verunglücktes Falsificat stattfand, theile ich vollkommen, um so mehr als sich durch die auffallende Ähnlichkeit der Reiterfigur mit jener auf dem vorbeschriebenen Siegel unwillkürlich die Überzeugung aufdringt, dass letzteres dem falschen als Muster vorgelegen sei. Mangel an technischer Gewandtheit liess die Figur nicht gelingen, und Ungeübtheit und Unvorsichtigkeit verursachten, dass der Verfälscher Umschrift und Buchstaben auf dem Stempel richtig grub und beide daher auf dem Siegelabdrucke verkehrt erscheinen. Herrgott's einzelne Gründe aber kann ich nicht gelten lassen. Die Form des Helmes oder der Sturmhaube ist die damals gewöhnliche, auch auf anderen gleichzeitigen Siegeln erscheinende; der Schild ist nicht viereckig, sondern oben abgerundet und dachförmig. Die beiden Riemen oder Streifen auf demselben sind deutlich zu erkennen und das Siegel ist überhaupt nicht schlecht erhalten. Steigbügel und Sporen fehlen auf den älteren Siegeln häufig, die ersteren auf dem echten Siegel Leopolds im kaiserlichen Haus- und im Stiftsarchive zu Göttweig und auf vielen Siegeln der flandrischen Grafen[1]; die letzteren auf allen Siegeln der Babenberger, bis auf jenes Leopolds am Stiftsbriefe von Heiligenkreuz und auf die Siegel Heinrichs Jasomirgott; die Weglassung des Namens der Provinz ist im XI. und in der ersten Hälfte des XII. Jahrhunderts nichts ungewöhnliches. Einzelne verkehrte Buchstaben kommen oft vor; in solcher Menge wie auf dem vorliegenden Siegel wirken sie allerdings verdächtigend. Rund, Durchmesser drei Zoll. Abbildung: Fischer l. c. Taf. 3.

† LIVPOLDVS . DI . GRA . MARCHIO . AVSTRIE. (Fig. 3.) Gothische Majuskel, ohne Einfassungslinien, im ersten Worte V und S zusammengezogen. Rechtsgekehrte Reiterfigur im Panzerhemde, dessen Kapuze den Nacken deckt, auf dem Haupte einen niederen konisch geformten Helm, dessen Spitze nach vorwärts gekrümmt ist. Der Markgraf ist mit dem Schwerte umgürtet, dessen Griff durch den Schild verdeckt wird. Der letztere ist gewölbt, oben gerundet, lang und verjüngt sich gegen unten bedeutend. Eine Wappenfigur lässt sich auf demselben nicht mehr erkennen. Die Fahne gegen das Ende in mehrere Lappen getheilt, ist im Vordertheile mit Streifen und Ringen verziert. Steigbügel und Sporen sind vorhanden, die letzteren haben statt der Räder eine konische Spitze. Das Pferd in galoppirender Stellung — welche auch auf den folgenden Siegeln die vorherrschende bleibt, daher nur die Ausnahmen werden erwähnt werden — hat einen mit Buckeln verzierten Brustriemen und zum ersten Male eine Satteldecke, welche bis über den Bauch reicht und mit gegitterten Streifen verziert und unten mit Fransen besetzt ist. Das Pferd ist ein Kurzschweif. Rund, Durchmesser 3 Zoll. Dieses Siegel ist, in ungefärbtem lichten Wachse mit einigen schwarzen Adern, dem Stiftsbriefe des Klosters Heiligenkreuz vom Jahre 1136 aufgedruckt[2]. Abbildungen: Herrgott l. c. Taf. 1, Fig. 2, und nach diesem Schrötter und Rauch, Österreichische Geschichte I, 335. Beide leiden an vielen Mängeln, der Helm ist als

Fig. 3.

[1] Vredius Sigilla und Genealogia Comitum Flandriae. — [2] Pez, Thesaurus VI, 1, 318 und Fontes rer. Austriac., II. Abtheilung, XI, 1.

faltige Haube dargestellt, die Sporen haben Räder, im Schilde befindet sich ein Adler, und der Brustriemen des Pferdes ist mit einer Damasceirung verziert.

Leopold der Freigebige folgte seinem Vater Leopold dem Heiligen in der Regierung 1137, wurde von seinem Halbbruder Kaiser Konrad mit Baiern belehnt (1138) und starb 1141.

† LEVPOLDVS. DVX. BAVWARIE. Gothische Majuskel zwischen einfachen Kreislinien. Rechtsgewendete Reiterfigur. Der Herzog trägt einen niederen konischen Helm, einen langen schmalen Schild und in der Rechten die Fahne, welche in drei gerundete Lappen endet und mit einem Kreuze besetzt ist. Über Rüstung und Bekleidung lässt sich nichts bestimmen. Das Pferd ist im Schritte und von der Zäumung nur der Stangenzügel sichtbar. Eine elende Abbildung in den Monument. boicis XIII, Taf. 1, an einer in demselben Bande S. 169 gedruckten Urkunde, durch welche Leopold einen Gütertausch zwischen dem Kloster Priefling in Baiern und Otto, dem Präfecten von Regensburg, bestätigt. Anno 1140. Rund, Durchmesser drei Zoll.

Fig. 4.

Heinrich Jasomirgott folgte seinem Bruder Leopold dem Freigebigen als Markgraf von Österreich und Herzog von Baiern im Jahre 1141, trat 1156 Baiern ab und erhielt Österreich mit der Mark ob der Enns als Herzogthum; † 1177.

† HEINRICVS. DI. GRA. DVX. BAWARIE. (Fig. 4.) Gothische Majuskel ohne Einfassungslinien. Das E in Heinricus geradlinig, in Bawarie gerundet. Rechtsgekehrte Reiterfigur, jener auf dem Siegel Leopold des Heiligen ähnlich, nur ist der Helm höher und dessen Krümmung nach vorwärts stärker, und die Fussbekleidung besteht in langen, nach abwärts gebogenen Schnabelschuhen mit Sporen, im Schilde befindet sich ein Ornament. Das Pferd, ein Langschweif, hat einen, mit langen Fransen verzierten Brustriemen, dann eine unten ausgezackte Satteldecke mit gegitterten Streifen. Rund, Durchmesser drei Zoll. Das Original, in ungefärbtem Wachs, ist einer undatirten Urkunde aufgedruckt, durch welche Heinrich dem Stifte zu Heiligenkreuz Münchendorf schenkt, circa 1150[1]. Abbildungen: Herrgott l. c. Taf. I, Fig. 3, und Schrötter und Rauch, Österreichische Geschichte I, 382, mit manchen Fehlern, der Helm zu plump, oben gerundet, im Schilde ein Adler, bei Herrgott in der Umschrift Hainricus, bei Schrötter dagegen das E in diesem Worte gerundet.

Fig. 5.

† HEINRICVS. D. GRA. DVX. AVSTRIE. (Fig. 5.) Gothische Majuskel mit einer äusseren Randlinie umfangen; gerades und gerundetes E. Rechtsgewendete Reiterfigur in einem Panzer-

[1] Fontes rer. Austriac. II. Abtheilung, XI, 6.

hemde mit umgebendem Schurz, die Kapuze deckt Nacken und Hinterkopf; auf dem Haupte ru ein konisch gespitzter Helm, etwas nach vorwärts gekrümmt, mit abstehendem Rand. In de Rechten hält der Fürst den Speer mit einem winkelförmigen, undeutlichen Banner. Mit der linken Arm trägt er den, am Halse hängenden Schild, welcher oben gerundet, gewölbt un lang ist, aber sich schnell und stark verjüngt; eine Wappenfigur lässt sich nicht erkennen Das Pferd mit einem Stangenzügel und einem Sattel mit Bogen, ist mit einer schmale gegitterten, am unteren Saume befransten Decke belegt. Steigbügel sind vorhanden, Spore nicht erkennbar. Das Schwert ist durch den Schild verdeckt. Das Original, in ungefärbten Wachs, ist im Stiftsarchive Klosterneuburg einer Urkunde vom Jahre 1162[1] aufgedruckt; im Archive des Schottenklosters in Wien fand ich es an drei Urkunden angehängt[2], und zwar be der ersten an einem, durch den unteren Rand der Urkunde durchzogenen Pergamentstreif; bei der zweiten an einem Pergamentstreife, welcher durch Einschneiden des unteren Randes der Urkunde entstand und mit dieser unmittelbar zusammenhängt; bei der dritten, undatirten Urkunde endlich, an grünen und rothen Seidenfäden. Es zerfällt also die bisherige Annahme, dass Friedrich der Katholische der Erste gewesen sei, welcher seine Siegel den Urkunden anhängte. Rund, Durchmesser 3 Zoll. Die Abbildung bei Herrgott Taf. 1, Fig. 4 zeigt uns den Helm des Reiters spitz zulaufend, nach vorwärts gekrümmt, die Kapuze des Panzerhemdes schützt das Hinterhaupt, nur ist sie so abgebildet, als wäre sie von Tuch, das Panzerhemd ist unten verbrämt; der Herzog hat das Schwert an der Seite und Schnabelschuhe ohne Sporen. Im Schilde befindet sich ein Adler. Das Fahnentuch, von der Mitte an in zwei Theile geschlitzt, hat in der vorderen Hälfte zwei Kreise als Verzierung; der breite gestickte Brustriemen des Pferdes hat keinen Fransenbesatz, die gegitterte Satteldecke ist am unteren Saume ausgezackt.

Fig. 6.

† HEINRICVS. DEI. GRA. DVX. AVSTRIE. (Fig. 6.) Gothische Majuskel zwischen einfachen Kreislinien, eckige und gerundete E. Die rechtsgewendete Reiterfigur hat eine sehr niedere, gespitzte Sturmhaube auf dem Kopfe, dazu ein bis an die Knie reichendes Panzerhemd. Der lange Schild wird am linken Arme schräg, mit der Spitze nach rückwärts getragen und hat eine breite Einfassung (Rand), innerhalb welcher sich vier Kugeln befinden zu 1, 2 und 1 gestellt. Das kurze Fahnentuch theilt sich von der Mitte angefangen in zwei Lappen. Der Herzog trägt kein Schwert, an der kurzen Fussbekleidung fehlen die Sporen. Die Satteldecke ist mit schräg gekreuzten Streifen verziert und am unteren Rande entweder ausgezackt oder befranst. Rund, Durchmesser 3⅜ Zoll. Das Original, in ungefärbtem Wachs, im Stiftsarchive zu Seitenstetten an einer Urkunde vom Jahre 1145; daher der Titel: DVX. AVSTRIAE in der Umschrift allerdings auffällt. Meiller: (Regesten zur Geschichte der Babenberger) setzt diese Urkunde in das Jahr 1170[3]. Die Abbildung in Schrötters und Rauchs „Österreichischer Geschichte" I, 285, ist durchaus verfehlt.

[1] Fischer, l. c. II, 148. — [2] Gedruckt in Hormayr's „Geschichte Wiens," I, pag. 23 seq. Nr. VII und VIII; dann pag. 28, Nr. IX. — [3] pag. 229, Note 234.

der Helm oben gerundet mit aufgezogenem Visir und einem Kinntheile stellt einen förmlichen Bourguignot dar, welchen man im XII. Jahrhundert noch gar nicht kannte; ausserdem ist die Satteldecke als breiter Bauchgurt und das Panzerhemd als Wappenrock dargestellt.

† HEINRICVS . DI . GRA . DVX . AVSTRIE. (Fig. 7.) Gothische Majuskel, gerundete E. Rechtsgekehrte Reiterfigur. Der bis zum Knie reichende Panzer ist ein einfaches Ringhemd (mit neben einander aufgenähten Ringen), ein konischer, leicht nach vorne gekrümmter Helm schützt das Haupt, im herzförmigen flachen Schilde prangt ein einfacher Adler. Die Fahne lang und schmal, ist vorne mit gekreuzten Streifen verziert und gegen das Ende in zwei Wimpeln ausgeschnitten, welche keine Streifen, dagegen an den Enden Fransen haben. Das Schwert fehlt, die Sporen bestehen in einem einfachen Dorn. Der Sattel hat vorne und rückwärts hohe Bogen; die viereckige kurze Satteldecke ist am unteren Saume mit Fransen besetzt. Der Brustriemen gleicht einem gewundenen Seile, an denselben hängt Ringwerk zum Schutze der Brust. Das Pferd ist ein Kurzschweif. Rund, Durchmesser 2 Zoll 11 Linien. Das Original, in ungefärbtem, blättrigem Wachs, ist der, im Archive des Stiftes Schotten befindlichen Urkunde vom Jahre 1170 aufgedruckt, durch welche Heinrich bestätigt, dass der Pfarrer Berthold von Fischamend all sein Besitzthum dem Schottenkloster in Wien geschenkt, sich und seinem Nachfolger aber den Nutzgenuss gegen jährliche Bezahlung eines Talentes an das Stift vorbehalten habe[1]. Die Abbildung bei Herrgott l. c. Taf. 1, Fig. 5 gehört zu den Besseren.

Fig. 7.

† HEINRICVS . DEI . GRA . DVX . AVSTRIE. (Fig. 8.) Gothische Majuskel zwischen zwei Kreislinien, gerundete offene E. Rechtsgewendete Reiterfigur im Panzerhemde mit umgehendem Schurz, der bis an die Knien reicht, einen konischen Helm auf dem Haupte, an den Füssen Schnabelschuhe mit Sporen. Der Schild, welcher schräg mit der Spitze nach rückwärts gehalten wird, ist oben etwas gerundet, lang und verjüngt sich gegen unten bedeutend, eine Zeichnung darauf lässt sich nicht erkennen, eben so sind Lanze und Fahne undeutlich, das Schwert fehlt. Die Satteldecke ist mit einer Verbrämung und mit Fransen verziert. Rund, Durchmesser $3^1/_2$ Zoll. Das Original befindet sich an einer Urkunde des Stiftes Göttweig, in ungefärbtem Wachs, auf der Rückseite der Urkunde aufgedruckt und ist mit zwei gekreuzten Lederstreifen befestigt.

Fig. 8.

[1] Hormayr: Geschichte Wiens, I, pag. 32.

Herzog Heinrich bezeugt, das er einen Streit zwischen dem Stifte Göttweig unter **Abt Johann** und der Tochter des Waldo, eines Edlen, über ein Gut „in grie“ geschlichtet. Wien am **1. Mai 1171**.

Leopold der Tugendhafte, geboren 1157; folgte als Erstgeborner seinem **Vater Heinrich II** in der Regierung 1177; erwarb Steiermark 1186 und starb 1194.

† LEVPOLDVS . DI . GRA. DVX AVSTRIE. (Fig. 9.) Gothische Majuskel, äussere Randlinie; gerundete offene E; V und S im ersten Worte zusammengezogen. Rechtsgekehrte Reiterfigur mit einem einfachen Ringhemde bekleidet, das bis zu den Knieen reicht, die Kapuze ist über den Kopf gezogen und darauf ruht ein gespitzter niederer Helm mit einem Nasal. Auf dem gebauchten Schild, der mit einem Rande umfangen ist, zeigt sich der einfache Adler, der Herzog trägt das Schwert an der Linken, dessen Griff der Schild verdeckt. An das kleine, viereckige Fahnentuch, mit Streifen und zwei Kreisen verziert, sind zwei lange Wimpel mit befransten Enden angesetzt. Die Fussbekleidung besteht in Schnabelschuhen ohne Sporen. Ein einfaches Kopfgestell mit einem Stirn-, aber keinem Nasenriemen, dazu ein Stangenzügel, bilden die Zäumung des Pferdes. Der Sattel hat vorne und rückwärts hohe Bogen, die Satteltaschen sind rund geschnitten mit einem breiten Bauchgurt, der Brustriemen ist an den Orten mit Doppelstreifen, wahrscheinlich Borten und in der Mitte mit Ringen verziert. — Das Siegel ist trefflich erhalten, die Reiterfigur hat ein starkes Relief und die Ausführung verräth, ungeachtet vieler Zeichnungsfehler, eine tüchtige gewandte Hand. Rund, Durchmesser 3⅓ Zoll. Das Original ist im Stiftsarchive von Heiligenkreuz, in ungefärbtem Wachs, der Urkunde aufgedruckt, durch welche Leopold dem genannten Stifte, mit Einwilligung seines Bruders Heinrich und seiner Gemahlin Helene, all seine Rechte auf Münchendorf gibt, und zwar auf jenem von den zwei Original-Exemplaren, welche hierüber ausgefertigt wurden, in welchem im Texte der Urkunde die Datirung fehlt. Dasselbe Siegel ist, ebenfalls in ungefärbtem Wachs, der Urkunde aufgedruckt, durch welche Leopold die Streitigkeiten über den Zehent in Trumau und Tallern zwischen den Stiften Heiligenkreuz und Melk schlichtet [2]. Die Abbildung dieses Siegels bei Herrgott, Taf. 1, Fig. 6 ist nicht genau; auch hat mir die Benützung der Stiftsarchive von Klosterneuburg und Heiligenkreuz die Überzeugung verschafft, dass sich das vorbeschriebene Siegel auch an jenen Urkunden befindet, auf welche sich Herrgott zu seinen Abbildungen Taf. II, Fig. 1, 2 und 3 beruft, und die auf letzteren vorkommenden verschiedenen Verzierungen des Pferde-Brustriemens bestehen auf den Originalsiegeln gar nicht. Was die charakteristische Auffassung der figuralischen Darstellung belangt, sind alle vier Abbildungen zu verwerfen. In Schrötter's und Rauch's Österreichischer Geschichte befindet sich II, 126 ebenfalls eine Abbildung dieses Siegels roh gearbeitet, der Helm ohne Nasenspange.

Fig. 9.

† LIVPOLDVS . DEI . GRA . DVX . AVSTRIE. (Fig. 10.) Gothische Majuskel mit einer äusseren Randlinie, welche über dem Kreuze ausgebogen ist. Die Wappnung des Ritters besteht

[1] Hormayr: Geschichte Wiens, I. Urkundenbuch pag. 30, Nr. 11. — Meiller, Regest. pag. 50, Nr. 80. — [2] Herrgott l. c. 203, und Fontes rer. Austriac. II. Abtheil. XI, 11, mit der Datirung Krems, am 19. Juni 1178. Siehe auch Meiller's Regesten.

in einem Ringhemde, welches bis zu den Knien reicht, und in einem cylinderförmigen, oben gerundeten Helm mit einem Nasal, der kurze Schild ist oben rund und gebaucht, darauf ein einfacher Adler. Das Schwert fehlt. In der Rechten hält der Fürst die Fahne, welche mit einer netzförmigen Verzierung ausgefüllt und ungefähr von der Mitte angefangen in zwei Streifen ausgeschnitten ist. Die Fussbekleidung des Reiters, die Zäumung des Pferdes und der Sattel sind wie auf dem vorigen Siegel, nur ist der Brustriemen schmal und ohne Ringverzierung, dagegen aber mit Fransen, vielleicht auch mit Schellen behangen. Zeichnung und Ausführung roh. Rund,

Fig. 10.

Fig. 11.

Durchmesser 3 Zoll; das Siegel ist der Urkunde, durch welche Leopold, mit Einwilligung seiner Gemahlin und seines Bruders, dem Stifte Heiligenkreuz seine Rechte auf Münchendorf gibt, in ungefärbtem blätterigen Wachs aufgedruckt, und zwar jenem Exemplare, welches mit der Datirung: Anno Incarnacionis dominicae MCLXXXVII, XV. kal. April. in Salchenawe (Solenau 18. März) versehen ist[1]. Die Abbildung bei Herrgott Taf. 2, Fig. 4, ist ganz verfehlt.

† LEVPOLDVS . DI . GRA . DVX . AVSTRIE. (Fig. 11.) Gothische Majuskel ohne Einfassungslinien; im Worte Leupoldus ist bei dem E der senkrechte Strich stark hervorgehoben, während die drei horizontalen Striche nur schwach angedeutet sind, wodurch der Buchstabe mehr einem I ähnlich wird, V und S am Schlusse desselben Wortes sind zusammengezogen. Das Siegelbild gleicht jenem unter Fig. 9, nur ist die Figur kleiner und der Helm am Rande ausgebogen, in der Fahne fehlen die kreisförmigen Verzierungen. Das Siegel, in ungefärbtem Wachs, ist den Urkunden vom Jahre 1188 aufgedruckt, durch welche Leopold dem Stifte Heiligenkreuz das Gut Roreck zurückstellt und demselben Stifte einen Theil des Waldes schenkt, in welchem es liegt[2]. Rund, Durchmesser $3^1/_4$ Zoll. — Die Abbildung bei Herrgott Taf. II, Fig. 5 ist mangelhaft.

† LIVPOLDVS . (dei Graci) A. DVX . AVSTRIE AC. STIRIE. Lapidarschrift auf einem erhöhten Rande, gerundete E. Die rechts gewendete Reiterfigur trägt einen cylinderförmigen Helm, der oben abgerundet und mit einem Riegel versehen ist, an demselben scheint statt der Nasenspange eine Platte angebracht zu sein, welche das ganze Gesicht deckt und Augen-Ausschnitte hat. — Wir treffen solche Gesichtsplatten auch in den Abbildungen der Herrad von

[1] Herrgott, l. c. auctar. diplom. 204, Nr. 3, und Fontes rer. Austriac. II. Abtheilung, XI, 16. — [2] Pez, cod. diplom. epistol. II, 43 und 44. Herrgott, l. c. auctar. diplom. 202. Fontes rer. Austriac. II. Abtheilung, XI, 23 und 24.

Landsberg[1]. Der Schild ist breiter und kürzer, und verjüngt sich weder so schnell, noch so stark wie auf den früheren Siegeln, er deckt den Oberleib des Reiters ganz und reicht bis zur Hälfte des Schenkels, so dass ein Theil des Panzerhemdes und vom Schwert das Ende sichtbar ist; auch die Art, den Schild zu tragen, hat sich geändert; früher wurde er schräg, mit der Spitze nach rückwärts gehalten, hier erscheint er in senkrechter Richtung mit der Spitze nach abwärts. Im Schilde befindet sich der einfache Adler, an dessen Flügeln die Saxen sichelförmig nach aufwärts gebogen sind und in einen Knauf enden. Zum ersten Male kommt der Adler auch in der schmalen Fahne vor, deren Feld zu Anfang und Ende eine Verbrämung hat; sie wird durch vier Ringe an der Lanze festgehalten und läuft in zwei lange, gezackte oder befranste Streifen aus. Das Kopfgestell der Pferdezäumung lässt sich nicht erkennen, dagegen ist der Stangenzügel deutlich, und eben so der mit Ringen oder Schellen behängte Brustriemen, der Steigbügel und Bauchgurt und die viereckige Satteldecke. Rund, Durchmesser 3¹/₄ Zoll. — Dieses Siegel, in ungefärbtem Wachs, hängt mittelst grauer Zwirnfäden an der Urkunde, durch welche Leopold dem Stifte Melk einen Wald schenkt, um dessen Holzmangel abzuhelfen[2]. Die Urkunde ist undatirt, und der in ihr genannte Abt Konrad, so wie der unter Zeugen vorkommende „Fridericus Filius Ducis" geben keine vollkommen genügenden Anhaltspunkte, um entscheiden zu können, ob dieselbe Leopold dem Tugendhaften oder Leopold dem Glorreichen angehöre. Im ersteren Falle wäre die Urkunde ungefähr zwischen den Jahren 1192 und 1194 ausgestellt worden, zur Zeit des Abtes Konrad I., und der Sohn ist Friedrich der Katholische; im letzteren Falle hätte die Schenkung zwischen den Jahren 1218 und 1224 stattgefunden, wo Konrad III. Abt von Melk und Friedrich der Streitbare der Sohn des Herzogs war. Herr von Meiller (Regesten der Babenberger S. 241, Anmerkung 284) nimmt die Urkunde für Leopold den Tugendhaften in Anspruch, weil unter den Zeugen Chraft von Einzingspach (Amzinsbach), Unzpach erscheint, welcher in keiner nach dem Jahre 1203 ausgefertigten Urkunde mehr vorkommt und eben so wenig ein anderer dieses Geschlechtes; dann weil das an dieser Urkunde hängende Siegel ein einfaches Reitersiegel ist, während Leopold der Glorreiche seit dem Jahre 1207 sich gewöhnlich eines Münzsiegels bediente. Dieser letztere Grund kann nicht unbedingt gelten, denn nach dem benannten Jahre kommen Urkunden von Leopold dem Glorreichen vor, die nur mit einer Seite eines Münzsiegels, also mit einem einfachen Siegel besiegelt sind; ausserdem hängt an einer Urkunde, gegeben zu Wien am 13. Mai 1217, vermöge welcher die Johanniter einige Äcker und Grundstücke von Heinrich von Willendorf kaufen, ein einfaches Reitersiegel dieses Herzogs, das von seinen übrigen gänzlich abweicht. Nicht unberührt darf dagegen bleiben, dass Leopold der Glorreiche ein Reitersiegel führte, welches dem vorliegenden an Grösse, in der Darstellung und in der Umschrift ganz ähnlich ist; ja man müsste es für identisch mit demselben halten, wären nicht die Buchstaben der Umschrift auf dem notorisch von Leopold dem Glorreichen herrührenden Siegel etwas kleiner und schlanker; es befindet sich an den Urkunden von den Jahren 1202 und 1203, welche Meiller l. c. S. 87 und 90, Nr. 29, 31 und 42 anführt, und dieses Siegel ist mir an einer Urkunde nach dem Jahre 1207 noch nicht vorgekommen, und in soferne ist Herrn v. Meiller's Ansicht richtig.

Im kaiserlichen Hausarchive befindet sich eine Urkunde, durch welche Leopold, Herzog von Österreich und Steier, die Vogtei über das neu gegründete Spital am Pyhrn übernimmt und dasselbe von fremder Gerichtsbarkeit befreit; auch diese Urkunde ist undatirt[3]; auf der Aussenseite steht jedoch von gleichzeitiger Hand geschrieben: „privilegivm Leopoldi senioris dvcis avstric et styrie". Der Zusatz „Senioris" passt nur auf Leopold den Tugenhaften. An diesem

[1] Herausgegeben von Engelhardt. Stuttgart bei Cotta. 1818. — [2] Hueber, l. c. 10. — [3] Meiller, l. c. pag. 71, Nr. 57 circa ann. 1192 und S. 240, Anmerkung 282

Diplome hängt, mittelst Pergamentstreifen, ein einfaches Reitersiegel, dessen Umschrift weggebrochen ist; der noch übrige Theil der Reiterfigur ist übereinstimmend mit dem an der Melker Urkunde befindlichen, und es ist somit festgestellt, das Leopold sowohl in Urkunden als auch auf diesem Siegel den Titel eines Herzogs von Steiermark führte. — Abbildung bei Hueber l. c. Taf. I, Fig. 4 entstellt. Nebst den erwähnten zwei undatirten Urkunden, an welche die Siegel angehängt sind, erwähnt Stülz in seiner Geschichte des Klosters Wilhering[1] zweier Urkunden Herzogs Leopold des Tugendhaften mit anhängenden Siegeln; bei der einen, vom 24. Februar 1188, sind nur mehr die rothen Seidenfäden vorhanden, das Siegel aber ist abgefallen, bei der anderen, vom 28. Februar 1188, ist das Siegel zwar vorhanden, jedoch sehr verletzt. Die an den räthselhaften Urkunden für das Stift Gleink, welche diesem Herzoge zugeschrieben werden[2], hängenden Siegel können hier nicht in Betracht gezogen werden, da Urkunden und Siegel, wenn nicht ganz falsch, im günstigsten Falle einer späteren Zeit angehörig sind[3].

Fig. 12.

Heinrich von Mödling, der Ältere. Zweiter Sohn Heinrichs Jasomirgott, Bruder Leopolds des Tugendhaften, geb. 1158, gest. am 19. September 1223.

† HAINRICVS. (Fig. 12.) Gothische Majuskel zwischen einfachen Linien, die einzelnen Buchstaben weit aus einander gestellt. Rund, Durchmesser 2 Zoll. Das Original, in ungefärbtem Wachs, hängt an zwei Urkunden des Stiftes Heiligenkreuz[4]. — Eine Variante dieses Siegels mit gleicher Umschrift und Darstellung, nur etwas grösser, zwei Zoll eine Linie im Durchmesser, ist einer Urkunde vom Jahre 1203 im Stiftsarchive Heiligenkreuz, in ungefärbtem blätterigen Wachs, aufgedruckt. Abbildungen von beiden Siegeln gibt Herrgott l. c. Taf. II, Fig. 8 u. 9, und von einem Schrötter und Rauch, Österreichische Geschichte II, 88.

Fig. 13.

Fig. 14.

Münzsiegel. a) Vorderseite. † HEINRICVS. DEI. GRACIA DE MEDELICCO. (Fig. 13.) Gothische Majuskel zwischen 2 Linien; gerundete M N und E, mit Ausnahme des Wortes DE. Im Siegelfelde ein einfacher Adler mit ausgebreiteten Flügeln. b) Kehrseite. (Fig. 14.) Gleiche

[1] Seite 485 und 486. — [2] Kurz, Beiträge zur Geschichte des Landes ob der Enns, III, 311—315. — [3] Stülz, über die ältesten Urkunden des Klosters Gleink im Archvie für Kunde österreichischer Geschichtsquellen, Jahrgang 1849, II, 273. — [4] Die eine gedruckt bei Herrgott, l. c. Auctar. diplom. 206 num. 5, fällt zwischen die Jahre 1182—1185 (s. Chmel's Geschichtsforscher, II, 490. Anmerkung 25), die andere ebenfalls undatirte Urkunde wurde von mir in Chmel's Geschichtsforscher l. c. 483, mitgetheilt, sie fällt nach dem Jahre 1149, nach dem Tode Leopold des Tugendhaften, dessen mit dem Beisatze „beate memorie" erwähnt wird. Die Urkunde, an welcher sich die Variante befindet, bei Herrgott, l. c. 205, num. 4 alle drei in den Fontes rer. Austriac. II. Abtheilung, XI, 12, 27, 31.

Umschrift, wie auf der Vorderseite, nur ist im Worte HEINRICVS ein geradliniges N und die E sind durchwegs gerundet. Im Siegelfelde ein gebauchter herzförmiger Schild, darin zwei über einander schreitende Leoparden. Herrgott l. c. S. 6 bemerkt, dass Heinrich kein Reitersiegel, wohl aber das Wappen der Babenberger, den Adler, führte. Nach dem vorliegenden Siegel aber scheint der Adler das österreichische Landes- und die beiden Leoparden das Familienwappen der Babenberger zu sein. Das Original hängt, in ungefärbtem Wachs, mittelst Pergamentstreifen an der Urkunde, durch welche Heinrich dem Stifte Melk den Weinzehent in Solenau übergibt, der Titel, den er in dieser Urkunde führt, lautet: Heinrich von Gottes Gnaden das, was ich bin.[1] Rund, Durchmesser 2¾ Zoll. Die Abbildung bei Hueber l. c. Taf. 2, Fig. 6 ist, wie gewöhnlich, schlecht, das Siegel verkleinert und die Verzierung nach dem Worte Medellico fehlt auf dem Originale.

Heinrich von Mödling, der Jüngere, des Vorigen Sohn; † circa 1236. Münzsiegel. a) Vorderseite. † SIGILLVM. HENRICI. DEI. GRACIA. DVCIS. MEDELICENSIS. (Fig. 15.) Gothische

Fig. 15.

Fig. 16.

Majuskel zwischen zwei Linien, die gerundeten E sind vorne geschlossen. Im Siegelfelde schwebt ein einfacher links schauender Adler. b) Kehrseite. (Fig. 16.) Die Umschrift wie auf der Vorderseite. Im Siegelfelde frei zwei über einander schreitende Leoparden, durch einen Querbalken von einander getrennt. Das Original, in ungefärbtes Wachs abgedruckt, fand ich an rothen, blauen, weissen und gelben Seidenfäden im Stiftsarchive von Heiligenkreuz, einer Urkunde vom Jahre 1233 angehängt[2] und an Pergamentstreifen im Stiftsarchive von Klosterneuburg an der, bei Pez cod. diplom. epist. II, 83 und Fischer l. c. II, 189 gedruckten Urkunde. Rund, Durchmesser 2¾ Zoll. Abbildungen Herrgott Taf. III, Fig. 1, Schrötter und Rauch l. c. II, 92, beide mittelmässig.

Friedrich der Katholische. Erhielt nach dem Tode seines Vaters Leopold Österreich. Reg. 1194 bis 1198.

FRIDERICVS. DEI. GRACIA. DVX. AVSTRYE. (Fig. 17.) Lapidar, zwischen zwei breiten Linien, gerundete E mit Ausnahme des letzten, eigenthümlich verschnörkelt ist das T. Die rechts gewendete Reiterfigur ist sowohl in der Zeichnung als im Costum jener auf dem Siegel Leopolds des Tugendhaften ähnlich. Als Abweichungen sind zu bemerken, dass sich auf der Brust des Adlers (im Schilde) vier gekrümmte Streifen kreuzen, und der vordere Theil des Fahnentuches, in welchem sich ebenfalls ein Adler befindet, netzförmig verziert ist. Die Fahne wird durch drei Ringe an der Lanze festgehalten. Rund, Durchmesser 3 Zoll. — Dieses Siegel, in ungefärbtem Wachs, hängt

[1] Hueber, l. c. pag. 15. — [2] Chmel, Geschichtsforscher II, 484 und Fontes rer. Austriac. II. Abtheilung, XI, 28.

mittelst Pergamentstreifen an der im Stiftsarchive von Heiligenkreuz befindlichen, bei Pez cod. diplom. II, 49 und Fontes rer. Austriac. 2. Abtheilung XI, 28, gedruckten Urkunde vom Jahre 1196. Abbildungen: Herrgott l. c. Taf. 2, Fig. 6; Monum. boic. XII. Taf. 1, Fig. 1 fragmentirt und schlecht; Schrötter und Rauch l. c. II. 133; eine Nachbildung jener bei Herrgott.

Leopold der Glorreiche. Erhielt nach dem Tode seines Vaters, Leopold des Tugendhaften, die Steiermark 1194—1198, und nach dem Tode seines Bruders Friedrich auch Österreich 1198—1230.

I. Die Umschrift zwischen zwei Linien ist unleserlich, die rechts gewendete Reiterfigur trägt einen niederen, oben gerade abgeschnittenen Helm, im herzförmigen Schild scheint der steierische Panther zu sein. Von der wimpelartigen Fahne ist nur so viel zu erkennen, dass sie in zwei Lappen zerschlitzt ist, der Reiter hatte einen Wappenrock. Dieses Siegel, schon ursprünglich

Fig. 17.

Fig. 18.

undeutlich abgedruckt, in ungefärbtem Wachs mit vielen Rissen, hängt an einer Urkunde vom Jahre 1197 im Stiftsarchive von Heiligenkreuz. Siehe Meiller's Regesten 81, Nr. 3 und Fontes Rer. Austriac. 2. Abtheilung, XI, 30. Rund, Durchmesser 3 Zoll. Herrgott fand im Stifte Admont an einer Urkunde vom Jahre 1206 ein Siegel, von welchem er l. c. Taf. III, Fig. 3 eine Abbildung gibt, über deren Werth ich nicht urtheilen kann, da mir das Original unbekannt ist. Herrgott hält dafür, dass Leopold dasselbe besonders für Steiermark geführt habe. Die Abbildung, 3 Zoll im Durchmesser, zeigt zwischen zwei Linien die Umschrift in gothischer Majuskel: † LIVPOLDVS. DEI GRA. DVX. AVSTRIE. ET. STIRIE. Die rechtsgewendete Reiterfigur hat einen niederen, oben gerundeten Helm, ohne Nasenspange und Gesichtsplatte; der Nacken ist durch die Kapuze des Panzerhemdes geschützt, der Wappenrock mit reichen Falten geht bis über den Bauch des Pferdes; der Schild, oben gerade abgeschnitten, verjüngt sich nach abwärts und ist unten gerundet, in demselben befindet sich der feuersprühende Panther, und in der wimpelartigen Fahne mit zwei Lappen der österreichische Adler. Die Zäumung besteht in einem Stangenzügel ohne (?) Kopfgestell, breiten Brustriemen mit Streifen verziert und einem rund geschnittenen Sattel. Für identisch mit dem vorbeschriebenen Siegel im Stiftsarchive von Heiligenkreuz halte ich es nicht, und fast möchte ich vermuthen, dass hier eine verfehlte Abbildung des nachfolgenden Siegels vorliege.

† LIVPOLDVS . DEI . GRACIA . DVX . AUSTRIE . AC . STIRIE. (Fig. 18.) Gothische Majuskel auf einem erhöhten Rande. Reiterfigur, jener auf dem Siegel seines Vaters ganz ähnlich; der Hauptunterschied besteht darin, dass auf dem vorliegenden Siegel die Buchstaben kleiner und schlanker sind, als auf jenem Leopold des Tugendhaften. Ich fand dieses Siegel im Stiftsarchive von Heiligenkreuz an der Urkunde, durch welche Leopold der genannten Abtei den Besitz von Wetzelsdorf bestätigt, anno 1203[1], in ungefärbtem blätterigen Wachs aufgedruckt; dann im kaiserl. Hausarchive an der Urkunde, durch welche Leopold der Propstei in Berchtesgaden die Mautfreiheit verleiht, Gratz am 8. Juni 1202, an Pergamentstreifen; endlich an dem Bestätigungsbriefe für das Stift Sekkau über das von den steierischen Otakaren erhaltene Recht, nebst Verleihung der Mautfreiheit in Österreich und Steiermark, Admont 2. Juni 1202, an rothen, grünen und gelben Seidenfäden hängend[2]. Mit gelben Seidenfäden war dieses, nunmehr fragmentirte Siegel an der Urkunde vom Jahre 1195, gegeben zu Marburg für das Kloster Seitz, befestigt[3]. In der Urkunde selbst

Fig. 19.

Fig. 20.

führt Leopold nur den Titel dux styrie, und es ist mir auffallend, dass er dieses Siegel, mit der Titulatur von Österreich und Steier und mit dem österreichischen Wappen im Schilde, bereits bei Lebzeiten seines Bruders gebraucht haben soll, während der letztere in seinem Siegel jede Hinweisung auf Steiermark vermeidet. Die Echtheit des Siegels unterliegt keinem Zweifel, jene der Urkunde dürfte einer Prüfung zu unterziehen sein. Rund, Durchmesser 3¹/₄ Zoll. Abbildungen: Herrgott l. c. Taf. II, Fig. 7 und Hueber l. c. Taf. I, Fig. 4.

Bei Fischer: Merkwürdigere Schicksale des Stiftes und der Stadt Klosterneuburg II, Taf. 7 befindet sich ein Contrasiegel abgebildet, welches der Rückseite des Klosterneuburger Conventsiegels an einer Urkunde vom Jahre 1206 (l. c. 162, Nr. 22) aufgedruckt ist. Die Abbildung zeigt einen links gewendeten, behelmten Kopf mit der Umschrift in gothischer Majuskel: LUIPOLD . DUCIS . AUST . E . ST. und ist nach einer älteren, im Klosterarchive befindlichen Zeichnung in Kupfer gestochen. Der Umstand, dass Leopold weder Aussteller der Urkunde ist, noch als Zeuge in derselben vorkommt, sondern seiner nach dem Datum nur mit den Worten erwähnt wird: „Tempore Liupoldi Ducis Austriae et Styriae, qui fuit sororius Belae liberi regis

[1] Gedruckt bei Herrgott, l. c. 205, Nr. IV, und Fontes rer. Austriac. II. Abtheilung, XI, 31. — [2] Meiller, Regesten 87, Nr. 29 und 31. — [3] Im kaiserlichen Hausarchive. Meiller, l. c. 80.

Ungariae", machte mir die Abbildung verdächtig, und die mir gewährte Einsicht des Originals bestätigte meine Vermuthung. Das Siegel ist der Abdruck eines antiken Steinschnittes, einen behelmten Kopf darstellend, welcher von einem Kranze umfangen ist, und diesen letzteren verwandelte die Phantasie des Zeichners in die oben erwähnte Umschrift.

Münzsiegel. *a)* Vorderseite. † LIVPOLDVS . DEI . GRACIA . DVX . AVSTRIE. (Fig. 19.) Gothische Majuskel, durch einen Kreis, dessen innere Fläche sich schräg gegen das Siegelfeld senkt und von einer Perlenlinie begrenzt ist, vom Siegelbilde getrennt. Linksgekehrte Reiterfigur im Panzerhemde, durch welches auch Hals, Kinn und Nacken geschützt sind. Über dem Panzerhemde trägt der Herzog einen Wappenrock ohne Ärmel, der um die Mitte gegürtet und unten ausgezackt ist. Der Helm hat zum Schutze des Gesichtes eine Platte mit Ausschnitten für die Augen. Der kleine herzförmige Schild mit dem Adler ist mittelst eines Riemens um den Hals gehängt und ruht auf der Brust. Die lange Fahne zeigt zwischen zwei netzförmigen Streifen den

Fig. 21.

Fig. 22.

Adler und ist in zwei Theile geschlitzt, deren Enden befranst sind. Der Fuss des Reiters ist gegen die Brust des Pferdes gestreckt. Die Satteldecke, welche nicht über die Hälfte des Bauches geht, ist rund zugeschnitten und mit gekreuzten Streifen verziert. *b)* Kehrseite. † LIVPOLDVS . DEI . GRACIA . DUX . STIRIE . (Fig. 20.) Die Reiterfigur ist rechts gewendet, Rüstung, Helm, Wappenrock wie auf der Vorderseite, in dem grösseren herzförmigen Schilde und in der Fahne erscheint der steierische Panther. Der Herzog ist mit dem Schwerte umgürtet, die kurze rund geschnittene Satteldecke ist mit Fransen besetzt. Rund, Durchmesser 3 Zoll. An einer Urkunde im Archive des Stiftes Heiligenkreuz hängt dieses Siegel mittelst Pergamentstreifen, an einer andern im kais. Hausarchive an grünen Zwirnfäden[1]. Die Abbildung in den Monum. boic. IV, Taf. I, Fig. 1, anno 1210, ist durchaus verfehlt. Die Umschrift hat auf beiden Seiten den Titel: DVX AVSTRIE; und die Zacken am Wappenrocke sind als Streifen, die an der Satteldecke hängen, behandelt. Die Abbildung im 11. Bande der Mon. boic. Taf. 11, Fig. 21, vom Jahre 1198 ist eine derartige, dass man nicht entscheiden kann, welches von den drei Münzsiegeln Leopolds sie darstellen soll.

Münzsiegel. *a)* Vorderseite. † LIVPOLDVS . DEI . GRACIA . DVX . AVSTRIE. (Fig. 21.) *b)* Kehrseite. † LIVPOLDVS . DEI . GRACIA . DVX . STIRIE. (Fig. 22.) Gothische Majuskel

[1] Fontes rer. Austriac. II. Abtheilung. XI, 37 und Meiller, l. c. Nr. 173.

zwischen einfachen Linien. Auf jeder Seite dieses Doppelsiegels befindet sich eine rechtsgewendete Reiterfigur in voller Rüstung, mit dem Schwerte umgürtet, ein Fasshelm bedeckt das Haupt und der Wappenrock ist an den unteren Säumen ausgezackt; der flache herzförmige Schild ist kurz, oben sehr breit und zeigt auf der Vorderseite den Adler, auf der Kehrseite den Panther, die gleichen Embleme befinden sich in den Fahnen, welche wimpelförmig und ungefähr von der Mitte angefangen in zwei Theile geschnitten sind. Die Fussbekleidung besteht in Schnabelschuhen, der Sattel liegt auf einer kleinen rund geschnittenen Schabracke. Rund, Durchmesser 3½ Zoll, vom Jahre 1213. Dieses Siegel in grünem Wachs (die Fläche sehr licht, der Bruch dunkel) hängt an rothen Seidenschnüren an einer Urkunde im kais. Hausarchive, durch welche Leopold bezeugt, dass Thimo von Elsnitz ein Gut, welches er vom Herzoge besass, der Karthause Seitz theils geschenkt, theils um 12 Mark verkauft habe. Gegeben zu Marburg.

† (LIV) POLDVS . DEI . GRACIA . DVX AV. . . . (Fig. 23.) Gothische Majuskel zwischen zwei Kreislinien. Das Siegel ist fragmentirt, von der rechtsgekehrten Reiterfigur fehlen der Kopf des Reiters und der Vordertheil der Fahne, von letzterer sind nur zwei befranste Wimpel zu sehen.

Fig. 23.

Fig. 24.

Der Herzog im Panzerhemd, welches bis zum Knie reicht, trägt das Schwert an der linken Seite, dessen Griff eine einfache Parirstange hat. Der herzförmige, gebauchte Schild, mit der Spitze senkrecht nach abwärts gehalten, zeigt den einfachen Adler. Die Fussbekleidung besteht in Schnabelschuhen, der Sattel hat vorn und rückwärts hohe Bogen. Zeichnung und Ausführung des Siegels sind ziemlich gelungen. Smittmer fand dasselbe an einer Urkunde vom Jahre 1217 im Malteser-Grosspriorats-Archive zu Prag, durch welche die Johanniter einige Äcker und Grundstücke von Heinrich von Willendorf erkaufen. Acta publice in ecclesia S. Petri Wienne Anno dominice incarnacionis 1217. Indict. VI. iii Idus Maji (13. Mai), Anno pontificatus Honorii primo, regnante Fridrico, Ulrico pataviensi Episcopo, Luipoldo duce Austrie. Rund, Durchmesser 3 Zoll 3 Linien.

Münzsiegel. a) Vorderseite. † LIVPOLDVS . DEI GRATIA . DVX . AVSRIE (sic). (Fig. 24.) Gothische Majuskel zwischen Perlenlinien. Das Siegelbild zeigt einen rechtsgewendeten Reiter, welcher über dem Panzerhemde einen Wappenrock trägt und mit dem Schwerte umgürtet ist. Das Haupt bedeckt ein Helm, welcher den ganzen Kopf umschliesst und wie eine Tonne über denselben gestürzt wurde, daher auch die Benennung Fasshelm oder Kübelhelm. Er hat kein bewegliches Visir, sondern zwei an der vorderen Helmwand in der Richtung der Augen angebrachte horizontale Ausschnitte, dienen sowohl zum Sehen als auch zum Einströmen der nöthigen Luft, und sind an den Orten mit Spangen, wahrscheinlich von anderem Metalle, verziert. Die vordere Helmwand ist in der Mitte kantig und gegen das Kinn zu eingeschweift. Der Helm ist oben gerade abgeschnitten, unten aber vom Kinne gegen den Nacken verjüngt er sich, und zwar im Bogen ausgeschnitten. Der gewölbte Schild, welcher von der Achsel bis über das Knie reicht, ist oben gerade, die Ecken abgerundet und verjüngt sich gegen die Spitze sehr schnell, er wird schräg mit der Spitze nach vorwärts gehalten. Im Schilde und in der Fahne zeigt sich der österreichische Adler, und zwar in letzterer zwischen zwei netzförmigen Streifen, welche Hanthaler irrig für den österreichischen Querbalken hält[1]. Vor dem Adler befindet sich in der Fahne ein Kreuzchen, welches Herrgott[2] auf den Kreuzzug deutet, zu welchem Leopold, wie die Melker und Klosterneuburger Chroniken melden, im Jahre 1208 rüstete. Von der Mitte an ist die Fahne in drei Theile zerschlitzt. Der Fuss des Reiters ist gegen die Brust des Pferdes gestreckt, aber nicht horizontal gehalten. Sporen fehlen; die Zäumung des Streithengstes besteht in einem Kopfgestelle mit Stangenzügel, einem Sattel, vorne und rückwärts mit hohem Bogen, Brustriemen und Bauchgurt. Die kleine Satteldecke ist rund geschnitten. — b) Kehrseite. † LIVPOLDVS DEI GRATIA DVX STIRIE. (Fig. 25.) Gothische Majuskel zwischen Perlenlinien. Das Siegelbild jenem der Vorderseite gleich, nur befindet sich der steierische Panther in Schild und Fahne, und letztere ist nur in zwei Theile geschnitten, der Fuss des Reiters ruht in natürlicher Stellung. Rund, Durchmesser 3 Zoll. Dieses Siegel Leopolds kommt am häufigsten vor und blieb bis zu seinem Tode im Gebrauch; im Melker Archive hängt es an einer Urkunde vom Jahre 1317[3] in ungefärbtem Wachs, an grauen Zwirnfäden. Im Stiftsarchive von Heiligenkreuz an Urkunden von den Jahren 1216, 1219 und 1237[4]. Hanthaler fand es an zwei Urkunden vom Jahre 1208[5] mit rothen, grünen und gelben Seidenfäden befestigt, während Smittmer erwähnt, dass dasselbe an der Urkunde für das Nonnenkloster Göss, vom Jahre 1214[6], an goldgelben Seidenfäden hängt. — Manche Urkunden sind nur mit einer Seite dieses Siegels bekräftigt, eine im Melker Archive vom Jahre 1227[7] mit der österreichischen Seite, dagegen die im Malteser Grosspriorats-Archive zu Prag befindliche Urkunde, durch welche Leopold den Johannitern die von Ulrich von Stubenberg beatae memoriae geschenkten Dörfer Hartwigesdorf und Chrebezbach bestätiget, actum in obsidione Damiate 1218, nur mit der steirischen Seite (Smittmer Siegelkatalog). Bezüglich der Farbe des Wachses und der Seidenfäden ist von den verschiedenen Siegeln Leopolds noch zu erwähnen, dass an einer für das Kloster Wilherung vom Jahre 1202, das nunmehr abgefallene Siegel an grünen und rothen Seidenfäden hing[8]. An einer Urkunde vom

Fig. 25.

[1] Hanthaler Recens. diplom geneal. I, 205. — [2] l. c. 7. — [3] Hueber, l. c. pag. 14, Nr. 4. — [4] Herrgott, l. c. I, 207 und Fontes rer. Austriac. II. Abtheilung, XI, 49, 56, 66. — [5] Hanthaler, l. c. I, 205. — [6] Fröhlich, diplomatar. Stir. I, 30. — [7] Hueber, l. c. pag. 16. Nr. 8. — [8] Stülz, Geschichte des Klosters Wilhering, 493.

Jahre 1212 befindet sich ein Münzsiegel in grünem Wachs mit rothen Seidenfäden, an einer anderen vom Jahre 1215 sind die Seidenfäden grün und das Wachs roth[1]. Abbildungen dieses Siegels, mehr oder weniger misslungen bei: Herrgott l. c. Taf. 3, Fig. 2, 4 und 5; Hueber l. c. Taf. 1, Fig. 5, Taf. 2, Fig. 2 und 4, Taf. 3, Fig. 1, alle drei sehr entbehrlich; Hanthaler l. c. Taf. 21, Fig. 1 ganz verfehlt; Schrötter-Rauch l. c. II. 382 nach Herrgott, ganz misslungen; Kauz Österreichischer Wappenschild Taf. IV. nach Herrgott.

Heinrich der Grausame, Sohn Leopolds des Glorreichen, geboren 1208, gestorben 1228. In einer Urkunde vom Jahre 1227 (Monum. boic. XXVIII. II. 271, num. 48 mit der irrigen Jahreszahl 1207) von Leopold dem Glorreichen, lautet die Sigillationsformel: nostro et filii nostri Heinrici sigillo. Bisher kam mir ein Siegel desselben noch nicht zu Gesicht.

Friedrich der Streitbare, geboren in Neustadt 15. Juni 1211; folgt seinem Vater in der Regierung 1234, fällt in der Schlacht bei Neustadt 15. Juni 1246. Münzsiegel. Auf der Vorderseite lautet die Umschrift: FRIDERICVS DEI GRACIA DVX AVSTRIE (Fig. 26), auf der

Fig. 26.

Fig. 27.

Kehrseite: † FRIDERICVS DEI GRACIA DVX STIRIE. (Fig. 27.) In gothischer Majuskel zwischen Perlenlinien. Die auf beiden Seiten des Siegels rechtsgewendete Reiterfigur trägt einen oben gerade abgeschnittenen Fasshelm auf dem Haupte, am Halse ist das Panzerhemd sichtbar, über welchem der Fürst einen langen faltigen Wappenrock hat. Das Schwert fehlt. Der Schild bildet ein geradliniges Dreieck und wird schräge mit der Spitze nach rückwärts gehalten, er zeigt auf der Vorderseite zum ersten Male den weissen Querbalken im rothen Felde und auf der Kehrseite den steierischen Panther. Das Fahnentuch, an dem Speere durch vier Ringe befestigt und wimpelförmig, ist ungefähr von der Mitte an in zwei Theile zerschlitzt, die an den Enden befranst sind. Dort wo die Theilung beginnt hat die Fahne einen netzförmigen Besatz, Wappenfiguren befinden sich in derselben nicht. Der Sattel ruht auf einer rund geschnittenen kleinen Decke und hat an der Rücklehne Arme, sogenannte Ohren, welche die Hüften umschliessen. Der Fuss des Reiters ist, besonders auf der Kehrseite, beinahe horizontal ausgestreckt. Die Sporen fehlen. Rund, Durchmesser 3¹/₄ Zoll. Das Original hängt an der Urkunde Rüdigers, Bischofs

[1] Stülz, Geschichte von St. Florian, 281 und 291, Nr. 46 und 49.

von Passau, durch welche dieser einen Tauschvertrag des Abtes Egelolf von Heiligenkreuz mit dem Pfarrer Leopold von Alland bestätiget, im Stiftsarchive von Heiligenkreuz[1]. Es ist in leberbraunem Wachs abgedruckt und hängt an gleichfärbigen Seidenschnüren, sonst traf ich es meistens in ungefärbtem Wachs an Pergamentstreifen. Stülz erwähnt, dass er dieses Siegel an den beiden Urkunden für das Stift St. Florian, gegeben zu Krems am 8. December 1243[2], in rothem Wachs vortrefflich erhalten und an gelben, orangefärbigen und blauen Seidenfäden hängend, gefunden habe. Manche Urkunden sind nur mit einer Seite dieses Siegels, gewöhnlich mit der österreichischen (der Vorderseite) besiegelt, so die bei Hueber l. c. 18 mitgetheilte vom Jahre 1231, und jene in den Mon. boic. XII, 392 vom Jahre 1241 für das Kloster Osterhofen. — Die Monum. boic. XXIX, II, 360, Nr. 29 geben einen Brief, welchen Friedrich in der Nacht vor seinem Todestage (15. Juni 1246) an Albrecht von Polheim schrieb, auf der Kehrseite befinden sich noch Fragmente eines Wachssiegels. Die zusammengelegten Briefe wurden nämlich an zwei Orten durchschnitten, durch die Öffnungen ein Pergamentstreif durchzogen, dessen Enden auf der Rückseite über einander gelegt und darauf das Siegel gedruckt. Um den Brief zu öffnen, durchschnitt man den Pergamentstreif an der Vorderseite, und das Siegel blieb unverletzt. Ob aber jenes Fragment ein bisher unbekanntes Secret, ob eine der beiden Seiten des bekannten Münzsiegels, ist nicht angegeben. — Die Abbildungen dieses Siegels sind theils mittelmässig, theils ganz unbrauchbar. Herrgott l. c. Taf. 4, Fig. 1; Schrötter und Rauch l. c. II, 523; Hueber l. c. Taf. 5, Fig. 3 nur die Vorderseite; eben so Monum. boic. XII, Taf. 1, Fig. 2; Kreuz l. c. Taf. 1, jener bei Herrgott nachgebildet; Hanthaler, Recens. diplom. geneal. Taf. 21, Fig. 2, gibt die Abbildung eines Doppelsiegels Friedrichs, auf welcher sich auf der Vorderseite im Schilde des Reiters der einfache Adler, wie ihn noch Leopold der Glorreiche als österreichisches Wappen führte, und in der Fahne der österreichische Bindenschild und der steierische Panther befinden, der letztere frei, d. i. in keinem Schilde; auf der Kehrseite dagegen erscheint im Schilde der steierische Panther und in der Fahne das Bindenwappen zwischen zwei netzförmigen Streifen. Nach Hanthaler's Angabe befand sich dieses Siegel, und zwar in weisses Wachs abgedruckt, an gelben Seidenfäden hängend, an der Urkunde, durch welche Friedrich dem Stifte Lilienfeld die von seinem Vater gemachten Schenkungen im vollen Umfange bestätigt, die Gebrüder von Altenburg für ihre Ansprüche wiederholt entschädiget und dem Stifte ausserdem neue Schenkungen macht, darunter 35 Huben mit allem dazu Gehörigen. Witzlinsdorf. Datum anno incarnacionis dominice MCCXXX. Pridie Kal. Decembris (30. November) in Lilinveld. — Auch an der Urkunde vom Jahre 1232, durch welche Friedrich dem Stifte Lilienfeld 2 Lehen zu Reklinsdorf und bei Traisma übergibt, welche ihm Konrad von Immenerlch zu diesem Ende abgetreten hatte, soll sich dasselbe Siegel befunden haben[3], und die bei Hueber (Taf. 5, Fig. 3) befindliche Abbildung mit dem Querbalken im Schilde hält Hanthaler für falsch. Aus dieser Behauptung sollte sich wohl schliessen lassen, dass Hanthaler, welcher seine Siegel selbst zeichnete, kein Bindenschild im Originale gesehen habe, und bei der von ihm gelieferten Abbildung kein Irrthum unterlaufen sein könne. Ungeachtet dessen kam mir dasselbe stets verdächtig vor, einerseits wegen der Angabe, dass dieses Siegel noch im Jahre 1232 vorkomme, während das Siegel mit dem Bindenschilde schon im Jahre 1231 erscheint, und dann aus dem Grunde, weil sich bei Hanthaler's Abbildungen bald die Überzeugung aufdringt, dass sie durch Zugaben oder Weglassungen entstellt, wohl auch ganz fingirt sind, indem beinahe keine mit den bisher bekannten österreichischen Fürstensiegeln übereinstimmt. Ich habe mein Bedenken hierüber in den „Quellen und Forschungen" S. 344 (Wien, 1849) ausgesprochen, und glaubte damals, dass diese

[1] Gedruckt bei Herrgott l. c. 269 und Fontes rer. Austriac. II. Abtheilung, XI, 90, Nr. 80. — [2] Gedruckt bei Ludwig, Reliq. manusc. IV, 221 und 223. — [3] Hanthaler l. c. I. 206, nota g.

Urkunde, so wie manche andere des Stiftes Lilienfeld, während der Aufhebung desselben zu Grunde gegangen sei. Seither erfuhr ich, dass ein grosser Theil der Urkunden dem Stifte bei einer Restitution wieder zurückgestellt wurde; nur von den Urkunden Friedrichs des Streitbaren ist jene vom Jahre 1232 in Verlust gerathen, die vom Jahre 1230 aber noch vorhanden, und über Verwendung des damaligen Stiftshofmeisters Wilhelm Steger erhielt ich sie 1851 zur Einsicht. An derselben hing an gelben und orangefärbigen Seidenfäden das gewöhnliche Doppelsiegel Friedrichs, zwar zerbrochen und Theile fehlend, aber von der Vorderseite der Schild des Reiters mit dem Querbalken glücklicherweise erhalten, um die Abbildung Hanthaler's mit voller Gewissheit in das Reich müssiger Erfindungen weisen zu können. An einer Urkunde vom Jahre 1237 für das Nonnenkloster zu Erlau[1] im kaiserlichen Hausarchive hängt ein sehr verletztes Doppelsiegel, von dem vorigen nur in Zeichnung und Ausführung verschieden, beide sind aber so manierirt, dass das Siegel dadurch eben so verdächtig wird, als es die Urkunde selbst ist.

Das Zwischenreich.

Hermann von Baden, vermählt mit Gertrud, der Enkelin Leopolds des Glorreichen, 1248, stirbt 1250.

HERMANNVS DEI GRACIA DVX AVSTRIE. (Fig. 28.) Gothische Majuskel zwischen Perlenlinien. Rechtsgewendete Reiterfigur; die Rüstung des Fürsten und die Pferdezäumung sind wie auf dem Siegel Friedrichs des Streitbaren, der breite Brustriemen des Pferdes ist mit Buckeln

Fig. 28.

Fig. 29.

besetzt, der Bauchgurt mit gekreuzten Streifen verziert; im dreieckigen Schilde befindet sich das Bindenwappen. Rund, Durchmesser 3¼ Zoll. Dieses trefflich erhaltene Siegel in ungefärbtem Wachs hängt an der Urkunde, durch welche Hermann, Herzog von Österreich und Steier, Markgraf von Baden, dem Kloster Zwettel 2 Talente Salz „majoris ligaminis" mauthfrei auf der Donau

[1] Meiller, Regesten der Babenberger, pag. 157, Nr. 48.

herabzuführen gestattet. Link Annal. Clar. Vallens. I, 335; in den Mon. boic. III, Taf. 4, Fig. 30 befindet sich eine schlechte Abbildung.

Otakar, vermählt mit Margaretha, der Schwester des letzten Babenbergers, 1252; Herr von Böhmen durch den Tod seines Vaters, 22. September 1253, als König gekrönt 1262, leistet auf die österreichischen Länder Verzicht 1276. — Münzsiegel. a) Vorderseite. † PREMIZL DEI GRACIA JVVENIS REX BOEMOR. (Fig. 29.) b) Kehrseite. † OTACHARVS DEI GRACIA DVX AVSTRIE ET STIRIE. (Fig. 30.) Gothische Majuskel zwischen Perlenlinien. Auf beiden Seiten eine rechtsgewendete Reiterfigur. In der Rüstung und übrigen Bekleidung, in der Form des Schildes und der Art ihn zu tragen, herrscht vollkommene Ähnlichkeit mit dem Münzsiegel Friedrichs des Streitbaren; nur hat Otakar auf der Vorderseite den böhmischen Löwen und auf der Rückseite den österreichischen Querbalken im Schilde. Otakar bediente sich dieses Siegels sowohl bei Lebzeiten seines Vaters, seit dem Jahre 1252, als auch nach dem Tode desselben (22. September 1253) bis zum Jahre 1261, in welchem er sich krönen liess und den Königstitel annahm, während er sich bis dahin in den Urkunden „dominus regni Bohemiae" nannte. Obwohl auf der Kehrseite der Titel eines Herzogs von Steier erscheint, behielt Otakar dieses Siegel doch auch nach dem Jahre 1354 bei, in welchem er Steiermark an den König von Ungarn abgetreten hatte; in den Urkunden aber wird der Titel von Steiermark bis zum Jahre 1260, wo dieses wieder an Otakar kam, weggelassen. Wir finden also in den Urkunden, an welchen dieses Siegel vorkommt, folgende Titulaturen: 1. Otacharus de gracia dux Avstrie et Stirie et Marchio Moravie, vor dem Ableben seines Vaters (Mon. boic. XII, 398, anno 1252). 2. Otacharus dei gracia dominus regni Boemie, dux Austrie et Marchio Moravie; Fischer l. c. II. 241 und 243, Nr. 75 und 76, anno 1256 und 1259. Nach dem Ableben seines Vaters und dem Verluste der Steiermark; bisweilen kommt statt dominus: „haeres regni Boemie" vor; Schrötter und Rauch l. c. III. 140. 3. Otacharus d. g. dominus regni Boemie, dux Austrie et Stirie ac marchio Moravie, nach der

Fig. 30.

Fig. 31.

Wiedereroberung Steiermarks (Fischer l. c. II, 247 Nr. 80) anno 1261 am 2. October; die Krönun
.fand am Festtage der Geburt des Herrn statt. Rund, Durchmesser 3¼ Zoll. Manche Urkunden sin
nur mit einer Seite des Münzsiegels bestätiget. Abbildungen desselben, meist misslungen, zum Thei
von verstümmelten Originalen, treffen wir bei Hueber, l. c. Taf. 4, Fig. 2; Schrötter und Rauc
l. c. III, 676; Steinbach, historische Merkwürdigkeiten des Stiftes Saar, II. Taf. 1; Mon. boic. V
Taf. 3, Fig. 12, unbrauchbar; XII. Taf. 1, Fig. 3; III. Taf. 5, Fig. 31 die böhmische Seite, statt d
Fasshelms ein offener Helm; XI. Taf. 5, Fig. 28, die österreichische Seite, ungenügend; Pubitschk
chronologische Geschichte Böhmens IV. II. 449, nicht sonderlich gelungen, ausserdem ist di
Reiterfigur auf der Vorderseite rechts, auf der Kehrseite links gewendet; Kauz, vollständig
Aufklärung über die Geschichte des österreichischen Wappenschildes, Taf. 1, nach der bei Han
thaler befindlichen Abbildung. Diese letztere (Hanthaler l. c. Taf. 20, Fig. 1) ist nach Angabe Han
thaler's einem Münzsiegel entnommen, welches er im Stiftsarchive an jener Urkunde Otakars, durc
welche dieser das eingeschaltete Privilegium Kaiser Friedrichs II. über die Verleihung des Lande
gerichtes und Marchfutters bestätiget, dat. in Lilenvelt xiiii kal. Augusti (19. Juli) 1257, an rothe
und weissen Schnüren hängend fand. Die Umschrift auf der Abbildung ist dieselbe wie auf den
vorbeschriebenen Siegel, die figuralisch
Darstellung dagegen weicht bedeutend ab
nicht blos in dem, was den künstlerischen
und archäologischen Typus der Zeichnung
anbelangt, sondern es erscheinen ausserdem
in der breiten langen Fahne auf der Vor-
derseite der österreichische Bindenschild
und der steierische Panther frei, auf der
Kehrseite zeigt die Fahne, in zwei abge-
theilten Feldern, den böhmischen Löwen
und den Panther. Überdies ist der Fürst
mit einem gekrümmten Säbel umgürtet.
Hanthaler bespricht dieser Abweichungen
wegen die bei Hueber befindliche Ab-
bildung, welche er sogar für unrichtig
hält, weil auf ihr die Wappenfiguren in
der Fahne fehlen[1], und sagt, dass er aus
diesem Grunde seine Siegel mit um so
grösserer Sorgfalt gezeichnet habe. Den-
noch sind Bild und Wort bei Hanthaler
falsch, denn bei Einsicht des Originales
fand ich an derselben Urkunde, an rothen und goldgelben Seidenfäden, das von mir beschriebene Doppelsiegel ohne die geringste Variante.

Fig. 32.

Münzsiegel nach der Königskrönung. *a)* Vorderseite. †. S † OTAKARI ∗ SIVE ∗ PREMIZLAI † QVINTI † REGIS ∗ BOEMOR ∗ MARCHIONIS ∗ (2. Zeile) MORAVIE ∗ FILII ∗ WENZEZLAI ∗ REGIS ∗ QVARTI. (Fig. 31.) Gothische Majuskel, scharfe, kräftig hervortretende Schrift zwischen drei Perlenlienien, nach jedem Worte eine kleine Blume; häufiges

[1] Parium interim titulorum sigillum aeque geminum, praeterquam quod pro voce „Boemorum" legatur: „Boemie" (was bei Hueber wirklich gefehlt ist), sed non paulo minus in imaginibus reipsa iisdem, plane tamen alterius et simplicioris moduli, in quo vexilla nullum prorsus insigne habent, videre est in Aust. Mellic. Tab. IV, Nr. 2; si tamen illi delineationi aliquomodo fidendum propter notam et patentam sculptoris inertiam. Nos idcirco nostra sigilla tanto studiosius expressimus. Hanthaler l. c. I, 184.

Zusammenziehen der Buchstaben AR, ON und OR in den Worten: Otakari, Quarti, Marchionis Moravie. Der König sitzt auf einem einfachen Thronstuhle, ohne Rücken- und Armlehnen, mit einer Laubkrone auf dem Haupte, die Haare in schlichte Locken gelegt. In der Rechten hält er ein Liliensceptler, in der ausgestreckten Linken den Reichsapfel mit dem Kreuze. Die Kleidung besteht aus einem um die Mitte gegürteten Talare, welcher am Halse und am unteren Saume verbrämt ist, die Ärmel reichen bis zur Hälfte des Vorderarms und lassen die anliegenden, bis zum Handknöchel reichenden Ärmel des Unterkleides sehen. Darüber trägt er einen verbrämten und mit Quasten verzierten Mantel, der vorne durch eine Schnur festgehalten wird. *b)* Kehrseite. † * S * OTAKARI * DEI * GRA * REGIS * BOEMOR * QVINTI * MORAV * MARCHIONIS * (2. Zeile) AVSTRIE * ET * STIRIE * DVCIS. (Fig. 32.) Gothische Majuskel zwischen 3 Perlenlinien, nach jedem Worte eine vierblätterige Blume. AR und OR in Otakari, Morav, Marchionis, zusammengezogen. Die zweite Zeile der Umschrift, ist durch die Vorder- und Hinterfüsse, dann den Kopf des Pferdes, endlich durch die Fahne unterbrochen. Rechtsgekehrte Reiterfigur. Der Helm des Ritters hat unter dem Querausschnitte für die Augen ein Gitter aus zwei Reihen viereckiger Löcher, um eine reichlichere Lufteinströmung zu bewirken, und rückwärts eine anliegende, stufenförmig ausgezackte Helmdecke. Zwei kammartig gelegte Adlerflügel bilden das Zimier. Der Schild mit dem österreichischen Wappen ist grösser als auf dem früher beschriebenen Siegel und hat ausgebogene Seitentheile; er wird schräg mit der Spitze nach rückwärts gehalten. Über dem Panzerhemde trägt der Fürst einen bis zu den Knieen reichenden Wappenrock. Er ist mit einem Schwerte umgürtet, dessen Griff eine gerade Parierstange hat und oben in einen Knopf endet. In der rechten Hand hält Otakar die Fahne, deren langes aber schmales Tuch sich zwischen den beiden Perlenlinien befindet, welche die 2. Zeile der Umschrift einschliessen. Die Fahne, von der Mitte angefangen in drei befranste Lappen zerschlitzt, enthält keine Wappenfigur; dort jedoch, wo sie an dem Speere befestigt, dann wo die Lappentheilung beginnt, sind Borten und auf diesen drei Sterne, pfahlweise gestellt, als Verzierung angebracht. Die niedere Rücklehne des Sattels hat keine Ohren und ist mit dem österreichischen Schilde geschmückt. Zum ersten Male erscheint das Pferd in eine Decke gehüllt, welche aus zwei Theilen, dem Fürbug und dem Hinterzeuge, besteht und bis an die Fesseln reicht, der Bauch ist frei. Der Fürbug ist vorne an der Brust nach abwärts aufgeschnitten, um die Bewegung der Vorderfüsse nicht zu hemmen. Die Kopfhülle geht bis zu den Nüstern, an den Ohrenspitzen befinden sich Schellen. Die Decke, an den Säumen verbrämt und reich mit Sternen besäet, ist überdies mit den Länderwappen in dreieckigen Schildchen belegt, und zwar am Halse des Pferdes mit dem böhmischen und unter der Brust mit dem mährischen Wappen, welches zum Theil durch den Fuss des Reiters verdeckt ist;

Fig. 33.

am Schenkel des Pferdes befindet sich der steierische Panther. Der Fuss des Reiters wird minder horizontal und gestreckt gehalten, als dies auf den Siegeln des letzten Babenbergers und dem älteren Siegel Otakars der Fall ist, Sporen sind noch immer nicht vorhanden. *c)* Kehrseite, Variante. (Fig. 33.) Von der Kehrseite kommt eine Variante in Verbindung mit der beschriebenen Vorderseite *a* vor. Die Reiterfigur ist gegen *b* in der Zeichnung schöner, die Ausführung eine zierlichere und schwungvollere; ausserdem erscheinen noch folgende Unterschiede: in der Umschrift, gleichlautend mit jener der Kehrseite *b*, sind die Buchstaben schlanker, die *C* vorne geschlossen und im Worte: Boemor. die letzten zwei Buchstaben zusammengezogen; endlich sind die einzelnen Worte statt der Blumen durch Punkte getrennt. Der Schlachthelm, ohne Gitter, nur mit dem Sehschnitte, verjüngt sich über dem letzteren in eine konische Spitze, welche durch den Adlerflug verdeckt wird, dieser selbst ist länger und seine Form gefälliger. Auf der Rückwand des Helmes befinden sich kleine dicht an einander gereihte Buckeln, vielleicht soll dies eine anliegende gestickte Decke darstellen. Die bedeutend breitere Fahne unterbricht die Perlenlinie, welche die zweite Zeile der Umschrift vom Siegelfelde scheidet; jeder der drei befransten Streifen ist, nebst der Verbrämung, mit einem Sterne besetzt, die Fahne ist am Anfange und wo die Wimpel angesetzt sind, mit Borten verziert, auf deren ersterer fünf Sterne, auf der letzteren vier Sterne in pfahlweiser Stellung erscheinen. Die Seitentheile des kleineren Schildes biegen sich weniger aus, das Schwert ist bedeutend länger. Die Ohren des Pferdes stehen aus der Decke frei heraus; der Fuss des Reiters deckt den mährischen Wappenschild nicht, sondern ist über demselben gerade gegen die Brust des Pferdes vorgestreckt, an der Rücklehne des Sattels fehlt das österreichische Wappen.

Fig. 34.

In den Urkunden, an welchen das Thronsiegel mit den beiden Varianten der Kehrseite vorkommt, führt Otakar den Titel: Rex Boemiae, Dux Austriae et Stiriae, Marchio Moraviae. Nach der Angabe Hanthalers sind manche Urkunden nur mit einer Seite dieses Münzsiegels bekräftiget, wobei er erwähnt, dass das Siegel *a* und *c* im Lilienfelder Archive, an rothen und gelben Schnüren hängend, zum ersten Male im Jahre 1268 (die Abbildung Taf. 20, Fig. 2 aber hat die Jahreszahl 1267), die Reiterseite allein aber schon 1265 vorkomme. Beide Münzsiegel *a*, *b* und *a*, *c* haben bisweilen die Randschrift (exergue) „Pax Ottakari Regis Qvinti Sit In Manv Sancti Wenceslai", welche Formel wir auf den Siegeln der älteren Herzoge und Könige von Böhmen als Umschrift der Kehrseite, worauf der heilige Wenzel sitzend dargestellt ist, bisweilen aber auch als Umschrift der Vorderseite antreffen, so auf der Kehrseite des Siegels Herzogs Friedrich vom Jahre 1183: „Pax Ducis Friderici In Manv Sci. Wenceslai“, und eben so auf der Vorderseite des Siegels Königs Wenzel I. vom Jahre 1229: „Pax regis Wenceslai In“ etc. Rund, Durchmesser 3³/₄ Zoll. Das Siegel *a*, *b* fand ich in ungefärbtem Wachse, an Pergamentstreifen hängend, an einer Urkunde im Stiftsarchive von Heiligenkreuz vom Jahre 1262[1]. Eine nicht ganz entsprechende Abbildung desselben befindet sich bei Herrgott l. c. Taf. 4, Fig. 5, nebst der Exergue, und nach dieser bei Pubitschka l. c. IV, II, 449. Das Siegel *a*, *c* befindet sich im Malteser-Archive zu Prag, an einer Urkunde, gegeben zu Znaim xviii Kal. Septembris (15. August) anno domini 1268, durch welche Otakar den Johannitern Maevrenperge (Mailberg) in Niederösterreich und das Patronat der Pfarrkirche zu Marcheck schenkt. Hanthaler's Abbildung, l. c. Taf. 20, Fig. 2, leidet an wesentlichen Mängeln; auf der Vorderseite gehören die Streifen, mit welchen das Siegelfeld gegittert ist, weg. Ausserdem sind die Umschriften der Vorder- und Rückseite verwechselt, einzelne Worte derselben versetzt und abgekürzte Worte vollständig gegeben; bei ihm lautet die Umschrift der Vorderseite: „S. OTAKARI. DEI. GRACIA. REGIS. BOEMOR. QVINTI. MORAVIE. MAR (2. Zeile) CHIONIS. FILII. WENCESLAI. REGIS. QVARTI“. Nach jedem Worte eine Rose. — Kehrseite: „S. OTAKARI. SIVE. PREMIZLAI. QVINTI. REGIS. BOEMIE. MARCHIONIS (2. Zeile) MORAVIE. AVSTRIE. ET. STIRIE. DVCIS“. Die Worte durch Blumen, auf dem Originale aber durch Punkte getrennt. Hueber's Abbildung l. c. Taf. 5, Fig. 6, anno 1269, ist ganz unbrauchbar. Pubitschka, Geschichte von Böhmen, IV, II, Taf. 3, nach Herrgott.

Fig. 35.

Nach der Erwerbung Kärnthens im Jahre 1269 treffen wir ein drittes Münzsiegel Otakars, grösser und prachtvoller als die beiden früheren. *a)* Vorderseite. • S. OTAKARI • DEI • GRATIA • QVINTI • REGIS • BOEMORUM • MARCHIONIS • MO (2. Zeile) RAVIE • DVCIS • KARINTIE • ET DOMINI • EGRE. (Fig. 34.) Zierliche gothische Majuskel zwischen drei Perlenlinien, die einzelnen Worte durch je eine Rose geschieden. Die zweite Zeile der Umschrift ist oben und unten durch das Haupt der Figur und den Thronschemel unterbrochen. Das Siegelbild zeigt den König thronend, die Krone auf dem Haupte, das Haar zu beiden Seiten in schlichte Locken

[1] Fontes rer. Austriac. II. Abtheilung, XI, 154.

gelegt. In der Rechten hält er ein Lilienscepter, in der Linken den Reichsapfel. Der lange, gegürtete Talar, mit weiten Ober- und engen Unterärmeln ist am unteren Saume verbrämt, darüber trägt er den Mantel, der nach Art der Chlamys an der rechten Schulter durch eine Spange festgehalten wird, die rechte Seite frei lässt und über dem Schoss in reiche Falten gelegt ist. Die Seitenstäbe der verzierten Rücklehne des Thrones enden oben in Lilienknäufe. Im Siegelfelde schwebt zur rechten Seite des Königs ein dreieckiger Schild mit dem gekrönten böhmischen Löwen, zur linken ein ähnlicher Schild, darin von einer Perlenlinie umfangen ein Adler, wahrscheinlich das alte böhmische Wappen, der geflammte Adler. Die Zeichnung des Siegels ist verständig, besonders gut ist der Kopf behandelt. Die Figur hat ein bedeutendes Relief und die Anwendung des Faltenwurfes, so wie die ganze Ausführung verrathen einen tüchtigen und gewandten Meister. *b)* Kehrseite. S . OTAKARI . DEI . GRATIA . DVCIS - AVSTRIE . ET . STIRIE . DOMINI . CAR (2. Zeile) NIOLE . ET . MARCHIE . PORTVSNAONIS. (Fig. 35.) Gothische Majuskel zwischen drei Perlenlinien. Die 2. Zeile der Umschrift, durch den Kopf des Reiters, den Kopf, dann die Vorder- und Hinterfüsse des Pferdes an vier Stellen unterbrochen. Die rechtsgewendete Reiterfigur ist in Zeichnung und Ausführung, bis auf die grössere Dimension und das stärkere Relief, der Kehrseite des vorigen ähnlich, nur erscheint statt der bisherigen Fahne mit Wimpeln ein Banner, und zwar als ein überhöhtes Viereck, am Speere an der längeren Seite mit zehn Ringen befestigt, darin der böhmische Löwe. Im Schilde befindet sich das österreichische Wappen, der Querbalken blank, das Feld gekörnt. Auch der Obertheil und die Rückwand des Helmes sind in ähnlicher Weise gekrönt. Der Wappenrock ist verbrämt, das Schwert hängt an einer breiten Kuppel und die Wappenschilde auf der Pferdedecke haben sich verändert und vermehrt. Am Halse befindet sich das Wappen von Kärnthen, ein senkrecht getheilter Schild, rechts im goldenen Felde drei über einander schreitende schwarze Leoparden, links ein weisser Querbalken im rothen Felde; unterhalb der Brust der mährische Adler, am Schenkel das steierische Wappen und darunter ein Schild mit einem Adler, wohl jener von Krain; vielleicht, aber weniger wahrscheinlich, das von Eger[1]. Auch dieses Siegel hat eine Randschrift: PAX . REGIS . OTAKARI . SIT . IN . MANV . SANCTI . WENCESLAI. Rund, Durchmesser $4^1/_2$ Zoll. — Hanthaler fand dieses Siegel an zwei Urkunden von den Jahren 1271 und 1272, aber immer zerbrochen; ungeachtet dessen hält er die Abbildung bei Hueber l. c. Taf. 4, Fig. 4, für einen Irrthum (allerdings konnte auch diese Abbildung zu einem solchen Glauben verleiten). In ungefärbtem Wachs hängt dieses Siegel, gut erhalten, an der Urkunde Otakars vom 7. Juli 1273, durch welche er dem Ulrich von Capellen und seinen Nachkommen beiderlei Geschlechtes 2 Höfe in Dobra verleiht (im kais. Hausarchive)[2]. Ebenfalls in ungefärbtem Wachs, an rothen Seidenfäden hängend, traf ich es im Archive des Stiftes Heiligenkreuz, an einer Urkunde vom Jahre 1274[3]; in demselben Jahre erscheint es an einer Melker Urkunde, deren Datirung Hueber (l. c. 25) irrig mit 1264 gelesen hat. An der Urkunde bei Fischer l. c. II, 264 vom Jahre 1276, ist das Siegel ganz zerbrochen. An der im kais. Hausarchive in duplo vorhandenen Urkunde vom Jahre 1276, gegeben zu Prag den 13. März, durch welche Otakar dem Nonnenstifte Doxan den Privilegienbrief König Otakars Przemysl I. vom Jahre 1226 und die von demselben verliehenen, namentlich aufgeführten Stiftsgüter und die über selbe geschlossenen Tausch- und Kaufverträge bestätigt, hängt dieses Siegel an gelben und rothen Seidenfäden, in orangefärbigem Wachs abgedruckt. Den erneuerten Friedensschluss endlich mit Kaiser Rudolph I. (6. Mai 1277) besiegelt Otakar mit dem besprochenen Siegel, weil er sich noch kein neues hatte machen

[1] Egers Wappen vor der Verpfändung war ein schwarzer Adler, nachher hatte es im oberen Felde einen halben Adler, die untere Hälfte war mit einem schrägen silbernen Gitter in rothem Felde cancellirt. Jarosl. Schaller Topographie des Königreiches Böhmen, II, 185. — [2] Gedruckt in Hormayr's Taschenbuch 1840, pag. 493. — [3] Fontes rer. Austriac. II. Abtheil. XI, 187.

lassen; er bemerkt daher ausdrücklich in der Urkunde, dass er auf die, im Siegel vorkommenden Titel, ausser jenem eines Königs von Böhmen und Markgrafen von Mähren, weder einen Anspruch habe, noch einen Anspruch machen werde. (Rauch, österr. Geschichte III, 610.) — Die Vorderseite fand ich im kais. Hausarchive auf den Rücken eines Pergamentbriefes aufgedruckt, das zusammengelegte Pergament ist bedeutend kleiner als der Umfang des Siegels, welches daher über das erstere hinausstand. Jetzt ist von dem Siegel nur mehr die Figur vorhanden, diese aber besonders scharf und gut erhalten. Bis zu dem Jahre 1276 nennt sich Otakar in jenen Urkunden, an welchen dieses Siegel hängt: Rex Boemiae, Dux Austriae, Stiriae et Karinthiae, Marchioque Moraviae, dominus Carniolae, Egrae ac Portus Naonis. Abbildung bei Hueber l. c. Taf. 4, Fig. 4, nur 3 Zoll im Durchmesser, auf der Vorderseite fehlt der böhmische Schild, die Verzierungen des Thronstuhles sind verändert, auf der Kehrseite ist der böhmische Löwe nicht gekrönt; Wappenrock und Pferdedecke ohne Verbrämung, der steierische Panther auf der Pferdedecke in keinem Schilde; des verfehlten Charakters der Zeichnung will ich kaum erwähnen.

Fig. 36.

Albert, Sohn Kaiser Rudolphs I., als Reichsverweser in Österreich und Steiermark. Im Jahre 1281 und 1282. (ALBERTV) S. DEI. GRA. DE. HABSBVRC. ET. (KIBVRC COME) S. LAN. RAVI ALSACIE. DMI RVD. ROM. REGIS (2. Zeile) PRIMOGENIT. ET. EJVSDE (M PER) AVSTR. ET STYR∗VICARI GENERALIS∗. (Fig. 36.) Gothische Majuskel zwischen zwei Perlenlinien, die C und E gerundet und vorne geschlossen, M, N und T theils gerundet, theils geradlinig. Nach Styr und Generalis eine Rose, sonst die einzelnen Worte durch Punkte getrennt. Sehr häufige Zusammenziehung von Buchstaben, so: DE in Dei, AL in Alsacie, EN in primogenit. AR und ER in den beiden letzten Worten. Die rechts gewendete Reiterfigur trägt über dem Ringhemde einen langen Wappenrock ohne Ärmel; in der Rechten hält sie das gezückte Schwert, im kleinen, dreieckigen Schilde prangt der habsburgische Löwe. Das Haupt deckt ein Eihelm, darauf der hervorwachsende Löwe, über dem ein Kamm von Pfauenfedern als Zimier. Die anliegende Decke ist mit einem Doppelsaume verbrämt, unter dem Sehschnitte sind in die Helmwand sieben Löcher eingeschnitten, welche eine Rose bilden. Das Pferd ohne Couverture, hat ein einfaches Kopfgestell mit Stangenzügel, einen gestickten Brustriemen und breiten Bauchgurt. Am Sattel befinden sich Vorder- und Rücklehnen; Steigbügel und Sporen sind vorhanden. Rund, Durchmesser 3 Zoll 2 Linien. Das Original, in rothem Wachs, hängt mittelst Seidenfäden an dem Privilegium über das Niederlagsrecht der Stadt Wien. Gegeben am St. Jakobsabend (24. Juli) 1281 (im Archive der Stadt Wien). Abbildung bei Herrgott Taf. 5, Fig. 1 *a*, 1821; mittelmässig.

NACHTRAG.

Da Herr v. Sava das Seite 245 beschriebene Siegel Leopold des Freigebigen nicht in seiner Sammlung besass und die Abbildung desselben in den Monum. boic. XIII, Taf. I sehr schwach, ja beinahe unkenntlich ist, wandte sich die k. k. Central-Commission an den Herrn Prälaten von Reichersberg, welcher hierauf die Güte hatte die bezügliche, in dem dortigen Stifte befindliche Urkunde mit dem Siegel Leopolds des Freigebigen einzusenden. Nach diesem Siegel wurde als Ergänzung der hier beigegebene Holzschnitt gefertigt. Die Reiterfigur ist nach rechts gewendet. Der Herzog trägt einen konischen, in eine Spitze auslaufenden Helm, von welchem die Helmdecke, in zwei Lappen getheilt, nach rückwärts herabwallt. Das Antlitz ist nur durch ein Nasal geschützt. Der Schild ist oben abgerundet und schmal und endet mit einer ziemlich langen Spitze. Die Schildfessel ist über die Achsel gezogen. Der Herzog ist mit einem langen Waffenrock bekleidet und trägt, während er mit der Linken den Zügel hält, in der Rechten das Banner (oder Gleve), welches in drei Streifen endet. Das Schwert ist schmal und hängt beinahe senkrecht herab, die Handhabe desselben wird vom Schilde verdeckt. Der Fuss des Reiters steht senkrecht im Steigbügel. Vor- und Hinterbug des Sattels sind deutlich, die Satteldecke reicht bis zu dem Bauch des Pferdes, das galoppirende Pferd hat, so viel jetzt noch kenntlich ist, nur einen Stangenzügel und einen Brustriemen. Rückwärts vom Reiter befindet sich im Siegelfelde ein Stern, welcher in der genannten Abbildung in den Mon. boic. vergessen wurde.

Die von zwei Kreislinien eingefasste Umschrift in gothischen Majuskeln lautet: † LIVTPOLDVS . DVX . BAVWARIE. (Das E ist gerundet.)

Das Siegel ist in (ursprünglich) weissem, nunmehr aber durch das Alter gebräuntem Wachs abgedruckt.

Einige Details

von dem ältesten Theile des St. Stephansdomes zu Wien.

(Mit 3 Tafeln.)

Es ist wohl allen Männern vom Fach bekannt, dass der Architekt Leopold Öscher im Frühlinge des Jahres 1846 von der nieder-österreichischen Regierung den Auftrag erhielt, den Dom zu St. Stephan mit genauer Sorgfalt zu messen und Details davon zu zeichnen; eben so bekannt ist es auch, dass Öscher mit dem sogenannten „Riesenthor" und den beiden Rundfenstern, in welche man in neuester Zeit Uhren einsetzte, den Anfang machte. Mehrere dieser Zeichnungen werden nun bei der k. k. Landesbau-Direction aufbewahrt und blieben, seit Eduard Melly sein Buch „Das Westportal des Domes zu Wien" (Wien 1850, 4°) herausgab, zu welchem er mehrere jener Studien von dem Zeichner des k. k. Antiken-Cabinetes, Albert Schindler, in verkleinertem Masse auf Holz übertragen liess[1], so ziemlich unbenützt. Zufolge einer Anregung von Seite des kaiserlichen Rathes Albert Camesina fand sich das Präsidium der k. k. Central-Commission zur Erforschung und Erhaltung der Baudenkmale bewogen, jene Zeichnungen Öscher's ausheben zu lassen, um die interessantesten derselben in den vorliegenden Blättern zur allgemeinen Anschauung zu bringen.

Es wurde seit Ogesser's „Beschreibung der Metropolitankirche von St. Stephan" (Wien 1779. 8°) schon so vieles und mitunter höchst Schätzenswerthes über den ehrwürdigem Dom verfasst[2], dass eine neue Beschreibung der hier gegebenen Objecte vielleicht nur zu unpassenden Weitläufigkeiten führen dürfte. Um also möglichst gerade auf das Endziel loszuschreiten, mögen die Abbildungen für sich selbst zu dem Beschauer sprechen und es sollen ihnen nur so viele Worte beigefügt werden, als zu kurzen Andeutungen unumgänglich nöthig sind.

Fig. 1 gibt den (wagrechten) Durchschnitt des Riesenthores, über den Sockeln der Säulen. Die äussere Thoröffnung hat 2 Klafter 5 Fuss und 4½ Zoll Breite. Die grösste Breite der Halle (bei dem ersten Säulenpaar) beläuft sich auf 3 Klafter 3 Fuss und der Eingang zur Kirche an der grössten Verengerung der Halle misst 7 Schuh und 8¼ Zoll. Die Tiefe der Halle beträgt 2 Klafter und 2¼ Zoll.

[1] Siehe das angeführte Werk pag. 15. — [2] So seien nur andeutungsweise erwähnt: Tschischka's „Metropolitankirche zu St. Stephan" (Wien 1823, 8°, in zweiter Auflage 1843), dann desselben Autors Werk mit Kupfern von Wilder und Hyrtl, „Der St. Stephansdom und seine alten Kunstdenkmale", Wien 1832, Fol. Primisser's Beschreibung der St. Stephanskirche im sechsten Bande von Hormayr's „Geschichte Wiens"; die Forschungen Feil's im Jahrgang 1845 der österreichischen Blätter für Literatur und Kunst (Nr. 18 bis 21 und Nr. 30 bis 34), anderer einzelner Aufsätze u. s. w. nicht zu gedenken.

Die Dicke der Säulenschäfte variirt auf folgende Weise:

Säulenreihe links.		Säulenreihe rechts.	
Nr. 1	7″ 9‴	Nr. 1	7″ 7‴
„ 2	7″ 7‴	„ 2	7″ 7‴
„ 3	7″ 7‴	„ 3	7″ 7‴
„ 4	6″ 9½‴	„ 4	7″ 7‴
„ 5	6″ 6‴	„ 5	7″ 6‴
„ 6	6″ $3\frac{2}{3}$‴	„ 6	7″ 1½‴
„ 7	6″ 5½‴	„ 7	6″ 9‴

Der grösste Säulendurchmesser beträgt also 7 Zoll 9 Linien, der kleinste 6 Zoll $3\frac{2}{3}$ Linien und der mittlere proportionale beliefe sich auf 7 Zoll und 0·777 Linien.

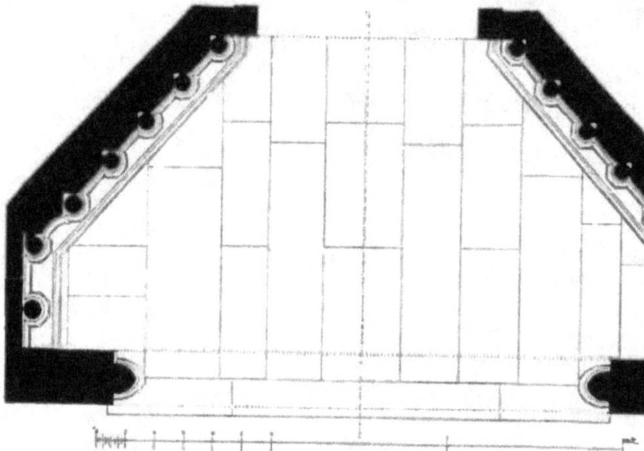

Fig. 1.

Durch Fig. 2 ist der wagrechte Durchschnitt der Halle über den Capitälen der Säulen, bei

Fig. 2.

dem Friese und dem Beginne des Gewölbes gegeben. Man vergleiche hiermit den senkrechten Durchschnitt des Riesenthores, welcher auf der Tafel XV dargestellt ist. Fig. 3 zeigt den Querdurchschnitt des äussersten oder ersten Bogens der, mit einem Spitzbogen geschlossenen Vorlage der Halle; Fig. 4 den Querdurchschnitt der Rippen, welche, links und rechts in der Vorlage, von der ersten und zweiten Säule ausgehen; Fig. 5 das Profil der Sockeln jener Säulen, von denen die Rundbogen des eigentlichen Thores getragen werden, und Fig. 6 das Profil der Sockeln der vier Säulen der Vorlage.

Der Querschnitt (Fig. 3) zeigt in seiner Silhouette eigenthümliche, durch starke Einschnitte auffallende Formen. Aber diese Einschnitte haben ihre triftigen Gründe; denn durch sie entstehen kräftige Schatten, durch welche die vorspringenden Theile der Gliederung wieder um so heller hervortreten, sie gehören mit zur plastischen Technik im Grossen. Wir erinnern hier beziehungsweise an die antiken Gesimsungen, namentlich an einige zu Pompeji, bei denen die Ausladungen und Flächen mit so tiefem künstlerischen Gefühl angeordnet sind, dass lichte Flächen, Halbschatten und Kernschatten auf die angenehmste Weise wechseln und einen harmonischen Effect hervor bringen, eine Kunst, die man heut zu Tage kaum mehr kennt, für die man aber im Mittelalter um so mehr Sinn hatte, als die Bauweisen dieser Epoche einen freieren Spielraum gestatteten, während in der antiken Kunst die strengere Regel der Symmetrie grössere Beschränkungen auflegte. Das eigenthümliche Studium der Gesimsungen u. s. w. besteht also durchaus nicht in einer willkürlichen Zusammenstellung von Flächen, Höhlungen und Wölbungen, sondern ist ein Product des rein künstlerischen Geschmackes, das von den Epigonen freilich oft nur ganz oberflächlich hingenommen und leichthin nachgeahmt wurde.

Fig. 4.

Fig. 5.

Fig. 6.

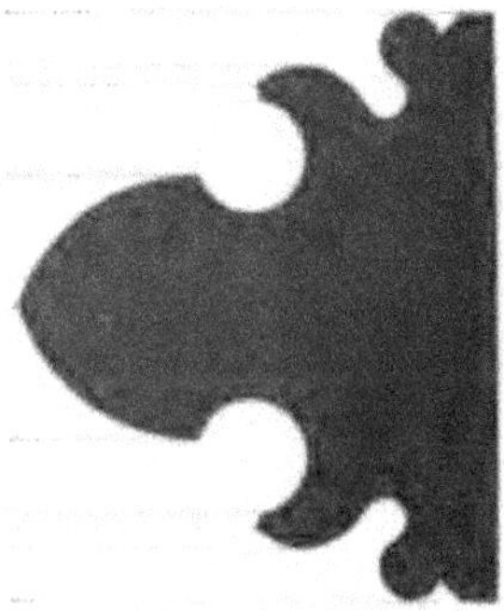
Fig. 3.

Es lag ursprünglich im Plan, den oben erwähnten senkrechten Durchschnitt des Riesenthores (Taf. XV) in Farben zu geben, um die frühere Bemalung dieses Portales darzustellen und man wollte dieser Arbeit die Aufzeichnungen Eduard Melly's, in dessen schon früher erwähntem Werk: „Das Westportal des Domes zu Wien in seinen Bildwerken und Bemalung“ zu Grunde legen. Als man jedoch zur Probe schritt und ein Exemplar dieses Buches, nach den in den Noten angegebenen Farben coloriren wollte, stellte sich nur zu bald heraus, dass diese Angaben zu solchem Zwecke nicht vollkommen zureichend seien, indem einestheils die Farben nur schlechthin mit „gelb, blau, roth, grün“ u. s. w. angegeben sind, wo doch um der grösseren Bestimmtheit willen: Engelroth, grüne

Fig. 9.

Fig. 8.

Fig. 7.

Erde, Umbra, Oker, gebrannter Oker u. s. f. genannt sein sollten, wodurch allein die richtigen Farbentöne zu treffen wären; und andererseits (wie z. B. S. 23 des genannten Werkes) Bezeichnungen vorkommen, wie: „unbestimmt" — „scheint dunkelroth" — „vielleicht grau" — die in der That keinen sicheren Anhaltspunkt gewähren. Eine andere Schwierigkeit, die ursprüngliche Polychromie des Riesenthores wieder zu geben, lag auch darin, dass das Portal vielleicht zwei bis dreimal neu übermalt, oder nach dem technischen Ausdrucke „neu gefasst" wurde, und schon Melly bemerkt unter anderem in dieser Beziehung bei der, an der linken Seite des Thores befindlichen Halbfigur, welche ein Buch in der Hand hält, dass das Unterkleid derselben (s. d. angef. Seite d. W. Note 13) ursprünglich blau, später grün, und endlich roth gefärbt gewesen sei. Wunsch und Mühe waren daher vergeblich, indessen hoffen wir in der Folge Gelegenheit zu haben, über die mittelalterliche Polychromie, mit Bezugnahme auf die Färbung plastischer Werke der antiken Welt, etwas eingehender zu sprechen, da der Gegenstand selbst viel des Interessanten darbietet.

Fig. 10.

Fig. 7 gibt eine Partie und den Durchschnitt des eckigen Gurtentheiles oberhalb der Zwischenweite von der zweiten zur dritten Säule. Die Thierköpfe und Schnecken sind, so wie der Ziekzack bei den anderen Gurten, nicht eingesetzt, sondern aus dem Ganzen (unterhöhlt) gemeisselt. Die Einfassung, die Schnecken und die Köpfe waren nach Melly's Angabe (S. 40) fleischfarben, die Haare der Köpfe dunkelroth (?) und die „Aussenseite" blau.

Fig. 8 zeigt Profil und Ansicht jener Gurte, welche in der Zwischenweite von der fünften zur sechsten Säule aufsteigt und sich durch einen rechtwinkeligen Ziekzack kennzeichnet, und Fig. 9 die Gurte in dem Raum ober der sechsten und siebenten Säule. Sie zeigt kleine Rundbogen, die bei ihrem Zusammenstossen in einem Lilienornament endigen. Die äussere Seitenfläche derselben war gelb, die innere roth. (Melly, s. a. a. O. S. 38. Note 2.)

Fig. 10 stellt das untere Bogenfries dar, welches sich, seitwärts vom Riesenthor, gegen den rechts stehenden Heidenthurm hinzieht, und zwar in einer Höhe von vier Klafter und einem Fuss über der Grundlinie der Kirche oder, wie Öscher es auf seiner Zeichnung angibt, über dem Pflaster des St. Stephansplatzes. Die hier im Holzschnitt dargestellte Partie dieses Frieses misst in der Natur 1 Klafter 2 Fuss und $8^3/_4$ Zoll Breite.

Die Einzelnmasse der Gliederung dieses Frieses sind auf dem Profile (Fig. 11) mit Öscher's bekannter Genauigkeit und Sorgfalt angegeben.

Die beiden Rundfenster an der Stirnseite des St. Stephansdomes, in denen sich jetzt, wie früher bereits erwähnt, Uhren befinden, sind durch die Aufstellung dieser letzteren für eine nähere wissenschaftliche Untersuchung ihrer Details, und namentlich der Lichtungen, für längere Zeit unzugänglich geworden, wesshalb die hierher gehörigen Studien Öscher's um so mehr Werth erhalten. Fig. 12 zeigt ein Segment (einen Viertelkreis) der Einfassung jenes Rundfensters, welches sich an dem sogenannten „linken Läuthause“ befindet. Sie ist reich construirt und wird durch einen, den Aussenrand verzierenden, Doppelzickzack charakterisirt.

Fig. 13 (s. d. nächste Seite) gibt die Gliederung und die Profilirung des Fenstergewändes. Der senkrechte Strich, welcher durch den Holzschnitt geht, zeigt die Stelle der Fenstereinsetzung an, von welcher rechts (vom Beschauer) die äussere und links die innere Lichtung des Fensters liegt, welche letztere selbstverständlich weit einfacher gehalten ist.

Die Gesimsung des Rundfensters am „rechten Läuthause“ ist nicht so reich wie die des vorigen (s. den Lichtungsdurchschnitt Fig. 14), dafür hat es aber eine ornamentale Umrahmung, in welcher Laubgewinde, Eicheln und Trauben nebst der Gestalt eines (kletternden) Knaben angebracht sind. (S. Fig. 15 und 16.)

Ober dem Riesenthore, an der Aussenwand desselben, an deren oberster Partie man noch jetzt die Spuren von einst dagewesenen kleinen Säulchen oder Pfeilern sieht, die ehemals vielleicht ein Rundbogenfries trugen und bei Eröffnung des hohen Spitzbogenfensters über dem Thore weggenommen wurden, zeigen sich mehrere alte Sculpturen, nämlich Löwen, ein Samson, einzelne Köpfe u. s. w., leider aber sind diese Gegenstände durch den Verlauf der Zeiten so bestaubt und beschmutzt worden, dass es schwer sein dürfte, sie auch nur mit einiger Genauigkeit zu copiren. Es wurden daher nur die zwei am besten erhaltenen, nämlich der Löwe rechts vom Riesenthor (Fig. 17) und der, schräg ober diesem befindliche Greif, zu dessen Füssen ein Menschenkopf liegt (Fig. 18) zur Darstellung ausgewählt. Vielleicht könnte allen diesen plastischen Gebilden bei einer einstigen Eingerüstung des Riesenthores, die so wünschenswerthe Reinigung zu Theil werden. —

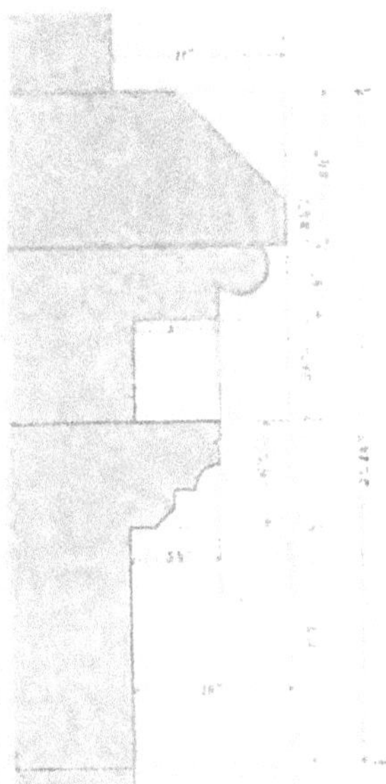

Fig. 11.

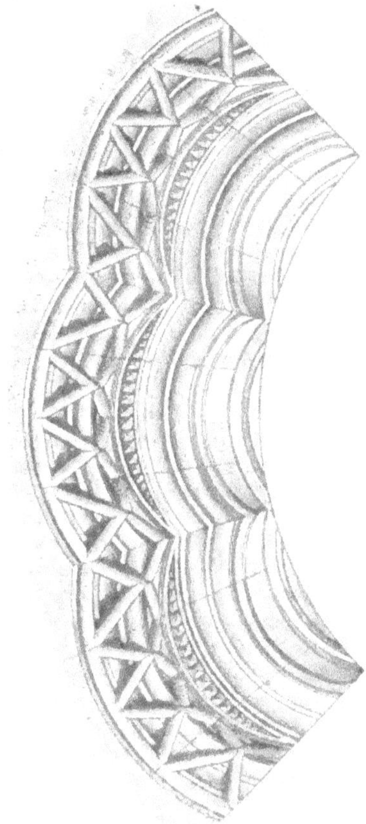

Fig. 12.

Da wir hier (mit Ausnahme des Löwen, Fig. 17 und des Greifen, Fig. 18, welche der kais. Rath Camesina neu zeichnen liess,) die nicht allgemein zugänglichen Zeichnungen Öschers veröffentlichen, so dürfte es weder uninteressant noch unwichtig sein, auch jene Orginalzeichnungen anzuführen, die sich, in Betreff des Domes zu St. Stephan, noch anderweitig zu Wien vorfinden und zwar um so mehr, als man bisher zwar der Literatur auf das Genaueste nachging, die Studien der Künstler aber beinahe als eine Nebensache betrachtete, während doch der Archäologe — ausser wenn er sich im allgemeinen bewegt — der Abbildungen absolut nicht entbehren kann, und desshalb immer nach den treuesten oder „quellengemässesten“ forscht, da sie ihm einen guten Theil seiner Mühe ersparen und seine schwierigen Arbeiten zugänglicher machen. Zugleich ist es auch angemessen und zweckdienlich, zu wissen, wann man sich und wer sich angeregt fühlte, eine besondere Aufmerksamkeit auf unsere Baudenkmale zu lenken.

Fig. 13.

So verwahrt die k. k. Hofbibliothek in einem besonderen Portefeuille zweiunddreissig Studien von Öscher, welche er alle nach den Einzelheiten des Riesenthors von St. Stephan zeichnete, mit welcher Arbeit er am 14. April des Jahres 1846 begann. Diese Studien zeigen:

Die erste Säule links, die zweite und dritte Säule rechts.

Ein inneres Eckstück links, ein inneres Eckstück rechts.

Eine Gruppe von vier Säulen rechts. Die zweite und dritte Säule links mit dem Fries (mit Sphinxen). Die vierte und fünfte Säule mit dem Fries (mit Löwen). Der Architrav ober der sechsten und siebenten Säule links (mit Figuren), die erste und zweite Säule links und den Fries mit dem Drachen. Ein Ornament der ersten Säule links, eines der zweiten und ein drittes der sechsten Säule rechts; ferner Figuren von der linken Seite, z. B. den Mann mit dem Beil und vier Apostel, und endlich Ansichten des rechten und des linken Frieses mit den Knäufen u. s. w. Alle diese Studien sind mit Bleistift gezeichnet.

In der Vedutensammlung der k. k. Hofbibliothek befinden sich auch fünf sehr gute Skizzen von F. Wilder und zwar:

1. Eine mit Sepia getuschte Bleistiftzeichnung vom 10. und 11. November 1819, von der Seite des unausgebauten Thurmes „bei Ausbesserung des Portals“.

2. und 3. Die Chorseite der St. Stephanskirche, gezeichnet 1820. Bleistift mit Sepia, nebst einem darnach gefertigten Aquarell.

4. Das Innere der St. Stephanskirche gegen den Hochaltar. Die Zeichnung ist nach oben mit Sepia ausgetuscht, nach unten nur Bleistiftcontour (ohne Jahreszahl, vermuthlich aber vom Jahre 1820).

5. Abermals das Innere der St. Stephanskirche, colorirte Zeichnung vom Jahre 1824.

Ferner findet sich daselbst: eine Ansicht des Singerthores der St. Stephanskirche (vom Stockimeisen-Platz her), gezeichnet 1817 von J. F. (Joseph Fischer ?) und eine Studie nach dem Riesenthor mit dem Grundriss vom Jahre 1819, vermuthlich von demselben Zeichner; endlich ein Grundriss der St. Stephanskirche, gezeichnet von Melchior Seltzam.

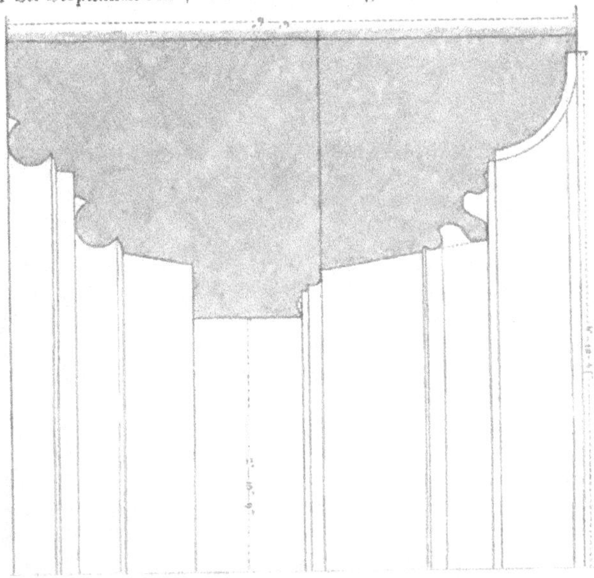

Fig. 14.

Auch die getuschte Federzeichnung eines Grabmals findet sich vor. Das Grabmal zeigt oben einen Sarg und darunter einen Wappenschild mit Knochen, der von Schlangen umgeben ist. Unten befindet sich ein liegendes Gerippe. Eine Rolle trägt die Aufschrift:

„M. G. WAIL. HERNACH. 1502".

Auf der Federzeichnung steht geschrieben:

„Stein von rothen Marmor auf dem Altare, der von drey Seiten offen gothisch zierathirten Todten-Capelle, ausserhalb der St. Stephanskirche, neben dem unausgebauten Thurme, gegenüber des erzbischöflichen Palastes; 1788".

Unter der Zeichnung ist zu lesen:

„Die Capelle wurde samt allen übrigen, auf dieser Seite befindlichen Grabmälern, wegen dem Baue eines Schulhauses abgebrochen; dieses (das Schulhaus?) wurde jedoch nach der Vollendung, wegen Verunstaltung der Kirche, in Folge Befehls Kaiser Joseph II. bey seiner Zurückkunft aus dem Türkenkriege, auf Kosten des Wr. Mag. Stadtunterkämmeres. Stephan Wohlleben, wieder demolirt. anno 1788."

Was den Zeichner bewogen haben mochte, diesen etwas sonderlichen Grabstein zu copiren, ist nicht angegeben.

Unter den angeführten Zeichnungen befindet sich auch ein Aquarell aus den Katakomben (von Seger oder Leybold), aber es ist zu skizzenhaft um von einigem Belang zu sein. —

Die sehr reiche Ansichtensammlung des Herrn von Karajan, k. k. Custos und Vicepräsidenten der kais. Akademie der Wissenschaften, besitzt folgende den St. Stephansdom betreffende Zeichnungen und seltene oder unique Stiche:

Ein Entwurf zum Dach der Hauptkanzel, Federzeichnung auf braunem Papier aus dem XVI. Jahrhundert, mit der Beischrift: „der obige thail des Predigstuel bey St. Steph."

Der Fuss dieser Kanzel, von derselben Hand mit der Beischrift: „der unterige thail des Predigstuel bey St. Stephan sambt dem Maister so guett getroffen ist. Er hat diesen Predigstuel inuentirt vnd von Stain uerfertigt, ist woll gemacht, auch von fürnehmen, verständigen

Fig. 15.

Fig. 16.

Fig. 17.

Fig. 18.

Leithen hochgehalten". — (Vermuthlich machte diese beiden Skizzen ein Fachgenosse, um eine Erinnerung oder ein Vorbild daran zu haben.)

Eine getuschte Federzeichnung der Kanzel des Johannes Capistrauns, bei zwei Fuss hoch, v. J. 1737, mit dem Profil und dem Grundriss; und dem Namen „Eques de Rottiers" unterzeichnet.

Ein senkrechter Durchschnitt des ausgebauten Thurmes v. J. 1810 mit der Beischrift:

„Der Durchschnitt geschah mittelst einer Ebene, deren Erweiterung den Horizont im Südosten trifft, obgleich in dieser Lage die Krümmung des Thurmes nicht ersichtlich wird, da dieselbe gegen Nordost geneigt ist, so musste man der Schnittebene dennoch vorbesagte Richtung geben, um den angebrachten Wetterableiter deutlich ausnehmen zu können."

„Die geometrische Aufnahme wurde von Wenzel Pilsak und Christian Maschner, Officiere des k. k. Bombardier-Corps im J. 1810 vorgenommen und die Zeichnung von Ersterem ausgeführt. In Kupfer geätzt (mordantirt) von W. F. Schlotterbeck."

Eine getuschte Federzeichnung von Nithardts Grabmal, aus dem Ende des XVIII. Jahrhundert, eben nicht schön gemacht, aber dadurch interessant, dass an der Tumba um fünf Figuren mehr als jetzt zu sehen sind.

Hierauf folgt eine Reihe von eilf Zeichnungen von J. Fischer, und zwar:

Das Innere des Singerthores. — Der Eingang vom Curathause her (das Primthor). — Die Tumba des Grabmales Rudolphs des Stifters. — Die grosse Kanzel. — Die Kanzel an der Wand mit der Büste des Baumeisters, in zwei Blättern. — Der Steinbaldachin nächst der Sacristei und die beiden Baldachine beim Singerthor und dem Adlerthor. — Ein Pfeiler aus dem Innern der Kirche mit den Standbildern des heiligen Sebastian, St. Marcus und St. Jacobus (?) und endlich Details der beiden Friese des Riesenthores. Sämmtlich Federzeichnungen, mit Ausnahme der Friese, welche mit Sepia getuscht sind.

Dieser Reihe schliesst sich eine Serie von zwölf Zeichnungen und fünf Radirungen von Wilder an; nämlich:

Ein senkrechter Durchschnitt des ausgebauten Thurmes, mit Angabe der Maasse. Bleistiftpause auf Strohpapier über ein Croquis gemacht, als Behelf zu einem Kupferstiche.

Aufriss des ausgebauten Thurmes von der Seite des Curatenhauses. Sehr fleissige Bleistiftzeichnung von 3 Fuss 4 Zoll Höhe.

Die untere Partie desselben Thurmes, vom Grund bis zur Gallerie. Bleistiftzeichnung.

Der friedricianische Giebel nächst dem Singerthore. In zwei Federzeichnungen dargestellt.

Das Grabmal Kaiser Friedrichs, Fensterseite. Sehr ausgeführte Federzeichnung vom Jahre 1825.

Die Chorstühle von St. Stephan. Federzeichnung, mit Sepia getuscht.

Die beiden Fenster der Eliginscapelle. Federzeichnung vom Mai 1826.

Details von Maasswerken und Fensterrosetten, vom April 1826.

Die Grabmalstatue des Nithart Fuchs und eine Seitenansicht der Tumba mit dem Basrelief. Sehr schöne Bleistiftzeichnungen vom 19. December 1825.

Das Taufbecken. Die Seite mit dem Heiland. Bleistiftzeichnung vom 24. December 1824.

Senkrechter Durchschnitt der St. Stephanskirche. Radirung vom Jahre 1828.

Der Flügelaltar in der Schatzkammer, consecrirt 1807 von dem Bischof von Chiemsee. Radirung vom Jahre 1727.

Der Schlussstein in der St. Katharinencapelle. Radirt im Mai 1827.

Die Monstranze in der Schatzkammer zu St. Stephan. Am Fuss der Monstranze liest man auf einer Rolle „Konrad Reitter 1882" und „renovirt 1607". Radirung.

Das Denkmal des Martinus Globris. Radirt im Jahre 1828.

Diese Radirungen sind insoferne Unica, als bisher keine anderen als die eben genannten Probedrucke vorhanden sind. Der Künstler, der bei seiner besonderen Neigung für altdeutsche Architektur wenig Unterstützung im grossen Publicum fand, war genöthigt seine Studien und Abdrücke für erhaltene Geldvorschüsse bei Franz Tschischka einzusetzen. Nach dem Tode des

Letzteren kamen sie in die Hände ihres jetzigen Besitzers, welcher ausser den eben genannten Blättern noch eine Ansicht der St. Stephanskirche, Federzeichnung von Jacob Alt und zwei Aquarellskizzen aus den Catakomben von St. Stephan besitzt. Die eine derselben, von Carl Hutter, zeigt eine Gruppe von Gerippen in einem Gewölbe, dessen rückwärtige Wand durchbrochen ist und zum Theile die hinter ihr aufgeschichteten Särge sehen lässt. Die zweite Skizze ist von Franz Sager und stellt eines der vielen Todtengewölbe dar. Beide Skizzen wurden im Jahre 1859 gefertigt, sind aber — so wie jene in der k. k. Hofbibliothek — eben nichts als flüchtige Erinnerungen ohne weitere Genauigkeit.

Noch ist einer aquarellirten Federzeichnung bei Herrn von Karajan zu erwähnen, welche als Skizze zu einem Kupferstiche diente, und den Kaiser Franz den Ersten mit seinem Gefolge vor dem Riesenthore darstellt, wo derselbe von dem Erzbischofe und der Clerisei empfangen wird. Das Blatt ist auf der Rückseite mit der Censurserlaubniss von Sartory, vom 15. Juni 1814, bezeichnet.

Auch die Originalzeichnungen von Wilder, welche derselbe für Herrn Tschischka fertigte, als dieser sein Werk über die St. Stephanskirche herausgab, befinden sich in den Händen eines kunstsinnigen Privaten. Während wir ersuchen uns noch auf weitere Gegenstände dieser Art aufmerksam zu machen, möchten wir den Wunsch aussprechen, dass man allenthalben auf derlei künstlerische Studien Rücksicht nehmen möge, die schon desshalb um so wichtiger werden, da sie bei dem jetzt herrschenden Eifer, alles Alte niederzureissen, in vieler Beziehung fast als die einzigen Quellen solcher zerstörter Denkmale zu betrachten sind.

REGISTER

der

in diesem Bande angeführten Personen, Orte und Sachen.

A.

B.

J.

K.

L.

Z.

CPSIA information can be obtained
at www.ICGtesting.com
Printed in the USA
LVHW110102200422
716647LV00003B/60